HEYNE
JUBILÄUMS
REIHE

In derselben Reihe erschienen außerdem als Heyne-Taschenbücher:

HEYNE JUBILÄUMS REIHE

EROTIK

Drei sinnliche Romane

WILHELM HEYNE VERLAG
MÜNCHEN

HEYNE JUBLILÄUMSREIHE
Nr. 50/138

Quellenhinweis:

Klaus Kinski, ICH BRAUCHE LIEBE
Copyright © 1991 by Wilhelm Heyne Verlag GmbH & Co. KG, München
(Erweiterte und überarbeitete Fassung von
›Ich bin so wild nach deinem Erdbeermund‹.
Der Titel erschien bereits in der Allgemeinen Reihe
mit der Band-Nr. 01/8176.)

Xaviera Hollander, LUCINDA/Lucinda
Copyright © 1983 by Autor
Copyright © 1983 der deutschen Ausgabe
by Wilhelm Heyne Verlag GmbH & Co. KG, München
Aus dem Englischen von Stefan Holl
(Der Titel erschien bereits in der Allgemeinen Reihe
mit der Band-Nr. 01/6293.)

Tom Vidal, SCHWARZER ZUCKER
Copyright © 1988 by Wilhelm Heyne Verlag GmbH & Co. KG, München
(Der Titel erschien bereits in der Reihe ›Heyne Exquisit Modern‹
mit der Band-Nr. 16/424.)

Besuchen Sie uns im Internet:
http://www.heyne.de

Umwelthinweis:
Das Buch wurde auf chlor- und
säurefreiem Papier gedruckt.

4. Auflage

Copyright © 1998 dieser Ausgabe
by Wilhelm Heyne Verlag GmbH & Co. KG, München
Printed in Germany 1999
Umschlagillustration: Mauritius/AGE, Mittenwald
Umschlaggestaltung: Atelier Ingrid Schütz, München
Satz: Schaber Satz- und Datentechnik, Wels
Druck und Bindung: Elsnerdruck, Berlin

ISBN 3-453-14051-6

INHALT

KLAUS KINSKI

———

Ich brauche Liebe

Für meinen
über alles geliebten Sohn
Nanhoï

»Die deutsche Sprache ist eine der schönsten und ausdrucksvollsten aller Sprachen – wenn man sich ihrer Kraft bedient! Ich verlange die Freiheit, die ein Schriftsteller, ja ein Dichter für sich in Anspruch nimmt.«

KLAUS KINSKI

»... Er hat die hergebrachte Form zersprengt und eine neue gefunden. Er zaubert in die deutsche Sprache eine Sensibilität, wie man sie nie zuvor herausgehört hat ... Er bricht die Worte mitten durch, Buchstaben flattern auseinander, die Schwerkraft weicht, Bilder schweben in der Luft, leuchten, mit ihnen die vergessenen Konsonanten. Niemand bisher hat das gewußt. Niemand hat bisher gewußt, welch formbarer Stoff die Sprache ist! Er ist einer der ganz wenigen echten Avantgardisten dieses Jahrhunderts!«

(Aus einem Essay
von GERTRUDE VON FREISLEBEN
über Klaus Kinski.)

Um diesem künstlerischen Anspruch gerecht zu werden und Kinskis ureigenste, kraftvolle Sprache nicht zu verfälschen, wurde das Werk auch dort nicht abgeändert, wo es die Regeln des konventionellen Sprachgebrauchs verläßt.

(Anm. d. Verlages)

»Wir sind Krüppel, wir Künstler.
Unsere Kunst ist nichts, weil unser
Werkzeug bereits abgestumpft ist,
das Wesentliche zu erreichen und
auszudrücken. Christus allein
besitzt die Fähigkeit. Er wirkt
direkt auf uns ein, ohne zu schreiben,
ohne zu malen, er verwandelt sein
ganzes Leben in jedem Augenblick
in ein Kunstwerk.«

VINCENT VAN GOGH

»Gesucht wird Jesus Christus. Beruf, Arbeiter. Wohnort, unbekannt. Er hat keine Religion. Er gehört keiner Partei an. Auf öffentlichen Versammlungen wird er nicht gesehen. Der Gesuchte ist angeklagt wegen Diebstahl, Verführung Minderjähriger, Gotteslästerung, Schändung von Kirchen, Beleidigung von Obrigkeiten, Mißachtung der Gesetze, Umgang mit Huren und Kriminellen ...«

Da pöbelt jemand aus dem Zuschauerraum. Ich kann den Kerl nicht sehen. Ich bin von starken Scheinwerfern geblendet, die alle auf mich gerichtet sind. Der zwanzigtausend Menschen fassende Zuschauerraum der Deutschlandhalle in Berlin ist eine pechschwarze Wand.

Warum unterbricht mich dieser Idiot? Ich bin furchtbar aufgepeitscht. Ich habe die letzten Nächte keinen Schlaf bekommen und bin seit über siebzig Stunden auf den Beinen. Endlose TV- und Radiointerviews, Zeitungen. Außerdem habe ich nichts gegessen und seit gestern früh mindestens achtzig Zigaretten geraucht. Und jetzt stehe ich auf diesem hohen Gerüst, als stünde ich auf einem Schafott.

»Komm her, wenn du was zu sagen hast«, rufe ich in die Finsternis, »sonst bleib auf deinem Hintern sitzen und halt den Mund!«

Was will er? Will er sich wichtig tun? Hier ist nichts wichtig, als das, was ich vorzutragen habe. Ich bin gekommen, die erregendste Geschichte der Menschheit zu erzählen: Das Leben von Jesus Christus.

Ich spreche nicht von diesem Jesus auf den gräßlich bunten Drucken. Nicht von dem Jesus mit der gelben leberkranken Haut – den eine irrsinnige menschliche Gesellschaft zur größten Hure aller Zeiten macht. Dessen Kadaver sie pervers mit sich herumschleppt an infamen Kreuzen. Ich spreche nicht von göttlichem Geschwätz und von geplärrten Kirchenliedern. Nicht von dem Jesus, der mit modrigem Kuß die kleinen Mädchen vor der ersten Kommunion aus geilen Träumen schreckt und sie dann sterben läßt vor Ekel und vor Scham, wenn sie auf den Latrinen schäumen.

Ich spreche von dem *Mann:* dem ruhelosen, der sagt, daß wir uns ändern müssen, immerzu, jetzt! Ich spreche von dem Abenteurer, dem furchtlosesten, freiesten, modernsten aller Menschen, der sich lieber massakrieren läßt, als lebendig mit den anderen zu verfaulen. Ich spreche von dem Mann, der so ist, wie wir alle sein wollen. Du und ich.

Der Scheißkerl, der mich unterbrochen hatte, ist inzwischen auf dem Gerüst angekommen. Ich überlasse ihm das Mikrofon, weil ich mir nicht vorstellen kann, was er will.

»... Christus war ein Heiliger«, heult dieser Hund, »er hat sich nie mit Huren und Kriminellen abgegeben ... er war nicht so gewalttätig wie Kinski ...«

Was nennst du gewalttätig, du Schwätzer? Ja, ich habe Gewalt in mir, aber keine negative. Wenn ein Tiger seinen Dompteur zerreißt, so sagt man, der Tiger sei gewalttätig und jagt ihm eine Kugel in den Kopf. Meine Gewalt ist die Gewalt des Freien, der sich weigert, sich zu unterwerfen. Die Schöpfung ist gewaltsam. Leben ist gewaltsam. Geburt ist ein gewaltsamer Vorgang. Ein Sturm, ein Erdbeben sind gewaltsame Bewegungen der Natur. Meine Gewalt ist die Gewalt des Lebens. Es ist keine Gewalt wider die Natur, wie die Gewalt des Staates, der eure Kinder ins Schlachthaus schickt, eure Gehirne verblödet und eure Seelen austreibt!

Ich reiße dem Schwachkopf das Mikrofon aus der Hand; weil er es mir nicht zurückgeben will. Den Rest besorgen die Rausschmeißer der Deutschlandhalle. Als er sich auch mit ihnen anlegt, werfen sie ihn einfach die Treppen runter. Andere Krakeeler, die nur gekommen sind um Stunk zu machen, mischen sich ein. Als die ersten Fausthiebe hageln, schwärmt ein riesiges Polizeiaufgebot in der ganzen Deutschlandhalle aus, um einer Saalschlacht vorzubeugen. Die Polizisten sind alles Brocken, Schlagschutz vor den Gesichtern und Knüppel in den Fäusten.

Na ja, denke ich, das ist ja wieder wie vor 2000 Jahren.

Ich schleudere das Mikrofon mitsamt dem Stativ, das an einem langen Kabel befestigt ist, das von der Decke hängt, vom Gerüst.

Dann gehe ich hinter die Bühne und warte, was da geschehen wird – während das Mikrostativ hoch über den Köpfen der Zuschauer wie ein leeres Trapez hin- und hersaust.

Überall Blitzlichter der Fotografen. Surrende Filmkameras. Reporter, die schwachsinnige Fragen stellen. Das ganze fängt an mich anzuwidern. Ich schreie die Aasgeier an, die mich unentwegt umkreisen – ich werde sie nicht los – sie schleichen mir sogar hinterher wenn ich pinkeln gehe.

Zuschauer kommen hinter die Bühne gestürzt und umarmen und küssen mich. Menschen, denen ich in tausenden von Vorstellungen mein aus dem Leibe gerissenes Herz hingehalten habe. Minhoï hängt an meinem Hals und weint. Sie hat Angst um mich, sie hat noch nie eine Veranstaltung von mir erlebt. Die Leute beschwören mich, auf das Gerüst zurückzugehen. Ja! Ich werde weitermachen. Aber erst wenn diese Rowdies aufhören, sich die Fressen einzuschlagen und, vor allem, das Maul halten! Dieses Gesindel ist noch beschissener als die Pharisäer. Die haben Jesus wenigstens ausreden lassen, bevor sie ihn angenagelt haben.

Die Zeit verstreicht. Die Zuschauer sind noch alle da, keiner will nach Hause gehen. Alle warten, daß ich wiederkomme.

Mitternacht. Langsam tritt Ruhe ein. Keiner hustet. Niemand räuspert sich. Jetzt ist vollkommene Stille.

Viele sind von ihren hinteren Sitzen aufgestanden und haben sich auf dem freien Raum vor dem Gerüst zusammengedrängt. Auf den Fußboden gelagert. Woodstock.

Ich springe von dem Gerüst herunter und mische mich unter sie. Meine Erschöpfung ist wie weggeweht. Ich fühle meinen Körper nicht mehr. Ich sehe sie ganz deutlich vor mir, ihre Gesichter, die feinste Reaktion in jedem einzelnen Gesicht. Tausende von Augenpaaren, die mich ansehen. Vor Leidenschaft brennende, sehnsüchtige Augen. Ich gehe von einem zum anderen. Bleibe vor ihnen stehen. Setze mich zu ihnen. Umarme sie. Mädchen und Jungen, Frauen und Männer jeden Alters, von Minderjährigen bis zu Greisen – aber, und das ist das Wunder: Alle sind jung!

Um zwei Uhr früh ist alles zu Ende. Minhoï und ich gehen nicht direkt ins Hotel zurück, wir sind zu aufgewühlt. Bis zum Abflug der Maschine. ist noch viel Zeit, und wir haben nichts zu packen.

Wir gehen durch den eisigen Morgen, ohne ein Wort zu reden.

Minhoï hat mich verstanden, obwohl ich während der Veranstaltung nur deutsch gesprochen habe.

Meinen Vertrag für alle fünf Kontinente zerreiße ich. Er war eine Million Mark wert. Er interessiert mich nicht mehr. Nicht, weil ich reich bin. Wir besitzen nichts. Nicht, weil ich mich fürchte, den Buddha vom Thron zu stoßen. Das habe ich längst getan. Ich pfeife darauf, daß die Kirchen angedroht haben meine Veranstaltungen zu boykottieren. Es langweilt mich, daß die Manager der größten Sportpaläste sich weigern, mich auftreten zu lassen, weil sie Angst um ihr Mobiliar haben. Und daß der erbärmliche Kaplan, der das Buch ›Jesus in schlechter Gesellschaft‹ geschrieben hat, lieber nicht öffentlich mit mir gesehen werden will.

»Die Menschen sind noch wie vor tausend Jahren –
zerbeult von Lastern.
Wenn sie in die Grube fahren
sind sie im Fraß der Würmer erst zuhaus.«

Eine Zigeunerin, die meine Geliebte war, antwortete mir auf meine Frage, ob sie nie ins Theater oder Kino gehe: »Als ich vierzehn war, gingen zwei Männer meinetwegen mit dem Messer aufeinander los. Der eine hat den anderen erstochen. Ich habe den Toten berührt, er war wirklich tot. Der andere lebte wirklich.«

Das ist der Unterschied zwischen gespieltem und wirklichem Leben. Meines ist wirklich.

*

»Rühr dich jetzt nicht vom Fleck«, sagt mein Vater und verbeugt sich vor mir.

Ich gehorche ihm im allgemeinen nicht. Aber er sagt es so dringend und bittend, daß ich neugierig stehen bleibe.

Was hat er vor? Warum soll ich denn nicht mit rein? Hat er überhaupt Geld, daß er in so einen Laden geht? Ich komme nicht mehr dazu, meine Gedanken auszusprechen. Mein Vater ist in das mit Menschen überfüllte Feinkostgeschäft eingetreten.

Ich rühre mich nicht vom Fleck. Ich trete nur ab und zu von einem Bein aufs andere, weil mir die Füße in den zu engen Schuhen brennen.

Ich habe mir oft den Kopf zerbrochen, warum mein Vater sich vor kleinen Kindern verbeugt. Ich erkläre mir das so: Mein Vater, der behauptet, daß er früher Opernsänger war, hat während eines Gastspiels in Japan die Sitte angenommen, sich voreinander zu verbeugen. Ich habe gesehen, wie mein Vater, als er sich unbeobachtet glaubte, vor dem Spiegel Gesichter zog, atemberaubende Grimassen, von einer hypnotischen Kraft wie die Masken des Kabuki. Er machte Bewegungen und riß den Mund auf, als ob er singen würde. Sein Brustkasten hob und senkte sich gewaltig, sogar seine Halsschlagader schwoll an, aber, merkwürdig – es kam kein Ton aus seiner Kehle.

»Da hast du's!« sage ich mir. »Du hast selbst gesehen, daß er nicht singen kann!«

Ich glaube, das mit dem Opernsänger ist eine Ente. Keiner von uns hat meinen Vater jemals singen hören. Jedenfalls ist mein Vater Apotheker und nicht Opernsänger.

Wo mein Vater herkommt, was er getrieben hat, weiß kein Mensch. Man munkelt, daß er keine Eltern hatte. Vielleicht ist das der Grund, warum er sich vor kleinen Kindern verbeugt. Sonst weiß man nichts. Er vertraut sich niemandem an.

Wir Straßenjungen nennen meinen Vater ›Glatze‹, ›Rübe‹, ›Bulli‹ oder einfach ›Osram‹. Tatsächlich leuchtet seine Glatze wie eine Osram-Birne. Rübe heißt er, weil es sich anhört, als ob man eine Rübe schabt, wenn er sich den Schädel schert. Er kann das verrostete Rasiermesser, das wie eine alte Unkrauthacke lauter Scharten hat, wirklich nicht mehr benutzen. Selbst meine Mutter, die sonst immer so geschickt ist, hat ihm schon ganze Hautstücke herausgehackt.

Ganz selten geht er zu einem richtigen Barbier. Der setzt seine gefährlich scharfe Klinge wie ein jüdischer Schlächter an und hat meinen Vater nie verletzt. Meine Mutter hat meinem Vater nachspioniert. Sie hat ihr Gesicht ganz nah an die Glasscheibe des Friseurgeschäftes gedrückt und atemlos miterlebt, wie dieser Schlächter in flinken Pirouetten um meines Vaters Glatze tanzte. Als die Rasur vorüber war, habe mein Vater absichtlich und etwas schnoddrig 60 Pfennig auf die Tischplatte gepfeffert, obwohl die Rasur nur 50 machte.

Mein Vater tritt überall als feiner Pinkel auf, um seine Armut zu vertuschen. Das ist nicht leicht, denn seine sogenannte Garderobe, die ausschließlich aus dem besteht, was er auf dem Leibe trägt, kann jeden Augenblick von ihm abfallen, wie das faule Fleisch von einem Leprakranken. Ich glaube, das ist der Grund, warum er sich so vorsichtig bewegt, sich nirgends anlehnt, nie seine Ellbogen oder Knie abknickt, sich niemals bückt, nie hinsetzt, immer steht. Kurz, er versucht, durch sparsame Bewegung jede Beanspruchung seiner Klamotten zu vermeiden. Ich habe den Verdacht, daß er sich nur traut richtig durchzuatmen, wenn er nackt ist.

Der speckig abgewetzte Arsch der Hose, die ausgebufften Knie und Ellbogen sind so fadenscheinig, daß man sein Fleisch durch das Gewebe schimmern sieht.

Die spiegelblank gewichsten Schuhe sind so brüchig, daß sie jeden Augenblick zu zerbröckeln drohen. Er scheint ständig auf der Hut zu sein, auf keinen Fall an irgend etwas anzustoßen. Ich habe das Gefühl, daß er mehr schwebt als geht und kaum die Erde streift. Vor allem tut er das wohl wegen ihrer Sohlen, die bis zum Steg vom Oberleder losgelöst sind. Normalerweise würde eine solche Sohle, beim üblichen Vorwerfen des Fußes, bei jedem Schritt, wie die Kiefer eines Krokodils zuklappen und dann mit lautem Knall aufschlagen. Mein Vater hat jedoch eine Technik ausgeklügelt, die es jedermann unmöglich macht, den katastrophalen Zustand seiner Schuhe zu entdecken: Er knickt beim Gehen die Beine nicht an den Knien ab, sondern hebt das gesamte Bein direkt aus der Hüfte wie an einem Gummiband ganz leicht vom Boden und nach vorn, wobei die Schuhsohle sich ans Oberleder schmiegt, und läßt es dann, fließend wie ein Jo-Jo, wieder zur Erde nieder.

Zuerst bleibt jeder sowieso an dem Monokel meines Vaters hängen. Das ist eigentlich gar kein Monokel, sondern ein loses, angeschlagenes Brillenglas. Aber mein Vater hat die Unverfrorenheit, sich diese Scherbe in sein linkes Auge einzuklemmen. Er kann auf diesem Auge ohne das Ding nichts sehen. Auf dem rechten ist er ohnehin blind. In jedem Fall ist durch das angebliche Monokel seine haarsträubende Kleidung außer Gefahr, und niemand kann ihn deshalb verhöhnen.

Es ist bereits eine Ewigkeit her, daß er in den Feinkostladen ging. Ich sehe mich nach allen Seiten um, wo ich urinieren könnte. Ich verliere langsam die Geduld.

Bulli heißt er nicht nur wegen seines dicken Schwanzes und seiner großen Hoden. Bulli ist auch die Abkürzung für Bulldogge. Nicht wegen seiner Glatze – die englischen Bulldoggen sehen ja auch so aus, als ob sie eine Glatze hätten – sondern sein ganzes Gesicht ist so. Alles an seinem Gesicht zieht sich nach unten, als habe er zuviel Haut. Die Falten auf Stirn und Nacken, die so tief wie Narben sind, enden ohne Übergang in seiner Glatze.

»Die Kiefer von Bulldoggen und Haifischen«, habe ich ihn sagen hören, »lassen sich nicht mehr öffnen, sobald sie mit ihren doppelreihigen Zähnen zugebissen haben. Das macht diese Tiere so gefährlich.«

Wenn ich auch nicht glaube, daß mein Vater mit seinen Zähnen nach jemand schnappen würde, so habe ich doch die erste Zeit gehofft, daß die Leute Angst vor ihm haben. Nicht nur wegen des Bulldoggengesichts. Er besitzt ungewöhnlich starke Muskeln und ist breit wie ein Athlet.

Aber da hatte ich mich getäuscht. Ein Fremder kann seine Muskeln ja nicht sehen und denkt nur zynisch ›Pinkel‹ oder ›Glatzkopf‹. Mein Vater wirkt angekleidet eher schlank. Das Bulldoggengesicht macht überhaupt keinen Eindruck, außer daß man sich über ihn lustig macht. Ich habe mich belehren lassen müssen, daß Bulldoggen bei Dilettanten, und das sind die meisten Leute, als Mißgeburten gelten. Sie sind als völlig harmlos verschrien und vielen wegen ihrer Seltenheit sogar unbekannt. Ich selbst bin Zeuge, wie ein kleiner Junge zu seiner Mutter sagt, als eine Bulldogge vorübergeht: »Sieh mal, Mutti, da geht ein Schwein.«

Ich weiß also, daß mein Vater bestenfalls als harmloses Schwein betrachtet wird. Das tut mir weh. Denn ich habe meinen Vater lieb und mir so sehr gewünscht, daß er den Leuten Angst einjagt. Wenn man arm ist, hat man keine andere Waffe, als den Leuten Angst zu machen.

Mir ist so schwindlig von dem angestrengten Denken und auch vor Hunger, daß ich mich in einer Art Rauschzustand befinde … Als mein Vater aus dem Geschäft herausgeschossen kommt und ich eine Stimme keifen höre: »Haltet den Dieb! Schlagt ihm mit irgend etwas auf die Glatze! Haltet ihn mit allen Mitteln fest!«

Es ist der Ladenbesitzer, der über mich stolpert und mich um-
reißt, so daß ich gegen die Obststände vor dem Laden pralle. Ich
sammle schnell die Äpfel, die nach allen Seiten fliegen, in meine
Schürze ein und türme, ohne zu wissen wohin ich mich wenden
soll.

Keuchend, an der schweren Schürze schleppend, unsere Armut,
das Geklaue, den Ladenbesitzer und meinen Vater verfluchend,
der diese heillose Schweinerei ausgelöst hat.

Ich schlage mir die eine Faust in meine Milz und halte mit der
anderen die Schürze mit den Äpfeln fest, die gegen meine Beine
schlackert und mich am Laufen hindert.

Das Klatschen meiner Sohlen auf dem harten Asphalt hallt in
meinem Schädel wie ein Teppichklopfer. Mein stoßweiser Atem
sticht mir wie ein Messer in die Lungen. Mir wird schwarz vor
Augen ... während ich merke, daß ich mir in die Hosen strulle.
Zum Schlitzaufmachen ist es jetzt zu spät. Ich fühle, wie es an der
Innenseite meiner Schenkel heiß herunterströmt. Ich wollte meinen Vater nicht blamieren und an die Hauswand pissen.

»Wo ist er denn bloß hin!«

Ich klotze fluchend alle Steine vor mir her, die mir in die Quere
kommen. Obwohl meine Mutter es mir streng verboten hat, weil
ich nur das eine Paar Schuhe habe.

Da packt mich eine Riesenhand am Kragen und zerrt mich in
einen Hauseingang. Als ich herumwirble sehe ich, daß es mein
Vater ist. Dicke Schweißtropfen stehen ihm auf der Glatze.

»Papa, was hast du?«

Anstatt zu antworten, schluchzt er wie ein kleines Kind und
preßt mich mit solcher Gewalt an sich, daß mir völlig die Luft
wegbleibt, während er eine Tafel Schokolade in seiner verkrampften Faust zerdrückt.

Abgesehen von dem Sauladen, den er angerichtet hat, hat er
nur Schokolade geklaut? Und nur eine Tafel? Und wegen dieser
einen Tafel Schokolade hat er mich mit voller Blase und zu engen
Schuhen über eine Stunde auf der Straße warten lassen? Ich beginne ihn abzutasten, soweit mir das in seinen Pranken möglich
ist – nichts! Er hat wirklich nicht mehr. Und warum weint er
dann? Ich lasse die Schokoladentafel nicht aus den Augen und
mache mir Sorgen, daß er sie ganz ruinieren wird.

»Warum weinst du, Papa?«

Ich versuche, mich aus seinem Schwitzkasten zu befreien. Er merkt vor lauter Rührung nicht, daß er mich fast erwürgt. Er will etwas sagen ..., aber ein heftiger Weinkrampf erstickt seine Stimme.

Geniert er sich, weil der Fischzug eine Pleite war? Sitzt ihm der Schreck noch in den Gliedern? Das alles ist kein Grund zu heulen. Und wenn das nicht der Grund ist? Wenn er sich statt dessen schämt, daß er gestohlen hat und sich bei der ersten Gelegenheit verquatscht? Scheiße! Er bringt nur alle in Gefahr, wenn er sich nicht zusammenreißen kann.

Mein Vater hat nie Geld, weil er keine Arbeit hat. Obgleich er sich die Hacken danach schiefläuft, klappt es nicht. Entweder will ihn keiner, oder er wird prompt nach vier Wochen gefeuert. Warum, weiß ich nicht, es gibt jedenfalls immer Streit.

Deswegen hast du deine schönsten Jugendjahre geopfert und bis in die Nächte Griechisch und Latein gebuffelt? Um eines Tages Handlanger zu werden, mit 60 Jahren eine Tafel Schokolade zu klauen, vor einem Hanswurst davonzulaufen und zu weinen, weil du dich all dessen schämst. Worüber wunderst du dich? Ist es nicht ganz in der Ordnung, daß der jeweilige Apothekenbesitzer dich rausfeuern kann, wenn es ihm paßt? »Das ist die Höhe« sagst du. »Wissen wiegt mehr als Geld« – behauptest du. Daß ich nicht lache! Du bist ein Handlanger! Du kannst dich nie, nicht einmal im Traum mit einem Apothekenbesitzer messen! Wie viele Jahre, Jahrzehnte, ach was, Jahrhunderte müßtest du schuften, um deine eigene Apotheke abzuzahlen, ohne in eine Bank einzubrechen! Nein, nein. Du bleibst ein Handlanger. Ein Hochgebildeter, aber ein Handlanger. Auf jeden Fall bist du nicht wichtig, sonst würde man dir Arbeit geben.

Ich habe das Verlangen, etwas für ihn zu tun, ihm zu helfen, ihn zu beschützen. Ich zerre wie von Sinnen an den Fäusten, die er sich in die Augen bohrt.

»Hör doch auf zu weinen, Papa. Papa! Lieber Papa!!«

Eines steht fest, man kann ihn unter keinen Umständen mehr stehlen gehen lassen. Allein schon gar nicht. Und dann das Gewarte vor der Ladentür und diese Rennerei möchte ich auch nicht noch mal erleben.

Er klammert sich so flehentlich an mich, als wolle er sagen: »Laß es mich noch ein einziges Mal versuchen.«

Ich weiß – es ist nicht leicht, das Klauen wieder sein zu lassen, wenn man erst einmal Blut geleckt hat. Aber man darf es verdammt noch mal nicht auf die Spitze treiben. Er muß einsehen, daß er als Ladendieb nicht in Frage kommt. Er ist nicht abgebrüht genug, das ist es. Und er fällt mit dem Gesicht und der Glatze zu sehr auf. Überhaupt ist er nicht der Typ dazu.

Heute ist ein besonders gemeiner Tag. Wir haben seit 48 Stunden nichts mehr gegessen.

Ich bin vor einer Woche auf dem stockfinsteren Korridor gegen eines dieser widerwärtigen Möbelstücke gestoßen, mit denen der Vermieter das ganze Haus verrammelt hat und die alle aussehen wie lackierte Särge. Ich habe mir den Fußknöchel aufgeschlagen, der böse angeschwollen ist. Seitdem ist es mit dem Stehlen aus. Das bißchen eiserne Reserve ist seit Tagen aufgebraucht, und mir ist so übel, daß ich erst lange auf den Haustürstufen sitzen muß, bis ich die Kraft aufbringe, zu meinem Lebensmittelgeschäft zu hinken. Heute werde ich auf alle Fälle gehen, und wenn ich auf allen vieren rüber muß. Meine Mutter setzt sich neben mich.

»Hast du nicht starke Schmerzen?«

»Es geht.«

»Was muß mein kleines Häschen in diesen Tagen auszuhalten haben.«

»Ich bin doch keine Memme.«

»Entschuldige. Komm doch wenigstens ins Haus.«

»Ich will nicht in das Haus.«

»Du sollst mit deinem kranken Fuß noch nicht auf die Straße. Überhaupt ist das nicht der geeignete Platz für meinen kleinen Liebling.«

Sie erschrickt sofort über den Unsinn, den sie redet.

»Wo ist denn ein geeigneter Platz für mich, Mutti?« Sie ist furchtbar verlegen, zieht mich verliebt an den Haaren, schnurrt wie eine Katze und druckst herum, um irgend etwas Sinnvolles zu sagen.

»Ist der Fuß sehr heiß? Willst du, daß ich den Umschlag mit essigsaurer Tonerde erneuere?«

»Nein, danke. Er ist noch nicht sehr heiß.«

»... heute kriegen wir alle etwas zu essen, darauf kannst du dich verlassen.«

Sie klammert sich, wie wir alle, an diese fixe Idee, die uns von Stunde zu Stunde aufrecht hält.

»Ja. Mutti.«

Ich will eigentlich sagen: Du kannst dich darauf verlassen, daß ich nicht aufgeben werde. Daß mich niemand und nichts in die Knie zwingen wird. Daß ich dir eines Tages deine tapfere Liebe vergelten werde. Daß ich dafür sorgen werde, daß du nicht mehr wie ein Sträfling schuften mußt. Daß ich eines Tages aus eigener Kraft soviel Geld verdienen werde, daß ich dir sogar einen Wintermantel kaufen kann, Fäustlinge und warme Schuhe für deine Frostbeulen. Daß du soviel echten Bohnenkaffee trinken und Semmeln mit Butter und richtigen Bienenhonig essen sollst, wie du willst.

Ja, das will ich eigentlich sagen. Aber ich sage es noch nicht, weil es eines Tages eine Überraschung werden soll.

»Soweit wie heute wird es nie mehr kommen, das mußt du nicht denken, mein kleines Häs ...«

»Nein, Mutti.«

Die Kehle ist ihr trocken vom Lügen.

»Es wird alles gut werden«, haucht sie ganz nah an meinem Gesicht.

Ich schlucke lange an dem Kloß in meinem Hals, damit ich nicht losheule. Ich darf jetzt nicht schlappmachen. Ich brauche für das, was ich vorhabe alle Kraft.

»Ja, Mutti.«

Ihr Mund verzieht sich zu einem schwachen, vorsichtigen Lächeln, damit sie ihre zerstörten Zähne nicht so sehr entblößt.

»Graust dir nicht vor deiner zahnlosen Mutti?«

»Sag nicht immer zahnlose Mutti!«

»Aber es stimmt doch. Jeder kann sehen, daß ich fast keine Zähne habe, obwohl ich noch so jung bin. Manchmal habe ich Angst, daß du dich meinetwegen schämst.«

»Das ist nicht wahr! Ich will, daß du mich, auch ohne Zähne, mein ganzes Leben lang küßt!«

Sie nimmt meinen Kopf in ihre starken Arbeitshände und

drückt ihn in ihren offenen Schoß, daß ich ihren erregenden Geruch einatme. Ich bleibe mit dem Gesicht ganz eng an ihrem straffen Leib und streife mit meinen Lippen über ihren heißen Bauch und ihre kleinen, frechen Titten, bis ich mit meinem Mund an dem ihren bin. Sie breitet sich über mich mit ihrem feuchten Lippenfleisch, und ihre riesigen, wunderschönen Augen leuchten in ihrem verhungerten Gesicht wie Glasmurmeln.

Als ich wieder allein bin, reiße ich mich hoch, humple so schnell ich kann über die Straße und krieche auf meinen Platz unter die hölzernen Regale vor dem Lebensmittelgeschäft, auf denen die Waren pyramidenartig gestaffelt oder zu Bergen aufgeschüttet sind.

Ich darf keine falsche Bewegung machen, die Nerven nicht verlieren und nicht zittern. Man muß für die heikle Arbeit eine ruhige Hand besitzen, Fingerspitzengefühl. Wie beim Mikadospiel.

Der freie Raum unter den Holzregalen ist sehr niedrig. Ich muß in der Hocke, wenn ich die Gestelle nicht ständig anstoßen und dadurch ins Wackeln bringen will, die Wirbelsäule so krümmen, daß mein Kopf mit dem Gesicht nach unten weit nach vorn gezwungen wird. Dabei drehe ich den Kopf je nachdem aufs linke oder rechte Ohr, und die Knie drücken gegen die gespannte Gurgel. Genau gesagt gegen den Adamsapfel. Der Hintern muß dabei unten bleiben, ohne auf die Pflastersteine aufzustoßen, wodurch ich nach rückwärts kippen würde. Magen, Leber, Galle werden gegen Herz und Brustkasten gepreßt, so daß sich das Blut in meinen Adern staut und ich nur in kleinen, kurzen Stößen atmen kann. Die Schürze hängt während der ganzen Zeit über meine Knie und liegt mit ihrer großen Tasche auf den Steinen auf. In sie wird die Ware eingesammelt.

Sobald ich diese Stellung einmal eingenommen habe, kann ich sie bis zum Verlassen meines Platzes ohne Risiko nicht mehr verändern, außer daß ich höchstens den einen oder anderen Fuß wie ein Huhn vom Boden lüften kann. Direkt anziehen wie ein Hahn kann ich ihn nicht.

Die Schwellung am Fuß macht mir in dieser Hockstellung schwer zu schaffen. Wann immer es geht, werde ich das gesamte Körpergewicht auf den gesunden Fuß verlagern. Vielleicht lassen die Schmerzen etwas nach, und ich werde nicht aufschreien müssen. Falls ich trotzdem schreien muß, werde ich mir eine Kartoffel oder irgend etwas in den Mund stopfen.

Der Ladenbesitzer, den ich am Käsegestank seiner Füße erkenne, kommt immer wieder aus dem Geschäft nach draußen, um alle möglichen Waren aufzubauen oder etwas von den Ständen wegzunehmen. Das ist vielleicht ein Pedant! Er fummelt ohne Unterlaß an allem rum, und seine Stinkfüße bleiben eine Ewigkeit direkt vor meiner Nase stehen. Ich kann dem Pestgestank nur dadurch für kurze Zeit entgehen, daß ich einfach aufhöre zu atmen, bis mir fast der Kopf platzt und ich wieder etwas Pest einatmen muß, wenn ich nicht zappeln will. Sonst kann ich nichts tun, solange Käsefuß sich hier herumtreibt.

Wenn der Käsefuß überraschend nach draußen kommt, muß ich in der Bewegung, die ich gerade ausführe, erstarren. Das ist wie beim ›Lebende Bilder‹ spielen, wo man sich halb totlacht über die verrücktesten versteinerten Gebärden. Mit dem Unterschied, daß mir in meiner Lage nicht zum Lachen zumute ist.

Der Schmerz in meinem Fußgelenk wird so unerträglich, daß ich mir ein Kohlblatt in den Mund stopfe, um nicht aufzuschreien …

Ich muß eine Zeitlang ohnmächtig gewesen sein, als ich wieder zu mir komme, das Kohlblatt noch im Mund. In Panik, wie eine in die Enge getriebene Ratte, versuche ich mich aus der Marterstellung zu befreien. Ohne Erfolg. Meine Glieder sind bis in die Zehen abgestorben. Ich habe Ohrensausen. Im Brustkasten verspüre ich einen stechenden Schmerz. Aus meiner Nase tropft Blut auf meine Schuhe.

Es ist bereits dunkel. Wie spät mag es um Gottes willen sein? Und wenn es kurz vor Ladenschluß ist und die Auslagen jeden Augenblick abgebaut werden? Ich habe noch nichts in meiner Schürze! Ich greife wahllos alles, was mir zwischen die klammen Finger kommt, und reiße fast die Stände auseinander.

Als ich vollgepackt bin, ich weiß nicht einmal womit, schiebe ich mich schlürfend Stückchen um Stückchen aus dem Verhau. Als ich wieder Zentimeter um Zentimeter in die Höhe komme, schreie ich endlich vor Schmerzen auf.

Glücklicherweise ist niemand vor dem Laden, und es kommt auch niemand vorbei.

Ich habe die Straße schon fast überquert, als ich von einem vorbeikommenden Motorrad erfaßt und zirka 30 Meter weit mitgeschleift werde, wobei mein Kopf auf dem Asphalt aufschlägt.

Der Vorfall ist um so idiotischer, als der Verkehr in dieser Gegend normalerweise harmlos ist und ich sonst immer wie ein Luchs aufpasse, wenn ich eine Straße überquere. Es muß wohl daran gelegen haben, daß ich so geschwächt bin und nur humpeln kann.

Als der Motorradfahrer seine Maschine endlich stoppt, ist der Inhalt meiner Schürze in alle Richtungen katapultiert. Zitronen, Gurken, Mohrrüben, Kartoffeln, Affenbrot sind wie Geschosse durch die Luft gesaust. Ein kleiner Marmeladeneimer ist auf dem Bürgersteig zerschmettert.

Fußgänger schreien auf den Motorradfahrer ein, als wollten sie ihn lynchen. Der ist leichenblaß, duckt sich wie ein getretener Köter und hebt die Ellenbogen schützend über seine Birne. Ich selbst habe ein Loch im Kopf.

Als ich blutend versuche, die Lebensmittel wieder in meine Schürze einzusammeln, sind die Fußgänger so gerührt, daß sie den Motorradfahrer für einen Augenblick aus den Klauen lassen; zusammen mit dem Käsefuß, der aus dem Laden stürzt, tragen sie mir, was von der geklauten Ware noch brauchbar ist, ins Haus.

Schlechte Tage zum Stehlen sind Regentage. Noch schlechtere, wenn es schneit. Bei Frost werden die Stände ins Ladeninnere verlegt. Es wäre sowieso unmöglich, sich bei vereister Straße unter den Regalen aufzuhalten.

Ist ein Geschäft leer, das heißt, wenn kein Kunde im Laden ist, können wir nur in Rudeln was erreichen, ohne daß der Diebstahl sofort aufgedeckt wird. Ich mag Rudel nicht. Wenn wir in Rudeln gehen, wird die Beute in zu viele Anteile zersplittert, und es gibt immer Zank. Du kannst natürlich auch schnurstracks in ein Geschäft gehen, einfach etwas grapschen und dann türmen. Diese Methode hört sich zwar sehr plump an, funktioniert aber durch ihren Überraschungseffekt. Bis die Leute aus dem Mustopf kommen, bist du längst über alle Berge. Natürlich mußt du sehr schnell wetzen können. Der Nachteil ist, daß man den Laden danach nie mehr betreten kann.

Ja – ob wir was zu essen kriegen, hängt auch vom Wetter ab. Oft hocken wir bis in die Nacht auf dem kalten Fußboden in unserem Zimmer, mit leerem Magen und ohne Spielsachen. Denn wenn es ein strenger Wintertag ist, dürfen wir nicht einmal auf die Straße. Wir besitzen keine warmen Sachen. Keinen Mantel, auch keine Fäustlinge und keine Stiefel.

Wir sind zwar, außer unseren Frostbeulen, gegen Kälte abgehärtet, aber meine Mutter sorgt sich um uns alle, weil Arne Asthma hat. Achim weiß nicht einmal, was eine Erkältung ist. Inge ist ein Felsblock. Mein Vater war nie in seinem Leben krank, und meine Mutter hat noch nie einen Wintermantel angehabt. Ich selbst falle nur immer auf die Schnauze, wenn ich zu schnell renne, krank war ich auch noch nie.

Ich stehe am Fenster wie ein gefangenes Tier im Zoo, das sich an den Gitterstäben seines Käfigs auf seinen Hinterfüßen reckt.

Wenn es in diesem elenden Haus nur nicht so stinken würde! Es stinkt aus allen Winkeln so verwest, daß ich ernsthaft darüber nachgrübele, wo der Vermieter seine tote Mutter versteckt hat, damit er ihre Beerdigungskosten nicht zu bezahlen braucht. Der ist ein solches Stück Mist, daß er sogar die Äpfel an den zwei mickrigen Bäumen, die Erdbeeren in den lausigen Beeten und die Stachelbeeren an den verkümmerten Sträuchern zählt.

Sobald er merkt, daß wir zu klauen angefangen haben, wütet er wie eine Wildsau im Gestrüpp. Er wird dabei so sehr von Angst gepackt, er könnte die Ernte nicht am selben Tage schaffen, daß er das Zeug einfach herunterschluckt, ganze Hände voll, im Gehen, ohne zu kauen. Dabei flucht er wie ein Weib, Tränen in der Stimme, daß man ihn hereingelegt hat.

Die Äpfel erntet er steinhart. Obwohl sie keiner in dem Zustand fressen kann ohne Gelbsucht zu kriegen.

Aber dieses Vieh ist auch ein Pfandverleiher, Erpresser und Blutsauger. Er zieht meiner Mutter ihren Ehering vom Finger! Was ist da zu machen? Wir haben keine Wahl. Wir können die Miete nicht zahlen. Wir haben nichts zum Beißen, nichts zum Heizen. Er weiß das alles. Er weiß auch, daß ich stehle. Er braucht nur auszuposaunen, was er weiß, dann sind wir geliefert. Das ist ein Teufelskreis. Nimmt meine Mutter seine Kredite an, verhökert sie sich vollends. Lehnt sie ab, verhungern und erfrieren wir, weil er uns auf die Straße setzt. Oder zeigt uns an. Oder beides. Wie wird das enden? Wird meine Mutter mit ihm ins Bett gehen müssen? Ich glaube, ihre Angst zur Hure zu werden, läßt sie jede Demütigung ertragen. Zuerst bettelt sie ihn an, daß er ihr wenigstens den Ehering am Finger läßt. Sie sagt, daß sie bereit ist, einen Schuldschein zu unterschreiben. Er antwortet, sie soll nicht darüber erschrecken, daß er ihr trotzdem den Ring vom Finger zieht. Das habe seine Richtigkeit bei einem Pfand. Die Kanaille zieht ihr also den Ehering vom Finger. Am Ringfinger meiner Mutter bleibt ein eingekerbter Reif zurück, etwas heller als die übrige gebräunte Haut.

Jeden Morgen sind wir von Wanzen zerbissen. Auch unsere Gesichter sind verquollen. Ich rede mir ein, es sind Mückenstiche, das ist nicht so ekelhaft. Sie sind überall. In der alten Matratze, die wir vom Lumpenhändler haben, in dem durchgefurzten Sofa, und vor allem hinter den abfaulenden Tapeten. Riesige Brutherde. Unser Bett und die Wände sind über und über mit Blut besudelt, als hätten wir uns gegenseitig ermordet. Schließlich ist es unser Blut, mit dem sie vollgesogen sind, und das verspritzt und verschmiert wenn sie unter dem Druck unserer Körper an der Wand zerplatzen oder wir sie mit den Fingern zerquetschen.

Die Schaben erreichen, ausgewachsen, die Größe von Baby-Schildkröten. Wir verbrennen sie lebendig. Im übrigen wetzen sie so unheimlich schnell, daß wir sie meistens nur an den Ärschen verkohlen. Auf den Silberfischen trampeln wir völlig erfolglos herum. Es sind zu viele.

Badezimmer haben wir keines. Wir waschen uns unterm Wasserhahn in der Küche oder unter der Straßenpumpe, mit Schmierseife oder mit Sand. Im Winter hängt manchmal ein Eiszapfen am Wasserhahn. Dann brechen wir ihn ab und waschen uns damit. Warmes Wasser gibt es nicht. Wenn meine Mutter Wasser kocht, dann ist es meist für unsere Frostbeulen. Die Winter sind so mörderisch kalt, daß wir in unseren Kleidern schlafen. Um unsere Frostbeulen zu behandeln, müssen wir Hände und Füße in kochendheißes Wasser stecken. Das verursacht in den Beulen einen solch rasenden Schmerz, daß wir nichts anderes tun können als aufzuschreien. Aber diese Heilmethode hilft uns nicht. Die Frostbeulen brechen immer wieder auf, vereitern und jucken auch den ganzen Sommer durch.

Unser Klo ist ein Loch mit einem Deckel. Wenn man den Deckel abhebt, verliert man fast die Besinnung von dem Piß- und Scheißgestank. Es ist sowieso viel hygienischer, sich im Freien auszupissen. Auch Kacken tue ich am liebsten in Gebüschen. Einmal habe ich im Schlaf meine Schwester angepißt, weil ich träumte, sie sei ein Baum.

Elektrisches Licht haben wir keines. Entweder der Strom ist abgeschaltet, oder es existiert überhaupt keine elektrische Leitung. Ich habe jedenfalls nie eine elektrische Birne brennen sehen. Wir haben uns daran gewöhnt und bekommen mit der Zeit den Orientierungssinn von Fledermäusen.

Wir haben immer Hunger. Selbst wenn ich jeden Tag stehlen könnte, so würden wir doch nicht immer alle satt.

Seine Lebensmittel hat der Blutegel alle weggeschlossen, von Geld oder Wertgegenständen ganz zu schweigen. Sämtliche Türen und Luken sind mit schweren Vorhängeschlössern zugesperrt, und er trägt wie ein Zellenwärter im Zuchthaus Tag und Nacht einen Batzen Schlüssel mit sich herum, entfernt sich nie mehr als auf Sichtweite und bleibt, selbst wenn er einkaufen geht, nur ganz kurze Zeit außer Haus.

Wenn wir Briketts haben und Feuer machen können, dann kauern wir uns an den Kachelofen, pressen unsere verbeulten Hände und Füße an die Kacheln – und manchmal auch den Mund.

Meine Mutter rackert sich von morgens bis abends für uns ab und ist noch dankbar, wenn sie für ein paar schäbige Groschen die Dreckwäsche anderer Leute waschen darf. Ihre Verzweiflung macht sich in wilden Ausbrüchen Luft:

»Ich bin völlig überflüssig in dieser Welt! Ich bin nicht einmal fähig, meine eigenen Kinder satt zu machen! Und du? Warum bist du arbeitslos? Warum kannst du, wenn dich endlich einer nimmt, dein Maul nicht halten? Warum mußte ich ausgerechnet dir begegnen? Wir ziehen von einem Wanzenloch ins andere und leben wie die Schweine! Warum ...?!!«

Manchmal denke ich, es kann nicht lange dauern, bis meine Mutter endgültig zusammenbricht. Wenn sie irgend etwas arbeitet, zittert sie so, daß ihr alles aus den Händen fällt. Was wird passieren, wenn ihr Zustand sich verschlimmert?

Mein Vater sagt bei den Ausbrüchen meiner Mutter nicht ein Wort. Er läßt alle Beleidigungen und Anschuldigungen über sich ergehen. Erst wenn sie sich etwas beruhigt und aufhört ihn zu beschimpfen, hebt mein Vater meine verzweifelte und zusammengesunkene Mutter auf.

Wenn wir uns nachts mit der Schlaflosigkeit quälen, weil wir uns nie ausstrecken können und unsere Knochen sich wundliegen, dann schleicht mein Vater sich aus dem Zimmer, um uns seinen Teil am Bett zu überlassen. Oft sitzt er dann die ganze Nacht auf einem Stuhl oder streift verloren durch die Straßen. Nie geht er in eine Kneipe oder gibt sonst Geld für sich aus, nicht einmal für ein Bier.

Heiligabend. Das Fest des Friedens und der Freude. Im Zimmer ist es eisig und so dunkel, daß wir uns gegenseitig nicht sehen können. Keiner sagt ein Wort. Man hört kaum den Atem. Ich weiß aber, daß alle da sind.

Die ganzen letzten Wochen habe ich die Leute von morgens bis abends Weihnachtsbäume und Pakete schleppen sehen. Jetzt kann ich von unserem Fenster aus, hinter den Gardinen der gegenüberliegenden Häuser, die brennenden Kerzen an den Weihnachtsbäumen sehen, die bunten Kugeln und das flimmernde Lametta, Ketten aus Silber- und Goldpapier und an die Fensterscheiben geklebte durchsichtige Sterne.

Ich habe zwar einen verkrüppelten Weihnachtsbaum geklaut, aber wir haben keine Kerzen und auch nichts von all dem anderen Glitzer, um das Bäumchen zu schmücken. Nicht einmal einen gußeisernen Ständer, in den wir es einklemmen könnten, damit es steht. Es lehnt müde in einer Ecke wie ein buckliges bestraftes Kind mit dem Gesicht zur Wand.

Der einzige Schmuck an unserem Fenster sind die glitzernden Eisblumen, die mit Millionen feinster Kristalle in unerschöpflichem Musterreichtum verschwenderisch die ganze Fensterscheibe überziehen und unvergleichlich schöner sind als die teuerste Gardine.

Ich male mir aus, wie warm es jetzt in den anderen Wohnungen ist, wo die Leute vielleicht über einen Teppich gehen. Was in den Töpfen schmort und in den Formen bäckt. Wonach es duftet. Wie viele Geschenkpakete schon geöffnet worden sind und wie viele noch, in blankes, magisches Papier verschnürt, geheimnisvoll unter den schwerbeladenen Zweigen liegen ... plötzlich packe ich all die Pakete selber aus: Ich`staune über das Mensch-ärgere-dich-nicht, über den Stahlbaukasten, die Dampfmaschine, über das Halma ... ich schraube mir die Rollschuhe und die Schlittschuhe an meine bloßen Füße ... Ich setze mich nacktärschig auf den nagelneuen Rodelschlitten und lasse mich ein Stück über den Perserteppich ziehen ... Ich drücke mir den wollenen Pullover an die Backe, der so weich ist wie der Flaum von jungen Vögeln ... Ich ziehe mir zur Probe die Fäustlinge über, sauge tief den Duft des Boxkalfleders meiner neuen Stiefel ein, küsse sie auf die echten Ledersohlen und nehme sie mit in mein Bett ... Ich weine über das kleine Mädchen mit den Schwefelhölzern und lache über Max und Moritz, den Struwelpeter und die Witwe Bolte ... und bin so tief ins Märchenbuch versunken, daß ich erst zu mir komme, als mir die Kinderpost auf die Zehen fällt. Ich stemple mit den Stempeln alles, worauf sich stempeln läßt, und klebe meinem Vater eine winzige Kinderbriefmarke auf die Glatze. Ich küsse meinen Teddybär auf Mund und Augen, trommle auf der Blechtrommel und schieße mit dem Luftgewehr ... spiele Hand- und Mundharmonika und schmettere auf der Jazz-Trompete ... Ich verlege die Schienenkurven der Märklin-Eisenbahn um Tisch- und Bettfüße und die Geraden durchs ganze helle, warme Haus ... Ich schaukle auf dem buntbemalten Schaukelpferd Galopp, bis sich mir der Kopf im Kreise dreht ... Ich knacke Nüsse, stopfe mir pausenlos Pfefferkuchen, Lebkuchen, Marzipan in den Mund und schmatze Nougat, Spekulatius, Stollen, Datteln, Feigen und den ganzen Baumbehang ... Ich lasse den zarten Mürbeteig der Butterplätzchen und der Zuckerkringel erst langsam auf der Zunge schmelzen, bevor ich sie herunterschlucke ... Halt! Der Gänsebraten! Wie konnte ich den vergessen!! Die Keule gehört mir! Was heißt eine Keule, beide Keulen ... Ich reiße die beiden Flügel und das Brustfleisch auseinander und mampfe alles zusammen mit Bergen von Rotkohl und Schmoräpfeln in meinen Schlund. Die Soße trinke ich gleich aus der Kelle ... Ich muß noch ein paar Salzkartoffeln hinterherschieben, trockene Salzkartoffeln, ganz ohne was ... Vielleicht war es doch zu übertrieben, die fette Soße gleich kellenweise zu saufen. Auf alle Fälle bin ich bis zum Halse voll. Ich habe Zahnschmerzen von den Süßigkeiten und von den Nüssen, die ich immer mit den Zähnen knacke. Nachdem ich gerülpst und einen Furz gelassen habe, schlafe ich in dem Schlaraffenland ein – während gebratene Täubchen versuchen, in meinen schnarchenden Mund zu flattern und Würste und ganze Schinken wie reife Früchte von den Bäumen fallen ...

Es ist noch immer finster, als ich auf dem kalten Fußboden aufwache und meine Mutter weinen höre. Ich schlage mir mit der Hand ins Gesicht, um festzustellen, ob ich träume. Es tut weh. Also ist es die Wirklichkeit. Meine Augen haben sich sofort wieder an die Finsternis gewöhnt. Meine Mutter kann nicht weit von mir entfernt sein. Richtig. Sie sitzt am Tisch und hat ihr Gesicht in den Händen vergraben. Ich krieche zu ihr hin, um sie zu streicheln. Als ich in ihre Richtung taste, finde ich meine beiden Brüder, die sich um ihre Schenkel klammern. Meine Schwester schläft im Stehen, den Kopf seitlich auf die Tischplatte gelegt. Am Fenster schält sich die Silhouette meines Vaters aus der Nacht, der unbeweglich in den Schnee hinauszustarren scheint.

Der Pfandleiher hat von meiner Mutter gefordert mit ihm ins Bett zu gehen, wenn sie den Ehering zurückhaben und verhindern will, daß er uns anzeigt. Und mein Vater, der die Güte von Jesus Christus hat, geht hin und spaltet dieser Sau mit seinen gigantischen Fäusten die Fresse wie mit einer Axt.

Jetzt sitzen wir mit unseren in Pappkartons verschnürten Lumpen auf der Straße. Gott sei Dank ist Frühling. Ich pumpe mir die neue Luft in meine Lungen, als wäre ich lebendig begraben gewesen.

Vier Uhr früh. Seit wir aus dem Zimmer mußten, sind wir nur auf Achse und haben nichts als drittklassige Hotels abgeklappert. Keiner will uns. Die haben alle schon genug, wenn sie unser ›Gepäck‹ sehen. Kinder will auch keiner. Und dann gleich vier. Und wie wir alle aussehen!

Mein Vater versucht es jetzt allein. Wir anderen verstecken uns, wenn er den Nachtportier herausklingelt. Er kneift sich sein

›Monokel‹ ins Auge, weil er überzeugt ist, daß er dadurch Eindruck schindet. Aber das ist alles Quatsch. Er hat keinen Hut und sein Bart und seine Glatze sind seit Tagen nicht rasiert. Er sieht aus wie ein entsprungener Sträfling. Die Nachtportiers schöpfen außerdem sofort Verdacht, wenn jemand im Morgengrauen ohne Koffer kommt, und alle, ohne Ausnahme, wollen eine Vorauszahlung. Also Scheiße. Wir sind vollkommen fertig und torkeln vor Müdigkeit und Hunger wie Besoffene.

Um 7 Uhr früh nimmt uns endlich eine Absteige am Stettiner Bahnhof. Wieder zu sechst in einem Zimmer und in einem Bett. Meine Mutter hat ihre Periode und bekommt einen Blutsturz. Wahrscheinlich vor Überanstrengung. Ihre Beine müssen hochgelagert werden. Das nimmt das halbe Bett ein. Wir können sowieso nicht schlafen. Vor Hunger. Außerdem sind wir viel zu überreizt. Wir stoßen uns ständig gegenseitig an, und es schmerzt wie eine Wunde. Meine Geschwister gehen nicht zur Schule. Nicht bevor wir eine Wohnung haben. Die Gegend hier ist neu für mich zum Stehlen, ich muß mich erst orientieren. Außerdem ist der Verkehr mörderisch, und ich darf nicht auf die Straße. Als wir es vor Hunger nicht mehr aushalten, wird Arne losgeschickt, um in Bäckerläden Kuchenkrümel zu erbetteln. Aber er kommt ohne Kuchenkrümel zurück.

Der Lärm von der Straße ist unerträglich. Ebenso der Qualm vom Bahnhof. Und dann der Kampf um jeden Kanten Brot. Geld! Geld!! Wo soll das herkommen!!!!

Inge, Arne und Achim schlafen heute tagsüber im Bett, weil sie nachts auf dem Fußboden gelegen haben. Wir wechseln uns immer ab, einmal Bett, einmal Fußboden.

Meine Mutter bleibt stehen, als kämpfe sie mit sich selbst, um eine Entscheidung zu treffen. Dann geht sie entschlossen in einen Bäckerladen und kauft mir zwei Schnecken für 10 Pfennig. Es war ihr letzter Zehner. Jetzt müssen wir die Teilstrecke der Straßenbahn zu Fuß zurücklegen. Sie weigert sich hartnäckig, von einer der Schnecken abzubeißen.

Es regnet in Strömen. Vor dem Hotel stoßen wir auf meinen Vater. Er hat seit Tagen nichts gegessen. Meine Mutter zieht ihre Schuhe aus und verkauft sie bei einem Gebrauchtwarenhändler, nicht weit vom Hotel. Er gibt ihr zwei Mark für die Schuhe. Wir kaufen einen Warschauer und eine Familienflasche kalten Kakao und nehmen alles mit ins Hotel.

Warschauer bestehen aus abgeschnittenen, oft verkohlten Kanten von Blechkuchen und allem, was sonst noch von Gebäck und Brot abbricht und was die Bäcker auf Ladentischen und Fußböden zusammenkehren. Das Ganze wird zu einer Masse zusammengekleistert und noch einmal in den Backofen geschoben, damit der Papp zusammenhält. Ein ordentlicher Warschauer, der die Größe von einem Komißbrot hat und bei dem man aufpassen muß, daß man nicht Besenhaare, Holzsplitter, Metall, Papierfetzen oder sogar Glas mitfrißt, kostet zirka 20 Pfennig.

Mein Vater hat Arbeit! Nichts als aus dem Hotel raus! Pallasstraße. Dritter Hinterhof. Die Wohnung ist ein Gelegenheitstreffer. Der Vormieter hat Selbstmord begangen. Für uns ist es das Paradies. Ein Zimmer. Ein Meter Korridor. Eine Küche, und zusammen mit den anderen Hausbewohnern eine Etagen-Latrine. Wir haben auch einen Kachelofen. Gekocht wird mit Gas. Das sind Automaten, man wirft einen Groschen rein und kann sofort loskochen. Die verplombten Automaten werden jeden Monat von der Gasanstalt geöffnet, die Groschen ausgeleert und der Apparat wieder neu verplombt. Unser Vorgänger hat der Gasanstalt die Arbeit abgenommen. Er hat selbst die Plomben aufgebrochen, die aufgespeicherten Groschen wieder rausgeholt, sie von neuem in den Automaten eingeworfen und sich dann vergast. Jetzt liegt er im Leichenschauhaus, und wir sind in seiner Wohnung. Das ist auch ein Wanzennest. Wir reißen die Tapeten runter, töten die Brutherde der Wanzen mit Flit und übertünchen alles. Die erste Zeit schlafen wir auf dem nackten Fußboden. Dann kaufen wir beim Lumpenhändler ein altes Eisenbettgestell und eine alte Matratze. Die ist auch verwanzt. Wir spritzen soviel Flit in die Polsterung, daß wir selbst wie Wanzen umfallen, wenn wir uns tagsüber in die Nähe wagen. Der Giftgestank ist unbeschreiblich. Unsere Kleidungsstücke legen wir zusammengefaltet auf die Dielen in eine Ecke. Das Zimmerfenster geht direkt auf den Schulhof der 22. Volksschule, in die Inge, Achim und Arne eingeschult werden.

Arne hat jetzt so schweres Asthma, daß er blau wie Tinte anläuft, wenn er die Treppen zu unserer Wohnung heraufsteigt. Mein Vater klaut die ziemlich teure Medizin für Arne in der Apotheke. Es ist ein großer Napf mit gelbem Pulver, das Arne jeden Tag löffelweise essen muß. Wir anderen sind neidisch auf sein Pulver, weil es etwas zu essen ist. Meine Mutter muß es verstecken, damit wir es Arne nicht wegfressen.

Ich werde in ein Heim verschickt, weil ich noch nicht zur Schule gehe und damit die anderen mehr zu essen und mehr Platz zum Schlafen haben. Vor allem aber, weil meine Mutter glaubt, daß ich in dem Sozial-Kinderheim selbst endlich genug zu essen kriege und Spielsachen zum Spielen und ein eigenes Bett. Dieses sogenannte Kinderheim, das in Wirklichkeit so etwas wie ein Zuchthaus ist, nenne ich Kinderhölle.

Die Folterknechte, die uns ›betreuen‹, ohrfeigen uns kleine Kinder und schlagen uns mit Rohrstöcken auf die Hände, auf die Waden und über den Kopf, wenn wir den Schweinefraß nicht herunterwürgen können. Ich begreife nicht, was diese Schinder dazu treibt, uns zu zwingen, ekelhafte Fettstücke herunterzuschlucken, deren bestialischer Gestank oder bloßer Anblick mich schon zum Erbrechen bringt.

So ein Mistvieh stellt einen vollen Teller Suppe vor mich auf den Tisch. Der Teller ist bis zum Rand gefüllt, und die Suppe schwappt über, weil diese Zuchthausschlampe den Daumen bis zum Handgelenk in der grauen Plärre hat, in der weiße, aufgedunsene Fettstücke herumschwimmen wie Wasserleichen. Ich muß fast brechen.

Wir müssen so lange sitzenbleiben, bis wir aufgegessen haben, und wenn es darüber Nacht wird. Ein Kind ist die ganze Nacht am Tisch draußen im Freien sitzengeblieben. Heute Morgen ist es tot. Wir erfahren nicht, warum.

Ich schlucke die Fettstücke nicht herunter. Ich kann es gar nicht. Ich hebe die Fettstücke stundenlang in meinen Backentaschen auf, wie ein Eichhörnchen. Ich schlucke nicht einmal den Speichel runter, der sich in meinem Mund ansammelt, damit ich auf keinen Fall den Geschmack der Fettstücke empfinde und brechen muß. Atmen tue ich nur durch den Mund, um die Geruchsnerven auszuschalten. Ich bewege mich kaum. jeder leiseste Windzug, den eine Bewegung verursachen würde, kann dazu führen, daß der Brechreiz zu stark wird und ich den Saufraß wieder auskotzen muß.

»Na, ist der kleine Teufel gezähmt? Haben wir seinen Widerstand gebrochen?«

Ich kann nicht einmal antworten, daß ich dieser Zuchthausschlampe einen langsamen, qualvollen Tod wünsche, weil ich die Backentaschen voller Fettstücke habe.

»… Du sagst gar nichts. Hast du vielleicht noch nicht heruntergeschluckt? Zeig doch mal her. Mach den Mund auf!«

Das ist zuviel für mich. Ich kotze ihr direkt in ihre verdammte Fresse. Ich kotze alles aus, auch das, was ich im Magen habe. Wie aus einer Jauchepumpe kommt der ganze Scheißdreck stoßweise aus meinem weit aufgerissenen Rachen herausgeschossen, bis meine Eingeweide fast zerreißen und ich nichts mehr rauspumpen kann.

Ich winde mich in Krämpfen und stürze schreiend davon, während die Bestie an meiner Kotze fast erstickt und mich kreischend verflucht, bis sie keinen Ton mehr kreischen kann.

Jetzt schwärmen diese Bluthunde aus, um mich wieder einzufangen. Ich schreie und schreie … was haben die nur davon, uns so zu quälen? Nichts als Quälerei. Niemals ein Lächeln, wenn wir verstört sind. Nie ein Trost, wenn wir traurig sind. Kein liebes Wort, wenn wir uns weinend nach unseren Muttis sehnen. Ich schreie, bis alle Angst vor mir haben. Sie denken wohl, daß ich verrückt geworden bin. Die Oberschinderin läßt meine Mutter kommen. Ich schreie und schreie, ich höre überhaupt nicht mehr auf zu schreien …

Als meine Mutter da ist, bin ich fast wahnsinnig. Ich kralle mich an ihr fest. Ich will in ihren Mutterbauch zurück. Wir halten uns so fest umschlungen, daß wir wieder zu einem Leib werden und es weh tut, als wir unsere Körper voneinander lösen und ich an ihrer Hand aus der Kinderhölle gehe.

Meine Mutter hat Arbeit. Heimarbeit. Toilette-Taschen nähen. Für eine fertig genähte Tasche gibt es zwischen 15 und 20 Pfennig. Im Geschäft kostet dieselbe Tasche 20 Mark. Also hundert Mal so viel.

Zuerst muß eine Nähmaschine her. An eine neue ist gar nicht zu denken. Meine Mutter entscheidet sich für eine alte Singer. Wir zahlen die 35 Mark über 18 Monate ab. Natürlich ist das keine elektrische. Sie muß durch ununterbrochenes Treten in

Gang gehalten werden. Das große Problem ist jedoch die Maschine selbst. Sie macht solchen Lärm, daß die anderen Hausbewohner rechts und links, über und unter uns protestieren, weil sie nachts nicht schlafen können. Weil sie kein Radio hören können. Weil sie weder in Ruhe frühstücken, noch Mittag- noch Abendbrot essen können und nicht einmal auf der Latrine Ruhe finden. Sie klopfen gegen die Wände, bummern gegen die Zimmerdecke, trampeln auf ihren Fußböden herum, brüllen aus den Fenstern, klingeln Sturm an unserer Wohnungstür, schreiben Drohbriefe und beschweren sich beim Hauswirt. Alles wegen der Nähmaschine, denn meine Mutter hört erst auf zu nähen, wenn ihr die Beine vom vielen Treten dick angeschwollen sind und sie vor Erschöpfung über der Nähmaschine zusammensackt. In dieser Stellung wacht sie wieder auf und tritt dann sofort weiter. Wenn ein Ablieferungstermin näher rückt, verläßt sie ihren Platz an der Nähmaschine nur noch, um aufs Klo zu gehen. Sie nimmt auch die Nahrung an der Nähmaschine ein. Meine Schwester kocht.

Rattattattattattatt ... Rattattattattattatt ... Die Nähmaschine wird nicht nur für die anderen Hausbewohner, sondern auch für uns zum Alptraum. Nachts wachen wir von dem Lärm der Nähmaschine auf. Wenn wir überhaupt schlafen können. Das erste, was wir morgens hören, ist die Nähmaschine. Die einzige Musik, die uns schon im Treppenhaus entgegenrattert, wenn wir nach Hause kommen: die Nähmaschine.

Wir breiten stoßweise altes Zeitungspapier auf dem Fußboden aus, um die Marter abzudämpfen. Aber das hilft nicht sehr viel, und wir werden auch aus dieser Wohnung bald ausziehen müssen. Denn die Nähmaschine ist, abgesehen vom spärlichen Verdienst meines Vaters, unser einziger Ernährer.

Wir leben mit allen Hausbewohnern in ständiger Feindschaft. Verstehen kann man die Leute. Es sind alles Arbeiter, die früh aufstehen müssen und ihren Schlaf brauchen. Sie sehen sogar uns Kinder haßerfüllt an, als könnten wir etwas dafür, daß wir nachts, anstatt zu schlafen, meiner Mutter nähen helfen. Wir können keine Nacht durchschlafen, sondern nur in Intervallen von ein bis zwei Stunden. In der Zwischenzeit arbeiten wir in Schichten. Zwei Kinder legen sich zu unserem Vater ins Bett, und zwei sitzen auf dem Fußboden neben der ratternden Nähmaschine und geben die genähten und gesteppten Einzelteile von Hand zu Hand weiter, nachdem wir überstehende Gummifutter dicht an den Nähten weggeschnitten oder überflüssige und heraushängende Fäden durchgebissen haben. Es ist ein richtiges Fließband und keiner darf aus dem Arbeitsrhythmus fallen oder gar vor Erschöpfung einschlafen, solange die Nähmaschine rattert.

Mein Vater pfropft sich Wachskugeln in die Ohren. Er muß um 5 Uhr früh aufstehen. Die Apotheke ist 40 Kilometer entfernt, und er hat 2 Stunden Bahnfahrt.

Wenn die Taschen fertig sind, 50, 100, 500 Stück, je nach Auftrag, werden sie zu riesigen Paketen zusammengeschnürt und zum Ablieferungsort geschleppt. Das ist meistens weit weg und nur mit S-Bahn, U-Bahn, Straßenbahn zu erreichen. Einer von uns begleitet meine Mutter jedesmal, weil sie die Pakete nicht allein schleppen kann.

An jedem Ablieferungstag kehrt sie dann mit ihrem Begleiter bei Woolworth ein oder bei KDW. In der Lebensmittelabteilung essen wir heiße Wiener Würstchen mit Kartoffelsalat und viel Mostrich und glibbrige grüne, rote und gelbe Götterspeise.

Ablieferungstermin für die Taschen ist gleichzeitig der Tag, an dem die neuen Aufträge verteilt werden.

Frauen stehen im Treppenhaus vor einem Lagerraum Schlange, in dem der Sklavenhändler abnimmt und zuteilt. Meine Mutter ist gerade drin. Ich warte mit den anderen Frauen in der Schlange. Mit ihren viel zu großen verschnürten Paketen sind sie zu einer einzigen endlosen Leiberschlange zusammengewachsen. Eine Schlange aus Menschenfleisch. Eine schwitzende, scharf riechende, sich windende, sich aufbäumende, stumm aufschreiende Schlange. Die meisten kennen sich nicht, haben sich nie zuvor im Leben gesehen. Einige sitzen auf den Treppenstufen. Andere stehen an die Wand gelehnt. Alle sind übernächtigt. Wenige sprechen untereinander mit gedämpfter Stimme. Andere paffen schweigend vor sich hin und stieren ins Nichts. Frauen jeden Alters und jeder Statur. Eine Dicke, die bestimmt nicht vom vielen Fressen aufgeschwemmt ist und nach Luft japst. Dann eine mit enormen Hüften und ausgemolkenen Hängeeutern; eine, die mindestens 10 Kinder geboren und gesäugt hat. Sie schält eine Apfelsine mit den Zähnen und spuckt die Schalen um sich herum. Dann, neben mir, ein junges lauerndes Luder mit schweren Schenkeln, wegstehendem Hintern und einem zugespitzten kleinen Bauch unter dem gespannten, etwas zu kurzen Rock, dessen eingerissener Schlitz grob und unbeholfen ausgebessert ist. Die Schweißringe unter ihren Achselhöhlen fressen sich bis zu den wippenden, geladenen Titten vor, deren lange, harte Zitzen sich wie Nägel in die schäbige kunstseidene Bluse bohren. Sie zieht sich mit einem schwül riechenden Lippenstift die aufgeworfenen Lippen nach. Eine ältere Ausgemergelte mit schneeweißen Haaren klammert sich am Treppengeländer fest, um nicht umzukippen. Eine Hochschwangere, die ebenfalls mit einem riesigen Paket wartet, wird von zwei Frauen vorsichtig auf eine Treppenstufe niedergelassen. Sie öffnen ihr den Rock, damit sie besser atmen kann. Aber der Sauerstoff der Luft ist völlig aufgebraucht und jeder Atemzug tut weh.

»Wenn es Ihnen nicht paßt, denn gehen Sie doch auf den Strich!«

Der Sklavenhändler brüllt die Worte hinter verschlossener Tür.

Ein Zucken geht durch die Menschenschlange. Die Augen der Frauen bekommen einen bleiernen gefährlichen Glanz. Das junge Luder neben mir kichert lautlos in sich hinein. Ihr Rock platzt beinahe aus den Nähten. Sie zieht sich immer noch die Lippen nach.

»Diese Erniedrigung ist das Schlimmste«, keucht die Aufgeschwemmte.

»Warum?« gibt das Luder zurück. »Man wird um eine Erfahrung reicher.«

»Oder schwanger«, sagt die mit den breiten Hüften.

»Du Sau!« zischt eine der beiden Frauen, die der Hochschwangeren auf der Treppenstufe Luft fächeln.

Meine Mutter kommt aus der Tür. Sie ordnet verstört ihr Kleid, das ihr auf dem Körper klebt, als sie mich hastig die Treppen herunter mit sich zieht.

Wir sind schon längst auf der Straße und rennen immer noch. Wir reden nichts. Ich packe sie nur fester an ihrer kräftigen Hand, die ich im Laufen küsse.

Wir rennen ins Woolworth und verschlingen glühend heiße Wiener Würstchen mit viel Mostrich und Kartoffelsalat und glibbrige, grüne, rote und gelbe Götterspeise.

Rattattattattattatt … Rattattattattattatt … Rattattattattattatt … Das Rattern der Nähmaschine zerrattert alles.

Damit ich meiner Mutter nicht den ganzen Tag auf der Pelle liege, komme ich halbtags in den Kinderhort der Volksschule, in der meine Geschwister sind. Da kümmert sich niemand um uns. Es gibt weder Bilderbücher noch Spielsachen. Beim Ringelreih zockeln wir uninteressiert im Kreis herum wie alte Zwerge. Die Kindergärtnerin lackiert sich die Fingernägel, geht immerzu aufs Klo und poussiert mit jedem Kerl. Wir werden nur hellhörig, wenn es einmal täglich was zu essen gibt. Den Rest der Zeit drücken wir uns verhemmt in dem Mief herum und geben uns gegenseitig unseren Keuchhusten weiter.

Endlich darf ich wieder allein auf die Straße und fange an, mich in der Gegend umzusehen. Geschäfte zum Stehlen gibt es viele.

Ich klaue auf Märkten und in Warenhäusern. Ich klaue Lebensmittel, Kleidungsstücke, Wäsche, Spielsachen, Bücher, Lippenstifte für meine Mutter, und für meine Schwester eine Puppe. Für meinen Vater klaue ich Sockenhalter, Hosenträger, einen Schlips und Kragenknöpfe, die ihm immer runterfallen und die er mit dem beschissenen Monokel niemals wiederfindet. Meinen Brüdern klaue ich einen Fußball, und wenn einer von uns Geburtstag hat, klaue ich in den Parkanlagen Flieder oder Rosen oder Astern, je nach Jahreszeit.

Inzwischen bin ich eingeschult. Ich glaube, daß die Lehrerinnen sich aufgeilen, wenn wir uns bücken müssen, damit die kurzen Hosen sich ganz straff über unsere Popos spannen, bevor sie uns mit dem Rohrstock eines überziehen. Manchmal fassen sie unsere Pobacken an. Sie kommen dabei ganz nah heran und riechen nach Fisch. Ich möchte so einer geilen Lehrerinnen-Hure die Schlüpfer runterreißen und ihr den nackten Arsch verdreschen, bis der Rohrstock in Stücke springt!

Ich weiß nicht, welche Unterrichtsstunde mir mehr den Nerv tötet. Es ist nicht auszuhalten!

Der Religionslehrer ruft mich zu sich ans Katheder, nachdem er mir ein Lob ins Klassenbuch eingetragen hat. Er verspricht mir die allerhöchste Note und gibt mir drei Bonbons.

»Auf welche Religion bist du getauft, mein Sohn?« (Was fällt dem ein, mich seinen Sohn zu nennen!)

»Auf keine.«

»Auf keine?«

»Auf keine. Ich bin überhaupt nicht getauft.«

»Das ist ja furchtbar …! Wie kommt es dann, daß du das ganze Neue Testament auswendig kannst?«

»Ich lerne alles schnell.«

»Wie kannst du aber, um Gottes willen, in eine Kirche gehen, wenn du nicht getauft bist?«

»Ich war noch nie in einer Kirche.«

»Und deine Eltern?«

»Woher soll ich das wissen.«

»Haben deine Eltern dir verboten, in die Kirche zu gehen?«

»Nein.«

»Was sagen deine Eltern über die Kirche?«

»Mein Vater wird wütend, wenn er Kirchenglocken hört.«

»Und deine Mutter?«

»Meine Mutter sagt, daß Ihr das Jesuskindchen quält.«

Ich bin überzeugt, der Religionslehrer hätte mir die drei Bonbons, die ich mir sofort in den Mund gestopft hatte, wieder herausgeangelt, wenn ich sie nicht schon dünn und winzigklein gelutscht hätte.

Das Lob radiert er wieder aus.

Da wir auch in der jetzigen Wohnung kein Badezimmer haben und uns in der Küche waschen, fängt meine Schwester sich zu genieren an. Sie hat jetzt einen kräftigen Arsch, und ihr baumwollenes Hemdchen ist ihr längst zu eng für ihre ungeduldig treibenden Titten. An ihrem baumwollenen Schlüpfer zeichnet sich unter ihrem Kinderbauch deutlich ihre aufplatzende Kastanie ab.

Ich lebe fast ausschließlich auf der Straße. Im Winter, wenn wir durchgefroren sind, legen wir uns auf die Gitter der U-Bahnschächte. Jedesmal, wenn unter dem Asphalt ein Zug langdonnert, wird ein Strom von stinkender, aber warmer Luft nach oben durch die Gitterstäbe gepreßt und taut unsere Körper für Augenblicke auf. Im Sommer ist der Asphalt heiß und die Straße stickig.

Die öffentlichen Schwimmbäder kosten Eintritt. Das Massenschwimmbad Wannsee, in das wir über die Stacheldrahtzäune einklettern können, ist 20 Kilometer weit entfernt und kostet Fahrgeld. Die Havel-Seen sind auch zu weit. Im Grunewaldsee kann man kaum nebeneinander stehen. Die sogenannten Planschbecken sind schwärzer als ein Moorbad und pißwarm; manchmal schwimmt eine Kackwurst genau in Mundhöhe auf dich zu. Ja, es gibt Möglichkeiten. Wir können an der rückwärtigen Seite einer S-Bahn durch ganz Berlin und noch viel weiter fahren. Wenn ein anderer Zug entgegenkommt, muß man sich ganz flach an die geschlossene Tür, an der man hängt, anschmiegen, sonst wird man zwischen den beiden Zügen zerquetscht.

Manchmal legen wir uns in den Rinnstein und lassen uns von den Gießkannen der Sprengwagen der Stadtreinigung duschen. Das Wasser ist kühl und noch nicht abgestanden, weil es frisch getankt und gleich verbraucht wird.

Wenn der Wagen über uns weg ist, springen wir auf, überholen ihn, werfen uns wieder seitlich vor ihn in die Gosse und wiederholen das Ganze so lange, bis er abdreht.

Die Fahrer der Sprengwagen hassen das und treten nach uns, wenn sie uns erwischen. Ein anderer Straßenjunge verblutet bei dieser Baderei buchstäblich in den Gulli. Er liegt im Rinnstein, und ich will mich gerade neben ihn schmeißen – als er sich noch einmal aufrichtet. Das eine Ende des seitlich an den Sprengwagen anmontierten Rohrs, aus dem das Wasser aus hunderten von kleinen Löchern braust, schlitzt ihm die Halsschlagader auf.

Die Sauerstoffbombe der Berliner sind ihre Laubenkolonien. Ihr Muttertier, an dem sie saugen. Ich auch.

Es gibt so viele Schrebergärten in Berlin, daß ich unmöglich alle aufzählen kann. Es gibt tausende. Ich kenne sie fast alle und habe nahezu in allen Obst geklaut.

Es ist anstrengend, aber auch herzbeklemmend, in einen fremden Schrebergarten einzusteigen. Das größte Problem sind die Hunde. Es gibt Gärten, vor denen ich nicht einmal stehen bleiben kann, um zu verschnaufen, ohne daß ein Hund gleich bissig seine Zähne fletscht. Andere toben mit Schaum vor den Mäulern, heiser kläffend hinter ihren Zäunen hin und her, als hätten sie die Tollwut. Das sind Hunde, die unbedingt in irgend etwas beißen müssen. Am liebsten natürlich in einen Menschen.

Der weitaus gefährlichste Hundetyp (ausschließlich Deutsche Schäferhunde), ist der, der weder bellt, noch eine Möglichkeit zur Verteidigung gibt, weil er dich gar nicht angreift. Er sieht dich nur an. Ununterbrochen. Mit seinen stechenden Bernsteinaugen. Augen von Wölfen. Er bewacht dich. Hat jede deiner Bewegungen unter Kontrolle. Wehe, du rührst dich. Und gnade dir Gott, wenn es dir einfallen sollte, ganz unauffällig wegzuschleichen. Du kannst es dir kaum leisten, durchzuatmen. An Weglaufen ist überhaupt nicht zu denken. Das wäre ein schlechter Witz.

Mit diesen herrlichen Hunden muß man reden. Natürlich leise. Zuerst kaum hörbar, aber doch so laut, daß sie neugierig werden. Du darfst noch nicht ganz deutlich sprechen, sie dürfen nicht gleich jedes Wort verstehen. Laß sie herumrätseln, spann sie auf die Folter. Dann mußt du langsam zum Kernpunkt kommen. Du mußt sie neugierig machen, mußt versuchen, sie zu rühren …

… Ich fange an zu heulen, um ihn zu erweichen. Ich heule so echt, daß mir die Tränen herunterkollern. Es ist ihm peinlich, er wendet sich ab. Und siehe da! Dieses entzückende Hündchen leckt mir sogar die Tränen ab. Ich will ihn am liebsten mitklauen, aber er würde den Weg durch den Stacheldrahtzaun nicht schaffen. Rüberwerfen kann ich ihn nicht, dazu ist er zu schwer.

Das vorige Mal kam ich glimpflich davon. Dieses Mal nicht. Ich bin die ganze Nacht wie ein Panther um einen Schrebergarten herumgeschlichen. Kein Bellen. Kein Hund hat sich gezeigt. Es ist halb vier morgens. Die Sonne streckt sich wie ein nackter Leib zwischen den trunkenen, heißen Gesichtern riesiger Sonnenblumen hoch, und ich kann jetzt alles deutlich unterscheiden. Ich habe diesen Garten seit langem auf dem Kieker, weil in ihm ein Bäumchen steht, das die größten Äpfel trägt, die ich je sah. Sie sind so groß wie mein Kopf und wiegen pro Stück mindestens zwei Pfund.

Diese Äpfel üben eine magische Anziehungskraft auf mich aus. Ich konnte keine Nacht mehr schlafen, aus Angst, der Schrebergärtner hätte sie nach Hause getragen. Ich werde jeden einzelnen Apfel vom Stengel abdrehen müssen. Ich darf sie nicht verletzen. Sie sind so blank, als hätte ihr Besitzer sie gewichst.

Ich bewege mich, nach allen Seiten witternd, wie ein Indianer auf das Bäumchen zu. Wie schmächtig es ist, denke ich. Das ist wie bei Frauen. Da gibt es ganz zarte, die riesenhafte Milchtitten haben, gleich beim ersten Fick schwanger werden und kräftige Kinder gebären.

Ich fange an, die Hände nach den Apfelköpfen auszustrecken ... Da kommt mir einer der Hunde aus der ›Der Soldat und das Feuerzeug‹ in den Sinn – denn vor mir, direkt vor mir, steht so ein Hüne von einem Hund. Das ist nicht möglich! Der hat die Ausmaße von einem Kalb! Ich habe ihn nicht kommen sehen, so sehr war ich von den Riesenäpfeln fasziniert. Er war auch nicht gekommen. Er lag unter dem Bäumchen, auf das ich mich zubewegte. Er brauchte sich nur zu erheben, um mir den Weg zu versperren. Er bellt nicht, knurrt nicht. Gibt keinen Ton von sich. Starrt mich stumm an. Bohrt seine blonden Bernsteinaugen in die meinen.

Ich habe den Arm noch immer ausgestreckt in der Luft. Ich kann ihn nicht herunternehmen. Das Kalb läßt es nicht zu. Dieser Hüne läßt einfach nicht zu, daß ich den Arm herunternehme. Er läßt überhaupt keine Bewegung zu. Er zieht nur seine Lefzen hoch, als ziehe er eine Waffe aus der Scheide. Er weiß, das genügt. Die Eckzähne, die zum Vorschein kommen, sind gut 3 Zentimeter lang.

Was soll ich machen? Ich kann hier nicht ewig stehen bleiben. Meine Lage ist so hoffnungslos, daß ich, so paradox es klingt, nur mit Mühe ein hysterisches Lachen unterdrücken kann. Jetzt bloß nicht loslachen! denke ich. Er könnte es als Beleidigung auffassen. Wie zum Hohn schwanken die blanken Riesenäpfel über mir langsam hin und her, als schüttelten sie die Köpfe über meine Unerfahrenheit. Mein erhobener Arm fängt an zu schmerzen. Ich kriege einen Krampf. Als mir der Arm ganz von allein herunterfällt, springt er mich an.

Ich bin für einen zwölfjährigen Jungen nicht gerade schwächlich, aber sein Gewicht allein wirft mich fast um. Ich versuche, mich so fest an ihn zu klammern, wie ich kann. Es gelingt mir kaum, ihn zu umfassen. Er hat das Fell eines Bären. Von Kämpfen kann nicht die Rede sein. Seine Zähne schnappen wie ein Fuchseisen um meinen Unterarm. Er beißt nicht tief, aber ich bin in der

Falle. Obwohl ich ihn erwürgen möchte, hasse ich ihn nicht. Er ist zu schön. Ich glaube auch nicht, daß er mich haßt. Er tut nur seine Arbeit.

Jetzt ist das Gesicht meines Gegners ganz nah vor meinem. Unsere Lippen berühren sich beinahe. Da beiße ich verzweifelt selbst nach ihm. Zuerst in die Lefzen. Ich fühle das heiße, sabbrige Fleisch in meinem Mund. Als das nichts nützt, beiße ich ihm in die Nase, daß er aufjault und sich das Fuchseisen seiner Zähne für einen Augenblick öffnet. Meine Rettung ist der dicke Stiel einer Schaufel, die durch unsere Balgerei in meine Richtung kippt. Ich packe den Schaufelstiel und stoße ihn quer als Maulsperre in sein aufgerissenes Gebiß. Er beißt sich darin derart fest, daß er seine langen, spitzen Zähne nicht mehr aus dem Holz ziehen kann. Zum Glück habe ich immer Strippe in der Hosentasche. Mit einem Arm nehme ich seinen Kopf, samt dem Schaufelstiel in der Schnauze, in den Schwitzkasten und binde mit der freien Hand die beiden Maulhälften zusammen. Ich denke noch ›es tut mir leid, mein Junge, aber jetzt sind wir quitt‹ – dann stürze ich blutend wie ein abgestochenes Schwein aus dem Garten, nachdem ich wenigstens einen dieser Superdinger von dem Bäumchen abgerissen habe.

Täglich, stündlich andere Gärten. Der Trick besteht darin, nie zweimal in denselben Garten einzusteigen.

… Ich sehe nur die Wipfel hoher Pflaumenbäume. Nur die Wipfel. Denn in den Garten selbst kann ich nicht hineinsehen. So sehr ich auch versuche das Gartengrundstück zu umgehen und die Pflaumenpracht zu orten, überall stoße ich auf riesenhafte Dornenhecken wilder Rosen, auf regelrechte Rosenhügel, die zu Gebirgen wachsen und total lückenlos die Sicht versperren. Ja, die so wuchernd ineinander übergehen, daß ich nicht einmal abschätzen kann, zu welchem Grundstück diese fetten Pflaumen wohl gehören. Es bleibt also nur der Dornenweg.

An einer Stelle ist die verflixte Dornenwand so hart, daß ich hier einsteige.

Hände und Beine bluten mir schon nach den ersten Schritten, die Dornen reißen mir Hautfetzen weg und bohren sich wie stumpfe Messer tief ins Fleisch. Es interessiert mich nicht. Ich muß die Pflaumen haben, koste es, was es wolle. Jedoch, je mehr ich mich nach oben und in Richtung Pflaumenbäume vorarbeite, um so tiefer sackt mein Körper in das Chaos von armdickem verfilzten Rosengeäst. Immer wieder muß ich mein Gewicht auf einen einzigen Körperteil verlagern, auf einen Fuß, auf eine Schulter, auf ein Knie, eine Hand, einen einzigen Finger. Ich weiß nicht, wie ich je aus diesem Dschungel herausfinden soll, der sich hinter mir sofort wieder verschließt wie ein verzauberter Märchenwald.

Ich habe es fast geschafft. Nur einen einzigen dicken Ast vor, unter mir muß ich noch greifen und mich an ihm über einen Abgrund ziehen – dann könnte ich, wie durch ein winziges offenes Fenster, direkt nach unten in den Garten sehen. Ich fühle den Schmerz der Dornen nicht mehr, aber ich spüre sie wie Haifische von allen Seiten meinen Körper maulen. Ich versuche so wenig wie möglich Widerstand zu leisten, um ihr Eindringen abzuschwächen. Das ist nicht leicht, da meine Lage all meine Energie und Muskelkraft verlangt und ich meinen Körper aufs Äußerste anspannen muß.

Jetzt ergreife ich den Ast und ziehe meine Brust hinüber. Meine Füße stecken tief und auswegslos in dem Geäst hinter und über mir, so daß mein Unterleib wie eine Schwebebrücke über dem Dornenabgrund hängt. Noch ein paar Zentimeter – dann ist es soweit! Was ich sehe, verschlägt mir den Atem: Ich sehe nackte Frauen! Ich bin zu geil, um sie zu zählen, aber ich schätze, es sind zehn bis fünfzehn. Sie liegen in Liegestühlen, sitzen auf Stühlen oder rekeln sich auf einem Handtuch auf der Erde. Ihre Körper sind eingeölt. Einige sind tief gebräunt, andere sind noch hell, manche weiß. Eine ist krebsrot und sitzt im Schatten. Alle sind splitternackt. Sie wechseln ihre Position. Sielen sich wollüstig. Machen die Beine breit. Ziehen die Schenkel an. Spreizen sich. Liegen auf der Seite, auf dem Rücken, auf dem Bauch. Strecken den Arsch raus, die Titten, die Pflaume. Hätte ich mir jemals träumen lassen, was hier für Pflaumen auf mich gewartet haben! Das Ganze ist so überwältigend, daß ich zu träumen glaube. Es wird kaum gesprochen, kaum ein Geräusch verursacht. Alles ist grell und überbelichtet, als ob man in die weiße Sonne guckt.

Ich kriege einen großen Ständer, der mir schwer zu schaffen macht in meiner Position und in meinen engsitzenden Hosen, aus denen ich längst herausgewachsen bin.

Eine der Frauen habe ich direkt vor und unter mir. Sie hat breite Schultern wie eine Schwimmerin und kurze Fladenbrüste mit enormen, fast schwarzen Warzenhöfen. Ein stämmiges, fleischiges Becken. Darin eingebettet ein kleiner Bauch mit wulstiger Nabelmulde. Große, ausladende Schenkel, stämmige Waden und kräftige breite Füße und Hände. Ihre Schamhaare, die bis in die Beckenschalen wuchern und bis auf den Bauch, erinnern mich seltsam an das Dornengestrüpp, in dem ich hänge – und aus dem ihr ungewöhnlich gewölbter Venushügel sich hervorhebt, unter dem sich ihre fetten Schamlippen wie ein Krater öffnen. Ich kann das rosa Innere ihrer Pflaume sehen, an der ein süßer Tropfen glitzert.

Eine andere, mit ganz weißer Haut, wälzt sich in ihrem Liegestuhl herum und zeigt ihren kleinen aufgeklafften Po, daß ich in ihr offenes Arschloch gucken kann.

Ich muß mich direkt über dem Klo befinden – denn ein junges nacktes Mädchen mit unausgereiften Knospentitten und kaum Schamhaaren an einem unsichtbaren Fötzchen, kommt auf das Geäst zu, in dem ich eingefangen bin, und verschwindet unter mir. Ich höre eine Tür gehen. Dann der Riegel. Und dann das erlösende Pissen.

Als ich mich mit äußerster Anstrengung nach vorn ziehe, um auch die anderen nackten Frauen besser sehen zu können, breche ich mit dem Oberkörper tief in den Dornendschungel unter mir ein und hänge blutend, ohne mich noch rühren zu können, mit dem Kopf nach unten, bis es Nacht wird … Als ich an dem völligen Verstummen der Geräusche erkenne, daß alle Frauen nach Hause gegangen sind, kämpfe ich mich aus der Rosenwildnis heraus.

Eine Überraschung jagt die andere … Ein Schrebergärtner kommt schnurstracks auf mich zumarschiert. Ich bin nur spärlich von einem Johannisbeerstrauch verdeckt. Jetzt ist er nur noch zwei Schritte von mir entfernt. Ich will schon aufstehen. Will ihn ansprechen. Mache schon den Mund auf. Will sagen: »Entschuldigen Sie, Onkel, ich mußte so nötig kacken, da bin ich in ihren Garten eingestiegen …« Mir bleibt die Spucke weg. Er stopft sich unmittelbar vor mir eine ganze Handvoll Johannisbeeren in die Backen, er zieht sie erst gar nicht mit den Lippen von den Stengeln ab, er frißt sie mit. Ich kann sein Schmatzen hören. Höre, wie sein Magen knurrt. Dann macht er sich den Hosenschlitz auf und holt seinen dicken Prügel raus und pißt mich an ... Was soll ich machen? Nachdem er die letzten Spritzer abgeschüttelt hat, geht er auf seine Laube zu und knipst an seinen Rosen rum, schnipp, schnipp ...

Ich pirsche mich durch ein anderes Gärtchen. Nichts zu hören. Keine Seele ... ich bin dabei, mein Hemd mit samtenen Aprikosen vollzufüllen (die ich immer erst an meine Lippen bringe, als wären sie ganz junge Fötzchen) ... Da – sehe ich sie aus den Augenwinkeln durch ein offenes Fenster! Sie kann nicht älter sein als ich. Sie sitzt breitbeinig und onaniert. Sie hat die Augen fest geschlossen ... ächzt ... wimmert ... kommt zum Orgasmus ... Ich mache mir die Hosen auf ... in Trance, wie ein geiler Kater ... Ich bin so naß, als hätte ich eingepißt.

Meine Ausflüge in die Laubenkolonien sind immer nur von kurzer Dauer. Ich muß zurück in meinen Asphaltdschungel.

»Kohlen! Wer braucht Kohlen!«

Ich klingle an jeder Wohnungstür. Die Leute hassen mich dafür. So geht das nicht, ich muß mich an den Kohlenhändler wenden. Der zahlt mir meinen Lohn in Kohlen. Schlimmstenfalls kann ich sie weiterverkaufen. Je mehr ich an einem Tag schleppe, um so mehr Briketts bekomme ich. Ich schaffe bis zu 100 Briketts auf dem Buckel und schleppe, bis ich nur noch Kohlenstückchen huste.

Ich klopfe Teppiche, bis ich an dem Gestank von Staub und Dreck beinahe ersticke. Aber mit jedem Schlag schlage ich etwas von meiner Armut tot.

Ich schleife Schmutzwäsche zu den Wäschereien. Weiche sie in Tröge ein, schrubbe auf den Waschbrettern, bis mir die Finger bluten. Heize die Bügeleisen an. Drehe Laken und Bettbezüge durch die Mangel. Spanne Gardinen auf die Trockenrahmen. Rühre Kragenstärke an und liefere die saubere Wäsche frei Haus.

Ich putze Schuhe. Fünf Pfennig das Paar. Ich helfe den Männern von der Müllabfuhr die verschütteten Abfälle in die Müllkästen einsammeln. Ich ziehe die Karren der Straßenfeger, wenn sie eine Pause einlegen und eine Zigarette rauchen. Ich sammle Kippen auf den Straßen, drehe aus dem Tabak neue Zigaretten und verkaufe sie an Arbeitslose, Rentner und Invalide. Ich schiebe Krüppel und Versehrte in ihren Wägelchen herum, wenn sie in den Park zum Skatspielen wollen. Ich klaube für die Leierkasten-Männer die aus den Fenstern geworfenen Fünf- und Zehnpfennigstücke auf und trage das abgewetzte traurige Äffchen, das immer angekettet auf dem Leierkasten hockt, auf meiner Schulter umher, wenn der Leiermann pinkeln gehen muß.

Von vier Uhr früh bis sechs trage ich Zeitungen, Milch und Brötchen aus. Wenn ich die Zeitungs-Packen, die Kästen voll Milchflaschen und die großen Körbe voll Brötchentüten von Straße zu Straße, von Haus zu Haus, von Stockwerk zu Stockwerk, von Wohnungstür zu Wohnungstür schleppe, dann wird mir oft so übel vor Müdigkeit und Hunger, daß ich mich in den Hausfluren auf eine Treppenstufe setzen muß und mich ans Geländer klammere, um nicht ohnmächtig zu werden.

Wenn es gar nicht anders geht, mache ich eine von den Brötchentüten auf und kratze mit den Zähnen etwas von der warmen, knusprigen Kruste von einem Brötchen runter. Oder ich lecke nur an dem Brötchen, wenn nicht genug Kruste da ist. Oder ich rieche nur daran. Oder ich halte mir das warme Brötchen an die Backe und küsse es.

Oft ist meine Kehle so ausgetrocknet, daß mir die Zunge am Gaumen festklebt und es weh tut, wenn ich schlucke. Dann öffne ich vorsichtig den Pappdeckel einer Milchflasche und tauche meine geschwollene Zunge tief in die kühle Milch. Trinken darf ich auf keinen Fall, nicht einmal einen kleinen Schluck, weil der Kunde das merken würde.

Die fruchtbarste Arbeit ist, den Leichenträgern zu helfen. Das geht nur in den Fällen, wo es sich bei den Hinterbliebenen um arme Schlucker handelt, die den Leichenträgern kein Trinkgeld geben können und die sich nicht um meine Anwesenheit kümmern. Die Arbeit wird von den Trägern, die immer eine Schnapsfahne haben, pro Leiche, je nachdem, mit fünfzig Pfennig bis zu einer Mark bezahlt. Sie überlassen das Waschen der Leiche mir, bevor der steife Tote in den Sarg gelegt wird. Wenn der Leiche ein Totengewand angezogen werden soll, helfen die Träger mir, weil ich den leblosen, schweren Körper nicht allein umdrehen kann und seine Arme und Beine sich nicht mehr biegen lassen.

Ich soll ein siebenjähriges totes Mädchen entkleiden, um es zu waschen und ihr dann ein bereitgelegtes Kleidchen überzuziehen. Keine Mutter ist zu sehen. Kein Vater. Keine Geschwister. Nur ein alter Mann sitzt in der Ecke und spricht mit sich selbst. Das Mädchen hat einen Teddybär im Arm, dem ein Ohr fehlt. Ich müßte ihr den Teddy, an dem sie sich im Tode festgekrallt hat, erst entwinden, um sie zu entkleiden, sie zu waschen und ihr das Kleidchen anzuziehen.

»Das kann ich nicht«, sage ich zu den Trägern.

Einer der Männer zerrt vorsichtig an dem Teddybär, den das kleine Mädchen nicht loslassen will. Dann rüttelt er. Vergeblich. Als er es mit einem Ruck versucht, richtet die Tote sich durch die brüske Bewegung auf, als wollte sie sagen: »Da könnt ihr lange rütteln!«

Ich stürze aus dem Haus.

Die grausigste aller Arbeiten ist, die Abfalltonnen der Krankenhäuser zu den Müllabladeplätzen zu fahren. Ich sitze nicht beim Fahrer, ich muß die Tonnen während der Fahrt festhalten. In diesen Tonnen befindet sich nicht nur mit Eiter verklebte Gaze, blutdurchtränkter Mull und verkrustete Binden. In diesen Tonnen befinden sich, so unfaßbar es ist, amputierte Beine, Hände und Füße und Eingeweide von Menschen. Als das Ölpapier, in das er eingewickelt ist, sich von allein öffnet, ragt aus einer dieser Tonnen ein blutloser Menschenarm.

Wenn ich keine Arbeit habe, breche ich die Zigaretten- und Telefonautomaten auf. Ich tue es nicht gern, man weiß nie, ob man beobachtet wird. Ich kann es mir nicht leisten, ins Jugendgefängnis zu kommen.

Koffertragen auf den Bahnhöfen erregt bei den Gepäckträgern böses Blut. Sie machen geradezu Jagd auf uns.

Ich wasche Fische auf den Märkten. Der Fischgestank geht nicht mehr aus den Kleidern raus. Ich glaube, es gibt keinen Gestank, nach dem ich nicht schon gestunken habe.

Ich verkaufe Würstchen, Fleckenmittel und Bonbons. Die Bonbons hat der Händler einfach zu einem Berg auf den Tisch geschüttet. Jeder Kunde muß mindestens ein Pfund abnehmen. Dafür ist es billig. Neben den Bonbons häuft er die eingenommenen Geldstücke auf, Pfennige, Fünfer, Zehner, Fünfziger, Mark-

und Fünfmarkstücke. Die Scheine steckt er in Höhe der Gürtellinie in die Unterhose. Eine Kasse hat er nicht, nicht einmal eine Schublade oder einen Beutel. Mit der einen Hand häufe ich fäusteweise die Bonbons auf die Waage, mit der anderen greife ich in das aufgehäufte Geld. Wie die Tauben in ›Aschenbrödel‹ – die Schlechten ins Kröpfchen, die Guten ins Töpfchen. Nur, daß das Töpfchen hier kein Töpfchen, sondern meine Hosentasche ist. Als der Kerl es merkt, will er mich totschlagen. Ich bin noch nie so schnell gerannt.

Tennisbälle sammeln wird von einer Art Mafia kontrolliert. Die ältesten und stärksten Jungen sind die Chefs. Jeder Balljunge muß 50 Prozent vom Verdienst an sie abgeben. Wer Radau macht, wird zusammengeschlagen. Es gibt so viele Balljungen auf den Tennisplätzen, daß man heilfroh sein kann, wenn man überhaupt sammeln darf. Die Chefs tun nichts. Sie kassieren nur die Prozente ein, wie Zuhälter, und sitzen im Schatten.

Immerhin habe ich am Abend, wenn ich bis zu vierzehn Stunden gesammelt habe, zirka drei Mark verdient. Wenn ein Spieler noch ein Trinkgeld gibt, wird das ausgeklammert, außer ein Chef hat es gesehen.

Zwei Uhr mittags. Die härteste Zeit zum Bällesammeln. Die Sonne knallt wie ein Hammer auf meinen Bregen. Ich warte mit einem Fettsack, sein Spielpartner ist noch nicht da. Aus heiterem Himmel quatscht er mich an.

»Komm, Scheißer, spiel du. Hier ist noch ein anderer Schläger. Wenn du gewinnst, schenke ich dir fünf Mark.«

»Einverstanden.«

Zuerst glaube ich, ich habe mich verhört. Ich habe rein mechanisch ›ja‹ gesagt.

»Nun komm schon, spiel. Wenn du nur einen einzigen Punkt bekommst, gebe ich dir fünf Mark. Komm endlich – oder willst du nicht?«

Er fragt mich, ob ich will? Und ob ich will! Fünf Mark bedeutet eine halbe Woche Bälle sammeln! Ich könnte mir, gleich wenn ich gewonnen habe, heiße Wiener kaufen. Nein, keine heißen Würstchen. Mir ist schon heiß genug. Kalte Buletten werde ich mir kaufen. Über die Straße ist eine Kneipe. Ich brauche nicht einmal ein

Spiel auszulassen. Zu den Buletten werde ich eine Weiße trinken. Weiße mit Schuß. Ich werde heute früher vom Platz gehen und mir ein paar gebrauchte Tennisschuhe kaufen. Meine sind so zerrissen, daß der eine große Zeh bis auf die Erde hängt. Er ist ewig abgeschürft und entzündet, weil die Nagelkuppe bei jedem Schritt auf den körnigen Sand aufstößt. Außerdem werde ich meiner Mutter Schokolade kaufen, Nußschokolade mit ganzen Haselnüssen, die sie so gerne ißt.

In Gedanken habe ich schon gesiegt – als der Fette mir den Schläger reicht und mir ermutigend zublinzelt. Er hat einen richtigen Schweinskopf und blasse, wäßrige Schweinsäuglein mit weißblonden Stoppelwimpern. Wie ein Schwein.

Und wenn ich nicht gewinne? Ich kann doch gar nicht spielen! Ich weiß nicht mal, wie man den Schläger hält. Ich habe es jahrelang gesehen, das stimmt. Aber ich habe nie einen Schläger in der Hand gehabt.

»Wir gehen ganz nah ans Netz heran«, sagt er, um mir einen Gefallen zu tun.

Wir stehen uns so nah gegenüber, daß wir den Schläger des anderen berühren könnten, wenn wir uns vorbeugen und den Arm ausstrecken würden.

»So geht das nicht. Wir müssen weiter zurück«, sagt er, als habe er sich geirrt.

Wir sind jetzt zirka zehn Meter voneinander entfernt. Aber das ist noch schlimmer. Ich weiß nicht, wie ich den Ball zurückschlagen soll!

Bälle während eines Spiels aufsammeln, ja, das kann ich. Das kann ich wie kein anderer. Ich werde nie müde und renne wie ein Wiesel. Niemals muß ein Spieler auch nur eine Sekunde auf einen Ball von mir warten. Ich habe immer zwei, drei parat und werfe sie ihm geschickt zu. Er muß sich nie danach bücken. Noch nie hat sich ein Spieler über mich beschwert.

Aber spielen? Und dann mit dem! Ich habe diesen Fetten spielen sehen. Er ist ein alter Kunde, und ich habe auch schon für ihn gesammelt. Er hat einen ungeheuren Schlag und bekommt jeden Ball seines Gegners.

Warum hat er mir also dieses Angebot gemacht? Will er sich über mich lustig machen? Hat er Tomaten auf den Augen? Er muß doch sehen, daß ich mir nicht zum Vergnügen die Zunge aus dem Hals renne. Warum will er mich also verhöhnen? Warum weidet er sich an der Auswegslosigkeit meines Versuchs? Ja, er weidet sich daran. Er gibt die Bälle ganz leicht, beinahe liebevoll, und doch so geschickt und hinterlistig, daß ich keinen seiner Bälle auch nur streife.

Ich klotze mit dem Schläger in der Luft herum. Der Griff ist viel zu dick für meine Hand. Ich nehme ihn in beide Hände und hole mit beiden Armen hoch über dem Kopf aus, als wollte ich Holz hacken. Warum nicht. Ich will ihn zerhacken, diesen teuflischen kleinen hopsenden Ball.

Der Fettsack krümmt sich vor Lachen. Dieser fette Wurm kann sich vor Lachen nicht mehr halten über den jämmerlichen Balljungen, der ihm fünf Mark abgewinnen will. Er lacht und lacht, verschluckt sich vor Lachen und würde sich bestimmt totlachen, wenn nicht sein Spielpartner auf der Bildfläche erscheinen würde. Jetzt lacht der auch. Sie halten sich die vollgefressenen Bäuche vor Lachen. Sie brüllen vor Lachen. Lachen, lachen …

Ich gebe ihm den Schläger zurück. Dann sage ich einem anderen Balljungen, daß er an meiner Stelle sammeln kann.

Ich höre die beiden noch lachen, als ich das Tennisgelände verlassen habe.

Wegen der Nähmaschine wird uns die Wohnung gekündigt. Meine Mutter vergiftet sich mit Schlaftabletten. Mein Bruder erzählt mir, wie mein Vater weinend neben ihr herlief, als die Träger von dem Rote Kreuz-Wagen sie auf einer Bahre die Treppe heruntertrugen. Ihr Kopf sei immerzu von der Bahre geglitten und gegen die Wände im Treppenhaus geschlagen.

»Wir haben eine Wohnung!« ruft meine Mutter aus, nachdem sie ihr im Krankenhaus den Magen ausgepumpt haben und sie wieder auf den Beinen ist.

»Die Wohnung ist sündhaft teuer. Aber wir werden Licht und Sonne haben und Blumenkästen mit Blumen und einen Balkon!«

Es ist wahr. Sie hat eine Wohnung gefunden, deren ein Meter auf zwei Meter großer Balkon im vierten Stock zur Straße hin auf der Südseite liegt. Wir werden also Licht und Sonne haben. Ich darf nur nicht an die Nähmaschine denken. Keiner von uns will an die Nähmaschine denken. Und doch sitzt sie uns wie eine Faust im Nacken.

Die Wohnung hat vier kleine Zimmer, eine Küche und zum ersten Mal in unserem Leben ein eigenes Klo und ein Badezimmer, dessen Kohleofen vom Flur geheizt werden muß. Sündhaft teuer ist die Wohnung, da hat meine Mutter recht. Sie kostet achtundsechzig Mark. Aber irgendwie werden wir es schon schaffen.

Inge geht jeden Morgen mit ihrem viel zu kurzen Baumwollhemdchen und ebensolchen Schlüpferchen bekleidet an meinem Bett vorbei aufs Klo. Wenn sie sicher ist, daß alle anderen schlafen, treibt sie es noch ärger. Kommt sie vom Pinkeln, hat sie nur noch das Hemdchen an, das ihr nicht einmal über die jetzt stoppelig behaarte Fotze und die aggressiven Arschbacken reicht.

Was soll ich bloß machen! Soll ich ihr hinterhergehen? Und wenn jemand anders kacken oder pinkeln muß und mich mit ihr aus dem Klo kommen sieht? Wann also? Wo? Ich weiß nicht mal, ob sie sich ficken läßt. Außerdem schlafe ich mit Arne und Achim in dem Zimmer, das zwischen dem Schlafzimmer meiner Eltern und Inges Zimmer liegt. Inges Bett steht Wand an Wand mit Arnes. Und quietscht. Achims Bett steht einen Meter von Inges Zimmertür entfernt, die wie ein alter Karren knarrt. Vormittags ist Inge in der Schule. Nachmittags hilft sie meiner Mutter. Oder sie macht Schularbeiten. Arne und Achim auch. Abends ist es unmöglich, weil zum Abendbrot nie einer fehlt. Ich muß eine Möglichkeit finden! Ich halte es nicht mehr aus!

Ich habe eine Nierenentzündung und muß viel schlafen. Auch tagsüber. Das ist nicht gut. Ich denke immerzu an Inge und habe meine Hände Tag und Nacht an meinem harten Schwanz.

Heute nachmittag ist niemand in der Wohnung. Wo mögen sie alle sein? Jemand ist auf dem Klo, die Spülung rauscht. Ich werfe mich schnell auf die andere Seite und stelle mich schlafend. Jemand kommt ins Zimmer – ich weiß noch nicht, wer es ist – beugt sich über mich ... hebt die Bettdecke hoch ... steigt zu mir ins Bett ... Ich halte den Atem an. Es ist Inge! Ich kann es nicht fassen. Ich habe die Augen immer noch geschlossen, aber ich weiß, daß es Inge ist. Ihr Fleisch streift mich. Ich rieche sie. Sie steigt über mich hinweg, dreht mir den Arsch zu und tut auch ihrerseits, als ob sie sofort einschliefe. Jedenfalls rührt sie sich nicht. Ich mich auch nicht. Aber ihre Pobacken berühren meinen Pimmel, der so hart wird, daß es weh tut. Sie rührt sich immer noch nicht. Sie zieht auch die Arschbacken nicht zurück, noch klemmt sie sie zusammen. Im Gegenteil. Ich habe das Gefühl, daß die Backen sich mehr öffnen. Es besteht kein Zweifel darüber, daß sie meinen Knüppel bis zu ihrer Fut hin fühlen muß.

Wir können hier nicht ewig so liegenbleiben. Wenn sie nichts von mir wollte, wäre sie nicht zu mir ins Bett gestiegen. Das ist klar.

Ich tue, als ob ich unruhig schlafe, murmle im ›Traum‹ und lege wie zufällig meinen Unterarm auf ihr Becken. Die Hand lasse ich über ihren kleinen Bauch auf ihre Fotze gleiten. Ich arbeite meinen Zeigefinger durch die struppigen Schamhaare und wühle ihn in das zuckende Muscheltier, dessen warme Schalen sich sofort willig öffnen, weil sie ganz leicht den Schenkel lüftet – da stößt sie meine Hand weg. Natürlich so, als täte sie es im Schlaf. Ich ziehe schnell die Hand zurück und lecke sie gierig ab. Sie ist so glitschig, als hätte ich sie in einen Napf mit Haferbrei getaucht.

Jetzt greift sie selbst nach meiner Hand und legt sie zurück auf ihre aufgegeilte Auster. Dabei läßt sie sich gähnend auf den Rücken rollen. Sofort führe ich den Finger wieder ein. Je öfter sie meine Hand wegstößt, um so breiter spreizt sie ihre strammen Beine auseinander. Sie wirft den Kopf herum, als würde sie schlecht träumen, während sie mit den Händen ihre Oberschenkel packt. Als ich mich auf sie lege, schließt jemand die Korridortür auf!

… Inge springt aus dem Bett, stürzt in ihr Zimmer und schließt sich ein.

Ich spreche mit niemand und esse nichts. Nachts mache ich kein Auge zu und starre an die Zimmerdecke. Ab und zu gehe ich aufs Klo und untersuche meinen Ständer. Dann starre ich wieder an die Zimmerdecke.

Es muß ungefähr drei Uhr morgens sein. Höchstens halb vier. Ich richte mich auf und lausche lange. Arne und Achim schlafen. Ich höre ihren regelmäßigen Atem. Aus dem Balkonzimmer das Schnarchen meines Vaters und der pfeifende Ton meiner Mutter, die eine verstopfte Nase hat. Ich gehe auf Zehenspitzen und beuge mich über die Betten meiner Brüder. Arne liegt wie ein

Sack auf dem Bauch. Achim wiegt im Schlaf den Kopf hin und her, wie er es schon als Baby getan hat, um sich tiefer einzulullen.

Als ich die Klinke von Inges Zimmertür runterdrücke, stemme ich mich mit aller Kraft gegen die Türfüllung, um das leiseste Geräusch zu vermeiden. Natürlich knarrt die verfluchte Tür wie immer. Ich hätte daran denken und sie ölen sollen,...

Früher konnten wir wegen der Nähmaschine nicht schlafen. Jetzt ist auch noch jede Nacht Fliegeralarm. Jede Nacht! Jede Nacht werden wir drei, vier, fünf Mal aus dem Schlaf gerissen und torkeln in den Luftschutzkeller. Bald stehen wir schon gar nicht mehr auf, sondern drehen uns nur auf die andere Seite, wenn die Bomben niederprasseln und die Häuser um uns rum zerfetzen.

Ich habe einen Hund. Zum ersten Mal in meinem Leben habe ich einen Hund. Er ist erst sechs Monate alt. Ein Bastard, wie die Leute geringschätzig sagen. Ein Zwischending von einem Schäferhund und was weiß ich. Ich liebe ihn so wahnsinnig, daß ich ohne ihn nicht leben kann. Aber wir müssen ihn weggeben, weil er immerzu bellt, wenn ich in der Schule bin oder arbeiten gehen muß.

Die anderen Mieter verlangen, daß der Hund wegkommt. Wir geben ihn jemand, der einen Schrebergarten hat, mehr als 20 Kilometer entfernt.

Heute nacht, im Bombenhagel, als alles in Flammen steht, sitzt er wieder vor unserer Haustür. Er hat die Entfernung ganz allein zurückgelegt. Zu Fuß! Er riecht nach Granatpulver und Brand und Trümmern. Ich küsse sein Gesicht und presse ihn so fest an mich, daß ihn mir niemand mehr wegnehmen kann. Dann schlafe ich mit ihm, und wir küssen uns unter der Bettdecke auf den Mund.

Heute Morgen muß ich ihn wieder weggeben. Diesmal noch weiter entfernt, damit er nicht mehr zurückfindet.

Ich hatte auch einmal eine Katze. Ich durfte sie auch nicht behalten.

Warum sind wir bloß so arm! Warum kann ich nachts nie schlafen! Weil immer Bomben fallen! Warum muß meine Mutter sich so quälen! Warum hat man meinem Papa keine Chance gegeben! Warum ist Krieg! Warum! Warum! Warum!!!!

Wenn ich durch eine Strasse gehe, schlage ich mir fast jedesmal die Birne an, weil ich mich immer um mich selber drehe oder rückwärts gehe – daß mir die Mädchen und die Frauen nicht entwischen, die an mir vorübergehen. Es geschieht ganz automatisch. Ich kann nichts dagegen tun. Sobald eine an mir vorbeikommt, drehe ich mich solange nach ihr um, bis sie um eine Ecke biegt oder sonst irgendwie verschwindet und eine andere sie ablöst, die auf mich zukommt, von vorn, von hinten, von rechts, von links. Am ärgsten treiben sie es, wenn sie von allen Seiten kommen und ich mich wie ein Kreisel drehen muß, um keine zu verpassen. Meistens knalle ich dann mit Stirn oder Hinterkopf gegen einen gußeisernen Laternenpfahl.

Es ist mir gleichgültig, wie alt sie sind, wie jung, wie groß, wie klein, wie dünn, wie dick, was sie für Haare haben, was für Haut – sie üben alle eine magische Anziehungskraft auf mich aus.

Als ich zum ersten Mal ein Fötzchen küsse, bin ich sieben. Ich bin allein mit ihr in einem Treppenhaus. Ich setze sie auf eine Stufe, spreize ihre Beine und schnüffle an ihr herum wie ein Köter.

Jetzt bin ich dreizehn und versuche, jedes Loch zu stöpseln. Auf dem Schulklo, in Gebüschen, Hausfluren, Kellern. Manchmal auch in ihren Bettchen.

Im zweiten Hinterhof von unserem Wohnhaus wohnt eine junge rothaarige Frau mit großen blonden Sommersprossen auf der weißen durchsichtigen Haut. Ihr Mann ist bei der Müllabfuhr. Sie lungert ständig vor der Haustür rum, als warte sie auf jemand. Sicher hat sie einen Kerl, der sie immer ficken kommt, wenn ihr Mann auf Arbeit ist. Ihre Augen blicken leer aus ihrem großen Schädel wie Höhlen in einem Totenkopf. Niemals sehe ich sie etwas einkaufen oder arbeiten. Immer nur herumstehen und auf etwas warten. Ihre Beine sind richtig verbogen, richtig o-beinig, und sie ist immer so geschwächt, als müsse man sie stützen. Ich habe gehört, daß sie die Schwindsucht haben soll, aber ich denke, es ist vom vielen Ficken.

Da steht sie wieder. Ich starre sie gebannt so lange an, bis sie mir den Totenkopf zuwendet. Alles an ihr ist Fotze. Bis zum Gesicht. Bis zu den Augen, die jetzt einen grauen, matten Glanz bekommen. Sie nimmt mich an ihre feuchte heiße Hand und zieht mich mit sich.

Ihre Wohnung liegt im Parterre, und das Schlafzimmerfenster, das immer geöffnet ist, führt auf ein rückwärtiges unbebautes Gelände. Ich treibe mich da manchmal herum und stöbere im Schutt, und da habe ich einmal vormittags aus dem geöffneten Fenster Männerstöhnen und Frauenschreie gehört. Von ihrem Mann kann das Stöhnen nicht gewesen sein. Der geht um vier Uhr früh aus dem Haus und kommt erst nachmittags zurück.

Das Schlafzimmer ist naßkalt und es dringt kaum Licht herein, obwohl es draußen sonnenhell ist. Und obwohl das Fenster geöffnet ist, riecht es nach Bratkartoffeln.

Sie zieht sich hastig aus, wie eine Süchtige, deren Spritze längst fällig ist. Sie hat einen fast kindlichen Oberkörper, an dem alle Rippen sichtbar sind, und fast keine Titten. Dafür hat sie ein ungewöhnlich breites, schalenförmig ausgeformtes Becken, dessen spitz zulaufende Beckenknochen durch die dünne Haut zu dringen drohen. Sie hat kurze Beine, was ihren Unterleib um so breiter erscheinen läßt. Der Rest ist Fotze Fotze Fotze.

Meine Eier sind so hart wie Steine. Sie steckt sie gleich mit rein.

Mit der Schule hat es keinen Zweck mehr. Ich habe nichts als Scherereien und vergeude kostbare Zeit.

Nie fragt man ein Kind, was es lernen *will*. Man sagt, daß Kinder angeblich nicht wissen, was sie wollen. Woher sollen Erwachsene wissen, was Kinder wollen? Was für eine Anmaßung! Woher sollen die Erwachsenen wissen, was später für die Kinder gut sein soll? Sie stopfen uns mit ekelhaftem Abfall voll. Rimbaud hat recht. Warum eine Teilaufgabe lösen? Warum Griechisch und Latein lernen? Ich weiß es nicht. Was liegt mir daran, ein Examen zu bestehen? Wozu nützt es? Zu nichts, nicht wahr? Ja, doch: Es heißt, daß man eine Stellung nur bekommt, wenn man das Examen bestanden hat. Ich will keine Anstellung haben. Und selbst wenn man eine haben wollte, warum Latein lernen? Kein Mensch spricht diese Sprache. Warum auch Geschichte und Geographie lernen? Natürlich muß man wissen, daß Paris in Frankreich liegt, aber man fragt nicht, unter welchem Breitengrad. Geschichte – das Leben von Staatsmännern und von ihren durch Verbrechen und Korruption berühmt gewordenen Spießgesellen zu lernen, ist eine Qual! Was macht es mir aus, wer von diesem

Gesindel berühmt geworden ist? Was interessiert es mich! Weiß man, ob die Lateiner existiert haben? Ihr Latein, das ist vielleicht eine eigens zurechtgemachte Sprache – und selbst wenn sie existiert hätte, sie sollen ihre Sprache für sich behalten. Was habe ich ihnen getan, daß sie mich mit solchen Quälereien behelligen!

Kommen wir zum Griechisch. Diese garstige Sprache spricht kein Mensch, kein Mensch auf dieser Welt ...!

Aus dem Prinz Heinrich Gymnasium fliege ich raus, weil ich sieben Monate lang die Schule geschwänzt habe und zum zweiten Mal sitzen bleibe.

Meine Mutter bettelt so lange, bis der Direktor des Bismarck Gymnasiums es nicht mehr mitanhören kann und mich unter Vorbehalt nimmt. Nach zweieinhalb Monaten ist auch für ihn das Maß voll.

»Schämst du dich nicht, du Ungeheuer, mit solchen Ferkeleien dein Lehrbuch zu besudeln?«

Ich habe den römischen Statuen Schwänze und Fotzen ins Lateinbuch gemalt. Mit Vorhaut und Hoden, Schamlippen und Klitoris. Der Samen spritzt von einer Figur zur anderen.

»Hätte ich vielleicht nur Schwänze zeichnen sollen?« Der Lateinlehrer schlägt mir ins Gesicht. Ich trete ihm gegen das Schienbein und werfe ihn aufs Kreuz.

Bombenhagel. Die Hausbewohner haben sich in den Luftschutzkeller verkrochen. Meine Mutter und ich sind allein in einer miserablen Einzimmerwohnung, zu der sie weiß Gott aus welchem Grund die Schlüssel hat. Wir haben nichts zu essen. Es ist fast dunkel. Wir sind müde und frieren. Was bleibt uns übrig, als ins Bett zu gehen. Meine Mutter zieht sich vor mir aus. Auch die Schlüpfer.

»Komm ins Bett«, sagt sie nur.

Luftminen zerfetzen drei Tage lang die Häuser um uns herum.

Mit sechzehn Jahren muß ich zum Militär. Als ich den Stellungsbefehl lese, weine ich. Nicht weil ich feige bin, ich fürchte mich vor niemand. Ich will nicht töten und nicht getötet werden.

S-Bahnhof Westkreuz. Ich muß umsteigen, um zur Fallschirmjägerkaserne zu fahren. Ich mache mich vom Mund meiner Mutter

los. Sie bleibt im Abteil, um bis nach Schöneberg weiterzufahren. Sie sieht mich durch die verdreckten Fensterscheiben an. Ihre Augen werden mit dem S-Bahnzug aus dem Bahnhof gefahren.
»Mutti!!!!!!!!«

Bei den Fallschirmjägern treffe ich einen anderen Straßenjungen wieder.
»Keule!« Wir liegen uns lange in den Armen. Keule heißt Bruder.
Sie drücken uns Waffen in die Hände und sagen: »Töte den Feind.« Heute ist mein Geburtstag. Die Tommies schlagen uns zusammen.
Keule und ich schmeißen uns überhaupt nicht hin, wenn wir die Granaten jaulen hören. Wir spielen: Wer seine abgezogene Handgranate am längsten in der Hand behält, gewinnt.
Manchmal hängen Jagdflugzeuge wie Raubvögel am Himmel. Dann hüpfen wir wie verrückt geworden rum und fuchteln mit den Armen, bis sie uns sehen und im Sturzflug auf uns herunterschießen. Wir feixen, wenn sie uns verfehlen und machen ihnen eine Nase. Wir haben keine Ahnung, was das alles soll. Für uns ist das Geknalle wie Silvester, wo wir niemals genug Frösche und Kanonenschläge hatten.
Jetzt ist Keule nicht mehr da, und ich habe niemand mehr, der mit mir spielt. Ich habe mich verlaufen. Wie ein verlorenes Kind. Nicht wie früher im Strandbad Wannsee, wenn ein Kind im Gewühl seinen Bruder verloren hatte. Das Kind wurde dann über Lautsprecher ausgerufen, und man konnte durchs Mikrofon sein Weinen hören. Nach einer Weile kam dann immer jemand und nahm es in Empfang.
Es müßte jetzt also über Lautsprecher gerufen werden: »Sechzehnjähriger Junge, goldblonde Haare, riesige veilchenblaue Augen mit langen dunkelbraunen Wimpern und einem großen roten Mund, will zu Keule zurück. Hört mit dem nämlichen Herumgeknalle auf!« Der Gedanke reizt mich zum Lachen. Aber hier führt mich niemand zu Keule zurück.
»Wer freiwillig mit auf Patrouille geht, vortreten!«
Leckt mich am Arsch.
In den verlassenen Häusern, aus denen die Bewohner geflohen

sind, finde ich Zivilklamotten. Ich werfe meine Uniform in eine Mülltonne und ziehe alles an, was ich finde. Ein grün und weiß kariertes Kinderhemdchen und viel zu große Frauenschlüpfer.

Die Leute müssen von der Mahlzeit aufgesprungen sein. Die Teller sind halb abgegessen, die Gläser noch halb voll. Alles ist mit Schimmel überzogen wie bei Dornröschen.

Ich schlage mich querfeldein in die Richtung, aus der die Granaten kommen, und lebe von matschigen Äpfeln. Überall Äpfel, die unter den Bäumen im Wasser liegen. Die ganze Gegend ist überschwemmt mit Wasser und Äpfeln. Ich habe solchen Dünnschiß, daß ich nur noch in der Kack-Hocke fresse. Am Tag kann ich mich nicht einmal zum Pissen aufrichten. Ich tue es im Liegen und friere mit der vollgepißten Hose an der Erde fest.

Das ist die sechste Nacht, in der ich mich von Matschäpfeln ernähre – da steht im bunten Licht von Leuchtkugeln auf einer überschwemmten Wiese eine Kuh! Kadaver von Kühen oder Pferden, auch von Schweinen, ja, wohin man sieht. Aber eine lebende Kuh! Grasend auf einer Wiese! Das ist absurd! Sie ist ganz bunt vom Licht. Immer mehr Leuchtkugeln platzen hoch oben in der Luft und schweben dann langsam zur Erde nieder, bevor sie über dem Kopf der Kuh in Nichts zerschmelzen. Vielleicht tun sie das für Weihnachten, kommt es mir in den Sinn. Es muß jetzt ungefähr Weihnachten sein ... Vielleicht habe ich Halluzinationen von dem Matschfraß und dem ewigen Gescheiße.

Ich muß versuchen, an die Kuh heranzukommen. Dann werde ich mich auf sie stürzen und ihr ein Stück Fleisch aus dem Leib schneiden. Vielleicht muß ich sie gar nicht töten. Sicher finde ich in einem verlassenen Haus Streichhölzer, oder einen Gasanzünder. Dann werde ich Feuer machen und mir das Stück Rindfleisch braten. Vielleicht finde ich eine Pfanne. Oder wenigstens einen Kochtopf.

Ich reiße meine festgefrorene Hose von der Erde los. Da wird mir klar, daß ich gar keine Waffe habe. Ich habe kein Gewehr, auch keine Pistole, nicht einmal ein Messer, auch kein Taschenmesser, nichts. Auch keine Schnur, um sie zu erwürgen. Wie soll ich sie töten? Wie soll ich sie schlachten? Ich kann versuchen, ihr die Kehle durchzubeißen. Ja, das werde ich tun. Ich werde mich an ihre Gurgel hängen. Ich habe Flaschenkapseln mit den Zähnen aufgebissen. Ihre Gurgel kann nicht härter sein als eine Flaschen-kapsel. Ich werde ihr nur ein Stückchen Fleisch herausbeißen und sie dann laufenlassen. Schlimmstenfalls fresse ich das Fleisch roh.

Um zu der Kuh hinzugelangen, muß ich über eine Stacheldraht-umzäunung, wie sie auf Wiesen, auf denen Kühe grasen, üblich sind. Ich bin noch keine zehn Meter an die Kuh heran, als sie sich mit einem Ruck umwendet und davongaloppiert.

»Wir werden sehen, wer schneller rennen kann!« schreie ich, als habe sie unsere Abmachung gebrochen, sich bei lebendigem Leibe ein Stück Fleisch herausbeißen zu lassen. Aber ich habe mich getäuscht. Ich bin hier nicht in meinem Asphaltdschungel, und ich habe auch keine Tennisschuhe an, sondern viel zu große harte und mit Wasser vollgesogene Soldatenstiefel. Dennoch komme ich vor einer Stacheldrahtumzäunung so nah an sie heran, daß ich ein Bein zu packen kriege. Ich grabe meine Zähne in die weiche Innenseite ihres Schenkels, da wo er in die Arschbacke übergeht. In diesem Augenblick öffnet sich ihr After, und ein Strahl grüner Scheiße platscht mir ins Gesicht. Noch scheißend springt sie über den Stacheldraht. Sie schafft den Sprung nicht ganz und reißt sich das Euter ein. Aber das stört sie nicht. Sie stürmt von Abgrenzung zu Abgrenzung. Nie schafft sie ganz den Sprung über den Sta-cheldraht. Und wie ein Ziegenböckchen schlägt sie, als hätte sie den Verstand verloren, mit zerfetztem Euter Haken in der Luft – während ich, vollgeschissen und bis zu den Waden im Morast versackt, bis auf die Knochen naß und zähneklappernd sie verflu-che und mir selbst einen Platz zum Kacken suchen muß.

Da ich keinen Kompass habe, laufe ich im Kreis, direkt in die deutschen Linien. Sie fangen mich ein, und ich werde wegen De-sertieren zum Tode verurteilt. Das Erschießungskommando wird abkommandiert. Morgen, ganz früh, soll ich erschossen werden.

Der Soldat, der mich bewachen soll, ist geil nach mir. »Dir kann es ja wurscht sein«, sagt er. Ich sage, es ist mir wurscht.

Als er sich die Hose runter läßt und mich in den Hintern ficken will, versetze ich ihm eins über den Schädel, um ihn zu betäuben.

Diesmal türme ich in die richtige Richtung. Im Morgengrauen stoße ich auf die Patrouille, an der ich mich nicht beteiligen wollte. Die Kadaver der Jungen sind eisenhart gefroren und verrenkt wie Gliederpuppen.

Trommelfeuer. Die Tommies bereiten wahrscheinlich einen Angriff vor. Ich liege in einer flachen Kuhle auf der einzigen Zugangsstraße, auf der sie angreifen können. Der Rest ringsherum ist unter Wasser.

»… Bss … bss … bss …« Die Maschinengewehrgarben fressen sich in Zickzackschlangen durch den Sand, der in winzigen Fontänen aufspritzt.

Dichter Nebel. Man kann keine zehn Meter weit sehen. Ich muß endlich meine Knochen strecken. Rrrrrrrrrrrt … Die Salve aus einer Maschinenpistole. Fünf Kugeln treffen mich. Der Kerl, der vor mir steht, hat nur vor Schreck geschossen, als ich plötzlich aus der Erde aufgetaucht bin. Jetzt sind viele um mich herum.

»Come on! Come on!« Sie spießen mich mit den Läufen ihrer Maschinenpistolen auf. Mindestens fünf zielen auf meinen Kopf. Andere auf mein Herz. Auf meinen Bauch. Fehlt nur noch einer im Arsch! Als sie endlich kapieren, daß ich keine Waffen habe, schicken sie mich zu ihren eigenen Linien zurück.

Immer mehr Tommies tauchen aus dem dicken Nebel auf, während ich an ihnen vorbei in die Richtung torkle, aus der sie kommen.

Mein rechter Unterarm schwillt so groß an wie mein Oberschenkel. Ich blute am Kopf, an beiden Armen, an der Brust. Ich werfe die Jacke weg.

»Go on! Go on!« sagt jeder, dem ich meine Wunden zeigen will, damit er mir hilft.

»Go on! Go back! Back!!«

Sie haben einfach keine Zeit für mich. Sie haben genug mit sich selbst zu tun. Die Luft ist verseucht mit pfeifenden Geschossen und platzenden Schrapnells, und die deutschen Tiefflieger schwimmen wie Haifische darin herum.

Trotzdem gehen die Burschen aufrecht. Den Helm lässig ins Genick geschoben. Sicher haben sie es auch satt, sich hinzuwerfen oder nur zu ducken. Manche haben eine Zigarette im Mundwinkel.

Mir rutscht die Hose runter. Meine Hosenträger sind kaputtgegangen, und mit den blutenden, geschwollenen Armen kann ich die Hose nicht halten. Mein Bauch ist nackt, das Kinderhemdchen geht mir nicht mal bis zum Nabel.

Hinter den Linien schieben sie mich in einen Kahn, während sie selbst bis zu den Hüften im Wasser waten. Ich fange an vor Freude zu singen, zu weinen, zu lachen … langsam sinkt mir der Kopf auf die Brust.

In einem Operations-Zelt holen sie mir die Kugeln raus. Als ich aus der Narkose aufwache, zwinkert mir ein Feldkaplan zu und legt mir ein dünnes Schokoladentäfelchen auf die Brust.

»Das ist ja noch ein Kind«, sagt er wie zu sich selbst. Dann zündet er eine Zigarette an und steckt sie mir zwischen die trockenen Lippen.

Ich werde in einen Lazarettzug verladen. Ich weiß nicht, wohin er fährt. Ich stiere nur immerzu auf die herrlichen Ärsche, Titten und Bäuche der Sanitäterinnen, die in ihren engen Uniformröcken von einem stöhnenden Verwundeten zum nächsten keuchen.

Draußen fallen Schneeflocken. Wieder ist Weihnachten. Wieder Eisblumen an den Fenstern. Wie damals als ich klein war und von dem glitzernden Weihnachten geträumt hatte.

Man gibt mir eine Hose, eine Jacke, einen Mantel und ein Paar Schnürstiefel ohne Schnürsenkel. Kein Hemd. Keine Unterwäsche. Keine Socken. Keine Handschuhe. Keine Mütze.

»Nimm die Hände aus den Hosentaschen, oder ich peitsche sie dir raus!« Ein rothaariger Schotte mit einem lächerlichen Seehundsbart fuchtelt mit der Reitgerte in der Luft herum, als er uns am Tor des Gefangenenlagers in Empfang nimmt. Ich bin so empört, daß ich zurückschreie:

»Ich spiele nicht an den Eiern, du rote Ratte, mir ist kalt!«

Ein Mitgefangener zupft mich am Ärmel und flüstert: »Laß dich nicht provozieren. Nimm die Hände aus den Taschen.«

Ich nehme die Hände aus den Taschen, obwohl sie mir blau gefroren sind.

Als wir nach stundenlangem Abzählen mit vereisten Knochen in unsere Käfige trotten, sagt der Mitgefangene: »Du wirst sehen, es sind nicht alle so. Im Durchschnitt sind sie in Ordnung.«

Die etwa fünfundzwanzig Meter langen Trockenhäuser der Ziegelei sind so niedrig, daß wir in die Knie gehen müssen, um reinzukriechen. Ist man einmal drin, kann man sich nicht mehr aufrichten. Am besten bewegt man sich kriechend. Wir schlafen in zwei gegenüberliegenden Reihen auf der kalten schleimigen Erde. So eng nebeneinander, daß man seinen Körper vom Boden anheben muß, wenn man sich auf die andere Seite drehen will. Und so nah gegenüber, daß sich unsere Füße berühren und einer nach dem anderen tritt. Jeder hat eine dünne Militärdecke zum Zudecken, das ist alles.

Wir essen mit den Fingern aus alten rostigen Konservendosen. Jeden Tag Sauerkohl mit Wasser und eine Konservendose voll Tee. Ich habe gar nicht gewußt, daß es so viel Sauerkohl auf der Welt gibt.

Was sich in dem Gefangenenlager abspielt, ist sagenhaft. Außer Tauschhandel, Diebstahl, Wucher, Hurerei und Mord und Totschlag sagen erwachsene Männer Gedichte auf, gehen von Baracke zu Baracke, lesen aus der Bibel vor (weiß der Teufel, wo sie die immer her haben!), deuten sich die Handlinien, weissagen, wollen sich gegenseitig zu irgendeinem Scheiß ›bekehren‹ und zanken sich um die letzte Kelle Sauerkohl.

Tabak ist das Wichtigste. Noch wichtiger als ficken. Die Männer stürzen sich wie von Sinnen auf die Mülltonnen und schlagen sich blutig um die weggeschütteten Teeblätter, die vom vielen Aufbrühen so ausgelaugt sind, daß sie überhaupt keinen Geschmack mehr haben. Das Zeug wird dann getrocknet, und mit Zeitungspapier, das wir manchmal zum Arschabwischen haben, werden daraus Zigaretten gedreht. Ein alter Mitgefangener frißt eine ›echte‹ englische Zigarette buchstäblich auf. Mit einer rostigen Rasierklinge schneidet er sich jeden Tag ein hauchdünnes Scheibchen davon ab und frißt es mitsamt dem Papier genüßlich auf.

Nach einer Weile werden wir verhört. Sie nennen das ›Interview‹. Der Kerl, der mich aushorcht, ist Berliner. Er faselt von seiner Schulzeit, in welchem Gymnasium, in welcher Straße und so weiter. Wen das interessiert!

Er ist vollgefressen und steckt sich eine Zigarette an der anderen an, ohne mir eine einzige abzugeben. Der hat wahrscheinlich nie Not gelitten und immer genug zu fressen gehabt. Sogar jetzt, sogar im Krieg hat er alles. Ich hatte damals nichts und habe jetzt nichts. Nicht einmal warme Kleidung im Winter. Ich wünsche diesem ganzen Pack die Pest an den Hals mit ihren Lautsprechern. Yellowlines und ihrem ewigen Stacheldraht.

Nach zwei Monaten Ziegelei sollen wir nach England transportiert werden. Auf dem Weg zum Hafen von Ostende spucken uns die Leute von der Straße an. Na, wenn schon!

Als wir in England aus den Laderäumen der Transporter kriechen, nachdem uns im Kanal deutsche U-Boote torpediert hatten und wir fast abgesoffen sind, ist der Krieg aus. Trotzdem bringen sie uns ins Gefangenenlager.

Die Lagerlatrinen in Colchester, Essex, sind der Treffpunkt aller. Das sind lange, sehr tiefe Gräben, über denen man auf rohen Balken sitzt und kackt. Und beim Kacken wird auch alles besprochen, geplant, ausgeheckt. Hier wird alles vorbereitet, Einbrüche, Ausbrüche, hier finden Verschwörungen statt, und hier ist auch der Markt der Hurer. Ein Fick wird – je nachdem mit dem After, mit dem Schwanz, mit dem Mund oder mit der Hand mit einem Stück Seife, Tabak oder Zigaretten bezahlt. Vaseline wird aus Hammelfett von den Gefangenen selbst hergestellt.

Ein Junge wird tot aus der Scheiße gefischt. Wahnsinnige Nazis hatten ihn, nachdem der Krieg schon aus war, wegen ›Landesverrat‹ auf der Latrine zum Tode verurteilt, und auf der Latrine wurde er hingerichtet. Sie haben ihn in die Scheiße gestoßen, in der er erstickte.

Colchester, Essex, wird Durchgangslager für entlassene Gefangene aus Kanada und USA. Sie bringen das erste Mal Lux-Seife, Jeans, Kaugummi, Camel, und Lucky Strike mit.

Jetzt kommt auch unser Lager dran, aber der Rücktransport dauert noch ein ganzes Jahr. Die Kranken zuerst. Ich bin nicht krank. Ich stelle mich die ganze Nacht nackt an die eiskalte Barackenwand, damit ich nierenkrank werde und bei der Untersuchung Eiweiß im Urin ist. Ich fresse ein Paket Zigaretten, heiße Ölsardinen, und trinke meine eigene Pisse, damit ich Fieber kriege. Es gibt keinen Kniff, den ich nicht anwende. Umsonst.

»Der bleibt«, sagt das Arschloch von einem Arzt. Mir fehlt nichts. Ich bin nicht umzubringen.

Endlich, mit dem allerletzten Abtransport komme auch ich dran. Ein Jahr und vier Monate habe ich in diesem Zoo zuge-

bracht! Ein Lastwagen nach dem anderen fährt aus dem Stachel-
drahtverhau.

»Come on! Come on!«

Wenn ich gesagt hätte, daß ich in Berlin wohne, hätte ich im deutschen Auffanglager bleiben müssen. Nach Berlin darf vorläufig
keiner. Ich gebe irgendein Provinzkaff an. Dann fälsche ich meinen Entlassungsschein. Beruf: Nachrichtenansager! Wie ich auf
diese perverse Idee komme, ist mir schleierhaft. Ich habe noch
niemals Nachrichten gehört.

Ich besitze einen amerikanischen Seesack, Blue Jeans, ein Hemd
ohne Ärmel, ein Paar Schnürstiefel, zwei Stück Lux-Seife, eine
Büchse Goldflag Tabak und sieben Mark.

Ich verkaufe ein Stück Seife auf dem Schwarzen Markt und
ziehe weiter. Immer kreuz und quer. Ich schlafe in Bunkern oder
im Gebüsch.

Auf einem Bahnhof lächelt mir ein Lockenköpfchen zu. Sie ist
schon im Abteil. Ich steige zu ihr in den Zug. Während der Fahrt
fressen wir uns gegenseitig die Zungen in den Mund. Ich gehe mit
ihr auf die Zugtoilette und setze sie auf die Klobrille. Ich ziehe ihr
nicht mal die Schlüpfer runter, ich zerre sie nur zur Seite. Ihr Loch
ist warm und naß wie ein Kuhmaul.

In Heidelberg steigen wir aus.

Sie bewohnt eine niedliche Dachkammer in der Nähe des amerikanischen Headquarters, wo sie es mit allen treibt. Die Amis
zahlen mit Lebensmitteln, Kaffee, Schokolade, Zigaretten, Alkohol
und Geld. Natürlich auch mit Seife, Toilettenpapier und Nylons.

Wenn sie gegen Morgen mit verschmiertem Lippenstift zu mir
ins Bett steigt, geht das Geficke erst richtig los. Sie ist erst sechzehn, aber sie kennt sich in den verschiedensten Stellungen aus
und bringt sie mir alle bei. Ich habe noch nie so gut gelebt,

Wir ficken zirka drei bis vier Stunden. Nach dem Frühstück
gehe ich spazieren und lasse sie bis mittags schlafen. Dann essen
wir, und sie geht wieder zu den Amis.

Nach sechs Wochen habe ich es satt. Als sie bei einem Kunden
ist, nehme ich meinen Seesack und verschwinde.

Die Züge sind so überladen, daß die Menschen aus Türen und
Fenstern quellen. Ich bohre mich in ein Menschenknäuel und

hänge die ganze Fahrt mit dem Kopf nach unten im Abteil, während meine Beine aus dem Fenster stecken.

Stuttgart. Kassel. Karlsruhe. Ich habe keinen blassen Schimmer, wo das liegt. In jeder Stadt, in die ich komme, pumpe ich die Intendanten der Theater an. Manche geben mehr, manche weniger. Manche geben Zigaretten.

Von Tübingen schicke ich ein Telegramm nach Berlin. Als Absender gebe ich das Theater in Tübingen an. Meine Mutter wird mir bestimmt gleich antworten. Vielleicht kann sie mir ein bißchen Geld schicken oder ein paar Bonbons – wie einmal in ein Ferienheim. Da hatte sie mir Frühlingsblätter geschickt. Das sind grüne Blätter aus Bonbonzucker, wie Blätter von Bäumen. Sie kosten nicht viel und kleben in der Tüte immer zu Klumpen zusammen. Aber ich mag sie so gerne, und die Liebe von meiner Mutti klebte mit daran.

Ich gehe viel spazieren und trällere vor mich hin. Ich habe keine Sorgen und werde bald bei meiner Mutter sein. Ich habe zu essen und zu rauchen, und nachts schlafe ich in den Parkanlagen.

Die Sekretärin des Theaters macht einen Termin zum Vorsprechen aus. In der Mittagspause gehen wir in die Parkanlagen und ich zeige ihr, wo ich schlafe. Das Bett aus Blättern ist noch da von der vergangenen Nacht. Wir sind durch dickes Gebüsch vor den Blicken der Fußgänger geschützt, aber ich muß ihr den Mund zuhalten, denn sie schreit bei jedem Stoß so laut, als stecke sie am Spieß. Ihr ganzes Unterzeug ist blutig. Ihr Jungfernhäutchen war so zäh, daß ich brutal zustoßen mußte.

Ich bin schon längst wieder auf der Straße und lese immer noch das Telegramm von Arne:

»Mutti lebt nicht mehr stop
Von den anderen weiß ich nichts«

Ich weine nicht. Ich sehe alles in bunten, zerbrochenen Splittern. Wie früher, wenn wir als Kinder durch so eine Papproehre gesehen haben. Man mußte die Röhre schütteln, damit die Glassplitter darin zu einem neuen, fremdartigen Muster erstarrten. Ich sehe die Menschen nicht, die mir entgegenkommen, und renne in sie hinein. Auch nicht die Autos. Nur die bunten Glassplitter, die ewig ihr kristallenes Muster wechseln, das sich niemals wieder-

holt. Ich laufe ziellos herum. Erst gegen Morgen gehe ich in den
Park und lege mich mit dem Gesicht auf die Erde. Ich wollte ihr
doch einen Wintermantel kaufen und Fäustlinge und warme
Schuhe für ihre Frostbeulen, und sie sollte echten Bohnenkaffee
trinken und Brötchen mit Butter und richtigen Bienenhonig essen.
Und es sollte eine Überraschung sein.

Heute morgen spreche ich den Melchthal aus Wilhelm Tell vor.
Bei den Worten »In die Augen, sagt ihr? In die Augen …?«, kann
ich vor Weinen nicht weitersprechen, weil ich an die Augen meiner Mutter denken muß. Dann schreie ich auf: »… und hell in deiner Nacht wird es dir tagen!« Ich stürze von der Bühne und aus
dem Theater.

Die Sekretärin holt mich auf der Straße ein und sagt, daß ich
einen Vertrag bekomme. Ich gehe mit ihr zurück, unterschreibe
den Wisch, nehme fünfzig Mark Vorschuß und haue für immer
ab.

Ich gehe mit einer Wanderbühne mit. Sie spielen Operette, und
ich muß singen. Mir ist alles recht, was mich Berlin ein paar Kilometer näher bringt. Ich glaube dem Telegramm meines Bruders
nicht. Ich glaube nicht, daß meine Mutter tot ist.

Die Frau des Wanderbühnendirektors ist sehr jung. Sie hat
einen zerküßten rosa Himbeermund und tiefe Ringe unter den
schwarzen Kirschenaugen. Ich werde sie um jeden Preis vögeln.

Wir spielen in Vereinssälen und Kneipen. Was wir aufführen, ist
nicht zu beschreiben. Um das Maß der Blödheit voll zu machen,
sollen wir ›Charleys Tante‹ spielen.

Wir fahren auf offenen Lastwagen und sitzen auf gußeisernen
Gartenstühlen. Ich verfluche diese Brut, aber es geht nach Norden. In einer Ortschaft lassen sie uns sogar in dem lausigen Theater auftreten.

Der Park von Offenburg ist voller Menschen. Aber irgendwo muß
ich diesen schwachsinnigen Text von ›Charleys Tante‹ lernen. In
dem Stall, in dem man mich einquartiert hat, drehe ich durch.

Auf einer Bank, im hellen Sonnenlicht, sitzt ein marokkanischer
Soldat. Er grinst mich mit seinen gelben Zahnstummeln an und
zeigt auf seinen Hosenschlitz und auf ein Päckchen Zigaretten in

der anderen Hand. Dann zeigt er auf ein Gebüsch hinter sich. Er wiederholt die Pantomime ganz ungeniert: Hosenschlitz, Zigaretten, Gebüsch. Der muß eine Schraube locker haben. Der will, daß ich mit ihm in dieses mickrige Gebüsch gehe? Mitten auf den Blumenbeeten, um die die Leute latschen? Außerdem hat er bestimmt die Syphilis. Und dann sind die gelben Gauloises, die er in der Hand hält, überhaupt nicht rauchbar. Sie sind eigens für die Fremdenlegion hergestellt, über den ersten Zug kommst du gar nicht hinaus, der wirkt wie eine Handgranate in der Lunge. Was bildet der sich ein!

Sonntags geben wir gleich zwei von diesen infamen Vorstellungen. Eine habe ich schon hinter mir, und ich klaue große fleischige Knupperkirschen auf der Landstraße, vor der Dorfkneipe, in der wir spielen.

Neben mir klaut ein marokkanischer Soldat. Als er sieht, daß ich einen vollgeladenen Zweig erwische, will er ihn mir aus den Händen reißen. Ich trete ihn in den Arsch. Er stürzt sich auf mich und treibt mich mit vorgehaltenem Gewehr in die gegenüberliegende Kaserne.

Im Nu bin ich von einem Haufen Marokkaner umzingelt. Ich verstehe nicht, was sie quasseln, aber sie gebärden sich wie Menschenfresser und bedrohen mich mit ihren Bajonetten. Ein paar fummeln mir am Hosenschlitz rum. Mir scheint, sie sind besonders scharf auf blonde Knaben.

Ein gräßlicher Trompetenstoß ruft die Horde zum Appell. Das ist meine Rettung. Sie stoßen und trampeln mich aus dem Kasernentor. Der Wachtposten lädt sein Gewehr durch. Ich höre ganz deutlich das Schloß einschnappen. Die Patrone ist jetzt im Lauf. Er legt auf mich an.

»Hau ab und laß dich in den Arsch ficken!«

Ich bin noch nie so schnell gerannt.

Der Direktor und seine junge Frau übernachten in dem Gasthof, in dem wir seit zwei Wochen unsere widerlichen Vorstellungen geben. Tagsüber proben wir im Vereinssaal ›Charleys Tante‹.

Ich habe mindestens zwei Stunden Zeit, bis ich mit meinem Scheiß dran bin, und gehe pissen. Die Toilette ist im ersten Stock.

Wenn ich pissen gehe, muß ich an dem Doppelzimmer vorbei, in dem der Direktor mit seiner jungen Frau pennt. Und sie fickt, auch am Tag, in der Mittagspause, vor und nach den Vorstellungen, immerzu.

Es ist zehn Uhr vormittags. Die Zimmertür ist offen. Das Zimmer unaufgeräumt. Ich lausche, ob niemand kommt und trete ins Zimmer ein. Das Bett ist zerwühlt. Das Laken ist vollkommen versaut mit Flecken. Manche sind ganz frisch, noch feucht und cremig. Ich kriege einen Ständer. Als ich mich umdrehe, steht sie hinter mir.

»Was wollen Sie?«

»Dasselbe, was du willst.«

»Was will ich denn?«

»Ficken.«

»Du Schuft!«

Das Blut schießt ihr ins Gesicht. Ihr Himbeermund wird dunkelrot. Ihre Augen kriegen einen silbrigen Glanz. Sie atmet schwer.

Ich nehme ein benutztes Handtuch und hänge es vors Schlüsselloch. Im Spiegel über dem Waschbecken sehe ich, wie sie sich den Rock hochzerrt. Sie zieht die Schlüpfer aus und stellt sich breitbeinig vor mich hin, das Becken vorgeschoben, die Knie etwas eingeknickt. Ihre geschwollene rauhe Zunge füllt meinen Gaumen aus. Ihr Bauch wächst gegen meinen Schwanz, als ob sie schwanger sei. Sie ächzt. Ihr Unterleib arbeitet wie eine Maschine. Sie spritzt und spritzt. Wir brechen in die Knie. Ich stoße meinen Schwanz von hinten bis zu den Hoden rein und zapple wie an einer Hochspannungsleitung – während sie, gepfählt, mit raushängender Zunge wie ein geschlachtetes Kalb verröchelt.

Ihr Mann will mir keinen Vorschuß geben. Ich schlage ihm auf der Straße in die Fresse. Wieder ist es ein marokkanischer Soldat, der uns mit seinem Bajonett auseinandertreibt.

Ich haue ab, bevor es Abend wird, und nehme den Frack, den ich auf der Bühne trage, in meinem Seesack mit. Ich sage niemandem, daß ich verdufte. Die werden bei der Abendvorstellung schon merken, daß ich nicht mehr da bin.

Nach Berlin fahren nur Güterzüge. Ich muß eine Fahrkarte bis zum nächsten Kuhdorf lösen, damit ich durch die Sperre komme. Wenn es dunkel ist, werde ich über die Schienen laufen. Der Güterzug nach Berlin fährt um sechs Uhr früh ein.

Jeder, der die Militärsperre passiert, wird gefilzt. Eine Frau hat eine Flasche Milch in einer Tragetasche für ihr kleines Kind, das sie auf dem Arm trägt. Der französische Posten zerschmettert die Milchflasche auf dem Bahnsteig. Mir kann dieser Verbrecher nichts zerschmettern. Ich habe nichts außer meinem Seesack und dem Frack. Ein Päckchen Zigaretten habe ich mir zwischen die Arschbacken geklemmt.

Bis zum Morgengrauen verstecke ich mich im Bremserhäuschen eines Waggons auf einem Abstellgleis. Ich stecke mir eine Zigarette an der anderen an, um nicht einzuschlafen. Mein Güterzug hat nur ganz kurz Aufenthalt, um ein paar Wagen anzuhängen. Ich darf ihn auf keinen Fall verschlafen.

Bis Frankfurt klappt die Reise. Von hier rührt sich der Zug nicht mehr vom Fleck. Man hat mir eine falsche Information gegeben.

Ich schlafe in einem Luftschutzbunker. Eine kleine Mollige liegt auch auf einer Pritsche. Wir gehen raus, im Bunker gucken zu viele zu.

Ich muß noch tagelang warten, bis ein Güterzug nach Berlin fährt. Vom Güterbahnhof in Berlin nehme ich die S-Bahn bis Schöneberg. Von da werde ich die vier Kilometer nach Hause laufen.

Ein paar Brandbomben haben das Hinterhaus ausgeräuchert. Aber unsere Wohnung steht noch. Nur die Fensterscheiben sind zerplatzt und die Fensterrahmen verkohlt.

Arne berichtet mir, wie unsere Mutter verreckt ist. Er weiß es von einer Frau, die bei meiner Mutter war, als es passierte. Amerikanische Tiefflieger hatten meiner Mutter in den Bauch geschossen. Als sie im Rinnstein verblutete, hatte sie eine Zigarette geraucht und sich um uns Kinder Sorgen gemacht. Dann hatte man sie irgendwo verscharrt. Wo, konnte die Frau nicht sagen, weil Luftminen fielen und sie in den Luftschutzkeller mußte.

Von meinem Vater weiß man nichts. Er bleibt verschwunden. Bei Achim besteht die Hoffnung, daß er in russische Kriegsgefangenschaft geraten ist. Inge hat aus Schliersee geschrieben.

Der Hunger ist noch schlimmer als ich klein war. Es ist unmöglich, was zu Essen aufzutreiben, wenn man keine Juwelen hat oder sonst was oder Schiebergeschäfte macht. Wir klappern die Bauern ab, dreißig, vierzig Kilometer weit zu Fuß, wegen Kartoffeln oder Rüben, mit denen sie sonst die Schweine füttern. Aber die Bauern wollen Schmuck oder echte persische Teppiche.

Ich war vom Rumrennen zum Umfallen müde und in der S-Bahn eingeschlafen. Als ich aufwache, quatscht ein angesoffener amerikanischer Soldat auf mich ein. Irgendein Schwachsinn von »you German ... you war ... bumbum ... no good ... no bum bum ...«. Ich müßte diesem Vollidioten in seine versoffene Fratze schreien, daß es amerikanische Tiefflieger waren, die meine Mutter ermordet haben! Die ihr in den Bauch geschossen haben! In ihren Mutterbauch!! In dem sie mich getragen hat und aus dem sie mich geboren hat!!! Aber ich kann nicht englisch. Das einzige, was ich sagen kann, ist »fuck you«.

Arne erzählt mir, daß er sich ein Beil besorgt habe, sich im Stadtpark hinter einem Baum verstecken, einem Fußgänger auflauern und ihn berauben wolle, weil er nicht mehr aus noch ein wüßte. Er zittert wie Espenlaub. Ich erzähle ihm den Traum von Raskolnikoff, der die Pfandleiherin mit einem Beil erschlagen und berauben wollte.

... Raskolnikoff hatte einen schrecklichen Traum. Er sah sich als Kind in seiner kleinen Provinzstadt. Er ist sieben Jahre alt und geht an einem Feiertag gegen Abend mit seinem Vater außerhalb der Stadt spazieren. Es ist schon leicht dämmerig, der Tag drückend, die Gegend genauso, wie sie in seiner Erinnerung lebt – in seiner Erinnerung steht sie ihm aber nicht so klar vor Augen, wie sie ihm jetzt im Traum erscheint.

Einige Schritte von dem äußersten städtischen Gemüsegarten steht eine Schenke, eine große Schenke, die auf ihn stets einen höchst unangenehmen Eindruck gemacht, ja, ihm Furcht eingeflößt hatte, wenn es geschah, daß er auf dem Spaziergang mit dem Vater vorbeiging. Dort traf man immer eine Menge Menschen an. Sie brüllten, lachten, schimpften, sangen scheußlich und heiser und prügelten sich oft. Rings um die Schenke lungerten stets betrunkene und schreckliche Gestalten herum ... Wenn er ihnen begegnete, drückte er sich fester an den Vater und zitterte am ganzen Körper. Ein besonderer Umstand fesselte seine Aufmerksamkeit: Diesmal scheint hier ein Volksfest zu sein, eine Gruppe geputzter Kleinbürgersfrauen, Weiber, Männer und allerhand Gesindel steht da herum. Alle sind betrunken, alle singen, und vor der Treppe der Schenke hält ein Wagen. Es ist ein großer Wagen, vor den sonst große Lastpferde gespannt werden und auf dem man Waren und Wodkafässer befördert. Er liebt es, diesen ungeschlachten Gäulen mit den langen Mähnen und den dicken Beinen zuzusehen, wie sie langsam in gemächlichem Schritt daherkommen, einen ganzen Berg ohne die geringste Anstrengung hinter sich herziehen als wäre es ihnen leichter, mit dem Wagen als ohne ihn zu gehen. Jetzt aber war seltsamerweise vor solch einen großen Wagen ein kleines, mageres braunes Bauernpferdchen gespannt, eines von jenen, die – wie er's oft gesehen hatte – sich mit hochbeladenen Wagen voll Holz oder Heu abquälen mußten, zumal wenn der Wagen im Schmutz oder in alten Wagenspuren steckenblieb. Dann hauten die Bauern drauflos, peitschten sie schmerzhaft, oft auf das Maul und über die Augen. Das tat ihm so weh, so weh anzusehen, daß ihm die Tränen kamen. Die Mutter führte ihn dann immer vom Fenster weg.

Plötzlich erhebt sich ein Lärm: Aus der Schenke kommen mit Geschrei und Gesang zu Balalaikamusik betrunkene, richtig besoffene, seltsam große Bauern heraus, in blauen und roten Hemden, mit übergeworfenen Mänteln.

»Setzt euch, setzt euch alle drauf!« ruft ein noch junger Bursche mit dickem Hals und fleischigem, dunkelrotem Gesicht.

»Ich fahre euch alle, setzt euch drauf!«

Mit lautem Lachen erschollen sofort die Ausrufe: »So eine Schindmähre, und die soll uns alle ziehn!«

»Ja, bist du denn verrückt, Mikolka, daß du so'n Stutchen vor so'nen Wagen spannst!«

»Das Pferdchen ist doch totsicher schon seine zwanzig Jahre alt, Brüder!«

»Setzt euch, ich fahre euch alle zusammen hin!« ruft von neuem Mikolka, springt als erster auf den Wagen, ergreift die Zügel und pflanzt sich in seiner ganzen Größe vorne auf.

»Diese Schindmähre treibt mir die Galle ins Blut, ich könnt' sie totschlagen, frißt umsonst das Futter! Ich sage euch: Setzt euch alle! Ich lasse sie im Galopp laufen! Galoppieren soll sie!« Und er nimmt die Peitsche in die Hand und bereitet sich voll Wonne darauf vor, das rehbraune Stutchen zu peitschen.

»Setzt euch doch!« ruft man lachend in der Menge. »Hört doch, sie wird im Galopp laufen!«

»Die ist wohl schon zehn Jahre nicht mehr im Galopp gelaufen!«

»Die wird schon springen!«

»Keine Angst, Brüder, nehmt jeder eine Peitsche und drauflos!«

»Was ist da zu schonen! Schlagt zu!«

Alle springen mit Gelächter und Witzen auf den Wagen. An die sechs Mann sind schon hinaufgeklettert, und noch ist Platz da. Sie ziehen noch ein dickes rotbäckiges Weib hinauf, ein Weib in einem roten Kattunkleid mit einem Kopfputz aus Glasperlen und ledernen Bauernschuhen an den Füßen. Sie knackt Nüsse und lacht. Ringsum in der Menge lacht man auch, in der Tat, warum sollte man auch nicht lachen – so eine abgemagerte Mähre soll solch eine Last im Galopp ziehen! Zwei Burschen im Wagen nehmen je eine Peitsche, um Mikolka zu helfen. »Los!« Die Mähre zieht aus Leibeskraften an, aber von Galoppieren kann nicht die Rede sein, sie kann nicht einmal im Schritt losgehen, sie tänzelt bloß auf einem Fleck, schnauft und knickt nieder unter den Hieben der drei Peitschen, die wie Hagel auf sie niederprasseln. Das Gelächter auf dem Wagen und in der Menge wird stärker, Mikolka aber wird wütend und peitscht immer heftiger, als glaube er wirklich, sie zum Galoppieren bringen zu können.

»Nehmt auch mich mit, Brüder!« ruft ein Bursche aus der Menge, der Lust bekommen hat, mitzufahren.

»Setz dich! Setzt euch alle hinein!« schreit Mikolka. »Sie wird euch alle ziehen! Ich peitsche sie zu Tode!« Und er schlägt los, schlägt das Pferd in einem fort und weiß vor Raserei nicht, womit er noch schlagen soll.

»Papa, Papa!« ruft der Knabe dem Vater zu. »Papa, was tun sie? Papa, sie schlagen das arme Pferdchen!«

»Komm, komm, laß uns gehen«, sagt der Vater. »Betrunkene Dummköpfe treiben ihren Unfug, laß uns gehen, sieh nicht hin!« Und er will ihn fortführen. Der Knabe aber reißt sich los und läuft zum Pferdchen hin. Dem geht es jedoch schon schlecht. Es schnappt nach Luft, steht still, zieht von neuem an und fällt beinahe hin.

»Peitscht es zu Tode!« schreit Mikolka. »Mag es draufgehen! Ich peitsche es zu Tode!«

»Bist du denn kein Christ, du Waldteufel!« ruft ein alter Mann aus der Menge.

»Hat man es je erlebt, daß so ein Pferdchen solch eine Last ziehen soll?« fügt ein anderer hinzu.

»Du quälst es zu Schanden!« schreit ein dritter.

»Schweigt! Es ist mein Eigentum! Ich kann damit tun, was ich will! Setzt euch noch dazu in den Wagen! Setzt euch alle hinein! Ich will, daß es im Galopp läuft …«

Eine Lachsalve übertönt plötzlich alles. Die Mähre, die sich gegen die niederprasselnden Schläge nicht wehren kann, hat in ihrer Bedrängnis angefangen, mit den Hinterbeinen auszuschlagen. Sogar der alte Mann muß lächeln. Es ist auch ein komisches Bild: So ein untaugliches Stutchen und schlägt noch aus! Zwei Burschen aus der Menge verschaffen sich je eine Peitsche und springen herzu, um das Pferdchen auch noch von beiden Seiten zu schlagen.

»Schlagt sie auf das Maul, peitscht sie über die Augen!« schreit Mikolka.

»Brüder, wir wollen ein Lied singen!« ruft jemand vom Wagen, und alle folgen sogleich der Aufforderung. Ein ausgelassenes Lied erschallt, ein Tamburin rasselt, der Kehrreim wird gepfiffen. Das Weib knackt Nüsse und lacht dazu … Der Knabe aber läuft zum Pferdchen, er sieht, wie man es über die Augen schlägt, direkt über die Augen! Er weint. Sein Herz krampft sich zusammen. Einer von den Peitschenhieben trifft auch ihn ins Gesicht, er fühlt es nicht. Er ringt die Hände, schreit auf, stürzt zu dem alten Mann hin, der seinen Kopf schüttelt und sich abwendet. Ein Weib packt den Knaben an der Hand und will ihn fortführen – aber er reißt sich los und läuft wieder zu dem Pferdchen hin. Es hat keine Kraft mehr, aber noch einmal schlägt es aus.

»Daß dich der Teufel hole!« brüllt der rasende Mikolka. Er wirft die Peitsche weg, bückt sich und zieht vom Boden des Wagens eine lange dicke Deichselstange hervor, ergreift sie mit beiden Händen und schwingt sie mit gewaltiger Anstrengung.

»Er schlägt es tot!« schreit man ringsum.

»Er zerschmettert es!«

»Es ist mein Eigentum!« brüllt Mikolka und läßt die Stange mit voller Wucht auf das rehbraune Pferdchen niedersausen.

Ein dumpfer Schlag ertönt.

»Schlagt zu! Wozu steht ihr denn da!« rufen andere aus der Menge.

Mikolka aber holt zum zweiten Male aus, und ein neuer Schlag saust auf den Rücken der unglücklichen Mähre nieder. Sie fällt auf die Hinterbacken, springt aber auf und ruckt und ruckt aus letzter Kraft hin und her, um den Wagen von der Stelle zu bringen – doch von allen Seiten wird sie von Peitschen bearbeitet, und die Deichselstange erhebt sich von neuem und saust zum dritten und vierten Male nieder. Mikolka ist außer sich vor Raserei, da er das Pferd nicht mit einem Schlag töten kann.

»Es ist zäh!« ruft jemand.

»Es fällt gleich hin, Brüder, nun geht es mit ihm zu Ende!« schreit aus der Menge einer, dem das zu gefallen scheint.

»Ist es nicht besser, es mit einem Beil totzuschlagen? Macht doch schneller ein Ende!« ruft ein anderer.

»Zum Teufel mit dir! Geht alle aus dem Wege!« brüllt Mikolka, wirft die Deichsel fort, bückt sich und holt eine Eisenstange hervor. »Nehmt euch in acht!« schreit er und läßt sie mit voller Kraft auf das arme Pferdchen niederdonnern. Dieser Schlag kracht. Das Pferdchen taumelt, krümmt sich und will wieder anziehen, aber die Eisenstange saust wieder auf seinen Rücken herab, und es stürzt zu Boden, als wären ihm mit einem Mal alle vier Beine abgeschlagen.

»Schlagt zu!« kreischt Mikolka und springt wie toll vom Wagen herab. Einige Burschen, ebenso rot im Gesicht wie er und betrunken wie er, ergreifen, was ihnen in die Hände kommt – mit Peitschen, Stöcken, der Deichselstange laufen sie zu dem verendenden Stutchen. Mikolka stellt sich auf der einen Seite hin und fängt an, sinnlos mit der Eisenstange auf den Rücken zu schlagen. Die Mähre streckt den Kopf vor, holt schwer Atem und verendet.

»Nun hast du's geschafft!« schreit man aus der Menge.

»Warum lief es nicht im Galopp!«

»Es ist mein Eigentum!« brüllt Mikolka mit blutunterlaufenen Augen und hält die Eisenstange in den Händen. Er steht da, als täte es ihm leid, daß er niemanden mehr hat, den er weiterschlagen kann.

»Du bist wirklich kein Christ!« rufen jetzt mehrere Stimmen aus der Menge. Der arme Knabe aber ist fast wahnsinnig vor Schmerz. Mit einem Schrei durchbricht er die Menge, läuft auf das Pferdchen zu, umarmt den blutüberströmten toten Kopf und küßt ihn, küßt die Augen, die Lefzen ... Dann springt er auf und stürzt sich voller Wut mit seinen kleinen Fäustchen auf Mikolka. In diesem Augenblick ergreift ihn der Vater, der ihm nachgelaufen ist, und trägt ihn fort.

»Komm! Komm!« sagt der Vater zu ihm. »Wir gehen nach Hause!«

»Papa, lieber Papa! Warum haben sie ... das arme ... Pferdchen ... erschlagen?« schluchzt er, sein Atem stockt, und die Worte kommen wie Schmerzensschreie aus seiner gepreßten Brust.

»Sie sind betrunken ... versündigen sich, uns geht es nichts an!« sagt der Vater. Der Knabe aber umklammert den Vater mit beiden Armen ... es schnürt ihm die Kehle zu ... er will Atem holen ... schreien und ...

Raskolnikoff erwachte. Er erwachte ganz in Schweiß gebadet, mit feuchten Haaren, schwer atmend und fährt auf, zitternd vor Entsetzen.

»Mein Gott!« rief er aus. »Werde ich denn ... werde ich wirklich ein Beil nehmen, ihr damit auf den Kopf schlagen, den Schädel zerschmettern ... in klebrigem Blute tasten, das Schloß aufbrechen, stehlen und zittern, mich verstecken, ganz mit Blut besudelt ... mit einem Beil ... Gott, werde ich es denn wirklich tun?«

Arne schluchzt wie Raskolnikoff.

»Bin ich in deinen Augen ein gemeiner Mörder?«

»Nein«, antworte ich, »du hast ja niemanden getötet.«

Nach einer Woche merke ich, daß ich mir meinen ersten Tripper geholt habe. Von welcher, weiß ich nicht. Daran werde ich mich in Zukunft gewöhnen müssen.

Ich spreche am Berliner Schloßparktheater vor. Ich lüge so unverschämt, daß ich behaupte, den Hamlet dargestellt zu haben, obwohl ich das Stück gar nicht kenne.

Ich weiß nicht, ob mir irgend jemand glaubt. Barlog engagiert mich nach dem ersten Vorsprechen.

Die erste Person, die ich darzustellen habe, ist die des Pagen im Vorspiel zu ›Der Widerspenstigen Zähmung‹. Dieser Page hat nichts anderes zu tun, als in Frauenkleidung den besoffenen Kesselflicker festzuhalten, damit er sich aus einer Loge die Aufführung ansieht. Während dieser verblödeten zwei Stunden muß der Page ihm die Schnapsflasche aus den Händen reißen, sobald der Kesselflicker daraus saufen will. Natürlich ist das kein wirklicher Schnaps, nicht mal Fusel, sondern irgendeine warme Plärre. Irgend so ein Piß-Getränk. Nicht einmal Coca Cola.

Nach einem vollen Monat habe ich es dick. Ich fülle Steinhäger in die Pulle. Jedesmal, wenn ich sie dem Kesselflicker weggerissen habe, nehme ich einen tiefen Schluck. Wenn die halbe Vorstellung vorbei ist, bin ich bereits besoffen … fange an zu feixen, torkle, aus der Pulle saufend, auf der Bühne herum und trete in den nämlichen Souffleurkasten. Der Vorhang fällt.

Hinter den Kulissen werfe ich Barlog die leere Pulle hinterher, weil er mich zur Rede stellt.

Morgens um fünf wache ich auf einer Bank am Bahnhof Zoo auf. Wie ich hierher gekommen bin, weiß ich nicht. Jemand fummelt an mir herum. Ich schubse ihn weg. Die alten Leute sagen, dieser Winter sei der grimmigste seit Jahrzehnten. Das Thermometer sinkt bis unter 28°. Ich habe noch immer keinen Mantel, und Barlog scheint das auch egal zu sein. Er ist, wie all die gräßlichen Schauspieler, gut eingemummelt und hat immer eine große Thermosflasche und belegte Brote dabei. Er bekommt die beste Lebensmittelkarte, Nr. 1. Ich kriege die schlechteste, Nr. 3. Zu Hause kann ich nicht mehr übernachten. Wir decken uns mit Lumpenfetzen zu, mit Zeitungspapier und Pappe, Stoffstreifen um Hände, Füße und Kopf. Wir haben noch immer keine Fensterscheiben, und der eisige Wind pfeift Tag und Nacht ins Zimmer; es schneit ins Bett und in unsere Gesichter.

Als ich heute abend mit der ungeheizten Straßenbahn zum Theater fahre, weine ich. Es ist nicht meine Armut, wegen der ich weine, auch nicht der Schmerz, den mir der Eisklumpen verursacht hat, der, durch das Loch in meiner Schuhsohle gepreßt, sich um meinen nackten Fuß verkeilt. Es ist die Wut, die ich gegen dieses Theatergesindel habe. Der Hungerlohn, den mir Barlog zahlt. Mit dem ich mir nicht einmal das bißchen Fressen kaufen kann.

Nach der Vorstellung verstecke ich mich im geheizten Theater und schlafe auf zwei Stühlen in der Garderobe. Der Portier verpfeift mich nicht. Aber als Barlog von irgendeiner Drecksau erfährt, wird es mir strengstens untersagt.

Zu essen nehme ich mir von zu Hause mit. Grütze aus Gerste. Ich koche sie für mehrere Tage vor. Die Grütze wird nach ein paar Stunden steif wie Brot. jeden Tag, bevor ich ins Theater fahre, schneide ich mir eine Scheibe eiskalter Grütze ab, wickle sie in Zeitungspapier und stecke sie mir unters Hemd.

Da ich keine Theaterproben habe, weiß ich nicht, wohin ich tagsüber gehen soll. Ich werde nirgends lange geduldet.

In jedem Bezirk sind Wärmehallen eingerichtet, in denen Leute um einen Eisenofen zusammenkriechen. In ihren Wohnungen sterben sie wie die Fliegen.

Die sogenannten Wärmehallen sind nicht größer als normale Stuben, bestenfalls so groß wie eine Kneipe. Sie sind immer überfüllt. Jemand paßt auf, daß niemand zu lange bleibt. Ich muß also von einer Wärmehalle zur anderen pendeln. Die Entfernungen sind groß, und ich mache mir einen genauen Plan. Wenn ich es bis zur einen Wärmehalle geschafft habe, lege ich die vereisten Fetzen, die ich mir wie ein Leprakranker um Kopf und Hände wickle, auf den Ofen, bis sie fast verbrennen – dann ziehe ich meine ›Kleidung‹ wieder an und hetze geduckt bis zur nächsten Wärmehalle. Das geht nicht in einem Zug. Alle hundert Meter muß ich ein Zwischenziel anpeilen, einen Hauseingang, eine Torausfahrt, einen Kellereingang, eine U-Bahn-Treppe, um mich vor der unerbittlichen Kälte zu schützen.

Die Hygiene ist katastrophal. In unserer Wohnung kann ich mich nicht waschen, geschweige denn baden. Holz und Kohlen sind überhaupt nicht aufzutreiben. Das Wasser in Klo und Küche ist in den Leitungen gefroren. Selbst der Rasierapparat ist festgefroren. Ich wasche mich, wo ich kann, im Theater, in öffentlichen Bedürfnisanstalten.

Die gröbste Kälte ist vorbei, und die Sonne scheint wieder zaghaft. Jetzt erst läßt Barlog mir aus einer alten amerikanischen Militärdecke einen Mantel nähen, nachdem ich den ganzen Winter darum gebeten hatte.

Der Mantel wird nie fertig. Die Kostümbildnerin, die mir dieses Monstrum von Mantel schneidert, behauptet, ich hätte ihr in der Theaterschneiderei an die Fotze gefaßt.

Als Barlog sein Versprechen nicht hält, mir in ›Oh Wildnis‹ die Hauptrolle zu geben, werfe ich die Fensterscheiben des Schloßparktheaters ein. Mein Jahresvertrag wird nicht verlängert. Ich wäre sowieso an dieser Schmiere verhungert und verblödet.

Von jetzt ab treibe ich mich nur noch herum. Ich schlafe und esse, wo es sich ergibt. Hauptsache, ich verhungere und erfriere nicht und kann meinen Kopf irgendwo hinlegen – am liebsten zwischen zwei Mädchenbeine. Wenn es wärmer wird, werde ich wieder in Gebüschen schlafen.

Inzwischen habe ich erfahren, daß es so was wie Schauspielschulen gibt. Ich benutze sie, um Bücher zu klauen, und meistens klaue ich auch gleich die Mädchen mit. Außerdem sind die Schauspielschulen immer geheizt, und die Mädchen haben manchmal beschmierte Brote mit oder einen Apfel oder ein hartgekochtes Ei.

Was in diesen Schauspielschulen unterrichtet wird, ist ein unvorstellbar haarsträubender Mist. Die sogenannten ›Actor Studios‹ in Amerika sollen am schlimmsten sein. Da lernen sie, wie man natürlich ist, das heißt, sie flegeln sich hin, popeln in der Nase und kratzen sich am Sack. Diesen Schwachsinn nennen sie ›Method Acting‹. Wie kann man jemand ›beibringen‹ Schauspieler zu sein? Wie kann man jemand beibringen wie und was er empfinden soll und wie er es ausdrücken soll? Wie soll mir jemand beibringen, wie ich lache und weine? Wie ich mich freue und wie ich traurig bin? Was Schmerz ist und Verzweiflung und Glücklichsein? Was Armut ist und Hunger? Was Haß und Liebe ist? Was Sehnsucht ist und Erfüllung? Nein, ich will meine Zeit nicht vergeuden mit diesen anmaßenden Dummköpfen.

Bücher und Mädchen, ja. Es sind ganz junge Mädchen. Die Jüngste ist dreizehn. Die Älteste sechzehneinhalb. Sie ist eine Hure, außer daß sie fleißig lernt Schauspielerin zu sein, und bekommt von den Amis Lebensmittel und stangenweise Zigaretten. Sie hatte die Syphilis, ist aber angeblich geheilt. Sie ist sehr lieb, aber eine langweilige Bohnenstange. Ich ficke sie nur einmal auf einer abfallenden Böschung über den S-Bahngleisen am Bahnhof Halensee.

Die ganz Junge entjungfere ich bei ihr zu Hause. Sie lebt mit ihrer Mutter in einer kleinen Wohnung in der Nähe des Treptower Parks. Ich glaube, ihre Eltern sind geschieden, oder ich weiß nicht. Ich lerne nur ihre Mutter kennen. Sie läßt uns den ganzen Nachmittag im Wohnzimmer allein, weil ich ihr sage, daß ich mit ihrer Tochter die Bett-Szene aus Romeo und Julia proben will. Als ihre Tochter sich nackt auszieht und nur ihr durchsichtiges Nachthemdchen überstreift, geht die Mutter vorsichtshalber aus dem Haus.

Als sie weg ist, proben wir die Szene auf dem elterlichen Ehebett. Aber die Matratze ist zu weich. Wir brauchen etwas, das nicht nachgibt, einen Widerstand, sonst dringe ich unmöglich in ihre zue Feige ein. Wir legen uns aufs harte Sofa, das ist eigentlich genau geeignet, aber ich dringe und dringe nicht in sie ein, so weit sie sich auch spreizt. Ich reiße sie vom Sofa runter, werfe sie auf den Bauch, ziehe sie auf die Knie und zwinge ihren Kopf nach unten, so daß sie mit der einen Gesichtshälfte auf den Dielen aufliegt und sich an den Sofafüßen festhalten kann. Dann bohre ich ihr die Faust in den Rücken, daß sie das Kreuz hohl macht und ihren aufgerissenen Arsch nach oben streckt. Aber auch ärschlings kriege ich meinen Bohrer nicht in sie hinein. Sie ist wirklich unwahrscheinlich zu. Die strammen Pölsterchen ihrer Schamlippen springen immer wieder zusammen wie zwei halbe Gummibälle.

Jetzt muß sie auch noch pissen! Sie schafft es nicht mal bis zur Tür und strullt breitbeinig im Stehen auf die Dielen. Es pladdert wie bei einem Wolkenbruch. Ich zerre sie zurück auf die Knie, und stoße zu. Ich explodiere tief in ihr …

Die Schauspielschule von Eleonore F. wird für kurze Zeit mein Unterschlupf. Das heißt, die Wohnung, in der sie mit ihrer Adoptivtocher Jutta S. lebt. Sie erwartet nicht von mir, daß ich den Müll des Schauspielunterrichts ertrage. Sie nimmt mich einfach auf, teilt alles mit mir, Essen, Trinken, das bißchen Geld und die Matratzen. Jedenfalls kommt Jutta jede Nacht zu mir ins Bett.

Das erste, was ich von Jutta sehe, ist ein Rötel-Akt, der an der Wand im Wartezimmer der Schauspielschule hängt und von dem ich einen Ständer kriege. Alles an diesem Körper scheint wie aus Marmor. Der Po. Die Brüste. Der kleine runde Bauch.

Die ausgewölbte Punze.

Meist komme ich erst nachts von meinen Streifzügen zurück und steige durchs Schlafzimmerfenster, das sie für mich offen läßt wie für einen Kater. Ich krieche gleich zu ihr ins Bett und wärme mich an ihrem harten Po. Aber bevor ich noch warm bin, steht mein Lümmel wie ein Hammer, und wir werfen die Decken weg. Ihr Körper strafft und krümmt sich pausenlos und bebt und zuckt. Wir machen alle Stellungen, auch in den After, und alles mit dem Mund. Ich spüre ihre Orgasmen wie elektrische Stromstöße, während ich wie eine Wurzel immer tiefer in sie wachse. Wenn sie mich ausgezogen hat und von mir überläuft und so geschwächt ist, daß sie nicht einmal mehr schreien kann – springe ich wieder aus dem Fenster und laufe durch die sternenhelle Nacht. Mein Körper, meine Hände, mein Gesicht duften stärker als die Blüten an den Büschen, in denen ich mich mit dem Gesicht zum Himmel schlafen lege.

Prinz Sasha Kropotkin ist ein Gangster. Tagsüber handelt er mit antiken Möbeln und Juwelen und nimmt auch alten Mütterchen ihren letzten Löffel weg. Er nimmt alles – Eheringe, Amulette, goldene Einfassungen von Familienalben, Fotorahmen, sogar Goldzähne. Hauptsache Gold.

Er kratzt ein bißchen daran herum, träufelt eine Säure auf die abgekratzte Stelle und weiß immer sofort, wieviel Karat es hat. Den meisten Reibach macht er mit russischen Ikonen.

Die Nächte verplempert er mit Strichjungen, die ihn dann ausplündern und seiner Mutter sogar einmal eins über den Schädel hauen, um die Wohnung auszuräumen.

Auch heute nacht sitzt er mit einem Strichjungen an der Bar, glotzt ihn mit seinen glasigen Augen an, als wäre es eine besonders kostbare Ikone und hört nicht auf, sich mit Wodka vollzusaufen. Er ist sehr reich und zahlt immer für alle. Bis Gustl dazwischenkeift, den Strichjungen mit ihrem frechen Maulwerk zusammenscheißt und Sasha in ein Taxi stößt. Mich nimmt sie auch mit.

Gustl ist eine wunderschöne Frau, so kurz vor dreißig. Außer ihrem Tick, den russischen Prinzen Sasha Kropotkin zu heiraten und Prinzessin Kropotkin zu werden, weil sie einen Adelsfimmel hat, haben viele Männer sie gefickt. Sie schlaucht sich bei Sasha und anderen reichen Männern durch und rafft zusammen, was sie kriegen kann. Sie handelt auch mit antiken Möbeln, die sie von den Hinterbliebenen direkt aus dem Sterbezimmer ersteht. Die Erben wollen sich von dem Geld gleich auf dem Schwarzmarkt einen Klumpen Butter kaufen, Eier, Milch und Fleisch. Sie handelt mit wurmstichigen Kreuzen, Hostientellern, Tabernakeln und Ikonen, sogar mit Beichtstühlen, die sie aus ausgebombten Kirchen stiehlt, handelt mit Grabsteinen von zerwühlten Friedhöfen, kauft und verkauft für Sasha Schmuck, den er ihr zur Kommission überläßt, führt ihm auch Strichjungen zu, wofür sie sich Prozente zahlen läßt, verwaltet in Gedanken Sashas Vermögen und erinnert ihn zu jeder Tages- und Nachtzeit daran, daß er ihr im Suff versprochen hat, sie zu heiraten, was für Gustl heißt, daß er ihre sämtlichen Rechnungen zu bezahlen hat. Manchmal verdrischt Sasha sie und hat ihr sogar einen Finger gebrochen, der nie wieder richtig gerade gewachsen ist – was sie jedem erzählt und dabei den krummen Finger vorzeigt. Die meisten lachen. Aber Gustl ist schlau. Sie scheut sich nicht, sich zum Gespött zu machen, wenn sie dadurch Mitleid erregen kann.

Von Natur aus ist sie froher Laune, was, wie sie behauptet, auf ihr rheinisches Gemüt zurückzuführen ist. Selbst nach einer herzzerreißenden Tragödie, die sich mindestens einmal täglich bei Sasha abspielt, ist sie nicht nachtragend.

Mich hat sie mitgenommen zum Ficken. Ich bleibe gleich bei ihr wohnen. Sie kauft mir Zahnbürste und Rasierzeug, kleidet mich mit dem Nötigsten ein, läßt mir sogar einen Anzug schneidern aus feinstem englischem Baumwollstoff und schleift mich sofort auf alle möglichen Parties und zu anderen Nutten, um mich vorzuzeigen. Sie verpflegt mich erstklassig und nahrhaft, kocht selbst leckere Gerichte und schafft kiloweise Fleisch zu Wucherpreisen an. Im übrigen quetscht sie meine Hoden aus wie eine Zitronenpresse. Was ich an Stellungen und Kniffen noch nicht kenne, bringt sie mir bei. Sie erzählt mir auch viel von anderen Männern. Hans A. ließ sich von ihr immer einen ablutschen – aber sie durfte die Ladung nicht herunterschlucken, sondern mußte sie ihm wiedergeben, von Mund zu Mund. Er wollte seinen Samen selber schlucken. Gustl ist wirklich eine großartige Hure, und ich bin bestens bei ihr aufgehoben.

Mit der Zeit geht sie mir jedoch auf die Nerven, und ich sehe sie nur noch ab und zu bei Sasha.

Die Kropotkins gehören zu denjenigen Weißrussen, deren Familien noch zur rechten Zeit mit ihren Klunkern türmen konnten und die ewig in irgendeinem Winkel der Erde Angst vor den Bolschewiken haben. Sasha war mit seiner Mutter in Berlin hängengeblieben und lebt in ständiger Angst vor Entführung durch die russische geheime Staatspolizei. Seine mit unschätzbar wertvollen Antiquitäten vollgestopfte Wohnung, deren Wände mit russischen Ikonen überladen sind, ist mit Stahltüren und schweren Fenstergittern ausgestattet wie ein Zuchthaus. In dieser Etagenwohnung, die um eine ganze Straßenecke von Uhlandstraße bis in den Kudamm geht, treffen sich Schleichhändler, Adelige, Modeschöpfer, Diebe, Strichjungen, Huren, Künstler, Mörder, hohe französische, englische und amerikanische Besatzungsoffiziere, sogar Sowjetrussen.

Sasha liebt mich sehr. Er liebt sicher auch mein Gesicht, meinen Körper und meine slawische Seele, vor allem liebt er mich, weil ich die Wahrheit sage und ihn nicht beklaue. Er hat unbegrenztes Vertrauen zu mir und läßt mich mit Perlenketten und Diamanten allein in der Wohnung. Ich kann bei ihm essen und übernachten, wann ich will, sein schwuler Diener hat Anweisung, mich zu jeder Tages- und Nachtzeit hereinzulassen aber Geld gibt er mir keines. In Kommission gibt er mir auch nie was. Wenn ich sage, daß ich auf dem Schwarzmarkt handeln will, lacht er mich aus. Dafür erzählt er mir von Rußland. Von Dostojewskij und Tolstoi, von Tschaikowski und Nijinskij, spielt mir russische Platten vor und weint, wie es Russen tun, wenn sie ihre Musik hören. Und wie die Russen in den Romanen von Tolstoi und Dostojewskij beichtet er im Suff seine Gemeinheiten und Sauereien und fleht mich an, ihn zu erlösen. Der hat Sorgen!

Eduard M. will mit mir ›Savonarola‹ aufführen. Mich kotzt das Stück an. Ich will kein religiöser Irrsinniger sein, und es ist mir auch egal, wer die Bilder von Botticelli verbrannt hat.

Eduard ist arm. Aus dem Sofa, auf dem er mich manchmal

schlafen läßt, bohren sich mir die Sprungfedern in den Rücken. Seine Frau ist Barmädchen. Ihre Kunden sind Waffenhändler, die mit dem Geld um sich schmeißen. Manchmal bringt sie ein paar Scheine mit nach Hause, dann kommen wir wieder über die Runden.

Eduard ist auch Maler. Er malt scheußliche Bilder, auch ein riesiges Ölbild von mir in ganzer Figur, und Comic-Strips für Schundmagazine. Außer seiner miefigen Neubauwohnung hat er noch ein kleines Atelier. Er benutzt es nicht zum Malen, sondern um seine Frau zu betrügen.

Ich bin eigentlich in das Atelier gegangen, um alleine zu sein. Als ich nachts plötzlich aufwache und nicht schlafen kann, hole ich mir seine Frau. Aber selbst als ich sie bis zur Erschöpfung gefickt habe und sie nach Hause muß, kann ich keine Ruhe finden. Etwas würgt mich an der Kehle. Ich sitze aufgerichtet auf der verbeulten Matratze und starre wie gelähmt ins schwarze Zimmer, elektrisches Licht gibt es keines. Allmählich gelingt es mir, den Arm nach meiner Kleidung auszustrecken. Ich raffe sie zusammen und taste mich über den dunklen Flur. Mir ist, als ob mich etwas Unsichtbares, Lebloses umklammert. Ich haste nackt die Treppen runter und ziehe mich erst im Hausflur an.

»Ich habe es dir verheimlicht«, sagt Eduard, »in dem Atelier hat sich jemand erhängt. Deswegen hat der Hauswirt es mir so billig überlassen. Entschuldige.«

Die nächsten Tage muß ich mir wieder die Sprungfedern aus dem aufgeplatzten Sofa in den Rücken bohren lassen.

Sasha nimmt mich mit in die Paris-Bar. Ich tanze mit einer polnischen Votze. Sie ist Nackttänzerin in einem Nachtklub in der Nähe und wohnt in einer Pension an der Ecke. Ich fasse Sasha in die Hosentasche und nehme mir so viel, wie ich für die Polin brauche.

Die polnische Votze muß eine Zaubertechnik haben. Mein Schwanz bleibt immer steif, auch wenn ich schon mehrmals gespritzt habe. Nach jedem Fick stößt sie meinen Ständer raus, dreht sich um und schläft. Ich kann unmöglich schlafen und warte mit schußbereiter Nille, bis ihr großer Arsch sich mir wieder entgegendrängelt, das ist das Signal. Sie braucht es pro Nacht fünf bis sieben Mal, also alle eineinhalb bis zwei Stunden. Sie spricht sehr wenig und nur, wenn es unbedingt nötig ist. Außerdem verstehe ich ihr Kauderwelsch nicht.

Man könnte meinen, ich liege nur in Betten rum und verbringe meine Zeit mit Ficken. Das stimmt nicht. Ich sondere mich oft wochenlang von allen Menschen ab, schließe mich in mein Zimmer ein und gehe nicht einmal auf die Straße. In dieser Zeit mache ich Sprachübungen, zehn, zwölf, vierzehn, sechzehn Stunden pro Tag. Oder die ganze Nacht. Wenn die Nachbarn sich beschweren, und das tun sie immer, muß ich aus dem jeweiligen Zimmer wieder raus. Ich wechsle die Zimmer öfter als die Mädchen. Aus verschiedenen Zimmern muß ich noch am selben Tag wieder raus.

Ich gehe tagelang in Parks spazieren oder laufe ganze Nächte durch die Straßen. Ich spreche immer irgendwelche Texte und nehme kaum wahr, was um mich herum geschieht. Wenn ich während der Sprachübungen müde werde oder ein mir selbst gestelltes Pensum nicht zu erreichen drohe, schlage ich mir ins Gesicht. Ich muß es einfach schaffen! Ich werde es beweisen!

Alfred Braun, der ehemalige Star-Reporter des Berliner Rundfunks, inszeniert mit mir ›Romeo und Julia‹. Von der Gage miete ich mir mein erstes eigenes Atelier. Eigentlich ist es nur eine Waschküche über dem obersten Stockwerk eines Hauses. Aber der Raum hat ein großes Atelierfenster, durch das viel Licht hereinflutet. Ich tünche die Bude weiß und schrubbe den Fußboden. Ich habe ein Bettgestell, einen Tisch, einen Stuhl und ein eigenes Klo, auf dem ich mich unter dem Wasserhahn mit kaltem Wasser wasche. Mehr brauche ich nicht. Mein bißchen Wäsche wasche ich selbst. Nachts schlafe ich nicht auf meinem Bett, sondern ich laufe durch die Parks und lege mich, wenn ich nicht mehr laufen kann, auf die bloße Erde und sehe in den Himmel. Wenn der Tag endlich wie eine langerwartete Geburt anbricht, gehe ich in mein Atelier und lege mich angekleidet aufs Bett. Ich brauche nicht viel Schlaf, drei, vier Stunden.

Die ›Schreibmaschine‹ von Jean Cocteau. In einer Szene muß ich einen epileptischen Anfall kriegen. Der Regisseur hat noch nie einen epileptischen Anfall gesehen. Ich auch nicht. Deswegen fahre ich in die Berliner Charité und bitte den Chefarzt der psychiatrischen Abteilung, mir einen epileptischen Anfall zu beschreiben. Er will mich zusehen lassen, wie eine Patientin einen Elektroschock bekommt. Die Reaktionen seien die gleichen wie bei einem epileptischen Anfall: der Körper der betroffenen Person, den man mit Starkstrom elektrisiert, verrenkt sich in krampfartigen Zuckungen. Die Zähne schlagen plötzlich und mit solcher Gewalt aufeinander, daß sie zerbrächen, würde man nicht ein Stück Gartenschlauch dazwischenklemmen.

Schaum tritt vor den Mund. Die Augen quellen heraus.

Die Patientin wird in den Behandlungsraum gefahren. Sie ist sehr jung und schön. Aber ihr Gesicht und ihr Körper sind grau wie eine Straße. Sie ist nur mit einem Stationsnachthemd bekleidet. Sie richtet sich halb auf, scheint sich aber nicht für ihre Umgebung zu interessieren, stammelt nur leise und unverständlich. Der Arzt sagt, daß ihr Geliebter sie sitzengelassen hätte, daß sie dadurch einen Schock erlitten habe, der sie um den Verstand gebracht hätte, und daß man durch die Elektroschockbehandlung versuche, einen Gegenschock zu erreichen, der ihr, wenn es gut geht, helfen kann.

»Und wenn es nicht gut geht?« frage ich.

»Dann hat sie Pech gehabt«, sagt er kaltschnäuzig.

Das Mädchen wird auf dem Bett festgeschnallt. Die Elektroden werden angesetzt. An den Armen, den Füßen, den Schläfen. Wie auf dem elektrischen Stuhl. Zwischen die Zähne bekommt sie ein Stück alten Gartenschlauch, der schon ganz zerrissen ist. Der Strom wird eingeschaltet. Mit einem schrecklichen Ruck macht sie die Beine breit und zieht sie gleichzeitig gewaltsam an, daß sich ihr Nachthemd hochstreift und ich ihr entblößtes, offenes Geschlecht sehen kann. Ihr Unterleib bäumt sich so gierig auf, als schreie sie nach Liebe und nicht nach einer Schockbehandlung. Dann stoßen die Beine nach vorn, als wolle sie nach etwas treten. Ich wende mich ab und gehe aus dem Raum.

Es gelingt mir, den epileptischen Anfall auf der Bühne darzustellen. Aber ich sehe ununterbrochen das Mädchen vor mir. Ihren Unterleib, der mir ihr Geheimnis enthüllt hat, das nicht für mich bestimmt war. Das magische Geheimnis einer jeden Frau.

Roberto Rosselini kommt nach Berlin, um Gesichter für seinen nächsten Film zu suchen. Das Wartezimmer des Produktionsbüros ist mit Schauspielern vollgestopft, die alle ganz geil darauf sind, in Rosselinis Film zu spielen.

Rosselini telefoniert im Nebenzimmer mit Anna Magnani in Rom und hat anscheinend ganz vergessen, oder er weiß überhaupt nicht, daß wir da sind. Nach vier Stunden mit all den Pennern in dem verqualmten Raum platzt mir der Kragen. Ich verfluche diesen Rosselini und seinen Film. Rosselini reißt die Tür auf, lacht mir freundlich zu und sagt: »Wer ist das? Er interessiert mich. Macht Probeaufnahmen von ihm.« Ich hasse es, Probeaufnahmen zu machen oder vorzusprechen. Dennoch lasse ich die Quälerei über mich ergehen. Rosselini bietet mir einen Vertrag. Aber das Theater läßt mich nicht weg.

Edith E. ist meine Partnerin in der ›Schreibmaschine‹. Nach der Vorstellung bleiben wir oft die ganze Nacht zusammen. Manchmal bin ich auch während des Tages bei ihr in ihrer Wohnung im Westend. Obwohl sie fünfzig ist, hat sie in ihrem Leben noch nie einen Mann gehabt. Die erste Zeit befriedige ich sie mit der Zunge. Bald habe ich sie soweit, daß ich sie auch mit meinem Schwanz ficken kann. Der Eingang in ihre Scheide ist so winzig wie der Schlitz einer Kindersparbüchse, in die man nur Einpfennigstücke einwerfen kann, und sie hat qualvolle Schmerzen. Dennoch umspannt sie meinen Kolben gierig und will nicht, daß ich aufhöre sie durchzuziehen.

Sie hat ihr Leben lang Mädchen und Frauen geleckt und sich ihr Leben lang nur von Mädchen und Frauen lecken lassen. In der Schule, im Mädchenpensionat und später als Frau. Sie erzählt mir von leidenschaftlichen Leckereien. Vom ersten Betasten. Von der Verführung durch die Erzieherin. Von einer Krankenschwester, die sie brutal vergewaltigt hatte, die sie vollkommen beherrschte, die sie einerseits haßte und der sie andererseits völlig verfallen war und die später Selbstmord begangen hatte, weil Edith sich von ihr losriß. Sie erzählt mir von romantischen, verträumten Frauen, die so waren, wie sie selbst, wie kleine Mädchen, die sich unter die Bettdecke verkriechen, weil sie sich graulen. Sie erzählt mir von der hemmungslosen Besessenheit einer katholischen Nonne, die ihretwegen die Soutane ablegte. Und von ihrer eigenen Schwester, die ihr Abgott war. Und sie erzählt mir von ihrem Verhältnis mit Marlene D., als sie beide noch blutjunge Anfängerinnen waren. Es war Marlene, die ihr in den Kulissen eines Berliner Theaters die Schlüpfer herunterriß und sie mit dem Mund zum Orgasmus brachte.

Jürgen Fehling, der einzige lebende geniale Theaterregisseur, ruft mich zu sich. Ich spreche ihm vor. Sieben Stunden lang! Es ist sechs Uhr abends. Das Bühnenpersonal kommt bereits ins Hebbeltheater, um die Abendvorstellung vorzubereiten. Fehling gibt mir eine junge Platzanweiserin auf die Bühne, damit ich in der Sterbeszene von ›Othello‹ eine Partnerin habe. »Du hältst den Schnabel«, sagt er zu dem verdatterten Mädchen, »egal, was Kinski mit dir macht, du bleibst reglos wie ein Stück Holz, gibst keinen Pieps von dir. Ich will nur seine Stimme hören.« (Was das heißen soll ›egal, was Kinski mit dir macht‹, was kann ich denn hier mit ihr machen?) Ich hasse diesen Kerl. Ich möchte lieber die Platzanweiserin ficken, die so betäubend aus dem Schlüpfer riecht, daß mir die Eier weh tun. Der hat nach sieben Stunden nicht genug! Der muß verrückt sein!

Wir müssen abbrechen. In einer Garderobe soll ich ihm aus einem Telefonbuch vorlesen. Ich lese und lese und bringe ihn zum Lachen und zum Weinen.

Von diesem Tag an läßt Fehling mich nicht mehr aus den Klauen. Ich ziehe wochenlang mit ihm herum, sehe seinen Proben zu, gehe mit ihm essen, und sitze ganze Nächte lang mit ihm in Kneipen herum. Er spricht und spricht, und manchmal falle ich vor Müdigkeit mit dem Gesicht in einen vollen Teller.

Fehling soll Intendant des Hebbeltheaters werden.

»Wenn ich Intendant bin, werde ich an allem sparen, an Kulissen, Kostümen, und vor allem an dieser Pestilenz herumstinkender Beamter und dem ganzen übrigen Plunder«, erregt er sich, als wir in der Ecke einer Spelunke sitzen, »nur nicht an der Gage meiner Schauspieler. Sie sollen alles haben, was sie brauchen. Alles. Dann werde ich alles von ihnen verlangen, und sie werden die Kraft haben, alles zu geben!«

Otto Graf will Gespenster von Ibsen mit mir als Oswald machen. Ich unterschreibe den Vertrag und nehme diesmal fünfhundert Mark Vorschuß. Als ich Fehling sage, was ich vorhabe, antwortet er:

»Du darfst den Oswald noch nicht verkörpern. Das wird ein hohes C von dir. Du mußt den Vertrag brechen. Ich, Fehling, werde dich bei Gericht verteidigen. Vergiß nie: Der liebe Gott hat was vor mit dir! Und ich werde es aus dir machen! Wenn du den Oswald darstellst, dann nur unter meiner Regie. Nie bei einem anderen. Vor allem mit Gründgens darfst du niemals arbeiten. Diese Pinkelbudenhure weiß überhaupt nichts. Der behauptet, Gefühl gäbe es nicht. Weil er selbst keines hat. Wenn du Geld brauchst, sage es mir, ich gebe dir Geld.«

»Nein, ich danke Ihnen. Ich habe noch Geld.«

Das mit dem Geld hätte ich nicht sagen sollen, schießt es mir durch den Kopf. Bin ich nicht ganz richtig, daß ich Geld ablehne?

»Gut«, sagt er, »laß mich wissen, wenn du etwas brauchst. Ich werde immer für dich da sein. Ich werde dich beschützen.«

Ich bin so fest von dem Sinn seiner Worte überzeugt, daß ich zu Otto gehe und ihm alles wörtlich wiederhole, ich sage ihm auch, daß ich den Vertrag brechen werde. Otto ist sehr niedergedrückt. Aber er hat Angst vor Fehling und wagt nicht zu widersprechen.

»Dann mache ich ›Gespenster‹ nicht«, sagt er nur.

Am nächsten Morgen will Otto noch einen letzten Versuch machen. Er will mit mir zu Fehling fahren und ihn fragen, mich freizugeben.

Fehling bittet mich, im Nebenzimmer zu warten, während er mit Otto spricht. Er ist sehr liebenswürdig zu ihm. Aber er macht ihm klar, daß er seine Finger von mir lassen soll. Ich lausche an der Tür und höre jedes Wort.

»Sie können ihn nur verderben«, sagt Fehling zu ihm. »Ich aber mache den größten Schauspieler des zwanzigsten Jahrhunderts aus ihm!«

Zu mir sagt Fehling, daß ich der erste bin, den er ans Hebbeltheater engagieren wird, sobald er Intendant ist.

Der Chef der amerikanischen Militärpolizei von Berlin, den ich bei Sasha kennengelernt hatte, besorgt mir ein Ticket für ein amerikanisches Militärflugzeug nach München. Von dort aus fahre ich mit dem Zug nach Schliersee, wo Inge sich mit einem Holzfäller verheiratet hat. Ich denke, Rübezahl steht vor mir, als er, die Axt über der Schulter, meine Hand wie mit einem Schraubstock zusammenquetscht.

Da weder ich noch die beiden Geld haben und wir zusammen in demselben Zimmer schlafen, bleibt mir nichts anderes übrig, als mir nachts ihr Geficke anzuhören, das sie so schamlos treiben, als wäre ich überhaupt nicht vorhanden. Wie geil sie ist, denke ich, sie kann sich nicht mal eine Nacht beherrschen. Vielleicht tut sie es auch absichtlich, um mich an unsere Ferkeleien zu erinnern. Jedenfalls stöhnt und spritzt sie bis zum frühen Morgen, und mir bleibt nichts anderes übrig, als unter der Bettdecke zu onanieren.

Als ich nach Berlin zurückkomme, war Fehling Intendant des Hebbeltheaters, wurde aber sofort wieder gefeuert, nachdem er bekanntgegeben hatte, daß er zuerst einen Film drehen wird, in dem er selbst den lieben Gott darstellen will. Nach einem Vortrag an der Universität werfen Studenten nach ihm mit Steinen, daß er am Kopf blutet. Danach bleibt er verschwunden.

Ich gehe zu Otto und sage zu, den Oswald darzustellen. Ich brauche Geld. Frau Alving ist Maria Schanda. Nach der Szene, in der Oswald wahnsinnig wird, nimmt sie mich lange in die Arme, weil sie Angst um mich hat.

Vor der Premiere gibt Otto mir Kokain, weil ich so heiser werde, daß ich kaum noch sprechen kann. Nachdem ich etwas von dem weißen Pulver durch die Nasenlöcher eingezogen habe, sind meine Atemwege und Stimmbänder wie durch Zauberhand befreit. Aber das Kokain trocknet meine Schleimhäute aus, die Zunge wird schwer und gehorcht mir nicht mehr, während ich der Täuschung unterliege, daß ich rasend schnell sprechen kann und mich so kräftig fühle, daß ich Bäume ausreißen könnte.

Bei der Vorstellung geht alles gut. Zuschauer schreien bei der Wahnsinnsszene auf. Manche stürzen aus dem Theater. Eine Frau wird ohnmächtig.

Otto hätte mir das Kokain nicht geben dürfen. Er hatte mir noch ein Heftchen mit einem Gramm gelassen. Als ich die Hälfte von dem Gramm aufgebraucht habe, frage ich überall herum, wer Kokain verkauft. Die Gefahr bei diesem Mistzeug besteht darin, daß man nicht zur rechten Zeit merkt, wann man damit aufhören muß. Jeden Augenblick kann es zu spät sein, und man kommt nie mehr davon los, krepiert an einer Überdosis, an Verfolgungswahn, vergiftet sich mit Gas oder begeht auf andere Weise Selbstmord. Manche kommen in die Irrenanstalt, wo sie nach Wahnsinnsqualen verrecken. Andere werden sogar zu Mördern, um sich Kokain zu beschaffen.

Ein Gramm habe ich noch zum Preis einer Wochengage gekauft und den Inhalt des Heftchens geschnupft – als mir bewußt wird, daß ich keinen Appetit mehr habe. Daß ich seit Tagen nichts mehr esse, statt dessen aber die letzten Körnchen aus dem Papier lecke, in welches das Kokain eingewickelt war.

Ich habe in einem Restaurant Essen bestellt. Als der Kellner die Rechnung kassieren will, sieht er mich entgeistert an. Die vollen Teller stehen noch unberührt vor mir. Ich hatte Suppe, Hauptgericht und Nachspeise von mir geschoben und nur eine Zigarette nach der anderen geraucht. Ich hatte es nicht einmal wahrgenommen. Als ich mein Gesicht im Spiegel der Toilette sehe, weiß ich, daß es keine Rettung gibt, wenn ich nicht sofort Schluß damit mache.

Jeden Tag ›Gespenster‹. Selbst in brütender Hitze. Auch Sonnabend Nachmittag. Sogar Sonntag Vormittag. Ein Mädchen bringt mir die ersten Sonnenblumen.

Eine Journalistin will mich interviewen. Sie hat ihre Bluse absichtlich einen Knopf zu wenig zugeknöpft und trägt keinen Büstenhalter. Ihre Birnentitten toben bei jedem ihrer Schritte auf den hohen Stöckelschuhen, als wollten sie mir ins Gesicht hopsen. Ich gucke immerzu auf die Birnen. Ihr Leib ist jung und geschmeidig und zugleich so gespannt, daß ich den Eindruck habe, ihre Schenkel würden ganz von allein wie ein Federmesser aufspringen, und ihre entzückenden Pobacken, die genau in eine Männerhand passen, wie Kastanien aus den Schalen platzen, würde ihr knapper Rock sie nicht in seinen Käfig sperren. Ihr schöner, enger Mund ist fast zu klein für die starken weißen Zähne, die ihn halb offen halten. Sie sieht mich nicht ein einziges Mal mit ihren hellgrauen Augen an. Aber ich weiß, daß dieses Interview lange dauern wird.

Vierzig Minuten später sind wir allein in ihrer Wohnung am Reichskanzler Platz. Sie legt sich in voller Kleidung aufs Bett. Sie liegt ganz still, immer noch ohne mich anzusehen. Steht wieder auf, zündet sich eine Zigarette nach der anderen an. Verschwindet lange auf dem Klo. Macht Kaffee und belegte Brote. Legt sich wieder aufs Bett. Raucht wie ein Schlot. Sagt nicht ein einziges Wort, als ich mich neben sie lege.

Aber jedesmal, wenn ich sie auch nur berühre, weicht sie wie erschrocken vor mir zurück. Nach zwei Stunden dieser Folter reiße ich ihr mit einem einzigen Griff die Bluse runter, daß die Birnentitten nicht mehr zu halten sind. Sie führen einen richtigen Veitstanz auf, zwängen sich mir in den Mund. Wir zerren an unseren Kleidungsstücken, stolpern, fallen auf den Boden, keuchen, japsen, schreien, als ginge es um unser Leben die Kleider loszuwerden.

Als wir nackt sind, hocken wir uns wie zwei zum Sprung bereite Bestien einander gegenüber. Dann springen wir uns an, verbeißen uns ineinander. Schlagen uns gegenseitig die Körper. Die Gesichter. Die Brüste. Die Geschlechtsorgane. Fallen uns immer gefährlicher an. Verbeißen uns immer schmerzhafter.

Sie stößt ihren Unterleib bis zu meinem Mund hoch, als wollte sie ›Brücke‹ machen. Wirft sich auf den Bauch. Streckt ihren Hintern, dessen Backen auseinanderklaffen und ihr Arschloch und den Rachen ihrer gefräßigen Fotze aufreißen, steil nach oben – die nach meinem zuckenden Aal schnappt wie bei einer Raubtierfütterung.

Es gibt kaum etwas, was wir in den sechzehn Stunden nicht getan haben – als ich die Wohnung um sieben Uhr früh verlasse.

Kurze Zeit danach erfahre ich durch eine Zeitungsnotiz, daß die Journalistin Soundso mit ihrem Mann Selbstmord begangen hat.

Wolfgang Langhoff, der Intendant von Max Reinhardts Deutschem Theater in Ost-Berlin, hatte noch vor sieben Monaten abgelehnt, mich zu engagieren. Zuerst mußte ich wochenlang warten, bis ich überhaupt vorsprechen durfte. Als es endlich so weit war, ich mir die Stimme aus dem Hals schrie, die Tränen aus den Augen weinte und mir Hände und Arme blutig schlug, hatte Langhoff gar nicht zugehört. Er fraß belegte Brote und rieb sich einen Fleck aus der Krawatte, auf die er sich gezuckerten Tee gekleckert hatte.

Warum dieses Intendantengesindel bloß immer Angst hat, im Theater zu verhungern.

»Kommen Sie in ein paar Jahren wieder«, sagte er mit vollem Mund. »Vielleicht läßt sich dann was machen. Und essen Sie. Essen, essen! Sie sind ja so dünn, daß man Angst hat, sie würden an ihren Gefühlsausbrüchen zerbrechen. Also, essen Sie tüchtig.«

Ich hätte dieser Qualle ihre Schwabbelbacken einschlagen sollen. Aber ich dachte – du kommst auch noch gekrochen! Und in ein paar Jahren bist du verreckt!

Er kommt eher gekrochen, als ich dachte. Nach ›Gespenster‹ bittet sein Verwaltungsdirektor mich durch einen höflichen Brief, ins Deutsche Theater zu kommen.

Langhoff gibt mir einen Jahresvertrag für dreitausend Mark im Monat und sagt, daß ich mich nach Beendigung der Spielzeit entscheiden könne, ob ich meinen Vertrag um mehrere Jahre verlängern will. Natürlich für eine viel höhere Gage.

Das erste Stück ist ›Maß für Maß‹ von Shakespeare. Ich bin Claudio, der ein junges Mädchen entjungfert hat, ohne es vorher geheiratet zu haben, und dafür zum Tode verurteilt wird. (Ausgerechnet ich!) In der Kerkerzelle hat er Visionen, wie die Würmer seinen Leichnam auffressen werden.

Es ist schwer für mich, mir vorzustellen, wie die Würmer mich auffressen werden. Ich denke nie an den Tod. Ich habe nicht mal richtig angefangen zu leben.

Ich schleiche nachts auf Friedhöfen herum und steige in Gruften ein. Die verrosteten gußeisernen Luken sind schwer und kaum aufzukriegen. Ich zwänge mich durch die Öffnungen. Lehne mich an die mit Planen überdeckten Särge. Horche daran, ob ich irgend etwas höre. Lege mein Ohr auf Gräber und rufe die Toten, die mir keine Antwort geben. Ich muß die Antwort finden. Aber wie?

Meine Empfindungen sind ein einziges Chaos. Schlingpflanzen, die mich zu ersticken drohen. Dschungel, aus dem ich mich herauskämpfen muß. Ich habe niemanden, der mir hilft. Ich werde die Schweißspur finden, wie ein Tier.

Bei der Aufführung kommt alles von selbst. Ich habe das Geheimnis enträtselt: Man muß stillhalten. Sich öffnen, sich hingeben. Alles, auch das Schmerzlichste in sich eindringen lassen. Aushalten. Ertragen. Das ist das Zauberwort! Der Text kommt von ganz allein, und der Sinn des Textes bestimmt die Erschütterung der Seele. Das Übrige besorgt das Leben, das man leben muß, ohne sich zu schonen. Man darf die Wunden nicht vernarben lassen und muß sie immer wieder aufreißen, um aus seinem Innern ein wunderbares Instrument zu schaffen, das zu allem fähig ist. Das fordert seinen Preis. Ich werde so empfindsam, daß ich unter normalen Umständen nicht mehr leben kann. Deshalb sind die Stunden zwischen den Vorstellungen die schlimmsten.

Es gibt kaum ein Wort von den großen russischen Dichtern, und vor allem von Dostojewskij, das ich nicht kenne. Ich bearbeite ›Der Idiot‹ und ›Schuld und Sühne‹ fürs Theater. Meine Bühnenfassung bringe ich zu Langhoff, der ›Schuld und Sühne‹ aufführen will.

Inzwischen ist Fehling wieder aufgetaucht und nach München übersiedelt. Ich nehme Langhoff die Bühnenfassung von ›Schuld und Sühne‹ wieder weg, weil ich nach München will, um sie Fehling zu zeigen.

Den Text diktiere ich einer Tippse in einem Schreibbüro in Treptow, die ich nur in Ostgeld bezahlen muß. Außerdem wohnt in Treptow auch das Mädchen, mit dem ich nackt ›Romeo und Julia‹ geprobt hatte.

Den ersten Tag gehe ich noch zu ihr, wenn die Sekretärin Mittagspause macht, denn das Schreibbüro ist nicht weit von der Wohnung der Kleinen entfernt. Dann raubt mir die Sekretärin fast die Besinnung. Sie riecht aus ihrer Fotze so stark nach Fisch, daß ich nicht weiterdiktieren kann und ihr zwischen die zusammengekniffenen klebrigen Schenkel greife.

Wir gehen nacheinander aus dem Zimmer, als müßten wir aufs Klo, um bei den anderen Tippsen, und vor allem bei der Chefin, keinen Verdacht zu erregen, und treffen uns auf dem Hof im Hühnerstall. Ich spritze nur einmal. Ich müßte sie erwürgen, damit sie nicht so laut schreit.

Ihre Mutter arbeitet als Garderobenfrau in einem Nachtlokal und kommt nie vor dem Morgengrauen nach Hause. Obwohl wir nicht eine Minute schlafen, hören wir das Schlüsselgeräusch nicht, als ihre Mutter die Tür aufschließt. Sie kommt nicht ins Schlafzimmer, wahrscheinlich weil sie denkt, daß ihre Tochter schläft. Ich ersticke ihre Schreie in den Kissen.

Um zwölf Uhr mittags, als Mutter und Tochter in ihren Zimmern schlafen, schleiche ich mich aus dem Haus. Ich muß mir eine andere Sekretärin suchen!

Die Vorstellungen von ›Maß für Maß‹ sind mir zuwider. Ich schnüffle überall wie ein Köter herum, um etwas Besseres zu finden. Schließlich will Bert Brecht mich kennenlernen. Ich sehe bei einer Umbesetzungsprobe von ›Mutter Courage‹ zu. Es ist bereits der dritte Monat, in dem er immer dieselbe Szene probiert. Jedes Wort, jede Bewegung eines Schauspielers wiederholt er tausend Mal! Ich werde ganz besoffen von so viel Stumpfsinn. Das müssen Analphabeten sein!

Als er mich fragt, ob ich in sein Berliner Ensemble eintreten will, suche ich schnell nach einer cleveren Antwort. Aber Brecht ist selbst clever genug und legt mein Schweigen auf seine Weise aus: »Ich selbst müßte dir abraten, es zu tun. Ich habe hier im Osten Narrenfreiheit. Aber so viel Humor, wie man für dich haben müßte, haben die hier ganz sicher nicht.«

Ich zerbreche mir den Kopf, was ich anstellen kann, um nicht jeden Abend auftreten zu müssen. Ich besuche Arne in der Wartburgstraße. Lege mich angekleidet in die volle Badewanne mit eiskaltem Wasser und krieche mit triefenden Kleidern in die Ruinen des ausgebombten Hinterhauses, wo ich bis zum Abend auf den Trümmern liegen bleibe. Ich will eine Lungenentzündung bekommen. Aber ich kriege nicht mal einen Schnupfen. Der Liebe Gott muß wirklich was mit mir vorhaben.

Vor Wut, daß ich ins Theater muß, werfe ich die paar Möbel aus dem Fenster, die auf der Straße zerschmettern.

Als Mitglied des Deutschen Theaters bekomme ich Bons, mit denen ich einmal täglich im Theaterklub essen darf. Dieser Klub ist von den Russen eingerichtet und für alle zugänglich, die zu Oper, Ballett und Theater gehören. Natürlich auch für politische Bonzen. Im Klubrestaurant gibt es alles, selbst Krimsekt und Malossol-Kaviar. In erster Linie ist der Klub für die Bonzen da, und die Spitzel passen höllisch auf, ob von uns nicht etwa einer so frech ist, ein zweites Mal zu essen. Ich esse zwar keinen Kaviar und trinke keinen Sekt, weil ich das gar nicht bezahlen könnte, erlaube mir aber, an einem Tag zweimal zu essen. Mittags und nach der Abendvorstellung, weil ich solchen Hunger habe. Prompt bekomme ich eine Verwarnung. Der Verwaltungsdirektor des Deutschen Theaters, der selbst zweimal täglich frißt, hatte mich gesehen und angezeigt.

Derselbe Verwaltungsdirektor weigert sich eine Woche später, mir einen Vorschuß auf meine Gage zu bewilligen.

Man kann über interne Treppen und Korridore von den Theatergarderoben direkt bis zu den Büroräumen gelangen. Ich bin bereits für die Abendvorstellung umgezogen und außer den langen Stiefeln im Kostüm, als ich den Scheißkerl an seiner Krawatte packe und ihn so lange ohrfeige, bis auf sein Blöken hin andere Büroangestellte hereinstürzen. Jetzt kommt auch Langhoff und verlangt, daß ich das Kostüm ausziehe, da ich mit sofortiger Wirkung gefeuert sei. Ich aber denke nicht daran, das Kostüm auszuziehen und stürme in meine Garderobe, um mir auch die Stiefel anzuziehen.

Die Stiefel sind noch in der Schusterei. Da kann ich nicht hin, weil Langhoff, der Verwaltungsdirektor und die anderen Büroangestellten, die mir wie eine Reihe Gänse folgen, den Weg abschneiden würden. Also auf Socken die andere Treppe hinunter, ins Foyer. Die Reihe Gänse immer hinter mir her.

Die ersten Zuschauer sammeln sich an der Abendkasse. Ich stürme an ihnen vorbei auf die Straße. Überall Menschen, die ins Theater wollen. Da! Die Theaterkneipe! Ich kenne den Wirt gut. Auch die Theaterkneipe ist voller Leute, die vor der Vorstellung eine Bulette fressen oder einen kippen.

Die Reihe Gänse, mit Langhoff an der Spitze, hat eine andere Treppe benutzt, die aus dem Foyer des Theaters in die Theaterkneipe führt. Ich renne ihnen direkt in die Arme. Die Hetzjagd geht über Tische, Stühle, Gäste. Ich springe auf einen Tisch.

»Wenn ihr euer Kostüm zurückhaben wollt, hier ist es!«

Ich fetze mir das Kostüm vom Leib. Zerbeiße es stückweise.

»Das ist für dich! Und für dich! Da! Friß es auf, wenn du willst! Nie wird es jemand anders nach mir tragen!«

Die Ratte von Verwaltungsdirektor leidet bei jedem Stoffetzen. Ich zerstückle das Kostüm in so winzige Teile, daß man es nie mehr zusammenflicken kann. Hindern können sie mich nicht daran. Ich stehe mit dem Rücken zur Wand und werde jedem einen Tritt gegen den Kopf versetzen, der sich mir nähert.

Dann bin ich nackt. Der Kneipenwirt wirft mir einen Mantel über und versucht, mich zu beruhigen, denn ich weine schreiend vor Wut und Ekel über diese Brut. Die Reihe Gänse zieht mit ihren Stoffetzen ab.

Nach dem Ding am Deutschen Theater sitze ich wieder auf der Straße und gehe zu Sasha zurück. »Pfeif drauf«, sagt er nur und gibt mir einen Wodka. Das ist seine Art. Als ein anderer Gangster ihm eine Perlenkette, die dreihunderttausend Mark wert war, vertauschte, indem er unechte Perlen auf die Schnur aufzog, goß Sasha auch nur einen Wodka runter. Als ich ihm von dem Knatsch im Deutschen Theater erzähle, lacht er.

»Mach dir keine Sorgen und danke dem Schöpfer für dein Talent. Sieh mich an. Ich würde gern mit dir tauschen. Ich bin zweiundvierzig Jahre und habe in meinem Leben nichts anderes getan, als anderen Menschen das Blut auszusaugen, Strichjungen hinterherzulaufen, mich von ihnen ausplündern zu lassen und mich unter meinen Ikonen zu besaufen. Glaubst du, daß ich mich dieses Lebens freue? Du hast doch allen Grund, froh zu sein! Die Menschen werden sich eines Tages um dich scharen. Sie werden sich deinetwegen schlagen. Du wirst alles erreichen, was du willst. Kümmere dich nicht um die, die dir drohen. Verstecke deine Faust vor ihnen. Sie können dich nicht erreichen. Geh, such dir ein neues Atelier, ich bezahle es für dich. Oder schlafe hier und laß dir zu essen geben. Oder wohne in der Villenetage in der Königsallee.«

Ich wohne nicht bei Sasha und ziehe auch nicht in die Königsallee, aber ich finde ein neues Atelier in der Brandenburgischen Straße.

Helga ist das Mädchen, das mir die ersten Sonnenblumen ins Theater brachte. Ihre Eltern haben ihr verboten, zu mir zu gehen, ihr Vater ist evangelischer Pfarrer. Aber obwohl es verdammt lange dauert, bis sie sich endlich ficken läßt, kommt sie jeden Tag wieder. Endlich läßt sie sich bereitwillig von mir auf den Block legen, um ihr Jungfernhäutchen zu opfern.

Als ihre Eltern sie nicht mehr aus dem Haus lassen, heiratet sie einen Studenten. Jetzt können ihre Eltern ihr nichts mehr verbieten. Sie schlüpft jeden Morgen zu mir ins Bett und bleibt so lange, bis ihr Student aus der Universität nach Hause kommt und sie ihm Essen kochen muß.

Ich brauche Sonnenblumen! Ich laufe viele Kilometer, um mir welche zu beschaffen. Wenn sie frisch sind, küsse ich ihnen die Honiggesichter. Wenn sie vertrocknet sind, lege ich sie aufs Fensterbrett, wo sie weiterglühen.

Ich habe eine riesige Sonnenblume in einem Schrebergarten in Tempelhof gesehen. Ich kann jetzt nicht riskieren sie zu stehlen und frage den Schrebergärtner, ob er sie mir verkauft. Er gibt sie mir umsonst.

Ich werde sie an ihrem hellgrünen, zwei Meter langen Stiel von Tempelhof bis zur Brandenburgischen Straße tragen. Ihr schwarzes, klebriges Gesicht ist von leuchtendgelben Blütenblättern eingerahmt, während ich selbst kornblumenblaue Jeans und ein mohnblumenrotes T-Shirt trage. Ich habe beides von jemand, der einen Freund in Amerika hat. Da es Sommer ist, gehe ich barfuß.

Es ist Sonntag, und die Straßen sind voller Spaziergänger. Ich versuche, den Leuten durch Nebenstraßen zu entkommen – denn wo immer ich auftauche, lacht jeder über mich und über meine Sonnenblume.

Um diesem Spießrutenlaufen zu entgehen, breche ich den Kopf der Sonnenblume von ihrem Stiel, drücke sie wie ein kleines Kind mit ihrem Gesicht an meine Brust und hetze im Laufschritt Richtung Wilmersdorf weiter.

Ich versuche, in einen Autobus zu steigen, aber selbst der Schaffner kann sich nicht enthalten, die Fahrgäste mit blöden Bemerkungen über mich und meine Sonnenblume zu erheitern. Die Bande gröhlt vor Lachen. Ich springe vom fahrenden Autobus.

Auf der Straße wird es immer unerträglicher. Ich bin derart verstört und verletzt von der Beschränktheit und Roheit der Leute, die über mich und meine Sonnenblume in Lachen ausbrechen, daß ich, von Fußgängern eingekreist, keine andere Lösung mehr sehe, als den geliebten Kopf der Sonnenblume in Stücke zu reißen und davonzurennen.

Achim ist aus russischer Gefangenschaft zurück und schon wieder im Knast. Er hat, mit einer Bande, Pelzmäntel geklaut. Ich besuche ihn im Untersuchungsgefängnis in Moabit und bringe ihm Schokolade und Zigaretten. Er ist überglücklich, mich wiederzusehen, und wir umarmen und küssen uns. Er bittet mich, ihm einen Anwalt zu besorgen.

Als ich zu dem Anwalt in der Fasanenstraße will, sehe ich eine Polizistin eine weinende Frau, die einen Rucksack auf dem Rücken trägt, mit sich schleppen und sie schubsen. Passanten gaffen, sagen aber nichts.

»Was tun Sie mit der Frau?« frage ich die uniformierte Zicke.

»Sie hat auf dem Schwarzmarkt Sachen verkauft«, antwortet sie.

»Na und?« gebe ich zurück. »Schämst du dich nicht, du Flintenweib, die arme Frau deswegen zu verhaften? Sicher hat sie es bitter nötig, sonst hätte sie es nicht getan. Laß sie laufen!«

Die uniformierte Zicke läßt die verängstigte Frau für einen Augenblick los und packt mich statt dessen am Handgelenk.

»Ihren Personalausweis!« schreit sie hysterisch.

Ich befreie mich aus ihren Wurstfingern und lache ihr ins Gesicht.

»Ich habe gar keinen!«

Das ist zu viel für ihr uniformiertes Gehirn. Sie hebt ihr umgehängtes Trillerpfeifchen an den dünnlippigen Mund und pfeift so lange, bis der Verkehrspolizist die Autos fahren läßt, wie sie wollen, und sich, ohne zu fragen was vorgefallen ist, auf mich stürzt. Auch die Passanten fühlen sich jetzt sicher genug und nennen mich ›Aufwiegler‹ und ›gefährliches Element‹. Der Verkehrspolizist dreht mir die Hände auf den Rücken, und ich und die Frau mit dem Rucksack müssen mit auf die Wache.

»Sie haben die Uniform meiner Kollegin beleidigt und sich der Staatsgewalt widersetzt!« sagt ein Polizist auf dem Revier.

Ich kann nicht anders, ich muß lachen.

»Hören Sie auf zu lachen«, schreit er außer sich, »oder ich sperre Sie ein!«

Ich lache noch lauter. »Wollen Sie, daß ich weine?«

»Ich will, daß Sie das Maul halten und nur reden, wenn Sie gefragt werden!«

Ich muß so stark lachen, daß ich mich verschlucke.

»Sie bringen mich schon wieder zum Lachen, ich kann gar nichts dafür.«

Ich kriege einen Tritt ins Kreuz und lande in einer Zelle. Es sind Reihenkäfige wie im Zoo, vor denen ein Polizist wie ein Raubtierwächter auf und ab geht, und dem mein Toben an den Gitterstäben sein Bewußtsein stärkt. Er muß deprimiert gewesen sein, bevor ich in den Käfig gesperrt wurde, denn die Nachbarkäfige sind leer. Jetzt grinst er höhnisch, also geht es ihm wieder gut. Er läßt den Schlüsselbund durch die Finger gleiten wie einen Rosenkranz.

Als ich aus vollem Halse schreie, daß ich den Regierenden Bürgermeister von Berlin kenne, der mit dem Präsidenten von Amerika, John F. Kennedy, Brüderschaft geschlossen hat, und daß ich alle Ganoven dieses Polizeireviers brotlos machen werde, läßt der diensthabende Offizier mich aus dem Käfig raus und bedauert den Zwischenfall.

»Was wird mit der Frau?« frage ich ihn, als er mich zum Ausgang schiebt, um mich loszuwerden.

»Der Frau geschieht nichts Arges«, lügt der Offizier dreist. Als ich wieder auf der Straße bin, pisse ich an das Haus.

Nachdem Achim aus dem Gefängnis entlassen ist, versucht er, sich etwas ehrlicher durchzuschlagen. Er hütet Hunde, arbeitet als Babysitter und spendet zweimal wöchentlich Blut. Für jede Spende bekommt er zwanzig Mark und ein großes Steak.

Ich habe die Idee, meinen Leichnam zu verhökern. Ich habe in Erfahrung gebracht, daß man seine Leiche im voraus an die Anatomie verkaufen kann, zum Sezieren, und dafür ein hübsches Sümmchen bekommt. Mein Plan ist, meine ›Leiche‹ an so viele Anatomien wie möglich zu verkaufen. Da stellt sich heraus, daß das unmöglich ist, weil der einmalige Verkauf der eigenen Leiche im Personalausweis eingetragen wird.

Ich fahre mit dem Reisebus nach München. Ich habe von den Faschingsfesten gehört, wo es von halbnackten Mädchen wimmeln soll.

Im Haus der Kunst ist eine Ausstellung von van Gogh. Es ist das erste Mal, daß ich Originale von van Gogh sehe. Ich stürze weinend auf die Straße.

Auf dem Faschingsfest der Hochschule stoße ich auf Gislinde und Therese. Beide sind wie Pierrot geschminkt, beide sind im Trikot, durch das sich ihre Schenkel, ihre Bäuchlein, ihre Ärschchen und ihre dicken süßen Schneckenhäuser abzeichnen. Beide sind schweißgebadet. Mit beiden tanze ich die ganze Nacht durch. Beiden fresse ich die Zunge auf. Beide schwängere ich noch in derselben Nacht.

Therese wird von ihrer Familie gezwungen, die Frucht abzutreiben. Gislinde trägt das Baby aus. Therese ist sehr traurig. Sie wollte das Kind, obwohl sie weiß, daß ich sie nicht beide heiraten kann. Auch mit Gislinde spreche ich nie vom Heiraten. Sie freut sich einfach auf ihr Baby.

Ich kann nicht nur ficken, ich muß auch Geld verdienen. Fehling ist am Bayrischen Staatstheater, und ich verabrede mich mit ihm.

Er liest meine Bühnenfassung von ›Schuld und Sühne‹ und sagt: »Ich werde es mit dir machen, aber nicht hier. Ich nehme Theater so ernst, daß ich mit diesen rührenden Provinzlern nur Mitleid haben kann. Laß uns überlegen, wann und wo. Ruh dich aus, du siehst sehr mitgenommen aus. Zieh irgendwo aufs Land, ich werde es bezahlen.«

Fehling ist so liebevoll wie in Berlin und strahlt die gleiche ungeheure Kraft und Wärme aus. Aber ich befürchte, daß er nie wieder inszenieren wird.

Ein Mädchen bleibt mitten auf der Straße stehen, als ich in eine Straßenbahn einsteige, und lacht mich mit ihren schneeweißen Zähnen an. Ich springe von der anfahrenden Straßenbahn ab. Ich kenne das Mädchen nicht. Ich habe sie eben zum ersten Mal gesehen. Sie sagt, daß sie Elsa heißt. Elsa hat ein bräunliches Gesicht, lange strähnige schwarze Haare, metallisch glänzende Augen, einen strammen Mund und gierige, sinnliche Hände.

Elsas Verwandte haben alle hohe Posten in der katholischen Kirche. Ein Onkel ist die ›rechte Hand‹ vom Papst. Sobald diese Mischpoke erfährt, daß Elsa mit dem Teufel hurt, wird das Lämmchen aus der Herde ausgestoßen, als hätte es die Pockenpest, und bekommt keine Unterstützung mehr. Bis jetzt hatte sie ein Verhältnis mit dem Boß des amerikanischen Geheimdienstes in München, der immer noch hinter ihr her ist. Er war extra aus den USA gekommen, um im Bayrischen Gebirge versteckte Nazis aufzustöbern, die sich in Seppelhosen verkleidet haben und irgendwo als Ziegenhirten leben.

Eine Zeitlang zahlt wenigstens noch der. Dann versiegt auch diese Quelle, denn sie hat überhaupt keine Zeit mehr für den Ami, weil wir ›wie die Kaninchen rammeln‹, wie sie sich ausdrückt. Wir leben in einem Bretterverschlag in einer Altweiberpension in Schwabing und stehen nur auf, um was zu Essen zu beschaffen. Meistens verschlingen wir nichts als rohe Eier, damit wir Kraft zum Weiterficken haben. Als wir den Schuppen nicht mehr bezahlen können, machen wir im Englischen Garten weiter, auf einem Friedhof in Bogenhausen und auf dem Rundgang um den Friedensengel.

Elsa schläft mit einer Betschwester im selben Zimmer. Ich bin in einem katholischen Seminaristenheim, das ihr Großvater gegründet hat. Der Bannfluch, der durch mich auf Elsa lastet, ist noch nicht bis hierher gedrungen, und auch die kleinen Kirchengemeinden wissen nicht, daß Elsa sich von Beelzebub vögeln läßt. Wir gehen in die Kirchen betteln, denn die Masche mit dem Onkel im Vatikan in Rom und dem Großvater, der die Heime gegründet hat, zieht immer. Die Beute ist eine schäbige Mark aus der Klingelkasse, mit der uns der Pfarrer an der Kirchentür abspeist. Man kann sich vorstellen, wie viele Kirchen wir abklappern müssen.

Mit diesen Almosen kommen wir auf keinen grünen Zweig, und die beiden alten Zuhälterinnen Elli S. und Ilse A., die eine Schauspieler-Agentur wie einen Call-Ring betreiben, nehmen sich meiner an. Das sieht so aus: Ich muß in einer Garderobe der Bavaria-Studios wohnen, damit ich nicht abhanden komme, außerdem kostet sie die Garderobe nichts, die als eine Art Abstellkammer in der Miete ihrer Büroräume inbegriffen ist. Diese Garderobe also ist eine drei mal vier Meter große Zelle, in der man zum Idioten würde, müßte man sich darin allein aufhalten. Immer, wenn so ein Regisseur oder Produzent das Agenturbüro betritt, das sich eine Etage unter meiner Klapsmühle befindet, werden mir die Haare mit Wasser naß gemacht und gekämmt, und ich werde wie ein artiger Bengel vorgeführt. Für die Komödie bekomme ich täglich sieben Mark Taschengeld, als Vorschuß auf eine eventuelle spätere Gage. Das Geld teile ich mit Elsa. Ich verdufte über die Feuerleiter und ficke sie im Wald, der ganz in der Nähe der Bavaria-Studios beginnt.

Die Frau eines amerikanischen Fotografen aus New York, Kunz oder Schlunz oder Punz oder was weiß ich wie der heißt, kommt nach München, um sich bei den deutschen Filmproduzenten herumzuzeigen. Im Studiogelände gerät sie ausgerechnet an mich – und obwohl ihre Schwiegermutter, die sie begleitet, sie ständig überwacht, damit sie nicht an fremden Schwänzen nascht, gelingt es uns, im Hofgarten an der Feldherrnhalle einen Augenblick allein zu sein.

Sie zerkratzt mir das Gesicht und beschimpft mich laut, weil ich sie nicht an einem Baum im Stehen ficken will, nachdem ich auf der Wiese meine Finger in ihrer heißen Sabbermöse hatte. Es geht einfach nicht. Ich kann sie hier nicht im Stehen ficken. Das Gebüsch ist zu niedrig und so durchsichtig, daß die Spaziergänger alles mitansehen würden.

Wir versuchen es in der ausgebombten Synagoge. Aber das scheint eine Pinkelbude geworden zu sein. Überall stehen Männer, die pissen. Oder onanieren.

Wütend läßt sie sich darauf ein, nach Geiselgasteig in meine Garderobe in den Bavaria-Studios zu kommen.

Dummerweise werden wir gesehen, während wir die Feuerleiter an der Außenseite der Studio-Halle hinaufsteigen. Die beiden Zuhälterinnen von der Agentur haben gerade einen Kunden im Büro und wollen mich wie eine Nutte vorführen. Sie rütteln an der verschlossenen Garderobentür, weil sie fest davon überzeugt sind, daß wir uns eingeschlossen haben. Ich verstopfe das Schlüsselloch, und wir versuchen, kein Geräusch zu machen. Das ist sehr schwer, denn die Frau des Fotografen hat ihre Schlüpfer schon auf dem Flur ausgezogen, und ich komme überhaupt nicht mehr dazu, meine eigenen Hosen auszuziehen, weil sie mir auf den Knien rutschend den Hosenschlitz aufreißt und meinen Schwanz regelrecht auffrißt, so daß ich ihn nicht mehr herausziehen kann und mich in ihren Schlund ergieße. Dann packt sie meinen Kopf, preßt mein Gesicht zwischen ihre weit gespreizten Beine, und es kommt ihr so oft, daß ich mich verzähle. Dann ist sie soweit, und es geht los. Wir wechseln die Stellungen wie beim Bodenturnen.

Immer wieder kommen die beiden Zuhälterinnen nach oben und rütteln fanatisch an der Garderobentür, kreischen, daß ich mir eine große Chance verdürbe und so weiter.

Wenn das Gezeter vor der Tür zu lange dauert, machen wir vorsichtig weiter. Aber dieses blondgefärbte Biest will immer schreien. Ohne schreien kein Orgasmus.

Draußen ist Nacht. Wir können beide nicht mehr. Außerdem wird ihr plötzlich klar, daß sie eine Schwiegermutter im Hotel Bayrischer Hof sitzen hat. Bevor sie mit ihrem total verknautschten, über und über vollgespritzten Kleid die Feuerleiter heruntersteigen kann, bespringe ich sie noch einmal von hinten – und während sie meine Stöße noch brutaler, noch tiefer erwidert, kriechen wir auf allen vieren über den Flur zur Feuerleiter.

Da ich es in München zu nichts bringe, muß ich zurück nach Berlin. Elsa schenkt mir zum Abschied ›Die Balladen des François Villon‹.

Ich lese sie im Reiseautobus. Als wir im Morgengrauen aus der Avus fahren, weiß ich: Villon, das bin ich!

Im ›Café Melodie‹ am Kudamm spreche ich das erste Mal die Balladen des François Villon. Die Studenten der Kunsthochschule schreiben mit bunter Kreide in riesigen Lettern auf die Fahrbahnen des Kurfürstendamms KINSKI SPRICHT VILLON. Eintritt ist frei. Ich werde Geld mit der Mütze sammeln.

›Café Melodie‹ ist so überfüllt, daß die Leute sich gegenseitig auf die Füße treten. Diejenigen, die keinen Einlaß finden, schlagen die Fensterscheiben ein, um gewaltsam einzudringen. Als sich ein Polizist einmischt, verdreschen sie ihn.

Ich steige auf den ersten besten Tisch und spreche, schreie, brülle, flüstere, hauche, keuche, weine, lache die Ballade des François Villon aus meiner Seele. Barfuß, in zerrissenem Pullover und mit Schiebermütze, in der ich nach jeder Ballade Geld einsammle.

Sasha wirft mir einen Hundertmarkschein in die Mütze, andere von ein bis zwanzig Mark, arme Studenten fünfzig Pfennig oder einen Groschen, einer sogar seinen letzten Pfennig. In weniger als einer Viertelstunde habe ich die Mütze voll gesammelt.

Walter S. ist auch da. Er will mit mir ›Die Zwanzigjährigen‹ am Hebbeltheater inszenieren.

Zuerst ficke ich seine Frau. Sie hat unwahrscheinlich dicke lange tizianrote Haare, und ist, wie alle Rothaarigen, immer naß. Auch die Haare von ihrem Fötzchen sind rot.

Hertha K., meine Partnerin in der Zwanzigjährigen, ist aus Wien. Sie bringt mir all die Heurigen-Lieder bei, weil ich ernsthaft vorhabe, im Wiener Grinzing zur Zither Lieder zu singen. Die Unterrichtsstunden dauern leider nur so lange, bis ich ein nacktes Stück Fleisch von ihr sehe. In ihrem Bett in der Meineckestraße vergessen wir, daß wir abends zur Vorstellung müssen.

Während einer der Vorstellungen passiert etwas, was mich von jetzt ab immer beschäftigen wird. Ich bin in einer Szene allein auf der Bühne und habe nur nachdenklich hin und her zu gehen, ohne dabei zu reden. Plötzlich befinde ich mich an der Rampe, die nicht mehr zum Bühnenbild gehört, und starre in den vollbesetzten, aber stockdunklen Zuschauerraum. Das heißt, ich schaue durch Dunkelheit und Zuschauer hindurch. Denn – nicht die Zuschauer suche ich mit meinen Augen, sondern ich versuche etwas zu erkennen, viel weiter entfernt als ein menschliches Auge sehen kann. Ich weiß nicht, was ich zu erkennen suche – aber es ist wichtiger als die Tatsache, daß ich hier auf einer Bühne stehe. Ich glaube, es ist meine Zukunft, die ich sehe, und die nichts mehr mit Theater und Schauspielerei zu tun hat. Ich bin so abwesend, daß ich für geraume Zeit total vergesse, wo ich mich befinde. Die unheimliche Stille der Zuschauer bringt mich in die Wirklichkeit des Augenblicks zurück.

Der Inspizient sagt, daß ich den Ablauf der Aufführung um zehn Minuten aufgehalten habe. Na und?

Valeska Gert eröffnet die ›Hexenküche‹. Das ist ein Kabarett, in dem sie ihre schizophrenen Faxen treibt. Ich soll bei ihr eine Reihe Villon-Abende geben. Abende heißt Nächte, denn meine Vorstellung im Hebbeltheater ist nicht vor zehn Uhr zu Ende. Ich kann also frühestens um elf in ihrem Stall sein.

Heute ist die erste Nachtvorstellung bei Valeska. Nach der Aufführung im Hebbeltheater habe ich keine Lust mehr und besaufe mich. Zwanzig Minuten nach ein Uhr morgens komme ich doch noch in der ›Hexenküche‹ an. Die verqualmte Spelunke ist knüppeldickevoll. Bis halb zwei pumpe ich mich mit Kaffee voll. Dann trete ich auf.

Morgens um fünf versucht die fette Qualle Valeska mir klarzumachen, daß ich die erste Nacht nicht die volle Gage bekomme, da die Hälfte des Publikums aus Presse-Parasiten bestanden habe, die nicht nur keinen Eintritt zahlen, sondern auch gratis fressen und saufen.

Ich schlage das ganze Lokal zusammen.

Gislinde ist im neunten Monat und will das Baby in Berlin zur Welt bringen, weil ich nicht nach München kommen kann. Mit der Gage vom Hebbeltheater miete ich ein verkommenes, aber großes Atelier in der Nähe des Ku'damms. Ich streiche alles weiß und kaufe auf Abzahlung einen eisernen Bett-Einsatz mit Matratze, einen rohen Holztisch, zwei ebensolche Stühle, einen Wäschekorb als Kinderbettchen für das Baby, Deckchen, Babywäsche und Windeln. Für Bettwäsche reicht es nicht. Aber für Sonnenblumen, die ich in Krüge stelle, die mir jemand leiht. Eines der Babyhemdchen trage ich immer mit mir herum.

Ich werde das Kindchen, wenn es ein Mädchen ist, Pola nennen. Pola ist das kleine Mädchen in ›Schuld und Sühne‹, das Raskolnikoff hinterherläuft und ihn umarmt und küßt. Obwohl er ein Mörder ist.

In der Klinik der Schlüterstraße wird meine Tochter geboren. Ich sage es vor Freude allen Strichmädchen, die schräg gegenüber der Klinik auf und ab marschieren und mich alle kennen. Sie schenken mir Blumen, die ich Gislinde bringen soll.

Als Pola zum ersten Mal die Augen aufschlägt, sieht sie zornig um sich. Draußen bricht ein Gewitter los.

Ich will nicht, daß diese verfluchten Nonnen mir meine Tochter wieder aus den Armen nehmen. Die Nonnen werden frech. Ich beschimpfe sie. Die Ober-Nonne sagt, daß ich bitte auf den Flur kommen möchte: Auf dem Flur warten zwei Polizisten auf mich.

»Ihr Jesusschänder!« schreie ich so laut, daß Gislinde es gehört haben muß, denn sie kommt mit gepackten Sachen und dem Baby aus dem Zimmer und wir fahren mit dem Taxi ins Atelier.

Die Vorstellungen im Hebbeltheater gehen zu Ende. Unser Geld auch. Ich kann die Möbel nicht weiter abzahlen, und der Gerichtsvollzieher holt den Plunder wieder ab. Eine Nacht schlafen wir noch auf dem Fußboden. Am nächsten Morgen lasse ich Gislinde mit Pola zu ihrer Mutter nach München reisen.

›Ivan der Schreckliche‹ von Eisenstein. Da ich kein Geld habe, synchronisiere ich den russischen Film und auch zwei englische Filme mit Sabu.

Sasha pachtet für mich das Theater in der Kaiserallee, ich soll die Frau verkörpern in ›Die menschliche Stimme‹ von Jean Cocteau. Das Ganze ist ein Monolog – das Telefongespräch einer Frau mit ihrem Geliebten, der sie verlassen hat. Am Schluß erwürgt sie sich mit der Telefonschnur.

Beim Lesen des Textes denke ich an nichts anderes mehr, als diese Frau zu sein. Warum nicht? Bei Shakespeare gab es gar keine Schauspielerinnen, alle Frauen und Mädchen, auch Julia, wurden von Männern dargestellt. Auch die Mona Lisa war ein Mann. Im übrigen ist mir das gleich, ich bin diese Frau und basta!

Der Monolog besteht aus vierundzwanzig vollbeschriebenen Schreibmaschinenseiten. Ich lerne ihn in 24 Stunden auswendig. Dann stürze ich zu Sasha und spreche den eine Stunde dauernden Monolog für ihn. Es dauert die ganze Nacht. Immer wieder und wieder will er den Monolog von mir hören. Morgens um sechs kommt seine Mutter, die Prinzessin Nina Kropotkin, im Nachthemd hereingeschlichen und beschimpft Sasha in russisch, weil sie erfahren hat, daß er sehr viel Geld in das Theater investiert hat. Vor lauter Geiz laufen ihr die Tränen herunter, obwohl sie selbst Millionärin ist und Sasha sein Geld allein verdient. Ihr fettiger Scheitel erinnert mich an die Pfandleiherin in Schuld und Sühne, den Raskolnikoff ihr mit einer Axt spaltete. Da nimmt Sasha einen goldenen brennenden Kerzenleuchter und schleudert ihn seiner Mutter hinterher.

»Das darfst du nicht tun, Sasha«, sage ich. »Sie ist deine Mutter.« Aber Sasha ist außer sich, und ich kann ihn nicht beruhigen. Ich lasse ihn allein und gehe zu Fuß zur Königsallee, in Sashas Villen-Etage.

Aber ich kann in diesem antiken Plunder und Chi-chi nicht atmen, den er für seine Weekends mit Strichjungen zusammentra-

gen ließ und selbst niemals benutzt. Ich krieche in ein Gebüsch im
Garten der Villa und versuche etwas zu schlafen.

In vier Wochen soll die erste Vorstellung sein. Das Theater ist
für zwei Monate ausverkauft. Da wird die Aufführung von der
Militärregierung verboten!

Sasha schickt ein Telegramm an Cocteau nach Paris, Cocteau telegraphiert noch am selben Tag zurück.

*Ich bin glücklich, daß es Kinski ist, der die Person verkörpert. Ich gratu-
liere ihm für seinen Mut. Ich werde mein Möglichstes tun, um bei der
Premiere anwesend zu sein.*

Jean Cocteau.

Aber die großkotzige Militärregierung, arschgeleckt von Kunst-
und Kulturgesindel, das mit der Aufführung einen Skandal befürchtet, hebt das Verbot nicht auf.

Die Zeit vergeht. Sasha will nicht weiterzahlen, weil er unter
dem Druck seiner Mutter steht, die von dem Verbot der Militärregierung weiß.

Sasha ist wieder besoffen und fleht mich auf Knien an, ihn von
seinem unwürdigen Leben zu erlösen. Ich schmeiße die Wodka-
flasche an die mit Seide bespannte Wand und sage, daß er mich
ankotzt. Er reißt den Safe auf:

»Nimm alles!«

Dann geht er in eine Bar und ersäuft seinen Haß gegen seine
Mutter und sein eigenes beschissenes Leben, das er nicht zu nut-
zen verstanden hatte.

Ich stehe vor dem offenen Safe, in dem sich nicht nur Packen
von Geldscheinen häufen, sondern auch Diamanten, Perlen, Ru-
bine, Smaragde und Berge von Gold. Ich weiß nicht warum, ich
gebe der Safetür einen Tritt und verlasse die Wohnung, ohne
etwas angerührt zu haben. Ich werde es mir nie verzeihen.

In die Königsallee will ich nicht mehr zurück. Ich laufe zu Fuß
in die Wartburgstraße. Die Haustür ist abgeschlossen. Ich schlage
die bunte Glasscheibe ein und klingle Arne aus dem Bett.

Arne arbeitet jetzt in der Redaktion einer Hausfrauenzeitung
und hat sich ganz schön hochgerappelt. Er hat die Wohnung re-
pariert, sich Möbel gekauft, hat Anzüge und will sich auf Abzah-

lung ein Auto kaufen. Was Achim treibt, weiß er nicht, er kommt ab und zu bei ihm vorbei. Arne gibt mir das Fahrgeld für den Autobus nach München. Das Hinundhergezuckele ist eine Quälerei, aber ich habe Sehnsucht nach meiner Tochter.

Gislinde lebt bei ihrer Familie in der Mauerkircherstraße an der Isarbrücke, genau gegenüber dem Englischen Garten. Hexi ist die jüngste Schwester, sie ist vierzehn oder fünfzehn. Sie kümmert sich um nichts, außer auf dem Klavier zu hämmern. Sie hat so ein Gesicht wie Beethoven und einen Anschlag, daß ich in Tränen ausbreche, wenn ich sie spielen höre. Als man sie nicht mehr in der Wohnung spielen läßt und sie keinen Ort findet, wo sie spielen kann, begeht sie Selbstmord.

Obwohl die Familie nett zu mir ist und ich Gislinde inzwischen geheiratet habe, wohne ich nicht in der Wohnung. Die Nächte verbringe ich im Englischen Garten oder unter der Isarbrücke. Ich bin froh, endlich wieder den Himmel über mir zu haben, ohne den ich sterben müßte.

Einmal täglich treffe ich mich mit Gislinde, die mir meine Tochter bringt, um mit ihr zu spielen, und manchmal was zu essen oder ein paar Mark. Wenn niemand in der Wohnung ist, gehe ich mit ihr und wasche und rasiere mich. Bei der Gelegenheit bekomme ich was Heißes in den Bauch. Sonst wasche ich mich im eiskalten Gebirgswasser der Isar. Wenn es regnet, mache ich mir ein Bett aus Blättern und decke mich mit Zweigen zu. Das Gesicht lasse ich draußen, damit es mir auf Mund und Augen regnet. Das ist wie Hände, die mich streicheln, und ich schlafe ein. Am besten ist Gewitter. Bei Gewitter bin ich richtig glücklich.

Als die Nächte kälter werden, bringt Gislinde mir eine Decke unter die Isarbrücke.

Ein Regisseur, der mit mir ein russisches Theaterstück aufführen will, schenkt uns einen alten Kinderwagen. Seitdem fahre ich Pola im Englischen Garten spazieren. Der Kinderwagen ist aus Korbgeflecht, und ich stecke Gänseblümchen in die Zwischenräume, bis der ganze Kinderwagen wie ein Blumenbeet aussieht.

Im Englischen Garten stoße ich auf Wanda, die Frau eines Bulgaren. Sie fährt auch ihr Baby aus. Zwei Stunden später liegen wir beide im Gebüsch. Alles an ihr ist Muttertier. Ihr Mund. Ihre Brüste. Ihre Hüften. Ihr Hintern. Ihre Schenkel. Ihre Scham. Mit jedem Stoß wühlen wir uns tiefer in die Erde. Die Kinderwagen haben wir so abgestellt, daß wir sie immer im Auge haben. Es ist stockdunkel, als wir uns, mit Erde verschmiert, trennen. Ihren Schlüpfer findet sie nicht mehr. Ich hatte ihn weit weggeschleudert.

Ich gehe sie jeden Tag besuchen. Gleich morgens, wenn ihr Mann in den ›Sender Freies Europa‹ muß. Sie bewohnen nur ein möbliertes Zimmer, und alles riecht nach Urin und Windeln, die herumgestreut auf dem Boden liegen. Ich stoße sie auf ihrem Ehebett und trinke an ihrem langen vollen Euter, das wie bei einer gut genährten Kuh vor Milch beinahe platzt und ständig gemolken werden muß. Wir sind so geil, daß wir noch ficken, als ihr Mann bereits von der Arbeit nach Hause kommt und ich mich auf dem Flur im Besenschrank verstecken muß.

Der Modefotograf Helmut von Gaza ruft aus Berlin bei den beiden Zuhälterinnen in den Bavaria-Studios an. Er will sein Atelier, das so groß wie ein Vereinssaal ist und zu seiner Zwölf-Zimmer-Wohnung am Kurfürstendamm gehört, für die Aufführung von ›Die menschliche Stimme‹ zur Verfügung stellen. Die Aufführung kann nicht verboten werden, da er sie als Vorstellung eines Theaterklubs anmelden will.

Ich reise noch am selben Abend mit dem Zug nach Berlin. Elsa hat ihre Armbanduhr für mich im Leihhaus versetzt. Sie hat inzwischen den Generaldirektor der Bayreuther Gasanstalt geheiratet, der sie zwar mit lauter Kram behängt, ihr aber wenig Bargeld gibt.

Wieder sind die Vorstellungen von ›Die menschliche Stimme‹ für die nächsten Monate ausverkauft. Wohnung habe ich keine. Arne benutzt in der Wartburgstraße nur das Balkonzimmer und das Wohnzimmer, und ich niste mich in Inges Zimmer ein, wo ich am ungestörtesten bin. Ich lebe von hartgekochten Eiern, heißem Wasser und Zitronen.

Aber die Premiere muß wieder verschoben werden, weil ich eine schwere Gelbsucht kriege. Ich bin so gelb wie ein Kanarienvogel, als ich auf die Warnungen der Ärzte pfeife und mitten auf der Straße zusammenbreche.

Ich war bis nach Tempelhof gelaufen, um mit zwei Mädchen zu

ficken, die sich um mich kümmern wollen. Vor ihrer Haustür habe ich keine Kraft mehr und sacke im Rinnstein zusammen. Sie schleifen mich zu sich ins Bett und rufen eine Ärztin, Dr. Milena Bösenberg.

Als die Ärztin ihr bleiches, zartes Gesicht über mich beugt, um mich abzuhören – mit den feinen blauen Äderchen an den zerbrechlichen Schläfen und den größten Augen, die ich je sah – mit den seidenweichen wunderschönen Lippen, die wie reife Himbeeren über mir hängen, deren Haut gleich einreißen und deren Fruchtblut mein Gesicht bespritzen wird – küsse ich sie auf den Mund.

Sie macht sich erschrocken aus meiner Umklammerung los – während das rote Blut so stark in ihr weißes Gesicht schießt wie bei Schneewittchen, die nach dem Kuß des Prinzen im Glassarg wieder zum Leben erweckt wird. Dabei reißt sie den Mund auf, als wolle sie den vergifteten Apfel auskotzen.

Sie läßt mich ins Krankenhaus am Zoo bringen. Die beiden Mädchen leisten eine Anzahlung, weil ich in einem Einzelzimmer liegen soll.

Milena besucht mich jeden Tag, aber sie läßt sich nicht von mir ins Bett zerren.

»Bei einer so schweren Gelbsucht mußt du ganz still liegen«, sagt sie sanft.

Ich muß jeden Tag zweimal einen langen Schlauch schlucken, und meine Galle läuft literweise in einen Eimer.

Der Nonne, die mir abends das Thermometer bringt und deren Titten jedesmal mein Gesicht streifen, wenn sie die Tafel mit der Fieberkurve über meinem Kopf aus- und einhakt, fasse ich an den Bauch. Sie tut, als habe sie es nicht gemerkt.

Nachts kommt sie wieder. Und als sie breitbeinig auf mich klettert und ihre dicke Fotze meinen Mund berührt, damit ich mich nicht bewegen muß, ficke ich sie zuerst mit der Zunge.

Die acht Wochen Krankenhaus fressen an meinen Nerven. Ich bin überreizt und jähzornig und werfe den Krankenschwestern die heißen Umschläge hinterher, die sie mir auf die Galle legen. Auch zum Lesen fehlt mir die Geduld. Ich bin ein eingesperrtes Tier, das an nichts anderes denkt als auszubrechen.

Endlich lasse ich mir Papier und Federhalter geben und

schreibe eine Abhandlung über ›das perfekte Verbrechen‹. Die Idee ist mir gekommen, als ich vor ein paar Wochen noch einmal ›Schuld und Sühne‹ gelesen habe. Raskolnikoff verfaßt eine solche Arbeit, die ihm später vom Untersuchungsrichter als Verdachtsmoment zur Last gelegt wird. Im Roman wird der Wortlaut der Abhandlung nicht angegeben. Ich schreibe den Text für den Fall, daß meine Bühnenfassung eines Tages aufgeführt wird und ich Raskolnikoff sein werde.

Mir fällt wieder das Ölgemälde von Holbein ein, das Jesus im Grab darstellt: Starr, tot, mit grünlichem Gesicht, den Bart spitz nach oben gegen die Erde gestreckt, mit der man ihn zugeschaufelt hat. Krepiert. Verreckt. Verwesend. Dostojewskij war zutiefst erschrocken von dem Bild. Er hatte Angst, daß die Gläubigen den Glauben an die Unsterblichkeit verlieren könnten, wenn sie das Bild sähen.

Heute nacht fliehe ich aus dem Krankenhaus. Ich kann es nicht mehr ertragen. Die Ärzte erlauben mir nicht, aus dem Bett aufzustehen, und ich kann den Rest der Rechnung sowieso nicht bezahlen.

Ich gehe zu Fuß nach Tempelhof und klingle an Milenas Wohnung, die zugleich ihre Arztpraxis ist. Sie ist besorgt, zieht mich aus, badet mich und legt mich in ihr Bett. Dann löscht sie das Licht und entkleidet sich selbst im Dunkeln.

Ihre Schamlippen sind so seidenweich wie ihr Mund. Ich pisse meinen Samen tief in sie, bis sie mir verbietet weiterzuficken. Sie sagt, daß sie will, daß ich sie nur dann ficke, wenn meine Hoden schwer sind, so richtig bis zum Platzen. Also müßte ich, wenn ich schon mehrere Bolzen abgeschossen habe, erst schlafen, um neuen Samen anzusammeln.

Immer wenn ich sie besuchen komme und mich zwischen ihre Schenkel zwängen will, wiegt sie zuerst meine Hoden in ihren Händen, ob sie das richtige Gewicht haben. Sie will ganz sicher sein, daß ich meinen Samen nicht in andere Votzen gespritzt habe, bevor sie sich mein Rohr einführt, das so hart ist, daß es schmerzt.

Milena ist Jugoslawin, ist seit Jahren Witwe und hat nur Kontakt mit ihrer Schwester, die Augenärztin ist und eine Tochter hat, die noch zur Schule geht.

Als Milena sich nicht nur regelmäßig von mir stoßen läßt, sondern auch sonst langsam Vertrauen zu mir bekommt, bringt sie mich zu ihrer Schwester in die Wohnung mit. Sie hätte es nicht getan, wenn sie geahnt hätte, daß Vjera und ich beim ersten Anblick sofort mit den Augen vögeln.

Ich sage, daß ich Zigaretten kaufen gehe, und Vjera kommt mit. Draußen ist es dunkel. Auf einer offenen Baustelle, an der wir vorüber müssen, lege ich sie auf einen Bretterhaufen und bringe mit der Zunge ihre Klitoris zum Tanzen. Als sie sich wie von Sinnen aufbäumt und nach meinem Hosenschlitz greift, wird mir klar, daß Zigarettenkaufen beim besten Willen nicht länger dauern kann, und ich zerre sie nach Hause.

Ihre Mutter und Milena merken uns noch nichts an. Vjera ist sofort aufs Klo gegangen. Sie finden auch nichts dabei, daß ich jedesmal aus dem Zimmer renne, wenn Vjera pinkeln geht, um an der Klotür zu lauschen, wenn sie ins Klobecken pißt. Oder wenn Vjera sich in der Nähe des Klos herumtreibt, so oft ich pissen muß.

Von nun an wechsle ich immer zwischen Milenas Wohnung und der von Vjera und ihrer Mutter hin und her. Mal hier, mal da. Ich übernachte auch in beiden Wohnungen. Wenn Vjeras Mutter in ihre Augenpraxis muß, muß Vjera in die Schule. Ich hole sie jeden Tag von der Schule ab, aber wenn wir zu Hause ankommen, ist ihre Mutter bereits wieder da und würde sofort Verdacht schöpfen, wenn wir uns verspäteten. Bald gehe ich auch während der Pausen in die Schule, in denen Vjera zu mir auf die Straße stürmt und sich an mir festsaugt.

Wir halten es nicht mehr aus, und ich gehe heute schon um zehn Uhr in Vjeras Schule. Ich klopfe an die Klassentür und sage zur Lehrerin, daß Vjeras Mutter mich geschickt hat, Vjera sofort nach Hause zu bringen. Ihre Mutter sei plötzlich erkrankt. So abgedroschen der Trick ist, so sicher schlägt er ein. Vjera glaubt nicht einen Augenblick an die doofe Geschichte, und ich muß sie mit Gewalt daran hindern, daß sie mir nicht vor der Lehrerin um den Hals fällt.

Auf dem letzten Treppenabsatz vor ihrer Wohnung beginnen wir bereits mit dem Ausziehen unserer Kleidungsstücke, und als wir in ihrem Zimmer ankommen, sind wir nackt. Ich nehme sie auf die Arme – eine Hand am Nacken und Hinterkopf, die andere in den abgeknickten Kniekehlen –, so daß ihr Arsch mit seinem festen Babyspeck durchhängt. Dann drehe ich sie ärschlings zum Spiegel hin.

»Mach es mir endlich!!« bettelt sie heiser, als ich sie zum Bett hintrage. Bevor ich in sie eindringe, wirft sie den Kopf nach hinten und beginnt zu stöhnen, während sie die straffen Schenkel anzieht und mit den Fingern beider Hände ihre Schamlippen weit auseinander hält. Bald habe ich meine Eichel so tief drin, daß sie laut schreit und ihr der kalte Schweiß ausbricht ... ich dringe weiter vor ... die Öffnung wird so eng, als ob man mir den Schwanz abbindet und mir das Blut abstirbt ... Ich lege meine Ellbogen auf ihre beiden Schultern, packe ihren Kopf, indem ich meine beiden Hände über ihre Schädeldecke zusammenlege ... und, indem ich wie ein tickender Ziegenbock meinen Unterleib nach vorn und oben krümme, ziehe und presse ich mit meiner ganzen Muskelkraft. Sie kreischt und quietscht – dann bin ich vollends in ihr drin.

Warum muß Vjeras Mutter gerade jetzt nach Hause kommen! Als wir die Wohnungstür aufschließen hören – und ich mein Geäst mit Gewalt aus Vjera ziehe, weil sie es nicht mehr hergeben will – rast Vjera, außer sich vor Wut und Haß, ins Bad. Ich werfe die Bettdecke über das blutige Laken, halte meinen Kopf schnell unter den Wasserhahn und gehe Vjeras Mutter auf dem Korridor entgegen, während ich mir die Haare frottiere und ihr die Einkaufstasche in die Küche schleppen helfe.

»Heute ist jugoslawische Weihnachten«, sagt sie, »und ich muß noch backen.«

Ich weiß gar nicht, wovon sie redet, und tue so, als würden meine Haare nicht trocken werden. Sie nimmt mir das Handtuch aus den Händen und rubbelt mir den Kopf. Dabei öffnet sich mein Hosenschlitz, den ich vergessen hatte zuzumachen. Als sie meinen Ständer sieht, glaubt sie wohl, daß sie es ist, die mich aufgeilt. Sie läßt das Handtuch fallen, kniet sich auf die Fliesen vor mich hin und ›Schlup‹, saugt sie meinen ganzen Schwanz wie ein Staubsauger bis in ihren Hals.

Über Vjeras Anwesenheit um diese Tageszeit wundert sie sich nicht. Sie hat nur eines im Kopf: Ficken. Vjera denkt auch an nichts als ficken. Und ich denke an Vjera, ihre Mutter und Milena.

Vjera muß im Badezimmer kräftig onaniert haben, noch nie habe ich sie mit solchen Augenringen gesehen. Ihre Augen funkeln böse. Ihre Mutter sieht sie überhaupt nicht an.

Nachmittags kommt Milena, alle drei reden jugoslawisch, und ich habe bis abends meine Ruhe. Ich liege auf meinem Bett und stelle mir alle drei nackt vor: Milena, Vjera und ihre Mutter. Ehrlich gesagt, machen mich alle drei geil.

Als das jugoslawische Weihnachtsgefeiere endlich zu Ende geht, legt sich Vjera sofort ins Bett, wahrscheinlich um zu onanieren. Auch Milena verabschiedet sich, weil ihre Schwester über meinen Kopf hinweg sagt ›er schläft heute hier‹. Sobald Milena gegangen ist, knipst Vjeras Mutter das Licht aus, greift im Dunkeln nach meinem Schwanz und zieht mich daran ins Schlafzimmer. Hier reitet sie mich bis zum Morgen ab und pennt in der Hocke auf mir ein.

Bis jetzt ging alles glimpflich ab. Da platzt die Bombe, als Vjeras Mutter mich mit Vjera ficken sieht und einen Selbstmordversuch unternimmt.

Bei Milena und Vjera ist sofort der Groschen gefallen. Milena haßt ihre Schwester und Vjera. Vjera haßt ihre Mutter und ihre Tante. Vjeras Mutter haßt die anderen beiden. Und alle drei hassen mich.

Die Situation wird noch komplizierter, als die beiden Mädchen, die Milena damals an mein Krankenbett gerufen hatten, als Patientinnen zu Milena in die Praxis kommen und behaupten, daß sie beide von mir schwanger seien. Als sie sich weigern, sich von Milena untersuchen zu lassen, ohrfeigt Milena sie.

Trotz des Familienknatsches läßt Milena mich weiter bei sich wohnen und gibt mir auch weiter Geld. Als Gras über die Sache gewachsen ist, macht sie mir den Hosenschlitz auf, holt meinen Schwanz heraus und wiegt meine Eier in den Händen, um festzustellen, ob sie schwer genug sind. Als sie mit ihrem Gewicht zufrieden ist, macht sie wieder die Beine breit und fickt wie eine Hure.

Ich fühle mich jetzt kräftig genug, die ersten Vorstellungen von ›Die menschliche Stimme‹ ansetzen zu lassen. Die Premiere ist nachts. Manche Zuschauer kommen in erster Linie aus Neugierde, sie haben noch nie einen Mann eine Frau verkörpern sehen. »Ich bin nur gekommen, um ihn auszulachen«, hatte irgend so ein Rindvieh gesagt, der dann nach der Vorstellung heulend die Hände vors Gesicht schlägt und verschwindet.

Als Cocteau, Monate später, zur Premiere seines Films ›Orphé‹ kommt, bittet er mich, noch einmal für ihn die Frau in ›Die menschliche Stimme‹ darzustellen. Als ich zu Ende bin, küßt er mich und sagt: »Dein Gesicht ist so jung wie das eines Kindes, und deine Augen sind ganz reif, beides zur gleichen Zeit. Von einem Augenblick zum anderen ist es umgekehrt. Ich habe noch nie so ein Gesicht gesehen.«

Da ich noch nicht ausgeheilt war, als ich aus dem Krankenhaus geflohen bin, habe ich ständig Galleschmerzen. Ich fresse irgendwelche Tabletten, die ich in Milenas Praxis finde und irrtümlich für die richtigen halte.

Ich wache auf der Rettungsstation eines Krankenhauses auf, wo man glaubt, daß ich mich absichtlich vergiftet hätte.

Nachdem man mir den Magen ausgepumpt und mich mit Pervitin-Spritzen wieder lebendig gemacht hat, springe ich aus dem Fenster des ersten Stockwerks, um abzuhauen. Bevor ich über die Krankenhausmauer komme, holen mich die Krankenwärter ein, reißen mich von der Mauer ab wie Borke von einem Baum und schleppen mich mit Gewalt zurück.

Milena hat sich erst für zwölf Uhr mittags angesagt, und ich bin diesem Gesindel auf Gedeih und Verderb ausgeliefert. Nachdem der Viehdoktor Bewachungsmaßnahmen wie für einen Kriminellen angeordnet hat, werfe ich ihm die Kackpfanne hinterher und werde ans Bett gefesselt. Kurz darauf kommt er mit einem Polizisten zurück, der mich dem Amtsarzt vorführen soll.

Diese Filzlaus von Amtsarzt will alles ganz genau erfahren. Er fragt mich, ob ich mit Frau Dr. Milena Bösenberg ein Verhältnis habe. Ich pinkle ihn an.

Er hätte mich so gern sofort nach Wittenau ins Irrenhaus schaffen lassen, aber Milena taucht plötzlich auf und verspricht, für alle Kosten aufzukommen, wenn der Herr Amtsarzt die Güte hat, mich anstatt nach Wittenau in die geschlossene Anstalt einer Klinik einzuweisen. Ganz davon abhalten kann Milena ihren Kollegen nicht. Sie selbst ist mit Schuld an allem, da sie aus Schiß und wahrscheinlich auch aus Eifersucht wegen dem Familienficken vor dieser Arztkröte nicht zugeben will, daß sie sich von mir huren läßt. Sie behauptet im Gegenteil, daß sie mich kaum kennt und daß ich ihr nur leid täte, weil ich niemanden hätte, der sich um mich kümmert. Nichts kann meinen Abtransport in die Klapsmühle verhindern.

»Das ist aber eine Ehre«, säuselt der Fleischbeschauer, der in der geschlossenen Abteilung der Klinik Visite macht, »einen so großen Schauspieler bei uns zu haben.« Ich trete ihm in die Eier.

»Wittenau! Ab mit ihm nach Wittenau!« kreischt die Hyäne, die sich, von zwei Wärtern gedeckt, feige zurückzieht. Die klinkenlose Tür schnappt ins Schloß.

Ich untersuche das vergitterte Fenster, das auf den Hof hinausführt. Selbst wenn es mir gelingen würde, das engmaschige Gitter zu entfernen, könnte ich nicht aus dem dritten Stock auf die Steine springen, ohne mir sämtliche Knochen zu brechen.

Die klinkenlose Tür wird aufgestoßen. Vier Wärter stürzen sich auf mich und verschnüren mich in eine Zwangsjacke. Dann werde ich nach unten geschafft und in einen als Krankenwagen getarnten VW-Bus verladen, der mit offenen Türen und laufendem Motor auf dem Hof auf mich wartet.

Während der Fahrt kann ich nicht viel erkennen. Die Scheiben sind aus milchigem Glas, nur die schmalen Ränder um die Sanitätskreuze sind etwas durchsichtig, und ich sehe für einige Sekunden den Funkturm. Wie oft bin ich hier vorbeigekommen, um zu Vjera, ihrer Mutter und Milena zu gehen, die mich so schäbig im Stich gelassen haben.

Wittenau. Berüchtigte Irrenanstalt von Berlin. Der VW-Bus wird angehalten, kontrolliert, und passiert die schwerbewachte Einfahrt. Ich versuche, durch die Ränder um die Kreuze Einzelheiten auszumachen. Aber es geht zu schnell. Ich begreife nur, daß es sich um einen riesigen Komplex handelt (Wie viele angeblich Irre es gibt!): Asphaltierte Straßen, Blocks, viele andere verschieden große und kleinere Steinbaracken, wahrscheinlich Wäschereien, Küchen, Mülldepots, das Leichenhaus. Alles ist von einer hohen Mauer eingeschlossen.

Der VW-Bus hält vor dem Empfangsgebäude. Ich werde direkt in die Wartehalle ausgeladen.

Sie knoten mich aus der Zwangsjacke, ich bewege und massiere sofort meine abgestorbenen Arme und Handgelenke. Einer der Knechte drückt mich auf eine Bank. Ich muß warten. Lange.

Die Halle ist hoch, kahl, die Wände bis in Mannshöhe grünlich lackiert wie die Gaskammern in Amerika. Die blinden Fensterscheiben sind engmaschig vergittert. Überall Gitter. Überall klinkenlose Türen. Immerzu Schlüsselgerassel. Zuschließen, aufschließen, zuschließen, jedes Mal zwei, drei, vier Mal hintereinander.

Andere Häftlinge werden an mir vorübergeführt. Man merkt ihnen an, daß sie schon länger hier sind. Sie schlurfen mit den Knechten mit, wie Roboter. Lassen sich dirigieren, schubsen. Das Personal läuft geschäftig hin und her. Sie tragen schmuddelige Kittel, die sie über die roten Metzgerarme hochgekrempelt haben. Die Verurteilten stecken in einer Art Sträflingskluft. Lange graue Baumwollhemden und so was wie Pantinen an den nackten Füßen.

Dann Neuankömmlinge wie ich. Manche sind störrisch. Sie lassen sich trotz brutaler Püffe und Knüffe nicht schieben und ziehen, man muß sie tragen.

Manche werden von einem Familienangehörigen begleitet, der sich schnell verabschiedet und das Weite sucht, Die meisten sind allein, nur rechts und links Knechte. Manche sind abwesend. Manche weinen. Eine Frau schreit. Ihr Schrei bohrt sich in mein Herz. Sie schmeißt sich auf die Fliesen, schlägt um sich. Klinkenlose Türen öffnen sich. Man schleppt die Frau weg, die Füße schleifen auf den Fliesen nach wie zur Guillotine. Alles geht schnell und reibungslos vor sich, wie bei Hinrichtungen.

Wenn ich nur etwas gegen meine Kopfschmerzen hätte! Ich werde von einem Fleischbeschauer auf Station III eingeteilt. Das ist schräg gegenüber der nächste Block, und wir gehen die paar Schritte zu Fuß. Diesmal nur zwei Knechte. Ich versuche mich zu orientieren und mir Einzelheiten einzuprägen. Aber es sieht alles gleich aus. Steinerne Blocks, asphaltierte Straßen, steinerne Blocks. Wir sind da.

Im ersten Stock werde ich einem anderen Schlächter übergeben, dem es gar nicht in den Sinn kommt, daß ich mich widersetzen könnte. Hinter uns sind mindestens zehn Türen ohne Klinken ins Schloß gefallen. Er taxiert mich mit fachmännischem Blick, ohne mir ins Gesicht zu sehen, als ob er sich ausrechne, was ich wiege und wie groß ich bin. Für die Irrenhauskleidung kann das nicht sein, er wirft ein graues Paket und ein paar Pantinen vor mich hin, ohne abzuwarten, ob mir die Sachen passen. Ich werde aufgefordert, mich nackt auszuziehen. Er greift so entschieden nach meinen Kleidungsstücken und tut sie wie Abfall in einen Sack, als wollte er sagen: die brauchst du nicht mehr. Ich werde gewogen wie eine Rinderhälfte. Dann werde ich gemessen. Dann werde ich mit einem eiskalten Wasserstrahl abgespritzt.

In dem kahlen, vergitterten, schlauchartigen Raum stehen zehn Eisenbadewannen in einer langen Reihe wie offene Särge. In diese Wannen, die mit eiskaltem Wasser angefüllt werden, stößt man die Inhaftierten, wenn sie eine ›Krise‹ haben. Sie müssen so lange in dem eiskalten Wasser aushalten, bis ihre ›Krise‹ nachläßt. Wenn sie nicht nachläßt, gibt es Elektroschocks. Wenn das auch nichts nützt, werden die Opfer in Einzelzellen isoliert. Man nimmt ihnen die Pantinen und ihr Hemd weg, damit sie es nicht in Streifen reißen oder beißen können, um sich damit zu erdrosseln. Ein Klo gibt es nicht in der Einzelzelle. Essen auch nicht. Es lohnt sich nicht, sie zu füttern. Die meisten werden hoffnungslos wahnsinnig, wenn sie nicht schon vorher krepieren.

Ich ziehe das graue Hemd und die Pantinen an und werde in den Saal geführt, wo die ständigen Aufpasser mich in Empfang nehmen.

In diesem Saal, in dem ich mit zirka 80 bis 100 Mitinsassen eingeschlossen werde, spielt sich alles ab: Schlafen, Essen, Pissen, Scheißen, Schreien, Toben, Jammern, Weinen, Quälen und der endgültige Zusammenbruch derer, die es überstanden haben. Der Gestank ist unbeschreiblich. Es ist die Hölle! Die wahre!

Irgend jemand schreit weinend auf. Zwei Aufpasser ersticken seine Schreie. Er bekommt ein Heftpflaster auf seinen Mund geklebt und wird auf sein Bett gefesselt.

Nur nicht hinsehen! Sie nicht ansehen, sage ich mir immer wieder. Nicht hinhören! Nicht den süßlichen Geruch einatmen, der Brechreiz erzeugt wie die Fettstücke in der Kinderhölle. Mein

Gott! Wieviele Jahre ist das her – und jetzt das! Jetzt die Erwachsenenhölle!

Aber ich darf nicht jammern! Ich darf auf keinen Fall verzweifelt sein! Nicht einmal traurig! Das vermindert den Haß – ich brauche Haß! Keine Verachtung, Verachtung ermüdet – ich brauche bösen, rachgierigen Haß!

Ich rede mit mir. Nicht zu laut, nicht zu leise, so daß ich mich gerade noch hören kann. Ich sage mir mein Geburtsdatum vor, Telefonnummern, Hausnummern, Namen. Ich darf nicht erschlaffen. Die Tragödie fängt an, mich zu umnebeln wie eine Droge. Ich muß auch körperlich in Form bleiben. Ich mache Kniebeugen, Oberkörperkreisen. Bewegen! Nur nicht stehenbleiben, gehen, gehen – aber wohin? Wir dürfen uns nicht, außer zum Pissen und Kacken, von unseren Betten entfernen.

Essenausteilung. Ich rühre den Schweinefraß nicht an. Als die anderen merken, daß ich nicht esse, fallen sie über meinen Blechnapf her. Der Aufpasser notiert es in seinem Heft.

Die Schmerzen im Kopf werden so unerträglich, daß ich einen der Knechte nach einer Schmerztablette frage. Er hört gar nicht zu, auch nicht als ich die Frage wiederhole. Nicht provozieren lassen, sage ich mir. Einfach umdrehen, wegdrehen, vergessen, daß ich eine Frage an dieses Vieh gerichtet habe. Vergessen, daß ich solche Schmerzen habe.

Aber die Schmerzen werden immer schlimmer. Mit jedem Schrei eines Leidensgenossen. Mit jedem Toben. Fluchen, Drohen. Mit jedem Niedersausen der Fäuste dieser Schinder. Mit jedem dumpfen Schlag, der einen Jesus-Christus trifft. Mit jedem geknebelten weinenden Mund. Mit jedem Schleifgeräusch der Füße von jemand, den sie aus dem Saal schleppen. Mit jedem Jammern, Fluchen, Furzen, Pissen, Scheißen auf dem Klo, das mitten im Saal steht.

Ich bete zu Gott. Ja! Ich bete zu Gott, daß er meine Schmerzen noch stärker werden läßt, immer stärker! Wir werden ja sehen, ob mein Kopf zerspringt. So muß Christus in Gethsemane gebetet haben: »Mein Gott, wenn du willst, daß ich das alles ertragen soll, dann gib mir die Kraft!«

Er gibt mir die Kraft. Ich werde nicht irrsinnig. Die ›Idee‹ des Linoleumschnitzers Franz Masareel steht vor mir auf: Der Mann im Gefängnis, der erleuchtet ist von der Idee der Freiheit, die als nackte Frau zu ihm in den Kerker kommt und ihre Brüste durch die Gitterstäbe seiner Zelle zwängt, damit er aus ihnen trinken und sich stärken kann.

Ich denke schon, ich habe es überstanden, aber so einfach ist das nicht. Als ich mich dem vergitterten Fenster nähere, um einen Fetzen Himmel zu erwischen, werde ich von einem Aufpasser zurückbeordert. Ich wende mich ab und weine. Ein einbeiniger Mitinsasse flüstert mir zu: »Du darfst nicht weinen. Wenn du weinst, bist du nicht gesund.«

Vor den vergitterten Fenstern, durch die man nur die graue Mauer eines anderen Blockes sieht, sitzen an Tischen die Aufpasser und schreiben alles in ein Heft: Wenn du weinst. Wenn du lachst. Wenn du ißt. Wenn du nicht ißt. Wenn du das Essen eines anderen Insassen ißt. Wenn du sprichst. Wenn du nicht sprichst. Wenn du dich den vergitterten Fenstern näherst. Wenn du zuviel schläfst. Wenn du nicht schläfst. Es gibt nichts, was sie nicht in ihr Heft eintragen.

Ein Indianer, den die weißen Männer eingesperrt hatten, war noch am selben Tag aus dem Gefängnis ausgebrochen und man hatte ihn auf der Flucht erschossen. »Wie dumm von ihm«, sagte der Sheriff, »ich hätte ihn höchstens drei Tage eingesperrt.« Und ein Mann, der den Sheriff reden hörte, sagte: »Für einen Indianer sind drei Tage ohne Freiheit drei Jahrhunderte.«

»Bist du Dreher?« fragt der Einbeiner. »Du hast starke Oberarme.«

Ich kann nicht sagen, daß ich Schauspieler bin. Er würde denken, daß ich ihn verarsche.

»Ja. Ich bin Dreher«, sage ich, um ihn nicht zu enttäuschen. Seine Leidensgeschichte ist so erschütternd, daß ich darüber mein eigenes Schicksal vergesse. Er war aus russischer Kriegsgefangenschaft zurückgekehrt. Seine Frau, die er über alles liebte, hatte noch während seiner Gefangenschaft durchs Rote Kreuz erfahren, daß er lebt, daß eine Granate ihm aber ein Bein weggerissen hatte. Daraufhin läßt seine Frau ihn für tot erklären. Mein Einbeiner kommt also auf Krücken nach Hause gehumpelt und findet seine Frau fickend mit einem Kerl im Bett. Natürlich geht er mit der Krücke auf die beiden los. Dann bekommt er einen Heulanfall.

Die beiden zeigen ihn wegen geistiger Umnachtung und Gemeingefährlichkeit an und schaffen ihn geschwind nach Wittenau.

»Ich will nur noch solange leben, bis ich eines Tages hier rauskomme und die beiden umlegen kann«, sagt er am Schluß seiner Erzählung.

Der Viehdoktor kommt nur alle drei Tage. Wenn er mich anquatscht, kehre ich ihm den Rücken, um ihm nicht an die Gurgel zu springen. Die nächsten Wochen spricht er mich nicht mehr an. Dann werde ich zu ihm ins Untersuchungszimmer geführt. Der Grund wird mir klar, als ich Milena entdecke, die sich am vergitterten Fenster herumdrückt und mich nicht anzusehen wagt. Ich begrüße sie nicht und bleibe stehen, nachdem die schleimige Qualle von Irrenarzt mir einen Stuhl angeboten hat.

Er verlangt von mir, daß ich einen Wisch unterschreibe, daß Frau Dr. Milena Bösenberg an meiner Inhaftierung in die Irrenanstalt unschuldig ist und daß ich mich verpflichte, sie in Zukunft in Ruhe zu lassen, das heißt, mich weder an ihr zu rächen, noch mit ihr jemals wieder Kontakt aufzunehmen, geschweige mich ihr zu nähern. Wenn ich mich weigere zu unterschreiben, werde ich nicht entlassen.

Ich bin so verblüfft, daß ich diese infame Erpressung einen Augenblick vergesse und darüber nachdenke, was diesen schwabbeligen Eunuchen wohl dazu getrieben haben könnte, sich als Milenas Zuhälter aufzuspielen. Hat sie ihm vielleicht schon einen abgesaugt? Sie muß verdammt Schiß haben, daß man ihr Geficke mit mir an die große Glocke hängt.

Möglicherweise denkt diese Brut, daß ich verrückt geworden bin, denn der Moloch verabschiedet Milena tuschelnd und begleitet sie hastig zur Tür. Dadurch fällt mir wieder der Wisch ein. Ich unterschreibe ihn. Nichts kann mich daran hindern das zu tun, was ich will, wenn ich in Freiheit bin.

Die kurzsichtige Brillenqualle greift nach dem Papier, als wäre es ein Liebesbriefchen von Milena, und steckt es zusammengeknifft und pedantisch in seine Brieftasche.

»Die Sache wäre erledigt«, sagt er ölig, »aber ich möchte mich gerne ein bißchen mit Ihnen unterhalten, Sie interessieren mich.«

Das ist ein starkes Stück!

»Ich will mich aber nicht mit Ihnen unterhalten. Ich will aus dieser Abfalltonne für menschliche Gehirne raus, und zwar sofort!«

Ich glaube, einzig der Wärter, der die ganze Zeit über an der Tür Wache steht, würde vielleicht verhindern können, daß ich den Eunuchen mit dem Briefbeschwerer erschlage. Ich sehe schon, wie der zerrissene Stahl der halb explodierten Granathülse seine widerliche fette Hirnhaut fräst wie Haifischzähne, so daß man sie nie wieder zusammenflicken kann. Die ich, wenn ich nochmals zuschlage – zwischen die hervorquellenden Krötenaugen, und nochmals, und nochmals den Hinterkopf, die Schädeldecke zertrümmere, so daß nur noch ein ranziger, blutiger, breiiger stinkender Klumpen übrig bleibt. Ich brauche nur die Hand nach dem Briefbeschwerer auszustrecken. Aber ich tue es nicht. Noch nicht.

»Wer wird sich denn so aufregen. Alles geht seinen Gang. Ich gebe Ihnen mein Wort darauf.«

Wort? Was für ein Wort gibt er mir? Was hat so ein stinkendes Stück Mist für ein Wort? Ich würde ihm in die Hand scheißen, wenn er sie mir hinhielte.

»Sagen Sie Ihren Folterknechten, daß man mir meine Sachen bringen soll!«

»Langsam, langsam. So schnell, wie Sie sich das vorstellen, geht das nicht. Zuerst muß Ihr Bruder kommen und mit mir reden. Die Frau Doktor hat ihn bereits benachrichtigt, er wird morgen hier erscheinen.«

»Mein Bruder ...? Was hat denn mein Bruder mit Ihnen zu reden?!«

»Ich möchte, daß er mir etwas über Sie erzählt, ich sage doch, Sie interessieren mich. Ich bin schließlich verantwortlich, wenn ich Sie in Freiheit setze. Sie erzählen mir ja nichts.«

»Was!!!«

»Was Sie zum Beispiel mit Ihren Händen tun, wenn Sie reden. Haben Sie das immer schon getan?«

Ich bin sicher, daß dieser Sadist wahnsinnig ist, wie sollte er es auch nicht sein. Was tue ich denn mit meinen Händen? Meine Hände sind meine Sprache, wie meine Augen, mein Mund, mein ganzer Körper. Ich drücke mich mit ihnen aus, wie es in südlichen Ländern alle Menschen tun. Es juckt mich, zu sagen: Was ich mit meinen Händen tue, wirst du gleich merken, wenn ich dich erwürge. Aber ich sage nichts. Ich sage überhaupt nichts mehr. Ich gehe wortlos aus dem Untersuchungsraum und lasse mich von dem Wärter in den Foltersaal zurückführen. Wenn es wahr ist, daß Arne weiß, wo ich bin, dann wird er mich hier heraushauen, und koste es sein Leben.

Nach unendlichen Ewigkeiten in der Erwachsenenhölle umarmen wir uns, und Arne fährt mich in seinem neuen Ford in die Wartburgstraße. Er fragt mich nichts und ist nur lieb zu mir. Er begreift, daß ich jetzt nicht sprechen kann. Nachdem ich gebadet und mich sattgegessen habe, bedanke ich mich, nehme das Geld und die Zigaretten, die er mir zusteckt, und küsse ihn zum Abschied. Er weint.

Es ist Frühling, und ich kann sehen, wie den Mädchen die Äpfel unter der Bluse wachsen, und ich rieche, wie ihre Pflaumen reifen.

Aus dem vollbesetzten Autobus, eingekeilt von nachdrängelnden Menschen, die mir das Gefühl von Platzangst geben, kämpfe ich mich in Panik wieder heraus. Allein die Berührung durch einen Ellbogen treibt mir die Tränen in die Augen.

Ich laufe bis zur Clay-Allee. In einer Seitenstraße muß die Villa des englischen Botschafters liegen. Ein junger Student hatte mir vor längerer Zeit angeboten, bei ihm und seiner Mutter zu wohnen – in einem hölzernen Gartenhäuschen auf dem Grundstück des englischen Botschafters, in der sie als Reinemachefrau arbeitet.

Ich liege tagelang in den Blumenbeeten, mit dem Gesicht im Himmel, und schlafe die ersten Nächte im Freien. Ich muß erst wieder anfangen zu leben. Für zwei Monate verlasse ich das Grundstück nicht und sehe außer dem Jungen und seiner Mutter keinen Menschen. Tagsüber bin ich allein. Der Student ist auf der Uni, und seine Mutter bleibt den ganzen Tag in der Villa des Botschafters. Sie muß zirka 35 sein. Ich gehe immer ganz nah an sie heran, weil sie so stark aus dem Rock riecht. Ich glaube, sie ist schrecklich offen. Wenn sie das Klo benutzt hat, riecht es lange nach ihr. Ich überlege angestrengt, wie ich sie ficken kann.

Ich bin fest überzeugt, daß ich die Erwachsenenhölle überwunden habe, denn ich bin auch körperlich wieder zu Kräften gekommen – als eine Wespe an der Fensterscheibe mich mit ihrem Gesurre zur Verzweiflung bringt, während ich am Tisch sitze und durch das Fenster in den Himmel starre. Ich öffne das Fenster, damit die Wespe rausfliegt, aber sie fliegt nicht heraus. Eine Weile ist alles still. Dann fängt sie von neuem an zu surren und mit dem Kopf gegen die Fensterscheibe zu donnern. Bums! Man könnte denken, daß sie besoffen ist. Oder sie tut das, um mich auf sie aufmerksam zu machen. Sie will, daß ich mich mit ihr befasse. Vielleicht ist sie zu neckischen Spielen aufgelegt. Ich soll womöglich versuchen, sie einzufangen, fest überzeugt, daß mir das nie gelingen würde. Ich soll sie berühren, ja, streifen, ohne ihr weh zu tun, natürlich. Ihren Arsch antippen und so fort.

Ihr Gesurre erscheint mir so überdimensional, daß ich mir die Ohren zuhalten muß. Das geht so mehrere Stunden. Immer wenn ich die Fäuste von meinen Ohren nehme, setzt die Wespe ein, als beobachte sie mich und warte nur darauf, mit dem Kopf gegen die Fensterscheibe zu fliegen. Ich schlage nach ihr, aber ich treffe sie nicht. Sie versteckt sich. Ich weiß, daß sie mich beobachtet. Sobald ich mich wieder an den Tisch setze, weil ich hoffe, daß ich sie erschlagen habe oder daß sie weggeflogen ist, beginnt die Tortur von neuem. Ich presse mir die Fäuste so lange gegen die Ohren, bis ich sicher bin, daß sie die Quälerei endlich satt haben muß. Aber als ich die Fäuste wegnehme, geht es von vorn los. Es hört sich an, als ob sie diesmal ihren Schädel absichtlich besonders laut gegen die Fensterscheibe schleudert.

Ich bleibe noch eine Weile sitzen, ohne mir die Ohren zu verstopfen, wobei ich die Wespe aus den Augenwinkeln verfolge, während ich so tue, als ob ich sie nicht sehe. Überraschend reiße ich die Tischdecke mitsamt Tinte, Honigtopf und allem, was sonst noch darauf steht, vom Tisch und schlage die Wespe mit der Tischdecke zu Boden. Sie ist nur betäubt. Ich reiße einen Faden aus der Tischdecke und würge sie damit. Anschließend verbrenne ich sie über der Gasflamme. Während ihr verkohlender Körper knistert und sie langsam verglüht, begreife ich, daß sie nichts für das kann, was die in Wittenau mit mir gemacht haben.

Niemand, außer Arne, weiß, daß ich hier wohne. Trotzdem bekomme ich einen Brief, der ursprünglich an die Adresse von Helmut von Gaia adressiert war, der ihn an Arne weitergab, der ihn dem Studenten aushändigte.

Ein Junge, der Schauspieler werden will, fragt mich in dem Brief, was er tun muß, um so zu werden wie ich. Ich schreibe zurück: »Bete zu Gott, daß er dich davor bewahrt, wie ich zu werden!«

»Wie konnte man es wagen, ihn mir jahrelang vorzuenthalten!« sagt Fritz Kortner nach unserer ersten Begegnung. »Er ist der einzige Schauspieler, der mich erschüttert, wenn ich ihn nur ansehe. Es gibt auf der ganzen Welt keinen anderen Don Carlos für mich!«

Vier Jahre zuvor, am Schloßparktheater, hatten diese ekelhaften Schauspieler über mich gelacht, als ich geäußert hatte, daß ich eines Tages Don Carlos sein werde.

Nach ein paar Wochen Probenarbeit mit Kortner habe ich genug von seiner Diktatur und Ungerechtigkeit. Ich schreie, daß er mich am Arsch lecken soll.

Ein Mädchen will unbedingt und ganz schnell von mir geheiratet werden, damit sie nicht zur Israelischen Armee eingezogen werden kann. Ihr Vater hat in Berlin eine Kneipe, ist aber israelischer Staatsangehöriger. Seine Tochter, die in Berlin geboren ist, auch. Der Gedanke, diese kleine Jüdin zu heiraten, ist verlockend, aber unmöglich, weil ich mit Gislinde verheiratet bin. Wohl aber ist es unerläßlich, sie zu bumsen. Ich fahre mit ihr in den Wald nach Nikolassee. Sie streift sich den engen Rock hoch, so daß ihr Schenkelfleisch mit den schwarzen Strapsgummis und ihr schwarz beschlüpftes Vötzchen sichtbar werden, stellt sich im Abstand von ungefähr einem Meter, damit es gerade noch ganz leicht und süß zu mir herüberduftet, an einen Baum und sagt:

»Na? Was ist? Willst du mich heiraten? Ist es nicht eine Schande, daß ich mir über so was eine Uniformhose streifen und durch den Negev robben soll?«

Dieses qualvolle Spiel treibt sie auf dem ganzen Weg durch den Wald bis zum S-Bahnhof, weil ich ihr keine Antwort geben kann.

Paul ist Architekt und ist, wie er sagt, seit einiger Zeit hinter mir her. Warum, erfahre ich, als ich bei ihm und seiner Frau Erni eingeladen bin. Nach dem Abendessen geht er ins Bad, Erni räumt ab. Dabei beugt sie sich soweit über den Tisch – obwohl sie die entfernten Teller von der anderen Seite viel bequemer holen könnte –, daß ich ihren riesigen Arsch direkt vors Gesicht bekomme, wobei ihr Rock so hoch rutscht, daß ich den Ansatz ihres durchgenäßten Schlüpfer sehe. Ihr bleibt nichts anderes übrig, als den abgefressenen Tisch so zu lassen wie er ist, und wir rennen ins Bett. Als ich spritze, wird Erni wütend.

»Du mußt es länger zurückhalten! Was soll ich jetzt machen? Ich bin so geil, daß ich nicht weiß, was ich jetzt machen soll!«

»Paul kann ja weiterficken«, gebe ich schnodderig zurück.

»Das ist es ja! Paul spritzt auch viel zu schnell! Ihr müßt euch beide viel länger beherrschen! Ich brauche euch beide, beide ganz lange!«

Am nächsten Tag um vier Uhr nachmittags frühstücken wir endlich.

Die beiden bewohnen die oberste Etage einer großen Villa am Hasensprung, die Pauls Vater gehört, der ein berühmter Architekt ist. Ich wohne nicht bei Paul und Erni, ich gehe nur zum Ficken hin, was manchmal allerdings mehrere Tage und Nächte dauert. Erni würde bis zum Herzinfarkt weiterficken. Bis zu meinem.

Ich bin heilfroh, als Paul und Erni nach Frankfurt müssen, wo Paul einen Bauauftrag zu erfüllen hat. Nicht, weil ich soviel ficken müßte, aber ich habe es satt, den Zuchtbullen zu machen für das bißchen Essen.

Warum ich eine Hure bin? Ich brauche Liebe! Liebe! Immerzu! Und ich will Liebe geben, weil ich so viel davon habe. Niemand begreift, daß ich mit meiner Hurerei nichts anderes will, als mich verschwenden!

Ein Lastwagen nimmt mich mit nach München. An der Autobahnausfahrt von Nymphenburg schmeißt er mich raus. Ich marschiere bis Bogenhausen und komme um Mitternacht in der Mauerkircherstraße an. Gislindes Haustür ist verschlossen, alle schlafen. Ich bin durchgefroren und hungrig. Ich schreie so laut, bis ihr Vater mir den Hausschlüssel runterwirft. Er legt sich wieder schlafen. Die anderen will ich nicht wecken. Ich gehe in die Küche und fresse die kalten Reste aus den Töpfen. Dann lege ich mich auf den Flur schlafen zu der großen schwarzen Dogge und wärme mich an ihrem heißen Körper.

Morgens gehe ich zu Gislinde ins Zimmer und werfe Pola vor Freude in die Luft. Gislinde erzählt mir, daß so ein Regisseur mich gesucht hat, der mit mir noch einmal ›Die Schreibmaschine‹ aufführen will. Die Proben sollen gleich beginnen. Edith Edwards ist in Garmisch Partenkirchen, weil sie einen Schlaganfall erlitten hat.

Ich fahre mit dem Zug nach Garmisch und besuche Edith in der Klinik. Wir gehen miteinander spazieren und bleiben den ganzen Tag zusammen. Sie lächelt so puppenhaft wie immer, nur das Sprechen fällt ihr unendlich schwer, und ich weiß nicht einmal, ob sie mich versteht. Ich versuche, ganz behutsam mit ihr zu reden, Wort für Wort, wie mit einem kleinen Kind. Aber sie stottert und lallt nur unzusammenhängende Sätze und sieht mich dabei flehend an, als wolle sie sich dafür entschuldigen, daß sie nicht sprechen kann. Als ich mich von ihr verabschiede, will sie mich nicht loslassen. Ich habe das Gefühl, daß wir uns nie wiedersehen werden, und ich glaube, sie hat das gleiche Gefühl.

Wir führen die ›Schreibmaschine‹ auf. Aber wenn ich in den Armen von Solange liege, denke ich, daß es Edith ist. Vielleicht ist es ihr Geist, wer weiß. Edith ist in Garmisch Partenkirchen gestorben.

Sybille Schmitz, bei der ich schon einen Ständer bekam, wenn ich sie nur auf der Kino-Leinwand sah, als ich noch ein Straßenjunge war, bringt mir einen Brief von Josef Kainz, dem größten Schauspieler um die Jahrhundertwende, als Geschenk ins Theater. Ich verkaufe den Brief. Was soll ich mit Briefen anfangen?

Nachdem ich vierzig Filmangebote ausgeschlagen hatte, weil entweder die Drehbücher schwachsinnig waren oder ich nach Meinung der Produzenten zu viel Geld verlangte, habe ich heute einen Filmvertrag unterschrieben, Regie soll ein gewisser Verhöven führen. Ich fahre nach Wiesbaden, wo die Aufnahmen sind. Verhöven bittet mich, einer jungen Anfängerin bei ihren Probeaufnahmen vor der Kamera die Stichworte zu geben. Am übernächsten Tag wird mein Vertrag ausbezahlt, mit der Bemerkung: »Herr Verhöven findet, Ihr Gesicht sei zu stark für den deutschen Film.«

Das ist der dickste Hund, den sich bis jetzt jemand mit mir geleistet hat! Aber scheiß drauf! Hauptsache, ich habe das Geld!

Ich lasse mir einen Anzug schneidern, kaufe mir ein Hemd und ein Taschentuch und endlich Strümpfe, damit ich meine Schuhe nicht immer auf den nackten Füßen tragen muß. Pola kaufe ich Lackschuhe und lasse ihr einen weinroten Sammetanzug nähen mit Stulpen und Kragen aus Brüsseler Spitze, und winzige weiße Glacéhandschuhe. Für Gislinde lasse ich mir bei Braun & Co. das teuerste Kostüm vorführen und nehme das lange Mannequin gleich mit in die Pension ›Clara‹.

Das Mannequin bringt mich mit der Makkabäerin zusammen. Die ist Chefin eines österreichischen Filmverleihs, fährt einen großen Wagen und nimmt mich mit nach Salzburg, hin und zurück.

Sie riecht nach Schweiß und billigem Parfüm und hat überall Haare, auf den Armen, auf den Beinen, sogar auf der Brust, sie sprießen ihr aus der Poritze, aus dem Schlüpfer, bis hoch zum Bauch und runter auf die Innenschenkel. Ich weiß es gleich am ersten Tag, denn auf der Autobahn müssen wir dringend einen Parkplatz suchen, wenn wir keinen Unfall bauen wollen. Nach dem Parken muß ich den Wagen steuern, weil sie immerzu weiterspritzt.

»Schneller! Schneller!« jammert sie. Sie will in ihre Wohnung am Max II.-Denkmal.

Bald ziehe ich es vor, sie im Fahrstuhl zu ficken, wenn wir zu ihrer Wohnung rauffahren. Sie bückt sich im Stehen, und ich gebe es ihr von hinten. Ein paar Mal, vom Parterre zum Dachgeschoß, rauf und runter, rauf und runter, und es hat sich. Dann lasse ich sie im Dachgeschoß aussteigen, so wie sie ist, mit hochgestreiftem Rock und runtergezogenem Schlüpfer, verschmiertem Hintern und zerrissenen Strümpfen – und drücke die Taste ›Erdgeschoß‹. Während der Fahrt reibe ich mir mit Spucke die Flecken vom Hosenschlitz. Auf diese Weise muß ich erst gar nicht in ihre Wohnung.

Denn in der Wohnung muß ich ununterbrochen meinen Schwanz in ihr haben. Sogar morgens am Frühstückstisch thront sie mit ihrem nackten Arsch auf mir. Wenn sie badet, streckt sie ihren nackten Arsch aus dem Wasser. Wenn sie kocht, hat sie nur eine Schürze um, die ihren nackten Arsch freiläßt. Selbst wenn sie oben bereits aufgetakelt ist und schon Straps und Strümpfe und Stöckelschuhe anhat, ja, bereits irgendeinen grausigen Hut aufsetzt, streckt sie mir noch mal den nackten Arsch entgegen. Überall und immerzu ihr nackter, behaarter Arsch, der mich wie ein Kommando ansieht, wie ein Befehl, dem ich mich nicht widersetzen kann. Im Bett ist an schlafen nicht zu denken, obwohl ich absichtlich im Nebenzimmer schlafe. Wenn ich glaube, daß ich sie nach stundenlangem Ficken endlich befriedigt habe und in meine Heia wanke, kommt sie noch mal, um mir ein letztes Gutenachtküßchen zu geben und bleibt gleich breitbeinig auf mir liegen.

Filmverleih hin, Filmverleih her, diese Makkabäerin braucht die gesamte israelische Armee.

Zuschriften vom Gericht, Zahlungsbefehle, Vorladungen, Mahnungen, Drohungen, kurzum alle Briefe mit offiziellem Absender öffne ich nicht. Ich werfe sie in den Abfalleimer, oder in die Isar, wo sie kurze Zeit stromabwärts treiben und dann untergehen. Ich hatte also keine Ahnung, daß ich nach einer Schlägerei mit irgendeinem Kerl, der sich als Kriminalbeamter entpuppt hatte, wegen Beamtenbeleidigung und Widerstand gegen die Staatsgewalt zu vier Monaten Gefängnis mit Bewährungsfrist verurteilt worden war. Außerdem sollte ich eine Geldstrafe zahlen. Wenn ich das nicht täte, müßte ich mich im Gefängnis in Stadelheim melden, mit Unterwäsche, Rasierzeug und Zahnputzzeug.

In der Pension ›Clara‹ wohnt der junge Rechtsanwalt Dr. Zieger. Der kann sich aber um meinen Fall nicht kümmern, weil ihm eine Karriere in der Filmwelt vorschwebt. Und zwar will er berühmt werden als Scheidungsanwalt. Er will Scheidungsklagen erheben, Schauspieler und Schauspielerinnen voneinander scheiden, scheiden, scheiden, nichts als scheiden. Er ist davon ganz besessen. Die Filmmischpoke sagt: »Der macht sich«, und alle laufen zu ihm hin.

Er kann sich also nicht mit Gefängnissen befassen und empfiehlt mir, zu meinem Glück, Rechtsanwalt Rudolf Amesmaier. Der wird nicht nur sofort mein Freund, der mich nie im Stich läßt, sondern er ist auch der beste Strafverteidiger. Er macht das alles zwischen Weißwürsten und Bier. Ich muß nicht ins Gefängnis und nicht Strafe zahlen.

Das Mannequin von Braun & Co. kann ich nicht mehr in die Pension ›Clara‹ mitbringen, wir brauchen zuviel Platz, und ich hause in einer zwei mal eineinhalb Meter-Kammer gegenüber dem Gemeinschaftsklo. Jeder, der auf dem Lokus sitzt, und da sitzt immer jemand, hört ihr Geschrei. Das allein wäre kein Grund. Aber der schwule Journalist der Frankfurter Allgemeinen, der Fotograf vom Stern und was sonst noch in dieser Penne wohnt, regen sich auf, wenn sie nachts nicht schlafen können, und Mama Clara kann in ihrem Wohnzimmer, das an mein Kämmerlein grenzt, nicht mehr in Ruhe tratschen. Das ist der Grund. Und selbst wenn es kein Grund wäre, dann wäre meine Pritsche und die Wände meiner Bude für die langen Beine meines Mannequins zu eng beieinander.

Ich wäre ja von Anfang an zu ihr gefahren, aber wir kommen jedes Mal so schwer aus der Verankerung los, und ich verpenne alles, was ich zu erledigen habe. Bei Mama Clara ist das nicht möglich, weil wir alle am Frühstückstisch erscheinen müssen, sonst gibt es nichts, und einer weckt den anderen.

Mein Mannequin wohnt über dem Autosalon in der Leopoldstraße. Die ganze Häuserreihe besteht aus Geschäften, und nachts hört nur der Nachtwächter ihr Schreien, wenn er seine Runde macht.

›Alexander der Große‹ ist ein völlig idiotisches Theaterstück, das kein Mensch versteht. Ich verkörpere trotzdem Alexander, weil ich Geld brauche und eine Anzahlung bekomme.

Ich habe 3 Partnerinnen. Einen achtzehnjährigen großen Sporttyp. Eine Fünfzehnjährige mit Babyspeck und eine kleine, magere Vierundzwanzigjährige, geschieden und Mutter von zwei Kindern.

Den Sporttyp besuche ich zweimal in der Türkenstraße. Sie quasselt in einem fort von ihrem Filmstar-Zahnarzt in Grünwald, der an ihren gesunden Zähnen weiß ich was herumzubasteln vorgibt. Ich glaube, daß er sie eher vögelt, denn Geld hat sie keins. Ich versuche nicht hinzuhören und ziehe mich wie in Klimmzügen an ihren starken Sprinterbeinen bis zu ihren Zähnen hoch, die sie gegen Jacketkronen einzutauschen vorhat, und turne, ohne ihren Redefluß zu unterbrechen, auf ihr herum. Dabei vergißt sie den Zahnarzt und kommt schnell zum Endspurt.

Die Affäre mit der mageren Vierundzwanzigjährigen bringe ich nicht so schnell hinter mich. Wir schleifen sofort wortlos die Matratze ihres Bettes auf den Fußboden, weil das Bett in ihrem Untermieterzimmer zu schwächlich ist. Wir ziehen uns beide gleichzeitig und schnell aus. Der Geschlechtsverkehr selbst geht wie geölt und ohne Komplikationen vor sich: Sie spreizt die Beine bis zum Spagat und öffnet sich total, während sie ihre langen, scharfen Fingernägel in meinen Körper krallt, ihr eigener Körper mich wie ein Taucheranzug umschließt und sich wieder und wieder meinen bis zur Entstellung verquollenen juckenden Stengel einverleibt, ohne daß ich sie ein einziges Mal mit dem Mund berühre. Nicht einmal küssen tu ich sie. Das alles ist nicht außergewöhnlich. Aber diese geschiedene Mutter wirkt wie eine harte Droge, die man sich in die Venen spritzt, wie Morphium oder Heroin. Je mehr ich von ihr loskommen will, weil ich weiß, daß sie mich ruinieren würde und weil ich mich gar nicht nach ihr sehne, um so öfter ertappe ich mich dabei, daß ich bereits wieder auf dem Weg zu ihrem Zimmer bin – wo sie zu jeder Tages- und Nachtzeit im Bademantel auf mich wartet, als wüßte sie, daß ich wiederkommen muß.

Sie sieht mich nicht einmal an, so sicher ist sie meiner. Das geht so weit, daß ich anfange, sie regelrecht zu hassen, überhaupt kein Wort mehr mit ihr rede und doch zwei, drei, vier Mal täglich zu ihr zurückrenne. Schließlich beschimpfe ich sie und schlage sie ins Gesicht und auf ihren Körper. Sie verzieht keine Miene, sondern sieht mich nur triumphierend mit halbwahnsinnigen Augen an. Wir kochen manchmal bei ihr, essen aber immer weniger. Sie besteht ohnehin nur aus Haut und Knochen. Aussehen tun wir wie zwei Süchtige: Unsere fiebrig glitzernden Augen liegen tief in ihren Höhlen. Die darunter eingekerbten, breiten dunklen Ringe ziehen sich bis zu den Backenknochen. Ein brennender Durst trocknet unsere Kehlen aus. Unser Pulsschlag ist anormal beschleunigt, und sämtliche Adern schwellen an. Ohrensausen. Je schwächer wir uns fühlen, um so maßloser wird unsere Begierde. Meine eigenen schmerzhaften Orgasmen spüre ich bis ins Gehirn.

Auf diese Weise kann man sich totficken, auch ohne einen Herzinfarkt zu kriegen. Meine Rettung ist der Regisseur, der mehrere Tage nicht proben konnte, weil wir nicht zu den Proben erschienen sind, und der mir droht, daß ich keinen Vorschuß mehr bekomme, wenn das so weitergeht. Ich sage ihm nicht, daß ich nach der Mageren süchtig bin. Ich sage ihm, daß ich die Magere nicht ausstehen kann. Er setzt die Proben mit ihr gesondert an, damit wir uns nicht begegnen, während sie selbst ununterbrochen proben muß.

Ich hatte mich getäuscht als ich glaubte, daß der Regisseur mein Lebensretter ist.

Vier Uhr morgens. Ich fresse gerade mit ihm den Eisschrank in seiner Wohnung leer – als seine eigene Frau im Korsett in die Küche kommt und sich an unserem Schmaus beteiligt.

Mir gehen die Augen über: Ich hatte in der ersten Überraschung gar nicht bemerkt, daß sie außer dem Korsett gar nichts anhat, sondern nur wie hypnotisiert auf ihr Schenkelfleisch gestarrt. Einerseits geht die Farbe ihres schwarzen Korsetts, das ihr bis zur Blase reicht, in den üppigen braunschwarzen Tang ihres Venushügels und in das giftigsüße Unkraut unter ihren Achselhöhlen über – andererseits habe ich es bis jetzt nicht für möglich gehalten, daß es eine so große Fotze überhaupt gibt!

Nach dem Imbiß läßt sie sich von uns aufs Ehebett fesseln. Sie ist ganz nackt, ihr Körper glänzt von kaltem, klebrigem Schweiß. Wir wechseln uns ab … bis sie nicht mehr kann.

Am Nachmittag machen wir sie endlich los. Sie bleibt in der gespreizten Stellung liegen, und wir schlafen alle drei bis zum nächsten Tag.

»Ich dachte, ihr seid verreist«, sagt die russische Schwiegermutter des Regisseurs. Sie liegt mit einer Grippe nieder und wundert sich, daß sich niemand um sie kümmert.

Ich trete wieder in einer Kneipe auf: KINSKI spricht VILLON. Ich spreche wieder barfuß auf dem Tisch. Diesmal nehme ich 5 Mark Eintritt. Die Kasse leere ich selbst in meine Hosentasche.

Gislinde ist mit einer Freundin aufs Land gefahren. Pola ist bei ihrer Großmutter geblieben. Als sie mir Pola nicht geben will, reiße ich sie ihr aus den Armen. Ein paar Anziehsachen nehme ich in einer Papiertüte mit. Auf der Straße reißt die Tüte auseinander, ich klemme Polas Kleiderstücke unter den Arm und suche nach einem Zimmer, das ich mieten kann. In der Pension in der Giselastraße, die eigentlich ein Stundenhotel ist, gibt man uns nach Mitternacht ein winziges Einzelzimmer.

Tagsüber gehe ich mit Pola in den Englischen Garten, fahre mit ihr Pferdedroschke und Kinderkarussell am Chinesischen Turm. Abends bringe ich sie in die Giselastraße, wasche sie im Waschbecken und lege sie schlafen. Dann gehe ich zu Fuß in die Kneipe und spreche VILLON.

Helga, die Pfarrerstochter aus Berlin, konnte es nicht mehr aushalten und steht unter den Zuschauern, die sich bis auf die Freitreppe der Kneipe drängeln.

Nach der Vorstellung gehen wir an die Isar, weil Pola im Bett schläft und ich sie auf keinen Fall wecken will. Ich ziehe Helga das Kleid und die Schlüpfer aus und bewundere ihren jetzt ausgereiften Arsch, ihre zukünftigen Mutterbrüste und ihre schwere Pflaume lange im Mondschein, bevor ich sie ärschlings bespringe. Dann werfe ich mich in die eiskalte Isar, in der noch Eisschollen schwimmen, und trockne mich an Helgas langen blonden Haaren ab. Danach muß ich zu Pola, die vielleicht aufgewacht ist und sich fürchtet.

Helmut Käutner kommt auch in die Kneipe und gibt mir nach der Vorstellung einen Text, den ich bei Probeaufnahmen für den Film ›Ludwig II.‹ sprechen soll. Die Person, die ich verkörpern soll, ist Prinz Otto. Ich weiß überhaupt nicht, wer Ludwig II. war. Ich lerne den Text im Englischen Garten, während Pola auf dem Kinderkarussell um die Runden saust und zerbreche mir nicht weiter den Kopf, was ich aus diesem Blödsinn machen werde.

Bei den Probeaufnahmen sagt Käutner nicht ein Wort. Ich bekomme eine Uniform angezogen und bin, Gott sei Dank, allein vor der Kamera. O. W. Fischer, der die Titelfigur darstellen soll, sitzt hinter der Kamera und guckt zu. Nach der Szene küßt er mich und sagt, daß ich einen Vertrag bekomme.

Die Produzenten Reinhard und von Molo geben mir einen miserablen Vertrag, aber 200 Mark Vorschuß, und ich kann in der Kneipe aufhören.

Ich bringe Pola zu Gislindes Schwester.

Bei den Dreharbeiten sagt Käutner nur: »Mach es so wie bei den Probeaufnahmen.«

Ich will, daß er seine verdammte Schnauze hält!

Als ich kein Geld mehr habe und im Studiogelände der Bavaria mit O. W. spazieren gehe, frage ich ihn, ob er mir hundert Mark borgt. Ich verspreche, sie ihm von meiner nächsten Wochengage zurückzuzahlen, er kann sie sich direkt von Molo geben lassen. O. W. redet lange und umschweifig und erklärt mir ›in aller Freundschaft‹, daß er es ohne weiteres täte, aber keinen Pfennig Bargeld mit sich führe und als österreichischer Devisenausländer seine Gage erst nach Beendigung der Dreharbeiten in Österreich ausbezahlt bekäme. Ich gehe zu Molo, der wegen Überziehung der Drehzeit auch sehr knapp bei Kasse ist, und erzähle ihm von meinem Gespräch mit Fischer.

»Was hat dieses Schwein gesagt?« antwortet Molo. »Fischer hat in Deutschland so viel Geld zur Verfügung, wie er will!«

Er greift in seine Hosentasche und gibt mir fünfzig Mark von seinem eigenen Geld.

»Mehr kann ich dir nicht geben, aber ich werde dafür sorgen, daß der Kassierer dir die nächste Wochenrate schon Donnerstag auszahlt.«

Die Frau des britischen Kameramanns hat aufgeschwollene Lippen, als habe ihr jemand aufs Maul geschlagen, ein breites Becken und geht etwas breitbeinig, als würden ihre Schamlippen zusammenkleben und sie beim Gehen hindern. Ich verabrede mich mit ihr in München, während ihr Mann im Studiogelände der Bavaria dreht.

In der Schankstube des Hotels in Hohenschwanstein, in dem wir alle wohnen, kann ich nicht warten, bis die sechzehnjährige Bedienung endlich Feierabend hat. Ich rufe sie vor die Tür, und wir steigen den verschneiten Abhang hinauf. Sie hat noch ihre Kellnerinnenschürze um, als ich sie an eine hohe Tanne stelle und ihr rotes Blut in den weißen Schnee tropft wie die Fährte eines verwundeten Tieres. Danach rollen wir lachend den Abhang hinunter und bewerfen uns mit Schneebällen. Dann bedient sie die Gäste in der Schankstube weiter, die die ganze Zeit nach ihr gerufen hatten.

Da ich kein Zimmer habe, weil es zu kalt ist, im Park oder unter der Isarbrücke zu schlafen, und weil ich nicht in der Mauerkircherstraße wohnen will, bringt Gislinde mich zu ihrer Freundin Ruth. Ruth bewohnt mit ihren Eltern eine Villa in Bogenhausen, und ich kriege ihr Jungmädchenzimmer, eine Mansarde unter dem Dach. Ruth ist sechzehn und mit einem Musiker verlobt, der immer auf Konzerttournee ist.

Beim gemeinsamen Abendessen mit ihrem Vater erfahre ich, daß der Herr Professor Tierfänger ist und den Münchner Zoo mit wilden Tieren beliefert. Mir bleibt der Fraß im Halse stecken.

»Und Sie können ruhig schlafen?« rufe ich aus und werfe meine Serviette in seine Suppe. »Sie haben nie, niemals Alpträume, nachdem Sie Löwen, Gorillas und Leoparden hinterlistig mit Netzen gefangen haben oder ihre Babies, nachdem Sie die Mütter ermordet haben, und sie mit der Strafe ›lebenslänglich sterben‹ an die Todeszellen der Zoos weiterverkaufen?!«

Ich stürze aus dem Speisezimmer und will meine Sachen holen. Ruth kommt mir atemlos nachgelaufen. Sie zittert am ganzen Körper, auch ihre Titten zittern. Also verlasse ich dieses Tierfängerhaus erst am nächsten Morgen.

Tatjana Gsovsky, die russische Ballettmeisterin der Berliner Staatsoper, ruft mich für die Internationalen Theaterfestspiele nach Berlin. Tatjana inszeniert und choreographiert ›Idiot‹ von Dostojewskij. Ich soll die Titelfigur, Fürst Myschkin, verkörpern. Das Ganze ist eine Kombination von Pantomime, klassischem Ballett und Theater. Die Primaballerinen, die Tänzer und das Corps de Balet tanzen klassisch, ich passe mich in Gang, Haltung und Bewegungen pantomimisch an und spreche einen langen Monolog.

Die Proben beginnen erst in drei Monaten. Tatjana schickt mir den Vertrag und bittet mich, meine Haare und meinen Bart wachsen zu lassen, damit ich keine Perücke tragen und mir nicht das Gesicht verkleistern muß.

Die Zeit meiner langen Haare wird ein Martyrium. Die Leute auf den Straßen sind es nicht gewohnt, außer einem orthodoxen Popen einen Mann mit langen Haaren zu sehen. Überall werde ich angepöbelt und beschimpft und gehe nur noch im Dunkeln aus. Nicht weil ich mich fürchte. Es wird einfach unerträglich. Am

Münchner Hauptbahnhof spucken die Leute nach mir. Andere werfen mir Steine hinterher.

Gislinde und ich lassen uns scheiden. Wir sind beide traurig, daß wir uns trennen, aber sie weiß sehr gut, daß ich niemals ein geordnetes Leben führen kann und daß es besser ist, uns gegenseitig freizugeben. Gislinde selbst schlägt die Scheidung vor, obwohl sie mich so liebt, daß sie für diese Liebe auf alles verzichten würde.

Da ich nicht warten kann, bis der Antrag für einen Scheidungstermin durch ist, macht Rudolf Amesmaier es für mich möglich, vorzeitig bei Gericht auszusagen.

»Wann haben Sie den letzten ehelichen Geschlechtsverkehr gehabt?« fragt mich dieses Ungeziefer von Scheidungsrichter.

»Selbst wenn ich es bei meiner Hurerei noch wüßte, würde ich es Ihnen bestimmt nicht verraten.«

Ich nehme alle Schuld auf mich, und dieser Papierkram ist auch erledigt.

In Berlin wohne ich bei Tatjana. Sie macht mein Bett, räumt mein Zimmer auf, kocht für mich und sorgt und kümmert sich um alles. Außerdem trainiert sie sechzehn Stunden am Tag.

Erste Ballerina, die Nastassja tanzt, ist ein halb holländischer, halb indonesischer Mischling. Ihre glatten schwarzen silberfarbenen Haare reichen ihr bis in die Ritze ihres winzigen Popos. Ihr Körper ist der einer minderjährigen Bali-Tänzerin, sie ist nur etwas größer. Ich weiß nicht, wo wir die Kraft hernehmen, täglich 16 Stunden zu trainieren, nachdem wir nachts nichts anderes tun als ficken. Aber wir sind so geil und so besessen, daß uns, außer Essen, Pervitin genügt, um fit zu bleiben.

Jasmin, Primaballerina der Osloer Oper, hat mit Tatjanas Ballett nichts zu tun. Sie ist zweiundzwanzig, kommt gerade aus Paris, kann wegen einer Rückgratverletzung nicht mehr tanzen und stellt sich bei mir als ›Journalistin‹ vor. Das angebliche Interview, um das sie bittet, wird nie geschrieben. Da wir wegen des Mischlings nicht in Tatjanas Wohnung ficken können, mietet Jasmin ein Hotelzimmer.

Sie hängt an meinem Körper wie ein Klammeräffchen, ich kann keinen Schritt ohne sie tun. Sie putzt mir sogar die Zähne, badet mich und hält mir den Pimmel, wenn ich pinkeln muß. Selbst wenn ich telefoniere, umklammert sie mich mit ihren Schenkeln oder lutscht an meinem Schwanz. Das Essen stellen die Kellner einfach vor der Tür ab. Die Zimmermädchen haben nie etwas zu tun, weil Jasmin schlafen muß, wenn ich trainiere.

Der indische Tänzer Ramon, der von weiß Gott woher mit Jasmin befreundet ist, tritt während der Festwochen auf.

Er zahlt das Hotelzimmer für Jasmin und mich weiter.

Als die Proben im Theater losgehen, ist Jasmin überall. In meiner Garderobe, in den Kulissen, im Zuschauerraum. Wir ficken überall. In Betten, auf Fußböden, in Hausfluren, auf den Straßen, in der U-Bahn, im Kino, im Flugzeug und vor allem in den Wäldern der Havel.

›Idiot‹ wird ein gigantischer Erfolg und für die Festspiele nach Venedig eingeladen.

Jasmin muß ich zurücklassen. Sie will die Zeit, die ich weg bin, nach Paris fahren und versuchen, Geld zu verdienen. Dann wollen wir uns eine Wohnung nehmen.

In Venedig wohnt unsere Truppe am Lido in einer kleinen Pension, die dem Neffen der Duse gehört. Er gibt uns alles umsonst. Die Italiener sind so gastfreundlich, so herzlich, so überfließend von spontaner Liebe, daß ich mir wie ein Emigrant vorkomme, der in seine Heimat zurückgekehrt ist. Außerdem sind sie von einer unbezähmbaren Neugier. Wo immer der holländisch-indonesische Mischling mit mir auftaucht, auf der Piazza San Marco, auf dem Canale Grande, selbst wenn ich mit ihr in einer Gondel sitze, die sich durch die entlegensten Kanäle zwängt, bildet sich sofort ein Menschenknäuel. Sie reden, gestikulieren, rufen, lachen, drängeln sich heran, betasten uns wie seltene fremdartige Gewächse und wollen uns mit allen Mitteln klarmachen, daß sie uns lieben.

Im Teatro Fenice kostet mich ein Unfall beinahe das Leben. Eine zentnerschwere Eisenstange, an der eine Dekoration befestigt ist, löst sich aus ihrer Sicherung und saust aus der Höhe des Schnürbodens in die Tiefe und mir ins Rückgrat. Ich breche zusammen und kriege keine Luft. Vielleicht denken die Zuschauer, das gehört zur Aufführung, jedenfalls gibt niemand einen Laut von sich. Langsam kann ich wieder atmen, richte mich auf und spreche weiter. Am Ende der Vorstellung schreien und jubeln 2000 Zuschauer, obwohl ich nicht italienisch gesprochen habe. Am Bühnenausgang küssen mich fremde Menschen, und heute morgen bringen mir kleine Kinder auf der Straße Blumen.

Ich umarme dich, du Wunderland Italien.

Unsere Truppe ist inzwischen nach Nord- und Südamerika eingeladen, und Tatjana plant eine Tournee bis nach Japan und Australien.

Aber nachdem jeder mit jedem gehurt und eine bedrohliche Atmosphäre von Eifersucht, Haß und Rachegefühlen ein Zusammenleben unerträglich gemacht hat, und als wir uns in Venedig auch noch um die Gage zanken, die sich jemand zur Hälfte unter den Nagel gerissen hat, herrscht in unserer Truppe Mord und Totschlag.

Ich fahre von Venedig nicht sofort nach Paris, wo Jasmin auf mich wartet, sondern fliege nach New York, wo der Mischling im ›New York City Ballet‹ aufzutreten hat. Sechs Wochen später fliege ich von New York nach Paris.

Jasmin hat inzwischen schwer gearbeitet. Ein Angebot, als Stripteasetänzerin aufzutreten, hatte sie abgelehnt, weil der Unternehmer zu wenig Geld geboten hatte. Aber sie scheint gut zu verdienen. Das Kleid, das sie auf dem nackten Leib trägt, kostet mindestens 1000 Francs.

»Erzähl mir.«

»Was?«

»Von den Männern.«

Sie lacht verlegen und wird sogar rot.

»Wieviele hattest du?«

»Ich habe sie nicht gezählt.«

»Pro Tag. Oder hast du nicht als Hure gearbeitet?«

»Ich war Callgirl. Das sind Mädchen, die telefonisch verkuppelt werden, an Geschäftsleute, Diplomaten, Minister, Filmstars und so weiter. Aber auch an Bullen von der Sittenpolizei. Die bezahlen nichts.«

»Ich weiß, was ein Callgirl ist. Erzähl weiter.«

»Unser Zuhälter ist eine Frau, die selbst mal Prostituierte war, Madame Claude. Sie hat ihr Bureau in der Rue Lincoln im achten

Bezirk. Alles geht über ihr Bureau, die Anrufe, die Verabredungen, die Abrechnung, alles. Wir haben nichts damit zu tun. Sie nimmt dreißig Prozent für die Vermittlung, den Rest bekommen wir. Ich habe viel gespart. Du kannst jetzt mit mir wohnen, wo du magst. Wenn du es verlangst, mache ich die Arbeit weiter, solange du willst. Bist du wütend auf mich?«

»Nein. Aber ich will nicht, daß du weitermachst. Also, wieviele hattest du pro Tag?«

»Verschieden. Drei, vier, fünf. Manchmal nur einen. Ausgenommen die Zeit der Periode. Das mache ich nur mit dir. Einmal waren es acht Männer an einem Abend, einmal sogar fünfzehn, eine ganze Männer-Party. Jeder hat sich zwei bis dreimal ergossen. Ich glaube, es waren 45 bis 50 Spritzen. Ich konnte den nächsten Tag nicht aus dem Bett aufstehen, geschweige denn gehen. Aber das waren Ausnahmen. Im Durchschnitt sind es 30 bis 35 Männer pro Woche. – Ich habe ein kleines Notizbuch, in das ich die Verabredungen eintrage. Ich bekomme Datum und Uhrzeit eine Woche im voraus.«

»Hat es dir Spaß gemacht?«

»Spaß, das ist so ein komisches Wort. Je mehr Männer ich hatte, um so mehr habe ich es gebraucht. Du warst ja nicht da.«

»Wieviel hast du pro Mann bekommen?«

»Die Mädchen bekommen zwischen 100 und 150 Mark umgerechnet. Manchmal gibt einer was extra. Das geht natürlich nicht über Madame Claude.«

»Wann mußtest du dich mit den Männern treffen?«

»Meistens von drei Uhr Nachmittags bis Mitternacht, je nachdem wie gebucht wurde. Die Verabredungen abends sind fast immer mit Abendessen verbunden. Es kommt aber auch vor, daß man für früh morgens gebucht wird, bevor jemand zum Flugplatz muß oder so.«

»Wie lange dauert so ein Rendezvous?«

»Ein- bis eineinhalb Stunden. Es kommt darauf an, was der Kunde ausgeben will, oder wieviel Zeit er hat. Die Zeit ist vor dem Rendezvous genau festgelegt. Es gibt auch Verabredungen für die ganze Nacht, oder für ein Wochenende. Dafür wird sehr viel bezahlt, auch weil der Kunde das Recht hat, ein Mädchen an andere Männer weiterzugehen, an Geschäftspartner, Freunde, oder weil er das Mädchen abwechselnd oder zur selben Zeit mit einem anderen Mann ficken will. Einer, zum Beispiel, bestellt jedesmal alle Mädchen von Madame Claude gleichzeitig. Oder ein Mädchen muß mit zwei, drei oder mehr Männern zur gleichen Zeit ficken. Auch dafür wird viel mehr bezahlt.«

»Wie warst du angezogen? Wie eine Hure?«

»Nicht wie ein Strichmädchen, wenn du das meinst. Wir müssen ordentlich gekleidet sein.«

»Wie?«

Sie reißt ihren Kleiderschrank auf.

»Sieh selbst. Ganz normal, ganz bürgerlich. Den Rock nicht zu kurz, nicht zu eng. Wir dürfen auch kein Parfüm benutzen, damit die Kleidungsstücke der Männer nicht nach uns riechen, wenn sie zu ihren Ehefrauen nach Hause kommen. Unsere Unterwäsche ist weiß und auch ganz normal. Nicht nuttig. Wir müssen uns gleich unten freimachen, vorn und hinten. Es muß unkompliziert sein und keine Zeit in Anspruch nehmen. Außer die Männer wollen es nicht so. Normalerweise ziehen wir uns nackt aus. Die Männer auch.«

»Erzähl mir von den Männern. Wie sind sie?«

»Verschieden. Die meisten sind nett.«

»Haben die Männer auch mit Gummi gefickt?«

»Fast nie, ich mag es nicht. Die meisten Männer wollen es auch nicht. Sie wollen das Gefühl haben, daß sie sich in den Uterus ergießen, sie denken dabei an schwängern. In manchen Fällen wollen die Männer ein Präservativ, vielleicht aus Angst sich anzustecken. Verschiedentlich habe ich selbst den Männern Präservative über die Schwänze gestreift, ich habe immer welche dabei. Das war aber auf dem Strich. Manche wollen gleich im Auto ficken. Andere gleich stehend an einem Baum. Oft war es dunkel und ich konnte ihre Schwänze nur fühlen. Einem habe ich den Gummi wieder abgestreift, er konnte mit Gummi nicht ficken und wurde wieder schlapp.«

»Warst du geschlechtskrank?«

»Nein, nicht so oft, einmal, nein, zweimal. Du weißt, das ist schnell wieder auskuriert. Natürlich Tripper. Wir müssen uns zweimal die Woche untersuchen lassen. Syphilis hat hoffentlich keiner gehabt.«

»Hattest du nicht Angst, schwanger zu werden?«

»Ich trage doch einen Schutz in der Gebärmutter, sonst wäre ich bereits von dir schwanger geworden.«

»Hast du jedes Mal die Schwänze in den Mund genommen?«

»Du meinst, gesaugt?«

»Ja.«

»Fast alle Männer wollen es.«

»Hast du auch in Bordells gearbeitet?«

»Ja. Da waren verschiedene Häuser, in die manche von uns geschickt wurden. Immer nur für zwei bis drei Tage. Da mußte es schnell gehen. Manchmal war ich mit einem Kunden noch nicht fertig, während der nächste schon im Wartezimmer auf mich wartete.«

»Wußtest du, wer die Männer waren?«

»Im allgemeinen nicht, aber die Mädchen sagen, daß auch hohe Politiker und Polizeifunktionäre unter den Kunden sind. Das Geld für die Polizisten legt Madame Claude zu, damit wir nicht leer ausgehen. Als Gegenleistung sorgen die Bullen dafür, daß die Organisation von Madame Claude nicht auffliegt. Außer den Filmstars, die man natürlich kennt, weiß ich nur, daß der Schah von Persien von Madame Claude beliefert wird, wenn er in Paris ist. Er war erst vor zwei Wochen da. Aber ich wurde nicht zugelassen. Man muß mindestens fünf Jahre für Madame Claude gearbeitet haben und die nötige Erfahrung besitzen, ehe man zum Schah zugelassen wird.«

»Wie alt sind die Mädchen durchschnittlich?«

»Sehr jung. Die meisten fangen mit sechzehn, siebzehn an. Die älteste ist, glaube ich, 26.«

»Wie fühltest du dich, nachdem du mehrere Männer an einem Tag hattest?«

»Selbst nach fünf Männern, oder mehr täglich, war ich nicht befriedigt, ich meine so richtig. Ich war nur kaputt und wie unter Droge, von der ich immer mehr brauchte. Das ist ganz anders als bei dir, das kann man nicht vergleichen. Du machst mich vollkommen fertig, ich bin völlig geschwächt aber erlöst, glücklich. Ich bin oft noch gegen Ende der Nacht oder auch schon ganz früh morgens, noch vor dem ersten Rendezvous auf die Straße gerannt und habe mir Männer gesucht. Ich habe mich von jedem stoßen lassen, so lange er konnte. Ich wollte keine Pause zwischen den Männern. Manchmal lag ich nachts wach und konnte nicht schlafen, weil ich dachte: Irgendwo da draußen ist ein geiler, tobender Schwanz, der auf der Jagd ist nach einer Fotze wie meiner. Und ich streifte mir einen Fetzen über meinen nackten Körper und suchte nach ihm, damit er mein wie Feuer juckendes Loch mit seiner kochendheißen Lava füllt. Wenn ein Auto stoppte, habe ich immer zuerst den Kopf reingesteckt, um zu sehen, ob ihm fast die Hose platzte. War es der Fall, dann bin ich eingestiegen. Wenn nicht, habe ich weitergesucht. Natürlich habe ich immer Geld verlangt. Einmal hat mich einer in eine erbärmliche Absteige mitgenommen. Ich mußte das Zimmer bezahlen. Er hat gestunken wie ein Bock, hat mich fünf Mal brutal in allen Stellungen gestoßen und dann hat er nicht gezahlt, dieses gemeine Vieh. Ich hätte ihn ermorden können. Manchmal habe ich mir vorgestellt, daß ich von hunderten von Männern gefickt werde, von tausenden. Zum Beispiel bei der Fremdenlegion, mit Männern, die seit Monaten keine Frau gesehen haben. Sie müßten so ein provisorisches Bordell einrichten, ein großes Zelt oder eine Baracke, und die Männer müßten Schlange stehen. Oder auf einem Flugzeugträger als einzige Prostituierte für Tausende von Männern ...«

Die letzten Worte sind fast gehaucht, als träume sie. Tatsächlich ist sie so gut wie eingeschlafen, während sie sich auf mir dreht und wendet wie ein junger Hund, der nach der endgültigen Position auf seinem Nachtlager sucht. Dann kringelt sie sich zusammen und kuschelt ihr Gesicht in meinen Hosenschlitz.

»Warum tust du das alles?« frage ich ganz leise, weil ich Angst habe, daß ich sie aufwecken könnte, falls sie bereits schläft.

»Du stellst dumme Fragen«, murmelt sie. Sie kommt zu mir hochgekrochen und leckt mich ins Ohr. »Jede Frau hat ihren liebsten Schwanz. Meiner bist du. Liebst du mich?«

»Ja.«

Ich fliege nach München, um Pola zu sehen. Jasmin fliegt nach Berlin, um in der Zwischenzeit eine Wohnung zu finden. Als ich in Berlin ankomme, ist sie tot. Sie ist auf der Clay-Allee von einem vorbeirasenden Auto überfahren worden und mit mehrfachem Schädelbruch auf dem Weg ins Krankenhaus gestorben. Ich könnte sie sehen, sie liegt im Leichenschauhaus, aber ich gehe nicht hin. Ich könnte den Anblick nicht ertragen.

Ich fahre nach Paris zurück und miete noch einmal das Hotelzimmer, in dem Jasmin mir von Madame Claude erzählt hat.

Als ich kein Geld mehr habe, das Hotel zu bezahlen, schlafe ich unter den Brücken der Seine. Zuerst lassen die Clochards mich in Ruhe, und ich denke, daß sie mich akzeptieren. Aber dann paßt es ihnen nicht mehr, daß ich mich in ihre Nähe lege. Sie jagen mich weg und werfen mir faule Tomaten hinterher.

Es ist eisig. Bei den Clochards konnte ich mich aufwärmen, weil sie unter den Brücken kleine Koksöfen haben. Ich streife zwei Tage lang herum, bis ich so müde werde, daß ich mich irgendwo zusammenkauere und in tiefen Schlaf falle ...

Als ich aufwache, bin ich zugeschneit, und eine Metro donnert ganz nah an meinem Kopf vorbei. Ich weiß nicht, wie ich hierhergekommen bin. Selbst mein Gehirn ist eingefroren. Es ist früh am Morgen und noch dunkel. Auf der Straße gabelt mich ein Mann auf und nimmt mich mit zu sich nach Hause. Ich sage ihm, daß ich nur schlafen will, und er faßt mich nicht an, obwohl wir beide in seinem Bett schlafen. Bevor er nachmittags aus der Wohnung muß, macht er mir Milchkaffee und holt ein Baguette dazu. Dann rasiere und wasche ich mich bei ihm und trockne meine Kleidung.

Als ich gehen will, fragt er mich, ob er mir noch mit irgend etwas helfen kann. Ich sage, daß ich Fahrgeld brauche nach Marseille. Ich will als Matrose auf einem Schiff arbeiten, das weit wegfährt. Möglichst nach Japan oder Australien oder zu den Fidschiinseln. Er gibt mir Geld für eine Fahrkarte dritter Klasse und sagt, daß ich es ihm ja später einmal wiedergeben könne. Das klingt alles unwahrscheinlich, aber es ist wahr. Ich glaube nicht, daß er es nur getan hat, weil er Männer liebt.

Es gibt einfach solche Art von Menschen, nicht viele, aber es gibt sie.

Er will, daß ich noch eine Nacht bleibe, weil heute Heiligabend ist, aber ich scheiße auf Heiligabend und nehme den Nachtzug nach Marseille.

Ich bin ganz allein im Abteil und kann mich endlich auf den Holzbänken ausstrecken. In Marseille steigen Fallschirmjäger der Fremdenlegion zu. Sie kommen direkt aus Vietnam. Derselbe Zug fährt wieder zurück nach Paris. Bevor ich aussteigen kann, sind sie schon im Abteil, geben mir zu trinken und zu rauchen und sagen, daß ich so lange bleiben soll, bis der Zug losfährt. Die Abteile und Gänge sind so mit Fallschirmjägern vollgestopft, daß wir uns gegenseitig auf den Schößen sitzen. Ich verstehe nicht alles, was sie untereinander reden, denn sie sprechen einen ziemlich schlampigen Dialekt, aber ich verstehe doch so viel, daß sie ihre Ordensbändchen von ihren Uniformen abreißen, sie unter ihre Füße trampeln, als zermalmten sie Ungeziefer, und mit dem Dankschreiben eines kommandierenden Generals die Geste des Arschabwischens machen. Dann grölen sie die Marseillaise und furzen dazu.

Der Zug ruckt an. Ich muß aussteigen! Die Fallschirmjäger reichen mich aus dem Abteilfenster.

In Marseille gehe ich zuerst auf den arabischen Markt, um meinen Anzug zu verhökern. Von dem Geld will ich mir Marinezeug kaufen und von dem, was übrig bleibt, was Warmes essen. Die Araber reißen mir den Anzug förmlich vom Leib und bieten mir umgerechnet zwanzig Mark. Die sind bekloppt! Der Anzug ist fast neu und hat sechshundert Mark gekostet! Ich gehe ins Leihhaus, um zu fragen, was ich dafür bekommen würde. Vor dem Leihhaus, das noch nicht geöffnet hat, wartet eine endlose Schlange. Als ich dran bin, wird schon wieder geschlossen. Aber der Aasgeier am Schalter sagt, daß er denselben Preis bietet wie die Araber. Also gehe ich zu den Arabern zurück, schließe den Handel ab, suche mir an einer Verkaufsbude eine gebrauchte Arbeitshose und -jacke aus, lasse den Araber für mich bezahlen und gehe mit ihm in eine öffentliche Pinkelbude, wo ich mich umziehe und den jämmerlichen Restbetrag für den Anzug in Empfang nehme.

Ich laufe die Außengitter der Hafenanlagen ab, die von Polizisten mit schußbereiter MP bewacht werden, und bin schließlich sieben Kilometer aus Marseille raus. In einem Gasthof, der gleichzeitig Zimmer zum Schlafen hat, mache ich halt. Ich esse Pommes frites und trinke ein Glas Wein dazu. Danach falle ich auf meine Pritsche.

Ab jetzt habe ich nichts anderes mehr im Sinn, als so schnell wie möglich ein Schiff zu finden. Das ist nicht leicht. In den schwer bewachten Hafen darf man nicht ohne spezielle Genehmigung, und die Schiffahrtsbüros, die Mannschaft anheuern, sind überlaufen von arbeitslosen Matrosen, die sich um die freien Plätze prügeln. Mich guckt überhaupt keiner an, geschweige, daß einer mit mir spricht. Ich versuche es bei englischen und amerikanischen Gesellschaften, aber die nehmen nur Engländer oder Amerikaner. Ich versuche es als Hafenarbeiter und schleppe gemeinsam mit afrikanischen Negern Säcke. Mit dem Geld gehe ich zu den Huren von Marseille. Obwohl diese Mädchen nicht wählerisch sein können und mit Männern aller Rassen ficken, die aus allen Winkeln der Erde kommen und sicher alle erdenkbaren Krankheiten einschleppen, stoße ich sie nicht nur ohne Gummi, sondern lecke sie auch. Ich weiß, daß es leichtsinnig ist, was ich tue. Aber ich will sie lieben, ich will, daß sie fühlen, daß ich sie liebe und daß ich Liebe brauche. Daß ich krank bin nach Liebe.

»Du hast einen Mund wie eine Hure«, sagt eine zu mir, bevor sie mich zum Abschied küßt.

»Ich weiß.«

Zu meinem Gasthof fährt alle vierzig Minuten eine Straßenbahn. Aber ich ficke lieber für das Geld und lege die vierzehn Kilometer zu Fuß zurück. Es macht mir nichts aus. Vor allem nicht, wenn ich zu meinen Huren gehe.

Mit Hafenarbeit ist vorläufig nichts, und ich verrichte mal einen Tag hier, mal einen Tag dort Aushilfsarbeit. Bei der Müllabfuhr sogar eine Woche.

Das bißchen Geld, das ich verdiene, reicht nicht hin und nicht her, das meiste gebe ich sowieso für Frauen aus. Der Wirt kündigt mir mein Zimmer, das ich nicht mehr bezahlen kann. Das ist eigentlich kein Zimmer, sondern ein Betonloch, kleiner als eine Zuchthauszelle, auf dessen Betonfußboden ein Eisenbettgestell steht und das keine Fenster hat. Aber es kostet Geld. Mein Essen verdiene ich dadurch, daß ich in seiner Küche arbeite, unter Aufsicht Pommes frites, Fleisch, Salat und Creme Caramel für die Arbeiter zubereite und sie bediene, die Küche, den ganzen verdammten Stall samt der vollgeschissenen Klosette scheure, Berge von Holz hacke und Weinfässer schleppe. Dafür bekomme ich einmal täglich Pommes frites und Salat. Die Bezahlung für das

Zimmer ist in der Arbeit nicht mit inbegriffen. Das Geld muß ich dazuverdienen, sonst wirft er mich raus.

Die Männer sind alles Schwefelarbeiter. Spanier, Portugiesen, Polen oder Algerier, die in der Schwefelmine in der Nähe des Gasthofes arbeiten. Das Geld, das sie verdienen, verfressen und versaufen sie. An ihrem arbeitsfreien Tag haben sie bis zum Mittagessen bereits zehn Pernods intus. Zu jedem Essen trinkt jeder einen Liter Wein. Die Arbeit in der Mine tötet sie alle. Sie wissen es, deshalb sparen sie nichts. Es lohnt sich nicht. Sie tragen bei der Arbeit Gasmasken, aber das nutzt nicht viel, nach ein paar Jahren krepieren alle. Einer meiner Freunde, die ihre Gauloises und die letzten paar Francs mit mir teilen, ist fünfunddreißig und sieht aus wie sechzig. Er schenkt mir einen bunten arabischen Schal, den ich jeden Tag trage. Was sie auf den Tellern übriglassen, bringe ich nicht in die Küche, wo ich im allgemeinen esse, sondern verschlinge es, während ich abräume, oder stecke es mir, wenn es ein Stückchen Fleisch ist, unter den Pullover. Wenn es Pommes frites sind, wickle ich sie in Zeitungspapier und stecke sie in die Tasche.

Der Algerier, der mir den Schal geschenkt hat, besitzt nur ein Auge, das andere ist aus Glas. Eines Tages kommt er nicht mehr zum Essen. Die anderen Arbeiter sind niedergedrückt und flüstern untereinander.

Mein Freund hatte seine Geliebte in Marseille auf der Straße erstochen, weil sie ihn mit einem anderen Kerl betrog. Dann hatte er sich im Schwefelbergwerk in der Baracke, in der er wohnte, verbarrikadiert. Als er die Sirenen der Überfallwagen hörte, nahm er einen Mund voll Wasser, schob den Lauf seines alten Karabiners hinterher und drückte ab.

Ich schreibe an Cocteau um Geld, ich war in Paris nicht auf die Idee gekommen, ihn aufzusuchen. Er schreibt zurück:

»Mein lieber Freund. Ich würde alles mit Dir teilen ... unglücklicherweise besitze ich nichts. Ich lebe von der Großzügigkeit anderer. Ich bin krank und schon mit einem Fuß im Grab. Ich schicke Dir diese Zeichnung, vielleicht kannst Du sie verkaufen ... Dein Freund, Jean Cocteau.«

Dem Brief ist eine seiner typischen Zeichnungen beigefügt, die mich aus dem Gedächtnis darstellen soll. Er hat mir einen Mund gezeichnet wie von einem Neger und Augen wie Sterne. Die Arbeiter werden mir die Zeichnung wohl kaum abkaufen.

Windstärke zehn. Kein Mensch ist draußen. Ich sitze auf einem Felsen am Meer, von dem ich immer den auslaufenden Schiffen nachsehe. Die Brandung tobt über fünfzehn Meter hoch, und der Sturm peitscht die salzige Gischt bis in mein Gesicht. Der Donner läßt den Himmel einstürzen, und die Blitze erleuchten mich. Ich war in meinem ganzen Leben noch nie so glücklich.

Der Wirt will mich zwingen, in der Schwefelmine zu arbeiten. Ich weigere mich. Er feuert mich aus dem Loch, in dem ich übernachte, und ich schlafe von jetzt ab in einem zerschossenen Bunker an der felsigen Küste.

Ich kann mir keine Arbeit suchen. Ein Geschwür in meinem Hals, das von einer Angina kommt, läßt keine Beschäftigung mehr zu. Es breitet sich immer mehr aus, mein Hals wächst vollkommen zu. Ich kann nicht mehr schlucken und kaum atmen.

Die Arbeiter bringen mir heiße Steine in den Bunker, die ich mir auf den Hals lege. Nachts hält immer einer bei mir Wache. Tagsüber bin ich allein.

Einer von ihnen bringt mich zu einer Familie, ich glaube aus Portugal. Sie geben mir einen Haufen Zitronen. Dreißig Stück. Ich presse mir den Saft direkt in die Gurgel, dreißig Zitronen hintereinander. Es hilft nichts, ich bekomme nur Magenkrämpfe. Außerdem will ich weg von den Leuten. Sie haben Vögel in Käfigen. Einmal im Jahr machen sie die Käfige auf und knallen die in die Freiheit fliegenden Vögel ab. Zum reinen Vergnügen.

Zum Arzt zu gehen, hat keinen Sinn, weil die Ärzte sich im voraus bezahlen lassen, und keiner der Arbeiter hat vor dem nächsten Zahltag Geld. Ich will auch in kein Krankenhaus, weil ich nicht weiß, ob dieser Scheißwirt mich angezeigt hat. Ich könnte nicht mal einen Wohnsitz angeben, wenn sie mich danach fragen, und ich will nicht von der Fremdenpolizei wegen Vagabundierens ausgewiesen werden.

Die Arbeiter haben untereinander gesammelt und bringen mich

zum Arzt, ganz in der Nähe, der mir eine Penizillin-Spritze gibt, die die Leute im voraus und in bar bezahlen müssen.

Aber auch nach der Spritze tritt keine Besserung ein. Ich laufe nach Marseille und suche nach einem Spezialisten. Ich will ihn bitten, mir auch ohne Bezahlung zu helfen, weil ich befürchte, daß ich sonst ersticken muß.

Ich suche die Haustürschilder in den Straßen ab, Haus für Haus, Türschild für Türschild. Niemand kann mir sagen, wo ich einen Hals-Nasen-Ohrenarzt finde.

Bis zum Nachmittag laufe ich durch die Straßen. Es dauert jedesmal mehrere Minuten, bis ich einmal schlucken kann. Die Qualen werden immer unerträglicher.

Um sieben Uhr abends finde ich einen Spezialisten, der seine Praxis schon geschlossen hat. Er ist bereits in Hut und Mantel, aber er ist sehr freundlich, guckt mir in den Hals und sagt, daß er mich ohne Bezahlung operieren wird. Ich soll morgen früh wiederkommen. Morgen früh!

Ich laufe zu meinem Bunker zurück und verbringe die Nacht mit heißen Steinen, die mir die Halshaut und das Kinn verbrennen, mir aber nicht helfen.

Nachts schleiche ich mich zum Gasthaus. Der Hund, der mich kennt, schlägt nicht an. Aber er winselt so laut vor Freude, mich zu sehen, daß ich ihm das Maul zuhalten muß. Ich greife durch eine winzige zerbrochene Glasscheibe der rückwärtigen Küchentür und schiebe den Riegel zurück. In der Küche finde ich ein langes spitzes Messer. Ich werde, wenn alles schief geht, mich selbst operieren. Ich werde versuchen, in das Geschwür zu stechen, wenn ich nicht mehr atmen kann.

Um 8 Uhr früh laufe ich wieder nach Marseille, das lange Küchenmesser für alle Fälle unter meiner Jacke.

Heute dauert es noch länger, bis ich einmal schlucken kann. In Marseille gehe ich zur Deutschen Botschaft. Ich schreibe, weil ich nicht mehr sprechen kann, auf ein Stück Papier: *Ich habe ein Geschwür im Hals und muß unbedingt operiert werden. Bitte, geben Sie mir das nötige Geld, ich besitze keins. Ich werde es zurückzahlen.* Ich weise mich aus, und man gibt mir 300 Mark.

Eine Stunde später bin ich auf dem Weg zum Arzt. Wieder muß ich unbedingt schlucken. Aber ich kann nicht. Diesmal gelingt es mir nicht mehr. Ich kann anstellen, was ich will, ich kann einfach nicht mehr schlucken. Ich halte mich an einer Straßenlaterne fest und denke, das ist das Ende. Ich hole das Küchenmesser hervor und schiebe es mir wie ein Schwertschlucker in den Hals. Dann passiert es. Das Geschwür bricht auf! Und ich kotze einen halben Liter Eiter in den Rinnstein. Dann bin ich alles los und habe auch keine Schmerzen mehr.

Mit den 300 Mark in der Tasche könnte ich mich jetzt in Marseille eine Weile über Wasser halten. Ich könnte in eine einigermaßen erträgliche Unterkunft ziehen, einmal täglich warm essen und in aller Ruhe abwarten, bis ich ein Schiff finde, das mich mitnimmt. Aber ich habe meine Pläne geändert. Ich will mir nicht auf einem stinkenden Tanker als Matrose in den Arsch treten lassen. Ich will genug Geld verdienen, um mir eines Tages mein eigenes Segelschiff zu bauen. Mit dem werde ich dann wegsegeln und nie mehr wiederkommen. Ich muß vorläufig also noch Filme drehen.

Ich gehe nicht zu dem Chirurgen. Ich gehe überhaupt zu niemandem mehr, nicht einmal zu meinen Huren.

Ich kaufe eine Fahrkarte nach München. Der Zug geht um 18 Uhr. Um 12 Uhr mittags setze ich mich in ein gutes Restaurant, lasse mir Zeit, mein Menü zusammenzustellen, trinke eine ganze Flasche Rotwein, gebe ein großzügiges Trinkgeld und mache ein Nickerchen. Dem Kellner hatte ich gesagt, daß er mich nur wecken möchte, wenn ich länger als bis 5 Uhr schlafe.

In München hatte O. W. Fischer alles mobil gemacht, um mich für den Film ›Hanussen‹ zu finden.

»Ich brauche deine Augen«, sagt er zu mir.

Das ist nun wirklich kein Grund für mich. Aber ich nehme die Arbeit an, die diesmal besser bezahlt wird. Schließlich filme ich ja nicht, um mich aufzugehen.

Von der Gage miete ich eine Wohnung in einem Neubau mit Müllschlucker. Das Drehbuch von ›Hanussen‹ ist das erste, was ich in den Müllschlucker werfe. Und dann kaufe ich mein erstes Auto, das heißt, ich zahle es an und nehme es gleich mit: einen gebrauchten Cadillac Cabriolet.

Im Studiogebäude der Bavaria steigt eine von den süßen jungen Sekretärinnen in meinen perlgrauen Schlitten und kann es nicht erwarten, bis wir endlich losbrausen. Leider regnet es in Strömen, und wir müssen das Verdeck zuklappen.

Vor einer Rot-Ampel am Stachus trete ich aufs Gas, wie ich es immer bei Rot tue. Ein Lastwagen kommt von rechts, wir prallen aufeinander. Die schwere Stoßstange des Cadillac zerplatzt und saust in drei Teilen durch die Luft. Dem Lastwagenfahrer ist weiter nichts passiert, dem Laster auch nichts. Der Fahrer hat nur das Knie etwas geprellt. Die süße Tippse und ich torkeln aus dem Cadillac, als hätten wir eine Fahrt im Bumperauto hinter uns. Bis zu meiner Wohnung nehmen wir ein Taxi, weil der Karren abgeschleppt werden muß.

»Name. Vorname. Wann geboren. Wo. Anschrift …«

»Das steht doch alles in den Akten. Sie brauchen es bloß abzulesen.«

»Ich habe *Sie* gefragt.«

Schon wieder dieser Sadismus. Ich will aufspringen – Rudolf Amesmaier drückt mich auf die Anklagebank zurück.

»Also gut. Ich bin der Herr Soundso. Geboren am Soundsovielten. In dem Kaff soundso. Wohnhaft in der Straße soundso …«

»Ehestand?«

»Was ist denn das nun wieder?«

»Sind Sie verheiratet? Ledig? Geschieden?«

»Geschieden.«

»Wann haben Sie geheiratet?«

»Das weiß ich nicht mehr.«

»Wann wurden Sie geschieden?«

»Das weiß ich nicht mehr.«

»Sie sollten sich was schämen!«

»Was hat denn das mit meinem Cadillac zu tun?«

»Hier stelle ich die Fragen! Vorbestraft?«

Ich drehe mich zu Amesmaier um. »Bin ich vorbestraft?«

»Ja.«

»Ja.«

»Weswegen?«

Ich drehe mich zu Amesmaier um. »Weswegen?«

»Wegen Beamtenbeleidigung und Widerstand gegen die Staatsgewalt.« Sagt Amesmaier.

»Wegen Beamtenbeleidigung und Widerstand gegen die Staatsgewalt.«

»Aha!«

»Was heißt aha!«

»Wenn Sie noch einmal reden, ohne gefragt zu sein, bekommen Sie die Höchststrafe!«

»Was habe ich denn verbrochen? Dem Lastwagenfahrer ist nichts passiert. Den Schaden am Lastwagen bezahlt meine Versicherung. Mein Cadillac ist im Eimer. Der einzige Leidtragende bin doch ich!«

»Sie sind ein asoziales Element! Sie glauben, weil Sie Filme drehen und viel Geld verdienen, könnten Sie sich im Straßenverkehr roh und arrogant verhalten!«

»Wenn Sie wüßten, warum ich Filme drehe, und wenn Sie wüßten, warum ich es am Unfalltag so eilig hatte ...!«

»Wenn Sie frech werden, lasse ich Sie einsperren!«

Ich drehe mich zu Amesmaier um. »Kann er mich einsperren lassen?«

»Ach, Schmarrn«, sagt Amesmaier, »bleib endlich sitzen und laß ihn reden.«

»Wissen Sie was? Geben Sie mir Ihre Höchststrafe und lassen Sie mich hier raus«, sage ich angewidert.

Amesmaier ist rot angelaufen vor Erregung. Ich sage ihm, daß mich diese Sabberfresse von Richter ankotzt und daß ich noch im Gefängnis lande, wenn ich nicht endlich die Höchststrafe kriege und ins Freie kann.

»Herr Rechtsanwalt, Sie haben gehört, was Ihr Klient soeben gesagt hat.«

»Was?«

»Er hat selbst die Höchststrafe verlangt. Stimmt das?«

»Ja, das stimmt, aber ...«

»Ich bin zu Ende«, unterbricht ihn der sogenannte Richter und packt seinen Plunder zusammen.

Ich kriege die Höchststrafe. Zehntausend Mark an die Gerichtskasse! Alles dafür, daß ich keinen Cadillac mehr habe. Wenn ich die Strafe nicht bezahle, muß ich 300 Tage ins Gefängnis!

Laslo Benedek holt mich noch während der Dreharbeiten zu ›Hanussen‹ für seinen Film ›Kinder, Mütter und ein General‹.

In Hamburg wohne ich nicht im Hotel Bellevue, wo immer die ganze Filmmischpoke absteigt. Ich ziehe in eine kleine Pension um die Ecke. Um sechs Uhr morgens werde ich aus dem Bett weg verhaftet. Die Bullen wären gar nicht drauf gekommen, daß ich in ihrem Fahndungsbuch stehe, wenn ich meinen Anmeldezettel richtig ausgefüllt hätte. Ich hatte geschrieben, daß ich vor der Zeitrechnung geboren bin, daß ich weder einen Wohnsitz habe noch Geld, noch Paß, noch Arbeit, und daß ich eine Hure bin. Die Wirtin war mit meinen Angaben nicht zufrieden und brachte mir einen neuen Anmeldezettel, als ich bereits schlief. Den bemalte ich mit chinesischen Fantasieschriftzeichen auf der Rückseite. Darauf hatte sie die Funkstreife gerufen, und die hatten mich dann in ihrem Nachschlagewerk gefunden.

Der Grund, warum ich im Fahndungsbuch stehe, sind nicht etwa die 10 000 Mark Strafe für den Cadillac, sondern die alte Geschichte wegen Widerstands gegen die Staatsgewalt, die ich längst vergessen hatte.

Ich werde in Handschellen abgeführt und dann mit anderen Verhafteten in der Grünen Minna zur Sammelstelle ins Untersuchungsgefängnis transportiert. Dort bekomme ich einen Tritt und lande in der Zelle.

Am Morgen sagen sie nur »Maul halten«, dann: »Bücken, Arschbacken auseinander. Vorhaut zurück.« Fingerabdrücke aller zehn Finger. Fotografieren mit Nummer. Messen. Gürtel und Schnürsenkel abgeben.

»Hast du Flöhe?« fragt mich so ein Stinktier, das mir eine schmutzige Lumpendecke an den Kopf wirft, womit ich mich ab jetzt zudecken soll.

»Bis jetzt nicht, du Wanze, aber sicher werde ich alles Ungeziefer der Welt kriegen, wenn du nicht aus meiner Nähe verschwindest.«

Ich lasse die nach Furz und Schweiß stinkende Decke auf den Boden fallen und schleudere sie mit dem Fuß von mir weg.

Nach zwei Tagen haut Rudolf Amesmaier mich aus dem Knast. Ich ziehe ins Hotel Prem, wo auch eine meiner Partnerinnen,

Ursula H. wohnt. Ich nenne sie die Häßliche. Die Häßliche ist so häßlich, daß ich sie nur im Dunkeln ficke, wenn ich ihr nicht ein Handtuch übers Gesicht legen will. Aber ihr Körper ist so jung und straff und heiß und geil, daß ich glaube, der liebe Gott hat ihr absichtlich so ein häßliches Gesicht verpaßt, um alle die zu strafen, die nur auf hübsche Frätzchen fliegen.

Heute bin ich unfähig, sie zu ficken. Ich habe mir in diesem mittelalterlichen Knast eine Bronchitis geholt, mir Kodeintropfen gekauft und das ganze Fläschchen ausgetrunken. Als die Häßliche in mein Zimmer kommt, sitze ich auf einem Stuhl und habe nicht die Kraft, mich zu bewegen. Mir ist, als schwebe die Häßliche in den Raum und als laufe sie, mit dem Kopf nach unten, über die Zimmerdecke. Sie zieht sich trotzdem aus.

Als die Häßliche nach vierzehn Tagen abreist, gehe ich in die Hamburger Bordellstraße, in der die Mädchen wie Auslagen in den spärlich rötlich erleuchteten Schaufenstern breitbeinig auf Stühlen sitzen oder sich auf Sofas räkeln, um die Männer hereinzulocken.

Ich stehe fasziniert vor den Glasvitrinen. Die Gesichter und Körper der jungen Prostituierten verwandeln sich in die Gesichter und Körper aller Frauen, die ich in meinem Leben geliebt hatte. So war es immer, wenn ich eine Frau umarmte: ihr Gesicht und Körper nahm den Ausdruck und die Formen der anderen Frauen an, die ich schon geliebt hatte oder nach denen ich mich erst sehnte, auch derer, die ich noch nicht kannte und denen ich erst begegnen sollte.

Die Mädchen in den Schaufenstern winken mir zu, daß ich zu ihnen hereinkommen soll. Aber die zotigen Bemerkungen der Männer, die sich in Gruppen vor den Glasscheiben drängeln, halten mich davon ab. Ich kann es nicht ertragen, daß man die Frau, die im nächsten Augenblick meine Geliebte wird, verhöhnt, und gehe weiter.

Die Straße selbst ist nicht erleuchtet, und ich kann mich unerkannt in eine Hausnische stellen oder auf und ab gehen, wenn ich die Männergruppen meide.

Ich hatte mich auf den Rinnstein gesetzt und war eingeschlafen. Als ich aufwache, bricht die Morgendämmerung an. Die rötlichen Lichter in den Schaufenstern sind verloschen. Aus einem Fenster im ersten Stock ruft mich eine ältere Prostituierte, und ich steige die Treppen zu ihr rauf.

Sie spricht ununterbrochen. Ich lächle nur und antworte nicht. Nicht weil sie so alt und verbraucht ist und ich nicht die geringste Erregung verspüre, sondern weil ich mit meinen Gedanken ganz woanders bin.

»Du bist sicher so ein Söhnchen von einem reichen Papa, das mit einer Yacht gekommen ist, stimmt's?«

Ich nicke. Ich will ihr nicht den Traum vom reichen jungen Mann verpatzen, dessen Luxusdampfer im Hamburger Hafen liegt.

»So einer wie du wird sicher nicht kleinlich sein.«

Ich schüttle den Kopf. Ich habe Hemmungen zu reden. Wenn sie mich weiter ausfragt, muß ich sie belügen. Ich habe immer eine Scheu davor zu sagen, daß ich Schauspieler bin. Ich bin traurig, daß ich hier bin. Aber ich will nicht gehen, ich will sie nicht verletzen.

Sie zieht sich aus und wartet, daß ich mich selbst ausziehe. Als ich es nicht tue, weil ich keinen Ständer kriege, macht sie mir den Hosenschlitz auf und holt meinen Schwanz raus. Dann streift die mir ein Präservativ auf den Schwanz, der immer noch nicht steif ist, und massiert ihn mit dem Mund. Danach seift sie den über den Eichelkopf gespannten Gummi mit Kernseife ein. Wahrscheinlich damit es besser gleitet, oder zur Desinfektion, falls das Präservativ verrutscht, denke ich.

Ich lege mich uninteressiert auf den Rücken, und sie steigt mit gespreizten Beinen auf mich. Als sie mich abzureiten beginnt, keucht sie geil und stöhnt verlogen wie es oft Prostituierte tun, um den Kunden weiszumachen, daß sie selbst zum Orgasmus kommen. Sie wissen, daß das die Männer aufregt und daß sie dann schneller spritzen.

Ich bin aufs äußerste erregt. Nicht, weil sie so übertrieben und so dilettantisch stöhnt und wimmert und fortwährend sagt: »Komm, mein Junge, gib's der Mutti ... raus damit ... ich will den ganzen Saft«, sondern weil sie in Wirklichkeit gar nicht mehr wagt, auf die Geilheit von irgend jemand zu hoffen und weil ihr selbst die Lust zum Ficken seit langer Zeit vergangen ist. Ihr Gestöhne ist eine einzige Selbstverhöhnung. Ihr Fleisch ist kalt. Sie fröstelt. Ihr Körper ist verwüstet. Brüste und Bauch hängen wie fremde, tote Wesen an ihr herum. Die Zellulitis ihrer Schenkel türmt sich zu formlosen Bergen auf. Ihr welker Hintern ist so ängstlich eingekniffen wie bei einem getretenen Köter. Die langen Lippen ihrer Scham, von tausenden von Männern ausgeleiert, schließen sich nicht mehr vor dem Loch, in das ich meine geballte Faust reinstecken könnte.

Schmerz und Wut packen mich. Wut, daß man diesen Clown der Liebe weggeworfen hat. Und Schmerz, daß sie ihre Späße weitertreiben muß, weil sie keine Wahl hat.

Und plötzlich sehe ich sie, wie sie einmal gewesen sein muß. Wie die jungen Huren in den Schaufenstern der Häuser nebenan. Als sie noch stolz auf sich sein konnte, weil sie wußte, daß die Männer geil nach ihr waren, deren Schwänze allein bei ihrem Anblick in die Höhe standen. Und als sie selbst noch ehrlich war, wenn sie stöhnte, weil sie die Männer noch in sich fühlte und wirklich zum Orgasmus kam. Jede Frau glaubt im Orgasmus an die Liebe.

Ich werfe sie auf den Rücken, reiße mir das Präservativ herunter und stoße meinen groß gewordenen Schwanz mit solcher Gewalt in ihr Loch, daß ihr der Schweiß ausbricht. Ihr Körper wird schnell heiß, fängt an zu glühen. Ihre Augen unter den halbgeschlossenen Lidern bekommen einen abwesenden, silbrigen Glanz. Ihr Unterleib arbeitet mir entgegen, als ob ihre Eierstöcke noch fruchtbar wären und sie meinen Samen empfangen wolle. Als sie laut im Orgasmus brüllt, ergieße ich mich.

Ich gebe ihr soviel Geld, wie sie bei zehn Männern nicht verdient. Ich will, daß sie sich heute einen freien Tag macht.

»Ich geh jetzt einkaufen, und dann frühstücken wir zusammen, ja?« sagt sie und bedeckt eilig ihre Blöße, um die Illusion nicht zu zerstören.

Ich bedanke mich bei ihr und zeige auf meine Armbanduhr.

»Ich verstehe, dein Schiff fährt, du mußt in den Hafen.«

Ich nicke. Zum Abschied gebe ich ihr einen Kuß auf den alten Mund.

Im Hotel Prem verabrede ich mich mit den beiden Stubenmädchen von der obersten Etage, in der ich wohne: sie sollen sich abends in meinem Zimmer einschließen, bis ich aus dem Studio komme, damit der Nachtportier sie nicht ins Hotel zurückkommen sieht. Morgens können sie dann gleich mit dem Bettenmachen beginnen.

Beide sind bemerkenswert begabt. Leider hole ich mir wieder einen Tripper. Ich weiß allerdings nicht, ob von der Häßlichen, der alten Hure oder von den beiden Stubenmädchen. Ich werde wirklich öfter geschlechtskrank, als andere Leute sich erkälten.

Yorka weicht keinen Schritt mehr von meiner Seite. Seit ich in der Berliner Kongreßhalle Villon gesprochen habe, läßt sie mich nicht mehr aus ihren fiebrigen, mongolischen Augen.

Sie wohnt mit ihrer Mutter in der Olympischen Straße. Dort schlafe ich auf einer schiefen Couch, deren Kissen aus einer Art Lumpensäckchen bestehen, und hüte ihr Kind, wenn Yolande zur Arbeit geht. Auf dieser schiefen Couch, von der ich immer herunterrolle, sobald ich die Augen schließe, brüte ich die Idee zu meinen späteren Tourneen aus. Und auf dieser schiefen Couch lese ich zum ersten Mal Rimbaud, Oscar Wildes Märchen und die ›Zuchthausballade‹, Tucholsky, Hauptmanns ›Ketzer von Soana‹, Nietzsche, Brecht-Balladen und Majakowskij.

Zuerst trete ich in Berliner Kinos auf. Dann in der Aula der Universität. Yolande verkauft die Eintrittskarten in der Mensa und tut das Geld in eine Zigarrenkiste, die sie mir vor der Vorstellung übergibt. Dann miete ich die Komödie, die Volksbühne, die große Kongreßhalle, den Titaniapalast und die Neue Philharmonie.

Ein Agent aus New York macht mir ein Angebot für die Carnegie Hall. Ich soll die Märchen von Oskar Wilde in englisch sprechen.

Fritz Kortner kommt wieder angeschissen und holt mich für seinen Film ›Sarajevo‹ nach Wien. Ich verkörpere den Anführer der Attentäter, der die Bombe wirft. Erica Remberg ist meine Partnerin. Wir ficken so heftig und pausenlos, daß ich selbst während des Drehens im Stehen schlafe und Kortner in meiner Nähe leise redet, weil er denkt, daß ich über meinem Text meditiere. Auch sonst geht er diesmal vorsichtiger mit mir um.

Anuschka, die Frau eines österreichischen Strumpfmillionärs und Sprößling der russischen Zarenfamilie, hat mir einen Brief geschrieben, in dem sie sich anbietet, mir zu helfen. Ich weiß noch nicht, was sie damit meint, aber Hilfe kann ich immer gebrauchen. Wir verabreden uns in Salzburg, wo ihr Mann ein Haus besitzt und wo sie mich vom Bahnhof abholt.

Sie bohrt mir ihre spitzen Fäuste in die Drüsen unter meinen Achselhöhlen, in meine Rippen, in die Leisten, zerbeißt meinen ganzen Körper, stößt ihre Zunge in alle Öffnungen, die ein menschlicher Körper hat, und will, daß ich dasselbe mit ihr tue. Ihre tierischen Schreie brechen nicht ab, bis wir von Salzburg nach Wien übersiedeln.

Anuschka bezahlt alles. Ich habe kein Geld.

Als ihre Reserven aufgebraucht sind, weil sie von ihrem Mann so lange kein Geld bekommt, bis sie wieder mit ihm fickt, müssen wir uns den Kopf zerbrechen, wo wir in Zukunft den Zaster herkriegen.

Vorläufig ziehen wir noch von einer möblierten Wohnung in die andere, die von Mal zu Mal deprimierender werden. Schließlich bringt sie mich in einem baufälligen Altersheim unter, in dem ich mich in einem Zimmer hinter der Geheimtür der Bibliothek einniste – während Anuschka in der Villa ihres Mannes, in der auch ihre kleine Tochter und ihre Schwiegermutter wohnen, Essen aus der Speisekammer stiehlt, wenn ihr Mann nicht da ist.

Die Wiener Leichenbestattung feiert fünfzigjähriges Jubiläum und veranstaltet für ihre Angestellten eine Matinee. Die Veranstaltungsagentur fragt mich, ob ich mich an dieser Matinee beteiligen will, es handelt sich um ein buntes Programm.

Der Agent wünscht sich, daß ich einen Monolog aus Grillparzers ›König Ottokars Glück und Ende‹ vortrage, in dem der Heerführer, oder wer auch immer, auf dem Schlachtfeld Phrasen drischt von Vaterland und Ehre.

Ich kaufe mir ein dünnes Reclam-Heftchen und lese den Unsinn mit der Ansprache auf dem Schlachtfeld durch. Zuerst verstehe ich überhaupt nicht, worum es eigentlich geht. Ich arbeite den Text in einem Café-Haus um, aber wie ich den Stumpfsinn auch drehe und wende, es bleibt ein Phrasengedresche auf dem Schlachtfeld über Ehre und Vaterland.

»So was kann ich nicht reden«, sage ich dem Agenten, »auch nicht für die Leichenbestattung.«

»Also schön«, sieht der ein, »dann schlagen Sie etwas anderes vor.«

Ich schlage den Hamlet-Monolog mit dem Totenschädel auf dem Friedhof vor, aber das ist für die Leichenbestattung zu makaber.

»Was ist mit dem Faust-Monolog?« frage ich.

Der ist dem Agenten zu lang. Ich sage: »Lassen Sie mich nur machen.«

Bei der Matinee ist alles in genau 57 Sekunden vorüber. Den Satz »... die Erde hat mich wieder«, schluchze ich, indem ich bereits von der Bühne laufe, und streiche einen Batzen Geld ein.

Die Leichenträger und Totengräber, die im Zuschauerraum des Mozart-Saals sitzen, haben noch nicht begriffen, daß sie soeben den kürzesten Faust-Monolog aller Zeiten gehört haben.

Das Geld reicht wieder für kurze Zeit, aber bis zum fünfundsiebzigsten Jubiläum der Leichenbestattung kann ich nicht warten. Also rezitiere ich Villon. Ich nehme gleich den Mozart-Saal, der mir durch die Leichenbestattung schon vertraut ist. Dann den Beethoven-Saal und den großen Konzerthaussaal.

Nach Villon rezitiere ich Rimbaud. Dann wieder Villon.

Und dann Rimbaud und Villon in einem Programm.

Am Theater am Fleischmarkt verkörpere ich den König in ›Der König stirbt‹, und an der Josefstadt stelle ich den Gelähmten in ›Die erste Legion‹ dar.

Danach rezitiere ich Gerhart Hauptmanns ›Der Ketzer von Soana‹. Das ist die Geschichte eines jungen katholischen Pfarrers, der aus der Kirche ausgestoßen wird, weil er sich der Liebe zu einem minderjährigen Mädchen hingibt. Man steinigt ihn dafür. Ich will die Geschichte des italienischen Pfarrers von der Kanzel des Stefansdoms verkünden. Aber man gibt mir den Stefansdom nicht.

Dann wieder Villon, Rimbaud, und wieder Villon.

Anuschkas Mann bietet ihr immer wieder Geld an, falls sie zu ihm zurückkommt. Aber Anuschka geht nicht zu ihm zurück und geht nur in die Villa, um was zu essen zu klauen.

Wir wechseln die Wohnungen, noch bevor die erste Monatsmiete fällig ist. Schönbrunn, Goethe-Denkmal, Kärntner Ring, Naschmarkt. Ich halte es nirgends aus. Wenn Anuschka bei ihrer Tochter ist, streife ich durch Wien. Es ist schon wahr, was man von den ›süßen Wiener Maderln‹ sagt: Sie sind alle süß, von den Minderjährigen bis zu den verheirateten Frauen und Müttern und den Huren um den Kärntner Ring.

Anuschka ist zwei Tage nicht gekommen. Ich habe sie angerufen und mich mit ihr in der Nähe der Villa in einem Caféhaus für fünf Uhr verabredet. Als ich um zwei Uhr die Treppe zur Stadtbahn runtersteigen will, um nach Schönbrunn zu fahren, weil ich vorher noch in den Schloßpark will, wo ich so gern in die Treibhäuser gehe, sehe ich ein kleines Mädchen in eine Straßenbahn einsteigen. Ich kann gerade noch aufspringen, bevor ein Auto mir über die Beine fährt. Ich weiß nicht, wo sie hin will, aber bis ans Ende der Welt wird die Straßenbahn ja nicht fahren. Und dann wäre es mir auch egal. Sie trägt eine Arbeitsschürze über ihrem Kleidchen und halbhohe Schnürstiefel an den Füßen, wie sie in Wien von Verkäuferinnen und Kontor-Mädchen getragen werden, die viel stehen müssen.

Die Straßenbahn ist voll, und ich muß mich zwischen den vielen Menschen hindurchwühlen, bis ich nach mehreren Stationen mein Stiefelkindchen auf der hinteren Plattform wiederfinde, bis wohin sie durch die nachdrängenden Fahrgäste abgeschoben worden war.

Wir stehen uns gegenüber. Ich starre sie verzaubert an und schwöre mir von jetzt ab, nicht nur kein Auge mehr von ihr zu wenden, sondern sie auch nicht aus der Ecke rauszulassen, in der sie sich wie in einer Sackgasse selbst gefangen hat. Wir sind uns so nah, daß ich ihren ausgestoßenen Atem spüre, den ich wie eine Witterung einziehe. Aber ein anderer Geruch peitscht meine Sinne auf. Der Geruch aller Mädchen, die kein Parfüm oder Deodorant benutzen. Sie riecht so stark, daß ich mich wie schützend vor sie stelle, aus Eifersucht, die anderen Fahrgäste könnten davon profitieren und mir würde etwas von diesem Rausch entgehen. Von Gestalt ist sie klein und kräftig, aber nicht untersetzt oder unproportioniert. Obwohl ihre Haut weiß ist, ist sie ein eher bräunlicher Typ. Ihre Augenbrauen gehen in ganz feinen Härchen in die Stirn über, und auf der raupenartigen Oberlippe zeichnet sich ein Hauch von einem Bärtchen ab. Die Arme sind durch die Ärmel der Arbeitsschürze bedeckt, und an den Beinen trägt sie lange baumwollne Strümpfe, aber ich weiß, daß ihr ganzer Körper sehr behaart sein muß, ihre Schamhaare gehen sicher bis in den Bauchnabel. Nicht wie bei der Makkabäerin vom österreichischen Filmverlag in München, deren Körperhaare wie aufschießendes Unkraut und hart wie Borsten waren – diese hier ist zart und weich behaart, als hätte der Wind ihr schwarzes Pulver über den Leib und übers Gesicht geblasen, das nur an den erregendsten Stellen haften blieb. Die Pupertätspickelchen auf ihrer Gesichtshaut verstärken nur meine Begierde.

Sie spürt, daß ich sie anstarre und erwidert meine Blicke ... wendet sich aber schnell verlegen ab und dreht mir den Rücken zu. Die nachdrängenden Fahrgäste zwingen mich, noch näher an sie heranzutreten, und ich spüre ihren wegstehenden harten Hintern an meinem Ständer. Aber ich wage weder, sie mit meinen Händen zu berühren noch sie anzusprechen. Ich starre sie nur fortwährend an. Ich weiß nicht, ob sie meinen Ständer fühlt, oder ob es mein Blick ist, den sie im Nacken spürt – sie wirft den Kopf herum und sieht mich beinahe drohend an. Vielleicht hat sie begriffen, daß sie sich nicht mehr wehren kann (oder nicht mehr wehren will). Meine Rübe wird so hart und riesengroß, und meine Hose schwillt derart an, daß ich die Gelegenheit wahrnehme, als ich durch eine von anderen Fahrgästen weitergeschubste Frau zur Seite gedrängt werde, mir in die Hose fasse und den Knüppel an meinem Bauch hochzwinge, damit er nicht so vorsteht.

Die Frau steht jetzt zwischen mir und dem Stiefelkind. Zum Glück ist sie mager, und ich kann um sie herumsehen. Mein Stiefelkind hat schon nach mir gesucht, und unsere Blicke kleben aneinander. Sie hält meinen Blick absichtlich länger aus ... Aber auch diesmal reißt sie sich von meinen Augen los, als hätten unsere Blicke sich verheddert, und wendet sich ab.

Ein Fahrgast verpaßt mir einen solchen Stoß, daß ich gegen die Frau geschleudert werde, die zwischen mir und dem Stiefelkind steht; ich helfe selbst noch etwas nach, so daß ich meine alte Position zurückhabe. Wieder dreht mein Stiefelkind sich nach mir um, und wieder reißt sie sich von meinem Blick los, als probiere sie aus, wie lange sie es durchhalten kann. Doch die Pausen zwischen Abwenden und Anblicken werden von Mal zu Mal kürzer, während ihre Blicke von Mal zu Mal intensiver werden, als wolle sie mir zu verstehen geben, daß sie von mir mit den Augen entkleidet werden will. Bei jedem Kleidungsstück, das ich ihr mit den Augen abstreife, atmet sie hörbarer und schneller.

Wir sind mindestens eine halbe Stunde mit der Straßenbahn gefahren, als ich ihr mit meinen Augen den Schlüpfer runterziehe: Unsere Augen sind miteinander verkuppelt wie zwei fickende Körper ... Sie verzerrt das Gesicht ... wird von Orgasmen durchgeschüttelt ... wobei ihre Augen ganz naß werden, als sei es ihre Möse ...

Bei der Haltestelle springt sie ab. Ich springe hinterher und bleibe ihr auf den Fersen. Sie dreht sich im Gehen hastig um, beschleunigt ihre Schritte, bis sie schließlich rennt, und in einer Toreinfahrt verschwindet.

Ich gehe erst an dem Haus vorbei, um kein Aufsehen zu erregen. Dann gehe ich wieder zurück und trete in die Toreinfahrt, in der rechts und links Aufgänge zu den Stockwerken führen. Von dem Stiefelkind keine Spur. Ich spaziere vor dem Haus auf und ab, gehe auf die gegenüberliegende Straßenseite und sehe, wie die Gardine eines Fensters im Hofparterre zur Seite geschoben wird, hinter der mein Stiefelkind mich erschrocken, aber neugierig mit anderen ebenso beschürzten Stiefelkindern beobachtet. Als unsere Blicke sich treffen, fällt die Gardine zu. Wahrscheinlich gehört das Fenster zu einem Kontor, überlege ich, denn an dem Haus sind große Firmenschilder angebracht. Ich sehe auf die Uhr. Es ist drei vorbei. Es kann Stunden dauern, bis mein Stiefelkind Feierabend hat.

Anuschka ist sehr mißtrauisch geworden, weil die Mädchen um den Kärntner-Ring mir zugewunken hatten. Es ist verständlich, daß sie mich noch weniger gern allein läßt als zuvor. Sie richtet bereits eine Wohnung in der Judengasse ein, die ihr Mann bezahlt, mit dem sie irgendeinen Pakt geschlossen hat und in der sie ständig mit mir wohnen will.

Vorläufig wohne ich noch in der unheimlichen Wohnung am Naschmarkt, aber ich liege auch tagsüber mit den Mädchen lieber in Gebüschen und auf grünen Wiesen und fahre mit ihnen bis nach Ottakring hinaus.

O. W. Fischer, der inzwischen erfahren hat, daß ich mich in Wien durchschlage, schreibt an Rott (ob das wohl von Ver-rotten kommt?), den Intendanten des Wiener Burgtheaters: »... erreiche, daß er sich nicht so benimmt wie Mozart beim Erzbischof von Salzburg und daß er so spielt wie Kainz und Mitterwurzer ... Kinski ist das einzige wahre Genie unter uns. Er ist der einzige Prinz von Gottes Gnaden.«

Dieses Geschwafle kostet ihn nichts, er hätte mir lieber 100 Mark geben sollen, als ich ihn anpumpen wollte!

Anuschka bringt mir die Nachricht, daß Rott mich erwartet. Er bietet mir einen Fünfjahresvertrag, für den ich die Höchstgage bekommen soll. Er redet sich das Maul fusselig, gesteht mir die Auswahl der Theaterstücke zu und sagt, daß er den gesamten Spielplan des Burgtheaters nach meinem Willen einrichten wird. Das ist schon wieder beängstigend. Fünf Jahre!

Das erste Stück ist ›Tasso‹. Die Aufführung steht seit einiger Zeit auf dem Spielplan, und Rott läßt mir freie Hand, den Tasso nach meiner eigenen Auffassung darzustellen. Er bittet mich nur, mit dem Regisseur, Raoul Aslan, in Verbindung zu treten, damit ich ihm meine Ideen auseinandersetze.

Aslan, der mich in seine Wohnung bittet, redet einen derart haarsträubenden Schwachsinn, daß ich zuerst gar nicht merke, wie er mir seine schwere Klaue auf die Schenkel legt. Er verabschiedet sich von mir mit den Worten: »Also, denken Sie daran, Tasso ist wie Toni Sailer, wenn er mit 100 Stundenkilometern eine Skipiste herunterfegt.«

Was habe ich mir da bloß eingehandelt!

Rott stellt mir die Probebühne im Dachgeschoß des Burgtheaters zur Verfügung, wo ich vier Wochen lang von niemandem gestört werde. Meine Partner kommen nie zur Probe, und bald ziehe ich die Stühle vor, die mir die Partner ersetzen und das Maul halten.

Rott hat sich in den Kopf gesetzt, mich dem Publikum als Nachfolger von Josef Kainz zu präsentieren. Deshalb will er, daß ich das Originalkostüm trage, in welchem Kainz den Tasso spielte und das jetzt im Theatermuseum auf einer Drahtpuppe hängt. Aber das Kostüm paßt mir überhaupt nicht – obwohl Kainz ungefähr meine Figur gehabt haben muß, außerdem ist es von Motten zerfressen.

Ein neues Kostüm wird originalgetreu nach dem Kostüm von Kainz aus reiner Seide angefertigt und ein vergoldeter Degen für mich geschmiedet. Rott hat jährlich Millionen von Staatszuschüssen zu verschwenden. Das tut er zwar ohnehin durch seine eigenen miserablen Inszenierungen, doch will er sich in meinem Fall unter keinen Umständen lumpen lassen.

Seine fixe Idee, mich als neuen Kainz eingekauft zu haben, geht so weit, daß er zwischen den Proben Fotografiertage ansetzt, wo ich im Kostüm Modell stehen muß. Die Fotografen schleppen mich vor das Wiener Kainz-Denkmal, vor die Kainz-Büste im Burgtheater, vor das Kainz-Gemälde in der Ahnen-Galerie und an seinen Grabstein! Das ist wie für Coca Cola, denke ich, nur daß ich kein Geld dafür bekomme. Mich ekelt diese Leichenfledderei an. Die Laffen vom Burgtheater hatten Josef Kainz erst den Arsch geküßt, als er bereits Krebs hatte und ihm nicht mehr viel Zeit zu leben blieb.

Zur Generalprobe treffen nun auch kleckerweise die Partner ein, mit denen ich wohl oder übel das Stück aufführen muß. Die meisten sind sehr herablassend und strengen sich als arrivierte ›Burgschauspieler‹ nicht besonders an. Ich selbst bin aufs höchste überrascht, es mit richtigen Menschen aus Fleisch und Blut zu tun zu haben, ich hatte mich schon so an meine Stühle gewöhnt.

Aslan schlägt nach der Generalprobe die Hände über dem Kopf zusammen. Sein Traum von Toni Sailer ist für alle Zeiten ausgeträumt.

Die Aufführung wird ein Triumph für mich. Die Menschen wollen nicht mehr nach Hause gehen und wünschen, daß ich Wien nie mehr verlasse.

Kortner telegrafiert mir nach Wien. ICH BITTE SIE PRINZ HEINZ AM MÜNCHNER STAATSTHEATER ZU VERKÖRPERN.

Anuschka und ich fliegen nach München und mieten eine Villa in Nymphenburg. Zu den Proben fahre ich jeden Morgen mit der Straßenbahn. Nachts ficken wir und prügeln uns.

Anuschka schneidet sich mitten auf der Straße mit einer Rasierklinge die Pulsadern durch. Ich verbinde sie mit meinem Taschentuch und bringe sie nach Hause, wo wir wieder ficken und uns danach prügeln.

Arne muß in Berlin an Krebs operiert werden. Ich schicke ihm meine Monatsgage, die ich mir im voraus zahlen lasse. Kortner weiß davon und steckt mir des öfteren Geld zu. Er muß es heimlich tun, damit seine geizige Frau es nicht erfährt.

Am Tag der Premiere wird ein Haftbefehl gegen mich erlassen. Der Funkwagen ist schon unterwegs, um mich zu verhaften. Der Grund ist wieder irgendeine Gerichtsstrafe, die ich vergessen hatte. Da ich meine Gage bereits weg habe und es sich um eine Summe von mehreren tausend Mark handelt, telefoniert Kortner zuerst mit dem Justizminister, um meine Verhaftung aufzuheben, und dann mit dem Finanzminister wegen der zu bezahlenden Summe. Rudolf Arnesmaier schaltet sich ein und hat eine geniale Idee: Jede Regierung, jedes Bundesland, jede Stadt hat einen sogenannten ›Reptilienfond‹. Das ist eine Geldreserve, die nur für beispiellose, nicht vorgesehene Fälle in Anspruch genommen werden darf. Mein Fall ist einer dieser Fälle, denn es ist zumindest für ein Staatstheater ohne Beispiel, daß der Hauptdarsteller am Tag der Premiere verhaftet werden soll. Wenn die Vorstellungen deswegen ausfallen müßten, wäre der Schaden für den Staat Bayern wesentlich größer, als wenn die Gerichtsschuld aus dem Reptilienfond bezahlt würde. Amesmaier erreicht, was er will. Der Reptilienfond bezahlt meine Schuld. Auf diese Weise hat der Staat mit Staatsgeldern den Staat bezahlt.

Anuschka und ich sind nach Wien zurück. Die Wohnung in der Judengasse ist fertig, und wir ruhen uns in der romantischen Mansarde von den Strapazen aus, die für Anuschka noch größer waren als für mich.

Ich muß zu einem Film nach Berlin. An der österreichischen Grenze werde ich verhaftet. Ich stehe schon wieder im Fahndungsbuch. Was um alle Welt habe ich denn jetzt verbrochen! Wieder will irgendein Gericht von mir viertausend Mark, oder ich muß ins Gefängnis.

So ein Schweinezüchter von Grenzpolizist holt mich aus dem

Zug und stößt mich auf dem Salzburger Hauptbahnhof in eine Zelle. Ich trete mit den Füßen so lange gegen die Zellentür, bis ich, unter Bewachung, Wien anrufen darf. Da Anuschka kein Geld besitzt, rufe ich Erika an, sie dreht zur Zeit in Wien. Sie wird, wenn ich sie erreiche, mir das Geld schicken. Es ist vier Uhr morgens, als ich sie aus dem Bett klingle. Sie zieht sich an, fährt zum Telegrafenamt und überweist die viertausend Mark telegrafisch. Eine halbe Stunde später trifft das Geld bei der Grenzpolizei in Salzburg ein. »Laß dich nicht unterkriegen«, telegraphiert sie dazu. Ich küsse das Telegramm.

»Jetzt ist er größenwahnsinnig. Er will den Berlin Sportpalast füllen!« schreibt so ein Arschloch in einer Zeitung.

Ich fülle ihn! 5000 Berliner toben vor Begeisterung, nachdem ich Tucholskys ›Mutterns Hände‹ gesprochen habe.

Ich habe längst begriffen, daß ich mir die Filme nicht immer aussuchen kann, vor allem nicht, da ich immer Geld brauche. Es lohnt sich auch nicht, sie auszusuchen.

Einer ist wie der andere, und alle zusammen sind es nicht wert. Was bleibt mir anderes übrig, als aus diesem Müll das Bestmögliche zu machen.

Bei den nächsten Filmen ist Anuschka noch dabei, dann nimmt meine Hurerei wieder überhand. Von den Statistinnen, die ich in den Studiogarderoben und Toiletten ficke, bis zu meinen Partnerinnen, die ich Wand an Wand mit Anuschka stoße, die in unserem Hotelzimmer nebenan auf mich wartet, bis zu den Zimmermädchen in Anuschkas und meinem Bett. Anuschka fährt zurück nach Wien. Nach Beendigung der Dreharbeiten reise ich ihr hinterher. Aber ich wohne nicht in der Judengasse, sondern im Hotel. Ehe ich wieder weg muß, ruft eine Fotografin an, die mich fotografieren will.

Als die Fotografin abends kommt, bin ich vorsorglich im Bademantel, wegschicken kann ich sie immer noch. Ich schicke sie nicht weg, sondern sage, daß ich mich nur nackt fotografieren lasse und daß sie auch ihr Kleid ausziehen müsse. Sie ist so überrascht, daß sie protestierend ihr Kleid über den Kopf streifen will. Als das Kleid über Kopf und Armen hängen bleibt, weil der

Reißverschluß sich in ihren Haaren verklemmt, helfe ich ihr nicht, sondern nutze die Gelegenheit, ihren stämmigen Unterleib zu studieren. Langsam ziehe ich ihr die Schlüpfer runter und führe sie wie bei ›Blinde Kuh‹ zum Bett. Ich sehe nur ihren großen Arsch und ihre aufgerissene Fotze, während sie unter dem hängengebliebenen Kleid schreit und nach Luft japst, als hätte sie einen Sack über dem Kopf.

In Berlin miete ich eine leere Sechs-Zimmer-Wohnung in der Uhlandstraße. Yorka hilft mir, die Wände weiß zu tünchen. Die Möbel sind schnell beschafft: ein paar eiserne Bettrahmen, Matratzen, ein Tisch, ein Stuhl und das bißchen Küchenzeug.

Sobald bekannt wird, daß ich wieder eine Wohnung habe, werden die Gerichtsvollzieher zur Heuschreckenplage. Einem werfe ich auf der Treppe meinen einzigen Stuhl hinterher.

Yolande hatte recht, als sie mir zum Kauf riet, er ist stabil, und ich kann ihn danach wieder benutzen.

Solange Yorka nicht bei mir wohnt, wird meine Wohnung ein richtiges Bordell. Alle möglichen Typen, die ich irgendwann mal kennengelernt hatte, klingeln mich nachts aus dem Bett, um bei mir zu ficken. Sie bringen jedesmal Mädchen mit. Ich mache kein Licht mehr und sehe ihre Gesichter nicht. Im Dunkeln tauschen wir die Mädchen untereinander aus, und keiner weiß, wer mit wem fickt.

In einer Schultheißkneipe, Ecke Kudamm, saufe ich diesen verfluchten Pflaumenschnaps nur wegen dem Serviermädchen, die immer gleich mit der ganzen Flasche kommt, weil die Kneipe ihrem Vater gehört. Du hast es mit den Töchtern von Kneipenbesitzern zu tun, mein Junge, paß auf, daß du nicht eines Tages zum Alkoholiker wirst! sage ich mir. Ich werde bestimmt noch zum Säufer, wenn ich dieses aufreizende Ferkel nicht endlich in mein Bordell verschleppen kann.

Sonntag morgen. Es ist so weit. Ich bin schon um zehn Uhr in der Kneipe. Ich weiß, der Hauptbetrieb geht nicht vor Eins los. Sie hatte mir gesagt, daß ich Präservative kaufen soll. Ich zeige ihr das Päckchen unterm Tisch. Jetzt hat sie keine Einwände mehr und nimmt sich frei bis Eins. Ihr Vater kann ihr nicht widersprechen, weil sie bis Mitternacht bedienen muß.

»Ziehe zwei Gummis übereinander«, sagt sie, als sie nackt auf dem Bett liegt und onaniert, während ich noch am ersten Gummi herummanipuliere. Ich hasse diese Dinger, weil ich nichts richtiges dabei fühle.

»Einer genügt doch«, sage ich.

»Nimm zwei! Der eine kann platzen! Wenn du mir ein Kind machst, bringt mich mein Vater um.«

»Okay, okay, ich zieh' auch drei über, wenn dich das beruhigt.«

»Nein, nicht drei, drei ist albern«, sagt sie, »zwei. Nun mach schon, ich halte es nicht mehr aus!!«

Ich komme mir vor, als hätte ich einen Winterhandschuh auf dem Ständer. Aber er ist so knochenhart und ich bin selbst so aufgegeilt, diese minderjährige Hure zu stoßen, daß ich sofort wie ein aufgedrehter Wasserhahn spritze, als sie ›tiefer‹ schreit.

Bis ein Uhr kommen wir nur auf zwei Nummern. Ich hatte mir ein Päckchen mit fünf Präservativen gekauft, und sie läßt sich nicht davon überzeugen, daß bei der heutigen Qualität einer genügt.

Ich habe jedenfalls von diesem ›Männerschutz‹ die Nase voll. Die Platzanweiserin des Gloriapalastes, die sich während des Films gleich neben meinen Sitzplatz auf den Boden kniet und mir von ihrer Freundin, die ich gar nicht kenne, Grüße ausrichtet, weiß zum Beispiel nur vom Hörensagen, daß es Präservative gibt.

Unglücklicherweise kommt Yorka mit Einkaufsnetzen bepackt vom Markt zurück, als die besagte Platzanweiserin und ich mit heruntergelassenen Hosen mitten im Zimmer stehen und ineinander verkeilt sind. Bis jetzt hatte ich Yolande wenigstens den Anblick dessen erspart, was ich hinter ihrem Rücken treibe. Sie läßt die vollen Einkaufsnetze fallen, Apfelsinen, Äpfel, Mohrrüben und Kartoffeln kullern bis vor unsere Füße. Das glibberige Eiweiß der zerschmetterten rohen Eier spritzt wie zum Hohn über die Dielen und bis auf Yolandes Schuhe. Sie läßt die Netze fallen und stürzt aus der Wohnung.

Für einen Augenblick bleiben die Platzanweiserin und ich wie angewurzelt stehen …, dann bewegt sie wieder rhythmisch ihren Unterleib, und ich kann nicht anders, als ihre Stöße aufzufangen und mit immer stärkeren Stößen zu erwidern.

Ich will sie stoßen, stoßen! Aber ich will nicht in die Platzanweiserin spritzen – ich will meinen Samen zurückhalten, zu Yorka fahren, sie um Verzeihung bitten und mich dann in sie ergießen.

Als ich an Yorkas Wohnungstür klingle, macht mir ihre Mutter auf. Yolande hat eine Schlaftablette geschluckt und schläft. Ich ziehe mir die Hosen aus und spritze alles in sie, was ich bei der Platzanweiserin so gewaltsam zurückgehalten habe.

Yorka ist von mir schwanger. Sie weiß, daß ich nicht bei ihr bleiben kann, und sie hat Angst davor, mit zwei Kindern allein zu sein. Ich kann sie nicht daran hindern abzutreiben.

Einer der Jungens, die ab und zu bei mir ficken, ist Ingo. Er spielt Gitarre wie ein Zigeuner. Wir proben die Balladen und Songs von Brecht, mit denen ich in der Wiener Stadthalle auftreten will. Brecht ist tot, ich bitte seine Witwe, Helene Weigel, um die Texte, die nicht aufzutreiben sind, und vor allem um die Noten. Die Weigel ist neidisch und mißgünstig und steckt ihre Nase in alles, was sie einen Dreck angeht.

»Ich werde Ihnen das Brecht-Programm zusammenstellen«, sagt sie, als hätte ihr Mann ihr das noch schnell vor seinem Tod aufgetragen.

»Danke, Frau Weigel«, antworte ich, »ich stelle mir mein Programm allein zusammen.«

Ich weiß, daß die Alte mir das nie verzeihen wird.

Die Noten und Texte kriege ich von Ernst Busch.

In Wien wohnen Ingo und ich in der Wohnung der Fotografin mit dem verklemmten Reißverschluß. Sie hat einen Fotoladen und ein eigenes Labor, was sie tagsüber von ihrer Wohnung fernhält. Nachts muß Ingo, der in einer Nebenkammer übernachtet, mitanhören, wie die Fotografin und ich ficken. Sie kommt jetzt immer splitternackt aus dem Badezimmer ins Bett, damit ihr sowas wie mit dem Reißverschluß nicht noch mal passiert. Im Hotel hatte das Kleid ihr Gebrülle erstickt, oder zumindest gedämpft. Jetzt schallen die Schreie der geschiedenen Frau, die seit ihrer Scheidung vor mehreren Jahren nicht mehr gefickt hat, durch die hellhörigen Wände, und Ingo macht nachts kein Auge zu. Das stört ihn nicht weiter, und er klimpert auf seiner Gitarre.

Wenn die Fotografin »Liebst du mich …? Liebst du mich nicht wenigstens ein bißchen?« winselt und ich »Nein« sage, spielt Ingo pianissimo …, aber wenn sie im Orgasmus kreischt: »Ja! Mach mich kaputt!« dann schlägt Ingo voll in die Saiten ..., bis die Fotografin wieder einen neuen Anlauf nimmt und bettelt: »Sag mir, daß du mich wenigstens ein bißchen liebst ... ein ganz kleines bißchen ...«

Die Vorstellungen in der Stadthalle sind ausverkauft. Unser Publikum sind Halbwüchsige, Pfarrer, Nonnen, Schulkinder, Polizisten, Arbeiter, Reiche, Bettler, Militär, Prostituierte. Alle.

Drei Schallplatten werden ›life‹ mitgeschnitten. Aber die Platten dürfen nicht im Verkauf erscheinen. Die Witwe von Bertolt Brecht gibt die Rechte für die Texte nicht frei, obwohl bereits Zehntausende von Schallplatten gestanzt sind. Mich kümmert es nicht.

Bevor ich mit Ingo nach Berlin zurückfahre, gehe ich zu Anuschka, die natürlich in der Stadthalle war. Sie hat ihre Tochter zu sich in die Wohnung genommen und zieht sie vor mir aus, damit ich ihren hinreißenden Körper sehe.

»Wenn du bei mir bleibst, gehört sie eines Tages dir. Ich werde zusehen, wie du sie fickst.«

Das nützt mir vorläufig überhaupt nichts, und ich ziehe Anuschka die Hosen runter.

In Berlin stehe ich vor dem Handschuhgeschäft am Ku'damm neben Rollenhagen. Ich will mir keine Handschuhe kaufen. Ich habe, als ich aus dem Feinkostgeschäft kam, die Salami auf der Straße vor dem Handschuhgeschäft aufgegessen und durch die Schaufensterscheibe eine blonde Katze gesehen. Sie streifte einem männlichen Kunden einen Handschuh auf die hingehaltene Hand. Ich wische meine nach Salami riechenden Finger an meinen Jeans ab und trete in das Handschuhgeschäft ein.

Während die Katze einen Kunden bedient habe ich Zeit, sie mir genauer anzusehen. Sie muß ungefähr siebzehn sein. Sie bewegt sich schamvoll und graziös, aber dieses Kätzchen kann mir nicht verhehlen, daß es im Bett zur Bestie wird. Ihr enger, etwas zu kurzer, abgewetzter Rock und ihr knapper, handgestrickter Babylook-Pullover, aus dem sie längst hinausgewachsen ist, erzählen mir: Von den kleinen Tittenbällen, die bei jeder ihrer fröhlichen Bewegungen ganz leicht erzittern, als wüßten sie, daß sie sich hier zu benehmen haben ... Von der Formung ihres kleinen Schulmädchenbauches, der von der Seite mit dem schamlosen Popo der

Kindfrau eine S-Kurve bildet. Die Augen sind grüngrau, wie die von vielen Katzen. Die hellroten, durchbluteten Lippen sind aufgeschwollen und ganz leicht geöffnet wie bei einem durstigen Säugling. So ungefähr muß ihr Fötzchen sein.

Als sie mich sieht, errötet sie so hellrot wie ihr Mund. Ihr Blick fährt mir in die Eier.

Sie hat den Kunden abgefertigt und wendet sich mir zu.

»Was für Handschuhe wünschen Sie, mein Herr?«

»Möglichst enge, die Farbe ist mir gleich.«

Ich hätte es anders formulieren sollen, aber es ist zu spät. Einen Augenblick steht sie unschlüssig, und es tut mir leid, daß ich sie verwirrt habe. Als hätte sie begriffen, daß ich gar keine Handschuhe will, schlägt sie lächelnd die Augen hieder.

Sie streift mir einen engen Handschuh über meine hingestreckte Hand, wobei ich den Ellbogen auf den Ladentisch aufstützen und die Finger spreizen muß.

Zuerst stülpt sie mir den ganzen Handschuh über. Dann strafft sie das Leder über den Fingern. Von den Fingerspitzen abwärts, als massiere sie sie, Finger für Finger.

Ich spüre ihre eigenen heißen Finger durch das dünne Leder, als hätte ich gar keinen Handschuh auf der Hand. Mir ist, als ob ich ihre Haut auf meiner fühle. Dabei sehe ich sie ununterbrochen an. Sie erwidert meinen Blick nicht, aber auch sie scheint dasselbe Gefühl zu haben, und es ist sicherlich das erste Mal bei einem Kunden, daß sie die hingehaltenen Finger tatsächlich massiert. Wer weiß, woran sie denkt? Ich jedenfalls denke, daß meine fünf Finger fünf Schwänze sind, die sie massiert, einen nach dem anderen. Ich kann hier nicht ewig mit fünf steifen Schwänzen stehen.

»Wollen Sie mit zu mir kommen? Bei mir wohnen? Bei mir bleiben? Und diese Handschuhüberstreiferei aufgeben?«

Sie sieht mich immer noch nicht an, und sie hört auch nicht auf, meine Finger zu massieren.

»Wann?« fragt sie kaum hörbar.

»Sofort.«

Hinter dem Vorhang zum Hinterstübchen kommt ihre Chefin hervor, die aussieht wie eine Kröte.

»Ist der Herr zufrieden?« fragt sie lauernd wie eine Puffmutter.

»Mit Ihrer Verkäuferin, ja. Ich nehme sie gleich mit. Machen Sie das fällige Monatsgehalt fertig.«

Der Kröte verschlägt es die Sprache. Bevor sie sich wieder gefangen hat, sind Biggi und ich aus dem Laden.

Das Monatsgehalt zahlt die Kröte ihr nicht, weil Biggi nicht ordnungsgemäß gekündigt hat. Biggi braucht den Hungerlohn auch nicht. Ich habe Verträge für Tourneen abgeschlossen, und Biggi wird alles haben, was sie sich wünscht.

Biggis Mutter, die sich Sorgen machen würde, wenn ihre Tochter über Nacht wegbleibt, schicken wir ein Telegramm:

BIN BEI MEINEM ZUKÜNFTIGEN MANN STOP MACHE DIR KEINE SORGEN UM MICH

BIGGI

Sobald ich Biggi nur einen Augenblick aus den Armen lasse, kümmert sie sich um unsere Wohnung. Bis jetzt haben wir das Geld noch nicht im Überfluß, aber Biggi ist bei ihrer Mutter in bescheidenen Verhältnissen aufgewachsen und für jede Blume dankbar, die sie auf dem Markt ersteht. Alles, was sie anfaßt, wird schön, und bald hat sie mit nur wenig mehr Möbelstücken und Gegenständen aus der kahlen, weißgetünchten Sechs-Zimmer-Wohnung ein romantisches Liebesnest geschaffen.

Dann kleide ich Biggi mit dem Wichtigsten ein. jeder Fetzen, den sie aussucht und anprobiert, sitzt ihr wie auf den Leib geschneidert. Sie will nie das Teuerste und fragt jedesmal nach dem Preis.

Jetzt beginnt der Amoklauf der Tourneen. Ein Amoklauf ohne Ende. Zuerst Berlin, wieder der Sportplatz. Dann München. Frankfurt. Hamburg. Dann alle anderen Städte. Hundertmal. Tausendmal.

Biggi ist immer mit. Sie wird nie müde, sich um jeden lästigen Dreck zu kümmern, wozu ich keine Nerven habe, weil die Vorstellungen das Letzte von mir fordern. Sie sitzt jeden Abend im Zuschauerraum. In den Pausen kommt sie zu mir in die Garderobe und trocknet mir den Schweiß von Gesicht und Körper. Sie erträgt alle meine Exzesse und hilft mir mit ihrer nie versagenden Liebe, die gnadenlose Schinderei zu überstehen.

Wir reisen im Auto, ich habe einen Jaguar gekauft. Im Zug. Im Flugzeug. Wir schlafen kaum, meistens geht es dieselbe Nacht weiter. Während der ersten Tournee trete ich 120 mal hintereinander auf und gebe an einem Wochenende fünf Vorstellungen. Immer mehr ausverkaufte Häuser. Und ich will immer mehr Geld, damit ich immer mehr verschwenden kann.

Zuerst bekomme ich 500 Mark pro Vorstellung. Dann 700, 1000, 10 000, 20 000 Mark pro Vorstellung. Wir steigen in den teuersten Luxushotels ab, bewohnen die Fürsten-Appartements und leben wie die Könige.

Biggi kann sich wünschen, was sie will, ich werde es bezahlen. Aber Biggi ändert sich nicht. Sie bleibt so bescheiden und anspruchslos, wie sie war, und freut sich über eine einzige Rose, die ich ihr schenke, mehr als über einen teuren Ring.

»Wieviele Tage hat ein Jahr?« frage ich meinen Agenten.

»Dreihundertfünfundsechzig, warum?«

»Dann machen Sie mir dreihundertfünfundsechzig Vorstellungen pro Jahr.«

Er lehnt ab, an meinem Selbstmord beteiligt zu sein, wie er sich ausdrückt.

Biggi ist jetzt mit dem Baby im neunten Monat und begleitet mich immer noch. Obwohl der peitschende Schneeregen die Autobahn in einen gefährlichen Matsch verwandelt, zeigt die Tachonadel des Jaguars selten weniger als 200 an. Ich darf den Fuß nicht vom Gaspedal nehmen, wenn wir es bis zur Abendvorstellung schaffen wollen. Wir preschen an allen Warn- und Haltezeichen vorbei und halten nur, um nachzutanken.

Kurz vor Kiel setzt sich ein Volkswagen von rechts nach links direkt vor unsere Nase, ohne ein Blinksignal gegeben zu haben, und obwohl ich mit aufgeblendeten Scheinwerfern fahre. Ich versuche, die Geschwindigkeit abzubremsen. Wir geraten ins Schleudern, und der Jaguar wird an der linken Seite von den Stahlschienen der Fahrbahnteilung eingerissen.

Weiter! Weiter!

Als wir in Kiel ankommen, sitzen die Zuschauer bereits auf ihren Plätzen und warten, daß der Vorhang aufgeht. Ich hetze, so wie ich bin, auf die Bühne. Nach der Vorstellung geht es weiter.

Auf der Fahrt nach Hamburg, wo ich am nächsten Vormittag Schallplatten für die Deutsche Grammophon besprechen soll, kommt der Jaguar beim Überholen eines Lastwagens, trotz gedrosselter Geschwindigkeit, auf Glatteis ins Schlingern. Ich fange den Wagen ab. Aber wir werden so nahe an den Anhänger des Lastwagens herangetragen, daß ich das Steuer nach links einschlagen muß und wir bis auf die Gegenfahrbahn schwimmen. In zirka 150 Meter Entfernung kommt uns ein anderes Auto entgegen. Ich hätte noch Zeit genug, den Jaguar auf die rechte Fahrbahn zurückzubringen – aber ein drittes Fahrzeug, das ich nicht gesehen hatte, biegt von einer Zubringerstraße in hoher Geschwindigkeit auf die für mich entgegengesetzte Fahrbahn ein und kommt schnell näher. Ich versuche vorsichtig den Jaguar auf meine Fahrbahn zurückzusteuern. Es gelingt mir nicht. Das aus der Zubringerstraße eingebogene Auto rast auf uns zu. Es bleibt mir keine andere Wahl, als das Steuer nach rechts herumzureißen. Ich habe den Schwung schon ausgeglichen, als der Jaguar, mit dem Heck zuerst, ausschert. Wir drehen uns zweimal um die eigene Achse. Der Jaguar ist nicht mehr zu halten, wir schliddern eine Böschung hinunter und überschlagen uns. Der Jaguar steht Kopf.

Die Rückenlehnen unserer Sitze sind zerbrochen, aber wir sind immer noch angeschnallt. Als ich zu mir komme, höre ich Biggi wimmern. Die Türen sind verklemmt. Es gelingt mir, ein Fenster einzuschlagen. Ich krieche ins Freie, und bevor der Wagen explodieren kann, zerre ich Biggi aus den Trümmern.

Sie kann mit dem einen Bein nicht auftreten. Außerdem hat sie einen Schock erlitten und stammelt irres Zeug. Ich versuche sie zu beruhigen und nehme sie in meine blutenden Arme. Der Kofferraum war durch den Aufprall aufgesprungen, und ein Teil unserer Koffer ist herauskatapultiert. Aber unsere Mäntel sind nicht mehr zu retten. Ich drücke Biggi ganz fest an mich, um sie vor der schneidenden Kälte zu schützen.

Inzwischen haben andere Autos angehalten, und die Insassen eilen uns zu Hilfe. Etwas später treffen Feuerwehr und Polizei am Unfallort ein.

Ich selbst habe außer ein paar Wunden an den Armen eine faustdicke Beule auf der Stirn. Biggi hat sich wieder gefaßt und kann jetzt auch gehen. Es ist ihr nichts passiert.

Das Kindchen strampelt ungeduldig in ihrem Bauch.

Nachdem die Formalitäten erledigt sind, nimmt ein Funkwagen uns bis zur nächsten Ortschaft mit, und wir fahren mit einem Taxi bis Hamburg weiter.

In Hamburg bespreche ich fünf Schallplatten, während Biggi sich endlich einmal ausschläft. Dann kaufe ich Babywäsche, ein Paar Schühchen aus hellblauem Glacé-Leder mit weißen Spitzen und rolle einen riesenhaften Bären auf Rädern vor Biggis Bett, auf dem unser Baby reiten soll. Am gleichen Abend fliegen wir nach Berlin, Biggis Wehen haben begonnen. Ich bringe Biggi in die Klinik. Sie gebärt noch in derselben Nacht. Es ist ein Mädchen. Ich nenne es Nastassja. Nastassja ist die junge Frau im ›Idiot‹ von Dostojewskij, die Prinz Myschkin bis zum Wahnsinn liebt.

Die erste Nacht bleibe ich in der Klinik und schlafe mit Biggi in ihrem Zimmer. Dann fahre ich in die Uhlandstraße, nachdem ich Berge von Blumen gekauft habe, und mache aus unserem Liebesnest ein Blumenmeer. Nastassja wird die erste Zeit in ihrem Kinderwagen schlafen. Ich habe ihn aus England kommen lassen. So einen mit großen Rädern, der aussieht wie eine Kutsche, perlgrau mit weißem Cabriolet, wie unser Jaguar, in dem Nasstja in Biggis Bauch vierzehntausend Kilometer über die Autobahnen gerast war.

So weh es mir tut, Nasstja und Biggi allein zu lassen, ich muß wieder weg. Ich muß meine Tourneeverträge erfüllen.

Nach weiteren viereinhalb Monaten breche ich die Tournee ab. Ich gehe dabei drauf. Vor allem aber kann ich nicht so lange ohne Biggi und Nasstja sein.

Wir mieten eine Villa am Rande des Grunewalds. Sieben Zimmer, drei Bäder, eine Gästetoilette, Garage und ein großer Garten mit einem Buddelplatz für Nasstja. Die Villa ist ein Rokoko-Pavillon mit Putten auf dem Dach und einer geschwungenen Freitreppe in den Garten, in dem Goldregen, Rhododendron, Flieder und Rosen blühen.

Ich räume für Nasstja einen halben Spielwarenladen aus. Kaufe Biggi Kleider, Pelze, Schmuck und die teuersten Parfums. Ich lasse mir Maßanzüge schneidern, seidene Hemden, Handschuhe, Schuhe und sogar seidene Unterhosen nach Maß. Ich lasse Bettwäsche anfertigen aus Batist mit Rüschen und Spitzen und Kissen und Bettdecken gefüllt mit feinsten Daunen.

Biggi und ich spielen Tennis, und ich kaufe Biggi und mir ein eigenes Pferd.

Der Tisch im Eßzimmer biegt sich überladen und sieht aus wie die Tafel in einem Märchenpalast von Tausendundeiner Nacht. Das Auf- und Abdecken allein dauert Stunden: Blumen, Berge von Früchten, die verschiedensten Weine, Liköre in bunten geschliffenen kristallenen Karaffen, ganze Braten, Gänse zu jeder Jahreszeit, Wild, Marzipan, Konfekt.

Wir essen von feinstem Meißener Porzellan und mit goldenem Besteck und trinken aus bunten geschliffenen kristallenen Kelchen.

Der Traum des Straßenjungen ist Wirklichkeit geworden. Aber ich will das alles nicht mehr. Die Sehnsucht danach habe ich längst überwunden. Außerdem weiß ich, daß dieses idyllische Glück nicht von Dauer sein wird. Ich kann nicht gegen meine Natur. Obwohl ich vor grundloser Eifersucht krank bin, werde ich rückfällig, nachdem ich Biggi bis jetzt noch nicht ein einziges Mal betrogen habe.

Es fängt damit an, daß ein Lehrmädchen aus dem Geschäft, in dem wir für Nasstja Babykleidchen gekauft haben, das große Paket nach Ladenschluß ins Haus bringt. Biggi ist bei Nasstja im Zimmer und säugt sie. Ich öffne die Tür. Das Lehrmädchen hat sich besonders herausgeputzt, trägt ein modisches, sehr kurzes Kleid, und ihre Lippen sind mit einem aggressiven Lippenstift stark und klebrig geschminkt. Sie kann nicht älter als sechzehn sein. Ich nehme das Paket entgegen und bitte sie, einen Augenblick in der Eingangshalle zu warten, während ich nach einem Geldschein suche, den ich ihr als Trinkgeld geben will.

Als ich in die Eingangshalle zurückkomme, von der aus eine Tür direkt in die Gästetoilette führt, sieht das Mädchen mich an, als erwarte sie etwas anderes als den Geldschein, den ich ihr entgegenhalte und den sie gar nicht wahrnimmt.

Wie in Trance fasse ich dem Mädchen an ihre Fotze, schiebe sie in die Toilette und verschließe die Toilettentür hinter uns.

Es hat höchstens 15 Minuten gedauert. Dann bringe ich Biggi das Paket, und wir probieren Nasstja den ganzen Nachmittag die Kleidchen an.

Würde Biggi mir nachspionieren oder auch nur den geringsten

Verdacht haben, daß ich sie betrüge, hätte ich weniger Gewissensbisse. Aber Biggi hat solches Vertrauen zu mir, daß sie mich nicht ein einziges Mal fragt, wo ich hingehe oder warum ich oft erst gegen Morgen nach Hause komme. Ich sage: »Ich muß weg«, das genügt ihr. Mir selbst ist es unerklärlich, warum ich sie von jetzt ab immer öfter mit anderen Mädchen hintergehe. Denn ich bin geil nach ihr wie am ersten Tag. Mehr noch, ich werde immer geiler. Auch sie wird immer gieriger, je öfter und schamloser ich sie ficke.

Ich erhalte einen Brief mit einem großen Adelswappen. Eine englische Gräfin fragt mich, ob ich bereit bin, auf ihrem Schloß in England die Hamlet-Monologe für sie allein zu sprechen.

Gage, pro Hamlet-Monolog, 10 000 Mark. Sie will nach Berlin kommen, um sich meine Antwort selbst zu holen.

Eine Woche später ruft sie an. Ich verabrede mich mit ihr im Tiergarten. Man kann nie wissen. Wir gehen lange spazieren, und sie quasselt über Hamlet. Sie ist nicht hübsch, und sie reizt mich auch nicht besonders. Ich könnte sie nötigenfalls gleich im Tiergarten ficken, dann müßte ich nicht nach England, wo das Bier pißwarm ist und keinen Schaum hat. Ihr Hamlet-Tick fängt an, mir auf den Wecker zu gehen.

Es nieselt. Ich sage, daß wir uns im Gebüsch vor dem Regen schützen können, und wir schlagen uns ins Dickicht. Wir finden einen Platz, wo wir von keiner Seite gesichtet werden können. Nachdem ich sie völlig nackt ausgezogen habe und sie auf die feuchte Erde lege, geniert sie sich, weil sie ihre Periode hat ...

Als es längst dunkel ist, sage ich, daß ich gehen muß. Sie bleibt im Gebüsch liegen.

Ich orientiere mich an der Siegessäule, gehe ein Stück durch den Regen, um ihren Geruch loszuwerden, mit dem ich behaftet bin. Auf einer Normaluhr sehe ich, daß es bereits Mitternacht ist. Ich halte ein Taxi an.

In unserer Villa schläft alles. Als ich mich im Ankleidezimmer ausziehen will, entdecke ich, daß mein Hosenschlitz blutverschmiert ist. Ich schleiche mich in die Küche und wasche das Blut an der Schlitzpartie unter einem kalten Wasserstrahl aus. Dann hänge ich die Hosen mit dem nassen Teil über die Zentralheizung, krieche zu Biggi ins Bett und spritze noch einmal besonders stark, während Biggi mich im Schlaf umschlingt und ihre Beine spreizt.

Zwei Wochen später ruft Scotland Yard bei mir an und fragt, ob ich weiß, wo die Gräfin abgeblieben ist, sie sei nicht nach England zurückgekehrt und habe bei ihrer Familie nur meine Adresse hinterlassen. Ich sage, daß ich die Gräfin gar nicht kenne. Daß sie mich zwar besuchen wollte, sich aber nicht gemeldet habe. Die Gräfin ist also verschwunden. Wenn das man gut geht.

Biggi glaubt, daß sie wieder schwanger ist. Sie verliert den Embryo auf dem Klo. Sie hatte die Hand untergehalten und bringt mir aufgeregt, was sie in ein Kleenex eingewickelt hat: Es sieht aus wie ein winziger weißer Frosch, Arme, Beine, Hände und Füße sind beinahe ausgebildet. Der Kopf ist nur an seiner Form erkennbar, und das Gesicht hat noch keine Konturen. Nur da, wo man die Augen vermuten würde, befinden sich zwei stecknadelkopfgroße dunkle Punkte.

Biggi ist ein paar Tage sehr schlapp und niedergedrückt. Dann hat sie sich erholt, und ich versuche sie abzulenken, damit sie nicht mehr an das furchtbare Erlebnis denken muß.

Ich soll mit Anna Magnani ›Gespenster‹ aufführen. Aber die Magnani und auch ich haben so viele Filmtermine, daß wir uns nicht auf ein Datum einigen können.

Filme, Filme, einer nach dem anderen. Ich lese die Drehbücher nicht mehr.

Der ›Rote Rausch‹ wird in Wien gedreht, genau gesagt, an der ungarischen Grenze, siebzig Kilometer entfernt. Wir wohnen in Wien. Anuschka stellt uns ihre Wohnung in der Judengasse zur Verfügung. Sie liebt Biggi und Nastassja, von denen ich ihr geschrieben und Fotos geschickt habe.

Nasstja ist jetzt fast ein Jahr und stellt sich in ihrem Kinderbettchen auf. In den Parkanlagen am Kärntner-Ring läuft sie zum erstenmal an meiner Hand.

Die meiste Zeit verbringe ich am Drehort und übernachte auch manchmal in dem kleinen Grenzdorf, wenn die Landstraßen zugeschneit sind und ich abends zu müde bin, nach Wien zu fahren.

Aber ich komme aus einem viel wichtigeren Grund immer schwerer von diesem Kuhdorf los, das berühmt ist für die Storchennester auf den Schornsteinen seiner Häuser und für den Wein, der alle besoffen macht. Der Grund ist Sonja. Wir müssen Kreislauftropfen nehmen, weil wir zwischen den Aufnahmen wie zwei Gelähmte in unseren Stühlen hängen und nicht mal mehr die Kraft zum Essen haben – weil wir, außer filmen, nichts tun als ficken.

Bei den Filmaufnahmen räucherte dieses Gesindel mich beinahe bei lebendigem Leib. Ich muß ins Schilf, in dem ich laut Drehbuch verbrennen soll. Das Schilf wird mit 80 Liter Benzin in Brand gesteckt. Der Wind dreht, und die Flammen schlagen vor und hinter mir zusammen. Ich zertrete die Eiskruste über dem schlammigen, flachen Wasserspiegel, werfe mich ins Wasser, um Kleider und Haare zu durchtränken, und stürme mit gesenktem Kopf wie ein Stier durch die Feuerwand. Dabei komme ich mehrmals zu Fall und zersteche mir die Venen meiner Unterarme an den Schilfstoppeln, die so scharf sind wie Messer. Das Blut schießt mir aus den aufgestochenen Venen.

»Großartig«, blökt so ein Viehtreiber von der Produktion. Diese miserable Mörderbande hat nicht einmal ein Heftpflaster, und ich muß die Venen mit meinem in Streifen gerissenen Hemd abbinden.

So ähnlich sieht jeder Tag aus, den wir in diesem größten Schilfgebiet Europas zubringen, in das wir uns nur auf Fahrzeugen mit Raupenketten vorarbeiten können, weil man streckenweise glatt im Schlamm versinken würde.

Aber weder diese Sträflingsarbeit noch meine verbundenen Arme hindern mich daran, meine ganze verbliebene Kraft in Sonjas Loch zu spritzen.

Sonja muß zum Zahnarzt nach Wien, um sich einen Backenzahn ziehen zu lassen. Damit wir uns nur nicht für einen einzigen Tag trennen müssen, schlage ich mir mit einem Hammer einen Schneidezahn aus. Jetzt muß ich auch zum Zahnarzt, da ich mit der Zahnlücke nicht filmen kann, und Sonja und ich fahren mit ihrem Wagen nach Wien.

Wir brauchen für die 70 Kilometer einen vollen Tag, weil wir in jeden Seitenweg fahren für einen Fick. In Wien gehe ich nicht in die Judengasse, Sonja und ich ziehen ins Hotel.

Nachdem wir beim Zahnarzt waren, rufen wir die Produktion an und sagen, daß ich drei Tage auf meinen Zahn warten muß, was sogar stimmt, während Sonja die drei Tage behandelt werden muß, weil das Ziehen ihres Backenzahns ein großes Loch gerissen hat.

Auf dem Rückweg ins Grenzkaff unterbrechen wir immer öfter die Fahrt. Erst wenn wir nicht mehr weiterficken können, fahren wir wieder ein Stück.

Als es dunkel wird, suchen wir gar nicht erst lange und stoppen den Wagen einfach auf einem hartgefrorenen Acker. Wir verriegeln die Türen von innen und ziehen uns nackt aus ... Als wir schweißüberströmt ineinander verklammert sind und Sonja beim Orgasmus mit den Beinen strampelt und mit dem Fuß gegen den Knopf der Hupe tritt, leuchtet der Strahl einer Taschenlampe durch die von der Hitze unserer Leiber beschlagenen Scheiben ins Auto. Ich setze mich nackt wie ich bin ans Steuer und fahre so scharf los, daß der Feldgendarm zur Seite springen muß.

Sonja und ich haben eine Woche drehfrei. Aber ich kann sie während dieser Woche nicht ficken, ihr Mann, der Chef des Berliner Rundfunk-Orchesters, ist auf Besuch gekommen, und sie muß sich von ihm ficken lassen.

Biggi ist mit Nasstja, Anuschka und ihrer Tochter in die Berge, in die Nähe des Mondsees gefahren. Biggi hat mich am Telefon gebeten, nachzukommen. Die Schlüssel für die Judengasse liegen beim Portier. Da Sonja unmöglich von ihrem Mann weg kann, verabrede ich mich in der Judengasse für den folgenden Tag um zehn Uhr Vormittags mit Bärbel, einer anderen Fotze in unserem Film, die ich wegen Sonja bis jetzt nicht ficken konnte. Ich muß in jedem Fall über Wien.

Während ich in der Judengasse auf Bärbel warte, packe ich ein paar Sachen zusammen für die Ferientage im Gebirge. Mein Zug geht um 15.10 Uhr.

Punkt 10.00 Uhr steht Bärbel vor der Wohnungstür. Ich habe die Tür noch nicht wieder zugemacht, als sie auf dem Korridor Mantel und Handtasche fallen läßt und anfängt sich auszuziehen.

Während sie sich die Schlüpfer runterstreift, hopst sie wie ein Hase ins Schlafzimmer. Sie weiß, daß wir nur vier Stunden haben, um uns abzumelken.

Bärbel ist eine von diesen Schwänze fressenden Weibern, bei denen man schon einen Ständer kriegt, wenn sie noch ganz dick eingemummelt sind und man ihre Körperformen noch gar nicht ahnen kann. Sie ist gut genährt und kräftig wie ein Kerl. Dazu kommt, daß sie die letzten Wochen vor Geilheit fast geplatzt ist.

14.25 Uhr. Ich bin fix und fertig. Wir haben keine Zeit mehr, uns zu waschen. Der Fahrtwind des Zuges und die kalte Schneeluft am Mondsee werden mir Bärbels starken Geruch von der Haut und aus meinen Haaren blasen.

Aus dem Bauernhaus, in dem sie alle wohnen, läuft Nasstja mir stürmisch entgegen. Ich hebe sie hoch über meinen Kopf und wirble so lange mit ihr herum, bis sie vor Lachen nicht mehr japsen kann, die Erde sich unter uns dreht und wir zu Boden torkeln. Dann kommen Biggi, Anuschka und ihre Tochter. Die umarmt mich so fest, daß ich mich mit Gewalt von ihr losmachen muß, weil Biggi das schon auffällt. Sie küßt mich mit offenen, nassen Lippen ununterbrochen auf den Mund und plappert wie eine aufgezogene Puppe, aber aufs Äußerste erregt: »Ich liebe dich ... ich liebe dich ... ich liebe dich ... ich liebe dich ...«

Mir ist es ja recht, aber Biggi nicht. Anuschka lächelt listig.

In Berlin geht es mit Sonja weiter. Wir drehen gleich mehrere Filme hintereinander zusammen. Wenn wir in Spandau in den C.C.C.-Studios filmen, fahren wir in der Mittagspause an die Havel. Wenn wenig Zeit ist, streife ich ihr die Schlüpfer nur bis über die Pobacken runter, sie beugt sich etwas nach vorn und umklammert einen Baum, damit sie einen festen Halt hat und meine Stöße ärschlings erwidern kann. Wenn mehr Zeit ist, weil wir nach der Mittagspause nicht gleich dran kommen, gehen wir tiefer ins Gehölz und ziehen uns aus.

Drehen wir in Tempelhof, fahren wir abends auf dem Rückweg durch den Grunewald. Meistens ficken wir im Auto.

Der nächste Film mit Sonja ist in Hamburg. Wir fahren in Sonjas Wagen, und sie klingelt an unserer Villa, um mich abzuholen.

Biggi und ich hatten uns geschlagen. Es ist das erste Mal, daß wir so erbittert aufeinander losgegangen sind.

Seit ich Sonja begegnet bin, ist eine Spannung zwischen mir und Biggi entstanden, die von Tag zu Tag intensiver wurde und die sich jetzt in Beschimpfungen und sogar Schlägereien entlädt. Ich glaube nicht, daß Biggi von meinem Verhältnis mit Sonja weiß, jedenfalls hat sie keine genauen Anhaltspunkte. Aber Biggi ist oft traurig und abwesend, was ganz und gar nicht ihrer Natur entspricht.

Sonja kommt nicht ins Haus, sondern wartet seit einer halben Stunde im Auto. Biggis Augen sind vom Weinen verquollen, und sie fängt immer wieder zu weinen an. Ich bin verzweifelt und ratlos, während die Frau, mit der ich sie betrüge und von der ich nicht loskomme, vor unserer Haustür im Auto auf mich wartet. Aber ich kann die Abreise nicht verzögern, weil wir bis zum späten Abend in Hamburg sein müssen.

Als ich mich in Hamburg weigere, mit Sonja ins Hotel Bellevue zu ziehen, weil ich lieber im Prem wohne, bekommt sie es in die falsche Kehle und tritt die Wagentür mit solcher Wucht zu, daß die Scheibe in Scherben geht.

An den Wochenenden drehen wir nicht und fahren nach Travemünde. Als Sonja mich Freitagabend abholt, ist sie bis zum Hals voll. Ich sage, daß ich den Wagen fahre. Sie weigert sich.

Auf der Autobahn nach Travemünde fährt sie mit 180 Sachen, schneller geht ihr Mercedes nicht. Dabei paßt sie nicht mal auf die Straße auf, sondern glotzt mich mit glasigen geilen Augen an.

»Guck nach vorn, wenn du schon besoffen bist.«

»Stört es dich, daß ich besoffen bin?«

»Nein. Aber daß du besoffen bist und 180 fährst.«

»Hast du etwa Angst?«

»Ich habe vor nichts Angst. Aber ich möchte lieber mit dir in Travemünde ficken, als getrennt von dir in einem Blechsarg liegen.«

Ihr Rock ist ihr bis zum Bauch hochgerutscht. Als sie sieht, daß ich ihr auf die Schenkel starre, macht sie die Beine breit, ohne deswegen den Fuß vom Gaspedal zu nehmen.

In Travemünde machen wir den Versuch, wenigstens tagsüber für ein paar Stunden an den Strand zu gehen, um unsere Lungen durchzupusten. Aber als Sonja sich breitbeinig ohne Schlüpfer vor mich in den Strandkorb setzt, gehen wir wieder in unsere Pension und stehen vor Montag früh nicht mehr vom Bett auf.

Auf dem Weg nach Hamburg rein – wir fahren von der Autobahn direkt ins Studio – muß sie plötzlich pissen. Sie stoppt den Wagen, läßt ihren nackten Arsch aus der geöffneten Tür über die Straße hängen, und strullt. Die Autos rollen im Morgennebel mit aufgeblendeten Scheinwerfern an ihrem Arsch vorbei.

Der ›Rote Rausch‹ hat in Hamburg Premiere. Sonja und ich sind vom Verleih als Ehrengäste eingeladen und sollen uns nach der Vorführung des Films auf der Bühne verbeugen. Hinterher ist eine Autogrammstunde angesetzt. Um diesen Scheiß zu ertragen, besaufen wir uns. Als Sonja während der Vorführung in der Loge meine Hand an ihre unbeschlüpferte Fotze führt, grunzt und quiekt sie wie ein Schwein. Ich spritze, trotz des Suffs, und habe noch einen Ständer, als wir auf die Bühne gebeten werden. Den Film haben wir gar nicht angeschaut. Wir sehen aus, als würden wir immer noch ficken und sind so geschwächt, daß wir uns gegenseitig stützen müssen. Mein Gesicht ist mit Lippenstift verschmiert, und mir schlackern die Beine.

Den Rest des Hamburger Films drehe ich nachts auf einem Ozeanriesen im Hafen. Ein ehemaliges Tanzgirl aus Las Vegas verbringt die Drehpausen mit mir auf der Schiffstoilette. Ihr Schamknochen ist so hoch gewölbt wie eine halbe Kokosnuß, und sie ist innen völlig ausgehöhlt.

Um neun Uhr früh treffe ich im Hotel ein, wo Sonja seit 8.00 Uhr auf mich wartet, um mit mir nach Berlin zu fahren.

»Hurenbock«, ist alles, was sie sagt. Dann fahren wir nach Berlin.

Sonja ist schwanger. Ihr Mann kann sich ausrechnen, daß das Kind nicht von ihm sein kann.

Heute treffe ich Sonja zum letzten Mal. Wir wollen versuchen, uns nicht mehr zu sehen.

Internationale Theaterfestspiele in München. Es interessiert mich nicht, diesen doofen Dauphin in der ›Heiligen Johanna‹ darzustellen, aber ich unterschreibe den Vertrag. Erstens, weil ich Pola wiedersehen kann, zweitens werde ich für die Festspiele hoch bezahlt, und drittens soll ich zur gleichen Zeit in München einen Film fürs Fernsehen drehen.

Während der Aufnahmen für den Fernsehfilm begnüge ich mich mit dem Scriptgirl, die mir in ihrer Wohnung ihre Badeanzüge vorführt.

Die Proben zur ›Heiligen Johanna‹ sind so stumpfsinnig, daß ich mich davor drücke, wo ich nur irgend kann. Wenn ich nicht zur Probe gehe, meldet sich die Regieassistentin krank, und wir ficken in Grünwald, wo wir den feuchten Humus wie Wildschweine zerwühlen.

Während der Aufführung der ›Heiligen Johanna‹ tue ich jeden Abend das, was mir gerade in den Sinn kommt. Das ist die einzige Möglichkeit, die tödliche Langeweile von Bernard Shaw zu überleben.

Biggi ist mit Nasstja nach München gekommen. Ich habe eine möblierte Wohnung in der Ohmstraße gemietet, ganz nah am Englischen Garten. Wir können zu Fuß hingehen. Pola kann bei mir übernachten. So sehe ich meine geliebten Kinder manchmal wenigstens, wenn sie schlafen.

Nach den Festspielen muß ich zu Plattenaufnahmen nach Wien. Biggi und Nasstja bleiben noch in München.

Bei den Plattenaufnahmen, die bis morgens um sechs dauern sollen, bekomme ich es satt, allein vor einem Mikrofon gegen die Wände zu sprechen. Ich muß lebendige Menschen vor mir haben, wenn ich meine Gefühle prostituieren soll. Außerdem habe ich einen Ständer. Um halb vier morgens breche ich ab. »Macht aus den drei großen Platten drei kleine«, sage ich durchs Mikrofon. »Den Vorschuß könnt ihr auf die nächsten Platten verrechnen.«

Ich muß wieder auf Tournee, meine Agenten bestehen auf Erfüllung der Verträge. Ich sage, daß ich das ›Neue Testament‹ sprechen will, daß ich den Text in eine moderne Fassung umarbeiten werde und daß die Tournee in einem Monat beginnen kann. Aber die Agenten haben Schiß. Sie schlagen eine Tournee mit den berühmten klassischen Monologen vor. Ich bin einverstanden. Ich werde die Texte nicht vom Blatt ablesen und herunterleiern, wie Gielgud auf seiner Tournee durch die USA, sondern ich werde die Monologe darstellen, im Originalkostüm. Ich werde jede einzelne Person verkörpern. Ich stelle das Programm zusammen: Hamlet. Romeo. Othello. Franz und Karl Moor. Tasso. Faust. Danton. Richard III. Melchthal. Prinz von Homburg. Ich wähle 20 Monologe. Als Zwischenmusik für die Zeit, in der ich mich umziehen muß, bestimme ich die VI. Symphonie von Tschaikowski, die Pathètique. Dauer der Vorstellung circa vier Stunden.

Kostüme werden in unserer Villa probiert. Meine Texte lerne ich in einem Stuhl sitzend in der Bibliothek unserer Villa. Ich stehe nur zum Essen und Pinkeln aus dem Stuhl auf, sonst murmele ich vier Wochen lang lautlos vor mich hin. All diese Monologe sind voller Ausbrüche, Verzweiflungs- und Freudenschreie, aber ich halte meine Energie und Leidenschaft eifersüchtig zurück für den Augenblick, in dem ich mich für die Zuschauer verschwende. Ich spreche während der vier Wochen nicht ein einziges Wort hörbar aus oder deute eine Bewegung an. Ich kenne meine Stimme und meine Ausdruckskraft, deren Skala grenzenlos ist. Der Rest wird aus dem Instinkt, aus der Situation entstehen, aus dem Schock des erlebten Augenblicks.

Während dieser vier Wochen bin ich durch die intensive innerliche Arbeit und durch die Stille, die ich selber um mich schaffe und die durch das kleinste, selbst entfernteste Geräusch zerrissen werden kann, so reizbar, daß Biggi und Nasstja darunter zu leiden haben. Aber Biggi und Nasstja sind überglücklich mich endlich wieder zu Hause zu haben, und selbst Nasstja ist mit ihren dreieinhalb Jahren so verständnisvoll und rücksichtsvoll, daß ich beschämt bin und die sogenannte Kunst zum Teufel wünsche. Biggi stellt ihr ganzes Leben mehr als je zuvor darauf ein, mir mit allen ihr zur Verfügung stehenden Mitteln und ihrer grenzenlosen Liebe zur Seite zu stehen und jede Art von Störung von mir fernzuhalten.

Endlich ist es soweit. Die Tournee ist vorläufig auf 100 Vorstellungen festgelegt, in den größten Theatern, Sporthallen, Arenen und Stadions von 80 Städten.

Danach ist eine zweite und dritte Tournee durch Europa, Amerika, Australien, Asien und Afrika geplant.

Mein Team besteht aus einem Techniker für Beleuchtung und Tonbandgerät, einem Garderobier, der gleichzeitig mein Sekretär ist, einem Chauffeur und zwei Leibwächtern. Die Premiere ist im Berliner Sportpalast.

Die Vorstellung im Sportpalast dauert sechs Stunden. Der Tumult des jubelnden und schreienden Publikums dauert über eine Stunde, und nach der Vorstellung bitten sie immer wieder um da capos und wollen und wollen nicht nach Hause gehen. Diese Tournee wird die schwerste meines bisherigen Lebens, aber sie wird auch mein größter Sieg.

Frankfurt. Auf der Titelseite einer Tageszeitung erscheint ein halbseitiges Foto von mir als Hamlet in ganzer Figur – daneben, ebenfalls in ganzer Figur, das Foto einer nackten, hinreißenden Stripteasetänzerin. Sie stript in einem Nachtlokal nach meiner Villon-Platte ICH BIN SO WILD NACH DEINEM ERDBEERMUND. Endlich die Ehre, die mir gebührt!

Nach der Vorstellung streune ich durch den Frankfurter Strich in der Nähe des Hauptbahnhofs. Die Huren wollen von mir Autogramme auf Brüste und Schlüpfer, direkt da, wo das Fötzchen sich befindet. Aber ich muß mich bei Kräften halten. Nicht nur wegen der Vorstellungen. Ein Mädchen hat mir ins Hotel Frankfurter Hof geschrieben, daß sie mich treffen will. Sie ist Schülerin, studiert klassisches Ballett und hat sich für morgen Mitternacht bei mir angekündigt, weil sie ihre Mutter um 23.30 Uhr zum Bahnhof bringt.

Ich bin besessen von der Idee, mich in diesen ungeduldigen Schwan zu bohren, ohne noch zu wissen, wie sie aussieht. Heute Nacht gehe ich bald schlafen und stehe erst am nächsten Nachmittag auf.

Nach der Vorstellung werfe ich mich, verschwitzt wie ich bin, ins Auto und jage zum Frankfurter Hof. Ich bade in Windeseile, bestelle mir rohes Eigelb mit Honig, rauche eine Zigarette nach der anderen und wende meinen Blick nicht von der Uhr. Ich lausche auf jedes Geräusch, das von der Tür kommt.

Mitternacht. Es klingelt. Ich fliege beinahe auf die Fresse, bevor ich die Tür aufreiße. Sie hat kastanienbraune Haare, die ihr bis auf die Hüften fluten. Ihr Mädchengesicht ist blaß. Darin glühen schwarze Augen, mit ebenso schwarzen langen seidigen Wimpern, und ein Mund wie eine aufgeplatzte Wunde. Sie geht auf Stöckelschuhen, etwas breitbeinig, wie alle Ballett-Tänzerinnen, was sie noch aggressiver macht.

Ich knöpfe ihr die Bluse auf. Ihre spitzen Mädchentitten sind wie Furunkel und auch so heiß. Ich ziehe sie aufs Bett und beginne sie anzubeten … Da klingelt das Telefon: Der Manager des Frankfurter Hotels fordert mich auf, meinen Besuch aus dem Hotel zu schicken!

Ich rufe meinen Diener an, der zwei Türen weiter wohnt, und sage, daß ich mich wieder melde. Dann packe ich mit dem Schwan das Nötigste zusammen.

Als wir auf den Flur rauskommen, haben sich bereits in den Enden der langen Korridore Hausdetektive postiert.

Ein Hotel zu finden ist nicht leicht, weil mein Schwan keinen Personalausweis dabei hat. Mir fällt das Hotel am Bahnhof ein, wo ich schon gewohnt habe und wo mich das Personal wie überall wegen meiner Trinkgelder in guter Erinnerung haben wird. Und richtig. An der Rezeption fragen sie nicht einmal nach den Papieren ›meiner Frau‹. Der Nachtportier, dem ich 100 Mark zustecke fragt: »Hat die gnädige Frau einen besonderen Wunsch?« Ich mache diesem Doofkopp ein Zeichen, daß er verstummen soll.

Ich bewundere alles an ihr. Lange. Als hätte ich noch nie ein nacktes Mädchen gesehen. Es ist tatsächlich so, ich entdecke alles neu. Das Entkleiden dauert eine Stunde. Ich will alles auskosten. Bevor ich ihr die Schlüpfer runterziehe, warte ich extrem lange …

Ich betaste die Formen der Schamlippen, die sich wuchtig durch die dünne Baumwolle abzeichnen. Sie hat einen hohen, festen Stietz. Der Schweiß tritt ihr aus den Poren und rinnt aus ihren Achselhöhlen und ihrer Arschritze. Ich gehe um sie herum, lege mich auf den Teppich, betrachte sie von unten, lasse sie auf und ab über mich wegschreiten. Hitze wie aus einem Backofen schlägt mir entgegen. Ein Zucken geht durch den Körper des Schwans.

Ich stehe wie unter einem Zauberbann. Sie legt sich aufs Bett, ohne es aufzudecken. Sie fiebert …

Hamburg. Die Zuschauer schlagen sich meinetwegen im Zuschauerraum blutig. Fünf Funkstreifenwagen umzingeln das Theater am Besenbinderhof. Der Veranstalter Collin flennt hinter der Bühne.

»Seien Sie doch zufrieden, daß die Menschen sich meinetwegen schlagen«, sage ich lachend. »Nicht mal Jesus wurde von allen geliebt.«

Nach der Vorstellung kommen die Pupen in meine Garderobe und fragen mich, ob ich das Theater durch einen Hinterausgang verlassen will. Ich denke nicht daran! Als wir aus dem Hof des Theaters fahren, durchbrechen Mädchen die Absperrung und bedecken die geschlossenen Scheiben meines Wagens mit Küssen.

So geht das neunundneunzigmal. Überall aufgewühlte, erregte, jubelnde, sich prügelnde, bis zur Hysterie schreiende, weinende und in der Mehrzahl mich liebende Menschen. Ja! Sie lieben mich, weil ich wie kein anderer, ohne Scham vor ihnen meine Gefühle entblöße und ihre eigenen Gefühle befreie. Die wenigen, die mich nicht lieben, hassen mich der befreiten Gefühle wegen, die sie blenden.

Die letzte Vorstellung ist in der Großen Stadthalle in Wien. Achttausend Zuschauer. Nach der Vorstellung macht ein Gerichtsvollzieher in meiner Garderobe Taschenrevision. Wer weiß, wer da wieder Geld von mir will. Ich frage ihn gar nicht erst. Ich werfe ihn raus.

Pakistan und Indien. Es ist zugleich mein erster italienischer Film. Biggi will mit Nasstja in Berlin bleiben. Magde wohnt jetzt vorübergehend bei uns, hält das Haus in Ordnung und kümmert sich auch um Nasstja, die sie abgöttisch liebt.

Ich lasse mir im Tropeninstitut eine Impfung in die Brust hauen und fliege allein nach Rom, wo die italienische Truppe mich erwartet und von wo wir noch am selben Tag an Bord einer pakistanischen Maschine steigen, die uns zuerst nach Karachi bringen soll.

Flavio, der Kostümbildner des Films, hat sich für den endlosen Flug auf dem Sitz rechts neben mir einquartiert. Die Zeichen ›No Smoking‹ und ›Fasten Seatbelts‹ sind noch nicht einmal erloschen, da faßt er mir schon auf den Schenkel. Ich will ihn nicht brüskieren, denn er ist sehr nett, aber mir ist ohnehin heiß und übel, und ich kann seine dicke, dampfende Pfote, die mindestens ein Kilo wiegt, nicht bis Karachi auf meinem Schenkel liegen lassen. Außerdem würde er sich nicht damit begnügen.

Ich stehe auf, so oft ich kann, und fasse bald eine schlanke, aber großärschige pakistanische Stewardeß ins Auge. Ich taste jedesmal, wenn ich an der Bordküche vorbei aufs Klo gehe, aufdringlich mit den Augen ihren ganzen Leib ab, verfolge von meinem Platz aus jede ihrer Bewegungen, rufe sie durch das Lichtsignal über mir, zermartere mein Gehirn damit, was ich zum Vorwand nehmen könnte, und spreche leise, damit sie sich zu mir herunterbeugen muß. Ich lasse meinen Arm über die Lehne in den schmalen Kabinengang hängen und streife wie zufällig ihre Waden, wenn sie an mir vorbeigeht. Wenn ich sie am Ende des Ganges entdecke, stehe ich auf, um ihr möglichst da zu begegnen, wo sie nicht in eine Sitzreihe treten kann, um mir auszuweichen, und sich an mir vorbeizwängen muß. Mit einem Wort, sie hat keine ruhige Minute mehr und ist sich sicher im klaren, was ich von ihr will, noch bevor die Maschine in Karachi landet. Ich weiß nicht, ob sie deswegen lächelt oder ob es einfach zu ihrem Charme gehört. Jedenfalls lächelt sie um so verlockender, je unverschämter ich werde.

Nacht. Alle schlafen. Haben die schwarzen Augenbinden auf den Augen und die Nachtlatschen angezogen. Die Kabinenbeleuchtung ist auf ein Minimum von Notlichtern abgeblendet. Flavio hat das Tatschen aufgegeben und schnarcht in seinem unbequemen Sitz. Und auch die Stewardessen sind, bis auf eine, in tiefen Schlaf gesunken. Bis auf eine. Aber ich kann sie nicht finden. Ich gehe immer wieder die Sitzreihen ab und beuge mich über die schlafenden Stewardessen, damit ich auf keinen Fall die falsche wecke. Meine ist nicht unter den Schlafenden. Der Gang ist leer. Sie kann also nur im Cockpit oder auf der Toilette sein. Also zuerst die Toiletten. Die zwei gegenüberliegenden Heck-Toiletten sind frei.

Ich ziehe mir die Schuhe aus, um kein Geräusch zu machen, und schwanke den langen Gang entlang, an dessen Ende sich, vor dem Cockpit, die beiden Erster-Klasse-Toiletten befinden. Die rechte ist frei. Auf der Tür der linken verschiebt sich das Plättchen

BESETZT auf FREI. Aber die Tür geht immer noch nicht auf. Ich weiß nicht, was mir in diesen Sekunden, oder vielleicht sind es nur zehntel, nur hundertstel Sekunden, durch den Kopf schießt. Ich öffne die Tür – gleichzeitig mit der sich öffnenden Tür dränge ich mich in die Toilette. Und bevor die Stewardeß sich zu mir umwenden kann, schnappt die Tür hinter mir ins Schloß, und ich schiebe den kleinen Riegel vor. Jetzt steht an der Tür wieder BESETZT.

Sie scheint nicht besonders überrascht zu sein. Sie zittert nur etwas und sieht mir tief in die Augen, was bei den indischen Augen schon einem Beischlaf gleichkommt. Durch eine Bö, die das Flugzeug auf die linke Tragfläche legt, werden unsere Körper fest gegeneinander gepreßt, und ich komme fast auf sie zu liegen.

Der bestialische Uringestank in dem engen Klo, in dem es ein einzelner kaum aushalten kann, betäubt mich fast. Es ist nicht einfach, sie auszuziehen. Die Stewardessen der Pia tragen über einer weiten Hose eine Art Kleid, das ihnen bis über die Schenkel reicht. Sie kennt sich besser aus, wie man das aufmacht, löst den Hosenbund und steigt aus den Hosen, die ihr bis auf die Schuhe herunterfallen. Dann beugt sie sich mit dem Oberkörper tief zum Klo herunter und greift über die Schulter, um den Reißverschluß des Kleides zu öffnen. Ich tue es für sie. Sie richtet sich auf – ich streife das Kleid hoch, bis sie es mit gekreuzten Armen fassen kann – und zieht es sich mit einer einzigen geschmeidigen, aber ungeduldigen Bewegung über den Kopf. Jetzt hilft sie mir, mich selbst auszuziehen, wobei ihre dunklen, schweren Brüste mit den fast schwarzen, großen Warzenhöfen, ihr dunkler Unterleib und der Geruch ihrer noch dunkleren Scham mich regelrecht besoffen machen.

Ich trample auf meinen Hosen herum, reiße mir das zugeknöpfte Hemd vom Leib, daß die Knöpfe mit dem Geräusch verspritzter Erbsen gegen das stählerne Waschbecken und in die Klosettschale fliegen. Ihr Körper wird durch eine neue Bö, die das Flugzeug auf die rechte Tragfläche neigt, auf meinen gegen die Toilettentür gepreßten Körper geworfen.

Mein Ständer ist so hart, daß der Aufprall ihres Körpers mir weh tut. Sie reagiert schneller, als ich aufstöhnen kann, indem sie nicht, wie es natürlich wäre, sich an meine Brust oder meine

Schultern klammert, sondern sie wölbt ihre Hände um meinen Schwanz und um meine Hoden, um sie vor einem weiteren Zusammenprall zu schützen. Das Flugzeug richtet sich wieder auf, und ein pakistanischer Gott beginnt ...

Ich kann von der Adresse in Karachi keinen Gebrauch machen, die sie mir fein säuberlich in Blockschrift aufgeschrieben hat, als sie mir und Flavio das Frühstückstablett reicht. In Karachi haben wir nur zwei Stunden Aufenthalt, steigen in ein zweimotoriges Flugzeug um und quälen uns acht Stunden lang durch die Vorläufer des Himalaja, bis wir über dem ersten Drehort eintreffen. Lahore. Zwei weitere Stunden kann das Flugzeug nicht landen, weil direkt über dem Flugplatz ein Zyklon tobt. Immer wieder versucht der Pilot, im Sturzflug aus dem Sog herauszukommen. Als wir endlich zur Landung ansetzen, ist die Maschine von allen Passagieren von oben bis unten vollgekotzt. Das Flugzeug hat keine Klimaanlage, und man muß schon einen total leeren Magen haben wie ich, um nicht dazuzukotzen.

Ich beeile mich wie immer, so schnell ich kann die anderen loszuwerden und lasse mich vor dem Hotel, nachdem ich meine Koffer in mein Zimmer geschleudert habe, von einem schmierigen Taxichauffeur anquatschen. Ich weiß, was er will, und sage nur: »Zeig mir den Weg.«

Der italienische Arzt, der die Truppe betreut, hatte mir ein Röhrchen in die Hand gedrückt und mir strengstens aufgetragen, täglich eine Tablette zu schlucken. Gegen Cholera. Vor unserer Ankunft hatte eine Epidemie gewütet und fünftausend Tote gefordert. Ich nehme eine Tablette in den Mund und schlucke sie mit etwas Speichel herunter. Der letzten Pockenepidemie waren fünfzehntausend Menschen zum Opfer gefallen. Aber obwohl die Impfung einen nicht unbedingt vor Ansteckung schützen muß, habe ich jetzt andere Sorgen.

Es geht über ungepflasterte, lehmige Straßen und Wege, durch kraterartige Löcher, Gräben und Erdrinnen. Der vor Dreck starrende, uralte amerikanische Buick, auf dessen plastiküberzogenen Sitzen man ganz einfach kleben bleibt, wenn man die Hand aufstützt, wirft mich von einer Seite auf die andere. Als weit und breit keine Häuser mehr zu sehen sind und auch keine Autos,

191

sondern nur eine Kamelkarawane, über der hungrige Adler kreisen – die elektrische Sonne in den grünen Gletschern der Hima-
layakette erstarrt, frage ich den Taxifahrer, warum wir uns denn
so weit entfernen müssen, um eine Hure zu finden.

»Special«, sagt er, wobei er in den Rückspiegel grinst und ein
ungeheurer Goldzahn zum Vorschein kommt. Er steuert auf ein
einzeln stehendes halbfertiges Backsteinhaus zu. »I waiting«, sagt
der Goldzahn, nachdem die Kiste endlich angekommen ist, und
ich hoffe, daß ich für die nächsten Stunden ausgelitten habe. Ich
ziehe die scharfkühle Abendluft tief in meine Lungen.

In dem Backsteinklotz wird eine Tür geöffnet, und eine junge,
riesenhaft große Frau erscheint gebückt im Türrahmen. Sie muß
sich bücken, denn sie ist wirklich eine Riesin. Sie ist mindestens
zwei Meter groß und breit wie ein Schwergewichtler.

Ihre steifen, waagerechten Titten sind so groß wie Euter. Ihre
Arme so stark wie meine Schenkel. Ihre Hände könnten mich mit
Leichtigkeit erwürgen. Ihre merkwürdigerweise dunkelblonden
Haare, die ihr bis in die Poritze reichen, sind zu einem Zopf geflochten, der den Umfang einer Pythonschlange hat. Pobacken
und Hüften sind die einer jungen Stute. Ihre Schenkel kann ich
nur mit beiden Armen wie einen Stamm umfassen. Ihre Schuh-
größe muß sechzig sein. Ihre Scham ist so groß wie mein Kopf.

Das alles ist aufs genaueste proportioniert und paßt in vollen-
detster Harmonie zueinander. Wie bei einer überdimensionalen
atemberaubenden Statue von Maillol. Sie ist eben eine Riesin.

Ihre Haut ist gebräunt, aber nicht dunkel, und so gesund und
straff wie bei einem Bauernmädchen. Auch ihr Gesicht ist bäuer-
lich, aber nicht grob, sondern wunderschön. Weder ihr Leib noch
ihr Gesicht deuten darauf hin, daß sie eine Hure ist. Ihr Ausdruck
ist verträumt, naiv. Sie lächelt schüchtern. Der Goldzahn hat recht,
sie ist ›special‹.

Ihre Liebkosungen haben nichts Berechnendes. Sie hat nicht die
geringste Eile. Als wäre die Zeit stehengeblieben. Als gäbe es
überhaupt keine Zeit, sondern nur Liebe.

Jetzt weiß ich es. Ich bin nicht in ihr Land gekommen, um
irgendeinen lächerlichen Film zu drehen und nebenher in jeder
freien Minute meinen Samen loszuwerden, sondern mich dieser
Riesin der Liebe hinzugeben und mich von ihr schwächen zu las-

sen bis auf den letzten Tropfen Kraft, der in mir ist. Ihre indischen Augen fiebern vor Sinnlichkeit. Aber sie wartet geduldig und sanft, bis sie weiß, was ich mir wünsche. Wir verständigen uns durch Lächeln, durch Nicken oder Kopfschütteln, durch den leichten Druck meiner Glieder und durch meine Hände, mit denen ich ihr andeute, welche Stellung ich will. Sie bewegt sich leicht und ist darauf bedacht, ihr Körpergewicht so zu verteilen, daß sie mich nicht erdrückt.

Zuerst liegen wir uns gegenüber. Ich fresse an ihren Titten. An ihrer Zunge. Zerküsse ihre Lippen, klappe sie auf, stülpe sie nach oben und nach unten und lecke die gewaltigen schneeweißen scharfen Zähne, an denen ich mir mein Gesicht, meine Gurgel und meinen Körper aufschürfe. Ich lecke ihre Pranken, jeden einzelnen Finger. Ihre Füße, ihre Zehen.

Sie legt sich auf die Seite, hebt einen Schenkel und ich tobe auf ihr herum. Ihr Loch ist keineswegs so riesenhaft, wie ich nach ihren Dimensionen angenommen habe. Seine Muskeln schließen sich fest um meinen Schwanz. Nie zuvor hat eine Fotze mich so streng und zugleich zart gemolken. Während sie Worte in ihrer Muttersprache betet und dankbar und liebevoll lächelt, tauche ich mein Gesicht in ihre verströmende Frucht, die sie mir wie eine überlaufende Schale hinhält, und saufe mich satt.

Als sie mich genährt hat und ich wieder bei Kräften bin, stehe ich vom Bett auf und mache ihr Zeichen, vor den Spiegel zu treten. Durch ein leichtes Berühren ihrer Innenschenkel mache ich ihr klar, daß sie sich breitbeinig hinstellen soll. Ich tippe ihr an die Schulter und sie begreift, daß sie sich vornüber zu beugen hat. Den Arsch streckt sie von selber aus und stützt ihre Arme mit ihren Händen auf ihre Oberschenkel wie beim Bockspringen. Nur daß sie das Kreuz schön hohl macht.

Der Rücken der Riesin ist trotz der gebückten Stellung so hoch wie ein ausgewachsenes Pferd. Jetzt kommt es mir zugute, daß ich bei den Kosaken gelernt habe, ohne Steigbügel und Sattel auf ein Pferd zu springen, indem man nur die Mähne packt. Ich packe den Zopf der Riesin, und mit einem Satz bin ich oben. Die Riesin hat sich überhaupt nicht bewegt. Ich darf jetzt auf keinen Fall ins Rutschen kommen, denn meine gespreizten Beine, die sich rechts und links gerade noch um die Hüften der Riesin klammern, befinden sich hoch über dem Boden. Würde ich heruntergleiten, müßte ich den Aufsprung jedesmal wiederholen.

Ich halte mich mit beiden Händen an ihrem starken Zopf und reite sie wie ein Jockey. Sie zittert. Ihre Flanken beben wie bei einem Vollblüter. Nicht weil ich auf ihr reite, sondern weil sie so starke Orgasmen hat. Ich liege flach auf ihrem Rücken – es geht um den Endspurt nur mein Unterleib arbeitet in rasenden Bewegungen. Ziel! Ich beiße in ihren Zopf und zucke auf ihren zitternden Backen.

Ich bin auf ihrem Rücken eingeschlafen. Als ich die Augen aufschlage, hat sie ihre Stellung nicht verändert und steht noch gebückt vor dem Spiegel. Noch einmal galoppieren wir die Rennstrecke ab. Dann gleite ich auf den Boden.

Die Bezahlung erledige ich mit dem Taxifahrer. Aber als der alte Buick, auf dessen vor Dreck starrenden plastiküberzogenen Sitzen man klebenbleibt, wenn man die Hände aufstützt, sich unter der weiß aufgehenden Sonne von den fahl aus dem weißen Himmel schimmernden, übereinandergetürmten Diamanten der Himalayagletscher entfernt, hungrige Adler über uns kreisen und uns eine Kamelkarawane entgegenkommt, winkt mir aus dem Backsteinblock eine Riesenhand nach.

Die Dreharbeiten sind unbeschreiblich. Ich soll einen fanatischen indischen Anführer darstellen, der die Bevölkerung gegen die Engländer aufputscht. Aus diesem Grunde werde ich von einem Maskenbildner, oder wie man das nennt, mit einer schokoladenfarbigen Lösung angemalt, und mir wird ein Weihnachtsmannbart angeklebt. Die Prozedur dauert jeden Morgen Stunden. Danach zieht mir Flavio eine Art weißes Engelshemd auf den nackten Leib, das mich wie fleischfressende Ameisen peinigt. Was Flavio veranlaßt, mir an allen Körperstellen zwischen Haut und Stoff zu greifen. Dann bindet er mir einen goldenen Gürtel um. Den Turban wickelt er auch, was bei den Indern ein mitleidiges Kopfschütteln hervorruft.

Da ich das Drehbuch nicht gelesen habe, weil mir keiner eines gegeben hat, und weil ich den nur italienisch sprechenden, ewig schreienden Regisseur nicht verstehe, versuche ich mich nur gegen die Staubwolken zu schützen, in die wir von morgens bis abends eingehüllt sind. Die höllische Hitze verbrennt einem die Eingeweide. Zu trinken gibt es nur abgekochtes Wasser. Abgekocht, wegen der Pestgefahr. Zu essen gibt es ein Paket, das in schmutziges, fettiges Papier eingewickelt ist. Ich öffne das Paket nie. Öffnet es einer, so ist es, bevor er sich versieht, schwarz. Von Fliegen. Es bleibt ihm nichts übrig, als das Paket weit von sich zu schleudern. Am besten, man nimmt es gar nicht in Empfang.

Im Hotel kann ich keine Ruhe finden. Erstens, weil ich vor Hitze weder atmen noch schlafen kann, da selbst der Ventilator an der Zimmerdecke nur einen ohrenbetäubenden Lärm, aber keinen Wind erzeugt, und zweitens und hauptsächlich, weil ich an die Riesin denken muß.

Ich finde den Taxifahrer nicht, der mich zu ihr gefahren hatte. Ich erinnere mich nicht mal an sein Gesicht. Der Goldzahn ist kein Anhaltspunkt, auch die anderen Taxifahrer haben Goldzähne. Ich frage sie nach der Riesin, aber niemand kennt die Frau, die so groß sein soll, wie ich sie beschreibe.

Mein Blut kocht, ich habe keine Wahl. Ich lasse mich dahin verfrachten, wohin die Taxis mit mir fahren: In leerstehende, vollgeschmierte, vollgespuckte, vollgepißte, vollgeschissene Behausungen, in die mir pockennarbige Mädchen aus Bordells gebracht werden. In labyrinthartige Gehöfte hinter hohen Mauern, in denen man mich einschließt, damit ich ja nicht ohne zu bezahlen das Weite suche und wo ich mich im Dunkeln durch niedrige Lehmhütten taste und über nackte, auf der Erde liegende Frauenkörper zu Fall komme. Ich wüte auf ihnen, ohne sie jemals zu Gesicht zu bekommen. Aber selbst diese gefährliche Hurerei, bei der ich mir nicht einmal einen Tripper hole, geschweige denn die Cholera oder Pockenpest, kann mich nicht über das Abhandenkommen der Riesin hinwegtrösten.

Bei den letzten Aufnahmen, die wir in Rom in irgendwelchen höhlenartigen Katakomben drehen, habe ich die Riesin noch nicht vergessen. Ich muß die Szene zu Ende drehen, in der ich das indische Volk gegen die Engländer aufputsche. Im indischen Tempel hatte ich einen erfundenen Text geschrien, ohne zu wissen, was ich eigentlich schreie – diesmal steht die Kamera weit entfernt, und der Blödling von Regisseur begnügt sich damit, daß ich mit

den Armen herumgestikulieren und schreien darf, was ich will. Ich schreie:
»Man schlag dem ganzen Lumpenpack das Maul mit einem Hammer kurz und klein: Laßt mich zu meiner Riesin!«

Ich bin noch nicht wieder zwei Tage in Berlin, da ruft der Filmverleih an, mit dem ich einen Vertrag habe: »Sie müssen am Wochenende nach Mexiko fliegen, einen Rennfahrerfilm drehen.«

»Ich kaufe mir gleich ein spanisches Lexikon!« schreie ich zurück – während ich schon das Raubtiergebrüll von Ferrarimotoren in den Ohren habe.

Das war gestern. Heute rufen diese Stümper wieder an: »Der Film in Mexiko ist verschoben. Sie müssen in zwei Tagen nach Madrid, einen Western drehen.«

Ich habe ja gewußt, daß ich eine Prostituierte bin. Also fliege ich nach Madrid.

Am ersten Drehtag weigere ich mich, einen verlausten Cowboyhut aufzusetzen, dessen Schweißband durchgefault ist. Die sollen ihre Lumpen gefälligst in die Reinigung geben. Der spanische Regisseur (wer sich alles Regisseur nennt!) flippt aus und verlangt, daß ich den Hut dennoch aufsetze.

»Du kommst auch noch mal aus meinem Lokus Wasser trinken«, sage ich und haue ab.

Aber so glatt geht das nicht. Ein Verleih-Vertrag ist so etwas Ähnliches wie ein Vertrag mit einem Zuhälter. Man kann nicht so mir nichts, dir nichts vom Strich verschwinden. Maulen gilt nicht. Und so werde ich strafversetzt zu einem Film nach Prag. Die ›goldene Stadt‹.

Ich sehe zwar kein Gold, aber ich sehe Mädchen, die berühmt sind für ihre Fickerei. Ich muß also zuerst ein Auto haben und lasse mir aus München einen neuen Jaguar kommen. Das wäre erledigt.

Mit der Sekretärin der Rezeption des Hotels gehe ich in ihrer Mittagspause in den nahegelegenen Park. Die Büsche stehen in voller Blüte, und wir brauchen uns nicht vorzusehen. Die Tschechinnen haben ihren Ruf nicht zu Unrecht. Leider kommt sie zu spät zum Dienst zurück, und der Manager des Hotels fordert mich auf, auf der Stelle auszuziehen. Ich ziehe schräg gegenüber in einen anderen Schuppen.

Dann kommt Olga, eine meiner Partnerinnen. Sie ist siebzehn, goldlockig und so was wie der tschechische Baby-Star. Die Kommunisten haben ihr den Paß weggenommen, weil sie heimlich für Playboy Nacktfotos gemacht hat. Ins Hotel muß ich sie reinschmuggeln. Nicht, daß die kommunistischen Schnüffler etwas gegen Ficken hätten, sie haben nur etwas dagegen, daß Personen, die nicht im Hotel wohnen, im Hotel ficken.

Am Wochenende fahren wir in ein Campinglager und mieten eine Hütte. Es ist wirklich nichts an Olga auszusetzen, außer daß sie keinen Ton von sich gibt, wenn sie einen Orgasmus hat. Wir wären vielleicht den ganzen Film über zusammengeblieben, wenn nicht meine zweite Partnerin auftauchen würde, Dominique Bosquero, eine Mischung zwischen Italienerin und Französin. Ein Vampir, der den Männern zwar nicht das Blut, wohl aber das Ruckenmark aussaugt. Sie ruft mich an und fragt, warum ich nicht im gleichen Hotel wohne wie sie. Ich sage spöttisch: »Aus politischen Gründen.« Sie sagt, daß ich zu ihr kommen soll, Olga, die neben mir auf dem Bett sitzt, versteht nicht, was ich sage, da ich mit Dominique französisch rede. Ich sage Olga, daß ich Bekannte treffen muß, die sich nur heute in Prag aufhalten, und verspreche ihr, morgen früh pünktlich vor dem Hotel zu sein, um sie wie jeden Tag zum Barandov-Studio mitzunehmen.

Ich habe mich mit Dominique in der Halle ihres Hotels verabredet, weil sowohl am Fahrstuhl als auch am Treppenaufgang ein Spitzel steht, dem jeder seinen Zimmerschlüssel zeigen muß. Dominique prostituiert sich ein bißchen vor dem Treppensteher und geht auf dem Läufer von der Rezeption bis zum Speisesaal wie auf dem Strich auf und ab, wobei sie ihren fantastischen Hintern zur Geltung bringt. Sie ist raffiniert gekleidet und läßt auch noch ihr italienisches Minitäschchen fallen, wonach der Treppensteher sich beflissen bückt und wovon ihm das Blut in den Kopf schießt. In diesem Augenblick wetze ich die Treppen hoch ...

Dominique liegt immer noch auf dem Bauch. In dieser Stellung hatte ich sie die ganze Nacht gestoßen, und sie hat bei offenem Fenster so aus vollem Hals geschrien, daß die Polizei-Patrouille auf der Straße den Nachtportier nach oben schickte, der Dominique durch die verschlossene Tür fragte, was ihr fehlt und ob ihr denn kein Leid geschehe. »Ich habe mich gestoßen«, antwortete sie geistesgegenwärtig.

Dominique muß wie ich ins Studio und will natürlich mit mir fahren. Ich frage, was wir mit Olga machen, da der Jaguar-E-Typ nur zwei Sitze hat. Aber Olga kümmert Dominique nicht. Ich sage, daß wir uns beeilen müssen. Vielleicht ist Olga nicht so pünktlich und wir sind schon weg, bevor sie kommt. Aber Dominique macht absichtlich lange. Sie weiß sehr wohl, daß ich sie nie gegen Olga eintauschen werde.

Als ich mit Dominique zur mit Olga verabredeten Zeit auf die Straße komme und Dominique in den Jaguar steigt, kommt Olga von der anderen Straßenseite hinter einer Litfaßsäule hervorgeschossen und versucht, Dominique an den Haaren aus dem Jaguar zu zerren. Aber Dominique läßt sich ihren Platz nicht streitig machen, reißt Olga ebenfalls an den Haaren, kratzt, spuckt, tritt nach ihr und überschüttet sie mit einer Tirade italienischer und französischer Spezialausdrücke, für die es keine Steigerung mehr gibt.

Olga ohrfeigt mich und läuft heulend weg.

Dominique siedelt noch am selben Tag zu mir ins Hotel über. Es wäre zu lang, alles zu erzählen, was wir miteinander treiben. Was ich nicht weiß, bringt sie mir bei, was sie nicht weiß, bringe ich ihr bei. Sie trägt keinen Schlüpfer mehr, weil ich es nicht will. Nie mehr. Nicht auf der Straße. Nicht im Studio. Nicht im Restaurant. Nirgends. Wir füttern uns beim Essen wie Vögel von Mund zu Mund, auch vor den anderen, auch im Studio, auch im Restaurant. Die Zeit, in der wir nicht drehen, bringen wir im Bett zu oder im Badezimmer.

Olga wird von dem amerikanischen Stuntman Brett Harris übernommen, der sie in den USA heiraten will.

Ich muß nach Jugoslawien, einen jämmerlichen Indianer-Film drehen. Der Film in Prag ist noch längst nicht fertig, aber da beide Filme für den selben Verleih sind, haben sie sich das so ausgedacht. Dominique ist wütend, weil sie nicht mitkommen kann. Sie hat in Prag verschiedene Szenen ohne mich zu drehen.

Von Jugoslawien aus versuche ich, Dominique anzurufen. Aber aus dem Kaff, in dem wir drehen, ist das unmöglich.

Ich warte vierzehn, sechzehn, zwanzig Stunden auf eine Verbindung, und wenn sie zustande kommt, ist kein Wort zu verstehen, oder die Leitung wird unterbrochen, noch bevor wir miteinander gesprochen haben. Die nächste Verbindung dauert wieder vierzehn, sechzehn, zwanzig Stunden.

Nach einer Woche komme ich nach Prag zurück. Dominique holt mich vom Flugplatz ab, und wir hetzen ins Bett.

Nach einer Woche muß ich wieder nach Jugoslawien. Wieder versuche ich sie anzurufen. Wieder dauert die Verbindung vierzehn, sechzehn, zwanzig Stunden, und wieder können wir nicht zusammen sprechen.

Nach einer weiteren Woche bin ich wieder in Prag. Wieder holt Dominique mich vom Flugplatz ab. Wieder hetzen wir direkt ins Bett und stehen bis zum nächsten Drehtag nicht mehr auf, ohne auch nur etwas zum Essen zu bestellen.

Biggi habe ich auch von Prag nicht ein einziges Mal angerufen, obwohl es von dort aus nicht besonders schwierig ist. Wenn Biggi anruft und mir Vorwürfe macht, lüge ich und sage, daß ich Tag und Nacht drehe. Ich bin machtlos gegen Dominique, die mich immer fester an sich kettet. Auch Dominique ist krank nach mir und bittet mich, mit nach Rom zu fahren und bei ihr zu bleiben. Ich verspreche es ihr.

Fellini will mich für seinen nächsten Film und ruft mich nach Rom. Ich sage Dominique, daß sie vorausfliegen soll, während ich den Jaguar nach Berlin zurückfahre. In München mache ich für einen Tag Station, um Pola zu umarmen, und besuche Erika.

In Berlin verleben Biggi und Nasstja mit mir die vierundzwanzig Stunden bis zu meiner Abreise nach Rom im Taumel der Wiedersehensfreude. Ich denke an Dominique.

Biggi nimmt mir das Versprechen ab, sie und Nasstja nach Jugoslawien mitzunehmen, wo ich noch fünf Wochen drehen muß. Ich kann es ihr nicht abschlagen. Was daraus werden wird, weiß ich nicht.

In Rom fährt mich Dominique zu Fellini, den sie gut kennt. Fellini umkreist mich stundenlang, redet französisch, weil ich noch nicht italienisch spreche, und fängt an, mir auf die Nerven zu gehen. Wie wichtig das alles ist! Ich lasse Dominique nicht eine Sekunde aus den Augen und flüstere ihr zu, daß wir gehen sollten.

Dominique bewohnt eine große sonnige Wohnung in der Cassia Antica, unter deren riesigen Terrassen ihr ganz Rom zu Füßen liegt. Ihr Dienstmädchen ist ihre lang anhaltenden Schreie gewöhnt. Sie kommt ohne anzuklopfen herein und tippt uns auf die Schulter, auch wenn wir mitten im Orgasmus sind: »Der Tisch ist gedeckt.«

Es macht Dominique Spaß, mich einzukleiden. Sie kauft mir alle möglichen italienischen Jerseys, Badehosen, Hosen, Hemden, Schuhe, Halskettchen. Sie verdient gut. Außerdem ist sie noch mit Agnelli befreundet und besitzt ziemlich viel Schmuck.

Nach achtundvierzig Stunden muß ich nach Jugoslawien. Diesmal nach Split. Die Verbindung dahin ist ein endloser Schlauch. Man muß von Flugzeug zu Flugzeug umsteigen und von Triest aus noch zwei Stunden mit dem Auto fahren. Ich will Biggi und Nasstja nicht allein reisen lassen und verabrede mich mit ihnen auf dem Münchener Flughafen. Beide sind überglücklich und voller Ungeduld, fünf ganze Wochen mit mir zusammen zu sein. Außerdem liegt Split am Meer, und Biggi hat Badezeug, Schwimmring, Ball und Buddelzeug eingepackt.

Ich bin reizbar und zerstreut, weil ich mir ununterbrochen den Kopf zerbreche, auf welche Weise ich Biggi die Wahrheit sagen soll. Sagen muß ich es ihr, darüber besteht kein Zweifel. Ich muß es tun. Erstens ist es nicht weniger als recht, weil das mit Dominique wer weiß wie lange dauern kann, und außerdem werde ich während der fünf Wochen, so oft ich kann, nach Rom fliegen, weil ich es ohne Dominique nicht aushalte. Was soll ich also sagen, weswegen ich diese umständlichen Reisen auf mich nehmen will, nur um einen Tag oder ein paar Stunden in Rom zu sein? Länger wird die Produktion mich nicht aus Jugoslawien weglassen, da die Dreharbeiten durch den Film in Prag im Rückstand sind und sie nur noch auf mich warten.

Fellini ist keine Entschuldigung mehr. Der Vertrag ist perfekt und soll mir zur Unterschrift nach Jugoslawien geschickt werden. Je ehrlicher ich Biggi gegenüber bin, um so besser ist es für sie und mich. Aber hier werde ich es ihr nicht sagen. Nicht hier auf dem Flugplatz. Und so spät wie möglich.

Den ersten Abend in Split, als Biggi, Nasstja und ich in unserem Appartement beim Essen sitzen, klingelt das Telefon. Es ist Dominique. Sie fragt mich, wann ich nach Rom komme und warum ich mich so merkwürdig am Telefon benehme. Ich kann nicht sprechen, wie ich will, Biggi und Nasstja sehen mich an. Außerdem muß ich bei der schlechten Verbindung so schreien, daß das ganze Hotel mithören kann.

Biggi versteht kein Französisch, aber als ich mich nicht beherrschen kann und »Ich liebe dich! Ich liebe dich!« in den Hörer schreie und Biggi Nasstja festhält, damit sie kein Geräusch macht und mich nicht stört, kann ich die Wahrheit nicht länger verheimlichen.

»... das heißt, du willst allein sein, ohne uns?« fragt Biggi, nachdem ich herumgestottert habe, daß wir vielleicht nicht immer zusammensein werden, obwohl ich sie beide liebe.

»Es heißt, daß wir uns trennen müssen, jedenfalls für eine bestimmte Zeit.«

»Du meinst, daß du Ruhe brauchst, daß du für eine Zeit allein sein mußt? Ich verstehe das. Aber wie lange?«

»Ich weiß es nicht. Vielleicht lange.«

»Aber du kommst doch zu uns zurück ...?«

»Nein ..., ja ..., nein ... doch! Natürlich komme ich zu euch zurück. Das heißt, ich verlasse euch ja gar nicht. Ich muß auch nicht allein sein. Ich muß zu einer anderen Frau.«

Biggi ißt plötzlich die ganzen Weintrauben auf, wahrscheinlich ohne es zu merken, denn sie hatte schon vor dem Telefonanruf keinen Hunger mehr. Sie würgt die Trauben hinunter, als würge sie an dem Wort ›Frau‹, das sie nicht begreifen kann.

»Frau? Was für eine Frau?«

»Eine Frau. Ich muß zu einer anderen Frau.«

»Dann liebst du uns nicht mehr?«

»Mein Gott, ja! Ich liebe euch, wie ich euch immer geliebt habe. Aber ich muß zu dieser Frau. Ich muß zu dieser Frau, verstehst du?!« schreie ich ungerechter, als ich ohnehin schon bin.

»Nein«, sagt Biggi mit belegter Stimme.

»Verzeih mir. Ich bin ein Vollidiot. Ich weiß nicht, was ich rede.«

»Doch. Du weißt, was du redest. Ich begreife jetzt, was du sagen willst.«

»Was?«

»Daß du uns zwar liebst, aber daß diese Frau dir mehr bedeutet als wir. Warum hast du uns bloß nach Jugoslawien kommen lassen?! – Nastassja und ich haben uns so gefreut, mit dir zusammen zu sein.«

Ich weiß nicht mehr, was ich sagen soll. Mein Kopf ist ein einziger Müllschlucker, in dem alles durcheinanderfliegt.

Wieder klingelt das Telefon! Wieder ist es Dominique. Wieder brülle ich in den Hörer, daß ich sie liebe. So geht das die ganze Nacht. Sie ruft noch dreimal an und will absolut wissen, wann ich nach Rom komme, was ich ihr beim besten Willen heute nacht nicht sagen kann. Biggi und ich bleiben die ganze Nacht auf. Aber wir finden keine Worte mehr, uns zu verständigen. Irgend etwas ist kaputt gegangen. Sie weint nicht, aber sie wirkt schreckhaft und schutzlos, als wollte das Schicksal mir einen Vorgeschmack geben von dem was geschehen wird, wenn ich sie verlasse.

In der Hauptsache kann sie es einfach nicht fassen, was ich ihr gesagt habe oder was sie hinter meinen Worten ahnt. Biggi ist von Natur aus ein selbständiger Mensch und fähig, allein auf ihren Füßen zu stehen. Aber sie hat mir in den Jahren alles gegeben, sich selbst aufgegeben, rückhaltlos. Ich habe es genommen, und jetzt steht sie plötzlich mit leeren Händen da. Sie kann nicht fassen, daß ich, der aus übertriebener, grundloser Eifersucht die dramatischsten Szenen heraufbeschwor, sie wegen einer anderen Frau verlassen will. Und sie glaubt, daß ich lüge, wenn ich sage, daß ich sie trotzdem liebe.

Während der fünf Wochen fahre und fliege ich neunmal zu Dominique nach Rom. Einmal habe ich nur so viel Zeit, daß ich bei dreihundertzwanzig Kilometer Autofahrt hin und zurück und viermaligem Flugwechsel nur eine halbe Stunde mit Dominique ficken kann.

Auf jeder Zwischenstation nach Rom stürze ich in die erste Telefonkabine und rufe Dominique in Rom an, daß ich komme. Auf dem Rückweg nach Jugoslawien brülle ich ins Telefon: »Ich komme zurück!«

Die Produktion wechselt von Split zu einem anderen Drehort. Biggi ist mit den Nerven fertig und weint nur noch. Sie will weg, sofort. Ich bringe sie und Nastassja die vierhundertfünfzig Kilometer mit dem Produktionswagen bis nach Venedig. Von Venedig hat sie erst am nächsten Morgen Verbindung und fährt mit Nastassja zum Lido in ein Hotel. Als die Heckwellen der Fähre auf dem Canale Grande Biggis und Nastassjas Silhouetten verwischen, werfe ich mich in ein Schnellboot, das mich in rasender Fahrt über die Lagunen zum Flugplatz bringt, und steige als letzter Fluggast in die Maschine nach Rom.

Biggi war mit hohem Fieber in Berlin angekommen. Sie schreibt mir, daß nur Nastassja sie daran gehindert hat, sich in Venedig das Leben zu nehmen.

Der Manager des Hotels, in dem ich jetzt in Jugoslawien wohne, ist eine Frau. Wenn der Tripper von ihr ist, den ich mir geholt habe, dann kann ich vorläufig nicht zu Dominique.

Die Dreharbeiten sind beendet. Ich mache in München halt, lasse mir von Gislindes Vater eine Penizillinspritze geben und fliege am nächsten Morgen nach Berlin.

Biggi umarmt mich, als ich zur Tür reinkomme. Aber sie ist nicht wie früher und wird auch nie wieder so werden. Die Nacht ficken wir. Biggi fickt besonders schamlos, um mir zu zeigen, daß sie eine ebenso gute Hure sein kann wie Dominique.

Heute morgen wäre alles gutgegangen. Da ruft Dominique an. Dreimal hintereinander, weil die Verbindung immer wieder abreißt. Ich sage, daß ich sie anrufen werde. Jetzt glaubt mir auch Dominique nicht mehr, und ich werde von beiden Seiten attackiert.

Biggi wird aggressiv. Sie weigert sich zu glauben, daß Dominique mir im Bett mehr bedeuten soll als sie. Es gibt für sie nur einen Grund, warum ich nicht mit Dominique aufhören kann: daß ich sie, Biggi, nicht mehr liebe.

»Sag mir, daß du mich nicht mehr liebst! Sag mir, daß du mich nicht mehr liebst! Sag mir, daß du mich nicht mehr liebst!!!!« Sie schreit diesen Satz den ganzen Tag lang, bis sie stockheiser ist und wieder in Tränen ausbricht. Ich kann ihr nicht sagen, daß ich sie nicht mehr liebe. Es wäre eine Lüge.

Eine Woche lang renne ich noch auf die Post, um Dominique anzurufen, weil ich es von zu Hause unmöglich tun kann. Dann fliege ich nach Rom.

Auch Dominique ist verändert. Und als wüßte sie, daß Biggi mir in Berlin beweisen wollte, daß sie eine bessere Hure ist, unterläßt Dominique nichts, um Biggi auszustechen. Zum ersten Mal fragt sie mich, welche Stellungen ich bevorzuge und auf welche Weise sie mich am stärksten zum Orgasmus bringen kann. Sie fragt mich jeden Tag, was sie anziehen soll, ob sie Schlüpfer tragen soll. Ob sie Strapse tragen soll, mit oder ohne Schlüpfer, und wenn, welche. Sie reißt die Schubladen in ihrem Ankleidezimmer auf und wühlt einen Haufen Hurenschlüpfer heraus, die sie am Pigalle in Paris gekauft hat. Ganz winzige, wie ein kleines Satinläppchen, das nur von dünnen Bändern gehalten wird, die in der Poritze verschwinden und nur das Loch, nicht aber die Schamlippen verdecken, während die Schamhaare an den Seiten hervorquellen. Andere, in grellen Farben, Gelb, Orange, Rot, Grün, Türkis, die sich an der Vor-Fotze zu einem Schlitz öffnen oder von den Schamlippen bis zum After völlig offen sind. In jedem Schlüpfer, den sie mir vorführt, läßt sie sich ficken, im Stehen, in der Hocke, gebückt … in der festen Überzeugung, daß sie Biggi an Raffinesse und Schamlosigkeit übertrifft.

Sie fragt mich, ob ich will, daß sie andere Mädchen besorgt. Ob ich mit ihr und einem anderen Mädchen ficken will, oder ob ich zusehen will, wie sie es mit den Mädchen treibt. Sie erzählt mir von ganz jungen Mädchen, die sie von der Straße aufgelesen und verführt hatte, um mich damit aufzuregen. Sie fragt mich triumphierend, ob Biggi das auch alles täte.

»Willst du mich heiraten?« fragt sie zögernd, fast ängstlich, als wir an der Ponte Milvio in einem Gartenrestaurant sitzen. Und als hätte ich ihr bereits geantwortet, wird sie plötzlich traurig. Nichts Verderbtes, Perverses ist mehr an ihr. Kein Zynismus, mit dem sie sonst ihre unschuldige Hilflosigkeit zu übertünchen sucht. Sie ist nur noch das kleine einsame Mädchen, das in einem Gebirgsdorf an der italienisch-französischen Grenze geboren war und sich wie jedes andere Mädchen dieser Erde einfach nach Liebe und Schutz sehnt.

»Ich kann dich nicht heiraten, Dominique. Ich würde dich heiraten, aber ich kann Biggi nicht allein lassen.«

»Bourgeois«, antwortet sie voll Haß.

»Mach dich nicht lächerlich.«

»Mein ganzes Leben habe ich mich nach dem Mann gesehnt, den ich liebe. Und jetzt, wo ich ihn gefunden habe, ist er zu feige, mich zu heiraten.«

Sie weint.

»Ich bin nicht zu feige, dich zu heiraten, Dominique. Was soll denn für Mut dazu gehören? Ich sage dir etwas, was ich bis jetzt nicht wußte: Ich liebe dich.«

»Aber Biggi liebst du auch!«

»Ja. Ich liebe euch beide.«

Ich kann ihr nicht sagen, daß ich alle Frauen liebe, daß ich deswegen aber noch lange nicht alle Frauen heiraten kann. Ich sage überhaupt nichts mehr. Ich trockne ihr nur die Tränen ab, die ihr über die Nase und in die Minestrone tropfen. Dann bestelle ich die Forellen ab, zahle, und wir gehen.

Die Nacht schlafen wir eng umschlungen auf der Terrasse, nachdem wir uns bis zum letzten Tropfen verausgabt haben. Sie hatte für uns auf der Terrasse eine enorme Couch aufstellen lassen, weil sie weiß, daß ich am liebsten draußen schlafe.

Der Frühstückstisch ist auf der Terrasse gedeckt. Und während ihr Dienstmädchen den dampfenden Kaffee eingießt und bereits meutert, daß wir, wie immer, alles kalt werden lassen, umarmen wir uns nackt das letzte Mal, während tief unten zu unseren Füßen Rom zu leben und zu lärmen anfängt.

Nach dem Frühstück gehen wir zu Fuß in die Via Nemea, einem Luxus-Komplex mit zehn Palazzos, Tennisplatz und Swimmingpool, wo eine Mansardenwohnung frei geworden ist. Ich miete sie und zahle für ein Jahr im voraus. Ich habe mich entschieden, in Rom zu bleiben. Wenn Biggi und Nasstja auch nach Rom ziehen wollen, ist die Wohnung groß genug für drei. Um 1 Uhr bringt Dominique mich zum Flugplatz.

Biggi will mit Nasstja und mir nach Rom in die Via Nemea ziehen. Wir kündigen unseren Vertrag für das Haus in Berlin und wechseln vorläufig in eine Zwei-Zimmer-Wohnung am Wannsee über, weil Biggi wegen ihrer Mutter einen zweiten Wohnsitz in Berlin behalten will.

Mit Verspätung trifft auch der Vertrag für den Fellini-Film in Berlin ein. Die Gage ist wirklich eine Unverfrorenheit. Dieser Fellini frißt alles allein. Ich unterschreibe den Vertrag nicht und telegrafiere: »LASS DIR IN DEN ARSCH FICKEN.« Das Telegrafenamt ruft mich an und sagt, daß ein solcher Text unmöglich zugestellt werden könne. Das Telegramm kommt trotzdem in Rom an.

Ich muß zu einem englischen Film nach London. Miete ein kleines Haus gegenüber dem Hydepark und lasse Biggi und Nasstja nachkommen. Das Haus hat zwei Etagen, ist sauber und freundlich möbliert und ein richtiges Puppenhaus. Wieder ist Frühling. Das Häuschen ist von blühenden Bäumen umgeben. Katzen, in die Biggi regelrecht vernarrt ist, sitzen auf den Dächern der parkenden Autos. In dem endlosen Hydepark, in dem jeder tun und lassen darf, was ihm gefällt, können Biggi und Nasstja nach Herzenslust herumtollen.

Ich hure wieder. Die rothaarige Produktionssekretärin stoße ich in ihrer Einzimmerwohnung so hart gegen das hölzerne Kopfende ihres Bettes, daß ich denke, ich habe ihr die Beckenschale gebrochen. Sie reißt ihre dicke Fotze auf wie eine Schlange ihren Rachen, wenn sie eine zu große Beute verschlingen will, und schreit in einem fort: »Leer mich aus! Leer aus!«

Ich lasse mir keine besonders intelligenten Vorwände mehr einfallen. »Ich gehe Zigaretten kaufen«, sage ich einfach zu Biggi, oder »ich muß zur Bank«. Dann gehe ich zur Produktionssekretärin, zu einer meiner Partnerinnen, zu einer Statistin, den Stripperinnen in Soho, oder ich gehe einfach mit einer mit, die ich auf der Straße anrede. Selbst nachts stehle ich mich aus dem Bett und fahre zum Picadilly und zu den jungen Nutten in Chinatown.

Eine bringe ich mit ins Haus. Biggi und Nasstja sind nach Brighton ans Meer gefahren. Die Frau ist ein israelischer Oberst, trägt aber Zivilkleider. Ich sage, daß ich ihre Dokumente sehen möchte, weil ich noch nie einen Offizier gefickt habe und sicher sein will, daß sie die Wahrheit sagt. Wenn Maria Magdalena auch so aufgeilend war wie dieser Oberst verstehe ich, daß Jesus sich in sie verknallen mußte. Obwohl sie schwarze Härchen auf der Oberlippe hat, was mich bei einer Frau aufs Äußerste erregt, bin ich nicht ganz bei der Sache. Dominique hat sich für einen halben Tag in London angesagt. Ich ficke den Oberst und schicke ihn weg.

Ausgerechnet als Dominique eintrifft muß ich drehen, und Dominique muß am selben Abend wieder nach Rom zurück. Ich hetze im Kostüm eines englischen Lords aus dem 18. Jahrhundert ins Hotel Dorchester, genau 35 Minuten lang hocken Dominique und ich aufeinander. Zum Flugplatz fährt sie allein.

Der Assistent von David Lean kommt ins Shepperton-Studio und sagt, daß noch drei Personen in ›Doktor Schiwago‹ übrig sind. David Lean, der sich in Madrid aufhält, läßt mich fragen, welche ich darstellen will. »Die eine oder andere«, sage ich.

Bis Herbst drehe ich in Berlin für einen Fettwanst von Produzenten, der mir gedroht hatte, mich zu verklagen, weil ich laut Vertrag für keine andere Produktion arbeiten darf. Ende November drehe ich einen spanischen Film in Barcelona, wohin die MGM mir das Drehbuch und den Vertrag für ›Schiwago‹ schickt.

Heiligabend. Ich kaufe Geschenke für Biggi und Nasstja und gebe den Huren in Barcelona alles, was von meiner letzten Rate übrig ist, denn sie haben fast alle kleine Kinder. Am ersten Weihnachtsfeiertag bin ich wieder in unserer Wohnung am Wannsee, und Biggi und ich laufen Schlittschuh auf dem gefrorenen See.

Im Januar beginnen die Aufnahmen zu ›Schiwago‹. Biggi und Nasstja kommen mit nach Madrid, weil ich für vier Monate engagiert bin, obwohl ich den Quatsch in einer Woche drehen könnte. Wir mieten eine Wohnung und bleiben bis Februar. Ich habe vier Wochen frei, werde aber weiterbezahlt.

Wir fliegen über München, wo Sergio Leone seinen Western ›Für eine Handvoll Dollar‹ vorführt und mich bei dieser Gelegenheit kennenlernen will. Er engagiert mich für seinen zweiten Western ›Für ein paar Dollar mehr‹.

In Berlin hole ich den Jaguar aus der Garage, rase nach München, nehme Pola und rase mit ihr zu Kostümproben nach Rom. Wir schlafen zum ersten Mal in der neuen Wohnung in der Via Nemea. Dominique rufe ich nicht an. Ich bleibe mit Pola allein. Sie ist jetzt fast dreizehn, und ich bin über beide Ohren in sie verliebt.

Die Späher von David Lean suchen ganz Spanien nach den letzten Schneeresten ab, die noch nicht weggeschmolzen sind. Wir fahren zum Drehen fast 300 Kilometer von Madrid entfernt, wo wir in irgendwelchen Dorfgasthöfen übernachten. Die Mutter des Jungen, der mit Omar Sharif, Geraldine Chaplin, Sir Richardson und mir im Viehwagen auf der Fahrt nach Sibirien filmen muß, begleitet ihren Sohn.

Ihre breiten Hüften und wuchtigen Schenkel stehen zu ihrem schmächtigen Oberkörper in so unglaublichem Gegensatz, als hätte die Natur aus einer Laune heraus den Oberkörper und den Unterleib zweier verschiedener Menschen zusammengesetzt. Dazu sind ihre Schenkel bis hoch zu den Hüften behaart. Das macht aus ihr einen weiblichen Satyr. Ich ficke sie nur im Stehen und vor dem Spiegel, um diese seltene Schöpfung bei jedem meiner Stöße, und vor allem wenn ich in sie spritze, vor Augen zu haben. Ich muß auf Socken über die knarrenden Dielen des Gasthofflures schleichen, weil man in den Zimmern jeden Furz hört. Wir ficken auch in der Mittagspause. Nach Mitternacht schleicht sie gleich im Unterhemd zu mir ins Zimmer. Wenn jemand nachts auf das Etagenklo muß und sie auf dem Weg zu meinem Zimmer antrifft, weiß er ohnehin, was sie vorhat.

In Madrid sollte die Fickerei eigentlich ein Ende haben. In die Villa, die sie mit ihrem Mann bewohnt, kommt er jeden Abend und oft sogar in der Mittagspause nach Hause. Aber im Augenblick ist er in den USA, und die Villa liegt auf unserem Weg. Wir fahren also zuerst bei ihr vorbei. Während ich mir das Haus ansehe, bringt der Chauffeur die Koffer, meine auch.

»Der Herr Kinski nimmt ein Taxi«, höre ich den weiblichen Satyr über meinen Kopf hinweg zum Fahrer sagen. Wir ficken die ganze Nacht auf ihrem Ehebett.

David Lean hat ein rotes Rolls Royce Cabriolet, das mich, nach dem Satyr, am meisten an ›Schiwago‹ interessiert. Ich glotze das Auto fortwährend an – so wie ich früher als kleiner Junge die

Spielzeugautos angeglotzt hatte und mir dabei die Nase an der Schaufensterscheibe des Spielwarengeschäfts plattdrückte.

»Verlier nicht den Verstand«, sagt David Lean lächelnd, der selbst verrückt ist nach seinem roten Rolls und ihn den ganzen Tag mit einem maßgeschneiderten Überzug wie mit einem Strampelanzug überdeckt, in den sogar die Form der Kühlerfigur, wie ein Präservativ über einem Ständer, eingearbeitet ist. »In ein paar Jahren wirst du selbst in einem Rolls sitzen.«

Ich wage es nicht, Biggi das Telegramm zu zeigen, das eben angekommen ist und das ich automatisch aufgerissen habe, weil ich dachte, daß es an mich gerichtet wäre. Das Telegramm ist für Biggi und kommt von einem Bekannten ihrer Mutter aus Berlin. Er teilt Biggi mit, daß ihre Mutter gestorben ist. Die Situation ist um so ausweglöser, da wir uns gezankt und geschlagen hatten, bis der Telegrammbote klingelte.

Ich schließe mich im Badezimmer ein und lese den Text immer wieder. Und wieder kann ich die Todesnachricht nicht begreifen, wie bei meiner Mutter, wie bei der Journalistin, wie bei Gislindes Schwester und bei Jasmin. Ich habe nur einen Gedanken: Biggi zu versöhnen und sie spüren zu lassen, daß sie nicht schutzlos ist. Ihre Mutter war der einzige Mensch, den sie außer mir und Nastassja hatte. Als ich zu Biggi gehe, vergesse ich das Telegramm im Bademantel.

Biggi und ich haben uns wieder vertragen, da höre ich sie im Bad aufschreien. Ich stürze zu ihr und finde sie zusammengebrochen auf den Fliesen, das zerknüllte Telegramm in den verkrampften Händen. Ich nehme sie auf die Arme und trage sie in ihr Zimmer.

Den ganzen Tag ist sie nicht fähig, einen zusammenhängenden Satz zu reden. Sie zieht Nastassja zu sich aufs Bett, umschlingt sie verzweifelt und bedeckt sie mit Küssen. Nasstja sieht mich fragend und ratlos an. Auch Pola sagt keinen Ton und bleibt stundenlang bewegungslos auf der Türschwelle stehen. Ich gehe auf den Balkon unserer Wohnung im 22. Stock und starre auf den braunen Sonnenball, der sich über die Steinwüste Madrids wie geronnenes Blut verschmiert.

Biggi steht neben mir. Ich habe sie nicht kommen hören. Sie

weint nicht mehr und spricht leise, aber zerstreut und ungeduldig wie jemand, der furchtbar viel Vorbereitungen zu treffen hat für etwas, an das er sich nicht erinnern kann.

»Auf jeden Fall muß ich morgen sofort nach Berlin. Nastassja nehme ich mit.«

»Ich werde ganz früh die Flugkarten beschaffen.«

»Buche das erste Flugzeug, das geht. Das erste beste. Auch mit Umsteigen. Ich darf unter keinen Umständen zu spät zur Beerdigung kommen. Vielleicht ist sonst niemand da außer mir. Ich muß auch noch Blumen besorgen. Viele Blumen, ganz besonders schöne Blumen. Oder, was glaubst du, soll ich einen Kranz anfertigen lassen?«

»Bring deiner Mutter Blumen.«

»Und der Sarg. Mein Gott! Sicher hat sie noch gar keinen Sarg! Was für einen Sarg soll ich nehmen? Ich will einen Zinksarg. Sie soll nicht von Maden aufgefressen werden. Ist es wahr, daß die Toten in der Erde von Maden aufgefressen werden?«

»Ja. Das ist natürlich. Die Maden sind aus der Erde entstanden, aus der Verwesung der Lebewesen und Pflanzen. Das Tier, das die Maden frißt, verwest auch, und aus der Verwesung entstehen neue Maden. Aber auch neue Pflanzen und Blumen. Aus der Verwesung entsteht neues Leben.«

»Aber ich will nicht, daß meine Mutter verwest. Ich will einen Zinksarg.«

»Ich werde dir genug Geld geben.«

»In einem Zinksarg verwest sie nicht?«

»Nein.«

»Dann werde ich einen Zinksarg kaufen. Und einen Grabstein. Wie soll ich das bloß schaffen!«

»Für den Grabstein ist noch Zeit.«

»Aber das Grab. Ich muß doch ein Grab aussuchen. Und dann die Bepflanzung.«

»Für die Bepflanzung ist auch noch Zeit.«

»Was glaubst du, werde ich alles rechtzeitig schaffen?«

»Ganz bestimmt.«

»Also mach das morgen mit den Flugkarten ganz früh, ja?«

»Ich kann auch jetzt noch direkt zum Flugplatz fahren.«

»Nein, nein. Morgen früh. Laß mich jetzt nicht allein.« Sie geht wieder in die trostlose Wohnung zurück. Niemand hat bis jetzt Licht gemacht. Pola steht noch immer herum und erschrickt, als ich sie im Dunkeln anrempele. Dann habe ich den Lichtschalter gefunden.

Eine Schwalbe donnert gegen die großen Glasfenster und fällt in der Ecke des Balkons zu Boden, wo sie zuckend liegenbleibt. Sie muß den Orientierungssinn verloren haben. Ich hebe sie auf, als Biggi auf den Balkon zurückkommt. Sie nimmt mir die Schwalbe aus den Händen und streichelt ihr sanft über den Kopf. Noch nie habe ich eine Schwalbe von so nah gesehen. Ihr Körper ist so zart und zerbrechlich. Aber ihr Flaum und ihre Flugfedern sind verwittert und zerzaust, und ihre umherirrenden Augen suchen die Ferne. Alles an ihr ist von unbezähmbarem Freiheitsdrang. Ich habe das Gefühl, als rieche sie geradezu nach Freiheit. Biggi will versuchen, ob sie wieder fliegen kann, und öffnet die Hände. Ein paar Sekunden geschieht nichts. Dann schnellt die Schwalbe mit einem kräftigen Flügelschlag von Biggis Handfläche und wird von dem kühlen Nachthimmel verschluckt. Biggi lächelt. Ich lege meinen Arm um ihre Schultern.

»Verwest die Schwalbe auch, wenn sie tot ist, und wird sie von Maden gefressen?«

»Ja. Sie verwest auch und wird von Maden gefressen.«

»Dann werde ich keinen Zinksarg kaufen.«

Sie schmiegt sich ganz fest an mich, und wir bleiben lange so, ohne noch ein Wort über ihre tote Mutter zu sprechen.

Ich habe Biggi und Nasstja zum Flugplatz gebracht und bin mit Pola allein. Ihre Ferien gehen zu Ende. Ich habe Angst davor, ganz allein zu sein, wenn Biggi und Nasstja nicht zurückkehren, bevor sie abreist. Gott sei Dank ruft Biggi aus Berlin an und sagt, daß sie nach zwei Tagen wiederkommt. Sie will nur noch den Grabstein in Auftrag geben und mit der Friedhofsgärtnerei die Bepflanzung und die Pflege des Grabes ausmachen.

Endlich kommen wir aus der giftigen Hitze von Madrid heraus und fahren nach Almeria ans Meer, wo Sergio Leone seinen Western dreht. Wir mieten eine verkommene Villa am Strand mit einer Terrasse, die so groß ist, daß wir darauf Tennis spielen können. Das Meer brüllt Tag und Nacht, und ich kann endlich wieder schlafen.

Die Zigeuner Andalusiens werden meine Brüder. Sie betrachten mich als einen der ihren und nehmen mich in ihre Familien auf. Bald kenne ich alle, von Almeria bis Granada, von Malaga bis Sevilla. Auch die Zigeunerinnen. Von den Schulmädchen bis zu den Flamencotänzerinnen und Huren. Auf der Terrasse unserer Villa veranstalte ich jede Woche ein Fest, zu denen ich nur Zigeuner einlade. Wir bekränzen uns die Köpfe mit Blumen und tanzen und singen unter den Sternen, die so tief und groß herunterhängen, als würden sie mir auf den Kopf fallen. Der Flamenco der Zigeuner hat nichts mit dem Flamenco für Touristen zu tun – der wahre Flamenco ist wie ein Geschlechtsakt.

Biggi, Nastassja und ich ziehen in die römische Wohnung. Den Jaguar habe ich in Deutschland gelassen, ich kaufe einen Maserati. Um Biggi und Nasstja alles so schön wie möglich zu machen, lasse ich die teuersten Velours legen, die Wände mit reiner italienischer Seide beziehen, aus der auch Vorhänge und Tischdecken angefertigt werden, lasse vergoldete Klinken und Fensterknäufe montieren, und in den Bädern und Toiletten vergoldete Wasserhähne.

Liliane Cavani will mich für ›Franz von Assisi‹. Wir glotzen uns stundenlang bei der Agentur William Morris an, aber wir werden nicht über meine Gage einig. Der Produzent kann meine Forderungen nicht erfüllen.

Nach ein paar Tagen ruft William Morris an und sagt, daß ich die geforderte Gage bekomme. Ich sage Okay. Am gleichen Tag ruft William Morris wieder an und sagt, daß der Produzent das Geld nicht zusammenkratzen kann. Ich zerschmettere mein Telefon und zerreiße meinen Vertrag mit William Morris.

Ich nehme einen englischen Film in Marokko an, mit Margareth Lee und Senta Berger. Biggi kümmert sich inzwischen um die Wohnung in der Via Nemea, von der sie begeistert ist, obwohl ich mir an den schrägen Wänden hundertmal täglich die Birne anhaue.

Vor dem Mamunia Hotel in Marrakesch lasse ich meine Koffer

ausladen und auf mein Zimmer schaffen. Ich selbst habe was Besseres vor.

Die erste ist eine verschleierte Radlerin. Sie trägt einen schwarzen Burnus wie eine Nonne, und ich sehe nur ihre beringten Hände am Lenker, ihre nackten Füße mit den Sandalen und ihre Kohlenaugen. Ich rufe sie an, wie man ein vorbeifahrendes Taxi ruft. Sie wendet den Kopf und wäre um ein Haar in ein Auto gefahren. Die Chauffeure hier müssen alle mal Kameltreiber gewesen sein. Auf ein Stückchen Papier lasse ich Uhrzeit und Adresse aufschreiben. Sie hat zwölf Uhr nachts geschrieben, so viel kann ich lesen. Die Adresse ist marokkanisch, und ich kann sie unmöglich entziffern. Ich werde den Zettel einem Taxifahrer geben.

Es ist drei. Bis Mitternacht sind es noch neun Stunden. Die bringe ich in den Bazars zu, wo die Gassenjungen an mir herumzerren, mir Rauschgift anbieten und fragen, ob ich mit ihnen ins Bett gehen will. Schließlich stelle ich mich auf den Marktplatz zu dem haschischrauchenden Publikum auf die staubige Erde und höre dem Märchenerzähler zu, von dem ich zwar kein Wort verstehe, der mich aber doch in die orientalische Märchenwelt versetzt.

Dann nehme ich ein kleines Mädchen auf die Schultern, das auf dem überfüllten Markt keinen Platz mehr findet und deswegen nichts sehen kann und das kein Höschen unter ihrem zerrissenen Kleidchen trägt. Was ich daran merke, daß mir ihre nackte Dattel im Nacken klebt und daran, daß mein Nacken naß wird. Das Mädchen, das seine Klitoris an mir massiert und deren dünne Schenkel ich streichle, die beschwörenden Bewegungen des Märchenerzählers, das Haschisch, das in Marokko besonders stark ist, die sinnbetäubende, mit undefinierbaren Gerüchen und schwülem Gestank durchwürzte Luft und die aus allen Winkeln und Löchern auf mich eindringende monotone orientalische Musik, die allein schon wie Rauschgift wirkt, die flüsternden, tuschelnden, rufenden, schreienden, keifenden, lachenden Stimmen in den verschiedensten arabischen Dialekten – das alles hätte mich meine Verabredung mit der Radlerin glatt vergessen lassen – würde das halbnackte Mädchen auf meinen Schultern mich nicht auf den Zettel aufmerksam machen, der zerknüllt aus meiner Hosentasche neben mir auf die Erde fällt.

Es ist kurz vor Mitternacht. Die Kleine hängt sich an meine Hand und will keinen Schritt mehr ohne mich gehen. Ich gebe ihr so viel Geld, wie ich gerade noch entbehren kann und mache ihr durch eine Art Taubstummensprache klar, daß ich mich hier auf dem Marktplatz auf derselben Stelle morgen um dieselbe Zeit wieder einfinden werde.

Der Taxifahrer kann den Wisch anscheinend auch nicht lesen. jedenfalls fährt er kreuz und quer, fragt jede vermummte Gestalt in den unbeleuchteten verwinkelten Gassen, durch die er sich kaum mit dem Auto zwängen kann, und hält um ein Uhr morgens vor einem baufälligen unbeleuchteten Haus mit einer schweren, eisenbeschlagenen Tür.

Die Tür ist angelehnt. Ich zünde ein Streichholz an und taste mich durch den nach Zimt und Minze riechenden Korridor. Das Streichholz verlöscht. Ich sehe die Stufen nicht, stürze sie herunter, schlage mir das Schienbein auf und fluche laut.

Eine Tür öffnet sich zu einem Spalt. Aus dem Innern der Kammer fällt schwaches Licht einer Öllampe, und ich erkenne die Silhouette einer verschleierten Gestalt. Sie tritt zur Seite, als wolle sie mich auffordern, hereinzukommen. Aber ich weiß noch nicht, ob es meine Radlerin ist. Die Augen verschleierter Marokkanerinnen sehen alle gleichermaßen verwirrend aus. Sie zieht mich in die kahle Kammer, in der nur ein unbezogenes Bett steht. Also wird es wohl meine Radlerin sein.

Sie streift den Burnus und den Schleier ab und ist nackt. Der Nachteil bei den verschleierten Frauen ist, daß man weder weiß wie alt sie sind, da ihre Augen noch funkeln, wenn ihr Körper längst verwelkt ist, noch weiß man, ob sie schön oder häßlich sind. Meine Radlerin ist nicht schön im üblichen Sinne, nicht einmal hübsch, aber mir ist es bis jetzt nie darauf angekommen. Ihr pockennarbiges Gesicht und ihr ganzer Leib sehen aus wie Gesicht und Körper eines Raubtieres, das viele Kämpfe hinter sich hat. Sie hat einen vorstehenden Bauch, unter dem eine rasierte Pflaume hängt. Ihre Titten sind nicht groß, aber schwer. Ich ziehe mich nackt aus, und sie zieht mich auf die Matratze. Ihr Loch ist so heiß, als würde sie meinen Schwanz kochen wollen. Sie ächzt nur leise. Aber sie klammert sich an den Messingstangen des Bettes über ihrem Kopf fest, verzerrt das

Pockengesicht und zeigt ihre aufeinandergebissenen Raubtier-
zähne …

Auf dem Warzenhof der linken Brust hat sie eine große Narbe,
die von einer tiefen Wunde herzurühren scheint. Als ich die
Narbe mit dem Finger berühre, macht sie mir durch Zeichensprache klar, daß ihr jemand eine Zigarette auf der Brust ausgedrückt
hat. Ich küsse die Narbe und sehe nach der Uhr, weil das Tageslicht mit aller Gewalt durch die Ritzen der schlecht schließenden
Fensterläden eindringen will. Es ist sieben. Ich ziehe mich an und
suche in meinen Taschen nach Geld. Sie will keins.

Der Park des Mamunia Hotels hat einmal zu dem Besitz eines
Prinzen gehört. Er ist mehrere Hektar groß und mit seltensten
Palmen, Orangen-, Zitronen-, Dattel- und Feigenbäumen so dicht
wie ein Dschungel bestanden, zwischen denen fleischige Pflanzen
und riesige Blüten wachsen. Aus dem Swimmingpool ragt eine
hohe, eingemauerte Palme. Hier sollte man annehmen, daß man
Ruhe und Erholung findet. Churchill und die englische Königs-
schlampe haben sie wohl gefunden. Ich nicht. Da ich nachts nie
zum Schlafen komme, versuche ich es wenigstens tagsüber, wenn
ich nicht filmen muß, auf einer Liege am Swimmingpool. Aus
dem angrenzenden schattigen Park fächelt zu jeder Tages- und
Nachtzeit ein bißchen Luft.

Aber auch tagsüber muß ich an die junge Marokkanerin denken, die als Telefonistin im Mamunia arbeitet. Sie arbeitet nachts,
wie ihr Mann, der Chef des Bedienungspersonals ist. Tagsüber
pennt sie mit ihm. Also kommt sie nachts über Treppen und Flure
für einen Schnellfick zu mir ins Zimmer gekeucht. Sie ist knochig,
und ihre Knochen sind so heiß wie glühende Kohle. Ihr Mund ist
von der Hitze ihres Körpers wie von Fieber ausgetrocknet, ich
würde mich nicht wundern, wenn sie Feuer speit. Wir müssen
schnell machen, und sie muß übervorsichtig sein.

Wenn ich den Weg ins Mamunia abkürzen will, muß ich über
unbeleuchtete Wege und Gassen. Zwei junge Marokkaner folgen
mir. Ich hatte sie längst bemerkt, als ich in die ersten unbeleuchteten, ungepflasterten Wege eingebogen war. Sie kommen schnell
näher und gehen rechts und links dicht neben mir. Ich weiß jetzt,
was sie wollen, ich glaube jedenfalls, es zu wissen.

Viele Marokkaner tragen Messer, und man wird abgestochen, ohne Piep sagen zu können, doch ich bin nicht ängstlich und marschiere weiter. Der Rechte kommt so nah an mich heran, daß sich unsere Schultern berühren.

»Du bist schön«, sagt er geheimnisvoll, ohne dabei aus dem fröhlichen Marschtritt zu fallen, den ich bis jetzt noch bestimme. Also doch, denke ich.

»Ja, du bist schön, und ich sehne mich nach dir«, wiederholt der Rechte.

Der Linke scheint stumm zu sein, oder er kann kein Französisch.

»Wenn du es sagst … Aber ich bin müde und kaputt und muß mich unbedingt ausschlafen.«

Wir marschieren im gleichen Tritt und holen weit aus wie die drei Musketiere. Der Rechte hakt sich bei mir ein. Als der Stumme das sieht, tut er dasselbe. Wenn sie doch ein Messer tragen, habe ich die Arme nicht mehr frei, überlege ich.

»Du bist mutig«, sagt der Rechte.

»Warum?« frage ich so harmlos wie möglich, weil ich weiß, worauf er anspielt.

»Weil du nicht weißt, ob wir Messer tragen. Wir sind zu zweit, es ist finster, und niemand würde deine Schreie hören.«

»Warum solltet ihr mit etwas zuleide tun?«

»Zum Beispiel, wenn du dich weigerst, dich ficken zu lassen.«

»Hör mal, ich habe nichts gegen euch, ich bin einfach zum Umfallen müde. Ich habe bis in die Nacht gefickt und bin völlig ausgelaugt. Ihr würdet keine Freude mit mir haben. Vielleicht ein andermal. A propos, ich glaube, ich habe mich verlaufen. Wo ist das Mamunia?«

»Wir gehen in die richtige Richtung.«

Ich glaube es ihm nicht. Weit und breit ist kein Licht zu sehen, auch nicht aus der Ferne, nichts, und der Acker, auf dem wir uns befinden, ist nicht der, den ich kenne. Mein Rechter flüstert mir noch verschiedene Liebeserklärungen ins Ohr, während mein Linker sich damit begnügt, mir den linken Arm zu quetschen. Am Ende des Ackers kommen wir in eine ungepflasterte dunkle Straße, die sich in einem Halbbogen zieht. Nach ein paar Schritten flimmern Lichter von ganz weit her, so wie man eine

Küste sieht, wenn man nachts aufs Meer hinausgeschwommen ist.

»Geh auf die Lichter zu. An der nächsten Ecke nach rechts, und dann immer geradeaus. Du stößt direkt aufs Mamunia. Du bist ein netter Junge. Vielleicht sehen wir uns eines Tages wieder.«

»Wer weiß …«

Ich drehe mich noch einmal um, man ist bei diesen Schleichkatzen nie sicher.

Als ich gegen eine Palme pisse, piekt es wie Brennesseln. Also wieder ein Tripper.

Ich habe keine Zeit, zum Arzt zu gehen. Er kommt mit der Spritze zu mir. Wir drehen in einem Mosaik-Palast. Zwischen zwei Aufnahmen ziehe ich mich mit dem Arzt auf die Galerie über dem Tee-Salon zurück. Ich lasse die Hose runter und habe das Penizillin gerade im Hintern, als man schon wieder nach mir ruft.

Maria Rohm ist aus Wien und die ständige Freundin des englischen Produzenten Harry Allan Towers, für den ich den Film in Marrakesch drehe. Das hindert sie aber nicht daran, mit Margareth zu fummeln und mit mir. Und Margareth, die mit Gino, meinem Agenten, verheiratet ist, fummelt mit mir und ich mit allen beiden. Das Fleisch der beiden bleibt so weiß wie Schnee trotz der erbarmungslosen Sonne und ist so weich und sauber, daß mich allein der Gegensatz zu den Marokkanerinnen reizt, die weder hellhäutig noch sauber sind.

»Du hast es gut«, sagt Senta Berger zu mir. »Ich muß während der sieben Wochen hier meine Schenkel zusammenkneifen.«

»Dann komm doch zu mir«, sage ich aus meinem Liegestuhl. Sie steht mit ihrer süßen prallen Futt direkt vor meinem Mund, während ihre Schamhaare seitlich aus ihrem winzigen Bikini wuchern.

»Das geht nicht«, sagt sie, »ich habe einen Verlobten.« Dann runzelt sie die Stirn, als denke sie über den Unsinn ihrer Worte nach.

Nach Marrakesch zwei Filme in London. Dann einer in Paris. Dann einer in Italien, auf Capri, mit Martine Carol.

Martine führt mir jeden Tag einen von ihren Pelzen vor, von

denen sie mindestens zwanzig Stück besitzt. Auf einen ist sie besonders stolz. Die ungeborenen Babies werden aus den Bäuchen ihrer totgeschlagenen Mutter herausgeschnitten. Dann wird den Babies lebendig das Fell abgezogen. Die Felle glänzen dadurch angeblich besonders schön. Aus vielen Fellen vieler aus den Mutterbäuchen herausgeschnittener Babies wird ein Mantel angefertigt. So ein Mantel kostet einige hunderttausend Mark. Es gibt nur wenige Exemplare. Gott sei Dank!

Außer ihrem Fell-Fimmel sammelt sie Kleider, Häuser, Grundstücke, Inseln, und vor allem Diamanten. Viele. Große. Die größten sind so groß wie Taubeneier, und sie behängt sich schon zum Frühstück damit. Sie tut mir leid. Sie würde auf den ganzen Ramsch verzichten, wenn sie nur ein paar Jahre jünger wäre. Sie hätte es mir nicht weinend zu beichten brauchen.

»Sobald du wieder nach London kommst, wirst du in meiner Villa am Hydepark wohnen«, wiederholt sie mir jeden Tag mehrere Male, wie einem ungehorsamen Bengel. »Ich werde dich mit meinem Rolls Royce vom Flugplatz abholen.«

So ein Scheiß-Intendant besitzt die Abgebrühtheit, mich immer wieder fragen zu lassen, ob ich gewillt bin, am Berliner Schillertheater aufzutreten. Einem Kerl, der mich anruft, sage ich: »Selbst wenn ihr mir noch so viel Geld dafür bezahlen würdet, so würde ich lieber den erbärmlichsten Film drehen, als einen Fuß auf euren Friedhof zu setzen!«

Ich kann es mir jetzt auch leisten, die üblen deutschen Filmangebote auszuschlagen. Die Italiener bieten mir wöchentlich bis zu dreißig Filme zur Auswahl an. Ich akzeptiere den, für den ich am höchsten bezahlt werde.

Französischer Film in der Türkei. Wir drehen in einem Männerbordell. Ich komme wegen der endlosen Filmerei nur auf fünf Fotzen – eine meiner Partnerinnen, zwei Statistinnen, ein französisches Barmädchen und eine türkische kräftige Hure, die bis 4 Uhr morgens in einem Freiluft-Restaurant bedient, wo immer fette singende Türkinnen auftreten, deren Gesänge über Stunden gehen und nie mehr aufzuhören scheinen. Nachdem mich die Türkin von einer Stunde zur anderen vertröstet hat, und mir vor

Müdigkeit schwindlig wird, fahre ich sie endlich im Taxi dorthin, wo sie angeblich wohnt. Das dauert eine weitere Stunde. Aber obwohl ich meine Augen kaum mehr offenhalten kann und im Gehirn eine lähmende Leere verspüre, bin ich so süchtig nach dieser Frau, daß ich sie mit dem Taxi bis ans Ende der Welt bringen würde, wenn ich sicher wäre, sie da zu ficken.

Endlich kommen wir bei einer Adresse an, von der sie behauptet, daß das ihre Wohnung sei. Ich bin sicher, daß das Haus, das mir eher wie ein großer Abfalleimer mit Türen vorkommt, ein Bordell ist.

Als wir zum 1. Stockwerk hinaufsteigen, sind viele der Zimmertüren auf den langen Fluren offen, die schmutzige Bettwäsche ist zerwühlt. Aus manchen Zimmern höre ich Ächzen von Männern und Stöhnen von Frauen. Aus anderen Quietschen von Betten, Husten, Ausspucken, Schnarchen ... Und nach jedem Aufschreien einer Frau und Aufgrunzen eines Mannes – das Rauschen in den Wasserrohren von einem Bidet oder Klo, die sich außerhalb der Zimmer auf dem Gang befinden. Es stinkt nach Samen, Pisse, Schweiß und Fisch.

Meine Hure tuschelt mit einer anderen Türkin, die, nur mit einem kurzen Unterhemd bekleidet, aus einem der offenen Zimmer herauswankt. Sie deutet auf ein offenes Zimmer am Ende des Ganges.

Auch hier ist die Bettwäsche schmutzig und zerwühlt. Auch meine Hure ist so übermüdet, daß sie einzuschlafen scheint, als ich ihr den Rock hochzerre und ihr die schmutzigen Schlüpfer ausziehe. Das Ausziehen dauert eine Ewigkeit, denn sie ist, außer ihrem Fleischgewicht, vor Müdigkeit schwer, und jedes ihrer Glieder muß von mir bewegt werden. Ihre schmutzigen Füße sind kalt und riechen nach Schweiß. Ihre Fotze ist groß, aber straff und innerlich eng. Ich lege ihre schweren Schenkel auseinander, sie läßt sich total öffnen. Ich ficke sie gierig zweimal hintereinander mit ungewöhnlich großem Ständer. Sie stöhnt nur schwach im Erschöpfungsschlaf. Als ich von ihr heruntersteige, weil ich um 7 Uhr früh zum Filmen abgeholt werde, schlägt sie die Augen auf, zieht mich zu sich hoch und küßt meinen triefenden Schwanz.

Sie verlangt kein Geld.

Wir sind von der Via Nemea nach Cassia Antica umgezogen, in dieselbe Straße, in der Dominique wohnt, aber ich sehe Dominique nur noch zweimal. Das erste Mal in der Wohnung von Carla Gravina, der Frau von Gian Maria Volonté. Carla hat Grippe und liegt im Bett. Ich besuche sie mit Dominique.

Unser Haus in der Cassia ist ein alleinstehender Palazzo hinter einer hohen rosenüberrankten Mauer, hat acht Zimmer, vier Bäder, eine Gartenterrasse, Garage, Swimmingpool und gehört zu den größten und schönsten privaten Parks von Rom. Das ganze Jahr über wachsen und blühen die erlesensten tropischen Pflanzen und Blumen. Besitzer ist eine Immobilienfirma, die wiederum dem Vatikan gehört. Wie halb Rom. Miete achttausend Mark monatlich. Wir haben drei Angestellte, zwei Dienstmädchen und einen Koch.

Da werde ich vom Schicksal gewarnt. Aber ich höre nicht auf die Warnung. Ich drehe einen Western in Cinecittà. Am ersten Drehtag macht das Pferd, auf dessen Rücken ich vor mich hin döse, einen halben Salto nach rückwärts, preßt mich gegen eine Mauer und fällt mit seinem ganzen Körpergewicht auf mich. Ich kann ihm noch einen Tritt versetzen, um nicht von seinen Hufen zu Tode getrampelt zu werden. Dann kann ich mich nicht mehr aufrichten, nicht mal mehr aufsetzen oder aufknien. Meine Hose ist im Schritt und an den Innenschenkeln aufgeplatzt. Meine Drüsen rechts der Genitalien sind zu einem blauschwarzen Berg angeschwollen.

Ich will auf keinen Fall ins Krankenhaus. Zwei vom Team tragen mich in meine Garderobe. Ich lasse mich auf der Couch ablegen und bitte sie, mich allein zu lassen. Ich will mich nur etwas ausruhen. Ich bekomme so starke Schmerzen, daß ich die beiden zurückrufen will, um mir eine Schmerztablette bringen zu lassen. Sie hören mich nicht mehr.

Sobald ich mich aufzurichten versuche, sacke ich wie eine haltlose Masse zusammen, als hätte ich keine Wirbelsäule mehr. Ich lasse mich von der Couch rollen und krieche auf allen vieren zur Tür. Werfe meinen Gürtel über die Türklinke, und es gelingt mir, sie herunterzuziehen. Dann krieche ich über den Flur in die Schneiderei.

Die Garderobiere holt jemand von der Produktion, und man

bringt mich in eine Klinik. Nach den Röntgenaufnahmen sagt der Arzt, daß meine Wirbelsäule gebrochen ist. »Angebrochen«, verbessert er sich, das heißt, das Mark ist nicht verletzt. Ein paar Millimeter, und ich wäre für immer gelähmt. Ich muß in der Klinik bleiben.

Biggi, die wir angerufen haben, weint und schreit vor Angst. Ich selbst kann meinen Körper nicht mehr bewegen, das einzige, was ich tun kann ist, den Klingelknopf neben dem Kopfende meines Bettes zu bedienen und mit größter Anstrengung zu telefonieren. Meine Notdurft muß ich in eine Pfanne verrichten, die mir eine Krankenschwester unterschiebt. Der Nachtschwester sage ich, daß sie zurückkommen soll, wenn die anderen schlafen.

In meinem Zustand ist das wirklich nicht so einfach. Aber sie hockt sich breitbeinig so geschickt auf meinen Rüssel, der trotz allem wieder nach oben steht, und reitet mich so vorsichtig ab, daß sie nicht ein einziges Mal mit ihrem Hintern oder auch nur mit ihren Schamlippen meinen Unterleib berührt. Der Orgasmus ist sehr schmerzhaft, und wir können es nur einmal tun. Aber von Nacht zu Nacht vervollkommnet der Erfindungsgeist der Schwester die Position.

Nach zwölf Tagen habe ich genug von meinem Krüppeldasein.

Mit einem für mich angefertigten Korsett mache ich die ersten Steh- und Gehversuche und lasse mich schlurfend aufs Klosett führen.

Der angefangene Western ist für mich im Eimer. Ich bekomme weder die Gage, noch zahlt die Versicherung einen Pfennig, weil der Produzent nur eine fingierte Versicherung abgeschlossen hatte. Dazu kommt, daß ich vorläufig keinen Film mehr annehmen darf, in dem ich reiten oder die geringste andere körperliche Anstrengung machen muß. Ich darf nicht einmal Auto fahren. »Außer in einem Rolls Royce«, sagt der Arzt lakonisch. Ich nehme seinen Ausspruch ernst und kaufe meinen ersten Silver Cloud. Drei Wochen später werfe ich das Korsett aus dem fahrenden Rolls und unterschreibe den Vertrag für ›Carmen‹ in Spanien, wo ich trotz strikten Verbots der Ärzte von morgens bis abends Galopp reiten und einen achtstündigen Messerkampf führen muß.

Biggi und Nasstja sind mit in Spanien. Die Nächte im Bett

schreie ich vor Schmerz auf, und morgens muß Biggi mich mit dem Zimmerkellner aufrichten, weil ich so steif bin wie ein Klotz.

Nach Spanien Brasilien. Ich fliege wieder allein. Ein sintflutartiger Wolkenbruch hatte die Elendsbaracken der Favelas weggeschwemmt und Tausende von Todesopfern gefordert. Als ich in Rio ankomme, steht das Wasser einen Meter hoch. Aber nicht die Naturkatastrophe und die Cholera sind es, die mich vorläufig keine großen Sprünge machen lassen.

Ich habe Tag und Nacht solche Schmerzen, und die fast 50 Grad Hitze und über 80 Prozent Luftfeuchtigkeit laugen mich in meinem Zustand derart aus, daß ich befürchte, den Vorkarneval nicht voll auskosten zu können.

Der Vorkarneval ist viel aufregender als der Karneval selbst, weil die alberne Kostümierung wegfällt und man die schweißglänzenden, dürftig bekleideten Körper der Brasilianerinnen riecht und anfassen kann. Die Brasilianer, von Kindern bis zu Greisen, bewegen sich, wo sie gehen und stehen, im Sambaschritt, und die Trommeln verstummen nie. Wenn die eine aufhört, fängt die andere an. Die Mädchen von Rio, deren schwingende Hüften und kreisende Pos einen schon so besoffen machen, wenn sie ganz normal gehen, massieren dir im Sambaschritt deinen Knüppel in der Hose, ohne dich zu berühren.

Aus dem altersschwachen Copacabana Palace Hotel ziehe ich wieder aus. Auch das moderne Leme Palace Hotel, in dem ich jetzt wohne, liegt direkt vor dem kilometerlangen Strand von Rio de Janeiro. Trotzdem schlafe ich meist draußen. Die Nächte sind so mild, daß der Strand auch die Nächte durch von ineinanderverschlungenen Leibern bevölkert ist. Niemand kümmert sich darum, was der andere treibt, weil alle ficken.

Die Mädchen von Rio sind für die Liebe geboren, die armen wie die reichen. Die armen gehen auf den Strich, um dazuzuverdienen, auch wenn sie verheiratet sind. Sie stehen auf der Copacabana an die parkenden Autos gelehnt und heben die Röcke hoch, unter denen sie keine Schlüpfer tragen.

»Faß hin«, sagt eine, »wenn du willst, kannst du mich gleich hier ficken.«

Die Reichen unterscheiden sich nur dadurch von ihnen, daß sie reich sind und nicht unbedingt auf den Strich gehen müssen, jedenfalls nicht, um zu überleben.

Das Klima in Brasilien hat meiner Wirbelsäule gutgetan. Ich habe keine Schmerzen mehr. Dann muß ich nach Hongkong.

Die einzige, die nach sechsundzwanzig Stunden Flug nicht zerschlagen ist, als wir in Hongkong ankommen, ist Nasstja, die durchs Flugzeug rennt und selbst den mißgelauntesten Fluggast zu neuem Leben erweckt. Biggi ist wütend auf mich, weil ich während des Fluges mit der Stewardeß der Lufthansa so lange verschwunden war und weil die mir auch noch ihre Adresse in Hongkong aufschreiben wollte.

Während der Überfahrt von Kowloon schlägt Biggi mir auf der Fähre ins Gesicht und bekommt im Hilton einen Nervenzusammenbruch. Ich kann nichts tun. Sie will sich von mir nicht mal mehr anfassen lassen. So gemein das klingt, ich denke nur an Chinesinnen, und mein Puls schlagt wie toll.

Ich strolche durch die von Menschen wimmelnden Straßen, bis ich eine Rikscha finde, und lasse mich im Trab zu einer chinesischen Hure ziehen. Als mein erster Durst gestillt ist, setze ich mich vor dem Haus der Hure zu den Chinesen auf die Straße und esse mit ihnen zwischen dampfenden Kesseln und knisternden, qualmenden Feuern, auf denen Tintenfische und Krebse rösten. Ich habe zwei Filme für Towers in Hongkong zu drehen. Sie sollen zweieinhalb Monate dauern. Ich werde mich regelmäßig und gut ernähren, um bei Kräften zu bleiben. Ich brauche nur an die Hure zu denken, bei der ich bis vor kurzem war.

Margareth Lee und Maria Rohm sind auch mit von der Partie und treiben es jetzt ganz hemmungslos miteinander, weil Towers wöchentlich einmal nach Europa fliegt und praktisch nie da ist.

In Kowloon müssen Margareth, Maria und ich in einem richtigen Saustall von Zimmer auf die Aufnahmen warten, weil kein Hotel in der Nähe ist. Dazu kommt die englische Maskenbildnerin mit ihrer Tochter, um Margareth und Maria zu schminken. Aber Margareth und Maria haben vorläufig keine Lust. Sie setzen sich mit der Tochter der Maskenbildnerin zu mir aufs Bett und einigen sich, wer von ihnen mir welches Kleidungsstück ausziehen soll und welchen meiner Körperteile jede von den dreien zuerst benutzen darf. Ich werde nicht gefragt.

Sechs der Chinesinnen, die ich bis jetzt in Hongkong gestoßen habe, sind Flüchtlinge aus Rot-China. Man stelle sich vor, wie viele geile Chinesinnen es in einem Land geben muß, das eine Milliarde Einwohner hat!

Nastassja muß am Blinddarm operiert werden. Als sie wieder aufstehen darf, gehen wir in den Tiger Balm Garden und nach Aberdeen, wo Dschunken wie Geisterschiffe geräuschlos an uns vorbei und wie Nebelschwaden über das Wasser schweben – und uns Tintenfische und Krebse und Krabben anbieten, die sie vor unseren Augen lebendig auf Holzkohlenfeuer rösten.

Die Nächte segeln wir aufs Chinesische Meer hinaus.

Die Monate in Hongkong gehen dem Ende zu, und ich hetze von einem Hotelzimmer ins andere. Von den Mädchen in Kowloon zu den Mädchen in Aberdeen – zu den philippinischen Mannequins, die im Hilton ihre Nationaltrachten vorführen. Von Margareth zu Maria. Von Hongkong nach Taipeh, Peking und Shanghai.

In Rom wechsle ich den Rolls Royce in einen anderen Rolls Royce. Als ich den auch über habe, kaufe ich wieder einen Maserati. Dann einen Ferrari und wieder ein Rolls Royce-Cabriolet für 100 000 Dollar. Ich wechsle die Autos, weil die Tür klappert (die ich vergessen hatte zuzumachen), oder weil ich das Fenster nicht schnell genug herunterlassen kann, wenn ein Mädchen vorbeikommt, oder einfach, weil ich den Wagen schon über eine Woche fahre und seine Farbe satt habe.

Den Vorschuß für zwei weitere Filme in Hongkong und den Philippinen gebe ich zurück. Im letzten Augenblick verkneife ich mir das Geld und unterschreibe für einen anderen Film in Rio de Janeiro. Ich will zu meinen Brasilianerinnen. Diesmal fühle ich mich von vornherein besser. Das heiß-feuchte Tropenklima in Hongkong, das dem brasilianischen sehr ähnlich ist, hat meine Wirbelsäule endgültig ausgeheilt.

Unsere erste Station ist New York, wo ich mit Edward G. Robinson eine Woche drehen muß. Nach ein paar ausgefickten

Broadwaynutten verlege ich mein Jagdgebiet nach Greenwich Village, wo die Mädchen nachts vor den Beatkellern auf jemanden warten, der ihnen ein paar Dollar für Marihuana gibt. Dafür tun sie alles. Und da man auf den Straßen keine Grüppchen bilden darf, weil die Polizisten sofort brüllen »weitergehen!«, bestelle ich so viele wie möglich von diesen Puppen-Kindern in mein Hotel. Sie haben selbst im Winter nur einen dünnen Fetzen auf den von Rauschgift ausgemergelten Leibern, und ich kleide sie erst einmal ein.

Eigentlich wollten sie Bargeld haben, um sich die Wintersachen selbst zu kaufen. Aber ich falle auf den Trick nicht rein. Wegen einer hätte ich beinahe das Flugzeug nach Rio verpaßt.

Ich werde diesmal fünf Wochen in Rio bleiben. Die Arbeit ist viehisch, aber wir drehen meist nachts, wo es leichter zu ertragen ist. Die gesamte Samba-Schule dreht mit uns. Wir haben erst Dezember, und die Produktion kann nicht auf den Karneval warten.

Die Samba-Schule, die aus Tausenden von Mädchen besteht, ist eine Fundgrube der wildesten Brasilianerinnen, Töchter von Kopfjägern, deren Väter noch Menschenfresser waren und die so schwarz sind wie schwarze Schuhe. Die Körper dieser Mädchen, deren Haut wie Salamander glänzt, vibrieren wie eine Kobra. Sie strecken ihre scharlachroten Zungenspitzen heraus und tanzen fast nackt vor meinem Stuhl, in dem ich während der Drehpausen sitze. Wieder ist Heiligabend. Der heißeste meines Lebens!

Ich verabrede mich mit der Jüngsten. Und während die Feuer der Geisterbeschwörer den höher gelegenen Strand an der Copacabana erhellen, leckt das Wasser der hohen Brecher, die bis zu uns auf den Sand züngeln, unsere gespreizten, zuckenden Beine.

An Geschlechtskrankheiten kann ich unmöglich denken, wenn ich mich in diese schwarzen Salamander bohre.

Nicht alle Brasilianerinnen sind etwa dunkelhäutig. Die weißhäutigste, die ich je sah, ist die Tochter eines Waschmaschinenmilliardärs und von so verblüffender Schönheit, daß ich wie in Trance ihr Gesicht abtaste, um sicher zu sein, daß ich nicht träume. Ich weiß nicht, warum sie ins Leme Palace Hotel gekommen ist, in der wir eine Szene des Films in einem Appartement drehen. Sie drückt sich zwischen schwitzenden Technikern,

Scheinwerfern und Kabeln herum, boxt sich durch sich drängende beschäftigte und unbeschäftigte Gestalten, die einem im allgemeinen bei Filmaufnahmen im Wege stehen und auf die Füße treten, und sieht mich an, sooft es ihr gelingt. Da ich nur ein paar Stockwerke höher zu fahren brauche, um in mein Zimmer zu gelangen, und weil ich auch keine Zeit habe, mich weiter mit ihr zu entfernen, sage ich der Aufnahmeleitung Bescheid, daß man mich rufen soll, wenn man mich braucht, und nehme die Weißhaut mit nach oben. Aber sie will mich gleich heiraten und ihrem Vater vorführen. Ich frage mich, wer bloß dieses Bigamie-Gesetz erfunden hat!

Es gibt jedoch noch andere Ausnahmefälle, in denen ich aufs Zimmer gehe. Zwei Stewardessen der Swissair geben mir alle Schweizer Schokoladetäfelchen, die sie den Fluggästen nie anbieten und in ihre Taschen gerafft haben. Die beiden Leckermäuler ficke ich gleich auf ihren Zimmern, weil ich sie im Fahrstuhl des Hotels kennenlerne, und sie nach der langen Reise unbedingt ins Bettchen müssen.

Auch die Touristin aus Buenos Aires besuche ich nachts in ihrem Zimmer. Mit ihr hätte ich an den Strand gehen können, aber nicht sie interessiert mich, sondern ihre Tochter. Die Mutter leckt mir gleich das Gesicht ab. Aber ich lasse mich nicht erweichen, die Bedingung ist das Töchterchen. Ich ficke sie nur, wenn sie mir ihre Tochter gibt.

Noch eine, die letzte, im Leme Palace Hotel: die schwarze Garderobiere. Ich ficke sie, als sie mir zwischen den Aufnahmen beim Umkleiden hilft. Dann habe ich wieder einen Tripper.

In Cortina d'Ampezzo drehe ich den ersten Western im Schnee. Biggi und Nasstja sind froh und ausgelassen, sie toben im Schnee herum, rodeln den ganzen Tag, laufen Schlittschuh und kutschieren mit glöckchenklingelnden Pferdeschlitten in die Berge. Aber sobald ich nur einen Augenblick mit Biggi zusammen bin, streiten und schlagen wir uns.

Der Grund ist diesmal die amerikanische Negerin Vanessa McGee, die meine Partnerin ist und einen aufregenden knabenhaften Körper hat. Knabenfrisur. Knabenarsch und fast keine Titten. Ihr Zimmer liegt direkt über unserem Appartement.

Wenn ich morgens von Vanessa komme, nachdem ich sie den zweiten Teil der Nacht gefickt habe, schleiche ich an der schlafenden Biggi vorbei, um Zahnbürste, Rasierapparat und frische Unterwäsche zu holen. Auf diese Weise können wir uns nicht zanken. Ich küsse sie und Nasstja behutsam, um sie nicht aufzuwecken.

Ob Nasstja ahnt, was für ein Leben ich führe? Sie liebt ihre Mutter über alles, aber sie liebt auch mich mit jedem Tag mehr, und ich bin wahnsinnig vor Sehnsucht nach ihr. Ich kann mir einfach nicht vorstellen, daß wir eines Tages getrennt sein sollen.

In Rom poltert Marlon Brando jede Nacht gegen Vanessas Tür. Er dreht irgendeinen Scheiß (ich glaube ›Candy‹) und wohnt in der selben Pension wie Vanessa. Ich hoffe, daß sie ihm endlich die Tür aufmacht, damit ich mich mal wieder um andere Fötzchen kümmern kann. Aber Vanessa macht ihm die Tür nicht auf, und am nächsten Morgen muß ich sie im Helios-Studio in ihrer Garderobe ficken. Vanessa ist sehr eifersüchtig und versteht in dieser Hinsicht keinen Spaß. Aus der Pension, in der Brando ihr keine Ruhe läßt, zieht sie ins Hotel de la Ville, über der Piazza di Spagna. Dahin werde ich von ihr beordert. Die kleine Schwester von Trintignants Frau ist auch da. Sie will mich zu einer LSD-Party verschleppen, aber ich bleibe lieber bei Vanessas Freundin, einer amerikanischen Negersängerin, die noch nicht angezogen ist und gerade Toilette macht. Vanessa ist rasend vor Wut und beschimpft mich vor allen Leuten in der Halle des Hotels. Warum hat sie mir auch gesagt, daß ihre Freundin noch auf dem Zimmer ist und sich erst ankleiden muß. Vanessa müßte mich doch kennen. Und vor allem sich. Sie war vom ersten Augenblick an auf Biggi eifersüchtig.

Visconti läßt mich fragen, ob ich bei ihm drehen will. Die Produktion ruft mehrmals im Studio an und bittet mich, Geduld zu haben, bis die Daten geklärt und der Vertrag gemacht werden kann.

»Wer ist dieser Visconti?« frage ich Gino.

»Dreh lieber den nächsten Western«, antwortet er.

»Esso«, sagt Rinaldo Geladi, Spezialist für Public Relations, zu mir und zeigt dabei mit dem Daumen über seine Schulter. Er meint das Mädchen, das eben auf der Toilette verschwunden ist. Ich hatte sie vor einer halben Stunde kennengelernt. Rinaldo hatte sie zum Drehort nach Magliana mitgebracht, das außerhalb Roms liegt. Das Mädchen hatte ihn gebeten, sie mitzunehmen, weil sie mich kennenlernen wollte. Ich hatte ihr guten Tag gesagt, mich ans Steuer ihres Ferraris gesetzt und sie bis zu dem Restaurant gefahren, wo wir während der Mittagspause immer noch beim Essen sitzen. Sie konnte keine Gabel Spaghetti an ihren roten Mund heben, ohne vorher ihre wunderschönen italienischen Augen aufzuschlagen und mir zuzulächeln. Jetzt sehe ich, daß sie in den Spaghettis nur herumstochert und gar nichts gegessen hat.

»Was heißt Esso?« frage ich zurück.

»Moratti.«

»Ach, die Zigarettenfabrik.«

»Quatsch. Nicht *Mur*atti, *Mor*atti. Petroleum. Sie heißt Bedi Moratti. Ihr Vater ist der reichste Mann Italiens.«

»Interessant«, sage ich.

Bedi kommt vom Häuschen zurück. Sie hat ihre Lippen nachgezogen und lächelt noch verliebter als vor dem Gang zur Toilette. Ich nehme sie jetzt näher unter die Lupe. Nicht, weil ihr Vater der reichste Mann Italiens sein soll, sondern weil ich sie vorher nur rein mechanisch betrachtet hatte.

Sie hat lange seidige Haare, kerngesunde Zähne, einen feinen, sinnlichen Mund und verträumte, sehnsüchtige Augen. Ihr Körper ist dünn und zerbrechlich wie eine Porzellanfigur. Aber so abwesend und melancholisch ihr Ausdruck ist, und so elfenhaft ihr Körper scheint, sie muß verdammte Energie und Zähigkeit besitzen. Immerhin fährt sie den schnellsten Rennsportwagen der Welt, der im ersten Gang bei einem einzigen Tritt aufs Gaspedal bei hundert ist, der für Männer konstruiert ist und nicht für Bedis zartgliedrige Feenhände. Sie trägt ein leichtes blumiges Sommerkleid und einen Diamanten von mindestens zehn Karat.

Rinaldo schlägt mir auf die Schulter. Ich war so sehr in die Betrachtung Bedis versunken, die ebenfalls ihre Umgebung zu vergessen schien und sogar vergaß, mich anzulächeln, daß ich nicht den Aufnahmeleiter bemerkte, der vor zehn Minuten an unseren

Tisch gekommen war, um mich zum Drehort zurückzuholen. Ich gebe Bedi meine Telefonnummer, sie gibt mir ihre, und wir versprechen uns, daß wir uns wiedersehen.

Sie ruft noch am selben Tag abends bei uns an. Sie kann nicht wissen, daß Biggi den Hörer abnimmt. Ich habe auch nicht damit gerechnet, sie macht das nie.

»Für dich, eine Frau«, sagt sie böse.

Ich kann nicht lange mit Bedi reden. Biggi ist auf ihr Zimmer gegangen und kann mich nicht hören. Aber ich will nicht noch einmal wiederholen, was sich in Jugoslawien abgespielt hat. Ich sage Bedi, daß sie besser nicht mehr anruft und daß ich mich mit ihr in Rinaldos Studio treffen werde.

Irgendeine russische Prinzessin bietet mir ein Haus in der Via Appia an, der schönsten und ältesten Straße der Welt. Das Haus wird von der Gräfin Vassarotti bewohnt und ist zu vermieten.

Ich fahre mit der Prinzessin, deren Köter in meinen Rolls Royce pißt, in die Appia und sehe mir das Haus an. Es ist das nächste Haus nach der Villa von Gina Lollobrigida. Es steht völlig isoliert auf einem riesigen Grundstück, das mit Pinien, Zypressen, jahrhundertealten japanischen Kirschbäumen, Rosen, Oleander, Orangen- und Zitronenbäumen bewachsen, mit Ruinen aus dem römischen Imperium übersät und von einer uralten, zwei Meter hohen Mauer umgeben ist.

Das Haus selbst ist neunhundert Jahre alt und in den Büchern italienischer Kunstdenkmäler verzeichnet. Es hat vier Stockwerke, vierzehn Räume, sieben Bäder, fünf Kamine, im ersten Stock einen zwanzig Meter langen und zehn Meter hohen Salon, einen eigenen Fahrstuhl, der bis in den Turm hinaufführt, einen angebauten Flügel für das Personal und eine im Obstgarten stehende Dependance, wiederum mit Salon, zwei Bädern und vier Zimmern im ersten Stock.

Unter schwer herabhängenden üppigen Ästen von Mandel- und Walnußbäumen steht ein Treibhaus mit seltenen Orchideen.

Im Mittelalter war die Schloßburg in eine Kirche verwandelt worden. Was es vor dem war, weiß keiner. Die Grundmauern sind auf Granit vor Christi Geburt erbaut, und auf marmornen Torbögen und auf den aus Quadern zusammengesetzten Treppenstufen ist das Zeichen des Vatikans eingemeißelt – der sein Brandzeichen auf allen nur möglichen Besitz stempelt wie Viehzüchter auf den Arsch von Kühen.

Die Gräfin Vassarotti lebt allein in der Festung. Ihr Mann war Filmproduzent und hat Selbstmord begangen. Die Gräfin haust zwischen von Holzwürmern zerfressenen antiken Möbeln, die zusammenkrachen, wenn man sich dagegen lehnt, in einem Dschungel von faulenden Strohblumen, hunderten von verrottenden, geschmacklosen Gemälden, auf den von ihren Hunden und Katzen vollgepißten chinesischen Teppichen und zwischen Bergen von angeschlagenem wertvollen Porzellan.

Weder das elektrische Licht funktioniert, noch der Fahrstuhl, dessen Schacht unter dem Erdgeschoß einen halben Meter unter Wasser steht. Jane Fonda hatte hier während ihres grausigen Films in Rom sechs Monate gewohnt und war während eines Regenfalls stundenlang im Fahrstuhl steckengeblieben. Vadim hatte das Restliche besorgt, das Haus zu einem völligen Schweinestall zu machen.

Wenn ich den meisten Trödel rausschmeiße und das Haus in Schuß bringe, wird es das Märchenschloß, das ich brauche.

Als ich Biggi von dem Haus erzähle, will sie es sofort sehen. Und als sie es sieht, will sie gar nicht mehr weg. Gino rauft sich die Haare: »Weißt du denn nicht, daß die ganze Appia Antica mit Schlangen und Ratten verseucht ist? Die giftigen Eidechsen kriechen dir ins Bett! Die Stechmücken fressen dich auf! Die Ameisen und Spinnen krabbeln dir in die Suppe! Das Haus ist so alt, daß du noch als Greis arbeiten mußt, um es vor dem Pilzschwamm zu retten! Du wirst nach drei Monaten wiederkommen und mich verfluchen, daß ich dich nicht mit Gewalt daran gehindert habe, es zu nehmen!«

Ich lasse ihn reden. Biggi und Nasstja sollen ihr Märchenschloß haben. Nasstja geht jetzt in Rom zur Schule, und beide wollen unbedingt in Italien bleiben.

Ich wußte seit Wochen, daß ich wieder nach Almeria muß. Biggi wußte es auch, aber wir haben nie mehr darüber gesprochen. Jetzt will sie auf einmal mit. Ich sage, daß es besser ist, wenn wir uns für ein paar Wochen trennen.

Der Grund ist Bedi, mit der ich immer öfter zusammentreffe. Sie begleitet mich auf allen Wegen, die ich zu erledigen habe.

230

Steht geduldig herum, wenn ich in den stickigen Studios drehe und kaum Zeit für sie habe. Sie erträgt die brütende Hitze bei den Außenaufnahmen, bei denen es oft nicht mal einen Sonnenschirm oder einen Stuhl zum Sitzen gibt. Sie folgt mir auf Schritt und Tritt und wird mit jedem Tag trauriger, der meine Abreise näherrückt. Denn ich habe ihr weder gesagt, daß sie mitkommen soll, noch was ich für sie empfinde. Ich weiß es selbst noch nicht. Sie sitzt schweigend neben mir, wenn ich im japanischen Restaurant esse, ohne jemals selbst etwas zu essen, und wenn ich mit Architekten und Dekorateuren Seide für Wandbespannungen und Vorhänge, vergoldete Klinken und Wasserhähne, Moquette und Farbmuster für die Appia aussuche. Und sie bietet sich bei jeder Gelegenheit an, mich in ihrem Ferrari zu chauffieren.

Heute früh fahre ich mit meinem Rolls Royce-Cabriolet los, nachdem ich die Arbeiten für die Appia in Auftrag gegeben habe. Bedi ist um 6 Uhr morgens zur Piazza di Spagna gekommen, um mich noch einmal zu sehen. Auf der spanischen Treppe umarme ich sie und küsse sie zum ersten Mal auf den Mund. Sie steht noch immer da, wie ich sie nach dem Kuß verlassen habe, als ich in die Via del Babuino zur Piazza del Popolo einbiege.

Den ersten Tag fahre ich durch bis Marseille. Morgens um drei gehe ich zu den Huren. Nehme eine, die ich zusammengekauert auf dem Rinnstein sitzen sehe, und gehe mit ihr in eine Pension. Aber es macht keine Freude. Ich fahre ins Hotel und rufe Bedi in Rom an.

Von Marseille fahre ich bis Barcelona. Aber auch in Barcelona können mich die ganz jungen Nutten diesmal nicht aufgeilen. Nicht mal die Flamencotänzerinnen. Nicht mal die Zigeunerinnen, die ich so liebe.

Als ich in Almeria ankomme, liegt ein Telegramm von Bedi in der Rezeption des Hotels. Sie kommt morgen nacht. Ich bin so froh, daß ich mit meinen Zigeunern ein Fest in einem Flamenco-Restaurant veranstalte. Die Mädchen tanzen vor mir auf den Tischen, und ich kann sehen, wie sie ihre Schamlippen aneinanderreiben.

Eines der Mädchen ist die Besitzerin des Lokals. Ich stoße sie im

Stehen auf dem winzigen Klo hinter der Küche. Bevor ich ins Hotel fahre, werfe ich mich ins Meer.

Bedi hat bereits nach mir gefragt und steht müde und blaß an der Rezeption. Koffer hat sie keinen, nur ein Beauty-Case. Sie ist nicht mit einer Linienmaschine gekommen, sondern mit einem Privat-Jet. Sie mußte bis Malaga fliegen, weil es in Almeria keinen Flugplatz gibt. Die zirka 200 Kilometer Kurvenstraße von Malaga hat sie in einem Taxi zurückgelegt. Ihr Vater hatte auf allen Flugplätzen Häscher alarmiert, die Bedi abfangen und nach Hause bringen sollten. Morgen früh um vier muß sie zurück nach Malaga, von wo ihr Flugzeug um sieben startet. Es ist zehn. Wir haben sechs Stunden Zeit.

Bedi ist verhemmt und linkisch, als habe sie Angst, mich nicht zu befriedigen. Ich ficke sie ernsthaft, mit aller Hingabe, Zärtlichkeit, Brutalität und Gnadenlosigkeit.

Sie glüht und duftet und strampelt und geifert ... Wir schlafen berauscht und befriedigt ein ...

Ich hatte nicht bemerkt, daß Bedi leise aus dem Bett geglitten war, sich anzog und verschwand. Als der Hotelportier mich zum zweiten Mal weckt, weil der Wagen, der mich zum Drehen abholt, bereits eine Stunde auf mich wartet, finde ich Bedis Brief, den sie vor ihrer Abreise im Badezimmer geschrieben hat, um kein Geräusch zu machen. Ich kriege einen Ständer, als ich den Satz lese: »... Ich hoffe, daß ich mich im Bett nicht zu ungeschickt angestellt habe ...«

Ich ziehe mich an, weil das Telefon zum dritten Mal klingelt.

Die Schuhputzerjungen auf den Straßen von Almeria, die alle Zigeuner sind und die auf die Schuhe ihrer Kunden spucken und in die Hände klatschen, wenn sie die Bürste wie Jongleure in die Luft werfen, lassen die verdutzten Touristen stehen und schreien mir über die Straße zu. Sie wissen, daß ich es liebe, wenn sie mitten auf der Straße und mitten im Verkehr ein paar Flamencoschritte für mich machen, wobei sie sich fanatisch in die Brust werfen und ihre Gesichter einen ernsten, schmerzhaften Ausdruck bekommen.

Bedi kommt wieder. Ich habe drehfrei, und wir fahren nach Malaga. Nach zwei Tagen muß Bedi wieder weg. Ich muß nach

Barcelona. Bedi kommt nach und bleibt eine Nacht. Kommt wieder. Fährt wieder weg. Und kommt wieder und überall hin, wo ich bin.

Biggi ist inzwischen mit Nasstja in das Haus in der Appia eingezogen, weil die Arbeiten so gut wie beendet sind. Als ich aus Spanien zurückkomme, schreit sie, außer sich, daß sie ihre Sachen packen und mich für immer verlassen wird. Ich hatte während der zehn Wochen in Spanien nicht ein einziges Mal angerufen, telegrafiert oder geschrieben, was ich trotz aller Hurerei, außer von Prag, immer getan habe. Ich weiß, daß unsere Ehe endgültig zerstört ist, aber ich liebe Biggi und versuche sie zu überreden, in Rom zu bleiben. Es ist zwecklos.

»Du würdest sogar mit deiner eigenen Tochter ins Bett gehen!« schreit sie außer sich vor Wut und stürzt aus dem Haus.

Den ganzen Tag finde ich sie nicht mehr, und auch Nasstja weiß nicht, wo sie hingegangen ist und sucht sie.

Ich finde Biggi in einer Ecke des Treibhauses auf dem Boden sitzend zwischen über ihr hängenden und auf langen Tischen stehenden Töpfen mit wie Wildkatzen gefleckten Orchideen, deren Schönheit mir jetzt zum ersten Mal zum Bewußtsein kommt. Sie sieht mich nicht an. Und während sie, staunend wie ein Kind, eine Orchidee mit den Fingern berührt, sagt sie: »Ich hatte ganz fest daran geglaubt, daß Nasstja und ich in diesem Paradies leben würden. Du hast alles zerstört.«

»Aber ich habe das Haus doch nur für euch genommen!«

»Das kann ja sein. Ich glaube sogar, daß du es ehrlich gemeint hast. Aber wir können bei dir nicht bleiben. Wir können nicht mehr in einem Haus wohnen, in das du nach deinen Hurereien zu uns zurückkommst. Ich werde morgen mit Nasstja nach Berlin fliegen und mir eine neue Wohnung suchen.«

Ich bringe Biggi und Nasstja zum Flugplatz. Bevor sie durch die Paßkontrolle gehen, weint Biggi. Sie fühlt wie ich, daß es zu Ende ist. Nasstja umklammert Biggis Beine und vergräbt ihr Gesicht in ihrem Schoß.

»Warum schickst du uns weg ...?«

»Ich schicke euch nicht weg. Du wolltest nicht mehr bei mir bleiben.«

Es klingt alles so sinnlos, was ich sage. Denn Biggi hat recht. Im

Grunde bin ich es, der sie seit Jahren wegschickt, ohne es zu wollen. Sie weint noch, als sie schon durch die Sperre sind. Nasstja dreht sich immer wieder nach mir um und stolpert an Biggis Hand. Mir treten die Tränen in die Augen.

Vom Flugplatz rufe ich Bedi an. Ich will mit ihr aufs Meer und an nichts mehr denken. In Fiumicino gehen wir an Bord der Jacht ihres Vaters und fahren nach Sardinien, wo ihre Eltern ein Mammut-Hotel besitzen und wo die Jachten ihrer Brüder liegen und das Luxusschiff ihrer Mutter, das so groß ist wie ein kleiner Ozeanriese.

Bedi zieht zu mir in die Appia und bringt einen Teil ihrer Garderobe mit. Wo immer wir in Rom auftauchen, werden wir von Fotografen verfolgt, und die Klatschmäuler haben Unterhaltungsstoff.

Ich weiß nicht, ob Bedi auf Prinzessin Ira Fürstenberg eifersüchtig ist, jedenfalls schleudert sie die italienischen Zeitungen mit den Fotos von Ira und mir wütend vor mich hin. Wenn ich Ira vor der Kamera küssen muß, streife ich ihr jedesmal den Rock bis über ihre Arschbacken hoch, ohne daß sie es merkt. Ich wünschte, ich wäre ihr schon begegnet, als sie noch fünfzehn war und zum ersten mal schwanger wurde. Ira ist so albern, daß sie mir sogar zuzwinkert, wenn sie für eine Großaufnahme allein vor der Kamera steht. Was der Regisseur auch anstellt, damit die Aufnahme endlich zustande kommt, ich zwinkere Ira immer wieder zu, und sie zwinkert prompt zurück.

In Monte Carlo, wo wir die Schlußszene des Films drehen, verabreden wir uns in Genf. Ich sage: »Ich rufe an.« Aber Bedi ruft in Monte Carlo an und will mit mir nach Barcelona fliegen, wo ich noch Ende der Woche den nächsten Film beginnen soll.

Noch nie hatten Bedi und ich Gelegenheit, so lange und ohne Unterbrechung zu ficken, wie in Barcelona. Die Nächte schlafen wir überhaupt nicht mehr. Wenn ich im Morgengrauen zum Drehen abgeholt werde, kommt Bedi mit. Nach dem Drehen geht es sofort ins Bett. Und wenn wir nachts vor Hunger keine Kraft mehr zum Ficken haben und uns gegenseitig aus dem Bett ziehen, um uns in ein Lokal zu schleppen, weil der Fraß im Hotel Ritz ungenießbar ist, kommen wir jedesmal zu spät und kriegen nichts.

Nur einmal wird Bedi mißtrauisch, als die vierzehnjährige Romina Power und ich uns im Studio begegnen und ich ihre Hand lange nicht mehr loslasse.

In Rom sind Bedi und ich auf Rominas Drängen von ihrer Mutter Linda Christian eingeladen. Und während Romina mit mir verschwindet, um mir ihre Kindermalereien zu zeigen, sagt Lindas Mutter, eine mexikanische Hexe, Bedi die Zukunft voraus. Sie liest in Bedis Handlinien, daß wir uns trennen werden. Bedi und ich sind verwirrt.

Pasolini kommt mit einer Horde junger Männer in die Appia, nachdem er mir das Drehbuch für seinen nächsten Film ›Porcile‹ hatte zuschicken lassen, und will mit mir sprechen. Pola ist bei mir, weil Bedi sich mal wieder bei ihrer Familie sehen lassen muß. Ich habe keine Lust, in den Salon zu gehen. Ich telefoniere mit Bedi, die aus Mailand angerufen hat, und sage Pola, daß sie Pasolini und die Horde Männer bewirten soll, solange ich mit Bedi telefoniere. Gino ist auch da.

Eine Stunde später komme ich herunter. Es ist eine etwas peinliche Stimmung aufgekommen, nachdem ich Pasolini über eine Stunde habe warten lassen.

Ich entschuldige mich für mein Benehmen und sage, daß ich bis jetzt am Drehbuch gelesen hätte, daß ich es aber nicht verstehe. In Wirklichkeit hatte Gino mir den Bockmist erzählt.

Es ist wahr, die Geschichte ist ein bißchen happig. Die Hauptfigur, die ich darstellen soll, ist ein Kerl, der vor lauter Hunger einen gutgebauten Krieger überfällt und auffrißt. Dabei geilt er sich an den muskulösen Körperformen seiner Speise auf. Das allein wäre nach allen Quatschgeschichten, die ich bisher drehen mußte, zu ertragen. Nicht aber die Gage. Der Produzent Doria gehört zwar zu den besten Italiens, aber ich müßte Doria oder gar Pasolini vor Hunger auffressen, wenn ich alle Filme für den Hungerlohn drehen würde, den Doria mir bietet. Gino und ich haben vereinbart, meine Gage mit jedem Film in die Höhe zu treiben. Deswegen ist Gino auch nicht enttäuscht, als der Vertrag nicht zustande kommt.

›Bastardi‹ mit Margareth Lee und Rita Hayworth in Spanien. Bedi wollte eigentlich sofort mitfliegen, kommt aber erst später nach. Margareth ist mit einer Friseuse befreundet, die sie nach Madrid mitbringt. Ich will die Friseuse verführen, die so lesbisch ist, daß sie mir auf die Hand schlägt, wenn ich Margareth befummle.

Ich lade beide zu mir ins Palace Hotel ein und tanze mit der Friseuse, während Margareth auf dem Bett onaniert. Ich habe den Finger schon im Friseusenfötzchen … Da klingelt es. Als ich die Tür aufmache und den Störenfried anbrüllen will, ist es Bedi, die mich stürmisch umarmt. Sie hätte auch anrufen oder telegrafieren können! Ich dehne die Begrüßung mit ihr in der Vorhalle meines Appartements so lange wie möglich aus, damit die beiden da drinnen ihre Kleidung ordnen können. Bevor ich Bedi mit ihnen bekannt mache, flüstere ich ihr ins Ohr: »Das sind zwei Lesbierinnen. Sie wollten gerade gehen.«

Nachdem Bedi wieder abgereist ist, kümmere ich mich endlich um Rita. Rita ist nicht mehr das Pin-up-Girl, von dem die G.I.s einen Ständer kriegten, seit sie mit Ali Kahn und Orson Welles verheiratet war, aber sie ist noch immer eine schöne Frau. Sie wohnt wie ich im Palace und zeigt mir nachts ihr Appartement, das noch kitschiger ist als meines.

Coral de la Morena ist das berühmteste Flamenco-Lokal der ganzen Welt. Hier sind Carmen Amaya und La Chunga aufgetreten, und hier tanzt, singt und spielt immer noch der beste Nachwuchs der Zigeuner. Die Mädchen kichern und tuscheln, während sie an der Wand aufgereiht auf ihren Stühlen sitzen, denn ich stiere die jüngste unter ihnen pausenlos an.

Nach der Vorstellung kommt sie mit mir ins Palace. Sie hat so einen unverschämten Arsch, daß ich ihr ins Badezimmer hinterherschleiche, als sie pissen muß. Ich reiße sie vom Lokus hoch und drückte ihren Oberkörper in die Marmorschale eines der Waschbecken. Als sie bereits wie ein Fisch zappelt, den man aufs Land geworfen hat, und ich selbst kurz davor bin, mich von hinten in sie zu ergießen – bricht das Waschbecken aus den Halterungen in der Wand, und ein heißer Wasserstrahl schießt aus den gebrochenen Rohren. Wir stürzen aus dem Bad, schließen die Badezimmertür fest zu und machen im Bett weiter. Jedoch nicht nur der Dampf schwelt durch die Türritzen aus dem Badezimmer, sondern auch das heiße Wasser quillt über die Türschwelle ins Schlafzimmer. Der Nachtportier schickt einen Klempner rauf, der den Haupthahn abdreht und sich im Badezimmer zu schaffen

macht. Die mit dem frechen Arsch verkriecht sich unter der Bettdecke, bis der Klempner das Rohr verstopft hat.

Die Autos habe ich wieder gewechselt, von sieben Ferraris habe
ich vier zusammengefahren, und ich bin dabei, meinen sechsten
Rolls gegen einen Ferrari einzutauschen. Beim letzten Tausch
hatte ich zirka 40 000 Mark verloren. In den vier Jahren in Rom
habe ich sechzehn Autos gekauft und gewechselt. Drei Maserati, sieben Ferrari und sechs Rolls Royce. Ins Haus habe ich über
300 000 Mark gesteckt, obwohl es nicht mir gehört. Ich habe sie-
ben Personen Personal, einen Chauffeur, einen Gärtner, zwei
Dienstmädchen, einen Diener, eine Köchin und eine Sekretärin.
Die allein kosten mich jeden Monat über 7000 Mark. Leben
kommt monatlich auf ungefähr 8500 Mark. Russischer Kaviar und
Champagner, den jeder Piefke bei mir bekommt, zirka 10 000
Mark. Auch Postboten und Gasmänner bekommen öfter ein Glas.
Einmal sogar die Feuerwehr, die im Nachbargrundstück einen
Gasbrand löschen mußte und bei mir einen Anschluß für ihre
Schläuche suchen wollte.

In der Hauptsache sind es Journalisten, die in der Appia saufen
und fressen. Eine deutsche Journalistin kotzt auf einen chinesischen Teppich, weil ihre Glubschaugen größer waren als ihr
Magen. Sie schreibt dann in einer Illustrierten, daß ich Kaviar mit
dem Löffel fräße.

Zu den Ausgaben kommen Kleidung, Reisen, Benzingelder, Te-
lefonrechnungen von 8–10 000 Mark, und der ständige Autowech-
sel, der ein Vermögen verschlingt. Obwohl ich von einem Film
zum anderen hetze (bis zu 11 Filmen pro Jahr, einmal sogar
3 Filme gleichzeitig), und meine Tagesgage auf 50 000 Mark gestiegen ist, brauche ich ständig Geld.

Die nächsten beiden Filme, für die ich einen Vorschuß habe,
sind geplatzt. Die Produktion ist vor dem ersten Drehtag pleite.
Das ist hier nichts Besonderes, aber ich habe gerade jetzt nicht
damit gerechnet.

Bedi hat nie viel Bargeld auf dem Konto. Ihre sämtlichen Rechnungen bezahlt ihr Vater, wie hoch sie auch immer sind. Bedi und
ich fahren nach Mailand und holen ihren Schmuck. Sie darf den
Schmuck nicht verkaufen. Gino trägt ihn in Rom ins Leihhaus. Er

hätte ein Vermögen dafür verlangen können, aber er bringt mir nur 50 000 Mark, damit mir das Wiederauslösen nicht so schwer fällt. Es wird für ein paar Wochen reichen, bis der nächste Film beginnt. Seit dem Pfandleiher, der den Ehering meiner Mutter in Gewahrsam nahm, haben sich bis heute nur die Ziffern geändert.

Die nächsten zwei Filme sind ein Kriegsfilm in Nordwest-Italien und ein Gangsterfilm in Genua. Bedi kommt mit ihrem Ferrari in Schneegestöber und Nebel auf vereister Autobahn von Mailand nach Montecatini, Livorno und Genua gerast. Für eine Nacht. Für einen Tag. Für ein paar Stunden. Wenn Bedi nicht wegkann, rase ich in meinem Ferrari nach Drehschluß nach Mailand. Für eine Nacht. Für ein paar Stunden. Treffen tun wir uns im Principe di Savoia, in dem Bedi jetzt, außer in ihrer Mailänder Wohnung und den Häusern Morattis, Dauergast ist.

Bedi kann nicht mehr. Die neuneinhalb Monate mit mir haben sie fertiggemacht. Sie bricht physisch und nervlich zusammen und muß in eine Klinik in die Schweiz. Ich muß nach London.

Im Londoner Beat-Club ›Revolution‹ treffe ich auf Luna, das längste Negermannequin der Welt, sie ist, glaube ich, gut und gerne zwei Meter groß. Ich sage ihr, daß ich sie nach Rom mitnehmen werde. Toni zieht eine Flunsch. Ich hatte sie einen Tag zuvor beim Drehen kennengelernt, sie ins Hotel mitgenommen und heute nacht ins ›Revolution‹. Die Produktion hatte ihren kleinen Zwergpinscher gemietet, und Toni mußte bei den Aufnahmen dabei sein, weil das Hündchen sonst vor der Kamera in die falsche Richtung lief.

Toni trägt einen so kurzen Mini-Rock, daß man ihre Arschbacken und ihre Fotze sieht, wenn sie nur die Hand hebt, um sich in der Nase zu pulen. Sie ist ein richtiges London-Girl und redet nur Cockney, was außer denen, die auch Cockney reden, keiner versteht.

Toni mault also, denn sie haßt alle anderen Mädchen, mit denen ich Kontakt bekomme, und verflucht sicher im stillen schon Christiane, meine Partnerin im Film. Ich hatte völlig vergessen, daß ich Toni auch versprochen habe, sie nach Rom mitzunehmen. Um nicht alles durcheinander zu bringen, und um zu retten, was noch zu retten ist, gebe ich Toni Geld für eine Flugkarte und sage ihr, daß sie eine Woche später nachkommen soll.

Luna, Toni, Christiane und ich tanzen, bis zum Morgen. Luna kennt fast jeden Gast, und jeder kennt Luna. Sie ist so lang, daß Roman Polanski sich an ihr hochangeln muß, um ihr zur Begrüßung wenigstens den Bauchnabel zu küssen.

In London bin ich zum letzten mal von Hasch so voll, daß ich mich in eisigem Wind nackt auf den Balkon meines Appartements lege, bis ich wieder zu mir komme. Dann fresse ich acht Club-Sandwiches und trinke drei Liter kalte Milch. Ich habe endgültig genug. Luna, die mit jedem Atemzug einen Puff Hasch einzieht und die Dinger sogar dreht, wenn sie auf dem Klo sitzt, beißt bei mir von jetzt ab auf Granit.

In Rom ist der Teufel los. Toni zieht wieder eine Schippe, weil ich mit Christiane in Cinecittà drehen muß und mich nicht um sie kümmern kann. Vor allem haßt Toni aber Luna, die auf meine Kosten gleich ihren schwulen Modeschöpfer Henry mitgebracht hat und sich in der Appia regelrecht niederläßt. Henry und Luna haben soviel Koffer mitgebracht, daß wir vom Flugplatz einen Lieferwagen brauchen.

Henry sieht aus wie der junge Oscar Wilde, hat dunkelbraune Locken bis auf die Schultern, trägt nur schwarzen Samt, ist schweigsam und angenehm und wunschlos glücklich, wenn er Champagner und Hasch in rauhen Mengen hat.

Luna ignoriert Toni, als wäre Toni in London zurückgeblieben und säße nicht mit ihr an ein und demselben Tisch in Rom. Beide sprechen nicht ein einziges Wort miteinander. Mit Christiane spricht Toni auch nicht. Die ersten Tage trommelt sie noch mit den Fäusten gegen die Tür meines Schlafzimmers, wenn ich mich mit Luna eingeschlossen habe, und brüllt: »Fick mich!« Dann spricht sie kaum noch mit mir. Und wenn ich sage: »Ich fick dich«, sagt sie: »Fick dich selbst!«

Mein Haus in der Appia wird zur Rauschgifthöhle. Toni verabscheut jede Droge. Sie ist ein gesundes, unverdorbenes Mädchen. Aber Luna begnügt sich nicht mehr damit, Henry die Dinger drehen zu lassen, damit sie beim Paffen keine Zeit verliert. Jeden Tag, wenn sie aus Rom nach Hause kommt, zieht sie wie der Rattenfänger von Hameln einen Schweif von Hippies hinter sich her, die wie Krähen das ganze Haus belagern, durch das bald in allen Etagen blaue Rauchschwaden ziehen.

Als Christiane fassungslos zu mir gerannt kommt, weil Luna sich in ihrem Schlafzimmer mit einem Hippie Morphium in die Venen jagt und die blutigen Injektionsspritzen überall herumliegen, peitsche ich alle samt Luna aus dem Haus.

Bis jetzt hatte ich jeden Tag auf meinem Bett einen von Luna bekrakelten Zettel gefunden. »Kinski ist unser Gott«, stand darauf, und: »Wir danken unserem Gott, daß er uns dieses Haus für immer gegeben hat.« Da hatte ich mir was eingehandelt! Als Luna ihre Sachen packen mußte, hatte sie die Wände ihres Schlafzimmers mit Lippenstift beschmiert: »Kinski ist der Teufel!«

Toni darf bleiben. Aber auch Tonis Tage sind gezählt.

*

Außerhalb eines kleinen Dorfes in den dschungelbewachsenen Bergen Südvietnams, in der Nähe von Dâlat, wo das Volk der Moi lebt, schreit ein vierjähriges Kind. Das kleine Mädchen weiß nichts von dem schmutzigen Krieg, der seit mehr als zehn Jahren ihr Volk ausrottet. Es weiß nichts von den Patrouillen der Eindringlinge und von den durch den Dschungel schleichenden Vietkongs. Und es weiß nichts von der Tigerfalle, in die es am Nachmittag gestürzt war – die es nicht gesehen hatte, weil die Dorfbewohner die Fallen mit Bambusschilf überdecken.

Es schreit, weil es sich beim Sturz den Unterschenkel aufgerissen hat. Es schreit und schreit. Aber niemand hört seine Schreie. Die vier Meter tiefe Grube verschluckt jedes Geräusch und läßt keinen Ton nach draußen dringen.

Die Dorfbewohner hatten die Suche nach dem kleinen Mädchen, das vom Spielen nicht heimgekommen war, abgebrochen, als die Dunkelheit mit der Plötzlichkeit des Dschungels niederfiel.

Mit der Zeit werden die Schreie des kleinen Mädchens schwächer und verstummen schließlich ganz. Nur das Ferkel, das man auf dem Grund der Grube in einem engen Bambuskäfig vergittert hat, um mit seinem Geruch den Tiger anzulocken, quiekt unruhig und hat Angst.

Das kleine Mädchen ist eingeschlafen und hört weder das Ferkel quieken, noch das leise Fauchen des Tigers, der die Witterung des Ferkels aufgenommen hat und um den Rand der ein mal zwei Meter breiten Grube schleicht.

Als der Tag anbricht, nehmen die Dorfbewohner die Suche nach dem kleinen Mädchen wieder auf und entdecken die Spur des Tigers, dessen Tatzen sich deutlich in der feuchten Erde abdrücken. Die Spur führt zur Tigerfalle. Als die Dorfbewohner sich mit Bambusspießen an die Falle pirschen, und als der Mutigste von ihnen sich vorsichtig über den Rand der Grube beugt, um den anderen die Ausmaße des Tigers mitzuteilen, faucht ihn kein Tiger an, sondern lächelt ihm das kleine Kind entgegen, das seine winzigen Finger zwischen die dicht aneinandergefügten Bambusstäbe des Käfigs steckt und das schlafende Ferkel streichelt.

Minhoï, das vierjährige Mädchen aus der Tigerfalle, ist heute neunzehn und steht mir gegenüber. Ich umarme sie und will sie küssen. Als kenne ich ihre Geschichte bereits und hätte ich die fünfzehn Jahre, die dazwischen liegen, auf nichts anderes als auf den Augenblick gewartet, dieses Mädchen, das ich nie zuvor gesehen habe, zu umarmen und zu küssen und das mir die Erfüllung meiner Liebessehnsucht scheint.

Die schockierende, geheimnisvolle Schönheit ihres fremdartigen Gesichts wird noch unterstrichen durch den aggressiven Blick eines gefangenen Tieres, das man in die Zivilisation verschleppt hat und das hier, in der Via Appia Antica in Rom, ebenso fehl am Platz ist wie in der übrigen sogenannten zivilisierten Welt. Gereizt und empört über meine Zudringlichkeit macht sie sich brüsk aus meinen Armen los.

Ihre langen vollen Haare, die die Farbe scharf gerösteter Kastanien haben, ziehen schwer nach unten. Die Brauen formen sich wie zwei Mondsicheln über den weit entfernten dunklen Sternen ihrer schrägen Mandelaugen. Die Ebenmäßigkeit ihres ovalen Gesichts gleicht die katzenhaften Backenknochen der Asiatin aus. Ihre ockerfarbene Haut hat, auch unter den Augen, keine Falte. Ober- und Unterlippe ihres violett schimmernden Mundes sind gleichmäßig aufgeworfen und von so schweigendem Ernst, daß das lärmende Geschwätz der anwesenden Gäste für meine Ohren verstummt.

Von Gestalt ist sie kindhaft wie die meisten Vietnamesinnen. Ihre Brüste zeichnen sich kaum von dem Winterstoff ihres weißen trapezförmig geschnittenen Minikleidchens ab, über dem sie einen offenen Leopardenmantel trägt, der wie ihr Körper ein betäubendes orientalisches Parfüm verströmt. Ihre kindhaften schlanken Hände sind erhitzt und weich, und ihre schwarzlackierten Nägel so lang wie die einer chinesischen Prinzessin.

Ich gebe in meinem Haus ein Fest. Ich hatte alle Freunde eingeladen und jedem gesagt, daß er mitbringen kann, wen er will. Aber keiner der Anwesenden kennt die Vietnamesin. Sie ist mit niemand gekommen, und niemand hat sie kommen sehen.

Die Tafeln sind mit Sekt und Kaviar und allen möglichen Schlemmereien beladen. Aus den Lautsprechern tobt Rockmusik. Die Gäste essen, trinken, quasseln, lachen, tanzen. Jeder kann machen, was ihm gefällt, und ich kümmere mich um niemanden. Ich sehe nur noch diesen Mischling aus Inderin und Chinesin, deren Volk für mich von heute an das schönste dieser Erde ist.

Ich bin ihr nicht böse, daß sie mich so schroff zurechtgewiesen hat. Es war meine Schuld. Und meine Sehnsucht wächst mit meiner Ratlosigkeit, was ich anstellen kann, um ihre Liebe zu erlangen. Denn so sehr ich fühle, ja, je mehr ich sicher bin, daß ich ihr für immer verfallen werde, um so mehr bemächtigt sich meiner die unerklärliche Angst, sie zu verlieren, bevor ich sie besessen habe.

Mein Gehirn arbeitet fieberhaft. Zuerst muß ich sie aus diesem Trubel herausbringen. Aber wie? Unter welchem Vorwand? Der Zufall kommt mir zu Hilfe. Sie hat Hunger. Oder zumindest Appetit, denn sie versucht, zu dem Tisch mit dem Kaviar vorzudringen, der von den Gästen wie von Piranhas überfallen wird. Ich kämpfe mich durch das gefräßige Volk, scheffle drei Holzkellen Kaviar auf einen goldenen Teller, türme auf einen anderen Berge von Lachs, hauchdünnen Bärenschinken und geschabte weiße Trüffel, klemme mir eine offene Flasche Dom Perignon unter den Arm und suche Minhoï.

Sie steht vor dem drei Meter hohen Barockkamin und wärmt sich an den lodernden Flammen, die zusammen mit Hunderten von brennenden Kerzen mit ihrem flackernden Licht den Salon erhellen, und scheint trotz des Leopardenmantels zu frieren.

Im ganzen Salon ist kein einziger Stuhl, kein Sessel, kein Platz auf einem Diwan frei, auf den Minhoï sich setzen könnte. Das ist

meine Chance. Ich sage ihr, daß sie in meinem blauen Zimmer in
Ruhe essen und trinken kann, und bringe sie den halben Stock tiefer. Ich schicke die livrierten weiß behandschuhten Diener weg,
die den Kamin im blauen Zimmer heizen wollen, und mache selber Feuer.

Im blauen Zimmer, dessen Wände mit schwerer blauer italienischer Seide bespannt sind, vor dessen Fenster blauseidene Vorhänge bis auf den Boden schleifen und dessen Fußboden mit
blaugemusterten chinesischen Teppichen belegt ist, steht nur ein
mit blauer Seide überdecktes französisches Bett. Zur Beleuchtung
dient ein Kerzenkandelaber auf dem Sims des Kamins.

Ich stelle die Teller auf der seidenen Bettdecke ab und bitte
Minhoï, auf dem Bett Platz zunehmen. Aber sie ißt im Stehen.

»Hast du Kokain?« fragt sie plötzlich wie ein Kind, das auf
Schokoladenpudding spekuliert, wenn es aufgegessen hat.

»Nein. Ich habe keines. Ich will auch nicht, daß du welches
schnupfst.«

»Hasch?«

»Auch nicht. Vor allem – setz dich beim Essen, sonst schlägt es
nicht an.«

»Wenn du keinen Stoff hast, ist es nicht zu ertragen.«

»Was?«

»Das Leben.«

»Das stimmt nicht, was du sagst. Aber wenn du schön ißt, besorge ich dir was.«

Ich jage, so schnell ich ohne hinzufallen kann, die Treppen zum
Salon hoch und frage jeden beliebigen Gast, ob er Hasch hat. Ein
Mädchen gibt mir eine fertiggedrehte Zigarette, ich zünde sie sofort an. Als ich die Stufen zum blauen Zimmer herunterstürmen
will, verstellt mir Toni den Weg.

»Mach es mir! Fick mich! Ich will, daß du mich fickst, jetzt!«

Ich schiebe sie zur Seite und nehme die sieben Stufen bis zum
blauen Zimmer in einem Sprung, von Angst gepeinigt, Minhoï
könnte nicht mehr da sein. Sie kommt aus der Toilette, als ich die
Tür zum blauen Zimmer aufstoße. Ich gebe ihr die Zigarette, und
sie inhaliert den schweren Rauch in tiefen Zügen. Als sie aufge-
raucht hat, legt sie sich aufs Bett. Sie hat sich entspannt …

Die letzten Gäste sind gegangen. Draußen wird es hell. Die ersten Lerchen zwitschern ... Der Tag kommt voller Süße, so wie Minhoï in mein Leben gekommen ist.

Im Garten wäscht Enrico den Rolls Royce oder den Ferrari. Das Wassergeplansche und das Kiesgeharke des Gärtners peinigen mich bis aufs Blut. Ich rufe übers Haustelefon in der Küche an und sage Clara, meiner Haushälterin, daß sie alle zum Teufel jagen soll, auch die Köchin, alle. Ich will allein sein mit Minhoï.
  Toni hat mir die Abfuhr nie verziehen. Sie haßt Minhoï noch mehr als Luna. Sie hat mit dem Instinkt der Frau erfaßt, was Minhoï mir bedeutet. Seit einer Woche redet Toni kein Wort mehr mit mir. Mit niemand mehr, auch nicht mit Clara. Wenn ich Toni anspreche, um sie zu Tisch zu bitten, wendet sie sich von mir ab und setzt sich erst, wenn Minhoï und ich zu Ende gegessen haben und vom Tisch aufgestanden sind. Nach einer Woche sieht sie ein, daß es hoffnungslos ist.
  Toni weint. Ich hatte sie nach Rom kommen lassen, um sie zu ficken. Luna hatte ich mitgenommen, wie man einen langen Zweig von einem Baum abreißt. Nach Toni war ich ehrlich geil. Ihr gesunder, kräftiger Körper, den ich nur in der Hocke stieß, steigerte meine Begierde von Erguß zu Erguß, und mein Schwanz stand wie ein Hammer, wenn Toni sagte: »Fick mich.«
  Heute zählt das nicht mehr. Nichts zählt mehr außer Minhoï.
  Ich kann nicht mitansehen, daß Toni weint. Ich wollte ihr nicht weh tun.
  »Du wirst mich nie wieder ficken«, schluchzt Toni traurig. Der Rotz schlabbert ihr aus der Nase. Sie wischt ihn wie ein Straßenjunge mit dem Handrücken zur Seite. Ich reiche ihr ein Taschentuch, in das sie sich ausschnaubt wie ein trompetender Elefant. Wann immer sie will, wird Enrico sie zum Flugplatz fahren.
  Es stimmte nicht, was Toni am letzten Tag zu mir sagte. Es sind noch keine zehn Tage vergangen, seit sie aus Rom abgereist ist, als die erste Postkarte von den Bahamas eintrudelt. Nach drei weiteren Tagen kommt ein Brief. Die letzte Karte kommt aus London. Im Brief und auf den Karten gibt sie Adresse und Telefonnummer an und bittet mich, sie dort anzurufen. Und im Brief und auf jeder Karte steht als letzter Satz: »Fick mich!«
  Minhoï hat ihre Sachen noch in Paris, wo sie bis jetzt gewohnt

hat und wo sie seit ihrem siebten Lebensjahr zur Schule ging. Ich plündere die römischen Boutiquen für sie und kaufe alles, was ihr gefällt. Findet sie ihre Handschuhe nicht, weil sie sie in Paris vergessen hat, so kaufe ich ihr zwanzig Paar. Hat ihr Trikot eine Laufmasche, kaufe ich ihr fünfzig neue Trikots in allen Stärken und Farben. Ist es zu kalt für ihren Leoparden, kaufe ich ihr einen Zebelin bis zu den Knöcheln. Drückt sie ein Schuh, kaufe ich ihr haufenweise neue. Und braucht sie einen Lippenstift oder Nagellack, kaufe ich ihr Schminkzeug für ein paar tausend Mark. Das Rolls Royce-Cabriolet gebe ich weg und kaufe einen Rolls Royce Phantom mit eingebauter Bar.

Ich lasse einen neun Meter langen dunkelblauen Caravan bauen, der aussieht wie ein Schlafwagen von Cooks. Für Wände, Bett- und Tischdecken, Vorhänge, Kissen und Polster werden reine Seide verarbeitet. Der Boden ist mit Velours ausgelegt. Türen und Schränke aus Teak. Vergoldete Klinken, Griffe und Wasserhähne. Vor den Fenstern seidene Wolkenstores. Vorraum, Salon, Ankleideraum und Schlafzimmer sind durch Schiebetüren voneinander getrennt. Klimaanlage, Heizung, Fernseher, Radio, Tonband, Kassettengerät, Plattenspieler und Radiotelefon sind in Wandschränke eingebaut. Wandarme mit Milchglasglocken sorgen für weiches Licht. Die zwei hohen kristallenen Spiegel sind mit Glühbirnen eingefaßt. Wir essen mit Kerzenbeleuchtung. Ein eigenes Aggregat versorgt den Waggon, der von einem Chauffeur, einem Diener und einer Köchin betreut wird, mit Strom.

Der Caravan ist für Minhoï, die mich in alle Länder und auch nachts zu den Dreharbeiten begleitet und für die mir kein Luxus zu teuer ist. Minhoï freut sich über alles, was ich für sie tue. Aber sie sieht mich jedesmal so sprachlos und ungläubig an, als hätte ich etwas falsch gemacht. Ich begreife noch immer nicht, daß diese Geldverschwendung völlig sinnlos ist.

Obwohl ich nicht den geringsten Grund habe, bin ich so eifersüchtig, daß ich kaum ertragen kann, wenn Minhoï nur mit ihrer Freundin in Paris telefoniert. Wenn sie Briefe schreibt, werfe ich sie weg. Wenn sie Post bekommt, auch. Wenn jemand anruft sage ich, sie ist nicht da. Ich will nicht, daß Minhoï einen Schritt allein tut. Ich habe ständig Angst um sie.

Wenn sie in unserem Garten herumspaziert und ich sie für

einen Augenblick aus den Augen verliere, suche ich völlig verzweifelt nach ihr, als hätte ich sie bereits verloren. Ich wate durch das mannshohe Gras des nicht endenden Grundstücks, suche in den wildernden Gebüschen und verfilzten Brombeersträuchern und krieche in die Ruinen der altrömischen Katakomben, die sich, Hunderte von Metern vom Haus entfernt, an die von Dornen überwucherte Ummauerung anschließen. Wenn sie in dem riesigen Haus nicht da ist, wo ich sie vermute, durchstöbere ich sämtliche Stockwerke, bis ich sie gefunden habe. Selbst aus dem Schlaf schrecke ich auf, wenn sie auf die andere Seite gerollt ist und ich nicht ihren Körper oder wenigstens ihre Hand spüre.

Ich will Minhoï nicht in ihrer Bewegungsfreiheit einschränken, und ich weiß, daß auch ich in dieser ständigen Anspannung nicht leben kann. Wenn schon im Traum meine Fantasie mit mir durchgeht, obwohl Minhoï neben mir liegt, wie soll es dann erst werden, wenn ich wirklich mal einen Tag ohne sie zubringen muß. Ich weise diesen Gedanken weit von mir, weil ich mir eine solche Situation überhaupt nicht vorstellen kann.

Minhoï braucht lange, ihre asiatische Seele an die furchtbaren Extreme meines Charakters zu gewöhnen. Auf der einen Seite bin ich reizbar, jähzornig, viel zu schnell in meinen Reaktionen. Ich spreche ein schlechtes Französisch, bin ungerecht, wenn Minhoï mich nicht sofort versteht, und die Mißverständnisse, hinter denen ich die abstraktesten Zusammenhänge vermute, vergiften mein Gehirn und meine Seele. Ich bin aus dem geringsten Anlaß enttäuscht, verzweifelt, und meine Wutausbrüche kennen keine Grenzen. Auf der anderen Seite bin ich rücksichtsvoll bis zur Selbstaufgabe und so maßlos in meiner Liebe, daß ich Minhoï gleichermaßen damit erschrecke.

Aber je mehr Minhoï die Angst begreift, die ich um sie habe, je mehr sie nach und nach meine Liebe in sich auf nimmt, die sie zuerst erschreckt hatte, um so sensibler wird sie und um so seltener entfernt sie sich von meiner Seite. Um mich zu beruhigen, geht sie nie selbst ans Telefon. Sie telefoniert überhaupt nicht mehr. Sie schreibt auch nicht mehr an ihre Freunde. Sie wirft ihr Adreßbuch vor meinen Augen in den brennenden Kamin.

Man muß mich schon so lieben wie Minhoï mich liebt, um mich zu begreifen und ertragen zu können. Bald verbessere ich mein

Französisch, das ich bisher ›wie ein kleiner Neger‹ gesprochen hatte, wie Minhoï mich liebevoll aufzieht, und ich lerne von Minhoï mich zu beherrschen und gedulden. So wird dieses kleine Mädchen aus der Tigerfalle in Vietnam meine Lehrmeisterin, die mein ganzes Leben verändert.

Heute suche ich sie überall. Im Haus. Im Garten. Im entferntesten Winkel unseres Grundstücks. Ich hatte sie aus Eifersucht beschimpft und ihr gesagt, daß ich unser Zusammenleben nicht mehr ertrage. Was das größte Paradox ist, da Minhoï mein Leben ist.

Bei Einbruch der Dunkelheit finde ich sie im Turmzimmer, wo ich sie zuvor nicht gesucht hatte, da sie dort sonst nie hinaufsteigt, weil sie Angst vor Fledermäusen hat, die dort ein- und ausfliegen. Sie hat kein Licht gemacht. Es ist dunkel. Ich stolpere fast über sie. Ich betaste ihr Gesicht, das über und über naß von Tränen ist. Ich küsse sie und bitte sie um Verzeihung. Dann gehe ich in die Küche, um ihr und mir etwas zu essen raufzuholen. Es ist Sonntag, und vom Personal ist niemand da.

Als ich in den Turm zurückkomme, ist Minhoï vornübergesunken. Auf dem Teppich liegt ein leeres Röhrchen Schlaftabletten. Ich zerre Minhoï hoch und will sie zwingen, auf und ab zu gehen. Ich habe gehört, daß das bei Schlaftablettenvergiftungen hilft, der Blutkreislauf, das Nervensystem und der gesamte Organismus werden aus der Narkose gerissen, die sie zu lähmen beginnt. Minhoï kann nicht gehen, ich muß sie stützen. Sie kann auch nicht mehr sprechen, sie lallt nur noch. Dabei umarmt sie mich liebevoll und küßt mich auf den Mund, als ich sie in panischer Angst schüttle und ihr Gesicht auf mein Gesicht fällt.

Ich denke, daß ich den Verstand verliere. Ich muß sie an die frische Luft bringen! Über die Wendeltreppe bis zum dritten Stock muß ich sie tragen, der Fahrstuhl hat einen Kurzschluß. Auf der Treppe zum Salon sackt sie in meinen Armen zusammen. Ich trage sie ins blaue Zimmer. Ihr Puls geht so rasend schnell, daß ich die Schläge nicht mehr fühlen kann. Sie ächzt, greift sich an die Gurgel, röchelt und schnappt nach Luft. Ich reiße die Fenster auf, stürze die Treppen hinunter in die Küche und hole eine Flasche kalte Milch. Auf dem Rückweg knie ich auf der Treppe nieder.

»Mein Gott! Laß Minhoï nicht sterben, die mich ja erst zu leben gelehrt hat!«

Als ich ins blaue Zimmer komme, ist Minhoï vom Bett gestürzt und wälzt sich in Krämpfen über den Boden. Wenn die Milch als Gegenmittel ihre Wirkung verfehlt, dann wird sie wenigstens bezwecken, daß Minhoï sich erbrechen muß. Nachdem ich ihr den größten Teil der Milch eingeflößt habe, tritt bei Minhoï weder eine Besserung ein, noch erbricht sie sich.

Ich rufe sämtliche Ärzte an, die ich kenne. Keiner meldet sich. Bei dem schönen Wetter sind alle draußen. Minhoï bekommt keine Luft mehr. Läuft blau an. Ich massiere ihr Herz und drücke meinen Mund auf den ihren und presse meinen Atem in ihre Kehle. Dann schleife ich sie ins Bad und lasse kaltes Wasser über ihr Gesicht, ihren Nacken, ihr Herz und ihre Pulse laufen …

Minhoï hat sich erbrochen und die Krise überstanden. Drei Tage lasse ich sie nicht mehr aus den Armen. Sie erzählt mir zum ersten Mal aus ihrem Leben.

Minhoï hat mich in der Nacht, in der ich ihr begegnet war, nach Kokain und Haschisch gefragt. Jetzt begreife ich, warum. Minhoï ist nicht süchtig. Sie trinkt nicht einmal Alkohol, nicht mal Wein und raucht auch keine Zigaretten.

Sie hatte das Zeug ein paarmal in Paris genommen, auch LSD, weil sie das Leben nicht mehr ertragen konnte. Das Leben in Paris. Das Leben in Europa. Das Leben in der ganzen übrigen Welt, seit man sie wie eine Pflanze aus dem Dschungel ihrer Kindheit in Vietnam ausgerissen hatte. Mit sieben Jahren fing sie an zu begreifen, daß man ihr Volk und ihr Land systematisch vernichtete, und in das sie nicht zurückkehren konnte, weil man ihre Verwandtschaft ausgerottet hat. Sie war nicht mehr fähig, das Leben zu ertragen, ohne sich zu betäuben.

Seit Minhoï meiner Liebe sicher ist und weiß, daß auch ich ohne sie nicht mehr leben kann, seit ich anfange, sie zu begreifen und seit wir beide begriffen haben, daß wir nur gelebt haben, um uns zu begegnen, bekommt sie wieder Vertrauen zu ihrem eigenen Leben. Für mich wird sie der Maßstab, an dem ich mich von jetzt an orientiere.

Sie bringt mir zum Bewußtsein, wofür ich lebe. Es gelingt ihr, was noch nie einem Menschen in all den Jahren gelungen war. Sie bringt mir bei, wie man mit Geld umgeht. Sie überzeugt mich, daß man nicht jeden Hinz und Kunz mit Kaviar und Sekt zu bewirten braucht und daß man kein Recht hat, 10 000 000 Lire monatlich aus dem Fenster zu werfen. Daß wir keinen Chauffeur brauchen, der nur herumsteht und nie zufrieden ist. Daß wir keinen Gärtner brauchen, der nichts anderes tut, als fortwährend auf ein und derselben Stelle Kies zu harken. Daß ich meine Sekretärin entlassen soll, die mir immer wieder dieselben unbezahlten Rechnungen vorlegt, die ich immer wieder bezahle, weil ich die Rechnungen nie kontrolliere. Daß wir keine Köchin brauchen, die monatlich die von mir bezahlten Lebensmittel zu sich nach Hause schleppt, während wir die Reste vom Vortag vorgesetzt kriegen. Daß wir keinen Diener brauchen und keine zwei Dienstmädchen. Daß wir keinen Rolls Royce haben müssen und keinen Ferrari. Daß wir auf das Haus in der Appia verzichten können. Sie fragt mich, ob ich vergessen habe, was ich eigentlich will. Ob ich mein Segelschiff vergessen habe. Meine Freiheit.

Ich hatte mit dem venezianischen Grafen Marcello, dem eigentlichen Besitzer des Hauses in der Appia Antica, ausgemacht, das Haus zu kaufen. Jetzt unterschreibe ich den Vertrag nicht mehr. Minhoï hat recht. Das ist alles Scheiße. In ein paar Jahren werde ich bereits auf dem Meer sein, und in den ›brüllenden Vierzigern‹ werde ich die Ghettos der Menschen vergessen und ihre Gefängnisse und ihre Irrenhäuser. Die Summen, die ich für meine Arbeit fordere und wieder verschleuderte, waren die Betäubungsmittel für ein Leben, aus dem es für mich kein Entrinnen zu geben schien.

Wir ziehen aus dem Haus aus. Von dem Geld, das ich reingesteckt habe, bekomme ich keinen Pfennig zurück. Die Bediensteten entlasse ich. Nur Clara bleibt, die uns auch in der Wohnung in der Flaminia Veccia bemuttern wird.

Ich bin noch immer nicht restlos geheilt, als ich den Rolls Royce weggebe und dafür einen Maserati kaufe.

Western. Einer nach dem anderen. Sie werden immer jämmerlicher, die sogenannten Regisseure immer unfähiger. Und je unfähiger sie sind, um so aufsässiger werden sie. Einer heißt Mario

Costa. Als ich mich weigere, seine Regieanweisungen zu befolgen, droht er mir: »Ich werde dafür sorgen, daß du aus Italien ausgewiesen wirst.«

»Weswegen? Ich habe nichts verbrochen und ich habe ein Recht, hier zu sein«, antworte ich.

»Jedenfalls wirst du nie wieder einen Film drehen.«

»Das hättest du nicht sagen sollen, du armer Irrer. Niemand – außer Gott und mir – und schon gar nicht so eine Laus wie du, wird entscheiden, wann ich aufhöre Filme zu drehen. Aber du wirst dann bereits tot sein!«

Biggi lebt mit Nastassja in München. Sie hat die vergangenen eineinhalb Jahre unerschütterlich gehofft, daß wir wieder zusammenfinden werden. Ich muß ihr klarmachen, daß ich nie mehr zurückkehren kann. Sie weiß nicht, was Minhoï für mich bedeutet.

Mit Briefen und unzähligen Telefongesprächen versuche ich es ihr zu erklären. Endlich willigt sie in die Scheidung ein.

Minhoï und ich hetzen herum für die Heiratspapiere. Als ein Beamter auf dem Einwohnermeldeamt Minhoï nach dem Namen ihrer Eltern fragt, fängt sie zu zittern an und kann vor Schluchzen nicht reden, während sie sich an mich klammert. Ich nehme sie ganz fest in meine Arme. Sie flüstert mir mit tränenerstickender Stimme ins Ohr, daß sie Waise ist und ihre Eltern nie gekannt hat. Ich mache dem Beamten ein Zeichen, daß er keine Fragen mehr stellen möchte. Der Mann hat ein Herz und läßt die Fragen auf dem Formularbogen unbeantwortet. Erst auf der Treppe werden mir die Ausmaße von Minhoïs Worten klar.

Am 2. Mai, einem strahlenden Frühlingssonntag, heiraten Minhoï und ich in Rom. Auf dem Capitol muß die Trauung um Stunden verschoben werden. Die Blitzlichter der Fotografen und die surrenden Filmkameras von Fernsehen und Wochenschau bringen den Standesbeamten aus der Fassung.

»Wann fangen wir an?!« ruft er, weil er sich überflüssig vorkommt.

»Wenn ich es sage«, gebe ich zurück, »das ist meine Heirat!«

Aber die Fotografiererei wird uns bald selbst zuviel. Ich nehme noch einen tiefen Schluck aus der Sektflasche.

»Also schnell!« rufe ich dem Standesbeamten zu.

Der Standesbeamte, ein ehemaliger Oberst, der eine Schärpe trägt, fängt an, sein grausiges Sprüchlein aufzusagen …

»Es hat keinen Zweck, daß Sie das alles herunterleiern«, unterbreche ich ihn, »meine Braut versteht nur Französisch.«

»Das kann ich auch«, gibt der Oberst a. D. zurück, und seine blutlosen Lippen spitzen sich genüßlich, um seinen Senf in Französisch zu formulieren.

»Ach nein, nicht Französisch«, verbessere ich mich, »sie versteht nur chinesisch. Können Sie das auch?«

Der ganze Laden bricht in Lachen aus. Fotografen und Kameramänner nehmen die Gelegenheit wahr und knipsen und kurbeln wie besessen.

»Nein. Das kann ich nicht«, sagt der Oberst mit hochrotem Kopf.

»Na, dann halten Sie am besten überhaupt den Mund«, sage ich und greife nach der Sektflasche, die ich einem der Fotografen zum Halten gegeben habe.

»Wenn Sie sich hier nicht aufführen, wie es sich für einen solchen würdigen Ort gehört, dann lehne ich die Trauung ab«, erdreistet sich der Kerl und will sich seiner Schärpe entledigen, ohne die er sein Sprüchlein anscheinend nicht aufsagen darf.

»Binde deine Bauchbinde wieder um und mach, daß wir fertig werden!« schreie ich außer mir, weil ich die Geduld mit diesem Ehekuppler endgültig verliere.

Er muß begriffen haben, daß er zu frech geworden ist, denn er schlüpft schnell wieder in die Schärpe, aus der er schon halb herausgekrochen war wie ein Entfesselungskünstler. Er beschränkt sich nur noch auf unsere Namen, Geburtsdaten, Nationalität, Datum unserer Trauung und so weiter.

Dann fragt er uns, ob wir einverstanden sind, die Ehe miteinander einzugehen. Ich breche in Lachen aus.

»Weswegen glauben Sie wohl, daß wir das alles über uns ergehen lassen!«

Wir unterschreiben den Fetzen und rasen mit den beiden Mädchen, die unsere Trauzeugen sind, in unserem Maserati zu ›George‹, dem teuersten Restaurant Roms. Nach dem Essen schlage ich Geschirr und Gläser kaputt und bezahle den Plunder, das war es mir wert. Mir ist, als habe ich die Vergangenheit zertrümmert.

Mario Costa ist tot. Wie ich es ihm prophezeit hatte, weil er sein verdammtes Maul nicht halten konnte. Den Maserati und den Wohnwagen verschleudern wir. Wir kaufen einen Land-Rover, laden unsere Seesäcke auf und verlassen Rom, bevor der Tag anbricht.

Zuerst fahren wir nach München, wo Werner Herzog auf mich wartet, der mir einen Film in Peru angeboten hat: ›Aguirre, der Zorn Gottes‹.

Biggi überläßt uns ihre Wohnung, weil sie für ein Jahr nach Venezuela übersiedelt, wo Nastassja zur Schule geht.

Auf der Straße in München treffe ich Helmut von Gaza. Er kommt gerade aus dem italienischen Gefängnis, wo er wegen Verführung minderjähriger Knaben eingesperrt war.

»Was ist aus den anderen geworden?« frage ich ihn, um ihn etwas aufzumöbeln.

»Prinz Kropotkin ist auf seiner spanischen Insel mit einem Kissen erstickt aufgefunden worden.«

»Und Gustl?«

»Gustl war mit mir verheiratet. So ist sie doch noch adelig geworden, bevor sie an Krebs gestorben ist.«

Herzog, der Produzent des Films, hat auch das Drehbuch geschrieben und will Regie führen. Ich frage ihn sofort, wieviel Geld er hat.

Als er zu mir in die Wohnung kommt, ist er so schüchtern, daß er sich kaum einzutreten getraut. Vielleicht ist das auch bloß so eine Taktik. Jedenfalls bleibt er so blödsinnig lange auf der Türschwelle stehen, daß ich ihn regelrecht hereinschleppen muß. Sobald er drin ist, fängt er unaufgefordert an, mir den Film zu erklären. Ich sage, daß ich das Drehbuch gelesen habe und die Geschichte kenne. Aber er hört gar nicht zu, er redet und redet und redet. Ich glaube, er könnte gar nicht aufhören zu reden, selbst wenn er es versuchte. Nicht, daß er schnell spräche, nicht ›wie ein Wasserfall‹, wie man sagt, wenn jemand viel und schnell redet und die Worte herausprudelt – im Gegenteil. Seine Rede ist schwerfällig, träger als eine Kröte, umständlich, pedantisch, zerhackt, die Worte fallen in Satztrümmern aus seinem Mund – die er bis zum Äußersten zurückhält, als brächten sie ihm Zinsen. Es dauert und dauert, bis er endlich so einen Popel verhärteter Gehirn-Rotze raus hat. Dann windet er sich in schmerzhafter Verzückung, als habe er Zucker auf seinen faulen Zähnen. Eine ganz langsam arbeitende Quatschmaschine. Ein veraltetes Modell, dessen Ausknipsschalter nicht funktioniert und die man nicht mehr ausschalten kann, außer wenn man den Hauptschalter für den gesamten Strom abschaltet. Ich müßte ihm also auf die Fresse hauen. Nein, ich müßte ihn bewußtlos schlagen. Aber selbst bewußtlos würde er noch weiterreden. Selbst wenn man ihm die Stimmbänder durchschnitte, würde er weiterreden wie ein Bauchredner. Selbst wenn man ihm die Kehle durchschnitte, und seinen Kopf abtrennte, würden noch Wortblasen aus seinem Mund hängen, wie Gase innerer Verfaulung.

Ich verstehe überhaupt nicht, wovon er redet – außer daß er sich ohne ersichtlichen Grund an sich selbst begeistert und baff ist von seiner eigenen Kühnheit, die nichts als dilettantische Ahnungslosigkeit ist. Als er es für an der Zeit hält, daß ich begriffen haben muß, was für ein toller Kerl er sei, gesteht er ohne Umschweife und völlig abgebrüht, was für saumäßige Lebens- und Arbeitsbedingungen mir bevorstünden – so als verlese er ein verdientes Urteil – und behauptet ebenso unverfroren und plump (indem er sich sozusagen die Lippen leckt, als handle es sich um einen Leckerbissen), daß jeder der Beteiligten freudig die unvorstellbaren Strapazen und Entbehrungen auf sich nehmen will, um ihm, Herzog zu folgen. Ja, daß jeder ohne mit der Wimper zu zucken sogar sein Leben für ihn riskieren würde. Er jedenfalls wird, um sein Ziel zu erreichen, alles auf eine Karte setzen. Koste es, was es wolle: »Film oder Tod«, wie er sich dummdreist ausdrückt. Dabei kneift er toleranterweise beide Augen zu über die Ausgeburten seines Größenwahns, den er für Genie hält. Sicher, er gibt ehrlich zu, daß ihm manchmal selbst schwindlig wird vor seinen eigenen wahnwitzigen Ideen, die ihn aber einfach mit sich fortreißen würden.

Dann, plötzlich wie aus heiterem Himmel, trifft er mich wie ein Keulenschlag, als er mich glauben machen will, daß er Humor besäße. Das heißt, er läßt es wie unabsichtlich durchblicken, sozusagen fahrlässig – worauf er halb im Scherz geniert ist, als habe man ihn auf frischer Tat ertappt.

Hatte er anfangs zumindest irgendwelche fadenscheinigen Listen angewandt, um mich besoffen zu machen so schlägt er jetzt jede Vorsichtsmaßregel in den Wind und lügt ganz frech drauflos. Er sei zu Dummen-Jungen-Streichen aufgelegt, man könnte mit ihm Pferde stehlen gehen und so weiter. Und da er nun schon einmal so weit gegangen ist mit seiner Beichte, will er mir nicht verhehlen, daß er sich gerade jetzt wieder biegen könnte vor Lachen über seine eigene Spitzbübigkeit. Während mir völlig klar ist, daß ich in meinem ganzen bisherigen Leben noch nie einen so humorlosen, sturen, verklemmten, verkrampften, skrupellosen, geistlosen, deprimierenden, langweiligen und großkotzigen Menschen wie ihm begegnet bin – schlachtet er, völlig umbekümmert, die witzlosesten, uninteressantesten Pointen seiner Prahlereien aus und bricht schließlich wie ein Sektierer vor einem Götzen vor sich selbst in die Knie, wo er fanatisch so lange ausharrt, bis sich jemand zu ihm herunterbeugt und ihn aus der Erniedrigung vor sich selbst aufhebt.

Nachdem er also diese Tonnenladung Abfall ausgeschüttet hat – der jetzt überall herumstinkt, so daß mir richtig übel wird –, gibt er sich zu allem Überfluß auch noch den Anschein eines naiven, fast bäuerlichen Unschuldsknaben, dessen dichterisches Träumerwesen er hervorhebt – als lebe er gar nicht in der Wirklichkeit und habe nicht die geringste Ahnung von der brutalen materiellen Seite dieser Welt. Ich kann jedoch ganz deutlich erkennen, daß er sich für äußerst gerissen hält. Daß er mich auf Schritt und Tritt belauert und verzweifelt meine Gedanken zu erforschen sucht. Daß er sich den Kopf zermartert, wie er mich in allen Vertragspunkten übervorteilen kann. Kurz, daß es für ihn feststeht, mich hereinzulegen.

Trotzdem sage ich zu, den Film zu drehen, und zwar einzig und allein wegen Peru. Ich weiß nicht einmal, wo es genau liegt. Irgendwo in Südamerika, zwischen Pazifik, Wüste, Gletschern und im gigantischsten Dschungel der Erde.

Das Drehbuch ist analphabetisch primitiv. Darin liegt die Chance. Der Dschungel schwelt darin wie etwas, woran man sich ansteckt, wenn man es sieht. Ein Virus, der sich durch die Augen einimpft und in die Blutbahn überträgt. Mir ist, als kenne ich dieses Land mit dem magischen Namen aus einem anderen Leben. Ein eingesperrtes Tier kann nie die Wirklichkeit der Freiheit vergessen. Der Vogel im Käfig reckt den Kopf durch die Gitterstäbe, um den vorüberrasenden Wolken nachzusehen.

Ich sage Herzog, daß Aguirre verkrüppelt sein muß, weil seine Macht nicht abhängig sein darf von seinem Äußeren. Ich werde einen Buckel haben. Mein rechter Arm wird länger sein als mein linker, lang wie ein Affenarm. Während mein linker Arm verkürzt sein wird – so daß ich die Halterung meines Degens, da ich Linkshänder bin, an der rechten Brust anbringen muß, und nicht wie üblich an der Hüfte. Mein linkes Bein wird länger sein als mein rechtes, so daß ich es nachschleifen muß. Ich werde mich seitwärts vorwärtsbewegen wie ein Krebs. Ich werde lange Haare haben, bis zum Drehbeginn werden sie mir auf die Schultern fallen. Ich werde für den Buckel keine Prothese brauchen, keinen Kostümbildner oder Maskenbildner, der an mir herumsaut. Ich werde verkrüppelt *sein*, weil ich es *will*. So wie ich schön bin, wann ich es will. Häßlich. Kräftig. Schwächlich. Klein und groß. Alt und jung. Wann ich es will. Ich werde meine Wirbelsäule an die Verkrüpplung gewöhnen. Ich werde durch meine Haltung die Knorpel aus ihren Gelenken heben und ihre Gelatine verbrauchen. Ich werde verkrüppelt sein, heute, jetzt, sofort, in diesem Augenblick. Alles wird sich von nun an nach meiner Verkrüpplung richten, Kostüme, Brustpanzer, Halterung der Waffen, die Waffen selbst, Helm, Stiefel etc.

Ich bestimme das Kostüm, reiße ein paar Seiten aus Kunstbüchern mit Drucken von Gemälden alter Meister, erkläre, was ich verändert haben will, und fliege mit Herzog wegen der Rüstung und der Waffen nach Madrid – wo ich nach tagelangem Suchen aus den Bergen verrostetem Schrott Degen, Dolch, Helm und Brustpanzer herausfische, der wegen meiner Verkrüppelung ausgeschnitten werden muß.

Die Reise bis in den Dschungel ist eine viehische Schinderei. Gepfercht in altertümliche Eisenbahnen, Wracks von Lastwagen und käfigartige Busse, fressen und kampieren wir wie die Schweine. Manchmal sind da Wellblechbaracken oder andere Folterkammern. An Schlaf ist überhaupt nicht zu denken. Wir kön-

nen kaum atmen. Weder Toiletten, noch Gelegenheiten zum Waschen. Viele Tage und Nächte. Ich bleibe Tag und Nacht angekleidet, weil mich sonst die Moskitos anfallen würden. Es ist, als
stünde ich ständig unter einer Brause kochend heißen Wassers.
Drinnen ist der Tod. Aber draußen ist es genauso giftig heiß. Zu
Hügeln festgetretene Abfallhaufen, umflutet von Jauche und Pisse
und Scheiße von Menschen. In diesen Höllenpfuhl wirft die Bevölkerung aus geschlachteten Tieren herausgerissene Augen und
Gedärme. Schwarze Leichenvögel, groß wie Doggen, latschen und
hocken auf diesem Grauen herum, als wäre es Privatbesitz.

Wohin ich mich wende, diese infamen halbfertigen Zementbaracken mit Wellblechdächern. Wenn ich bloß diese halbfertigen
Zementbaracken mit Wellblechdächern nicht mehr sehen müßte.
Nichts ist zu Ende geführt. Alles ist mitten in der Arbeit liegenge-
lassen, als habe die Verwesung sie überrascht. Wie zum Hohn
überall eiserne Rollos, Gitter. Wozu?

Abfallhügel, Abwässer, Augen, Eingeweide, Bruterde, Leichenvögel und – TV-Antennen. (Wie in New York, Paris, London,
Tokyo, Hongkong, nur noch infamer.)

Es ist ein langer, qualvoller Weg bis in die Wildnis – aber keine
Strapaze ist zu unerträglich, der Menschenhölle zu entkommen.

Und als sollten Minhoï und ich belohnt werden auf unserem
Weg aus der Menschenhölle, fühlen wir, daß unser Haar seidiger,
unsere Haut geschmeidiger wird wie das Fell von freigelassenen
wilden Tieren, wie unsere Körper schmiegsamer werden, elasti-
scher, wie unsere Muskeln sich straffen zum Sprung, wie unsere
Sinne aufnahmefähiger und wachsamer werden. Minhoï war
noch nie so atemberaubend schön – seit der Tigerfalle in Vietnam.

Verquollen von Moskitostichen, ohne was gegessen oder getrunken zu haben, wanken wir zum Weitertransport.

Ein Inka-Mädchen steht am Rollfeld für Militärflugzeuge. Sie
hat einen kleinen Affen auf dem Arm und will ihn verkaufen.
Aber der Affe klammert sich, wie zu Tode erschrocken, an das
kleine Inka-Mädchen, aus Angst, der Käufer könnte ihn von hier
verschleppen.

Diesmal sind es verbeulte alte Transportmaschinen für Fallschirmjäger, deren Propeller wie Preßlufthämmer in meinen
Schläfen wüten. Stechender Mief, Benzingestank, Hunger, Durst,

Kopfschmerzen und Magenkrämpfe und auch hier kein Klo. Zusammengepfercht auf den heißen stählernen Boden der fensterlosen Maschine gekauert. Stunde um Stunde. Während des Fluges darf jeder, einer nach dem anderen, für einen Augenblick aus der Gruft des Rumpfes ins Cockpit klettern und durch ein winziges Fenster nach außen sehen: Tief unten, der grüne Ozean, tausende von Kilometern Dschungel, durch den sich die gelbe Schlangenbrut des größten Flußnetzes der Erde windet.

Danach einmotorige Amphibien-Flugzeuge, die im Sturzflug heruntergehen müssen, um den Augenblick nicht zu verpassen, wenn der Dschungel sich öffnet der sich sofort wieder schließt.

Dann wieder Laster und Käfige von Autobussen. Indianerkanus. Und endlich die Flöße – auf denen wir, aufrecht stehend, über reißende Stromschnellen jagen – untereinander und mit der Ladung und mit dem Floß verkettet. Unsere Fäuste in Stricken, als versuchten wir durchgegangene Pferde lächerlicherweise an ihren Zügeln aufzuhalten, obwohl sie bereits Felsklippen herunterstürzen. Das Floß ist viel zu schwer beladen, die Indianer haben uns gewarnt. Aber das Großmaul Herzog hat, arrogant und nichtswissend wie er ist, die Warnungen der Indianer verhöhnt und als läppisch abgetan. Wir sind alle im Kostüm und in voller Ausrüstung, weil wir während der Fahrt durch die Stromschnellen filmen wollen. Das heißt, das Großartigste und Unfaßbarste läßt Herzog sich entgehen, weil er es gar nicht wahrnimmt. Jedesmal, wenn ich dem dümmlichen Kameramann durch das Donnern der Sturzflut zubrülle, daß er wenigstens filmen soll, wie wir unser Leben riskieren, gibt er zur Antwort, daß Herzog es ihm verboten habe, auf den Knopf zu drücken, ohne daß er, Herzog, es ihm sagt.

Mich ekelt diese ganze Filmmischpoke, die sich aufführt, als gehöre Filme drehen in den Schweinestall.

Mein Kostüm aus schwerem Leder, meine langen Stiefel, Helm, Brustpanzer, Degen und Dolch wiegen zirka 30 Pfund. Wenn das Floß wegen Herzogs Größenwahn kentern sollte, gibt es für mich keine Rettung – da ich mich nicht von Brustpanzer und Lederwams befreien könnte, die auf dem Rücken verschnallt sind. Außerdem sind die Stromschnellen von einem Gebirge gezackter Klippen durchsetzt, deren rasiermesserscharfe Spitzen dicht unter der Gischt wie Piranhas lauern und manchmal sogar aus dem gepeitschten Wasser ragen.

So schießen wir wie ein abgefeuertes Geschoß den Strom hinunter, während die steilen Wellen wie hysterische Stierwut unser Floß angreifen und hoch über unseren Köpfen hinter uns zusammenschlagen. Die Luft ist angefüllt mit Schaum wie mit weißem Geifer.

Plötzlich, als hätten die stürzenden Wasser uns wütend ausgespuckt, gleiten wir beinahe lautlos dahin auf dem ruhig ziehenden kraftvollen Arm des Stromes – inmitten des Dschungels und tiefer und tiefer in sein Inneres hinein: Da liegt sie, die Wildnis. Packt mich. Saugt mich an – heiß und naß wie der schweißverklebte nackte Körper einer liebeskranken Frau mit all ihren Geheimnissen und Wundern. Ich glotze sie an und höre nicht auf zu staunen und anzubeten...

... Tiere, voll Anmut wie Märchen ... Pflanzen, die sich in Umarmungen erwürgen ... Orchideen straffen sich auf Stümpfen vermoderter Bäume wie junge Mädchen auf den Schößen geiler Greise ... Schmetterlinge, so groß wie mein Kopf und leuchtend metallischblau ... Perlfluten von Faltern, die sich auf meinen Mund und meine Hände setzen, das Auge des Panthers, das sich mit den Blumen mischt ... Schaumströme von Blumen ... grüne, gelbe und rote Wolken von Vögeln ... Silbersonnen ... veilchenblaue Nebel ... Ich werde meinem Kind diese Wunder zeigen, meinem Sohn!

... die küssenden Lippen der Fische ... den goldenen Fischgesang ...

Wir werden fast ausschließlich auf Flößen leben, zwei Monate lang, und stromabwärts dem Amazonas entgegentreiben. Minhoï und ich haben ein Floß für uns allein. Entweder unser Floß treibt den anderen Flößen weit voraus, oder wir bleiben hinter den anderen zurück. So weit als möglich. Wenn Nacht fällt, vertäuen wir unser Floß an Lianen. Dann liege ich die Nächte wach und tauche in die Milchstraßen und Inselgruppen der Gestirne, die so tief herunterhängen, daß ich die Hände ausstrecke, sie anzufassen.

Wir haben ein kleines Indianerkanu, das wir ans Floß befestigen und mit uns ziehen. Wenn ich nicht filmen muß suchen wir, wie auf Zehenspitzen, mit dem Kanu die Dschungelwand nach Rissen ab. Manchmal dringen wir durch einen engen Schlitz, den es vielleicht nie zuvor gegeben hat und der nach uns sofort wieder zuwächst. Das Wasser im Innern der überschwemmten Wälder ist so still, daß es sich kaum von unseren Paddeln zu bewegen scheint, die wir behutsam eintauchen, um kein Geräusch zu machen.

Vielleicht ist nie zuvor ein Boot über dieses Wasser hinweggeglitten und nie, seit Millionen von Jahren, hat je ein Mensch seinen Fuß hierhergesetzt. Auch kein Indianer. Wir warten, ohne zu sprechen. Viele Stunden. Ich fühle, wie der Dschungel näher kommt, die Tiere, auch die Pflanzen – die uns seit langem angesehen haben, ohne sich selbst zu zeigen. Zum ersten Mal in meinem Leben habe ich keine Vergangenheit. Die Gegenwart ist so stark, daß sie das Vergangene auslöscht. Ich weiß, daß ich frei bin, wirklich frei. Ich bin der Vogel, der den Ausbruch geschafft hat aus dem Käfig – der seine Flügel ausbreitet und sich in den Himmel aufschwingt. Ich habe teil am Universum.

Obwohl ich ständig auf der Flucht vor seinem Anblick bin, klebt Herzog an mir wie eine Scheißhausfliege. Der bloße Gedanke an seine Existenz hier in der Wildnis macht mich krank. Wenn ich ihn von weitem näherkommen sehe, schreie ich, daß er stehenbleiben soll. Ich schreie, daß er stinkt. Daß er mich anekelt. Daß ich sein verschissenes Gewäsch nicht hören will. Daß ich ihn nicht ertragen kann!

Ich hoffe immer, daß er mich angreift. Dann werde ich ihn in einen Seitenarm des Stromes stoßen, dessen stilles Wasser geladen ist mit mordgierigen Piranhas, und würde zusehen, wie sie ihn zersägen. Aber er tut es nicht, er greift mich nicht an. Es scheint ihn gar nicht zu berühren, daß ich ihn wie den letzten Dreck behandle. Außerdem ist er zu feige. Er greift nur an, wo er glaubt, daß er die Oberhand behält. Bei einem Eingeborenen, einem Indianer, der eine Arbeit annimmt, damit seine Familie nicht verhungert – und der sich alles gefallen läßt aus Angst, die Arbeit zu verlieren. Oder bei einem blöden talentlosen Schauspieler, oder bei hilflosen Tieren. Heute fesselt er ein Lama in ein Kanu und läßt das Kanu mit dem Lama die Stromschnellen hinunterstürzen, weil es angeblich die Handlung des Films verlangt. Den er selbst geschrieben hat! Ich erfahre es erst, als es bereits zu spät ist. Das Lama treibt schon auf die Strudel zu, und niemand kann es mehr retten. Ich sehe noch, wie es sich in Todesangst aufbäumt und an den Fesseln zerrt, um der grauenhaften Hinrichtung zu entgehen – dann verschwindet es hinter einer Biegung des Stroms, wo es an den scharfen Klippen zerschmettern und einen qualvollen Ertrinkungstod sterben wird.

Jetzt verabscheue ich den Mörder Herzog tödlich. Ich schreie ihm ins Gesicht, daß ich ihn krepieren sehen will wie das Lama, das er hingerichtet hat. Man soll ihn lebendig den Krokodilen vorwerfen! Eine Anaconda soll ihn langsam erdrosseln! Der Stich einer tödlichen Spinne soll seine Atmung lähmen! Vom Biß der giftigsten aller Schlangen soll ihm der Bregen platzen! Keine Krallen von Panthern sollen ihm die Gurgel aufschlitzen, das ist viel zu gut für ihn. Nein. Die großen roten Ameisen sollen ihm in die Augen pissen und bei lebendigem Leibe seine Hoden fressen und seine Eingeweide! Er soll die Pest kriegen! Die Syphilis! Malaria! Gelbfieber! Lepra! Umsonst – je mehr ich ihm die grauenhaftesten Todesarten wünsche, um so weniger werde ich ihn los.

Wir treiben den ganzen Tag lang auf dem Strom und filmen pausenlos. Nacht bricht ein. Dennoch finden wir uns alle noch an Land zusammen, wo eine Nachtszene gedreht werden soll. Herzog und seine Wasserköpfe von der Produktion haben nicht einmal für Licht gesorgt, keine Taschenlampe, nichts. Es ist pechschwarze Nacht, und einer nach dem anderen fällt auf die Fresse. Wir fallen in sumpfige Erdlöcher, stürzen über Baumstämme, Wurzeln, rennen in die Messer von Dornen-Palmen, verheddern unsere Füße in Lianen und ersaufen fast. Es wimmelt von Schlangen, die nachts töten, nachdem sie tagsüber Giftreserven angesammelt haben. Wir sind völlig erschöpft und haben wieder seit langem weder was gegessen noch getrunken, nicht einmal Wasser. Niemand hat eine Ahnung, was, wo und warum in diesem zum Himmel stinkenden Misthaufen gedreht werden soll.

Als ich in voller Ausrüstung in ein Sumpfloch stürze und versuche, meinen Körper aus dem Schlamm zu befreien, in den ich immer tiefer einsinke, schreie ich in blinder Raserei: »Ich haue ab! Und wenn ich bis zum Atlantischen Ozean paddeln muß!!«

»Wenn du abhaust, lasse ich dich über die Klinge springen«, sagt dieser Schlappschwanz von Herzog, wobei er ganz erschrocken aussieht wegen dem Risiko, auf das er sich einläßt.

»Was für eine Klinge, du Großmaul?« frage ich, in der Hoffnung, daß er mich angreift und ich ihn in Notwehr erschlage.

»Ich werde auf dich schießen«, faselt er wie ein Paralytiker, der bereits Gehirnerweichung hat. »Acht Kugeln sind für dich, und die neunte Kugel ist für mich selbst.«

Wer hat je von einem Gewehr oder einer Pistole mit neun Patronen gehört? Das gibt es überhaupt nicht! Außerdem hat er keine Waffe. Ich weiß es. Er hat weder ein Gewehr noch eine Pistole, nicht einmal ein Buschmesser. Nicht einmal ein Taschenmesser. Nicht einmal einen Flaschenöffner. Ich bin der Einzige, der ein Gewehr besitzt. Eine Winchester. Ich habe eine Sondergenehmigung von der peruanischen Regierung. Um Patronen zu kaufen, mußte ich mir tagelang die Hacken ablaufen, von einer Polizeistation zur anderen, für Unterschriften, Stempel, all diesen Scheiß.

»Ich warte auf dich, du Ungeziefer«, sage ich und bin richtig froh, daß es endlich so weit gekommen ist. »Ich gehe jetzt auf mein Floß zurück und warte auf dich. Wenn du kommst, werde ich dich abknallen.«

Dann bahne ich mir einen Weg zu unserem Floß, wo Minhoï in ihrer Hängematte eingeschlafen ist, lade meine Winchester und warte.

Um ca. 4 Uhr morgens kommt Herzog zu unserem Floß gepaddelt und bittet um Verzeihung.

Herzog ist ein miserabler, gehässiger, mißgünstiger, vor Geiz und Geldgier stinkender, bösartiger, sadistischer, verräterischer, erpresserischer, feiger und durch und durch verlogener Mensch. Sein sogenanntes ›Talent‹ ist nichts anderes, als hilflose Kreaturen zu quälen und, wenn nötig, zu Tode zu schinden oder einfach zu ermorden. Niemand und nichts interessiert ihn, als seine jämmerliche Karriere als sogenannter Filmemacher. Von der pathologischen Sucht getrieben, Aufsehen zu erregen, provoziert er selbst die unsinnigsten Schwierigkeiten und Gefahren und setzt die Sicherheit und sogar das Leben anderer aufs Spiel – nur damit er später sagen kann, daß er, Herzog, das scheinbar Unüberwindliche gemeistert habe. Für seine Filme holt er sich geistig Zurückgebliebene und Dilettanten, die er herumkommandieren kann (und angeblich hypnotisieren!) und die er entweder mit einem

Hungerlohn oder überhaupt nicht bezahlt. Der Rest sind Krüppel und Mißgeburten aller Art, um interessant zu erscheinen. Er hat vom Filmemachen nicht die geringste Ahnung. Mir Regieanweisungen zu geben, versucht er erst gar nicht mehr. Er hat längst aufgegeben, mich zu fragen, ob ich gewillt bin, seine langweiligen Quatsch-Ideen auszuführen, da ich ihm das Maul verboten habe.

Will er eine Aufnahme noch einmal wiederholen, weil er, wie die meisten Regisseure, unsicher ist, sage ich ihm, daß er sich zum Teufel scheren soll. Meistens ist die erste Aufnahme o.k., und ich wiederhole nichts, schon gar nicht, weil er es will. Jede Szene, jede Einstellung, jede Aufnahme bestimme ich und weigere mich, etwas anderes zu tun, als was ich für richtig halte. So kann ich wenigstens zum Teil den Film vor dem völligen Versauen durch Herzogs Stümperhaftigkeit retten.

Nach 8 Wochen leben die meisten noch immer wie die Schweine. Zusammengepfercht auf Flößen wie Schlachtvieh, fressen sie mit Schweineöl gekochten Fraß und, was am gefährlichsten ist, saufen sie das Wasser aus dem Fluß, von dem sie alle Arten von Pestkrankheiten kriegen können. Sogar Lepra.

Niemand von ihnen ist gegen auch nur eine dieser oft tödlichen Seuchen geimpft.

Minhoï und ich kochen allein auf dem Floß. Wir schütten Erde auf den hölzernen Boden und machen Feuer. Wenn einer von uns in den Strom springt, um zu baden und sich zu waschen, hält der andere Ausschau nach Piranhas. Meistens haben wir nichts zum Kochen und ernähren uns von fantastischen Dschungelfrüchten, die genügend Flüssigkeit in sich haben. Aber diese paradiesischen Früchte sind schwer zu bekommen, da wir fast ohne Unterbrechung stromabwärts treiben und oft lange nicht an Land gehen können, um sie zu suchen.

Mit der Zeit bekommen wir die mangelnde Ernährung zu spüren. Wir werden schwächer, mein Bauch schwillt an, und ich bin nur noch Haut und Knochen. Die anderen sind noch schlechter dran.

Die Wildnis interessiert sich nicht für arrogante Großmäuler von Filmemachern. Sie hat kein Erbarmen mit dem, der ihre Gesetze mißachtet.

Heute um 3 Uhr früh werden wir gewaltsam auf unseren

Flößen aufgeweckt. Es wird uns gesagt, daß keine Zeit zum Frühstücken sei, nicht einmal zum Kaffeetrinken. Wir würden nur 20 Minuten unterwegs sein, nur bis zum nächsten Indianerdorf am Strom. Dort würden wir alles bekommen. Aus den angeblichen 20 Minuten werden 18 Stunden. Herzog hat uns wie immer belogen.

Unsere Köpfe in schweren stählernen Helmen, die von der draufknallenden Sonne so heiß werden, daß man sich verbrennt, sind wir den ganzen Tag lang, ohne Dach und ohne den geringsten Schatten, ohne zu essen und zu trinken, der erbarmungslosen Hitze ausgesetzt. Die Leute fallen um wie die Fliegen. Zuerst die Mädchen, dann die Männer, einer nach dem anderen. Den meisten sind die Beine von Moskitostichen vereitert und bis zur Entstellung verquollen.

Als wir gegen Abend endlich bei einem Indianerdorf ankommen, steht es in Flammen. Herzog hat es anzünden lassen, und wir müssen hungrig und halb verdurstet, vor Erschöpfung taumelnd nach 18 Stunden höllischer Hitze, das Indianerdorf direkt von den Flößen aus angreifen – wie es im blödsinnigen Drehbuch steht.

Die Nacht über bleiben wir in dem Indianerdorf und kampieren in den nicht abgebrannten elenden Baracken, in denen riesige Ratten frech herumtoben und ihre Kreise um uns immer enger ziehen, so daß sie unseren Körpern immer näher kommen. Sicher spüren sie, wie geschwächt wir sind, und warten nur auf den Augenblick, über uns herzufallen. Es werden immer mehr.

Jemand sagt Herzog, daß die Leute nicht mehr weiterkönnen, wenn sie nicht besser ernährt würden und vor allem zu trinken hätten. Herzog antwortet, daß sie ja das Wasser aus dem Fluß saufen könnten. Außerdem sei es ganz in Ordnung, daß sie vor Erschöpfung und vor Hunger und Durst zusammenbrächen, denn so schreibe es das Drehbuch vor. Herzog und sein Produktionsleiter haben für sich selbst frisches Gemüse, Obst, französischen Camembert, Olivenöl und Getränke versteckt.

Einer der Amerikaner erkrankt während der Weiterfahrt an einer gefährlichen Gelbsucht und wälzt sich in hohem Fieber auf dem Floß. Herzog behauptet, daß der Amerikaner simuliere und weigert sich, ihn nach Iquitos an Land bringen zu lassen, dem wir uns mehr und mehr nähern.

Als wir uns auf der Höhe von Iquitos befinden und unsere Flöße in den Amazonas treiben, bringen wir den Kranken mit Gewalt an Land ins Krankenhaus und erzwingen selbst einen freien Tag, um die nötigsten Lebensmittel, Mineralwasser, Verbandszeug, Medizinen und Salben gegen Moskitostiche einzukaufen.

Nach 10 Wochen wird die letzte Szene des Films gedreht, in der Aguirre als einziger Überlebender, dem Wahnsinn verfallen, auf dem Floß mit ein paar hundert Affen stromabwärts dem Atlantischen Ozean zutreibt. Die meisten von den Affen, die aufs Floß geschafft wurden, springen ins Wasser und schwimmen in den Dschungel zurück. Sie sollten von einer Bande von Tierfängern an amerikanische Laboratorien für Tierversuche verkauft werden. Herzog hat sie sich ausgeliehen. Als nur noch zirka 100 Affen übrig sind, die nur darauf warten, ins Wasser zu springen und ihre Freiheit wiederzuerlangen, verlange ich von Herzog, daß er sofort dreht. Ich weiß, daß diese Gelegenheit sich nie wiederholen wird. Als die Aufnahme zu Ende ist, werfen sich die letzten Affen in den Strom und schwimmen auf den Dschungel zu, der sie aufnimmt.

Minhoï und ich müssen in Iquitos drei Tage ins Krankenhaus für Vitamin-Transfusionen.

Als die Düsenmaschine sich unter dem mörderischen Gebrüll ihrer Turbinen steil nach oben abhebt und das grüne Meer des Dschungels tief unter mir zurückbleibt – breche ich in einen Weinkrampf aus. Meine Seele ist so sehr erschüttert, und mein Körper wird so heftig hin und her geworfen, daß ich denke, mein Herz zerreißt. Ich verstecke mein Gesicht vor den anderen Fluggästen, indem ich es gegen das Kabinenfenster presse und versuche, mein Schluchzen zu ersticken. Ein Tier oder ein Mensch, der weint, weil er die Wildnis verlassen muß – und der nicht froh und dankbar ist, die Sicherheit der Zivilisationsghettos wiederzufinden, wo der Wahnsinn umherschleicht – den sperrt man ins Irrenhaus oder schläfert ihn ein.

Auf dem Rückweg fliegen Minhoï und ich noch einmal um die Erde. Als wir endlich in Vietnam sind, ist Minhoï glücklich. In Saigon spuckt mich ein halbwüchsiger Vietnamese in der Rikscha an, weil er mich für einen Amerikaner hält.

Schon wieder einer, der mich anspuckt! Zuerst waren es die

Belgier, weil ich kein Amerikaner war. Dann erschießen amerikanische Tiefflieger meine Mutter. Und jetzt hier in Vietnam, wo der dreckigste aller Kriege Minhoï zur Waise machte, spuckt man mich an, weil man mich für einen Amerikaner hält! Vielleicht dachte der Junge, daß ich einer von denen bin, die zu Weihnachten farbige Polaroid-Fotos nach Hause schickten, auf denen die Leichen massakrierter Frauen und Kinder abgebildet waren. Minhoï neben mir weint. Ich springe aus der Rikscha, um den halbwüchsigen Vietnamesen einzuholen, der sofort wegläuft – da setzt mir ein vietnamesischer Soldat seine entsicherte Pistole auf die Brust. Ich muß mich zusammenreißen, um nicht in Tränen auszubrechen vor Wut über die schreiende Ungerechtigkeit. Dennoch liebe ich dieses Volk wie kein anderes.

In den Straßen überall Barrikaden aus Sandsäcken. Ein kleiner Junge, er ist höchstens sieben oder acht Jahre, führt uns eine Pantomime vor, indem er mit starren Augen den Mund aufreißt. Ich begreife nicht, was er will! Minhoï hat verstanden. Er will mir durch Zeichensprache sagen, daß er mich in einem Film gesehen hat, in welchem ich einen amerikanischen Soldaten darstelle, der mit starren Augen und aufgerissenem Mund in der Luke eines Tanks krepiert.

Wir sind also zurück in der Menschenhölle. In der Hölle der Erwachsenen.

»Welcher Mann würde freiwillig in der Zivilisation leben, mit ihrem höllischen Gestank und Lärm – wenn er zu Gottes schönsten Schöpfungen kommen und sein eigener Gott und König sein kann – mit dem Bewußtsein, daß es keine anderen Gesetze für ihn gibt als das Gesetz des Freien, und keine Irrenanstalten mehr für Verrückte, die das Leben in der Zivilisation nicht mehr mitansehen konnten, ohne zusammenzuschrumpfen ... Keine Bibel mehr außer der Sprache der Natur für die, die sie lesen können ...

Das war das Leben, das er liebte. Und wenn seine Stunde käme, dann würde es ihm gefallen, daß die Wölfe seine Knochen abziehen und saubernagten, und sie auf der großen Landkarte des Allerherrlichen lassen ...«

Aus ›Der Berg-Mensch‹,
von Verdis Fischer

Schwachköpfe werden mich fragen: »Warum bist du nicht wegge-
gangen? Du hast doch gesagt, daß du für immer weggehen wirst,
warum bist du noch da?«

Zuerst werde ich nicht wissen, was ich antworten soll. Ich weiß
nur, daß ich noch bleiben muß, bis mein Sohn geboren ist und daß
ich niemals weggehen kann ohne meinen Sohn. Aber ich werde
niemand Rede und Antwort stehen, weil es keinen etwas angeht.
Wahrscheinlich werde ich sagen: »Kümmere dich um deinen eigenen Dreck!«

Da wir kein Geld besitzen, nehme ich den ersten besten Film
an. Wie eine Hure auf dem Strich, die den ersten besten Kunden
akzeptiert. Wir müssen nach Holland, wo sich der Stumpfsinn ab-
spielen soll.

Dem amerikanischen Regisseur (das Wort macht mich krank), ist
seine Freundin Joan weggelaufen, mit Maria Schneider. Jetzt
ficken die beiden Mädchen sich das Gehirn aus. Maria hat gerade
den dümmlichen Film ›Der letzte Tango in Paris‹ abgedreht und
bildet sich ernsthaft etwas darauf ein, daß Marlon Brando sie mit
Butter in den Arsch gefickt hat. Sie schleppt Bücher mit Fotos von
Beduinen mit sich herum, die sie jedem zeigt, und verteilt Kokain.
Mir zeigt sie die Bücher auch. Diese Fixer bilden sich immer ein,
daß Freiheit etwas mit ihren Scheißdrogen zu tun hat. Warum
zeigt sie die Fotos von Beduinen in der Wüste herum? Ich habe
mit Beduinen gelebt, die brauchen keinen Trip. Die Topsau gibt
Minhoï hinter meinem Rücken Kokain.

In Amsterdam haben die Holländer van Gogh gleich ein ganzes
Museum errichtet und seine Bilder zusammengepfercht wie
Sträflinge in einem überbelegten Zuchthaus – wie eingefangene
Tiere im Zoo, wo der Polarbär auf dem Betonboden seiner To-
deszelle in Zeitlupe hingerichtet wird. Fünf Schritt nach links.
Fünf Schritt nach rechts. Fünf Schritt im Kreis. Man spritzt die
Tränen und den Kot mit einem Wasserstrahl in den Abfluß.
Manchmal läßt man einen Tiger durch eine Schwingklappe in
den Nebenkäfig zu einer Tigerin, um ihn zu verhöhnen. Die
Affen, Wahnsinn in den Augen, strecken ihre Arme durch die
Gitterstäbe ihrer Käfige. Sie haben die Finger ihrer Hände wie

zum Gebet ineinander verkrampft und betteln, daß man sie frei-
lassen möge.

Hier wird van Gogh hinter stahlverblendeten Türen mit elektrischem Licht angestrahlt, durch elektrische Alarmanlagen sichergestellt – wie ein zum Tode Verurteilter, den man nur durch ein
Panzerglasfenster sehen und zu dem man nur durch Mikrofone
reden darf. Jedes Bild ist mit Staats-Stempel abgestempelt, wie
eine Gefangenennummer.

Die Besucher stehen Schlange wie nach Fast-Food. Schieben
sich ruckweise vorwärts. Next! Sie halten Informationen in den
Händen, warum van Gogh sich ein Ohr abgeschnitten hat. Manche Besucher sehen mitgenommen aus. Andere glotzen verständnislos, irritiert, geniert. Manche reißen flüsternd Witze, kichern
hysterisch. Ein Mädchen zittert. Ein Mann hat Tränen in den
Augen. Viele suchen den Ausgang aus dem vermieften Museum,
in dem sicher nie ein Fenster geöffnet wird. Die blutenden Sonnen
sind wegen Platzmangel so eng aufeinander geschichtet wie noch
nicht ganz tote Leiber in einem Massengrab. Die schwelenden
Sonnenblumen. Diese von Leidenschaft und Sehnsucht so furchtbar schmerzenden Herzen! Ja, noch nicht ganz tote Leiber von
Hingerichteten! Sie leben noch! Wie die Lämmer in Schlachthäu-
sern, die man sterbend auf einen Haufen anderer sterbender Lämmer stapelt, nachdem man ihnen die Gurgel durchgeschnitten
hat – dann tritt ein Schlächter ihnen auf die Halsschlagader, damit
sie richtig ausbluten.

Ich stürze aus dem van Gogh-Museum in Amsterdam. Auf der
Straße muß ich brechen.

Ich darf nicht so enden!

Ich liebe Minhoï über alles. Ich liebe sie mehr als mein Leben. Ich
liebe die magische Schönheit ihres Gesichtes und ihres Körpers.
Ich liebe ihre mich verzaubernde Seele, die voller Geheimnisse ist
und voller Wunder. Sie ist meine Frau und meine Geliebte und
die zukünftige Mutter meines Sohnes, den sie gebären wird. Und
doch wird unser Zusammenleben immer schmerzlicher. Minhoï
ist völlig unschuldig an den furchtbaren Streitereien. Ich trage die
ganze Schuld. Meine Empfindungen sind so riesig, meine Fantasie
ist so maßlos und meine Reaktionen sind so gewaltsam wie eine

Naturkatastrophe, die alles mit sich reißt und Verwüstungen zurückläßt. Die gegensätzlichen Gewalten in mir bekämpfen sich auf Tod und Leben und drohen, mich zu zerreißen. Mir ist, als müßte ich mich von einem Turm stürzen!

Oft ist Minhoï so erschrocken, daß sie nichts anderes tun kann als weinen. Dann streckt sie mir ihre Arme entgegen, als wolle sie mit ihren wunderschönen zarten Händen die Raserei aufhalten, die mich zerstört.

Auch Minhoï liebt mich über alles. Aber sie kann die schrecklichen Gegensätze nicht mehr ertragen. Alles an mir ist maßlos und übergroß. Auch meine Fürsorge. Auch meine Zärtlichkeit. Auch meine Liebe. Jedenfalls sagt Minhoï es. Die Gewaltsamkeit meiner Empfindungen brutalisiert und verstört ihre Seele.

»Hilf mir!« schreien wir manchmal zur gleichen Zeit und klammern uns wie zwei Ertrinkende aneinander.

Wir sprechen oft von unserem Sohn. Dann ist alles gut und wir sind glücklich. Wir fragen uns, in welchem Teil der Erde er wohl zur Welt kommen wird. Wir machen Pläne und träumen, wo unser Sohn aufwachsen soll. Vielleicht gehen wir in die Dschungelberge von Vietnam, nach denen Minhoï sich so sehr zurücksehnt. Oder wir gehen in die Himalayas, direkt vor dem Ama Dablam. Oder wir wohnen in Feuerland, wo die Gletscher ins tobende Wasser von Cap Horn eintauchen. Oder wir segeln über alle Meere und kommen nie mehr an Land?

Filme machen, bedeutet Geld. Geld bedeutet, sich freizukaufen aus der Sklaverei. Ich mache also weiter. Zuerst zwei Filme in Athen und auf Kreta. Ein Film in Paris. Einer in Barcelona. Minhoï kommt überallhin mit. Ich kann keinen Schritt, keinen Atemzug tun ohne sie. Aber unser Zusammensein ist unmöglich geworden. Es ist ein gnadenloser Kreis, aus dem es keinen Ausweg zu geben scheint – außer daß wir uns trennen. Ich weigere mich, den grauenhaften Gedanken zu denken. Aber sowohl ich als auch Minhoï wissen, daß es von weitem wie Wellen-Ungetüm immer schneller auf uns zukommt und daß nichts es aufhalten kann. Unsere Trennung ist der einzige Ausweg uns nicht beide zu vernichten.

Wir sind wieder in Rom und mieten eine Dachwohnung mit Terrasse gegenüber von Visconti und schräg gegenüber dem Park

Villa Ada, der einmal der Wohnsitz Mussolinis war. Wenn die Telefonanrufe von Fotografen unerträglich werden, verabrede ich mich mit ihnen vor dem Parkeingang. Sie wissen nicht, daß ich sie vom Dach unseres Hauses aus beobachten kann, ich brauche nur die Feuerleiter von unserer Terrasse heraufzusteigen. Wenn sie sich nach allen Seiten suchend umdrehen, weil ich nicht zur Verabredung erscheine und sie wie durch Zufall nach oben in meine Richtung sehen, dann ducke ich mich hinter dem Schornstein. Nach einer Weile komme ich wieder vorsichtig hervor. Das treibe ich so lange, bis die Fotografen die Nase voll haben und verschwinden. Ich will mich seit langem von niemandem mehr fotografieren lassen. Ich will nicht, daß man meine Seele fotografiert, die sich immer gewaltsamer auf meinem Gesicht abzeichnet. Dazu kommt, daß Fotografie eine andere Art von Gefängnis ist, in dem meine Empfindungen sich zu Tode quälen.

Als ich auf unserer Terrasse im Liegestuhl aufwache, in dem ich eingeschlafen war – ist Minhoï nicht mehr da. Ich kann es nicht glauben, weil es so ungeheuerlich ist, daß ich es nicht fassen kann. Mir ist, als habe man mir meine beiden Beine mit einem einzigen Hieb weggeschlagen. Mir ist, als sei ich zurückgestoßen in das Grauen, in die Verschüttung, aus der ich mich mein Leben lang in Todesangst ausgrabe. Ich brauche lange … dann plötzlich schießt es mir durch den Kopf, als hätte man mir eine Kugel in die Schläfe gejagt: Alles in mir ist grell. Zerfetzt. Blutig. Alles schreit. Alarmschrill. Schreit, schreit, schreit nach Minhoï. Ich stürze zur Wohnungstür. Sie hat sie nur angelehnt, wahrscheinlich um kein Geräusch zu machen. Ich rufe »Minhoï!« immerzu. Ich fange an zu laufen, es kann nur ein Scherz sein! Vielleicht spielt sie verstecken. Ich lache. Aber mein Lachen ist nicht echt. Der Alarm in meinem Kopf signalisiert mir, was ich seit langer Zeit befürchtet habe. Ich stürze ins Badezimmer, reiße den Duschvorhang zur Seite, als wäre ich sicher, ihr Versteck entdeckt zu haben. Ich gucke in die Badewanne. In die Nische, wo das Klo steht und das Bidet. Ich krieche unters Bett – schrecke in die Höhe, als habe ich ein Geräusch gehört, das sie vielleicht beim Wechseln ihres Verstecks verursachte. Ich reiße alle Schränke auf. Drehe mich blitzschnell herum, als könnte ich sie dadurch überraschen, falls sie versuchte, leise in ein anderes Versteck zu schleichen. Ich hetze zurück auf die Terrasse. Ich steige aufs Dach. Zurück in die Wohnung: Dusche, Badewanne, Klo, Bidet, unterm Bett, Schränke, auch Schubladen. Ja, auch in Schubladen und Buchregalen, hinter den Büchern, in der Küche, im Eisschrank, in den Küchenschränken, im Backofen … Mit dreht sich der Kopf … Ich schlage mir die Stirn an … Ich reiße den Hörer vom Telefon … unfähig eine einzige Zahl zu wählen. Und wozu? Niemand wird wissen, wo sie jetzt ist. Ich stürze die fünf Stockwerke hinunter, der Fahrstuhl ist mir zu langsam. In der Garage ist sie nicht. Ich renne die fünf Stockwerke wieder rauf. Wieder Terrasse, Dach, Küche, Bett, Schränke, Badezimmer, Dusche, Wanne, Klo, Bidet … und wieder die fünf Stockwerke hinunter, diesmal auf die Straße. Es ist fast dunkel. Wohin soll ich mich wenden? Wo soll ich sie suchen? Wie Gasschwaden setzt sich langsam meine lähmende Benommenheit – als richtete ich mich wieder auf nach einem niederschmetternden Keulenschlag, der mich getroffen hat. Als wäre ich ihr auf den Fersen, stürme ich wahllos in eine Richtung. Kilometerweit. Dann in eine entgegengesetzte. Dann schlage ich scharfe Haken nach rechts und links. Ich muß in zerbrochenes Glas getreten sein, ich blute wie ein Schwein. Ich hatte es nicht bemerkt, auch nicht, daß ich barfuß bin. Ich renne zurück. Wieder die fünf Stockwerke über die Treppen … Diesmal direkt von der Straßenseite, ohne über den Hof und an der Garage vorbei zu müssen. Ich kann es nicht ertragen, dem Hauswart zu begegnen … Wer weiß, vielleicht ist Minhoï wieder da? Als ich wieder in unserer Wohnung bin, wird mir so schwindlig, daß ich nicht mehr stehen kann. Ich breche weinend in die Knie und flehe, daß man mir Minhoï wiedergeben möchte! Ich weiß nicht, zu wem ich bete. Mein Gebet ist ans Universum gerichtet. An das Leben! An die Liebe! Ich bete, daß man mich ruhig quälen möchte, daß man mir weh tun solle – wenn man mir Minhoï zurückgibt. Ja! Man soll alle Schmerzen und Qualen auf mir abladen, den ganzen ekelerregenden Müll, den Menschen zu verursachen imstande sind. Nur nicht ohne Minhoï leben!! Ich bete auch zu Minhoï. Ich bete zu unserem Sohn: »Du bist das Licht, das mir in meiner Finsternis leuchtet. Verliere niemals den Glauben an mich, so wie ich niemals den Glauben an dich verlieren kann!«

Es klingelt. Ich schrecke so sehr zusammen, daß es weh tut, als hätte man mich mit elektrischem Strom berührt. Als ich die Haustür öffne, steht Minhoï auf der Schwelle. Einen kleinen Blumenkranz in ihren Kinderhänden, den sie mir hinstreckt. Mein Gott!!!! Muß man zuerst durch die Hölle gehen, um so glücklich zu sein, wie ich es in diesem Augenblick bin?

Von jetzt an werde ich von der Wahnidee verfolgt, daß Minhoï mich jeden Augenblick verlassen könnte. Was soll ich tun? Wie soll ich mich in Zukunft benehmen? (Als könnte ich jemals anders sein, als die Natur mich geschaffen hat.)

Vielleicht kann sie nicht leiden, wie ich mich kleide? Soll ich alles wegschmeißen? Was soll ich anziehen? Vielleicht will sie, daß ich meine Haare anders trage? Vielleicht kürzer? Oder viel länger? Vielleicht mag sie nicht, daß ich blond bin? Oder daß ich blaue Augen habe? Vielleicht sage ich ihr nicht oft genug, wie schön sie ist? Das ist nicht möglich, niemand auf der Welt kann einem Menschen öfter sagen wie schön er ist, als ich es tue. Sage ich ihr nicht oft genug, daß ich sie liebe? Ich sage es so oft, daß ich denke, sie will es nicht so oft hören! Warum soll ich es nicht immer wieder sagen, tausendmal, millionenmal! Die Worte ›Ich liebe dich‹ sind so schön, wenn man es wirklich meint. Habe ich ihr nie gesagt, wie intelligent sie ist, oder nicht oft genug? Mein Gott, was habe ich alles falsch gemacht und falsch gesagt!? Bin ich unfähig, sie richtig zu behandeln? Habe ich nicht oft genug gesagt, wie sehr ich mag, was sie für mich kocht? Sage ich es nicht jeden Tag mehrmals, jedesmal, wenn ich etwas esse? Habe ich es vielleicht vergessen, ohne es zu wissen? Danke ich ihr nicht genügend für alles, was sie für mich tut? Wenn sie mir etwas wäscht oder ausbessert? Soll ich ihr mehr Kleider kaufen? Oder Ringe und Ketten? Nimmt sie es mir übel, daß ich im Augenblick nicht so viel Geld verdiene, weil ich es mir mit allen verdorben habe? Weiß sie denn nicht, daß es nur eine Frage der Zeit ist, wann ich wieder so viele Filme drehe, wie ich will, und daß niemand meinen Weg aufhalten kann? Dauert es ihr zu lange? Soll ich irgendeinen Film annehmen, weit weg, nur damit wir hier rauskommen, jetzt, sofort?! Ich kann alles erreichen, was ich will. Ich bin fähig, alles auszuführen, was man von mir verlangt.

Ich weiß, das ist alles absurd. Ich würde nur noch mehr verkrüppeln als ich unter Menschen sowieso schon bin. *Ich* bin es. *Ich!* Ich allein bin der Grund, aus dem sie mich verlassen wird. Nicht *wie* ich bin, sondern, *daß* ich bin! All meine Liebe, all meine guten Vorsätze und Anstrengungen können der gewaltsamen Lava nicht widerstehen, die sich aus dem Vulkan meines Innern ergießt und oft so verheerende Wirkungen hat. Und jedesmal kann es zu spät sein. Jedesmal. Ich fürchte mich vor nichts. Nur davor, daß Minhoï mich verläßt – jeden Augenblick. Tagsüber und während der Nacht – ich wage nicht mehr, von einem Zimmer ins andere zu gehen ohne die Türen weit offen zu lassen, auch die vom Klo. Auch Minhoï sage ich, daß sie die Tür zum Klo nicht schließen möchte! Ich habe Angst, sie könnte aus dem Badezimmerfenster steigen, von dem aus man über eine Feuerleiter aufs Dach und dann über andere Terrassen fliehen kann. Ich wage nicht mehr mich zu duschen oder gar den Kopf einzuseifen, weil ich das Öffnen der Wohnungstür nicht hören würde. Manchmal stürze ich unter der Brause hervor aus dem Bad, um zu sehen, ob Minhoï noch da ist. Nachts schrecke ich immer öfter hoch und taste nach ihr, ob sie noch im Bett ist. Einmal schreie ich auf, weil ich sie nicht fühle. Ihr Platz im Bett ist leer. Ich knipse das Licht an und suche sie überall. Sie sitzt schlaftrunken auf dem Klo. Ich gehe nicht mehr aus dem Haus, nur zusammen mit Minhoï. Ich lasse sie auch nicht alleine einkaufen gehen. Ich verabrede mich mit niemandem mehr. Nicht ohne Minhoï. Auf diese Weise würden wir verhungern, denn wir haben nie Geld, wenn ich nicht arbeite. Ich habe nie etwas gespart. Am schlimmsten ist es, wenn ich drehen muß. Minhoï will nicht mehr mitkommen zum Drehen, weil es stumpfsinnig und anstrengend ist. Außerdem würde ich auch dann keine ruhige Minute haben, wenn ich vor der Kamera stehe und sie nicht ununterbrochen sehen kann.

Während des Drehens, oder wenn ich nur mit jemand zu sprechen habe, denke ich an nichts anderes als an Minhoï und daß ich zu ihr zurück will. Sobald ich mit der Arbeit fertig bin, schreie ich nach dem Auto, und jede Sekunde, die verstreicht, ist ein Stich in mein Herz, und ich denke, daß ich den Verstand verliere. Bin ich an der Wohnungstür, lausche ich erst. Wenn alles still ist, habe ich sofort Angst, daß Minhoï nicht mehr da ist. Höre ich ein

Geräusch, weiß ich, daß Minhoï da ist. Das ist mein Leben in der Hölle. Und es ist kein Ende abzusehen.

Ja, ja, ich weiß. Die anderen wollen es allen recht machen, damit ihr Buch sich einen Platz erschleimt auf den Ausstellungsregalen der Büchereien. In den Kiosken der Flugplätze und Bahnhöfe. Möglichst neben der Kasse eines Supermarkts. Da wo die Kloake mit Marlboro und Kaugummi bereits den besten Dauerplatz belegt.
    Was muß man machen, um den Menschen ins Blut zu gehen? Was hat van Gogh mit seinen Bildern verändert? Charryl Chessman? Nach fast zehn Jahren in der Todeszelle hat er gesagt, daß er müde ist. Daß man ihn töten soll, wenn dadurch das Töten aufhört. Man hat ihn hingerichtet, aber das Töten hat nicht aufgehört. Ich schreibe hin, was in mein Telegramm muß. Was zu viel ist, braucht man nicht zu lesen.

So oft wir in den Park der Villa Ada gehen, haben wir das Gefühl, weit weg zu sein, in unserer Zukunft. Wir treffen eine Freundin von Minhoï, die sie von der Schule in Paris her kennt. Sie fährt ihr neugeborenes Baby aus und gibt es Minhoï zum Halten, damit Minhoï fühlen kann, wie das ist, ein neugeborenes Baby im Arm zu halten. Aber Minhoï sieht verstört aus und will das Baby schnell zurückgeben, wie eine Mutter, der man aus Versehen ihr eigenes Kind vertauscht hat. Als ihre Freundin es nicht gleich zurücknimmt, weil sie frische Windeln vorbereitet, gibt Minhoï das Baby mir. Aber auch ich will es nicht behalten. Als ich das Gewicht des winzigen, schweren Körpers in den Armen spüre, kann ich es nicht ertragen, daß es nicht mein Sohn ist, den ich in den Armen halte.

Wir haben nur einen Mini Cooper, aber die Karre läuft wie ein Wiesel. Und da ich in den nächsten 14 Tagen keinen Film drehen muß, werfen wir unser Zelt und einen Seesack auf den Rücksitz und hauen ab. Normandie, Bretagne, England.
    Von London aus rasen wir die Nacht über bis Landsend. Portsmouth. Plymouth. Von hier ist Chichester allein losgesegelt nach Australien und Cap Horn. Und Chay Blyth, Nonstop um die Erd-

kugel, gegen alle Meeresströmungen und Winde. Und von hier starten die Segelschiffe zum Ein-Hand-Rennen über den Atlantik.

Wir laufen tagelang herum, um all die Segelschiffe und ihre Besatzungen zu sehen, die ihre letzten Vorbereitungen treffen. Ich empfinde denselben Schmerz, den wohl ein Sträfling empfindet, wenn ein Mit-Sträfling entlassen wird und er selbst zurückbleiben muß. Es riecht nach dem beizenden Geruch von Freiheit, der so weh – aber der so gut tut. Der Sträfling preßt sein Gesicht an die Gitterstäbe und will gucken, gucken, gucken!!! Auch wenn es danach um so schlimmer ist, die Gefangenschaft zu ertragen.

Heute, als die Segelschiffe aufs offene Meer hinaussegeln, ist mir zumute wie in der aufsteigenden Düsenmaschine, die sich vom Rollfeld in Peru abhob und den Dschungel tief unter sich zurückließ. Und wieder muß ich die Faust vor den Mund pressen, um nicht aufzuschreien.

Wir fahren weiter, bis runter an die zerklüftete Küste, wo der Atlantische Ozean brandet und brüllt, von eisigem Wind gepeitscht. Wo die Tide nach einem greift und das Meer noch wilder zurückschleudert. Weit und breit ist kein Mensch zu sehen. Nur vom Wind ausgerissene Sträucher, die wie Wolken über Abhänge rasen. Mir ist, als wären wir ausgebrochen aus der tödlichen Gruft der Zivilisation – die Reste der zerfetzten Ketten noch an den Halseisen, Hand- und Fußgelenken. Für Augenblicke vergesse ich die hinterlistigen Fallen, die die menschliche Gesellschaft legt für jeden, der die wahnwitzige Idee hat, die Absperrlinie zu übertreten.

Ein uniformierter Aufpasser jagt uns aus dem ›Naturschutzgebiet‹. Wir müssen unser Zelt abreißen, es ist nur erlaubt, auf ›Campingplätzen‹ Zelte aufzuschlagen. In Ghettos. Wir warten, bis es dunkel wird. Dann kriechen wir in Gebüsche.

Ganz früh morgens, so früh, daß noch kein Ghetto-Wächter herumstinken kann, gehen wir zu den Felsklippen zurück und machen ein Feuer.

In diesem Land kriegen wir nirgends was zu essen und müssen uns selber kochen. Überall kommen wir zu spät. Manchmal nur fünf Minuten. Die Bedienung sieht uns jedesmal böse und mißtrauisch an, als hätten wir die ganze Nation beleidigt, nur weil wir nicht pünktlich zum Fraß erschienen sind. Mit anderen Worten, weil wir nicht pünktlich gefressen haben wie jeder andere. Als wäre es nicht ekelhaft genug, daß man den Abfall sowieso nicht fressen kann, ohne Magenkrämpfe zu kriegen. Alles ist versalzen und hart oder matschig. Als ob es nicht anmaßend und krankhaft genug wäre, daß man zwischen 2 Uhr mittags und 6 Uhr abends kein Bier ausschenkt. Nur weil irgendeine versoffene Königin-Schlampe die sadistische Idee hatte, daß nur sie allein besoffen sein dürfe! Und dann diese Fish and Chips!

Auf der Rückfahrt durch die Bretagne, vielleicht weil wir uns wieder dem Ghetto nähern, streite ich im Auto mit Minhoï. Mir ist, als bin ich es gar nicht, der tobt und schreit. Als höre und sehe ich mich selbst toben und schreien und gräßliche Ausdrücke und Beleidigungen ausspucken. Wie in Traumvorstellungen, oder im Film, wo durch Spezialeffekt gezeigt wird, daß sich das eine Ich vom anderen trennt. Das Gute vom Bösen. Ein Astral-Leib tritt aus dem Körper hervor und setzt sich neben die eigene Person. So komme ich mir vor. Ich sehe die furchtbaren Ausmaße von dem, was sich abspielt, und ich denke, daß die Hülle meines Körpers kaputtgehen muß von den furchtbaren Erschütterungen, die in ihm toben. Und daß mein Inneres zerreißen muß. Daß meine Seele in dem Gemetzel verbluten muß. Aber ich sehe es, wie gesagt, als ein anderer. Ich spüre die Schmerzen, aber ich spüre sie als die Schmerzen eines anderen.

Minhoï will, daß ich den Wagen anhalte. Sie steigt aus und läuft über eine Wiese. Als ich aus dem Auto steige, um ihr nachzulaufen, habe ich solche Herzstiche, daß ich laut aufschreie und mich am Boden wälze. Es ist, als ob jemand ununterbrochen zusticht, direkt in mein Herz. Ich habe oft Herzstiche gehabt. Aber noch niemals habe ich derartige Schmerzen in meinem Herzen verspürt wie jetzt.

Ich weiß nicht, wie lange ich mich auf dem Boden gewälzt habe, als Minhoï zurück zum Auto kommt und mir ein paar Blümchen gibt, die sie für mich gepflückt hat. Ich bin ihr unendlich dankbar für ihre süße Liebe. Aber die Messerstiche in meinem Herzen bleiben.

Ich nehme eine Foto-Romanze an. In Monte Carlo. Es wird sehr gut bezahlt, und die Posen, in denen man fotografiert wird, sind nicht schwachsinniger als was dieses Regisseur-Gesindel von einem will. Eine Foto-Romanze dauert 3–5 Tage. Ich frage, ob ich nicht gleich einen Vertrag für 50 oder 100 Foto-Romanzen abschließen könne.

Minhoï will unseren Sohn. Jetzt. Heute. Sofort! Sie fleht mich an, weinend. Ich verspreche es ihr. Ich bin so sehnsüchtig nach unserem Sohn wie sie. Ich wollte zuerst einen Platz finden, wie ein Tier, das ein schützendes Nest für sein Junges baut.

Noch einmal Spanien. Granada. Außer drehen bin ich nur bei meinen Zigeunern. Eine Zigeunerin liest mir aus der Hand, daß eine entscheidende Veränderung in meinem Leben eintreten wird. Daß es der größte Abschied meines bisherigen Lebens sein wird. Sie spricht von Abschied, nicht von Tod. Ich hasse sie dafür. Obwohl ich weiß, daß sie die Wahrheit sagt. Ich hätte sie gar nicht meine Hand zu deuten lassen brauchen. Ich spüre dieselben Vibrationen, die ein Wahrsager zu spüren fähig ist. Die Zigeunerin hat eine riesige Fotze, die so überschwemmt ist, als ob ein Strom über die Ufer getreten wäre.

Wir brechen unsere Zelte in Rom ab und fliegen nach Paris, wo Zulawski mich für den Film ›Wichtig ist, zu lieben‹ haben will. Wenigstens mal ein Pole, denke ich.

In Paris ist Minhoï schwanger. Sie kommt morgens, ganz früh, atemlos zu mir ins Bad gelaufen, wo ich mich rasiere, und zeigt mir ein winziges rundes Blättchen, das aussieht wie die Blättchen, die man unters Mikroskop schiebt, und das sich in ihrem Urin verfärbt hat. Daran kann sie erkennen, daß sie schwanger ist. Nachdem sie mir das Blättchen gezeigt hat, stellt sie es ganz vorsichtig auf die Glasplatte über dem Waschbecken, als wäre es schon das Kinderwägelchen mit unserem Sohn.

Von diesem Moment an ist alles hell in mir. Auch um mich herum ist alles hell. Überall ist Licht. Überall. Ich sehe Blumenwiesen, wohin ich blicke, obwohl Paris grau und kalt und gemein ist. Alle Menschen, die ich sehe, erscheinen mir freundlich und froh. Mir ist, als würde ich selbst zum ersten Mal geboren werden. Mir ist alles neu, und alles erscheint mir gut und unverdorben. Nanhoï wächst in mir, so wie er in Minhoïs Bauch wächst. Wir sind immerzu beschäftigt mit Vorbereitungen. Wir laufen herum für Babywäsche, sehen uns viele Kinderwagen an und Bettchen, und Minhoï näht Bettzeug und Babyhemdchen aus geblümten Stoffen in den Farben des Frühlings. Ich lasse mir aus denselben Stoffen Hemden anfertigen, damit ich dieselben Stoffe trage wie mein Sohn. Wir kaufen Babyflaschen und Windeln und alles, was wir brauchen, damit unser süßester Babyboy sich wohl fühlt und es ihm an nichts mangelt.

Ich hasse jetzt Filme drehen, wie ich es noch nie zuvor gehaßt habe. Alles, was ich will, ist Vorbereitungen treffen für die Ankunft meines über alles geliebten Sohnes. Aber es ist unumgänglich, daß ich filme, denn wir brauchen wie immer Geld. Jetzt mehr als je.

Die Produktion, für die Zulawski dreht, kann keinen Vertrag mit mir abschließen, weil der deutsche Verleih, der den Film zum Teil finanziert, mich ablehnt. Der Grund ist, daß die erbärmliche Made vom deutschen Verleih, der mit der französischen Produktion verhandelt, sich an mir rächen will. Vor vielen Jahren, als ich mit Erica fickte, war er geil nach Erica. Aber Erica wollte sich nur von mir ficken lassen. Dafür hat diese Made mich gehaßt.

Zulawski sagt, daß er den Film ohne mich nicht dreht. Der Film interessiert mich einen Dreck. Ich brauche Geld.

Ich fliege nach München, wo auch Sybille D. wohnt. Sie wiederum ist nicht nur der Fick von einem Herrn von St., der außerdem der Chef der Münchener Niederlassung des Verleihs ist – sondern sie ist gleichzeitig der Fick des amerikanischen Millionärs, der den ganzen Ramsch besitzt, vor allem in den USA. Ich rufe sie also an und verabrede mich mit ihr. Sie öffnet mir im Morgenrock, der wohl absichtlich so gearbeitet ist, daß ich am liebsten gleich im Stehen durch ihn hindurchficken möchte. Ein Bein hochgestellt auf einen Stuhl. Zwischen die Titten. In ihren Mund. Von hinten auch in den Arsch. Sie ist eine großartige Fotze. Das Maul muß viele Schwänze gelutscht haben. Die Augen sind fick-fiebrig, tief eingekerbt unter den Augenknochen. Sie ist sehr, sehr verführerisch, sehr lieb und sehr, sehr schlau. Sie bittet mich gleich, ihrem Kerl in Amerika, der übrigens verheiratet ist und ihr die ganze kitschige Wohnung eingerichtet hat, nichts von dem Herrn von St. zu sagen, der, ebenfalls verheiratet, in ein paar Minuten auf der Bildfläche erscheinen würde. Gleichzeitig wirkt es wie eine Entschuldigung, daß ich sie heute leider noch nicht ficken könne. Was so viel heißen soll wie – aufgeschoben ist nicht aufgehoben. Ich könne aber dem Herrn von St. selbst die skandalöse Geschichte vortragen.

Als ich dabei bin, etwas von ihrem Konfekt zu naschen, das sie mir angeboten hat, klingelt es auch schon an der Wohnungstür, und Herr von St. ist da. Als er meine Geschichte angehört hat, zu der ich noch hinzugefügt habe, daß der Mistkerl, der den Franzosen gegenüber abgelehnt hat, daß ich in dem Film erscheine, doch nur des Herrn von St. Angestellter sei und daß er sich ermächtigt habe über seinen, des Herrn von St. Kopf hinweg so schwerwiegende Entscheidungen zu fällen, ist Herr von St. richtig aus dem Häuschen und verspricht mir hoch und heilig (mit Sybille als Zeugin) die Sache gleich morgen früh in Ordnung zu bringen. Ich haue also ab, nachdem ich Sybille noch an der Wohnungstür sage, daß Zulawski ihr in seinem Film eine Rolle gäbe, wenn sie dafür sorgt, daß alles richtig klappt. Das wäre also geritzt.

Inzwischen hat man mir in Paris einen anderen Film angeboten, ›Goldene Nacht‹. Ich mache also diesen dilettantischen Quatsch zuerst. Dann den Film von Zulawski.

Jetzt wollen alle, daß ich Kean verkörpere – den größten englischen Schauspieler des vorigen Jahrhunderts. Die Bühnenbearbeitung nach dem Roman von Dumas ist von Jean-Paul Sartre. Die Aufführung soll im Théatre de la Ville stattfinden. Ich werde und werde mit diesem schwulen Zappelphilipp von Theaterdirektor nicht über meine Gage einig. Was die hier für Vorstellungen von Gage haben! Schließlich ist er mit einer Summe einverstanden. Er zetert, daß es die doppelte Gage wäre, die Ingrid Bergman in Paris bekommen hätte und daß man Ingrid Bergman wiederum bereits die Höchstgage gezahlt habe.

Das alles interessiert mich überhaupt nicht. Was mich interessiert ist, daß ich mehr Geld will, basta. Schließlich unterschreibe ich den lausigen Vertrag.

Bei unserer ersten Begegnung ist Sartre sehr nett und heilfroh, daß ich es bin, der Kean verkörpern wird. Er frißt und säuft und raucht wie ein Schlot. Kein Wunder, daß er krank und fast blind ist, trotz seiner fetten geschliffenen Brillengläser. Ich habe seine Bearbeitung flüchtig gelesen und mache mir weiter keine Kopfzerbrechen über den pseudo-sozialistischen Unsinn in dem geradezu empörend schlechten Stück. Bis zur Aufführung ist noch ein ganzes Jahr Zeit.

Ich habe mich noch nicht von dem intellektuellen Zulawski-Gewichse erholt, als ich ›Kean‹ wieder hervorkrame, weil ich den dumpfen Verdacht habe, daß ich die Stümperei von Sartre wohl doch nicht retten kann. Beim Lesen streiche ich fast jede Seite und versuche mehr und mehr Monologe aus Stücken von Shakespeare hereinzubringen, in denen Kean jeweils auftritt. Wie Einschnitte in einem Film, Flashs, Flashbacks, Groß-Aufnahmen. Aber das allein ist keine Lösung. Am Ende meiner Arbeit bleiben fast nur Monologe übrig: Hamlet, Romeo, Richard III., Othello, Macbeth, Marc Anton, King Lear. Ich gehe zu diesem Zappelheini von Theaterdirektor und sage, daß er Sartre meine Korrekturen übermitteln solle. Vielleicht könne er den ganzen Mist umschreiben. Sartres Berater geben zur Antwort, daß Sartre nicht wolle, daß man auch nur ein Komma an dem von ihm fabrizierten Text ändere. Hat dieser Sartre tatsächlich vergessen, daß er das ganze nur aus Dumas Roman geklaut hat? Schlecht geklaut! Er hat es verhunzt! Man hatte mich nach dem Erscheinen meines ersten Buches mit Céline verglichen, und man hatte mich gefragt, ob ich Céline in einem Film verkörpern wolle. Ich hatte den Namen zum ersten Mal gehört und habe bis heute nichts von Céline gelesen – ich weiß inzwischen nur, was er von Sartre gesagt hat: »Dieser kleine kurzsichtige Scheiß-Wurm, dieser Sartre, wo war er, als das Blut floß? Herumkriechend in den Gedärmen der Verdammten, wie ein kleiner Scheiß-Ball, der er ist! Dieser falsche kleine Gedärm-Wurm, dieser Wurm aus anderer Leute Scheiße!«

Wir finden eine Atelier-Wohnung in den Marais, dem jüdischen Stadtteil von Paris.

Die Wohnung ist ein einziger riesiger, hoher, heller Raum mit Fenstern ringsherum. Mit Balkon und offener Küche. Und mit einer Badewanne mitten im Wohnraum, direkt vor dem Kamin. Eine Treppe führt zu einem offenen Schlafzimmer-Stockwerk, von dem aus man auf eine große Terrasse kommt. Von der Straße ist kein Verkehrslärm zu hören. An einer Seite zeigen die Fenster des riesigen Wohnraums auf den Spielhof einer Schule. Immer wenn Pause ist, hören wir das frohe und befreite Lachen und Schreien der Kinder, die aus dem muffigen Gebäude stürmen und auf dem Schulhof Ball spielen und herumtollen.

Minhoïs Bauch wird größer, und sie wird schöner und schöner. Jeder Augenblick, den Nanhoï in ihr wächst, ist ein Fest. Und manchmal nimmt Minhoï meine Hand und tut sie auf ihren Bauch, daß ich fühlen kann, wie Nanhoï sich bewegt. Auch kann ich sehen, wenn er in Minhoïs Bauch strampelt. Und wenn ich mein Ohr an ihren Bauch lege, höre ich Nanhoïs Herz schlagen. Ich habe keine Worte mehr dafür, wie ich Minhoï liebe.

Minhoï und Nanhoï sind eins. Und Nanhoï und ich sind eins. Und Nanhoï wächst in mir und in Minhoï. Und ich wachse in Nanhoï. Ich werde geboren werden durch Nanhoï. Und Nanhoï wird geboren durch mich und Minhoï.

Je weiter Minhoïs Schwangerschaft der Geburt entgegenwächst, um so mehr fühle ich die Gnade des Lebens und daß ich Teil des Universums bin.

Eine Amerikanerin in Chicago fragte mich, warum in den französischen Filmen die Hälfte der Zeit gefressen wird. Ich kann ihre Frage nicht beantworten. Sie hat recht: fressen und dabei von Fressen reden. Sie filmen jedes Gefresse, das geht schon beim Frühstück los. Das Abendessen ist am schwersten zu ertragen. In den Bistros, Restaurants, vor allem aber zu Hause, wenn Freunde eingeladen sind ein oder mehrere Ehepaare. Es ist nicht auszuhalten. Dann die Dialoge! Die extra von ›Dialogisten‹ geschrieben werden (ja, ja, es gibt wirklich so etwas wie Dialog-Schreiber). Die fressenden Personen reichen sich zum Beispiel den Salznapf oder die Saucenschale, nachdem sie gesagt haben: »Bitte reich mir das Salz« oder: »Reich mir bitte die Sauce.« Dann sagen sie »danke« und »bitte« und wieder »danke« und so weiter, obwohl sie nur ihren Arsch anzuheben brauchten, um danach zu greifen. (Natürlich das alles, weil dem sogenannten Dialogisten beim Fressen nichts einfällt, als von Fressen zu schreiben.) Aber auch jede andere Art von Fressen wird gefilmt. Fressen, Fressen, Hauptsache es hat was mit Fressen und Saufen zu tun. Als hätten die Beteiligten seit langer Zeit nichts gefressen und gesoffen, und als gäbe es nichts wichtigeres als Fressen und Saufen.

In ›Die goldene Nacht‹ wird ausnahmsweise nicht gefressen und gesoffen. Es ist eine andere Sucht, die weit schlimmer ist als die Freß- und Saufsucht und die sich immer schneller über die ganze Erde wie eine Seuche ausbreitet: Die Sucht nach Krankhaftem, Makabrem, die Sucht nach Verfaultem und Verwestem, die diese Abfalleimer-Plünderer von Filmemachern aus den Abfallgruben menschlicher Gehirne klauen. Ja, die Klausucht kommt noch dazu. Sie klauen einfach aus den Mülltonnen anderer Filme, möglichst aus vielen verschiedenen. Also richtige Abfall-Männer. Es ist geradezu ekelhaft.

23. Dezember, Minhoïs Geburtstag. Ich muß bis 6 Uhr drehen, dann hetze ich zu Cartier, wo ich für Minhoï einen Diamanten ausgesucht habe.

Als ich Minhoï den Diamanten bringe, freut sie sich nicht. Sie lächelt zwar dankbar, aber ich weiß, daß ihr der Diamant nichts bedeutet. Wieder habe ich es falsch gemacht. Ich weiß, daß ich mit dem Diamanten nicht wiedergutmachen kann, was ich ihr angetan habe – aber was zum Teufel habe ich ihr angetan?! Was kann man einem Menschen schlimmeres antun, als ihn nicht zu lieben? Ich aber liebe Minhoï so sehr, daß ich jeden Augenblick mein Leben für sie hingeben würde. Mein einziges Verbrechen ist, daß ich zu diesem ewigen Kampf mit mir selbst verurteilt bin. Daß dieser Kampf immer grausamer wird mit dem tödlichen Ringen der entgegengesetzten Gewalten in mir.

Mein Kopf brennt mir, als habe man ihn mit Eisenstangen geschlagen. Ich werde mich aus diesem Würgegriff losreißen! Wer wagt es, ein wildes Tier zu beschuldigen, weil es beim Ausbrechen aus der Gefangenschaft zerstörte Gitter hinterläßt? Kann man es deswegen nicht trotzdem lieben? Oder wenigstens nicht leiden lassen? Muß man dem gefangenen Vogel, der sich die Flügel an den Gitterstäben wundschlägt, nicht den Käfig öffnen?

Minhoï hat alles getan, wozu sie aus Liebe zu mir fähig war. Sie kann mich einfach nicht mehr ertragen. Es liegt gar nicht in ihrer Entscheidung. Es liegt nicht in ihrer Macht. Ich weiß es, und doch will ich es nicht begreifen, oder besser, ich kann nicht begreifen, daß ich nicht fähig sein soll, sie glücklich zu machen. Aber ich kann und will dieses verschissene Schuldgefühl nicht ewig mit mir herumschleppen wie ein ekelhaftes Kreuz, das mich zur Raserei bringt, wenn ich nicht ganz und gar verblöden will. Was habe ich bloß getan???!!!

Minhoï droht mir immer öfter, daß ich sie völlig verlieren werde, wenn ich mich nicht ändere. Wie soll ich mich aber ändern? Soll ich mich noch mehr vergewaltigen und meine Natur völlig verkrüppeln?

Kann man lernen, anders zu sein? Ich meine nicht, sich anders zu benehmen, das ist kein großes Kunststück. Ich meine, kann man ein völlig anderer Mensch werden? Wie ist es möglich, sich seelisch zu verändern, ohne dabei Schaden zu nehmen? Und was würde aus den Empfindungen und Gedanken werden? Ich habe mir so viele Millionenmal das Gehirn zermartert, warum ich nicht anders bin, und wie ich es anstellen könnte, anders zu sein – umsonst. Ich glaube, daß man sein Wesen nicht bestimmen kann, sondern daß es davon abhängt, wie stark der Magnetismus des Universums ist und welche Kräfte einen bestrahlen. Und daß man weder den Magnetismus noch Schwingungen und Vibrationen beeinflussen kann. Besonders, wenn so gegensätzliche Gewalten aufeinandertreffen. Kann man das Meer beruhigen bei Cap Horn? Wer es besser weiß, der soll es besser sagen!

Das alles hört sich vielleicht für einen Schwerhörigen wie Entschuldigungen an. Ich entschuldige nichts, was ich getan habe, und bei wem sollte ich mich auch entschuldigen? Wem sollte meine Entschuldigung nützen? Nein. Ich suche verzweifelt nach einer Lösung. Auch ich habe alles versucht. Niemand hilft mir. Ich zähle die Tage, die Stunden, die Minuten und Sekunden bis mein Sohn geboren ist – wie ein verurteilter Sträfling, der die Tage, die Stunden, Minuten und Sekunden in die Wände seiner Kerkerzelle ritzt. Mein Sohn wird mein Erlöser sein. Er wird mich durch seine Liebe aus den Qualenketten befreien. Ich weiß es, ich fühle es. Ich kann es nicht zeigen, nicht beweisen – aber ich bin erfüllt von der Vision seiner Geburt, die mir Kraft gibt – schon jetzt. Ich werde, wie der gefesselte Baum, wachsend die Stahltrossen zermalmen, die ihm durch die Rinde in sein Fleisch wie mir in die Seele einzuwachsen drohen. Mein Sohn ist meine Kraft, die aus meinem tiefsten Innern nach außen dringt.

Minhoïs Bauch wird immer dicker und immer süßer. Wir können ihn geradezu wachsen sehen. Wachsen spüren, wie man eine Blume wachsen spürt, oder einen Sturm, einen Eisberg, das Meer, oder den Frühling, durch den die Knospen und Wurzeln treiben – wie Töne, die anschwellen zu Vibrationen, zu Schwingungen der Geburt ... Minhoï ruft mich, wenn unser Sohn Nanhoï sich in ihrem Bauch bewegt. Dann nimmt sie meine Hand und tut sie auf ihren Bauch, daß ich es fühlen kann. Aber ich sehe Nanhoï auch mit meinen Augen. Und ich fühle in meinem eigenen Körper, wie er in Minhoïs Bauch wächst. Jeden Monat, jede Woche, täglich, stündlich, jeden Atemzug lang. Ich befühle und streichle und küsse ihn. Er sieht mich aus Minhoïs Bauch an, und seine Augen sagen mir, daß er weiß, wie unsagbar ich ihn liebe. Wie niemand und nichts in der Welt tiefer und wilder geliebt sein kann.

Minhoï wird immer unsagbar schöner, seit sie Nanhoï trägt, und ich liebe sie immer unsagbarer. Jede Frau wird überirdisch schön, die ihr Kind der Geburt entgegenträgt.

›Aguirre‹ läuft (nach fünf Jahren!) in Paris an. Herzog, unfähig als Regisseur, unfähig als Produzent, unfähig den Film zu verkaufen, hat den haarsträubend ins Englische synchronisierten Film für ein Butterbrot an einen französischen Pipi-Verleih verhökert. Auch in der noch schlimmeren Fassung (Deutsch, mit Untertiteln) ist es nicht meine eigene Stimme, da ich mich jahrelang geweigert hatte, mit Herzog zu reden. Ich bin allergisch, seinen Namen auch nur genannt zu hören oder geschrieben zu sehen. Das sogenannte ›Presse-Heft‹ besteht nur aus aufgeblasenen Prahlereien und schamlosen Lügen zugunsten Herzogs. Dafür ist eine schleimige Tucke von ›Presse-Attaché‹ verantwortlich, der sich für den Rest seines Lebens zum Vorsatz gemacht hat, Herzog seinen ekelhaften Arsch zu lecken. In diesem Presse-Heft taucht zum erstenmal die analphabetische Geschichte auf, in der Herzog behauptet, mich mit Waffengewalt vor die Kamera gezwungen zu haben.

Zeitungen, Radio, Television onanieren ihre großkotzigen Artikel über mich. Sie geilen sich geradezu daran auf, mich ein Genie zu nennen. Sie wissen nicht, daß der Film, so wie er ist, überhaupt nur zustande kam, weil ich Herzog das Maul verboten hatte, um zu retten, was zu retten war. Wenigstens habe ich in hunderten von Interviews endlich Gelegenheit, Herzog anzuspucken und ihn zu nennen, was er ist: ein erbärmliches Arschloch! Dennoch rafft er alle nur erdenklichen Preise und Prädikate ganz unverfroren an sich, zu der eine schwachköpfige ›Kultur‹ fähig ist.

›Wichtig ist, zu lieben‹ hat zur gleichen Zeit Premiere in Paris. Auch hierüber blabbern Zeitungen und TVs einen von Beschränktheit und Ahnungslosigkeit strotzenden Müll zusammen, über die angebliche Zusammenarbeit von mir und Zulawski. Die Wahrheit ist, daß ich diesen aufsässigen, selbstgefälligen und arroganten Zulawski nur ertragen habe (ohne ihm in die Fresse zu hauen), weil die Made vom Filmverleih in München verhindern wollte, daß ich diesen verfaulten, deprimierenden Bockmist drehe.

Die völlig sinnlosen, erschöpfenden Interviews, die bis zu zehn Stunden dauern oder sogar über Tage gehen, sind um so grotesker, weil die meisten dieser Kastrierten absolut nichts kapieren und alles verdrehen und verunstalten, so daß alles, was ich gesagt habe, keinen Sinn mehr ergibt.

Ich habe jetzt verbreiten lassen, daß ich mich nur noch von weiblichen Journalisten interviewen ließe. Nicht, daß die etwa begabter oder intelligenter wären, aber es besteht zumindest die Hoffnung, daß eine ein guter Fick ist. Ruft eine Zeitung, Radio oder TV bei meiner Agentur an, so lasse ich fragen, ob die Person hübsch und wie alt sie ist. Behauptet die Journalistin, daß sie hübsch sei, verabrede ich mich mit ihr vorsichtshalber zuerst bei meiner Agentur. Türmen kann ich immer noch. Eine schreibt in ihrem Artikel, daß ich keine einzige Frage beantwortet, sondern nur immerzu versucht habe, ihr zwischen die Beine zu fassen, und daß ich sie in mein Hotel verschleppen wollte.

Keiner dieser Wasserköpfe will glauben, daß ich Ken Russel, Fellini, Visconti, Pasolini, Cavani, Penn, Le Louch und all die anderen sogenannten weltberühmten Regisseure abgelehnt habe und daß ich Filme nur des Geldes wegen drehe. Es ist richtig anstrengend, immer wieder den selben Fast-Food-Abfall zu verweigern, mit dem sie mich mit Gewalt nudeln wollen.

Immer öfter nimmt Minhoï meine Hand und tut sie auf ihren Bauch, daß ich Nanhoï strampeln fühle. Er teilt ordentliche Tritte aus, die von mal zu mal stärker werden, richtige kraftvoll durchgetretene Tritte, wie im Kung Fu. Als es mir gelingt, ein Füßchen auszumachen, bevor es tritt, weil ich es unbedingt küssen muß, und als ich schnell meinen Mund darauf drücken will – verpaßt er mir einen Tritt auf die Lippen. Ich bin sicher, daß er es weiß und daß er im Mutterbauch lacht. Immer wenn ich von jetzt ab meine Hand auf eine Stelle lege, wo ich ein Füßchen vermute, stößt er zu.

Überall in den Parkanlagen spricht Minhoï Mütter mit Babys an und fragt sie, wo sie ihren Kinderwagen gekauft haben oder wo es dieses und jenes gibt. Ich wünsche so sehr, daß Nanhoï in einem großen englischen Kinderwagen fährt, wie ich ihn für Nastassja gekauft hatte. Dann wird er denken, daß er in einer Kutsche fährt. Er kann mich dann antreiben und »Hü!« rufen und später mit der Peitsche knallen, denn ich werde sein Pferdchen sein, das ihn zieht, wie er es verlangt, im Schritt, im Trab oder im Galopp. Aber Minhoï will keinen großen Kinderwagen, weil man den nicht ins Auto verfrachten kann, wenn wir unser Kind im Park ausfahren wollen oder auf dem Land. Wir fragen die Mütter auch nach Kinderbettchen, Laufställchen und Babykörbchen und wo man einen Wickeltisch finden kann und eine Kommode für Babysachen in Nanhoïs Kinderzimmer. Mit der Zeit kennen wir alle Babygeschäfte, wo es die größte Auswahl von Kinderwagen, Bettchen und Laufställchen gibt. Auch die Läden wo es die süßesten Kleidchen und Schühchen gibt, haben wir bald ausgemacht, und ich weiß, wo ich all die Spielsachen finde, die ich für Nanhoï kaufen will.

Während dieser Erkundigungsausflüge und Einkäufe gibt es immer Streit. Immer sind wir aufeinander eifersüchtig, wenn einer von uns etwas für Nanhoï aussucht. Ich zwinge mich so gut ich kann den Mund zu halten, um Minhoï nicht aufzuregen – aber ich ströme so über vor Begeisterung, selber alles so schön wie irgend möglich zu machen für meinen Sohn, daß ich, ohne es verhindern zu können, immer wieder spontan ausspreche, laut sage, ausrufe was ich denke, wünsche, mir ersehne. Kurz, Minhoï und ich sind völlig berauscht von unserem Babyboy.

Miklos Jangso ruft mich an vom Flugplatz in Paris. Er will mit mir und Claudia Cardinale einen Film in Ungarn drehen. Gibt es da überhaupt Hotels? Der Film soll in der Zeit sein von Nanhoïs Geburt. Wo in Ungarn? Ist da, wo wir drehen, eine Klinik? Ein Arzt? Eine Geburtshelferin? Miklos kann mir nicht genau sagen, wo wir drehen werden, aber er versichert mir, daß ich mir keine Sorgen zu machen brauche. Vielleicht wird unser Sohn in Budapest geboren?

Von Woche zu Woche ändern sich unsere Pläne, denn von Woche zu Woche sind es andere Filme, die mir angeboten werden. Jede Woche ist es ein anderer Ort in einem anderen Winkel der Erde, wo wir denken, daß Nanhoï zur Welt kommen wird. Ich bin unschlüssig, welchen Film ich annehmen soll, vielleicht bringt das nächste Angebot mehr Geld.

Ich entscheide mich für ›Jack the Ripper‹ in Zürich. Ich drehe den Scheiß in acht Tagen herunter. Den Rest der Zeit spiele ich Tennis, auch im strömenden Regen, bis mir Hände und Füße bluten und ich vor Blasen nicht mehr gehen noch stehen kann.

In Paris reden und tun wir nichts anderes, als für Nanhoïs Geburt vorzusorgen. Minhoï geht regelmäßig in die Klinik in der Rue Marbeúf, wo schwangere Frauen ihren Körper für die Geburt ohne Narkose vorbereiten. Sie lernen, ohne Beklemmung zu atmen, ihr Becken in die richtige Gebärstellung zu bringen, das Nachhelfen beim Gebärakt, drücken, pressen, und vor allem jede Art von Panik loszuwerden, die den Körper verkrampfen und den Vorgang des Gebärens blockieren könnte.

Die Spannung ist kaum mehr zu ertragen. Mir ist, als stünde meinem eigenen Leib das Gebären Nanhoïs bevor. Als würde ich gemeinsam mit Minhoï unser Kind gebären. Wir drei sind ein einziger Leib, Minhoï, Nanhoï und ich.

5 Uhr Nachmittag. Minhoï hat plötzlich so starke Wehen, daß ich sie sofort in die Klinik bringe, wo sie gleich in den Gebärraum gebracht wird. Aber der Augenblick des Gebärens ist noch nicht gekommen. Den ganzen Abend, bis tief in die Nacht, nehmen die Wehen zu und verklingen wieder, nehmen zu und verklingen wieder. Ich weiche nicht von Minhoïs Seite und küsse und streichle sie und meinen Sohn in ihrem Bauch. Immer deutlicher spüre ich mein tiefstes Inneres erschüttert von der Naturgewalt

der bevorstehenden Geburt, die sich wie ein Erdbeben ankündigt. Aber Minhoï und ich sind ohne Angst. Ich fühle und sehe nichts mehr als meinen Sohn, der wie von weither auf mich zukommt. Was ich empfinde, ist zu groß, zu überwältigend, als daß ich es in Worten ausdrücken könnte. Ich habe eine Polaroid-Kamera geladen, mit der ich die Geburt fotografieren will. Minhoï will es. Ich glaube, es ist das Schönste im ganzen Leben, die Bilder immer wieder anzusehen. Welche Mutter wäre nicht glücklich, sich selbst ihr Kind gebären zu sehen.

4 Uhr früh. Die Geburt beginnt. Minhoï liegt auf dem Rücken – die Beine weit geöffnet, die Kniekehlen links und rechts über Metall-Bügel gelegt, an deren Stangen sie sich festhält – den Unterleib etwas nach oben vorgeschoben. Ihr ganzer Leib scheint sich aufzutun – alles an ihr ist Geburt. Ich werde die Fotos in atemloser Eile machen müssen, um keine Phase des Gebärens zu versäumen.

Ich möchte niederknien. Es ist das Rührendste, Gewaltigste, Dramatischste, Freudigste, Sinnlichste und Reinste, was mir je widerfahren ist. Minhoï hat sicher Schmerzen, aber sie scheint sie nicht als Schmerzen wahrzunehmen – denn sie lacht! Es sind die Schmerzen eines Sturms, einer aufgewühlten See ... Das erste von Nanhoï ist seine Schädeldecke ... Die Hebamme legt eine winzige Membrane auf sein Köpfchen, die mit einem Stethoskop verbunden ist. Sie reicht Minhoï und mir das Stethoskop, daß wir Nanhoïs Herzschlag hören können. Und während ich den für mich süßesten Herzschlag der Welt höre, der mich durchströmt und der sich mit meinem eigenen Herzschlag vereint und zu einem einzigen Freudenschrei wird, dringt Nanhoïs Köpfchen ans Licht – das Gesichtchen nach oben, in den Himmel gerichtet ... Minhoï keucht und stöhnt, aber sie atmet tief und regelmäßig und drückt und preßt Nanhoï aus ihrem Bauch ... Das nächste ist Nanhoïs rechtes Ärmchen ... dann das linke Ärmchen, die beide erschöpft herunterhängen von der Anstrengung des Geborenwerdens. Jetzt muß die Geburt Zug um Zug vorangehen. Jede Verzögerung könnte bedeuten, daß Nanhoï keine Luft bekommt, weil sein zarter Brustkasten, der noch in Minhoï steckt, keinen Raum zum Atmen hat. Mit ungeheurer Kraftanstrengung öffnet Minhoï ihren ganzen Körper wie eine Blume ... Jetzt scheint sie sich gar nicht mehr anzustrengen … und so wie ein Teil vom Festland durch das Meer losgelöst zu einer Insel wird: gleitet Nanhoïs Körper aus Minhoïs Leib. Das erste, was Minhoï küßt, als die Hebamme ihr Nanhoï hinhält, sind seine Füßchen. Der Arzt will Nanhoï in den Nebenraum tragen, um ihn abzuwaschen – jedoch um keinen Preis der Welt laß ich ihn allein mit meinem Sohn aus dem Zimmer gehen und begleite ihn auf Schritt und Tritt. Er spritzt Nanhoï mit einem Wasserstrahl den Rest des Mutterkuchens von Kopf, Gesicht und Körper, und während er ihn an den Füßen hält, so daß sein Kopf nach unten hängt, schreit Nanhoï seinen ersten Schrei und ich küsse sein überirdisch süßes verknautschtes Gesicht.

Seit Nanhoï geboren ist, scheint alles befreit – alles ist weit und grenzenlos und eins mit dem Universum, als gäbe es keine Barrieren mehr, keine Gesetze, keine Religionen, keine Zeitrechnung und keinen Tod. Sondern nur noch Liebe. Mir ist, als laufe ich über eine endlose Blumenwiese – die ich von weitem sah, als Minhoï schwanger wurde. Was bedeuten all die Schmerzen und Leiden, die ich ertragen habe, gegen das Licht, das Nanhoïs Geburt verbreitet, das mich erleuchtet und meine Zukunft erstrahlen läßt (so schwer und mühsam sie auch sein mag), und mir unsagbare Kräfte verleiht.

Alles, was ich in diesen Tagen zu erledigen habe, tue ich flink und ohne Mühe, damit ich sofort wieder in die Klinik kann, wo Nanhoï in Minhoïs Zimmer neben ihrem Bett in einem durchsichtigen Säuglingsbettchen liegt und strampelt, damit seine Mammi ihn auch ohne sich aufzurichten sehen kann. Ich kann nicht erwarten, Nanhoï wiederzusehen! Mich zu ihm ins Bettchen herunterzubeugen, ihn in meine Arme zu nehmen, ihn zu knutschen, abzulecken, aufzufressen. Seine riesigen, himmlischen Äuglein zu küssen, die wie Minhoïs Augen dunkle Sterne sind. Sein Knospenmündchen zu küssen. Seine winzigen Füßchen und winzigen, starken Händchen, die zu Fäustchen geballt dieselbe quadratische Form meiner Fäuste haben, eben nur ganz winzig klein.

Minhoï schickt mich los, noch mehr Babyhemdchen kaufen, Babyjäckchen, Gummihöschen, Windeln, Penatencreme, Baby-Öl und Puder, Strampelhöschen und alles, was sie mir sonst noch

aufträgt. Manchmal habe ich vor Aufregung etwas Falsches gekauft – dann muß ich wieder los, es umtauschen. Ich frage Minhoï, ob ich auch einen zusammenklappbaren Sitz-Kinderwagen
kaufen soll. Sie sagt: »Aber nein, doch erst in sechs bis acht Monaten. Nanhoï darf doch noch gar nicht sitzen! Setz ihn bloß nicht
hin! Säuglinge dürfen noch nicht sitzen wegen ihres weichen
Rückgrats!«

Endlich kommt der Festtag, an dem ich Minhoï und Nanhoï
nach Hause holen kann.

Nachts lösen wir uns ab, wenn Nanhoï die Flasche kriegen
muß. Alle drei Stunden stell ich den Wecker, damit ich die Zeit
nicht verschlafe, falls mir vor Übermüdung die Augen zufallen
sollten. Aber mein Liebling schreit genau dann, wenn es Zeit zum
Trinken ist. Ich bin so glücklich, meinen Babyboy im Arm zu halten und ihn zu tränken. Zu fühlen wie sein kleines strammes Körperchen mit jedem Schluck schwerer wird, und dann sein Köpfchen an meine Schulter anzulehnen, damit er rülpsen kann und
die Luft wieder aus seinem Körperchen entweicht, die er mit dem
Nuckeln eingesaugt hat, weil er sonst Beschwerden beim Atmen
hat. Dann schläft er an meiner Schulter gleich wieder ein, und ich
rühre mich nicht und wage nicht durchzuatmen, um ihn in seinem Babyschlaf nicht zu irritieren. Auch am Tage wechseln Minhoï und ich uns ab. Aber auch das führt oft zu Streitereien, weil
jeder von uns behauptet, daß er an der Reihe ist. Natürlich
wechsle ich auch Nanhoïs Windeln und wickle ihn so oft Minhoï
mich läßt, wasche und bade ihn und wasche seine Hemdchen,
Jäckchen und Strampelhöschen, kleide ihn in frische Wäsche ein
und wasche und wechsle seine Bettwäsche. Ganz vorsichtig rei-
nige ich mit Q-Tips die Verästelungen seiner Öhrchen, die so fein
sind wie Seidenpapier, und bürste seine seidenen Härchen mit
einer Babybürste, deren Borsten so weich sind wie der Brustflaum
junger Enten.

Auch die Einkäufe in Geschäften und auf dem Markt besorge
ich die erste Zeit, weil Minhoï noch sehr geschwächt ist und die
fünf Stock zu unserer Wohnung sie zu sehr anstrengen.

Aber Minhoï ist so überdreht vor Glück und so stolz auf unseren Sohn, daß sie bald selbst in alle Geschäfte geht, in denen wir
einkaufen, und Nanhoï überall vorzeigt. Das dauert jedesmal

lange, denn die jüdischen Mamas der Marais können sich nicht satt sehen an Nanhoï.

Jetzt fahren wir Nanhoï auch in seinem Wägelchen aus. Doch das Wägelchen durch die Straßen zu schieben ist die Hölle. Man weiß nicht, wohin man sich wenden soll. Überall Abgase, Gossen, mörderischer Gestank und Höllenlärm, und vor allem Gefahr! Dazu Hundescheiße, wo man hintritt. Man muß, wie beim Hopse-Spielen, von einem der seltenen nicht vollgeschissenen Flecke zu einem anderen seltenen nicht vollgeschissenen Fleck hopsen, wenn man nicht reintreten will. Nie zuvor war ich derart alarmiert, daß wir so schnell wie möglich aus Paris weg müssen.

Da unser Haus in der Marais, das seit dem Mittelalter steht, keinen Fahrstuhl hat, muß ich Nanhoï die fünf Stockwerke hinauf- und heruntertragen. Es ist ein seeliges Gefühl, meinen Babyboy auf den Armen zu tragen, bis ans Ende der Welt und das ganze Leben lang – jedoch die Treppenstufen sind ausgetreten und rutschig. Ich war selbst schon einmal ausgeglitten und ein halbes Stockwerk abgestürzt, wobei ich mir den Kopf angeschlagen und den Arm im Treppengeländer verrenkt hatte. Ich habe Angst davor, mit Nanhoï auf dem Arm, und ich gehe ganz langsam und ganz, ganz vorsichtig, Stufe um Stufe, wie es kleine Kinder tun.

Wenn Nanhoï schläft, dann gehe ich alle Augenblicke nachgucken, ob er richtig liegt. Ob er gut zugedeckt ist. Ob er genug Luft bekommt. Ob er keinen Zug kriegt. Ob es zu warm im Zimmer ist oder auf der Terrasse. Oder zu kalt. Ob nicht trotz des Moskitoschleiers eine Mücke eingedrungen ist oder eine Wespe, Biene oder Fliege. Der Babyduft, den er im Schlaf ausströmt, ist so berauschend, daß ich zu ihm in sein Kinderbettchen steigen möchte. Aber es würde wohl zusammenkrachen. Auch wache ich darüber, ob er sich nicht vielleicht im Schlaf quält, weil er schlecht träumt. Manchmal lacht er laut auf im Traum. Manchmal, wenn ich ganz nah komme, greift er im Schlaf nach meinem Finger. Er packt den Finger fest, wozu er sein ganzes Händchen braucht. Ich möchte ihm den Finger für immer lassen – aber wenn ich weg muß, oder wenn Minhoï schon ungeduldig wird, weil sie selbst mit Nanhoï allein sein will, dann ziehe ich meinen Finger ganz, ganz behutsam wieder aus seinem Fäustchen. Wenn er es im

Schlaf merkt und wieder zupackt, muß ich erst eine Zeit verstreichen lassen, bevor ich von neuem versuche, meinen Finger ganz, ganz behutsam aus seinem Fäustchen herauszuziehen.

Nach 8 Wochen steht Nanhoï zum ersten Mal, zwar angelehnt an Minhoï, die auf dem Bett liegt, aber er steht auf seinen eigenen Beinchen. Hier wird mir zum ersten Mal klar, was er für eine Kraft in sich hat.

Minhoï will, daß ich aus unserer Wohnung ausziehe. Sie selbst will eine Wohnung auf der Pariser Insel St. Louis nehmen. Ich begreife zuerst gar nicht, wovon sie redet. Es ist wahr, sie hatte bereits vor Jahren davon gesprochen, daß wir uns trennen sollten, wenn Nanhoï geboren ist – aber ich war mir nie über die Ausmaße ihrer Worte bewußt und hatte es in meinem Glücklichsein vergessen. Sie will, daß ich ausziehe und mir, getrennt von ihr und Nanhoï, einen Platz zum Wohnen suche. Das heißt, daß ich Nanhoï nicht mehr zu jeder Tages- und Nachtzeit sehen und mit ihm spielen und Grimassen für ihn schneiden soll, was er so gern hat. Daß ich nicht mehr nachts aufstehen und nachsehen soll, ob er gut zugedeckt ist. Daß ich ihm nicht mehr die Flasche geben soll und nicht mehr seine Windeln waschen und ihm frische Hemdchen anziehen, Babyjäckchen und Strampelhöschen. Daß ich nicht mehr seine Babysachen waschen soll. Daß ich ihn nicht mehr Tag und Nacht küssen und in meinen Armen tragen soll und nicht mehr im Park spazieren fahren und Kasperle-Theater sehen und ihn auf die Karussells setzen und mit ihm im Kreis mitlaufen, weil er noch zu klein ist und sich nicht festhalten kann …

Ich begreife nichts. Ich kann gar nichts denken. Minhoï sagt, es wäre so abgemacht gewesen. Sie sagt, ich hätte ihr versprochen, sie mit unserem Sohn allein zu lassen, nachdem sie ihn geboren hätte. Ich wüßte doch seit langem, daß wir nicht miteinander leben können. Daß niemand mit mir leben kann. Ich bin wie gelähmt. Vielleicht ist alles nur ein böser Traum? Vielleicht bilde ich mir das nur alles ein, weil ich so übermüdet bin. Vielleicht tut es Minhoï auch leid, wenn ich erst einmal nicht mehr da bin, und sie will dann, daß ich wieder zu ihr zurückkomme. Wie kann sie denn meinen, daß ich meinen Sohn verlassen soll? Nie, nie würde ich das tun? Mein Sohn braucht mich doch! Und ich kann nicht leben ohne ihn! Vielleicht läßt Minhoï sich wieder versöhnen. Sie kann mich doch nicht einfach so wegstoßen von Nanhoï, das wäre zu furchtbar. Vielleicht wird alles gut werden, vielleicht ...

Der Gedanke, mir eine getrennte Wohnung zu suchen, getrennt von Minhoï und getrennt von meinem über alles geliebten Baby-boy ist so tödlich traurig, daß ich mich abgestorben fühle. Abgestorben wie ein abgehackter Ast. Man müßte mich schubsen, mich brutal zu einer Wohnung hinstoßen, damit ich sie mir ansehe. Doch dann würde ich dort nur ins Leere stieren. Es gelingt mir einfach nicht, mich dafür zu interessieren.

Ich miete irgendeine Wohnung, die in der Tageszeitung ›Figaro‹ angeboten wird und sich ganz in der Nähe des waldartigen riesigen Parks Bois de Boulogne befindet. Ich handle wie in Trance. Seit Nanhoïs Geburt habe ich hin- und herüberlegt, wo ich ihn in seinem Wägelchen ausfahren und im Freien mit ihm spielen könnte. Das Haus ist Nummer 33, Avenue Foch, die teuerste Straße von Paris. Es ist ein Apartmenthaus, herzlos und von grausamem Geschmack. Ein Totenhaus. Rothschild hat es gebaut, und mein Vermieter ist der Schah von Persien. Der Mietvertrag für die Ein-Zimmer-Leer-Wohnung mit Kochnische und einem Badezimmer ohne Fenster kommt vom Schah persönlich unterschrieben aus seinem Palast in Teheran zurück.

Dieser Kerl ist also ein richtiger Vermieter. In diesem Scheißfetzen von Vertrag steht alles mögliche gegen kleine Kinder und gegen Blumen auf dem Balkon! Sicher hat er eine ganze Anzahl solcher Wohnlöcher zusammengerafft, die er ›Luxus-Apartments‹ nennt. Vielleicht ist er auch Pfandleiher, wer weiß. Der Portier von 33, Av. Foch ist stolz und überheblich, daß er, wie er sagt, in der Tiefgarage des Hauses die meisten Rolls Royce und Bentleys von ganz Paris stehen habe, ganz abgesehen von einem Excalibur, von Maseratis und Ferraris. Ich habe unseren Mini-Cooper Minhoï gelassen. Ich gehe die meisten Strecken zu Fuß. Möglichst nur abends, wenn es dämmert, oder nachts. Ich kann nicht ertragen, daß die Leute mich anstarren und die Todesqual in meinem Gesicht entdecken, die mich ermordet und ermordet und ermordet und ermordet. Ich kann sie vor niemandem verheimlichen. Ich kann den Schrei, der auf meinem Gesicht tobt, nicht ersticken. Alles in mir schreit, schreit, schreit!!!! Ich habe Angst, von Menschen gesehen zu werden. Ich mache die lächerlichsten Umwege aus Angst, ihnen zu begegnen. Es wäre geradezu unanständig für die anderen, wenn sie erführen, was ich leiden muß. Ich komme mir vor wie ein Leprakranker im Mittelalter, oder wie der Elefanten-Mann, der sich bedeckt, damit die Leute sich nicht vor ihm ekeln. Es passiert, daß ich mitten auf der Straße in lautes Weinen ausbreche – dann weiß ich nicht, wohin ich mich wenden soll. Ich beschleunige meine Schritte, ich renne. Dabei tue ich so, als habe ich es eilig, als habe ich überhaupt keine Zeit. Ich bin völlig unfähig, irgend etwas zu tun, nicht einmal essen, an schlafen ist nicht zu denken. Ich kann nur an meinen Geliebten denken, an meinen einzigen Geliebten, meinen Nanhoï, den ich jetzt nur alle 8–14 Tage und dann auch nur für allerhöchstens 24 Stunden haben darf. Das Schlimmste ist, daß ich nie weiß, wann. Ich telefoniere jeden Tag und frage Minhoï, ob ich meinen Sohn sehen kann. Ich bettle, ich flehe sie an. Manchmal sagt sie einfach, daß ich ihn nicht sehen kann. Oder sie legt einfach den Hörer auf.

Wenn ich an einer Hure der Avenue Foch vorbeirenne, lächle ich und gucke dabei auf meine Armbanduhr, als wollte ich sagen: »Vielleicht ein anderesmal, diesmal habe ich beim besten Willen keine freie Minute.« Das ist natürlich eine Lüge, denn ich habe nichts zu tun.

Heute kommt Minhoï und zeigt mir Geschäfte, wo ich mir zu essen kaufen kann, in der Avenue Foch gibt es keine Läden. Sie erklärt mir auch, was ich kaufen soll. Wenn sie mir Nanhoï bringt, weil ich ja kein Auto habe, für einen Tag oder für einen Tag und eine Nacht – dann stehe ich bereits Stunden vor der verabredeten Zeit auf dem Betonbalkon, der zur Avenue Foch hinausgeht, und versuche von weitem jeden Mini-Cooper auszumachen, der dem ihren ähnelt. Ich verfolge ihn mit den Augen für den Fall, daß es der ihre ist. Obwohl sie nie vor der verabredeten Zeit eintrifft, eher zu spät. Und wenn sie sich verspätet, auch nur um eine einzige Minute, und wenn ich ihren Mini-Cooper nicht von weitem sehe, dann schlage ich meinen Kopf gegen die Wände und breche in die Knie und bete weinend zu Nanhoï, daß er zu mir kommen möchte. Denn von dem Augenblick an, in dem Minhoï verspricht, mir meinen Babyboy zu bringen, auch wenn es eine ganze Woche im voraus ist, lebe ich ausschließlich für den Moment, in dem ich meinen Liebling sehe, sein strammes Körperchen in meinen Armen halte, ihn beschnuppere, seinen Rosenduft einatme, seine wundersam schönen graziösen und zugleich kraftvollen Händchen, sein Wolkenköpfchen und alles, alles an mich drücke und so fest presse, daß er nach Luft japst. Ihn in die Luft werfe, so hoch, daß er beinahe die Zimmerdecke berührt und schallend zwitschernd wie ein Singvogel lacht – daß die Windeln sich im Fluge öffnen und wir, wenn ich ihn auffange, über den Fußboden rollen und ich ihn kitzle und wir beide lachen, lachen, lachen, lachen, lachen, lachen, lachen ... Es ist, als würde ich jedesmal aus meinem Sterben neu geboren. Bevor Nanhoï kommt, bin ich nichts als ein geschundener, getretener Klumpen Seele. So geht es immerzu. Wenn das Telefon tagelang nicht läutet, schrecke ich zusammen. Läutet es, schrecke ich auch zusammen. Ich laufe stunden-, tage-, nächtelang in dieser Luxus-Zelle hin und her – wie der Polar-Bär, der Wolf, der Löwe, der Tiger im Zoo auf dem Betonboden seiner lebenslänglichen Todeszelle. Ich presse mir die Fäuste in die Ohren bis es schmerzt, um den höllischen Verkehrslärm der Avenue Foch nicht zu hören – aber die tödlichen Vibrationen gehen durch mich hindurch und greifen mich von Innen an. Widerhaken, die man nicht herausziehen kann, ohne eine tiefe Wunde zu reißen. Dazu die Einsamkeit und Verzweiflung ohne meinen Sohn.

Der mörderische Verkehrslärm der Avenue Foch hört auch nachts nicht auf. So liege ich die Nächte wach, die Fäuste in die Ohren gebohrt, im Giftgestank von Farbe, mit der die Wände gestrichen sind, giftigen Ausdünstungen vom Lack der Schränke und Türen, und dem stehenden Gestank von Staub und Chemikalien, mit denen der Teppichbelag des Fußbodens vollgesogen ist.

Wenn mein Nanhoï bei mir ist, bleiben wir nur drin, wenn es heftig regnet. Auch das Essen füttere ich ihm im Park. Ich koche es nachts vor, wenn mein Engel schläft. Dann stehle ich mich aus dem Bett und wasche seine Windeln und die Strampelhöschen.

Die Avenue Foch hinunter bis zum Bois de Boulogne schiebe ich das Wägelchen im Laufschritt, was Nanhoï ganz toll findet. Im Park kann ich ihn noch viel höher in die Luft werfen als im Zimmer. Höher, immer höher werfe ich ihn in die Lüfte, zehnmal, zwanzigmal, fünfzigmal, hundertmal, Nanhoï kriegt nie genug. Ich muß auch immer wieder ›Flieger‹ mit ihm machen, an einem Arm und einem Bein ... wobei wir uns immer schneller drehen, immer schneller ... bis mir schwindlig wird und sich die ganze Erde um uns dreht ... Wir gehen zu den Entchen, die auf dem Teich schwimmen, und füttern sie mit Brot ... Wir sehen zu, wie die schon größeren Jungen ihre Segelschiffchen segeln lassen ... Wir kriechen über die Wiesen und lassen uns die kleinen Hügel hinunterkollern ... und ich gebe ihm ganz kleine Bällchen, die er fest mit seinen Fäustchen packt und nie mehr auslassen will ... Er wendet sein Köpfchen in alle Richtungen und entdeckt und sieht alles. Er zeigt auf ein Blatt, das am Boden liegt. Nach dem Vogel, der fliegt. Auf eine Blume, die blüht. Nach dem Fisch, der aus dem Wasser schnappt. Die Spatzen setzen sich vertrauensvoll auf den Rand seines Wägelchens, auf seine Schulter und auf seine Hände. Er zeigt auf die Biene. Auf eine Wolke, die wie ein Schäfchen aussieht und vorübergaloppiert. Er zeigt auf jeden Hund und auf jede Katze. Er greift nach dem Wind und den Regentropfen. Er greift nach dem Wasserspiegel. Nach jedem Baum. Nach der Sonne, nach dem Mond und nach den Sternen, wenn er nachts aufwacht und ich ihn auf meinen Armen auf den Balkon hinaustrage und ihm ein Wiegenlied singe, bis er wieder einschläft.

Die größte Sensation für meinen Babyboy sind die Karussells. Im Bois de Boulogne, im Jardin de Luxembourg, in den Parkanlagen der Champs Elysees, in den Tuilerien, im Garten von Notre Dame, auf den Spielplätzen entlang den Quais de Seine, im Luna-Park von Neuilly und wo immer sonst ein Karussell von weitem auftaucht – bäumt er sich in seinem Wägelchen auf und deutet in höchster Erregung in die Richtung, noch bevor ich es entdeckt habe. Sein Spürsinn ist der eines freien Tieres.

Dann muß ich ihn auf ein Pferdchen, oder in eine Kutsche, oder auf ein Motorrad oder Fahrrad, auf einen Elefanten, ein Kamel, oder in ein Feuerwehrwägelchen setzen, die sich mit Leierkastenmusik und von bunten Glühbirnen angeleuchtet magisch im Kreise drehen ... Das geht oft über Stunden, bis mein Bübchen völlig erschöpft ist und ich ihn schlafend aus dem Karussell heben muß. Dann schiebe ich ihn in seinem Kinderwägelchen ganz behutsam nach Hause und lege ihn schlafend ins Bett.

Nach Karussellfahren kommt Schaukeln. Dann Eiskremlecken, oder Karussell und Schaukel. Oder Karussell und Eiskrem. Oder Eiskrem und Schaukel. Am besten ist den ganzen Tag lang Eiskrem, Schaukel und Karussell. Das Allerhöchste für meinen Geliebten ist wohl doch Eiskremlecken. Seine Händchen sind so winzig klein, daß er die Eiskremtüte aus Keks kaum fassen kann und ich jeden Augenblick Angst habe, daß die Eiskremkugel, die fast so groß ist wie sein Köpfchen, über den Rand der Kekstüte kippt und auf dem Asphalt oder Sand zermatscht. Dazu kommt, daß das Eis anfängt zu schmelzen, bevor er es mit seiner winzigen Zunge lecken kann. Es ist aufregend dabei zu sitzen und zu versuchen, seine Bewegungen und den Zustand des Eiskrems unter Kontrolle zu behalten. Ich alarmiere ihn sofort, falls an der mir zugewandten Seite der Tüte das Eis über den langsam aufweichenden Keksrand schmilzt oder womöglich bereits anfängt, an der spitz zulaufenden Tüte herabzutriefen, oder, was noch schlimmer wäre, herabzutropfen. Ich bringe meinem Baby alle Kniffe und Tricks bei, die ich als kleiner Straßenjunge gelernt und angesammelt habe. Und mein Babyboy ist so gelehrig und so unglaublich geschickt, daß er bald seine eigene Technik im Eislecken entwickelt und ich nur noch eingreife, wenn es not tut. Ich bin richtig fertig nach so einem Lecken, das mich ganz und gar in Anspruch nimmt, obwohl ich meistens nicht selber lecke, um mich ganz und gar auf Nanhoïs Eiskremtüte zu konzentrieren. Ich kann auf keinen Fall zulassen, daß ihm der ganze Batzen auf den Boden klatscht. Das würde mein Liebling nicht verwinden, auch wenn ich mit ihm sofort zum Eismann rennen würde, um einen neuen Klumpen Eis zu kaufen. Ich kann meinen Nanhoï niemals weinen sehen. Es ist als wenn man mir ununterbrochen ein Messer ins Herz sticht. Es ist unerträglich für mich zu wissen, daß mein geliebter Liebling unglücklich ist, und sei es nur wegen eines Klumpen Eis.

Es ist wie ein Hohn, daß ich, und hier in Paris, den Film ›Madame Claude‹ drehen muß. Auch die Gage ist erbarmungswürdig. Dazu will der Produzent mich noch reinlegen mit Wechseln. Aber wir brauchen Geld. Die Mädchen, die im Film Madame Claudes Huren sind, ficken wie professionelle. Vor allem die ganz Jungen, aber auch die, die verheiratet sind und die ich nur ficken kann, wenn ihre Ehemänner für kurze Zeit nicht in Paris sind. Eine ganz junge Statistin hat ein winziges, fast nacktes Fötzchen wie einen Mund, ganz winzig kleine Arschbäckchen und winzig kleine Brüstchen. Ich muß immer erst mit ihrer geilen Mutter telefonieren, bevor ich ihre Tochter ficken darf.

Diese verblödeten und verblödenden TV-Sendungen nennen sie ›Talk-Shows‹. Der Titel allein hört sich bereits so an wie eingesperrte Gänse nudeln. Es ist auch nichts anderes als Zwangs-Nahrung für das Publikum. Es kommt vor, daß jemand so einer Sau den Fraß wieder zurück ins Gesicht kotzt – das bin dann ich. Sicher wird man sich fragen, warum ich denn überhaupt hingegangen bin. Das erste Mal wußte ich wirklich nicht, was das ist. Ich bin hingegangen, wie ich eben jedesmal auf solchen Müllabladeplätzen lande, weil so ein Idiot von Verleger oder Filmproduzent so lange auf mich einquatscht, daß ich mich schließlich hinbugsieren lasse, als Gegenleistung für etwas, was ich von ihm will.
Das Vieh, das sich zu allem Überfluß Talk-Master (Meister!) nennt, heißt, glaube ich, Philipp Bouvard. Dieser aus einem hartgestärkten Kragen herausquellende Hundescheißwurm ist das Ekelerregendste, was mir bei so einer Gelegenheit begegnet ist. Es dauert bis Mitternacht, als in diesem Puff von Fernsehstudio die Reihe endlich an mir ist. Die Beleuchtung ist so krankhaft wie in diesen 24-Stunden-Drugstores, wo die Penner noch morgens um fünf herumlungern dürfen, und mir fallen Gott sei Dank beinahe die Augen zu, so daß ich dieses Kotzmittel nicht unentwegt sehen und die nassen Wort-Fürze aus seinem verfaulten Maul-Loch hören muß. Wie bei vielen Seuchen, kennt man auch den Ursprung dieser Seuche nicht. Besser gesagt, man kann sie nicht bekämpfen. Wahrheit ist, daß der Ursprung dieser Talk-Show-Seuche menschlicher Abfall ist. Jedoch, wie bei der Legionskrankheit oder Aids, kennt man bisher kein ausrottendes Serum – außer daß man das betreffende Talk-Show-Ungeziefer zertritt – aber das ist wie bei der Schlange mit den tausend Köpfen. Dieses Hundescheißgewürm also fragt in meiner Gegenwart eine junge Frau, die ebenfalls zu dieser Sendung eingeladen ist, wie ihr allererster Kunde hieß, mit dem sie als Prostituierte in ein Hotel gegangen war.

Die junge Frau ist sehr verlegen und verstört und kann die Frage nicht beantworten. Die junge Frau ist die Autorin des Bestsellers ›Verweigerung‹. Das ist die dramatische, erregende Geschichte einer Hure (die junge Frau selbst), die es fertigbrachte, der Folter von Zuhältern und Bordellen zu entkommen. Sie schildert in dem Buch, wie sie in der verrufensten Bordell-Straße von Paris, der Rue St. Denis, in der hunderte und aberhunderte ganz junger Huren vor den Haustüren der Bordelle stehen, oft ohne Schlüpfer und in so kurzen Röcken (oder ganz ohne Rock), daß die Männer ihren Arsch und ihre Fotze sehen. Die junge Autorin, ihr Name ist Jeanne Cordellier, war von ihren Zuhältern gezwungen worden, bis zu siebzig Männer in einer Nacht zu ficken. Mir ist es gleichgültig, wie viele Männer sie gefickt hat. Für mich ist sie eine Frau. Niemand hat ein Recht, sie mit Dreck zu bewerfen, weil die Männer sie wie Dreck behandelt haben!

Jeanne Cordellier errötet bei der gemeinen Frage, die dieser ›Talk-Master‹ an sie stellt. Ich flüstere ihr zu, daß sie nicht hinhören soll, was diese Kanalisationsqualle sagt, und verabrede mich für den nächsten Tag mit ihr.

Ich will ›Verweigerung‹ verfilmen und frage Jeanne, ob sie mir die Rechte gibt. Sie ist nicht nur einverstanden, sondern sie macht die Verfilmung ihres Buches davon abhängig, daß ich den Film drehe … Sie küßt mich wie eine verliebte Frau ihren Mann küßt, lange, leidenschaftlich. Sie beißt mir in die Lippen, leckt mir die Ohren, saugt meine Brustwarzen. Leckt mir die Hände, lutscht an meinen Fingern, an meinem Schwanz. Sie braucht den Fick jetzt dringend. Krallt ihre feuerheißen Finger in mein Fleisch und stöhnt zitternd zu einem langen Schrei auf. Sie schont sich nicht. Nichts an ihr ist Hure. Sie gibt sich völlig hin, verausgabt sich, gibt sich auf. Ganz und gar, wie eine Frau in Liebe. Schweiß bricht ihr aus. Ihr Bauch schwillt an. Die Schlagadern. Die blauen Äderchen an den Schläfen. Ihr Unterleib arbeitet gierig. Immer wilder erwidert sie meine brutalen Stöße … Dann ist sie regelrecht geschwächt und hat tiefe dunkle Ringe unter den Augen. Bald will sie es wieder und wieder … Ich schlafe bei ihr.

Sie richtet sich gerade eine kleine bescheidene Wohnung ein im

7. Bezirk. Sie zeigt mir die noch unfertigen zwei kleinen Zimmer. Vieles streicht sie selbst an. Sie hat auch schon ein paar Möbelstücke. Wir ficken und schlafen auf einer Matratze auf dem Parkettfußboden, das Bettgestell lehnt noch gegen die Wand. Ein Tisch, ein Stuhl, eine Stehlampe und irgendwelches andere Nötigste. Die Küche ist erst halb eingerichtet, trotzdem kocht sie für mich und hat für uns eingekauft.

Wir ficken wieder. Auf den Knien von hinten. Auf dem Rücken. Sie reitet mich ab. Und immer wieder auf dem Rücken, die Beine weit auseinandergespreizt und hoch nach oben. Sie will, daß ich bei ihr wohne, aber sie weiß, daß es unmöglich ist.

Immerzu will sie mich küssen, und immerzu will sie, daß ich ihr meinen Samen gebe.

›Entebbe‹. Menahem Golan ruft mich aus Israel an und redet auf mich ein, den Film mit ihm zu drehen. Die Gage ist eine solche Frechheit, daß er eins aufs Maul verdient, dazu kommt, daß ich überhaupt nicht weiß, wovon er redet. Alle, denen ich erzähle, daß ich ›Entebbe‹ drehen werden, wissen sofort Bescheid, worum es geht. Ich bin der einzige, der keine Ahnung hat, weil ich keine Zeitungen lese, kein Radio höre und auch im Fernsehen nie die Nachrichten einschalte, beziehungsweise abschalte, sobald die Nachrichten beginnen. Aber als ich mir die Geschichte erzählen lasse, bin ich so begeistert, daß ich es für die unverschämte Gage tue, die Golan mir bietet.

Vorher muß ich noch ›Madame Claude‹ weiterdrehen.

Ich kaufe Nanhoï ein ganz kleines Holzdreirad und ein ganz winziges Schaukelpferdchen, und obwohl das hölzerne Pferdchen so klein ist, daß ich mich tief hinunterbeugen muß, so daß mir das Blut in den Kopf schießt, kann Nanhoï mit seinen Füßchen nicht die Erde berühren, wenn er auf dem Pferdchen sitzt. Ich kaufe ihm auch den ersten größeren bunten Ball, der ihm immer aus den Händchen und aus den Ärmchen glitscht wie ein nasses Stück Seife. Je größer mein Liebling wird, um so unerschöpflicher werden die Spiele, die ich mit ihm spielen kann. Und je mehr ich mit ihm spielen kann, um so sehnsüchtiger, um so unersättlicher ist mein Verlangen, mit ihm zu spielen. Ich möchte überhaupt nichts anderes mehr tun, als immerzu und ewig mit meinem Sohn zu spielen.

Diese analphabetischen Interviews nehmen und nehmen kein Ende. Sie schleppen mich mit TV-Kameras auf den Arc de Triomphe, auf den Eiffelturm, ins Restaurant Tour d'Argent, auf die Türme des grauenhaften Doms von Notre Dame und zu was weiß ich was für sonstigen abgewichsten Touristen-Sehenswürdigkeiten. Sogar ins ›Crazy Horse‹. Wenigstens haben die Mädchen im ›Crazy Horse‹ wirklich süße Ärsche. Auch die Negerinnen im Paradis Latin, die sich mir nacktärschig auf den Schoß setzen.

Ich treffe mich mit dem Produzenten Danon wegen der Verfilmung von ›Verweigerung‹. Für die Hauptfigur will ich Maria Schneider. Sie sieht außerdem Jeanne Cordellier verblüffend ähnlich. Maria kommt zu mir in die Avenue Foch. Keine Spur von Drogen. Nur ihr ermüdendes Gefasele, daß die Hure in ›Kameliendame‹ in Wirklichkeit vierzehn Jahre alt war und die Syphilis gehabt habe. Zeffirelli hätte ihr irgend so was erzählt. Er wollte einen Film mit ihr drehen. Was für eine schwule Scheiße dabei herauskommen würde, kann man sich vorstellen. Außer Pickeln im Gesicht scheint Maria jedenfalls o.k. zu sein. Aber Danon traut der Sache nicht, weil Maria als Fixerin verschrien ist. Er garantiert die Finanzierung des Films, wenn ich ihm garantiere, daß Maria während der Dreharbeiten nicht wieder auf die Fresse fällt wie bei Antonioni, oder sich benimmt wie bei Bunuel. Ich sage, ich garantiere es.

Bis heute abend. Denn heute abend ist sie wieder voll und lallt wie eine Schwachsinnige. Keiner will das Risiko eingehen, und ich mache ›Verweigerung‹ nicht.

Ich habe Minhoï überredet, mit nach Israel zu kommen. Ich bin außer mir vor Freude und rufe Menahem Golan in Tel Aviv an, damit er eine große Vier-Zimmer-Suite im Hilton reservieren soll, mit Kinderbettchen und zwei Badezimmern. Minhoï will eine Freundin mitbringen als Babysitter für Nanhoï.

Ich denke an die wunderschönen jungen Jüdinnen, die ich gefickt habe, als ich zum ersten Mal in Israel war. An den Geruch von Moschus in den Bazaren in Jaffa und Jerusalem. Und an die junge Mutter, zu der ich jede Nacht durchs Fenster gestiegen war, und vor dem Morgengrauen wieder aus dem Fenster und über eine hohe Mauer klettern mußte, damit die Nachbarn und vor allem ihr Mann unser Geficke nicht entdeckten ... Die Frau des Diamantenhändlers aus New York, die ich im Hilton in Tel Aviv in ihrem Taft-Abendkleid so lange gestoßen habe, daß sie ihr Flugzeug nach New York verpaßte und ihr Mann sich von ihr scheiden ließ ... Die Maskenbildnerin, die Kostümistin und die Garderobiere ... und wie ich zu all den anderen hetzte in ein und derselben Nacht.

Ich fliege zuerst zu Kostümproben allein nach Tel Aviv. Diesmal stoße ich sofort nach meiner Ankunft Sybil D., in die ich mich in ihrem Zimmer im Hotel noch angekleidet von hinten in der Hocke ergieße. Sie hatte ihr Beautycase noch in der Hand ... Danach das arabische Mädchen mit der rauhen Kehle, die singt wie ein Kerl und deren Loch so eng ist, als habe ich meine Stange in einem Schraubstock eingeklemmt ... Die Bedienungen im Hilton-Restaurant, die Köchinnen, von denen keine etwas von der anderen wissen darf ... Dann fliege ich nach Paris zurück. Die Dreharbeiten beginnen in 4 Wochen.

Manchmal läßt Minhoï mich in ihrer Wohnung in St. Louis übernachten. Dann knie ich mich vor Nanhoïs Bettchen im Kinderzimmer und lasse ihn meinen Zeigefinger halten oder meinen Daumen, bis er eingeschlafen ist. Wenn er nachts aufwacht, dann trage ich ihn so lange im Zimmer umher und singe für ihn Wiegenlieder, bis ich glaube, daß er in tiefen Schlaf gesunken ist und ich ihn wieder ganz behutsam in sein Bettchen legen kann. Manchmal, wenn ich auf Zehenspitzen aus dem Zimmer schleichen will, wacht er wieder auf, weil er mich nicht mehr fühlt, und weint. Dann knie ich wieder vor seinem Bettchen und gebe ihm meinen Zeigefinger zu packen oder meine ganze Hand und streichle sein süßes Köpfchen, bis er wieder einschläft. Oder ich trage ihn wieder so lange im Zimmer umher, bis er sich beruhigt, und singe ihn mit ›Schlafe mein Prinzchen, schlaf ein‹ oder ›Schlafe, schlafe, holder süßer Knabe‹ in den Traum.

Jetzt kann Nanhoï schon in der großen Badewanne baden. Natürlich muß Minhoï oder ich dabei sein. Aber ich kann mit ihm planschen, und er spritzt mich mit Wasser an oder schleudert mir eine Buddelform voll ins Gesicht.

Ich bin so glücklich mit Nanhoï, daß ich jedesmal vergesse, wie unglücklich ich ohne ihn bin. Sobald Minhoï nett zu mir ist, oder mir auch nur was zu essen macht, was ich für Liebe halte, ist mir, als wäre nichts zuvor geschehen. Manchmal sagt sie, daß ich gehen soll, und ich bin jedesmal zu Tode erschrocken, und immer wieder gibt es Streit. Aber ich bin so total abhängig von Nanhoï, so vollkommen meiner Liebe für ihn verfallen, so ganz und gar ausgeliefert, daß ich bereit bin, jede Art von Behandlung und jede Demütigung zu ertragen, wenn ich nur in Nanhoïs Nähe sein darf. Und in Minhoïs.

Die Dreharbeiten in Tel Aviv sind eine Menschenschinderei. Dazu der Schweinefraß! Wir drehen 14, 16, 18, 20 Stunden ohne Unterbrechung. Manchmal im Cockpit einer Linienmaschine ohne Aircondition, ohne warmen Café bis 4 Uhr früh. Es ist nicht mal Zeit zum Pissen.

Die meiste Zeit verbringe ich am Drehort. Wenn es abends nicht zu spät ist, kaufe ich Minhoï Blumen oder versuche sie mit etwas zu überraschen.

Ich gebe den Versuch nicht auf, unsere kleine Familie wieder zu vereinen. Minhoï langweilt sich in Tel Aviv, sie will mit aller Macht ans Rote Meer, wo Golan ein Hotel besitzt. Ich habe drei Tage drehfrei, aber ich kann nicht mitfahren. Ich muß nach Paris. ›Madame Claude‹ zu Ende zu drehen.

Zwei Uhr morgens. Ich gehe zu Fuß von der Avenue Foch zu den Champs Elysees, weil ich, so weit entfernt von Minhoï und Nanhoï, auch nach Stunden Filmen keinen Schlaf finden kann. Die Champs Elysees sind überfüllt mit fahrenden Autos und herumirrenden Fußgängern. Was suchen all diese Menschen um diese Zeit auf den Straßen? Sie rennen kreuz und quer durcheinander wie Ameisen. Ich habe den Eindruck, daß die meisten von ihnen gar nicht wissen, wohin sie laufen. Ja, daß sie nicht einmal wissen, wohin sie laufen sollen. Daß sie nicht wissen, was sie eigentlich suchen. Und wenn sie es wissen, finden sie es nicht. Jedenfalls nicht auf dem Champs Elysees, nicht in Paris. Das Interview mit Bernhard Moitessier, das ich im französischen Fernsehen mitangehört hatte, kommt mir wieder in den Sinn: Ein Reporter hatte Moitessier gefragt, nachdem er zwanzig Jahre lang die Welt allein umsegelt hatte, ob er denn während dieser Zeit nicht furchtbar allein gewesen sei. Moitessier antwortete mit einem entgeisterten Gesichtsausdruck völliger Verständnislosigkeit: »Allein? Wieso allein? Auf dem Meer ist man doch nicht allein. Hier, in Paris, inmitten von Millionen Menschen, da bin ich allein. So allein, daß ich denke, daß ich sterben muß vor Einsamkeit.«

· Vor ein paar Jahren hatte Moitessier die Welt anderthalb mal nonstop allein umsegelt. Es war das erste (und ich glaube bis jetzt einzige) Single handed nonstop arround the world race. Von den neun Teilnehmern kamen nur zwei an. Die anderen gaben auf wegen Schiffbruch oder Erschöpfung. Als Moitessier nach der Umsegelung der Erdkugel sich im Nordatlantik auf dem Rückweg befand, ließ man ihm durch Radiofunk die Nachricht zukommen, daß er wahrscheinlich der Sieger sei. Für den Sieger waren ungefähr 50 000 Mark ausgesetzt, und Moitessier hatte überhaupt kein Geld. Aber er antwortete über Radiofunk: »Ich komme nicht zurück. Ich will meine Seele retten«, und er drehte um und segelte noch einmal halb um die Erde bis nach Polynesien.

Boulevard St. Germain, 11 Uhr vormittags. Ein Mädchen mit Brille stellt sich mir in den Weg und fragt, ob sie mich berühren dürfe. Ich sage: »Komm her mit deinem Schnabel und probier.« Sie zwängt mir ihre Zunge in den Mund, die groß und hart wird wie ein Schwanz. Wir gehen fest umschlungen in ein Fick-Hotel.

Als wir in den fensterlosen Raum eintreten, gebe ich der Tür einen Tritt und stelle sie so wie sie ist mit dem Rücken gegen die Türfüllung. Ich nehme nicht einmal ihre Brille ab, greife ihr unter den Rock, zerreiße ihre vollgesogenen Schlüpfer. Sie schreit auf, macht die Beine breit, öffnet die Arschbacken und knickt widerstandslos etwas in den Knien ein. Wir müssen ihr meinen außer Rand und Band geratenen ›Knüppel aus dem Sack‹ vierhändig einverleiben. Sie ächzt wie ein Baum, in den der Blitz geschlagen hat. Die Brille ist ihr vom Gesicht geflogen, und ihr Ausdruck gleicht dem Ausdruck einer Blinden. Ich weiß nicht, ob sie mich ohne Brille sieht. Sie lächelt nur und tastet mein Gesicht ab.

Weihnachten sind Minhoï, Nanhoï und ich in Jerusalem. In diesem grauenvoll häßlichen, ekelhaften Hilton, dessen Zimmer wie

Kerkerzellen sind. Es wäre unmöglich, sich allein darin aufzuhalten ohne wahnsinnig zu werden oder Selbstmord zu begehen. Wir tun es nur, wenn wir vor Müdigkeit zusammenbrechen. Dazu ist es kalt in Jerusalem und wir waren nicht darauf eingerichtet.

Auch hier in Jerusalem trottelt mir so ein Film-Fanatiker-Mißgeburt-Professor vom israelischen Filminstitut auf Schritt und Tritt hinterher und filmt und quatscht und quatscht und filmt und quatscht und quatscht und quatscht.

In der Kirche von Gethsemane interessiert sich niemand mehr für den Fremdenführer, der seinen tödlichen Salm herunterleiert. Wie unter magischem Zwang starren alle auf Nanhoï, den ich auf den Armen trage und der mit seinem Licht den ganzen verfaulten Ikonenplunder überstrahlt.

Von Jerusalem nach Avoriaz in den Bergen der französischen Schweiz. Zum ersten Mal ziehe ich Nanhoï auf einem Schlitten durch den Schnee. Mein Engel schläft, eingemummelt ziehe ich ihn durch Schneefelder über Hügel und Hänge, und mein Engel schläft und schläft in dem weißen Schnee, unter dem kalten weißen Himmel. Und als er aufwacht, baue ich einen Schneemann für ihn und zeige ihm, wie man Schneebälle macht. Wir sind glücklich.

Ich muß früher weg von Avoriaz, noch eine dümmliche Szene, die letzte, von ›Madame Claude‹ drehen, auf einer Jacht in Monte Carlo.

Als ich nach Paris zurückkomme, ist Maria Schneider bei Minhoï gewesen und hat ihr wieder irgendeinen Scheiß gegeben, ich weiß nicht was, jedenfalls ist Minhoï völlig abwesend, als wäre sie noch nicht erwacht aus einem langen, tiefen Schlaf.

Der mit den blonden Locken, ich weiß ihren Namen nicht, begegne ich auf dem Boulevard St. Michel, fast an der Kreuzung St. Germain, wo mich die mit der Brille angesprochen hatte. Sie hat eine blödsinnig große Gitarre unter dem Arm und ruft: »Kinski!« Was so klingt wie: »Fick mich.« Ich kenne sie nicht, aber ich küsse sie auf den Mund. Sie sagt, daß sie jetzt keine Zeit hat, weil sie angeblich zum Gitarrenunterricht muß – obwohl ich überzeugt bin, daß sie weder Gitarre spielen kann noch jemals lernen wird –, daß wir uns aber unbedingt nachts sehen müssen. Mitternacht. Sie will auch nicht, daß ich telefoniere. Mitternacht und basta. Sie nennt mir Straße und Hausnummer und sagt, ich soll vor dem Haus auf sie warten. Punkt Mitternacht. Dann geht sie mit der blödsinnig großen Gitarre zu einem Taxi, wobei sie sich immer wieder umdreht und mit den Fingern die Zahl 12 in die Luft malt. Fünf Finger. Noch mal fünf Finger. Und dann Daumen und Zeigefinger.

Sicher stiehlt sie sich aus dem Bett von ihrem Kerl, Freund oder Ehemann, was weiß ich. Und wenn sie zehn Ehemänner hätte, es ist mir egal. Alles was mich interessiert ist, daß ich dieses blonde Loch unbedingt ficken muß.

Seit 11 Uhr abends stehe ich vor ihrem Haus No. 5 Rue de l'Université und schlage meine halberfrorenen Füße aneinander. Ich denke daran wie heiß ihr Körper ist und daß sie vielleicht gerade jetzt einen Schwanz fickt, der ihr in diesem Augenblick die Spritze verpaßt. Ich habe die Schnauze voll mir hier den Arsch abzufrieren für die nächste Stunde. Ich laufe bis zum nächsten Haus und wieder zurück, in beide Richtungen, wobei ich mich ununterbrochen umwende, falls sie doch früher herunterkommen sollte und mich vielleicht von hinten im Dunkeln nicht erkennt. Auf die andere Straßenseite gehe ich lieber nicht, weil ihr Kerl vielleicht am Fenster steht und Verdacht schöpfen würde.

Es hat schon Mitternacht geschlagen, und ich hasse die süße blonde Sau, weil sie nicht gekommen ist. Ich will gerade losrennen und ein Taxi suchen, steifgefroren und mit steifem Schwanz – als ich die schwere Haustür knarren höre und, kaum zu erkennen, einen Schatten aus dem Haustor huschen sehe. Diesmal Gott sei Dank ohne Gitarre. Sie hat mich sofort erkannt, hakt sich fest bei mir ein und dirigiert mich eilig von dem Haus weg. An der nächsten Ecke führt sie mich über die Straße, durch eine schmale Querstraße bis zum Boulevard St. Germain, den sie mit mir überquert, dann die Rue du Prince, die zweite Straße links, dann rechts und wieder links. Ich glaube, es ist die Rue dú Quatre vents oder so ähnlich, aber ich bin nicht sicher. Ich bin zu betäubt von dem Geruch der blonden Sau, die wirklich stark nach ficken riecht, als wäre sie direkt aus dem Bett von einem anderen Kerl zu mir gekommen. Sie scheint in dem Fick-Hotel Stammkundin zu sein. Der weibliche Nacht-Zuhälter reicht ihr vertraulich einen

Zimmerschlüssel, als handle es sich jedesmal um das gleiche Zimmer. Ich habe nichts zu zahlen.

Nachdem sie die Zimmertür von innen verriegelt hat, gehe ich aufs Klo, um meine Blase für alle Fälle vor dem Ficken auszuleeren. Sie kommt mir hinterher und fragt mich, ob sie meinen Schwanz in die Hand nehmen dürfe. Ich sage ja. Sie legt ihn sich in die schalenförmig geöffnete Hand wie in eine Waagschale und schließt dann vorsichtig und halb die Finger, wie um sein Kaliber zu messen, das sie gleich tief in ihrer Fotze fühlen wird. Sie läßt jedoch aus Erfahrung so viel Spielraum, daß der Prügel in ihrer Hand wachsen kann. Und, wie vorauszusehen, wird er durch die Berührung ihrer Finger sofort unvergleichlich schwerer und dicker. Sie gibt ihn hastig zurück, als befürchte sie, daß er zu schwer und zu dick wird für ihre kleine Hand, und wahrscheinlich auch weil sie es nicht länger ertragen kann, ihn nicht in ihrem Loch zu haben. Sie rennt zurück ins Zimmer und macht sich umgehend am Bett zu schaffen. Als ich aus der Toilette komme, hat sie Bettdecke, Wolldecken, Überzüge, Kopfrolle und Kissen vom Bett geschleudert und sich bereits in Fickstellung auf der Matratze in Stellung gebracht. Rücken und Kopf gegen das aus einem klapprigen Spiegel bestehende Kopfende des Bettes gestemmt. Die Beine wie ein Schlangenmensch bis auf ihre Schultern hochgespreizt, schiebt sie das Becken vor, indem sie mit beiden Händen ihre großen Schamlippen auseinander hält und die Möse wie eine Geheimtür öffnet. Ihr ganzer Unterleib springt in die Höhe wie auf einem Trampolin – als wäre mein Rohr mit Starkstrom geladen ... Ihr süßes Gesicht verzerrt und verwüstet sich ... Sie ist nur Fick und will nichts als gefickt werden, immerzu, ohne Erbarmen und ohne Ende ...

Manchmal habe ich Minhoï beinahe so weit, daß sie einverstanden ist, es noch einmal mit mir zu versuchen und ich rase herum, um eine große, helle Wohnung zu finden, in der wir beide genug Raum haben – und in der vor allem genügend Licht und Raum für Nanhoï ist. Das ist sehr schwer, weil die Wohnung ganz in der Nähe des Bois de Boulogne oder zumindest eines großen Parks liegen muß, damit Nanhoï sich austoben kann und wir nicht durch den giftigen, gefährlichen Verkehr von Paris müssen. Mitunter sehen wir uns die Wohnungen gemeinsam an. Aber dann passiert wieder etwas, und die Chance ist hin. Aber wenn Minhoï mir auch noch so oft sagt, daß wir nie wieder zusammenleben werden, so rede ich mir ein, daß es vielleicht nur daran liegt, daß ich bis jetzt nicht die ideale Wohnung gefunden habe und deshalb höre ich nicht auf, Wohnungen und einzeln stehende Häuser zu suchen und sie mir anzusehen, von der kindischen Idee besessen, daß es die Rettung unserer kleinen Familie bedeutet, wenn ich wirklich eines dieser Häuser mieten würde. Immer und jeden Augenblick mit Nanhoï zu sein wäre so unfaßbar schön, daß ich beinahe Angst habe, es mir vorzustellen – Angst, es könnte ins Gegenteil umschlagen.

Minhoï und ich sind ständig eifersüchtig aufeinander, wenn einer von uns etwas für Nanhoï zum Anziehen gekauft hat. Jeder von uns will unser Kindchen mit den Augen seiner Liebe gekleidet sehen. Ich könnte über die ganze Erde fliegen, um Kleidungsstücke für mein Söhnchen zu suchen. Die schönste Kinderkleidung machte einmal Italien. Jetzt finde ich das meiste in Deutschland. Aber ich bringe Nanhoï auch Sachen aus China mit, aus Japan, England, Frankreich, Spanien, Südamerika und USA, von New York bis Mexiko, von Brasilien bis Afrika, Indien, Israel, Singapur, San Francisco, Los Angeles und Hawaii. Spielsachen sind ebenso aufregend wie Kleidung. Das Erregendste ist, mit meinem Babyboy in ein Spielwarengeschäft zu gehen. In Spielwarenhäuser. In Paris, New York, Tokio. Ich könnte in so einem Spielwarenhaus wohnen mit Nanhoï. Nachts würden dann die Spielzeuge lebendig werden: Puppen, Teddybären, Hampelmänner, Autos, Flugzeuge und Eisenbahnen, die Schaukelpferde, Segelschiffe, Puppenhäuser, Bälle, Luftballons, die Kasperle-Theater, Spieluhren, Indianer, Cowboys, Drachen … Und morgens würden wir aufwachen in einem Indianerzelt mit Winchester und Colt.

Seit seiner Geburt konnte Nanhoï nicht abwarten, bis er endlich stehen konnte. Jetzt, wo er stehen kann, kann er nicht abwarten zu gehen, laufen, rennen, fliegen. Ja, er will fliegen – wie es die Vogel-Babys wollen, wenn sie sich mit Hilfe ihrer Schnäbel bis an den Rand des Nestes ziehen, um sich in die Luft zu werfen, wie es die Eltern tun. Deswegen fallen sie so oft aus hohen Bäumen.

Mein Babyboy hat es seit langem satt, in seinem Bettchen nur her-umzukriechen oder in dem Wägelchen zu sitzen. Mit der unge-heuren Kraft, die er besitzt, zieht er sich in einer Art Klimmzügen in die Höhe und über den Rand seines Wägelchens hinaus – dreht sich im Wägelchen blitzschnell auf den Bauch und spiralt sich aus den Haltegurten, um sich in die Luft zu stürzen. Zweifellos würde er sich wie die Vogelkinder fallen lassen, um zu fliegen fänge ich ihn nicht jedesmal in allerletzter Sekunde auf. Ich lasse ihn nicht einen Atemzug lang aus den Augen. Stelle ich ihn auf die Beine, so kann er bereits ein paar Schritte wanken, wie ein rollendes Schiff auf hoher See. Er muß sich noch stark anhalten, und er grapscht nach allem, was für seine Fäustchen als Halt in Frage kommt. Auf diese Weise könnte er sich kilometerweit angeln. Doch wenn es auch für mich ein unsagbares Glücksgefühl bedeu-tet, mein Bübchen an der Hand zu führen seine winzigen starken Fingerchen versuchen meine Riesentatzen zu umklammern oder er meinen Zeigefinger mit dem ganzen Fäustchen packt – so liebt er es doch am meisten, wenn ich ihn auf meinen Schultern trage und er mir auf den Kopf klatschen kann wie auf eine Negertrom-mel, was heißen soll ›Galopp‹. Und je schneller und heftiger er trommelt, um so schneller muß ich galoppieren. Damit er auf meine Schultern steigen kann, beuge ich mich tief zu ihm herun-ter: dann packt er mich bei den Haaren wie ein Kosakenkind, das noch zu klein ist, sich aufs Pferd zu schwingen und das die Mähne eines Pferdes packt im Augenblick, in dem es sich zum Trinken runterbeugt – dann reißt das Pferd vor Schreck den Kopf mit einem Ruck nach oben und wirft das Kind, das mit bereits ge-spreizten Beinen in seiner Mähne hängt, auf seinen Rücken. Und so wie das Pferd, das ein Kosakenkind auf seinen Rücken schleu-dert, richte ich mich ruckartig auf und schleudere mein Bübchen auf meine Schultern – während sein Lachen wie eine Fontäne auf-schiebt und sich im Galopp versprudelt.

Ich sehe ihr Gesicht von rückwärts nicht – sie steht vor einem Mo-deladen am Montparnasse und sieht sich die Auslagen an – ich sehe nur ihren hohen Stiez, der mich bis auf die andere Straßen-seite hypnotisiert. Solche Ärsche haben nur schwarze Frauen, fährt es mir in die Hoden. Die erste, die ich kostete, war eine amerikanische Studentin in Paris, noch bevor ich Jasmin begegnete. Ihr cremiger Ausfluß, dessen weiße Lava sich über mein Gesicht und auf meine Zunge ergoß, schmeckte stark und fremdartig süß wie wilder Honig. Sie roch so sinnverwirrend nach Tier-Frau, daß ich nicht wußte, ob mir von den vielen Orgasmen oder von ihrem Geruch schwindlig wurde.

Ich sehne mich nach dem Geruch von Negerinnen. Ich überquere die Straße und trete so nah an sie heran, daß mein Ständer beinahe ihre Pobacken berührt. Ihr gieriges Tiergesicht spiegelt sich in der Fensterscheibe. Sie wendet sich zu mir um: Von Angesicht zu Angesicht mit dieser geborenen schwarzen Fickerin stottere ich einen so unwiederholbaren Quatsch zusammen, daß sie mir nur lächelnd zwei Finger ihrer etwas feuchten Hand auf die Lippen legt, als wolle sie sagen: »Spar deinen Atem für den Fick.«

Die ersten Tage kommt sie regelmäßig in die Avenue Foch, aber sie bleibt immer nur für mehrere Ficks. Sie lebt mit einem Kerl, der sie aushält, und ist außerdem furchtbar beschäftigt mit Herumrennen, Telefonieren und Verabredungen mit Botschaften und Behörden, die ihr helfen sollen ihren Vater zu befreien, der Minister in Äthiopien war und seit dem Sturz des Negus in Addis Abeba im Gefängnis sitzt.

Die Huren der Avenue Foch sind berühmt wie die Huren am Pigalle, in der Rue St. Denis und die Huren im Bois de Boulogne. In der Avenue Foch sind sie auf beiden Seiten über die ganze Straße verteilt. Natürlich kommen sie auch in die Nähe von No. 33. Die Huren der Avenue Foch und Umgebung unterscheiden sich sehr untereinander. Auch im Ficken. Und ich meine die Art, wie sie sich bewegen und benehmen, und vor allem wie sie gekleidet sind. Die Huren der Avenue Foch tragen meist enge und eindeutig kurze Röcke. Wie Frauen, die ihren Rock zum Pissen hochgezerrt haben. Ihre Schlüpfer sind kaum groß genug, ihre kräftigen Pflaumen zu bedecken.

Gegen Ende der Nacht tragen sie meist keine Schlüpfer mehr oder sind ganz ohne Rock. Sie tragen nur einen Mantel, unter dem sie entweder völlig nackt sind oder nur Büstenhalter und Straps anhaben.

Die andere Sorte, die sich mehr in den Zubringerstraßen zum Arc de Triomphe und den Champs Elysées aufhält, ist völlig normal gekleidet, bürgerlich. Besser gesagt, spießbürgerlich. Um nicht in den Verdacht zu geraten, daß sie sich prostituieren. Vielleicht ist es dieselbe Kleidung, die sie ständig und überall tragen. Sie sehen überhaupt nicht aus wie Nutten. Auch nicht verfickt oder übernächtigt, außer daß manche von ihnen leicht bläuliche Schatten unter den Augen haben, die sie raffiniert überpudern. Sie rauchen und trinken nicht, jedenfalls nicht, wenn sie auf den Strich gehen, und schlafen sich sicher nach den Anstrengungen des Fickens aus. Ich bin überzeugt, daß manche sogar Sport betreiben, um sich fit zu trimmen. Sie wirken, ohne genaues Hinsehen, eher uninteressant, ja sogar langweilig. Kurz, sie gehen völlig in der Masse der Fußgänger unter, und niemand würde den Kopf nach ihnen umwenden geschweige stehen bleiben und sie anreden – stünden sie nicht an einer Straßenecke oder gingen auf und ab, oder sogar an Bushaltestellen ohne jemals in einen haltenden Bus einzusteigen. Aber auch das tun sie mit dem Instinkt einer Frau: Die Art sich zu bewegen und zu tun, als interessierten sie die Blicke eines vorbeigehenden Mannes nicht, von Zeit zu Zeit auf die Armbanduhr zu sehen und den Kopf in verschiedene Richtungen zu wenden soll den Eindruck erwecken, daß sie auf jemand Bestimmten warten, auf eine ihnen vertraute Person, mit anderen Worten, daß sie eine Verabredung haben. Vielleicht mit ihrem Boy-friend oder ihrem Mann. Sie sprechen niemals jemanden an oder fordern jemand mit einem Blick auf oder erwidern den Blick eines ihnen unbekannten Mannes. Man muß sie einfangen, kennen, entdecken, und direkt zum Kernpunkt kommen. Sie stehen auch nicht jedesmal an derselben Kreuzung oder gehen dieselben Strecken ab. Auch durchaus nicht jeden Tag. Oder vielleicht täglich in anderen Bezirken. Klar ist, daß sie in einem völlig entgegengesetzten Stadtteil wohnen und daß sie hier niemand kennt. Es handelt sich bei ihnen um normale Hausfrauen, Ehefrauen mit Kindern, Studentinnen oder sogar Schülerinnen, die sich Geld dazuverdienen wollen. Gleichzeitig sind sie natürlich geil, zumindest werden sie es wohl, nachdem sie erst einmal Blut geleckt haben. Es wird wie eine Droge, und sie kommen nicht mehr davon los.

Ich ziehe ihnen nur den Rock hoch und die Schlüpfer etwas runter, so daß After, Arsch und Fotze frei sind und etwas von ihrem Schenkelfleisch. Dann stoße ich sie entweder in der Bücke von hinten oder wie ein Käfer auf dem Rücken. Manchmal lege ich sie rücklings auf den Tisch und halte ihre Knie auseinander, wenn ich mich ergieße. Eine geballte Ladung. Nicht mehr. Obwohl diese Art von Frauen oft sehr süß ficken, sind sie beileibe nicht raffiniert oder pervers. Nicht einmal trainiert, obwohl ich mir vorstellen kann, daß sie sicher schon eine ganze Menge Schwänze hatten. Sie sind sogar etwas ängstlich und verlegen und bieten auf eine rührend schüchterne Art die Fickstellung an, die sie vielleicht im Ehebett gewöhnt sind. Oder aber es ist die jeweilige Stellung, in der sie die stärksten Orgasmen haben. Oder bei der es am wenigsten weh tut, wenn es ein großer Schwanz ist und so fort. Sie tun es, wie gesagt, auf eine schlaue Weise, sich jeder anderen Stellung zu entziehen, indem sie mit passivem Widerstand immer wieder in die von ihnen bevorzugte Art zu ficken zurückgleiten. So weit lasse ich es jedoch meist nicht kommen und ficke sie erbarmungslos und gründlich. Viele Frauen, und das ist ganz natürlich, wollen mit Gewalt genommen werden und spritzen noch stärker, wenn sie vergewaltigt werden. Dabei entpuppen sie sich dann als supergeile Ficker.

Eine von ihnen, in hohen Stöckelschuhen stehend, legt sich von selbst bäuchlings und wie ein Lamm auf einen Opferblock – über die Lehne meines einzigen Stuhls. Wobei sie nicht etwa, wie es zu erwarten wäre, das Kreuz durchdrückt und den Arsch aufklappt, so daß ihre Fotze herausgedrückt wird – sondern sie krümmt im Gegenteil ihr Rückgrat wie einen gespannten Bogen und kneift die Arschbacken, die nach unten zeigen, eng zusammen. Sie ist jedoch triefend naß und geht vollkommen aus dem Leim, greift jammernd und wimmernd nach meinen Hoden und kommt ganz stark und lange. Ich auch. Danach verabschiedet sie sich mit niedergeschlagenen Augen, als habe sie gesündigt, was ihr sichtlich im Geheimen gefällt. Eine Woche später sehe ich sie an einer anderen Straßenecke stehen.

Ein Pariser Anwalt schreibt mir, daß Minhoï ihn beauftragt habe, sich mit unserer Scheidung zu befassen. Er möchte mich treffen, um über die Möglichkeit einer Einigung zwischen mir und Minhoï zu reden. Ich will mich aber nicht mit ihm treffen. Ich will mit niemanden über eine Scheidung reden. Ich will überhaupt nicht daran denken. Ich verbrenne den Brief.

Als ich heute meinen Nanhoï in seinem Wägelchen wie immer im Laufschritt von der Avenue Foch in den Bois de Boulogne schiebe, sieht er mich mild und lächelnd an als wüßte er, wie unsagbar traurig ich bin. Ich nehme ihn aus dem Wägelchen und werfe ihn ganz hoch in die Luft, was er so gerne hat und wobei er immer ruft: »Noch einmal! Noch einmal!« Dann lösen sich seine Windeln und fliegen in alle Richtungen, und mein Söhnchen lacht von ganzem Herzen und bewegt seine Ärmchen wie zwei Propeller, wie es die Kolibris tun. O Gott! Laß meinen Babyboy nichts merken von der unüberbrückbaren Kluft, die sich zwischen mir und Minhoï aufgetan hat! Nein, ich will nicht an die Scheidung denken. Nicht jetzt. Nicht wenn ich mit meinem Sohn bin. Ich will fröhlich sein für ihn, übermütig. Je übermütiger und ausgelassener ich bin, um so mehr macht es ihn glücklich. Ich will Grimassen schneiden, Fratzen, worüber er in schallendes Gelächter ausbricht, seit er ein neugeborener Säugling war. Ich will kein trauriger Clown sein, nicht Bajazzo, der in Wirklichkeit vor Schmerz aufschreit, wenn er lacht. Mein Nanhoï würde es merken, er fühlt alles. Ich will ein froher Clown sein, einer, der die dümmsten Späße treibt, richtigen lächerlichen Unsinn. Außerdem will ich in Form sein für meinen Sohn und ihm alle Tricks und Kniffe beibringen, die ich mir als kleiner Straßenjunge angeeignet hatte. Ich will ihn alle Spiele lehren, die ein Junge spielen kann. Ich muß ihn auch in alle möglichen Gefahren einweihen, die zu jeder Zeit und überall lauern. Niemals versuche ich, ihn zu etwas zu drängen. Außer wenn es darum geht, ihn zu beschützen. Ich sage niemals: »Tue das« oder: »Tue jenes« oder solchen Nonsens wie: »Das müßtest du doch jetzt schon allein können«, oder: »Du bist jetzt alt genug« und so fort. Was soll das heißen ›alt genug‹? Was heißt ›alt‹, was heißt ›genug‹? Soll das heißen, daß ein kleines Kind lange genug klein gewesen ist? Ich sehne mich danach, daß mein Kind auf ewig überhaupt kein Alter haben soll. Kein Kind müßte ein Alter haben müssen! Es ist keine Bürde, sondern ein Vorrecht für mich, alles, alles für meinen Babyboy zu tun. Alles, womit ich ihm Freude mache. Ihn zu etwas animieren, ja, das tue ich, wie es Jungens unter sich tun.

Will er es nicht, so ist es seine eigene Entscheidung, sein Wille, der mir heilig ist.

Ich bin unfähig, mich über irgend etwas zu freuen ohne meinen Nanhoï. Über nichts. Nicht einmal ein Essen schmeckt mir ohne ihn. Ich kann nicht sagen: »Die Blume ist schön«, es nicht einmal denken, ohne daß Nanhoï im gleichen Augenblick dieselbe Blume sieht. Ich kann mich nicht an der Wärme der Sonne freuen, wenn Nanhoï nicht im gleichen Augenblick ihre Wärme spürt. Ich kann nichts wünschen ohne sicher zu sein, daß Nanhoï dasselbe wünscht. Es kommt mir wie ein Verbrechen vor, wie ein Verrat, wenn ich etwas Überwältigendes sehe wie die Himalayas, die Wüste, den Dschungel, den Sturm, das Meer, die Sterne (und sei es nur im Film oder auf Bildern), wenn nicht auch Nanhoï diese Wunder sehen kann, atmen kann, empfangen kann. Ich lebe ausschließlich für meinen über alles Irdische und alles Himmlische hinaus und bis in alle Ewigkeit geliebten Sohn. Durch den allein ich lebe.

Wie ich schon sagte, Karussells ziehen Nanhoï magnetisch an. Er spürt sie, bevor er sie sieht, er fühlt ihre magischen Vibrationen. Er wittert ein Karussell, wenn wir in seine Nähe kommen. Dann gibt er mir mit dem Zeigefinger eine Richtung an und dirigiert mich über Kreuzungen, Plätze und um Straßenecken tatsächlich dorthin, wo sich das Karussell befindet.

Dann saust er wieder und wieder um die Runden, zehnmal, zwanzigmal, fünfzigmal, stundenlang – bis er auf einem der Pferdchen, auf einem Motorrad oder Fahrrad, in einer Raumschiffkapsel, in einem Feuerwehrauto oder Bus, auf einem Kamel oder auf einem Elefanten einschläft und ich ihn behutsam aus dem Karussell herausheben und er nicht mehr aufwacht, bis ich ihn in sein Bettchen lege, wo er erschöpft vom vielen Karussellfahren bis zum nächsten Morgen durchschläft.

Manchmal ist das Karussell an den Champs Elysiées, in Neuilly, im Jardin du Luxembourg oder in den Tuilerien zugesperrt. Entweder weil es zu regnen anfängt oder zu kalt ist, oder einfach weil der Karussellbesitzer sich seinen freien Tag nimmt. Dann ist es so schmerzlich für mich, Nanhoï in seinem Babyköpfchen klarzumachen, daß er heute, jetzt, in diesem Augenblick nicht Karussell fahren kann – denn Karussellfahren ist für meinen Babyboy, gleich nach Eislecken, das Höchste auf der Welt. Wenn genug Zeit ist und das Wetter nicht zu gemein ist, dann versuchen wir es bei den anderen Karussells.

Nanhoï läuft. Nein, er läuft nicht, er fliegt, er schwebt, er flattert wie ein Schmetterling – der gerade erst aus der Verpuppung ausgeschlüpft ist, ohne Orientierung und ohne Ziel losflattert, alle Augenblicke lang auf etwas landet, um gleich wieder weiterzuflattern – so flattert Nanhoï glücklich lachend im Zickzack die Champs Elysées hinauf. Ich muß richtig rennen, um mit ihm Schritt zu halten. Er taumelt durch die Lüfte, als schösse er im Himmel Kobolz, und stürmt mitten in die Fußgänger hinein, umarmt ihre Beine und Füße und lacht und lacht und lacht und lacht und lacht und lacht und lacht …

Nie zuvor in meinem Leben habe ich ein so freies, frohes, glückseliges, ausgelassenes, verspieltes, zauberhaftes, bezauberndes Lachen gehört wie das von Nanhoï. Alles um ihn herum wird hell durch ihn. Die Passanten auf dem Champs Elysées bleiben von seinem Licht getroffen stehen, und, als habe Nanhoï ihren Bann aufgehoben, erweicht ein Lächeln ihre verhärteten Züge. Ihre Seelen, wie niedergetretene Blumen, richten sich auf, und ihre Augen glänzen …

Nanhoï jauchzt vor Freude auf, als er mich auf die Millionen winziger Kristalle aufmerksam macht, die im Asphalt in der Sonne wie Glühwürmchen flimmern.

Es ist bereits Abend und beinahe dunkel – als Nanhoï mit einem Jubelschrei über die Fahrbahn der Champs Elysées zeigt und alarmiert und dringend in die Richtung deutet, wo er auf der gegenüberliegenden Straßenseite im Schaufenster der russischen Luftfahrtgesellschaft Aeroflot das Modell einer Boeing 747 entdeckt hat. Er schleppt mich an der Hand über die Champs Elysées und ins Geschäft, um das Flugzeugmodell, das dreimal so groß ist wie er selbst, zu betasten. Aber die Angestellten der Aeroflot machen so verkniffene Gesichter und sind so unfreundlich, daß ich so schnell wie möglich mit Nanhoï aus dem Geschäft heraus will. Ich komme mir gemein vor, und es tut mir in der Seele weh, all meine Redekünste anzuwenden, um meinen Liebling von dem Flugzeug wegzulocken. Nie würde ich sonst meinen Babyboy von etwas wegzulocken versuchen, was ihm Freude macht. Aber noch mehr schmerzt es mich, wenn jemand zu Nanhoï unfreundlich ist und ihm etwas verweigert, wonach er seine Händchen ausstreckt. Warum stellt man diese Flugzeugmodelle denn aus? Für wen? Wenn nicht einmal ein kleines Kind sie berühren darf! O mein Nanhoï, der du mich auf deinen Flügeln durch dieses mörderische Ghetto trägst, das diese Kadaver Leben nennen der du mich über den grauenvollen Abgrund der Verzweiflung immer aufwärts hebst – zwei ›Segler blauer Unendlichkeiten‹ …

Ich flüstere Nanhoï das Zauberwort ins Ohr: »Karussell« – und es ist, als habe die Boeing 747 nie existiert.

Der Direktor der Cinémathéque in Paris, Bernard Langlois, fragt mich, welche 25 meiner Filme, die ich bisher gedreht habe, er ›mir zu Ehren‹ in der Cinémathéque vorführen solle. Ich sage: »Keinen.« Aber ich kann ihn nicht daran hindern, daß er ich weiß nicht welchen Müll 25 Tage lang im Kino der Cinémathéque vorführt.

Die Nächte in der Avenue Foch ohne Nanhoï sind schlimmer als alles, was ich bisher ertragen habe. Schlimmer als Gefängnis. Schlimmer als Irrenhaus.

Sobald ich ein Mädchen gefickt habe oder sie mir einen abgelutscht hat, will ich, daß sie sofort geht. Nuckelt eine so lange an mir herum, daß ich sie bei mir schlafen lasse und sie sich gar im Schlaf an mich ankuscheln will, stoße ich sie mit dem Fuß weg.

Einzig wenn Nanhoï die Nacht über mit mir ist und in meinem Bett in meinen Armen schläft, vergesse ich die Verdammnis, in der ich lebe. Dann wage ich die ganze Nacht nicht mich zu bewegen, um meinen Babyboy nicht aufzuwecken. Auch wenn ich selber eingeschlafen bin, rühre ich mich nicht im Schlaf. Nur meine Lippen küssen ganz, ganz vorsichtig und behutsam wie ein Hauch sein Köpfchen, das so zart und kräftig ist wie Fliederblüten und auch so duftet. Und auf das ich morgens, wenn er aufwacht, wilde, dicke, große Küsse drücke, wie in einen Arm voll Flieder. Dann klettert mein Babyboy auf mich, setzt sich auf mein Gesicht und spricht lange Tiraden in himmlischer Babysprache, die nur Babys verstehen, wobei er nachdrücklich mit den Ärmchen fuchtelt, als halte er eine Ansprache für all die anderen Babys auf der Welt – während derer er mitunter schrill quiekt oder schallend auflacht, als habe er einen Witz gerissen. Was ich in diesen Glücksstunden mit meinem Sohn empfinde, ist unmöglich zu schildern, denn alle Worte erweisen sich zu schwach und zu begrenzt.

Dann wieder die Öde, wenn Minhoï ihn abgeholt hat. Die Leere, in der ich keinen Gedanken fassen kann und nichts empfinde, und dann das plötzliche, grauenhafte Bewußtsein meiner Einsamkeit ohne Nanhoï und meiner Verzweiflungsqualen, aus denen ich keinen Ausweg sehe. Dann geht das Telefonieren los. Zuerst jeden Tag. Dann mehrmals täglich, stündlich. Das Gebettle, daß Minhoï mir meinen Sohn bringt. Die Streitereien. Schreiereien. Drohungen. Abhängen. Wieder wählen. Und wieder abhängen und wieder wählen. Bis Minhoï nicht mehr den Hörer abnimmt und ich, halb wahnsinnig, durch Paris laufe. Wenn es noch hell ist, das heißt noch nicht richtig dunkel, muß ich abwegige Nebenstraßen benutzen, um von niemanden gesehen zu werden. Ich will nichts reden, nichts hören, nichts sehen. Vor allem nicht diesen Portier mit dem Metzgergesicht. Ich bin überzeugt, er würde sich freiwillig zur Verfügung stellen jemanden aufzuhängen. Dann diese Nutten-Adligen und Ramsch-Millionäre, die einen vulgär und schamlos mit den Augen abtaxieren und nach dem Auto behandeln, das man fährt. Ich besitze kein Auto und kein Geld. Nicht einmal ein Gesicht, das ich vorzeigen kann, und bewohne eine Folterkammer.

Ist es draußen lichter Tag, womöglich sogar sonnig, muß ich die Stunden bis abends in diesem Zement-Massengrab verbringen. Von links nach rechts. Von rechts nach links. Im Kreis. Von rechts nach links. Von links nach rechts. Zwei Schritt ins fensterlose Klo und Bad. Und wieder raus. Auf den Beton-Balkon ohne Blumen. Nach oben gucken. Nach unten gucken. Nach links. Nach rechts. Auf all die anderen blumenlosen Balkons. Ich darf mich nicht zu weit über das Geländer beugen, weil der Portier vielleicht vor der Tür mit einem Rolls Royce-Chauffeur redet und dabei wie eine TV-Kamera seinen fetten Schädel dreht und wendet und seine Blicke ständig über die Vorderfront von Avenue Foch 33 schweifen läßt. Der Krach von der Straße stürzt sich von allen Seiten auf mich, so daß ich wie benommen zurücktaumele. Wenn ich dann den schweren Stahlrahmen der großen Glasscheibe zuschieben um dem tödlichen Strom des Verkehrs und den Preßlufthämmern zu entkommen, und das Schloß des Schiebefensters wie eine stählerne Zellentür einschnappt – kämpfe ich mit Wahnsinn und Tod. Einzig und allein Nanhoïs Liebe und meiner Liebe zu ihm habe ich es zu verdanken, daß ich bis jetzt dem Tode entronnen und nicht dem Wahnsinn verfallen bin.

Wenn es dunkel ist, renne ich wie ein gehetztes Wild durch schwächer erleuchtete Nebenstraßen. Das wird jedoch immer schwieriger, je mehr ich mich der Geschäftsgegend nähere, durch die ich unter allen Umständen durch muß und die grell neonerleuchtet ist. Dazu kommt das Trommelfeuer der Straßenbeleuchtung und die Scheinwerfer der Autos. Auf der Avenue George V. und den Champs Elysées wird es zum regelrechten Spießrutenlaufen, aber ich bin gezwungen, beide zu überqueren – selbst wenn ich es weiter unten an den Quais täte, was einen Umweg bedeuten würde. In jedem Fall stoße ich so oder so auf die Quais, an denen ich, soweit es möglich ist, unterhalb am Ufer der Seine entlanglaufe. Abends, und vor allem wenn es regnet, treibt sich außer Landstreichern dort kein Mensch herum. Man sieht zwar im Dunkeln nicht die viele Hundescheiße, und man stolpert ständig über Müllabfall und Gerümpel, an dem man sich die Knochen anschlägt – aber das wäre alles ohne Bedeutung, wenn ich nur nicht bei den Brücken immer wieder vom Ufer auf die belebten und aggressiv beleuchteten Straßen müßte. Dennoch ist dieser Weg die einzige Möglichkeit, am wenigsten gesehen zu werden. Außerdem ist es der Schnellste. Nachdem ich die zirka zehn Kilometer die meiste Zeit im Laufschritt zurückgelegt habe, verschwinde ich in der Toreinfahrt von No. 80 Rue d'Isle St. Louis und schleiche atemlos die fünf Stockwerke zu Minhoïs Wohnung hinauf. Obwohl das uralte Haus als einziges auf der ganzen Isle St. Louis einen Fahrstuhl hat, benutze ich die Treppen. Der vergammelte Fahrstuhl macht einen solch ohrenbetäubenden Lärm, vor allem wenn er stoppt, daß es sich anhört wie das Rangieren von Viehwagen, wenn die Stahlpuffer aufeinander prallen. Außerdem ist es möglich, daß auf einem der anderen Stockwerke jemand bereits auf den Knopf gedrückt hat und der brutale, greisenhafte Fahrstuhl auf dem Weg zum 4. Stock vorher auf einem anderen Stockwerk hält. Dann würde ich einem der Hausbewohner begegnen. Die Hausbewohner kennen mich alle und machen sich vielleicht über meine Lage lustig. Außerdem ist die Fahrstuhlkabine so eng, daß zwei Personen gar keinen Platz haben, außer wenn sie sich fest aneinander schmiegen. Vielleicht hat sogar jemand im 4. Stock auf den Knopf gedrückt. Vielleicht sogar Minhoï. Oder Minhoï ist in der Küche, die der Wohnungstür am nächsten liegt. Oder sie ist auf dem Flur oder im Eßzimmer oder im Wohnzimmer. Aber selbst in ihrem Schlafzimmer oder von Nanhoïs Kinderzimmer aus, das ganz am Ende der Wohnung liegt, würde sie den unerträglichen Krach, den dieses Grauen von einem Fahrstuhl verursacht, hören – der Ruck des Anhaltens ist so zerstörerisch, daß die Wände des Treppenhauses davon Risse haben. Ganz automatisch würde sie aufhorchen, ob jemand in den Fahrstuhl einsteigt, oder ob jemand aussteigt. Und ob die Person zu ihr will und jeden Augenblick den Klingelknopf drücken wird – oder ob es einer der Nachbarn ist. In dem Fall würde sie kurz nach Ankunft des Fahrstuhls Schlüsselgerassel, Tür aufschließen und Tür zuschlagen der entsprechenden Wohnungstür hören. Andererseits könnte es sich nur um jemanden handeln, der zu einem der Nachbarn oder einer ihm bekannten Person will. In diesem Fall würde er die Klingel zu der entsprechenden Wohnung drücken. Würden diese Minhoï vertrauten Geräusche, die nach Ankunft des Fahrstuhls im 5. Stock eine logische Folgerung ergeben, ausbleiben, so könnte sie mißtrauisch werden. Unter keinen Umständen darf ich riskieren, daß Minhoï womöglich plötzlich die Tür aufreißt. Niemals darf sie auch nur ahnen, daß ich des öfteren hierher komme, ohne mich vorher angemeldet und ihre Erlaubnis erlangt zu haben. Ich komme mir vor wie jemand, der eine Untat begangen hat und sich verstecken muß. Ist es ein Verbrechen, daß ich meinen Sohn so liebe, daß ich ohne ihn nicht leben kann? Wie beneide ich all die anderen Väter, die, wenn sie nach Hause kommen, ihren Sohn auf die Arme nehmen können und ihn küssen und küssen und immer wieder küssen dürfen, so oft sie wollen. Sich zu ihm auf den Boden setzen, wo er spielt. Ihn auf dem Rücken reiten lassen. Sich in sein Bettchen hinunterbeugen – ihn aus dem Bettchen heben – die strammen Kinderärmchen fühlen, die sich um seinen Nacken schlingen. Ihn liebkosen, an sich pressen, mit ihm herumrollen, bis beide erschöpft von Spiel und Lachen vor Glück zusammenbrechen und Mund an Mund einschlafen … Ihn auf den Schoß nehmen beim Füttern, auch wenn er längst den Löffel halten und allein essen kann. Die Lippen auf sein warmes, duftendes Hinterköpfchen drücken … Ihn dann in die Heia bringen – warten bis er eingeschlafen ist, nachdem sie ihnen eine Geschichte erzählt und ein Wiegenlied gesungen haben …

Ich stelle mir vor, wie das sein würde, wenn ich jetzt atemlos zwei, drei Stufen auf einmal nehmen, schon von weitem, schon vom untersten Treppenabsatz laut Nanhoïs Namen rufen dürfte … Und dann mit beiden Fäusten und mit den Füßen fast wahnsinnig vor Ungeduld gegen die Wohnungstür donnern würde, bis Minhoï oder mein Sohn die Tür aufreißt, weil wir es gleichermaßen nicht erwarten können uns ineinander zu verschlingen und uns mit Küssen zu überschütten … Statt dessen muß ich lautlos schleichen. Den Atem anhalten. Mich nicht rühren. Mich ducken. Mich auf halbem Stockwerk flach an die Wand ansaugen. Mich auf den Boden werfen, mit dem Gesicht im Dreck – wenn plötzlich auf verschiedenen Stockwerken Personen aus ihren Wohnungen kommen und ich auf halbem Stockwerk bin. Benutzt noch jemand außer mir die Treppe, weil der Fahrstuhl so lange braucht oder besetzt ist oder überhaupt nicht funktioniert, muß ich in Windeseile ganze Stockwerke wieder herunterschleichen und mich bei den Müllkästen verstecken, bis die Person aus dem Haus ist. Dann schleiche ich die fünf Stock wieder hinauf. Auf jedem Stockwerk muß ich darauf gefaßt sein, daß eine Wohnungstür, an der ich vorüberschleichen muß, plötzlich aufgerissen wird. Ich weiß nie, ob ich durch die Gucklöcher der Türen beobachtet werde.

Im 5. Stock lausche ich zuerst in Richtung der beiden Nachbartüren. Nehme ich hinter den Türen Geräusche wahr, versuche ich sie zu deuten und mir ein Bild zu machen, was die Person tut, die das Geräusch verursacht. Was sie vorhat. Ob die Geräusche darauf hindeuten, daß die Person vielleicht bald die Tür öffnen wird. Regt sich nichts, darf ich mich davon nicht täuschen lassen und muß die Türen akustisch unter ständiger Kontrolle haben.

Vom obersten Treppenabsatz bis zu Minhoïs Wohnungstür ist es ein einziger Schritt. Nach der ersten Hälfte des Schrittes auf Zehenspitzen mache ich eine lange Pause – weil der wurmstichige Holzfußboden knarrt und ich erst sicher sein muß, daß Minhoï mich nicht gehört hat und nicht womöglich hinter der Wohnungstür steht und jede meiner Bewegungen verfolgt. Dann tue ich die zweite Schritthälfte, das heißt ich ziehe den zurückgebliebenen Fuß ganz leise über dem Boden nach und verteile mein Gewicht wieder auf beide Füße, während ich die Fersen vorsichtig zu Boden senke, so daß ich wieder voll auf meine beiden Fußsohlen zu stehen komme. Auch das muß ganz langsam geschehen, weil selbst die Übertragung meines Körpergewichts von den Zehenspitzen auf die Fußsohlen die Dielen zum Knarren bringen kann. Jetzt bin ich so nah an der Tür, daß ich sie fast mit dem Mund berühre, und taste sie mit meinen Fingerspitzen ab wie es Blinde, Taubstumme tun, die sich nach Vibrationen orientieren und auf diese Weise Geräusche und sogar gesprochene Worte empfangen. Ich lausche mit meinem ganzen Körper ..., ob ich Nanhoïs Stimme höre, oder sogar sein Lachen ... Das Trippeln seiner Füßchen ... die Räder seines kleinen Holz-Dreirads auf dem Steinboden des Flurs ... seinen auftippenden Ball, der gegen die Türfüllung bumst ... das Klappern eines Löffels oder seines Kindertellers, falls er an seinem Tischchen sitzt ... Bauklötzchen ... Brumm-Kreisel ... ein Gummitier, das quietscht, wenn er darauf tritt oder es in seinen Fäusten quetscht ... atmen ...

Aber ich will nicht unverschämt sein. Ich bin schon froh und dankbar, wenn ich durch die geschlossene Küchentür höre, daß Nanhoï auf dem Abfalleimer steht, wo Minhoï ihn immer raufstellt, damit er beim Kochen zugucken kann. Wenn ich nur wenigstens Minhoï Geräusche machen höre. Irgendein Geräusch. Damit ich weiß, daß sie da sind! Einen Kochtopfdeckel. Den Wasserhahn am Abwaschbecken. Die Spülung vom Klo. Ein Fenster. Eine Schublade. Feg-Geräusche. Wäsche waschen. Egal was. Nur zu wissen, daß sie mir nahe sind. Dann ist alles gut. Mein Gott! Ich glaube, Nanhoï steht direkt hinter der Tür! Er tut das oft und verharrt dort lange, indem er ein winziges Teilchen von irgend etwas betrachtet, das er gefunden hat, manchmal kleiner als ein Stecknadelkopf. Ich lasse mich behutsam auf meine Knie herunter – genau dorthin, wo ich mit meinen Fingerspitzen fühle, daß sein halb geöffnetes feuchtes Kindermündchen sich befinden muß – und presse meinen Mund auf das graulackierte Holz. Der Terpentingestank sticht mir in die Nase und reizt meine Schleimhäute. Während nur noch ein Zentimeter Holz meine Lippen von den Lippen meines Babyboys trennt, der seinen Mund von der anderen Seite auf das Holz der Türfüllung preßt ... Ich höre kleine Wörtchen perlen, in französisch, die ich nicht verstehe ... und dann zwei Silben, die mir in die Seele schneiden und mich so unsagbar glücklich machen: »Pa-pa ...«

Der Schock des Fahrstuhls ist wie das Fallbeil einer Guillotine – als hätte ich für die ganze Zeit zu meiner Hinrichtung gekniet. Im Augenblick, wo ich die Eisengitter sich öffnen höre, stürze ich auf Zehenspitzen die fünf Stock herunter. Ob alles nur Einbildung gewesen ist? Ich werde es nie erfahren. Und wenn Minhoï im Fahrstuhl war, die mit Nanhoï nach Hause kam? Normalerweise hätte ich durchs ganze Treppenhaus sein Stimmchen hören müssen. Aber oft ist er vom Spielen so erschöpft, daß er in Minhoïs oder meinen Armen einschläft und wir ihn direkt bis ins Bettchen tragen. Ich höre Türaufschließen, aber ich kann von hier unten nicht sagen, welche von den drei Türen im 5. Stock aufgeschlossen wird.

Bevor ich die zehn Kilometer bis zur Avenue Foch zurücklaufe, renne ich über die Brücke, die die Isle St. Louis mit Notre Dame verbindet und über die Straße zu dem kleinen Park der Kathedrale. In dem selbst die Blumenbeete eingegittert sind. Und in dem ein Polizist schrill auf seiner Trillerpfeife pfeift, sobald ein kleines Kind einen Ball mit dem Fuß stößt. Und der die Mutter mit ihren Kindern aus dem Park verjagt, sobald die Kirchturmuhr Sperrstunde schlägt, und dann wie ein Gefängniswärter die eisernen Tore des Parks dieser infamen Kathedrale von Notre Dame zuschließt. In diesem Park, der ganz und gar mit Gittern umgeben ist und der nicht größer ist als ein Hektar, befindet sich ein kleiner Buddelplatz, auf dem Nanhoï oft buddelt. Aber hier stehen vor allem die Schaukeln. Nicht wie die im Lunapark, die sich völlig überschlagen und die ein Mindestalter erfordern. Diese hier sind für kleine Kinder, schaukeln aber ziemlich hoch, und jedes Kind muß sich mit einem Strick anknoten lassen.

Nanhoï ist völlig berauscht von diesen Schaukeln, und es ist das erste, wohin er mich zerrt, wenn wir in den Park gehen.

Ich komme oft heimlich hierher, um Nanhoï vielleicht hier bei den Schaukeln oder auf dem Buddelplatz zu finden und ihn wenigstens, wenn auch nur von weitem, zu sehen. Dann muß ich mich hinter den auf der Straße parkenden Autos verstecken, oder hinter anderen Spaziergängern, oder muß mich hinter fremden Kinderwagen ducken, damit Minhoï mich nicht entdeckt. Oder ich schleiche mich durch das Gebüsch, von dem die Kathedrale umgeben ist, so nah als möglich an den Buddelplatz heran und kann manchmal meinen Sohn durch die Zweige buddeln sehen. Dann würde ich zu gerne ›Pssst!‹ machen und meinen Babyboy zu mir ins Gebüsch heranwinken. Aber das würde ja auffallen, denn keine Mutter läßt hier ihr Kind auch nur einen Moment aus den Augen. Ich weiß, daß es albern ist, Nanhoï um diese Zeit im Park zu suchen. Das Gittertor ist bereits mit der schweren Kette zugeschlossen. Dennoch irren meine Augen umher und suchen jede Richtung ab, um vielleicht doch Minhoï und Nanhoï zu erspähen. Sogar wenn eines dieser Touristenschiffe für Stadtrundfahrten unter der Brücke durchfährt, versuche ich unter den vielen Passagieren, die immer alle zu den Brücken hochsehen, Minhoï und Nanhoï zu entdecken. Dann würde ich von der Brücke zu ihnen hinunterwinken. Und wenn sie mit dem Schiff unter der Brücke verschwanden, dann würde ich schnell über die Straße zum gegenüberliegenden Brückengeländer rennen und sehen, wie sie auf der anderen Seite der Brücke wieder hervorkommen. Und ich würde an den Quais mit dem Schiff mitlaufen, so schnell ich kann, und nicht aufhören zu winken, bis das Schiff hinter einer Biegung der Seine sich meinen Blicken entzieht.

Ich glaube jedoch nicht daran, daß sie auf einem der Schiffe sind, aber ich klammere mich an alles, was mir in meiner Ausweglosigkeit in den Sinn kommt. Und sei es noch so absurd.

Ich finde sie nirgends, wie schon so oft. Ich weiß nicht mehr, wohin ich mich wenden soll und laufe unten an den Quais bis zur Avenue George V. und dann über groteske Umwege durch möglichst dunkle und unbelebte Straßen bis zur Avenue Foch. Als ich No. 33 von weitem sehe, scheue ich wie ein Pferd und weigere mich weiterzugehen. Mir ist als würde ich freiwillig in mein Grab steigen. Was soll ich tun? Wo soll ich hin?!! hämmert es in meinem Schädel, als ich im Bois de Boulogne in ein Dickicht krieche und erschöpft und verzweifelt in Schlaf falle.

Agenten in den Usa bieten mir an, die Hauptfigur in Arthur Millers neuestem Stück am Broadway in New York zu verkörpern. Ich lehne ab. Ich glaube dieser Arthur Miller ist derselbe arrogante, aufgeblasene, beschränkte Miller, der zu Marilyn Monroe so gemein war. Das Stück ist ein ›Schmerz im Arsch‹. Nichts als Geschwafele über dümmliche Pflichten, verkorksten Sex, sozialistische Stuhlgangverstopfung und angebliche Freiheit. Und was diese Provinzler als ›Höchstgage‹ bezeichnen! Wie kann man so einen Müll dem Publikum vorsetzen?!

Die Mädchen, die zu mir in die Avenue Foch kommen, kümmert es nicht, daß ich meist so traurig bin und oft überhaupt kein Wort rede. Tatsächlich bin ich mit meinen Gedanken nicht bei ihnen. Eine geht selbst dann nicht weg, als ich sie beschimpfe und sogar ohrfeige. Sie will und will, daß ich sie ficke. Immer wieder und mehrmals hintereinander, möglichst Tag und Nacht.

Mehr französische Filme. Ich weiß nicht wie viele, ungefähr zehn insgesamt oder zwölf, vielleicht mehr. Ich frage nicht nach den Titeln oder Regisseuren. Wichtig ist, daß ich wieder Geld habe. Ich kaufe einen Allrad-Antrieb-Range Rover. Endlich ist Platz für Nanhoï und seine Spielsachen.

Jedesmal wenn ich jetzt Nanhoï sehe, sagt er mir, daß er mit Mami nach Ägypten reisen wird. Mit großer Anstrengung und Konzentration formt er wieder und wieder die zwei für ihn so schwierigen Silben – als probe er zwei schwierige Töne auf einer Flöte – triumphierend, daß es ihm gelingt: -E-gg–y-pt.

Die letzten Tage vor ihrer Abreise darf ich bei Minhoï und Nanhoï wohnen, und auch die drei Wochen, die sie in Ägypten sein werden. Drei Wochen! Es ist das erste Mal, daß ich so lange Zeit von Minhoï und Nanhoï getrennt sein werde. Es gelingt mir nicht, es mir vorzustellen.

Bis zu seiner Abreise kann ich jedenfalls meinen Babyboy den ganzen Tag lang sehen. Mit ihm spielen, herumtollen, lachen. Ihm heimlich Kuchen kaufen, Schokolade und Eis. Ich kann ihn an- und ausziehen und waschen. Ihn füttern. Ihn aufs Töpfchen setzen. Ins Bettchen bringen. Ihn in den Schlaf singen – warten, bis er einschläft – und dann, wenn er eingeschlafen ist, lange vor seinem Bettchen knien und seinem Atem lauschen. Ihn zudecken, wenn er im Schlaf die Decke wegstrampelt. Manchmal schlafe ich vor seinem Bettchen auf den Knien ein ... bevor ich mich auf Zehenspitzen aus dem Zimmer schleiche. Wenn ich aus dem Zimmer bin, bleibe ich zuerst lange Zeit hinter der angelehnten Tür stehen, für den Fall, daß er wieder aufwacht und damit ich dann sofort zur Stelle bin. Aber meist wacht er schon auf, bevor ich aus dem Zimmer schleiche. Bis in seine Träume spürt er, daß ich mich von ihm löse – wenn ich versuche meinen Finger aus seinem Fäustchen herauszuziehen, weil ich an seinem Atem höre, daß er schläft –, denn selbst wenn er eingeschlafen ist, packt seine Faust noch immer meinen Finger, als wollte sie ihn nie mehr hergeben. Dann singe ich wieder und wieder ›Schlafe mein Prinzchen, schlaf ein ...‹, immer wieder, oder ›Schlafe, schlafe, süßer holder Knabe ...‹, bis er wieder eingeschlafen ist. Oder ich trage ihn auf meinen Armen im Zimmer umher und wiege ihn ein. Wenn er dann eingeschlafen ist, muß ich ihn noch lange Zeit im Arm behalten – weil der Schlaf noch zu frisch ist, noch zu zart – das hauchdünne Gewebe des Schlafs würde zerreißen, löste ich ihn zu früh aus meiner Umarmung los. Was gäbe ich darum, könnte ich mit Nanhoï in sein Kinderbettchen hinunterschweben und, so klein wie er, neben ihm liegen und die ganze Nacht seinen nach Blüten duftenden Körper umschlingen, meinen Mund mit einem nie endenden Kuß an seinem Köpfchen.

Als ich Minhoï und Nanhoï zum Flugplatz bringe, ist mir noch immer nicht klar, was mir bevorsteht. Erst auf dem Rückweg nach Paris entsteht plötzlich eine grauenhafte Leere auf der Erde, als ich mir vorstelle, daß Minhoï und Nanhoï jetzt 10 000 Meter hoch in der Luft sind und sich immer mehr von mir entfernen. Das ist alles, was ich denken kann. Wenn mir bloß etwas einfiele. Meine Gedanken sind wie das Gewimmel von Würmern ...

Da ist dieses krauslockige Mädchen, das mich nach der Vorführung meines japanischen Films in Leluochs Club 13 angespro-

chen hat. Die schwarzen Locken ihrer Haare verrenken sich wie
eine Schlangenbrut. Tiefliegende Augen-Schlitze, über denen die
Brauen wie schwarzer Draht zusammenwachsen. Die aufge-
stülpte Nase öffnet ihre Nüstern und hebt die Oberlippe gierig in
der Mitte an. Die entblößten Schneidezähne sind an der Bißkante
nach oben ausgerundet, wahrscheinlich vom zu langen Daumen-
lutschen. Jetzt ideal für Schwänze ...
  Ich hole sie bei ihren Großeltern ab. Auf dem Rückweg müssen
wir am Bois de Boulogne vorbei. Ich parke auf dem erstbesten
Fleck gleich nach der Einfahrt, weil wir es beide nicht abwarten
können. Als ich ihr auf dem Rücksitz die Kleider runterreiße, erscheint das Gesicht eines Mannes am Seitenfenster. Es bleibt mir
gerade so viel Zeit, um ihren Körperbau zu sehen: Knochig ...
kindhafter Oberkörper, von Titten nicht zu reden ... Heiße, rauhe,
gespannte Haut ... Ausgeformtes Becken ... Feste, kleine spitzzu-
laufende Arschbacken ... Der Mann drückt sein Gesicht geil an
die Fensterscheibe. Ich weiß, viele Männer tun das. Sie treiben
sich an solchen Plätzen herum, nur um anderen beim Ficken zuzusehen, und alle onanieren dabei. Okay. Ich steige ohne Hosen
auf den Fahrersitz zurück – während das Mädchen nackt bleibt
und sich mit meiner Hose bedeckt. Als hätte ich die Orientierung
verloren, fahre ich immer im Kreis, unentschieden, wohin ich den
Wagen dirigieren soll – von Geilheit fast gelähmt, wie ein Kater in
der Paarungszeit.
  Ich fahre über den Bürgersteig auf einen Reitweg und halte an.
... ihr Körper ist behaart. Nicht dicht behaart, aber überall ...
Harte schwarze Haare krabbeln ihr bis auf den Bauch. Aus den
Achselhöhlen. Über Arme, Beine. Über den Nacken, über die Wirbel ihres Rückgrats bis in die Arschritze ... Wieder treiben sich
Männer um das Auto herum und tauchen in die Schatten der an-
brechenden Dunkelheit. Sie müssen uns gefolgt sein. Vielleicht
auch nicht, der Park ist voll mit ihnen. Es bleibt uns nichts übrig,
als es woanders zu versuchen. Also auf die Schnellstraße. Egal
wohin. Ich muß umgehend meinen Samen in das Mädchen spritzen. Als ich glaube, daß wir die Verfolger abgeschüttelt haben,
nehme ich die erste Ausfahrt in eine Richtung, wo möglichst
wenig Lichter brennen.
... ihr kleines Fötzchen ist stramm und beinahe rund wie eine

Waldmaus ... Da! Wieder ein Gesicht? Diesmal an der rückwärtigen Fensterscheibe ... Ich kann es nicht mehr zurückhalten und drücke meinen Bohrer vertikal in ihre Maus. Das Mädchen, das Gesicht ordinär entstellt, die Augenschlitze fest geschlossen, schreit und schreit ... Sie weiß nicht, daß ein Mann am rückwärtigen Fenster uns beim Ficken zuschaut. Sie ist, nur auf Schulterblätter und Nackenwirbel aufgestützt, tief in den Rücksitz eingesunken – die gespreizten Beine hoch über dem Kopf, stößt sie den freischwebenden Unterleib nach oben und schreit und spritzt und schreit und spritzt und spritzt und spritzt ... Dann fahren wir in Minhoïs Wohnung und ficken die ganze Nacht.

Als sie gegen Morgen aus unergründlichen Motiven von Kommunismus redet, schmeiße ich sie raus.

Seit Minhoï und Nanhoï nach Ägypten geflogen sind, habe ich keine Nachricht von ihnen und bin ohne jede Verbindung. Weder Adresse noch Telefon noch Namen von Hotels, ja ich weiß nicht einmal, in welchem Teil von Ägypten sie sich jetzt befinden. Minhoï wollte tief hinunter in den Süden und außerdem mit einem Fisch-Segler den Nil entlang. Und plötzlich ist mir, als habe ich in den letzten Tagen mehrmals das Wort Ägypten ausgesprochen, gehört oder gedruckt gesehen. Wo man hinsieht, Schlagzeilen über Flugzeugabstürze. Zugunglücke. Hijacker. Ich lese keine Zeitungen. Aber die Schlagzeilen versuchen heimtückisch sich zu übertragen wie hochgradige, ansteckende Seuchen, als warteten sie auf jemanden wie mich, dessen überaus reizbarer und gespannter Zustand schon an Paranoia grenzt und dessen Nerven empfindlich angegriffen sind, was ihn besonders anfällig macht.

Auch in der Wohnung nur Bruchstücke von TV-Nachrichten, die ich nie bewußt anstelle sondern immer aus Versehen. Ich kenne mich nicht mit den Knöpfen aus und drücke oft die falschen. Ich verstehe nie, wovon die Nachrichtensprecher reden und kann mir keinen Sinn aus dem Konsumscheiß machen, wie gesagt, es sind immer nur Bruchstücke.

Diesmal ist mir, als habe ich das Wort ›Ägypten‹ aufgeschnappt, oder habe ich es auf einer Titelseite als Schlagzeile gesehen? Ich bin mir nicht im klaren. Ich kaufe alle Zeitungen und höre mir im Fernsehen diese physisch ekelerregenden, sadistischen, masochistischen Nachrichten über den Müll der Menschheit an – bis ich es nicht mehr ertrage und mir die Fäuste in die Ohren bohre, um diese gemeinen Stimmen nicht mehr zu hören. Diese Stimmen!!!!!!!!! Unpersönlicher und mißtönender als Pest-Fürze, die Brechreiz erzeugen und einem das Gehör verdrecken, die Flurschaden anrichten in Gehirnen. Aber weder in Zeitungen noch in den TV-Nachrichten etwas von Ägypten. Und doch könnte ich schwören, daß ich immer wieder das Wort Ägypten gehört oder gelesen habe. Vielleicht war es schon vor Tagen, Nachrichten haben ja nur eine kurze Lebensdauer. Vielleicht war es auch in einem anderen Leben. In meinem Zustand hat man keine Kontrolle mehr über Zeit und Logik. Wer hat überhaupt Kontrolle? Und über was?

Minhoïs und Nanhoïs Ansichtskarte von den Pyramiden brauchte 16 Tage bis Paris. Wer weiß, wo sie in diesem Augenblick stecken!

Es ist spät abends, als der Telegrammbote klingelt und mir ein Telegramm von Minhoï zustellt, in dem sie ihre Ankunft mit Nanhoï ankündigt.

Am liebsten würde ich jetzt schon, jetzt gleich, sofort, drei Tage im voraus zum Flugplatz fahren, dort übernachten und auf sie warten.

Ich bin noch immer zwei Stunden zu früh am Flugplatz. Ich verstehe kein Wort von dem Gekrache und Geblöke, das aus den Lautsprechern kommt, die jedesmal die Landung einer Maschine ankündigen. Auch auf die Bildschirme, auf denen Airline, Flugnummer, Ankunft und Verspätungen angegeben werden, verlasse ich mich nicht. Ich laufe ununterbrochen von Exit zu Exit und kontrolliere jeden Passagier, egal mit welchem Flugzeug er gelandet ist.

Ich hatte recht. Viel früher als die Passagiere ihres Fluges zu erwarten waren, schiebt Minhöi den Stroller mit Nanhöi zügig, fast laufend in Richtung Treppe, die zur Gepäckausgabe führt. Zuerst kann ich von Nanhöi kaum sein winziges Köpfchen sehen. Er ist so klein! Bei der Abreise wirkte er viel größer, weil seine vollen, langen Haare ihm bis weit über die Schultern wuchsen. Jetzt sind sie ganz kurz geschnitten, fast geschoren, wie bei einem kleinen Lämmchen. O mein Babyboy, wie bist du süß!! Ich nehme ihn aus dem Stroller und wir küssen uns und ich lasse ihn bis zu Minhoïs Wohnung, wo ich ihn ins Bettchen bringe, nicht mehr aus meinen Armen.

Minhoï sagt, daß die Wohnung in der Avenue Foch herausgeworfenes Geld sei, da ich jetzt die meiste Zeit über in ihrer Wohnung zubrächte. Aber weder sie noch ich geben uns der Täuschung hin. Je länger ich bei ihr wohne, um so öfter gibt es Streit. Und je öfter es Streit gibt, um so öfter gehen wir aufeinander los und um so maßloser, gewaltsamer, schrecklicher werden unsere Beschimpfungen und Schlägereien. Nicht wie bei Ehepaaren, die nur noch aus Gewohnheit zusammenleben und sich hassen, weil sie sich nicht mehr interessieren und sich deswegen nicht mehr ertragen können. O nein. Im Gegenteil. Aus Leidenschaft und brennender Sehnsucht. Aus Eifersucht. Aus Verdacht. Aus Liebe. Aus Verzweiflung. Aus der Beschuldigungen und Rache entstehen, die sich in Raserei verwandeln.

Wenn wir in Nanhoïs Gegenwart aufeinander losgehen, weil wir beide explosiver sind als Nitroglyzerin, oder wenn er uns schreien hört und ins Zimmer stürzt, wirft er sich zwischen uns, um uns zu trennen – wobei er jeden von uns mit seinen Fäustchen packt, sich breitbeinig mit dem linken und den rechten Fuß gegen unsere Schuhe stemmt und uns auf diese Weise auseinander hält. Bereit, uns Fußtritte zu versetzen, sollten wir es wagen, von neuem aufeinander loszugehen.

Dann sind wir dermaßen überwältigt und erschüttert von der Weisheit unseres kleinen Kindes, von seiner Güte und von seiner Liebe, daß wir uns schämen und aufhören, uns gegenseitig weh zu tun.

Ist Nanhoï Zeuge, daß wir uns küssen, oder umarmen, oder nur liebevoll berühren, dann umklammert er unsere Beine und zerrt uns drei zu einem Leib zusammen, als wollte er nicht zulassen, daß wir uns jemals wieder trennen.

Minhoï kann die Erschütterungen, die ich ihrer Seele zufüge, nicht mehr ertragen. Das ›gewaltsame Auf und Ab‹, wie sie es nennt. Sie sagt, daß ich sie erdrücke. Sie wirft mir vor, daß ich von Anfang an alles für sie entschieden habe. Ihre Kleidung, ihr Make-up, ihre Haare, den Lack ihrer Fingernägel, ihre Unterwäsche, alles. Ich habe es nicht so gesehen. Ich habe nichts für sie ›entscheiden< wollen. Ich wollte sie weder *bevormunden* noch *unterdrücken*. Ich wollte sie niemals in ihrer Freiheit einschränken – ich, der ohne Freiheit nicht leben kann! Heute begreife ich, daß Eifersucht Sklaverei ist für jeden von uns. Was die Bevormundung und Vergewaltigung anbetrifft, so ist es nichts anderes als der nie ruhende Schaffungsprozeß: zu formen, zu zerstören, neu zu formen, zu verändern, alles, immerzu und ohne Unterlaß. Das heißt aber nicht, daß ich Minhoïs Fantasie, ihre Ideen, ihr Talent, ihre Wünsche und Entscheidungen nicht gelten lasse oder sogar ausschließe. Picasso hat selbst am Badestrand mit Fingern in den Sand gemalt. Es ist der Schöpfungsprozeß, der weitergeht. Ich kann gar nichts dagegen tun, es geschieht einfach.

Minhoï sagt: »Alles an dir ist zu viel!« Das sind ihre Worte, die ich seit Jahren höre und die ich nicht mehr hören kann. Schon als kleines Kind hat man mir gesagt, daß ich ›nicht Maß halten‹ kann.

Minhoï sagt, ich hätte »zu viel« Liebe. »Zu viel« Gefühl. »Zu viel« Leidenschaft. Meine Sehnsucht, mein Verlangen seien »zu groß«. Ich sei »zu sensibel«. »Zu empfindsam.« »Zu schnell in meinen Reaktionen.« »Zu gewaltsam.« »Zu wild.« »Zu ausgelassen.« »Zu fröhlich.« »Zu albern.« »Zu traurig.« »Zu laut.« »Zu leise.« »Zu schlecht.« »Zu gut.« »Zu weichherzig.« »Zu erbarmungslos.« »Zu zärtlich.« »Zu brutal.« »Zu«, »ZU«, »ZU«, »ZU«, »ZU«, »ZU«, »ZU«, »ZU«, »ZU …«.

Es gibt doch gar kein ›zu viel‹. Jedenfalls nicht an Leidenschaft. Nicht an Sehnsucht und Verlangen. Nicht an Liebe. Für mich zählt nur Liebe, Sehnsucht, Leidenschaft. Für mich zählen nur die Liebesworte. Nicht die Beschimpfungen und Beleidigungen. Für mich zählt nur Zärtlichkeit, nicht Brutalität und Härte. Aber man muß erkennen, daß die Schöpfung selbst aus erschütternden Gegensätzen besteht – daß Erdbeben, Hurrikans, die tobende See auch Prozeß des ewigen Gebärens sind – und daß die Seele mit den Schmerzen des Gebärens vertraut werden muß – so wie Minhoï keine Schmerzen empfunden hat bei Nanhoïs Geburt.

Eine englische Produktion will mit mir das Leben des größten Tänzers aller Zeiten, Nijinski, verfilmen und in Co-Produktion mit Rußland, mit dem Bolschoi-Ballett in Moskau drehen. Co-Produktionen mit Rußland dauern eine Ewigkeit, bis sie zustande kommen. Möglicherweise wird der Film nie gedreht werden.

Ich folge Minhoï wie ein Trottel, wenn sie auf Märkten oder sonstwo Einkäufe macht. Dann kann ich meinen Babyboy auf meinen Armen tragen, ihn in seinem Stroller schieben, ihm was zustecken, ein Stückchen Schokolade oder einen Keks. Auf jeden Fall kann ich ihn sehen, streicheln, küssen und ihn lachen hören. Um mit Nanhoï zusammen sein zu können, ertrage ich jede Demütigung und lasse mich von Minhoï herumkommandieren und übers Maul fahren. Aber je mehr ich mir gefallen lasse, um so schlimmer werden unsere Streitereien.
    Wieder schickt Minhoï mich in die Avenue Foch zurück und will nicht, daß ich zu ihr und Nanhoï in die Wohnung komme.
    Manchmal treffe ich beide auf der Straße. Dann streckt Nanhoï mir von weitem seine Ärmchen entgegen und will sich aus dem Stroller herausspiralen, um auf meine Arme zu klettern. Ich küsse ihn schnell so fest und so oft es mir gelingt – bevor Minhoï ihn eilig weiterschiebt.

›Das Roland-Lied‹. Diese elende Pilgerei aus dem Mittelalter. Das Arschloch von ›Regisseur‹ hat nicht einen Funken von Talent, anstelle dessen führt er beleidigende und anödende Reden über alle Leute mit Geld – zu blöde zu begreifen, daß es die Leute mit Geld sind, durch die ein Stümper wie er, der ›Kommunist‹ Cassenti, die unbegreifliche Möglichkeit hat, überhaupt einen Film zu drehen. Was sich abspielt, ist nicht zu beschreiben, und ich weiß nicht, welches Schicksal ihn davor bewahrt hat, daß ich ihm nicht die Fresse eingeschlagen habe. An der Gurgel gepackt habe ich ihn des öfteren. Der einzige Trost ist, daß auch dieses erbärmliche Herumgekrieche zu Ende geht.

Minhoï hat einen Scheidungstermin erreicht, und ich habe eine Vorladung zum Gericht. Ich sträube mich, das Gerichtsgebäude zu betreten. Aber ich habe keine Wahl, weil ich im Augenblick keinen eigenen Anwalt bezahlen kann.
    Als ich in das Gerichtsgebäude eintrete, mit seinen klebrigen Schatten, ist mir als betrete ich ein Schlachthaus an einem Ruhe-

tag. Als ich im obersten Stockwerk in dem Raum ankomme, in
dem Minhoï und ich geschieden werden sollen, haftet der Wahnsinn dieser ganzen Menschheit an mir wie kalter Schweiß.

Der Richter faselt zuerst von irgendeinem Film, den er mit mir
gesehen hat. Ich brülle ihn an und stürze aus dem Raum, weg,
weg, weg!!! Minhoïs Anwalt holt mich auf dem Korridor ein und
sagt, daß der Richter mich einsperren läßt, wenn ich ihn noch einmal anbrülle und weglaufe.

Minhoï ist sehr geniert. Sicher schämt sie sich für das, was hier
passiert. Schließlich sagt der Richter, daß wir es noch einmal versuchen sollen, vor allem wegen unserem kleinen Sohn. Die Scheidung wird sechs Monate auf Probe ausgesetzt.

Studenten und Studentinnen schreiben mir, daß sie für ihre
Doktorarbeit mich, Kinski, gewählt haben. Es sind bereits drei
oder vier. Das scheint eine Epidemie zu werden. Andere wollen
Bücher über mich schreiben. Wieder andere zeichnen Comic-
books oder schicken mir Gedichte. Ich werfe das Zeug in den
Mülleimer.

Der Zigeuner Manita de Plata ist der größte Gitarrenspieler der
Welt und mein Freund. In der Kongreßhalle in Paris kommt er
von der Bühne herunter in den Zuschauerraum, zwängt sich in
die Reihe, in der Minhoï, Nanhoï und ich sitzen, stellt sich vor uns
hin und spielt nur für uns. Er hat eine junge Frau mit großen
Schenkeln und unverschämtem Arsch. Sie gibt mir ihre Telefonnummer in Arles.

Immer wenn ich Blumen sehe, will ich sie Minhoï bringen. Meistens will sie meine Blumen nicht, oder es ist ihr egal. Aber ich
denke nicht daran, wenn ich Blumen sehe, und ich bringe ihr Blumen, so oft ich kann.

Heute früh habe ich Minhoï wieder Blumen gebracht. Einen
großen Strauß ganz bunter, fröhlicher Blumen. Dann mußte ich
zum Filmen, außerhalb von Paris.

Jetzt ist es Abend, und ich bin zurück in meinem verfluchten
Käfig in der Avenue Foch. Auf dem Tisch steht ein großer Strauß
ganz bunter, fröhlicher Blumen. Mir wird so warm ums Herz, als
ich die Blumen sehe – vor allem, weil ein Brief dabei liegt, an dessen Handschrift ich erkenne, daß er von Minhoï ist. Ich denke
also, daß Minhoï mir die Blumen geschenkt hat. Und obwohl die

Blumen genauso aussehen wie die Blumen, die ich heute früh Minhoï gebracht habe, begreife ich nicht, warum es dieselben Blumen sein sollen, und wenn, warum sie jetzt hier sind in der Avenue Foch und nicht auf der Isle St. Louis bei Minhoï? Auch als ich den Brief wieder und wieder lese, kann ich nicht begreifen, wie das alles zustande gekommen ist ... und was Minhoï meint mit ›wegfahren‹ und mit ›für längere Zeit‹ ... und warum die Blumen hier sind und nicht bei ihr ... und warum sie und Nanhoï nicht mehr da sind ... und warum sie mir Blumen bringt, wenn sie mich doch so zu Tode verwundet ... und warum die Blumen dieselben Blumen sind, die ich ihr heute früh geschenkt habe ... Die Wirklichkeit wirkt wie ein ganz langsames Gift ...

Sie schreibt nicht, wohin sie gefahren ist. Nicht für wie lange. Sie schreibt nur ›für längere Zeit‹, und daß sie es hier nicht mehr ertragen kann. Auch dieses Mal keine Anschrift. Keine Telefonnummer. Nichts.

Jeder Mensch kann nur ein gewisses Maß an Qualen und Schmerzen ertragen. Deswegen kann sich jemand auch nur bis zu einem gewissen Grad für die Qualen und Schmerzen anderer interessieren. Aber nicht nur deswegen weigere ich mich zu beschreiben, was ich jetzt durchmache – sondern vor allem, weil ich es nicht ertragen kann, die Folter noch einmal zu durchleben, indem ich sie niederschreibe. Tatsache ist, daß ich, nach wochenlangem Suchen in ganz Europa, Minhoï und Nanhoï auf der spanischen Insel Ibiza gefunden habe!

Minhoï und Nanhoï kommen mit mir nach Südwest-Frankreich, wo ich noch die letzten Szenen zu ›Das Roland-Lied‹ drehen muß, und wo ich diesen Scheiß-Cassenti mit meinen Fäusten packe, um ihn zu verprügeln.

Nanhoï zu füttern ist so süß, und ich kann mir nicht vorstellen, daß ich eines Tages nicht mehr beim Essen das Gewicht seines kleinen Körperchens auf meinem Schoß fühlen und nicht mehr den Löffel oder die Gabel an sein Mündchen führen soll. Heute habe ich drehfrei, und wir sind beide ganz in Weiß. Nanhoï hat eine weiße Matrosenbluse an und einen weißen Overall. Ich ein weißes Hemd und weiße Jeans. Und obwohl er längst allein essen kann und es mir ganz stolz vorführt, hat er es doch am liebsten, wenn ich ihn füttere. Er hat den Spinat schon fast aufgegessen, nur noch ein kleiner Rest ist auf dem Teller. Oft sagt er vor dem letzten Löffel, daß er nicht mehr kann. Diesmal sagt er nichts. Ich kratze also den letzten Spinat vom Teller, so daß es noch einen richtig vollen Löffel ergibt, und schiebe ihn ihm in sein Mündchen. Ich bin froh, daß er auch den letzten Löffel voll noch wollte, denn ich habe, seit ich ein kleines Kind war, sagen hören: »Iß Spinat, da ist Eisen drin.«

Ich bin bereits dabei Nanhoï sein Lätzchen abzubinden – als er mir die ganze grüne Ladung von dem letzten vollen Löffel wie eine Platz-Granate ins Gesicht und über die ganze Brust auf mein weißes Hemd und meine weißen Jeans spuckt und lacht …

Irgendwelche Stümper aus Deutschland bieten mir laufend ihre rachitischen Filme oder Theater an. Ich schicke sie zum Teufel.

Noch zwei französische Filme, ›Zoo Zero‹ und ›Der Tod eines verfaulten Mannes‹. Dann ruft Herzog morgens um 1 Uhr in der Avenue Foch an und fragt mich, ob ich ›Nosferatu‹ und ›Woyzeck‹ verkörpern will. Ich beschimpfe ihn, daß er mich morgens um 1 Uhr anruft, aber ich sage zu. Ich habe ganz vergessen, wer Herzog ist, und ich kann mich noch immer nicht erinnern. Ich habe auch vergessen, daß ich vor zehn Jahren abgelehnt habe, Woyzeck im Theater zu verkörpern, weil es Selbstmord ist, und daß ich das Textbuch in den Abfalleimer geworfen hatte. Ich weiß nicht, warum ich diesmal ›Ja‹ gesagt habe. Alles ist sicherlich Bestimmung. Es ist gar nicht ich, der entscheidet, es ist meine Bestimmung, die für mich absagt und zusagt. Eine höhere Macht. Und es muß wohl eine Bedeutung haben – auch wenn ich darauf scheiße –, daß ich immer gerade dann durch die Hölle anderer gehen muß, wenn es mit mir selbst am schlimmsten steht. Und daß ich ausgerechnet das verkörpern soll, was ich selbst erleben muß und kaum ertragen kann. Oder muß ich es selbst erleben, nachdem ich es verkörpert habe? Ist es eine Warnung oder ist es eine Wiederholung? Ist es eine Kettenreaktion? Löst eins das andere aus? Oder geschieht beides zur gleichen Zeit – mein Leben und das, was ich zu verkörpern habe? Übertrage ich die Hölle anderer auf mein eigenes Leben – oder übertrage ich mein eigenes Leben auf die Person, die ich zu verkörpern habe? Geschieht es in meinem Leben durch mystische Gewalt – damit ich es tiefer erleide, wenn ich es verkörpern muß? Niemand kann eine Antwort darauf geben. Jedenfalls ist es Teil der Verfluchung ›the ultimate actor‹, wie sie mich nennen, zu sein. Was allerdings nichts mit diesem Komödianten-Blödsinn zu tun hat.

Nanhoï ist ein Magier des Balls. Er wirft und fängt Bälle wie ein Jongleur. Von mal zu mal tut er es besser, entwickelter, ausgeprägter, ausgebildeter, obwohl er gar keine Gelegenheit zum Trainieren hatte. Er lernt es nicht – es *entsteht*. Wie ein Wind sich bildet, wie ein Wetter sich entwickelt. Er *wird* – wie es Tag wird und Nacht, dunkel und hell, kalt und warm. Es ist eine nie endende Freude, durch ihn das Werden der Schöpfung vor Augen zu haben.

Minhoï besteht auf Scheidung. Der Richter spricht die Scheidung aus. Ich renne aus dem tödlichen Raum. Die Treppen herunter. Durch die Halle – wo ein Mann mit Handschellen an mir vorbeigeführt wird, eine gebückte Frau preßt weinend ihr Taschentuch an den Mund – aus dem Gerichtsgebäude, auf die Straße. Mir ist, als tarnen sich die Menschen gar nicht mehr. Wie auf den Bildern von Hieronymus Bosch. Nur noch ekelhafter. Ich muß zu Nanhoï!!!

Auch er ist in dieser Stadt zur Welt gekommen. Aber nur die Metamorphose hatte sich zufällig hier vollendet. Er hat sich aus diesem Pfuhl erhoben wie ein fremder Schmetterling, der hier nicht hergehört. Ich renne und renne an den Quais entlang. Den Fußgängern und Fahrzeugen abgewandt. Was in mir vorgeht ist so riesig, daß es keinen Platz hat in ihren Zwergen-Maßen. Mir ist, als ob alle mich anstarren, sogar aus den Autos, sogar von weitem – wie Menschen sich drängen, bei Hinrichtungen zuzusehen, oder langsamer fahren, wenn ein Unfall stattgefunden hat, um die Opfer anzuglotzen. Sie stieren mich an, als wäre ich eine Sehenswürdigkeit, die irgendwo ausgebrochen ist. Ein Ungeheuer. Zu groß, zu ungelenk, um zu entkommen. Ein Elefanten-Mann. Zu entstellt, um nicht entdeckt zu werden: Es ist *mein Schrei*, der durch die Straßen rennt und immer größer wird und nirgends hinpaßt ...

Auf dem Buddelplatz von Notre Dame reiße ich Nanhoï in meine Arme, und hinter seinem Rücken tropfen meine Tränen in den Sand.

Ich sage dem Mädchen, das auf ihn aufgepaßt hat, während Minhoï und ich geschieden wurden, daß sie gehen kann. Ich will allein sein mit meinem Sohn und weit, weit weg.

Als ich Nanhoï zum Mittagessen in Minhoïs Wohnung bringe, stellt er sich mir im Treppenhaus in den Weg, als ob er mich nicht vorbeilassen will, bevor ich seine Frage beantwortet habe: »Liebst du Mutti?«

Ich bin so verblüfft, daß ich nur sagen kann: »Selbstverständlich, mein Liebling«, aber ich will eigentlich sagen: »Ich liebe dich und Mami mehr als alles in der Welt. Ich werde Mami immer lieben, immer, selbst wenn sie mich töten würde, immer, immer …!«

›Haß‹. Die Geschichte eines Motorradfahrers, der nichts verbrochen hat und von den Einwohnern einer kleinen Ortschaft mit Ketten an einen Transformator gefesselt und mit Starkstrom hingerichtet wird. Der ›Regisseur‹, Dominique Goult, verbringt die meiste Zeit in Kneipen. Seine Frau hat einen strammen Arsch in einem engen Rock. Das wäre Grund genug für mich, den Film zu drehen. Vorher muß Dominique noch schnell einen Porno produzieren, um das Geld für meine Gage zu verdienen. Maria Schneider ist eines der Mädchen, die ich in dem Film ficken soll. Sie ist eine richtige Fixerin geworden und kotzt mich an. Sie kann sich bei Dominique Goult bedanken, daß ich sie nicht geohrfeigt habe.

›Nosferatu‹ für 20th Century Fox. In Holland und der Tschechoslowakei bis in die Tatra an der russisch-polnischen Grenze.

Der Ausgangspunkt ist München, wohin ich vier Wochen vor Drehbeginn fliege wegen meines Kostüms. Und hier ist es, wo ich mir zum ersten Mal den Schädel kahl schere. Ich fühle mich bloßgestellt, ausgeliefert, schutzlos. Nicht nur physisch – denn der völlig kahlgeschorene Kopf wird so überempfindlich wie eine offene Wunde – sondern vor allem seelisch und natürlich nervlich. Mir ist, als habe ich keine Schädeldecke und als habe man die schützende Hülle entfernt, ohne die eine Seele nicht überleben kann. Als hätte man meiner Seele die Haut abgezogen.

Zuerst gehe ich nur im Dunkeln auf die Straße (ich kenne das vom ›Idiot‹, nur ist das hier viel, viel schlimmer). Außerdem bin ich ständig mit einer Wollmütze bekleidet, obwohl es Frühling ist. Manche werden denken: ›Was ist schon dabei, manche haben eben eine Glatze.‹ Das eine hat mit dem anderen überhaupt nichts zu tun. Was ich meine, ist die vollkommene Entblößung durch die zur gleichen Zeit stattfindende Metamorphose zum Vampir. Diesem Nicht-Mensch-nicht-Tier. Diesem Un-Toten. Dieser unaussprechlichen Kreatur, die, in vollem Bewußtsein ihrer Existenz, leidet.

Jetzt verlasse ich das Haus nur noch, um zu meinen Kostümproben in die Schneiderei zu gehen.

Als wir nach Holland fliegen, kommen Minhoï und Nanhoï nach. Und wenn ich auch fast die ganze Zeit drehen muß, oft die Nächte hindurch, so kann ich meinen Babyboy doch wenigstens in seinem Schlaf sehen oder beim Frühstück, bevor ich zum Drehen abgeholt werde.

Auch hier hat Herzog die ganze Truppe in einem verfaulten Haus untergebracht, wo sie zu dritt oder noch mehr wie Schweine auf dem Fußboden kampieren. Der Fraß ist ungenießbar.

Als wir von Holland nach der Tschechoslowakei übersiedeln, fliegt Minhoï mit Nanhoï nach Paris zurück.

Ich verlange, daß man mir einen von mir selbst ausgesuchten Wohnwagen in die Tschechei bringt, in dem ich schlafen, wohnen, kochen und meine Wäsche waschen kann. Ich will nicht in so einem verschissenen Hotel einquartiert werden, wo man nach dem Drehen die ganze Mischpoke wiedertrifft.

Auch ›Nosferatu‹ geht einmal zu Ende. Und gleich anschließend und in demselben Kaff: ›Woyzeck‹. Das Schlimmste, das ich je beim Film durchmachen mußte. Ich habe bereits gesagt, daß die Geschichte von Woyzeck Selbstmord ist. Selbstzerfleischung. Jeder Drehtag, jede Szene, jede Einstellung, jedes Photogramm ist Selbstmord.

Nachts in meinem Wohnwagen, den man mir in einem verlassenen Park abgestellt hat, schlage ich meinen Kopf gegen die Wände. Ich glaube tatsächlich, daß ich verrückt werde. Aber so einfach werde ich es dem Wahnsinn nicht machen. Ich werde kämpfen. Ich weine, schreie, fiebere, renne durch den stockfinsteren Park, besaufe mich mit diesem pißwarmen Bier, weil nie Eis da ist, hole mir Mädchen und werfe sie meistens wieder hinaus, noch bevor ich sie gefickt habe.

Wie in tödlicher Panik treibe ich die Dreharbeiten voran, als müßte ich es loswerden, bevor der Wahnsinn Oberhand bekommt. Ich muß nicht ›proben‹ oder mir den Abfall aus Herzogs Gehirn anhören. Ich sage Herzog, ich warne ihn, daß er das Maul halten und mich machen lassen soll. Diesmal hat er anscheinend kapiert, jedenfalls hält er das Maul. Heute, nach dem 16. Drehtag, ist nur noch eine Szene übrig. Die Szene, in der Woyzeck seine Frau ersticht und dann, seine tote Frau in seinen Armen, dem Wahnsinn verfällt. Es ist 3 Uhr morgens. Ich sage, daß ich die Szene nur ein einziges Mal drehen werde. Es gibt keine Wiederholung von Tod und Wahnsinn!

Nach der Aufnahme laufe ich durch den stockdunklen Park, als ich heftiges Schluchzen höre. Es ist Eva Matthes, die im Film meine Frau verkörpert und die ich in der eben gedrehten Szene ermordet habe. Sie zittert am ganzen Leib und schreit in einem Weinkrampf auf. Ich nehme sie in meine Arme und führe sie zu ihrem Hotel. Nachdem ich mir das Blut abgewaschen habe und zum Auto komme, das mich über die Grenze nach Wien bringen soll, von wo aus ich ein Flugzeug nach Paris nehmen will, sind alle verschwunden. Die ganze Truppe. Alle. Als wären sie vor dem Wahnsinn geflohen, den die Handlung des Films ausgelöst hat.

Im Hotel in Wien kann ich meine Schuhe und Strümpfe nicht ausziehen, ohne mich auf dem Fußboden zu wälzen.

Für den Vorspann des Films wird Woyzeck auf dem Kasernenhof geschliffen und so lange mit Gewehrübungen, Liegestützen, Kniebeugen etc. gequält, bis er zusammenbricht. Und so oft er zusammenbricht, tritt ihm ein Feldwebel mit dem Stiefel ins Genick. Ich wollte es so, es ist meine Idee, und ich hatte Anweisung gegeben, daß man mich so lange immer wieder ins Genick treten soll, bis ich wirklich nicht mehr kann. So geschah es. Als ich mich zum allerletzten Mal und, mit allerletzter Kraft aufrichten wollte, brach ich tatsächlich zusammen und konnte tagelang nur mit fremder Hilfe gehen.

Es wird lange dauern, bis das ausgeheilt ist. Aber schlimmer ist der Schaden, den meine Seele genommen hat.

In Paris, auf der Straße, sieht mich ein Hund an, und ich muß weinen. Was habe ich dem Hund angetan? Oder besser, was hat er mir angetan, daß ich weinen muß? Ich muß auch weinen, wenn ich Menschen sehe, Gegenstände. Der Anblick von allem, was ich sehe, schmerzt mich. Von allem, was ich höre, von allem was ich denke, fühle.

Ich will zu meinem Babyboy! Aber ich finde einen Brief, in dem Minhoï mir sagt, daß sie mit Nanhoï nach Mexico geflogen ist. Diesmal sagt sie überhaupt nicht mehr für wie lange.

Nastassja filmt mit Polanski in Nordfrankreich ›Tess‹. Ich fahre zu ihr, und wir bleiben fast eine Woche zusammen. Polanski zeigt mir die ersten Muster. Nastassja ist überwältigend. Aber so sehr ich mich nach Nastassja sehne, ich kann mich nicht freuen, solange ich nicht weiß, wo Minhoï und Nanhoï sind und wie es ihnen geht. Meine Sorge um sie und meine Sehnsucht nach ihnen sind wie ein Dorn, der durch mein Herz wächst. Tag und Nacht in jedem Augenblick. So kann ich nachts auch mit Nastassja nicht einschlafen und keine Ruhe finden. Ich fahre nach Paris zurück, wo ich darauf warte, daß Minhoï aus Mexico anruft.

Ich kann nicht sagen, wieviel Wochen es her ist, seit Minhoï mit Nanhoï nach Mexico geflogen ist – ich kann überhaupt nicht mehr in der Zeitrechnung der Menschen denken – für mich ist jeder Augenblick ohne Nanhoï eine unerträgliche Ewigkeit.

Und als mitten in der Nacht das Telefon läutet und Minhoï aus Mexico anruft und sagt, daß ich kommen soll, denke ich an nichts, als zu ihr und Nanhoï zu fliegen, gleich Morgen, mit dem ersten Flugzeug, das nach Mexico City geht.

Als mich in Mexico City das Taxi zum Hotel bringt, in dem Minhoï und Nanhoï auf mich warten, schlägt mein Herz so stark, daß es schmerzt. Diesmal vor Freude. Plötzlich scheue ich mich, ein Geräusch zu machen, als ich die Treppen im Hotel hinauf stürze, und halte inne … Angst befällt mich, daß Minhoï mit Nanhoï weglaufen könnte, wenn sie mich kommen hört – und ich gehe auf Zehenspitzen weiter bis zur Zimmernummer, die der Portier mir angegeben hat.

Mein Herz strömt über, als ich Nanhoï durch die geschlossene Tür im Badezimmer quieken und planschen höre. Er zieht mich angekleidet in die Badewanne, um mich zu umarmen, und auch Minhoï umarmt und küßt mich. Und alle Schmerzen werden süß, wie unter Narkose.

Die Nacht mit Minhoï und Nanhoï ist voller Frieden und Glückseligkeit.

Gleich heute, am folgenden Morgen fliegen wir nach Miami in Florida und von dort nach den Bahamas, wo ich eine Insel kaufen will.

Von Nassau fliegen wir mit einem einmotorigen Wasserflugzeug zur Inselkette der Exumas und sehen uns die Insel an. Sie hat einen schneeweißen Strand, der bei Ebbe weit ins Meer hinaus geht, einen kleinen Dschungel und einen Felsen, auf dem Seeadler nisten. Außerdem gibt es einen märchenhaften Unterwassergarten. Man kann vom Ruderboot aus mit bloßem Auge hundert Meter weit unter Wasser sehen, durch das farbenschillernde, seltsame Fische schwimmen und auf dessen Grund magische Gebilde aus leuchtenden Korallen wachsen.

Ich kaufe die Insel, und wir fliegen am selben Tag nach Nassau zurück, wo wir ein Haus gemietet haben.

Aber wir haben uns selbst getäuscht – oder besser, wir haben beide, Minhoï und ich, die streichelnde Hand des Friedens so sehr nötig gehabt, daß wir einen Augenblick lang tatsächlich fähig waren, zusammen zu leben. Dann plötzlich, als schreckten wir aus einem tiefen Traum auf, wird uns wieder klar, daß es nie mehr möglich sein wird. Die Spannung wird so unerträglich, daß wir nicht einmal zusammen in ein Restaurant gehen und an ein und demselben Tisch sitzen können. Wir reisen ab.

In Paris kündige ich die Folterkammer in der Avenue Foch und ziehe ins Hotel L'Hotel, das ehemalige Haus von Oscar Wilde, bis ich ein Apartment gefunden habe. Über die Straße liegt die Route Mandarine, das erste vietnamesische Restaurant, in das Minhoï mich geführt hatte. Auch L'Hotel war mein erstes Hotel mit Minhoï in Paris. Jetzt ist es ein Alptraum. Aber ich weiß nicht, wo ich sonst noch hin soll.

Nach Fotzen ausgehungert, schleppe ich wie ein Faun jede, die ich greifen kann, zu mir ins Bett und ficke und ficke und ficke. Verkäuferinnen. Kellnerinnen. Zimmermädchen. Verheiratete Frauen. Mütter. Negerinnen aus Haiti, Mocambique, Jamaika. Französinnen. Amerikanische Touristinnen. Studentinnen aus Rußland, China, Japan, Schweden, Chile, Indien, Cuba. Eine Beduinin. Schulmädchen aus Afrika. Die nackten Schwarzen aus dem ›Paradis Latin‹. Die süßen Ärsche aus dem ›Crazy Horse‹. Die sieben schwarzen Mannequins von Saint Laurent, die mich alle sieben mit den fleischigen Schwämmen ihrer schweren feuchten Lippen fressen. Die Frau des Tankstellenbesitzers. Das Mädchen von der Rezeption. Das Abspülmädchen der Route Mandarine. Die verheiratete Frau und Mutter mit der großen Narbe im Gesicht. Und all die Mädchen in den Caféhäusern, die mich anlächeln im Vorübergehen oder denen ich auf dem Weg zur Toilette begegne.

Die Zimmermädchen im Hotel können nachts nicht zu mir aufs Zimmer kommen. Manche sind außerdem verheiratet und müssen sich nachts von ihren Männern ficken lassen. Ich ficke sie, wenn sie mein Zimmer aufräumen kommen, oder ich rufe sie unter irgendeinem Vorwand, wenn sie im Zimmer nebenan die Betten machen, oder wenn sie auf den Treppen staubsaugen. Ich ficke sie auf dem Bett, dem Fußboden, auf dem Klo, dem Bidet, auf dem Rücken, auf den Knien, auf dem Bauch, im Stehen, gebückt, in der Hocke ... Es darf nicht lange dauern, weil man sie vermissen würde. Wenn es nicht anders geht, läßt sie den Staubsauger weiterlaufen. Manche kommen etwas später wieder für den nächsten Fick.

Das französische Einhand-Rennen für Segelschiffe über den Atlantik startet in St. Maló in der Normandie.

Minhoï, Nanhoï und ich fahren hin, die Schiffe lossegeln zu sehen. Mein Freund, Olivier de Kersauson, ist einer von ihnen. Ein Sponsor hat ihm einen Trimaran aus Aluminium konstruieren lassen. Die Schwimmer sind so spitz zulaufend wie Pfeile. Das Metall soll dieselbe Legierung haben, die man für die Raumfahrt verwendet. Nanhoï interessiert das nicht, als er von einem der Schwimmer aus der Hocke ins Wasser kackt. Ich verabrede mit Olivier, daß ich mit ihm von den USA über den Atlantik nach Europa zurücksegle, wenn er das Rennen gewinnt. Wenn er nicht gewinnt, wird das Schiff im Laderaum eines Frachters zurückgebracht, weil die Versicherung zu teuer wäre, die sein Sponsor nur bezahlt, wenn Olivier gewinnt. Der Dreimaster ›Vendredi 13‹ ist auch am Start.

Wir begleiten die Segler lange Zeit bis weit aufs Meer hinaus.

Heute, zwei Tage nach dem Start, ruft der Skipper von ›Vendredi 13‹ in Paris an und fragt mich, ob ich mit ihm über den Atlantik segeln will. Er hat das Rennen aufgegeben, weil sein automatisches Ruder gebrochen ist. Er muß das Schiff aber in jedem Fall nach Guadeloupe bringen, wo er mit Charterfahrten sein Geld verdient. Ich werfe Wetterzeug und ein paar warme Kleidungsstücke in einen Seesack, presse meinen Babyboy ganz fest und ganz lange an mein Herz und nehme das nächste Flugzeug nach Brest, wo Vendredi 13 geankert hat. Es ist November und eisig kalt.

Bis zu den Azoren haben wir fast ausschließlich sehr schwere See und Winde bis zu Sturmstärke. Wir segeln quer durch die Inselgruppe der Azoren und laufen Fujal an, die Insel, an der seit Hunderten von Jahren die Segelschiffe auf ihrem Weg über den Atlantik angelegt haben. Entlang der Quai-Mauer hat jeder Segler den Namen seines Schiffes auf die Steine gemalt. Von den großen Klippern bis zur ›Gypsy Moth‹ von Chichester.

Als ich nach Paris telefoniere, erfahre ich, daß ich sofort zurück muß, um ›Nosferatu‹ auf französisch zu synchronisieren. Von der Mitte des Atlantik in ein Synchron-Studio in Paris! Das ist ein fauler Witz! Und ich hätte nicht einmal im Traum daran gedacht, zurückzufliegen – wenn nicht meine Sehnsucht nach Nanhoï mich zurückstürmen ließe. Die ganzen Tage und Nächte auf dem Meer – als die Wellen sich hinter dem Schiff zu Gebirgen auftürmten und sich meine Erinnerung in Nichts auflöste, so daß ich meine Vergangenheit und alles Leid vergaß – fühlte ich einzig und allein meinen Sohn so nah, daß ich ihn zu berühren glaubte. Er nahm, selbst in Form der Wellen, so klare intensive Gestalt an, daß ich zum Meer gesprochen habe, das immer größer und gewaltiger wurde. Und mit dem Wachsen des Meeres wurde auch meine Sehnsucht nach meinem Babyboy so riesig, daß ich die zwei weiteren Wochen bis Guadeloupe nicht mehr ertragen kann. Ich werde morgen früh das kleine Flugzeug nach St. Miguel nehmen. Von dort aus fliegt um Mitternacht ein Jet nach Lissabon. Und am nächsten Morgen ein anderer nach Paris.

Ich finde meinen Babyboy in süßem Schlaf. Ich beuge mich weit über die Reling seines Kinderbettchens und tief zu ihm hinunter, so daß das Gewicht meines Kopfes und Oberkörpers auf ihn zu liegen kommt und wäre wohl in dieser Stellung eingeschlafen – das Rauschen des Atlantik noch immer in den Ohren –, wenn Nanhoï nicht plötzlich im Traum lachen würde ... Ich fürchte mich, ihn aufzuwecken und schleiche auf Zehenspitzen in Minhoïs Schlafzimmer. Ich lege mich zu ihr, deren Körper hungrig und heiß wie Fieber ist und die mich im Schlaf umarmt, ins Bett.

Noch immer habe ich mich nicht von ›Woyzeck‹ erholt. Manchmal stopfe ich mir die Faust in den Mund, um nicht aufzuschreien. Oder ich bohre mir die Fäuste in die Ohren, oder auf die Augen, oder ich schlage mir auf den Kopf – um die bösartigen Kreaturen meiner Visionen abzuschütteln, die überall auf mich lauern und sich in mich verkrallen. Ich frage mich, wie lange ich das aushalten werde.

Ich habe ein Apartment am Quais Bourbon gefunden, auf der Isle St. Louis, beinahe auf der rückwärtigen Seite des Blocks, in dem Minhoï und Nanhoï wohnen. Jetzt brauche ich nur zwei mal um die Ecke zu gehen und bin bei meinem Babyboy.

Manchmal bringt Minhoï unser Söhnchen zu mir und bleibt. Aber das ist nicht oft, und selbst wenn sie bleibt, dann nicht für lange, weil immer gleich wegen irgendeinem Scheiß Streit ausbricht.

Ich will nichts besitzen. Und selbst die wenigen Klamotten, die ich zum Anziehen habe, kontrolliere ich alle paar Monate und werfe, was ich irgend entbehren kann, in die Mülltonne. Ich habe auch keine Bücher, außer ein paar von Jack London und Berichten über Einhand-Segelfahrten um die Erde. Skripte, Briefe, Bilder verbrenne ich, so wie ich es mit jedem Buch tue, nachdem ich es gelesen habe. Nur Fotos und Krakeleien von Nanhoï sind mir heilig, ich habe sie bei mir auf all meinen Reisen um die Welt.

Bei so einer Razzia nach ungenütztem Ballast fällt mir wieder mein handgeschriebenes Manuskript von Paganini, dem ›Teufelsgeiger‹, in die Hände. Ich will es verbrennen, weil so viel Vergangenheit daran klebt – aber irgend etwas hält mich zurück, es ins Feuer zu werfen. Und als hätte ich die einem Geschehen vorausgehenden Vibrationen gespürt, kommt ein Telegramm des für seine künstlerischen Fähigkeiten berühmten italienischen Produzenten Alfredo Bini, der das Skript seit Jahren kennt und sagt, daß er imstande ist, den Film zu produzieren. Er kommt nach Paris, und wir machen einen Vertrag für Drehbuch, Regie und die Verkörperung Paganinis. Aber es sieht noch nicht so aus, als ob Bini das ganze Geld zusammen hat. Außerdem muß ich vorher noch andere Verpflichtungen in den USA, Japan, England und Frankreich erfüllen.

Nastassja kommt jetzt zu uns, wann immer sie kann, auch wenn es nur für Minuten ist. Sie liebt Nanhoï bis zum Verrücktwerden und umarmt und küßt ihn immerzu und wälzt sich mit ihm lachend und vor Freude schreiend auf dem Fußboden herum.

Heute, auf dem Weg zur Bank Rothschild, wo auch Nastassja ein Konto eröffnet hat, bricht sie im Auto in Tränen aus, und ich kann sie nicht beruhigen. Sie klammert sich schutzsuchend an mich, als habe sie Angst, von einem reißenden Strom erfaßt und für immer von mir weggetrieben zu werden, sobald sie mich losließe. Ihr ganzer Körper wird so sehr von schockartigen Krämpfen ihres Weinens erschüttert, daß ihr der Atem versagt und die Worte wie abgerissene Schreie aus ihrer abgewürgten Kehle kommen.

»... Du ... liebst ... mich ... n ... nicht ...«

Ich bin wie vom Blitz getroffen und weiß überhaupt nicht, was ich sagen soll. Das macht mich noch verdächtiger, und sie will die Wagentür aufreißen, um rauszuspringen. Ich halte sie mit Gewalt zurück und nehme sie ganz fest in meine Arme und küsse sie lange.

Da fällt es mir wie Schuppen von den Augen. Seit ihrem siebten Lebensjahr waren wir getrennt, das heißt, in all den Jahren waren wir nur sporadisch und nur für kurze Zeit zusammen. Aber ihre Liebe und ihre Sehnsucht waren immer größer geworden. Die Wahrheit ist, daß ich nicht bei ihr war, als sie mich brauchte. Jetzt sieht sie, wie unsagbar ich Nanhoï liebe und glaubt, daß ich sie nicht so lieben kann wie meinen Sohn. Ja, daß ich sie niemals so geliebt habe. Ich versuche, ihr klarzumachen, daß sie in ihrem Schmerz alles verzerrt und unwahr sieht. Ja, daß ich, seit unserer Trennung, mich selbst vor Sehnsucht nach ihr verzehrt habe und daß ich nie aufgehört habe sie zu lieben. Aber obwohl sie sich langsam beruhigt, habe ich das Gefühl, daß sie mir nicht glaubt.

Ich erzähle ihr von Paganini, und daß ich sie unbedingt für meinen Film will. Sie soll die junge Frau verkörpern, nach der Paganini sich in wilder Leidenschaft sehnt. Und die sich ihrerseits vor Sehnsucht nach Paganini verzehrt. Nastassja ist glücklich.

Die deutsche Regierung schreibt mir, daß sie mir die höchste Auszeichnung für einen Schauspieler, das ›Filmband in Gold‹, verliehen hat. Das ist die Höhe! Wer hat diese Großkotze dazu befugt, mir etwas zu verleihen? Ist es ihnen nie in den Sinn gekommen, daß es jemand geben könnte, der ihren Scheiß nicht will?! Was für eine ordinäre Anmaßung, mir, *ausgerechnet mir*, einen Preis zu verleihen! Was soll dieser Preis denn darstellen? Eine Belohnung? Wofür? Für die Qualen, Schmerzen, Verzweiflung, Tränen? Einen Preis für jede Hölle, jedes Sterben, jede Auferstehung? Preise für Tod und Leben? Preise für Leidenschaft, Haß und Liebe? Und wie habt ihr euch gedacht, mir den Preis zu übergeben? Als ein Geschenk? Eine Gnade, wie diese geschmacklosen Hostien, die der Papst wie Fast-food verteilt? Dann trete ich nach euch! Oder kommt ihr unterwürfig, winselnd? Dann trete ich auch nach euch!

Also, was wollt Ihr?! Ihr müßt besoffen sein oder verrückt!! Dazu kommt, daß kein Scheck dabei ist, also nicht einmal Geld. Es ist empörend!

Daraufhin schicken sie mir den Müll nach Paris. Nanhoï will diesen ekelhaften Plunder nicht einmal zum Spielen und stößt ihn mit dem Fuß weg. Ich werfe also das ›Filmband in Gold‹ in den Abfalleimer.

Die erste Vorführung von ›Nosferatu‹ ist in der Cinémathéque in Paris. Als Nosferatu zum ersten Mal auf der Leinwand erscheint: Kahlgeschoren, kalkweiß, mit Greifer-Zähnen, einer Schlange und langen Krallen wie Spinnenbeine – ruft Nanhoï mit vor freudiger Erregung zitterndem Stimmchen in die dunkle Stille:

»Papa!«

Dann beginnt der Jahrmarkt der Filmfestspiele in Cannes. Ich hatte bisher nicht gewußt, was das ist. Jetzt quasseln alle auf mich ein, daß ich nach Cannes muß, wegen ›Woyzeck‹ (weil ich doch, nachdem ich meine Frau erstochen habe, und, während ich sie tot in meinen Armen hielt, wahnsinnig geworden war!). Ich soll sogar zu Dior, mir einen Smoking machen lassen, für die Gala-Premiere und für die Diners. Es ekelt mich an! Aber mir ist alles einerlei, wenn nur Minhoï und Nanhoï rechtzeitig zurück sind und mich nach Cannes begleiten.

Minhoï ist mit Nanhoï nach Indien abgehauen. Heute trifft die erste Ansichtskarte ein. Ich werde, wenn möglich gleich heute, ein Flugzeug nehmen und sie in Indien suchen. Aber ich kann den Namen des Kaffs, in dem die Ansichtskarte aufgegeben ist, auf dem Poststempel nicht entziffern. Ich kaufe mir ein Vergröße-rungsglas – aber die Buchstaben sind verschwommen und unvoll-ständig, so daß ich mir den Namen nur zusammenreimen kann. Ich kaufe eine große Landkarte von Indien und suche mit dem Vergrößerungsglas ganz Indien nach einem Kaff mit einem ähnli-chen Namen ab. Aber es gibt zu viele Namen, die sich ähneln. Wie soll ich Minhoï und Nanhoï unter einer Milliarde Menschen in dem riesigen Indien finden? Ich fühle mich ohnmächtig und lächerlich. Warum tut Minhoï das? Sie muß doch wissen, daß ich ohne meinen Sohn nicht leben kann! Warum treibt sie es also von mal zu mal ärger? Warum?!

Und während ich mir Tag für Tag dieselben sinnlosen Fragen stelle und versuche, den Namen des Kaffs in Indien auf dem Post-stempel der Ansichtskarte zu entziffern und mit dem Vergröße-rungsglas ganz Indien nach einem ähnlichen Namen absuche – rückt der Tag, an dem ich nach Cannes fliegen soll, immer näher. Ich bin fest entschlossen, Cannes abzusagen, wenn Minhoï und Nanhoï nicht rechtzeitig zurück sind und mich nach Cannes be-gleiten.

Minhoï läßt ihre Koffer gleich gepackt, als sie, einen Tag vor Be-ginn der Festspiele, mit Nanhoï aus Indien zurückkommt. Wir fliegen mit einem Kindermädchen nach Cannes. Minhoï kann sich von der anstrengenden Reise quer durch Indien am Strand erho-len, und Nanhoï kann im Swimmingpool des Hotels Majestic her-umplanschen, aus dem er den ganzen Tag nicht heraus will. Ich schufte wie ein Pferd und quatsche und quatsche mit TV, Radio, Zeitungen … und wieder dasselbe ›wie‹ und ›warum‹ und ›was ist das nächste Projekt‹ und all der andere nichtssagende, sterile Scheiß. Ich weigere mich zu glauben, daß das Publikum sich dafür interessiert. Im Gegenteil, das Publikum haßt es, von diesen programmierten Robots von Reportern genudelt zu werden!

Und dann die Hysterie wegen dieser schäbigen Preise! Dabei ist es doch nur eine Bande von zwölf jämmerlichen Geschworenen, die sich tatsächlich einbilden, zu Gericht zu sitzen (das Höchste, was sie sich wünschen!). Am liebsten würden sie natürlich über Tod oder Leben eines Menschen zu Gericht sitzen. Es wird so viel darüber getratscht, daß ich (schon wieder!) einen Preis bekommen soll (das ist wie auf dem Viehmarkt, wo die Bullen für die Schwänze und die Kühe für die Euter ausgepreist werden). Als ich nach einem TV-Interview bereits auf dem Weg zum Pinkeln bin, laufe ich schnell noch einmal in den Senderaum zurück und rufe ins Mikrofon, daß man nicht wagen soll, mich mit so einem Preis zu verhöhnen.

Menahem Golan, den wir ja schon aus Israel von ›Entebbe‹ kennen, setzt sich zu mir an den Tisch und fragt mich, ob ich seinen ersten Film in Hollywood drehen will. Ich frage ihn, ob er ein Scheckheft dabei hat. Er zeigt mir sein Scheckheft, das er sich unter sein Hemd geklemmt hat, denn es ist heiß und er hat keine Jacke an. Das heißt, er zieht es in Höhe seines fetten Bauches halb hervor. Wie der Marokkaner, denke ich, der mich damals bei hellem Tageslicht in einem öffentlichen Park in den Arsch ficken wollte und dabei abwechselnd auf das Päckchen Zigaretten in seiner Hand, seinen Hosenschlitz und auf ein Gebüsch gezeigt hatte. Anstelle des Päckchens Zigaretten reißt Menahem ein Stück Papier von einer Tageszeitung und kritzelt mit dem Kugelschreiber auf die unbedruckten Ränder Summe, Datum und Filmtitel, wobei er das Scheckbuch in Höhe seines fetten Bauches unter seinem durchgeschwitzten Hemd wieder halb hervorzieht und abwechselnd auf den Fetzen Zeitungspapier und das halb hervorgezogene Scheckbuch zeigt.

»Kannst du nicht bis morgen warten?« frage ich ihn. »Dann können wir die wichtigsten Vertragspunkte mit der Maschine tippen.«

»Morgen bekommst du den Preis von Cannes«, sagt er, »und dann kostest du das Doppelte.«

»Morgen koste ich sowieso das Doppelte, auch ohne diesen blöden Preis«, sage ich, »du hast überhaupt nichts kapiert!«

So sind sie alle, diese Viehhändler. Als ob man jemand anders
wäre, nur weil man ›ausgepreist‹ wird!

Ich verschiebe die Kuppelei auf morgen früh, damit er mich
nicht hereinlegen kann. Und doch reizt es mich, den Scheck auf
die Hälfte der Gage, oder zumindest auf ein Drittel, gleich jetzt zu
bekommen, gleich hier am Tisch, ohne etwas dafür getan zu
haben. Einen Batzen Geld gleich auf die Hand, nachdem ich einen
Fetzen Zeitungspapier unterschrieben habe für einen Film, der in
sechs Monaten beginnen soll und der vielleicht nie gedreht wird.

Der Straßenjunge in mir sagt: »Greif nach dem Geld, egal von
wem. Denk nicht daran, was und wann du etwas dafür tun mußt!«

Wir fahren mit dem Auto zurück nach Paris, über Arles, wo ich in
der Nähe für Minhoï und Nanhoï ein Grundstück mit einem Haus
aus dem 16. Jahrhundert kaufen soll. Minhoï besteht darauf, und
ich will ihr auf keinen Fall etwas abschlagen, auch wenn ich bis
jetzt nicht weiß, woher ich das Geld nehmen soll. Aber vorher
bleiben wir eine Woche mit den Zigeunern in Les Saintes Maries
de la Mer an der Küste Südfrankreichs – wo jedes Jahr in der letzten Maiwoche das große Zigeunertreffen stattfindet, zu dem Zigeuner aus allen Ländern Europas kommen. Manita de Plata ist
bis mittags nicht aus dem Bett zu kriegen in seinem schäbigen
Hotel – wo er gerade eine Nutte fickt, als ich gegen seine Zimmertür trommle. Er läßt mich herein, schickt die Nutte weg, zieht
sich an und bringt uns zu dem Zigeunerwagen, wo alle unter
freiem Himmel an langen Tischen essen und trinken, schwatzen
und singen, schreien und lachen und feiern – alle – Nanhoï mit all
den Zigeunerkindern – alle – auch neugeborene Babys, die an den
schweren, immer vollen Zitzen ihrer jungen Mütter saugen – die
sie unermüdlich mit sich schleppen – bis in die Nächte – bis die
grellen Sterne, die wie Sonnen durch die Himmel kreisen, der
stromgeladen ist von den Vibrationen der Gitarren – verblassen.

›Kind-Frau‹. Ein Film mit einer Frau als Regisseur. Die Geschichte
eines taubstummen Gärtners, der ein zwölfjähriges Mädchen
liebt. Als das Mädchen von ihren Eltern weit weggeschickt wird,

um die beiden zu trennen, schneidet der Gärtner sich mit einem Rasiermesser die Kehle durch.

Das erste, woran ich denke ist, diesen ›Regisseur‹ zu ficken. Das wäre mal was anderes!

Leider ist sie völlig zugekniffen, obwohl sie stark nach Fisch riecht. Ich kann nicht begreifen, wie sie das ohne Schwanz aushält. Unsere sogenannten ›Regiebesprechungen‹ finden zwar immer auf meinem Hotelbett statt, aber sie bleibt voll angekleidet bis zu den langen Stiefeln, und es dauert jedesmal eine Ewigkeit, bis ich ihr an den Arsch oder zwischen die Schenkel fassen kann. Außerdem ist sie nicht nur dumm und völlig untalentiert, sondern auch noch hartnäckig und unbelehrbar. In jedem Fall muß ich erst einmal nach Hollywood, den doofen Film für Golan drehen. Inzwischen habe ich die ganze Gage im voraus weg und muß wohl oder übel die widerliche Pille schlucken. Da ist auch noch so ein anderer amerikanischer Mist, mit Ornella Muti als meiner Frau und James Toback als Regisseur. Aber Jimmy schleppt wenigstens die Mädchen für mich an.

Ich hatte der 20th Century Fox versprochen, eine Promotionstournee für ›Nosferatu‹ durch die USA und Kanada zu machen und an den New Yorker Filmfestspielen teilzunehmen. Nachdem ich mich bereits für ›Nosferatu‹ in sieben europäischen Ländern abgerackert habe, muß ich jetzt mein Versprechen einlösen. Minhoï, Nanhoï und ich fliegen vier Wochen lang kreuz und quer durch die Vereinigten Staaten und durch Kanada.

480 Zeitungs-Interviews, ich weiß nicht wie viele TV-Shows und mehr als 6000 Radio-Stationen!

Täglich von 7 Uhr früh bis Mitternacht nichts als Gequatsche. Wichtig für mich ist, daß ich in Nanhoïs Nähe bin. Und wenn ich ihn auch die meiste Zeit dieses Mal nur schlafend oder morgens beim Frühstück sehe – so kann ich ihn doch wenigstens sehen und berühren und küssen und in die Arme drücken. Selbst wenn es oft nur einen Augenblick andauert und ich zum nächsten Interview geschleppt werde, so kann ich doch manchmal zwischen zwei Interviews einen magischen Blick seiner unbeschreiblichen Augen auffangen – sein zauberhaftes Stimmchen hören – sein Nachtigall-Lachen ...

Das Interview-Gehure ist nicht nur eine Schinderei, sondern ich komme nicht einmal dazu, einen Happen herunterzuwürgen. Selbst wenn ich mit bis zu dreißig Journalisten zu Mittag esse, muß ich ständig ihre sterilen, überflüssigen Fragen beantworten, während sie selbst ihre Suppe schlürfen und sich die Gelegenheit nicht entgehen lassen, sich ordentlich vollzuschlagen. Aber fast alle amerikanischen Journalisten, denen ich begegne, sind fair und unvoreingenommen. Wenigstens hören sie zu was bei sogenannten Journalisten ganz außergewöhnlich ist. Sie sind begeistert von meiner Offenheit und schreiben, was ich sage.

Was Hollywood anbetrifft, so begreife ich nicht, warum es da so viele dramatische Schicksale gibt. Für mich ist Hollywood ohne jedes Interesse, nervtötend und langweilig. Wäre es nicht so steril, so grenzenlos dumm und aufgeblasen, könnte es sogar komisch sein.

Das Beverly Wilshire Hotel, in dem ich wohne und das zu den teuersten der Welt gehört, erinnert mich an die Hotels in Prag, wo auch im Foyer und auf allen Etagen Geheimagenten herumspionieren. Ewig und überall begegnet man solchen Schnüfflern.

Wenn ich nachts nicht schlafen kann – ich kann nirgends mehr schlafen ohne Nanhoï – stelle ich das Fernsehen an in der Hoffnung, einen Gangsterfilm zu sehen oder einen Western oder wenigstens einen Cartoon. Aber jedesmal, selbst morgens um 3 Uhr, erscheinen diese Art von Pacman, die sich Evangelisten nennen. Zuerst denke ich, das ganze ist ein Witz, weil die Typen aussehen, als kämen sie direkt aus einem Comic-Heft. Aber dann ist es ganz schnell eindeutig, daß es sich hier nur um miserable Schauspieler handelt, die nicht einmal Golan engagieren würde oder Jimmy Toback. Deswegen sind sie wahrscheinlich Evangelisten geworden. Der eine schwitzt fürchterlich, schreit und hüpft herum und schleudert immer seine Bibel in die Ecke. Ein anderer ist einfach unfreundlich und unverschämt und fordert von den Zuschauern, daß sie ihm gefälligst mehr und vor allem höhere Schecks schicken sollen, und zwar sofort. Er sagt, daß er ein Partisan Gottes sei und daß er 24 Stunden auf seinem Posten stehe – dabei hat er nach jeder Unterbrechung einen anderen Haarschnitt. Wieder ein anderer zählt völlig unbeteiligt und ohne sich erst lange mit einer Komödie aufzuhalten, wie ein Zuhälter, nur die

Schecks – die ihm eine alte blondgefärbte provinzlerhaft geschminkte Nutte in einem Tu-Tu-Röckchen überreicht, wobei sie wie ein Schweinchen ›Hallelujah‹ quiekt.

Einer hat ein Gewand an, das er sich bei einem Faschings-Kostümverleih ausgeborgt haben muß. Dabei fällt mir wieder dieser Billy Graham ein, der während meiner Tourneen immer dort auftauchte, wo ich gerade aufgetreten war. Seine Plakate klebten immer ganz nah und schwul an meinen.

Ich wußte gar nicht, wer das ist, aber ich konnte diesen Parasiten nicht ausstehen, weil er seine Plakate immer so aufdringlich nah an meine kleistern ließ.

Der Zeitunterschied zu Europa ist das Schlimmste, weil es so furchtbar schwierig ist, eine Verbindung mit meinem Babyboy zu bekommen, den ich Tag und Nacht, wann immer ich kann, anzurufen versuche. Natürlich nicht, wenn es in Europa Nacht ist und er schläft. Aber sonst, vor allem ab Mitternacht, Los Angeles-Zeit, wenn es in Paris frühmorgens ist. Schon allein deswegen bleibe ich die Nächte wach. Denn morgens um 6 oder 6.30 Los Angeles-Zeit kommt der Wagen der Produktion und holt mich zum Drehen ab.

In Hollywood unterschreibe ich den Vertrag mit einem Agenten. Er hatte mich oft in Paris wegen des Vertrages angerufen, und ich hatte es immer wieder hinausgezögert.

Als erste hole ich mir das hawaiische Mädchen aus der Telefonzentrale des Agenturbüros ins Bett. Sie hat einen breiten, tanzenden Arsch wie die Hula-Hula-Mädchen und eine dicklippige dunkle Fotze.

Die Fotografin von Sygma ist Chinesin und hat einen so Klein-Mädchen-Po, daß man vom Rückgrat direkt in ihr ewig pitschnasses, nacktes Fötzchen rutscht.

Susan ist eine der Manager des Beverly Wilshire-Hotels. Dieser schwarzhaarige, französisch-libanesische Teufel, dessen riesige schwarze Augen nur mit einem einzigen Blick den Hosenschlitz aufmachen, besteht jedesmal darauf, mir persönlich ein anderes Zimmer zu zeigen, so oft ich mich über irgendwas beklage – obwohl sie weiß, daß ich kein anderes Zimmer will. Ich ziehe ihr dann die Schlüpfer aus und lege sie bäuchlings übers Bett – egal ob ihr Pieper piepst. Je öfter ich sie ficke, um so öfter will sie von mir gefickt werden. Gründe, mich im Beverly Wilshire-Hotel über etwas zu beklagen, gibt es Tag und Nacht so viele, daß Susan und ich nichts anderes mehr tun als ficken – würde Marlayna, meine Fahrerin, mich nicht schon ganz früh morgens abholen und mir während der Fahrt zum Drehort am Hosenschlitz rumfummeln. Marlayna ist nicht so groß wie die Riesen-Hure in Pakistan – aber doch so groß und kräftig, daß alle anderen Fahrer der Produktion gegen sie zwergenhaft erscheinen und einen Heidenrespekt vor ihr haben.

Im Vergleich zur Riesin in Pakistan, die, proportioniert zu ihrem übrigen Körper, riesige, fleischige Schamlippen hatte – hat Marlayna ein eher winziges, dralles Schweinchen-Fötzchen, das meinen Schwanzkopf wie ein Schmollmund absaugt.

Manchmal übernachte ich bei Susan in ihrer Wohnung. Dann können wir endlich richtig und lange ficken, und ich stoße sie nicht nur von hinten wie im Beverly Wilshire-Hotel, sondern auch von vorn, auf dem Rücken, von der Seite, oder sie reitet mich ab. Ich lecke ihren Schlitz, und sie schleckt mir Hoden, After und Schwanz. Kurz, sie fickt schamlos, wie eine gute Hure.

Marlayna ficke ich nur einmal, weil ich abends gleich nach dem Drehen immer schon Verabredungen mit irgendwelchen anderen Mädchen habe. Marlayna ist geil, aber sie arbeitet als Fahrerin lange Überstunden und kommt kaum dazu, sich ein richtiges Stück Schwanz einzuverleiben.

Donna Wilkes ist meine Tochter in Golans Film. Als ich sie in meinem Hotelzimmer ficke, denke ich wirklich, daß ich meine Tochter ficke. Szenen aus dem Film tauchen vor mir auf, wie ich meine Tochter nackt unter der Dusche sehe und mich nicht von ihrem Anblick losreißen kann – oder wie aufregend hurenhaft sie in den Kleidern ›meiner Frau‹ aussah – verschmelzen jetzt mit der Gegenwart, wo sie angekleidet, mit halb hochgestreiftem Rock auf meinem Bett liegt und kindhaft herumstrampelt, als ich ihr ihre bekleckerten Schlüpfer runterziehe. Ihre Ferkel-Arschbacken, das Bäuchlein und die zitternden Schenkel – ihr scheinbar noch ungeficktes, wie zur Entjungferung dargebotenes Mini-Fötzchen (obwohl sie mit einem alten Kerl lebt, der sie sicher durch und durchgefickt hat), ihr neugieriges Afterloch, das sich fortwährend schließt und öffnet – all ihre Öffnungen, die schreien: Ich will deine kleine Gattin sein!

20th Century Fox hat mir das Nummern-Schild Nanhoï zum Geschenk gemacht, das ich mir so gewünscht habe. Ich kaufe einen Jeep, damit mir das Nummernschild ausgehändigt wird. Dann verschiffe ich den Jeep nach Le Havre in Nordfrankreich, um meinem Babyboy das Nummernschild in Paris zu zeigen.

Nachdem ich meinen Babyboy so lange und so wild an mich gepreßt habe, daß ihm die Puste wegblieb – fahre ich mit Veronika D. mit dem Zug nach Le Havre, um den Jeep vom Schiff abzuholen.

Veronika hat hockend meinen Schwanz von rückwärts drin, als sie mit ihrem Mann in Marseille telefoniert, der gar nicht weiß, daß seine Frau nicht in Paris, sondern in Le Havre ist.

Heute, ganz früh morgens, fahre ich mit Veronika den Jeep nach Paris, zeige ihn Nanhoï, schraube das Nummernschild, das von jetzt ab für immer mir gehört, wieder ab und verkaufe den Jeep.

Ich bin nur gekommen, Nanhoï zu umarmen und ihm den Jeep mit dem Nummernschild zu zeigen. Dann muß ich wieder zurück nach Hollywood.

Wochenlang versuche ich vergeblich über Telefon mit meinem Babyboy zu sprechen – als mich ein Brief in Los Angeles erreicht, in dem Minhoï mir mitteilt, daß sie mit Nanhoï wieder nach Indien geflogen ist und nach Nepal.

Gerade da passiert es, daß ich während der Nachtaufnahmen einen Unfall habe. Mein Hinterkopf hinter meinem linken Ohr schwillt faustdick an und ich stürze hin, sobald ich mich aufzurichten versuche. Eine Ambulanz bringt mich ins Krankenhaus, wo sie mich bis zum nächsten Morgen um 9 Uhr liegen lassen, ohne sich um mich zu kümmern. In meinem Gehirn arbeitet es wie wahnsinnig: Was, wenn ich so verletzt bin, daß ich in ein Koma falle und nie mehr das Bewußtsein wiedererlange?! Mir kommen die Tränen vor ohnmächtiger Wut. Ich fürchte mich vor nichts. Nur davor, daß Nanhoï keinen Papa mehr hat. Nein! Es darf nicht sein!! Nie, nie!! – darf etwas geschehen, das meinem Babyboy seinen Papa nimmt!! Wenn ich bloß wüßte, *wo* sie in Indien sind!!!

Beim Röntgen stellt man fest, daß mein Schlafzentrum schwer getroffen ist. Sie lassen mich ins Hotel zurück, aber ich muß ein paar Tage im Bett bleiben.

Ich bin immerzu müde, sogar nur den Telefonhörer abzuheben und ›hallo‹ zu sagen erschöpft mich so sehr, daß der Hörer mir aus der Hand fällt. Susan kümmert sich so fantastisch und rührig um mich, und meine Kraft kommt zurück – zumindest in meinem Schwanz, der sofort hart wird, sobald Susan zu mir ins Zimmer kommt.

Herzog taucht plötzlich in Los Angeles auf und geht überall hausieren, um Geld für ›Fitzcarraldo‹ zu erbetteln. Aber niemand vertraut ihm hier in Amerika so viel Geld an, wie der Film kosten soll. Nur der Abfall-Produzent Corman legt ihn wie ein richtiger Lumpenhändler aufs Kreuz und gibt ihm für die amerikanischen Rechte, ich glaube 300 000 Dollar. Das ist lachhaft. Aber Herzog, der sich seit ›Aguirre‹ auf Preis-Einsammel-Tour befindet – es gibt kaum ein Land, das ›Aguirre‹, ›Nosferatu‹ und ›Woyzeck‹ nicht irgendeinen Preis verliehen hat – prahlt auch noch mit Corman und riskiert ein großes Maul. Ich hatte ihm während ›Nosferatu‹ eine weiße Hose von Yves St. Laurent aus Paris mitgebracht, weil es nicht mehr auszuhalten war, daß er ewig dieselbe verfurzte, ungewaschene, scheißfarbene Hose anhatte. Ewig denselben verschwitzten, ungewaschenen, scheißfarbenen Pullover, und ewig dasselbe verklebte ungewaschene, scheißfarbene Hemd, das an Zuchthaus- oder Irrenhauskleidung erinnert. Wer weiß, was er mit der Hose von St. Laurent gemacht hat – jedenfalls ist er wieder mit diesen scheißfarbenen, verschwitzten, verfurzten Lumpen bekleidet – genauso ungewaschen und faulzahnig wie eh und je – und genauso aufsässig und verfressen auf Kosten anderer wie eine Abfalltonne, die er ist.

Golan fragt mich immer wieder nach ›Paganini‹. Aber ich traue ihm nicht. Ich bin überzeugt, daß er keine Ahnung hat, wovon ich rede, wenn ich ihm von meinem Drehbuch erzähle. Das erste, was er mir in seinem Büro am Sunset Boulevard zeigt, ist die Oscar-Nomination für ›Entebbe‹. Das erinnert mich wieder an den Schweinefraß, den ich während der Schinderei in Israel herunter-würgen mußte. Ich frage mich, warum diese Preisperversen sich die Nominationen nicht aufs Klo hängen. Da könnten sie sich doch ungestört und zu jeder Zeit davor einen abwichsen.

Als mich eine von diesen ›Playboy-Limousinen‹ (warum die wohl so heißen) – die immer nur außen gereinigt werden, in denen nie jemand ein Fenster öffnet, und deren Fahrer vorher Lei-chen zum Friedhof gefahren haben – mich zum Präsidenten der Disney-Studios bringt, der mich wegen eines Projekts sprechen will – fängt dieser Leichenwagenfahrer unaufgefordert an, ›Be-sichtigungstour‹ zu spielen: »Das ist der Friedhof, auf dem die Hollywoodschauspieler begraben liegen«, sagt er und zeigt auf die rechte Seite der Schnellstraße.

Dann zeigt er über die Schnellstraße nach links und sagt: »Und dort drüben liegen die Disney-Studios.«

»Also nur einen Sprung über die Straße«, sage ich.

Ich kann im Rückspiegel sehen, wie seine Fratze sich zustim-mend zu einem Totengräbergrinsen verzerrt.

Zurück nach Paris für ›Kind-Frau‹.

Es gibt, glaube ich, keine gemeinere, selbstmörderischere Ge-gend in Frankreich als die, welche diese Regisseur-Zicke für den Film ausgesucht hat. Richtung Belgien. Brutal und hinterlistig, und jetzt, November/Dezember, auch noch grau und kahl, eisiger Matsch, Nebel, Glatteis und Schnee.

Das Hotel ist die Imitation eines Schlößchens aus dem 17. Jahr-hundert, in dem Tag und Nacht gebaut wird und in dem wir tagsüber auch noch drehen. Bohrmaschinen, Hämmer, Sägen, Traktoren, Geschrei, giftiger Staub und der Gestank von Tünche – Tag und Nacht. Die angeblich ›türkischen‹ Luxusbäder mit riesi-gen runden Badewannen aus Plastik, in denen man ohne weiteres ersaufen würde, funktionieren folgendermaßen: Wenn man die Spülung auf dem Klo zieht, kommt Scheiße und Pisse aus dem Abfluß der Badewanne hoch. Dreht man den Kaltwasserhahn auf, kommt kochendheißes Wasser, das nach Scheiße stinkt, und so fort. Wie in den Filmen von Laurel und Hardy. Dieses sogenannte

›Luxusschlößchen‹ wird von Parisern für Wochenenden mit ihren Huren als Bordell benutzt. Jedoch nicht nur, weil ich in dieser Kloake überschnappen würde – vor allem deswegen fahre ich jeden Tag die 200 km hin und zurück, damit ich in Paris bin, falls Minhoï plötzlich für den Abend Nanhoï zu mir an den Quai Bourbon kommen läßt.

Die Dreharbeiten sind eine einzige Schlacht gegen Unfähigkeit und aggressive Aufsässigkeit von seiten der Regie-Zicke und einem Stümper von Kameramann – die in ihrer Unfähigkeit fest zusammenkleben.

Weihnachten wird mein schönstes aller Weihnachten, weil ich über mehrere Tage ausschließlich und allein mit meinem Liebling zusammen bin. Ich schmücke nächtelang den Weihnachtsbaum. Es soll der schönste Weihnachtsbaum werden, den ich mir selbst als kleiner Junge wünschen konnte. Ich kaufe Berge aller Süßigkeiten, die mein Schleckermäulchen so gerne ißt. Und Berge von Spielsachen, eine Eisenbahn, bunte Bälle, ein Fahrrad, ein Indianerzelt, Spieluhren, Schiffchen und Boote für die Badewanne, ein Segelschiff, ein Schaukelpferd, Glasmurmeln, Bilderbücher, Buntstifte, ein Flugzeug, ein Tretauto, einen Roller und viele kleine Spielautos, vom Rennwagen bis zum Rolls Royce. Wir gehen überhaupt nicht aus dem Haus. Draußen ist es unerbittlich kalt und freudlos. Wir aber liegen auf dem mit Moquette ausgelegten Fußboden und spielen, spielen, spielen, spielen, spielen – bis wir, vom vielen Spielen erschöpft, im Indianerzelt einschlafen. Und wenn wir aufwachen, dann spielen wir weiter. Kann man glücklicher sein?

Der italienische Produzent Carlo Ponti, der wegen seiner Steuern nach Paris abgehauen und französischer Staatsbürger geworden ist, will mit mir so einen Film drehen, der von Operationen handelt, Mann wird Frau, oder Frau wird Mann – ich habe es nicht so genau gelesen. Er kommt für mich sowieso nicht in Frage, weil dieser Ponti ein mieser Pfennigfuchser ist. Aber er ist sehr liebenswürdig und gastfreundlich, und Nanhoï trinkt eine ganze Karaffe Orangensaft in seiner Wohnung in Paris, den er für ihn frisch ausgepreßt hat.

Manita de Plata ist auch in Paris, diesmal für eine TV-Show. Ich fahre ins Studio, um ihn zu umarmen. Ich finde ihn in einem Wartezimmer. Es brennt kein Licht. Ich stolpere fast über einen der Zigeuner, die mit Manita auftreten und auf dem kahlen Fußboden liegen und rauchen – während Manita in einer Ecke an den Saiten seiner Gitarre zupft. Es kommt mir vor wie der ›freie‹ zoologische Garten außerhalb von Paris. Die Toreinfahrt allein ist wie die Toreinfahrt zu einem Sträflingscamp. Die für die Freiheit geborenen Tiere liegen mit abgewandtem Kopf dahinsiechend herum, als wären sie zu geschwächt, sich aufzurichten, und zu stolz, sich von dem Blick der Menschen verhöhnen zu lassen.

Minhoï fliegt zu Freunden nach Kalifornien, und Nanhoï und ich fahren, zum ersten Mal allein, in die Ferien.

Wir fliegen auf unsere Insel auf den Bahamas. Planschen eine ganze Woche lang in smaragdenem und türkisfarbenem Wasser, über dem sich der türkisfarbene blaß-violette Himmel am Abend und Morgen von rosa-lila bis glühend rot färbt – buddeln im schneeweißen Sand und bauen Burgen, kochen auf offenem Holzfeuer, rösten uns Krebse und Krabben und die wohlschmeckendsten Fische – und schlafen im Sand unter Millionen von ganz nahen Sternen, und decken uns mit den Milchstraßen zu, die tief auf uns herunterhängen. Nanhoï fragt mich, ob die Erde rund ist und ob sie sich tatsächlich drehe. Er ist $2^1/_2$ Jahre alt.

Steven Spielberg bietet mir an, ›Raiders of the last arc‹ mit ihm zu drehen, jemand bringt mir das Drehbuch aus Hollywood nach Paris. Aber so gerne wie ich mit Spielberg einen Film machen würde – das Drehbuch ist eine genauso verblödende Scheiße wie viele andere dieser Sorte, die ich hinter mir habe. Claude Lelouch quatscht zur selben Zeit auf mich ein, für seinen Film ›Die einen wie die anderen‹. Ich würde auch mit ihm filmen, aber nicht für die schäbige Gage, die mir diese Ratte bietet. Außerdem ist der amerikanische Film ›Schlangengift‹ noch mit im Rennen – alle drei zur gleichen Zeit. Ich entscheide mich für ›Schlangengift‹, weil die Gage sehr hoch ist, obwohl ich London hasse, wo der Film gedreht werden soll.

Vorher muß ich nach Tokio. ›Früchte der Leidenschaft‹ ist ein japanischer Film in Japan und China. Mädchen, Frauen, Knaben, Männer, der Regisseur, Kamera und die ganze übrige Truppe sind Japaner. Außer mir sind noch zwei Französinnen da. Die beiden habe ich im Film vor der Kamera zu ficken. Die eine schleppe ich sofort in Paris zum Quai Bourbon und ficke sie auf dem Fußboden gleich hinter der Eingangstür.

Die andere Französin ist hysterisch und wehrt sich noch kämpfend, nachdem ich sie schon längst gefickt und meinen Bolzen tief in ihr abgeschossen habe. Sie ist verheiratet und faselt beim Ficken von ›Vergewaltigung‹, ›Ehebruch‹ und ›Schuft‹ … jedoch steht ihr hinreißender Arsch so geil nach hinten weg, daß sie nichts anderes wollen kann als Ehebruch.

Minhoï und Nanhoi kommen mit nach Japan.

Bevor die Dreharbeiten beginnen, gehen wir mit unserem Söhnchen in den Zirkus und in den japanischen Lunapark, wo wir mit dem Karussell fahren. Und am 30. Juli, an Nanhoïs Geburtstag, veranstalte ich von den Fenstern unserer Hotelsuite aus ein Feuerwerk mit Raketen und Feuer-Regen.

Als die Dreharbeiten in Tokio und China beginnen, fahren Minhoï und Nanhoï mit dem Zug durch ganz Japan. Auf dem Bahnhof in Tokio trägt Nanhoï sein erstes winziges japanisches Rucksäckchen, auf das eine Eisenbahn aufgedruckt ist. Ich bringe sie ins Zugabteil und warte, Nanhoï fest umschlungen, bis der Zug anfährt und ich abspringen muß. Ich laufe neben dem immer schneller fahrenden Zug her – während mein Babyboy mir wild durchs Abteilfenster zuwinkt, seine kirschroten Lippen ans Glas des Abteilfensters preßt und mir Kußhändchen zuwirft, d. h. er küßt sich selbst in die Hand und pustet den Kuß durchs geschlossene Abteilfenster auf meinen Mund – bis der Zug ein solches Tempo aufnimmt, daß ich nicht mehr daneben herlaufen kann und der Zug mit meinem Nanhoï aus dem Bahnhof und durch Japan rast …

In dem japanischen Film wird viel gefickt. Richtig gefickt, in allen Stellungen, auch in den Mund. Es ist die Geschichte eines Mannes, der seine Geliebte in Shanghai in ein Bordell gibt, weil ihn das erregt. Das Mädchen tut es aus Liebe zu dem Mann, aber sie leidet furchtbare Qualen. Der größte Teil der Handlung spielt sich also in einem Bordell ab, in Tokio, das heißt 80 Kilometer von Tokio entfernt, in den ältesten und primitivsten Stummfilm-Studios Japans. Ohne Aircondition bei mehr als 40 Grad im Schatten, mit einem Wasser-Suppe-Fraß und bis zu 24 Stunden ohne Unterbrechung. Die Japaner beschweren sich nie, aus dem einfachen Grund, weil sie gern arbeiten. Der Sauerstoff im Studio existiert überhaupt nicht mehr, man könnte die Luft mit dem Messer in Stücke schneiden, jeder Atemzug ist ein Kampf. Dazu schwitzen wir alle so, daß uns das Wasser buchstäblich aus der Arschritze und aus den Hosenbeinen läuft. Man kann kaum die Augen öffnen, der salzige Schweiß, der von den klitschnassen Haaren übers Gesicht strömt, brennt wie Feuer in den Lidern.

Das alles kenne ich aus anderen Filmen. Hier jedoch sieht die Sache anders aus: Hier muß laut Drehbuch gefickt werden, richtig gefickt! Direkt vor der Kamera, mit allem drum und dran und in allen Stellungen, auch mit dem Mund. Die Geschlechtsorgane müssen vor und während des Fickens klar und deutlich zu sehen sein, vor allem der Ständer. Jedoch allen hängen die Schwänze schlapp herunter. Auch wenn der Produzent und der Regisseur, Jushi Terajama, einen Vertrag miteinander unterschrieben haben, daß mindestens sechs Geschlechtsakte (das heißt, daß ich allein fünf Mädchen vor der Kamera ficken muß) gefilmt werden müssen. Eines der japanischen Mädchen, die ich ebenfalls ficken muß und die ich auch nach Drehschluß im Hotel stoße, nimmt sich der anderen Schlapp-Schwänze an. Das sieht so aus: Sie geht mit dem jeweiligen Schlapp-Schwanz in eine dunkle Ecke des Studios und lutscht so lange an dem jeweiligen Schwanz herum, bis er sich endlich strafft und zu einem halbwegs akzeptablen Ständer aufrichtet. Sie muß genau wissen, wann sie mit dem Saugen aufzuhören hat. Auf keinen Fall darf der Schwanz zu spritzen anfangen, das darf er nur vor der Kamera.

Sobald also einer dieser Schlapp-Schwänze sich aufzustellen beginnt, läuft das Mädchen in Windeseile zu Terajama und gibt das Zeichen, daß der Schwanz gefilmt werden kann. Oft geschieht es, daß der jeweilige Schwanz zwar im heißen, gierigen Mund des Mädchens und durch ihre Saugarbeit straff gemolken wurde – jedoch in der unerträglichen, schweren, feuchten Tropen-Hitze, die wie Sandsäcke auf den Hoden lastet, geht der Blutdruck in dem jeweiligen Schwanz ohne Melkmädchen wieder schnell zurück und der Ständer bricht zusammen, bevor die Kamera läuft.

Ich selbst lange von Zeit zu Zeit meinem Fötzchen in die Schlüpfer und ziehe den scharfen Geruch tief ein. Oder ich lutsche den salzigen Schweiß aus den langen Haaren unter ihren Achselhöhlen.

Das geht mir wie eine Impfung ins Blut und mein Fiedelbogen spannt sich sofort von neuem.

Von langem Stehvermögen kann natürlich bei der mörderischen Temperatur nicht die Rede sein, und die erste Aufnahme muß sitzen.

Das Mädchen mit dem köstlichen Käse, die ich laut Drehbuch in ein Bordell gebe, bekommt während einer Szene des Films einen Nervenzusammenbruch – als ihr im besagten Bordell ein mechanischer Schwanz von einer Art Fick-Maschine eingeführt wird: Sie schmeißt sich auf den schleimigen, kalten Sandboden des Studios und wälzt sich schreiend und kreischend im Dreck – niemand kann sich ihr nähern. Ich beruhige sie liebevoll und führe sie in meine Garderobe, wo ich sie über den Schminktisch vor dem Spiegel beuge und sie roh und gründlich von hinten ficke. Dann ist es wieder gut.

Jeden Tag versuche ich, mit Nanhoï zu telefonieren, aber es wird immer schwieriger, eine Verbindung herzustellen, weil Minhoï mit ihm nirgends lange bleibt und vor allem weil ich oft erst nachts aus dem Studio komme und Nanhoï dann schon schläft. Wenn ich etwas früher abgedreht bin, hetze ich wie von Sinnen mit meinem Chauffeur nach Tokio zurück, und starre wie hypnotisiert aufs Telefon, ob es klingelt und mein Babyboy mich anruft. Auch von China aus spreche ich mehrmals mit ihm in Japan, aber es klappt oft nicht. Nanhoï schickt mir auch Ansichtskarten, auf denen er in seiner himmlischen Babyboy-Krickelei schreibt, daß er mich liebt.

Nastassja ist zur Premiere von ›Tess‹ in Tokio. Ich rufe sie sofort im Hotel Imperial an, aber sie schreit mich durch den Hörer an, rasend vor Wut, daß ich sie in Hollywood nicht angerufen hätte.

Ich wußte überhaupt nicht, daß sie zur gleichen Zeit wie ich in Hollywood war. Ich hatte auf der ganzen Welt nach ihr gesucht, weil sie mir nie sagt, wo sie sich befindet.

Minhoï und Nanhoï fliegen von Japan direkt nach Kalifornien. Ich muß von Japan direkt nach London, ›Schlangengift‹ drehen. Drei Monate! Allein die täglichen Fahrten in die Studios und zurück, je zwei Stunden durch den tödlichen Verkehr, fressen an meinen Nerven. Martin Bergmann, der Produzent des Films aus New York, feuert den amerikanischen Regisseur Toby Hooper, den großmäuligen englischen Kameramann und das fette Skript-Girl, das immer alles falsch abstoppt, nach vier Wochen Dreharbeit. Er schmeißt das gedrehte Material in die Abfalltonne und fängt den Film von vorn an. Alle amerikanischen Regisseure, die etwas auf sich halten, sind natürlich so kurzfristig nicht zu kriegen. Also bleibt meinem Freund Martin (der beste und zugleich gütigste Produzent, dem ich je begegnete) nichts anderes übrig, als sich so eine vollgeschissene Unterhose von britischem Fernseh-Regisseur zu holen – der natürlich ›frei‹ ist.

Martin ist der einzige der sieht, wie ich mich mit diesem Gesindel herumquälen muß. Als ich es ohne meinen Nanhoï nicht mehr ertragen kann, läßt er mich für einen Tag nach San Francisco fliegen.

Ich komme am Nachmittag in San Francisco an – wo Minhoï mit Nanhoï auf dem Flugplatz auf mich warten. Nanhoï hat ein kleines Blumensträußchen mitgebracht. Es sind für mich die zauberhaft schönsten Blumen, die ich je geschenkt bekommen habe. Wir fahren nach Marin County, wo beide mitten im Wald in einem winzigen Häuschen wohnen, so klein wie ein Puppenhaus. Alles ist wie im Märchen: Wälder und Hügel und Täler und Wiesen und Schluchten und blumenübersäte Felsen und Albatrosse und Adler und Rehe und Hirsche und Elche und große Wildkatzen und Pumas von weit her – und das Meer, in dem Haie schwimmen und in dem Wale vorüberziehen. Die Rehe bleiben direkt vor mir stehen und sehen mich an. Sie wissen, daß ich ihnen nichts antue. Die Wälder sind noch unversaut, jungfräulich wie zur Zeit der Indianer. Hier ist die Küste des pazifischen Ozeans frei von den giftigen Klauen der Verbraucher-Pest. Dank eines ungewöhnlichen Mannes, dem Verwalter von Marin County, Gary Giacomini, der mein bester Freund wird.

Ich miete ein kleines Zimmer, und nachdem Nanhoï so lange auf der Matratze meines Bettes wie auf einem Trampolin in die Luft gesprungen ist, bis er nicht mehr hopsen kann, fallen wir umarmt in süßen Schlaf.

Heute früh muß ich wieder nach London zurück. Als die Limousine mit mir aus dem Märchenwald hinausfährt, winkt Nanhoï mir von der Terrasse des Puppenhäuschens so lange nach, bis die Zweige der Bäume wie durch Zauber den Blick verschließen.

Die Fahrt zum Flugplatz von San Francisco erscheint mir endlos. Es ist so qualvoll, von meinem Sohn wieder getrennt zu sein, so schmerzvoll – als wäre ich zwischen zwei niedergezwungene Bäume gespannt, die beim Hochschnellen meinen Körper zerreißen.

Jeden Tag ruft jetzt so ein Schwachkopf aus Hollywood in London an und will mir einen Film in Australien und Neuseeland aufschwatzen. Ich will keinen Film in Australien machen. Nicht jetzt. Nicht für alles Geld der Welt. Ich bin erschöpft und angeekelt. Aber vor allem will ich den Film nicht machen, weil ich nach London zum erstenmal zwei volle Monate mit meinem Nanhoï zusammen sein werde. Nanhoï und ich, wir beide ganz allein, Tag und Nacht. Wir werden machen können, was uns Spaß macht, essen, was wir wollen, spielen, was und solange wir Lust haben, uns umarmen und küssen, bis wir keine Luft mehr bekommen, und lachen, lachen, lachen …

Minhoï will die zwei Monate nach Guatemala fahren. Es ist heller Wahnsinn, in Guatemala ist Mord und Totschlag. Aber ich kann es ihr nicht ausreden.

Der Film in London hat vier Monate gedauert.

Auf dem Weg nach San Francisco mache ich Halt in Los Angeles, um Häuser anzusehen für die Zeit, die ich in Hollywood filmen werde. Die meisten Häuser sind wie Gruften, mit grauenerregenden Möbeln vollgepackt wie mit Särgen. Alles fault vom Verfaulen der Verfaulung. Verfaulte menschliche Seelen und Gehirne. Überall Gitter, elektrische Zäune, elektrische Toreinfahrten,

TV-Kameras, Sprechanlagen, Verbotsschilder, ›patrouilliert von bewaffneten Wächtern‹. Kabel-Television, Waschmaschinen, Abspülmaschinen, Abfallschlucker direkt aus dem Abspülbecken, Kamine mit Beton-Holz und Gasfeuer, Gärtner, Poolman, Barbecue, Blätter-Wegbläser, Grasmäher – und das Haus, das ich schließlich miete, hat sogar auf dem Klo eine Arschloch-Spülanlage. Das Haus liegt in Bel Air. Alles ist weiß: Die Wände, der Bodenvelours, die Möbel. Der größte Teil der Wände besteht aus Glas, vom Bett aus kann man die entfernten Berge sehen. Sonst nichts als Bäume, Pflanzen, Blumen und der Himmel.

Noch heute fliege ich weiter nach San Francisco, und dann im Auto bis Marin County zu meinem Babyboy.

Wieder ist Weihnachten, und ich bin allein mit meinem winzigen Bub in dem Puppenhäuschen mitten im Wald, das ich für diese Zeit gemietet habe. Ich habe einen kleinen Tannenbaum aus dem Wald geholt und ihn ganz bunt geschmückt. Ich stehe in der winzigen Kochnische und koche für meinen Babyboy. Ich habe gerade in der Badewanne unsere Wäsche gewaschen, und sie hängt an einer Leine über dem Ofen, in dem das Holzfeuer knistert. Die zwei Schlafstellen sind übereinander wie in einer Jugendherberge. Wir schlafen in dem oberen Bett, das so hoch ist, daß ich mich in Klimmzügen hochangeln muß, nachdem ich Nanhoï hinaufgeholfen habe. Und der Platz zum Schlafen ist so eng, daß wir keinen Platz hätten, wenn wir uns nicht ganz fest aneinander schmiegten. Ich liege am äußeren Bettrand, damit mein Babyboy nicht herausfallen kann, während er sich bis in die Nische des schräg abfallenden Daches rollt, das fast auf dem inneren Bettrand aufliegt. Vielleicht werde ich bei jedem Weihnachten mit Nanhoï sagen: »Dies ist das schönste Weihnachten meines Lebens« – bis zu diesem Augenblick ist jedoch dieses Weihnachten das wunderschönste, das ich mir wünschen kann!

Marlayna bringt uns das Mercedes-Cabriolet, das ich in Beverly Hills gekauft habe, und mein Babyboy und ich fahren nach Los Angeles, um für unser Haus in Bel Air Spielsachen und Lebensmittel einzukaufen.

Mein Agent schleppt mir eine junge Japanerin als Haushälterin an, Nauko. Sie kocht fantastisch japanisch und chinesisch, wäscht, bügelt, hält das Haus sauber, wäscht unser Auto, kauft ein, antwortet am Telefon, reinigt den Swimmingpool, gießt die Blumen und sprengt den Rasen, tut alles schnell und leise und lächelt. – Dafür muß ich sie, außer der Bezahlung, ficken. Morgens, mittags, abends, nachts – wann immer ich sie aus dem tiefsten Schlaf geküßt habe. Ob sie kocht, saubermacht oder an der Waschmaschine steht – selbst beim Autowaschen –, wann immer ich ihr die Schlüpfer runterziehe und sie ficke, schnappt ihre nackte heiße Pussy nach meinem Knochen wie ein Hündchen, das knurrt und mit den Zähnen fletscht, wenn man versucht, ihm die wohlverdiente Belohnung wieder wegzunehmen.

Ich war so glücklich die zwei Monate, so ausgelassen, so übermütig und so froh – endlich wieder selbst ein kleines Kind –, daß ich den Tag nicht kommen spürte, an dem ich meinen Babyboy zu Minhoï nach Guatemala bringen muß.

Noch einmal fahre ich heute früh mit einem Schnellboot zu der Halbinsel hinüber, auf der Minhoï und Nanhoï ein Haus gemietet haben. Nanhoï steht auf einem Felsen und winkt mir zu. Und ich stehe auf dem Bug des Schnellbootes und winke Nanhoï zu, und wir winken und winken, bis das Schnellboot mit mir hinter einer Krümmung der Küste seinen Blicken entschwindet und ich ihn nicht mehr sehen kann. Aber ich sehe seine geliebten Händchen noch vor meinen Augen winken, als ich aus Guatemala-City zum Flugplatz fahre, um nach Los Angeles zu fliegen.

Mit mir im Taxi sitzt die Tochter des Pepsi-Cola-Millionärs. Wir müssen uns gegenseitig stützen – ich habe sie bis zum letzten Augenblick gefickt. Sie ist sehr hübsch – aber ihr enorm breites Becken und ihr ungeheurer Arsch sind das Wichtigste an ihr und es kam mir gar nicht in den Sinn, sie in einer anderen Stellung durchzuziehen als von hinten.

»Mein Name ist Morgan Fairchild«, sagt ein Mädchen, das allein an einem Tisch im Restaurant le Dôme sitzt und in kaltgewordenen Spaghettis herumstochert, neben denen eine Tasse kaltgewordener schwarzer Café steht. Sie hatte mich durch das Empfangs-Mädchen, dem ich immer an die Titten fasse, fragen lassen, ob ich mich zu ihr setzen möchte. Ich setze mich zu ihr.

Alles an Morgan Fairchild ist fiebrig. Sie ist so glühend fiebrig, ihre Wangen sind so rosa-glühend und sie hat so glühend fiebrige Augen als habe sie die Schwindsucht. Ihre Hände sind so fiebrig-heiß, und ihre kleinen Titten und ihr kleines Bäuchlein, ihr kleines Ärschchen, ihr süßes nasses, fickrig heißes Fieber-Fötzchen – ihre Fieberschenkel, Fieberfüße, Fieberhaut, Fieberhaare, Fieberohren, Fieberlippen ...

Wir tauschen unsere Telefonnummern aus und versprechen, uns anzurufen. Wie mache ich das mit Nauko!

Sie hätte bereits Grace Bongo, der hinreißend 16jährigen Schülerin aus Afrika die Augen ausgehackt, hätte ich nicht im letzten Augenblick den Entjungferungstermin der kleinen Negerin auf einen Tag verschoben, an dem Nauko auf dem japanischen Markt von Los Angeles rohen Thunfisch einkauft, was mehrere Stunden in Anspruch nimmt.

Grace war ich auf dem Air France-Flug Paris-Los Angeles begegnet. Sie hatte sich vor meinen Sitz auf den Boden gekniet und mich um ein Autogramm gebeten. Ich wußte damals schon (und sie wohl auch), daß ich ihr mein Autogramm in ihre Gebärmutter einbrennen würde.

Der Hollywood-Scheiß mit Billy Wilder ist, Gott sei es gedankt, zu Ende. Es ist für einen Außenseiter unvorstellbar, was sich an Dämlichkeit, Großkotzigkeit, Hysterie, Diktatur und lähmende Langeweile bei den Dreharbeiten mit Billy Wilder abspielt. Die sogenannten Schauspieler sind regelrecht dressierte Pudel, die ›Männchen‹ machen, immer wieder, bis zum Erbrechen, und über ›Stöckchen springen‹, man denkt, daß alle vollkommen verrückt geworden sind. Ich dachte, daß der Irrsinn überhaupt kein Ende mehr nimmt. Aber ich habe einen Haufen Geld bekommen für die paar Tage.

»Die ernsthaften Filme wirst du in Zukunft mit Herzog drehen und die komischen mit mir«, hatte Billy Wilder bei unserem ersten Zusammentreffen im Restaurant La Scala zu mir gesagt.

Ich glaube, daß es eher umgekehrt ist: Die sogenannten komischen Filme von Billy Wilder sind seit langem nicht mehr komisch, sondern stur-verkrampft, und das Lachen gefriert einem in den Mundwinkeln. Während die sogenannten ernsten Filme von Herzog unfreiwillig komisch wären, würde ich tun, was er will.

Bis hierher verfolgen mich diese Schmarotzer von Schreiberlingen, die sich wie Wanzen mit meinem Blut vollsaugen wollen. Wichser, Diebe, Plünderer. Alle wollen Bücher über mich schreiben. Wollen die Kacke ihrer geistigen Stuhlgangverstopfung loswerden und ihren widerlichen Senf dazugeben: Biographien, Filmographien, Videographien, Cover-Stories, Comic-Strips, Talk-Shows und was sonst noch für Fäulnis aus menschlichen Gehirnen. Nachdem sie mich für Doktorarbeiten in den Universitäten zu verhökern versucht haben – benutzen sie mich jetzt als ›Schul-Thema‹ (als Warnung für junge Mädchen?). Die Universität von Michigan in Chicago läßt mich durch meinen Agenten in Los Angeles fragen, ob ich kommende Ostern eine Rede halten möchte über die Kreuzigung von Jesus Christus! Und die Symphoniker von Baltimore lassen anfragen, ob ich vor dem Orchester, während der Intervalle, über Beethoven reden will! Die Universität zahlt überhaupt nichts, da es sich um Jesus Christus handelt! Die Symphoniker bieten 10 000 Dollar für 10 Minuten reden. Ich jage beide zum Teufel. Der französische Kulturminister, Jacques Lang, schickt mir durch die französische Botschaft in Los Angeles den Orden ›Kommandeur des Ordens der Kunst und der Literatur‹. (Was das bloß heißen soll!) »Für das, was ich für Frankreich und die übrige Welt getan hätte.« Wieder ist kein Scheck dabei! Wer ist es, der hier übergeschnappt ist? Was nimmt sich dieser Kerl heraus, mir solchen Plunder zu ›verleihen‹! Die müssen alle eine Schraube locker haben! Ich sage meinem Agenten, daß er den großkotzigen Quatsch zurückschicken soll.

Unsere Badewanne in unserem Haus in Bel Air ist so groß und rund wie ein Jacuzzi und hat eine Stufe, auf der ich sitzen kann, wenn wir Seifenblasen machen. Ich habe so etwas noch nie gesehen, Nanhoï hat es erfunden: Er seift seine Händchen ein, legt die beiden Daumen seiner linken und rechten Hand gegeneinander und bläst den Seifenschaum durch die schmale, schlitzartige Öffnung zwischen den Daumen. Die Blasen sind kräftig und groß wie Tennisbälle, manche haben die Größe von Luftballons. Sie lösen sich von Nanhoïs Daumen und schweben frei im Bad herum … Ich versuche es wieder und wieder, aber es gelingt mir nicht ein einziges Mal. Im Augenblick, wo die Seifenblase größer wird und sich von meinen Daumen lösen will, zerplatzt sie. Ich bin so fasziniert von Nanhoïs Geschicklichkeit, daß ich mir schwöre, nicht eher nachzugeben, als bis ich zumindest eine dieser herrlichen Seifenblasen zu einer akzeptablen Größe aufblasen und sie von meinen Daumen loslösen kann, so daß sie frei im Raum schwebt.

Ich hatte Herzog in Europa gesagt, daß er mich am Arsch lecken kann und den Hörer eingehängt. Daraufhin hatte er FITZCAR-RALDO ohne mich angefangen, mit jemand aus New York und Mick Jagger als Fitzcarraldos Freund. Jetzt kommt er nach Los Angeles angeschissen und bettelt mich, den Film zu drehen.

Nach zirka vier Wochen, die er mit dem Typ aus New York gedreht hat, mußte selbst Herzog mit dem Gehirn eines Blöden kapieren, daß alles auf den Müll gehört und daß er den Film von vorn anfangen muß. Zum viertenmal hat dieses Großmaul bewiesen bekommen, daß er ohne mich eine Null ist. Dennoch versucht er in Los Angeles mich hereinzulegen. Punkt für Punkt des Vertrages muß immer wieder von neuem getippt werden – bis Herzog endlich aufgibt und um Mitternacht aus dem Anwaltsbüro in Beverly Hills davonrennt und mir den Vertrag blanco unterschrieben daläßt.

Minhoï und Nanhoï sind in Marin County. Ich flieg zu meinem Babyboy, um ihn noch einmal zu umarmen und zu küssen, bevor ich nach Südamerika muß und für so lange Zeit von ihm getrennt sein werde.

Nanhoï verlangt mir das Versprechen ab, nie mehr zu rauchen. Ich gebe es ihm.

Die fünf Monate im Dschungel von Peru sind ganz ähnlich den Monaten als wir vor zehn Jahren ›Aguirre‹ drehten. Wieder sind es Herzogs totale Ahnungslosigkeit, Beschränktheit, Unfähigkeit, Arroganz und Rücksichtslosigkeit, die immer wieder unser Leben aufs Spiel setzen, den endgültigen Zusammenbruch der Dreharbeiten und den Ruin der Finanzierung androhen. Wieder ernährt er die Truppe mit ungenießbarem Fraß, den er mit Schweinefett-Öl kochen läßt. Wieder mangelt es am Nötigsten, um die Beteiligten bei Kräften zu halten und vor gefährlichen Erkrankungen und Seuchen zu bewahren. Wieder mangelt es an Früchten, Gemüse und vor allem an Trinkwasser. Ich bin der einzige, der eine tägliche Mineralwasser-, Papaya- und Zitronen-Ration im Vertrag hat.

Und ich bin der einzige, der diesen Schweinefraß wenn irgend möglich nicht frißt – und mir, so oft ich Gelegenheit habe, im Fluß gefangene Fische, geschossene Wildhühner oder eine Wildente auf einem Holzfeuer röste.

Sobald Herzog den Braten riecht, klebt er wie eine Schmeißfliege an mir und will mir alles wegfressen. So viel ich ihn auch beschimpfe und beleidige und sogar bedrohe – sobald er etwas von mir will, ist er wieder da, wie Malaria, wie der Gestank, der unaufhaltsam von einem Haufen Scheiße ausgeht.

Die Einzelheiten aller Schindereien und Schikanen im Dschungel – Herzogs Hirnverbranntheit, Frechheit, Dreistigkeit, Brutalität, Stumpfsinn, Größenwahn und Talentlosigkeit – und deren Folgen aufzuzählen und zu beschreiben wäre ein einziges Kotzmittel und unverzeihliche Zeit- und Energieverschwendung. Er ist derselbe faulende Abfallhaufen wie vor zehn Jahren – nur noch blödsinniger, noch kopfloser, noch paralytischer, noch mörderischer.

Er schleppt Tag und Nacht ein Notizbuch in einem Lederetui am Gürtel mit sich herum, in das er seine großmäuligen Lügenberichte über die Dreharbeiten einträgt. Dazu hat er sich einen sogenannten Dokumentarfilmer engagiert, Less Blank, der an nichts anderes denkt als an fressen – und der einen Dokumentarfilm über Herzog drehen soll. Dieser Freßsack ist so faul, daß er alles verpennt.

Ist er einmal, aus Zufall, zur rechten Zeit am Ort, dann nödelt er so lange herum, bis er seine Kamera endlich auf dem Stativ befestigt hat, daß inzwischen alles vorbei ist. Aus der Hand dreht er nicht. Sicher verwackelt er alles, der Hauptgrund ist jedoch zweifellos die Kamera selbst, die ihm zu schwer und unbequem ist.

Wieder sind Herzog und sein Kameramann wochenlang ungewaschen. Wieder starrt ihre Kleidung vor Dreck. Nicht Erde, nicht Schlamm oder Lehm. Nein, Dreck! Dreck von ihnen selbst:

Schweiß und Ausdünstung bilden eine schmierige Masse, die selbst unter freiem Himmel wie Stinkbomben stinkt. Selbst das dünne Leder über dem Gummirand des Kamerasuchers, das normalerweise aus hygienischen Gründen täglich gewechselt werden muß, wird wochen-, ja monatelang nicht erneuert, ist mit einer Art schwarzgrauem Schleim überzogen und stinkt so unerträglich, daß ich mich nicht mehr in die Nähe der Kamera begebe. Dazu kommt eine geradezu ekelerregende Freßsucht und Faulheit, diese Brut pennt noch um 8 oder 9 Uhr morgens – während der Tag im Dschungel um 3 Uhr morgens anbricht und das wundersamste, magischste Licht die Schöpfung in ihrer geheimnisvollen Kraft und Reinheit offenbart.

Der Dschungel entsteht vor meinen Augen aus farbigem Morgennebel, so wie ein Körper aus dem Mutterleib geboren wird. Alles ist neu, jung und unberührt. Nie zuvor haben Menschen das auf einer Kinoleinwand gesehen.

Heute ist der Morgennebel rosa, fast veilchenblau. Ich schlage mir mit dem Buschmesser einen Pfad durch die Pflanzen-Wände bis zu der Stelle, wo ich über den Fluß sehen kann und wo am steil abfallenden, gegenüberliegenden Ufer das 350 Tonnen schwere Schiff an einer einzigen Stahltrosse hängt – als führe es steil hinauf in die rosa und veilchenblauen Wolken des Himmels. Es ist 4 Uhr morgens. Ich stürze durch den Dschungel ins Lager zurück und trete Herzog und Brut mit den Füßen aus dem Schlaf. Als Herzog mit eigenen Augen sieht, wovon ich in sein Ohr geschrien habe – bewegt er endlich seinen Arsch und rennt den Fluß entlang. 5 Uhr morgens. In 20 Minuten wird der Nebel zerrissen sein, und nichts wiederholt sich in der Natur, nichts gleicht dem vorangegangenen. Die Aufnahme, die ich will, kann gerade noch gedreht werden.

So geht das tagaus, tagein, mehrmals täglich, fünf Monate lang. Immer wieder muß ich mich weigern, den haarsträubenden Quatsch, den Herzog geschrieben hat, und seine dilettantischen ›Regieanweisungen‹ auszuführen. Ich muß ihn zu jeder von mir gewollten Kameraeinstellung zwingen. Muß seinem Blödling von Kameramann zeigen, wo die Kamera hingehört und Objektiv und Entfernung bestimmen. Ich ›probe‹ keine einzige Szene. Ich sage ›drehen!‹, und ich tue es nur einmal.

Der Film ist so gut wie zu Ende. Noch ein paar Wochen, dann bin ich das Ungeziefer los. Die Schlußszene des Films, die vorgezogen wird, drehen wir auf dem fahrenden Schiff auf dem Amazonas-Strom. Ich muß eine riesige Zigarre rauchen. Ich stehe auf dem Deck des Schiffes, direkt im Fahrtwind, der den schwarzen Qualm aus dem Schornstein in mein Gesicht bläst und in meine Lungen. Es ist der Qualm von Gummireifen, die sie im Maschinenraum verbrennen – denn das Schiff, das ein Dampfschiff darstellen soll, wird in Wirklichkeit mit einer Dieselmaschine angetrieben. Ich denke, daß ich meine Eingeweide auskotzen muß, als die Aufnahme, mit verschiedenen Objektiven gedreht, fertig ist. Mir ist so übel, daß ich der Ohnmacht nahe bin – als Herzog zu mir kommt und sagt, er wolle die Aufnahme wiederholen. Dieser Köter muß endgültig irrsinnig geworden sein! Er ›will‹, daß ich noch einmal durch dieselbe Hölle gehe?! Und wozu???? Die Aufnahme war Okay, ich weiß es!!!! Das genügt!!!!

Ich trete Herzog mit einem Kung-Fu-Tritt zu Boden und in die Fresse. Als der Fotograf knipsen will, schleudere ich einen Stuhl nach ihm. Er drückt sich feige und sucht das Weite. Dann steige ich aufs Zwischendeck hinunter, um dieses Kotzmittel von Herzog nicht mehr sehen zu müssen.

»War das wirklich nötig?« fragte dieser Jämmerling, als er zu mir aufs Zwischendeck angeschissen kommt.

»Wir werden sehen«, sage ich, »du kannst noch mehr Prügel haben, wenn du willst!«

»Bist du bereit, weiterzudrehen?« winselt dieser Wurm.

»Natürlich, du Rindvieh«, sage ich, »dazu bin ich ja hier.«

In Iquitos kriege ich einen Brief von meinem Babyboy. Den allerersten Brief, den er jemals geschrieben hat:

>»Bitte, gibt acht auf
>die Schlangen.
>
>>Ich liebe Dich.
>>Nanhoï.«

Ich muß weinen. Ich muß lachen. Ich muß unter Tränen lachen und lachend weinen – wenn ich den Brief, jeden Abend und jeden

Morgen, hervorhole und wieder lese. O du mein über alles geliebter Liebling! Du bist das einzige, was ich in der Wildnis nicht vergessen kann. Weder im Hurrikan auf offenem Meer, noch in der
Wüste, noch in den Gletschern der Berge: Du bist gegenwärtiger
als die Wildnis selbst. Durch dich allein bin ich fähig zu erkennen,
daß ich ein Teil von ihr bin. Du bist gegenwärtiger als das Licht.
Denn ohne deine Liebe wäre ich blind in der Finsternis. Du bist
überall, wo Liebe ist. Liebe ist überall, wo du bist. Du bist die
Liebe, du bist das Leben! Du wächst mir entgegen aus den Zweigen und Blättern. Du küßt mich aus den Gesichtern der Blumen.
Du streichelst mich mit den kühlen Händen der Flüsse und liebkost mich mit den warmen Fingern des Regens. Du umarmst
mich mit den Leibern der Nebel. Du siehst mich an aus den
Augen der Himmel. Deine Ärmchen sind stark wie die Muskeln
von Riesenkatzen. Du umflatterst mich mit den Farben der
Schmetterlinge. Du sprichst zu mir aus dem Flug der Vögel und
lachst zu mir aus ihrem Gesang. Du durchströmst mich mit Wind
und mit Stille. Ich erkenne dich überall, und überall beschützt
mich deine Liebe.

Deine Zeilen sind die süßesten, wundersamsten und überirdisch schönsten, die je zu mir gesprochen wurden!

Die Dreharbeiten müssen unterbrochen werden. Die Großmäuler haben nicht auf die Indianer hören wollen. Der Wasserspiegel
der Flüsse ist so tief heruntergesunken, daß das Schiff im
Schlamm festsetzt. In $2^{1}/_{2}$ Monaten, wenn die Regenzeit beginnt,
werden wir zurückkommen und zu Ende filmen.

Herzog gibt eine von diesen Brechreiz erzeugenden ›Abschieds-
parties‹, die von Produzenten veranstaltet werden, nachdem sie
die Truppe bis aufs Blut geschunden haben. Dann besaufen sich
alle mit billigem Fusel und stopfen sich am Selbstbedienungs-Bü-
fett voll. Ich gehe nicht hin.

Heute Mittag, kurz vor Abflug meiner Maschine, kommt Herzog zum Flugplatz. Er umarmt mich und dankt mir. Mir wird
übel.

Ich löse die Wohnung in Paris auf und lasse mir von Marlayna
den Range Rover nach Los Angeles verschiffen.

Minhoï ist mit Nanhoï auf einer Weltreise. Seit über vier Monaten weiß ich nicht, wo sie sich befinden. Irgend jemand hat gehört, daß Minhoï zur Zeit bei einer Freundin in Rom Station gemacht habe. In drei Tagen ist Nanhoïs Geburtstag. Ich weiß die Telefonnummer der Freundin nicht, aber ich kenne das Haus, wo die Freundin wohnt. Ich nehme das erste Flugzeug, Los Angeles-Paris-Rom. In Rom kaufe ich eine winzige elektrische Märklin-Eisenbahn für Nanhoï und viele Blumen und gehe zu dem Haus, an das ich mich erinnere und in dem ich glaube, daß hier Minhoïs Freundin wohnt. Aber niemand öffnet. Es ist auch kein Portier zu sehen, der mir sagen könnte, ob die Freundin überhaupt in Rom ist und ob Minhoï und Nanhoï bei ihr wohnen.

Heute ist Nanhoïs Geburtstag. Wieder öffnet niemand. Diesmal treffe ich auf den Portier, der mir sagt, daß bereits seit Wochen niemand in der Wohnung ist.

Ich kann es nicht ertragen hier zu sein, an Nanhoïs Geburtstag, ohne ihn. Nachdem ich um die halbe Erde geflogen bin um ihn zu sehen. Ich nehme ein Flugzeug Paris-New York-San Francisco. Ich will zurück nach Marin County, wo ich zum ersten Mal mit meinem Babyboy zwei Monate allein war in dem Puppenhaus im Märchenwald.

Ich finde ein Grundstück, das zu kaufen ist. Über 40 Hektar Wald. Bussarde kreisen den ganzen Tag durch den Himmel und gleiten so tief über meinen Kopf, daß ich den Wind in ihren Schwingen spüre. Die Rehe springen auf Schritt und Tritt um mich herum oder stehen vor mir und sehen mich lange an. Selbst an Wildkatzen kann ich mich bis auf drei Meter heranschleichen. Die Rebhühner gehen zu Fuß, wenn sie mich kommen sehen. Die Schmetterlinge lassen sich berühren. Den Mäusen sehe ich direkt in die Augen. Hier wechselt das Wetter ohne Unterlaß. Hier kommen vom Meer die Nebelschwaden und wälzen sich mannshoch, am hellichten Tag über die Hügel, als würden sie sich in den Mulden der kleinen Täler verabredet haben. Aus wild rasenden Wolken bricht die Sonne durch. Oder es hagelt Eis. Oder beides zur gleichen Zeit. Regenbögen. Windstill wie im peruanischen Regenwald – und stürmisch wie auf offenem Meer. Hier sind die Nächte gepackt in tiefe Dunkelheit, die aus dem schwarzen Himmel herniederbricht – und hier ist die nächtliche Himmelskuppel bis an den äußersten Rand des Horizonts mit leuchtend weißen Sternen überschwemmt, wie mit Diamanten.

Ich kaufe das Land und gebe dem Besitzer sofort das Geld. Hier soll Nanhoï frei sein, so frei wie die Vögel im Himmel.

Ich fliege nach Los Angeles und kaufe einen Mercedes-Stationwagen für Minhoï und Nanhoï und eine Mercedeslimousine für Nanhoï und mich.

Das Mercedes-Cabriolet ist zu klein für Nanhoïs Spielsachen und Bälle, die wir überallhin mitnehmen. Minhoï ruft aus Paris an und sagt, daß ich Nanhoï endlich für zwei Wochen haben darf, aber ich müßte nach Frankreich kommen. Also fliege ich nach Paris. Nehme einen Rolls Royce mit Chauffeur und fahre mit Nanhoï in die Normandie in die Nähe von Dauville, wo Lelouche ein Hotel hat, ein Menoir auf dem Land, mit Tennisplätzen, Swimmingpool und eigenem Kino-Saal für Filme und Video-Tapes. Hier spielt Nanhoï zum ersten Mal Tennis mit mir und Pingpong. Er ist so klein, daß er kaum über den Tischrand gucken kann, aber er gibt nicht auf, bis er die Bälle zurückschlagen kann. Beim Tennis nimmt er den Schläger in beide Hände und schlägt nach ein paar Tagen die ersten Bälle übers Netz zurück. Es ist aufregend, ihm zuzusehen, in allem, was er tut – wie eine Blume, die wächst und sich öffnet mit jedem Licht, das sie empfängt. Wasser jedoch fasziniert meinen Babyboy am stärksten, und er schleppt mich täglich mehrmals in den Swimmingpool, der so tief ist, daß er nicht stehen kann und ich ihn bei seinen ersten eigenen Schwimmstößen auf meinen Armen durchs Wasser trage, oder mit ihm auf dem Rücken schwimme. Das größte Ereignis ist jedoch für meinen Babyboy, wenn er jemanden ins Wasser schubsen kann. Natürlich jemanden, der es nicht erwartet. Ich stelle mich also an den glitschigen Rand des Swimmingpools und rufe: »Taxi! Taxi!!!« weil ich es sehr eilig zum Flugplatz habe. Dabei halte ich die Hand abschirmend über die etwas zusammengekniffenen Augen, um besser sehen zu können, ob ein Taxi kommt. Das ist der Augenblick für meinen Babyboy, sich von rückwärts an mich heranzuschleichen, und während ich wieder »Taxi« rufe, rennt er, den Kopf gesenkt wie ein kleiner Stier, mit seiner ganzen Kraft in mich hinein und stößt mich ins Wasser – wobei ich vor Schreck über den unvorhergesehenen ›Unfall‹ aufschreie und jammere und zetere, weil ich in voller Kleidung und mit meinem gesamten Gepäck ins Wasser gefallen bin.

Nanhoï liebt alle Tiere. Aber Hunde und Katzen bezaubern ihn regelrecht. Die rotbraune Katze von Lelouche hat Junge bekommen, in der Wäscherei des Hotels. Wir gehen jeden Tag mehrmals hin, wo sie zwischen Wäscheballen ihre Babies wärmt und säugt, und mehrmals täglich nimmt Nanhoï ein Katzenbaby nach dem anderen in seine liebevollen, kräftigen Kinderhändchen und küßt es aufs Köpfchen, bevor er es zu seiner Mami zurücklegt.

Alle Leute mit Hunden fragt Nanhoï, ob er sie herumführen darf. Einmal ist es ein riesiger Schäferhund, viel größer als Nanhoï, den wir mitnehmen dürfen. Ein anderesmal ist es ein ganz junger Husky, ein Schlittenhund aus Alaska, der Lelouches Schwester gehört. Sie läßt ihn Nanhoï, so lange er will, und mein Babyboy tobt über den Rasen mit ihm. Das ist nicht ein kleiner Junge mit einem Hund, auch nicht ein Hund mit einem kleinen Jungen: Das sind zwei kleine Jungs.

Die zwei Wochen sind um. Ich muß zurück nach Amerika. Nur der, der sein über alles geliebtes Kind zurücklassen muß, kann fühlen, wie weh das tut.

In Los Angeles fahre ich mit Nauko und Marlayna von einem Hundezüchter zum anderen, um einen jungen Schäferhund zu kaufen. Alle jungen Hunde sind süß wie alle Kinder – aber für Nanhoï will ich einen großen, starken Hund, der mit ihm wächst und ihn beschützt. Man erkennt sie an der Haltung, an der Art sich zu bewegen, am Knochenbau und an den großen Pfoten. Schon wenn sie noch Babies sind.

Als ich ihn finde, will der Züchter ihn mir nicht geben. Er sagt, der Hund wäre bereits verkauft. Ich sage, daß ich einen zweiten dazunehme, ja, ich nehme zwei, wenn er mir den einen verkauft. Er verkauft mir beide!

Wir bauen eine Hundehütte, so groß, daß ich darin schlafen könnte, und füttern die beiden mit Weißkäse, Reis, rohem Fleisch und Vitaminnahrung. Sie sind Bruder und Schwester und zwei Monate alt. Mit jedem Tag werden sie kräftiger und größer, aber der Bruder ist bereits einhalbmal so groß wie seine Schwester. Wenn nur endlich Nanhoï anruft, damit er seine Hunde am Telefon jaulen und ihr heiseres Kinderbellen hört!

Nauko kann die beiden Hunde nicht bis zum Telefon im Schlafzimmer tragen, als mein Babyboy aus Paris anruft. Ich gebe ihr den Hörer und stürze zu den Hundekindern, packe einen mit dem linken und den anderen mit dem rechten Arm und schleppe und schleife sie zum Telefon. So viel ich sie auch drücke und quetsche – sie geben keinen Ton von sich. Ich bin völlig erschöpft, und die Hundchen pissen überall hin vor Angst, weil sie nicht begreifen, was mit ihnen geschieht. Da mache ich einen letzten verzweifelten Versuch: Ich drücke sie so sehr an meine Brust, daß ihnen die Luft wegbleibt, und beiße ihnen im selben Augenblick in die Nase; als ich sie aus dem Schwitzkasten entlasse, jaulen beide auf und bellen heiser. Ich muß ihnen den Hörer aus den Zähnen reißen, wahrscheinlich denken sie, daß es ein Knochen ist. Nanhoï hat seine Hündchen jaulen und bellen gehört. Er will, daß ich das Männchen STRONGER (›Starker‹) nenne und das Weibchen WÖLFIN.

Seit ich das Land gekauft habe, fahre ich so oft ich kann von Los Angeles nach Marin County, oft nur für eine Nacht, um den Weiterbau des Hauses zu überwachen. Es ist ein einfaches Holzhaus mitten im Wald. Ein einziger großer Raum mit einem offenen Oberstock zum Schlafen, einer großen Feuerstelle, die das ganze Haus heizt. Brennholz, d. h. Bäume, haben wir für Millionen Jahre, und wir haben eigenes Wasser, das wir aus der Erde pumpen. Wir haben einen riesigen Gemüsegarten, in dem wir das ganze Jahr über pflanzen können, und Kirsch-, Äpfel-, Aprikosen-, Mandel- und Pflaumenbäume. Ich will auch unser Brot selbst backen. Unabhängig sein, frei sein. Frei von allem Zwang. Frei von jedem Bedürfnis, dessen Befriedigung von anderen Menschen abhängt. Ich habe keine Kreditkarte, und ich will auch keine. Ich werfe das Bargeld auf den Tisch und bitte niemanden um einen Gefallen. Ich lasse die anderen in Frieden, und ich will in Frieden gelassen werden. Die Nächte schlafe ich bis jetzt noch im Wald auf der Erde. Ich umarme einen Baum, wie ich es zeit meines Lebens getan habe. Ich rieche an seiner Rinde und küsse sie. Ich lege mein Gesicht ins Moos und atme tief den würzigen Geruch von Fruchtbarkeit, als läge ich auf dem Bauch einer Frau.

Im Wald ist viel giftiger Oak. Aber ich bin nicht allergisch, Nanhoï auch nicht. Nur die Augen jucken mir etwas und die Hände. Die Indianer haben das giftige Oak als Heilmittel benutzt und es sogar gegessen.

Jetzt sind es sechs Monate, seit Minhoï mit Nanhoï auf die Weltreise ging. Bis jetzt habe ich nur eine Postkarte von Nanhoï aus Nepal und ein Telegramm von Minhoï aus Australien, in dem sie ihre Rückkehr mit Nanhoï ankündigt.

Wieder bin ich Stunden zu früh am Flugplatz, das Telegramm in den Händen, das ich immer wieder lese, um festzustellen, ob ich nicht fantasiere. Und immer wieder frage ich die Auskunft nach dem Flugzeug der Quantas-Linie. Datum, Uhrzeit, Flugnummer. Ich komme mir vor wie ein Wolf, den man in die Stadt gejagt hat. Ich starre auf die Bildschirme der Monitore, um die Ankunft der Quantas-Maschine zu erfahren, aber ich bin wohl zu aufgeregt, jedenfalls kann ich die Zeichen nicht verstehen. Mir wird schwindelig, Schweiß bricht mir aus. Ich bleibe genau da stehen, wo aus einer sich elektrisch drehenden und schließenden Doppeltür die Passagiere der Flugzeuge quellen.

Mein Nanhoï ist so winzig, daß mir die Tränen kommen vor Rührung und Zärtlichkeit. Sein Körper ist fein und schlank, aber von geheimnisvoller Kraft. Alles an ihm ist so überwältigend schön, daß es mir den Atem verschlägt. Und wie schon in Tokio, wo er mit drei Jahren seinen ersten allerkleinsten Rucksack trug, als er mit Minhoï auf die Reise durch Japan ging – so trägt er auch jetzt wieder seinen eigenen (diesmal etwas größeren) Rucksack und holt mit großen Schritten aus, als durchquere er die Welt zu Fuß.

Nach ein paar Tagen fährt Minhoï nach Marin County, wo sie ein Haus für sich und Nanhoï suchen will. Ich werde mit Nanhoï und Stronger im Range Rover nachkommen. Wölfin verschenken wir.

Herzog und Brut bombardiert mich mit Telefonaten und jammert und bettelt, daß ich zu den Filmfestspielen nach Cannes kommen soll. Ich sage: Scheiße! Aber sie sind wie Ungeziefer und kommen immer wieder. Schließlich denke ich, o. k. Ich muß sowieso zu meinem Zahnarzt nach Paris, und die sollen mir die Reise zahlen.

In Cannes wieder derselbe Misthaufen. Dasselbe Gesindel. Wieder Pressekonferenzen, zusammen mit diesem völlig verblödeten Herzog, der, außer seinem Verfaulungsgestank auch noch vor Lügen stinkt, wenn er das Maul aufmacht.

Heute Abend ist die sogenannte Gala-Premiere von ›Fitzcarraldo‹. Ich habe bereits diesen widerwärtigen Smoking an und denke an die Zwangsjacke im Irrenhaus. Es wird das letzte Mal sein. Ich werde ihn morgen früh in die Mülltonne werfen.

Ich weiß nicht, wie spät es ist, ich trage keine Uhr. Aber es ist bereits dunkel und sicher längst Zeit, daß mich jemand zur Gala-Premiere abholt. Aber es kommt keiner. Niemand holt mich ab. Herzog und Brut sind allein zur Gala-Premiere gegangen! Ohne mich! Ohne Fitzcarraldo! Das wäre Grund genug, sie zusammenzuschlagen. Ich glaube, daß es in der Geschichte der Filmfestspiele der gesamten Welt einmalig ist, daß man den Star des Films als einzigen nicht zur Gala-Premiere abholt. Aber es interessiert mich nicht. Mich interessiert nur, daß Lola zu mir aufs Zimmer kommt. Ich hatte sie heute am Spätnachmittag vor dem Hotel Carlton zum ersten Mal erblickt. Sie ist das schlankste Bäumchen mit den schweren Äpfeln im Schrebergarten, als ich ein kleiner Junge war. Sie würde gleich beim ersten Fick schwanger werden (falls sie keinen Schutz im Uterus trägt oder die Pille nimmt oder will, daß ich mir ein Präservativ überziehe). Ihr rosa-roter Erdbeermund schwoll beim Sprechen an, als wäre es ihre Fotze, in der sie bereits meinen Schwanz stecken hatte, als sie mich um ein Autogramm bat. Ich bestellte sie auf mein Zimmer.

Unter dem Vorwand ihr meinen Smoking anzuprobieren, entkleide ich sie. Auch die Schlüpfer. Ich ziehe ihr zuerst die Smokinghosen über ihren nackten, vor Aufregung mit Gänsehaut überzogenen zitternden Arsch und über ihre neugierig voräugelnde Fotze zwischen ihren mageren Mädchenschenkeln. Dann spanne ich die Hosenträger über ihre schweren jungen Euter, zippe den Reißverschluß über den Kürbis ihres kleinen Schulmädchenbauchs und knöpfe die schwarze Smokingjacke über diese aufgeilend weiß-fleischige Frucht. Dann schleppe ich sie auf den Balkon und setze sie auf meinen Schoß, vortäuschend, daß ich auf der mit Scheinwerfern angestellten Strandpromenade tief unter uns die Leute beobachten wolle (so einfältig ist das Gehirn eines brünstigen Katers!). Aber als sie mit ihren Arschbacken meinen schmerzhaft steifen Spargel berührt und er zwischen ihre aufklaffenden Backen springt, muß ich mir einen ihrer Euter in den Mund stopfen, um nicht vor Geilheit aufzubrüllen. Die Titte so tief im Mund, daß ich sie zu verschlucken drohe, schleppe ich Lola aufs Bett ...

Auf der Veranda des Carlton Hotels decken die Kellner zum Mittagessen, als Lola und ich zum Frühstück herunterkommen. Mir ist, als sauge ihre Fotze immer noch an meinem Samenstrang ... Sie hat eine Hand unterm Tisch in meinem Hosenschlitz, während sie mit der freien Hand Café trinkt und versucht, ein Brötchen zu beschmieren. Ich fasse ihr an den jungen warmen Bauch ...

... In London ficken wir immer noch. Der schlanke Baum ihres Mädchenkörpers wiegt ihre großen Äpfel über mir wie ein Bäumchen im Schrebergarten – wenn sie mit den gespreizten, heißen Ästen ihrer Schenkel auf mir reitet und reitet und reitet ...

... In Los Angeles ficken wir so lange, bis Lola wieder in Sacramento zur Schule muß.

Ich hetze nach San Francisco-Marin-County, um meinen Babyboy in meine Arme zu reißen, der morgen von einer Reise nach Hawaii zurück sein soll.

Wieder New York. ›Schlangengift‹ synchronisieren. Arthur Penn will mich für seinen Film. Ich lehne ab. Ich habe Fellini abgelehnt und Visconti und Pasolini, Ken Russel, Liliane Cavani, meistens wegen der Gage. Und ich würde aus dem selben Grund Einstein abgelehnt haben und Kurosawa. Ich habe bis heute mehr als 250 Filme gedreht und mehr als 2000 abgelehnt.

Zurück nach San Francisco, meinen Babyboy küssen. Dann auf die Philippinen. Ein Oberst der Leibgarde von Marcos holt mich vom Flugplatz ab und weicht nicht mehr von meiner Seite. Er trägt Zivil, hat eine schwerkalibrige Pistole unter der Jacke und wohnt mit mir auf der gleichen Etage des Manila Hotels, das Emelda Marcos gehört. Er ist überall mit dabei, ich glaube, sogar wenn ich ficke. Das heißt ich sehe ihn nie, aber ich weiß, daß er in Reichweite ist. Er ist sehr freundlich, fast nett, aber die Leute haben einen Heidenrespekt vor ihm, sobald er eine bestimmte Er-kennungsmarke vorzeigt, die er hinter seinem Kragenaufschlag trägt. Ich bin der einzige des gesamten Festivals, der so einen Leibwächter hat. Ich werde wohl nie erfahren, ob Marcos mir den Oberst gegeben hat, um mich zu beschützen oder die Philippinos.

Vor zwanzig Jahren, als ich Emelda Marcos zum ersten Mal sah, bekam ich sofort einen Ständer und dachte an nichts, als sie zu ficken. Jetzt steht sie an den Stufen des Festivals-Palastes und ruft »Kinski!« Sie hatte den riesigen Betonklotz in atemloser Hetze bauen lassen, damit er zum ersten philippinischen Filmfestival rechtzeitig fertig wird. Ein ganzer Haufen Arbeiter war während des Baues in den dickflüssigen Beton gestürzt, und Emelda hat sie gleich lebend mit einzementieren lassen, um keine Zeit zu verlie-ren.

Sie steht vor ihrem gepanzerten Mercedes 600, Spezialanferti-gung, und wartet, bis ich die Treppen herunter komme. Sie ist immer noch so geil und Schwänze fressend wie vor zwanzig Jah-ren, nur ist sie jetzt fett und aufgetakelt wie eine alte Nutte. Ich küsse sie und flüstere ihr ins Ohr, daß ich ihren Mercedes 600 möchte und daß sie im Tausch meinen schäbigen Chevrolet haben kann. Sie lacht wie über einen derben Witz, aber ich meine es ernst.

Eine ganze Bande bis an die Zähne bewaffneter Ganoven ihrer Leibwache lungert im Umkreis von 50 Metern um uns herum. Ihre Pennerkleidung ist von den Waffen ausgebeult, die sie dar-unter tragen.

Nachts, nach dem sogenannten Gala-Diner, tanzen Emelda und ich. Auf dem Weg zur Tanzfläche latscht so eine bewaffnete Fratze mit uns bis auf die Tanzfläche und fuchtelt unablässig vor mei-nem Gesicht herum (vielleicht meint er, daß ich Emelda unter kei-nen Umständen an die Fotze fassen soll?). Jedenfalls macht er mich derart nervös, daß ich Emelda auf die Schleppe trete, sie fällt beinahe lang hin. Ich sage ihr schnell, daß es die Fratze war, die ihr auf die Schleppe getreten ist. Emelda faucht ihn an, der Pin-scher zieht eine Schippe und duckt sich feige.

Dieses Jahr muß ich noch dreimal um die ganze Erde fliegen. Von jetzt ab werde ich während Nanhoïs Ferien keine Arbeit mehr annehmen. Nicht für alles Geld der Welt. Denn aller Reichtum ist erbärmlich gegen einen einzigen Augenblick mit meinem Sohn.

Bälle, Bälle, Bälle … Der größte, den ich bestellt habe, ist zwei Meter im Durchmesser, und der kleinste so klein wie die Kuppe meines Daumens. Der nächste wird wohl ein Ballon sein, mit dem Nahoi und ich durch den Himmel fliegen.

Nanhoï meistert alle Bälle, wie durch Zauber gehorchen sie ihm, tanzen auf seinen Händen wie auf Wasserfontänen. Er fängt sie aus immer größeren Entfernungen, aus immer größeren Höhen, schleudert und schießt sie immer weiter und immer höher. Er spielt mit jedem Ball, so oft er einen Ball sieht. Unzählige Bälle und Frisbees liegen überall herum, von der Schwere eines Medizinballs bis zur Leichtigkeit einer Feder. Vier bis fünf Fußbälle allein im Haus. Es vergeht kein Tag, an dem wir uns nicht auf einen der Bälle stürzen, sobald wir das Haus betreten. Dann greifen wir gegenseitig, als ginge es um die Weltmeisterschaft, unsere Tore an, das heißt Kochherd, Eisschrank, Türen, Mülleimer, um, unter und über Tischen und Stühlen, über Brennholz und stürzenden Feuerhaken.

Wir spielen und tollen herum von dem Augenblick, in dem mein Liebling morgens im Bett die Augen öffnet. Das erste, noch im Halbschlaf, ist Stein, Schere, Papier. Dann ›Kitzeln‹: Kitzeln ist wieder mal das Höchste, obwohl so vieles für meinen Babyboy das Höchste ist, daß ich durcheinander komme. Aber Kitzeln ist ohne Zweifel eines von Nanhoïs größten Vergnügen, das er bis aufs Äußerste, bis auf die Spitze treibt, bis zum Höchstmaß, das ein menschliches Zwerchfell ertragen kann. Kitzeln und gekitzelt werden. Jeder von uns muß auf dem Rücken liegend und mit erhobenen, links und rechts vom Kopf ausgestreckten Armen stillhalten und sich zehn Sekunden, zwanzig Sekunden, fünfzig Sekunden, bis zu hundert Sekunden kitzeln lassen, je nachdem wie derjenige sich während des Kitzelns verhält. Nimmt er die Arme zu früh herunter oder entwindet er sich sonstwie, muß er Extra-Sekunden aushalten. Das kann über Minuten gehen und steigert sich, je länger das Kitzeln dauert und je unerträglicher die Kitzelei wird. Die Art des Kitzelns ist frei und bewegt sich in einer Skala von hauchfeinem Berühren mit den Fingerspitzen bis zu schmerzhaftem zwischen-die-Rippen-bohren mit dem gekrümmten Zeigefingerknochen. Dazu kommt, daß jeder von uns sich jedesmal neue Überraschungen ausdenkt. Und Nanhoïs Einfallsgabe ist unerschöpflich.

›Kitzeln‹ ist unbeschreiblich und für meinen kitzeligen Babyboy, obwohl von unwiderstehlicher Verlockung, so unerträglich, daß er sich vor Lachen schreiend fallen läßt und auf den Boden schleudert, wenn ich ihm nur ein Hemdchen über der Brust zuknöpfe.

Dann, wenn wir vom Lachen und Schreien bereits total erschöpft sein müßten, beginnt unser ›Rodeo‹. Das heißt, daß ich auf den Knien kriechen und springen und bocken und versuchen muß, meinen Babyboy, der auf mir reitet, abzuwerfen. Das wird schwieriger und schwieriger, weil er sich wie auf einem Pferd fest mit den Schenkeln an mich klammert und fast nicht mehr abzuwerfen ist. Danach kommt ›Kung Fu‹. Ich muß mich auf den Knien bewegen, während Nahoi auf der Matratze steht, damit wir dieselbe Größe haben. Und während mein Babyboy mit unsagbarer Schnelligkeit boxend und tretend angreift, muß ich mich blitzschnell und ernsthaft abdecken, denn seine Tritte und Hiebe sind nicht nur von atemberaubender Plötzlichkeit, sondern auch von unglaublicher Kraft und hart wie Stahl.

Wenn ich Frühstück zubereite, oder vor dem Abendessen, springt mein Babyboy auf der Matratze bis hoch unters Dach und springt und springt und springt und springt und springt und springt und springt und springt und springt und springt …

Das alles ist nur ein kleiner Teil von dem, was ich mit meinem Babyboy tue. Wir tun so vieles, daß ich es nicht aufzählen kann und sicher manches vergessen würde, wenn ich den Versuch unternähme. Manchmal tut mein Babyboy nichts als Filme ansehen aus seinen riesigen Körben voll Video-Tapes. Als er den 1. Teil von ›Ivan der Schreckliche‹ von Eisenstein sieht, will er sofort den 2. Teil sehen. Er kann tagelang lachen über Zeichentrickfilme, und Märchen und Abenteuerfilme faszinieren ihn auch nach dem hundertsten Mal.

Abends vor dem Einschlafen muß ich meinem Babyboy Geschichten erzählen. Ich lese ihm auch aus Märchenbüchern vor, aber Geschichten erzählen ist mehr. Geschichten, die ich selbst erlebt habe. Geschichten aus dem Dschungel, oder der Wüste, vom

Himalaya und vom Meer. Immer wieder, noch Tage und Wochen später, fragt Nanhoï mich nach Einzelheiten. Das Erlebnis wächst mit ihm, wird größer, gewaltiger, und er will immer mehr Antworten auf immer mehr Fragen. Und seine Fragen zu beantworten ist jedesmal ein Glücksgefühl. Denn was nützt alle Erfahrung und alles Wissen, wenn ich es nicht meinem Kinde vermitteln kann.

Nanhoï liest auch schon allein. Jetzt liest er Jack London. Es ist das Schönste und Erregendste, das ein Junge, sein ganzes Leben lang, lesen kann.

Am Meer lassen wir die Drachen steigen, die wir aus China und Japan mitgebracht haben – so hoch, daß sie in dem heftigen Wind ausfransen, bis sie völlig zerfetzen. Nanhoï kämpft mit einem Drachen wie ein Löwenjunges mit einem Adler, sein Gesicht hat einen trotzigen, fast zornigen Ausdruck und er arbeitet schwer … Bald kann er Zwei-Schnürige-Drachen steigen und stürzen und von dicht über dem Boden wieder hochschießen lassen.

Unser Tipi, unser Indianerzelt aus schwerem Segeltuch, hatte der Sturm mit 150 Stundenkilometern in kleine Stücke zerfetzt und in weitem Umkreis durch die Luft gejagt. Wir haben bei einem Segelmacher ein neues nähen lassen. Es steht auf demselben Platz wie das alte, am Waldrand mit dem Blick in die Ferne. Die Rauchklappen für das Feuer sind, auch im Regen, immer offen. Die Vögel fliegen ein und aus. Rotschwanz-Falken umschweben es unablässig. Maulwürfe durchwühlen die Erde, auf der wir hocken und liegen. Mäuse gebären ihre Babies unter unseren Pfannen und Töpfen, und riesige Spinnen wohnen zwischen den gekreuzten Stangen, die die Leinwand des Zeltes tragen. Eidechsen stürmen die Außen- und Innenseiten kreuz und quer hinauf und herunter. Schlangen ziehen am unteren Zeltrand ein und aus. Und mannshoher Farn wuchert über den Boden und in alle Richtungen. Ich reiße ihn nur aus oder schlage ihn mit der Machete nieder, wo unser Lager ist und aus den Steinen der Feuerstelle heraus, die wir zum Kochen brauchen und um uns zu wärmen, wenn es kühler wird.

Wir haben Pfeil und Bogen immer im Zelt. Ich habe sie aus Peru mitgebracht. Nanhoï hat einen kleinen Bogen und kleine, abgestumpfte Pfeile, die die Indianer im Dschungel für ihn angefertigt haben. Ich durchsuche den Wald nach schlanken, geraden Ästen, um meinem Babyboy einen Speer zu schnitzen.

Ich hatte eine Antenne aufs Dach von unserem Haus montiert, weil ich dachte, daß vielleicht manchmal Zeichentrickfilme oder andere Filme für Nanhoï im Fernsehen kommen. Aber es kommen nur selten welche. Der Rest ist verblödend, regelrecht gesundheitsschädlich. Ich schleudere die Antenne vom Dach, daß sie zerschmettert. Jetzt kaufen wir nur noch Video-Tapes, alle Filme, die Nanhoï will.

Wieder bieten sie mir so einen Scheiß am Broadway an. Wieder sage ich ab.

Nanhoï schwimmt und taucht wie ein Fisch. Am Meer ist er überhaupt nicht aus dem Wasser zu kriegen, auch wenn es eiskalt ist, und je höher die Wellen ihn tragen, um so lauter schreit er vor Freude.

Ja, Wasserspritzen! Ich wollte gerade sagen, daß es das Höchste ist für meinen Babyboy – wenn ich nicht schon so oft gesehen hätte, daß etwas das Höchste für ihn ist. Ich weiß nicht mehr seit wann und wieviele Wasserpistolen wir haben. Aber das ist längst nicht mehr genug. Es begann mit Zähneputzen, niemals haben wir getrennt unsere Zähne geputzt, sondern immer zusammen. So hat Nanhoï über Jahre die Technik von Zähneputzen gelernt. Es begann damit, daß er mich nach jedem Zähneputzen anspritzen durfte, mit einem ganzen Mundvoll Wasser. Heute schüttet mein Babyboy ganze Tassen, Schüsseln und Eimer voll Wasser über mich, auch ohne Zähneputzen, und wann immer er Gelegenheit dazu hat. Der Gipfelpunkt ist natürlich ins Wasser schubsen, und wenn das nicht möglich ist, zumindest mit dem Gartenschlauch bespritzen.

Alles, was irgendwie mit Wasser zu tun hat, gehört zu Nanhoïs Hauptvergnügen. Eines davon ist, Handtücher, Bademäntel, Kleidungsstücke, Schuhe, Haarbürsten, Kämme und jede Art von Gegenständen in die volle Badewanne oder sogar ins Klo zu werfen – und zwar aus so heiterem Himmel, so völlig unerwartet und überraschend, daß ich es meistens nicht verhindern kann. Gelingt es ihm, und es gelingt ihm fast immer, lacht er aus vollem Hals und ist auf der Hut, daß ich ihn nicht fasse. Fasse ich ihn doch – obwohl ich mich selbst vor Lachen krümme und kaum Luft bekomme – beiße ich ihn in Kopf und Nacken, was für mich der höchste Genuß und der Ausdruck meiner leidenschaftlichsten Liebe ist. Dann beißt mein Babyboy zurück. Zuerst versucht er mich ebenfalls in den Kopf zu beißen. Gelingt es ihm trotz seiner starken Zähne nicht, weil sein Mündchen zu klein ist, dann schnappt er einfach drauflos: in mein Gesicht, in die Nasenspitze, in die Brust, in Arme und Hände, in die Ohren ... und je länger und wilder wir uns beißen und herumbalgen, um so öfter sagen wir uns gegenseitig, daß wir uns lieben. Aber wir brauchen keinen speziellen Anlaß, wir sagen es alle paar Sekunden, immer wieder, den ganzen Tag, auch nachts, wenn wir aus dem Traum aufschrecken, und vor dem Einschlafen, und morgens, wenn wir erwachen, wir flüstern es, rufen und schreien es uns von Weitem zu, malen es in den Staub der Fensterscheiben, schreiben es uns in mit Blumen beklebten Briefen und sagen es immerzu am Telefon: »Ich liebe dich mehr als alles im gesamten Universum!«

Und dann Wasserbomben werfen! Ich hebe die festen Papiertüten aus den Lebensmittelgeschäften auf, damit mein Babyboy sie mit Wasser füllen und sie dann aus dem Fenster oder von der Terrasse auf mich werfen kann, daß sie zerplatzen und sich der ganze Inhalt über mich und bis in meine Unterhosen ergießt. Der Augenblick dafür ist gekommen, wenn er sieht, daß ich Wäsche wasche. Er wartet dann, bis ich sie auf die Wäscheleine zwischen zwei Bäumen vor dem Haus hänge.

Nanhoï ist so verspielt, so voller Einfälle und so hinreißend komisch, daß wir die meiste Zeit mit Lachen verbringen. Ja, ich falle manchmal absichtlich mit voll beladenem Tablett die Wendeltreppe herunter oder über einen Eimer. Manchmal, d. h. des öfteren unabsichtlich. Und jedesmal bricht Nanhoï in ein vor Freude schreiend fröhliches Lachen aus, und seine Augen glänzen vor Lachtränen und er sieht so unsagbar glücklich aus. Ich will gar nicht aufzählen, wie oft ich in Eile mit Spaghetti und Tomatensoße, mit Honig und Sirup, mit Kakao, Suppe, Bratkartoffeln und von Butter triefenden Spiegel- oder Rühreiern hingestürzt bin und alles in weitem Umkreis zerschmetterte und bis hoch an die Wände spritzte. Und je öfter es mir passierte, um so seltener fluche ich, bevor ich selbst in Lachen ausbreche, bis mir das Zwerchfell weh tut, weil ich weiß, daß es meinen Babyboy glücklich macht.

Natürlich ist Versteckspielen in unserem Wald ums Haus herum wieder das Höchste für Nanhoï. Und Kissenschlachten, und Back Gammon, und Schach, und Mühle, und Dame, und Tick Tack Toe, und immer gewinnt mein Babyboy. Murmeln, und Kreisel, und Peitschenknallen, und Seifenblasen und, und, und … Aber – und diesesmal scheint es mir wirklich das Höchste zu sein, ist, wenn wir es eilig haben und er sich von mir ankleiden läßt, wobei die Bedingung ist, daß er eine schwere Puppe zu sein hat, eine gliederlose Puppe. Das heißt, daß er nicht nur nicht beim Anziehen mithilft, sondern, im Gegenteil, völlig in sich zusammensackt, sich schwer macht und sich in alle möglichen Verrenkungen fallen läßt, wenn ich ihn nicht mit aller Kraft aufrecht halte. Um ihm Kleidungsstück für Kleidungsstück überzuziehen, muß ich zumindest einen Teil seines Körpers aus der jeweiligen Verrenkung lösen, wobei ich mit einer Hand versuche, das jeweilige Kleidungsstück über den entsprechenden Körperteil zu streifen, während ich mit der anderen Hand den Rest seines Körpers halte und verhindern muß, daß sein Körper in eine neue, noch kompliziertere Verrenkung sackt. Das ist so erschöpfend, nicht wegen der Anstrengung ihn anzuziehen, sondern wegen der regelrechten Lachkrämpfe, die mich so gewaltsam erschüttern, daß ich während des Ankleidens Pausen einlegen muß, um nicht vor Lachen zusammenzubrechen.

Nanhoï hat alles, was ein kleiner Junge sich wünschen kann, bis zu einem Kinder-Motorrad, einem Pferd, Luftgewehre und Luftpistolen, Taschenmesser, Schleudern, ein Spinett, Malzeug, Gitarre, Mundharmonika, ferngesteuerte Rennautos, Video-Spiele. Aber er kann sich den ganzen Tag amüsieren mit einem Jo-Jo für einen Dollar, mit einem Papierflieger, mit einem Wurfgeschoß, das er sich aus einem kleinen Gummipfropfen und einer Nähnadel macht oder zwei Wäscheklammern, deren Köpfe er verschieden anmalt und die er mit einem Gummiband miteinander verknüpft. Er dreht die Wäscheklammern nun so lange in entgegengesetzte Richtungen, bis die Spannung in dem Gummiband nicht mehr zu steigern ist, dann wirft er die zwei Wäscheklammern auf die Erde, wo sie sich wie zwei miteinander ringende Körper zuckend und springend über den Boden wälzen. Welche der beiden Körper am Schluß über dem anderen liegt, der hat gewonnen.

Manchmal muß ich den Jeep anhalten, weil Nanhoï eine Pusteblume entdeckt hat, oder nur einen einzigen Samen, der wie ein Fallschirm durch die Luft schwebt. Er pustet ihn wieder und wieder hoch, um zu verhindern, daß er zur Erde niedergleitet oder irgendwo hängenbleibt. Dabei lacht und jauchzt er vor Freude ... und wenn ein Aufwind den winzigen Fallschirm so hoch in die Luft erhebt, daß mein Babyboy ihn nicht mehr erreichen kann, dann springt er mit ausgestreckten Ärmchen in die Höhe und läuft ihm so lange nach, bis das Licht ihn verschluckt.

Heute an der Tankstelle sehe ich ganz junge Punks, Mädchen und Jungen, sie sind nicht älter als dreizehn, vierzehn. Der den alten verbeulten Wagen fährt, ist vielleicht sechzehn. Sie sind dünn, fast unterernährt, und ihre absichtlich zerlumpte Kleidung hängt auf ihnen wie auf Kleiderbugeln. Ihre Haare sind zottig und mehrfarbig gefärbt. Eines der Mädchen hat einen Totenkopf mit Sicherheitsnadeln auf den Rücken ihrer Jeansjacke geheftet. Es sind Kinder. Unschuldige Kinder, die in einer Gesellschaft leben, in der Spiele verboten sind, die aus der Fantasie und der Verträumtheit von Kindern kommen. Eine Gesellschaft, die Spiele für Kinder programmiert. Punks sind Kinder, denen man keine Chance gibt, Kinder zu sein. Sie leben in einer vernarbten Welt. Man hört ihnen nicht zu, man beachtet sie nicht. Sie wollen sich bemerkbar machen, sie bitten, sie flehen darum, daß man sich für sie interessiert. Ich höre förmlich ihre Schreie. Ihr Schluchzen. Eines Tages wundert sich dann diese verblödete, verruchte Gesellschaft der ›Erwachsenen‹ darüber, daß eines dieser vernachlässigten Kinder aufbegehrt. In England haben diese Polizistenschweine Punks auf den Straßen zusammengeknüppelt. Sie haben Kinder zusammengeknüppelt! Kinder!! Das Schönste und Heiligste, was die Menschheit hat! Die Quelle ihrer Energien, ihren Sauerstoff! Ihren Regenwald, ohne den sie nicht existieren könnten! Würde die Welt von Kindern regiert, gäbe es keinen Haß mehr, keinen Krieg!

Im Supermarkt sehe ich ein Punk-Mädchen, sie steht mit den anderen an der Kasse an. Die Leute sind weder verärgert noch belustigt, schlimmer: Sie beachten das Mädchen überhaupt nicht, so als ob sie überhaupt nicht da wäre – obwohl das Mädchen den höchsten Haarschopf trägt, den ich je sah. Die Seiten ihres Schädels sind kahlrasiert. Nur im Zentrum der Schädeldecke zieht sich von Stirn bis Hinterkopf ein 6 cm breiter und zirka 15 cm hoher borstenartiger, mit Haarspray gehärteter Schopf – wie ein Regenbogen, lila, blau, grün, orange und rot. Ihr Kindergesicht drückt Enttäuschung und Trauer aus über die lebenden Toten um sie herum. Als ich bereits wieder im Auto bin, muß ich weinen, und die Sekunden klopfen mit jedem Herzschlag in meinen Schläfen, die Minuten und Stunden und Tage, bis ich meinen über alles geliebten Sohn in meine Arme reißen und drücken und küssen kann und küssen, küssen, küssen ... Mein Nanhoï! Dir verdanke ich es, daß ich mit jedem Atemzug, mit jedem Blick und mit jedem Gedanken Liebe empfinde.

Nanhoïs Schäferhund, Stronger, ist beinahe ein Jahr alt. Wir haben ihm auch hier eine riesige Hundehütte bauen lassen, ganz nah bei unserem Haus. Aber er betritt die Hütte nicht ein einziges Mal, er geht nicht einmal in ihre Nähe, als wäre es eine Zumutung und unter seiner Würde. Er schläft direkt unter dem Fenster, das aus dem Oberdach, wo wir schlafen, in den Wald hinausführt, und bellt nur kurz und rauh, wenn er ein Geräusch wahrnimmt. Ihm gehören der Wald und die Hügel, so weit das Auge reicht, die sich bis zum pazifischen Ozean hinziehen. Zehntausende Hektar Wald, mit seinem undurchdringlichen, wuchernden Dickicht, stürzenden Baumriesen, verwunschenen Pfaden, die sich wie im Märchen geheimnisvoll auftun und wieder schließen. Wildnis. Dschungel.

Er geht am Morgen und kommt abends zurück. Er läuft und läuft, 15–20 Kilometer pro Tag. Und je länger er hier ist, um so mehr kommen in sein Gesicht die Landschaften wieder aus der Zeit, in der seine Vorfahren noch Wölfe waren. Er ist frei. Ohne Halsband und ohne Hundemarke. Fern den Ghettos der Menschen. Niemand kann ihm etwas tun, denn er ist stark.

Ich muß wieder und wieder um die Welt hetzen. Nanhoï ist bei Minhoï, und niemand ist bei Stronger. Ich bitte Tony, den Sohn des alten Farmers von den Azoren, zwei Kilometer von unserem

Haus entfernt, Stronger sein Essen zu bringen, wenn ich nicht da bin. Zuerst geht es gut, aber Stronger bleibt immer länger weg, weil Nanhoï und ich abends nicht auf ihn warten. Und bald kann Stronger wohl nicht mehr begreifen, warum niemand mehr da ist, wenn er nach Hause kommt, vor allem Nanhoï, der seinen Hund so sehr liebt. Stronger kommt nicht mehr zurück. Nanhoï und ich sind verzweifelt. Ich lasse Plakate drucken mit Strongers Foto, die wir überall anschlagen, auch an Bäume im Wald. Ich setze eine Belohnung von 1000 Dollar aus. Ich würde die Summe verdoppeln, verzehnfachen, um meinem Babyboy sein geliebtes Hündchen wiederzugeben – aber niemand bringt Stronger zurück. Wir fahren zum Tierschutzverein, wo die Hundefänger die herrenlosen Hunde und Katzen hinbringen und wo sie fünf Tage hinter Gitter bleiben, bevor man sie vergast, wenn sie niemand abholt. Wir telefonieren jeden Tag und fahren wieder und wieder hin. Aber von Stronger fehlt jede Spur. Nur manchmal kommt eine pechschwarze Katze aus dem Wald und schreit vor dem Haus. Dann gebe ich ihr Milch, und sie verschwindet wieder im Dickicht. Sie will nicht ins Haus. Auch sie ist frei.

Von jetzt an zerbreche ich mir den Kopf, um eine Lösung zu finden für die Hunde und Katzen, die wir wollen, wenn ich Wochen oder sogar Monate lang weit weg bin und Nanhoï bei Minhoï ist und sich nicht um seine Tiere kümmern kann.

Schon wieder ein Angebot, am Broadway in New York aufzutreten. Das ist eine richtige Plage.

Die Rehe sind überall. Wenn vom Meer die Wolken über die Hügel treiben – ganz tief, flach über den Boden, als wollten sie nicht entdeckt werden, so daß man nur mit dem Kopf aus ihnen herausguckt –, dann stehen die Rehe mittendrin und können gerade so ihr Gesicht herausstrecken. Die Böcke mit den großen Geweihen sind Fabelwesen, aus Nebeln geboren. Oft stehen sie direkt vor mir, keine drei Meter entfernt. Wir sehen uns direkt in die Augen, lange, ohne Hast, und erkennen uns. Dann lassen wir uns gegenseitig gehen.

Einmal sitzt eine große Wildkatze mitten auf dem Weg, der durch unseren Wald führt. Ich bewege mich leise und wachsam wie ein Tier, als ich aus dem Dickicht komme, der Wind steht gegen mich, und der Kater kann mich weder wittern noch hören. Er sitzt völlig bewegungslos, wie unter einem Bann. Also ist er entweder auf Beute aus oder geil. Ich bin so nah herangekommen, daß ich den Kater riechen kann. Auch er sieht mir direkt in die Augen. Als er sich abwendet, sehe ich seine strotzenden Hoden, bevor Moos und Schatten sein grünschimmerndes Fell verschlucken.

Im L'Hôtel In Paris warte ich auf das schwarze Schulmädchen aus Afrika, das sich in der Boeing 747 der Air France auf dem Flug nach Los Angeles vor mich auf den Boden gekniet hatte. Sie hat mir so einen verlogenen Brief geschrieben: »... wie geht es Ihnen, lieber Herr ... Ich hoffe Sie sind wohlauf ... Ich selbst erfreue mich bester Gesundheit ...« Die Worte waren auf meine Eier abgezielt. Unter dem Keuschheitsgürtel ungefickter Mädchen, für den die Eltern blechen müssen. Sie benutzen ihn, um ihre Klitoris daran zu reiben und ihre Löcher mit den Fingern für den ersten Schwanz vorzubereiten.

Als ich die Tür öffne, steht sie so nah vor mir, daß ich ihren glühendheißen Atem bis hinunter in meine eigene Kehle spüre, und obwohl sie, wie bei unserem Rendezvous in Los Angeles, aufs Feinste herausgeputzt ist, scheint sie absichtlich keine intime Hygiene zu betreiben. Ihre Lippen sind trocken wie von einer Verdurstenden und vom Fickfieber spröde. Ihr Becken scheint viel breiter als in Los Angeles. Als ich meinen Unterleib von rückwärts gegen ihren Arsch presse, beginnt sie sofort ärschlings Fickbewegungen auszuführen, gierig, gefräßig, hemmungslos, brutal, völlig chaotisch ...

Ich stoße die Fenstertüren auf, daß ein eisiger Wind ins Zimmer wütet und die Gardinen sich aus den Fenstern blähen wie die Flammen nach einer Explosion.

Wir bauen ein offenes Baumhaus, hoch in einer Gruppe gigantischer Rotholzbäume. Die Stämme schwanken und ächzen im stürmischen Wind wie die Masten eines Schiffes in schwerer See. Über unseren Gesichtern die gepeitschten Wipfel, wie ein Haufen sich aneinanderschmiegender Pferde im Gewitter. Von Zeit zu Zeit blitzt das Funkeln eines Sterns durch die Mähnen der Äste und Zweige.

Bernhard Moitessier arbeitet auf dem Bau in Sausalito, wo seine ›Joshua‹ im Yachthafen liegt, deren Liegekosten er nicht mehr bezahlen kann.

Jetzt sucht er ein Land, wo das Leben wenig kostet, um neue Bücher schreiben zu können. Wir beschließen, nach Polynesien zu segeln, aber das würde zwei Monate dauern, und ich habe nicht die Zeit. Wir entscheiden uns für Mexiko, wo er in einer winzigen Bucht für länger bleiben will. Zuerst segeln wir in einem Winkel ein paar hundert Meilen in den pazifischen Ozean hinaus. Wieder wird das Meer am Heck des Schiffes so groß, daß ich denke, daß es nicht noch größer werden kann. Und wieder wird es größer und größer, während ich nachts steifgefroren und bis auf die Knochen durchnäßt mich am Steuer festkralle, um nicht über Bord geschleudert zu werden. Die ›Joshua‹ liegt seit einer Woche schwer über und macht Tag und Nacht höchste Fahrt. Bernhard hat mir beigebracht, nach den Sternen zu steuern. Er hat überhaupt keine Instrumente an Bord, außer Kompaß und Sextant. Es ist berauschend, mit den Sternen zu segeln – aber ich bin hungrig und erschöpft. Bernhard schläft ein paar Stunden, er hat schwer gearbeitet, und ich kann ihn nicht aufwecken. Wenn nur das Meer etwas ruhiger würde! Ich habe keine Angst, es ist zu gewaltig, zu riesig, zu überwältigend. Fast beschützend wie eine Mutter. Wie Liebe. Ja, es ist mein Nanhoï! Wie damals auf dem Atlantik spreche ich mit dem Meer und sage, daß es sich beruhigen möchte, weil ich so erschöpft bin. Und wie damals auf dem Atlantik kommt Nanhoï zu mir um mir zu sagen, daß er immer bei mir ist und daß er mich liebt, auch wenn ich bis ans Ende der Welt segeln würde. Und wieder, wie damals auf dem Atlantik, beruhigt sich das Meer etwas und ich muß nicht mehr so angestrengt steuern, weil die Selbststeueranlage, deren Windfahnen immer wieder im Sturm zerbrachen, jetzt allein arbeitet und ich nur von Zeit zu Zeit die Fahrtrichtung mit dem Kompaß kontrollieren und gegebenenfalls korrigieren muß. Mit anderen Worten, ich kann wenigstens in Intervallen einnicken.

In der Bucht in Mexiko wird die ›Joshua‹ von einem Hurrikan gepackt und so lange von einer Seite auf die andere geworfen, bis die Masten zusammenbrechen, die Rigg zerfetzt und alles unter Deck zertrümmert. Der schlammgefüllte Stahlrumpf der ›Joshua‹ wird von einer Seite auf die andere geschleudert, alle drei bis vier Sekunden, die ganze Nacht durch und den folgenden Tag und die nächste Nacht – bis der Hurrikan die ›Joshua‹ aus den Klauen läßt und plötzlich verschwindet. Bernhard und ich können uns retten, aber die ›Joshua‹ muß als Wrack geborgen werden, und um die Kosten zu bezahlen, muß Bernhard sie verkaufen.

Ken Russel will das Leben von Beethoven mit mir verfilmen, wir sprechen oft am Telefon und treffen uns schließlich in Schottland. Aber Ken hat die Finanzierung nicht zusammen.

In Marin ernte ich die ersten eigenen Pflaumen meines Lebens. Es ist das erste Mal, daß ich Pflaumen esse, die ich weder bezahlt noch gestohlen habe. Ich koche Marmelade ein, anstelle von Zucker nehme ich Honig. Es wird die köstlichste Marmelade, die ich je gegessen habe. Vier 30 cm hohe Einmachgläser voll. Die Marmelade soll für den Winter sein, aber es vergehen keine zwei Wochen bis ich alle vier Gläser mit meinem Babyboy aufgegessen habe.

Wie oft habe ich als kleiner Junge mein Gesicht an die Kellergitter der Bäckereien gepreßt, aus denen der erregende Geruch von Brot strömte, warm und beschützend wie aus einem Mutterbauch. Ich muß lernen, mein eigenes Brot zu backen. Ich muß es lernen für die große Fahrt. Lola hat mir ein Rezept gegeben von ihrer Mutter. Auch das Rezept für den Napfkuchen ist von ihr. Manchmal gelingt mir der Kuchen gut. Manchmal wird es ein gemeiner Klumpen, aber ich esse ihn trotzdem.

Unser Garten ist so groß, daß wir uns ausschließlich von der Ernte ernähren könnten. Nanhoï hat die ersten Keime für Sonnenblumen eingepflanzt, für Radis, Bohnen, Mais und Kartoffeln. Aber wir müssen viel mehr Gemüse pflanzen, vor allem Tomaten. Wir brauchen mehr Apfel-, Birnen-, Pfirsich- und Aprikosenbäume. Wir haben ganze Urwälder von Brombeeren, Himbeeren, Preiselbeeren; Pfifferlinge und andere Pilzsorten wachsen nach jedem Regen, Blaubeeren und Walderdbeeren gibt es in Fülle. Wir werden Johannisbeeren anpflanzen, rote und weiße, Stachelbeeren und Rhabarber. Dann können wir im heißen Sommer ›rote Grütze‹ kochen und Rhabarberkompott. Wir werden alle Kräuter anpflanzen, welche die Indianer kannten, und lange vor ihnen die Chinesen.

Wir könnten ohne Elektrizität leben und ohne Telefon. Wenn ich bloß in keine Geschäfte mehr müßte. In keine Restaurants. Auf keine Post und bei keiner Tankstelle mehr halten. Nur noch die Sprache der Blumen, Pflanzen und Tiere, des Meeres, des Himmels, der Sterne, der Wolken, des Windes. Nur noch die Sprache des Fühlens. Die Sprache der Seelen, der Körper. Nur noch die Sprache der Liebe.

Die ›Schöne und das Ungeheuer‹ für ABC in Hollywood. Ich denke an den Zauber-Film von Cocteau. Ich kann an nichts anderes denken, auch nicht als ich das haarsträubende Drehbuch lese, das das schönste aller Märchen zu banalem Hollywood-Schund degradiert hat. Ich sage, daß sie ihren Scheiß allein machen sollen.

Sie hatten mir Jessica Lange als Partnerin versprochen. Statt dessen wollen sie mir jetzt so eine Schauspiel-Nutte aus New York andrehen. Sie gestehen mir zwar das Recht zu, Wort für Wort Cocteaus Worte für mich selbst aus dem französischen ins englische zu übernehmen – aber alle anderen reden den fantasielosen, proletarischen Idioten-Dialog der amerikanischen Fernsehfassung. Die Dreharbeiten sind nicht zu beschreiben, oder besser gesagt, niemand würde es glauben.

George Roy Hill lacht sich halb tot, als ich ihm Einzelheiten erzähle. Nicht, weil es so komisch ist, sondern weil er es für einen Witz hält, daß so etwas zugelassen wird.

Ich drehe den Film in fünf Tagen, mehr Zeit ist nicht. Mitten in die Großaufnahme der Sterbeszene des zum Ungeheuer verzauberten Prinzen – mitten in den Satz ›… ein armes Tier, das seine Liebe verloren hat, kann sich nur verkriechen und sterben …‹, blökt so ein Vieh aus den Lautsprechern:

»Schluß!«

Es ist ca. 6 Uhr nachmittags, das heißt die gewerkschaftlich festgelegte Arbeitszeit ist zu Ende!

Mein Babyboy und ich fliegen nach Disneyland. Diesmal für mehrere Tage, weil man für drei Minuten Vergnügen jedesmal über eine Stunde Schlange stehen muß, manchmal auch viel länger. Nach einem Tag im Disneyland-Hotel ruft mein Agent aus Hollywood an. Seine Informationen sind knapp wie ein Telegramm: George Roy Hill will mich für ›Das kleine Trommler-Mädchen‹, Produzent Warner Brothers. Drehzeit fünf Monate. Drehorte Deutschland, England, Griechenland, Israel. Gage, Diäten etc. Sie schicken mir noch heute, mit Kurier, das Drehbuch ins Disneyland-Hotel. Scheiße!

Auf meinem Weg nach Jugoslawien, wo ich einen anderen Film drehe, will George Hill mich, wenn möglich, in London treffen.

In Jerusalem fragt mich eine Reporterin der New York Times, was ich über die Situation von Israel und den arabischen Ländern denke. »Hört auf zu töten!« sage ich.

Vor fast dreißig Jahren war ich das erste Mal in Israel. Es war wie die Entstehung einer neuen Welt, ohne Haß, mit dem Gedanken von Verbrüderung und Frieden. Die Araber in Israel haßten die Juden nicht, und die Juden haßten nicht die Araber. Und ich erzählte voller Begeisterung in allen Ländern der Erde über die wunderbaren jungen Menschen in diesem wunderbaren Land. Ich war Zeuge, wie hier in Jerusalem kleine jüdische Kinder lachend auf dem Boden spielten, vor der hohen Mauer, auf der arabische Posten hinter Maschinengewehren saßen. Der Anblick war überwältigend.

Das war zur Zeit der geteilten Stadt. Heute ist Jerusalem israelisch, und es sitzen keine Araber mehr hinter Maschinengewehren auf der hohen Mauer.

In den Parkanlagen vor der Altstadt wachsen farbenleuchtende Blumen – aber die Stacheldrahtrollen liegen immer noch da. Sie sind nur mit Blumen überwuchert, und es hängt eine Coca-Cola-Büchse darin.

Als vor über dreißig Jahren kleine Kinder mit ins Fleisch gebrannten KZ-Nummern nach Israel einwanderten, gab man ihnen Buntstifte und Papier, um zu sehen, was sie wohl malen würden. Alle malten Stacheldraht! Wollt ihr, daß die Kinder jeder Generation in Stacheldraht aufwachsen?!

Was ich gesagt habe, erscheint in der New York Times völlig mißverstanden und verzerrt. Es ist mir gleichgültig, was in der Zeitung über mich steht. Wichtiger ist, daß die Journalistin nicht fähig war, die Wahrheit an die Menschen weiterzusagen, die es angeht.

Oft pflückt Nanhoï eine Blume und bringt sie mir. Wenn er nicht bei mir ist, pflücke ich oft eine Blume, der ich im Wald begegne, tue sie in einen Briefumschlag und schicke sie ihm.

Ob ich mich nachts durch die Wälder taste und mit meiner Stirn den Sternenhimmel berühre, ob ich vor einer riesigen See hertreibe, die immer größer und größer wird – oder ob ich tags auf dem Moos liege und einen Baum umfasse, Wolken über mich hinwegtreiben und Bussarde ihre Bahnen ziehen, seit ewig und für ewig – dann weiß ich, daß ich weit weg bin und daß ich niemals zurückkommen werde in die niederträchtigen Fallen der Menschen und ihre Ghettos, in denen der Wahnsinn umherschleift und auf der Lauer liegt. Nanhoïs Liebe wird mich von meinem Höllendasein erlösen, und wir werden uns rüsten für die große Fahrt. Eine andere Erklärung habe ich nicht, und ich gebe ehrlich zu, nichts anderes zu begreifen. Alles, was Menschen nicht fassen, nicht erreichen können, wollen sie identifizieren, registrieren. Es ist so einfach einzugestehen, daß Tod und Leben mystisch sind und unbegreiflich. Daß man Leidenschaft braucht, um zu leben. Liebe.

Liebe ist Leidenschaft und Leidenschaft ist Liebe. Sehnsucht nach Leben! Man muß nicht fähig sein wollen, es zu analysieren und zu bezeichnen. Ich habe Zeit meines Lebens herumgestottert, wenn ich aussprechen wollte, was in mir vorgeht, was ich fühle, was ich leide und was mich unsagbar glücklich macht. Ich würde es auch jetzt, wo ich denke, daß ich vielleicht Worte gefunden habe, die man begreifen könnte, nicht aussprechen, würde man mich nicht danach gefragt haben. Und je mehr die Worte und Formulierungen vielleicht ausdrücken können, was ich sagen will, um so zweifelhafter und schwächlicher erscheinen mir Worte und Formulierungen. Kann man Sturm ›aussprechen‹? Feuer? Die See? Den Himmel? Die Sterne? Tod und Leben? Aufhebung von Zeit? Vergangenheit, Gegenwart und Zukunft? Re- und Vorinkarnation? Was man sieht und fühlt? Qual und Erlösung? Trauer und

Freude? Indem man Buchstaben aneinanderfügt zu Worten und die Worte zu Sätzen?

Die Leute nennen mich ›Schauspieler‹. Was ist das?

Auf keinen Fall hat es etwas mit dem Bockmist zu tun, den die Menschen seit eh und je darüber faseln. Es ist weder Berufung, noch ist es ein Beruf – obwohl ich meinen Lebensunterhalt damit verdiene, aber das tut die doppelköpfige Mißgeburt auf dem Jahrmarkt auch. Es ist etwas, womit man versuchen muß zu leben – bis es einem gelingt, sich davon zu befreien. Es hat nichts mit dem Unsinn zu tun wie ›Talent‹, und es ist nichts, worauf man sich etwas einbilden oder worauf man stolz sein kann. Eleonora Duse, die größte italienische Schauspielerin, hat am Ende ihres Lebens gesagt: »Ich habe alles falsch gemacht. Ich hätte mich lieber vollkommen meinem Kind widmen sollen. Nie hat das Theater mir die Erfüllung gegeben, die ich empfand, wenn ich mit meinem Kinde war.«

Als kleiner Junge zog ich einmal die Kleider meiner Mutter an, weil ich nichts anderes zum Spielen hatte. Mein Spiegelbild faszinierte mich: Mein Abbild war wie viele übereinander kopierte Bilder, von denen eines das andere durchdrang – während meine Kleidung sich pausenlos verwandelte. Die Kleider meiner Mutter verwandelten sich unter dem Zwang meiner Fantasien, welche die Wiedergeburt meiner vorhergehenden Leben heraufbeschwören. Oder meiner zukünftigen Leben. Die Inkarnation ist es, die das Kostüm bestimmt. Ohne sie ist die Kleidung ohne Bedeutung. Sie bleibt anonym, wie eine Verkleidung beim Karneval, wo jeder x-Beliebige in einem x-beliebigen Kostüm stecken kann.

Ich habe einmal eine japanische Holzmaske besessen. Eine von diesen weißlackierten, ganz stillen, neutralen Masken, die vollkommen ausdruckslos zu sein scheinen. Ich wettete mit Freunden, daß die Maske unter dem Zwang meines Willens den Ausdruck annehmen wird, den ich bestimme – sobald ich die Maske auf meinem Gesicht habe. Das heißt, daß die Maske ausdrücken wird, was ich empfinde. Sie wird den Ausdruck meines Gesichts aufsaugen und sich von ihm durchdringen lassen, von ihm schwanger werden und ihn neu gebären. Ich setzte die Maske auf mein Gesicht, das sie vollkommen umschloß. Dann lächelte ich abwechselnd oder weinte. Und die Maske weinte oder lächelte.

Was damals mit mir geschah, als ich ein kleines Kind war und die Kleider meiner Mutter anzog, geschah unbewußt. Später führte ich die Wiedergeburt immer öfter und mit vollem Bewußtsein herbei, präzise und wann ich es wollte. Heute kann ich mich nicht mehr dagegen wehren, selbst wenn ich Tag und Nacht auf der Hut bin, auch im Schlaf, sogar im Traum – wie ein Wolfshund, der auch wenn er träumt die Ohren spitzt. Die Gefahr, die Inkarnationen, die ich heraufbeschworen habe, nicht mehr los zu werden, wird immer größer. Sie brüten andere aus, die wieder andere ausbrüten und so weiter.

Verwilderte Gewächse, die aus dem tiefen Grund meiner Seele nach außen dringen wie aus einem überfüllten Gefängnis, koste es was es wolle und entschieden, die Hülle meiner Person zu sprengen und Verheerung zu hinterlassen. Seelenpflanzen, die chaotisch in die Höhe schießen und in alle Richtungen wuchern. Sie verstecken sich bis in die feinsten Verästelungen meiner Träume. Sie vergiften meinen Schlaf. Würgen mich. Versuchen, mich in den Wahnsinn zu stürzen. Ein erbarmungsloser Kampf entbrennt, der nie mehr zu enden scheint.

Ein Produzent erzählt mir die Handlung zu einem Film. An einer Stelle der Erzählung schreie ich auf und lasse ihn nicht weiterreden. Ich kann das Schicksal dessen, den ich in dem Film verkörpern soll und den ich während der Erzählung bereits lebe, nicht ertragen. Hier geschieht die Inkarnation nicht vorsätzlich, ich kann sie nicht verursachen. Ich bin ihr ausgesetzt. Ungeschützt. Weit offen und bereit zu empfangen – von dem Augenblick an, von dem ich dem Produzenten erlaubt habe, mir die Handlung des Films zu erzählen.

Vor allem wenn ich erschöpft bin und geschwächt, dann kommen die Dämonen, wie soll ich sie anders nennen, aus dem Hinterhalt. Sie kommen in Rudeln, hetzen und umzingeln mich. Egal, ob ich träume oder wache, in der Dunkelheit der Nacht oder am hellichten Tag. Bräche ich zusammen, würden sie über mich herfallen. Aus demselben Grund kann ich nicht ertragen, Bilder an den Wänden zu haben und mit ihnen zu leben. Gehe ich an einem Museum vorbei, so ist mir, als ginge ich an einem Zuchthaus vorüber, an einem Irrenhaus oder an einem Zoo. Allein die Vorstellung ist zu schmerzlich. Der Anblick ist unerträglich in den abgebildeten Gesichtern von Tieren und Pflanzen, festgeschnallt und unter Narkose.

In Gegenständen, selbst in Situationen. In allem – ausgestopft und einbalsamiert wie Leichen. Die Mordlust des Tigers verkümmert wie das Löwenbaby im Zirkus, das von Hand zu Hand unterm Publikum herumgereicht wird und dessen Fell abgegriffen und glanzlos ist, seit er in Gefangenschaft geboren wurde, abgewetzt wie ein Bodenbelag, über den die Füße der Menschen hinweggetrampelt sind. Die Sonne im Himmel vergilbt. Der Himmel runzelt. Wind, in eine Falle geraten, verendet. Albatros mit gebrochenem Flügel unter dem Fuß der Menschen. Die weißen Schaumkronen der Wellen vertrocknen. Die Sterne werden fahl ...

In Wien stehe ich vor einer Vitrine, in der Geigen zum Verkauf aushängen. In einer Ecke der Vitrine lehnt eine gerahmte, zirka 30 cm hohe Abbildung eines ungewöhnlich aussehenden Mannes. Sein Gesicht ist wild und von Leidenschaft verwüstet ... ›Die schwarzen Schöße meines verknitterten Fracks, den ich seit 30 Jahren nicht gewechselt hatte ... meine rabenschwarzen Locken, die mir über die Schultern flattern ... in meinem grotesk verrenkten Körper ist eine Hölzernheit ... gleichzeitig wie ein verrückt gewordenes Tier ... Meine langen Arme und riesigen Hände erscheinen herabhängend noch verlängert mit dem Geigenbogen in der einen und der Geige in der anderen Hand ... Mein häßlicher Kopf mit dem zahnlosen, zynisch verzerrten Mund ... Mein schreckliches Gesicht – das durch das fahle Rampenlicht noch gemarterter erscheint – in welchen unauslöschliche Zeichen tiefer Besorgnis, Genie und Hölle eingegraben sind ... Aber meine ganze schauerliche Erscheinung ist vergessen – und keine Ehefrau zögert auch nur einen Augenblick ihren Mann mit mir zu betrügen – wenn ich meine Geige unters Kinn setze und anfange zu spielen ...‹

Ich muß sehr lange vor der Vitrine gestanden haben, da bereits die Abenddämmerung angebrochen ist. Ich gehe in das Geigengeschäft und frage den Ladenbesitzer, wen die Person auf der Abbildung darstellt. Er sagt: »Paganini.« Ich stürze aus dem Geschäft. Ich weiß, daß ich Paganini war.

Tatsächlich gibt es so etwas wie ›Schauspielschulen‹! Ich konnte nie begreifen, was das heißen soll. Man hatte der Duse vorgeschlagen, in den USA eine Schauspielschule, ein sogenanntes ›Actor-Studio‹ zu eröffnen. Der Erfolg wäre gesichert, da sich viele danach drängeln würden, ihre Schüler zu sein. Die Duse antwortete: »Ich bin die ungeeignetste Person dafür, weil ich den Schülern am ersten Tag sagen würde, daß sie nicht wiederkommen sollen.«

Wie kann jemand glauben, daß man ›lernen‹ kann zu fühlen und daß man lernen kann es auszudrücken? Wie kann jemand einer anderen Person beibringen, wie man lacht und wie man weint? Wie man fröhlich und wie man traurig ist. Was Schmerz ist und Verzweiflung und Sehnsucht und Leidenschaft. Haß und Liebe? Wie kann jemand seine eigene und anderer Leute Zeit verschwenden mit derartigem Schwachsinn! Kann man Instinkt lernen? Witterung? Empfängnis? Geburt? Alles ist Vibration, Magnetismus: Der Empfang des Samens. Das aus dem Schlaf Schrecken einer Mutter, deren Kind etwas zustößt. Der Tropfen Blut, der Haifische und Piranhas elektrisiert. Vibrationen lassen ganze Eisberge einstürzen und lösen Lawinen aus, verursachen Sturmfluten und Erdbeben, peitschen Meere auf und reißen Landschaften auseinander.

Jedoch schlimmer als die Schwachköpfe, die glauben es lernen zu können, sind diejenigen die vorgeben, es ihnen beizubringen. Sie bieten die infamsten, krankhaftesten Methoden an, die Ahnungslosen zu verkrüppeln. Was sie ihnen beibringen, sind schlechte Manieren. Wenn sich einer dieser dressierten Pudel in der Öffentlichkeit hinsetzt (vielleicht tut er es genauso auf dem Klo), dann sitzt er nicht, sondern lümmelt sich hin, was heißen soll, daß sein Benehmen ›natürlich‹ ist. Er, oder sie, kratzt sich am Kopf (obwohl so viel Reklame für Mittel gegen Kopfjucken gemacht wird), pult sich in der Nase, was heißen soll, daß er oder sie keine Komplexe hat und sich ganz ungezwungen gibt. Bei einer Talk-Show in New York sieht das zum Beispiel so aus: Anthony Quinn entschuldigt sich beim Publikum, daß er eine Krawatte umhabe, als er bei seinem Auftritt feststellt, daß alle anderen absichtlich nachlässig, mit offenem Hemd und manche von ihnen sogar ohne Jacke, außer Jeans nur mit einem T-Shirt bekleidet sind. Die Schuld an der Krawatte habe angeblich seine pedantische Frau, wie er sich ausdrückt (als ob er nicht selbst entscheiden könnte, eine Krawatte umzubinden oder nicht). Nach dieser ›originellen‹ Einführung, über die er als einziger lacht, und nachdem er seine Krawatte ordentlich zusammengerollt in seine Jackentasche gesteckt und sich den Hemdkragen geöffnet hat – versucht er die Beine so flegelhaft wie möglich übereinander zu schlagen, besser gesagt, er versucht die Ferse des rechten Fußes auf den linken Oberschenkel zu zerren, was ihm bei aller Anstrengung nicht gelingt. Das bedeutet, daß er sonst nie versucht, die Ferse des rechten Fußes auf den linken Oberschenkel zu zerren. Die meisten kommen für alle Fälle in Tennisschuhen. Auch wenn sie einen dreiteiligen Anzug und Hemd und Krawatte tragen. Der Kragenrand sowie die Manschetten des Hemdes sind dann ganz kaputtgewaschen (wahrscheinlich ist das Hemd aus einem Film-Fundus), obwohl Al Pacino Millionär ist. Sicher soll das heißen, daß der Träger der Kleidung kein kleinbürgerlicher Typ ist, sondern ein Künstler.

Am besten fährt man immer noch, wenn man einen Aufdruck auf dem T-Shirt hat, den Namen von einem ekelhaften ungenießbaren Bier oder einen dieser geistlosen gräßlichen Sprüche, die komisch sein sollen. Ich habe einmal einem Mädchen auf die Titten gestarrt, auf dessen T-Shirt ›Faß mich an‹ stand – woraufhin sie zurückwich, mit einem Gesichtsausdruck, der sagte, daß sie mich wegen Vergewaltigung anzeigen wird, falls ich es wagen sollte, weiter ihre bedruckten Titten mit meinen Augen anzufassen.

In Frankreich, in Paris, ist das mit den TV-Interviews ganz schlimm. Da muß man einfach etwas schmuddlig angezogen sein und zumindest kommunistischen Verdacht erregen. Man ist unrasiert und etwas verschwitzt, die Haare strähnig und ungekämmt, natürlich in uralter Lederjacke, die man womöglich auf dem Flohmarkt erstehen konnte. Man kaut an schmutzigen Fingernägeln, kratzt sich am Bauch und an den Beinen, pokelt sich in Ohr und Nase, und, ob männlich oder weiblich, kratzt man sich natürlich auf dem Kopf.

Das alles sind die Auswirkungen von diesen verschissenen

›Actor Studios‹. Ich selbst muß es am eigenen Leib erfahren, als ich in Hollywood drehe und diese ansteckende Seuche plötzlich ausbricht. Überall auf der Welt konzentriert man sich vor jeder Aufnahme (so weit man nicht kapiert hat, daß man sich prinzipiell am Drehort leise, möglichst stumm zu verhalten hat) oder stört zumindest nicht denjenigen, der vor der Kamera steht. Man hält, wie gesagt, den Mund, macht kein Geräusch und rührt sich überhaupt nicht mehr, sobald abgeläutet ist – ob man zu den bevorstehenden Aufnahmen gehört oder nicht. Da erlebe ich nun, daß solches Gesindel, das gerade erst eine dieser Idioten-Schulen mit dem Diplom ›Schauspieler‹ absolviert hat, anstatt das Maul zu halten herumhopst, als führten sie einen Veitstanz auf – wobei sie Kotzgeräusche verursachen, wie Schweine grunzen, lächerliche Grimassen schneiden, unnatürlich und schrill lachen, ii iii … uuuh … a aaa … ooo … eeeee … blöken und plärren, und einer von ihnen sogar in die Luft boxt. Ich denke, daß ich den Krisen von Geisteskranken beiwohne. Angeekelt und empört fühle ich mich aufs Gemeinste belästigt. Ich kann einfach nicht fassen, daß man derartiges duldet – während der verantwortliche Trottel von ›Regisseur‹ dabeisteht und denkt, daß das alles wohl so sein müsse (wahrscheinlich hat man es ihm gesagt). Ich verlange, daß man dieses Ungeziefer mit DDT ansprühen oder ihnen Ruhe gebieten solle, andernfalls würde ich das Studio verlassen. Erst dann hören die Anfälle auf.

Den Höhepunkt der Schauspielkunst sehen viele darin, ›in die Haut eines anderen zu schlüpfen‹ – (Wie macht man das? Die Vorhaut kann nicht gemeint sein) – um sich der darzustellenden Person ›anzupassen‹. Shakespeare hatte Hamlet für einen fetten Schauspieler seiner Truppe geschrieben, den er für fähig hielt, den Hamlet darzustellen. Wird sich jetzt jeder mästen, um ein fetter Hamlet zu werden? Hat Schicksal, hat Schmerz oder Freude etwas mit groß oder klein zu tun? Mit dick oder dünn? Mit alt oder jung?

Die Vorstellung der Leute ist immer, daß Hamlet schlank sein müsse. Romeo schön. Othello riesig. Und dann wundern sie sich, wenn sie ein wunderschönes Mädchen sehen, das sich von einem häßlichen, viel älteren Mann ficken läßt. Oder ihn womöglich liebt.

Natürlich ist das Äußere ein Detail zur Vervollkommnung der Inkarnation – aber es ist nicht gesagt, *welches* Äußere, und ist eben nur ein Detail, untergeordnet und von unterschiedlicher Bedeutung. Man kann auch nie sagen, ob die Inkarnation eine Re-Inkarnation ist – von der man ja nur glaubt, daß es sie schon einmal gegeben hat. Man weiß ja nicht, ob Vergangenes vergangen ist, oder ob es eine visionäre Spiegelung ist von etwas, was erst geschehen wird. So wie man nicht sagen kann, ob das, was man in der Zukunft zu sehen glaubt, nicht vielleicht der Vergangenheit angehört. So wie es die Zeitrechnung gar nicht gibt, das heißt, es gibt gar keine Zeit. Wichtig zu wissen ist, daß alles Re-Inkarnation oder Vor-Inkarnation ist und daß es darauf ankommt, daß die Metamorphose *vollkommen* ist. Welcher Art, Form und Farbe sie ist, ergibt sich durch die Metamorphose selbst. Das betrifft auch die Materie. Gegenstände. Gedanken. Gefühle. Situationen. Alles.

Es ist wahr, daß ich schon vor langer Zeit, und zwar ohne Schwierigkeit, ein Hund sein konnte oder ein Pferd, ein Vogel, eine Schlange, eine Katze, ein Fisch, eine Raupe, ein Schmetterling, ja sogar ein Wurm. Nicht durch blöde Grimassen. Sondern mit ihren Organen. Mit ihren Seh-Prismen. Mit ihrem Gehör- und Geruchssinn. Mit ihrer Sexualität, Paarung, Befruchtung, Schwangerschaft, Gebären. Ich fühlte das alles schon als Kind, nur konnte ich es nicht deuten. Das erste Mal, daß es mir auch physisch zum Bewußtsein kam, war, als ich die Frau in ›Die menschliche Stimme‹ von Jean Cocteau verkörperte. Ich ging nachts in Frauenkleidern auf die Straße, mit Schlüpfern, Büstenhalter, Straps und Stöckelschuhen. Nicht, um mich zur Schau zu stellen, sondern für mich allein. Es erschien mir natürlich und selbstverständlich, als Frau gekleidet zu sein, da ich mich, seit die Metamorphose begann, als Frau fühlte. Ich hatte das vollkommene Bewußtsein, Frau zu sein. So wie es natürlich ist, als Mann gekleidet zu sein, und nicht als Frau, in dem Bewußtsein Mann zu sein. So wie ich heute, jetzt, in diesem Augenblick ein Kind sein kann. Mein eigenes Kind – sowie seine Mutter und sein Vater. Oder beide zusammen.

Am erschreckendsten kommt mir die Vollkommenheit der Metamorphose zum Bewußtsein, als ich Woyzeck bin. Woyzeck, der seine Frau ermordet, die er über alles liebt, und dann wahnsinnig wird und sich ertränkt – während ihr gemeinsamer kleiner Sohn allein zurückbleibt.

Das alles zu durchleiden hat so verheerende Auswirkungen auf mich, als hätte ich nicht nur seit jeher wie Woyzeck gelitten, sondern daß ich wieder und wieder wie Woyzeck leide. Malaria der Seele, die immer wieder kommt. Mein ganzes Sein ist ein einziger Nährboden für die Erschütterungen der Welt. Für Vergangenheit, Gegenwart und Zukunft. Alles Leben und Sterben, alle Vibrationen gehen durch mich hindurch. Das ganze Universum ergießt sich in mich, wütet in mir, tobt durch mich hindurch und über mich hinweg. Verwüstet mich. Es kommt und geht, wann es will. Es beherrscht mich, kommandiert mich, umklammert, bedroht mich, und wartet immerzu und überall auf mich. Es saugt mich voll, saugt mich auf, durchwächst mich. Es ist in meinem Rückenmark. In meiner Gehirnmasse. In meinem Blut. In meinen Knochen. Meinen Muskeln. Eingeweiden. Meinen Geschlechtsorganen. In meinem Sperma. In meinem Fleisch. In meinen Augen. Meinem Gehör. Meinem Geschmack. Meinem Geruch. In meinem Gleichgewicht. In meinem Lachen. In meinen Tränen. In meinen Tagen wie in meinen Nächten. In meinen Gedanken. In meinen Gefühlen. In meinem Mut und in meiner Angst. In meiner Verzweiflung und in meiner Hoffnung. In meiner Schwäche und in meiner Kraft. Überall und immerzu.

Die entgegengesetzten Empfindungen zerreißen mich, die gegensätzlichsten Gedanken – oft zur gleichen Zeit – ohne Rücksicht, ob ich es ertragen kann. Auf der Straße in Paris, in Tokio, in New York, Los Angeles Capetown, in Indien, China, in Manila, Marrakesch, in San Francisco, London, Moskau, Rio de Janeiro. Katmandu, in Zentralafrika oder im Dschungel von Brasilien und Peru, in der Sahara, dem Himalaya oder auf dem Meer geht das Universum durch mich hindurch. Verändert seine Formen in mir. Verändert mich in seinen Formen. Verändert, verändert, verändert …

Ein Berg wird zu einer riesigen Welle. Ein Wellenungetüm wird zu einem eisigen Fels.

Ich weiß nicht, wie das alles enden wird. Ich weiß nur, daß ich kämpfen werde und daß Nanhoïs und meine Liebe stärker sein werden als jede Verfluchung und jeder Bann.

Mein Leben ist mein Sohn. Er ist mein Gott. Ich glaube an seine unendliche Kraft. Ich glaube an die Magie seiner Liebe. Er ist ihre Verkörperung. Die Verkörperung des Lebens. Die Verkörperung der Schönheit. Durch ihn werde ich erlöst und geheilt werden.

Dann wird die Wunde meiner Seele zu bluten aufhören – von der ich einmal glaubte, daß sie nie vernarben dürfe. Ja, daß ich sie aufreißen müßte, wenn sie zu heilen begänne. Damals, als ich noch nicht wußte, daß es keinen Rückweg mehr gibt, wenn man angefangen hat, die Inkarnation allen Seins zu werden. Damals – als ich zwar fühlte, daß ich nicht aufhören konnte das zu sein, was man ›Schauspieler‹ nennt, als ich mir aber sagte, daß ich es ja nur des Geldes wegen tue und daß es weiß Gott Schlimmeres gibt. Jetzt, heute will ich persönlich lieber arm sein, aber ohne Alpträume und ohne Verfolgungswahn, ohne die Marter der unablässigen und bewußten Inkarnation. Wenn ich es nur könnte! Wenn es nur an mir läge! Ich will kein Schauspieler sein! Ich will niemals ein Schauspieler gewesen sein! Ich will nie Erfolg gehabt haben! Ich hätte lieber eine Straßenhure sein wollen und meinen Körper verkauft haben, als meine Tränen verkauft zu haben und mein Lachen, meine Trauer und meine Freude.

Sobald so ein Schauspieler einen Pfarrer oder Polizisten ›gespielt‹ hat, blabbert er gleich von Moral und Todesstrafe und was weiß ich für Scheiß. Das beschränkteste Wort ist ›Aussage‹. Was für eine Aussage? Einer dieser verblödeten TV-Polizisten (ich weiß seinen Namen nicht, und niemand kennt ihn hier) hatte ein Interview in ›Playgirl‹, dieser amerikanischen Illustrierten für hängende Schwänze gegeben. Er war besonders stolz auf seine Zeit im ›Actor-Studio‹ in New York, während der er tatsächlich Polizeispitzel gewesen war! Dann erzählt er von seinem Großvater, der ein so anständiger Mensch gewesen sei, daß er es abgelehnt habe, sein Auto an einer Parkuhr zu parken, in der die von seinem Vorparker bezahlte Zeit noch nicht abgelaufen war, da er das Geld ja nicht selber verdient hatte! Es erübrigt sich zu sagen, daß diese Milben so unerträglich fade und anödende Fressen haben, daß man sich einfach nicht erklären kann, warum so etwas ungestraft auf einem Bildschirm erscheinen darf. In ihren Supermarkt-Gehirnen glauben sie alles im Ausverkauf für einen

Ramschpreis zu erstehen: Unterhosen, Schlipse, Pepsi-Cola, Black-und-Decker, Kreditkarten, Wahlberechtigung, Sparkonten, Lebensversicherungspolicen, Krankenversicherungen, Invaliden-versicherung. Sie sind Bodybuilder, Hundebesitzer, Jogger, Ge-schworene, Filmpreisgewinner und – ›Schauspieler‹! Automa-tisch, kein Mensch weiß warum, werden sie laut Play-Girl zu einer Gruppe von angeblichen ›Sex-Symbolen‹ gezählt – ungeach-tet, daß jede doofe Durchschnittsnutte ihnen in die Eier treten würde. Dieser Polizeispitzel-›Schauspieler‹ sagt während des In-terviews plötzlich zu seiner Frau, die natürlich bei dem Interview dabei war: »Bitte, honey, erzähl bloß nicht die Geschichte, wie du mich verführt hast (womit er behaupten will, daß diese Zicke ver-führerisch sei), bitte!« (Was heißen soll: ›Nun erzähl schon end-lich!!‹) Dieses bekloppte Arschloch von Interviewer mischt sich natürlich sofort ein (das ist ja im Sinn der Sache) und sagt: »Nichts da! Jetzt wird erzählt! Da kommst du nicht drum herum!« Und dann erzählt die Ehefrau dieses Polizei-Spitzel-Schauspieler-Sex-Symbols die Anekdote, wie sie ihren Mann kennenlernte und ihn als erste küßte!

Immer wieder fragen mich Leute, ob ich in meinem privaten Leben dasselbe tue wie die Person, die ich im Film verkörpert hatte. Ob ich dieselben Fähigkeiten und Charaktereigenschaften besitze. Als zum Beispiel bekannt wurde, daß ich Paganini sein würde, fragte mich sofort jeder: »Spielen Sie selbst Geige?« Ich antwortete: »Ja, vor 150 Jahren. Aber wenn ich den Film drehe, werde ich das Geigenspiel wieder aufnehmen.« Warum hat mich noch niemand gefragt, wie viele Menschen ich tatsächlich umge-bracht habe, da ich es doch so oft im Film tat? Denken tun sie es ohnehin.

Schauspieler heißt nicht ›guter‹ oder ›schlechter‹ Mensch zu sein. Das interessiert das Publikum auch gar nicht.

Zeit meines Lebens habe ich sagen hören: »Kino ist Magie.« Heute kann jede hergelaufene Null, zumindest im Fernsehen, einen ›Job‹ als Schauspieler bekommen, (wenn er fanatisch daran arbeitet wie eine Ratte, die sich durch Stahlwolle frißt). Sie nennen alles Job. Henker, Evangelist, Klempner, Polizist, Pest-Kontrolleur, Fleischer, Kritiker, Totengräber, Schauspieler, Zahnarzt, Regisseur,

Zuhälter etc. Für keinen Job braucht man einen Fähigkeitsnachweis. Und wer will nicht, daß die anderen den eigenen Bockmist ansehen oder anhören. Die anderen lassen es zu, damit andere auch ihren Bockmist ansehen und anhören. Das kann ganz verflixt ausgehen. Die neue Sekretärin meines Agenten hatte ihm gesagt, daß ihr Psychiater ihr abgeraten habe, sich von Kinski an die Fotze fassen zu lassen. Der Psychiater war ein Wasserkopf ohne Fähigkeitsnachweis, denn kurze Zeit darauf gibt die Sekretärin mir von ganz allein ihre Telefonnummer. Sie kann ihre Ungeduld gar nicht bezähmen, daß ich ihr endlich an die Fotze fasse.

Ja, ja, selbst der eigene Fick ist in Frage gestellt, im Zeitalter des Bluffs, des sich Betrügens und Belügens, des Nichtswissens, der Angeberei, der Hypocrisie, der Verblödung, der Kastrierung, der Frustrierung, der Heuchelei, der Verleumdung, der Erpressung, der Aufspeicherung von Geld, Informationen, Bakterien, Chromosomen, Blut, Atombomben, vergifteten Lebensmitteln und Bockmist. Zuerst schmieren sie es über Zeitungspapier, wie Scheiße, in die jemand getreten ist und die er ganze Häuserblocks entlang auf dem Gehsteig verschmiert. Und dann wird die bis aufs Äußerste ausgeschmierte Scheiße in Mikrofilm gespeichert.

Eine dieser bestialisch stinkenden Scheißhaus-Beschäftigungen ist ausgeschissene, im Druck ausgeschmierte, wie Hundescheiße verbreitete und alles besudelnde Kritik. Ist das ein Beruf, ›Kritiker‹? Die sogenannte ›Klassifizierung‹ von Filmen ist das letzte Stadium von Gehirnerweichung. Es entstehen ganze Kritiker-Teams, impotent sabbernde Paralytiker, impertinent und arrogant wie Sektierer. Sie hatten gar keine Qualifizierung zu fürchten. Sie waren einfach da und rissen das verfaulte Maul auf. Sie finden Fellini entweder ›gelungen‹ oder ›ganz und gar danebengegangen‹, geradezu ›lächerlich‹. Sie sind ekelhafter als die erbärmlichste Reklame für ›Männerschutz‹, weil sie nicht einmal die jämmerliche Fähigkeit besitzen, dem Käufer eine Gütemarke in den Schwanz einzubrennen. Je länger sie es tun, d. h. je länger niemand kommt und sie mit Rattengift ausrottet, um so frecher werden diese kläffenden Köter.

Sie geben ›Noten‹! (wie die Idioten in der Schule) von 1 bis 10 oder so, mit halben Punkten, als rächten sie sich dafür, daß sie selbst so miserabel sind! Sie erdreisten sich, dem Publikum zu sagen, was ›gut‹ ist und was ›schlecht‹. Man kann sich vorstellen, was für einen Schweinefraß die als Ernährung haben.

Das Publikum ist abgenutzt und erschöpft von all dem anderen Scheiß, mit dem sie verseucht werden. Wahrscheinlich ist das der Hauptgrund, warum diese Pest überhaupt existieren kann. Wer kümmert sich schon um Herpes, wenn die Gefahr von Aids besteht.

Dann gibt es wieder andere Gruppen dieser regelrechten Scheißhausfliegen-Plage, die sogenannten ›Karriere-Aufbauer‹, mit anderen Worten Film- und Theateragenturen. Sie sagen, daß man nicht zu gute Filme machen darf und auch nicht zu schlechte – ab und zu des Geldes wegen, ja, aber dann sofort hinterher einen ›Kunstfilm‹ mit der und der Partnerin oder dem und dem Partner und mit dem und dem Regisseur und so fort.

Nicht einmal als Zuhälter kommen sie in Frage. Denn ist die Hure, die sie verkoppeln wollen, gut, so braucht sie keinen Zuhälter. Sie ist allein fähig, jeden zu ficken, den sie will.

Für mich ist der kleine Junge wichtig in Neapel oder Marrakesch oder in Vietnam – der mich auf der Straße anhält und mir sagen will, daß er mich im Kino gesehen hat, egal in was für einem Film. Daß er mich nicht vergessen hat (obwohl ich nicht die Ambition habe, für möglichst viele Menschen unvergeßlich zu sein, im Gegenteil!). Aber es ist der Beweis, daß dieser Schwachsinn von A-, B-, C-Filmen eine anmaßende Ausgeburt paralytischer Hirne ist. Denn die Filme, an die mich die Kinder erinnern wollten, konnten gut und gerne auf eine solche Klassifizierung scheißen.

Es gibt keine ›wichtigeren‹ und keine ›unwichtigeren‹ Filme. Für den einen ist das wichtig, für den anderen jenes. Es gibt nur entweder Faszination oder keine. Und es ist nicht Sache dieser lästigen Scheißfliegen von selbsternannten ›Kritikern‹, das zu beurteilen. Den meisten Menschen wird von morgens bis abends gesagt: »Halts Maul!« Sie wiederum sagen zu jedem anderen, der ihnen nicht aufs Maul haut: »Halts Maul!« Und dann sagen sie: »Hören Sie zu!« Sie kommen ganz durcheinander, wenn man antwortet: »Nein! Du Arschloch. Ich will deinem Scheiß nicht zuhören!«

Wenn während der Dreharbeiten zu einem Film etwas Wirkliches ›passiert‹ und durch die Kamera oder im Schneideraum nicht versaut wird, d. h. wenn es von der Leinwand herunter-kommt und in die Menschen eindringt, die es sehen, dann bedarf es keiner Kritik, weil das Publikum selbst fähig ist zu reagieren. Oder halten diese großmäuligen Wichser sich für fähiger und das Publikum für dümmer?

Warum läßt man denn zu (unterstützt und sogar finanziert), einen ›schlechten‹ Film zu machen? Wer ist es, der es zuläßt? Wenn es Gewerbefreiheit gibt, warum lassen diese Kritiker-Eunu-chen die ›schlechten‹ und die ›guten‹ Filme nicht in Ruhe? Man kritisiert ja auch keine Hure öffentlich, weil sie angeblich schlecht fickt – wobei immer noch zu klären wäre, wer der schlechtere Ficker war. Würde man diese Würmer-Brut von Kritikern fragen, was und wie man es denn machen solle, dann gnade Gott! Kriti-ker ist doch kein Beruf! Kritiker sind nichts anderes als eine Plage, die überhand nimmt, weil sie ungestraft davonkommen. Man weiß nie wo eine Seuche ihren Ursprung hat. Wichtig ist, daß man ein Serum dagegen findet. Es ist ein und dasselbe: Wenn man schon nicht Richter sein darf oder Geschworener und jemand ans Messer liefern darf – will man doch wenigstens einem Film eine Note geben dürfen, oder einem Sänger oder Tänzer oder Maler oder einem Buch. Kritisieren, korrigieren, dekorieren, ignorieren, plastifizieren, analysieren, sezieren, einbalsamieren, qualifizieren, sterilisieren … Kritisieren heißt für die meisten, daß man es besser weiß, besser kann, ohne es jedoch umgehend beweisen zu müs-sen. Ohne Ausnahme sind Schauspieler, Regisseure, Produzenten, Schriftsteller etc. froh und dankbar, in der ›Jury‹ eines Filmfest-spiels zu sein. Man ›wählt sie aus‹, wie man gute Bürger als Ge-schworene auswählt. Sie sind nicht nur stolz darauf, sondern sie sind völlig verändert, deformiert, regelrecht verzerrt. Sie haben ›keine Zeit‹, wenn man ihnen während des Festivals auf dem Weg zu ihrem Geschworenen-Treffen begegnet. Sie kennen einen kaum, und anstatt den Gruß zu erwidern, verziehen sie ihre Lip-pen zu einer mitleidigen Grimasse. Ficken tun sie sicherlich auch nicht während der Geschworenen-Periode, oder nur als Geschwo-rene untereinander.

Nach jedem Festival werden Gerüchte laut von Bestechung. Es sind nicht nur Gerüchte. Ich kenne Festivals, wo man den Preis kaufen kann. Aber schlimmer als alle Bestechung ist die Geilheit nach ›Ruhm‹ und ›Bedeutung‹. Es ist physisch ekelhaft mitanzusehen, wie die Ausgezeichneten die Preise geradezu onanieren, während sie ihre jämmerlichen Dankesreden halten. Und dann die gehässigen Gesichter der anderen, die keinen Preis bekommen haben. Das Ganze ist eine Taktlosigkeit. Wie als ich ein kleiner Junge war und zur Weihnachtsbescherung für arme Kinder eingeladen wurde, deren Eltern kein Geld hatten für Weihnachtsgeschenke. Außer ein paar Stück Pfefferkuchen auf einem Pappteller und einem Becher Kakao wurde jedes Kind aufgerufen und ihm ein in Weihnachtspapier gewickeltes Päckchen ausgehändigt. Mir kamen immer die Tränen, wenn ein Kind aufgerufen wurde. Tränen der Wut. Hätten sie unseren Müttern Geld gegeben, dann hätte jede Mutter ihr Kind selbst bescheren können. Hier aber saßen die Mütter dabei und sahen zu, wie ihre geliebten Kinder von anderen ›beschenkt‹ wurden, anstatt von ihnen selbst. Es ist wahr, ich habe nach allem gegriffen, was eßbar war, denn ich hatte nie genug zu essen – aber ich hätte auf die herablassende ›soziale‹ Gnade dieser Art von Bescherung geschissen und lieber meine Nase am Fenster einer Backstube plattgedrückt und den warmen Duft von Brot in mich eingezogen wie Milch aus den Brüsten meiner Mutter, bis meine Hosen platzten.

Jedes Kind verdient mehr als eine solche demütigende Abspeisung!

Preisverteilung ist um so erbärmlicher, weil diejenigen, die nach solchem Schund jiepern, ihn nicht brauchen, nicht brauchen wie ein hungriges Kind Nahrung braucht. Mehr noch für seine zarte Seele als für seinen Leib.

Und wofür sind diese Preis-geilen Erwachsenen so dankbar? Dankbar, daß man ihre Gier nach Geltung befriedigt hat? Ihre Gier nach Ruhm? Nach Geld?

Und dann – was ist mit all den anderen, die genauso eine Auszeichnung verdient haben. Oder noch mehr als diejenigen, die sie bekommen! Charlie Chaplin und Orson Welles haben nie einen ›Oscar‹ bekommen.

Scheiß diesem akademischen Jury-Pack!

Und was soll dieser Schwachsinn von Preisen? Für was? Und wer erdreistet sich, die Entscheidung auszusprechen? Und wieviele sind es, die sich erdreisten, im Vergleich von Hunderten von Millionen Zuschauern. Ein Film geht nicht besser, weil er einen Preis bekommen hat. Im Gegenteil, das Publikum fühlt sich bevormundet von einer kleinen arroganten Clique, die sich berechtigt glaubt ihnen vorzuschreiben, was das angeblich Beste sei.

Ich überlasse es Herzog, den Müll einzusammeln. Der wie ein Lumpenhändler ganze Preis-Ramsch-Touren unternimmt, bei denen er alles mitgehen läßt, was man ihm für die Filme mit mir ›verleiht‹.

Wer um alles in der Welt erdreistet sich, ein öffentliches ›Lob‹ auszusprechen! Wer erdreistet sich, etwas zu ›verleihen‹!

Es gibt Orden für Frieden: Den Nobelpreis (400 000 Dollar einkommensteuerfrei). Einstein hat ihn auch bekommen, der hat aber nun wieder die Atomspaltung (Atombombe) entdeckt. Es hat ihm dann später ›rührender‹ Weise leid getan. Es gibt Preise für komisch sein und Preise für Tragödien. Preise für Schönheit und Preise für Häßlichkeit. Preise für den Besten und Preise für den Schlechtesten. Preise für jemand, der am meisten fressen und Preise für jemand, der am meisten saufen kann … Gibt es auch Preise für Hunger? Ja, für Rekordhungern während hungernde Kinder keine Preise erhalten. Gibt es Preise für Unfälle? Ja, für Stunt-Männer – für richtige Unfälle gibt es keine. Die Nazis haben den Müttern Orden verliehen für die Kinder, die sie geboren hatten. Sie hießen ›Mutterkreuze‹ und wurden nach dem vierten Kind in Bronze und für so und so viele weitere in Silber und Gold verliehen. Wenn die Söhne dann heranwuchsen, wurden sie zum Militär eingezogen und bekamen Orden fürs Töten. Preise für Mörder. Wenn sie selbst getötet wurden, bekamen dieselben Mütter, die sie geboren hatten, die Auszeichnungen für ihre toten Söhne. Orden für Tränen, für Schmerz und Verzweiflung, Orden für zerstörtes Leben. Es gibt Preise für Lebensretter. Preise für Porno-Filme: Schwanz und Hoden.

Genauso werden Bullen und Schweine preisgekrönt. Der Zuchtbulle will keinen Preis für gutes Ficken. Aber er wird nicht gefragt.

Dann das Brandzeichen am Arsch. Die Nummer durchs Ohr geknipst, auf die Stirn geklebt oder einfach aufs Fell gekliert fürs

Schlachthaus. Tiere können sich nicht dagegen wehren. Menschen hingegen lassen es nicht nur freiwillig geschehen, sondern stehen von ganz allein Schlange danach. Das fängt an mit dem Personalausweis (nicht jeder bekommt ihn). Dann der Führerschein als Preis für gutes Fahren. Plaketten für unfallfreies Fahren. Auch Wahl-Berechtigung ist eine Auszeichnung(!), Schüler wachsen sozusagen in diese Auszeichnung hinein. Kreditkarte. Identifizierungsschilder sind vorsorglich plastifiziert, damit niemand sie beim Essen bekleckert. Denn die Inhaber tragen sie ganz ungeniert in der Mittagspause im Restaurant. Sie sind eingebildet darauf, daß sie etwas herumfragen dürfen, das eine Bezeichnung hat. Es gibt ihnen das beruhigende Bewußtsein, daß sie registriert sind, erfaßt, gezeichnet. Egal wo der Stempel hingestempelt wird. Ob sie die plastifizierten Erkennungskarten auch tragen, wenn sie in der Mittagspause ficken? Man könnte ihnen die Identifizierung durch die Vorhaut knipsen. Warum soll es ihnen besser gehen als den Bullen. Zum Tode Verurteilte durch Erschießen haben auch eine Art Aufkleber: Man klebt oder näht ihnen einen hellen Fleck auf die Herzgegend, damit die Mörder das Herz anvisieren können, KZ-Häftlingen, auch Kindern, wurde die Häftlingsnummer am Unterarm ins Fleisch eingebrannt. Aber auch die Folterknechte der SS hatten eine Nummer ins Fleisch gebrannt, nur etwas diskreter, unter der Achselhöhle. Soldaten haben Erkennungsmarken, damit man nicht die Lebendigen mit den Toten und die Toten unter sich nicht verwechselt. In Krankenhäusern tragen die Patienten Plastikreifen am Puls, mit Namen und Krankennummer, damit man keinem die Leber herausoperiert anstelle des Blinddarms usw ... Auch Neugeborene tragen diese Plastikreifen.

An den Eingängen zu Vergnügungsparks in Amerika stehen junge Männer und Mädchen mit Stempeln in den Fäusten und stempeln jedem, der den Lunapark verläßt und wieder zurückkommen will, einen Stempel auf die Handrücken. Auch wenn er nur zum Pissen geht. Überall diese dreckigen Stempel und Aufkleber. Auf jeden Fraß und jede Unterhose. Auch Bierbüchsen, direkt da, wo man das Blech eindrückt und trinkt. Der Preisaufkleber wird buchstäblich ins Bier oder in die Limonade gedrückt. Man säuft den Preis mit. Im Leichenschauhaus haben die Leichen

Erkennungszettel angeheftet, manchmal am großen Zeh. Es ist alles derselbe Plunder: Preise, Auszeichnungen, Orden, Titel, Brandzeichen, Stempel, Aufdrucker, Aufkleber. Und wenn es nur eine Nummer ist, dann ist das auf jeden Fall besser als gar nichts. Nummer sieht so aus, als gehöre man zu was, möglichst natürlich zu einem Team. Selbst Bergsteigerteams, die einen Gipfel erstürmen wollen, haben den Titel ihrer Expedition überall hingeschmiert, hingekritzelt, hingedruckt, aufgenäht, eingewebt. Für wen? Für den Mount Everest, den Anapúrna oder den Ama Dablam? Auch bei Segelrennen wird es überall hingekliert. Selbst auf die Segel.

Überall Hinweise, Krücken, Rollstühle, Blindenhunde für eine geistig und seelisch verkrüppelte Gesellschaft. Verblendung, Verblödung. Betrug und Zuhälterei.

Es gibt Bücher ›Wie werde ich Schriftsteller‹ (ich habe selbst einen beschränkt aussehenden Mann so ein Buch lesen sehen, als er vor einem Autozulassungsschalter Schlange stand). Es gibt Bücher ›Wie gebrauche ich Kartoffeln‹. Es gibt Bücher, die sagen, wie man ›sterben soll‹. Der Kerl aus Sacramento, der im amerikanischen Fernsehen immer über ›Liebe‹ redet, hat gesagt, daß man jemand für 20 Dollar mieten könne, damit er einem beim Sterben die Hand hält! In einem Kaff in Kalifornien steht an einer Baracke in großen Lettern ›Friedens-Zentrum‹. Kann man sich da Frieden holen? Ein Schild an einer Freßbaracke an der Küste sagt ›Essen-Vertrieb‹.

Es gibt ›Verständigungs-Zentren‹ und ›Re-Kreations-Zentren‹. Was ist das? Ich habe das auch in Lokalitäten gesehen, wo sich Nutten und Zuhälter aufwärmen und einen kippen. Auch in Sex-Shops. Es gibt Visitenkarten mit dem Aufdruck ›Evangelist‹. Sicher auch welche mit dem Aufdruck ›Dichter‹, ›Bildhauer‹, ›Maler‹, ›Viehzüchter‹ oder ›Henker‹? Es gibt T-Shirts, auf denen steht: »Ich bin einer der ganz wenigen, die Shelley Winters nicht gefickt haben.« Und es gibt T-Shirts, auf denen steht: »Ich will eine Maschinenpistole nehmen, in alle Länder fahren und so viele wie möglich abknallen.«

Aufkleber sind billiger und praktischer, man kann sie überall hinkleistern, meistens an sein eigenes Auto. Wenn man hinter so einem Auto herfährt, wird einem kotzübel. Für alles ist gesorgt:

Für Jesus Christus, den Erlöser. Für Rassisten. Für Veteranen. Militaristen. Pazifisten. Witzbolde und so fort. Am besten man hat von jedem etwas, man protestiert, ist witzig, keck, froh, empört, aggressiv, friedliebend, gläubig, frivol und haßt alle, die nicht ›gebürtige‹ sind. Da heißt es: ›Ich liebe meine Frau.‹ ›Ich liebe meine Kinder.‹ ›Ich liebe meinen Hund.‹ Muß man das ans Auto kleben? Ist es so rar? Oder denkt zumindest derjenige, der es an sein Auto klebt, daß die anderes es nicht tun? Was geht das ihn an? Hat dieser Idiot jemals darüber nachgedacht, daß es die anderen einen Dreck interessiert, was er da ausposaunt? Oder klebt er sein Auto damit voll, weil er ein schlechtes Gewissen hat? Oder: ›Großmutter an Bord‹, oder ›Schwiegermutter an Bord‹. Ich warte nur, daß jemand an seinem Auto kleben hat ›Arschloch an Bord‹.

Je mehr die Menschen um ›Verständigung‹ buhlen, um so weniger Verständigung gibt es. Mir hatte einmal ein Mädchen erzählt, daß ihr Vater in späteren Jahren nicht mehr mit ihrer Mutter sprach, sondern nur noch überall Zettel hinlegte und anheftete, auf denen geschrieben stand, was er sagen wollte. Das Mädchen sagte auch, daß ihre Mutter dachte, ihr Vater wäre wahnsinnig geworden. Er war nicht wahnsinnig, sondern er hatte nur keine andere Verständigungsmöglichkeit mehr. Wenigstens hatte er nicht so ein großes Maul und quatschte nicht von morgens bis abends über Verständigung. Von Preisen und Auszeichnungen, von Bezeichnungen und Hinweisen zu T-Shirts und Aufklebern. Ausgeburten von Abfall zu Abfall krankhafter Gehirne!

Aber Hauptsache, auf sich aufmerksam machen. Beobachtet werden. Was anzubieten haben. Hausmarke. Egal was man anbietet, man ist bereit, dafür zu zahlen, wenn man nur die Marke herumtragen darf. Hinweise sind dazu da, daß sie befolgt werden!

Hollywood-Regisseure und Produzenten (aber auch im übrigen Teil der Welt) haben in ihren Büros (sicher auch bei sich zu Hause) ihre Preise aufgebaut, ja sogar die Nominierung für einen Preis eingerahmt an der Wand hängen – auch wenn sie ihn letzten Endes gar nicht bekommen haben. Ein New Yorker Kritiker schrieb über mich in irgendso einem grauenhaft dummen, talentlosen, völlig uninteressanten Hollywood-Quatsch, daß ich ›Oscar-Kaliber‹ hätte. Kaliber? Was für ein Kaliber? Mit meinem Schwanz kann das nichts zu tun haben, denn dann käme er mit seiner Entdeckung aus dem Mustopp. Was kann er wohl meinen? Scheiß diesem ganzen Hundepack!

Und dann diese hodenlosen sogenannten Regisseure (woher wissen sie, daß sie Regisseure sind?), diese Wegelagerer und Diebe in der Wildnis meiner Seele – wie Touristen, die eine Trophäe nach Hause bringen und behaupten, sie hätten sie ›erjagt‹: Einen Schrumpfkopf von Kopfjägern aus Peru, einen präparierten Piranha, einen Bambushut aus Vietnam. Sie töten einen Elefanten seiner Stoßzähne wegen, oder um aus seinem Fuß einen Hocker zu machen oder einen großen Aschenbecher, oder sie machen aus seiner Haut Lampenschirme. Warum ist es so grauenhaft, Lampenschirme aus Menschenhaut herzustellen? Sie schlagen Baby-Seehunde lebendig zu blutigen Klumpen, weil das Fell besser glänzt, wenn man es ihnen lebend abzieht.

Zurück zu diesen Strolchen von Regisseuren, die mich huren wollen mit schlappen Schwänzen. Diese aufgeblasenen, arroganten, neurotischen Bluffer, die auf mir spielen wollen und mich nur verstimmen können. Ich brauche keinen Blindenhund! Dieser impotente Kubrik wiederholt eine Filmaufnahme 80–120mal! Aber die armen Irren, die es ausführen, verdienen es nicht besser. Er konnte es nicht fassen, als er ein Interview von mir in einer Londoner Zeitung las, daß ich gesagt hatte, ich würde nie einen Film mit ihm drehen können, weil ich ihm am ersten Drehtag in den Arsch treten würde. Aber Blindenhunde sind wenigstens fähig, einen Blinden durch den Straßenverkehr zu führen. Regisseure sind Egel, Schmarotzer! Sie wollen mich auspressen wie eine Tube Farbe, ohne malen zu können! Sie können die starken Farben nicht handhaben, nicht bewältigen. Ich aber trage die wahren Landschaften in mir. Die Landschaften eines jeden Gefühls, eines jeden Ausdrucks. Ich trage die Landschaften aller Formen in mir, die sich unablässig verändern. Ich trage alle Meere in mir und alle Gestirne. Die Wolken und alle Winde. Ich bin Musik. Ich bin eine Oper. Eine Arie. Eine Symphonie. Ich bin Töne. Ich will keine Bücher. Ich bin der Roman. Ich bin Poesie. Ich bin das Märchen. Ich bin die Aufhebung der Zeit. Die Aufhebung der Geschlechter. Die Aufhebung von Gut und Böse. Ich trage die Landschaften ganzer Planeten in mir. Die Landschaften auf den Gründen der

Meere. Ich durchlaufe sie, durchfliege sie. Ich bin ein riesiger Fisch. Ich bin ein gewaltiger Vogel. Ich bin der Flug aller Vögel, die durch die Lüfte stürzen. Ich bin tief in der Erde, in den Kristallen, in den Metallen, den Mineralien, in den Feuerquellen der Vulkane. Ich lebe in den Spitzen der Wurzeln. In den Gesichtern der Bäume. Ich spreize mich in den Farben der Blumen und Schmetterlinge. Ich bin der Geruch und der Geschmack der großen Katzen. Ich bin der Blick der Wölfe. Ich bin die zerklüfteten Adern der Felsen und der Schrei des Eises.

Regisseure stehlen von meiner Kraft – aber sie hüten sich feige vor meiner Hölle, von meinen blutenden Trümmern.

Als ich den Film über Charryl Chessman drehen wollte – welcher Regisseur hätte sagen können, was Chessman durchgemacht hatte, (10 Jahre lang) während er auf seine Hinrichtung wartete, die immer wieder (10 Jahre lang) im letzten Augenblick aufgeschoben wurde! Wer von diesen räudigen Schakalen hätte eine Ahnung davon haben können, wie Chessman in der Gaskammer zu sterben hatte!

Nie hat ein sogenannter Regisseur mir etwas anderes vermitteln können als Scheiße und Mundgeruch. Sie geben ihre schlechten Angewohnheiten weiter wie Geschlechtskrankheiten. Ihr in der Nase bohren und sich am Arsch kratzen. Ihre Bewegungen von Amputierten. Sie haben nichts als Unzucht getrieben mit meiner Seele. Diese Gänse, die einem Adler beibringen wollen, wie er fliegen soll! Herzog hält sich für eine Ausnahme, und er möchte gerne, daß man dies über die ganze Erde verbreite. Er hält sich für empfindsam, nur weil ich ihm das Maul verbiete und ihm nichts übrig bleibt, als mich machen zu lassen, was ich will. Er ist heilfroh, daß ich tue, was ich will, da diesem Penner ohnehin nichts einfällt. Er verbreitet auf der ganzen Welt, daß ich ein Genie sei. Sicher hofft er, daß ich ihn als Gegenleistung ebenfalls als Genie bezeichne.

Und dann die Raffgier dieser Regisseure, jeden Erfolg auf ihr eigenes Konto zu buchen – selbst wenn der Film ausschließlich von der Faszination durch einen großen Schauspieler lebt. Abgebrüht nennen sie sich als erste über dem Titel des Films und treiben ihren Größenwahn ungestraft so weit, bis sie von einem Verleiher manchmal eins auf die Fresse kriegen.

Abgesehen von ihrer manischen Angeberei, vertragen sie auf keinen Fall, daß der Verdacht entsteht, jemand anderer als sie selbst habe dem Film zum Erfolg verholfen. Herzog ist das haarsträubendste Beispiel dafür. Außer seiner Mißgunst eines talentlosen Stümpers glaube ich, daß er darauf aus ist, sich an mir zu rächen, weil ich ihn unter der Knute habe. Und er weiß, daß er ohne mich ein Scheißdreck ist. Er haßt mich geradezu. Er versucht, mich zu verleugnen – was nur ein Schwachkopf wie er versuchen kann. In einer Bildreportage über ›Aguirre‹ in der amerikanischen Illustrierten ›Rolling Stone‹, die über viele Seiten ging, hat er meinen Namen überhaupt nicht erwähnt, und unter den vielen Bildern war nicht ein einziges Foto von mir! Von Aguirre! Durch den der Film überhaupt existiert! Seit Aguirre sind siebzehn Jahre vergangen, und in diesen siebzehn Jahren hat er mich auf Plakaten in allen Ländern der Erde ganz infam betrogen! Auf vielen Plakaten erscheint mein Name gar nicht. Auf anderen ganz klein.

Auf jedem Plakat aber steht Herzogs Name über dem Titel des Films, obwohl ich in jedem Vertrag die Bedingung habe, daß mein Name allein, und einzig mein Name vor dem Titel zu stehen hat. Während Herzogs Name unter dem Titel des Films zu stehen hat. Das stärkste Stück hat er sich in Amerika geleistet. Der New Yorker Filmverleih brachte mir stolz den ersten Andruck des Plakates zu ›Woyzeck‹ ins Hotel, auf dem quer über meinem schreienden Gesicht stand: ›Herzogs Meisterwerk‹, und dann ›Woyzeck‹. Nichts von mir!

Auch in Frankreich sah ich ein riesiges Plakat von ›Aguirre‹ ohne meinen Namen! Aber wie gesagt, bis man ihnen nicht eines über ihr Maulwerk haut.

Man muß wissen, daß beim Film die Nennung des Namens bares Geld bedeutet. Denn ob sie es zugeben oder nicht, die meisten Produzenten sind so unheilbar beschränkt, daß sie die Höhe der Gagenforderung fressen mit der Größe und Position des Namens auf Plakaten, Kinoreklamen und auf der Leinwand. Außerdem ist es mir ekelhaft, daß diese Pest Herzog sich so aufsässig ausbreitet.

Als bei einer Pressekonferenz in New York ein Journalist fragte, wie er, Herzog, denn das ›Ballett meiner Hände‹ als Nosferatu inszeniert habe, wollte Herzog gerade dazu ansetzen, seine Lügen-Jauche abzulassen – als ich ihm unterm Tisch, an dem wir saßen, einen Fußtritt gab und ihm zuzischte, daß er es nicht wagen solle das Maul aufzumachen, weil ich sonst die Wahrheit herausposaunen würde. Er hatte mir während der Dreharbeiten von ›Nosferatu‹ überflüssigerweise den Arsch geküßt, wenn ich eine komplette Szene gedreht hatte ohne auch nur zugelassen zu haben, daß er sich muckste, um irgendwelche blöden Erklärungen, ja nicht einmal zaghafte Wünsche zu äußern. Kurz, ich hatte ihm wie immer das Maul verboten. Er war heilfroh darüber, daß ich etwas tat, was ihm nie in den Sinn gekommen wäre, obwohl er später das Gegenteil behauptete, nämlich daß ich genau das getan hätte, was er sich in seiner Ur-Version erdacht hatte – er faserte von ›Telepathie‹. So kommt es, daß er in verschiedenen Ländern, auch hier in der USA, vielen Leuten durch Lügen und Betrügereien eingehämmert hat, daß er, Herzog, der ›Schöpfer‹ der Filme ›Aguirre‹, ›Nosferatu‹, ›Woyzeck‹ und ›Fitzcarraldo‹ sei. Die haarsträubendste Lüge ist seine Behauptung, er habe während der Dreharbeiten zu dem Film ›Herz aus Glas‹ Schauspieler hypnotisiert! Im übrigen ist der Film grauenhaft langweilig und ein totaler Mißerfolg. Dann läßt er einen Dokumentarfilm über sich selbst drehen, wie er Schuhe frißt. Wen das interessiert!

Regisseure sollten mich nicht ansprechen, außer ›Guten Morgen‹ zu sagen oder ›Auf Wiedersehen‹. Auch wenn sie glauben, daß sie eine Entdeckung gemacht haben (sie glauben immer, eine Entdeckung gemacht zu haben), sollten sie es für sich behalten. Ich weiß es ohnehin.

Es ist noch nicht so lange her, daß man eine Sensation daraus machte, als man festgestellt hatte, daß Pflanzen leben! Daß sie eine Seele haben. Wie sollten sie denn nicht leben?! Da sie doch atmen und blühen und wachsen und sich befruchten und gebären. Da sie doch froh sein können und niedergedrückt und lächeln und weinen. Ich habe oft traurige Pflanzen fröhlich gemacht. Ich habe sie unterm Kinn gekrault und über ihren Kopf gestreichelt. Eine Pflanze, sie war eine Kind-Pflanze, hatte sich zutraulich an mich gewandt, sich mir genähert. Sie wollte mir zeigen, wie gut sie wächst und wie schön sie bereits ist. Sie sah mich mit ihren Augen an – und es war mein Sohn Nanhoï. Es ist die Seele, die in allem Leben ist und die sich in direktem Kontakt befindet mit allen Liebenden. Mit allen Gefühlen. Mit allem Leid und aller Freude. Es gibt nichts, was lebt und keine Seele hat. Alle Pflanzen und alle Tiere. Auch die Luft, der Himmel, die Wolken, die Winde, die Erde, die Steine, das Feuer und Schnee und Eis.

Viele Menschen geben sich Beruhigungsmittel für die Seele, damit sie nicht muckst, und vor allem, daß es nicht weh tut. Am besten ist es für sie, jede Bewegung der Seele, die an Erregung grenzen könnte, im Keime zu ersticken. In Irrenhäusern wird den Insassen täglich als erstes und vor allem ihre Beruhigungspille verpaßt. Der Seele das Maul stopfen! Die Beruhigungsmittel sind lang erprobt und so sicher wie die Pille zur Verhütung der Schwangerschaft. Man deckt den Vogel in seinem Käfig abends mit einer Decke zu, damit er eine ›ruhige Nacht‹ habe!

Und dann – die Angst, die Menschen vor jeder Art von körperlichen Schmerzen haben. Schmerzmittel für alles. Für schmerzlose Geburt. Schmerzlosen (unruhigen) Schlaf. Schmerzlosen (›leichten‹) Tod. Was ist mit einem Mittel für schmerzloses Lachen, damit einem das Zwerchfell nicht weh tut? Schmerzlose Freude? Schmerzlose Trauer? Schmerzloses Weinen, damit die Augen nicht von dem Salz der Tränen brennen! Gibt es ein gemütliches Erdbeben oder einen harmlosen Hurrikan?! Die heimtückische menschliche Gesellschaft prügelt ihren Mitgliedern ein, daß sie sich erst einmal und vor allen Dingen ›beruhigen‹ sollen. Warum? Ist Ficken ein ruhiger Zustand? Gibt es vielleicht Mittel für schmerzlose Entjungferung? Schmerzliches Eindringen des männlichen Gliedes? Schmerzloses Ficken? Leben ist nicht schmerzlos und nicht beruhigend. Leben ist erregend, leidenschaftlich und schmerzhaft! Was ist daran nicht in Ordnung? Lachen, Tränen, Wutschreie, Schmerzensschreie, Freudenschreie sind Ausdruck von Körper und Seele! Unterdrückt man sie, treibt man mit den ›Teufeln‹ auch die Engel aus. Aufgerissene Erde und aufgewühlte See sind die Folgen von Erdbeben und Sturm. Man kann Himmel und Hölle nicht einfach auf dem Müllplatz abladen!

Immerzu und überall fragen mich Leute: »Was machen Sie mit Ihrer freien Zeit?« Als wären sie besorgt um mich – denn ihre eigene freie Zeit ist bereits programmiert, darüber verfügt, und sie brauchen sich deswegen nicht zu grämen. Und als wollten sie mir behilflich sein, mir sozusagen unter die Arme greifen, fügen sie hinzu: »Was ist Ihr Hobby?« Ich weiß beim besten Willen nicht, wovon sie reden. Ich bin irritiert, belästigt, gereizt. Jähzorn steigt in mir auf über so viel Aufdringlichkeit und Gehirnabfall. Ich möchte dem Frager einen Tritt versetzen. Freie Zeit? Was soll das heißen? Frei von was? Ich bin frei! Ich habe keine Hobbys. Ich atme! Ich lebe! Ich liebe! Ich brenne! Hat Feuer freie Zeit? Hat Liebe freie Zeit? Leben? Atmen? Der Wind? Das Meer? Diese verfluchte Fragerei! Sie wollen Antworten, weil sie selbst nichts als Fragebogen auszufüllen haben. Selbst wenn ich in Amerika bar bezahle, fragt mich so ein Hornochse nach meinem Führerschein, Kredit-Karte und Telefonnummer! Im Flugzeug von New York nach San Francisco stellt sich der Kerl, der neben mir Platz nimmt vor: »Professor soundso …« Ich habe ihn nicht danach gefragt! Dann reicht er mir seine Hand hin, als ob wir gute Bekannte wären, nur weil er neben mir sitzt. Das ist, wohlverstanden, keine Höflichkeit (denn es ist, im Gegenteil, äußerst unhöflich, mich zwingen zu wollen, daß ich mich für ihn interessiere), sondern er will einfach nur quatschen, tratschen, uns miteinander bekannt machen, will seine dreckige Nase in meine Angelegenheiten stecken, will schnüffeln. Er benutzt mich. Ich soll ihn ablenken, unterhalten, seine Zeit totschlagen. Ganz abgesehen von seiner schamlosen Indiskretion will er eine Mülltonne für seinen Abfall, der sich bereits in seinem Gehirn zu Bergen häuft und herumstinkt. Und warum brüllt er so? Ich bin nicht schwerhörig! Die anderen Fluggäste glotzen schon alle! Dann sagt er listig und völlig aus der Luft gegriffen (als hätte er das bei Dostojewskij gelesen und wolle wie der Untersuchungsrichter Porphyrij mit seinen Fragen heimtückische Fallen stellen): »… was sagten Sie gerade, sei Ihr Beruf?« Und gleich darauf: »Ich habe Ihren Namen nicht richtig mitgekriegt.« Ich hatte nichts dergleichen gesagt. Ich hatte überhaupt nichts gesagt, nicht einmal »Guten Tag«, und ich hatte auch nicht vor, irgend etwas zu sagen. Ich weiß nicht, ob er überhaupt bemerkt, daß ich keine Antwort gebe. Daß ich keine Antwort geben will! Jedenfalls drischt er ungefragt drauflos und sagt, daß er in New York als Sachverständiger des Gerichtsfalls soundso fungiert habe, wobei er dreisterweise als selbstverständlich voraussetzt, daß ich den ganzen Zeitungs- und Fernsehmüll gefressen habe und über den Fall informiert sei. Kurz und gut, er sei für alle Fragen von Komplikationen während der Schwangerschaft zuständig und würde jedesmal zu Gerichtsprozessen hinzugezogen. Sein Schwiegersohn sei ebenfalls Professor, auch spezialisiert, allerdings nicht in Schwangerschaftsfragen, sondern auf anderem Gebiet. All das schreit er fast. Und obwohl die Piloten die Boeing 747 warmlaufen lassen, überschreit dieses verfluchte Professor-Arschloch den Düsenlärm der Maschine:

»... Gebärmutter ... Eierstöcke!« ruft er triumphierend aus und zeigt dabei mit dem Finger ganz ungeniert und blöde auf die ganz nah bei uns stehende Stewardeß von PANAM, die mit einem Fluggast flirtet. »... Wenn diese Stewardeß jetzt schwanger wäre ...«, brüllt dieser Vollidiot. Worauf die Stewardeß zusammenzuckt und auf die Toilette verschwindet, als könnte sie dort feststellen, ob sie schwanger ist. Ich stehe auf und setze mich auf einen Fensterplatz in einer freien Reihe und nehme mir fest vor, meinen Kopf nicht umzuwenden, bis die Räder des Fahrgestells in San Francisco die Landebahn berühren.

Durch das Geschreie von ›Gebärmutter‹ und ›Eierstöcke‹ fällt mir Viva aus Istanbul ein und daß ich sie unbedingt anrufen muß. Ihr fester, massiger Körper lastet auf meinem Gedächtnis, als liege sie mit ihrem Gewicht auf mir.

Diese marokkanische Jüdin, die ich in Tel Aviv während der Dreharbeiten zu ›Das kleine Trommler-Mädchen‹ in den Arsch gefickt habe. Ihr Mann war wegen Geschäften früher aus Israel abgereist. Er hatte aber der Hosteß im Restaurant aufgetragen, ein Auge auf seine Frau zu haben, mit anderen Worten, auf sie aufzupassen. Das hatte die Hosteß, die ich seit Jahren kenne, mir wiederum ausgeplaudert. Sie konnte wohl sehen wie läufig ich nach der Marokkanerin war und daß die Marokkanerin sich in Hitze befand.

Viva kam also Nachts prompt in mein Zimmer und ließ gleich auf der Türschwelle die weiten pyjamaartigen Hosen fallen, durch deren lose Seide ich ihre spitz zulaufenden Arschbacken und ihre dicklippige Scham fühlen konnte. Sie zeigte mir, daß ich nur an einer Schnur zu ziehen brauchte, damit die Hosen herunterfielen. Sie kniete willig hin und streckte mir ihren Arsch entgegen – als ich sie mit Gesicht, Titten und Bauch auf die Matratze dirigierte. Ich mußte sie auf jeden Fall von hinten ficken! Auf jeden Fall!! Sie hatte das breiteste Becken, das ich je bei einer Frau sah. Breiter als die Riesin in Pakistan! Und als sie ihre herrlichen Arschbacken aufmachte und sich weit öffnete, wurde ihr Becken noch breiter, so daß ich es kaum mehr umfassen konnte – wie das Becken einer ausgewachsenen Kuh. Sie quiekte und grunzte und röchelte. »Du bist außergewöhnlich ... weißt du-daß-du-aus-ser-ge-wööh-nlich-b-ist!!!!!!!!!!!!!!!!«

Ich habe sie aus allen möglichen Ländern in Istanbul angerufen. Aber ihr Mann schleppt sie überall hin mit, und ich weiß nie, in welchem Land ich den nächsten Film drehen muß. Eines steht fest, für sie und für mich, daß wir ficken müssen und daß ich ihr eine Einspritzung machen werde, die sie nicht vergißt.

Von New York muß ich zu einem Film nach Jugoslawien.

Ein Kerl kommt aus München nach San Francisco, um mich zu seinem Film zu überreden. Ich höre ihm überhaupt nicht zu. Ich weiß nur, daß er mit einer bestimmten Schauspielerin zusammen ist. Und die muß ich haben! Ich kenne sie weder, noch habe ich sie in einem ihrer Filme gesehen. Ich wußte auch nicht, daß sie Deutschlands größter weiblicher Kinostar ist. Ich weiß nur, daß ich einen Ständer kriegte, als ich ein Foto von ihrem Gesicht in der Zeitung sah.

Auf dem Weg nach Belgrad mache ich in München halt. Die Schauspielerin filmt in Budapest. Ich sage dem Kerl, daß ich seinen bekloppten Film mache, wenn ich dafür den Star ficken kann, noch bevor ich nach Jugoslawien weiter muß. Er soll sie in Budapest anrufen. Gleich. Jetzt. Sofort! Sie soll sich heute noch in ein Flugzeug schmeißen und nach München kommen. Für eine Nacht. Sie kommt. Zu dritt essen wir zu Abend im Hilton. Danach schicken wir den Kerl weg, und sie kommt mit mir aufs Zimmer.

Sie hat die längsten Schamlippen, die ich je geleckt und zwischen denen ich je meinen geilen Spargel stecken hatte. Dann ramme ich mich von hinten in sie rein. Ihr Gesicht liegt seitlich auf die Matratze auf, so daß ich ihr geschwollenes Maul sehen kann, das sich in furchtbarer Leidenschaft schamlos verzerrt. Nachdem ich meine zweite Ladung in ihr abgeliefert habe, muß sie zurück nach Ungarn.

Nach Jugoslawien wieder Hollywood. Venedig. Rom. Madrid. Rio. London. Los Angeles. Osaka. New York. Paris. Alaska. Casablanca. Johannesburg. Taipeh. Jerusalem. Chicago. Barcelona. Wien. Bangkok. Carachi. Nizza. Manila und bis hoch in den Norden gegenüber von Vietnam. Tokio. Hongkong. Kanada. Mexiko. Hier ficke ich wieder einmal die Frau des Regisseurs. Die Überraschungen mit Frauen nehmen nie ein Ende: Ich glaube nicht, daß es auf der ganzen Welt eine Frau gibt, die längere Schamhaare hat als Suky. Ihre Schamhaare sind an Vorfotze und Schamlippen so lang, daß ich daraus ein Zöpfchen flechte. Die wichtigste Entdeckung jedoch, die ich gemacht habe, ist, daß alle Frauen schön und aufregend sind. Alle! Die Schwarzen wie die Weißen. Die Roten wie die Gelben. Jüdinnen. Christen. Muselmaninnen. Buddhistinnen, oder wie sonst ihre Götzen heißen mögen. Ob alt oder jung, oder ganz jung, minderjährige Huren oder Jungfrauen. Töchter. Ehefrauen. Witwen. Mütter. Ob stumm. Ob taub. Ob blind. Ob dumm oder klug. Ob groß, ob klein. Dünn oder dick. Mit großen Eutern oder winzigen Titten-Knöpfen. Mit großen oder kleinen Ärschen. Mit unreifen oder mit schweren Pflaumen. Die Beduinenprinzessin oder die kleine Göre auf den Philippinen. Die Reichen wie die Armen. Zigeunerinnen. Negerinnen. Eskimos. Asiatinnen. Europäerinnen. Indianerinnen. Adlige. Bettelkinder. Berühmte. Unbekannte. Ob Töchter von Menschenfressern. Sie alle sind das unbegreifliche Wunder, das Leben empfängt und Leben gebärt.

VIVA. JINKY. ANNA. MARIA. MARGARETH. PAULA. HARUKO. NAUKO. MAICHEN. THERESE. VALERIE. VALERIA. PAULA. BEDI. SOPHIE. ISABELLE. TINA. GRACE. CARMEN. KATE. HELGA. AHLAM. MARIE-LOUISE. PATRIZIA. EVELYNE. ANUSHKA. DORY. ROSE. COLLETTE. AURORA. SUKY. VERONIQUE. VERONIKA. ZÉZÉ. COLETTE. NATALIE. YASMIN. CAROLINE. GITTA. JUTTA. GISLINDE. GHYLAINE. PATRIZIA. BARBARA. LOLA. JOSEFINE … Wie kann ich all eure

Namen nennen! Eure Namen sind wunderschön, gewiß, aber ihr selbst seid schöner und wichtiger als der schönste Name. Wer kennt den Namen der jungen Chinesin, die auf dem Flugplatz von San Francisco direkt auf mich zu kam und ihre Arme nach mir ausstreckte und lächelte. Ist es die Vergangenheit, die Gegenwart oder die Zukunft, die schon Vergangenheit ist ...?

Ich habe keine Heimat und keine Wurzeln, aber ich fühle mich in Italien zu Hause – wo das großzügigste Volk der Erde lebt –, als wäre es meine Heimat. Es ist das Land, wo auf jedem Balkon Blumen stehen und wo die Menschen sich nicht ihrer Gefühle schämen. Paganini hat gesagt: »In Italien ist überall Musik, in den Bäumen, in der Erde, im Himmel, im Meer, in den Häusern der Armen und in den Palästen der Reichen. Du hast nichts zu essen, aber du singst. Du bist betrübt, aber du singst trotzdem. Musik kommt von Feuer. Der Himmel Italiens ist von Feuer eingerahmt. Italien ist das Land des Feuers.«

Die Jugend Italiens, Jungen und Mädchen sind schön. Eine Flut von Schönheit. Ihre verführerischen Augen und Lippen lächeln immerzu. Die Straßen der Städte sind voll mit ihnen. Durchströmt von ihnen. Was für ein erregender, sinnesberaubender Anblick! Ströme von Schönheit, die sich in ein Meer von Schönheit ergießen. Meist wird man dessen erst gegen Abend gewahr, und dann bis tief in die Nächte – als wären sie zu schön für den banalen Alltag. Als versagten sie ihre Schönheit dem gräßlichen Lärm und brutalen Interessen des Tages und würden erst durch die Festlichkeit der Nächte sichtbar werden. Oder scheint es nur so? Egal. Sie sind immer gegenwärtig. Sie sind wirklich!

Ich atme ihre Hitze, ihren Duft. Ihre heißen Augen, heißen Münder, heißen Leiber. Sie rufen mir laut von weitem zu, von ganz weit. Wie können sie mich im Halbdunkel der Gassen erkennen? Es ist die Vibration, die sie spüren. Anders kann ich es nicht erklären. Sie kommen ganz nah heran. So daß wir uns berühren. Sie lachen. Alles an ihnen ist froh. Noch nie hat Italien, noch nie hat die Welt so viele schöne junge Menschen gehabt! Sie sind geladen mit Energien und Fruchtbarkeit und den schönsten Talenten! Und sie sind frei!! Obwohl man ihnen keine Freizeit gibt. Aber Ströme kümmert es nicht, daß man versucht, sie einzuengen. Sie strömen.

Ich soll einen Film nach einem Roman von Alberto Moravia drehen. Rossana, meine Agentin in Italien, sowie die Produzentin des Films treffen sich mit mir zum Mittagessen.

»Wo ist Moravia?« frage ich.

»Moravia wollte nicht ausgehen«, sagt Rossana, »er fühlt sich nicht wohl, er hat uns für Nachmittags zum Café gebeten.«

Nach dem Essen gehen wir zu Moravia. Carmen, seine Frau, (oder ist sie gar nicht seine Frau?) öffnet. Sie lacht mit so grundlos aufgerissenem rotem Mund, als müßte sie meinen Schwanz darin unterbringen. Sie küßt Rossana und die Produzentin und schielt dabei zu mir herüber – dem nichts anderes übrigbleibt als zu denken: ›Warte, warte nur ein Weilchen, bald kommt Kinski auch zu dir …‹ Im Wohnzimmer setzt sie sich uns gegenüber aufs Sofa, die Beine unterm Arsch gekreuzt, und räkelt sich und strampelt mit gespreizten Schenkeln wie ein verdorbenes kleines Mädchen, das dem Besucher ihr beschlüpfertes Fötzchen zeigen will, das nach Fisch und Pipi riecht.

Moravia ist ein klarer und daher einfacher Mann, der das Geschwätz anderer ungeduldig und fast gereizt wie lästige Fliegen verscheucht. Wir reden, was zu reden ist, und werden uns schnell einig. Nach dem Café (den Carmen zubereitet hat und der so grauenhaft schmeckt, daß sie ihn nur aus Rache gegen Alberto, Rossana und die Produzentin so verdorben haben kann), beschließen wir, ins Produktionsbüro zu fahren, damit sie mir Fotos zeigen können von Frauen, die vielleicht als meine Partnerinnen in Frage kommen.

Vor der Haustür nimmt Carmen ihren eigenen Wagen, weil sie will, daß ich zu ihr einsteige. Alberto aber kann es nicht verstehen, daß sie ein zweites Auto nehmen will, da wir alle in seinem viel größeren Wagen Platz haben, den er selber steuert. Carmen spielt wieder das bockige, ungezogene kleine Mädchen, parkt auf der anderen Straßenseite und tut so, als höre sie nicht wie Moravia nach ihr über die Straße kreischt. Wobei er so lange und so heftig mit seinem Krückstock aufschlägt, bis er ihm aus der Hand gleitet und scheppernd wie das Gebein eines Skeletts über die Pflastersteine schliddert. Dann erst gibt Carmen ihren Dickkopf auf und läßt ihr Auto stehen.

Im Produktionsbüro geht Carmen absichtlich in ein Nebenzimmer, um mich zu ködern. Ich gehe ihr hinterher und spreche laut, um keinen Verdacht bei den anderen zu erregen – während ich Carmen an die Fotze fasse, seitlich in ihre feuchten Schlüpfer eindringe und ihr Loch mit Zeige- und Mittelfinger massiere. Das dauert nur ein paar Sekunden – währenddessen ich noch lauter spreche, weil Carmen aufstöhnt und meine Hand so naß wird, daß ich alle Mühe habe sie schnell genug an ihren Kleidern zu trocknen. Wir müssen uns beherrschen, ob wir wollen oder nicht, und warten, bis sie zu mir ins Hotel kommt.

Die Vorgeschichte ist wie bei den Borghias: Rossana hatte mir gesagt, daß Moravia nicht zum Essen kommen wolle, da er sich nicht wohl fühlte. Rossana hatte wiederum Moravia gesagt, daß ich, Kinski, nicht wolle, daß er beim Mittagessen dabei ist. Während Moravia zu Carmen gesagt hat, daß zwar er, Moravia, zum Essen eingeladen sei, sie, Carmen jedoch nicht. Worauf Carmen einen Wutanfall bekam und Moravia gedroht habe, ihn zu verlassen, falls er zu verhindern suche, daß sie mich kennenlernt.

Als Moravia mich mit den drei anderen Frauen zum Hotel bringt, ich aus seinem Auto steige und mich von hinten über ihre rechte Schulter zu Carmen hineinbeuge, so daß sie ihren Kopf nach rechts außen drehen muß und Moravia nicht sehen kann, wie ich ihr die Zunge in den Mund stopfe – muß es Moravia wohl zu lange vorgekommen sein. Denn er tritt aufs Gaspedal und fährt los – obwohl die Produzentin, die dabei ist, auf der linken Seite hinter dem Fahrersitz auszusteigen, sich noch mit dem rechten Bein und der rechten Arschbacke im Auto befindet. Ich renne neben dem fahrenden Auto her, das Moravia wie wild durch die zur Seite springenden Fußgänger steuert, und schreie so lange und so laut in Moravias Ohr (da er schwerhörig ist), bis er mich endlich wahrnimmt, den Wagen stoppt, und die Produzentin, zu Tode erschrocken und wie Espenlaub zitternd, die Flucht ergreift, um sich in Sicherheit zu bringen. Nachts kommt Carmen ins Hotel Nationale, um gefickt zu werden.

Ich reiße ihr von rückwärts die Hosen runter. Ich habe einen Instinkt dafür, ob ich eine Frau von vorn oder von hinten ficken soll, oder von vorn und hinten. Carmen ficke ich von hinten.

Sie wäre wohl jeden Tag und jede Nacht (solange sie von

Moravia los kann) zum Ficken zurückgekommen wenn nicht Colette, Amin Dadas schwarze Tochter, die sich über die Theke der Rezeption vom Hotel Nationale beugte, ihren großen schwarzen Zauberarsch herausgestreckt hätte, der mir befiehlt, sie zu ficken, noch bevor sie mir ihr Gesicht zeigt. Ich küsse sie auf die klebrigen Lippen. Ihre Titten, ihr Bauch, ihre Hüften, ihre Schenkel und ihr gnadenloser Arsch sind eine Männerfalle, der man, obwohl man sie sieht, nicht entgehen kann. Wer hineingerät, wird (vielleicht) nicht mit Haut und Haaren aufgefressen – auf alle Fälle aber seine Hoden.

Colette kommt ich weiß nicht wie viele Male zu mir. Sie will, daß ich sie am Telefon bitte zu kommen, daß ich sage, daß ich es nicht mehr aushalte, daß ich einen Samenkoller kriege – wobei sie mich glauben machen will, daß ficken nicht nur etwas Nebensächliches sei, sondern geradezu degradierend. Dabei riecht sie schärfer aus dem Rock, je öfter sie kommt. Ich kenne diese Art Frauen, sie treiben es so lange auf die Spitze, bis sie sicher sind, daß der Mann, der sie um jeden Preis ficken will und von dem sie um jeden Preis gefickt werden wollen, sie geradezu vergewaltigt. Für sie selbst ist die Periode seiner und ihrer eigenen Peinigung eine süße Steigerung ihrer Geilheit, die einen Orgasmus auslöst, wann immer sie ihn nötig haben. Selbst im Schlaf, selbst im Traum. Vielleicht kommt es ihr jedesmal am Telefon. Je länger sie sich weigert zu kommen, um so stärker der Orgasmus.

Jedesmal, wenn Colette kommt, bleibt sie etwas länger. Und jedesmal zieht sie ein Stückchen Unterwäsche mehr aus (sie trägt seidene Unterwäsche, seidene Unterhemden und seidene Schlüpfer in unglaublich schönen Farben. In ihren Überkleidern – ganz in elfenbeinweiß oder rot – sieht sie wirklich aus wie die Tochter eines Menschenfresser-Königs) – bis sie sich endlich zu mir ins Bett legt und sich die ganze Nacht begatten läßt. Ich bin wirklich erschöpft von 15–17 Stunden täglicher Dreharbeiten, so daß ich oft zu kaputt bin, etwas zu essen – dazu kommt, daß ich, seit ich in Rom bin, außer filmen nichts anderes getan habe als herumzuhuren – aber diese Menschenfresser-Tochter aus Uganda, deren Geruch aus ihrem Schlitz ihren ganzen Leib behaftet, sogar ihre Haare, hat eine Zauberwirkung auf mich, so daß ich sie immerzu ficken muß, ficken, ficken, ficken, ficken, ficken, ficken, ficken,

ficken, ficken – selbst wenn ich so ausgelaugt bin, daß ich Schmerzen habe, von der Schädeldecke bis in den Samenstrang, und die Orgasmen mir wie Messer ins Herz stechen. Das Jucken in meinem Schwanz ist stärker, alles juckt mich, der Samenerguß, die Hoden, der Eichelmund, das Arschloch, die Schenkel, die Brustwarzen, die Lippen, die Ohren, die Kopfhaut, die Nasenlöcher, die Augen, die Achselhöhlen, die Füße, die Zehen, die Arme, die Hände, die Finger, die Zunge … alles riecht nach ihr, und wenn sie nicht da ist, onaniere ich.

In Los Angeles wohnt sie mit mir im Chateau Marmont. Nach dem Essen im Le Dôme küsse ich Morgan Fairchild auf der Straße vor dem Restaurant, sie und ihre Schwester. Colette ist voller Haß und zischt: »Du läßt mich auf der Straße stehen, um diese Nutte zu küssen! Mich, eine Prinzessin!«

»Warum ist Morgan eine Nutte?« frage ich. »Nur weil sie so erotisch ist? Sie hat dir doch nichts getan. Außerdem gehst du mir auf den Wecker mit deinem Prinzessinnenfimmel. Ich ficke dich, weil du eine Superfotze bist, und nicht weil du spinnst!«

Aus dem Hotel schmeiße ich sie raus. Nachts kommt sie wieder. Wir ficken die ganze Nacht. Ich tobe auf ihr herum und stoße und stoße sie – sogar wenn sie pissen muß, gehe ich mit ihr aufs Klo.

Bis heute Vormittag geht das Geficke, das heißt, es ist bereits Mittag, und wir ficken immer noch. Schon als wir längst angekleidet sind, fasse ich ihr immer wieder unters Kleid, und sie macht mir den Zipp auf. Dieser Geruch!!!!!!!!!! Ich will auf keinen Fall, daß sie sich zwischen den Beinen wäscht.

Ich darf kein Fußballspiel von meinem Babyboy verpassen! Von September bis Anfang November, jeden Sonnabend oder Sonntag, elf Wochen lang, ist ein Spiel. Jedes Jahr werden die Teams je nach Alter neu zusammengestellt. Nanhoï ist immer 1–2 Jahre im voraus, das heißt, er wird jedesmal in ein Team aufgenommen, dessen Spieler 1–2 Jahre älter sind als er. Diese Spiele mitzuerleben, bei denen alle Väter und Mütter der Jungens Zuschauer sind und die auf den Spielfeldern verschiedener Schulen ausgetragen werden, ist das Aufregendste, das ich je bei einer Sportveranstaltung erlebt habe. Die Väter und Mütter schreien sich heiser und feuern ihre Söhne an. Jubeln, klatschen und loben sie, wenn sie einen Ball im Angriff vorwärtsstoßen, ihn an einen anderen Spieler des eigenen Teams weitergeben oder einen gegnerischen Ball erfolgreich abwehren. Und wenn ein Tor geschossen wird, oder zumindest ›beinahe‹, dann bricht ein wahrer Freudentaumel los. Nie zuvor, nicht einmal bei einem Weltmeisterschaftsspiel, habe ich mit solchem unerschöpflichen Eifer, mit solchem kühnen und schonungslosen Angriffsgeist und so leidenschaftlichem Fanatismus Fußball spielen sehen, wie zwischen den Teams dieser kleinen Jungen. Und ich, der weder etwas vom Fußball verstand noch sich sonderlich dafür interessierte, bin durch Nanhoï zu einem Fußball-Verrückten geworden.

Aikido, eine Abart von Karate, Kung Fu und Judo, trainiert Nanhoï seit seinem 6. Lebensjahr. Wir haben alle gefilmten Kämpfe von Bruce Lee, und Nanhoï hat sie hunderte und hunderte von Malen gesehen. Manchmal alle und mehrmals pro Tag. Im ganzen Haus hängen Sandsäcke und Bälle, und wir haben einen chinesischen Hartholz-Block mit markierten Armen, an dem Nanhoï Schläge, Tritte, Abwehr und Blockieren üben kann. Wenn wir unsere Boxhandschuhe überziehen, muß ich verdammt schnell sein und hellwach, wenn ich keinen von Nanhoïs stahlharten Hieben oder Tritten einstecken will – die bereits eine solche Schlagkraft haben, daß er mir die Zähne einschlagen könnte.

Immer wieder und wieder Filme. Wir planen einen Film über die letzten Lebensjahre von Céline. Filme in Alaska, Japan, Afrika. Einen Film hoch oben im Himalaya, im Karakorum, dort wo die Amerikaner versucht haben, den Gipfel des K2 zu stürmen. Wir planen einen Film in der Wüste Sahara und einen Film auf dem Meer. Filme in Südafrika, Brasilien und Alaska. Wer weiß, welchen Film wir drehen? Welche Filme sind es wert, sich zu schinden? Ich habe immer mehr Angst, Filme zu machen, weil ich dann von meinem Babyboy getrennt bin.

Ich habe einen Dokumentarfilm gesehen. Es ist eigentlich gar kein Film: Die feststehende Kamera läuft und filmt einen kleinen Jungen (er ist zehn oder elf, so alt wie mein Babyboy), der auf einer Bank sitzt und erzählt, wie man seine Mutter vor seinen Augen mit dem Buschmesser in Stücke gehackt hat. Man muß sich diese Worte ganz langsam und immer wieder vorsagen, damit man vielleicht fähig wird, ihren Inhalt zu erfassen, ohne daran wahnsinnig zu werden. Man. Hat. Seine. Mutter. Vor. Ihm. Mit. Dem. Buschmesser. In. Stücke. Gehackt!!!!!!!!!!!!!! Der kleine Junge trug eine Uniform, eine regelrechte Soldatenuniform. Und hielt ein großes Maschinengewehr fest mit den Armen umklammert, als wäre es ein übergroßer Teddybär, so einer, den man auf dem Jahrmarkt gewinnt. Er lächelte, während er sprach, wie könnte er auch genügend Tränen haben für das, was man ihm und seiner Mutter angetan hatte! Dieses dreckige, irrsinnige Menschengesindel!!!!!!!! Man stelle sich das vor! Wer kann es sich vorstellen? Wer?????? Und wer kann es ertragen! Wer kann sich eine Hinrichtung vorstellen? Die Erschießung eines Mannes, den einst eine Mutter geboren hatte, den sie auf ihren Armen trug, liebkoste und keine Ruhe fand vor Sorge, daß er sich erkälten könnte oder daß er nicht genug ißt – und dann zerfetzen die Geschosse sein Herz und machen einen blutigen Klumpen aus ihm!!!!!!!!!!

Ihr mit euren Altersheimen, die ihr ›Goldener Gipfel‹ nennt! Und die Frauen über siebzig, eine ganze Karawane, alle in Rollstühlen, in geschmacklosen, lächerlichen, verhöhnenden, bonbonfarbenen Kleidern verkleidet, jede hat einen andersfarbigen Luftballon an ihren Rollstuhl geknotet. Ihre verwelkten Gesichter sind wie Clowns geschminkt. Man hat ihnen das Lächeln gleich miteingeschminkt. Man hat es an sie ausgeteilt, wie die Luftballons. Die Kinder in Kolumbien, die, mit Zeitungspapier zugedeckt auf der Straße schlafen und Benzindämpfe einatmen, um ihre Armut zu vergessen und ihre Traurigkeit zu betäuben!!!! Die rauschgiftsüchtigen Kinder in den Schulen aller Länder der Erde!!!!!!!! Keine Waisenkinder mehr!!!!!!!! Keine Tränen mehr in Kinderaugen!!!!!!!!!!!!

Von Amerika bis China, von Frankreich bis Japan revoltieren die Schulkinder und schreien den Lehrern ins Gesicht: »Was habt ihr uns anzubieten, was?!«

Ihr Kreuzigungs-Hurer! Ihr wahren Gangster! Kein Zuhälter oder Bankräuber kann so mißgebürtig, schwachsinnig, ekelerregend sein. Ihr Hostienfresser und Jesusblutsauger. Ihr ›gerechten‹ Kläffer, die ihr über das ahnungslose freie Tier herfallt, um ihm die Eingeweide herauszureißen. Die ihr die Wölfe ausrottet und den Grizzly-Bären Funksender-Kragen um den Hals legt, damit ihr kontrollieren könnt, wo sie sich befinden. Wenn ihr ein freies Tier seht, dann notiert ihr es auf euren Not-Block – wie der Aufpasser im Irrenhaus, der aufschreibt ob man lacht oder weint oder schläft oder ißt oder pißt.

Die Häuser im Jacht-Hafen von San Francisco, die mit dem Blick auf die Zuchthaus-Festung Alcatraz, sind besonders teuer.

Auch Herzog findet es typischerweise ›super‹, den Lumberjack eines amerikanischen Zuchthauswärters zu tragen. Vielleicht hatte der Zuchthauswärter jemanden in die Gaskammer geführt oder auf den Elektrischen Stuhl.

So ein faulendes Scheißgehirn von einem Architekten hat versucht, das Einkaufszentrum dem in ca. 3 km Entfernung gegenüberliegenden Staatsgefängnis von St. Quentin naturgetreu nachzubauen – wahrscheinlich, damit es nicht aus der Reihe tanzt!

Die Kinder sind die einzige Hoffnung auf Rettung, dem giftigen System zu entkommen. Sie allein können den Erwachsenen die Befreiung bringen. Man soll den Kindern nicht ›Respekt‹ und ›Achtung‹ einflößen, so wie man keine Angst vor ihnen haben muß – sondern man muß ihnen sagen und zeigen, wie wunderbar, wie schön und fähig sie sind. Man muß ihnen *geben*, anstatt ihnen alles zu nehmen!

Man stelle sich das vor: In der Schule sagt so eine frustrierte Lehrerinnen-Nutte den Kindern am ersten Schultag: »Die Zeit des Träumens ist vorüber(!), und die Zeit der Verantwortung und des sozialen Bewußtseins beginnt ...« Was ist vorüber? Die Zeit der fantastischen Fantasie? Der Märchenwelt der Seele? Und warum sollte sie vorüber sein? Für was?! Für den Krüppel-Ausschiß verwachsener (›erwachsener‹) Gehirne. Anstelle von Träumen? Von Visionen? Von uneingeschränkter Schöpfungskraft, wie sie nur Kinder haben?! Jeder sollte von den Kindern *träumen lernen!! Jeder sollte sich freuen, wenn er ein Kind sieht! Dankbar sein! Ihm zulächeln! Ihm zeigen, wie wichtig es für ihn ist, einem Kind zu begegnen! So wie es Tiere und Pflanzen bei der Begegnung mit einem Kind tun – und wie Kinder es tun bei der Begegnung mit Tieren und Pflanzen. Wir müssen alle von Kindern lernen! Lernen, sich wieder verzaubern zu lassen von den Wundern und Geheimnissen des Lebens – und fähig werden, andere zu verzaubern. Sich verzaubern lassen von dem Blau des Himmels. Von einem Regenbogen. Von dem Blatt eines Baumes. Von einer Wolke. Von der Luft. Vom Wind. Von einer Schneeflocke. Einem Eiskristall. Einem Wassertropfen. Von einem Marienkäfer. Von einem Glühwürmchen. Von einem winzigen Steinchen. Sich in Unendlichkeiten tragen lassen. Träumen! Frei von all den läppischen Unwichtigkeiten der Erwachsenen!*

Man muß so alt sein wie die Schöpfung selbst, und auch so jung, als müßte man erst geboren werden. Man muß die Liebessehnsucht eines Kindes haben, seine Einbildungskraft. Sein verletzbares Herz, seine Gefühlskraft und seine Kühnheit. Seinen unverbildeten Instinkt, der alles spürt und fühlt. Man muß sich hingeben, aufgeben. Muß sich verlieren und wiederfinden. Die Flammen der Seele dürfen nie verlöschen. Man muß brennen, immerzu, muß verbrennen und verlöschen und sich neu entzünden!

Unser Haus ist voller Spinnen und Falter. Noch niemals waren es so viele. Überall Falter. Überall! Chay Blyth hatte wahrend seiner Ein-Hand-Weltumsegelung, kurz vor Cap Horn, in seinem Bordbuch von Millionen von großen Faltern gesprochen, die sein Schiff übersäten. Er schrieb, daß er von diesem Phänomen hätte sagen hören, daß es die Ankündigung eines gewaltigen Sturmes bedeutet.

Die Falter im Haus sind jeder in Farbtönen, Muster und Größen von den anderen verschieden, als wolle die Natur mir durch die Falter ihre Unerschöpflichkeit zeigen. Sie sitzen, hängen, liegen überall. Einer sitzt auf einem Foto, auf dem Nanhoï am Meer einen Drachen steigen läßt. Der Falter sitzt genau auf dem steigenden Drachen, als wäre er der Drachen selbst.

Die Falter sitzen an Tischkanten, an Tassenrändern, auf den Tellern, auf der Klo-Brille, auf allen Fensterscheiben, auf dem Fußboden, auf den Stufen der Wendeltreppe, auf meinem Federhalter, auf der Bettdecke, auf den Kopfkissen, auf der Seife, dem Wasserhahn, in den Schuhen, auf den Klinken, auf der Zahnbürste, der Tülle des Teekessels, an meiner Hose, auf Löffeln, Gabeln, Messern, Kochtöpfen, in der Badewanne, auf dem Telefon, dem Brennholz, den Schlüsseln, der Haarbürste, den Handtüchern, dem Rasierapparat, auf Nanhoïs Spielsachen ... überall. Als wollten sie mich mit der Nase drauf stoßen, so wie es Katzen tun, die einen mit dem Kopf anbumsen. Mitunter muß ich einem der Falter einen Schub geben, weil ich fast über ihn zu Fall komme oder mich auf ihn setze. Einen klemme ich beinahe in der Tür ein. Manche der Falter erkenne ich sogar nach Wochen und Monaten noch – nachdem ich inzwischen selbst mehrmals um die Welt geflogen bin. Ich erkenne sie an ihrem Verhalten, an ihrer Stellung, an ihrer Versteinerung. Vielleicht werde ich selbst zum Falter werden? Vielleicht ist es das erste und ewige Sein. Raupen und Falter hat es immer gegeben und wird es wohl immer geben. Vielleicht nähere ich mich ihrem ewigen Reich? Wollen sie mir sagen, daß ich völlig und endgültig in das ewige sich Verwandeln, das ewige Werden eingegangen bin? Bin ich Wurzel? Erde? Bin ich die Raupe, aus der der Falter schlüpft? Oder bin ich schon Falter, ohne es zu wissen? Habe ich schon Flügel? Atem, Bewegung von ihnen? Ich weiß es nicht. Bin ich Spinne im Netz, die ihre Beute zermalmt und aussaugt? (Ich kann mich nicht erinnern, wann ich zum letzten Mal das Haus verlassen habe.) Oder kommen die Spinnen immer näher, mich, den Falter zu zermalmen und auszusaugen? Bin ich überhaupt noch lebendig – oder bin ich schon versteinert, wie viele der Falter? Gehe ich durch die Erde anstatt auf Wegen? Plötzlich habe ich das Gefühl, daß ich nicht mehr atme. Ich kontrolliere meinen Puls. Ich fühle ihn nicht. Ich kann nicht mit Bestimmtheit sagen, daß er schlägt. Ich sehe auf die Uhr … Es sind bereits vier Minuten vergangen, seit ich zum letzten Mal geatmet habe, und noch immer bin ich nicht in Panik, Luft zu holen. Ja, ich spüre überhaupt keinen Druck. Ich habe das alarmierende Bewußtsein, daß ich nicht mehr atmen muß.

Ich glaube, daß man sich umbringen kann, wenn man einfach aufhört zu atmen. Ich will aufspringen, aus dem Haus stürzen – aber ich bin wie gelähmt. Heißt das vielleicht sterben? Werde ich den Weg eines Käfers gehen, den ich gerade sah? Ich reiße mich los. Nanhoï!! Mein über alles und in alle Ewigkeit geliebter Sohn!! Meine Liebe!! Mein Leben!! Mein Atem!! Es kann nicht sein, daß mir etwas zustößt!! Nie, nie werde ich dich allein lassen, mein Babyboy!!! Und mit einemmal sind alle Falter Nanhoï, und ich erkenne jeden einzelnen von ihnen, von ganz winzig klein bis zu groß, wie meine Faust, noch größer, so groß wie mein Liebling …

Ich bin sehr einsam. Nicht, weil ich meist keine Gesellschaft habe (ich könnte so viel Gesellschaft haben, wie ich will), sondern weil ich nicht mit meinem Sohn zusammen bin. Ich rede immerzu mit ihm, wenn ich mit mir selbst rede. Das heißt, ich rede nicht mit mir selbst, sondern mit meinem Babyboy, auch wenn er nicht bei mir ist. Ich spreche zu ihm, wenn ich zu den Sternen rede und zu den Wolken, zum Wind, der Luft, dem Licht und der Dunkelheit, tags und nachts, zu den Pflanzen, den Bäumen und den Tieren. Ich spreche mit Blumen, mit Vögeln, den Rehen, den Eichhörnchen, sogar mit den Mäusen, mit Schmetterlingen und mit den Wildkatzen ..., und wenn ich mit ihnen rede, dann fühle ich mein eigenes Herz in ihnen schlagen und mein Blut in ihren Adern pulsieren, und ich fühle das ihre in mir – denn überall und immerzu ist es mein Sohn, mein Babyboy, mein Nanhoï. »Mein über alles Irdische und alles Überirdische geliebter Sohn, meine einzige Liebe: Ich weiß, daß ich viele Fehler habe und daß ich weit davon entfernt bin, perfekt zu sein. Alles Wesentliche, was zu wissen für mich von Bedeutung ist, habe ich durch Dich erfahren und verdanke ich Dir. Verzeih mir, wenn ich so vieles falsch gemacht habe. Ich weiß, ich hätte vieles besser machen sollen.

Aber, glaube mir, ich war und bin in alle Ewigkeit von nichts anderem durchdrungen und erfüllt als von Deiner Liebe und von meiner Liebe zu Dir. Ich wollte und will nichts anderes, als Dir meine Liebe geben, immerzu. Ich bewundere, ich vergöttere Dich! Ich will nichts anderes, als Dich beschützen. Als Dich glücklich machen. Dich zum Lachen bringen und niemals zum Weinen. Dir jeden deiner Wünsche erfüllen. Alles, alles für Dich hinzugeben, auch mein Leben.

Ich weiß – Deine Seele weiß alles, was ich sagen will, bevor ich es ausgesprochen habe. Aber Du bist noch so klein, und Dein Herz ist so weich, und ich will verhüten, daß Du erschrickst. Deswegen will ich Dir etwas erzählen, mein Liebling, was ich selbst erst durch Dich, erst seit Du geboren bist, entdeckt habe:

Ich bin zwar in Menschengestalt auf die Welt gekommen – aber die Wildnis: die Sterne, die Sonnen, die Winde, die Feuer, die Wüsten, die Wälder, die Berge, die Himmel, die Wolken, die Meere waren in mir eingekerkert – auch die Wildnis der Seelen. Es war wie in ›Die Schöne und das Ungeheuer‹. Nur daß es umgekehrt war.

Dort ist ein Mensch dazu verbannt, ein wildes Tier zu sein, und der Bann kann nur durch die Liebe eines Menschen gelöst werden, durch die der Verbannte wieder zum Menschen zurückverwandelt wird. Ich hingegen wurde durch Deine Liebe vom Menschsein erlöst, wieder Wildnis zu sein. Du hast Sterne und Winde, Sonnen, Wälder, Wüsten und Berge, Himmel und Wolken, die Feuer und die Meere in mir befreit. Du hast die Kerker meines Menschseins gesprengt und die Vögel aus mir aufsteigen lassen …

Ich erzähle Dir das alles, falls mir etwas zustoßen sollte. Die Menschen werden von mir sagen, daß ich tot bin. Glaube ihnen nicht! Sie lügen! (So wie alles andere Lüge sein wird, was sie über mich reden. Du allein kennst die Wahrheit.) Ich kann niemals sterben. Ich konnte nur erlöst werden durch Dich! Denn Du bist Wildnis und Himmel und Wolken und Sterne und Wind und Sonne und Wälder und Wüste und Berge und Feuer und Eis und Meer. Du bist das Licht. Du bist in Menschengestalt gekommen, um mich aus der Gefangenschaft zu befreien.

Deswegen sei nicht traurig, auch wenn ich als Mensch nicht sichtbar bin. Es bedeutet nur, daß Du und ich für immer vereint sind. Dann bin ich wieder Wind und Meer und Sterne und Feuer und Steine und Sand und Schnee und Eis und das Auge des Panthers, das sich mit den Blumen mischt. Du selbst wirst von mir aufgehoben werden, wie Du mich aufgehoben hast: Ein riesiger Vogel, der Dich in seinen starken Krallen hält und sich mit Dir aufschwingt.

Ich spüre Dich, seit ich geboren bin und die Vibrationen in meiner Seele Deine Geburt ankündigten.

Ich habe Dich seit ewig in allem erkannt – noch ohne zu wissen, daß Du es bist – erst seit Du geboren bist, hat alles Dein Gesicht.

So werde auch ich in allem sein und Dich aus allem ansehen und über Dir wachen: Ich bin Dein Spiegelbild im Wasser eines Bergsees. Ich bin Dein Schatten und ich bin das Licht, das ihn verursacht. Ich bin Dein Märchen. Dein Traum. Deine Wünsche und Sehnsüchte, und ich bin ihre Erfüllung. Ich bin Dein Durst und Dein Hunger und Dein Essen und Dein Getränk. Ich bin die Aufhebung der Schwerkraft und Dein Fliegen. Ich bin Deine Zärtlichkeit und die Härte und die Kraft Deiner Fäuste und Füße. Ich bin der sanfte Lufthauch, der Deine Augen streichelt. Und ich bin der Eiswind, der Deine Wangen rötet. Ich bin das Kopfwenden des Pumas, der Dich lange ansieht. Ich bin der abgestürzte tote Vogel – der nicht tot ist, sondern nur auf der Reise – den Du in ein Nest aus Blätterzweigen auf den höchsten Ast eines Baumes bettest. Ich bin die Pusteblume, deren winzige, schwebende Fallschirme Dich so entzücken. Ich bin die Sternschnuppe, die aufflammt und verlischt. Ich bin das süße Fleisch der Mangofrucht, das Deine Zähne zerreißen. Und die Beere, deren Saft Du saugst. Ich bin das Laub, auf das Du trittst. Und das Moos, auf das Du Deine Lippen legst. Ich bin das Spinnenweb im Morgentau, das, quer über den Weg gespannt, sich an Dich klammert und Dich umarmt. Ich bin die Wolken, die durch Deine Blicke ziehen. Ich bin das Feuer, das Dich wärmt. Und die Kühle, die Dich erfrischt. Ich bin die Schneeflocken, die Dich mit winzigen Mündern küssen. Und die schweren Regentropfen, die Dich mit ihren geschwollenen Lippen bedecken. Ich bin Deine Witterung. Dein Gefühl. Dein Geruch. Dein Geschmack. Dein Gehör. Deine Stimme. Dein Wille und Deine Tat.

Wir können nie wieder getrennt sein. Denn wir sind wieder eins geworden: Licht, Luft, Feuer, Wasser, Himmel, Wind ...«

Xaviera Hollander

Lucinda

ERSTER TEIL

1

Lucinda war aufgeregt: obwohl sie bald sechzehn wurde, war es das erste Mal, daß sie ohne ihre Familie Ferien machen durfte. Es war ein Abenteuer, und sie fühlte sich sehr erwachsen.

Glücklich lächelte sie Jennifer Maxwell an. Die beiden Mädchen warteten auf Jennifers Vater, der sie von der Schule abholen wollte. Jennifer war ein Jahr älter als Lucinda und schon eine sehr selbstsichere junge Dame.

Beide Mädchen waren hübsch, aber völlig verschieden. Jennifer war groß für ihr Alter und jungenhaft schmal. Sie hatte glänzendes schwarzes Haar, dunkle Augen und feine Züge. Lucindas Haar war flaumig, goldblond, ihre Figur runder und weiblicher. Ihre grünen Augen strahlten vor Freude, und sie drückte Jennifer fest die Hand.

Seit ihrem ersten Semester in der Hurstmonbury School hatte Lucinda mit einer Mischung aus Bewunderung und Zuneigung zu Jennifer aufgeschaut. Jennifer schien viel reifer, fertiger, fand sich viel besser in der Welt der Erwachsenen zurecht. Lucinda kam sich ihr gegenüber noch wie ein richtiges Kind vor. Sie blickte zu der älteren auf und wandte sich mit all ihren Problemen an sie. Jennifer wußte immer Rat, ob es um Arithmetik oder um den augenblicklichen Freund ging, Lucinda kopierte geradezu sklavisch Jennifers Art sich zu kleiden, ihren Gang, ihre Sprechweise. Sie ahmte ihren Stil nach, wurde ihrem Idol immer ähnlicher und konnte so ihrer Verehrung am besten Ausdruck geben.

Jennifer duldete es gelassen und gutmütig. Vor noch nicht allzulanger Zeit hatte auch sie zu einem älteren Mädchen aufgeblickt wie zu einer Göttin, daher wußte sie recht genau Bescheid über die leidenschaftliche Zuneigung, die Lucinda für sie empfand. Sie war immer nett und lieb, aber, fand Lucinda, genauso fern und unerreichbar wie die Sterne am Himmel. Als Jennifer sie eingeladen hatte, während der Sommerferien ein paar Wochen mit ihr und ihrem Vater zu verbringen, war Lucinda daher natürlich überwältigt gewesen und hatte ihre Eltern gebeten, es zu erlauben.

»Ich denke, das geht in Ordnung«, hatte ihr Vater zurückhaltend eingewilligt. »Du wirst allmählich erwachsen und kannst nicht immer am Schürzenzipfel deiner Mutter hängen. Jennifer scheint mir ein nettes, vernünftiges Mädchen zu sein, und ich bin überzeugt, du bist dort gut aufgehoben. Fahr nur – und amüsier dich gut.«

Beide Mädchen trugen die grauen Flanellröcke und Jacken der Schuluniform, als sie jetzt in der Eingangshalle standen und warteten. Sie hatten nur winzige Toilettesachen dabei.

»In Daddys Wagen ist es furchtbar eng, also nimm nichts mit, was du nicht unbedingt brauchst«, hatte Jennifer die Freundin ermahnt. »Zu Hause kannst du dir dann von mir ausleihen, was du noch brauchst. Außerdem müssen wir uns nicht so toll anziehen, wir gehen weder zu schicken Partys noch sonstwohin. Es ist ja nur ein kleines Haus auf dem Land. Ich hoffe, du wirst dich nicht allzusehr langweilen, Lucinda.«

»Nur keine Sorge. Ich bin sicher, daß es mir gefallen wird. Wir werden viel Spaß miteinander haben.« Lucinda war zwar außer sich vor Freude darüber, daß sie mit Jennifer zusammen sein würde, aber die bevorstehende Begegnung mit Jennifers Vater machte sie nervös. Merton Maxwell war eine Legende. Lucinda hatte ihn schon in vielen Filmen gesehen, denn Merton war einer der gefeiertsten Schauspieler seiner Zeit. Ein großer Shakespeare-Darsteller in der Tradition von John Gielgut, Laurence Olivier oder Alex Guinness, hatte er sich wie diese eine zweite Karriere beim Film und beim Fernsehen aufgebaut. Jennifer hatte Lucinda erzählt, ihr Vater habe eine Wohnung in der Stadt, nutze aber jede freie Minute aus, um sich in seinem kleinen Haus in den Cotswolds zu entspannen.

»Wir werden nur zu dritt sein – kein Hauspersonal, keine anderen Gäste.« Jennifer legte der Freundin den Arm um die Schultern. »Aber es gibt dort wunderschöne Spazierwege, und reiten können wir auch, solange das Wetter hält. Oh, hier ist Daddy ja schon!«

Sie nahmen ihre Köfferchen auf und liefen hinaus auf die gekieste Zufahrt, wo eben mit quietschenden Reifen ein blutroter Ferrari hielt. Merton sprang heraus, nahm seine karierte Mütze ab und verneigte sich tief und theatralisch.

»Meine Damen«, sagte er mit klangvoller, weithin hallender Stimme, »ich stehe Ihnen zu Diensten.«

»Ach, Daddy, komm von der Bühne runter«, sagte Jennifer lachend.

Die übermütige Pantomime des großen Schauspielers hatte Lucinda von ihrer Schüchternheit befreit, und sie musterte den Mann, der vor ihr stand, mit lebhaftem Interesse. Ihr erster Eindruck war, daß er kleiner war, als sie sich ihn vorgestellt hatte. Er war sogar ziemlich klein und untersetzt, aber seine Bewegungen waren so genau berechnet, so bewußt, daß er anmutig und geschmeidig wirkte wie ein Panther. Er hatte ein unregelmäßiges, sonnengebräuntes Gesicht mit aristokratischen Zügen und prahlte geradezu mit seinen fünfundvierzig Jahren. Lucinda fiel sofort auf, daß er dieselben kecken, rastlos schweifenden Augen und dieselbe empfindsame Nase hatte wie seine Tochter. Wenn er lächelte, wirkte Merton besonders eindrucksvoll. Er war eine Persönlichkeit, aber durchaus nicht unzugänglich. Das machte seinen Charme aus.

»Du bist also Lucinda«, sagte er. »Jenny hat mir schon viel von dir erzählt.«

Er wandte sich ihr zu, und seine Augen sahen völlig mühelos durch sie hindurch. Es war, als sei sie, an Körper und Seele nackt, seinen durchdringenden Blicken preisgegeben. Sie fühlte, daß sie rot wurde, und wußte im ersten Moment nicht, was sie sagen sollte.

»Also hinein mit euch!« rief Merton. »Es ist nicht allzuviel Platz für euch und euer Gepäck, aber wir fahren ja nicht weit.«

Sie stiegen ein, rutschten ein bißchen auf dem Sitz herum und hatten sich bald in dem niedrigen Sportwagen eingerichtet. Merton gab Gas, sie brausten die Zufahrt hinunter, und Hurstmonbury blieb hinter ihnen zurück.

Etwa zwanzig Minuten später bog Merton von der Autobahn ab, sie fuhren schmale, von Hecken gesäumte Landstraßen entlang, vorbei an verschlafenen Dörfern mit malerischen strohgedeckten Fachwerkhäusern und stillen Kirchen mit hohen Türmen.

Leben herrschte aber nur in den gemütlichen Pubs, die an der Straße lagen. Gegen Ende der Fahrt entdeckte Lucinda ein großes Haus in einem Park. Seine Türmchen, Giebel und blanken Fenster schienen über Wälder und Wiesen hinweg, weit und breit der einzige Blickfang zu sein.

»Glaub ja nicht, daß unser Haus auch nur annähernd so aussieht«, sagte Merton, der in dieselbe Richtung schaute wie Lucinda. »Es hat auch keine Ähnlichkeit mit dem imposanten Landsitz deiner Eltern. Wir leben einfach.«

Sie überquerten eine uralte Brücke, die über einen rasch strömenden Bach führte, und bogen in eine schmale Zufahrt ein. Hohe Eichen warfen mit Sonne durchwirkte Schatten auf den gewundenen Fahrweg. Und dann kamen sie zu Mertons kleinem, bescheidenen Häuschen.

Nach allem, was die Maxwells ihr gesagt hatten, hatte Lucinda fast eine Hütte erwartet. Jetzt sah sie ein hübsches Haus aus honigfarbenem Cotswoldstein, mit langen, altmodischen Schiebefenstern und einer leuchtend grün gestrichenen Haustür vor sich. Es hätte das Heim eines Pfarrers oder eines wohlhabenden Landarztes sein können. Auf keinen Fall war es ›nur ein Häuschen‹.

Jennifer zeigte Lucinda sofort ihr Zimmer. Im Haus roch es so angenehm und frisch, als werde es ständig bewohnt. Lucinda packte ihre Sachen aus und räumte sie in die Kommode ein. Sie schlug die Patchwork-Oberdecke auf dem Bett zurück und schnupperte an der duftenden, leuchtendweißen Bettwäsche. In einer Porzellanvase, die auf dem Nachttisch stand, blühten ein paar Lavendelzweige, deren feines Aroma Lucinda willkommen zu heißen schien. Das kleine Zimmer gefiel ihr, und als sie wenig später die Treppe hinunterlief, fühlte sie sich schon wie zu Hause.

Die nächsten Tage vergingen sehr angenehm. Merton überließ die beiden Mädchen die meiste Zeit sich selbst, so daß sie tun und lassen konnten, was sie wollten. Am Vormittag verbrachte er regelmäßig ein paar Stunden in seinem Arbeitszimmer. Er studierte eine Rolle für ein neues Stück, das im Herbst uraufgeführt werden sollte. Lucinda und Jennifer räumten das Haus auf und unternahmen lange Spaziergänge ins Dorf oder durch den Wald, stets begleitet von Sheridan, Mertons lebhaftem Irish Setter, der die Mädchen aufgeregt umsprang und vergeblich jeder Katze nachjagte.

An den Nachmittagen spielten sie Tennis – zum ›Häuschen‹ gehörte ein wunderbar gepflegter Rasenplatz –, oder sie saßen einfach herum und schwatzten. Merton unterhielt sie mit Skandalgeschichten von Hollywoodgrößen oder den exzentrischsten Mitgliedern des britischen Hochadels, die ein Faible für die Bühne hatten. Lucinda vermutete, daß er seine Geschichten stark ausschmückte, wenn es nicht überhaupt reine Produkte seiner Fantasie waren, doch das schmälerte in keiner Weise ihr Vergnügen daran. Manchmal fuhren sie zum Abendessen in ein altes Herrenhaus, das in ein erstklassiges Restaurant umgewandelt worden war. Meist aber blieben sie zu Hause und aßen etwas Einfaches, das die Mädchen zubereitet hatten. Hin und wieder übernahm auch Merton die Küche und sorgte für kulinarische Genüsse, da er gutes Essen liebte und ein ausgezeichneter und fantasievoller Koch war.

Zwar hatte Lucinda die Einladung angenommen, um mit Jennifer zusammenzusein, jetzt stellte sie jedoch fest, daß Mertons Gesellschaft ihr genausoviel bedeutete, wie die ihrer Freundin.

Sie empfand ein unklares Schuldgefühl, mußte jedoch zugeben, daß man Merton einfach gern haben mußte, weil er so rücksichtsvoll und amüsant war.

Ihre Gefühle gingen jedoch noch tiefer. Er spielte sich nie auf, dennoch war sie sich immer der Tatsache bewußt, daß er ein großer Schauspieler war. Seit Jahren hatte sie ihn aus der Ferne bewundert. Sie hatte ihn auf der Bühne und auf der Leinwand gesehen, und sie hatte von ihm geträumt. Er war der Prinz, der sie eines Tages vor dem bösen Drachen erretten, der Ritter, der im Kampf um ihre Hand ihre Farben tragen, der Scheich, der unter dem Tropenmond nachts in ihr Zelt schleichen würde. Mit einem Wort – sie schwärmte für Merton.

Seit sie mit ihm im selben Haus lebte, fühlte sie ihm gegenüber eine seltsame Wärme und Zärtlichkeit. Er behandelte seine Tochter großherzig und liebevoll und brachte Lucinda jetzt dieselbe Zuneigung entgegen. Er übte eine ungeheure Anziehungskraft auf sie aus, die sie jedoch nicht ganz verstand. Konnte das Liebe sein? Sie wagte es kaum zu denken.

Eine Woche war vergangen. Es war einer jener Tage, an dem strahlender Sonnenschein sich mit wolkigem, windigem Wetter abwechselte. Die beiden Mädchen waren am Nachmittag miteinander ausgeritten. Mertons ›Häuschen‹ hatte einen eigenen Pferdestall.

»Du reitest ausgezeichnet!« rief Jennifer Lucinda zu, als sie einen schmalen Weg entlangtrabten, den auf beiden Seiten majestätische Kastanienbäume säumten. »Ich nehme an, du bist praktisch im Sattel zur Welt gekommen.«

Lucinda lachte. »Ich kann mich jedenfalls nicht erinnern, daß es auch eine Zeit gegeben haben muß, in der ich nicht reiten konnte. Was für eine wunderschöne Aussicht! Halten wir doch ein paar Minuten an.«

Sie waren auf eine Lichtung gekommen, die auf der gegenüberliegenden Seite sanft abfiel und einen herrlichen Ausblick auf Wälder, Wiesen und strohgedeckte Häuser bot, die sich eng um den Kirchturm scharten. An einem Baum banden sie die Pferde fest und streckten sich im hohen, saftigen Gras aus.

»Sag mal«, meinte Lucinda, »hat das Reiten auch eine so merkwürdige Wirkung auf dich, Jennifer?«

»Was für eine Wirkung meinst du?«

»Na ja, ich weiß nicht recht, wie ich's sagen soll, aber es erregt mich immer, wenn sich meine Schenkel am Sattel reiben. Wenn man die Beine so spreizt und durch die Reithose das rauhe Fell des Pferdes fühlt ..., das macht mich irgendwie – nun ja, sexy.« Lucinda sah Jennifer scheu an und errötete.

»Da steckt doch mehr dahinter«, neckte Jennifer die jüngere. »Gibt es in deiner dunklen Vergangenheit ein anrüchiges Geheimnis? Hat dich ein wilder Hengst vergewaltigt, oder verspürst du Lust nach einem feinen Pferd?«

Sie kicherten beide.

»Nichts dergleichen! Doch da war etwas – aber eigentlich war es nichts, überhaupt nichts.«

»Hör auf, ein Geheimnis daraus zu machen. Was ist passiert?«

»Es ist schon eine Ewigkeit her«, sagte Lucinda. »Ich hatte damals noch mein erstes Pony. Daddy ritt Parforcejagden, aber ich war natürlich viel zu jung dazu. Die Jagdgesellschaft versammelte sich vor einem alten Landgasthaus, und ich begleitete Daddy, um sie alle aufbrechen zu sehen. Du weißt ja, wie das ist – die schicken scharlachroten Jacken, die Jagdhunde, die wie verrückt jaulen und

hecheln, die Leute, die noch rasch einen Drink nehmen – den sogenannten Satteltrunk. Und ich war so stolz auf mein Pony, obwohl es gegen die großen Jagdpferde so winzig aussah. Unter den
Jagdgästen war ein Mann, ein gewisser Oberst Fortescue, der fantastisch aussah. Jung war er allerdings nicht mehr. Er muß damals
mindestens Ende der Vierzig gewesen sein, und mir kam er so alt
vor wie Methusalem. Aber er hatte irgend etwas an sich. Er war
groß und hatte einen tollen, buschigen Schnurrbart, riesige Hände
und eine laute Stimme. Das klingt nicht besonders aufregend, ich
weiß, aber mir kam er wie der männlichste Mann vor, den ich je
gesehen hatte. Er war auch immer sehr nett zu mir, redete nicht so
von oben herab mit mir wie viele andere Erwachsene.«

»Was ist also passiert?«

»Nichts, Jennifer. Absolut nichts, das habe ich dir doch schon
gesagt.«

»Es muß etwas gewesen sein, sonst würdest du nicht soviel
davon hermachen.«

»Na ja, schließlich brachen sie alle auf, und ich schaute ihnen
nach, bis sie außer Sicht waren. Ich beschloß, ein Stück allein zu
reiten. Und wie es so geht, ritt ich viel weiter, als ich ursprünglich
beabsichtigt hatte. Es war ein so schöner Tag, und ich merkte gar
nicht, wie weit ich von zu Hause weg war. Dann hielt ich an, weil
nun ja, weil ich mal Pipi machen mußte.«

»Da ist doch nichts dabei«, meinte Jennifer.

»Nein, natürlich nicht. Und es war ja auch niemand in der
Nähe, dachte ich. Ich trug Jeans und hatte sie mir eben bis zu den
Knöcheln heruntergezogen, als ich ein Pferd herantraben hörte.
Ich schaffte es nicht mehr, meine Jeans richtig hochzuziehen, da
stand auch schon Oberst Fortescue vor mir.«

»Direkt vor dir?«

»Direkt vor mir, und ich war zwischen Taille und Knien praktisch nackt.«

»Und was hat der hinreißende Oberst getan? Sag bloß nicht,
daß ein ritterlicher englischer Soldat die Notlage einer Jungfrau
unfair ausnutzte.«

»Mach dich nicht über mich lustig, Jennifer. Ich war so verlegen, daß ich nicht wußte, was ich sagen sollte. Zugleich aber
freute ich mich ganz tief drinnen in mir, daß er mich so sah. Ich

glaube, ich wollte schon damals, daß dieser gutaussehende Mann in mir eine Frau sah und kein Kind.«

»Hat er dich in die Arme gerissen und an die Brust gepreßt – wie man's immer im Kino sieht?«

»Jennifer! Sei nicht albern. Er tat so, als habe er nichts Ungewöhnliches gesehen, und doch verriet mir irgend etwas Unerklärliches in seinen Augen, daß er sich für mich interessierte.«

»Du meine Güte, mach's nicht so spannend! Was ist passiert?«

»Nichts, das sag ich dir doch schon die ganze Zeit. Er fragte mich, ob ich mich verirrt hätte und half mir beim Aufsteigen.«

»Beim Aufsteigen?«

»Auf mein Pony, du dumme Gans. Dann sind wir nach Hause geritten. Das war alles.«

»Wenn das alles ist, frage ich mich, wieso du dich so deutlich daran erinnerst?«

»Weil er mich so eigenartig festhielt, als er mir in den Sattel half. Seine Hände wanderten. Du weißt doch, was ich meine.«

»Nein. Seine Hände konnten nicht sehr weit wandern, wenn er dir nur hinaufhalf.«

Lucinda schluckte und fuhr dann leise fort: »Nein, nein, so war es nicht. Ich brauchte absichtlich schrecklich lange dazu, meine Jeans hochzuziehen. Das kam von diesem merkwürdigen Gefühl her, daß ich gesehen werden wollte. Er war wie der Blitz aus dem Sattel, und ich fühlte seine Hände, die mich betasteten. Es war unglaublich. Seine Berührung war ganz leicht und zart. Es war aufregend. Zum ersten Mal im Leben spürte ich, daß ich eine Frau war. Dann bückte er sich und gab mir einen Kuß.«

»Was? Einen richtigen Kuß? Wohin denn?«

»Aber nein. Du willst dauernd eine große, leidenschaftliche Sache daraus machen. Das war sie nicht. Er küßte mich ganz leicht auf die Lippen. Ich sah ihm in die Augen. Sie waren grau und kühl, und doch schienen große Leidenschaften und tiefe Trauer darin verborgen. Klingt das albern?«

»Nein, nein, erzähl weiter.«

»Er lächelte mich an. Es war, als wisse er, was ich gewollt hatte und was in meinem Kopf vorging. Dann sagte er mit bebender, sehr leiser Stimme. ›Du bist zu einer sehr hübschen jungen Dame herangewachsen, Lucinda.‹«

»Was hast du gesagt?« fragte Jennifer.

»Nichts«, erwiderte Lucinda. »Ich brachte kein einziges Wort heraus. Mein Mund war strohtrocken, und ich hatte einen Kloß im Hals. Ich wurde nur rot. Er legte mir die Hände auf die Schultern und ließ sie dann sanft auf meine Brüste heruntergleiten. Es waren die Hände eines Mannes, der gelebt hatte. Feste, männliche, kräftige und tüchtige Hände. Aber sie waren nicht grob, und meine Haut begann zu prickeln, wenn er mich berührte. Meine Brustwarzen wurden hart und richteten sich auf. Das hatte ich bisher noch nie erlebt. Ich war so erregt. Ich wollte etwas von ihm und wußte nicht, was es war. Er legte mir die Hände auf den Leib, und in diesem Augenblick begriff ich, daß ich eine Frau war, obwohl ich auch wußte, daß ich noch nicht erwachsen war. Es war ein komisches Gefühl, ich war ganz durcheinander.

Dann zog er mich an sich. Ich weiß noch heute genau, wie er roch. Sehr männlich auf jeden Fall, wie alter Tweed und Pfeifentabak. Stark, aber nicht herb. Ich wünschte mir, daß er mich in die Arme nehmen, mit mir schmusen würde.

Statt dessen ließ er seine Hände an mir heruntergleiten. Ich war ganz steif und starr und konnte kaum atmen. Dann berührte er mich, streichelte mich ganz sanft. Ich spreizte die Beine für ihn. Ich war wie hypnotisiert. Ich konnte mich nicht rühren. Ich war heiß, und feucht – du weißt doch, was ich meine? Ich wollte ihn, fürchtete mich zugleich aber entsetzlich.«

»Und – hat er dich genommen?« Jennifer hatte nur die unzähligen erotischen Romane im Kopf, die sie schon gelesen hatte.

Beide kicherten nervös.

»Nein, das sag ich dir doch die ganze Zeit. Es war wirklich nichts. Er nahm die Hände weg, zog meine Jeans herauf und half mir, sobald ich den Reißverschluß zugemacht hatte, in den Sattel. Wir ritten in verschiedene Richtungen davon, ohne noch ein Wort miteinander zu wechseln.«

»Aber du hast dich wohl gefühlt?«

»Großartig. Es war, als fühle ich noch immer den Druck seiner Hand, und der Rhythmus des Pferdes ging mir durch und durch. Ich kann es nicht beschreiben. Es war, als werde ich massiert und ein Teil von mir werde empfindungslos – aber angenehm empfindungslos, weißt du, nicht so taub wie nach einer Spritze vom

Zahnarzt. Meine Haut prickelte und brannte. Plötzlich merkte ich, daß ich klatschnaß war, und mir wurde heiß und kalt und wieder heiß. Ich habe oft von diesem Ritt geträumt und davon, wie es wäre, von einem Mann wie Oberst Fortescue genommen zu werden – von einem erfahrenen Mann, nicht von irgendeinem kleinen Jungen, der kaum aus den kurzen Hosen herausgewachsen ist.«

»Du hast einen Vaterkomplex«, teilte Jennifer der Freundin mit.

»Machst du Witze? Du kennst doch meinen Vater.«

»Es muß nicht dein leiblicher Vater sein, einfach nur ein älterer Mann. Vielleicht jemand, den du dir als Vater wünschst, aber als Liebhaber begehrst. Ich habe alles darüber gelesen.«

Während sie zurückritten, dachte Lucinda über Jennifers Worte nach. Sie stellte sich vor, wie Oberst Fortescues kräftige und doch so sanften Hände sie berührten, als sei sie ein kostbares Juwel, aber das Gesicht das unerwartet vor ihr auftauchte, war das von Merton Maxwell, einem anderen nicht mehr jungen Mann und idealen Vater. Davon aber sagte sie zu Jennifer kein Wort. Es war ein zu persönliches Gefühl, um ausgesprochen zu werden.

Als sie wieder nach Hause kamen, fanden sie Merton bei bester Laune. Er hatte hart gearbeitet und kochte jetzt, um sich zu entspannen, ein wunderbares Essen. Herrliche Düfte wehten aus der Küche, und das ganze Haus widerhallte von Mertons fröhlichem Gesang.

»Beeilt euch, Mädchen, wenn ihr vor dem Abendessen noch duschen wollt!« rief er. »Zeit, Gezeiten und gutes Essen warten nicht.«

»Komm, duschen wir zusammen«, sagte Jennifer zu Lucinda.

»Okay. Ich hole nur mein Handtuch. Wir könnten eine Firma mit dem Namen ›Zwei unter einer Dusche‹ gründen.« Lucinda lachte.

Die Mädchen schlüpften aus ihren Sachen. Ihre Körper waren feucht von Schweiß und vom Reiten in der Sonne erhitzt. Jennifer trat unter das strömende kalte Wasser und schauderte leicht – erschrocken und entzückt zugleich. Lucinda kam zu ihr unter die Dusche und betrachtete bewundernd den schmalen, geschmeidigen Körper der Freundin.

Winzige Wassertropfen schimmerten wie Edelsteine auf Jennifers Armen und Beinen. Das lange Haar schmiegte sich an ihren

Kopf und um ihre Schultern, als sie sich mit geschlossenen Augen den weißen Seifenschaum zwischen die Schenkel und unter die Achseln rieb. Lucinda fühlte Verlangen nach Jennifers Schönheit wie eine heiße Welle in sich aufsteigen. Ohne sich darüber klar zu sein, warum sie das wollte, hätte sie am liebsten die winzigen Wassertropfen von den festen jungen Brüsten des geliebten Mädchens abgeleckt, deren winzige rosa Knospen künftige Schönheit verrieten.

»Komm, du Langweilerin!« rief Jennifer Lucinda zu. »Was stehst du herum und starrst mich an?«

Lucinda schüttelte den Kopf und sagte mit einer Spur von Neid: »Ich wünschte, ich hätte einen Körper wie du. So beweglich und kräftig, aber schlank und sehr, sehr sexy.«

Jennifer nahm sie bei der Hand und zog sie unter das strömende Wasser.

»Sei nicht albern, Lucinda, mein Schatz. Dein Körper ist haargenau so hübsch wie der meine. Tatsächlich finde ich ihn sogar viel hübscher. Ich bin zu mager, aber du – nein, du bist nicht pummelig, du bist genau richtig.«

Sie umarmte Lucinda und gab ihr einen seifigen Kuß auf die Wange. Obwohl das Wasser kalt war, glühte Lucinda und glaubte, innerlich zu verbrennen. Sie preßte sich an Jennifer, und es erregte sie, die straffe, makellose Hut und die Wärme ihres Körpers zu fühlen.

»Seid ihr denn noch nicht fertig, Kinder?« rief Merton.

»Wir kommen!« antwortete seine Tochter.

Jennifer drehte das Warmwasser auf, und sie spülten sich die Seife von den Körpern. Dann trockneten sie sich rasch ab.

»Findest du mich wirklich hübsch?« fragte Lucinda.

Als Antwort küßte Jennifer sie noch einmal.

»Du bist nicht nur hübsch, Lucinda. Glaub mir, du bist schon eine begehrenswerte junge Frau. Wir sind jetzt nicht in der Schule, also hör auf wie ein Schulmädchen zu denken. Jetzt beeil dich und zieh dich an, sonst fallen wir beide beim Hausherrn in Ungnade.« Lucinda lief in ihr Zimmer und schlüpfte schnell in ein einfaches Kleid. Kritisch musterte sie sich im Spiegel. Das Kleid schmiegte sich eng an ihren Körper, modellierte ihre Kurven heraus und ließ sie ein ganz klein wenig üppig erscheinen. Vielleicht war sogar etwas Wahres an dem, was Jennifer gesagt hatte. Lucinda fand sich selbst recht anziehend. Als sie hinunterlief, war sie sich ihres Körpers auf eine ganz neue Weise bewußt geworden. Ihre Augen funkelten, und ihr Gang war federnd und viel lebhafter als sonst.

Sie betrat die Küche und wußte plötzlich, daß etwas ganz Ungewöhnliches geschehen würde. Es war ein sehr merkwürdiges Gefühl, ein Eindruck, den sie nicht erklären konnte. Ein erwartungsvolles Prickeln überlief sie, als stehe sie vor einem großen Abenteuer. Es war keine schlimme Vorahnung, es war einfach so, als bewege sich etwas Unsichtbares durch das Haus und warte auf den richtigen Augenblick, um sich bemerkbar zu machen, und als rücke dieser Augenblick rasch näher.

»Bist du's, Jenny?« rief Merton.

»Nein, Jennifer ist noch oben und zieht sich um.«

»Nun, sie kommt bestimmt bald herunter. Hol dir etwas zu trinken, und sei so lieb und bring mir einen Whisky mit, Lucinda. Ich kann mich jetzt nicht vom Herd wegrühren. Wenn ich ihm nur den Rücken kehre, geht alles in Flammen auf.«

Lucinda ging zum Barschrank. Sie wußte nicht genau, wieviel Whisky sie einschenken sollte, also beschloß sie, großzügig zu sein. Sie trank gewöhnlich Cola mit Orangensaft, doch heute abend kam sie sich sehr erwachsen vor und mixte sich einen Gin Tonic, wie sie es auf Partys und im Fernsehen beobachtet hatte. Merton – in Hemdsärmeln – rührte energisch in einer Kasserolle, während es in anderen Töpfen vielversprechend brodelte.

»Kann ich etwas helfen?«

»Nein, Schätzchen, aber es ist lieb von dir, daß du fragst. Wir großen Küchenchefs sind Individualisten. Reich mir nur den belebenden Trank. Du meine Güte, was für eine Portion Whisky! Ich wollte nur etwas trinken, nicht darin baden. Oder willst du mich vielleicht betrunken machen?«

Merton nahm den Whisky und fügte Wasser und Eiswürfel hinzu.

»Was hast du in deinem Glas?« fragte er. »Du bist noch ein bißchen zu jung, um dich dem Alkohol zu ergeben, nicht wahr?«

»Ach, mir war heute einfach danach zumute«, verteidigte sich Lucinda.

»Gut, gut.« Merton lachte. Dann änderte sich sein Gesichtsausdruck. »Ich muß aufhören, dich wie ein Kind zu behandeln, Lucinda. Du bist eine Frau. Eine richtige Frau.«

Ihre Blicke begegneten sich. Zum ersten Mal sah ein Mann Lucinda an, als sei sie eine begehrenswerter reife junge Frau.

Jennifer kam in die Küche, und die Spannung zwischen ihnen zerriß.

»Daddy, ich fühle mich gräßlich«, sagte sie. »Ich glaube, ich habe mich heute nachmittag erkältet.«

»Willst du dich ins Bett legen, Jenny? Ich bringe dir dein Abendessen auf einem Tablett hinauf.«

»Nein, das wäre weder dir noch Lucinda gegenüber fair. Ich liege ja nicht im Sterben. Ich glaube, ich mach's wie Lucinda und genehmige mir einen ordentlichen Schluck.«,

»Also hinein mit dir! Das Essen ist in ein paar Minuten fertig. Deck inzwischen den Tisch, mein Schatz, ja?«

Als die Mädchen eben mit dem Tischdecken fertig waren, brachte Merton den ersten Gang herein. Es waren wunderschön angerichtete Muscheln St. Jacques, und dazu gab es einen leichten, gut temperierten Chablis.

»Das schmeckt ja köstlich«, sagte Jennifer. »Feiern wir irgend etwas?«

Ihr Vater nickte. »Ich habe mir den Text dieses neuen Stückes angesehen. Man kommt, während man liest, immer zu einem Punkt, an dem alles einfach und klar wird. Wenn das Stück etwas taugt. Heute habe ich festgestellt, daß ich auf eine Goldmine gestoßen bin. Das macht mich glücklich, und einen besseren Vorwand, um meine bezaubernden Frauen zu bewirten, brauche ich wahrhaftig nicht.«

Das Abendessen war ein voller Erfolg. Mertons Sauce Béarnaise paßte hervorragend zu den Tournedos, und er öffnete eine erstklassige Flasche Château Pape-Clément. Nach Käse und Obst fühlte Lucinda sich entspannt, und der Wein war ihr ein bißchen zu Kopf gestiegen. Eine warme Zufriedenheit breitete sich in ihr aus. Jennifer entschuldigte sich. Der Kopf tat ihr weh, und sie hatte leichtes Fieber.

»Geh ins Bett, Püppchen«, sagte Merton. »Mit dem Abräumen werde ich schon allein fertig.«

»Ich helfe Ihnen, Merton«, sagte Lucinda, die froh war, daß sie sich nützlich machen konnte; daß Merton sie dankbar anlächelte, verursachte ihr Herzklopfen.

Die Speisereste waren bald weggeräumt, die Spülmaschine beladen, die Weinkaraffen weggestellt.

»Ich genehmige mir jetzt einen Cognac«, sagte Merton und nahm einen der großen, ballonartigen Cognacschwenker aus dem Glasschrank. »Trinkst du einen mit?«

»Nein, danke, ich glaube, ich habe genug gehabt.«

»Dann setz dich und leiste mir ein bißchen Gesellschaft.«

»Ich sollte lieber hinaufgehen und nach Jennifer sehen.« Schon während sie es sagte, wußte Lucinda jedoch, daß sie sich viel zu wohl fühlte und nicht die geringste Lust hatte, aufzustehen. Und als habe er ihre Gedanken gelesen, schüttelte Merton den Kopf und erwiderte:

»Sie hat bestimmt ein paar Aspirin genommen und schläft schon. Laß sie in Ruhe, und stör sie nicht.«

Er setzte sich neben sie auf die Couch und klopfte ihr leicht auf den Arm. Er trank einen Schluck Cognac und fragte dann: »Möchtest du gern Musik hören?«

Lucinda nickte. »Ja, etwas Verträumtes.«

Merton überlegte einen Moment, nahm dann eine Kassette und schob sie in den Stereo-Recorder. Leise Geigenmusik erfüllte den Raum. Sie schien Lucinda einzuhüllen und zu liebkosen. Es war, als werde sie von warmem Wasser überrieselt. Merton legte ihr den Arm um die Schultern.

»Glücklich?« fragte er.

Lucinda nickte lächelnd. Unsagbar zärtlich zog er sie an sich und küßte sie auf die Lippen. Es kam völlig unerwartet und schien zugleich auf merkwürdige Weise unvermeidlich. Lucinda wußte plötzlich, daß sie, ohne es selbst zu wissen, darauf gewartet hatte, seine Lippen auf den ihren zu fühlen.

»Weißt du, daß du ein sehr hübsches Mädchen bist, Lucinda?« Sie wußte nicht, was sie sagen oder tun sollte. Merton streichelte ihr Haar, und ihre Haut begann zu prickeln, wenn er sie berührte.

»Merton, das ist nicht recht, denk doch an Jennifer!« Ihr schwacher Protest klang nicht einmal für sie selbst überzeugend. Seine Hand lag auf ihrer Schulter und glitt langsam zu ihrer Brust herunter. Sie versuchte nicht, ihn wegzustoßen. Ihren Worten zum Trotz sehnte sich ihr Körper nach ihm.

»Das hat mit Jenny nichts zu tun. Es geht nur mich und dich etwas an, Lucinda. Du warst ein Kind, jetzt bist du eine Frau. Du mußt nur den Mut zur Liebe haben, meine bezaubernde Lucinda.«

Während er sprach, hatte Merton den Träger ihres Kleides von der Schulter gestreift und umfing jetzt ihre milchweiße Brust. Seine Hand war sanft und doch fest. Das Blut pulsierte ihr in den Adern, und sie litt plötzlich unter Atemnot und mußte nach Luft schnappen. Blindlings hob sie das Gesicht zu ihm auf, suchte wieder seinen Mund und schob ihm ihre kleine, bewegliche Zunge zwischen die Lippen. Merton hielt sie ganz fest an sich gepreßt. Ihre Umarmung schien eine Ewigkeit zu dauern. Lucinda fühlte sich ganz schwach vor Verlangen, als Merton seinen Mund von dem ihren löste, das Gesicht zwischen ihren Brüsten vergrub und ihre Brustwarzen küßte, die immer härter wurden.

Lucinda stand auf, ihr weißes Kleid flatterte zu Boden. Nackt bis auf die zarten, durchsichtigen Nylonhöschen, durch die der feine goldene Haarflaum schimmerte, stand sie vor ihm. Er sah sie an und konnte den Blick nicht von ihrer Schönheit wenden.

Ihre Hingabe war vollkommen, und er liebkoste sie wie ein kostbares Juwel. Ohne sie auch nur eine Sekunde lang aus den Augen zu lassen, öffnete er langsam seinen Gürtel und zog die Hose aus. Als er nackt war, dämpfte er das Licht. Dann legte er Lucinda liebevoll auf das große, samtene Sofa und ließ sich auf ihren ungeduldig wartenden, brennenden Körper sinken.

Es war für Lucinda etwas ganz neues, den Körper eines erwachsenen Mannes zu fühlen. Sie wußte natürlich, was sie zu erwarten hatte, doch wie es sein würde, ahnte sie nicht. Der Geschmack seiner Lippen, der Duft seines Körpers unterschieden sich auf wunderbare Weise von allem, was sie bisher gekannt hatte. Fest drängte er sich gegen ihr weiches Fleisch. Das dichte, krause schwarze Haar auf seiner Brust, das sich an ihrer glatten Haut rieb, jagte ihr Schauer der Erregung über den Leib. Ihre Hände erforschten schüchtern und staunend dieses ihr unbekannte Wesen Mann. Sie ahnte, daß er sehr stark war. Die gespannten Muskeln seiner Arme, Beine und seines gedrungenen

Körpers verrieten eine große innere Kraft. Merton hatte nicht die dicken, knotigen Muskeln, die Lucinda so oft in Zeitschriften und Inseraten angepriesen gesehen hatte, doch seine Kraft war viel überzeugender. Er war sanft mit ihr, doch es war die Sanftheit des wahrhaft starken Mannes. Er behandelte ihren Körper wie der Töpfer, der aus Ton ein feines Gefäß formt – liebevoll, zart und doch mit großer Festigkeit.

Lucinda sehnte sich nach dem Augenblick und fürchtete ihn zugleich. Doch vorher nahmen Mertons Hände und sein Mund Besitz von ihr, und alles entwickelte sich wie im Traum. Sie fühlte keinen Schmerz, nur sehnsüchtige Ekstase. Ihre Körper waren eins, als seien sie füreinander geschaffen worden. Sie schienen sich schon unendlich lange zu kennen und Lucinda empfand nie geahnte Befriedigung. Sie lernte, wie man liebte, und wußte, daß sie sich nie mit geringerem zufriedengeben würde als mit rückhaltloser, leidenschaftlicher Hingabe. Gewiß würde es so mit keinem anderen sein, nur Merton vermochte ihr so köstliche Freuden zu bereiten.

Merkwürdig, dachte sie, daß man einen so tiefen inneren Frieden, ein solches Gefühl vollkommener Erfüllung empfinden konnte, nachdem einem eben noch das Blut durch die Adern gerast war, der Körper zu brennen schien. Die Zeit hörte auf zu existieren. Merton und sie waren die einzigen Menschen auf der Welt, und das Wunder dieses Augenblicks würde nie, nie enden.

Lange noch lagen sie einander in den Armen. Dann stand Merton auf und hob Lucinda hoch.

»Es ist schon sehr spät, mein Herz. Wir müssen ins Bett.«

Er trug sie die Treppe hinauf in ihr Zimmer. Sie hatte die Arme um seinen Hals gelegt und atmete gierig seinen herben Körpergeruch ein. Ihr Körper glühte, bis die kühlen Bettlaken ihm etwas von seiner Hitze nahmen.

»Gute Nacht, mein Geliebter«, flüsterte sie.

»Schlaf gut, meine bezaubernde Lucinda«, antwortete Merton, streifte mit den Lippen leicht die ihren und ging auf Zehenspitzen hinaus.

Am nächsten Morgen war Jennifers Erkältung verschwunden, und sie war wieder so munter und lebhaft wie sonst. Merton hingegen schien merkwürdig reserviert, als fürchte er, Lucinda könnte im klaren Licht des Tages das Abenteuer dieser denkwürdigen Nacht bedauern. Sie hätte ihm so gern gesagt, daß dem nicht so sei, hatte jedoch Angst, in Jennifers Gegenwart zu sprechen.

Die beiden Mädchen gingen in dem geschützten Rosengarten hinter dem Haus spazieren, als Jennifer die Freundin plötzlich sehr ernst ansah und fragte:

»Bist du die Geliebte meines Vaters?«

Lucinda erschrak so, daß sie nicht antworten konnte. Sie wurde feuerrot, und ihre Wangen brannten. Jennifer lachte.

»Schon gut. Du brauchst mir nichts zu erklären oder dich gar zu entschuldigen. Ich erkenne die Anzeichen allmählich. Er wird dann ganz still, als schäme er sich für das, was er getan hat. Und deine Augen strahlen, und du scheinst auf Wolken zu wandeln. Wenn er ins Zimmer kommt, wirst du ganz heiß und rot.«

Lucinda zwang sich zu einem Lachen.

»Aber, aber, Jennifer!« sagte sie. »Du hast zu viele romantische Liebesromane gelesen.«

»Es macht mir wirklich nichts aus, Lucinda. Daddy wirkt nun einmal sehr anziehend auf Frauen, und er braucht ihre Liebe. Vielleicht weil er ein großer Künstler ist. Ich glaube, ohne die Bewunderung schöner Frauen würde er verkümmern. Sie ist das Elixier, das ihn am Leben hält. Deshalb hat Mami ihn verlassen. Sie hat es nicht ertragen. Ich bin da ganz anders. Ich weiß, was es ihm bedeutet. Und er hat dich gern, Lucinda. Ich weiß es, ich habe ihn beobachtet. Sei lieb zu ihm. Wenn du ihm weh tust, werde ich dir nie verzeihen, das schwöre ich dir.«

Mit einem Aufschluchzen warf Lucinda sich in Jennifers Arme. Sie umarmten sich, und dann schob Jennifer die Jüngere von sich.

»Warum gehst du nicht zu ihm hinein?«

Lucinda lief ins Haus. Merton saß in seinem Arbeitszimmer. Sie platzte einfach hinein und stürzte in seine Arme. Er zog sie an sich und küßte sie.

»Hat Jenny mit dir gesprochen?«

Lucinda nickte.

»Du lieber Himmel, wie gut das Mädchen mich kennt. Sie liest in meiner Seele wie in einem offenen Buch. Wenn du mich liebst, sollst du auch sie lieben, das wünsche ich mir von dir. Wir sind einander so nahe, daß wir alles teilen, was wir haben. Ich bete dich an, und ich habe viele Frauen vor dir geliebt, aber Jennifer ist der wichtigste Mensch in meinem Leben. Du kannst das wahrscheinlich nicht verstehen, aber es heißt schon immer: wir beide gegen den Rest der Welt.«

»Nein, Merton, sag das nicht! Ich möchte ein Teil deines Lebens sein – möchte zu deinem und zu Jennifers Leben gehören. Schließ mich nicht aus!«

»Liebe, bezaubernde Lucinda, wir würden dich nie ausschließen.«

Sie gingen in den Garten. Jennifer sah sie Arm in Arm auf sich zukommen – ihren Vater und ihre beste Freundin. Sie war unsagbar glücklich.

Die restlichen Ferien vergingen nur allzuschnell. Die drei Menschen lebten so harmonisch miteinander, daß nie ein böses Wort zwischen ihnen fiel. Nie wieder sollte Lucinda eine so vollkommene Seligkeit erleben. Nie wieder liebt man so rückhaltlos wie das erste Mal, keine andere Liebe ist so vollkommen wie die erste … Da sie sich nicht verstecken mußten, zog Lucinda in Mertons Zimmer, und sie liebten sich sanft und zärtlich, jedoch mit einem inneren Feuer, das sie verzehrte.

»Ich weiß nicht, wie ich mich je wieder in das Leben zu Hause hineinfinden soll«, klagte Lucinda, als der Zeitpunkt der Abreise immer näherrückte.

»Es wird schon so schlimm nicht werden, meine bezaubernde Lucinda.« Merton nahm ihre Trennung hin, als gehe eine Spielzeit zu Ende oder als werde ein Stück abgesetzt – etwas, worauf man ohne Wehmut zurückblickte.

»Du bist herzlos, Merton. Ich bedeute dir eben nichts.«

»Du weißt, daß das nicht wahr ist, Lucinda. Und ich weiß, daß wir uns wiedersehen werden und unsere Liebe jede Trennung überdauern wird. Du mußt nach Hause zu deinen Eltern, es hat keinen Sinn, ein großes Melodrama daraus zu machen. Ich weiß aber auch noch etwas anderes: Seit du hierhergekommen bist, hast du eine Empfindungsfähigkeit entwickelt, die du nie wieder verlieren wirst. Was immer du jetzt auch denken magst, ich werde nicht der einzige Mann in deinem Leben sein. Du bist so emotional, und in dir schlummert eine solche Leidenschaft, daß die Liebe für dich etwas ebenso Lebensnotwendiges ist wie das Atmen. Nie wird dir ein Mensch genügen, du hast zuviel Liebe in dir aufgespeichert. Merk dir meine Worte, denn ich kenne dich besser, als du dich selbst.«

Viel später erinnerte sich Lucinda oft an Mertons Worte. Sie mußte zugeben, daß er recht gehabt hatte.

2

Am späten Nachmittag brachte Merton Lucinda in das vornehme Haus auf dem Belgrave Square. Ihr Vater war nicht zu Hause, doch ihr Bruder Miles begrüßte Merton mit einer steifen Förmlichkeit, die für einen noch nicht ganz Zwanzigjährigen ungewöhnlich war.

»Es war wirklich sehr großmütig von Ihnen, meine kleine Schwester so lange zu ertragen, Mr. Maxwell. Hoffentlich hat sie sich anständig benommen und war nicht allzu lästig.«

»Im Gegenteil«, antwortete Merton, »es hat meiner Tochter und mir viel Freude gemacht, sie bei uns zu haben. Sie ist uns jederzeit willkommen.«

Jetzt hat er es Miles aber gegeben, dachte Lucinda glücklich. Das geschieht meinem Brüderchen ganz recht, warum spielt er auch immer den Snob? Merton hatte am nächsten Tag einen Termin beim Fernsehen und wollte daher die Nacht in seiner Wohnung in Hampstead verbringen. Jennifer war im ›Häuschen‹ geblieben. Sie hatte Lucinda zum Abschied so zärtlich geküßt, als sei es ein Abschied für immer. Dabei würden sich die beiden Mädchen in drei Wochen in Hurstmonbury wiedersehen. Miles war am selben Tag von einem Urlaub in Italien zurückgekommen, und die Geschwister wollten am nächsten Morgen gemeinsam nach Devon auf den Landsitz der Familie fahren.

Merton blieb nur ein paar Minuten und verabschiedete sich dann. Lucinda gegenüber verhielt er sich zwar sehr freundlich, aber streng korrekt. In seinen kühnsten Träumen wäre Miles nicht darauf gekommen, daß seine Schwester Mertons Geliebte war.

Das ist wahrscheinlich der große Vorteil, wenn man eine Affäre mit einem Schauspieler hat, dachte Lucinda mit einem innerlichen Lachen. Sie freute sich nicht gerade darauf, von ihrem Bruder auf Herz und Nieren nach ihrem Ferienaufenthalt ausgefragt zu werden, doch sie hätte sich keine Sorge zu machen brauchen. Miles hatte selbst unendlich viel zu erzählen. Er hatte sich auch verliebt, aber nicht in eine Frau. Er hatte sein Herz an Florenz verloren und schilderte seiner Schwester die Uffizien und die Pitti-Galerie in den leuchtendsten Farben. Das dauerte bis zum Abendessen, und hinterher berichtete er ihr von der herrlichen Stadt Siena. Lucinda hörte nur mit halbem Ohr zu. Sie erlebte im Geist noch einmal Mertons letzte Umarmung, der Druck seiner Hand lastete noch immer schwer auf ihren Brüsten, ihre Haut war noch immer feucht von der Lust, ihn zu spüren. Sie entschuldigte sich bald nach dem Essen und gab vor, die Fahrt habe sie ermüdet und sie wolle sich vor der noch längeren Reise morgen gründlich ausschlafen.

Die Bahnfahrt nach Devon war langweilig und ereignislos. Lucinda vertrieb sich die Zeit mit dem Lesen eines anspruchslosen Liebesromans, was ihren ernsthaften Bruder sehr verdroß.

»Also wirklich, Lucinda, wozu liest du eigentlich diesen Schund?« fragte er spöttisch. »Liebesgeschichten! Was weiß ein kleines Mädchen in deinem Alter schon über Liebe?«

Sie antwortete nicht, doch ihre Augen funkelten übermütig.

Auf dem Bahnhof erwartete der Chauffeur ihres Vaters die Geschwister mit dem Wagen und brachte sie rasch nach Hause. Dieses Zuhause war ein prächtiges Herrenhaus, dem großen Landhaus sehr ähnlich, das sie auf der Fahrt zu Mertons ›Häuschen‹ gesehen hatte.

Miles und Lucinda waren die einzigen Kinder von Gerald Farrer, dem fünfzehnten Viscount von Hamblewood.

Der Landsitz in Devon befand sich seit dem 17. Jahrhundert im Besitz der Familie. Damals hatte Matthew Farrer mutig und treu für seinen König gegen die Anhänger des Parlamentarismus gekämpft und war in der Restauration von dem dankbaren Karl II. geadelt worden. Der ›fröhliche Monarch‹ hatte die Bastardsöhne seiner Mätressen zu Herzögen erhoben, die Soldaten und Staatsmänner, die für seine Sache gefochten hatten, aber nur zu Viscounts gemacht. Das Geschlecht der Hamblewoods blühte und gedieh jedoch, und der vierte Viscount hatte das große Haus erbaut, in dem Lucinda zu Hause war. Die jüngeren Farrers aber hatten sich weder dem Handel noch der Industrie verschrieben, und das Familienvermögen war allmählich dahingeschmolzen. Lucindas Vater, ein großer, allmählich kahl werdender und ziemlich schüchterner, ziemlich durchschnittlicher Mann, hatte die Situation durch eine sehr kluge Heirat gerettet. Seine Frau Melanie war die Erbin einer Familie aus Connecticut, die dem Mammon mit derselben Hingabe diente wie einst der erste Viscount von Hamblewood seinem König. Melanies Urgroßvater, den keine peinlichen Prinzipien oder Skrupel hemmten, hatte im amerikanischen Bürgerkrieg beide Parteien mit Waffen beliefert und ein Vermögen verdient. Auf diese Weise hatte er eine Dynastie von Bankleuten gegründet, die noch heute zu den führenden Bankiers in Amerika gehörte. Melanies Heirat mit Gerald verbrämte die Emporkömmlinge und Yankees mit der Vornehmheit englischer Aristokratie, während Gerald das Geld bekam, das er brauchte, um der Familie den Landsitz in Devon zu erhalten, der seinen Namen trug. Das Stadtpalais auf dem Belgrave Square hatte Melanie von ihrer Familie zur Hochzeit geschenkt bekommen.

Miles und Lucinda hatten vom Tag ihrer Geburt an ihren Reichtum und ihren privilegierten Platz in der Gesellschaft als selbstverständlich hingenommen. Beide waren in teure Internatsschulen geschickt worden, und in Hurstmonbury war Lucinda ausschließlich mit Kindern anderer reicher und vornehmer Familien zusammengekommen. Lucinda war kein Snob. Sie hatte einfach keine Ahnung, wie arme oder arbeitende Menschen lebten. Die Maxwells konnte man wirklich nicht als Proletarier bezeichnen, aber Lucinda hatte vor ihnen niemanden gekannt, der dem, was der englische Adel unter ›gewöhnlichen Leuten‹ verstand, so nahe gekommen wäre wie sie.

Es gab in Hamblewood und im Londoner Haus natürlich Personal, aber viel strenger als ihr aristokratischer englischer Mann sah Melanie, das Mädchen aus den demokratischen Vereinigten Staaten, auf Klassenunterschiede und hätte Hausmädchen und Dienern nie den vertraulichen Umgang mit ihren Kindern gestattet.

Lucinda war sehr behütet aufgewachsen, und erst jetzt, nach-

dem sie bei Jennifer und Merton einen Hauch von Freiheit gespürt hatte, wurde ihr bewußt, wie eng und begrenzt ihr Leben
gewesen war. Doch obwohl Merton ihre erste Liebe war und sie
mit ihm zum ersten Mal die Freuden der Liebe genossen hatte,
gab es in ihrem Leben eine Episode, die ihr einen leichten Vorgeschmack auf die Gefühlsstürme und Leidenschaften gegeben
hatte, die auf sie warteten.

Vor etwa zwei Jahren war George Obergärtner von Hamblewood gewesen. Lucinda hatte damals durch einen Zufall ein ein-
geschmuggeltes Exemplar von *Lady Chatterley und ihr Liebhaber* in
die Hände bekommen und das Buch mit ehrfürchtigem Staunen
gelesen. War es möglich, daß Männer und Frauen sich so benah-
men, so großes Vergnügen an der Sexualität fanden? Und war es
möglich, daß eine gut erzogene, ehrbare adelige Dame wie Lucindas Mutter sich in wilder Leidenschaft einem Bediensteten hin-
gab? Lucinda betrachtete die männliche Dienerschaft auf Hamblewood mit neu erwachtem Interesse. Und ihre Augen fielen auf
George. Er war ein gutgebauter Mann Mitte der Dreißig. Ein Jammer, daß er kein Wildhüter war, aber gewiß war ein Obergärtner
ein annehmbarer Ersatz? Die Viscountess Hamblewood zeigte jedoch nicht das geringste Interesse für George. Im Gegenteil, er
schien für sie überhaupt nicht vorhanden.

Lucinda dachte über die scheinbare Gleichgültigkeit ihrer Mutter nach und kam, da sie Melanie mit der Heldin von D. H. Law-
rence identifizierte, zu dem Schluß, daß die Liebenden ihre Affäre
offensichtlich geheimhielten. Lucinda wurde von Neugier verzehrt und verfolgte George auf Schritt und Tritt. In ihrer Freizeit
durchwanderte sie den Park von Hamblewood und war immer da
zu finden, wo George arbeitete. Melanie sah sie nie. Aber sie
lernte Tim kennen.

Tim war blond, hatte Sommersprossen, eine Stupsnase, war
fünfzehn und ein Sohn von George. In den Schulferien kam er
nach Hamblewood, um seinem Vater zu helfen, und Lucinda
hatte ihn schon ein paarmal im Park getroffen, bevor sie das
erstemal mit ihm sprach.

Es war ein heißer, schwüler Tag. Lucinda trug eine dünne weiße
Bluse und knappe Shorts. Ihre Haut schimmerte in der Sonne wie
Seide. Genau das richtige Wetter, um die verborgen schwelende

Lust von Lady Chatterley-Melanie nach ihrem Wildhüter-Gärtner zum Siedepunkt zu treiben. Lucinda überquerte die weitläufigen Rasenflächen und drang in den von Sträuchern umsäumten Blumengarten vor. Nach einer Weile entdeckte sie George. Er war dabei, Dahlien, die in einem gut gepflegten Beet wuchsen, an dünne Pfähle zu binden. Von Lucindas Mutter war weit und breit nichts zu sehen, doch da war dieser nett aussehende Junge wieder, anscheinend ein neuer Gehilfe von George. Er lächelte Lucinda zu.

»Wer bist du?« fragte sie.

»Ich heiße Tim. Das ist mein Dad.« Er zeigte auf George.

Die beiden Halbwüchsigen schlenderten zusammen weiter. George achtete nicht auf sie. Am Ende des Gartens lag ein großer, schöner Zierteich. Er war Lucindas Lieblingsplatz. Sie lag oft, von den hohen Riedgräsern verborgen, am Uferrand und träumte vor sich hin. Jetzt zog sie Tim in ihr Versteck, und sie hockte sich ans Wasser. Sie beobachteten drei Enten, die in strenger Formation an ihnen vorüberschwammen. Eine schwer mit Blütenstaub beladene Biene summte ihnen vor den Nasen herum. Die Welt war unendlich friedlich.

»Hast du meine Mutter gesehen?« fragte Lucinda.

Tim schüttelte den Kopf.

»Ich glaube, sie ist in deinen Vater verliebt«, behauptete Lucinda kühn. »Denkst du, daß George sie auch liebt?«

Tims Augen wurden groß vor Staunen.

»Nein, natürlich nicht. Mein Dad liebt meine Mutter. Außerdem ist deine Mutter gar nicht hübsch. Jedenfalls nicht so hübsch wie du.«

»Findest du mich hübsch?« Lucinda fand die unerwartete Wendung, die ihr Gespräch genommen hatte, überaus interessant.

Der Junge wurde rot und wandte den Kopf ab.

»Los, sag doch!« drängte ihn Lucinda.

Tim schluckte und sagte mit gepreßter Stimme: »Ja, ich finde dich sehr hübsch.« Er schlug die Augen auf und wagte es, sie anzusehen. »Ich möchte dich küssen.«

Lucinda dachte über den Vorschlag nach. Er gefiel ihr, und bisher hatte noch kein männlicher Bewunderer ihr einen ähnlichen Tribut gezollt. Vielleicht kam es noch soweit, daß nicht Melanie, sondern sie selbst eine zweite Lady Chatterley wurde.

»Na schön, dann küß mich also«, sagte sie.

Der Junge näherte sich ihr schüchtern. Er umarmte sie linkisch und war schrecklich verlegen, als er den Mund auf den ihren legte. Sie fühlte den Druck seiner Lippen, die sich sofort wieder von den ihren lösen wollten.

»Aber doch nicht so, du Dummkopf!« Lucinda hatte genug Filme gesehen, um zu wissen, daß ein Kuß viel mehr war als das.

Sie zog ihn an sich und legte ihm die Arme um den Hals. Sie schob Tim die Zunge in den Mund und fühlte plötzlich, daß er reagierte. Er packte sie und preßte sie an sich, daß ihr der Atem stockte.

»Jetzt reicht's«, keuchte sie.

Aber Tim ließ sie nicht los. Er umarmte sie noch fester, und seine Lippen suchten wie im Fieber die ihren. Sie fühlte die Hitze seines Körpers durch sein T-Shirt, und der salzige Geruch seines Schweißes stieg ihr in die Nase.

»Laß dich dort anfassen!« bettelte er.

Fasziniert beobachtete Lucinda, wie seine Hände unter den Shorts an ihren Oberschenkeln hinaufglitten. Seine Haut war glatt und fest, und Lucindas Erregung wuchs, als er sie vorsichtig streichelte. Er behandelte sie so zart, als sei sie zerbrechlich und als fürchte er, sie zu beschädigen oder kaputtzumachen.

»Magst du das?« fragte sie leise.

Tim nickte.

Es war angenehm, aber er wußte nicht genau, was er tun sollte. Sie nahm seine Finger und führte sie an die richtige Stelle.

»Das ist gut. Streichle mich nur so weiter.«

Sie zog ihre Hand weg, öffnete Tims Hose und zog seine Unterhose herunter. Sie sah zum ersten Mal ein männliches Glied. Sie hatte natürlich Bücher darüber gelesen und Bilder gesehen, aber trotzdem war es jetzt etwas anderes. Lucinda stellte fest, daß sie Tims Penis nicht schön fand, trotzdem faszinierte er sie. Er bettelte sie an, ihn zu berühren. Sie nahm ihn in die Hand und fühlte das Blut in den Adern pulsieren. Er war glatt wie Seide, und sie begann ihn leicht zu reiben.

»Fester! Bitte fester!«

Sie gehorchte. Tim stöhnte. Seine Muskeln spannten sich, und er packte wie im Krampf ihre Hand. Seine Augen blickten glasig, und er keuchte, als bekomme er nicht genug Luft. Was Tim mit ihr machte, war schön, aber sie war überrascht über die Wirkung, die ihre schwachen Finger auf den Jungen ausübten.

»Bitte hör nicht auf! Bitte schneller! O ja, ja, bitte …«

Seine Stimme war nur noch ein Wimmern. Er hatte die Augen fest geschlossen, und auf seiner Stirn standen kleine Schweißperlen. Er wand und krümmte sich immer heftiger und packte Lucinda ganz fest. Es tat weh, aber es machte ihr nichts aus. Zu sehr war sie auf die dem Höhepunkt zustrebende Erregung des Jungen konzentriert, bis er plötzlich leise aufschrie und Lucinda es warm in ihrer Hand pulsieren fühlte. Sie riß die Hand weg.

»Schau mal, du hast mich ganz naß gemacht.«

Tim konnte ein paar Sekunden lang gar nichts sagen. Nachdem er zu Atem gekommen war und sich ein wenig erholt hatte, war er völlig zerknirscht und schien sich für das, was er getan hatte, entsetzlich zu schämen.

»Mach dir nichts draus«, sagte Lucinda. »Es ist nicht schlimm. Leih mir nur dein Taschentuch.«

Sie wusch sich die Hand im Weiher und trocknete sie mit Tims Taschentuch ab. Er hatte sich inzwischen die Hosen wieder angezogen. Lucinda brachte ihre Kleidung in Ordnung.

»Ich muß gehen, bevor Mami mich vermißt«, sagte sie.

»Darf ich dich wiedersehen? Oder bist du zu böse auf mich?«

Tim war wieder so scheu wie vorher, aber Lucinda tätschelte ihm tröstend den Arm.

»Warum sollten wir uns nicht mehr sehen?« fragte sie. »Aber wir müssen vorsichtig sein. Unsere Eltern wären kaum begeistert, wenn sie Bescheid wüßten.«

Sie schlenderten zurück. George warf seinem Sohn einen fragenden Blick zu, sagte jedoch nichts.

Während der nächsten Wochen trafen Lucinda und Tim sich ein paarmal. Immer an derselben Stelle. Während sie miteinander schmusten, sich küßten und auf kindlich unreife Weise liebten, wurden sie nie gestört, nie sahen sie jemanden.

Trotzdem mußte man sie beobachtet haben. Eines Morgens war Tim nicht da, und George konnte Lucinda auch nirgends finden. Unglücklich wanderte sie im Park umher und fragte schließlich Miles, was aus dem Gärtner geworden sei. Der arbeite jetzt woanders, sagte ihr Bruder. Lucinda sah George und Tim nie wieder.

3

»Lucie, ich möchte mit dir reden.«

»Bitte, Miles. Aber hör endlich auf, mich Lucie zu nennen! Du weißt, wie sehr ich diesen Namen verabscheue.«

Sie waren eben mit dem Frühstück fertig geworden, die Eltern waren verschwunden wie jeden Tag, und die beiden ›Kinder‹ waren allein im Speisezimmer.

»Komm in die Bibliothek.«

Seufzend folgte Lucinda ihrem Bruder. Unwillkürlich verglich sie den ruhigen, untersetzten Miles mit Merton, der so gewandt, so witzig, ein so guter Gesellschafter und ein so wunderbarer Liebhaber war.

Miles nahm in einem tiefen Lehnsessel Platz und ließ sich dazu herab, Lucinda mit der Überheblichkeit des ›großen Bruders‹ anzulächeln. Er winkte ihr, sie solle sich ebenfalls setzen.

»Wenn du mir noch einen Vortrag über die Kunstschätze Italiens halten willst, dann passe ich«, sagte sie. »Ich kann es nicht mehr hören.«

»Ich möchte über dich sprechen.«

Lucindas erste Reaktion war Panik. Er mußte über Merton Bescheid wissen. Aber wie hatte er es erfahren? Von wem? Niemand hatte ein Wort gesagt, und als sie sich im Bett vergnügt hatten, war Miles Hunderte von Meilen entfernt gewesen. Fast sprungbereit wartete sie auf die Vorwürfe ihres Bruders.

»Ich habe heute morgen deinetwegen mit Vater gesprochen«, begann er. »Als du noch im Bett lagst, Lucinda.«

»Meinetwegen?«

»Ja, deinetwegen.«

Das sieht ihm wieder mal ähnlich, dachte Lucinda. Läuft hinter meinem Rücken zu Daddy, bevor ich eine Chance hatte, etwas dazu zu sagen. – Aber was hätte sie sagen, welche Erklärung hätte sie dem fünfzehnten Viscount von Hamblewood geben können.

Verdammt noch mal, sie sollten ihr Merton nicht wegnehmen! Sie würde es nicht dulden. Ihr Kopf fieberte. Sie hatte die Liebe ihres Lebens gefunden, und Mutter, Vater oder Bruder sollten sie nicht trennen können. Sie war bereit, gegen ihre ganze

Familie zu kämpfen, niemand sollte sie zwingen, den Mann aufzugeben, der ihr das Tor zum Leben und zur Liebe aufgestoßen hatte.

Sie funkelte ihren Bruder so wütend an wie ein Tigerweibchen, das bereit ist, für seine Gefährten zu kämpfen.

»Du bist kein Kind mehr, und es wird allmählich Zeit, daß du dir Gedanken über deine Zukunft machst«, sagte Miles.

Schweigend und verständnislos sah Lucinda ihn an. War es möglich, daß er altmodisch genug war, darauf zu bestehen, daß sie nach ihrem ersten echten sexuellen Erlebnis heiratete? Das ging für die heutige Zeit denn doch ein bißchen zu weit, selbst bei einem so prüden, steifen Menschen wie Miles.

»Die Zeiten haben sich geändert, und wir können nicht in der Vergangenheit leben.«

Gütiger Himmel, er hätte wirklich Pfarrer werden sollen, dachte Lucinda. Er konnte nicht einmal nach der Uhrzeit fragen, ohne gleichzeitig eine Predigt loszulassen. Aber worauf wollte er jetzt hinaus?

»Schau mich an, zum Beispiel.«

Lucinda schauderte bei der nicht sehr erfreulichen Aussicht.

»Eines Tages werde ich der sechzehnte Viscount sein.« Miles benahm sich so hochtrabend, daß Lucinda ihm liebend gern eins auf die Nase gegeben hätte. »Aber wird uns dann noch gehören, was wir jetzt besitzen?«

Miles machte eine umfassende Geste, die dem Reichtum und der Pracht galt, die sie umgab. »Merk dir eins, liebe Schwester, die Zeiten der reichen Müßiggänger sind vorbei. Nur weil unser Vater reich ist, sollten wir uns keine falschen Vorstellungen von der Zukunft machen. Weder du noch ich haben eine Entschuldigung dafür, daß wir nicht imstande sein sollten, unseren Lebensunterhalt zu verdienen.«

»Mutter ist eben vermögend«, konterte Lucinda.

»Keine Haarspaltereien, bitte!« Miles war gekränkt.

Lucinda begriff nicht, was all das mit ihrer Affäre mit Merton zu tun hatte, aber sie konnte einfach nicht widerstehen, sie mußte Miles necken.

»Ich wollte dich nur darauf hinweisen, daß du der Familientradition folgen und eine reiche Erbin heiraten könntest«, erklärte sie vergnügt. »Ich meine, wenn dir nicht danach zumute wäre, dir deinen Lebensunterhalt selbst zu verdienen.«

»Das ist keine Art und Weise, über unsere Eltern zu sprechen«, erwiderte Miles wütend. »Du weißt, daß zwischen ihnen nie ein böses Wort gefallen ist und daß sie ein makelloses Leben geführt haben. Du solltest mehr Respekt vor ihnen haben und versuchen, dich so zu benehmen, als seist du stolz darauf, eine Farrer zu sein.«

Na großartig! frohlockte Lucinda. Jetzt hab' ich ihn erwischt und mit ein bißchen Glück vom Thema Merton abgebracht. Aber wovon redet Miles eigentlich? Vielleicht wollte er doch auf etwas anderes hinaus.

»Ich habe nicht die Absicht, Geld zu heiraten!« fauchte er. »Ich spreche darüber, daß wir imstande sein müssen, uns unseren Lebensunterhalt zu verdienen und entsprechende Qualifikationen brauchen. Deshalb studiere ich Jura. Ich werde in Oxford mein Examen machen und mir dann einen Job bei einer großen Anwaltsfirma in der City oder bei einem multinationalen Konzern suchen. Dort liegt die Zukunft. Nur weil einer unserer Vorfahren sich vor dreihundert Jahren ausgezeichnet hat, ist die Welt mir nichts schuldig. Und ganz genau dasselbe gilt für dich, meine liebe, wirrköpfige Schwester, das möchte ich dir begreiflich machen. Eines Tages wirst du Hamblewood verlassen und dir einen eigenen Platz in der Welt suchen müssen. Und wie wird es dann um deine Fähigkeiten bestellt sein?«

»Ist das alles, worüber du mit mir reden wolltest?« Zum größten Ärger ihres Bruders lachte Lucinda erleichtert.

»Du bist wirklich unmöglich«, sagte er entrüstet. »Kannst du nicht wenigstens ein paar Minuten ernst sein?«

Wie typisch von Vater und Mutter, es Miles zu überlassen, mit mir über meine Zukunft zu sprechen, dachte Lucinda. Ihre Mutter war vermutlich schon unterwegs, um irgendwo einen Basar zu eröffnen oder huldvoll einen Bischof zu empfangen, während ihr Vater die nächste Moorschneehuhnjagd in Schottland oder eine Expedition zu einem Forellenwasser plante. Aber Miles war nüchtern, Miles war ernst. Er trug die Verantwortung für sich und seine jüngere Schwester. Mit seinen zwanzig Jahren wirkte er wie ein Mann mittleren Alters.

Er redete noch immer eintönig auf Lucinda ein und erklärte ihr, daß sie, wenn sie eines schönen Tages nicht Hungers sterben wollte, schon jetzt überlegen müsse, was sie noch lernen und welchen Beruf sie eines Tages ergreifen wolle.

Die Schwierigkeit war, daß Lucinda keine Ahnung hatte, was sie tun sollte, wenn sie erst einmal die Schule hinter sich hatte. Sie konnte von einer Bühnenlaufbahn träumen, in der sie die Julia und Merton den Romeo spielte, aber sie mußte zugeben, daß sie kein schauspielerisches Talent hatte.

»Du bist keine Intellektuelle«, fällte Miles sein Urteil mit arroganter Selbstsicherheit. »Aber du wirst, wenn du einmal deinen Babyspeck losgeworden bist, wahrscheinlich recht gut aussehen. Du könntest dir einen Job als Modell suchen – oder eine andere Laufbahn einschlagen, die keine zu großen Ansprüche an dich stellt.«

»Was bildest du dir eigentlich ein, Miles, du aufgeblasener Kerl!« brauste Lucinda auf. »Ich bin genau wie du imstande, mir meinen Lebensunterhalt in einem blödsinnigen Büro zu verdienen. Ich werde eine Stellung finden – eine bessere als du. Vielleicht werde ich auch Schriftstellerin. Ich habe schon lange daran gedacht, eines Tages Bücher zu schreiben.«

»Ich bin entzückt zu erfahren, daß du dir schon Gedanken gemacht hast. Obwohl ich mir dich beim besten Willen nicht als zweite Jane Austen vorstellen kann.«

»Ich könnte ja eine zweite Xaviera Hollander werden«, meinte Lucinda.

»Wer?«

»Ach, vergiß es. Du würdest ihre Bücher nicht verstehen, Miles.«

»Also, denk mal über alles nach, was ich dir gesagt habe.« Miles hatte das Gefühl, seine Pflicht getan zu haben und zog sich würdevoll zurück.

Obwohl Lucinda ihren Bruder von Herzen verabscheute, mußte sie ihm in einem recht geben. Es war wirklich Zeit, daß sie anfing, ernsthaft über ihre Zukunft nachzudenken. Aber was auch geschah, sie würde tun, was sie wollte, und nicht, was Miles oder sonst jemand ihr befahl.

4

Lucinda schaute Michael Johnson in die Augen und kam zu dem Schluß, daß er ihr gefiel. Er begann unter ihrem Blick unruhig auf seinem Sessel hin und her zu rutschen und nervös mit den über seinen Schreibtisch verstreuten Papieren zu hantieren.

»Lassen Sie mich mal sehen, wann ich das nächste Mal für Sie Zeit habe, Miß Farrer«, sagte er.

Ich hätte ganz und gar nichts dagegen, wenn du eine ganze Menge Zeit für mich hättest, dachte Lucinda. Er konnte höchstens drei oder vier Jahre älter sein als sie, und er hatte wunderbare, sanfte Augen. Wie er wohl nackt aussah? Hoffentlich hatte er Haare auf der Brust. Sie liebte Männer mit stark behaarten Körpern.

»Tagsüber habe ich wirklich nicht viel Zeit«, unterbrach Michael ihre Gedanken. »Hätten Sie etwas dagegen, nächsten Dienstag in meine Wohnung zu kommen? Sagen wir – um neun?«

»Nein, das ginge sogar sehr gut.«

Er ist wirklich schrecklich schüchtern, dachte sie. Er wird rot, und er hat Angst, mir in die Augen zu schauen. Es machte Lucinda Spaß, ihren Tutor in Verlegenheit zu bringen. Sie hätte wetten können, daß er noch nie mit einer Frau im Bett gewesen war.

»Dann sehen wir uns nächsten Dienstag, Miß Farrer.«

»Ich heiße Lucinda, Mr. Johnson.«

»Ach ja, natürlich – Lucinda.«

Man hörte ihm an, daß er aus dem Norden Englands kam, und Lucinda fand es sehr anziehend, wie er zum Beispiel das R rollte. Sie schenkte dem verwirrten jungen Mann ein strahlendes Lächeln, nahm ihr Heft, zog den schwarzen Studententalar enger um die Schultern und verließ Michael Johnsons Arbeitszimmer.

Seit jenem Gespräch mit Miles in der Bibliothek von Hamblewood waren zwei Jahre vergangen, und Lucinda wußte noch immer nicht, was für einen Beruf sie ergreifen wollte. Der Gedanke, eines Tages Bücher zu schreiben, hatte sie jedoch noch nicht verlassen, und sie war daher einverstanden gewesen, als man ihr in der Schule vorschlug, englische Literatur zu studieren.

»Sie sind ein gescheites Mädchen«, hatte die Schulleiterin gesagt. »Warum versuchen Sie nicht, einen Studienplatz in Oxford zu bekommen?«

»Mein Bruder ist in Oxford«, erwiderte Lucinda.

»Das ist doch nett. Da hätten Sie gleich Gesellschaft.«

»Besten Dank«, meinte Lucinda. »Aber ich glaube, Cambridge wäre mir doch lieber.«

Daher kam es, daß die ehrenwerte Lucinda Farrer die Räume ihres Tutors Michael Johnson verließ, um in ihr am Great Court des Trinity College gelegenes Zimmer zurückzukehren. Außer ihr studierte noch eine Handvoll ehemaliger Mitschülerinnen aus Hurstmonbury in Cambridge, aber mit keiner war Lucinda enger befreundet. Jennifer hatte die Schule schon ein Jahr vorher verlassen und war nach Kalifornien gegangen, wo Merton mehrere Filme drehte. Lucinda hatte ihn noch ein paarmal gesehen, bevor er abreiste, aber nie hatten sie Gelegenheit gehabt, ihre idyllischen Ferien zu wiederholen. Lucinda hatte ihm geschrieben, aber Merton war schreibfaul, und sie hatte seit vielen Monaten nichts mehr von ihm gehört. Sie hatte andere Freunde gehabt, doch mit keinem hatte sie es länger als ein paar Wochen ausgehalten.

Wie Miles vorhergesagt hatte, war aus Lucinda eine sehr attraktive junge Frau geworden. Man drehte sich nach ihr um, wenn sie vorüberging, und sie wußte, wie sie auf Männer wirkte. Sie war auch eitel und neugierig genug, ein paar Unglückliche unbarmherzig ihrem Charme auszusetzen. Wie Michael Johnson.

Lucinda gewöhnte sich sehr schnell in Cambridge ein. Sie hatte das Glück gehabt, im College Zimmer zu bekommen, so daß sie es zu Vorlesungen, Kursen und Seminaren nicht weit hatte. Auch die besten Restaurants, Cafés und Läden waren ganz in der Nähe, außerhalb der Collegemauern zwar, aber nur ein paar Minuten entfernt. Lucinda wurde von begeisterten Studenten förmlich belagert, die sie drängten, bei jeder nur erdenklichen Vereinigung mitzumachen – bei politischen, religiösen, sozialen, sportlichen und ganz einfach durch und durch exzentrischen Clubs, Gruppen, Verbänden, Verbindungen und so weiter. Jahrhunderte lang war das Trinity wie alle anderen alten Colleges ausschließlich Studenten vorbehalten gewesen, und auch noch jetzt waren Mädchen stark in der Minderzahl. Im College und in der gesamten Universität. Kein Wunder, daß ein hübsches Mädchen sehr begehrt war.

Lucinda vermied allzu enge Kontakte, solange sie sich noch nicht richtig zurechtfand und noch keinen genauen Studienplan vorliegen hatte. Zu beidem sollte ihr Michael Johnson verhelfen.

Nach ihrer Ankunft im Trinity war Lucinda zu zwei Unterredungen gebeten worden. Ihr erster Gesprächspartner war ein älteres und hochgeachtetes Collegemitglied, ein sauertöpfischer Herr, der ihr mitteilte, er sei ihr Tutor in moralischen Angelegenheiten.

»Ich kümmere mich um Ihre Arbeit«, hatte Dr. Parkinson ihr mitgeteilt. »Darüber hinaus müssen unsere jüngsten Studenten jemanden haben, der für sie verantwortlich ist, und mir ist die Aufgabe zugefallen, Sie unter meine Fittiche zu nehmen und auf Sie aufzupassen. Wenn Sie private Probleme haben – persönliche oder familiäre –, bin ich derjenige, an den Sie sich wenden können. Verstanden? Wenn Sie ein paar freie Tage haben wollen, um zur Hochzeit Ihrer Großmutter fahren zu können, oder wenn Ihr Lieblingspapagei sich das Bein gebrochen hat, bei mir finden Sie immer Verständnis und Unterstützung. Doch im Ernst, viele junge Männer und Frauen geraten in schwere Gefühlskonflikte oder finden das Studium zu anstrengend. Ihnen steht meine Tür immer offen.«

Lucinda dankte Dr. Parkinson mit gebührendem Eifer und hoffte, ihn nicht oft wiedersehen zu müssen. Trotz seiner ungezwungenen Art und seiner launigen Worte hatte sie den Eindruck, daß der Tutor, der über ihre Moral wachen sollte, sich als sehr engstirniger, strenger Mann entpuppen würde, der von moderner Freizügigkeit überhaupt nichts hielt. Wenn sie Glück hatte, kam sie in jedem Semester mit einer Einladung zum Tee und einer höflichen Unterhaltung über ihre Familie davon.

Die zweite Unterredung hatte sie mit einem anderen älteren Professor. Mr. Snell war der Autor mehrerer Bücher über Literaturkritik und ein Wissenschaftler, dessen Werk Lucinda bereits kannte. Er hatte mehrere sehr erfolgreiche Fernsehserien geschrieben und war eine nationale Berühmtheit. Er erklärte Lucinda, er sei ihr Studienleiter und riet ihr, welche Fächer und Vorlesungen sie belegen solle. Er wies ihr auch die anderen Tutoren für die einzelnen Fächer zu.

»Elizabethanisches Drama belegen Sie am besten bei Miß Cavendish«, sagte er. »Rufen Sie sie an, und verabreden Sie einen

Termin mit ihr. Sie ist draußen in Girton, das am besten mit dem Fahrrad zu erreichen ist. Für den englischen Roman ist Mr. Johnson der richtige Mann. Er ist hier im College. Sie finden seine Räume im zweiten Hof – Neville's Court heißt er – auf der anderen Seite der Halle. Ich habe vorhin mit ihm gesprochen und einen Termin für Sie vereinbart. Suchen Sie ihn nächsten Dienstag abend, ungefähr Viertel nach acht, auf. Das ist zwar ein bißchen spät, aber er ist zu Beginn eines jeden Semesters immer sehr gefragt. Übrigens hält der junge Johnson auch ein Seminar über Romanautorinnen, besonders gut Bescheid weiß er über George Eliot und Mrs. Gaskell. Sie könnten Schlimmeres tun, als das Seminar zu besuchen und sich anzuhören, was Johnson zu sagen hat.«

So hatte Lucinda Michael Johnson kennengelernt.

Am Tag vor ihrer ersten Stunde bei ihm, ging sie zu der Eröffnungsvorlesung seines Seminars. Der Vorlesungssaal war überfüllt: mehrere hundert junge Mädchen und Frauen folgten offensichtlich dem Rat ihrer Studienleiter und machten einen Versuch mit Michael Johnson. Lucinda saß inmitten einer Gruppe von Mädchen, die lebhaft miteinander schwatzten, bevor der Dozent erschien. Zwei von dem knappen Dutzend waren eingeschworene Feministinnen, die hitzig erklärten, sie wollten schon dafür sorgen, daß keiner unglücklichen Romanautorin von einem anmaßenden Intellektuellen ›Chauvi‹ Gewalt angetan werde.

Das Erscheinen von Michael Johnson rief bei einigen Studentinnen anerkennendes Murmeln und sogar Beifallskundgebungen hervor. Er war ziemlich groß, ging aber leicht gebeugt, als wolle er so unauffällig wie möglich wirken. Aus seiner ganzen Haltung sprachen Zurückhaltung und Scheu. Seine braunen Augen musterten nervös die versammelte Menge. Er rieb sich nachdenklich das Kinn und spielte dann mit einer horngefaßten Brille, die er jedoch während der Vorlesung kein einziges Mal aufsetzte. Er war ungefähr Dreißig, wirkte aber verletzlich wie ein Kind, was die mütterlichen unter seinen Hörerinnen ansprach.

»Also das ist ein Kerl, der mir gefallen könnte«, stellte Lucindas Nachbarin, eine stämmige Amazone aus Los Angeles, fest.

Eine stattliche Inderin, die einen reich bestickten Seidensari trug, nickte.

Der Dozent stand schweigend vor ihnen und ordnete seine Notizen und Bücher immer wieder neu.

»Ob er wohl bumst?« fragte das wenig engelhafte Kind aus Los
Angeles.

»Ich hätte ganz und gar nichts dagegen, mich einmal selbst zu
überzeugen«, sagte eine hübsche englische Studentin, die an Lucindas anderer Seite saß.

»Schätzchen, bei einem Mann wie ihm mußt du die Initiative
ergreifen, von Anfang an«, sagte die Amerikanerin, als verfüge sie
über einen reichen Schatz an Erfahrung, auf den sie zurückgreifen
konnte. »Du kämst nicht mal bis zur ersten Stufe. Nein, ich habe
beschlossen, den armen Tropf in die Hände zu nehmen. Mag er
zehnmal der Dozent sein, um seine Ausbildung kümmere ich
mich. Bevor das halbe Semester rum ist, habe ich ihn im Bett, paßt
bloß auf!« Sie blickte sich mit einem triumphierenden Lächeln
um, als habe sie ihr Ziel schon erreicht.

Lucinda hatte das Gefühl, inmitten einer weiblichen Jury gelandet zu sein, die über ein männliches Opfer zu urteilen hatte. Zorn
wallte in ihr auf, als sie die Bemerkung dieser Bande potentieller
Männerfresserinnen hörte. Ganz besonders ärgerte sie die Überheblichkeit der Amerikanerin. Für wen hielt sie sich eigentlich,
zum Teufel? Und was hatte sie so Besonderes an sich, daß sie
glaubte, kein Mann könne ihren üppigen Reizen widerstehen?

Lucinda empfand Mitleid mit dem jungen Dozenten, der inzwischen ruhig und bescheiden zu sprechen begonnen hatte. Er
schien nett und liebenswert und verdiente etwas Besseres als
diese unverschämte kalifornische Großwildjägerin, die ihn mit
einem wissenden Lächeln beobachtete und sich die Lippen leckte.
Das indische Mädchen hatte kein Wort gesagt, doch der Ausdruck
in den großen feuchten Tieraugen sprach deutlicher als Worte.
Michael Johnson war verloren: fiel er nicht der einen zum Opfer,
wurde er die Beute der anderen. Aber einen Mann wie ihn sollte
man wirklich keinem dieser Frauenzimmer überlassen. Mit ihr
selbst, zum Beispiel, wäre er schon viel besser dran.

Warum eigentlich nicht? Es wäre doch amüsant, wenn sie sich
die Trophäe selbst holte. Und es würde Michael vor dem
berühmt-berüchtigten Schicksal bewahren, das ›schlimmer war
als der Tod‹.

Ein paar Mädchen hörten Michael sogar zu und machten sich Notizen. Trotz seines zurückhaltenden Wesens sprach er fließend und wußte die Hörer durch seine offensichtliche Aufrichtigkeit und sein fundiertes Wissen zu fesseln. Er packte sein Thema ohne überflüssige Verbrämung und ohne überflüssiges Wortgeklingel an. Als er am Ende war, wurde anerkennend applaudiert, dann packten die jungen Leute ihre Siebensachen zusammen und verließen den Saal.

»Darf ich Sie noch etwas fragen, bevor Sie gehen, Mr. Johnson?« Die Amerikanerin galoppierte die Stufen des wie ein Amphitheater gebauten Vorlesungssaales hinunter auf den jungen Dozenten zu, der hinter dem Pult gefangen war und nicht rechtzeitig fliehen konnte.

Lucinda biß sich auf die Lippen und war entschlossener denn je, sich einzumischen und – falls überhaupt etwas ging – wenn schon nicht seine Seele, so doch wenigstens Michaels Körper zu retten.

Am nächsten Tag aß Lucinda mit vielen anderen Studenten im jahrhundertealten Speisesaal des Colleges. Das Essen war mittelmäßig, aber die Umgebung prachtvoll. Hinterher bereitete sie sich in ihrem Zimmer auf die erste Begegnung mit ihrem Tutor vor. Sie nahm ihren Notizblock und warf den Talar über. Als sie schon gehen wollte, fiel ihr noch etwas ein, und sie besprühte sich von Kopf bis Fuß mit ihrem Lieblingsparfüm, einem exotischen, erregenden Duft.

In zuversichtlicher Stimmung verließ sie ihr Zimmer, überquerte rasch den weitläufigen Great Court, ging durch den langen Korridor der Hall und trat am anderen Ende hinaus in die heitere Stille von Neville's Court. In der entgegengesetzten Ecke, dort, wo Wren's Bibliothek Trinity von den friedlichen Wassern des winzigen Flüßchens Cam trennt, gelangte Lucinda zu der Treppe, die zu Michael Johnsons Räumen führte. Die Außentür aus schwerer Eiche stand offen, um anzuzeigen, daß er zu Hause war und gestört werden durfte. Lucinda klopfte an die Innentür und trat ein.

Michael Johnson trug den schäbigsten Rollkragenpullover, den Lucinda je gesehen hatte. Vervollständigt wurde seine Kleidung durch eine fleckige kanariengelbe Cordhose und Filzpantoffeln. Er war damit beschäftigt, sich eine großköpfige Pfeife aus Kirschenholz zu stopfen, vermutlich mit dem Ziel, noch mehr Löcher in den zerlumpten Pullover zu brennen.

»Machen Sie sich's bequem«, sagte er. »Setzen Sie sich, und ziehen Sie diesen lächerlichen Talar aus.« Er zeigte auf einen Sessel, und Lucinda, die das Gefühl hatte zu feierlich angezogen zu sein, warf dankbar den Talar über die Lehne, bevor sie selbst Platz nahm.

Eine Stunde lang sprach Michael mit ihr über ihre Arbeit und gab ihr eine lange Liste mit Buchtiteln, die sie lesen sollte. Er war ein ernsthafter Wissenschaftler, aber nicht akademisch trocken. Am Ende des Unterrichts wollte Lucinda sofort aufbrechen, nachdem er sie gebeten hatte, als Hausaufgabe für die nächste Stunde einen Aufsatz zu schreiben.

»Glauben Sie, daß Sie bis nächste Woche diesen Berg Arbeit schaffen, Miß Farrer?« fragte er.

Sie war entschlossen, die Förmlichkeit zu durchbrechen, mit der er sich panzerte wie mit einer Rüstung.

»Ich heiße Lucinda, schon vergessen?«

»Nein, natürlich nicht. Entschuldigen Sie, Lucinda.«

Ein breites Lächeln erhellte seine Züge. Er sieht nicht schlecht aus, im Gegenteil, er muß nur aufhören, den ernsten jungen Professor zu spielen, dachte sie. Impulsiv wandte sie sich ihm zu und fragte:

»Woher kommen Sie, Mr. Johnson? Sie scheinen ganz anders zu sein als die übrigen Professoren, die man ausstopfen und in ein Museum stellen sollte.«

»Sie beweisen älteren Menschen aber ganz und gar nicht den ihnen gebührenden Respekt«, sagte er lachend. »Ich komme aus Bradford – bin ein Junge aus der Arbeiterklasse einer soliden Industriestadt. Und da Sie Lucinda für mich sind – mein Name ist Michael.«

»Michael«, wiederholte sie. »Ich war noch nie in Bradford. Sie müssen mir etwas darüber erzählen.«

»Ein andermal«, erwiderte er und begleitete sie zur Tür. »Halten Sie mich nicht für unhöflich, aber ich habe bis morgen früh noch eine Menge zu erledigen.«

Lucinda war mit dem Abend nicht unzufrieden. Diese Dinge brauchen Zeit, sagte sie sich, und ich habe Fortschritte gemacht. Sehen wir mal, wie ich nächste Woche weiterkomme.

Es ergab sich jedoch, daß sie gar nicht so lange warten mußte.

Sie mußte sich ein paar der empfohlenen Lehrbücher besorgen und verbrachte Donnerstag nachmittag einige Zeit in der hervorragend sortierten Buchhandlung gegenüber dem Trinity. Einen hohen Bücherstapel auf den Armen, über den sie nur mühsam hinwegblicken konnte, kam sie aus dem Laden und stieß prompt mit einem Passanten zusammen. Natürlich kam ihr Bücherstapel ins Rutschen, und die gelehrten Folianten landeten auf dem Gehsteig. Der Mann, mit dem sie zusammengestoßen war, packte sie am Ellenbogen, damit sie nicht stolperte. Lucinda fluchte wie ein Droschkenkutscher und sah, als sie aufblickte, ihren Tutor vor sich.

»Lucinda! Warten Sie, ich helfe Ihnen.« Michael kniete nieder, hob die Bücher auf und entschuldigte sich überschwenglich. Zusammen überquerten sie die schmale Straße, wichen geschickt Autos und Fahrrädern aus und passierten das imposante Tor des Trinity. Lucinda wollte den Weg einschlagen, der zu ihren Räumen führte, doch als sie sich verabschieden wollte, sagte Michael zögernd: »Warum laden Sie die Bücher nicht bei sich ab und kommen dann zum Tee zu mir?«

Lucinda warf ihm einen spöttischen Blick zu.

»Aber Sie haben doch bestimmt keine Zeit? Schließlich haben Sie meine Stunden auf den Abend gelegt, weil Sie tagsüber so beschäftigt sind.«

»Sogar den jüngsten Dozenten ist es gestattet, eine Teepause einzulegen«, antwortete er halb humorvoll und halb verteidigend. »Ich will den Tee bei mir trinken und würde mich sehr über Ihre Gesellschaft freuen.«

Lucinda mußte über seine Förmlichkeit lächeln.

»Ich kann Ihrer Einladung nicht widerstehen«, sagte sie.

In seinem Zimmer hantierte er geschäftig herum, stellte den Teekessel auf den Gasherd und holte Kekse und Kuchen aus dem Schrank. Den Kuchen schnitt er auf und legte ihn auf eine Platte.

»Der Nachmittagstee ist in Cambridge ein uraltes Ritual«, erklärte er. »Wie mögen Sie den Ihren?«

»Mit Zitrone und einem Löffel Zucker, bitte. Ich nehme an, das Leben hier ist ganz anders als in Bradford?«

Michael lachte. »Und ob. Dort würde man erwarten, daß Sie

Ihren Tee mit Milch trinken. Zitrone! Also wirklich, ihr merkwürdigen Ausländer aus dem Süden!«

»Ausländer!«

»Jeder, der südlich von Manchester geboren ist, ist ein Ausländer. Wußten Sie das nicht?«

Michael schwatzte ununterbrochen, aber Lucinda fühlte seine innere Nervosität.

Sie stand auf und ging sehr zielbewußt auf ihn zu. Sie sah ihn an, und er blieb wie hypnotisiert stehen. Ohne ein Wort zu sagen, preßte Lucinda die Lippen auf die seinen und küßte ihn.

»Nur keine Angst, Michael«, sagte sie vergnügt. »Das ist nur eine unserer ausländischen Sitten.«

Michael fühlte, daß sie ihn verspottete und gleichzeitig herausforderte. Eine Frau wie sie war ihm noch nie begegnet. Sie war so jung und so selbstsicher – und so wunderschön.

Eine Welle des Triumphs schlug über Lucinda zusammen. Dieser Mann wird mir gehören! Der Satz schien sich in ihr Gehirn einzubrennen. Sie spürte seine wachsende Erregung mit ihren weichen, zarten Fingern.

»Dagegen werden wir etwas tun müssen«, flüsterte sie, während sie ihn streichelte. Michael taumelte ins Schlafzimmer und führte sie zum Bett. Er hatte Angst, daß sie ihn plump und ungeschickt finden würde, aber Lucinda schien genau zu wissen, wie sie auf seine Leidenschaft reagieren mußte. Er blieb stehen, um die Tür abzuschließen, und stellte dann fest, daß sie wie der Blitz ihre Jeans und die Bluse ausgezogen hatte. In einem winzigen durchsichtigen Schlüpfer und BH stand sie vor ihm. Noch nie hatte er eine so herausfordernd reizvolle Frau gesehen. Hastig zog er sich selbst aus und wollte Lucinda auf das Bett legen. Sie jedoch entzog sich geschmeidig seinem Zugriff und stieß ihn auf die Matratze. Bevor er noch wußte, wie ihm geschah, kniete sie vor ihm.

Die Ekstase war fast unerträglich. Er wand und drehte sich von einer Seite auf die andere, krümmte sich in Seligkeit und Qual. Ihre Lippen und ihre Zunge hatten völlig von ihm Besitz ergriffen. Mit jeder Fiber seines Seins verlangte es ihn nach ihr, doch sie unterwarf sich ihm, versklavte ihn. Michael Johnson lernte, was es hieß, verführt zu werden.

Er wollte sich zurückhalten. Er wollte sie nehmen, sich in ihr vergraben, so tief in sie eindringen, daß er sich in ihrer feuchten, weichen Süße verlieren konnte. Doch es war, als seien seine Beine zu Brei geworden, als sei er nicht fähig, sich ihren Lippen zu entziehen, die ihn so völlig beherrschten. Seine Muskeln spannten sich, die Adern in seinem Glied schwollen an. Lucinda fühlte, daß er dem Höhepunkt ganz nahe war, und umklammerte seine Oberschenkel noch fester. Er stöhnte und schluchzte, vergrub die Finger in ihrem Haar, zuckte wie im Krampf. Sie raubte ihm den letzten Funken Selbstbeherrschung, und er kam mit einem Schrei.

Gelassen stand sie dann auf und ging ins Bad. Er hatte sich noch immer nicht erholt, als sie zurückkam und sich schnell anzog.

»Das nächstemal wirst du dasselbe mit mir tun«, sagte sie. »Auf Wiedersehen am Dienstag, geliebter Tutor.«

Sie ging zur Tür, drehte sich dort noch einmal um und lächelte den völlig Erschöpften an.

»Danke für den Tee.«

Lucinda war seit ungefähr fünfzehn Minuten wieder in ihrem Zimmer, als einer der Collegepförtner bei ihr klopfte.

»Entschuldigen Sie, Miß Farrer«, sagte er, »ein Telefongespräch für Sie. Bei mir in der Pförtnerloge.«

Sie lief mit ihm zum Tor, betrat die Pförtnerloge und meldete sich.

»Lucinda! Ich bin's – Jennifer. Wie geht es dir?«

»Jennifer!« rief Lucinda freudig überrascht. »Du meine Güte, ich dachte, daß es dich in die kalifornische Wildnis verschlagen hat. Von wo rufst du an?«

»Zu Hause in Hampstead. Ich bin heute erst zurückgekommen.«

»Ist Merton auch da?« Lucindas Stimme zitterte leicht.

»Nein. Der arme Schatz steckt mitten in den Dreharbeiten zu einem neuen Film und konnte nicht weg. Er läßt dich sehr, sehr herzlich grüßen. Aber wann kann ich dich sehen? Ich sehne mich so sehr danach, mich gründlich mit dir auszuquatschen und zu hören, was du alles angestellt hast.«

»Das Semester hat eben erst angefangen. Ich kann noch wochenlang nicht von hier weg.«

»Das dauert mir viel zu lange. Warum fahre ich eigentlich nicht zu dir?«

»Das wäre wunderbar. Ich besorge dir ein Zimmer. Kannst du schon an diesem Wochenende kommen?«

»Erwarte mich morgen abend.«

Lucinda arbeitete den ganzen Freitag wie verrückt und bereitete den Aufsatz für die nächste Stunde bei Michael vor. Je mehr sie schaffte, bevor Jennifer kam, um so mehr Zeit hatten sie dann füreinander. Am Abend wartete sie auf dem Bahnhof auf den Zug aus London.

Jennifer stürmte durch die Sperre und warf sich Lucinda in die Arme.

»Du siehst wunderbar aus, Lucinda!« rief sie. »So lebendig und strahlend. Du mußt verliebt sein.«

Sie lachten beide.

»Laß dich mal ansehen«, erwiderte Lucinda. »Du hast diese herrliche goldene Sonnenbräune, die man nur in Kalifornien bekommt. Sag mal, bist du überall so appetitlich braun?«

»Wart's nur ab.«

Sie saßen in einem Restaurant und gingen dann ins College zu Lucinda. Dort tranken sie Kaffee und hörten eine alte Ella-Fitzgerald-Platte. Die Musik versetzte sie in eine wehmütig-nostalgische Stimmung. Jennifer streichelte Lucindas Haar. Ihre Stimme klang belegt vor innerer Bewegung.

»Du ahnst nicht, wie sehr du mir gefehlt hast, Lucinda.«

»Es ist schon so lange her, Jennifer. Ich habe oft an unsere Zeit in Hurstmonbury gedacht.«

»Wirst du mir je verzeihen?«

Lucinda sah das große dunkelhaarige Mädchen, das ihre Hand umklammerte, erstaunt an.

»Dir verzeihen? Was hätte ich dir zu verzeihen, Jennifer?«

»Du warst so liebevoll damals, bist mir überallhin nachgelaufen. Du hast so verzweifelt nach Liebe gerufen, und ich war zu blind, um zu merken, was du durchmachtest, und reagierte überhaupt nicht.«

»Das darfst du nicht sagen«, widersprach Lucinda. »Du warst sehr lieb und ich ein albernes Ding. Ich war mondsüchtig. Du mußt mich entsetzlich lästig gefunden haben.«

Jennifer küßte sie zärtlich.

»Lucinda, mein Liebling, wir wollen mal sehen, ob ich's jetzt besser kann.«

Mit unendlicher Zartheit begannen Jennifers samtweiche Finger Lucinda zu streicheln. Daß Jennifer sie lieben wollte, überraschte sie, schien aber dennoch ganz natürlich als Erfüllung der großen Liebe, die sie seit Jahren füreinander empfanden und nie ausgelebt hatten. Als sie ein schwärmerisches Schulmädchen gewesen war, hatte Lucinda oft davon geträumt, den Körper des geliebten Mädchen zu berühren, doch jetzt war es Jennifer, die die Initiative ergriff.

»Hat dich noch nie eine Frau geliebt?«

Lucinda war zu erregt, um sprechen zu können. Sie fühlte, daß ihre Jeans zu Boden glitten, dann zogen Jennifers eifrige Hände ihr den Schlüpfer aus und streichelten sie. Sie stöhnte unterdrückt, als Jennifers Mund sie sanft berührte, ihre Zunge über ihren Leib glitt und in die Höhlung ihres Nabels eindrang.

Dann küßten die weichen Lippen ihrer Liebsten die goldenen Locken zwischen ihren Schenkeln, und ihr Entzücken wurde fast unerträglich, als die heiße, lüsterne Zunge sie dort berührte, wo sich alles Gefühl zusammenzudrücken schien, das in ihr war.

Sie glühte, und es war so süß und sanft, daß sie sich wünschte, es möge nie enden. Sie packte Jennifers Kopf und drückte ihr Gesicht fester und immer fester an sich.

Langsam sank sie zu Boden. Die Zeit hörte auf zu existieren. Es gab nur einen einzigen Augenblick der Ewigkeit. Jennifer lag neben ihr, und jedesmal wenn sie rasch ihre Zunge zucken ließ, fing jeder Nerv in Lucinda an zu prickeln, bis sich das Prickeln in einem ungeheuren Orgasmus löste, der ihren Willen schmelzen ließ und ihren Körper bis ins Innerste erschütterte.

»Pst! Sei still!« flüsterte Jennifer.

»Warum? Was ist los?«

»Du hast geschrien. Gleich werden deine Nachbarn hier erscheinen.«

»Ich wußte gar nicht, daß ich überhaupt einen Laut von mir gegeben habe«, erwiderte Lucinda keuchend.

»Aber du hast, mein Süßes. Bleib einen Augenblick ganz still liegen.«

Nach ein paar Minuten fragte Lucinda: »Bist du auch …?«

»Ja, aber du warst viel zu weit weg, um es zu bemerken.«

Lange lagen sie einander in den Armen, redeten nur sehr wenig, waren glücklich, daß sie nach so vielen Jahren zueinandergefunden hatten. Es war, als sei ihr Leben bisher nur eine Vorbereitung auf dieses Sichfinden gewesen.

Ungestört erlebten sie einen Abend vollkommenen Glücks. Lucinda konnte sich nicht erinnern, je eine so wunderbare Nacht verbracht zu haben. Nicht nur, daß kein einziges böses Wort fiel, sie einte eine so tiefgreifende Harmonie, als seien sie zu einer Frau geworden, die zwei Körper besaß.

Das konnte nicht dauern. Augenblicke, die so vollkommen sind, können sich nie in alle Ewigkeit fortsetzen. Es kommt die Zeit, in der man die Kälte der Welt draußen nicht mehr leugnen kann. Man muß sich ihr stellen, der Elfenbeinturm stürzt ein, der Traum geht zu Ende.

In den frühen Morgenstunden teilte Lucinda Jennifer mit, daß sie jetzt das Zimmer aufsuchen müsse, daß Lucinda für sie im College hatte reservieren lassen. Jennifers Miene verdüsterte sich.

»Kann ich denn nicht hierbleiben?«

»Leider nein, meine Liebe. Ganz früh am Morgen kommen die Hausangestellten ins College, und wenn sie jemanden in meinem Zimmer erwischten, käme ich in furchtbare Schwierigkeiten.«

»Machst du Witze?« fragte Jennifer ungläubig.

»Nein, es ist mein Ernst. Hier geht es noch sehr streng und altmodisch zu. Es ist wirklich merkwürdig. In gewisser Beziehung werden wir Studenten wie reife Erwachsene behandelt, und dann wieder bevormundet man uns wie Kinder.«

Widerstrebend verließ Jennifer ihre Liebste und schlief in dem kleinen Gastzimmer im Nebenhaus. Am Morgen wurde sie von einer sauertöpfischen alten Jungfer geweckt, die ihr mürrisch eine Tasse Tee reichte.

Während der nächsten beiden Tage sahen die Mädchen sich die Stadt an und besuchten ein paar von Lucindas Freunden. Noch zweimal liebten sie sich, und immer war es so unbeschreiblich schön wie beim erstenmal.

»Wann wirst du in London zurückerwartet?« fragte Lucinda.

»Ich brauche nicht vor Mittwoch dort zu sein«, erwiderte Jennifer. »Glaubst du, daß ich solange bleiben kann? Oder gibt es Schwierigkeiten?«

»Nein, das geht schon in Ordnung. Aber ich werde dich von Zeit zu Zeit allein lassen müssen. Leider bin ich nicht zu meinem Vergnügen hier und muß arbeiten.«

Also blieb Jennifer nicht nur über das Wochenende, sondern zwei Tage länger.

Dienstag abend erklärte ihr Lucinda, daß sie zu Michael zum Unterricht gehen müsse.

»Was?« fragte Jennifer erstaunt. »So spät noch?«

»Er hat alle anderen Stunden belegt«, antwortete Lucinda.

Jennifer überlegte eine Weile und fragte dann mit genau berechneter Kühle: »Was für ein Mann ist dieser Michael Johnson?«

»Das hab' ich dir doch schon erklärt. Ein junger Dozent – sehr gescheit.«

»Sieht er gut aus?«

»Nun ja, wenn du schon fragst, er ist ein recht ansehnlicher Typ.«

Jennifer sah Lucinda scharf an.

»Hast du mit ihm geschlafen?«

Lucinda antwortete nicht. Sie wollte die Freundin nicht belügen, wollte Jennifer aber auch nicht gestehen, wie die Dinge zwischen ihr und ihrem Tutor lagen. Es ging sie nichts an.

»Hör zu, Jennifer, ich muß gehen, und ich weiß nicht, wie lange es dauert. Warum sagen wir uns nicht gute Nacht und sehen uns morgen früh wieder?«

Jennifer nickte, und sie trennten sich.

Michael wartete auf Lucinda. Sie ging auf ihn zu und küßte ihn, aber er zeigte auf den Lehnsessel.

»Zuerst möchte ich deinen Aufsatz hören. Du bist zum Unterricht gekommen, für den du bezahlst, wenn ich dich daran erinnern darf. Also arbeiten wir.«

Er sagte es leichthin, war aber sehr ernst dabei. Gehorsam schlug Lucinda ihr Heft auf und begann ihm den Aufsatz vorzulegen, den sie geschrieben hatte. Über eine Stunde kommentierte und kritisierte er dann ihre Arbeit. Als er damit fertig war, entspannte er sich sichtlich.

»Möchtest du ein Glas Sherry?«

Lucinda schüttelte den Kopf, stand auf und griff nach ihrem Talar.

»Bitte geh nicht«, sagte Michael beschwörend.

»Ich dachte, dich interessiert nur das, was ich in mein Heft eingetragen habe«, erwiderte sie kühl.

»Verstehst du denn nicht, Lucinda?« flehte er unglücklich. »Es ist doch nicht so, daß ich dich nicht will. Ich habe seit dem vergangenen Donnerstag an nichts anderes gedacht. Ich habe die Minuten gezählt, bis du endlich wieder durch diese Tür kamst. Aber ich muß dich unterrichten, du hast einen Anspruch darauf. Es wäre unehrlich von mir, wenn ich dich nicht dasselbe lehrte wie alle anderen. Wie ich dir schon sagte, werde ich bezahlt, und wie jeder Arbeiter bin ich stolz auf das, was ich tue.«

Lucinda lächelte. Sie konnte ihm nicht böse sein – oder wenigstens nicht lange. Sie legte die Bücher weg, ging zu ihm und küßte ihn auf die Wange.

»Warum gehen wir nicht ins Schlafzimmer?«

Lucinda zauste ihm das Haar, während Michael hastig aus den Kleidern schlüpfte und sich dann ihr zuwandte, um sie auszuziehen.

»Nein, Liebling, du bist so ungeschickt. Ich tu's lieber selbst.« Sie schlüpften unter die Laken und liebten sich mit großem Vergnügen. Michael war ein guter, wenn auch ziemlich konventioneller Liebhaber, aber Lucinda ging mit Eifer daran, ihm beizubringen, was ihm fehlte. Er war ein gelehriger Schüler, und es amüsierte sie, daß, nachdem er eine Stunde lang ihr Lehrer gewesen war, jetzt die Rollen getauscht wurden.

Michael küßte sie hungrig und hielt sie mit einem so leidenschaftlichen Ernst an sich gepreßt, als fürchte er, sie könne sich in seinen Armen in Luft auflösen und verschwinden. Offenbar hatte er den Wunsch, jede nur erdenkliche Form des Liebesaktes auszuprobieren, wußte aber nicht, wo beginnen. Sie drückte seinen Kopf zwischen ihre Brüste. Er küßte sie gierig, doch Lucinda schüttelte den Kopf.

»Du mußt meine Brustwarzen lecken und daran saugen.« Er sah unsicher zu ihr auf, tat dann aber wie geheißen. »Nein, nein, nein, nicht so grob. Zart, liebevoll. Komm, ich will es dir zeigen.«

Lucinda rollte ihn auf den Rücken und legte sich dann auf ihn.

Sie nahm nacheinander seine kleinen Brustwarzen zwischen die Lippen und leckte sie lüstern.

»So macht man das«, sagte sie. »Magst du es?«

Michael nickte. »Aber ich möchte es lieber bei dir tun«, sagte er heiser.

Lucinda hob ihren Körper leicht an und schob Michael dann eine ihrer weißen Brüste in den Mund. Wie im Fieber umschlossen seine heißen Lippen die rosige Brustwarze, und als er fühlte, wie sie steif wurde und sich aufrichtete, übertrug die Erregung sich auf ihn.

»Und jetzt küß mich dort ...«

Auch das schien für Michael etwas Neues zu sein. Sie umklammerte seinen Kopf, als wollte sie ihn zerquetschen, bis sie endlich in einem wilden, unkontrollierbaren Orgasmus Erlösung fand.

Michael wollte sie noch länger liebkosen, doch sie stieß ihn weg. Er sah sie zweifelnd, fast ein wenig verärgert an. Lucinda lächelte ihm zu.

»Keine Sorge, Liebster. Ich bin nur im Augenblick zu empfindlich für jede Berührung. Jetzt bist du an der Reihe.«

»Tut mir leid. Mir war nicht klar ...«

Lucinda nahm ihn in sich auf und Michael fühlte unendliche Erleichterung. Doch seine Erregung war schon so groß, daß er nur noch zu einigen wenigen Stößen imstande war, bevor er einen wilden Höhepunkt erlebte.

»Gibt es denn in Bradford keinen oralen Sex?« neckte ihn Lucinda, als sie endlich Seite an Seite lagen und langsam wieder zu Atem kamen.

»Ich habe schließlich nicht mit jeder Frau im Norden geschlafen«, protestierte er. »Woher soll ich's also wissen. Für mich war es jedenfalls mit dir das erste Mal.«

Lucinda mußte lachen. Er war in mancherlei Beziehung wie ein kleiner Junge. Seufzend griff sie nach ihren Kleidern.

»Bitte geh nicht, Lucinda«, sagte er. »Du kannst die ganze Nacht hierbleiben. Es würde mich so glücklich machen, dich zu sehen, wenn ich morgens die Augen aufschlage.«

»Du weißt genau, daß ich nicht bleiben kann, Michael. Wenn man mich morgen hier fände, wäre die Hölle los.«

»Keine Sorge, mein Süßes. Ich habe Bescheid gesagt, daß man

mich morgen früh nicht wecken soll. Vor halb neun kommt kein Mensch hierher, es bleibt dir also Zeit genug, hinauszuschlüpfen.«

Lucinda lachte leise. »Du hast also schon vorgesorgt. Wahrscheinlich hast du der guten Dame, die dir den Morgentee bringt, vorgeflunkert, du hättest soviel zu arbeiten, daß du nicht gestört werden möchtest.«

»Etwas ähnliches, ja. Du bleibst doch, nicht wahr?«

Lucinda hatte ein schlechtes Gewissen, wenn sie an Jennifer dachte, doch dann fiel ihr ein, daß sie ihr gesagt hatte, sie solle nicht auf sie warten. Es war so gemütlich im Bett, und an Michael konnte man sich so schön ankuscheln. Bestimmt würden sie auch noch einiges zusammen erleben, bevor die Nacht zu Ende war.

»Aber ich habe ja gar kein Nachthemd mit«, sagte sie und schlug übertrieben züchtig die Augen nieder.

»Ich glaube kaum, daß sich das als ein zu großes Hindernis erweisen wird«, antwortete Michael lachend.

Er weckte sie Viertel vor acht, und sie zog sich rasch an.

»Es war sehr hübsch bei dir«, sagte sie beiläufig. »Aber könnten wir nicht einmal ausgehen? Nächstes Wochenende vielleicht.«

Michaels Antwort klang bei weitem nicht so beiläufig. Er schüttelte den Kopf, und ein gequälter Ausdruck huschte über sein Gesicht. Nach einem kurzen Zögern sagte er sehr leise:

»Es tut mir schrecklich leid, aber ich muß ehrlich zu dir sein, Lucinda. Ich bin nämlich verheiratet.«

Lucinda war tief betroffen. Sie erinnerte sich an Michaels anfänglich so ungeschicktes Fummeln und sah ihn ungläubig an. Sie hatte ihn für einen absoluten Anfänger gehalten.

»Ich kann's nicht glauben«, sagte sie. »Wo ist deine Frau?«

»In Bradford. Sie besucht ihre Eltern.« Er lächelte bitter. »Sie kommt heute nachmittag zurück. Aber ich liebe dich, Lucinda. Versteh das nicht falsch.«

»Wie lange bist du schon verheiratet?« fragte sie hastig.

»Etwas über ein Jahr.«

»Und du liebst deine Frau auch?«

»Ich habe es geglaubt. Jetzt weiß ich es nicht mehr.«

»Wie stellst du dir jetzt alles weitere vor, Michael? Sollen wir uns nicht mehr sehen?«

Er schüttelte den Kopf.

»Das wäre keine Lösung. Vergiß nicht, ich bin dein Tutor, und wenn wir das jetzt ändern wollten, würde das eine hochnotpeinliche Befragung nach sich ziehen. Nein, Lucinda, wir müssen weiter zusammen arbeiten, und das bedeutet, daß wir miteinander allein sein werden. Wohin das führt, weißt du ja.«

»Und ist deine Frau tolerant?«

»Alles andere als das«, erklärte Michael mit großem Nachdruck. »Sie kommt aus einer stockkonservativen Familie. Ihr Vater hat einen kleinen Lebensmittelladen, und die ganze Familie marschiert sonntags geschlossen in die Kirche. Annie ist sehr süß, und sie ist hübsch, aber wenn sie dächte, daß ich eine Geliebte habe, bekäme sie einen hysterischen Anfall.«

»Wirst du sie verlassen?« Lucinda verbot sich jede Gefühlsregung. Sie bemühte sich verzweifelt, objektiv zu sein.

»Ich weiß nicht. Das ist alles so plötzlich passiert. Auf keinen Fall schon jetzt, ich muß erst selbst wieder zu mir kommen und mir über alles klarwerden.«

»Wohnt deine Frau auch hier?«

»Nein, natürlich nicht. Wir haben eine Wohnung in der Stadt, aber ich brauche die Räume im College für den Einzelunterricht.«

»Sehr praktisch«, stellte Lucinda trocken fest. »Nun schön, Michael, wenn du nicht bereit bist, deine Annie zu verlassen und wenn wir weiterhin miteinander arbeiten müssen, werden wir eben sehr vorsichtig sein.« Sie nickte ihrem tief bekümmerten Liebhaber zu und ging.

Es war kurz vor acht, als Lucinda sich in ihr Zimmer zurückschlich. Sie brachte ihr Bett durcheinander, zerknüllte Bettuch und Kissen, damit die Aufwartefrau nicht merkte, daß sie die Nacht nicht zwischen ihren keuschen Laken verbracht hatte. Die Gute war zwar überrascht, Lucinda schon wach und angezogen zu finden, aber Lucinda erklärte ihr, sie sei schon sehr früh aufgestanden, da sie vor der ersten Vorlesung noch eine Menge zu lesen gehabt habe. Der Toast war heiß, und der Kaffee dampfte, als Jennifer an die Tür klopfte. Lucinda ließ sie ein und wollte sie küssen, doch Jennifer wandte das Gesicht ab. Sie war sehr blaß, ihre Augen schienen eingesunken, und sie preßte die Lippen grimmig zusammen. Von der fröhlichen Jennifer der vergangenen Tage war nichts geblieben.

»Was ist los mit dir?« fragte Lucinda. »Du siehst aus, als hättest du die ganze Nacht kein Auge zugetan.«

»Warum hast du das getan, Lucinda?« fragte Jennifer leise.

»Was getan?« Lucinda fühlte Zorn in sich aufsteigen.

»Mit mir konntest du die Nacht nicht verbringen. Hast mich weggeschickt, und ich mußte allein schlafen. Aber mit deinem sogenannten Tutor ging's auf einmal. Da hattest du keine Angst, von den Hausangestellten ertappt zu werden, wie?«

»Wie meinst du das? Woher weißt du überhaupt ...«

»Ich konnte nicht schlafen, also bin ich in der Nacht noch einmal hergekommen, um zu sehen, ob ich etwas Warmes zu trinken bekommen könnte. Warum, Lucinda? Bist du in diesen Mann verliebt?«

»O du meine Güte!« brauste Lucinda auf. »Zuerst er und jetzt du. Woher, zum Teufel, soll ich wissen, ob ich ihn liebe? Und ist das überhaupt wichtig?«

»Für mich ist es wichtig.« In Jennifers Stimme war eine Traurigkeit, wie Lucinda sie noch nie gehört hatte. »Genügt dir meine Liebe nicht? Wozu brauchst du einen Mann? Ich dachte, du seist glücklich mit mir.«

»Das war ich auch. Es war wunderbar. Aber ich brauche trotzdem einen Mann. Kannst du das nicht verstehen, Jennifer? Ich bin eine Frau, die für Männer geschaffen ist. Dein Vater wußte das sehr gut. Ich möchte mit dir zusammensein und möchte dich lieben, aber in letzter Konsequenz brauche ich einen Mann. So bin ich nun mal.«

»Und dieser Michael ist der Mann deiner Träume, nicht wahr? Er kann dir geben, was ich dir nicht geben kann?«

Tränen der Bitterkeit und des Grolls funkelten in Jennifers Augen.

»Ja, verdammt noch mal!« schrie Lucinda. »Er ist wunderbar, fantastisch, sensationell. Und er ist verheiratet.«

Schweigend starrten sie einander wütend an.

»Und wo bleibst du dabei?« fragte Jennifer endlich.

»Wie meinst du das? Wo ich dabei bleibe? Ich habe eben eine heimliche Affäre, als schämte ich mich dafür, seine Geliebte zu sein.«

»Und du wirst dich weiterhin mit ihm treffen?« fragte Jennifer mit boshaft und drohend klingender Stimme.

»Ja, ja, ja!« schrie Lucinda. Sie ballte die Fäuste, und Trotz leuchtete ihr aus den Augen.

Jennifer wandte sich ab.

»Ich fahre nach Hause. Gib dir keine Mühe, dich mit mir in Verbindung zu setzen.« Sie ging und knallte die Tür hinter sich zu. Lucinda glaubte, vor Wut ersticken zu müssen. Jennifers Bosheit hatte sie nur in ihrem Beschluß bestärkt, das heimliche Verhältnis mit Michael fortzusetzen.

Knapp drei Wochen später fiel der Schlag. Es begann ganz harmlos. Eine getippte Postkarte in ihrem Fach des Gemeinschaftsraumes für die ersten Semester. »Bitte suchen Sie mich heute nachmittag auf. H. G. B. Parkinson, PhD.«

Tee und Kuchen und höfliche Erkundigungen nach dem Befinden meiner lieben Mama, dachte Lucinda, als sie sich auf den Weg zum Hüter ihrer Moral machte.

»Setzen Sie sich, Miß Farrer.« Dr. Parkinson war kurz angebunden und sachlich. Es war ein Befehl, keine Einladung. Lucinda fühlte ein leichtes Unbehagen, als sie dem verknöcherten Professor gegenüber Platz nahm.

»Man hat mir mitgeteilt, daß Sie mit Mr. Johnson ein Verhältnis haben«, sagte er schroff und sehr direkt.

Lucinda war zu verblüfft, um sofort antworten zu können. Dr. Parkinsons Augen musterten sie kalt und feindselig.

»Bevor Sie sich dazu äußern«, fuhr er fort, »möchte ich Ihnen sagen, daß es keinen Sinn hätte zu leugnen. Ich habe Aussagen von Zeugen. Man hat Sie beobachtet, Miß Farrer. Habe ich mich klar ausgedrückt?«

Lucinda nickte.

»Beobachtet? Ja, wie denn?«

»Das geht Sie nichts an. Auf jeden Fall wurden gewisse Schritte unternommen, nachdem Mrs. Johnson einen anonymen Brief bekommen hatte, der Sie und Mr. Johnson des Ehebruchs bezichtigte. Sie haben doch gewußt, daß Mr. Johnson verheiratet ist, oder?«

Wieder nickte Lucinda.

»Die Angelegenheit wird morgen früh von mir und meinen Kollegen bei einer eigens einberufenen Konferenz besprochen.

Und falls Sie nur die geringsten Zweifel haben sollten, dann lassen Sie mich Ihnen versichern, daß wir im Hinblick auf eine Beziehung, die das College in Verruf bringen könnte, sehr strenge Ansichten haben. Ich kann mir zwar nicht vorstellen, daß Sie etwas vorzubringen haben, das uns bewegen könnte, Ihr unerhörtes Benehmen in einem milderen Licht zu sehen, aber bitte, Sie haben jetzt die Gelegenheit dazu. Nun, Miß Farrer?«

»Ich habe nichts dazu zu sagen«, antwortete Lucinda mit gebrochener Stimme. »Was jetzt?«

»Gehen Sie bitte in Ihr Zimmer zurück. Versuchen Sie nicht, sich mit Mr. Johnson in Verbindung zu setzen. Er wurde gebeten, das College nicht mehr zu betreten, und ich bin überzeugt, daß sogar Sie Verstand genug haben, sich nicht bei ihm zu Hause zu melden.«

Lucinda stand auf und ging zur Tür. Ihre Hand lag schon auf der Klinke, als Dr. Parkinson sie aufforderte, noch einen Moment zu warten.

»Ich möchte Ihnen, bevor Sie gehen, noch etwas sagen, nicht als Tutor, der über Ihre Moral zu wachen hat, sondern als Mann und als Angehöriger dieses Colleges. Mir ist verdammt egal, was mit Ihnen passiert. Für mich sind Sie bestenfalls eine verzogene Göre mit mehr Geld als Verstand. Ich nehme an, Sie werden ein paar Tränen vergießen und dann im Bett eines anderen Mannes Trost finden. Aber ist Ihnen klar, was Sie Mr. Johnson angetan haben. Er war ein junger Mann, der eine brillante akademische Laufbahn vor sich hatte. Allein durch harte Arbeit ist er dahin gekommen, wo er jetzt steht, nicht weil Daddy ihm einen Platz in einer exklusiven Schule kaufen konnte. Der Skandal wird ihn ruinieren, und er ist jetzt, Mitte Zwanzig, schon am Ende. Und das nur, weil er mit einem kleinen Flittchen, mit Ihnen, in die Buntkarierten gekrochen ist. Wundert es Sie noch, daß ich so angewidert bin?«

»Und wenn ich Ihnen sage, daß es ausschließlich meine Schuld war – was übrigens der Wahrheit entspricht? Könnten Sie auch dann gegen Mr. Johnson keine Nachsicht üben?« Lucindas Bitte blieb ohne Wirkung.

»Ich fürchte, daß uns angesichts der Haltung von Mrs. Johnson diese Möglichkeit verschlossen bleibt. Guten Tag, Miß Farrer. Morgen vormittag sprechen wir uns wieder.«

Lucinda stolperte hinaus und lief in ihr Zimmer zurück. Nur mit Mühe gelang es ihr, die Tränen ohnmächtigen Zorns zu unterdrücken. Welches Recht hatten diese alten Männer, über sie und Michael zu Gericht zu sitzen? Sie hatten sich geliebt. Durfte man sie deshalb so behandeln, als ob sie Verbrecher wären? Es drängte sie, Dr. Parkinsons Anweisung zu mißachten und Michael anzurufen. Einzig der Gedanke, seine Frau könnte sich am Telefon melden, hielt sie davon ab. Seine Frau war überhaupt an allem schuld. Warum machte sie ein solches Theater wegen der Sache? Vielleicht war sie so unsicher, daß sie es nicht ertrug, wenn ihr Mann eine andere Frau auch nur ansah. Was war sie denn nur für ein Mensch, diese Mrs. Johnson? Sie mußte sich doch die Konsequenzen überlegt haben, und sie hatte bestimmt gewußt, was es für Michaels Zukunft zu bedeuten hatte, wenn sie ihn bei der College-Leitung anzeigte.

Lucinda war außer sich vor Empörung und verletztem Stolz, doch sie geriet fast in Panik, als sie daran dachte, wie wohl ihre Eltern auf die Schande einer Disziplinarstrafe reagieren würden, egal wie sie lauten mochte. Allein in ihrem Zimmer verlor sie völlig die Selbstbeherrschung, und die Tränen strömten ihr über das Gesicht. Hysterisch schluchzend warf sie sich auf das Bett und überließ sich ein Gefühlsaufruhr, der in ihr tobte.

Allmählich wurde sie ruhiger, aber eine dumpfe Benommenheit wie nach einem heftigen Schock blieb zurück. Ihre Situation war hoffnungslos. Irgendwie mußte sie diese ewig lange Nacht überstehen, bevor sie endlich erfuhr, welche Strafen die harten, gefühllosen Wächter der Collegemoral über Michael und sie verhängt hatten.

Noch nie hatte sie eine so furchtbare Nacht erlebt. Sie versuchte zu lesen, aber die Worte ergaben keinen Sinn. Weder Radio noch Fernsehen konnten sie ablenken. Sie fühlte sich schrecklich allein. Auf der ganzen Welt gab es keinen einzigen Menschen, dem sie sich anvertrauen könnte. In ihrem Zimmer fühlte sie sich wie eine Gefangene und glaubte, ersticken zu müssen, also lief sie stundenlang durch die Straßen der Stadt.

In ihrem Kopf herrschte völlige Leere – bis auf die eine quälende Frage, was man morgen über Michael und sie beschließen würde. Ihr wurde bewußt, daß sie etwas essen mußte. Sie ging in ein Restaurant und bestellte etwas. Doch als das Essen gebracht wurde, hatte sie keinen Appetit und rührte es nicht an. Untröstlich zog sie weiter in ein Pub und bestellte sich etwas zu trinken. Sie hatte gehofft, in Gesellschaft der jungen, munter schwatzenden Leute ein wenig Erleichterung zu finden, aber sie brachte es nicht fertig, ihre Fröhlichkeit zu teilen, kam sich wie eine Ausgestoßene vor und fühlte sich einsamer und verletzlicher als vorher. Sie verließ das Pub und kehrte in die Stille ihrer düsteren Collegeräume zurück.

Sie fand keine Ruhe, doch nachdem sie ein Valium genommen hatte, fiel sie in einen unruhigen Schlaf, seelische Erschöpfung betäubte ihren Jammer. Doch der Schlaf brachte ihr keine Erleichterung. Angst und Sorge ließen sie nicht los. Kein Beruhigungsmittel wäre stark genug gewesen, sie zu zerstreuen. Und dann hatte sie einen Alptraum, der so lebhaft war, daß sie sich auch nach dem Aufwachen nicht von ihm befreien konnte:

Michael und sie standen vor den versammelten Professoren, die fantastische mittelalterliche Roben trugen, als seien sie Richter der Inquisition. Michael und sie hingegen waren nackt. Sie wollte sich bedecken, wollte sich irgendwie vor den höhnischen Blicken ihrer Peiniger schützen, doch sie konnte die Hände nicht bewegen. Sie sprachen mit ihr, aber sie hörte ihre Worte nicht. Sie wußte jedoch genau, was sie sagten, und immer, wenn sie lautlos verdammend die Lippen öffneten, durchfuhr Lucinda ein schrecklicher Schmerz. Sie blickte zu Michael hinüber und sah, daß sein Körper in Flammen stand und sich in unaussprechlichen Qualen wand und krümmte. Er schrie. Er bewegte die Lippen, doch sie hörte keinen Laut. Sein Körper wurde braun und verkohlte vor ihren Augen, aber immer noch schrie es lautlos aus ihm heraus. Sie wandte sich wieder ihren unbarmherzigen Richtern zu. Sie sahen sie unverwandt an, starr, ohne auch nur ein einziges Mal zu blinzeln. Sie fühlte, wie sie unter diesen Blicken zu schrumpfen begann und ihre Schuld für alle sichtbar zu Tage trat. Sie wußte, daß sie leiden mußte. Man zwang sie, die Beine zu spreizen, und das brennende Feuer drang in sie ein, versengte ihren Schoß, brannte alles weg, was unrein war. Sie erwachte von ihren eigenen Schreien.

Am Morgen wartete sie darauf, von Dr. Parkinson gerufen zu

werden. Ihr war übel vor Angst. Sie sah ihre Kommilitonen zu den Vorlesungen oder in die Bibliotheken eilen, und ihr war, als rolle ein Film vor ihr ab. Diese jungen Leute gehörten ebensowenig zu ihrem Leben wie die Schatten auf einer Kinoleinwand. Die Zeit hatte alle Bedeutung verloren.

Es klopfte.

»Miß Farrer«, einer der Pförtner steckte den Kopf durch den Türspalt. »Die besten Empfehlungen von Dr. Parkinson. Er möchte Sie gleich sprechen.«

Lucinda stand wie in Trance auf und legte sich den Talar um die Schultern. Sie folgte dem untersetzten Mann in der Uniform des College-Angestellten in den Hof.

»Nein, Miß, wir gehen dort hinüber, bitte.«

Er führte sie nicht zu den Räumen von Dr. Parkinson, sondern in die entgegengesetzte Ecke des Great Court, und Lucinda begriff erschrocken, daß sie in das Haus des Dekans gebracht wurde. Die letzte ihr noch verbliebene Hoffnung, daß die Angelegenheit in aller Stille begraben werden könnte, war damit dahin. Eine Unterredung mit dem Dekan von Trinity bedeutete nicht nur einen einfachen Verweis oder Tadel.

Endlich stand sie dem Dekan und Dr. Parkinson gegenüber. Diesmal bat man sie nicht, Platz zu nehmen.

»Wir wollen keine Zeit vergeuden, Miß Farrer.« Die Stimme des Dekans drang wie kalter Stahl in sie ein. »Sie wissen, warum wir Sie gerufen haben. Vielleicht möchten Sie das hier sehen.«

Er reichte ihr einen Bogen Papier mit dem Wappen des Colleges. Es war ein Brief von Michael, in dem er seinen Rücktritt anzeigte und seine Dozentur niederlegte.

Lucinda reichte das Blatt wortlos zurück.

»Unter den gegebenen Umständen haben wir keine andere Wahl, als Mr. Johnsons Rücktrittsgesuch anzunehmen«, sagte der Dekan.

Lucinda räusperte sich und fand ihre Stimme wieder. »Ich habe Dr. Parkinson schon gestern erklärt, daß alles nur meine Schuld war«, sagte sie. »Müssen Sie gegen Mr. Johnson so streng vorgehen?«

»Sie sollten wissen, daß Mrs. Johnson die Scheidungsklage eingereicht hat. Mr. Johnson hat daher keine andere Wahl, als seinen

Abschied einzureichen, den anzunehmen wir uns verpflichtet fühlen.«

Lucinda senkte die Augen und wartete auf das Unvermeidliche.

»Ich bin überzeugt, daß Sie nicht glücklich wären, wenn Sie Ihr Studium hier fortsetzen müßten. Seien Sie so freundlich, heute nachmittag den Quästor aufzusuchen, der Ihnen Ihre Rechnung überreichen wird. Wir halten es für angemessen, daß Sie das College bis zum Abend verlassen haben. Besten Dank, Miß Farrer, das ist alles.«

Lucinda fand sich in ihrem Zimmer wieder. Sie erinnerte sich nicht, über den Hof gegangen zu sein. Sie holte ihren Koffer und begann ganz mechanisch zu packen.

Erst als sie im Zug nach London saß, begann ihr Gehirn wieder normal zu arbeiten. Zorn und Verzweiflung hatten sie so überwältigt, daß sie noch keine Sekunde lang darüber nachgedacht hatte, wer dieses Unheil auf Michael und sie herabbeschworen haben konnte. Jetzt wollte sie dieses Rätsel lösen. Sie würde herausfinden, wer ihnen das angetan hatte, und dann würde sie sich bitter rächen. Sie knirschte mit den Zähnen vor Wut. Sie hätte denjenigen, der diese Gemeinheit begangen hatte, glatt umbringen können.

Was hatte Dr. Parkinson gesagt? Jemand hatte Michaels Frau einen anonymen Brief geschrieben, und der hatte dann diese ganze widerliche Sache ausgelöst. Man hatte ihnen nachspioniert, sie bespitzelt und am Ende entlarvt. Aber sie hatten sich doch nur in Michaels Räumen getroffen, und Lucinda war überzeugt, daß der anonyme Schmierfink sie nicht zusammen im Bett gesehen haben konnte. Nachdem der Fakultätsvorstand von der Sache erfahren hatte, war es natürlich nicht schwierig gewesen, Michaels Räume aus einem Fenster des gegenüberliegenden Hauses zu beobachten, aber es schien ihr unwahrscheinlich, daß der Bewohner des in Frage kommenden Zimmers den Brief geschrieben hatte. Was für ein Motiv hätte er haben sollen? Nein, der Brief konnte nur von jemandem kommen, dem Michael oder sie anvertraut hätte, daß sie zusammen schliefen, und der auf einen von ihnen eifersüchtig gewesen war.

Und plötzlich wußte sie es. Auf der Liverpool Street Station angekommen, gab sie den Koffer in der Gepäckaufbewahrung ab und rief ein Taxi. Sie stieg ein und gab dem Fahrer die Adresse von Mertons Wohnung in Hampstead an.

Gegen vier Uhr kam sie dort an. Jennifer war allein zu Hause. Als sie Lucinda die Tür öffnete, malte sich auf ihrem Gesicht Erstaunen – aber auch noch etwas anderes. Konnte es Angst sein?

»Was machst du denn hier, Lucinda?« fragte sie.

Lucindas Augen waren hart wie Stein. Mit grimmig zusammengepreßten Lippen schob sie sich an Jennifer vorbei in die Wohnung. Dann wirbelte sie herum und sah Jennifer an.

»Du warst es, nicht wahr?« sagte sie. »Du hast es getan?«

»Was getan? Wovon redest du?«

»Versuch nicht, vor mir die Unschuld zu spielen. Du hast Michaels Frau diesen Brief geschrieben.«

Jennifer stand ganz still da und sagte nichts.

»Warum, Jennifer, warum nur? Warst du so wahnsinnig eifersüchtig? Mich hat man relegiert, und Michael wurde gezwungen, seinen Rücktritt einzureichen. Er ist ruiniert.«

Plötzlich schien Jennifer sich aufzubäumen.

»Ja, verdammt noch mal«, schleuderte sie Lucinda entgegen, »natürlich war der Brief von mir! Die Adresse hat mir einer eurer College-Pförtner gegeben. Ich schwindelte ihm vor, ich wollte der Frau deines lieben Freundes Blumen schicken. Man hat dich also hinausgeworfen? Das ist gut. Ich freue mich darüber. Ich freue mich, hörst du? Was glaubst du, wie mir zumute war, als du mich weggeschickt hast, weil du mit diesem Mann schlafen wolltest? Meine Liebe war dir ja nicht gut genug.«

Plötzlich schien der ganze in Lucinda aufgestaute Zorn zu explodieren, und mit einem Wutschrei sprang sie das Mädchen an, das sie so geliebt hatte.

»Du mieses Stück«, schrie sie, »ich reiß dich in Stücke!«

Bevor Jennifer etwas zu ihrer Verteidigung tun konnte, hatte Lucinda sie bei den Haaren gepackt und ihr den Kopf nach hinten gerissen. Jennifer kreischte vor Schmerz und fiel über ein kleines Tischchen. Im nächsten Augenblick wälzten die beiden Mädchen sich auf dem Boden, bissen, kratzten, schlugen sich. Lucinda ließ Jennifers Haar jedoch nicht los und zerrte solange daran, bis sie ihr große Büschel ausgerissen hatte. Jennifer wollte Lucinda die

Finger in die Augen bohren, traf sie jedoch nicht. Dafür grub sie ihr die Nägel in die Wangen und riß ihr die Haut auf. Ihre Nase begann zu bluten.

»Ich bring dich um!« schrie Lucinda. »Ich bring dich um!« Im nächsten Augenblick rammte Jennifer ihr das Knie in die Leiste, und ihr blieb vor Schmerz die Luft weg.

Ein ohrenbetäubender Krach folgte, als die kämpfenden, schwitzenden, fluchenden jungen Mädchen einen Schrank umwarfen. Sie achteten nicht auf das Bersten des Holzes und das Splittern des Glases.

»Was in aller Welt geht hier vor?«

Von beiden unbemerkt, war Merton hereingekommen und betrachtete erstaunt die Szene. Keines der beiden Mädchen antwortete, aber Lucinda rappelte sich unsicher auf. Sie hatte keinen Streit mit Merton, aber es gelang ihr nicht, sich soweit zusammenzureißen, daß sie mit ihm sprechen konnte. Wie ein verletztes Tier den Kopf schüttelnd, brachte sie, so gut es ging, ihre zerrissenen Kleider in Ordnung und verließ wortlos die Wohnung.

ZWEITER TEIL

5

Der ehrenwerte Miles Farrer, künftiger sechzehnter Viscount Hamblewood, sah gereizt auf seine Uhr. Diese verdammten Züge hatten doch immer Verspätung. Er hatte viel zu tun und konnte die Zeit wirklich nicht erübrigen, aber jemand mußte Lucinda vom Bahnhof abholen und ihr mit ihrem Kofferberg helfen.

Ich nehme nicht an, daß sie sich verändert hat, dachte Miles. Sie war ein oberflächliches, selbstsüchtiges, sexbesessenes Ding gewesen, als sie den jungen Tutor um seine Karriere gebracht hatte und selbst mit Schimpf und Schande aus Cambridge hinausgeworfen worden war. Die Familie hatte sich ihrer zu sehr geschämt, um sich in England mit ihr zu zeigen, und hatte sie für zwei Jahre in eine elegante Schweizer Schule geschickt, in der junge Mädchen den sogenannten ›letzten Schliff‹ bekamen. Wahrscheinlich hatte sie gelernt, wie man Hüte trug, die wie Wagenräder aussahen, und daß man lange weiße Handschuhe auf eine besonders anmutige Art anziehen mußte. Bestimmt konnte sie sich auf vornehmen Gartenpartys bewegen und würde ein gefundenes Fressen für die Klatschspalten jener Zeitschriften sein, die über das Tun und Lassen der Schickeria berichteten. Doch jetzt würde er ja bald selbst sehen, was aus ihr geworden war. Mit zwanzig Minuten Verspätung fuhr der Zug endlich ein und brachte Lucinda in das Haus ihrer Ahnen zurück.

Im ersten Augenblick erkannte er sie nicht. Die Cambridge-Studentin war noch ein halbes Kind gewesen, hatte Jeans und Sweat-Shirts getragen und sich das Haar lässig zu einem Pferdeschwanz gebunden. Jetzt sah er eine gepflegte junge Frau in einem schicken marineblauen Kleid mit passender Handtasche und passenden Schuhen vor sich. Sie war sorgfältig frisiert, ihr Make-up war dezent. Diese Beweise zurückhaltender Bescheidenheit und guten Geschmacks waren für Miles eine höchst angenehme Überraschung. Vielleicht hatte die Schweiz ihr doch ganz gut getan.

Lucinda entdeckte Miles, als sie das Bahnhofsgebäude verließ. Neben ihr schob ein Gepäckträger einen Karren, auf dem sich ihre Koffer türmten. Miles kam ihr genauso blaß und langweilig vor wie vor ihrer Abreise aus England.

»Aber Miles, ich glaube gar, du bekommst schon eine Glatze!« begrüßte sie ihn.

Er legte eine Hand auf die Stirn und sah Lucinda finster an. »Unsinn! Mein Haar ist so gesund wie eh und je. Was ist denn das für eine Begrüßung? Willkommen zu Hause, Schwester.«

»Sei nicht beleidigt, mein Lieber. Glatzen sind angeblich ein Zeichen besonderer Manneskraft.«

Miles' Gesichtsausdruck sagte ihr deutlich, daß er Lucindas Feststellung nicht für ein Kompliment hielt. Das Gepäck wurde im Wagen verstaut, und sie fuhren, ohne noch ein Wort zu wechseln, nach Hamblewood.

Der Vater umarmte Lucinda zerstreut, die Mutter flüchtig. Es war, als sei sie nie weg gewesen, und als litten sie immer noch unter der Schande des demütigenden Hinauswurfs aus Cambridge.

Ein paar Tage lang saß Lucinda mürrisch im Haus herum und suchte vergeblich etwas, das sie interessierte. Und dann veränderte eine zufällige Begegnung ihr ganzes Leben.

Ihre Mutter mußte nach London zu einer Komiteesitzung und bot Lucinda an, sie mitzunehmen. Während die Viscountess sich ihrer Aufgabe widmete, nutzte Lucinda die Gelegenheit, einkaufen zu gehen. Sie verabredeten, sich im Haus auf dem Belgrave Square wieder zu treffen, wo sie auch übernachten wollten. Als die Läden am Abend schlossen, war Lucinda zwar müde, hatte jedoch noch keine Lust, nach Hause zu gehen. Sie hatte seit dem Lunch nichts mehr gegessen und hatte Appetit auf einen kleinen Imbiß. Auf der Kensington High Street, wohin sie durch Zufall geraten war, entdeckte sie ein kleines Café und ging hinein.

Es war ein lautes, überfülltes Lokal mit Selbstbedienung, und Lucinda wurde in einer langen Schlange herumgeschubst, die an Tabletts mit unappetitlichen, vertrockneten Sandwichs und anderen wenig einladend aussehenden Speisen vorüberzog. Sie wählte unter dem widerwärtigen Angebot ein paar nicht ganz so widerwärtig scheinende Sachen aus, bezahlte die Rechnung und hielt nach einem Platz Ausschau. Sie entdeckte den letzten noch freien Tisch, stellte dankbar ihr Tablett ab und ließ sich auf einen gräßlich unbequemen Plastikstuhl sinken. Gleich darauf kämpfte sich eine junge Frau zum selben Tisch durch. Auf ihrem Tablett hatte sie einen Teller mit schlaffem Salat, eine Wurstsemmel zweifelhafter Herkunft und eine Tasse mit der heißen Brühe, die man hier als Kaffee verkaufte.

»Haben Sie etwas dagegen, wenn ich mich zu Ihnen setze?« fragte die junge Frau. »Es ist sonst kein Platz frei.«

Lucinda wies auf den Stuhl ihr gegenüber. Das Mädchen setzte das Tablett ab und fiel auf den Stuhl.

»Du lieber Himmel, tun mir die Füße weh!«

Sie war ungefähr so alt wie Lucinda und hatte langes aschblondes Haar. Ihre Augen waren hellbraun mit ein paar merkwürdigen goldenen Pünktchen darin, die zu den feinen Sommersprossen in ihrem Gesicht paßten. Sie hatte ein gutherziges Lächeln, und ihr Gesichtsausdruck war so offen und ehrlich, als sei sie bereit, jedem, der zuhörte, ihren ganzen Lebenslauf zu erzählen. Sie knöpfte ihre Jacke auf. Darunter kamen gut geformte, feste Brüste und eine straffe, fast athletische Figur zum Vorschein. Lucinda fand sie sofort sympathisch und freute sich auf eine kurze Unterhaltung mit dieser nett aussehenden Fremden, die ganz und gar nicht schüchtern war.

»Sind Sie weit gelaufen?« fragte Lucinda.

»Ich bin praktisch den ganzen Tag umhergerannt, um ein Zimmer zu finden. Haben Sie eine Ahnung, wie schwer es für ein alleinstehendes Mädchen ist, in London ein Zimmer oder ein Atelier zu finden?«

Lucinda schüttelte den Kopf.

»Und wenn man eine verdammte Ausländerin ist, hilft das auch nicht gerade«, fuhr das Mädchen fort. »Sagen Sie mir bitte, warum es für euch Engländer keine ganz normalen, sondern nur verdammte Ausländer gibt? Ich komme aus Australien, das haben Sie wahrscheinlich schon an meinem Akzent gemerkt. Ich heiße Sarah Brown.«

»Ich bin Lucinda Farrer.«

»Lucinda? Das ist ein komischer Name. Sind Sie Engländerin?«

»Ja, aber keine Sorge. Ich bin selbst erst vor kurzem nach England zurückgekehrt, bin also an verdammte Ausländer gewöhnt.«

Sarah lachte. »Ich muß Ihnen ja wie ein schrecklicher Jammerlappen vorkommen. Aber ich bin erst vor ein paar Tagen hier gelandet, und man hat es mir wirklich nicht leicht gemacht, mich einzugewöhnen. Eine meiner Freundinnen aus Sydney hat mir die Adresse eines Mannes gegeben, der in irgendeiner Firma ein großes Tier ist. Ich rief ihn an, und er bestellte mich zu sich. Im Handumdrehen hatte ich einen Job. Montag fange ich an. Nun, das ist eine Sorge weniger, aber ich brauche unbedingt ein Zimmer. Natürlich wollte ich eins finden, bevor ich anfange zu arbeiten und solange ich noch Zeit hatte, herumzulaufen. Und heute nachmittag muß ich nun endlich eine Wohnung finden – nichts Großartiges, nur zwei Zimmer in Chelsea.«

»Also meiner Ansicht nach haben Sie schon viel geschafft. Und alles in nur zwei Tagen.«

»Nein, nein, eigentlich hat es eine Woche gedauert. Wohnungen werden ja genug angeboten, eine zu finden, ist kein Problem. Aber sie zu bezahlen, ist eins. Alles ist so teuer. Wenn ich die Miete für eine Woche und die U-Bahnkarte bezahlt habe, bleibt mir von meinem Gehalt nur so viel übrig, daß ich einmal am Tag etwas essen kann.«

»Und Sie konnten wirklich nichts Billigeres auftreiben?«

»Soll das ein Witz sein? Nein, ich war schon ganz verzweifelt. Ich habe bisher in einem kleinen Hotel gewohnt und muß dort unbedingt ausziehen, bevor mein ganzes Geld alle ist. Deshalb habe ich die Wohnung genommen, aber ich bin auf der Suche nach einem Mädchen, das bei mir einzieht, so daß wir uns die Kosten teilen können.«

Sie schwatzten noch eine Weile weiter, und Sarah schilderte Lucinda die Wohnung haarklein. Außer den beiden Zimmern gab es noch eine Küche, und alle Räume waren recht ansprechend möbliert. Sogar ein Telefon war da, und die ganze Pracht lag in einer ruhigen Seitenstraße der King's Road, in der Nähe des Sloan Square.

»Das klingt ideal«, sagte Lucinda und stand auf, um zu gehen. »Eigentlich müßten Sie ganz mühelos jemanden finden.«

»Ja, es ist wirklich hübsch«, erwiderte Sarah. »Schade, daß ich hier keine Freundin habe. Wenn Sie zufällig ein Mädchen kennen, das eine Wohnung sucht, schicken Sie es zu mir. Hier, ich schreibe Ihnen schnell Adresse und Telefonnummer auf.«

Sarah notierte beides auf einen Zettel, den sie aus der Handtasche nahm, und reichte ihn Lucinda.

»Danke«, sagte Lucinda und steckte den Zettel weg. »Im Moment wüßte ich niemanden, aber falls mir ein passendes Mädchen über den Weg läuft, sage ich ihm, daß es sich mit Ihnen in Verbindung setzen soll. Inzwischen alles Gute für Ihren neuen Job. Ich hoffe für Sie, daß alles klappt.«

»Vielen Dank, Luc – wie war doch noch Ihr Name?«

»Lucinda, Ciao.«

Im Hamblewood vergaß Lucinda Sarah Brown völlig. Sie hatte andere Dinge im Kopf. Das wichtigste war Franz.

Sie hatte nie geglaubt, daß er ihr schreiben würde, und da war nun seine Postkarte und wartete auf sie. Man kann auf einer Postkarte keine langen Ergüsse unterbringen, aber es war Franz gelungen, Lucinda zweierlei mitzuteilen. Das erste war, daß er Lucinda und die schöne Zeit vermisse, die sie miteinander erlebt hatten. Zum zweiten schrieb er, daß er ein paar Tage Urlaub nehmen und nach England kommen wolle, um mit Lucinda zusammenzusein.

Miles hatte die Karte natürlich gelesen und mißbilligte sie.

»Was für eine Kreatur hast du denn da wieder aufgegabelt?« erkundigte er sich. »Wir dachten, du seist in der Schweiz gut und sicher aufgehoben, aber wir hätten wissen müssen, daß du dich wieder in Schwierigkeiten bringst. Wer ist dieser Franz? Ein uralter Gigolo, der es auf dein Geld abgesehen hat?«

Lucinda stampfte zornig mit dem Fuß auf.

»Wie kannst du dich unterstehen, meine Post zu lesen!«

»Ich glaube, du solltest uns wirklich etwas über diesen Franz erzählen, Liebes«, sagte die Mutter ruhig.

»Er ist ungefähr zwanzig, und er ist Schweizer«, antwortete Lucinda und schluckte ihre Wut herunter. »Miles hat eine schmutzige Fantasie. Franz ist ein ganz gewöhnlicher junger Mann.«

»Aber du bist kein ganz gewöhnliches Mädchen«, erklärte die Mutter. »Was weißt du sonst noch über ihn?«

Lucinda wußte sehr viel, doch sie hielt es für unklug, der Familie ihre intimsten Erinnerungen anzuvertrauen.

Sie hatte Franz an einem Samstagnachmittag in einer Eisdiele in Genf kennengelernt. Obwohl man in Lucindas Schule streng auf Disziplin sah, verfügten die jungen Damen an den Wochenenden über ein paar Stunden Freizeit. Meist fuhren sie dann nach Genf, um sich mit Freunden zu treffen, ins Kino zu gehen oder in einem hübschen Restaurant zu essen. Sie brauchten ganz einfach das Gefühl, ein paar Stunden den strengen Vorschriften der Schule entrinnen zu können.

Lucinda saß mit einer ihrer Freundinnen, einer ernst blickenden Schwedin, zusammen. Das Mädchen war ziemlich unscheinbar und ein bißchen langweilig, aber eine angenehme Gesellschafterin. Franz bediente die beiden Mädchen besonders freundlich. Lucinda musterte ihn gründlich. Er war der bei weitem am besten aussehende Kellner im Lokal.

Da nicht viel zu tun war, blieb er bei ihrem Tisch stehen, froh, ein bißchen mit den Mädchen schwatzen zu können und sich die Langeweile zu vertreiben.

»Wieso sind am Samstag nur sowenig Gäste hier?« fragte Lucinda.

»Weil das Wetter so schön ist. Die Leute fahren alle in die Berge oder an den See. Und genau dort wäre ich auch, wenn ich heute frei hätte. – Wie verdienen Sie sich eigentlich Ihr Geld?«

Bevor die Freundin erklären konnte, daß sie noch in die Schule gingen, antwortete Lucinda rasch: »Wir arbeiten bei einer Bank als Sekretärinnen.«

»Du meine Güte, das muß ja noch langweiliger sein als der Kellnerberuf«, bedauerte sie Franz. »Sagt mal, tanzt ihr eigentlich gern?«

»Nein«, sagte die Schwedin.

»Ja«, sagte Lucinda.

»Würden Sie mit mir tanzen gehen, nachdem ich heute abend hier Schluß gemacht habe? Wir könnten ins ›Gallipoli‹, das ist die neue Disko beim ›Richemond‹. Kennen Sie sie schon? Sie ist ganz im türkischen Stil eingerichtet und zur Zeit bei allen jungen Leuten dieser gottverlassenen Stadt in.«

»Nein«, sagte die Schwedin.

»Wann sind Sie hier fertig?« fragte Lucinda.

»Um halb elf.«

»Wir treffen uns dann hier. Aber lange kann ich nicht bleiben. Unsere Zimmer sind ein bißchen außerhalb, und unsere Wirtin ist der reinste Drache. Wenn ich erst gegen Morgen oder so nach Hause käme, würde sie mich glatt auf der Stelle hinauswerfen.«

»Dann bleiben wir eben nur ein oder zwei Stunden.«

Franz beeilte sich, zwei Gäste zu bedienen, die hereingekommen waren, während er mit Lucinda sprach. Kaum war er außer Hörweite, wandte das schwedische Mädchen sich schockiert und verwirrt an Lucinda.

»Sag mal, warum schwindelst du eigentlich das Blaue vom Himmel und behauptest, wir seien Sekretärinnen? Und wie kannst du dich mit ihm verabreden? Du weißt doch, daß wir bald im Internat sein müssen.«

»Wenn ich ihm gesagt hätte, daß wir noch in die Schule gehen, hätte ihn das abgeschreckt. Besonders wenn er erfahren hätte, in welche Schule. Er bekäme eine Heidenangst vor uns. Und ich komme schon wohlbehalten zurück, nur keine Sorge. Wenn du zurückkommst, kannst du auch für mich unterschreiben, ohne daß es jemand merkt. Wenn morgen früh unsere Namen aufgerufen werden, bin ich bestimmt wieder da, das verspreche ich dir.«

»Aber wie willst du hineinkommen?«

»Sei doch nicht albern. Ich kann über die Mauer klettern, oder? Ich habe es schon hundertmal getan. Zerbrich dir nicht den Kopf, versprich mir nur, daß du für mich unterschreibst.«

Alles klappte wie geplant. Bevor Lucinda Franz verließ, um sich an ihre Kletterpartie zu machen, hatte sie sich für nächste Woche mit ihm verabredet.

Am nächsten Samstag hatte Franz frei, und sie trafen sich gleich nach dem Lunch. Er führte Lucinda zum See hinunter und zeigte ihr eine winzige Segeljolle, die auf den Wellen tanzte.

»Das ist mein Boot. Wollen wir segeln gehen?«

»Wird man als Kellner denn so gut bezahlt, daß man sich ein eigenes Boot leisten kann?«

»Es ist doch ganz klein, und ich habe zwei Jahre lang jeden Rappen gespart«, antwortete Franz. »Meine Kollegen fuhren jeden Sommer nach Spanien oder nach Griechenland. Ich bin zu Hause geblieben und habe mir für das Geld lieber das Boot gekauft.«

Lucinda lächelte, weil er auf das winzige weiße Bootchen so stolz war, in dem höchstens zwei Leute Platz hatten.

»Ich habe eine Idee«, sagte Lucinda. »Wir kaufen Brot, Käse, Obst und eine Flasche Wein und machen ein Picknick.«

»Großartig!« Franz war begeistert. »Ich weiß einen wunderschönen Platz auf dem See. Er ist ganz in der Nähe, aber außer mir scheint ihn niemand zu kennen. Er liegt ein bißchen versteckt, und die Leute sehen ihn nicht, besonders dann nicht, wenn sie mit ihren Motorbooten vorüberrasen.«

In verhältnismäßig kurzer Zeit hatten sie ihren Proviant beisammen und legten ab. Nachdem sie ungefähr eine Stunde gesegelt waren, steuerte Franz das Boot in eine winzige Bucht. Die Einfahrt wurde durch die niedrig überhängenden Äste der Bäume abgeschirmt, die das Seeufer säumten, und sie mußten das Segel reffen, um in das dahinterliegende kleine natürliche Becken einfahren zu können.

Obwohl sie hier vor der direkten Sonnenbestrahlung geschützt waren, war es sehr warm. Sie aßen, tranken etwas Wein. Franz zog sich das Hemd aus und lehnte sich zufrieden zurück.

Lucinda betrachtete ihn aufmerksam. Er war ungefähr neunzehn Jahre alt und hatte das frische Aussehen eines Menschen, der sich viel im Freien aufhält. Das kurze, natürlich gelockte blonde Haar trug er zurückgekämmt. Er mußte sich wirklich viel im Freien aufhalten, denn seine Brust war schon tief gebräunt. Als er sich streckte, sah man das Spiel seiner Muskeln unter der straffen Haut.

»Wie kommt ein so nettes englisches Mädchen als Sekretärin in eine Genfer Bank?« fragte er.

»Oh, ich bin nur für kurze Zeit hier. Ich habe den Job bekommen, weil die Bank Angestellte brauchte, die fließend Englisch sprechen. Ich habe hier Urlaub per Anhalter gemacht und dabei einen Mann kennengelernt, der mir davon erzählte. Da dachte ich mir: Versuchen kann ich's ja, rief in der Bank an und fragte nach einem Aushilfsjob. Sie bestellten mich zu einem Vorstellungsgespräch und – nun, hier bin ich.«

Franz betrachtete sehnsüchtig das Wasser.

»Es ist so heiß. Ich gehe schwimmen. Kommst du mit, Lucinda?«

»Ich habe keinen Badeanzug dabei.«

»Das macht hier nichts aus. Ich habe dir doch gesagt, daß außer mir keine Menschenseele hierherkommt. Vergiß die braven Genfer und laß dich gehen.«

Franz stand auf und zog, ohne Lucinda eine Sekunde aus den Augen zu lassen, Hose und Unterhose aus. Nackt stand er vor ihr, als wolle er sie herausfordern, seinen kräftigen Körper anzusehen und seine Männlichkeit zu bewundern. Die Art, wie er vor ihr paradierte und sich zur Schau stellte, erregte Lucinda. Sie zog sich ohne Scheu aus, denn sie war sich der Schönheit ihres Körpers bewußt.

Er berührte ihren Arm und sagte mit einem durchtriebenen Lächeln: »Aber zuerst gehen wir schwimmen.«

Das Wasser war kühl, und sie tobten übermütig und mit viel Kraftaufwand darin herum, doch nach zehn Minuten setzte Lucinda sich fröstelnd ans Ufer. Franz kam zu ihr, nahm ein Handtuch und rieb sie trocken, bis ihr Körper glühte. Dann küßte er sie, ohne ein Wort zu sagen. Zuerst auf die Lippen, dann ihre Brüste, und am Ende vergrub er das Gesicht zwischen ihren Schenkeln.

Sie blickte auf sein Haar hinunter, das in der Sonne wie Gold glänzte. Er stand auf und nahm sie in die Arme. Das Handtuch rutschte ihr von den Schultern und flatterte zu Boden. Sie fühlte die Wärme seiner Haut, als er sie an seinen starken, jungen Körper preßte. Lucinda blickte zu ihm auf, küßte seinen Hals und knabberte dann an seinem Kinn. Er war wirklich ein hübscher Junge mit einem sonnigen Lächeln. Winzig kleine, feine Bartstoppeln ließen ihre Zunge prickeln. Obwohl er im See geschwommen war, war seine Haut salzig von Schweiß. Es war ein angenehmer Geschmack auf ihren Lippen, wie sein Körpergeruch durchdringend, aber nicht unangenehm stark.

Das üppige grüne Gras, das ruhige blaue Wasser des Sees und die strahlende Sonne am wolkenlosen Himmel schienen sie zu einer heiteren Liebesstunde einzuladen.

Dann war alles ganz einfach und natürlich. Es war weder die wahnsinnige Leidenschaft, mit der sie Merton geliebt, noch der koboldhafte Übermut, der sie getrieben hatte, Michael zu verführen. Sie liebte Franz nicht, aber der Sex mit ihm war unbeschwert und gut. Er roch frisch und sauber, und seine vom Wasser abgekühlte und dann von der Sonne wieder erwärmte Haut schien unter Lucindas Berührung lebendig zu werden. Er fühlte sich gut an, als er in ihr war, und sie bewegten sich in einem gemeinsamen Rhythmus, als seien sie schon seit Jahren ein Liebespaar. Er hielt sie ganz fest, und ihre Lippen suchten einander voller Gier. Franz bewegte sich schneller, seine Muskeln spannten sich, er atmete schwer und abgerissen. Lucinda fühlte, daß er sich dem Höhepunkt näherte, und das erregte sie noch mehr. Ihr ganzer Körper schien unkontrolliert zu beben. Sie explodierte. Ihre Finger gruben sich tief in seine Haut, und sie biß ihn in die Zunge, die sich immer tiefer in ihren Mund drängte. Mit dem letzten wütenden Stoß schien er ganz in sie einzudringen, und sie packte ihn wie mit Eisenklammern, als sein Körper sich wild zu schütteln begann und ihr eigener Orgasmus sie in einem Augenblick völliger Erfüllung vereinte. Unendliche Erleichterung überkam sie. Franz wurde ganz schlaff und blieb in ihr, rang nach Atem und schluchzte leise. Sie streichelte seinen Kopf, und allmählich entspannte er sich.

Es war zu kalt, um noch einmal zu schwimmen. Lucinda war sich, als sie zurücksegelten, seines Geruchs auf ihrem Körper bewußt und erlebte so eine Art Nachklang zu dieser Liebesstunde.

Sie fuhren noch ein paarmal zu ihrem abgeschiedenen Plätzchen, bevor Lucinda nach England abreiste. Franz hatte sie erzählt, sie müsse aus familiären Gründen nach Hause fahren, und er hatte sich ihre Adresse geben lassen und ihr hoch und heilig versprochen zu schreiben. Selbstverständlich war Lucinda überzeugt, daß sie in seinem Liebesleben nur eine vorübergehende Episode gewesen war und daß er sie schon zwei Tage nach ihrer Trennung vergessen haben würde. Eine leidenschaftliche Nachricht auf einer ihren Eltern und Miles zugänglichen offenen Postkarte hatte sie ganz gewiß nicht erwartet.

Nein, es war bestimmt nicht ratsam, ihnen alles zu erzählen, was sie über Franz wußte. Aber welches Recht hatten sie, ihn von vornherein abzulehnen? Sie kannten ihn doch gar nicht. Lucinda war außer sich vor Zorn.

»Du ziehst doch wohl nicht ernsthaft in Betracht, diesen Franz – wer immer er sein mag – hierher einzuladen?«

Miles Stimme klang so, als fürchte er, Lucindas leidenschaftlicher Postkartenschreiber könnte den gesamten Hamblewood-Clan mit Lepra anstecken.

Bis zu diesem Moment hatte Lucinda den Vorschlag ihres Schweizer Freundes, in England ein paar gemeinsame Tage zu verbringen, nicht ernsthaft in Erwägung gezogen. Jetzt wurde sie energisch. »Als ich in seinem Land war, war Franz mir ein sehr guter Freund. Es wäre eine Schande, wenn ich ihn nicht für ein paar Tage einladen dürfte.«

»Darf man auch erfahren, wie weit diese ›gute Freundschaft‹ ging?« fragte Miles.

Bevor Lucinda antworten konnte, mischte ihre Mutter sich ein:

»Womit verdient dieser junge Mann seinen Lebensunterhalt, Liebes?«

Viscount Hamblewood räusperte sich und stellte dann eine seiner seltenen, dafür aber um so bemerkenswerteren Behauptungen auf.

»Er macht entweder Schokolade oder Kuckucksuhren. Das tun alle Schweizer – außer den Bankiers. Er ist nicht zufällig Bankier, Lucinda, nein?«

Hoffnung leuchtete in den feuchten Augen des Peers auf – erlosch jedoch sofort wieder.

»Er ist Kellner!« zischte Lucinda.

Damit bestätigten sich die schlimmsten Befürchtungen ihrer Familie. Es war Miles, der das betroffene Schweigen brach und für die Ehre der Hamblewoods eintrat.

»Schreib bitte deinem Freund, daß wir ihn leider nicht empfangen können. Es wäre ganz und gar nicht schicklich.«

Lucinda wandte sich an ihre Eltern.

»Teilt ihr Miles' Ansicht? Seid ihr wirklich solche Snobs, daß ihr den armen Franz nicht im Haus haben wollt?«

»Tut mir leid, Lucinda, aber das geht nicht«, sagte ihr Vater.

»Es wäre doch schrecklich unangenehm«, schmeichelte ihre Mutter. »Du darfst nicht vergessen, Liebes, wie viele gesellschaftliche Verpflichtungen in nächster Zeit auf dich zukommen. Ich meine, du würdest doch einen Kellner nicht nach Goodwood oder Ascot mitnehmen wollen? Und denk einmal an die Gartenpartys im Buckingham Palast. Wirklich, Lucinda, du mußt dir allmählich darüber klar werden, was für eine besondere gesellschaftliche Stellung du hast.«

»Ich pfeife auf euch!« schrie Lucinda. »Ich pfeife auf eure Gartenpartys und eure Gesellschaft! Ihr seid ja nichts als hohle Attrappen!« Ihre Augen blitzten, aber sie mußte Tränen ohnmächtiger Wut hinunterschlucken.

Ihre Familie war nach diesem Ausbruch wie erstarrt. Dann sagte ihre Mutter hart und beherrscht bis in die Fingerspitzen:

»Geh auf dein Zimmer, Lucinda, und laß dich erst wieder blicken, wenn du dein Temperament wieder unter Kontrolle hast.«

Sie standen da und sahen sich an, reglos wie Wachsmodelle. Lucinda stürmte aus dem Zimmer. Als sie am Telefon vorüberkam, das am Fuß der Treppe auf einem kleinen Tisch stand, kam ihr eine Idee. Sie lief in ihr Zimmer und kramte in ihrer Handtasche, bis sie den Zettel fand, den sie suchte. Dann lief sie zum Telefon zurück und wählte die Nummer, die auf dem Zettel stand.

Es klingelte nur drei- oder viermal, und dann meldete sich eine Mädchenstimme.

»Hallo, ist dort Sarah Brown?« fragte Lucinda mit zitternder Stimme.

»Ja, und wer spricht bitte?«

»Lucinda. Wir haben uns vor ein paar Tagen kennengelernt, und Sie fragten mich, ob ich jemanden wüßte, der eventuell zu Ihnen ziehen würde.«

»O ja, jetzt erinnere ich mich!« Sarahs Tonfall wurde wärmer. »Wie gehts denn so?«

»Lassen wir im Moment mein Wohlergehen aus dem Spiel. Sagen Sie, haben Sie schon jemanden gefunden, oder suchen Sie noch?«

»Nein, gefunden habe ich noch niemanden. Aber ich habe eine Karte ins Schaufenster des Tabakladens um die Ecke gehängt. Das ist hier anscheinend so üblich. Ich hab's allerdings erst heute morgen getan, muß also noch abwarten, ob es etwas nützt.«

»Wie wär's denn mit mir?«

»Wie meinen Sie das, Lucinda?«

»Könnten Sie sich vorstellen, mit mir zusammen zu wohnen?«

»Aber klar, wieso nicht? Ich fände es großartig. Ich dachte nur, Sie säßen fest und sicher bei Ihrer Familie auf dem Land.«

»Meine Pläne haben sich geändert. Wann kann ich kommen?«

»Wann Sie wollen. Ich hole gleich die Karte aus dem Schaufenster.«

»Dann sehen wir uns heute nachmittag.«

Lucinda legte auf und rannte hinauf in ihr Zimmer. Sie brauchte nicht mehr als zehn Minuten, um ein paar Kleider und ihre Toilettensachen in einen Koffer zu werfen.

Sie telefonierte um ein Taxi und verließ das Haus, ohne ein Wort zu Miles oder zu ihren Eltern.

Lucinda sollte noch sehr viel über Leben, Liebe und Tod erfahren, ehe sie die weitläufige Halle von Hamblewood wieder betrat.

6

Lucinda gewöhnte sich in der Wohnung schnell und ohne Schwierigkeiten ein. Mit Sarah ließ es sich problemlos leben, wenn sie auch ziemlich unordentlich war.

Sie hatte es immer schrecklich eilig, zur Arbeit zu kommen, nachdem sie einen Teller Cornflakes heruntergeschlungen und sich mit der Schnelligkeit einer Verwandlungskünstlerin in ihre Kleider geworfen hatte. Lucinda führte ein beschaulicheres Leben, räumte die Wohnung auf und erledigte die Einkäufe.

Als sie von zu Hause fortgelaufen war, hatte sie noch etwas Geld von ihrem Monatswechsel, doch wenn das verbraucht war, wollte sie sich auf keinen Fall vor ihren Eltern demütigen und sie um Geld bitten. Zum ersten Mal suchte sie einen Job.

Sie schrieb auf ein paar Inserate und wurde auch zwei- oder dreimal aufgefordert, zu einem Vorstellungsgespräch zu kommen, aber eine Stellung erhielt sie nicht. Dann sagte Sarah eines Abends zu ihr:

»Lucinda, du warst doch an einer Schweizer Schule, nicht wahr?«

»Ja, in der Nähe von Genf.«

»Dann sprichst du wohl recht gut Französisch?«

Lucinda nickte.

»Jetzt hör mal zu, mein Schatz, ich will dir was sagen«, fuhr Sarah fort. »Wie du weißt, bin ich zwar erst seit ein paar Wochen in meiner Stellung, aber ich komme mit den Leuten dort gut aus, und mein Chef Alastair Grant ist ein sehr angenehmer Mann.«

»Und was hat das mit meinen Französischkenntnissen zu tun?«

»Alastair hat irgendwelche Geschäfte in Frankreich. Ich weiß nicht viel darüber, nur daß er öfter nach Paris fährt und einen französischen Partner hat. Manchmal muß er französische Geschäftsbriefe schreiben. Seine Sekretärin geht aber für zwei Wochen auf Urlaub, und ich weiß, daß er eine Aushilfe sucht. Soll ich ein gutes Wort für dich einlegen?«

»Das wäre großartig. Aber ich kann nicht tippen. Ich gehöre zur Zwei-Finger-Brigade.«

Sarah lachte. »Das macht nichts. Du kannst die Briefe entwerfen und mir mit der Rechtschreibung helfen. Getippt habe ich sie dann im Handumdrehen. Na, wie wär's?«

»Wenn du glaubst, daß du das für mich deichseln kannst«, begann Lucinda, aber Sarah unterbrach sie.

»Ach, ich habe ja ganz vergessen, daß du wahrscheinlich zu Hause bleiben und dich um deinen Freund kümmern möchtest.«

»Um was für einen Freund?«

»Diesen Kellner, von dem du mir erzählt hast. Er wollte dich doch besuchen kommen.«

»Oh, Franz! Aber er ist nicht mein Freund. Jedenfalls nicht mein fester Freund, wenn du verstehst, wie ich das meine. Und was seinen Besuch in England anbelangt, haben wir noch nichts abgemacht. Nein, nein, mach du nur, und sieh zu, daß du mir bei deinem Verein einen Job verschaffen kannst.«

Die Wahrheit war, daß Lucinda, nachdem sie Hamblewood auf so dramatische Weise verlassen hatte, an den jungen Mann keinen einzigen Gedanken mehr verschwendete. Zwar war er der Grund dafür, daß sie mit ihrer Familie gebrochen hatte, doch sie hatte kein allzugroßes Verlangen, ihn wiederzusehen, und war nicht bereit, ihr Leben von ihm durcheinanderbringen zu lassen, um ihm Tag und Nacht als Begleiterin zur Verfügung zu stehen. Was sie zu solcher Entschlossenheit beflügelt hatte, war der gemeinsame Widerstand ihrer Familie gewesen, ohne diesen Anreiz verflüchtigte sich auch ihre Begeisterung für ihren ehemaligen Liebhaber.

Und so lernte Lucinda Alastair Grant kennen.

Sie hatte geglaubt, sie werde in einem jener riesigen Bürogebäude mit ein paar hundert anderen Leuten arbeiten, die alle Angestellte eines Mammutunternehmens waren. Sie wurde jedoch angenehm überrascht. Alastair leitete seine Geschäfte von einer kleinen Büroflucht in einem vornehmen viktorianischen Gebäude aus. Es gab nur ungefähr ein halbes Dutzend Angestellte, und obwohl in einem der Räume, ganz diskret in einer Ecke, ein Fernschreiber stand, man hin und wieder auf einen Aktenschrank stieß oder Schreibmaschinen klappern hörte, fand man hier nichts von der hektischen Aktivität, die Lucinda immer mit Geschäften in Verbindung gebracht hatte.

Aber Alastair hatte wirklich eine reguläre Firma, und Lucinda hatte laufend Briefe zu übersetzen, bei denen es meist um Grundstücke oder Immobilien in Frankreich ging. Briefe an Anwälte, Immobilienmakler, Banken und Alastairs Partner Yves Richepin.

Alastair hatte schon bei ihrer ersten Begegnung einen ungeheuren Eindruck auf Lucinda gemacht. Sarah hatte sie in sein Büro begleitet, und da hatte er hinter einem eleganten Schreibtisch aus Stahl und Rosenholz gesessen – ihr erster Arbeitgeber.

Er war ein großer, hagerer Mann Mitte der Dreißig, hatte glattes schwarzes Haar, das er in der Mitte gescheitelt trug, und scharfe, funkelnde Raubvogelaugen. Die schmale Adlernase und die dünnen Lippen verstärkten noch diesen Eindruck. Aber Alastair war nicht unattraktiv. Ebenso wie man bei Merton sofort gespürt hatte, daß er ein großer Schauspieler war, vermittelte er einem das Gefühl von Macht. Er war ein Mann, der rasch und entschlossen handeln konnte.

Lucinda behandelte er aber sehr höflich und freundlich. Er sprach Französisch mit ihr, aber mit den schwerfälligen Wendungen eines Mannes, der sich einer fremden Sprache bedient. Als sie im perfekten Umgangsfranzösisch antwortete, wie sie es in den letzten Jahren gesprochen hatte, lächelte er zufrieden und sagte, die Stellung gehöre ihr.

Die Arbeit war nicht allzu anstrengend, und Lucinda gefiel die Abwechslung, die ihr das Büro bot. Die Tage vergingen schnell, und es tat ihr sehr leid, als sie schon vierzehn Tage später am Freitag ihre Sachen zum letztenmal wegräumte. Alastairs Sekretärin kam am Montag wieder zurück.

Mit Sarah ging sie zu ihm, um sich zu verabschieden, und er bedankte sich höflich, aber sehr förmlich für die gute Arbeit, die sie geleistet hatte. Als die Mädchen wieder gehen wollten, blickte er auf und sagte:

»Ich möchte unsere Beziehung auf nette Art beenden, Lucinda. Wenn Sie und Sarah heute abend nichts Besseres vorhaben, würde ich Sie beide gern zum Essen einladen.«

Sie nahmen die Einladung an, und Alastair sagte, er werde sie gegen acht Uhr in ihrer Wohnung abholen. Sarah war ganz aus dem Häuschen.

»Er hat mich noch nie privat eingeladen, Lucinda«, sagte sie aufgeregt, »und ich würde ihn so gern besser kennenlernen. Du meine Güte, wenn mir bei ihm endlich ein Durchbruch gelänge, hätte ich das nur dir zu verdanken, Lucinda.«

»Warten wir ab, was sich daraus entwickelt«, riet Lucinda ihr weise.

Tatsächlich entwickelte sich alles sehr gut, aber nicht so, wie Sarah es sich wünschte. Alastair führte sie in ein schickes kleines Restaurant, das in einem weitläufigen Gebäude in Islington untergebracht war und von ein paar Berühmtheiten aus dem Showgeschäft und ihren unvermeidlichen Anhängseln frequentiert wurde. Essen und Wein waren ausgezeichnet und Alastair ein amüsanter Gastgeber. Obwohl sie sich während des Essens ununterbrochen unterhielten, wußte Lucinda am Ende über ihn nicht mehr als am Anfang, denn er hatte ein unheimliches Talent, die Mädchen dazu zu bringen, von sich zu erzählen, und es schien ihm Spaß zu machen, etwas über ihre Abenteuer und ihre Familien zu erfahren. Als sie mit dem Kaffee fertig waren, entschuldigte sich Sarah, um sich, wie sie es ausdrückte, die Nase zu pudern. Alastair beugte sich zu Lucinda hinüber und sagte leise:

»Ich fände es abscheulich, wenn ich denken müßte, daß wir uns heute zum letztenmal sehen, Lucinda. Wären Sie bereit, wieder mit mir auszugehen, wenn ich mich in den nächsten Tagen bei Ihnen meldete? Aber dann hieße es auch nur Sie und ich – ohne Sarah.«

Lucinda fühlte sich überrumpelt. Sie hatte keine Sekunde daran gedacht, daß Alastair den Wunsch haben könnte, sie wiederzusehen. Sie erkannte jedoch, daß ihr die Aussicht gefiel.

»Das wäre sehr nett, glaube ich. Aber was machen wir mit Sarah?«

»Was sollen wir mit ihr machen? Ich komme im Büro gut mit ihr aus, aber das verpflichtet mich doch nicht, sie jedesmal einzuladen, wenn ich Sie sehen möchte, oder?«

»Nein, natürlich nicht. Aber ich denke, sie wird schrecklich enttäuscht sein.«

»Enttäuscht? Sie meinen vielleicht eifersüchtig. Ich möchte sie nicht unglücklich machen, warum behalten wir also unser kleines Geheimnis nicht für uns? Ich kann Sie ja anrufen, wenn sie im Büro ist, und ich gebe Ihnen meine Privatnummer.«

Als Sarah an den Tisch zurückkam, unterhielten sie sich über das neueste Musical, das in einem Theater im West End ein Riesenerfolg war.

Vier Tage später ging Lucinda mit Alastair aus. Sarah hatte sie erzählt, ein Vetter sei unerwartet nach London gekommen. Diesmal gab Alastair sich keine Mühe, seine Absichten zu verbergen.

»Essen Sie Ihre Crêpes Suzette auf, wir fahren in meine Wohnung«, verkündete er ohne Umschweife.

»Sarah erwartet mich.«

»Dann rufen Sie sie an und sagen Sie ihr, daß sie schlafengehen soll.«

Du lieber Himmel, der ist sich seiner Sache aber sicher, dachte Lucinda, ging aber gehorsam zum Telefon und rief Sarah an.

»Ach, so ein Vetter ist das!« sagte Sarah lachend. »Amüsier dich gut. Auf Wiedersehen – bis morgen. Und ich erwarte von dir einen haargenauen Bericht, verstanden?«

Alastairs Wohnung war klein, aber sensationell. Im zwanzigsten Stockwerk eines modernen Wohnblocks gelegen, bot sie einen herrlichen Ausblick auf den Hyde Park und über den ganzen Südteil von London hinweg bis zu den im Dunst verschwimmenden, kaum sichtbaren Vorhügeln der Downs. Als Lucinda jedoch aus dem großen Panoramafenster sah, lag unter ihr nur ein unendliches Meer funkelnder Lichter.

Das Wohnzimmer war modern eingerichtet, und das auffallendste Möbelstück war eine große, glänzende Cocktail-Bar. Das Schlafzimmer wies wesentlich mehr Raffinesse auf. Eine ganze Wand wurde von dem riesigen Fenster mit der atemberaubenden Aussicht eingenommen. Die anderen waren leuchtend scharlachrot tapeziert, und leuchtend scharlachrot war auch die seidene Bettdecke. Um die dramatische Wirkung noch zu steigern, bestand die Zimmerdecke aus in verschiedenen Ebenen und Winkeln angeordneten Spiegeln, die alle auf das Bett gerichtet waren. Und was für ein Bett das war. Riesig und rund mit Bettwäsche aus schwarzem Satin. Lucinda warf Alastair einen fragenden Blick zu.

»Es ist recht praktisch, wenn ich mehrere Gäste habe«, erklärte er. Er umspannte Lucindas Handgelenke und zog sie an sich. Sein Kuß war weniger leidenschaftlich als herrisch, als wolle er ihr mit den Lippen seinen Willen aufzwingen.

»Ich liebe schöne, unterwürfige Frauen«, sagte er, und seine Stimme klang hart und kalt.

Lucinda schauerte zusammen und erwiderte: »Unterwürfig war ich noch nie.«

»Du wirst es sein.«

Er zog sie mit einer Zielstrebigkeit aus, die keinen Widerspruch zuließ. Schlüpfer und BH durfte sie anbehalten. Dann legte er sie mit derselben ruhigen Entschlossenheit auf das Bett.

Sie blickte wie hypnotisiert zu ihm auf und hatte keine Ahnung, was sie erwartete. Er ließ die Hände über ihren Körper wandern, ohne auf das, was sie wollte oder empfand, die geringste Rücksicht zu nehmen. Sie wollte sich ihm entziehen, tat es aber aus irgendeinem Grund nicht, obwohl sie Angst hatte.

»Was wirst du mit mir tun?« flüsterte sie heiser.

»Ich werde tun, was mir Spaß macht und was mir gerade einfällt«, erwiderte er höhnisch. »Ich habe dir doch gesagt, daß ich dich mir unterwerfen werde.«

Lucinda war nicht imstande, den Blick von ihm zu wenden.

»Doch was wichtiger ist, meine hübsche kleine Lucinda«, fuhr er fort. »Noch bevor ich mit dir fertig bin, wirst du dir nichts mehr wünschen, als dich immer wieder zu unterwerfen. Du wirst darum betteln, meine Sklavin sein zu dürfen.«

Seine Worte erregten sie. Sie wollte Alastair hassen, wollte verabscheuen, was er mit ihr tat, aber noch während er sprach, fühlte sie eine wilde Freude in sich aufwallen. Sie sehnte sich danach, ihn in die Hände nehmen zu können, doch irgendwie war es unglaublich erregend, Zärtlichkeiten zu empfangen, ohne selbst zu reagieren. Noch nie hatte sie sich so der Gnade oder Ungnade eines anderen Menschen ausgeliefert.

Mit voller Absicht zog er ihr den Daumennagel über die nackte Brust. Es wirkte irgendwie bedrohlich, aber der Druck war nicht hart genug, um zu schmerzen. Sie fühlte, wie sich ihr Körper spannte. Die Qual wäre nicht so groß gewesen, wenn er ihr wirklich weh getan hätte, doch alles, was er tat, drohte ihr nur Schmerz an, nie ließ er ihr die Erleichterung des Schmerzes zuteil werden. Sie wartete, fürchtete sich, und ihre Erregung steigerte sich von Sekunde zu Sekunde.

»Bitte, bitte, nimm mich! Jetzt!«

Doch er fuhr fort, sie zu streicheln, zu knutschen, ihr Fleisch zu reiben, bis sie fast wahnsinnig wurde. Als sie ihn schließlich nur noch hilflos wimmernd um Gnade anflehen konnte, riß er ihr plötzlich die letzten Stoffreste herunter, die sie noch am Leibe hatte, zog sich selbst rasch aus und drang in sie ein. Es war eine solche Erleichterung, daß sie beinahe sofort kam, und mitten in ihrem eigenen Orgasmus fühlte sie, wie sich sein heißes Sperma in sie ergoß.

Sie entspannte sich einen Augenblick, und dann liebten sie sich in dieser Nacht noch ein paarmal, doch war er nicht mehr grausam zu ihr. Es war, als habe er ihr seinen Standpunkt klarmachen wollen, sei jetzt zufrieden und brauche sie sich ein zweitesmal nicht zu unterwerfen.

In den nächsten sechs Wochen trafen Lucinda und Alastair sich ungefähr zehnmal. Er war ein leidenschaftlicher, aber immer dominierender Liebhaber. Lucinda war überzeugt, daß sie ihn nicht liebte, und doch hing sie immer mehr an ihm. Der besondere, wenn auch unorthodoxe Sex, den sie durch ihn kennenlernte, machte ihr viel mehr Vergnügen als alles, was sie mit ihren früheren Liebhabern erlebt hatte. Eines Abends saßen sie in Alastairs Wohnzimmer beisammen, und sie erklärte ihm, daß sie gezwungen gewesen war, Sarahs wegen einen Freund zu erfinden.

»Schließlich kann ich mich ja in den letzten zwei, drei Monaten nicht ständig mit meinem Vetter getroffen haben, nicht wahr? Die einzige Schwierigkeit ist, daß sie diesen Freund unbedingt kennenlernen möchte. Ich weiß nicht, wie lange ich die Täuschung noch aufrechterhalten kann.«

»Möglicherweise gar nicht mehr lange«, sagte Alastair nachdenklich.

»Wie meinst du das? Willst du mich loswerden?«

Er lächelte. »Aber durchaus nicht. Ganz im Gegenteil. Vorausgesetzt, du bist einverstanden.«

Im ersten Augenblick dachte Lucinda, Alastair wolle ihr einen Antrag machen, doch dann sagte sie sich, daß das absurd war, sie kannte ihn schließlich.

»Meine Geschäfte führen mich immer häufiger nach Paris«, sagte er. »Wie würde es dir gefallen, dort zu leben, Lucinda?«

»Sei nicht albern, Alastair, ich kann kaum meine Miete in London bezahlen. Solange ich keinen anständigen Job finde, muß ich bleiben, wo ich bin.«

»Jetzt bist du aber albern, Lucinda. Selbstverständlich würde ich dir eine Wohnung einrichten und dir monatlich eine gewisse Summe zur Verfügung stellen. Und alle zwei, drei Wochen käme ich zu dir und bliebe ein paar Tage. Was meinst du dazu?«

Lucinda überlegte und antwortete dann mit einem wissenden, Lächeln.

»Ich sage dir, was ich meine, Alastair. Ich meine, daß du bei der ganzen Geschichte einen Hintergedanken hast, daß du etwas von mir willst. Etwas, das du mir noch nicht gesagt hast.«

Es folgte eine Pause. Alastair nahm eine Zigarette aus dem Etui und zündete sie sehr bedächtig an. Bevor er antwortete, warf er Lucinda einen abschätzenden Blick zu.

»Na schön, ich sage dir, was ich mir gedacht habe. Ich möchte dich natürlich als Geliebte behalten, und wir werden uns auch weiterhin treffen. Daß ich dir die Wohnung und einen Monatswechsel angeboten habe, war an keine Bedingung geknüpft. Aber darüber hinaus möchte ich, daß du mir hilfst. Wenn du in Paris lebtest, könntest du Yves ein bißchen im Auge behalten.«

»Yves Richepin, deinen Partner?«

»Ja, genau den. Mit deinem perfekten Französisch könntest du eine Menge in Erfahrung bringen.«

»Warum soll ich ihn denn bespitzeln?«

»Weil ich ihm nicht traue und zu wissen glaube, was er vorhat. Wie du weißt, sind wir Geschäftspartner. Ich kümmere mich in London um die Firma, und Yves kümmert sich um alles, was in Paris anfällt. Ich denke, daß er mich betrügt, daß er Geschäfte macht, über die er mich nicht informiert, und den Gewinn in die eigene Tasche steckt. Wirst du mir helfen, Lucinda?«

»Das muß ich mir überlegen«, erwiderte sie, doch sie wußten beide, daß sie nach einer geziemenden Denkpause seinen Vorschlag annehmen würde. Die Aussicht, in Paris eine eigene Wohnung zu bekommen, war zu verlockend, ein solches Angebot konnte man einfach nicht ablehnen. Außerdem konnte es vielleicht recht amüsant sein, den geheimnisvollen Monsieur Richepin kennenzulernen.

DRITTER TEIL

7

Meine liebe Lucinda,

Deine Eltern und ich waren überrascht, als wir erfuhren, daß Du jetzt in Paris lebst. Es war sehr rücksichtslos von Dir, uns nicht früher zu schreiben und uns monatelang über deinen Verbleib im Ungewissen zu lassen.

Wir waren über die Umstände, unter denen Du Hamblewood verlassen hast, zutiefst bestürzt, doch blieb uns wenigstens der Trost, daß Du Dir, solange Du in London warst, Deinen Lebensunterhalt auf anständige und ehrliche Weise verdientest.

Seit Du in Paris bist, können wir uns dieser Hoffnung leider nicht mehr hingeben und müssen das Schlimmste annehmen. Du hast uns nicht mitgeteilt, wie Du Deinen aufwendigen Lebensstil finanzierst, aber ich bin überzeugt, daß Deine Ausgaben nicht vom Gehalt eines Schweizer Kellners bestritten werden.

Ich bin jetzt Strafverteidiger und auch an den höheren Gerichten zugelassen. So wie sich Deine Karriere bis heute entwickelt hat, halte ich es durchaus für möglich, daß Du irgendwann einmal die Dienste eines Anwalts in Anspruch nehmen mußt.

Mehr in Kummer und Sorge als in Zorn, immer Dein

Miles.

Gereizt legte Lucinda den Brief ihres Bruders beiseite und sah sich um. Es stimmte, ihr Apartment in der Avenue Mozart war wesentlich eleganter als ihre Bude in Chelsea. Das Haus stammte aus dem vorigen Jahrhundert und hatte hübsche schmiedeeiserne Balkons vor den hohen Fenstern. Die Möbel waren neu, ziemlich konventionell und sehr teuer. Lucinda hatte sich große Mühe gegeben, genau die Dinge aufzutreiben, die in die Wohnung paßten, und Alastair war sehr großzügig gewesen. Sie war jetzt seit einem halben Jahr in Paris und fühlte sich schon ganz zu Hause.

Im Augenblick wartete sie auf Yves Richepin, der sie zum Lunch eingeladen hatte. Alastair hatte ihr vorgeschlagen, mit seinem Partner in Verbindung zu bleiben, und sie hatte Yves seit ihrer ersten Begegnung schon häufig gesehen.

Alastair hatte sie ihm als flüchtige Bekannte vorgestellt und weder mit Worten noch mit Blick oder Geste verraten, daß sie seine Geliebte war und daß er ihre Wohnung bezahlte. Er war der Meinung, daß es für Lucinda leichter sein würde, Yves Vertrauen zu gewinnen, wenn er über die wahre Natur ihrer Beziehung nichts wußte.

Wie Alastair gehofft hatte, rief Yves Lucinda schon ein paar Tage später an und lud sie ins Theater ein. Lucinda hatte sofort zugestimmt, und seither hatten sie sich immer häufiger getroffen, und ihre Freundschaft war immer enger geworden.

Es klingelte. Lucinda ging zur Tür und ließ Yves herein. Er war ein untersetzter, stämmiger Mann mit festem, krausem Haar und dunkler Hautfarbe. Er war so dunkel, daß man bei ihm auch noch einen Bartschatten sah, wenn er sich eben rasiert hatte. Den größten Eindruck hatten Lucinda jedoch seine Hände gemacht, harte, schwielige Hände mit kurzen, dicken Fingern und drahtigem Haar auf den Handrücken, die Hände eines Mechanikers oder eines Schiffsingenieurs. Aber Yves war kein Ingenieur und war auch nie einer gewesen. Lucinda hatte nur eine höchst unklare Vorstellung davon, womit er sein Geld verdiente. Er sei Geschäftsmann, erzählte er ihr, es gelang ihm jedoch immer, abzulenken und ein neues Thema anzuschneiden, wenn Lucinda ihm scheinbar harmlose Fragen stellte. Sie wußte, daß er Korse war und früher – die Bemerkung war ihm, wie Lucinda vermutete, völlig unbedacht entschlüpft – als Croupier in einem Spielkasino gearbeitet hatte.

Yves ging rasch ins Wohnzimmer und musterte Lucinda anerkennend, während er sie auf beide Wangen küßte.

»Du siehst heute hinreißend aus, Lucinda«, sagte er. »Können wir gehen?«

»Ich brauche höchstens noch eine Minute.«

Lucinda schlüpfte in einen leichten Mantel, und dann fuhren sie mit dem altmodischen und altersschwachen Lift in die Halle hinunter. Yves hatte seinen Wagen in der Nähe geparkt, aber ungefähr zweihundert Schritte von der Wohnung entfernt ein Bistro entdeckt, deshalb gingen sie durch den Frühlingssonnenschein zu Fuß.

Wie immer unterhielten sie sich während des Essens über ganz triviale Dinge – über Filme, die gerade liefen, wo man den besten Käse bekam und was Yves von englischen Mädchen hielt. Nach dem Essen schien er es überhaupt nicht eilig zu haben und setzte sich bequem zurecht.

»Mußt du denn nicht ins Büro zurück?« fragte Lucinda.

»Heute ist es sehr ruhig, ich kann mir Zeit lassen.«

»Du mußt ein gutes Geschäft haben, wenn du es so einfach sich selbst überlassen kannst.« Lucinda sagte es ganz beiläufig, aber Yves konnte nicht entgangen sein, welche Frage hinter ihren Worten lauerte.

»So geht es nun mal. Manchmal haben wir einen Mordsbetrieb, und ein andermal ist es wieder so ruhig, daß praktisch nichts zu tun ist.«

Lucinda wartete. Sie hatte das Gefühl, daß Yves nahe daran war, sich ihr anzuvertrauen, aber er begann über die Rennen in Longchamps zu sprechen und fragte Lucinda, ob sie Lust habe, mit ihm hinzufahren.

Zu Fuß gingen sie zu Yves' Wagen zurück.

»Ich möchte einkaufen gehen«, sagte Lucinda. »Fährst du zufällig in die Nähe der Avenue Montaigne?«

»Steig ein. Ich kann dich dort absetzen, ohne einen allzu großen Umweg machen zu müssen.« Während der Wagen in dem dichten Verkehr nur langsam vorwärts kam, schwieg Yves die meiste Zeit. Plötzlich wandte er sich jedoch Lucinda zu und fragte: »Wie gut kennst du Alastair Grant?«

Er blickte wieder starr geradeaus, sein Gesicht war völlig ausdruckslos, seine Stimme klang tonlos, jedoch irgendwie entschlossen.

»Nicht annähernd so gut wie dich.« Lucinda lachte. »Ich bin ihm in London ein einziges Mal begegnet, eine meiner Freundinnen arbeitet bei ihm. Warum fragst du?«

»Ich habe keinen besonderen Grund. War nur neugierig.«

Er schien tief in Gedanken. Lucinda bat ihn, sie am Anfang der Avenue Montaigne, an der Place d'Alma aussteigen zu lassen. Als sie den Wagen verlassen wollte, legte Yves die Hand leicht um ihr Handgelenk und sagte:

»Wir haben uns jetzt ein paarmal getroffen, Lucinda, aber ich möchte dich öfter sehen. Viel öfter.«

»Das wäre schön«, sagte sie sehr leise.

In seinen Augen sah sie, was für ein Kampf sich in seinem Innern abspielte. Konnte er ihr vertrauen?

»Heute abend. Ich möchte dich in meine Wohnung mitnehmen.«

»Warum nicht? Ruf mich am Spätnachmittag an.«

Lucinda stieg aus und winkte, als Yves sich wieder in den Verkehr einfädelte. Ich glaube, der Fisch wird anbeißen, dachte sie und machte sich dann auf den Weg in ihre Lieblingsboutique.

Yves holte sie um acht Uhr ab. Lucinda hatte sich auf das Treffen vorbereitet, indem sie sich ein neues Dior-Kostüm geleistet hatte. Hoffentlich macht sich die Investition bezahlt, dachte sie. Sie merkte, daß ihr Begleiter inzwischen noch einmal nach Hause gefahren war und sich in einen eleganten Anzug geworfen hatte. Er hatte sich auch sehr bemüht, seinem sprießenden Bart mit Rasierapparat und Talkumpuder zu Leibe zu rücken. Sie aßen auf dem Montmartre und schauten kurz in einen Nachtclub, dann drängte Yves nach Hause.

Er hatte eine sehr geräumige Wohnung, die in einer absolut undiskutablen Gegend lag – ganz in der Nähe des Gare du Nord. Die Nachbarschaft bestand aus schäbigen Läden und den Büros kleiner Firmen, und tagsüber herrschte hier ein unbeschreiblicher Verkehr. Nachts hingegen war es traumhaft ruhig, und hinter dem wenig vertrauenerweckenden Hauseingang öffnete sich ein bezaubernder, ganz abgeschlossener Garten, auf den die Fenster von Yves' Wohnung hinausblickten.

In der Wohnung selbst sah Lucinda sich interessiert um, weil sie hoffte, einen Blick in seinen Charakter zu bekommen. Sie wurde jedoch enttäuscht. Die modernen Möbel, die hohen Grünpflanzen, die Lithografien von Paris, der einfache Spannteppich und die Handvoll populärer Romane in den Bücherregalen waren entweder Beweise für einen unklassifizierbaren Geschmack oder der bewußte Versuch, sich zu tarnen, um nichts von seiner Persönlichkeit preiszugeben. Es war das Apartment des Durchschnittsfranzosen, das den wirklichen Monsieur Yves Richepin sorgfältig verbarg.

Yves brachte Drinks aus dem Barschrank und legte eine Platte mit romantischen Liedern auf, die vor einigen Jahren sehr populär gewesen war.

Er verführte Lucinda gewissermaßen streng nach Vorschrift. Zuerst setzte er sich neben sie auf das Sofa. Dann legte er – in korrekter Folge – den Arm um sie, drückte leicht ihre Schultern und zog sie an sich. Nächste Station war ein zarter Kuß, und dann schob sich seine Hand nach und nach tiefer, und schließlich streichelte er ihre Brust. Nach einem, wie er zu glauben schien, korrekten Zeitraum, den er offensichtlich als Vorspiel betrachtete, das sie erregen sollte, führte er sie ins Schlafzimmer.

Lucinda beschloß, daß das nicht einfach eine routinemäßige Bumserei werden sollte. Sie wollte seine gelassene Haltung durchbrechen und ihn überrumpeln, damit er in der ersten Überraschung etwas über sein wahres Ich verriet. Was konnte er schließlich Wichtiges zu verbergen haben?

In dem Augenblick, in dem Yves nackt vor ihr stand, hörte sie auf, das willfährige, aber zurückhaltende junge Mädchen zu spielen und ergriff die Initiative.

»Vorsicht!« rief Yves, denn was sie im wahrsten Sinn des Wortes ›ergriffen‹ hatte, war sein Penis. Sie zog daran, drehte, massierte ihn und zwang dann dieses nicht sehr dominierende männliche Wesen neben dem Bett auf die Knie. Sie hatte das Kleid ausgezogen, den Schlüpfer abgestreift, stand jetzt aufrecht, mit in die Taille gestützten Händen und gespreizten Beinen vor ihm, preßte sich an ihn und befahl: »Jetzt küß mich, aber richtig!«

Das schien etwas völlig Neues für Yves zu sein. Sie packte ihn bei den Schultern und preßte sich fester an ihn. Er keuchte, rang nach Luft, doch sie gönnte ihm keine Atempause.

»Schneller! Fester! Mach schon, verdammt!«

Mit den Schenkeln umklammerte sie Yves Kopf, und dann ertappte sie sich selbst dabei, daß sie ihn hart und immer härter auf den Rücken schlug, während sie ihn zu immer größeren Leistungen anspornte. Sie fühlte, daß sie dem Höhepunkt nahe war, und im Augenblick der Erlösung preßte sie sich noch fester an sein Gesicht. Yves fühlte sie zucken, und das schien ihn leidenschaftlich zu erregen. Mit einem leisen Stöhnen entspannte sich Lucinda und fiel langsam zurück auf das Bett. Yves sank zu Boden. Der sich steigernde Rhythmus von Lucindas Orgasmus hatte ihn gepackt. Lucinda blickte auf den hingestreckten Mann hinunter und lächelte über sein offensichtliches Unbehagen.

»Du kannst wohl nicht mehr?« fragte sie.

Yves stöhnte und hievte sich auf das Bett. Lucinda mußte jedoch zugeben, daß er sich bemerkenswert schnell wieder erholte. Es dauerte nur ein paar Minuten, und dann erlaubte sie ihm, in sie einzudringen, und sie liebten sich, Seite an Seite liegend. Sie wußte, daß sie sich durchgesetzt hatte. Sie würde Yves erlauben, mit ihr zu tun, was sie wollte und wenn sie dazu bereit war. Er neigte zur Gewalttätigkeit, und sie hatte gewußt, daß sie ihn bei ihrem ersten Zusammensein zähmen mußte, weil sonst er ihr seinen Willen aufzwingen und sie ihre Freiheit verlieren würde. Doch nachdem sie ihn gezwungen hatte zu tun, was sie wollte, beherrschte sie ihn und würde sich ihn mit der Zeit immer mehr unterwerfen.

Von da an sahen Lucinda und Yves sich häufig. Sie lunchten nicht nur zusammen, sie verbrachten auch viele Abende gemeinsam in Nachtclubs, im Kino, im Kabarett und bei anderen Shows und in seiner Wohnung. Sie hatte den ehedem so selbstsicheren Franzosen aus seiner Selbstzufriedenheit aufgeschreckt. Er wußte nicht genau, wie er Lucinda nehmen sollte, sie merkte seine Unsicherheit und nutzte sie aus. Manchmal war sie nachgiebig, lieb und zugänglich, und Yves reagierte darauf, indem er den großen Macho-Mann spielte. An solchen Tagen schien er sogar körperlich zu wachsen. Dann wieder gab sie sich eigenwillig und launisch. Nichts, was er tat, fand ihre Zustimmung, doch wenn er, schon fast verzweifelt, bis aufs äußerste gereizt und nahe daran war, mit ihr zu brechen, wurde sie plötzlich charmant und liebevoll und bezauberte ihn, so daß er nicht von ihr loskam. Mit einem Wort, Yves zappelte an Lucindas Angel.

In dieser Zeit fragte sie ihn bewußt kein einziges Mal danach, wie er seinen Lebensunterhalt verdiente. Doch als er sich eines Tages nach dem Lunch erbot, sie in die Stadt zu bringen, lehnte sie ab, da sie an diesem Nachmittag nichts Besonderes zu tun hatte.

»Warum begleitest du mich dann nicht ins Büro?« fragte Yves. »Ich habe höchstens eine halbe Stunde zu tun, dann bin ich frei. Wir könnten in die Galerie in der Avenue Matignon gehen und uns die Ausstellung anschauen, die du so gern sehen möchtest.«

»Das wäre wunderbar. Aber bin ich dir im Büro auch bestimmt nicht im Weg?«

»Nein, natürlich nicht. Du kannst dich mit einer Zeitschrift gemütlich in die Ecke setzen, während ich ein oder zwei Dinge erledige.«

Das Büro war ganz anders, als Lucinda es sich vorgestellt hatte. Es lag in der Nähe der Place de Stalingrad bei den Docks mit Ausblick auf den Kanal. In der Nachbarschaft gab es eine Menge nordafrikanischer Speiselokale, die billigen Couscous anboten, und schäbige Bars wechselten mit kleinen Läden ab, in deren Schaufenstern höchst unappetitliche Waren ausgestellt waren. Die Straße war schmutzig, der Wind trieb alte Zeitungen vor sich her, und die Straßenköter inspizierten die Mülltonnen, die vor jedem Haus standen. Am Tresen einer winzigen, schmierigen Bar tranken ein paar Marokkaner oder Algerier Tee und Rotwein. Zwei Spielautomaten klapperten und klingelten, und aus einem Lautsprecher plärrte im Mittleren Osten beheimatete Popmusik.

Neben der Bar war eine Tür, durch die Yves Lucinda voranging. Eine nackte Glühbirne erhellte eine staubige Treppe, auf der kein Teppich lag.

»Hier arbeitest du?« fragte Lucinda ungläubig.

»Du darfst nie nach Äußerlichkeiten urteilen.« Yves lächelte sie spöttisch an.

Sie stiegen die Treppe hinauf. Von jedem Treppenabsatz ging ein Korridor mit mehreren Türen ab. Im dritten Stock bog Yves in den Korridor ein und blieb vor einer Tür stehen, auf der ein kleines Metallschild verkündete, daß hier die ›Enterprises Richegrant‹ untergebracht waren. Lucinda, die ja wußte, daß Yves der Partner von Alastair Grant war, fiel es nicht schwer, sich diesen Firmennamen zu erklären.

Lucinda mußte zugeben, daß das Büro sich erfreulich von dem unterschied, was sie bis jetzt in diesem Haus zu sehen bekommen hatte. Sie betraten einen kleinen Raum, der ganz von einem Schreibtisch aus grauem Stahlrohr und einer Reihe passender Aktenschränke eingenommen wurde. Hinter dem Schreibtisch saß ein junges, traurig wirkendes pickeliges Mädchen, das Yves mit einem Seufzer begrüßte. Vor ihr standen drei Telefone, doch sie schwiegen, und das Mädchen war damit beschäftigt, ein Kreuzworträtsel zu lösen. Aber Yves hatte ja gesagt, daß sie im Moment nicht viel zu tun hatten.

»Hat jemand angerufen?« fragte er.

Das Mädchen zuckte mit den Schultern und faltete widerstrebend die Zeitung mit dem Kreuzworträtsel zusammen.

»Nur die Kleine aus Cannes. Sie braucht Geld – wie gewöhnlich.«

»In Ordnung. Sie brauchen mir jetzt keine Einzelheiten zu erklären.«

Yves lächelte Lucinda zu, und das Mädchen fiel in sein düsteres Schweigen zurück. Sie gingen weiter und kamen in einen wesentlich eindrucksvolleren Raum, ganz offensichtlich Yves' Büro. Er nahm Lucinda den Mantel ab und zeigte auf ein Sofa, vor dem ein Kaffeetischchen stand.

»Entschuldige mich ein paar Minuten, Chérie«, sagte er. »Ich muß nebenan ein paar Dinge besprechen. Mach es dir bequem. Babette soll dir eine Tasse Kaffee bringen.«

Lucinda vertiefte sich in eine Illustrierte, die auf dem Tisch lag. Yves ging ins Vorzimmer und sprach mit dem pickeligen Mädchen, das demnach Babette war. Lucinda spitzte die Ohren, um von dem Gespräch etwas mitzubekommen, fing aber nur hin und wieder ein Wort oder einen halben Satz auf.

Sie sah sich um, doch nichts in diesem Büro verriet etwas über die Art der Geschäfte, die hier getätigt wurden. Es gab weder Fachbücher noch Branchenverzeichnisse, und das einzige, das einigermaßen nach ›Geschäft‹ aussah, waren mehrere Telefonbücher. Auf dem Schreibtisch lag nicht einmal ein Zettelchen. Der Kalender kam von Michelin, die Möbel aus den Galeries Lafayette, eine wunderschöne Glasschüssel, das einzige Stück von Geschmack und einigem Wert, stammte von Lalique. Das Büro wirkte genauso anonym wie Yves' Wohnung.

Die Tür ging auf, und Yves kam mit einer Kaffeetasse herein, die er Lucinda reichte. Durch die offene Tür sprach er immer noch mit Babette.

»... wir schicken ein paar tausend Francs nach Cannes und geben ihr Anweisung, die Hotelrechnung zu bezahlen und zu verschwinden. Raoul soll das alberne Ding abholen. Sie wissen, daß wir in Algier bald jemand brauchen. Schicken wir sie doch dorthin. Dort brauchen sie keinen Funken Verstand, und sie müßte eigentlich gut hineinpassen. Aber ich brauche Ersatz für Cannes. Sie wissen, wen wir hinschicken können. Am besten gleich zwei.«

Er sah Lucinda verlegen an, schrieb ein paar Namen auf einen Zettel und reichte ihn Babette, die ihm in sein Büro gefolgt war.

»Hier«, sagte er schroff. »Und sorgen Sie dafür, daß die Sache schnell über die Bühne geht.«

Babette seufzte abermals und kehrte an ihren Schreibtisch zurück. Lucinda hörte sie telefonieren.

»Alles in Ordnung?« fragte sie.

»Klar, keine größeren Schwierigkeiten jedenfalls«, antwortete er lachend. »Es geht um einen ganz einfachen Versandauftrag für verschiffte Waren.«

»Und was verschiffst du?«

»Fleisch, lebendes Frischfleisch«, antwortete er mit trockenem Humor, doch Lucinda war sich nicht sicher, ob ihr diese besondere Art von Humor gefiel.

Babette kam wieder herein. Sie hielt einen Brief in der Hand.

»Ich brauche Ihre Unterschrift«, jammerte sie. »Und was die beiden Namen anbelangt, die Sie mir aufgeschrieben haben, mit der hier klappt es nicht.« Sie zeigte auf den Zettel, den Yves ihr gegeben hatte. »Ich habe mich deshalb mit unserem letzten Import aus Dänemark in Verbindung gesetzt.«

»Gut.« Yves verfiel jetzt auch in einen geheimnisvollen Verschwörerton. »Und welchen Grund hat unsere erste Wahl genannt?«

»Einen medizinischen.«

»Damit reden sie sich immer heraus. Marcel soll die Sache nachprüfen. Sie sagen mir morgen, was er für einen Eindruck hatte.« Die melancholische Babette verschwand wieder und ging an ihre Arbeit. Sie kam noch zwei- oder dreimal mit ähnlichen Anliegen herein, und dann verkündete Yves, er sei für heute fertig, und sie könnten gehen.

Lucinda erwähnte mit keinem Wort, was sie im Büro mitbekommen hatte. Sie wußte auch noch nicht genau, um was für eine Art von Geschäft es sich handelte, aber sie glaubte eine Ahnung zu haben und war überzeugt, daß sie zutraf.

Ungefähr drei Wochen später lud Yves Lucinda ein, mit ihm ein Wochenende in Burgund zu verbringen. Dort fand eines der regelmäßig wiederkehrenden Diners der ›Chevaliers des Tastevins‹ statt, einer Vereinigung, deren Hauptzweck darin zu bestehen schien, sich soviel an gutem Essen und ebensoviel an köstlichem Burgunderwein einzuverleiben, wie der menschliche Körper vertrug. Das Hauptquartier der Chevaliers, das Cos de Vougeot, war eines der malerischsten mittelalterlichen Gebäude in ganz Frankreich. Außerdem waren dort die köstlichsten und berühmtesten Jahrgänge des Burgunderweins zu Hause.

Um das majestätische, aus Stein erbaute Herrenhaus mit seiner uralten Weinkelter und den Fässern, die seit Jahrhunderten auf ihrem angestammten Platz standen, war die liebliche Hügellandschaft von unzähligen Reihen grüner Rebstöcke bedeckt, die in dünnem, sandigem Erdreich wurzelten. Die Chevaliers trugen feierliche Roben, die zusammen mit der Szenerie der Festlichkeit eine besondere Würde verliehen. Lucinda und die hundert anderen Gäste trugen elegante Abendkleidung.

Es wurde den ganzen Abend gegessen und getrunken, und außerdem wurden Reden gehalten. Vor dem aus sieben Gängen bestehenden Diner wurde auf der Terrasse Champagner gereicht, zu jedem Gang gab es mehrere Gläser verschiedener Weine aus der Gegend, und den Abschluß, bildete Marc de Bourgogne, ein besonders hochprozentiger Brandy aus gepreßten Traubenschalen. Als sie auf den vom Mondlicht beglänzten Hof hinaustraten, bliesen Musiker in Kostümen des 15. Jahrhunderts auf traditionellen Jagdhörnern einen Abschiedsgruß.

Yves war nicht betrunken, aber er wirkte entspannter als Lucinda ihn je erlebt hatte. Sehr vorsichtig steuerte er den Wagen über die engen Straßen nach Macon, wo er in einem ruhigen, komfortablen Hotel ein Zimmer bestellt hatte.

Es war nach eins, als sie die Hotelhalle betraten. Als Yves um den Schlüssel bat, wurde ihm eine schriftliche Botschaft ausgehändigt.

»Eine telefonische Nachricht für Sie«, sagte der verschlafene Nachtportier.

Yves las und runzelte verärgert die Stirn.

»Schwierigkeiten?« fragte Lucinda.

»Die Nachricht kommt von Babette. Ich muß London anrufen.«

»Was? Um diese Zeit? Kann es nicht bis morgen warten?«

Yves schüttelte den Kopf.

»Es könnte wichtig sein. Hier steht, daß ich sofort anrufen soll, wenn ich zurückkomme. Egal wann.«

In ihrem Zimmer begann Lucinda sich abzuschminken, während Yves eine Nummer wählte. Das Telefonat war kurz, aber stürmisch.

»Um Himmels willen, es ist alles geregelt, Alastair«, beschwor Yves seinen Gesprächspartner. »Nein, verdammt noch mal, ich habe das dumme Ding nach Algier geschickt. Diese Idiotin wäre noch weiter östlich für uns völlig nutzlos gewesen. Nein, nein, nein, nein! Diese Entscheidungen mußt du schon mir überlassen. Ich weiß, daß sie in Beirut oder Kairo keine fünf Minuten überstanden hätte. Nein, Alastair, nicht einmal in Istanbul. Glaub mir, du hast keinen Grund zur Beunruhigung, alles ist unter Kontrolle, also geh wieder schlafen. Ich rufe dich Montag wieder an – oder früher, wenn irgend etwas passieren sollte. Aber ich versichere dir, daß während das Wochenendes bestimmt nichts schiefgeht. Du kannst ganz beruhigt sein.«

Yves legte auf und schnitt eine Grimasse.

»Warum kann dieser verdammte Kerl uns nicht in Ruhe lassen? Ich führe dieses Geschäft schließlich lange genug. Warum steckt er seine Nase immer wieder in Dinge, die ihn nichts angehen? Das dulde ich nicht.«

»Was ist in Algier passiert?« fragte Lucinda.

»Nichts, überhaupt nichts. Wir haben einem Mädchen dort ein Engagement vermittelt.«

Lucinda holte tief Atem und wandte sich Yves zu.

»Du machst immer ein schreckliches Geheimnis um das, was du tust«, sagte sie. »Aber ich bin nicht so dumm, weißt du, mein lieber Yves. Du treibst Handel mit weißen Sklavinnen, nicht wahr?«

Yves starrte sie an. Sein Zorn legte sich, und seine Stimme wurde ruhiger, klang fast so, als wolle er sich entschuldigen.

»Nein, Lucinda, Chérie, das ist es nicht.«

»Nun, wie willst du es sonst nennen? Du verschaffst doch Mädchen nach Übersee, wie? Erzähl mir bitte nicht, daß du Kindermädchen für Missionarsfamilien nach Beirut oder Algier schickst.«

Yves schwieg einen Augenblick. Dann sagte er sehr ruhig:

»Ich will ehrlich zu dir sein, weil ich fühle, daß ich dir vertrauen kann. Mein Gesprächspartner eben war Alastair Grant. Unsere Firma in Paris ist eine Agentur. Wir vermitteln Callgirls. Wir haben ein paar hundert Mädchen auf unserer Liste, die für uns arbeiten, hauptsächlich in Paris. Ein paar sind in der Provinz, ein paar an der Riviera und einige in anderen Großstädten wie Marseille oder Lyon. So, jetzt weißt du es.«

»Das ist alles recht schön und gut, mein Lieber, aber was, zum Kuckuck, hat es mit Algier oder Istanbul zu tun?«

»Nun ja, hin und wieder bekommen wir auch Exportaufträge.«

»Und das ist kein Sklavenhandel mit weißen Mädchen?«

»Aber ganz und gar nicht. Die Mädchen wissen ganz genau, was sie erwartet, und sie schließen nur kurzfristige Verträge ab.«

»Und wenn sie zurückkommen?«

»Einige bleiben bei uns.«

»Einige, aber nicht alle.«

»Wir müssen realistisch sein, Lucinda. Bei jedem Geschäft gibt es Risiken und Opfer. Aber genug davon für heute. Der Teufel soll Alastair holen, weil er uns diesen schönen Abend verdorben hat.«

»Was tut Alastair eigentlich, da das Geschäft doch in Paris ist und von dir geführt wird?« rief Lucinda aus dem Bad.

»Er hat das meiste Kapital eingebracht, und er soll in London nach Talenten suchen.«

Als sie später im Bett lagen, schwiegen sie. Alastairs Anruf hatte sie aus der Stimmung gerissen. Yves wußte es und löschte das Licht. Die Minuten verstrichen, aber er ahnte, daß Lucinda noch wach war.

»Macht es dir etwas aus, Lucinda?« fragte er leise.

»Was soll mir etwas ausmachen?«

»Die Art meines Geschäfts. Ändert das etwas zwischen uns?«

»Warum sollte es?«

»Ach, ich weiß nicht. Die Engländer denken nicht so freizügig wie wir, sie sind engstirniger.«

»Vielleicht bin ich keine typische Engländerin. Mach dir jedenfalls keine Sorgen, Yves. Ich bin nicht entrüstet. Tatsächlich würde ich dasselbe tun, wenn ich die Möglichkeit hätte und gutes Geld damit machen könnte.«

»Oh, es macht sich bezahlt, das kann ich dir versichern. Es bringt wahrscheinlich mehr ein, als du dir vorstellen kannst. Sogar mehr, als Alastair glaubt.«

Lucinda horchte auf.

»Das verstehe ich nicht, Yves«, sagte sie. »Wenn Alastair dein Partner ist, muß er doch genau wissen, was das Geschäft einbringt.«

Es folgte eine lange Pause. Dann antwortete Yves mit einem leisen Lachen: »Nun ja, ich führe die Bücher, Lucinda. Und nur ich weiß, wieviel wir von jedem Mädchen bekommen.«

»Aber an Alastair gibst du andere Zahlen weiter?« fragte sie.

»Er bekommt mehr, als er verdient, und er ist zufrieden. Warum also sollte ich ihn verwöhnen, Chérie?«

Lucinda lächelte triumphierend. Alastair hatte also recht gehabt. Yves bestahl die Firma, und bei dieser Art von Geschäft konnte Alastair kaum ein paar Buchprüfer zu ihm schicken.

»Yves, mein Liebling«, sagte sie, »ich bin sehr müde. Ich glaube, ich habe genug Wein getrunken, um ein Schlachtschiff darin schwimmen zu lassen. Tut mir leid, daß Alastair dich in schlechte Laune versetzt hat. Vergessen wir ihn, schlafen wir. Vielleicht ist es morgen früh besser.«

Es war besser. Sie liebten sich in jenem angenehmen, halbwachen Dämmerzustand, in dem jeder Nerv ganz entspannt und die Lider noch schwer vom Schlaf sind. Yves nahm Lucinda ganz ruhig und bedächtig. Sie fand es ungeheuer wohltuend, und erst als sie sich dem Orgasmus näherten, vertrieb ihre wachsende Erregung die letzten Reste des Schlafs. Lucinda atmete schneller, als sie spürte, wie Yves Körper sich spannte, bis er sie wie im Krampf umklammerte. Dann kam der goldene Nachglanz, als sie Seite an Seite ruhig dalagen und das warme, strahlende Licht der Sonne tranken, das durch das offene Fenster fiel. Alastair war vergessen.

Den Sonntag verbrachten sie damit, durch die liebliche Landschaft und die blühenden kleinen Weinstädte der Côte d'Or zu fahren. Es war ein idyllischer Tag und Yves, der völlig locker und entspannt war, erzählte Lucinda von seiner Familie und seiner Kindheit auf Korsika.

Sie hatten auf dem Land gelebt und zu den Ärmsten der Armen gehört. Der ältere Monsieur Richepin war Flickschuster in einem weit entfernten Dorf, sein Bruder Fischer gewesen. Nach dem Zweiten Weltkrieg waren sie beide Schmuggler geworden. In Frankreich fehlte praktisch alles, und sie hatten einen aufnahmebereiten Markt für amerikanische Zigaretten, Nylons und schottischen Whisky gefunden, die sie in amerikanischen Armeestützpunkten bekamen. Als Yves in die Schule gehen sollte, war er bereits Mitglied einer Bande, die ihre Finger in jedem nur erdenklichen Schiebergeschäft hatte. Da man auf dem Festland mehr Geld verdienen konnte, ließ Yves sich in Marseille nieder und half beim Verkauf der Schmuggelware. Das Leben an der Wasserfront war gewalttätig. Die Korsen neigten dazu, ihre Messer zu benutzen, um sich widerspenstiger Geschäftspartner zu entledigen, und einige wurden auch für politische Morde angeheuert. Manchmal sogar von jugendlichen Terroristen, deren Fanatismus ihre Erfahrungen bei weitem übertraf. Yves stellte fest, daß Glücksspiel und Prostitution wesentlich mehr einbrachte als der altmodische Schmuggel. Er war nie Mitglied eines der großen Rauschgiftringe gewesen. Er arbeitete damals als Croupier an einem manipulierten Roulette, und dort lernte er Alastair Grant kennen. Sie kamen ins Gespräch, und Alastair fragte ihn, ob er ihm eine Frau besorgen könne. Nichts leichter als das, hatte Yves gemeint, und mit seinen Verbindungen und seinen Erfahrungen in der Unterwelt geprahlt. Alastair erzählte ihm, daß er ein paar Geschäfte auf die Beine gestellt habe. Er kannte sich aus und konnte einfach alles organisieren. Wie Yves hatte er eine dunkle Vergangenheit und operierte meist in jenem Niemandsland zwischen Legalität und Illegalität. Im Lauf seiner ereignisreichen Karriere hatte er an allen möglichen Orten einflußreiche und reiche Leute kennengelernt. Sie gäben, hatte Alastair schließlich gesagt, ein ausgezeichnetes Team ab und sollten gemeinsam irgendein Geschäft aufziehen. Yves war einverstanden gewesen, und eine Zeitlang war alles gutgegangen, und sie hatten sich ein gut florierendes Geschäft aufgebaut. Alastair hatte ein paar Mädchen gebracht, und Yves hatte ihnen im Handumdrehen Anstellungen verschafft. In letzter Zeit aber lief die Sache längst nicht mehr so gut, und Yves war alles andere als zufrieden.

»Aber schafft Alastair denn keine neuen Mädchen heran?« fragte Lucinda.

Sie saßen in einer historischen Kutscherkneipe in Avallon. Es war ein sehr romantisches und geschichtsträchtiges Lokal. Napoleon hatte nach seiner Flucht von Elba auf der Fahrt nach Paris hier angehalten, und das Haus hatte sich seit den Tagen vor Waterloo kaum verändert.

»Er hat mir ein paar geschickt, aber im letzten halben Jahr war kaum ein einziges halbwegs hübsches Mädchen dabei«, sagte Yves. »Ich mache die ganze Arbeit, finde die Mädchen, besorge die Kunden und sorge dafür, daß wir nicht in Schwierigkeiten kommen, indem ich hin und wieder einen Polizisten oder einen Anwalt besteche, einen Bürgermeister besänftige, einem Geschäftsmann oder einem Reporter, die uns nützlich sein könnten, ein Mädchen vermittle. Alastair, der faule Bastard, sitzt in London auf seinem Hintern und investiert unsere Profite durch eine Schweizer Bank. Ich vermute, daß er dort seinen Schnitt macht und mich hintergeht.«

»Also revanchierst du dich, weil dir das Hemd näher ist als der Rock«, stellte Lucinda fest.

Yves grinste wie ein übermütiger Schuljunge.

Sie aßen im Restaurant, und als der schlimmste Rückflutverkehr vorbei war, eine endlose Autoschlange, Stoßstange an Stoßstange, brachen sie auf.

Im Wagen war Yves wieder sehr schweigsam und schien zerstreut.

»Was überlegst du?« fragte Lucinda.

Er musterte sie nachdenklich.

»Weißt du, Lucinda, du bist sehr hübsch, und du bist auch sehr intelligent. Das ist ungewöhnlich. Mehr noch, du hast keine Vorurteile. Ich wette, daß du imstande wärst, gutes Material für mein Geschäft aufzutreiben. Ich meine damit, daß ich glaube, du wärst eine ideale Partnerin für mich. Was meinst du dazu?«

»Ich meine, daß du mir bereits gestanden hast, daß du deine Partner bestiehlst.«

»Sei nicht albern, Lucinda, bei dir wäre das doch etwas anderes. Wir würden zusammenarbeiten, und ich weiß, daß ich dir vertrauen kann. Du wärst mein Talentsucher, und ich garantiere dir, daß du ein Vermögen verdienen wirst.«

»Ich möchte keine Schwierigkeiten mit eurer Polizei bekommen, besten Dank, Yves. Und ich sage dir noch etwas. Ich war jetzt schon ein paarmal in deiner Wohnung. Warum wohnst du nicht luxuriöser und in einem eleganteren Viertel, wenn man in deiner Branche so viel Geld machen kann?«

»Was? Damit ich irgendwie auffalle, unliebsam Aufmerksamkeit auf mich ziehe? Wenn ich in die Avenue Foche übersiedelte, hätte ich alle Flics von Paris auf dem Hals. Ganz zu schweigen von den Zuhältern und Informanten – und Alastair. Nein. Steig du nur bei mir ein, dann fahren wir eines Tages hinaus aufs Land, und ich zeige dir den Besitz, den ich dort habe. Natürlich nicht unter meinem Namen. Du wirst angenehm überrascht sein.«

Lucinda sah ihn an. Noch nie hatten seine Augen so lebhaft gefunkelt. Strahlend sah er sie an. »Nun, wie ist es damit?«

»Es klingt interessant«, gab sie zu. »Aber ich möchte es mir noch ein, zwei Tage überlegen. Es ist schließlich ein schwerwiegender Entschluß.«

»Na schön. Aber laß mich nicht zu lange warten. Ich möchte bald losschlagen können.«

8

Verschlafen tauchte Lucinda am nächsten Morgen ihr Croissant in den Kaffee. Die Zeitung lag aufgeschlagen vor ihr, und ihr Blick wanderte von einer langweiligen Geschichte zur nächsten noch langweiligeren.

Doch obwohl ihr Körper völlig entspannt war, arbeitete ihr Gehirn mit Hochdruck. Alastair hatte sie beauftragt, festzustellen, ob Yves ihn betrog. Es war ihr gelungen. Monatelang hatte sie es genossen, ihre eigene Wohnung zu haben und sich innerhalb gewisser Grenzen kaufen zu können, was ihr Herz begehrte, denn solange Alastair auf Ergebnisse wartete, hatte er ihre Rechnungen bezahlt.

Würde er es auch noch tun, wenn sie ihm sagte, was sie von Yves erfahren hatte? Sie konnte sich gewiß noch detaillierte Informationen verschaffen, wenn sie vorgab, bei Yves einsteigen zu wollen. Sie war noch immer Alastairs Geliebte, und er kam häufig nach Paris, um ein paar Tage mit ihr zu verbringen, aber sie machte sich über ihre Beziehung keine Illusionen. Ihr machte der Sex mit ihm Spaß, und er schien sie zu schätzen, aber sie war nicht in ihn, er nicht in sie verliebt. Sobald sie ihre Mission erfüllt hatte, würde der kühle, berechnende Alastair ihr möglicherweise mitteilen, daß er ihrer Dienste nicht mehr bedürfe, und sich ein Mädchen suchen, das ihn billiger kam. In seiner Branche gab es wohl kaum einen Mangel an passenden Kandidatinnen. Es schien Lucinda nicht sehr sinnvoll, ihm allzu rasch die Information zu geben, die er haben wollte. Andererseits schien es ihr auch unklug, sich auf einen Handel mit Yves einzulassen. Früher oder später mußte Alastair dahinterkommen, daß sie ihn betrog, und sie hatte den Eindruck, daß er gefährlich werden konnte, wenn man ihn hereinlegte. Yves Angebot abzulehnen hieße aber auf eine Einkommensquelle verzichten, die es ihr ermöglichen konnte, sich aus der finanziellen Abhängigkeit von Alastair zu befreien. Je länger sie also die beiden Entscheidungen hinauszögern konnte, um so besser für sie.

Noch immer unentschlossen, entdeckte sie in der Zeitung plötzlich eine Nachricht, die sie brennend interessierte. Es war ein Foto von Merton, auf dem er noch besser, noch vornehmer aussah als früher. In der Bildunterschrift hieß es, er sei zur Premiere seines nächsten Films nach Paris gekommen. Nachdem er noch ein bißchen Klatsch losgeworden war, erwähnte der Reporter, daß Merton im ›Hotel Meurice‹ abgestiegen sei.

Aus einem Impuls heraus griff Lucinda nach dem Telefon und rief das ›Meurice‹ an. Was für ein Spaß, Merton wiederzusehen! Ob Kalifornien ihn wohl verändert hatte? Sie bezweifelte es. Er war britisch bis ans Herz hinan, ein solcher Mann ließ sich von der Plastik- und Flitterwelt Hollywoods nicht beeinflussen. Zu ihrer größten Überraschung stellte die Zentrale sofort in Mertons Zimmer durch.

»Lucinda!« Seine Stimme war so klangvoll und melodisch wie ehe und je. »Wie wunderbar, von dir zu hören! Bleibst du länger in Paris? Können wir uns sehen?«

Sie erklärte ihm, daß sie in der Stadt lebe und wollte seine Einladung schon annehmen, als ihr etwas einfiel.

»Ist Jennifer auch hier?« fragte sie.

Merton antwortete nicht sofort.

»Nein, wir beide werden ganz allein sein«, sagte er endlich nach einer langen Pause. »Du hast mir gefehlt, meine bezaubernde Lucinda. Ich habe die amerikanischen Frauen so satt. Selbstverständlich bist du zu meiner Premiere eingeladen, aber du mußt mich schon heute nachmittag besuchen. Offiziell ruhe ich mich vor dem Rummel am Abend aus. Ich habe Zimmer 552, komm direkt zu mir herauf. Kannst du gegen vier Uhr hier sein? Dann bleiben uns ein paar ungestörte Stunden.«

Lucinda war in fröhlicher Stimmung, als sie das Hotel betrat und mit dem Lift in die fünfte Etage fuhr. Sie klopfte an die massive Tür. Merton öffnete sofort, nahm sie in die Arme und küßte sie leidenschaftlich. Sie folgte ihm ins Zimmer und sah sich plötzlich Jennifer gegenüber.

Lucinda wich zurück, doch noch ehe sie etwas sagen konnte, nahm Merton sie bei der Hand und führte sie zu seiner Tochter.

»Ich habe dich belogen, als ich dir sagte, Jennifer sei nicht hier, weil ich wußte, daß du dann nicht kommen würdest. Aber ich kann einfach nicht tatenlos zusehen, daß die beiden Frauen, die ich liebe, miteinander verfeindet sind.«

»Bitte, Lucinda!« Jennifers Augen sahen sie flehend an. »Ich weiß, daß das, was ich dir in Cambridge angetan habe, schrecklich war. Ich habe dir und diesem bedauernswerten Tutor so viel Kummer bereitet. Der Himmel weiß, daß ich diese dumme Rache und meine Bosheit bereue. Jeden Tag habe ich mir seither Vorwürfe gemacht. Aber ich war eben eifersüchtig, Lucinda. Ich wollte dich, ich brauchte dich, und da war dieser verdammte junge Mann, der mir deine Zeit und deine Zuneigung stahl. Ich mußte ihn loswerden. Das allein war für mich wichtig. Ich habe es getan, weil ich dich für mich haben wollte, aber ich habe dich dadurch nur verloren. Und jetzt haßt du mich. Haßt du mich, Lucinda, oder kannst du mir verzeihen? Können wir wieder zu der liebevollen Freundschaft von früher zurückfinden?«

»Bitte, Lucinda, um meinetwillen«, sagte Merton aufrichtig bewegt und ohne theatralische Übertreibung.

Lucinda sah zuerst ihn und dann Jennifer an. Ihr Gefühl für Michael war seit langem tot und nur noch sentimentale Erinnerung. Daß sie ihr Studium nicht hatte abschließen können, störte sie nicht. Seit jenem Tag der Schande und der Bitterkeit hatte das Leben es gut mit ihr gemeint, und ihre Bitterkeit war allmählich zu Gleichgültigkeit verblaßt. Sie erinnerte sich, wie süß ihre Liebe zu Jennifer gewesen war, wie sehr sie sie schon in der Schule bewundert hatte, und ein tiefes Gefühl schwoll in ihr. Mit einem Aufschluchzen warf sie sich Jennifer in die Arme, und die beiden Mädchen umarmten sich wie Liebende, die lange getrennt gewesen waren.

Dann lachten, weinten und streichelten sich alle drei, doch schließlich nahm Merton Lucindas Arm und führte sie zum Schlafzimmer.

»Laß uns feiern«, schlug er vor.

»Was? Und die arme Jennifer sollen wir allein lassen?«

»Keine Sorge«, entgegnete Jennifer fröhlich, »ich komme mit.« Und damit nahm sie Lucindas anderen Arm.

Es war ein unvergeßliches Erlebnis. Vater und Tochter legten sie auf das Bett, und sie fühlte ihre Hände überall auf ihrem Körper. Ihre Kleider schienen von ihr abzufallen, und sie bebte, als sie Mertons festes Fleisch und Jennifers weiche Haut spürte.

Viel später duschten sie, zogen sich an und brachen zur Premiere auf. Merton wurde von Journalisten, von Frauen, Kritikern, Schriftstellern und anderen Schauspielern umringt – von der ganzen Meute eben, die zu einem Premierenabend gehörte. Angehörige der Pariser Schickeria und der eleganten künstlerischen Kreise beanspruchten die Aufmerksamkeit des großen Schauspielers, und die beiden Mädchen gerieten ins Hintertreffen.

Nach der Premiere gab es noch einen Empfang, doch Lucinda beschloß, nur kurz zu bleiben, bevor sie nach Hause ging.

»Wie lange bleibt Merton in Frankreich?« fragte sie Jennifer.

»Der arme Schatz hat so viel zu tun. Morgen abend muß er schon wieder zurückfliegen.«

»Kommt am Nachmittag auf einen Drink zu mir. Meine Wohnung ist in der Avenue Mozart und leicht zu finden.«

Sie schrieb Jennifer die Adresse und ein paar Stichworte auf, damit sie nicht zu lange suchen mußten, küßte die Freundin zum

Abschied und winkte Merton zu. Er war zwischen einer vollbusigen Kritikerin und einem sehr ernsten Kulturattaché von der britischen Botschaft eingeklemmt und rollte hilflos die Augen nach oben.

Am nächsten Morgen weckte sie das Telefon. Es war Yves.

»Lucinda, was war denn los mit dir?« fragte er aufgeregt. »Gestern habe ich den ganzen Tag versucht, dich zu erreichen, aber du warst nie da.«

»Zwei alte Freunde aus England sind plötzlich in Paris aufgetaucht, und ich habe den Tag mit ihnen verbracht.«

»Doch nicht Alastair?« fragte er mißtrauisch.

»Nein, natürlich nicht, mach dich nicht lächerlich. Sie kommen übrigens heute nachmittag gegen fünf auf einen Drink zu mir. Komm doch auch vorbei, dann lernst du sie kennen? Da du mir offensichtlich nicht traust, kannst du dich selbst überzeugen, daß ich die Wahrheit sage.«

»Lucinda, Chérie, das ist nicht fair. Du weißt, daß ich dir vertraue. Ich bin nur ein ziemlich nervöser Mensch.«

»Das habe ich gemerkt«, antwortete Lucinda scharf. »Wenn ich dich heute nachmittag nicht sehe, dann ruf mich am Abend an, ja?«

Merton und Jennifer kamen kurz vor fünf. Obwohl sie nur zwei Tage in Frankreich gewesen waren, hatten sie ausreichend Gepäck für eine Polarexpedition dabei. Das meiste gehörte Merton. Sie stapelten ihre Koffer in Lucindas Diele auf und blockierten fast die Tür. Dann machten sie es sich bequem.

»Wir können nur ein paar Minuten bleiben, Liebling«, sagte Merton. »Aber natürlich konnten wir nicht abreisen, ohne dich noch einmal gesehen zu haben.«

Lucinda küßte Vater und Tochter, die beide ihre Liebhaber waren.

»Habt ihr noch Zeit für eine Tasse Kaffee?« fragte sie.

»Nur für einen Schluck Scotch, um mit dir anzustoßen«, antwortete Merton.

Jennifer lächelte. »Ich trinke einen Wodka-Martini.«

Während sie noch miteinander schwatzten, erschien Yves.

»Na also«, sagte Lucinda lachend, »überzeug dich selbst. Alte Freunde aus England, wie ich es dir gesagt habe. Weit und breit keine Spur von Alastair Grant.«

Sie stellte ihn ihren Gästen vor, und bald war er in ein Gespräch mit Jennifer vertieft, während Merton Lucinda mit Geschichten über seine Heldentaten in Hollywood unterhielt.

Die Zeit verging rasch, und Merton mußte zu seinem Flugzeug. Yves sprang auf.

»Ich habe meinen Wagen draußen. Lassen Sie sich von mir zum Flughafen bringen. Um diese Tageszeit ist kaum ein Taxi zu bekommen.«

»Sie sind sehr freundlich«, antwortete Merton. »Ich muß nach London zurück und darf diese Maschine nicht versäumen. Jennifer kann frei über ihre Zeit verfügen, sie kommt und geht, wie es ihr gefällt, aber wir armen alten Droschkengäule, die auf der Bühne umherstolzieren, müssen uns immer nach den Wünschen unseres Publikums richten.«

»Hör auf, dich in Szene zu setzen«, sagte Jennifer. »Wenn du noch lange so weiterjammerst, wird kein Mensch Mitleid mit dir haben.«

Sie küßten Lucinda zum Abschied und gingen dann zu Yves Wagen.

»Schreibt mir mal!« rief Lucinda ihnen nach. »Ich möchte euch nicht wieder verlieren!«

Sie kehrte zu dem noch immer ungelösten Problem zurück, wie sie es schaffen sollte, Yves und Alastair hinzuhalten. Yves bereitete ihr die größeren Sorgen, da er auf eine endgültige Antwort wartete, und wie Lucinda inzwischen wußte, war er nicht der geduldigste unter den Männern.

Doch dieses Problem löste sich praktisch selbst. Als Yves sie anrief, wollte sie ihn schon fragen, ob sie sich die Sache noch ein paar Tage länger überlegen könne, doch er kam ihr zuvor und sagte: »Ich verreise für ungefähr zwei Wochen. Ich rufe dich an, aber ich werde viel zu tun haben und weiß nicht, wie oft ich die Zeit erübrigen kann.«

»Hat es etwas mit deinem Geschäft zu tun?«

»Ja, ich gehe gewissermaßen auf Talentsuche. Es gibt da ein paar Mädchen, die ich mir ansehen möchte, und bei einigen sieht es so vielversprechend aus, daß ich nicht warten möchte, weil sie mir sonst die Konkurrenz wegschnappt. Bei dir geht doch alles klar, während ich weg bin?«

»Aber selbstverständlich. Viel Glück, Yves. Laß mich wissen, wie du vorankommst, ja?«

Er ließ, während er weg war, nur selten von sich hören. Wenn er anrief, war er immer in Eile oder mit Leuten zusammen, so daß wichtige Dinge nicht zur Sprache kamen. Alastair rief jedoch zweimal an und wollte wissen, was sie für Fortschritte mache. Lucinda ließ ihn wie geplant im unklaren und versprach ihm genauere Informationen, wenn er das nächstemal nach Paris käme.

Als sie eines Nachmittags von einem Besuch bei Freunden zurückkam, hörte sie ihr Telefon klingeln. Sie beeilte sich und konnte noch abheben, bevor der Anrufer auflegte. Es war Yves, und er schien bester Laune zu sein.

»Ich habe schon ein paarmal versucht, dich zu erreichen, Lucinda«, sagte er. »Hör zu, Chérie, ich bin wieder in Paris und habe eine wunderbare Überraschung für dich.«

»Herrlich! Was ist es?«

»Wenn ich dir das sagte, wäre es doch keine Überraschung mehr. Aber du mußt heute abend zu mir kommen und dir ansehen, was ich dir mitgebracht habe.«

Als sie dann zu ihm kam, war er geradezu überschwenglich, umarmte sie, drückte sie an sich und küßte sie, als sei er jahrelang weggewesen.

»Komm rein, und schau dir meinen neuen Schatz an. Ich sag dir, ich habe ein Mädchen gefunden, das uns ein Vermögen einbringen wird. Wenn du die Neue siehst, wirst du dir nicht mehr überlegen, ob du bei mir einsteigen willst. Bitten wirst du mich darum. Übrigens ist sie wahnsinnig in mich verliebt. Sie wird alles tun, was ich ihr sage. Alles. Sie ist richtig wild. Komm, Lucinda, laß dir meinen neuen Star vorstellen.«

In der Diele stand mit glänzenden Augen – Jennifer.

9

Lucinda war mehr als überrascht, und Yves und Jennifer lachten über ihre Verwirrung.

»Was ist denn da passiert, zum Kuckuck?« fragte sie.

»Es hat an dem Tag angefangen, an dem Yves Daddy und mich

zum Flugplatz fuhr«, antwortete Jennifer. »Ich hatte es ja nicht eilig, nach England zurückzukommen, aber mein berühmter Vater hatte irgendeinen langweiligen Termin beim Fernsehen. Auf der Fahrt zum Flugplatz sagte Daddy plötzlich, es sei doch eigentlich ein Jammer, daß ich nach einem so kurzen Aufenthalt schon wieder nach Hause solle, und mein lieber, ritterlicher Yves erbot sich sofort, sich um mich zu kümmern, wenn ich noch Lust hätte zu bleiben. Er sagte, er habe eine Geschäftsreise vor und meinte, ich könnte ihn ja begleiten. Er wollte durch ganz Südfrankreich von der Côte d'Azur bis Toulouse. Eine herrliche Gegend! Nun ja, anfangs war ich nicht unbedingt begeistert von dem Vorschlag. Nicht, daß ich ihn nicht begleiten wollte. Ich fand ihn von Anfang an geradezu atemberaubend, aber ich hatte Angst, ich würde ihm im Weg sein. Schließlich hatte er gesagt, es sei eine Geschäftsreise, und ich hatte natürlich keine Ahnung, um was für Geschäfte es sich handelte.«

»Ich wette, du hast nicht lange gebraucht, um das festzustellen«, warf Lucinda ein.

Jennifer lachte leise. »Es war eine Überraschung, aber auch ein Riesenspaß.«

»Sie war mir eine große Hilfe«, erklärte Yves. »Ich hatte nämlich in die Pariser Ausgabe der *New York Herald Tribune* ein Inserat einrücken lassen. Du weißt ja, der übliche Text: ›Interessante und einmalige Gelegenheit für kontaktfreudiges Mädchen, das Sinn für Abenteuer hat. Auslandsreisen können in Aussicht gestellt werden. Bewerbungen an Postfach Nummer …‹ Und so weiter. Ich bekam viele Zuschriften, und vereinbarte mit den vielversprechendsten Mädchen Treffen in verschiedenen Provinzstädten. Das verwischt meine Spuren etwas, falls es irgendwann einmal Schwierigkeiten geben sollte. Es darf nicht den geringsten Hinweis auf Paris oder die Firma geben. Mit Jennifer in der Rolle meiner Sekretärin war die Sache viel einfacher, und es waren ein paar Mädchen darunter, die nicht nur willig, sondern sogar überreif waren, was wir bei – nun, sagen wir – zwanglosen Tests mühelos feststellten.«

»Erinnerst du dich an den Sonntagnachmittag in Nîmes?« fragte Jennifer mit einem übermütigen Lachen.

»Mit Lisette und – wie hieß die andere doch gleich?« fragte Yves.

»Melisande.«

»Stimmt. Melisande. Das war vielleicht ein ausdauerndes Paar, richtig sportlich, nicht wahr?«

»Warum glauben Mädchen, die diesen Beruf ergreifen, sie müßten sich so exotische Namen zulegen?« fragte Lucinda.

»Meine Liebe, du tust unseren jungen Freundinnen sehr unrecht«, protestierte Yves. »Es sind keine Callgirls – wenigstens jetzt noch nicht. Sie sind Schülerinnen einer sehr strengen Klosterschule.«

»Was haben sie dann mit zwei so überzeugten Sündern wie euch gemacht?«

»Yves und ich hatten die ganze Küste abgegrast und fleißig Mädchen interviewt«, antwortete Jennifer. »Nachdem wir an so schicken Orten wie Cannes und Nizza gewesen waren, machten wir uns zwei muntere Tage in Marseille.«

»Das kann ich mir vorstellen«, meinte Lucinda trocken.

»Nun ja, wir waren am Freitag fertig geworden und beschlossen, uns ein paar Tage auszuruhen. Wir machten eine Bummelfahrt durch die Provence, es war wunderschön und sehr erholsam. Auf jeden Fall kamen wir Sonntag vormittag nach Nîmes. Du kennst die Stadt ja. Es gibt dort mehr römische Ruinen als moderne Häuser, und der Park, in dem die Bürger der Stadt lustwandeln, ist ein vorchristlicher Friedhof.«

»Schön, aber nicht gerade fröhlich«, meinte Yves.

»Es herrschte eine Gluthitze wie in einem Ofen«, fuhr Jennifer fort. »Wir wollten uns die Füße vertreten, bevor wir weiterfuhren, und dann entdeckten wir eine schmiedeeiserne Bank.«

»Und auf dieser Bank saßen Lisette und Melisande«, sagte Yves.

»Ich mußte sie einfach ansprechen«, wandte Jennifer sich an Lucinda. »Wir beide trugen unsere leichtesten Sachen, ganz knappe Shorts und lose Hemden, und da saßen diese beiden Mädchen – vielleicht sollte ich diese jungen Damen sagen – und waren wie für eine königliche Gartenparty angezogen.«

»Sie hatten sogar weiße Handschuhe an«, sagte Yves lachend.

»Makellos gebügelte Leinenkostüme mit halblangen Röcken und gestärkten Blusen. Ich meine, wenn sie zwei alte Witwen gewesen wären, die nach getrocknetem Lavendel dufteten, wäre das begreiflich gewesen, aber diese Mädchen waren ganz offensichtlich noch nicht zwanzig. Sie sahen so merkwürdig aus, daß ich anfing zu lachen. Die Mädchen starrten mich erstaunt an. Sie konnten sich nicht vorstellen, was ich in dieser Stadt der Toten so komisch fand. Also fragte ich sie, ob ihnen in diesen Sachen nicht zu heiß sei. Lisette erklärte mir daraufhin, daß sie eine sehr strenge Schule besuchten und am Sonntag die Uniform tragen mußten. Bei jedem Wetter. Wir kamen ins Gespräch, und sie waren, nachdem das Eis gebrochen war, wirklich reizend. Nach einer Weile sagte Yves, daß wir eigentlich zum Schwimmen an den Fluß wollten, und er fragte sie, ob sie Lust hätten, uns zu begleiten.«

›Das wäre herrlich‹, antwortete Melisande, ›aber leider geht es nicht. Wir haben keine Badeanzüge mit.‹

›Dann schwimmen wir eben ohne‹, antwortete Jennifer.

Die beiden Mädchen starrten sie an, als habe sie Suaheli mit ihnen gesprochen. Dann fragte Lisette ungläubig.

›Sie wollen ohne Badeanzüge schwimmen? Hier in Nîmes? Das ist nicht erlaubt. Das wäre ein Skandal. Sie müssen wissen, daß am Wochenende viele Familien zum Pont du Gard kommen und unter dem Aquädukt picknicken.‹

›Und wenn wir ein Stück flußaufwärts fahren?‹ schlug Yves vor. Sie sahen ihn an und nickten zweifelnd.

›Ja, ich kenne einen ganz abgeschiedenen Platz‹, meinte Lisette. ›Aber es ist ziemlich weit bis dorthin.‹

›Wir haben einen Wagen. Kommt mit. Ihr könnt uns den Weg zeigen. Und würdet ihr nicht auch gern schwimmen? Wir leihen euch gern unsere Handtücher.‹

Lisette sah Melisande, und Melisande sah Lisette an. Dann, meinte Lisette mit einem nervösen Kichern: ›Warum eigentlich nicht? Fahren wir mit, Melisande, vielleicht wird es lustig.‹

Yves musterte die beiden und kam zu dem Schluß, daß es sogar sehr lustig werden konnte. Lisette trug das weizenblonde Haar zu einer Krone geflochten wie ein sprödes Jüngferlein, aber in ihren verträumten blauen Augen blitzte es hin und wieder wollüstig auf. Ihre Freundin hatte eine zarte goldene Haut, als habe sie immer im Freien und in einem Land der ewigen Sonne gelebt. Sie hatte sich das kastanienfarbene Haar züchtig aufgesteckt, wie sich das für eine anständige junge Dame aus einer Klosterschule ziemte. Aber Yves sah nur die kecken Brüste und die wohlgeformten Schenkel, die sich unter den Röcken abzeichneten. Sie waren junge Frauen in der ersten Blüte. Ja, es würde bestimmt sehr lustig werden.

Zu viert gingen sie langsam zum Wagen zurück. Auf dem Weg dorthin erfuhren Jennifer und Yves, wie die beiden hießen, woher sie kamen, was ihre Väter für einen Beruf hatten, und sie erzählten alles über die Schule, in der sie während der Woche buchstäblich gefangengehalten und von ihren geistlichen Erzieherinnen gezwungen wurden, ein klösterliches Leben zu führen. Die Aussicht, sich zwei Fremden anzuschließen und dann mit ihnen nackt zu baden, erfüllte sie mit Erwartung, und sie fanden das ganze Unternehmen unerhört kühn und aufregend.

Die beiden Mädchen wollten in den Fond des Wagens einsteigen, als Yves Lisette am Arm nahm und sie bat, sich auf den Beifahrersitz zu setzen und ihm den Weg zu zeigen. Lisette drehte sich nervös zu Melisande um, aber Jennifer sagte:

›Mach dir nur keine Sorgen, ich kümmere mich schon um Melisande, und du machst es dir mit Yves gemütlich.‹ Sie schubste Melisande freundschaftlich auf die Hinterbank und fragte dann: ›Warum zieht ihr nicht eure Jacken aus? Ihr müßt ja langsam ersticken.‹

›O nein, nicht schon jetzt, das trau ich mich nicht‹, flüsterte Melisande.

Sie fuhren eine lange, schmale Straße entlang, und als sie sich einem würdevollen grauen Steingebäude näherte, spähte Lisette ängstlich durch die Windschutzscheibe.

›Runter!‹ rief sie.

Sofort rutschten die beiden Mädchen zur Überraschung der beiden anderen von den Sitzen und kauerten sich auf den Boden.

›Was ist los, zum Teufel?‹ rief Yves und trat heftig auf die Bremse.

›Fahren Sie weiter! Halten Sie bitte nicht an!‹

Lisette schmiegte sich an sein rechtes Bein und erklärte: ›Wir fahren eben an unserer Schule vorbei. Wenn uns jemand in einem fremden Wagen sähe, bekämen wir schreckliche Schwierigkeiten. Wir sollten jetzt nämlich in der Kirche sein.‹

Melisandes Kopf ruhte an Jennifers bloßem Schenkel, und sie genoß das Gefühl, die Wärme der jungen glatten Wange und den leisen Atem auf ihrer Haut zu spüren. Wie beiläufig legte sie die Hand auf das ordentlich frisierte Haar des Mädchens und zauste es liebevoll. Ganz unauffällig preßte Melisande sich fester an Jennifer, ihre feuchten Lippen öffneten sich, und sie drückte Jennifer einen winzigen, flüchtigen Kuß auf den Schenkel.

›In Ordnung, du kannst jetzt wieder hochkommen‹, rief Lisette, während sie selbst auf den Sitz zurückkrabbelte. ›Wir sind schon ein ganzes Stück vorbei.‹

Doch Melisande blieb, wo sie war, und schmiegte sich noch enger an Jennifer.

›Wir fühlen uns so sehr wohl‹, sagte Jennifer.

Yves warf einen raschen Blick nach hinten, sah, was dort vorging, und legte Lisette den Arm um die Schultern. Sie schien sich nicht klar zu sein, wie sie auf diese Wendung der Dinge reagieren sollte, versuchte jedoch nicht, seine Hand wegzuschieben.

›Warte einen Moment!‹

Mit akrobatischer Geschmeidigkeit entledigte Jennifer sich ihrer Shorts. Melisande zog ihr ungeduldig den dünnen Schlüpfer aus und küßte sie mit der Lüsternheit, deren nur jemand fähig ist, der seine Gefühle jahrelang unterdrücken mußte und plötzlich eine nie erträumte Freiheit erlebt. Melisandes Initiative faszinierte Lisette, die wie gebannt zusah. Nach ein paar Minuten überwand auch sie ihre Angst und ihre Scheu. Zögernd, als fürchte sie, zurückgestoßen zu werden, ließ sie ihre Finger über Yves rasch erigierenden Penis spielen.

›Vorsicht!‹ warnte Yves. ›Vergiß nicht, daß ich fahre.‹

Doch Yves Vergnügen dauerte nicht lange. Lisette kletterte auf ihren Platz zurück und dirigierte ihn von der Straße auf einen schmaleren Feldweg, der sich am Flußufer entlangschlängelte. Nach ein paar hundert Metern war auch der Feldweg zu Ende, und von da an holperten sie nur noch über eine Art Wagenspur, die dann in einem kleinen Birkenwäldchen ganz verschwand. Die Bäume umstanden eine winzige Lichtung und schirmten sie gegen neugierige Blicke ab. Am Flußufer wuchs hohes Gras.

›Hier können wir schwimmen, ohne befürchten zu müssen, daß uns jemand stört‹, sagte Lisette zu Yves, als er den Wagen unter dem Laubwerk der Bäume parkte, die willkommenen Schatten boten.

›Ich finde es großartig, daß du dieses Plätzchen kennst‹, erwiderte Yves.

›Melisande und ich haben es entdeckt, als wir mit den Fahrrädern unterwegs waren. Wir waren schon oft hier und haben nie eine Menschenseele zu Gesicht bekommen.‹

Sie stiegen aus dem Wagen und gingen zum Fluß hinunter, der sich träge zwischen grauen verwitterten Felsbrocken seinen Weg bahnte. Jennifer stellte amüsiert fest, daß die beiden Mädchen sich in kürzester Zeit ganz erstaunlich verändert hatten. Die makellosen, sauberen Schuluniformen waren zerknittert, und unter den Armen sah man Schweißflecke.

Melisande zog die Jacke aus und warf sie auf den Boden. Das Gras umschmeichelte warm ihre Haut, als sie sich auszogen.

Yves zupfte Lisette am Arm, doch sie stieß ihn spielerisch weg.

›O nein‹, sagte sie lachend, ›jeder muß mal bei jedem an der Reihe sein. Ich gehe jetzt mit Jennifer, und du nimmst dir Melisande – wenn sie dich haben will.‹

Yves wandte sich an Melisande, doch sie rannte zum Ufer hinunter.

›Nein, Yves, du mußt noch warten! Du hast uns versprochen, daß wir schwimmen dürfen. Also schwimmen wir.‹

›Nein, Melisande, zuerst müssen wir beenden, was wir im Wagen angefangen haben. Dann können wir schwimmen, solange wir wollen.‹

Die beiden Mädchen lachten ihn aus. Er hatte die Shorts ausgezogen und machte nur allzudeutlich, wie erregt er war.

›Nein, bitte zuerst etwas anderes‹, bettelte er.

Melisandes Antwort bestand darin, daß sie in den Fluß sprang. Mit stummen Flehen sah er Lisette an, doch sie lachte nur und lief hinter der Freundin her in das kühle Wasser. Traurig schüttelte Yves den Kopf. War das noch dasselbe Mädchen, das sich noch vor wenigen Minuten seiner so eifrig bemächtigt hatte, während er fuhr und nicht voll genießen konnte, was es mit ihm tat?

›Es hat keinen Sinn, Yves!‹ rief Jennifer ihm zu. ›Du mußt eben warten.‹ Sie sprang in den Fluß. ›Komm doch auch rein, Yves! Es ist herrlich, und ein bißchen Bewegung tut dir gut. Sie lenkt dich von anderen Dingen ab.‹

Grollend ließ er sich dazu verführen, ihr ins Wasser zu folgen.

Er tauchte den Kopf unter und schwamm dann kraftvoll los, seinen Peinigerinnen hinterher.

›Kommt bloß her, ihr verflixten Meerjungfrauen!‹ rief er. ›Wenn ich euch erwische, sollt ihr etwas erleben, das ihr nicht so leicht vergeßt!‹

Alle vier waren ausgezeichnete Schwimmer, und Melisande hatte fast das jenseitige Ufer erreicht, als Yves sie einholte und packte. Sie schlug um sich, schrie und lachte und tat so, als wehre sie sich verzweifelt gegen ihren Angreifer.

›Das ist ja widerlich! Lassen Sie das arme Mädchen in Ruhe, Sie obszöner, verworfener, sexbesessener Irrer! Wenn Sie nicht aufhören, die Kleine zu belästigen, hole ich die Polizei!‹

Yves und Melisande unterbrachen ihr Scheingefecht und blickten erstaunt zum anderen Ufer hinüber. Dort stand ein magerer Mann Ende der Zwanzig und drohte ihnen wütend mit der Faust. Unter der kurzen Hose seiner Pfadfinderführeruniform stachen spitz und pickelig seine Knie hervor, und hinter ihm stand etwa ein halbes Dutzend kleiner Jungen und beobachteten das Schauspiel im Wasser mit großen fragenden Augen. Der entrüstete Pfadfinderführer merkte plötzlich, daß die Schwimmer alle nackt waren und scheuchte seinen Trupp möglicherweise noch unschuldiger Jungen in den Wald zurück.

›Ihr sollt Schmetterlinge fangen und wilde Blumen suchen!‹ schrie er sie an. ›Verschwindet ins Gebüsch, hier unten am Fluß findet ihr bestimmt nichts. Ich kümmere mich um diese Leute. Fort mit euch, aber sofort!‹

Murmelnd und kichernd zogen die Jungen sich zurück, riskierten aber immer wieder einen Blick über die Schulter auf die drei nackten Frauen.

Als der Pfadfinderführer sich wieder dem Faun und den drei Nixen zuwandte, rief Melisande ihm zu:

›Es ist alles in Ordnung, wirklich, Sir! Der Herr ist mein Onkel. Er will mir nichts tun, es ist nur ein Spiel!‹

›Ihr Onkel? Ein schöner Onkel ist mir das! Warum tragen Sie keine Badeanzüge wie anständige Menschen? Ein solches Treiben! Wollen Sie meine kleinen Jungen verderben?‹

›Das könnte Spaß machen‹, sagte Jennifer leise zu Yves.

›Wir sind FKK-Anhänger‹, erwiderte Melisande, ›wir leben alle in einem Lager für Freikörperkultur. Wir glauben daran, daß der Körper sich frei entfalten sollte, besonders wenn er die Sonne genießen kann.‹

›Es ist mir gleichgültig, was Sie in Ihrem Lager tun‹, antwortete der Pfadfinderführer. ›Hier jedenfalls sind Sie ein Ärgernis für alle, die zufällig vorbeikommen.‹

›Wir dachten, es sei niemand hier‹, mischte sich Lisette ein. ›Wir haben natürlich Kleider am anderen Ufer.‹

›So etwas sollte wirklich nicht erlaubt sein‹, beschwerte sich der Verteidiger von Anstand und Sitte. ›Bleiben Sie bitte im Wasser, bis ich mit meiner Gruppe weitergezogen bin.‹

Und mit einem empörten Kopfschütteln sammelte er seine Jungen ein, die heimlich ans Ufer zurückgeschlichen waren und verstohlen den Anblick der verbotenen Früchte genossen.

Als die vier zu dem Ufer zurückgeschwommen waren, an dem ihre Sachen lagen, waren die Pfadfinder verschwunden und sie wieder allein.

Jennifer hatte sich königlich amüsiert. ›Du bist wirklich eine sehr geschickte kleine Lügnerin‹, sagte sie anerkennend zu Melisande. ›Und diese Fantasie! Ich kann dich dazu nur beglückwünschen.‹

›Nun, ich nicht‹, knurrte Yves. ›Ich bin jetzt überhaupt nicht mehr in Stimmung. Und das ist eure Schuld. Ich habe euch gesagt, wir sollten erst hinterher schwimmen gehen.‹

»Na ja, und dann haben wir uns mit noch einigen Spielchen die Zeit vertrieben«, schloß Jennifer ihren Bericht. »Nur fürchte ich, daß die beiden Mädchen unseretwegen zu spät in ihr Kloster zurückkamen. Und du siehst, Lucinda, wie gut Yves mich auf das vorbereitet hat, was er ›die persönlicheren Seiten seines Geschäftes‹ nennt.«

»Das war rasche Arbeit, Yves, meinen Glückwunsch«, erwiderte Lucinda. »Aber Jennifer, was hatte Merton dazu zu sagen, daß du mit einem Mann abhauen wolltest, den du erst eine Stunde kanntest und von dem du überhaupt nichts wußtest? Hat er sich denn keine Sorgen um dich gemacht?«

»Du meine Güte, nein, Lucinda. Er war wegen seines Fernsehauftritts viel zu nervös, um sich darum zu kümmern. Ich denke sogar, daß er recht froh war, mich los zu sein. Vergiß nicht, daß ich alt genug bin, um auf mich selbst aufzupassen, und Daddy hat bei mir nie den beschützenden Vater gespielt. Ich schrieb ihm, daß es mir großartig gehe, und das machte ihn restlos glücklich.«

»Dann bist jetzt also du der Star von Yves ganz besonderem Geschäft. Macht dir das nichts aus?«

»Nein. Warum denn? Yves behandelt mich gut, und ich finde alles himmlisch, was wir zusammen unternehmen. Mädchen für ihn an Land zu ziehen, ist so etwas wie eine Herausforderung für mich, und auch wenn ich ihm damit eine Freude machen kann, wenn ich mit jemand anderem schlafe, regt mich das auf. Ich wette, ihr beide habt zusammen eine ganz tolle Zeit erlebt.«

»Und das macht dich nicht eifersüchtig?«

»Nein. Komisch, nicht wahr, wenn du bedenkst, wie ich mich wegen dieses albernen kleinen Michael aufgeführt habe. Yves hat etwas an sich, das mich ihm gegenüber wehrlos macht, und mit ihm oder für ihn kann ich einfach alles tun. Je verrückter, um so besser.«

Yves wollte, daß sie die Nacht zu dritt verbrachten, aber Lucinda war nicht in der richtigen Stimmung und verließ sie nach dem Essen unter einem Vorwand. Daß Jennifer plötzlich auf der Szene erschienen war, war so etwas wie ein Schock für sie gewesen, und sie wußte nicht, ob sie über diese Entwicklung froh sein sollte oder nicht. Es konnte sich als zusätzliche Komplikation in einer Situation erweisen, die ohnehin schon langsam aus der Kontrolle geriet.

Mit einem Seufzer der Erleichterung schloß sie ihre Wohnungstür auf, schien im nächsten Moment jedoch zu erstarren. Es war jemand da. Doch wer es auch war, er gab sich keine Mühe, seine Anwesenheit zu verbergen. Die Leselampe im Wohnzimmer brannte, und das Radio spielte. Lucinda trat ein, und da saß, lässig wie immer, Alastair in ihrem bequemsten Sessel.

»Willkommen daheim«, schnurrte er. »Ich bin schon seit einiger Zeit hier. Warst du mit Yves aus?«

»Nein, ich war mit einer Freundin zusammen. Tut mir leid, daß du gewartet hast. Du hättest mir Bescheid geben sollen, daß du kommst, dann wäre ich hier gewesen, um dich zu begrüßen.«

Warum hatte sie gelogen? Lucinda wußte es nicht genau, aber sie spürte, daß sie noch nicht bereit war, Yves zu denunzieren. Ihr

Entschluß, ob sie Yves überhaupt an Alastair verraten würde, stand noch nicht fest. Es war auch besser, wenn Alastair nicht erfuhr, wie intim sie inzwischen mit Yves war. Auf jeden Fall jetzt noch nicht.

Alastair sah sie lange und durchdringend an, erwähnte seinen korsischen Partner aber nicht mehr.

»Es ist schon ein bißchen spät. Wohin gehen wir essen?«

»Tut mir leid, Liebling, aber ich habe schon gegessen. Ich richte dir aber gern etwas hier bei mir.«

Sie brachte ihm kaltes Fleisch, Käse und eine Flasche Wein. Während er aß, fragte er Lucinda, was sie die ganze Zeit getan habe, und sie gab ihm unverbindliche Antworten. Als sie ins Bett gingen, sagte Alastair, er sei sehr müde, und schlief ein, ohne sie auch nur anzufassen. Das bereitete Lucinda keinen Kummer. Er war im Bett schon immer unberechenbar gewesen. In manchen Nächten war er leidenschaftlich und fast unersättlich, und dann wieder schien ihn Sex völlig kalt zu lassen.

Lucinda fragte sich, was sie machen sollte, wenn Yves anrief. Zum Glück kam er nie unangemeldet, daher brauchte sie auch nicht zu befürchten, daß er hereinplatzte und sie mit Alastair überraschte.

Sie saßen beim Frühstück, als das Telefon klingelte. Lucinda wappnete sich, doch es war Jennifer. Sie schwatzten ein paar Minuten und verabredeten sich für den Nachmittag.

»War das das Mädchen, mit dem du gestern zusammen warst?« fragte Alastair.

»Ja, sie ist eine alte Schulfreundin aus England.«

Alastair nickte. Er schien zufrieden, und Lucinda freute sich, daß ihre Geschichte auf diese Weise bestätigt worden war.

Alastair wollte Yves im Büro aufsuchen, doch zuerst nahm er sich ein Hotelzimmer, weil er nicht wollte, daß Yves etwas von seiner Beziehung zu Lucinda erfuhr. Sie verbrachte den nächsten Tag mit Jennifer, die ihr alles über ihre Abenteuer mit Yves erzählte. Lucinda staunte, wie schnell und rückhaltlos Jennifer in Yves Bann geraten war. Wie er ihr gesagt hatte, war die Freundin bereit, alles für ihn zu tun, und sie hatte bereits eine eindrucksvolle Reihe von ›Sexperimenten‹ hinter sich, wie sie es in einem ironisch-wissenschaftlichen Jargon nannte.

An diesem Abend nahmen die Dinge eine für Lucinda unvorhergesehene Wendung. Jennifer wohnte bei Yves, und Lucinda hatte sie nach dem Kino in seine Wohnung begleitet. Sie wußte, daß Yves noch im Büro war, vermutlich sogar mit Alastair, und hatte daher keine Bedenken, noch mit der Freundin zusammenzubleiben. Und dann klingelte das Telefon.

Jennifer nahm den Hörer ab. Es war Yves, der sie bat, sich mit ihm zum Abendessen zu treffen. Sie wiederholte den Namen des Restaurants und die Zeit, zu der sie sich treffen wollten. Als sie schon auflegen wollte, fügte sie jedoch noch hinzu:

»Ach, übrigens, Liebling, Lucinda ist auch hier. Willst du mit ihr sprechen?«

Innerlich fluchend nahm Lucinda den Hörer. Yves drängte sie, sich Jennifer und ihm anzuschließen. Wenn, was sehr wahrscheinlich war, Alastair noch bei ihm saß, dann war der Schaden geschehen. Dann wußte er jetzt, daß Yves mit ihrer Freundin mehr als nur befreundet war. Und so etwas konnte einen wesentlich vertrauensseligeren Mann als Alastair mißtrauisch machen.

Ihre schlimmsten Befürchtungen wurden wahr, als sie mit Jennifer das Restaurant betrat, denn natürlich saß Alastair bei Yves. Er tat sehr geschickt, als habe er sie nicht mehr gesehen, seit er sie Yves vorgestellt hatte. Yves führte Jennifer Alastair mit großem Stolz vor, und Jennifer, die von Lucindas Dilemma keine Ahnung hatte, machte kein Hehl daraus, wie vertraut sie mit Lucinda war. Alastair war während des Essens sehr schweigsam, Yves hingegen schwatzte ununterbrochen, und Jennifer sah ihn anbetend an. Lucinda spürte die unterschwellige Spannung zwischen Alastair und ihr selbst, und sie fröstelte unwillkürlich. Es war ein schwieriger Abend.

Nach dem Essen brachte Yves Jennifer nach Hause, setzte Alastair bei seinem Hotel und Lucinda vor ihrer Wohnung ab. Sie ging schnurstracks ans Telefon, rief das Hotel an und wurde mit Alastair verbunden.

»Willst du noch herüberkommen?« fragte sie.

»Nein, ich habe heute abend keine Lust mehr, wegzugehen. Ich fliege morgen sehr früh nach London zurück.«

»Ich dachte, daß du vorher noch mit mir sprechen wolltest«, sagte sie halbherzig.

»Ich glaube nicht, daß es da viel zu besprechen gibt. Schließlich hattest du gestern die ganze Nacht Zeit, mir deine Geschichte zu erzählen. Jennifer war natürlich die Freundin, mit der du zusammen warst, als ich nach Paris kam und du Yves nicht gesehen hattest.«

»Das stimmt, aber ich habe dir die Wahrheit gesagt. Ich kenne Jennifer seit Jahren.«

»Und hast sie vermutlich mit Yves bekannt gemacht. Ich muß schon sagen, ihr seid ein hübsches, miteinander verschworenes Trio. Bist du ganz sicher, daß du nicht mehr über Yves weißt, als du mir gesagt hast? Ich möchte nur ungern denken müssen, daß du dein Spielchen mit mir treibst, Lucinda.«

Sie brauchte Zeit, um sich über alles klar zu werden. Wenn es ihr nur gelänge, Alastairs Zweifel zu zerstreuen, hätte sie ein paar Tage oder Wochen Zeit, etwas zu arrangieren.

»Du bist hysterisch, Alastair«, sagte sie. »Hör zu, diese Jennifer war mit ihrem Vater in Paris, und Yves hat sie ganz zufällig kennengelernt, als er bei mir vorbeikam. Woher sollte ich wissen, daß die dumme Gans sich Hals über Kopf in Yves verlieben würde? Das hat nichts mit mir zu tun. Für mich ist es dadurch nur schwieriger geworden, nahe genug an Yves heranzukommen, um ihn über seine Geschäfte auszuhorchen.«

Das entsprach zwar nicht der Wahrheit, aber es klang gut, und sie hoffte, daß es ihn überzeugte.

»Schön, Lucinda, wenn das so ist!« Alastairs Stimme verriet nichts von seinen Gedanken. »Ich hoffe nur, daß du mir demnächst Konkreteres berichten kannst. Du weißt, wo du mich erreichst. Ich möchte von dir hören. Und bald, warte nicht mehr zu lange, hörst du, Lucinda?«

10

Diese Krise hatte sie also geschickt überwunden. Alastair war seit mehr als einer Woche wieder in England. Das Geld, das er ihr jeden Monat schickte, war pünktlich auf ihrem Konto eingegangen, und Lucinda war erleichtert. Yves setzte sie nicht direkt unter Druck, er war es zufrieden, abzuwarten, bis sie von selbst zu ihm kam. Seine Haltung ihr gegenüber hatte sich geändert, seit er Jennifer erobert hatte, die ihm völlig verfallen war. Yves scheinbare Gleichgültigkeit sollte bei ihr den Eindruck hinterlassen, daß sie als Talentsucherin entbehrlich war: zwar könnte man sie immer noch recht gut brauchen, aber Jennifer und er würden sehr gut ohne sie fertig, bis sie endlich zur Vernunft käme. Die Tage vergingen, und niemand zwang Lucinda, sich zu entscheiden, ob sie mit Yves gemeinsame Sache machen oder ihn an Alastair verraten sollte. Mit diesem Zustand war sie sehr zufrieden.

Als Jennifer eines Vormittags zu ihr kam, glaubte Lucinda zuerst, Yves habe sie entweder zum Spionieren geschickt oder um es mit sanfter Überredung zu versuchen. Jennifer behauptete jedoch, Yves sei gar nicht in Paris.

»Er mußte nach Cannes fahren, dort gibt es Schwierigkeiten mit einem Mädchen«, erklärte sie. »Er hat gemeint, daß er einen oder zwei Tage ausbleiben werde. Jetzt ist nur noch dieses gräßlich wehleidige Ding, die Babette, im Büro, und ich weiß nicht so recht, was ich mit mir anfangen soll. Außerdem wollte ich dich auf jeden Fall einmal besuchen. Du hast ja keine Ahnung, wie glücklich ich bin.«

Jennifer sah wirklich strahlend aus, und Lucinda fühlte einen leichten Stich der Eifersucht.

»Mit Yves?«

»Mit Yves.«

»Dann mache ich dir jetzt wohl am besten eine Tasse Kaffee, er wirkt sehr beruhigend auf die Nerven.«

»Sei nicht so boshaft, Lucinda! Bitte, Liebling! Ich bin so glücklich, und ich möchte, daß auch du glücklich bist. Und Yves. Wir drei gehören zusammen. Du bist ein Teil von uns, vergiß das nie.«

Lucinda schüttelte den Kopf.

»Das stimmt nicht. Du gehörst zu Yves. Ich nicht.«

»Du wirst aber zu ihm gehören. Warte nur ab. Er wird dich zähmen, und du wirst es herrlich finden. Ich bete diesen Mann an. Für mich ist es der Himmel, wenn ich nur bei ihm sein kann.«

»Wirklich, Jennifer? Mir scheint, es ist noch gar nicht so lange her, daß du behauptest hast, wahnsinnig in mich verliebt zu sein.«

»Aber ich liebe dich, Lucinda. Ich liebe euch beide. Komm, mein Liebling, dann will ich dir zeigen, wie sehr ich dich liebe.«

Jennifer nahm Lucinda bei der Hand und führte sie ins Schlafzimmer.

Eine Viertelstunde später, als sie, völlig ineinander versunken, die ganze übrige Welt vergessen hatten, nackt und in Schweiß gebadet beieinanderlagen, mit zerrauften Haaren und von Bissen und Küssen geschwollenen Lippen – da erschien die Polizei.

Als es zum erstenmal klopfte, ignorierten sie die Störung. Was sie eben taten, war ihnen wichtiger als jeder Besuch. Doch der unsichtbare Störenfried klopfte hartnäckig weiter, und als Lucinda endlich aus dem Bett sprang, flog die Wohnungstür auf. Das schwache Schloß war für die Pariser Polizei kein unüberwindliches Hindernis.

Lucinda sah sich plötzlich zwei uniformierten Beamten und einem Inspektor gegenüber, der – wie sie sich später erinnern sollte – ganz wie die Kommissare im Film einen alten Regenmantel und einen weichen Filzhut trug.

Darüber hinaus hatte Lucinda nur eine sehr verschwommene Erinnerung an das, was sich zutrug. Es kam alles so plötzlich, so unerwartet, war ein solcher Schock, und es geschah so schnell. Die Männer musterten die beiden nackten Frauen mit unverhohlener Verachtung und offenem Abscheu. Sie weigerten sich, ihre Fragen zu beantworten, warteten kaum lange genug, daß sie in ihre Sachen schlüpfen konnten, und führten sie dann ab. Sie hielten sich nicht damit auf, den Lift heraufzuholen, sondern liefen die Treppen hinunter und hinaus zu dem vor der Tür geparkten Polizeiwagen. Lucinda krümmte sich innerlich unter den neugierigen Blicken der Concierge und der Passanten, die natürlich sofort stehenblieben und gafften. Ihre Augen schienen sie anzuklagen und zu verspotten. Sie hatte keine Zeit gehabt, ihre Kleidung in Ordnung zu bringen oder Make-up aufzulegen, und sie fühlte sich so nackt und verletzlich wie in dem Augenblick, in dem die Polizei sie praktisch mit Jennifer im Bett überrascht hatte.

Im Wagen fragte sie, ob sie verhaftet sei, und wenn das zuträfe, aus welchem Grund. Man sagte ihr nur, daß man ihr diese Fragen auf der Polizeistation beantworten werde. Jennifer sagte kaum etwas. Sie schluchzte leise vor sich hin, ihr Gesicht war totenblaß und ihre Augen starr vor Schreck.

Auf der Polizeistation trennte man sie. Lucinda wurde in ein

Wartezimmer geschoben – und dort ließ man sie warten. Das Mobiliar bestand aus einem einfachen Holztisch und zwei harten Stühlen. Auf dem Tisch stand ein schwarzes Telefon, und daneben lagen ein paar Bogen unbeschriebenen Papiers. Die Wände waren kahl und sahen aus, als hätten sie seit Jahrzehnten keine frische Farbe mehr gesehen. Lucinda saß auf einem der beiden Sessel vor dem Schreibtisch und wartete. In ihrem Kopf herrschte ein unbeschreibliches Durcheinander, und sie zitterte vor Angst.

Eine Ewigkeit verging.

Dann ging die Tür auf, und der Inspektor kam in Begleitung eines Assistenten herein, der einen Notizblock und einen Kassettenrecorder in der Hand trug.

»Sie sind Mademoiselle Lucinda Farrer?« Lucinda nickte.

»Bitte antworten Sie laut und deutlich, damit wir Ihre Aussage auf Band aufnehmen können.«

»Ja.« Ihre Stimme klang unnatürlich heiser.

»Und Sie wohnen in der Avenue Mozart 36, im sechzehnten Arrondissement.«

Plötzlich wurde Lucindas Angst von ihrem Zorn überrannt. »Ich verlange jetzt zu erfahren, warum man mich hierhergebracht hat.«

»Beantworten Sie bitte meine Fragen, Mademoiselle.«

»Warum, zum Teufel, sollte ich Ihre Fragen beantworten? Zuerst sagen Sie mir, warum ich verhaftet wurde.«

»Es gehört nicht zu meinen Aufgaben, mit Ihnen über die Gründe zu sprechen, die zu Ihrer Festnahme führten. Ich möchte nur, daß Sie mir Ihre Identität bestätigen. Dann kommen Sie vor einen Untersuchungsrichter, der befugt ist, über die anderen Dinge zu sprechen.«

»Wo ich herkomme, muß man jedem, den man auf ein Polizeirevier verschleppt, die Gründe für seine Verhaftung nennen, und der Beschuldigte hat das Recht, sich mit seinem Anwalt in Verbindung zu setzen.«

»Mademoiselle Farrer, ich versichere Ihnen, daß Sie streng nach den französischen Rechtsgrundsätzen behandelt werden. Würden Sie mir jetzt bitte bestätigen, daß die bereits genannte Adresse Ihr ständiger Wohnsitz ist?«

»Nicht, solange man mir nicht sagt, warum ich hier bin.«

»Nun, das ist auch nicht so wichtig. Wir wissen, wo wir Sie gefunden haben, und es gibt bestimmt Zeugen, die bestätigen können, daß Sie dort wohnen. Wir werden jedoch zu Protokoll nehmen, daß Sie sich bei einer Routinevernehmung weigerten, die Polizei zu unterstützen.«

Die beiden Beamten standen auf und verließen das Zimmer. Wieder war Lucinda mutterseelenallein in dem kahlen, stillen Raum.

Noch eine Ewigkeit verging, bevor die Tür wieder geöffnet wurde und ein Mann mittleren Alters eintrat. Auch er wurde von einem Protokollführer begleitet. Er stellte sich als *juge d' instructions* vor, was gleichbedeutend war mit Untersuchungsrichter.

»Meine Aufgabe ist es, über die Vorwürfe zu befinden, die gegen Sie erhoben wurden«, sagte er. »Nachdem ich Sie vernommen habe, werde ich feststellen, ob gegen Sie Anklage erhoben werden soll oder nicht. Ich bin lediglich für die Vorbereitung des Falles zuständig. Ich entscheide nicht über Ihre Unschuld oder Schuld. Ist das klar?«

»Würden Sie mir bitte sagen, was man mir vorwirft?«

Er musterte sie kalt, und sein Tonfall war eher gleichgültig als feindselig.

»Gewiß, Miß Farrer. Man wirft Ihnen ungesetzliche Handlungen vor, vor allem, daß Sie Ihren Lebensunterhalt durch unmoralische Aktivitäten bestreiten. Verstehen Sie?«

Verblüfft schüttelte Lucinda den Kopf.

»Tun Sie doch nicht so, Miß Farrer! Sie sind kein Kind mehr. Muß ich wirklich deutlicher werden? Es wird behauptet, daß Sie einen Callgirlring leiten und Prostituierte für sich arbeiten lassen. Es wird auch angegeben, daß Sie ein sittenwidriges Verhältnis mit Miß Maxwell eingegangen sind, doch da Sie beide volljährig sind und mit Ihren Handlungen kein öffentliches Ärgernis erregten, das heißt, kein Vergehen im rechtlichen Sinn begingen, interessiert mich dieser Punkt nicht.«

»Was ist mit Miß Maxwell? Sie wurde mit mir hierhergebracht. Bringt man dieselben Anklagepunkte gegen sie vor?«

»Zu diesem Zeitpunkt sind es noch keine Anklagen, Miß Farrer, nur Beschuldigungen. Doch da Sie sich anscheinend Sorgen machen, kann ich Ihnen sagen, daß man gegen Miß Maxwell weniger schwerwiegende Vorwürfe erhoben hat. Von ihr heißt es, sie lebe von Prostitution, ohne registriert zu sein.«

Der Richter stellte sehr präzise Fragen, und es wurde Lucinda klar, daß ziemlich viele stichhaltige Beweise gegen sie vorliegen mußten. Mit einem Wort, jemand hatte ein Komplott gegen sie geschmiedet und sie verleumdet.

Nach einiger Zeit suchte sie ein Angehöriger der britischen Botschaft auf. Sie beteuerte ihm ihre Unschuld, doch er blieb unbeeindruckt. Denn was konnte man schon von einem jungen Mädchen erwarten, das in Paris in einer kostspieligen Wohnung lebte, nicht arbeitete und von seiner Familie kein Geld bekam? In ihrer Verzweiflung erwähnte Lucinda den Namen ihres Bruders und erklärte, daß er ein prominentes Mitglied der Rechtsanwaltschaft eines größeren Gerichtsbezirks sei. Das beeindruckte den uninteressiert wirkenden Botschaftsbeamten ein bißchen.

Sie verbrachte die Nacht in einer Zelle und wurde am nächsten Vormittag noch einmal von dem Richter vernommen. Ihr Akt war schon dick angeschwollen, und die Papiere in den Händen ihres Inquisitors kamen ihr wie eine versteckte Waffe vor, die auf sie gerichtet war. Immer wieder fragte man sie nach Frauen, die sie nicht kannte, nach Orten, an denen sie nie gewesen war, Zahlungen, die sie nie bekommen hatte. Sie verneinte alle Fragen, wußte aber nicht, ob man ihr glaubte oder nicht.

Nach einer zweiten Nacht im Gefängnis war Lucinda völlig demoralisiert und verzweifelt. Sie hatte schlecht geschlafen, und der Kopf tat ihr weh. Das Gefängnis war für die ehrenwerte Lucinda Farrer nicht der geeignete Aufenthaltsort. Es bekam ihr nicht.

Wieder wurde sie in das gräßliche Wartezimmer gebracht und erwartete resigniert ein neues Verhör. Doch als sie den Raum betrat, wartete der Richter schon mit zwei anderen Männern auf sie.

»Miß Farrer«, sagte er, »sind Sie sich bewußt, wie ernst und schwerwiegend die Beschuldigungen sind, die gegen Sie erhoben wurden?«

Lucinda las Verachtung und Abscheu in den Augen des Untersuchungsrichters. Sie nickte schwach. Sie war zu niedergeschlagen, um sich aufzulehnen oder sich noch länger zu verteidigen.

»Es wurden zu Ihren Gunsten gewisse Erklärungen abgegeben«, fuhr er fort, »und aufgrund dieser Erklärungen haben wir beschlossen, keine Anklage gegen Sie zu erheben.«

Lucinda war überzeugt, daß sie ihn mißverstanden haben mußte. Sie starrte die Männer ungläubig an.

»Verstehen Sie nicht? Wir lassen Sie laufen.«

»Ich bin frei? Ich kann gehen? Ich brauche nicht mehr hierzubleiben?«

»Es war nicht meine Entscheidung, das sage ich Ihnen ganz offen«, erwiderte der Richter streng. »Sie haben ein paar einflußreiche Freunde, junge Dame. Aber Sie werden nur unter zwei Bedingungen aus der Haft entlassen.«

Lucinda wartete.

»Erstens müssen Sie Frankreich sofort verlassen und dürfen mindestens sechs Monate nicht mehr hierher zurückkehren. In dieser Zeit sollen gewisse Aspekte dieses Falles geklärt werden. Sollten Sie später wieder einmal nach Frankreich kommen, erwarten wir von Ihnen, daß Sie ein makelloses Benehmen an den Tag legen. Sind Sie einverstanden?«

»Ja, selbstverständlich.«

»Die andere Bedingung ist, daß Sie sich dem Schutz und der Obhut des Gentleman anvertrauen, der nebenan auf Sie wartet.«

Das kann nur Alastair sein, dachte Lucinda. Die ganze Geschichte sieht ihm verdammt ähnlich, und jetzt ist er gekommen, um mich für sich zu beanspruchen.

Man führte sie durch ein Vorzimmer in einen Raum, wo sie wie ein überflüssiges Paket einem Mann übergeben wurde, der ungeduldig auf den Zehenspitzen wippend am Fenster stand. Es war nicht Alastair. Es war ihr Bruder Miles, der sie in ihre Wohnung brachte und bei ihr blieb, während sie packte. Er ließ sie keine Sekunde allein, bis sie in der Maschine nach London saßen. Sie verließ Paris, ohne sich noch einmal mit Yves in Verbindung setzen zu können oder zu erfahren, was aus Jennifer geworden war. Zum zweitenmal kehrte sie mit Schimpf und Schande nach Hamblewood zurück.

»Ich habe sehr viel Einfluß geltend machen und auch einiges an Bestechungsgeldern auf den Tisch des Hauses blättern müssen, um dich da herauszuholen«, teilte Miles ihr mit. »Natürlich wußte ich, daß du dich in Schwierigkeiten bringen würdest, Lucie. Es war nur eine Frage der Zeit, daher war ich darauf vorbereitet, als ich die Nachricht bekam. Doch ich warne dich, meine kleine Schwester, das war das letztemal, daß ich dir als Ritter ohne Furcht und Tadel zu Hilfe geeilt bin. Wenn du das nächstemal durch eigene Schuld in der Tinte sitzt – oder durch deine Unmoral, dann stehst du allein. Du bist der Schandfleck der Familie. Deine Eltern schämen sich für dich, und ich auch.«

Bruder Miles hatte ihr unmißverständlich seinen Standpunkt klargelegt.

Lucinda war überzeugt, daß Alastair für ihre Verhaftung verantwortlich war. Er hatte wohl vermutet, daß sie, Jennifer und Yves ein Komplott gegen ihn schmiedeten. Sie wußte nicht, was aus Jennifer geworden war. Doch in Alastairs Augen war Jennifer nicht wichtig, und ihr Problem mit der französischen Polizei würde sich kaum als zu schwerwiegend herausstellen. Lucinda fragte sich jedoch, was Alastair mit Yves vorhaben mußte, der seiner Ansicht nach bestimmt der Rädelsführer gewesen war, Lucinda korrumpiert und Jennifer ausgenutzt hatte.

Drei Wochen später erfuhr sie, was aus Yves geworden war. Sie las in der Zeitung, daß die Leiche eines gewissen Yves Richepin in der Nähe des Jachthafens von Monte Carlo an den Strand gespült worden war.

VIERTER TEIL

11

Die Tage nach Lucindas Heimkehr auf den Stammsitz ihrer Familie waren für sie alles andere als glücklich. Miles wurde es nicht müde, sie immer wieder daran zu erinnern, daß sie ihre Befreiung seinem in Juristenkreisen wachsenden Ruf und dem Ansehen der Familie zu verdanken hatte – und ihrem Reichtum. Ihre Mutter blieb unnahbar. Es schickte sich nicht für eine Dame von Adel, über die schmutzigen Seiten des Pariser Lebens zu sprechen. Gegen ihre Tochter legte sie eine Haltung resignierter Duldsamkeit an den Tag, die nicht frei von Widerwillen war. Ihr Vater war viel zu sehr mit der Verwaltung des großen Besitzes beschäftigt und widmete sich darüber hinaus dem genauen Studium der Sport- und Wirtschaftsseiten mehrerer Zeitungen, so daß ihm wirklich keine Zeit blieb, sich mit etwas so Unwichtigem wie mit dem Leben seiner auf Abwege geratenen Tochter abzugeben. Also wurde Lucinda von den übrigen Mitgliedern ihrer Familie abwechselnd verdammt, gemaßregelt und ignoriert.

Sie war ratlos. Nachdem sie in Frankreich von der Freiheit gekostet hatte, fand sie ihre früheren Freunde und Bekannten langweilig und provinziell. Ihre Versuche, sich mit den Maxwells in Verbindung zu setzen, blieben vergeblich. Das Hotel, in dem Jennifer abgestiegen war, als sie mit ihrem Vater nach Paris kam, hatte keine Nachsendeadresse. In Yves Wohnung meldete sich niemand. Merton war anscheinend völlig von der Erdoberfläche verschwunden. Von seinem Agenten erfuhr Lucinda, daß er sich überanstrengt hatte und dringend Ruhe brauchte. Er hatte sich an einen geheimzuhaltenden Ort zurückgezogen und strenge Anweisung gegeben, daß er weder durch Post, Telefonanrufe, Besuche oder Rechnungen gestört werden durfte. Obwohl Lucinda ihre ganze Überredungskunst ins Feld führte, weigerte sich der Agent standhaft, ihr zu sagen, wie sie sich mit ihm in Verbindung setzen konnte.

»Wenn ich mit Ihnen eine Ausnahme machte, würde er keine ruhige und friedliche Minute mehr haben«, erklärte er. »Nichts und niemand soll Merton während der nächsten sechs Wochen stören. Ich habe ihm als einzige Konzession versprechen müssen, daß ich ihm eine Stunde vorher Bescheid sage, wenn das Ende der Welt hereinbrechen sollte. Nichts, aber auch gar nichts sonst soll zu ihm durchdringen.«

Alastair machte nie den Versuch, sie zu erreichen, und Lucinda kam zu dem Schluß, daß sein Rachedurst wohl gestillt war – falls er tatsächlich ihre Verhaftung veranlaßt haben sollte. Doch als sie die Nachricht von Yves Tod las, kehrten ihre Angst und ihre Zweifel zurück. Als sie für einen Tag nach London fuhr, nahm sie die Gelegenheit wahr, Sarah Brown zu besuchen. Sie hatte sie anrufen wollen, doch sie hatte die Nummer verloren, und da die Wohnung und das Telefon nicht unter ihrem Namen angemeldet waren, konnte sie die Nummer auch nicht aus dem Telefonbuch heraussuchen. Doch es war Samstag, und Lucinda wußte, daß Sarahs Wochenende schon am Freitag begann. Es bestand also eine hohe Wahrscheinlichkeit, daß sie sie zu Hause antraf.

»Ach, du bist es!« sagte Sarah, als sie Lucinda erkannte. »Und was, zum Teufel, willst du von mir?« Es war keine sehr herzliche Begrüßung, und Lucinda war auf so viel Feindseligkeit gewiß nicht gefaßt. Erstaunt sah sie das große blonde Mädchen an.

»Ich wollte ein paar Minuten mit dir reden. Ich habe eine Menge Probleme und dachte – hoffte, du könntest mir etwas von Alastair erzählen. Darf ich reinkommen?«

»Wenn du darauf bestehst.«

Sarah trat beiseite und ließ Lucinda in die Wohnung, die vor noch nicht allzulanger Zeit auch die ihre gewesen war. Jetzt kam sie sich wie eine unerwünschte Fremde vor. Sarah blieb stehen und wartete darauf, daß Lucinda anfing zu sprechen. Sie forderte sie nicht auf, sich zu setzen.

»Was ist los?« fragte Lucinda. »Warum bist du so feindselig gegen mich?«

Sarah lachte trocken.

»Arme, kleine Lucinda! Du glaubst, daß du in dem Augenblick, in dem was schiefgeht, hierher zurückgekrochen kommen kannst, als hättest du nie etwas Unrechtes getan. Du bist verdammt unverschämt, das muß man dir lassen. Ich war diejenige, die dir den Aushilfsjob verschafft hat, und wie hast du es mir gelohnt? Du hast hinter meinem Rücken intrigiert, hast dich heimlich mit ihm getroffen und mir den Superjob in Paris weggeschnappt. Ist dir denn nie der Gedanke gekommen, daß ich es war, die darauf Anspruch hatte? Und ich hätte ihn auch bekommen, wenn du nicht mit deinem Sex gewinkt hättest.«

»Aber du siehst das ganz falsch!« rief Lucinda. »Alastair war hinter mir her, nicht umgekehrt. Er hat nie erwähnt, daß er ursprünglich dich nach Paris schicken wollte. Du hast mir den Job verschafft, weil ich perfekt Französisch spreche, weißt du das nicht mehr? Als seine Sekretärin verreist war …«

»Du brauchst mich nicht eigens daran zu erinnern. Ich werde nie vergessen, daß du den Job durch mich bekommen hast und wie gemein und hinterhältig du warst.«

»Du kannst doch nicht Französisch, wie hättest du dich denn dort durchschlagen wollen, zum Teufel?« Lucinda schluckte ihren Zorn hinunter. »Hör zu, Sarah, es tut mir leid, ich wollte dir den Job wirklich nicht stehlen. Aber du kannst dir nicht vorstellen, was für Schwierigkeiten ich hatte. Man hat mich sogar ins Gefängnis geworfen.«

»Das weiß ich.« Sarah grinste. »Alastair hat es mir erzählt.«

»Dann weißt du also, was er mir angetan hat?«

»Er? Wieso glaubst du, daß es seine Schuld war? So wie du dich in Paris aufgeführt hast, mußtest du ja in Schwierigkeiten geraten. Du hast nur bekommen, was du verdient hast. Alastair hat dich nicht ins Gefängnis gebracht, er war derjenige, der geholfen hat, dich herauszuholen. Nicht, daß dir ein paar Jahre hinter Gittern nicht gutgetan hätten!«

»Alastair hat mich herausgeholt?« schrie Lucinda. »Du meine Güte, bist du blöd! Mein Bruder hat das gemanagt. Und wenn Alastair nicht der Kerl war, der mich einsperren ließ, wer war es dann, der der Polizei einen Haufen Lügen über mich erzählt hat?«

»Dein Freund Yves natürlich.«

»Yves ist tot. Ich habe in der Zeitung gelesen, daß seine Leiche am Strand gefunden wurde. Willst du mir vielleicht weismachen, daß Alastair auch damit nichts zu tun hatte? Es war reiner Zufall, daß Yves ermordet wurde, nachdem ich verhaftet worden war, und Alastair weint sich vor Kummer um uns irgendwo das Herz aus dem Leib, ja?«

»Das glaubst du also. Wirklich, Lucinda, du hast eine lebhafte Fantasie. Nein, es war Yves, der dich von seinen Kumpels, den Cops, einbuchten ließ. Ihr beide hattet miteinander ein hübsches kleines Geschäft aufgezogen, aber du gierige Schlampe hast ihn aufs Kreuz gelegt. Also hat er es dir heimgezahlt. Alastair hat es erfahren und heimlich ein paar Fäden gezogen, um dich herauszuholen, während dein kostbarer Bruder eine große Schau abspulte und rein gar nichts erreichte. Daß Yves ein Gangster war und einer korsischen Bande angehörte, mußt du gewußt haben. Eine rivalisierende Bande hat ihn abgemurkst. Das passiert ständig in den Kreisen, in denen du dich so wohl gefühlt hast. Warum schwirrst du nicht aufs Land ab und züchtest Rosen oder mästest Schweine oder was dein nobler Papi und deine noble Mami sonst tun, um sich die Zeit zu vertreiben.«

Lucinda starrte Sarah an. Ihre Erklärung klang logisch, doch wenn Lucinda sich an Alastairs Andeutungen und Drohungen erinnerte, dann sah die Sache wieder anders aus.

»Ich würde Alastair gern sehen, falls das stimmt, was du sagst. Sarah, ich habe mit Yves keine Geschäfte gemacht. Wenn Alastair das glaubt, dann irrt er sich. Und es gibt da ein paar Dinge, die ich wegen des Pariser Büros mit ihm besprechen müßte.«

Wieder lachte Sarah bitter und ohne eine Spur von Fröhlichkeit. »Sicher möchtest du ihn gern sehen. Aber ich glaube nicht, daß er dich sehen möchte. Und wegen des Pariser Büros brauchst du dir nicht den Kopf zu zerbrechen. Deine Nachfolgerin wird alle anstehenden Probleme lösen.«

»Meine Nachfolgerin?«

»Das ist ganz und gar meine unschuldige Lucinda. Ja, deine Nachfolgerin. Die bin übrigens ich, das nur zu deiner Information. Ich reise morgen ab, um deinen Platz in Paris einzunehmen – wenn ich auch nicht perfekt Französisch spreche. Aber ich arbeite auch nicht hinter dem Rücken meines Chefs oder meiner Freunde gegen sie, also eigne ich mich vielleicht doch besser als du für diese Aufgabe. Und falls du nichts mehr zu sagen hast, sei bitte so freundlich und verschwinde. Und mach die Tür gut hinter dir zu.«

Da ein weiteres Gespräch sinnlos war, weil Sarah von ihrer Überzeugung nicht abzubringen war, tat Lucinda genau das.

Wenn Alastair an den Ereignissen in Frankreich tatsächlich keine Schuld hatte, hätte Lucinda gern mit ihm selbst darüber gesprochen, aber Sarah würde sie nicht mit ihm zusammenbringen, und wenn sie ihn in seinem Londoner Büro aufsuchte, konnte es Schwierigkeiten geben, das ahnte Lucinda. Unverrichteter Dinge fuhr sie wieder nach Hause.

Als ein paar Wochen später ein bronzebrauner, ausgeruhter und verjüngter Merton nach London zurückkehrte, stürzte Lucinda förmlich zu ihm, um ihm zu erzählen, was geschehen war. Sie hoffte, daß er etwas von Jennifer gehört hatte, wurde jedoch enttäuscht. Mertons Isolation war vollkommen gewesen, und auch in London hatte er keinen Brief seiner Tochter vorgefunden.

»Aber das ist ein gutes Zeichen, Lucinda«, versicherte er ihr. »Du weißt, daß Jenny ein sehr unabhängiges Mädchen ist. Ich höre oft monatelang nichts von ihr, und dann taucht sie plötzlich auf, ohne mich vorher zu verständigen. Doch wenn sie Schwierigkeiten hätte, hätte sie mir geschrieben, und es hätte mich hier in London ein Hilfeschrei erwartet. Keine Sorge, ich bin überzeugt, daß es ihr gutgeht. Sie hat schon früher aus den schlimmsten Klemmen herausgefunden. Mach dir nur keine Sorgen, Lucinda. Hab' Geduld. Jennifer wird in deinem Leben wieder auftauchen, wenn du es am wenigsten erwartest.«

Lucinda sollte erfahren, daß Mertons Prophezeiung sich auf eine geradezu unheimliche Weise erfüllen würde.

12

Die Tage vergingen, neue Freunde, neue Liebhaber, neue Interessen nahmen Lucindas Zeit in Anspruch. Aber der unbefriedigende Abschluß ihrer Beziehung zu Alastair, die damit zusammenhängenden noch offenen Antworten und ihre Zweifel im Hinblick auf Yves' Tod konnte sie doch nie völlig verdrängen. Wochenlang lebte sie absolut friedlich dahin und erfuhr nichts darüber, wie die Dinge sich in Frankreich weiterentwickelt hatten oder noch weiterentwickelten. Die ereignislose Zeit wurde recht dramatisch durch den Telefonanruf eines Unbekannten unterbrochen.

»Miß Farrer? Ich heiße Fothergill, Arnold Fothergill, und ich bin Anwalt. Ich würde mich gern mit Ihnen treffen, um eine ziemlich wichtige Angelegenheit mit Ihnen zu besprechen. Kommen Sie diese Woche zufällig nach London?«

»O ja. Ich wollte Mittwoch mit dem Frühzug fahren. Was ist das für eine wichtige Angelegenheit, die Sie mit mir besprechen wollen?«

»Das möchte ich am Telefon lieber nicht erwähnen, Miß Farrer. Im Augenblick muß es Ihnen genügen, wenn ich Ihnen sage, daß die Sache wichtig und es unbedingt erforderlich ist, daß ich mit Ihnen spreche.«

»Nun gut. Dann Mittwoch nachmittag. Wo ist Ihre Kanzlei, Mr. Fothergill?«

»Es wäre viel besser, wenn wir uns nicht in meiner Kanzlei sähen. Ab ein Uhr werde ich im Savoy Hotel in Suite 1411 auf Sie warten. Fragen Sie nicht lange beim Empfang nach mir, kommen Sie direkt hinauf.«

»Moment mal«, protestierte Lucinda. »Halten Sie mich eigentlich für eine Idiotin? Ein unbekannter Mann ruft an, behauptet, Anwalt zu sein, will nicht sagen, um was es geht, weigert sich, sich mit mir in seiner Kanzlei zu treffen und erwartet, daß ich zu ihm in ein Hotelzimmer komme. Allein, wie ich vermute, Mr. Fothergill?«

»Selbstverständlich allein, Miß Farrer.« Der Mann schien über ihren Sarkasmus nicht im mindesten verstimmt. »Ja, kommen Sie bitte ohne Begleitung. Ich gebe allerdings zu, daß mein Ansinnen ungewöhnlich ist und Ihr Mißtrauen wecken muß. Ich versichere Ihnen jedoch, daß die Sache ganz reell ist. Ihr Bruder ist doch ebenfalls Anwalt, soviel ich weiß. Sie können ihn ruhig fragen, und er wird Ihnen bestätigen, daß es eine Firma Fothergill, Hardy, McGill und Tweed gibt und der Seniorpartner tatsächlich ein gewisser Arnold Fothergill ist. Bitte glauben Sie mir, daß ich Arthur Fothergill bin und Sie am Mittwoch unbedingt sehen muß.«

Bevor sie noch etwas einwenden konnte, hatte er aufgelegt.

»Miles, weißt du etwas über einen Mr. Arnold Fothergill, der behauptet, Anwalt zu sein?«

Er sah sie finster an.

»Auf was für einen Unsinn willst du jetzt schon wieder hinaus?«

»Kannst du nicht ein einziges Mal eine einfache Frage einfach beantworten, Miles? Kennst du zufällig einen Anwalt namens Fothergill?«

»Es gibt in London ein paar tausend Anwälte, und der Himmel weiß wie viele außerhalb. Zufällig ist mir ein Arnold Fothergill über den Weg gelaufen, aber ich weiß nicht, ob es derselbe ist, den du meinst. Es könnte ein anderer sein, der denselben Namen trägt.«

»Ich glaube nicht, daß es viele Anwälte dieses Namens geben kann. Manchmal treibst du deine juristische Vorsicht doch wirklich zu weit.«

»Ein Jammer, daß du nicht wenigstens einen Bruchteil dieser Vorsicht bei deinem Verhalten an den Tag gelegt hast, Lucinda.«

Lucinda seufzte und hätte ihrem salbungsvollen Bruder am liebsten eins auf die Nase gegeben. Mit maßvoller Zurückhaltung fragte sie so freundlich und beherrscht wie möglich: »Bitte, Miles, was weißt du über den Arnold Fothergill, den du kennst.«

»Ich kenne ihn nicht persönlich, aber ich kenne seinen Ruf. Es scheint, daß er ein fähiger Anwalt ist, sich aber auf dubiose Fälle spezialisiert. Die Mitglieder der Anwaltskammer haben keine allzuhohe Meinung von ihm.«

»Soll das heißen, daß er ein Gauner ist?«

»Lucinda, mußt du immer so direkt sein? Einem Anwalt so etwas vorzuwerfen, ist eine schwerwiegende Sache. Du kannst dadurch in größte Schwierigkeiten geraten.«

»Miles, es gibt hier nur uns beide. Ich halte keine Pressekonferenz ab. Sag mir jetzt ganz offen und streng professionell, aber ohne die geringste Verantwortung für dich, ist Arthur Fothergill ein unehrlicher Anwalt?«

»Muß ich das beantworten?«

»Um Himmels willen, Miles!«

»Nun gut. Obwohl ich keinen Beweis dafür habe, würde ich dir mit allem Nachdruck davon abraten, dich mit Mr. Arnold Fothergill auf irgend etwas einzulassen.«

Daß Miles sie vor Fothergill gewarnt hatte, war für Lucinda erst recht ein Ansporn, ihre geheimnisvolle Verabredung einzuhalten. Also begab sie sich am Mittwoch ins Savoy und klopfte an die Tür von Zimmer 1411.

»Kommen Sie herein, Miß Farrer, und nehmen Sie Platz.«

Arnold Fothergill war ein kahl werdender fünfzigjähriger Cherub. Doch die Augen über seinen rosigen Pausbacken waren scharf und berechnend. Er hatte das Jackett ausgezogen, und Lucinda staunte über seine feuerroten Hosenträger, die zusammen mit dem leuchtendblau und weiß gestreiften Hemd wie die Nationalflagge eines unbekannten Landes aussahen. Seine Stimme war tief und klang so schmeichlerisch wie die eines Gebrauchtwarenhändlers. Lucinda nahm sich sofort vor, auf der Hut zu sein. Ihrer Meinung nach war Arnold Fothergill ein ganz gerissener Kunde.

Sie lehnte dankend ab, als er ihr ›Tee oder etwas Stärkeres‹ anbot.

»Kommen wir gleich zum Geschäft«, sagte er dann.

»Bitte, Mr. Fothergill, deshalb bin ich ja hier.«

»Also, Miß Farrer, ich vertrete Mr. Alastair Grant, in ganz inoffizieller Eigenschaft, wenn Sie mich recht verstehen. Was wir besprechen werden, ist eine höchst vertrauliche Angelegenheit – eine sehr delikate Sache. Ich werde Sie ins Vertrauen ziehen und erwarte von Ihnen, daß Sie mir gegenüber ebenso offen und entgegenkommend sind.«

»Um was geht es, Mr. Fothergill?«

»Nun, Miß Farrer, Sie und Mr. Grant hatten ein Verhältnis, das stimmt doch, nicht wahr?«

Lucinda starrte ihn an.

»Ich begreife wirklich nicht, was Sie das angeht, Mr. Fothergill.«

»Kommen Sie, Miß Farrer, ich würde es nicht zur Sprache bringen, wenn es nicht wichtig wäre. Natürlich hatten Sie ein Verhältnis. Schließlich lebten Sie in Paris in einer Wohnung, die von Mr. Grant bezahlt wurde. Das ist eine Tatsache, die Sie nicht leugnen, nicht wahr?«

»Nein«, antwortete Lucinda nach reiflicher Überlegung. »Da Sie so viel über mein Privatleben zu wissen scheinen, hätte es wohl keinen Sinn zu leugnen. Ich nehme an, Sie wissen auch, daß ich gezwungen wurde, Paris zu verlassen, nachdem Ihr Klient falsche Beschuldigungen gegen mich erhoben hatte.«

»Nun, Miß Farrer, das ist eine sehr voreilige Vermutung und ein großer Fehler.« Fothergills Stimme klang ernst, doch in seinen Augen war ein merkwürdiges Funkeln. »Ich weiß natürlich, daß Sie verhaftet worden sind. Das war sehr peinlich für Sie, meine Liebe, und ich versichere Ihnen, daß Mr. Grant mit Ihnen fühlte. Nicht Mr. Grant war es, der Ihren kleinen Zusammenstoß mit der Polizei inszenierte. Im Gegenteil. Dank seiner Kontakte kamen Sie wieder frei. Überlegen Sie einmal, Miß Farrer: Sie hatten Mr. Grant doch einiges zu verdanken – die Wohnung in der Avenue Mozart, einen großzügigen Monatswechsel, und schließlich hat er weder Mühe noch Kosten gescheut, um Sie aus dem Gefängnis zu holen, als Ihnen unter Umständen eine sehr ernste Anklage bevorstand. Wie man die Dinge auch drehen und wenden mag, Sie haben Mr. Grant gegenüber eine moralische Verpflichtung.«

»Worauf wollen Sie hinaus, Mr. Fothergill?«

»Ohne Umschweife gesagt: Mr. Grant hat einiges für Sie getan und möchte jetzt, daß Sie sich gewissermaßen revanchieren.«

»Was will er?«

»Sagen Sie, Miß Farrer«, Fothergill schien plötzlich abzuschweifen, »führen Sie Tagebuch?«

»Ja.«

»Haben Sie es zufällig bei sich?«

»Ja.«

»Ausgezeichnet. Holen Sie es bitte heraus.« Arnold Fothergill setzte eine randlose Brille auf und warf einen Blick auf ein Papier, das er aus seinem Aktenkoffer nahm. »Es war«, sagte er, »der zwölfte Mai, als Sie gezwungen wurden, Frankreich unter den bereits erwähnten unglücklichen Umständen zu verlassen. Das stimmt doch, nicht wahr?«

Lucinda zog ihr Tagebuch zu Rate und nickte.

»Nun, Miß Farrer, haben Sie zufällig eine Eintragung darüber, wie Sie den Abend des fünfundzwanzigsten Mai verbracht haben?«

Sie blätterte weiter und nickte.

»Ja«, erwiderte sie. »Ich war in London, sah mir eine Show an und übernachtete in unserem Haus auf dem Belgrave Square.«

Fothergill lächelte beifällig.

»Entschuldigen Sie die Frage, aber verbrachten Sie die Nacht allein in diesem Haus?«

»Ja. Das Haus war abgeschlossen, da wir zur Zeit auf dem Land leben, und das Personal ein paar Tage frei bekommen hatte. Nach dem Theater war es für mich zu spät, noch nach Hamblewood zu fahren, und da wir schließlich das Haus hier haben, wäre es dumm gewesen, in ein Hotel zu gehen.«

»Nun, Miß Farrer, das war sehr klug von Ihnen.« Fothergills Ton war glatt und verbindlich. »Aber da wäre es doch durchaus möglich, Ihre – nicht ganz korrekte Eintragung zu berichtigen und hinzuzufügen, daß Mr. Grant die Nacht mit Ihnen am Belgrave Square verbrachte. Möglicherweise hatten Sie es vergessen oder wollten es ursprünglich nicht eintragen, da schließlich die Möglichkeit bestand, daß das Tagebuch jemandem in die Hände fiel, der Ihnen Schwierigkeiten machen würde, wenn er so etwas las.«

Lucinda starrte den hochtrabenden kleinen Anwalt an, aber er erwiderte ihren Blick, ohne mit der Wimper zu zucken.

»Nein, Mr. Fothergill, das kommt absolut nicht in Frage. Sie wissen doch, daß ich Alastair verdächtigte, für meine Schwierigkeiten in Frankreich verantwortlich zu sein. Und dann hätte ich doch wohl kaum mit ihm geschlafen, oder?«

»Aber es war doch nur natürlich, daß Sie unter dem Gedanken litten, Mr. Grant, der schließlich Ihr Liebhaber gewesen war, könnte Ihnen so übel mitgespielt haben. Sie waren so empört darüber, daß Sie ihn anriefen, um die Sache mit ihm zu klären. Mr. Grant sagte Ihnen, er sei nicht schuld an Ihrer Verhaftung. Deshalb baten Sie ihn, zu Ihnen zu kommen und Ihnen zu erklären, was wirklich passiert war. Er kam, und Sie erfuhren durch ihn, daß Sie ein Opfer der Bosheit von Yves Richepin geworden waren. Sie versöhnten sich. Ich zweifle nicht daran, daß sogar Tränen flossen. Sie fühlten große Zärtlichkeit füreinander und gingen in einer Gefühlsaufwallung miteinander ins Bett.«

»Unsinn, ich wollte ihn ganz bestimmt nicht wiedersehen.«

»Aber das ist nicht wahr, Miß Farrer! Ein paar Tage später waren Sie bei Sarah Brown und wollten sie überreden, Sie mit Alastair Grant zusammenzubringen. Sie wollten ihn also sehen. Es würde uns sehr helfen, wenn Sie sich daran erinnern könnten,

daß Sie am Fünfundzwanzigsten die Nacht mit Mr. Grant verbrachten.«

· »Sie bitten mich, für Mr. Grant zu lügen, Mr. Fothergill.
Warum?«

»Um nicht lange drumherumzureden – Mr. Grant braucht ein
Alibi.«

»Ich soll vor Gericht aussagen, daß Alastair die ganze Nacht
vom fünfundzwanzigsten zum sechsundzwanzigsten Mai bei mir
verbracht hat?«

»Genau darum geht es uns.«

»Aber, Mr. Fothergill, das wäre doch Meineid.«

»Lassen wir doch bitte Fachausdrücke aus dem Spiel, Miß Farrer.«

Es folgte ein langes Schweigen. Arnold Fothergill zündete sich
eine Zigarette an und wartete auf Lucindas Antwort.

»Ich will Ihnen jetzt sagen, was ich glaube.« In Lucindas
Stimme war jetzt eine Härte, die sie selbst überraschte. »Ich
denke, Sie haben mir einen Haufen Lügen erzählt. Was ist denn
am Fünfundzwanzigsten nachts passiert, das Alastair solche Sorgen bereitet? Wurde in dieser Nacht vielleicht ganz zufällig Yves
Richepin ermordet?«

»Zu dieser Überzeugung ist die französische Polizei in ihrer unendlichen Weisheit gekommen.« Lucindas Angriff ließ den Anwalt völlig kalt.

»Ich glaube, daß Alastair Grant auf irgendeine Weise für dieses
Verbrechen verantwortlich war. Ich glaube auch, daß Alastair
mich von den Flics hochnehmen ließ, und es war mein Bruder,
nicht der verdammte Alastair, der alle Register zog, um mich herauszuholen. Was haben Sie dazu zu sagen, Mr. Fothergill?«

»Ich gratuliere Ihnen, Miß Farrer. Sie sind eine sehr intelligente
und scharfsinnige junge Dame.« Fothergill lächelte ihr zu, wie
ein wohlwollender Lehrer, der eine vielversprechende Schülerin
ermutigt. »Ich habe Alastair von vornherein gesagt, daß Sie bestimmt nicht so leicht zu übertölpeln sein und auf ein solches Geschwätz hereinfallen würden. Also machen wir Nägel mit Köpfen.
Wir wollen, daß Sie in Frankreich für Alastair vor Gericht aussagen.«

»Dann ist Alastair in Frankreich?«

»Nein, Miß Farrer, er ist noch in England. Aber Frankreich hat um Auslieferung ersucht. Denn sehen Sie, weil die Leiche des von keinem betrauerten Monsieur Yves Richepin in Monte Carlo gefunden wurde, gilt Frankreich als das Land, in dem das Verbrechen verübt wurde, und deshalb kommt der Fall vor ein französisches Gericht. Ich muß Ihnen sagen, daß die Beweise gegen Alastair so überzeugend sind, daß er bestimmt ausgeliefert wird. Es wäre besser, wenn wir es erreichen könnten, daß der Auslieferungsantrag abgelehnt wird, doch das schaffen wir nicht. Für Alastairs Verteidigung gibt es nur eine Möglichkeit: wenn der Fall in Frankreich vor Gericht kommt, muß er ein Alibi beibringen können.«

»Tut mir leid, Mr. Fothergill, doch selbst wenn ich bereit wäre zu helfen, gibt es für mich keine Möglichkeit, nach Frankreich einzureisen. Das wurde mir unmißverständlich erklärt, als man mich hinauswarf.«

»Da sind Sie aber im Irrtum, Miß Farrer. Als Hauptentlastungszeugin dürften Sie zurückkehren, da muß man Sie ins Land lassen. Es wäre natürlich noch besser, wenn man Ihnen die Einreise verweigerte. Wenn wir beweisen könnten, daß die Polizei eine wichtige Zeugin daran hinderte, vor Gericht zu erscheinen, müßte die Anklage gegen Alastair niedergeschlagen werden. Er würde sofort auf freien Fuß gesetzt. Nein, Miß Fothergill, so dumm sind die bestimmt nicht. Man wird Sie einreisen lassen.«

»Und dann?«

»Und dann werden Sie dem Gericht erzählen, daß Sie und Alastair die Nacht vom fünfundzwanzigsten zum sechsundzwanzigsten Mai zusammen in Ihrem Londoner Heim verbracht haben. Man wird Ihnen glauben. Die Franzosen wissen, daß er Ihr Liebhaber war und in Ihrer Pariser Wohnung übernachtet hat.«

»Da Sie inzwischen zugegeben haben, daß nicht Alastair es war, der mich aus dem Gefängnis herausgeholt hat, ich aber auch weiß, daß er die falschen Anschuldigungen gegen mich erhob, müssen Sie mir schon sagen, warum ich das für ihn tun sollte, Mr. Fothergill?«

»Weil, meine liebe Miß Farrer, einen Tag nach Ihrer überzeugenden Aussage auf einem unter Ihrem Namen eröffneten Konto bei einer Genfer Bank fünfzigtausend Pfund für Sie bereitliegen werden.«

»Nein.«

»Aber, Miß Farrer, seien Sie doch vernünftig! Ich kann nicht glauben, daß Sie so große moralische Skrupel haben.«

»Nein, Mr. Fothergill, ich habe nur den abscheulichen Verdacht, daß er am Tag nach meiner falschen Aussage in seinem Glücksrausch über seine Freilassung vergessen könnte, die fünfzigtausend Pfund für mich einzuzahlen. Und ich könnte dieses Geld wohl kaum einklagen, wie?«

»Sie haben mein Wort, daß Sie das Geld bekommen, Miß Farrer. Sie müssen uns einfach vertrauen.«

»Ihnen vertrauen? Ich kenne Sie nicht. Alastair vertrauen? Das kann ich noch weniger: ihn kenne ich. Nein, Sir, das genügt mir nicht.«

Zum erstenmal wirkte Arnold Fothergill unsicher, schien er nicht mehr zu wissen, was er sagen sollte. Jetzt steckte sich Lucinda eine Zigarette an und machte ein paar tiefe Züge, bevor sie fortfuhr.

»Tja, mein lieber Mr. Fothergill, mir ist klar, daß unser Mr. Grant für Sie zum Problem werden könnte. Er kann nämlich sehr gewalttätig werden, wenn nicht alles nach seinem Willen geht. Deshalb will ich aus Rücksicht auf Sie – nicht seinetwegen, der Bastard kann mir, gestohlen bleiben – vor Gericht erscheinen und Ihre Story zum besten geben.«

Lucinda entging nicht der Ausdruck der Erleichterung im Gesicht des Anwalts. Sie war sehr zufrieden mit sich, weil sie die Situation so richtig eingeschätzt hatte. Er begann sich bei ihr zu bedanken, weil sie es sich anders überlegt hatte, doch sie unterbrach ihn:

»Nein, nein, Mr. Fothergill, ich habe es mir nicht anders überlegt. Ich werde zwar tun, was Sie wollen, aber nur zu meinen Bedingungen.«

»Und die wären?«

»Eine Summe von hunderttausend Pfund wird auf ein Schweizer Bankkonto eingezahlt – in Genf, wenn Sie wollen – und zwar mindestens drei Tage, bevor ich meine Aussage mache. Außerdem wird das Konto nicht unter meinem Namen, sondern von mir selbst eröffnet, und das Geld wird ohne jeden Vorbehalt deponiert. Verstanden?«

»Aber Miß Farrer, wie können wir sicher sein, daß Sie Ihre Verpflichtungen einhalten, wenn Sie das Geld schon im vorhinein bekommen?«

»Sie müssen mir einfach vertrauen«, erwiderte Lucinda mit einem gewinnenden Lächeln.

Ein Ausdruck tiefsten Jammers breitete sich auf Arnold Fothergills Gesicht aus.

»Das ist ein verdammt großes Risiko, und wir setzen verdammt viel Geld aufs Spiel.«

»Wie Sie wollen, Sie können es auch lassen.«

»Kurz gesagt, Sie haben uns gewissermaßen im Griff.« Er seufzte. »Tja, wir haben keine andere Wahl.«

»Sie akzeptieren?«

»Ich akzeptiere. Ich werde mich demnächst mit Ihnen in Verbindung setzen, um Ihre Aussage in allen Einzelheiten mit Ihnen durchzugehen. Schließlich wird man Sie ins Kreuzverhör nehmen, und das muß gut geprobt werden. Ich wünsche Ihnen einen guten Tag, Miß Farrer.«

Lucinda stand auf und ging zur Tür. Als sie die Hand auf die Klinke legte, fügte Fothergill hinzu:

»Sie sind ein gerissenes Stück, Miß Farrer.«

»Vielen Dank, Mr. Fothergill. Da Sie es sagen, nehme ich es als Kompliment.«

Wie erkläre ich das nur Miles? mußte sie auf der Rückfahrt nach Hamblewood plötzlich denken, und die Vorstellung kam ihr so komisch vor, daß sie hell auflachte.

13

Geduldig wartete Lucinda darauf, von Fothergill gerufen zu werden. Es gelang ihr, ihrem Bruder zu verschweigen, was sich bei ihrer Besprechung in London abgespielt hatte. Sie sagte ihm nur, der Anwalt habe ein paar Dinge klären wollen, die mit ihrer Pariser Wohnung zusammenhingen. Miles glaubte ihr wahrscheinlich nicht, gab sich mit ihrer Geschichte jedoch zufrieden, und Lucinda war ihm für sein Taktgefühl dankbar. Ihre Beziehung zu Miles war inzwischen etwas weniger gespannt und ein bißchen herzlicher. Lucinda redete sich ein, ihr selbstgerechter Bruder werde möglicherweise ein bißchen menschlicher. Als Arnold Fothergill sie nach einiger Zeit ersuchte, noch einmal nach London zu kommen, um ihre Aussage mit ihr durchzugehen, warf Miles ihr einen forschenden Blick zu, beschränkte sich jedoch darauf, ihr zu sagen, sie möge bitte vorsichtig sein.

Sie trafen sich wieder im Savoy, und abermals war Lucinda von Fothergills Gründlichkeit und seinem Blick für Einzelheiten beeindruckt. Er reichte ihr ein Blatt Papier, auf dem die Kleidungsstücke aufgeführt waren, die Alastair bei seinem angeblichen Besuch am Belgrave Square getragen haben sollte, der Name des Restaurants, in dem sie zu Abend gegessen hatten (es war eines jener großen, völlig unpersönlichen Lokale, in denen niemand sich erinnerte, wer an einem bestimmten Abend dort gegessen hatte) und einen genauen Zeitplan über den Verlauf des Abends.

»Ich möchte, daß Sie das auswendig lernen und dann zerreißen«, sagte Fothergill zu Lucinda. »Jetzt nehmen wir uns Punkt für Punkt Ihre Geschichte vor. Denken Sie daran, daß der Staatsanwalt Sie vernehmen wird. Er wird sich in der kleinsten Ungereimtheit festbeißen, also müssen wir dafür sorgen, daß es keine gibt. Okay?«

»Was gibt es eigentliches Neues in unserer Sache?« fragte Lucinda.

»Nun, wie Sie wahrscheinlich in der Zeitung gelesen haben, mußte Alastair vor einem englischen Gericht erscheinen. Es hat die gegen ihn vorliegenden Beweise ausreichend gefunden. Er wird einem französischen Gericht überstellt, vor dem er sich verantworten muß. Er wird also ausgeliefert, ganz wie wir vermutet haben.«

»Wird er lange auf seinen Prozeß warten müssen?«

»Nein. Die Anklage muß praktisch stehen, wenn einem Auslieferungsbegehren stattgegeben werden soll, daher kann der Prozeß auch sofort beginnen. Wir wollen auch keine Verzögerung, also sollten Sie sich beeilen und Ihren Text gründlich lernen.«

Den ganzen Nachmittag paukte Fothergill mit Lucinda, und als sie ging, war er noch immer nicht ganz zufrieden.

»Ach, übrigens«, rief er ihr dann noch nach, »wir haben den französischen Behörden mitgeteilt, daß Sie als Entlastungszeugin vor Gericht erscheinen werden, und man hat uns informiert, daß Sie jederzeit nach Frankreich zurückkehren können, Miß Farrer. Es bestehen gegen Ihre Einreise keinerlei Einwände oder Bedenken mehr.«

Miles gegenüber erwähnte Lucinda nur, daß sie im Zusammenhang mit dem Prozeß gegen Alastair wahrscheinlich nach Frankreich reisen müsse. Sie hielt es für keine gute Idee, ihm zu sagen, daß sie als Hauptentlastungszeugin auftreten wollte. Miles vermutete natürlich, daß sie der Anklage helfen wolle, den Mann zu überführen, dem sie ihre Schwierigkeiten mit der Polizei zu verdanken gehabt hatte. Natürlich würden er und alle anderen Bescheid wissen, nachdem sie ihre Aussage gemacht hatte, aber dann war es zu spät, dann konnte sie niemand mehr daran hindern, und Lucinda hatte nicht die Absicht nach England zurückzukehren, um hier Rede und Antwort zu stehen. Sie überlegte jedoch, wie sie ihre hunderttausend Pfund ausgeben wollte. Vielleicht würde sie sich eine kleine Villa am Mittelmeer kaufen. Vielleicht wäre es auch nicht schlecht, nach Kalifornien zu verschwinden. Oder wie wäre es mit Bali oder den Seychellen? Sie wollte sich endgültig entschließen, wenn es soweit war, doch inzwischen machte es ihr großen Spaß, in Gedanken Geld auszugeben, das sie noch gar nicht hatte.

Als sie schon drauf und dran war, nach Frankreich abzureisen, rief Merton an.

»Ich habe von Jenny gehört«, sagte er. »Das interessiert dich doch bestimmt.«

»Geht es ihr gut?«

»Ja. Die Polizei hat sie nicht allzulange festgehalten, und sie sagt, sie sei immer gut behandelt worden.«

»Wo ist sie jetzt?«

»Noch immer in Paris.«

»Tatsächlich?« Lucinda war überrascht. Sie hatte gedacht, daß man Jennifer nach der Haftentlassung genauso aus Frankreich ausweisen würde wie sie. »Ich fahre übrigens in ein paar Tagen auch wieder nach Frankreich«, sagte sie.

»Ja, das dachte ich mir«, erwiderte Merton. »Bitte, Lucinda, geh sofort nach deiner Ankunft zu Jennifer. Ich gebe dir ihre Adresse. Hast du etwas zum Schreiben bei der Hand?«

Lucinda kramte in ihrer Handtasche und fand einen Kugelschreiber.

»Rue Blomet 17. Das ist im fünfzehnten Arrondissement in der Nähe von Grenelle. Sie hat eine Atelierwohnung im dritten Stock, auf dem rechten Treppenaufgang. Es gibt dort kein Telefon, und ich weiß nicht, ob sie lange genug bleiben will, um sich eins legen zu lassen, aber geh zu ihr. Sie erwartet dich.«

»Wie kann sie mich erwarten? Sie hat keine Ahnung, daß ich nach Paris komme.«

»Sie hat es gehört. Sie weiß viel mehr als du denkst. Versprich mir, Lucinda, daß du zuallererst zu ihr gehst, bevor du in Paris etwas anderes unternimmst.«

Lucinda konnte sich nicht erinnern, Merton je so ernst und eindringlich sprechen gehört zu haben.

»Natürlich geh ich zu ihr. Was ist denn los, Merton?«

»Was soll los sein? Nichts. Überhaupt nichts.«

Zum erstenmal, dachte Lucinda, ist der große Merton Maxwell in seiner Rolle nicht sehr überzeugend.

An einem schönen, sonnigen Nachmittag sah Lucinda sich in dem ruhigen, bescheidenen Haus in der Rue Blomet um. Sie war in einem Hotel abgestiegen, das der methodische Arnold Fothergill für sie ausgesucht hatte, ein anspruchsloses Haus, weitab vom Touristenrummel. Sie wollte ein paar Einkäufe erledigen, doch sie hatte Merton versprochen, zuallererst Jennifer aufzusuchen, und er hatte es so dringend gemacht, daß sie beschloß, Wort zu halten, und wenn die Boutiquen noch so verlockend waren.

Jennifer öffnete ihr und küßte sie lange und liebevoll. Lucinda fiel auf, daß sie blaß und ihr Gesicht sehr schmal war, als habe sie viel durchgemacht, doch der Ausdruck des Leides machte sie Lucindas Ansicht nach noch schöner.

»Du scheinst nicht sehr überrascht, mich zu sehen«, sagte Lucinda lachend.

»Ich bin auch nicht überrascht. Ich wußte, daß du kommen würdest.«

»Merton hat darauf bestanden, daß ich dich besuche, bevor ich hier irgend etwas anderes unternehme.«

»Das war richtig so. Ich habe sehr ernst mit dir zu reden. Aber zuerst laß dich ansehen, liebste Lucinda.«

»O Jennifer«, sagte Lucinda, »du ahnst ja nicht, wie sehr du mir gefehlt hast.«

»Ich weiß, Lucinda, mein Liebling.«

Jennifer nahm sie in die Arme und preßte sie an sich. Sie zitterten beide.

»Es ist so lange her, Jennifer.«

»Viel zu lange, meine Süße.«

Jennifer streichelte ihr das Haar. Ihre Finger waren weich und einfühlsam. Lucindas Haut prickelte. Ihre Lippen trafen sich, und der Kuß war Ausdruck einer Leidenschaft, die ein Leben lang dauern sollte. Alle anderen Lieben waren nur ein blasser Abglanz dessen, was sie für Jennifer empfand.

»Wir wollen doch nicht hier stehenbleiben«, sagte Jennifer rauh, ging zum Sofa und verwandelte es mit ein paar Handgriffen in ein Bett. Dann ergriff sie die Initiative und zog Lucinda langsam aus. »Und jetzt tust du dasselbe mit mir«, sagte sie schließlich.

Lucinda gehorchte und küßte die schönen weißen Brüste ihrer Partnerin. Jennifer lag auf dem Rücken und zog sie auf sich herunter. Nichts hatte sich geändert.

Erschöpft und nach Luft ringend lagen sie später nebeneinander. Ihre Körper waren wie betäubt von ihrer Lust, doch das Feuer in ihnen war nicht gelöscht. Sie ertrugen es nicht, sich voneinander zu lösen. Lucinda wußte, daß sie seit der Zeit ihrer Schulmädchenfantasien auf diese eine Vereinigung mit Jennifers Körper gewartet hatte. All ihre anderen Liebhaber, sogar ihre früheren Liebesakte mit Jennifer waren nicht mehr als eine Vorbereitung gewesen, die zu diesem triumphalen Gipfel ihrer Sexualität und ihrer körperlichen Leidenschaft geführt hatte. Jennifer erfüllte alle ihre Sinne, ihre heisere Stimme flüsterte ihr Zärtlichkeiten ins Ohr, und der Anblick ihres schönen Körpers löschte alles aus, was es um sie herum an Alltäglichkeit gab. Sie genoß den köstlichen Duft, der Jennifer war, und das Gefühl, den Körper ihrer Geliebten zu spüren, ihre Hände, ihre Lippen machten sie trunken. Lucinda war von Jennifer völlig besessen, und Jennifer erwiderte rückhaltlos ihre unersättliche Lust. Sie wollte nicht enden. Jedesmal wenn sie erschöpft innehielten, drängte es sie, von neuem zu beginnen. Und immer war Jennifer die Führende. Sie dominierte, und Lucinda war es zufrieden, ihr zu gehorchen. Jennifer hatte sie völlig in ihrer Gewalt, und sie wußte es.

»Lucinda, liebst du mich wirklich?«

»Wie kannst du so etwas fragen, Jennifer? Du weißt, daß ich dich anbete.«

»Dann, mein Liebling, kämpf doch nicht gegen mich.«

»Wie meinst du das? Du weißt doch, daß ich dich nie verletzen könnte.«

Sie lagen Seite an Seite. Jennifer richtete sich auf und blickte auf Lucinda hinunter. Ihre Miene war ernst, aber sehr zärtlich.

»Du weißt, daß ich Yves sehr geliebt habe. Frag mich nicht warum, es war eben so. Er hat nicht besonders gut ausgesehen, und er war ein selbstsüchtiger Liebhaber. Ich kannte alle seine schlechten Seiten, aber irgendwie machten sie mir nichts aus. Kann man Liebe je erklären? Und jetzt ist er tot, ermordet.«

Jennifers Stimme klang bitter, ihre Augen blickten trüb, sie konnte die Tränen kaum unterdrücken. Lucinda wartete, daß sie weitersprach.

»Ich war seine Frau, und ich werde dem Schwein, das ihn getötet hat, nie verzeihen. Nie. Weißt du, was es heißt, nach Rache zu dürsten, Lucinda?«

»Ich verstehe, wie du empfindest«, antwortete Lucinda bedächtig. »Aber du weißt doch, daß ich mit der gräßlichen Geschichte nichts zu tun hatte.«

»Kämpf nicht gegen mich, Lucinda«, wiederholte Jennifer. »Ich werde Yves Tod rächen. Alastair Grant ist böse, widerlich, und er glaubt, daß er davonkommen kann. Aber das wird ihm nicht gelingen, Lucinda, er wird für das, was er getan hat, bezahlen, Lucinda. Das schwöre ich!«

»Du glaubst doch nicht, daß Alastair Yves mit eigener Hand getötet hat?«

»Spiel keine Spielchen mit mir, Lucinda. Du weißt genauso wie ich, daß Alastair der Schuldige ist. Du darfst ihn nicht decken nicht, wenn du mich so sehr liebst wie du behauptest.«

Ein Gefühl völliger Hilflosigkeit brach über Lucinda herein. Jennifer war unwiderstehlich. Doch wie sollte, sie sich aus dem schrecklichen Dilemma herauswinden, in dem sie steckte?

»Ich liebe dich, Lucinda, und ich möchte nicht, daß dir etwas passiert.« Jennifer drückte ihr die Hand. »Ich sollte dir das eigentlich nicht sagen, aber zum Teufel mit juristischen Bedenken. Du darfst beim Prozeß gegen Alastair nicht aussagen. Die Polizei hat lückenlose und überwältigende Beweise gegen ihn in der Hand.

Hör zu, Lucinda, ich war mit Yves zusammen, bevor er ermordet wurde. Den ganzen Abend. Wir waren zusammen aus und gingen dann in Yves' Haus zurück.«

»Du meinst, in seine Wohnung in Paris?«

»Nein, mein Liebes, in sein Haus. Er hatte ein Haus in der Nähe von Cannes. Du wußtest doch, daß er einen Besitz auf dem Land hatte, nicht wahr?«

»Er hatte es einmal erwähnt, aber ich wußte nicht, wo das war.«

»Nun ja, als wir nach Hause kamen, hörte Yves seinen Anrufbeantworter ab. Alastair hatte eine Nachricht hinterlassen, es war eindeutig seine Stimme auf dem Band. Er bat Yves, sich mit ihm in einem Nachtclub in Cannes zu treffen. Yves fuhr hin und ist nie wieder zurückgekommen.«

»Aber Jennifer, das verstehe ich nicht. Uns beide, dich und mich hatte die Polizei festgenommen, hatte Yves denn keinen Verdacht gegen Alastair?«

»Er hat gedacht, alles sei von einer rivalisierenden Bande inszeniert worden, die versuchte, sich in sein Geschäft zu drängen. Alastair behauptete, er habe ein paar Informationen, die er mit Yves besprechen wollte, dieser hinterhältige Bastard.«

»Und du willst behaupten, Alastair sei dumm genug gewesen, einen solchen Beweis wie das Band des Anrufbeantworters zurückzulassen?« fragte Lucinda.

»O nein, Lucinda, mein Liebling, dein kostbarer Alastair dachte, er habe seine Spuren verwischt, aber er hatte sich entscheidend verrechnet. Er wußte nämlich nicht, daß ich bei Yves war. Er dachte, Yves sei allein in Südfrankreich. Als Yves von dem Treffen nicht zurückkam, hatte ich das Gefühl, das Band mit Alastairs Stimme könnte wichtig sein. Also nahm ich es aus dem Anrufbeantworter heraus und legte ein anderes ein.«

»Und dann«, fuhr Lucinda atemlos fort, »ist jemand eingebrochen und hat das Band gestohlen?«

Jennifer schüttelte den Kopf.

»Nein, mein Schatz, das wäre zu auffällig gewesen und hätte Verdacht erregt. Es ist jemand eingedrungen, er hat aber keine Spuren hinterlassen. Zwei Tage später brach durch ›Zufall‹ ein Feuer im Haus aus. Es hat keinen großen Schaden angerichtet, aber es ist in der Diele ausgebrochen, in der das Telefon stand. Das Telefon und der Anrufbeantworter wurden zerstört. Wir sollten denken, es sei ein Unglücksfall gewesen, aber ich war damals nicht mehr da, und das Band hatte ich mitgenommen. Jetzt hat es die Polizei, und sie haben die Stimme auf dem Band mit Stimmproben von Alastair verglichen. Es war seine Stimme. Er war am fünfundzwanzigsten Mai in Frankreich und hat Yves in den Tod gelockt. Jetzt begreifst du wohl, Lucinda, warum du ihm vor Gericht kein Alibi geben darfst?«

»Also war Alastair tatsächlich für den Mord verantwortlich«, sagte Lucinda bekümmert.

»Das wußtest du doch.«

»Ich hoffte, es gäbe eine andere Erklarung, und er brauche nur ein Alibi, weil er unter Verdacht stand und keins hatte.« Lucinda war aufrichtig und unglücklich.

»Sei doch ehrlich, Lucinda, du mußt es gewußt haben. Warum bist du eigentlich bereit, ihn zu schützen?«

»Ich habe Angst, Jennifer.«

Jennifer schüttelte den Kopf.

»Nein, mein Süßes, du hast einen Handel abgeschlossen. Alastair bezahlt dich.«

»Er hat mir fünfzigtausend Pfund geboten«, gestand Lucinda.

»Ja, aber du erwartest hunderttausend. Und obwohl du es noch nicht weißt, liegen sie schon auf der Unions-Bank in Genf für dich bereit.«

Lucinda starrte Jennifer ungläubig an.

»Woher weißt du das alles?« flüsterte sie. »Aber ich habe wirklich Angst. Was wird Alastair mit mir machen, wenn ich mich nicht an unsere Abmachung halte? Du hast mich überzeugt, daß er ein Mörder ist.«

»Aber begreifst du denn nicht, daß du alles ganz falsch siehst? Was wird denn deiner Ansicht nach mit dir passieren, sobald du dafür gesorgt hast, daß er freigesprochen wird und nachdem du ihn praktisch um eine solche Summe erpreßt hast? Wie lange, glaubst du, würdest du dich nach seiner Freilassung noch ungetrübt deiner Gesundheit erfreuen können, bevor du einem bedauerlichen Unfall zum Opfer fielst? Über eines mußt du dir klar sein, Lucinda, in dem Augenblick, in dem du aussagst, unterschreibst du dein eigenes Todesurteil.«

»Sag mir doch, woher du das alles weißt, Jennifer!« wiederholte Lucinda.

Jennifer gab ihr einen Kuß.

»Alastair hat eine Bande, die für ihn arbeitet, aber einer seiner Kumpel ist von der Polizei eingeschleust. Man kennt dort seine Pläne haargenau, und sobald du aussagst, wirst du wegen Meineids verhaftet – und wegen Mittäterschaft, denn als Mittäterin giltst du dann.«

»Deshalb wolltest du mich also sofort nach meiner Ankunft sehen, bevor ich noch mit jemand anders sprechen konnte?«

»Es war nur zu deinem Besten, Lucinda. Begreifst du das nicht?« Lucinda nickte.

»Jetzt sag mir nur noch, wieso dich die Polizei so weit ins Vertrauen gezogen hat?«

»Lucinda mein Liebes, ich glaube, es ist an der Zeit, daß ich dir Inspektor Leclair vorstelle, der die Untersuchung des Falles leitet. Ich habe ihn nach meiner Verhaftung kennengelernt, und wir wurden gute Freunde. Obwohl ich mit Yves zusammen war, der mit dem Gesetz meist auf Kriegsfuß stand, fand ich bei Leclair viel Mitgefühl. Er scheint mich attraktiv zu finden, und er ist nicht unbedingt verschwiegen. Er will Alastair vor Gericht und verurteilt sehen, komme, was da wolle. Und er kann dich beschützen, wenn du vernünftig bist, Lucinda. Was meinst du dazu?«

»Ich denke, ich würde deinen mitfühlenden Polizisten gern kennenlernen«, antwortete Lucinda.

»Ich bin sehr froh«, sagte Jennifer und küßte Lucinda. »Leclair wird alles arrangieren, du wirst schon sehen. Und ich denke, du wirst ihn mögen. Daß du ihm gefallen wirst, weiß ich schon jetzt.«

FÜNFTER TEIL

14

Der Herbst war lang und schön gewesen, und es hingen noch immer ein paar rotbraune und goldene Blätter an den Bäumen, aber die Luft war schon winterlich kalt. Lucinda betrat die Wohnung in der Avenue Mozart und genoß die angenehme Wärme, die ihr entgegenschlug.

»Willst du eine Tasse Tee?« rief Jennifer aus der Küche. »Ich habe ihn eben frisch aufgebrüht.«

»Ja, bitte. Ich stelle nur schnell den Champagner in den Kühlschrank, damit er später die richtige Temperatur hat.«

»Ich hoffe, du hast einen guten gekauft.«

»Den besten.« Lucinda kam in die Küche und zeigte stolz eine Magnum Dom Perignon. »Wir haben etwas zu feiern, also wollen wir's auch richtig tun.«

Während sie ihre Tassen ins Wohnzimmer trugen, kam aus dem Schlafzimmer ein lauter Krach, dem lautes Gelächter folgte.

»Also wirklich, Lucinda, du mußt dein Bett endlich reparieren lassen. Eines Tages wird dieses verdammte Kopfbrett noch jemanden umbringen.«

»Dem augenblicklichen Insassen scheint es keinen Schaden zugefügt zu haben«, antwortete Lucinda lächelnd. »Übt unsere Sarah wieder mal ein wenig Gastfreundschaft?«

»Sie hat ein freundliches, großzügiges Wesen«, meinte Jennifer.

Wieder drangen lebhafte Geräusche aus dem Schlafzimmer, gedämpfte Stimmen und hin und wieder ein Kichern. Lucinda und Jennifer tranken Tee und schwatzten. Sie hatten schon seit langem gelernt, die Nebengeräusche zu ignorieren, wenn Sarah Brown im Schlafzimmer Gastfreundschaft übte.

»Ist unser Schutzengel bei ihr?« fragte Lucinda.

»Genau. Er kommt ganz regelmäßig.«

»Ich bin froh, daß er so auf Sarah steht. Er ist die beste Versicherung, die es für uns gibt.«

Sarah öffnete die Schlafzimmertür und kam ins Wohnzimmer. Paris hatte sie verändert. Sie trug eine schickere Frisur und lässigere Kleidung. Als wolle sie diese Lässigkeit noch betonen, fingerte sie noch am Reißverschluß ihres Rockes herum, als sie sich zu den beiden Mädchen setzte. Ihr auf dem Fuß folgte ein ungefähr vierzigjähriger Mann mit frischer Haut, eisengrauem Haar und einem schwarzen Schnurrbart. Er lächelte seinen Gastgeberinnen fröhlich zu.

»Setzen Sie sich doch, mein lieber, lieber Inspektor«, schmeichelte Lucinda. »Wir warten auf meinen Bruder Miles. Sie haben ihn beim Prozeß kennengelernt, wissen Sie noch? Können Sie ein oder zwei Stündchen bleiben?«

»Nein, ich habe in einer Stunde Dienst«, antwortete Inspektor Leclair. »Ich habe noch etwa zwanzig Minuten Zeit, dann muß ich gehen.«

»Bis dahin müßte der Champagner kalt sein. Sie müssen ein Glas mit uns trinken.«

Sie wurden durch die Klingel unterbrochen, Jennifer sprang auf und ließ Miles ein.

»Ich freu mich, daß du in Paris bist und die Zeit erübrigen konntest, bei, uns vorbeizukommen«, sagte Lucinda, als sie ihn küßte.

»Nun, du hast ein solches Aufhebens wegen eurer Fête gemacht, daß ich neugierig wurde. Um was geht es denn, Lucinda?«

»Warte, bis ich mit dem Schampus komme«, antwortete sie, lief in die Küche und kam mit einem Tablett zurück, auf dem die Magnum und fünf Gläser standen.

Sie schenkte ein und reichte jedem ein Glas.

»Ich werde jetzt einen Trinkspruch ausbringen.« Lucinda hob ihr Glas. »Heute abend trinken wir auf Alastair Grant, dem wir auf immer Lebewohl sagen.«

»Auf Alastair Grant?« rief Miles. »Ich hätte nicht gedacht, daß ihr den besonders ins Herz geschlossen habt. Wovon redest du eigentlich?«

»Sie sind eben erst aus England herübergekommen, sind also über die täglichen Skandalnachrichten hier drüben nicht informiert«, sagte Jennifer lächelnd. »Wie Lucinda gesagt hat, handelt es sich um ein letztes Lebewohl. Sie haben ihm heute den Kopf abgeschnitten.«

»Den Kopf abgeschnitten?« wiederholte Miles verständnislos.

»Er wurde heute unter der Guillotine enthauptet, Monsieur«, klärte Inspektor Leclair ihn ein wenig förmlicher auf.

»Ich dachte, daß man die Guillotine abschaffen will«, meinte Miles.

»Ja, es sind Bestrebungen im Gange, ein entsprechendes Gesetz der Nationalversammlung vorzulegen«, erwiderte Leclair. »Ich vermute, daß man den Entwurf annehmen wird. Stellen Sie sich doch vor, daß Ihr Mr. Grant möglicherweise das nicht gerade beneidenswerte Schicksal erleidet, der letzte zu sein, der in Frankreich hingerichtet wird.«

»Armer alter Alastair!« Sarahs Stimme klang nicht übertrieben mitleidig. »Aber vielleicht bringt ihn das ins Guinessbuch der Rekorde.«

»Wie typisch für ihn«, sagte Lucinda. »Im Tode wie im Leben ist es Alastair immer gelungen, auf makabre Weise dramatisch zu sein.«

»Ich finde es ausgesprochen geschmacklos, die Hinrichtung eines Menschen zu feiern, Lucinda«, sagte Miles, trank den Champagner aber trotzdem mit Genuß. »Sind Sie deshalb hier, Inspektor? Ich muß gestehen, daß ich schon befürchtete, Lucinda sei wieder in Schwierigkeiten.«

»Aber durchaus nicht. Wir waren nur der Meinung, daß ihre Schwester und Miß Maxwell ein bißchen Polizeischutz brauchen könnten, weil ihnen von Mr. Grants Freunden vielleicht Gefahr drohte. Schließlich haben Miß Maxwell und sie wesentlich zu seiner Verurteilung beigetragen, und es war sehr mutig von Ihrer Schwester, offen zu gestehen, daß Grant versuchte, sich durch sie ein falsches Alibi zu beschaffen. Deshalb komme ich von Zeit zu Zeit hier vorbei und überzeuge mich, daß alles in Ordnung ist.«

»Ich verstehe. Ich dachte mir schon, daß Sie einen sehr guten Grund für Ihre Anwesenheit haben müssen.«

»Ach«, wandte Lucinda sich an ihren ernsthaften Bruder, nachdem sie Leclair übermütig zugezwinkert hatte, »einen sehr guten Grund gibt es immer.«

»Sag mal, Lucinda«, bohrte der gewissenhafte Miles weiter, »wie kommt es, daß du noch immer in dieser Wohnung lebst? Ich dachte, sie gehört Alastair Grant – oder besser – habe ihm gehört.«

»Nein, Miles. Sie gehört der Firma ›Enterprises Richegrant‹. Diese Firma gehört zu gleichen Teilen Alastair Grant und Yves Richepin. Sie sind beide tot, also haben wir die Wohnung.«

»So einfach geht das aber nicht, Lucinda«, protestierte Miles, der in rechtlichen Fragen stets kompetente Anwalt, der immer bereit war, seine kleine Schwester zu belehren.

»Ach, das geht schon in Ordnung, Miles«, entgegnete sie gelassen. »Die Firma gehört jetzt Jennifer und mir.«

»Richegrant gehört euch?« wiederholte Miles überrascht.

»Ja, aber wir haben natürlich den Namen geändert. Wir haben im gewissen Sinn die ehemaligen Inhaber nachgeahmt, aber unsere Namen genommen. ›Enterprises Lucifer‹. Wie findest du das?«

»Sehr passend«, murmelte ihr Bruder benommen. »Aber wie habt ihr es geschafft, die Firma von einem Leichenpaar zu übernehmen?«

»Es gibt Anwälte, die sich auf derlei schwierige Dinge verstehen. Sie spüren zum Beispiel vor längerer Zeit ausgefertigte und unterzeichnete Dokumente auf. Jean-François hat den richtigen Mann für diese Aufgabe gefunden. Ich weiß gar nicht, was wir ohne Jean-François angefangen hätten. Er hat uns so sehr geholfen, er ist ein richtiger Engel.«

»Jean-François?«

»Das bin ich, Monsieur«, sagte Inspektor Leclair. Dann wandte er sich an Lucinda und sagte: »Ich bitte um ein wenig mehr Diskretion, Madame.«

Lucinda lachte. »Keine Sorge, Ihr Ruf als Säule von Recht und Gesetz wird nicht ins Wanken kommen. Miles ist die Verschwiegenheit selbst.«

Leclair lächelte nervös, und Miles trank den Rest seines Champagners aus.

»Ich sollte mich jetzt wohl lieber auf den Weg machen«, sagte Leclair, »ich darf nicht zu spät zum Dienst kommen. Es war mir ein Vergnügen, Monsieur Farrer. Ich bin überzeugt, Sie werden es nicht für erforderlich halten, irgendwo zu erwähnen, daß Sie mich hier getroffen haben und daß ich mit diesen reizenden jungen Damen in Verbindung stehe.«

Er küßte Lucinda und Jennifer leicht auf die Wange. Von Sarah nahm er wesentlich ausdauernderen Abschied.

»Also«, sagte Miles nachdenklich, nachdem der Inspektor gegangen war, »ihr habt nicht nur die Wohnung hier, sondern euch gehört auch der ganze Laden. Nur Jennifer und dir? Sehr gut.«

»Nun, wir sind die offiziellen Inhaberinnen, aber es gibt noch zwei stille Teilhaber, denen ein Stück vom Kuchen gehört.«

Miles zog die Brauen hoch.

»Wir mußten Sarah natürlich etwas abgeben«, fuhr seine Schwester fort. »Wir haben es nämlich nur ihrer Geistesgegenwart zu verdanken, daß wir überhaupt eine Firma besitzen.«

»Ich habe hier im Büro gearbeitet, als Alastair verhaftet wurde«, erklärte Sarah. »Als ich nach Paris kam, war ich überzeugt, Yves und Ihre Schwester hätten Alastair aufs Kreuz gelegt, und er sei nur ein unschuldiges Opfer. Als Jean-François den Fall übernahm, zeigte er mir, wie unrecht ich hatte. Als ich daher erfuhr, die Polizei wolle das gesamte Büromaterial beschlagnahmen, nahm ich die Akten mit den Namen unserer Kunden und die Adressen und Telefonnummern unserer Angestellten nach Hause. Weil mir das aber nicht sicher genug erschien, übergab ich sie Lucinda.«

»Sie glauben nicht, daß sie bei der Polizei in Sicherheit gewesen wären?« fragte Miles sarkastisch.

»Zu sicher, fürchte ich.«

»Ich verstehe. Und ich vermute, es war Jean-François, der Sie warnte und Ihnen sagte, die Polizei werde das Büro durchsuchen und alle Papiere beschlagnahmen.«

»Selbstverständlich war er es.« Jennifer lächelte Miles zu. »Er ist wirklich ein reizender, lieber Polizist und war uns in so mancher Beziehung eine große Hilfe. Er hat Sarah sehr gern. Irgendwie hat sich alles wunderbar gefügt.«

»Laßt mich raten«, meinte Miles, »der vierte Besitzer eurer Enterprises Lucifer ist bestimmt euer hilfreicher Polizist, nicht wahr?«

»Du bist wirklich schlau, Miles. Aber selbstverständlich erscheint sein Name in keinem Vertrag oder so.«

»Selbstverständlich nicht«, sagte Miles trocken.

Das Telefon klingelte. Lucinda nahm den Anruf im Schlafzimmer entgegen, kam aber bald zurück.

»Das war Babette«, wandte sie sich an Jennifer und Sarah. »Sie hat aus Cannes angerufen. Dort gibt es keine Schwierigkeiten. Die Geschäfte gehen gut, sagt sie, und Montag will sie uns ein bißchen Geld schicken.«

»Wie dieses Mädchen sich verändert hat, seit es nicht mehr im Büro sitzt«, stellte Jennifer fest. »Früher war sie einfach zum Kotzen.«

»Sie mußte nur mal raus, der Außendienst tut ihr gut«, antwortete Lucinda.

»Ich weiß, daß es mich nichts angeht«, sagte Miles, »aber ist Babette das Mädchen, das beim Prozeß ausgesagt hat?«

Sie nickten.

»Nun, ich verstehe vielleicht nicht viel davon und kann es nicht so gut beurteilen, aber meiner Meinung nach war sie für die Dienstleistung, mit der sich eure Firma befaßt, zu unscheinbar. Sie war, wenn ich mich recht erinnere, überhaupt nicht hübsch, und sie hatte Pickel. Ich muß sagen, daß es mir keinen Spaß machen würde, sie anzusehen – und schon gar nicht beim Liebesakt im Bett.«

»Das hast du sehr taktvoll gesagt, Miles.« Lucinda lächelte anerkennend. »Aber Babette hat sich – wie sagtest du doch? – auf Dienstleistungen spezialisiert, die sehr geschätzt werden und bei denen der jeweilige Klient ihr Gesicht nicht zu sehen bekommt.«

Miles sah sie fragend an, und Lucinda fuhr sich unmißverständlich mit der Zunge über die Lippen. Er errötete und wechselte das Thema.

»Nach eurem Lebensstil zu schließen, scheint das Geschäft recht gut zu gehen. Eine gute Branche, wie?«

»Wir können nicht klagen. Aber wir hatten ja außerdem noch das Glück, ein recht ordentliches Arbeitskapital in die Hand zu bekommen, bevor wir richtig losschlugen.«

Lucinda sagte das ganz gleichmütig, doch ihr Bruder ließ sich nicht täuschen.

»Waren das zufällig hunderttausend Pfund, die dir vom Schicksal beschert wurden?«

»Wer hat dir denn davon erzählt?«

»Schau nicht so erschrocken drein, Lucinda. Du hast mich doch einmal nach einem gewissen Mr. Fothergill gefragt, und ich dachte mir, dein Interesse an diesem leicht zwielichtigen Charakter müsse doch einen Grund haben. Ich war daher nicht sehr überrascht, als er eines Tages bei mir auftauchte und mich fragte, ob ich ihn mit dir zusammenbringen könnte. Er erklärte mir, er habe im Lauf einer finanziellen Transaktion irrtümlich eine erhebliche Summe auf dein Konto überwiesen – irrtümlich, das war's, was er sagte. Er war überzeugt, daß du ihm das Geld sofort zurückzahlen würdest, sobald du den Irrtum erkanntest. Er wollte nicht weiter ins Detail gehen, doch ich bestand darauf, mehr über die Sache zu erfahren, bevor ich mit dir sprach. Nur sehr widerstrebend nannte er die Zahl einhunderttausend und gestand, daß das Geld Alastair Grant gehörte.«

»Was hast du ihm gesagt, Miles? Du hast doch nicht etwa versprochen, ihm das Geld zurückzugeben?«

»Reg dich nicht auf, Lucinda«, antwortete Miles beschwichtigend. »Ich empfinde keine besonders große Zuneigung für Mr. Arnold Fothergill und für Mr. Alastair Grant ebensowenig. Daher erklärte ich dieser juristischen Leuchte, ich sei überzeugt, daß jeder Penny, den du auf irgendeinem Konto hast, dir rechtmäßig gehört. Vermutlich hättest du Mr. Grant einen Dienst geleistet, von dem unser werter Mr. Fothergill nichts wisse, und ich sei nicht der Meinung, daß ich mich einmischen sollte. Ich riet ihm, zu Gericht zu gehen und das Geld einzuklagen, falls er der Meinung sei, es stehe dir nicht zu.«

»Kann er irgendwie gegen uns vorgehen?« fragte Sarah.

»Nicht rechtlich«, antwortete Miles. »Die britischen Gerichte würden in einer Angelegenheit, die sich im Ausland abgespielt hat und ohnehin illegal ist, nicht tätig werden. Die Schweizer Bank würde sich nicht einmischen. Die einzige Gefahr war, daß er sich ein paar Schlägertypen holt und sie auf euch ansetzt, aber euer verständnisvoller französischer Polizist kümmert sich offensichtlich um diese Seite der Medaille. Und nachdem Alastair Grant endgültig von dieser Welt verschwunden ist, wird Mr. Fothergill vermutlich das Interesse verlieren. Ohne Grant fällt die ganze Sache ohnehin zusammen, und er hat nichts davon, wenn er gegen dich vorgeht. Außerdem habe ich ihn nicht darüber im Zweifel gelassen, daß er mit mir rechnen müsse, wenn er etwas in

England versuche, und ich könne ihm eine ganze Menge Ärger machen.«

»Guter alter Miles«, sagte Lucinda lachend, »du hast als wahrer Bruder gesprochen. Meine Güte, du hast dich wirklich herausgemacht und gebessert! Trink noch ein Glas Champagner mit mir.«

Nachdem er noch ein paar Gläser intus hatte, war Miles leicht beschwipst. Liebevoll lächelte er Lucinda und die beiden anderen Mädchen an.

»Ich muß gestehen«, teilte er ihnen mit, »daß ich früher vielleicht ein ganz kleines bißchen zu streng war. Aber Lucinda hat nur Unfug gestiftet, und ich fühlte mich für sie verantwortlich, da es unseren Eltern verdammt egal war, was sie trieb. Aber vielleicht war ich ein bißchen zu ernst und zu konventionell. Schließlich scheint ihr Mädchen keinem Menschen zu schaden.«

In seinen Augen standen Tränen der Liebe und der Güte.

»Du warst schon eine Schau, als du mich aus dem Knast herausholtest, und während und nach dem Prozeß«, sagte Lucinda. »Und ich bin so froh, daß du dem verdammten alten Fothergill die Meinung gesagt hast. Ich denke, wir sollten dir unsere Dankbarkeit irgendwie in greifbarer Form beweisen. Findet ihr das nicht auch?« Fragend sah Lucinda ihre Partnerinnen an.

»Das ist schon okay«, protestierte Miles. »Ich will keine Bezahlung, das Ganze hat mir wirklich Spaß gemacht.«

»Von Geld war auch nicht die Rede.« Seine Schwester klopfte ihm liebevoll auf die Hand. »Nein, wir, die Inhaberinnen der Enterprises Lucifer, würden dir gern ein Produkt unseres Hauses zur Verfügung stellen, als Ausdruck unserer Wertschätzung und Dankbarkeit. Wie finden die Mitglieder meines Aufsichtsrats meinen Vorschlag?«

»Ich unterstütze ihn«, erklärte Jennifer.

»Ich ebenfalls«, meinte Sarah.

»Soll das heißen, ihr bietet mir eines eurer Mädchen an?« fragte Miles ungläubig.

»Genau das«, antwortete Lucinda. »Um die Dinge zu vereinfachen, wären wir dir sehr zu Dank verpflichtet, wenn du unter den hier Anwesenden deine Wahl treffen wolltest. Ich meine, es wäre wirklich reine Verschwendung, zum Beispiel Babette aus Cannes herzuholen.«

»Was? Ich soll eine von euch dreien nehmen?«

»Genau, Miles. Du begreifst eine Situation aber wirklich schnell. Nun, was meinst du dazu? Ich versichere, daß wir alle drei hochqualifizierte Expertinnen sind! Was dir hier geboten wird, sind die Spitzenprodukte des Marktes, die Crème de la Crème.«

»Nun, ich will sagen«, murmelte Miles, dem es unter den herausfordernden Blicken der attraktiven jungen Frauen höchst unbehaglich zumute wurde, »dich kann ich natürlich nicht anfassen, Lucinda. Das wäre Inzest.«

»Wie du willst, mein Lieber.«

Miles schüttelte den Kopf.

»Und Miß Brown hat eben eine Liebesstunde mit Jean-François hinter sich. Sie muß müde sein.«

Doch in seinen Augen schwelte unterdrücktes Begehren, als wünsche er sich, daß sie ihm widerspräche.

»Ich denke, wir wissen jetzt, wen dein Bruder haben möchte«, sagte Jennifer leise zu Lucinda.

»Gefalle ich dir?« fragte Sarah bescheiden, streckte ihren Körper jedoch herausfordernd. Miles konnte nicht den Blick von ihr wenden.

»O ja, auf Sie könnte ich wirklich stehen.«

»Nun, Miles, dann brauchst du die anderen beiden nicht zu behelligen.«

»Du weißt, daß ich so etwas noch nie erlebt habe«, gestand Miles schüchtern seiner Schwester.

»Vielleicht wird das in Zukunft anders werden«, ermutigte ihn Jennifer.

»Zum Teufel, tu endlich was!« fuhr Lucinda ihn an. »Man könnte glauben, du seist noch Jungfrau.«

Miles zögerte und wurde feuerrot.

»Komm«, sagte Sarah und nahm ihn bei der Hand. »Und hab' keine Angst, daß Jean-François mich überanstrengt haben könnte. Er hat mich nur in Stimmung gebracht. Sag mal, fährst du nicht auch lieber einen Wagen, dessen Motor schon warmgelaufen ist, als einen, der noch ganz kalt ist?«

»Macht es Ih ... dir wirklich nichts aus?« fragte Miles, während er sich willig ins Schlafzimmer führen ließ. »Ich fürchte, ich habe keine großen Erfahrungen.«

»Also ich glaube wirklich und wahrhaftig, das ist sein erstes Mal«, sagte Lucinda staunend zu Jennifer.

»Reg dich nicht darüber auf.« Jennifer lachte. »Für jeden gibt es ein erstes Mal. Nun ja, fast für jeden. Ich nehme an, du erinnerst dich noch an das deine, aber du hättest dich um die Erziehung deines Bruders kümmern sollen. Aber bei Sarah ist er in guten Händen.«

Die Schlafzimmertür wurde geschlossen, und die beiden Mädchen spitzten die Ohren.

Sie hörten gedämpfte Stimmen, die seine zerknirscht, die ihre ermutigend.

»Entspann dich, Lucinda, er findet sein Ziel, und wenn Sarah ihn mit Landkarte und Kompaß ausstaffieren müßte.«

Die Stimmen schwiegen, und das Bett fing an zu knarren und zu quietschen. Sehr zur Freude von Lucinda.

»Braver Junge«, flüsterte sie.

Jennifer legte die Arme um sie und preßte die Lippen auf ihren Mund.

Wieder flüsterte sie: »Ich lieb' dich so, Lucinda. Wer braucht schon Männer?«

»In unserer Branche sind sie recht nützlich«, gab Lucinda ihr zu bedenken. »Und obwohl ich dich sehr liebe, meine liebste Jennifer, muß ich ab und zu auch einen Mann haben. Dir geht es bestimmt nicht anders, aber du bist noch nicht über Yves hinweg. Wart's nur ab.«

Ihr Schweigen wurde durch einen ohrenbetäubenden Krach unterbrochen.

»Ach, du meine Güte, das Kopfbrett! Jetzt ist Miles der Sex wahrscheinlich bis an sein Lebensende vergangen.«

15

Miles überlebte das zusammengekrachte Bett, und die Enterprises Lucifer florierten und bedienten ihre Kunden stets auf das beste. Die drei Frauen und ihr verständnisvoller Polizist waren ein harmonisches Team. Sie genossen ihr gemeinsames Leben und ihre gemeinsame Arbeit, doch an Lucinda nagte hin und wieder eine innere Unruhe.

Sie sagte nichts zu den anderen, doch sie wußte, daß die Zeit kommen würde, in der sie weiterziehen und etwas Neues anfangen mußte.

Eines Morgens saßen sie beim Frühstück, und Jennifer las die Zeitung. »Wißt ihr was?« rief sie plötzlich. »Die neue Regierung von Mitterand hat ihr Versprechen gehalten. Die Todesstrafe wurde abgeschafft. Stellt euch vor, wenn Alastair nur ein paar Monate gewartet hätte, wäre er noch am Leben. So hat er es jedoch tatsächlich fertiggebracht, der letzte Mann zu sein, der in Frankreich hingerichtet wurde. Den Ruhm kann ihm keiner nehmen.«

»Ich glaube nicht, daß das für ihn ein großer Trost gewesen wäre, auch wenn er es gewußt hätte«, meinte Sarah.

Aber es war Lucinda, die das letzte Urteil über den Mann sprach, den sie gehaßt und mit dem sie doch geschlafen hatte, der sie verraten hatte und von ihr verraten worden war.

»Wie typisch für Alastair«, sagte sie. »Er hatte es immer eilig. Auch im Bett.«

Tom Vidal

Schwarzer Zucker

Ein Höschen, weiß, aus feinster Spitze. Die Tochter eines afrikanischen Ministers meldete es als vermißt. Daraus entstehen Folgen. Alle Ähnlichkeiten mit der Wirklichkeit und lebenden Personen sind also *nicht* zufällig – aber auch nicht beabsichtigt. Diese Geschichte hat sich nur zufällig so ähnlich in dem glitzernden Milieu der Models, der Mißwahlen, der Mannequins und Millionenerben zugetragen.

Es träumt ihr, sie sei ein wildes Tier. Eine wunderschöne Löwin mit buschiger Mähne und langen, scharfen Krallen. Ihr Körper bebt vor ungezähmter Lust, der animalischen Lust vor dem Fressen. Die Beute liegt neben ihr. Ein weißer Mann. Blond und blaß stammelt er wie im Fieber ganz unverständliche Wortfetzen in einer fremden Sprache. Es macht sie rasend, und seine schöne weiße Haut steigerte ihre Begierde, das Opfer in hundert Stücke zu zerreißen.

Ihre blutroten Fingernägel bohren sich in seinen Bauch, sie kratzt fauchend, schlängelt sich mit ihrer harten Zunge wie eine Kobra an seiner Brust herab und beißt plötzlich in seine Lendenfalte. Er schreit auf. Es ist längst nicht nur ein Liebesakt, es ist ein leidenschaftlicher Kampf der entfesselten Sinne.

Und es ist kein Traum. Naomi liegt mit einem weißen Touristen im Bett – Deutscher, Schweizer, Italiener, Holländer, Engländer? Was spielt das schon für eine Rolle. Liebe mit einem Weißen bedeutet für Naomi immer etwas Besonderes. Eine aufregende Mischung aus Haß und Jagdtrieb. Der Haß auf die Weißen, diese eingebildeten Gringos, die nur ihren Körper wollen – wie ein Stück Fell.

Naomi stammt aus dem stolzen Volk der afrikanischen Nomaden, die in der Somalischen Wüste leben. Sie will nicht länger Dienerin des weißen Mannes sein, sie will Siegerin werden, und sie will in die große Welt hinaus. Weg aus diesem Dreckloch von Mombasa, weg aus diesem verdammten ›Hotel Castle‹, wo die Kolonialromantik nur die Touristen begeistert. Naomi kann diesem weiß-muffigen Kasten mit seinen verschnörkelten Balkonen und Türmchen ohnehin keinen Reiz abgewinnen.

Hemingways Roman ›Der Schnee am Kilimandscharo‹ hat sie nie gelesen – und niemand hat sie je ins Kino in den Film ›Out of Africa‹ eingeladen. Für sie kaufen die Boyfriends allenfalls Eintrittskarten für harte Porno-Filme und gehen anschließend mit ihr ins ›Castle‹. Hier beschränkt sich für Naomi die Kolonial-Atmosphäre auf das zerknautschte Bettlaken.

Auf dem macht sie nun einen mächtigen Satz, kniet sich auf den massiven Brustkorb ihres weißen Kunden, stemmt sich über ihn und genießt es, wie der große weiße Blonde unter ihr stöhnt, sie bewundert, ihren makellosen Körper streichelt, die kleinen, ebenmäßig gerundeten Brüste küßt und an den vorstehenden Warzen lutscht.

Er riecht nach Bier, schwarzen Zigaretten und süßlicher After-shave-Lotion. »Eigentlich kein übler Kerl«, denkt sie. Er faßt sie nicht grob an, ist muskulös, stark, aber trotzdem normal gebaut. Normal heißt: Kein Glied wie eine Bärenkeule, auf das so viele Typen stolz sind. Dummköpfe! Mittelmaß ist in der Anatomie viel schöner und zudem besser, denn es erlaubt mehr Bewegungsfrei-heit – was Naomi auch ausgiebig nutzt.

Mit kreisenden Bewegungen ihres federnden Popos beginnt sie ihren Safari-Jäger zu zermalmen, dabei fegt sie mit ihrem wuchti-gen Haarbusch über seinen Oberkörper. Ihre Schamlippen sind sehr feucht, wie ein vollgesogener Schwamm – und er hält das für ein Zeichen ihrer Leidenschaft.

Naomi dagegen denkt nur an die 100 Dollar. Diesen für afrika-nischen Sex-Tourismus hohen Preis verlangt sie und bekommt ihn auch meist. Sie versteht es eben, Männer schon mit ihrem Auftritt zu betören: 1,78 Meter groß, schlank im engen Kleid mit geflek-tem Leopardenmuster sticht sie souverän ihre Konkurrentinnen auf der Terrasse vom ›Hotel Castle‹ aus. Immer wenn Naomi vor-beitigert, zieht sie magnetisch alle Blicke an. Sie weiß, wie man Aufsehen erweckt, wie man den Blick lasziv schleifen läßt, sich am Ausgang provozierend umdreht. Sie hockt niemals mit den anderen Mädchen am Tisch, sie kippt keine Halbliterflaschen Bier, um sich bei Laune zu halten. Sie ist eine African Queen, ist sich ihres einmaligen Körpers bewußt.

Auch jetzt kommt sie schnell zum Höhepunkt. Es schmeichelt ihr, daß sich dieser blonde Gringo in ihrer Falle gefangen hat. Er stöhnt, zittert, bis seine Spannkraft nachläßt. Ermattet sackt er zu-sammen. Im gleichen Augenblick springt Naomi auf, steckt die 100 Dollar in ihr Höschen, schlüpft in ihr Leopardenkleid und verschwindet ohne Abschied aus dem stickigen Zimmer. Diesen Weißen braucht sie nicht mehr. Er ist geschafft, und Naomis Herz klopft heftig. Sie spürt den 100-Dollar-Schein an ihrem Bauch kleben. Dieses Geld benötigt sie noch, um endlich das Flugticket kaufen zu können. Gleich morgen früh will sie hingehen, ins Reisebüro an der Moi Avenue. Dort liegt das Ticket für sie schon bereit: Air France nach Paris, der Stadt ihrer Träume.

Naomi stöckelt die Treppen hinunter. Plötzlich, wallt in ihr ein Gefühl auf, als würde sie auf das Podium einer großen Modegala schweben. In Paris ...

»Du wirst es schaffen«, ermutigt sie eine Stimme in ihrem Innern. Sie tänzelt an dem schwarzen Portier Bobby vorbei: »Maridadi«, nickt der gute alte Bobby: »Schön.«

Vor dem Hotel keifen sich zwei betrunkene Huren an. Suzy und Lilian. Seit einer Woche ist mit ihnen kein weißer Kunde mehr aufs Zimmer gegangen. Sie wollen mit dem Streit ihrem Ärger Luft machen.

»Malaia« – Dirne – provoziert Lilian, und Suzy schimpft mit:

»Fahru« – Nashorn – weil Naomi tatsächlich ihre Nase so hoch trägt.

Lilian stachelt Suzy weiter an: »Die hat sicherlich Kohle gebunkert. Komm, wir schnappen sie uns ...«

Suzy zögert noch ein wenig, aber dann nimmt sie einen Anlauf. Mit einer Bierflasche will sie Naomi von hinten auf den Kopf schlagen. Naomi reagiert mit schnellem Instinkt. Wie eine Raubkatze weicht sie dem Nackenschlag aus, reißt den linken Stöckelschuh vom Fuß und holt zum Gegenangriff aus. Zack, zack, greift sie an und trifft mit dumpfen Schlägen. Der eiserne Pfennigabsatz des eleganten Pierre-Jourdan-Modells hackt eine tiefe Wunde in Suzys Stirn. Blutend sackt sie aufs Pflaster. Ehe Lilian betrunken torkelnd eingreifen kann, ist Naomi auf und davon gerannt.

Wie eine Gazelle auf der Flucht springt sie über Müll und Pfützen. Die erste Seitengasse rechts, die nächste links. Zum Glück steht ihr niemand im Weg. Um diese Zeit, früh um drei Uhr, ist Mombasa eine Geisterstadt. Den Frauen droht Gefahr, wegen Prostitution verhaftet zu werden und ohne Richter-Urteil auf zwei Monate im Gefängnis zu verschwinden.

Für Naomi wäre das schlimm, denn sie hat endlich das Geld zusammen – und eine Pariser Adresse ergattert.

Beinahe wäre es in letzter Minute schiefgelaufen, wegen dieser blöden Keilerei mit den beiden besoffenen Malaias – diesen Nutten. Naomi rennt um ihr Leben, barfuß wie in der Steppe, aus der sie einst gekommen war.

Paris. Flughafen Charles de Gaulle. Sektor A. Daß Frankreich einstmals als Weltmacht über große Kolonien verfügte, bezeugt heute noch der weitverzweigte Flugverkehr mit Afrika. Auf der Piste rollen die kunterbuntesten Vögel mit so schönen Namen wie ›Royal Air Marocco‹ und drei goldenen Kronen am Steuerflügel; eine rot-grün-schwarz gestreifte ›Nigerian Air‹ wetteifert im Glanz mit den platinweißen Heckflossen der ›Air Mauritius‹, die sonst blau wie die legendäre Briefmarke sind. Das Blau einer Lagune schmückt auch die ›Regent Air Zaire‹, ein Palmenblatt ziert ›Sierra Leone Air‹, wie ein Touristen-Prospekt sind die Maschinen der ›Air Ghana‹ bemalt, und ›Mali Air‹ fliegt wie ein lustiger Fruchtkorb durch die Lüfte.

Oft verwandelt sich dieser Flughafen auch in einen farbenprächtigen afrikanischen Jahrmarkt. Minister in wallenden Batikgewändern, Techniker im Safari-Look, nordafrikanische Händler in heraushängenden Hemden, weiß wie die Minarett-Türme arabischer Moscheen sind zu sehen. Und Folklorekleider, farbtoll wie eine Maler-Palette.

Täglich landen Dutzende von afrikanischen Mädchen in Paris. Nur mit einem Bündel in der Hand und einer Tasche voller Karrierehoffnungen. Dutzende von Schönheiten pilgern in dieses Mode-Mekka von Paris, um Models und Mannequins zu werden. Eine von Tausenden – oder gar Zehntausenden erreicht dieses Ziel.

Naomi spürt ihr Herz im Hals tuckern. Die Schlange vor der Paßkontrolle schiebt sich nur langsam vorwärts. Der Gendarm ist höflich: »Wie lange wollen Sie sich in Frankreich aufhalten, Madame?«

»Drei Monate«, antwortet Naomi mit zugeschnürter Kehle. Sie hat schon von zahlreichen Fällen von Zurückweisungen gehört. Neuerdings gelten auch verschärfte Gesundheitsvorschriften. Die Angst vor der Seuche Aids grassiert.

»In Ordnung« – stempelt der Beamte Naomis Passport. Sie ist also in Paris.

Ein Airport-Bus bringt sie ins Zentrum. Port Mailot. Ein babylonischer Turm, fünf Stockwerke unter der Erde, dreißig Etagen gen Himmel. Naomi steigt in ein Taxi. Avenue Foch 359. Eine vornehme Adresse – die Naomi sorgfältig aufbewahrt hat. Ob ER sich noch erinnert?

Das Marmorportal wirkt monumental, geschützt von schweren Eisengittern. Es öffnet sich elektrisch, das Licht für die Überwachungskameras leuchtet auf, die Glastür gleitet geisterhaft zur Seite. Naomi reicht dem Portier die Visitenkarte: ›Frederic, in love. Der Überbringer dieser Karte ist jederzeit mein willkommener Gast‹, steht darauf gekritzelt.

Der Pförtner ruft kurz an. Okay. Der Fahrstuhl schwebt lautlos zum neunten Stock. In ein Penthouse über den Dächern von Paris. Der Majordomus empfängt Naomi: »Sorry, Monsieur Frederic ist nicht da. Aber Madame dürfen es sich selbstverständlich bequem machen. Das Gästezimmer steht bereit.«

»Es ist immer bereit«, bemerkt der Majordomus mit seltsamem Lächeln. Und was für ein Luxuszimmer! Seidene Bettwäsche in silbergrau, dunkelblaue Teppiche, Spiegelwände, versenkte Leuchten als geheimnisvolle Illumination, und der Blick auf das Lichtermeer von Paris: Der angestrahlte Triumphbogen, die Spitze des Eifelturms – wie auf der Postkarte, die Naomi bei sich trägt und wie einen Schatz hütet.

»Darf ich Ihnen eine Kleinigkeit servieren? Lachs, Schinken, Champagner?« fragt der Majordomus pflichteifrig.

»Champagner, bitte!«

»Jawohl, Madame.«

Naomi hört das Wasser blubbern. Ein Bad wird für sie vorbereitet. Sie läßt ihren Jeans-Rock zu Boden gleiten, schlüpft aus der Fliegerjacke (ein Geschenk aus dem Club ›Bora Bora‹, von einem Schweizer Kameramann), und dann schwebt sie in dieses Luxusbad ganz aus weißem Marmor, mit Rundbecken und goldenen Wasserhähnen.

»O Paris, göttliches Paris!« ruft Naomi begeistert.

Sie ist in der Badewanne allein und blickt durch die offene Tür ins Schlafzimmer. Ihr kleiner Lederkoffer und eine Sporttasche liegen vor dem Bett. Darin ist ihr ganzes Hab und Gut. Einige Kleider, ein bißchen Afro-Schmuck.

Duftender Badeschaum bedeckt sie bis zur Nasenspitze, umhüllt ihre Ohren wie Zuckerwatte. Sie kühlt ihr Gesicht an dem eiskalten Champagnerkübel. Dann hebt sie die Flasche zum Mund und trinkt mit gierigen Zügen. Direkt aus der Pulle, so schmeckt's am besten.

Der erste Schwips in Paris. Am liebsten würde sich Naomi jetzt nackt auf dem Boden durch alle Räume wälzen, um diesen Luxus noch intensiver zu spüren. Tropfnaß steigt sie aus der Wanne, trocknet ihren Körper mit den kuscheligen Frottee-Badetüchern ab. Und dann? Dann schwingt sie sich geschmeidig mit einem Satz ins Bett. Nackt kuschelt sie sich wohlig in die Seidenlaken. Was für ein glücklicher Zufall, daß Frederic nicht zu Hause ist. So kann sich Naomi völlig gehen lassen in diesem Luxus.

Luxus, ja aber skurril. Als Gesellschaft stehen Gruppen von Schaufensterpuppen herum, ein ausgestopftes Lama, ein Schaf, und im Aquarium zwischen Zierfischen schwimmen rote Lack-Pumps.

Ein Kabinett der Copelia, jener herzlosen mechanischen Ballettfigurine, die Naomi nicht kennt?

Naomi küßt die Seidenkissen, klemmt sich eines zwischen die Beine und beginnt mit dem Becken sanft zu kreisen. Sie streichelt sich mit ihren schlanken Fingern, befriedigt sich selbst, stöhnt lustvoll inmitten dieser Seiden-Orgie.

Danach relaxt sie ermattet auf dem Rücken. Jetzt wäre sie nochmals bereit. Für einen großen Löwen. Sie würde gern unter ihm liegen, sich von ihm erdrücken lassen. Naomi preßt ihren Hintern in die Matratze, komisch, es brennt.

Im Unterbewußtsein fragt eine innere Stimme: »Schläfst du noch, Naomi?«

Aber sie reagiert nicht. Merkwürdig: Sie sieht, wie ihr Ebenbild aus dem Bett steigt, aus ihrem eigenen Körper herausschlüpft. Ein Double, das sie nun als Schutzengel fragt: »Naomi, erinnerst du dich noch, damals in eurem Negerdorf?«

Warum verfolgen sie jetzt diese Bilder der Vergangenheit? Warum diese Halluzinationen?

Naomi fühlt sich erschöpft, kraftlos, nicht fähig, ihrem eigenen Ich zu antworten. War diesem Champagner etwa eine Droge beigemischt?

Um sie herum erglüht Äquator-Hitze. Das Bett wird zur harzig-feuchten Masse. Was ist das bloß?

Ein unbegreiflicher Zustand, vergleichbar mit der Lage eines Kinozuschauers. Vor ihr läuft ein Film, in dem sie selbst die Hauptrolle spielt und wo sie sich zugleich in die Rollen der anderen versetzen kann. Sie riecht, fühlt, spürt, denkt, was in ihr und den anderen vorgeht. Was in Naomis Hirn jetzt fiebrig flimmert, ist tatsächlich ihr bisheriges Leben.

Es beginnt mit Abrollgeräuschen von schweren Reifen. Der Asphalt schmilzt, die freigeschwitzten Granulatstücke hageln gegen den Wagenboden, schießen in die Kotflügel ...

Tam-tam. Immer wieder Tam-tam ... ta-ta-ta ... tamtam. Das Trommeln aus dem Busch verkündet nichts Gutes. Schon seit dem frühen Morgen geht das ununterbrochen und macht Larsen nervös. Noch 500 Kilometer bis Mombasa, das sind auf dieser holprigen Piste gut zwölf Stunden oder vielleicht noch mehr. Es hängt davon ab, wie viele Laster noch auf den Steigungen des Amboseli Naturreservats kriechen.

Auf der geraden Strecke donnert Larsen mit seinem SCANIA und 30 Tonnen Ladung im Rücken dahin. Schon seit einer Woche ist er unterwegs: Aus Kampala am Viktoriasee über Nairobi nach Mombasa. 2000 Kilometer. Das geht in die Knochen. Sein einziger Gedanken dabei ist jedesmal: »Aufhören, nie wieder diese Horrortour.«

»Ja, ich bin total verrückt«, sagte sich Larsen schon oft. Immerhin war er mal Musiker in Stockholm, und sogar ein verdammt guter. Saxophon hat er geblasen wie ein junger Gott, war mal auf Tournee mit ABBA, pustete ein himmlisches Solo im Studio für eine Platte mit Tina Turner drauf. Und dann? Seit zwei Jahren hat er die Kanne nicht mehr angerührt. Keine Konzerte, kein Solo mehr. Warum zum Teufel fährt er nur diesen Truck?

Die Augen brennen, in der Kabine ist es fast 60 Grad heiß. Der Fahrtwind bringt keine Abkühlung. Die Hitze stößt einem entgegen wie aus einem Hochofen. Die Kehle ausgetrocknet, das Eis in der Kühlbox längst geschmolzen, die Lautsprecher der Stereo-Anlage ausgefallen, nur der 360-PS-Motor brummt gewaltig. Und dann dieses verdammte Tam-tam aus der Ferne.

Die Regierung schweigt zwar offiziell darüber, aber es gibt immer noch blutige Stammeskriege zwischen den Massais. Sie haben sich bereits auf knapp 120 000 Angehörige dezimiert, aber erst kürzlich tobte in einem Dorf wieder ein Massaker. Zwanzig, vierzig, achtzig Todesopfer? Man weiß die Zahlen nicht genau, aber es gab Ausschreitungen über die Grenzen des Massai-Mara-Reservats hinaus. Im Blutrausch überfielen die Krieger sogar einige Schwertransporte auf den Hauptstrecken zwischen Nakuru und Nairobi. Nachts zogen sie Stahlseile über die Straße, zwangen damit einen Truck zum Anhalten, kippten ihn um, plünderten ihn aus. Den Fahrer schlachteten sie grausam ab. Ausgerechnet den Jacky hatte es erwischt, einen ehemaligen belgischen Rallye-Piloten, einen guten Freund von Larsen.

Bis die Polizei damals ausrückte, waren die Krieger längst über alle Berge. Sie zu verfolgen, war zwecklos. Es machte ohnehin keiner in den Dörfern irgendwelche Angaben, die Sippschaften hielten dicht. Es gab nur ein Protokoll mit Stempel links und einer Steuermarke rechts, ein paar Unterschriften und jede Menge Scherereien für den, der sich doch als Zeuge melden sollte.

Larsen hatte damals die verkohlte Leiche von Jacky identifiziert und landete beinahe im Knast, weil ihm diese finsteren Bullen aus Mombasa plötzlich nicht glauben wollten. Außerdem waren sie sauer. Einer, der so blond war und so tiefblaue Augen wie Larsen hatte, auf den alle schwarzen Weiber verrückt waren, dem wollte man's zeigen. So einen kleinzukriegen machte den Gorillas in Uniform diebischen Spaß.

Für Larsen war es die Hölle. Zwei Tage mußte er auf der Polizeiwache in einer lausigen Zelle verbringen. Es gab kein Essen, kein Bett, kein Wasser zum Waschen. Zum Glück wurde er von Prügeln beim Verhör verschont. Das war vielleicht die einzige Erbschaft von den Engländern. Ein Weißer wird nicht geschlagen, ein unterschwelliger Respekt wurzelt immer noch tief in diesen schwarzen Schädeln. Aber trotzdem: Ihm hatte es gereicht, unter diesen Bullenärschen zu sitzen.

Deshalb drückt Larsen jetzt auf die Tube. Sein SCANIA röhrt aus vollen Drehzahlen. 130 Sachen. Mörderisch für den Slalom zwischen den Schlaglöchern. Die Straße der Tränen, doch Larsen kennt sie auswendig. Gerade braust er an einem sumpfigen Teich vorbei und weiß genau: Nach dieser letzten Steigung geht es steil abwärts, und dort, wo sich die Asphaltspur verengt, folgt eine scharfe Linkskurve. Gleich muß er runterschalten, aufpassen, die Bremsen könnten heißlaufen.

Die Luft flimmert. Das täuscht über die Entfernungen, manchmal glaubt man, ein Laster fährt vor einem, dabei kommt er entgegen. Manche Fahrer dösen halb und reißen das Steuer erst im letzten Bruchteil einer Sekunde herum.

Nein, die weiß-rosa Flamingos, die aus den Sümpfen hochschwärmen, bringen kaum Abwechslung – die Mädchen sind's, die einem diese Todesstrecke versüßen. Meistens sind sie hübsch, toll sogar, denn nur die bestgewachsenen trauen sich, ihre Siedlungen im Hinterland zu verlassen, um mit ihrem Ebony-Körper das Glück zu versuchen. Sie trampen von sehr weit her nach Mombasa.

Aus Somalia kommen die gertenschlanken, langschenkeligen Hirtentochter, aus Äthiopien die Scheherezade-Prinzessinnen, als wären sie gerade unter dem Schleier von Tausend-und-einer-Nacht hervorgekrochen ...

Ihre erste Station ist Nairobi, und sie streben schnell weiter nach Mombasa. Dort lockt das Geld der Touristen, die das schwarze Abenteuer suchen. An den weißen Stränden von Diani Beach nistet die Hoffnung, den weißen Mann zu finden, der sie mitnimmt. Egal wohin. Hauptsache out of Afrika. Die Legenden von den schwarzen Mädchen, denen es gelungen ist, ziehen magnetisch Tausende von Wanderinnen an. Dafür legen sie unzählige Kilometer zurück, ertragen unsägliche Strapazen und Erniedrigungen.

Doch was kann schon Larsen dafür. Er gehört zu den Truckern, die solche Tramperinnen aufgabeln. Sie versüßen ihnen das harte Fernfahrerleben, sie sind die Lichtblicke auf den endlosen Staubkilometern, die erotischen Fata morganas. Und sie sind willig. Es ist schließlich eine Art Bezahlung für die Passage. Was bedeutet das schon, ein kurzes Schäferstündchen in der Kabine, oder im Schatten des parkenden Brummi's auf dem Lehmboden? Alle machen es, die von Nairobi nach Mombasa per Anhalter reisen.

Zug oder Bus sind zu teuer, dafür reicht das Geld nicht, das man vielleicht inzwischen in den Nightclubs von Nairobi verdient hat, in den Discos ›Tamango‹, ›New Florida‹ oder ›Florida 2000‹. Hier stehen die Chancen günstig, einen Geschäftsmann oder Facharbeiter von ausländischen Firmen zu treffen, der Spendierhosen anhat. – Aber die Rampe zur Traumstation Europa, die steht in Mombasa. Da muß man erst hin.

Die Sonne brennt erbarmungslos. Larsen zwickt sich in die Ohrläppchen, nur nicht einnicken. Bleiern hängen seine Lider, die vor Hitze gesprungenen Lippen tun weh. »Wenn wenigstens dieses verdammte Tam-tam aufhören würde«, denkt er.

›Tam-tam … ta-ta-ta … tam-tam-tara-tata-tam‹, lärmt das Trommelfeuer aus dem Bauch des Buschwaldes. Seit Stunden ist keine Anhalterin weit und breit zu sehen. Täuscht er sich nur, oder hat jemand den Gegenverkehr stillgelegt? Wann kam ihm eigentlich das letzte Auto entgegen?

Larsen grübelt, schaltet automatisch in den nächsten Gang hoch. Und noch einmal. Sein Brummi donnert wie ein Düsenflugzeug. Die Spiegelungen der heißen Luft tänzeln über dem Asphalt … Wechselt eine Herde Elefanten über den Weg? Nein, es müssen Zebras sein – und wo endet die Straße überhaupt?

Larsen reibt sich die schmerzenden Augen. Ein schwarzer Punkt sticht ihn. Ein Sandkörnchen? Es bewegt sich, verzieht sich zum schmalen vertikalen Strich, nimmt Formen an: zwei Beine und winkende Hände. Larsen reagiert aus dem Unterbewußtsein und tritt voll auf die Bremse. Mist. Der Laster schleudert, schnell runterschalten, irgendeine Bremsleitung muß undicht sein. Der Koloß zieht nach links, wo gerade ein Bus entgegendonnert. Larsen steuert dagegen nach rechts, die Reifen holpern vom festen Asphaltrand rüber auf den Lehmstreifen. Im aufgewirbelten Staubnebel taucht ein Mädchen auf. Sie schultert einen kleinen Ranzen und ist von roter Erde fast überkrustet. Sie muß schon lange unterwegs sein.

Larsen greift zum Handtuch. Das Manöver, sein SCANIA-Monster zum Stehen zu bringen, hat ihm den Schweiß auf die Stirn getrieben. Er wischt ihn weg und öffnet die Kabinentür. Die erste Anhalterin seit Kampala. Das ist ihm seit Monaten nicht mehr passiert, so lange auf eine Chance warten zu müssen. Sonst kann er es sich leisten, wählerisch zu sein, genügend schwarze Katzen säumen den Weg. Aber jetzt überlegt er nicht lange: »Los, steig ein!«

Er muß nicht zweimal bitten. Das langbeinige Mädchen schwingt sich auf den Beifahrersitz, und Larsen verspürt in seiner Hose sofort einen Druck. Schwer wie Blei und brennend heiß wie ein Streichholzkopf ...

»Wie heißt du?« knurrt er.

»Naomi.«

»Hmm ...«

Ein weiteres Gespräch bleibt ihm im Hals stecken. Was soll er auch mit Fragen bohren? Fast eine Woche ohne Frau. Da kriecht das Stechen vom Kleinhirn bis zum letzten Lendenwirbel runter. Larsen wollte bereits selber Hand anlegen, aber das war ihm dann doch zu mühsam. So was läßt man sich hierzulande lieber besorgen. Mit den kleinen, schwieligen Händen der unzähligen Anhalterinnen. Der Naturgewächse aus dem Reservat, die frisch ins Leben reinpurzeln. Und bevor sie überhaupt in der Großstadt eintrudeln, sind die Fernfahrer die ersten, die bedient werden wollen. Als Lohn für die Passage.

Larsen gibt Gas, schaltet rauf. Der fünfte und der sechste Gang. Auf der Geraden ist schon der achte im Getriebe drin. Warum fährt er nur wieder wie der Teufel?

›Ja, warum?‹ schießt es durch Larsens Kopf. ›Warum habe ich dieser Naomi nicht gleich das Höschen runtergerissen? Worauf warte ich ...?‹

Kein Gespräch kommt auf, weil Larsen vor Geilheit gelähmt ist. Sein Blick streift über Naomi. Sie kauert wie ein Klammeräffchen auf dem Beifahrersitz, die Beine hochgezogen und die Knie unters Kinn geklemmt. Mit den Händen hält sie die nackten Füße fest. Eine ungewöhnliche Position, die Larsen verwirrt. Noch nie hat er eine Eingeborene derart hocken gesehen: Graziös und verspielt, und dazu der Gesichtsausdruck einer Madonna. Naomi schaut aber nicht zu Larsen herüber, nicht einen kurzen Wimpernschlag. Sie läßt sich bewundern: Ihr Kopf und die ebenmäßigen Gesichtszüge einer geheimnisvollen Göttin sind auch wunderbar. Die großen Augen und die feinmodellierte Nase, der sinnliche Mund mit leicht geöffneten Lippen über den perlweißen Zähnen.

Plötzlich wird sich Larsen bewußt, warum er sich so zurückhält: So eine Schönheit ist ihm hier in Afrika bisher noch nie begegnet. Die ganze Zeit über nicht.

Die zierliche Naomi ist rundum perfekt. Und ihre Haut lockt lecker wie eine Nougat-Praline zum Naschen. Das weiß natürlich Larsen inzwischen besonders zu schätzen: diesem Zauber der lichtbraunen Haut ist er längst erlegen. Schon damals in Europa, wo er in den mondänen Nachtclubs zwischen Stockholm, Berlin, London, Paris und Rom tingelte. Kein luxuriöser Nachtpalast der Welt kommt ohne diese exotischen Schmetterlinge aus: Die Perlen der Karibik, Samba-Tänzerinnen Brasiliens und Kenias Gazellen sind das braune Öl der Vergnügungsbetriebe und auf Larsen wirken sie wie eine Droge – versetzen ihn in einem Rausch der Sinne. Larsen braucht sich keinen Koks in die Nasenflügel zu stopfen, ihm reicht's, wenn er an dieser dunklen Samthaut schnuppern kann.

Gott, dieser Duft, leicht kühl und würzig wie tausend Viktualien: gebündelte Nelken und zerquetschte Zimtrinde, das Aroma von Teeblättern und frischgepreßtem Nußöl ...

›Ja‹, grübelt Larsen jetzt am Steuer über die Ursachen seiner Hörigkeit zu den farbigen Frauen nach, ›die weiße Rasse hat für mich die Anziehungskraft verloren. Diese käsig-blasse Haut und das eingebildete Getue. Die gebleichten, blonden Sirenen des Nordens sind zwar schön zum Anschauen, aber wie riechen sie denn?‹

Darüber könnte Larsen allenfalls offen mit Gleichgesinnten sprechen, mit Süchtigen, wie er einer ist. Für die ist es auch klar: Die Schweizerin riecht nach Emmentaler, die Pariserin nach Austern, die Deutsche wie Bratwurst und die Wienerin wie Wienerschnitzel. Die Wissenschaft kann es bestens erklären – Körperausdünstung hängt mit Ernährung zusammen. Das ist es: Südfrüchte mit ihren Essenzen sind tausendmal besser als jedes Parfum der Welt – und hier in Afrika bewirken die frische Kokosmilch und die wilden Kräuter ein herrliches Körperaroma.

Eigentlich könnte Larsen darüber längst Vorträge halten, aber jetzt fährt er gerade einen 30-Tonnen-Laster. Als König der Buschstraßen. Früher spielte er auf der ›MS Europa‹ mit einer Band, und als das Traumschiff in Mombasa vor Anker ging, verschwand er von Bord. Er wollte sein Leben ändern – einiges ist dabei schiefgegangen –, aber im Moment schärfen sich all seine Sinne nur auf diese Mädchen neben ihm ein.

Ihre fast magische Ausstrahlung beginnt Larsen ganz zu beherrschen. Er streckt seine Hand nach Naomi aus. Sie weicht ihm aus. Schnell wie eine Wildkatze, die sich nicht streicheln läßt. Larsen wiederholt seinen Versuch. Naomis Augen blitzen wütend auf. Sie faucht ihn an: »Bei mir nicht!«

»Pha«, prustet Larsen los: »Was soll das.«

Einen Augenblick betrachtet er sie noch. Ihr Widerstand macht ihn rasend. Er tritt auf die Bremse. »Wir machen's hier«, befiehlt er. »Ich will's jetzt und gleich!«

Der Laster rollt in einer staubigen Ausbuchtung aus. In einer Ecke steht eine Holzbude, sonst nur ein paar verdorrte Palmen. Keine Schatten. Larsen spürt, wie eine Hitzewallung in sein Gehirn schießt und die Adern zu platzen drohen, so stark pumpt sein Herz. Er zerrt Naomi an sich: »Schnell, komm, ich halt es nicht mehr aus!«

Dann spürt er etwas Hartes in Naomis Hand. Einen Schraubenschlüssel, vom Kabinenboden aufgehoben. »Mich kriegst du nicht!« brüllt sie furchterregend wie eine Löwin.

Larsen verliert die Beherrschung: »Halt die Klappe, du Miststück!« Wie von Sinnen reißt er seine Hose runter: »Mach die Beine breit!« schreit er, daß seine Stimme die zweite Oktave überspringt.

Er grabscht nach Naomi, ihr Busen bringt ihn noch mehr in Rage: Federnd hart, rund und wohlgeformt, mit samtigem Hof um die Brustwarzen. Und dann durchfährt ihn ein heftiger Schmerz. »Du Biest! Du beißt!«

Naomi verwandelt sich in eine wilde Furie, obwohl es eigentlich sinnlos ist. Warum dieser Kampf? Warum stößt sie Larsen zurück. In ihrem Heimatdorf kommen alle Mädchen schon mit zwölf Jahren dran. Der Buschmedizinmann durchsticht mit einem gespitzten Palmenblatt das Hymen und beschneidet die Schamlippen. Ein weitverbreiteter Brauch auch heute noch – der die Ehemänner später schützen soll: vor allzu großer sexueller Lust ihrer teuer für Vieh getauschten Frauen. Deshalb sollen sie auch nicht mit anderen Stammesbrüdern wild herumschlafen. Aber es nützt alles nichts. Sie gehen trotzdem fremd. Doch wenn sie es schon tun, sollen sie zumindest weniger Lust dabei verspüren. Das ist die Rache des schwarzen Mannes – weil in ihren

Stammesfrauen ein brodelnder Vulkan kocht, den man nicht dämpfen kann. Er rumort in ihrem ganzen Körper wie ständiges Erdbeben.

Woran hat Naomi damals eigentlich gedacht, als sie durch den brutalen Eingriff des Medizinmanns ihrer Jungfräulichkeit beraubt wurde? Sie spuckte ihm ins Gesicht, bekam dafür ordentliche Prügel und mußte zur Strafe die ganze Nacht im Freien verbringen, an einen Pfahl gefesselt. Naomi starrte ins Feuer, das mitten auf dem Dorfplatz brannte. ›Tam-tam …‹ pochten die Trommeln bis zum Morgengrauen und peitschten ihre Fantasie an: zum Traum von einer anderen Welt. Die hatte sie schon einmal gesehen. In einem bunten Magazin. Schon allein wie sich die Seiten anfühlten, war unglaublich aufregend. Ein Fremder hatte Naomi dieses Journal geschenkt. Er brauste zwischen die Hütten mit einem weißblauen Auto voller greller Streifen und Aufkleber hinein. In einer unverständlichen Sprache sagte er etwas von ›Rallye … African Safari Rallye …‹

Die Einheimischen kapierten gar nichts. Nur Naomi verstand gleich, daß sich der Mann verfahren hatte und jetzt den Weg suchte. Sie zeigte instinktiv in eine Richtung. Anscheinend stimmte es, weil der Mensch mit Helm plötzlich freundlich lächelte und ihr dieses tolle Magazin schenkte.

Was für Bilder! Welche Farben und was für schöne Sachen. Zwar begriff Naomi nicht gleich, was das alles bedeutete, aber sie war auf Anhieb fasziniert. Diese schönen Frauen! Unvergleichlich schöner als in ihrem Dorf. Und die märchenhaften Kleider, die sie trugen! Und die Schuhe. Und was für Beine, umhüllt von einem besonders zarten, durchschimmernden Stoff, den Naomi nicht kannte und noch nie gesehen hatte. Vom Schmuck gar nicht zu reden. Ein Traum, wie das glänzte und glitzerte, funkelte und strahlte.

Naomi beschloß damals: wenn sie erwachsen ist, wird sie das Land suchen, aus dem diese Bilder stammen. Auch sie wollte dort leben, doch darüber schwieg sie. Sowieso hätte das keiner aus ihrem Dorf verstanden. Aber von nun an befolgte sie alle Anweisungen ihrer Mutter noch genauer und williger: den Kopf hoch zu tragen, den Körper aus der Hüfte durchzustrecken und liniengerade wie auf einem Strich zu marschieren. Diese Gangart soll ermüdungsfrei durch die Steppe führen und helfen, mit federnden Schritten die Lasten leichter zu tragen.

Seitdem dachte Naomi stets an diese Fotos aus jenem Magazin. Es verbrannte zwar später bei einem Feuer, aber Naomi rettete zwei bunte Seiten. Die hütete sie wie einen Schatz, denn sie hatte schon bald die Bedeutung der Bilder erfahren: Es waren Mannequins bei einer Gala, und die Kleider, die sie zeigten, waren sehr, sehr teuer. Nur ganz reiche Leute konnten sich so was kaufen. Aber als Mannequin durfte man sie alle anprobieren, für einen langen Abend, für eine ganze Nacht tragen. Und immer wieder neue und neue. Sogar die Neuesten, die es nur ein einziges Mal auf der Welt gab.

Diese zwei Bildseiten hatte Naomi auch jetzt bei sich. Schon stark zerfleddert, zwischen andere Zeitungsblätter gefaltet, lagen sie in ihrem kleinen Ranzen.

Der flog jetzt im hohen Bogen aus der Kabine des Lasters. Larsen warf ihn blindwütig hinaus. Er konnte nicht begreifen, was da soeben vor sich ging. Dieses Luder verweigerte sich ihm. Das ist der Gipfel, er nimmt sie mit – und sie schlägt ihm mit einem Schraubenschlüssel beinahe den Schädel ein. Ihm, dem blonden Larsen, König der Landstraße zwischen Kampala und Mombasa, wo sich die Weiber in den Bars sonst wegen ihm prügeln, wo er doch schon zwei Miß Kenyas verführte und ein Dutzend der Tänzerinnen aus dem ›Bora-Bora‹. In der ›Busch-Baby‹-Bar hat er zehn an jedem Finger hängen, und im ›Florida‹ fliegen sie ihm geradewegs auf den Schoß. Und jetzt diese Pleite.

Er wußte eben nichts über Naomi. Von ihren Träumen und Zielen. Sie wollte anders sein … Sie hatte den Wert ihres Körpers genau eingeschätzt und sie wußte: Er wird hoch sein und immer höher steigen. Nachdem sie aus der Hochebene von Mogadischu gekommen war und in Nairobi Fuß gefaßt hatte, verlangte sie gleich das Doppelte wie ihre Kolleginnen. Sie hatte drei Monate in der Disco ›New Florida‹ angeschafft und jeden Schilling, jeden Dollar, jede Mark, jeden Franken gespart. Deshalb wollte sie auch für die Fahrt nach Mombasa nicht unnötig Geld ausgeben.

Per Anhalter trampt sie um zu sparen. Und sie ist nicht bereit, dafür zu bezahlen. Nicht auf diese Weise. Für einen stinkigen

Lastwagenfahrer ihren kostbaren Schoß zu öffnen? ›Wenn, dann soll auch er bezahlen. Schließlich schläft er dafür nicht mit irgendeiner Hure‹, denkt Naomi, ›sondern mit einem künftigen Top-Mannequin. Vielleicht einem Star, von dem er später noch viel hören wird. Das ist nur fair. Warum sollte ich auch nur ein einziges Mal mein Kapital verschleudern, diesen wunderbaren Körper, für den ich alles bekommen kann?‹

Naomi holt langsam tief Luft, blickt dem tobenden Larsen in die tiefseeblauen Augen und zischte: »Fünfhundert …«

»Waaas?!« fragt Larsen verblüfft: »Du Bohnenscheißerin, du mit deinem Ziegenfell am Arsch – Kuhmist in den Haaren! Du willst von mir fünfhundert Schilling?«

»Fünfhundert«, wiederholt Naomi unerschrocken. »Fünfhundert, sonst läuft gar nichts.«

Larsen kann es immer noch nicht fassen: »Das kannst du mit den blöden Touristen machen, aber nicht mit mir.«

»Ist für mich kein Unterschied.«

»Wieso?«

»Für mich ist ein Mann wie der andere, bei mir zahlen alle das gleiche. Außerdem bist du kein gewöhnlicher Trucker …«

Diese plötzliche Selbstsicherheit erstaunt selbst Naomi. Erst drei Monate in der Großstadt gewesen, und schon läßt sie sich nichts vormachen. Schnell gelernt. Darauf kann sie stolz sein. Außerdem merkt sie, daß Larsen langsam einlenken wird. Sie sieht, wie er sich zu beruhigen beginnt.

»Wo willst du überhaupt hin?«

»Nach Paris!«

»Paris?«

»Ja, ich will nach Paris. Ich will dort arbeiten.«

»Dir haben wohl die Affen ins Hirn gekackt. In Paris warten alle schon auf dich … Moment, was könntest du dort eigentlich machen? Fotomodell, Mannequin, Fernsehstar …«

»Richtig!«

»Aha, so ist das. Ich bin für dich nicht mehr gut genug. Du träumst nur noch von einem Prinzen, einem Millionen-Erben, einem mit Lear-Jet …«, spottet Larsen.

»Das ist ein Flugzeug«, fügt er noch zynisch hinzu, »das fliegt bzzz …«, deutet Larsen zum Himmel und zieht runde Kreise mit dem Finger. »Bzzz ... aber nur in deiner Birne. Was glaubst du, was in Paris, los ist ...?«

Dabei beruhigt sich Larsen allmählich. Klettert zurück auf seinen Fahrersitz. Daß er so schnell auf Naomi losgegangen ist, wundert ihn nun selbst. Vor allem so kopflos, jetzt lehnt er sich gemütlich zurück.

Naomi mustert ihn neugierig: »Kennst du Paris?«

»Logisch, eine Superstadt.«

Diese Feststellung erfüllt Larsen mit Stolz. Vielleicht kann er die Partie mit Naomi noch gewinnen. Er muß nur jetzt viel von Paris erzählen. Vom ›Lido‹ und ›Maxim's‹, von Pierre Cardin und vom Montmatre. Und vor allem muß er dieser harten Nuß von Naomi klarmachen, daß es in Paris jede Menge schönste Mädchen gibt. Tänzerinnen und Mannequins ...

»Mannequins?« unterbricht Naomi seinen Redefluß, »glaubst du, daß ich auch eins werden könnte?«

Und während sie davon spricht, macht sie schon Posen. »Erstaunlich«, denkt Larsen. »Diese Grazie.« Aber gleich stößt sie ihn wie mit der Faust vor die Stirn:

»Gut, wie? Wenn du mir jetzt fünfhundert Schilling gibst, könnte ich es noch schneller schaffen, nach Paris zu kommen«, schlägt Naomi unvermittelt vor. Und sie schiebt die Hand rüber, berührt flüchtig Larsens Knie: »Ich mache es dir bestimmt schön. Auch französisch und mit allen Positionen.«

Immerhin, in Nairobi hat sie das Handwerk perfekt gelernt. Naomi wußte jetzt, wie man Männer schnell befriedigte, kannte auch schon die Tricks, schob Falle und klemmte sich bei französisch das Glied geschickt unters Kinn, wie einen Telefonhörer oder eine Geige. Der Rest bestand aus ein bißchen Reiben und Schmatzen. Manchmal, wenn der Kunde nicht genug betrunken war, flog dieser Schwindel auf, aber Naomi war ein verdammt schnelles Biest. Dann flüchtete sie aus dem Zimmer und schrie wie aufgespießt, bis der Kunde schließlich Angst bekam und selbst das Schlachtfeld räumte.

Larsen hatte da auch seine Erfahrungen, aber jetzt war alles anders: Eine innere Stimme flüsterte ihm zu, daß dieses Mädchen vom Straßenrand ein Sonntagskind von Fortuna war. Daß sie sich jetzt als Hure durchschlägt, war nur ein vorübergehender Zustand. Diese Naomi war keine Nutte. Sie hatte das Zeug zum Star. Und er, Larsen, würde ihr die fünfhundert Schilling geben. Vielleicht auch sechshundert, damit sie weiterkam. Und dafür wollte er Naomi nicht hier im Dreck lieben, sondern wie sich's für eine Königin gehörte: In der besten Suite von Mombasa. Unter einem kühl fächelnden Ventilator wird er sie in die Arme schließen und unendlich zärtlich sein, sie streicheln und ihr verliebte Worte ins Ohr flüstern.

Merkwürdig, dieses Gefühl. Er glaubte, es sei in ihm schon längst abgestorben, jetzt zweifelte er: »Habe ich mich etwa verliebt?«

Larsen knöpfte seine Hose zu, sprang wie ein Kavalier aus der Kabine und sammelte die vorher rausgeschmissenen Klamotten von Naomi wieder auf.

»Entschuldige, war nur ein Kurzschluß bei mir, wir fahren gleich weiter.«

Die Turbolader des SCANIA-Lasters heulten auf, und Larsen fing an zu erzählen. Von Paris. So schnell war ihm die restliche Strecke nach Mombasa noch nie verflogen.

»Aufstehen!«

Eine Hand rüttelt Naomi, nicht grob, aber energisch.

»Aufstehen!«

Der Traum ist aus. Naomi reibt sich die Augen und schreckt hoch: »Wo bin ich?«

Die neblig-milchigen Silhouetten draußen beruhigen sie: Paris. Also doch.

Sie erkennt den Majordomus von gestern. Heute scheint er sehr nervös zu sein. »Tut mir leid, Madame«, haspelt er. »Es war ein Irrtum. Monsieur Frederic hat einen anderen Gast erwartet. Ihre Farbe hat uns getäuscht.«

»Welche Farbe?«

»Entschuldigung, ich habe sie inzwischen überprüft«, erklärt der Majordomus: »Sie sind nicht Helen Gadu. Ich habe mir erlaubt, in Ihrem Paß nachzusehen.«

Naomi versteht Bahnhof: »Wer ist Helen Gadu?«

»Die Tochter eines einflußreichen Politikers in Afrika. Sorry, wir haben Sie verwechselt, Sie sind auch schwarz.«

Der Majordomus legt Naomis Jeanskleider auf die Bettkante: »Ich will Sie nicht rausschmeißen, aber Sie müssen verschwinden. So schnell wie möglich.«

Benommen steht Naomi auf. Während sie sich anzieht, ordnet sie langsam ihre Gedanken. Klar, Frederic hatte sie eingeladen. Diesen Playboy, Erben von Frankreichs Dosensuppen-König, lernte sie in Mombasa kennen. Seine schneeweiße Yacht ankerte dort, fast vierzig Meter lang, mit einer total verrückten Crew. Frederic wollte auf die Seychellen übersetzen, kam mit seinem Lear-Jet an und ließ eine Nacht im ›Bora Bora‹ die Puppen tanzen. Fünf Mädchen heuerte er dann für den nächsten Tag an Bord an. Eine Nacht zockte er mit Naomi im Spielcasino. Es waren die bisher schönsten Stunden in Naomis Leben gewesen. Vielleicht war sie aber viel zu naiv gewesen, als sie geglaubt hatte, dieser Frederic könnte für sie auch etwas empfinden ... jedenfalls bekam sie von ihm eine wasserdichte Swatch-Uhr Made in Swiss, einen scharfen Badeanzug mit Panther-Kopf, einen Plastiksack voll Geld aus dem Roulette-Gewinn und die Visitenkarte:

»Du kannst mich in Paris immer besuchen«, versprach er beim Abschiedskuß. Freilich hatte ihm Naomi seitdem nicht geschrieben. Wozu auch. Ihre kringeligen Druckbuchstaben hätten sicher nur einen schlechten Eindruck gemacht. Naomi setzte auf ihre persönliche Ausstrahlung, sollte sie jemals Frederic wieder begegnen.

Mehr Zeit zum Überlegen hatte sie aber im Moment nicht. Der Majordomus drängte zur Eile, lüftete bereits das Zimmer. Heute ist es in Paris sehr kalt. Naomi hat noch eine Adresse. ›Agentur Gold, Madame Claude.‹ Die vermittelte die besten Mannequins und Modelle. Es könnte der richtige Anfang sein. Schon ist Frederic vergessen. Sie will ihre eigene Karriere machen – vielleicht eines Tages auch ihr eigenes Apartment haben, ähnlich komfortabel eingerichtet wie das von Frederic, aber von selbstverdientem Geld bezahlt. Naomi will keine Sklavin sein. Dieser goldene Käfig wäre doch nichts für sie.

Wieder auf der Straße, schnappt sie sich für ihre letzten Franc ein Taxi. Sie ahnt, daß sie bei Madame Claude Erfolg haben wird. Und ihre Naturinstinkte täuschen sie nicht.

Madame Claude hat einen guten Riecher, der ihr sofort signalisiert: ›Aus dieser wilden Blume kann man etwas machen.‹

»Sie können bei mir bleiben«, beschließt sie nach kurzem Gespräch. »Allerdings ist es hier wie beim Militär. Wir sind eine Fremdenlegion. Erwarten Sie keinen Luxus, nur harte Arbeit.«

Klack-klack-klack … Die Absätze der Stöckelschuhe trommeln hart auf dem Marmorboden. Samba. Der Rhythmus reißt aus dem Schlaf und verrät sofort: Zenaide, die feurige Brasilianerin, donnert durchs Haus zu ihrer Morgentoilette.

»Gigi macht schischi«, trällert sie. Danach nistet sie sich wieder genüßlich ins Bett, zieht das Laken über den Kopf und schläft weiter, ruhig wie eine Tasse Milch, während sich Naomi unruhig herumwälzt. Heute ist für sie nämlich ein wichtiger Tag.

Paris schlummert noch. Es ist wieder wärmer geworden. Die leichte Herbstbrise fächelt durch die offenen Fenster, und das zarte Farbenspiel der aufgehenden Sonne wirft bizarre Bilder an die Wand.

Zenaide kommt zurück. Ihr Stöckeln hallt wie in einer Tropfsteinhöhle. Dieses Haus ist sehr hellhörig, die Räume kaum möbliert, der Boden ohne Teppich, statt Betten nur Matratzen. Die erste Anlaufstation für Modelle, die in Paris ihr Glück suchen wollen.

Naomi teilt das Zimmer mit Zenaide. Ein heilloses Durcheinander. Die Koffer klaffen offen, die zwei Stühle, mit Klamotten überbeladen, drohen umzukippen. Höschen, Strümpfe, Schuhe liegen überall zerstreut herum. Modelle sind keine Musterschülerinnen für Ordnung.

Bei Madame Claude müssen sie aber wie Nonnen im Kloster leben, in diesem düsteren Haus, seitab der Prachtavenue Foche. Nicht einmal jeder Taxifahrer kennt diese Adresse, aber Madame Claude legt auf Berühmtheit keinen Wert. Fotomodelle und Mannequins sollen wie Wesen von einem anderen Stern sein: Unnahbar, unerreichbar, unbezahlbar. Für ihre Schönheit müssen sie alles tun. Der Schminktisch ist ihr Altar, der Spiegel ihr Beichtstuhl. Das Bett nur Sanatorium, die Küche ein Lebensmittel-Labor. Frühstück mit Kaffee und Toast. Tagsüber nur Obst und Gemüse. Abends Fitness, Schwimmen, Radfahren.

Und Sex?

»Fast tabu. Sex macht müde. Sex schlaucht den Körper, bringt blaue Flecken und Knutschmale am Körper, dunkle Ringe unter den Augen. Es sinkt der Marktwert. Der Sex eines Models bedeutet: Schein aber nicht Sein«, erklärt Madame Claude auch Naomi. »Freilich gibt es da Ausnahmen«, liest Naomi später in einem Magazin: »Models, die das Lotterleben zur lasziven Schönheit verwandelt, Top-Models wie Lauren Hutton, das amerikanische ›Revlon‹-Kosmetik-Girl, das sogar im Fernsehen die Zuschauer schockt. Auf die Frage nach ihrem Erfolgsrezept lautet ihr Antwort: ›I fucked around.‹«

Und wie geht es Naomi in Paris?

Die ersten Wochen sind wirklich scheußlich. Sie verzehrt sich vor Sehnsucht nach der Freiheit. Das Haus von Madame Claude ist ein Alptraum. Im klassizistischen Stil der dreißiger Jahre erbaut, von grauen korinthischen Säulen an der Frontseite gestützt, schützen grimmige, schmiedeeiserne Engel am Gitter den Eingang. Mit flammenden Schwertern säbeln sie gegen fleischfressende Pflanzen an. Die Fenster zur Straße zieren bunte Glasmosaiken, und man könnte glatt meinen: Hier steht ein Krematorium. Gerade das gefällt Madame Claude. Als Chefin der internationalen Agentur GOLD hält sie wenig von Luxushotels, Diskotheken und überhaupt: vom Pariser Nachtleben müssen sich die Top-Models fernhalten, wenn sie wirklich Karriere machen wollen.

Madame Claude macht es auch sonst ihren Modellen nicht leicht: Sie sperrt ihre Mädchen regelrecht ein und läßt sie nur zur Arbeit frei. Daß in dieser düsterfinsteren Villa trotzdem Freuden aufkommen, ahnt sie vielleicht gar nicht, diese eiserne Jungfrau.

Als Naomi hier eintrudelt, trifft sie auf knapp ein Dutzend Models aus aller Welt. Die Zahl wechselt ständig. Von zehn bis zu vierzig Mädchen, die notfalls in acht Zimmern zusammengepfercht, dort logieren können.

Man redet wenig miteinander, hastet zu Terminen, kocht bitteren Tee, tauscht Schlankheitsrezepte, gibt Tips für Gymnastik. Nichts Aufregendes, auch die Geschichten der meisten Mädchen sind langweilig: Alle wollen nur das schnelle Geld, dann noch einen reichen Mann, ein Haus am Meer in St. Tropez, viel Ferien und noch mehr Urlaub, dann vielleicht möchte man eine Schallplatte machen, bevor die ersten Fältchen auftauchen.

Eine Filmkarriere lockt weniger. Wer im Kinogeschäft bereits

Erfahrungen sammelte, klagt nur: Zu anstrengend, zu schlecht bezahlt, zu unsicher. Was soll's, eine Produktion für VOGUE bringt mehr. Und man träumt nicht davon, von Meisterregisseuren entdeckt zu werden, sondern arbeitet mit den besten Fotografen der Welt. Das bringt Erfolgserlebnisse im Alltag.

Seit drei Tagen aber gerät alles durcheinander. Naomi teilt ihr Zimmer mit Zenaide. Ein verrücktes Huhn aus Rio. Lange schwarze Haare, superschlanke Wespentaille und Beine, die im Himmel zu enden scheinen. Und sie trägt besonders hohe Absätze, ständig, ob sie nun in der Küche rumwurstelt, ins Bad tänzelt oder nur so aus Langeweile die Treppen hinauf- und hinunterklappert. Mit Vorliebe hüllte, sie ihren Körper lässig in übergroße Männerhemden und bewegt sich darin wie eine Nacktballett-Tänzerin im Zirkuszelt.

Obwohl sie keine gemeinsame Sprache sprechen, versteht sich Naomi mit der schönen Zenaide auf Anhieb. Wie zwei Schmetterlinge flattern sie umeinander. Schwer zu sagen, wer da die exotische Primadonna besser spielt. Jede Bewegung, jede Geste, jeder Augenaufschlag, die sinnlichen Zuckungen ihrer Lippen – die Finger, mit denen sie fechten wie beim Florett – bieten ein raffiniertes Theater der erotischen Beziehungen.

Wer reizt hier wen? Wessen Charme wirkt stärker? Ist es Naomi mit ihren wildkatzenhaften Bewegungen, die Zenaide herausfordert, oder macht es der Samba-Schwung von Zenaides Hüften, was Naomi, mitreißt? Ist es die goldglänzende Haut von Naomi, die Zenaide magisch anzieht, oder will Naomi Zenaides federnden Hintern in ihrem Schoß spüren ...

Jedenfalls, an diesem Morgen, als Zenaide mit den Stöckelschuhen trommelt und sich wieder neben Naomi hinlegt, entlädt sich hochgeladene Spannung.

Ein Blick im Halbschlaf, und die beiden Frauen rücken näher aneinander. Eine sanfte Berührung mit den Fingern, ein Händedruck, und Naomi und Zenaide liegen sich in den Armen. Eng und leidenschaftlich als wäre dieses erotische Vorspiel längst vorprogrammiert und als liefe jetzt der Countdown. Naomi schlingt ihre Beine um Zenaides Hüften. Zenaide tastet sich mit dem Daumen an Naomis Rücken herab, gleitet immer tiefer. Naomi preßt die Lippen fest auf Zenaides kleinen Busen. Die Warzen wachsen in ihrem Mund wie reife Früchte. Sie liebkost sie mit der Zunge genüßlich.

Die beiden Frauen verstehen es, ihre erotischen Zonen zu ertasten und empfindsam zu erkunden, wo die Reizpunkte liegen. Naomi wird elektrisiert von Zenaides Fingerspiel an den Wurzeln ihrer Wirbelsäule; Zenaide liebt Naomis rastlose Zunge. Jede Zärtlichkeit steigert die Spannung, die von der Lendenzone bis ins Kleinhirn schießt. Frauen kennen ihre Körper, können sich besser die Wünsche erfüllen, für die Männer nur selten Verständnis aufbringen.

Wilde Pantheras hecheln durch den Raum, große Wölfe knurren und böse Miezekatzen fauchen – so hört sich die Liebesarie der entfesselten lesbischen Leidenschaft an. Zenaide behält auch im Bett ihre großen Ohrringe an, sie kratzen jetzt an Naomis Bauch.

In einem Augenblick der Stille dringt plötzlich von nebenan ähnliches Gestöhn durch. Mit neckischem Wortgeplätscher gemischt.

»Beiß mich, kratz mich, gib mir Tiernamen.«

»... Iltis? Ja, süßer Iltis! Was willst du von mir?«

»Schlag mich, kratz mich, beiß mich, tu etwas Verrücktes, ach, sag doch mal was ganz Wildes zu mir.«

»... heiße Leopardin?«

»Ja!«

Die Stimmen von nebenan gehören ebenfalls zwei Frauen. Offenbar macht in diesem Haus jedes Model eine lesbische Grundschule durch. Es scheint ein Ventil für ihren Frust zu sein. Denn Cover-Girls lächeln zwar hochglänzend von den Magazinen – und würden manchmal doch lieber weinen. Die großen, schönen Frauen fühlen sich oft klein und häßlich. Zweifel plagen sie. Und Angst. Angst vor der Konkurrenz, vor ihrem Körper. Über die Hälfte der Mädchen würde mit einer Schönheitsoperation der Natur den Kampf ansagen. Die Zeit ist außerdem der andere natürliche Feind des Fotomodells. Bei einer Befragung von 60 Top-Modellen durch das Magazin ›Cosmopolitan‹ wurde dokumentiert: Fast alle wünschen sich ein besseres Aussehen. Jede zweite möchte kräftigere, längere Haare. Für 40 Prozent der Traummädchen ist ihr Busen zu klein, ein Drittel will noch längere Beine. Im Spiegel findet ein Modell immer Makel. Eigentlich ist jede ein Bündel von Neurosen, Komplexen und gestörtem Verhalten.

Aber Naomi und Zenaide liegen nicht auf der Couch des Psychiaters, sondern umarmen sich im Bett, küssen sich, drücken sich fest und fester, bis ihr Schweiß in dünnen Rinnsalen rinnt, vom Hals über den Rücken und Bauch, verschwindet er zwischen den Pobacken und Schenkeln wie ein Fluß in der Gletscherspalte.

Zenaide liegt auf dem Bauch und bewegt kreisend den Popo, auf dem Naomi liegt, die Zenaide mit ihrem ganzen Körper knetet – wollüstig und langsam. Alte Erinnerungen tauchen dabei in ihr auf. An die Nächte in Mombasa, an den Club ›Bora Bora‹. Peitschender Disco-Sound dröhnt in Naomis Ohren, vor ihren Augen tanzen fieberhafte Silhouetten, Freier und Huren, blitzendes Licht verzerrt die Gesichter, dennoch erkennt Naomi einige deutlich.

Dalia – auf die ist Naomi immer noch zornig. Am liebsten hätte sie sie erwürgt, weil Dalia ihr weißes französisches Spitzenhöschen klaute und auch ihr teures Parfüm ›Shalimar‹ von Guerlain. Diese Diebin schnappte Naomi auch viele Kunden vor der Nase weg. Sie bezog meist neben einer verspiegelten Säule im lachsfarbenen Satinanzug Stellung, rauchte in langen, genießerischen Zügen und züngelte wie eine Schlange mit der Zunge.

Luzy – noch jung und schon hoffnungslos versoffen, kippte jede Nacht aus ihren Latschen, hilflos torkelnd sackte sie in irgendeiner Ecke zusammen und schlief ihren Rausch am Boden aus.

Cora – sie war vielleicht die schönste aus der ganzen Disco: Lange schlanke Beine wie ein Windhund, immer makellos geschminkt und mit geputzten Schuhen, was eigentlich bei den Mädchen in Mombasa selten vorkam. Die meisten wohnten außerhalb in Hütten und mußten lange barfuß im Staub marschieren, bevor sie ihre Stöckelschuhe vorm ›Bora-Bora‹ anzogen.

Mary – meist klirrte sie an der Bar mit ihren Rasta-Zöpfchen wie ein Kristalluster im Windzug; die vielen bunten Perlen flimmerten rot, blau, grün. Auch am Hals trug sie viel Schmuck, und an beiden Händen glitzernde Armbänder bis zum Ellbogen. Sie segelte oft mit Begleitung ins Lokal, umarmte alle ihre Freier an der Bar heftig, küßte sie exhibitionistisch. Wie im Würgegriff hielt sie ihre Opfer fest und warf dabei scharfe Blicke auf andere Männer. Ihr Flirt signalisierte animalische Lust.

Es war überhaupt eine prickelnde Atmosphäre im Club ›Bora-Bora‹. Wie im Löwenkäfig drängelte man sich hier – und jetzt läuft Naomi in Zenaides Armen wieder ein Film vor den Augen ab:

Sie sieht sich selbst, wie sie zwischen diesen Nutten tanzt, im weißen Minirock aus Leder und tiefausgeschnittener weißer Jacke. Sie dreht sich und schwingt die Hüften, um einem blonden Mann zu gefallen. Alle ihre Gedanken sind auf ihn konzentriert, sie versucht ihn von weitem zu hypnotisieren, er trinkt an der Bar und Naomi schiebt sich ihm entgegen, drückt ihren Schoß immer heftiger nach vorne, ihr geschlitzter Minirock gibt dabei heiße Einblicke auf ihr getigertes Höschen frei.

»Lämmergeier, nimm mich« – suggeriert sie ihren Wunsch dem blonden Hünen.

Er hat auf Empfang geschaltet. Naomi spürt diesen Moment genau, den Moment, in dem ein Mann an ihrer Angel anbeißt. Aber wie kommt sie bloß jetzt in Gedanken auf den blonden Hünen? Es ist Zenaide, die beißt. Sie kreist mit der Zunge auf Naomis Bauch, immer intensiver. Und Naomi versinkt dabei immer mehr und mehr in ihren Erinnerungen.

Der blonde Rambo, war es Larsen? Ja, der Truckfahrer spürte sie im ›Bora-Bora‹ auf. Sie schlief mit ihm. Damals hätte sie es mit jedem Teufel getan. War es schön?

Es war Sportsgeist, unter den Nutten scharf entwickelt. Jede wollte die erste sein, und schon allein die Vorstellung war unerträglich, man würde in einer Nacht abgeschlagen als Verliererin im Morgengrauen entlassen. Ohne mit einem Mann im Bett gelandet zu sein, ohne Geld verdient zu haben.

Geld, diese Droge, verursacht Entzugserscheinungen, wenn man keines bekommt. Es macht rasend, gierig, scharf, es bewirkt, daß man sich hemmungslos dem erstbesten an den Hals wirft. Sex und Geld, keiner, der nicht wirklich davon abhängig war, kann sich die teuflische Wirkung dieser Sucht vorstellen. Sie hinterläßt tiefe Krater in der Hirnrinde, die bei neuen erotischen Erlebnissen vulkanartig explodieren. Egal, mit wem Naomi später auch schlief, sie betrog ihn in Gedanken mit einem anderen. Tausende durchliebter Nächte, mit Hunderten von Freiern.

Jetzt genießt Naomi die Liebkosungen von Zenaide, aber in Gedanken flattert sie zu ihrem blonden Supermann Larsen zurück. Er kam damals ins ›Bora-Bora‹ und flüsterte wie von Sinnen: »Ich will dich, Naomi, ich will dich sofort, ich habe auch das Geld dabei.«

Naomi streifte wie zufällig seine Hose und entdeckte sofort seine Erregung. Larsen hauchte: »Ich liebe dich, ich bin ganz verrückt nach dir.« Seine Hand schraubte sich zwischen Naomis Finger, und sie stürmten raus zu den weißgetünchten Liebesbungalows, im Hinterhof des ›Bora-Bora‹, die unter deutscher Leitung standen. Man merkte es gleich an der Ordnung und Sauberkeit.

Die Zimmer waren schlicht: ein spartanisches Liebeslager mit weißen Laken, zwei Handtücher. In der Ecke tröpfelte eine Dusche mit Abfluß im nackten Betonboden.

Eine alte Negerin wischte gerade das Abflußloch trocken, als Naomi mit Larsen hereinstürmt. Noch jetzt spürt Naomi Larsens vibrierende Hände, wenn sie die Augen schließt. Wie sie damals unter ihren seitwärts geschlitzten Rock hineinglitten.

Oh, Naomi, merkst du gar nicht, wie sich Zenaide anstrengt? Und du denkst an Larsen. Wie spielte sich damals diese exzessive Liebesnacht ab?

Die Erinnerungen jagen sich. Drinnen im Bungalow stürzte sich Larsen wie ein wildes Tier auf Naomi. Sie setzte das rechte Bein auf das Bettgestell und verharrte so in einer Pose, die Larsen noch mehr erregte. Er riß seine Hose auf, sperrte nicht einmal die Tür ab und schloß Naomi fest in seine Arme.

»Aaaaah!«

Ihr leiser Aufschrei verriet, daß Larsen in sie eingedrungen war – so schnell, daß die alte Putzfrau, so manches gewohnt, nur den Kopf schüttelte und dann entrüstet zurückkehrte, um die offene Tür zuzuschlagen. Schimpfend zog sie davon, und Larsen spannte seine ganze Muskelkraft an, um seinen Halt nicht zu verlieren, während Naomi wie eine Statue verharrte. Dicht neben dem Bett stehend gelangte sie nach einigen Zuckungen zum Höhepunkt. Dann kniete sie sich aufs Bett und drehte Larsen den Rücken zu ... Von draußen lärmte es, Tina Turners ewiger Superhit ›Notbush City Limits‹ – unter dem Äquator ein Dauerrenner – entsprach Naomis Gefühlen. Auch sie wollte schreien: ›No limits!‹

Träumend von dieser unvergeßlichen Nacht in Mombasa spürte Naomi, daß sie gleich einem neuen Höhepunkt entgegensteuerte. Larsens Bild verschwamm, und Zenaide war leibhaftig und voll da. Sie küßte Naomi. Heiß brannten ihre Lippen, die Haare feucht, Schweiß perlte von ihrer Stirn. Dann ein Gefühl wie ein Dammbruch – irgendwo weit innen, zwischen Kopf und Bauch.

Der Damm bricht und eine Sturmwelle überflutet Naomis und Zenaides Körper. Erschöpft rollen sie beide zur Seite. Noch ein leises Seufzen, paar kehlige Laute – dann Ruhe nach dem Gewitter.

»Woran denkst du?« fragt Zenaide einige Zeit später. Sie spricht Portugiesisch und überlegt nicht, daß sie Naomis englische Antwort ohnehin nicht verstehen wird.

Naomi schaut sie an. Sie lächelt. Eine komische Episode ist ihr gerade eingefallen:

Ein schwarzer Ami, Schauspieler aus Hollywood, drehte weiland in Mombasa einen Abenteuerfilm. Ronny hieß er, und in den Drehpausen filmte er mit seiner Video-Kamera die Einheimischen in ihrem Dorf. Plötzlich gab es Ärger, die Leute verlangten Geld.

»Hör zu, Bruder«, wehrte sich der verblüffte Ronny: »Ich bin doch auch schwarz wie ihr.«

Darauf wurden die Einheimischen nur noch wütender: »Du bist ein Neger und wir sind Afrikaner, du bist schwarz, aber du bist nicht unser Bruder, denn du bist reich und wir sind arm. Also rück Kohle raus, du Nigger, wenn du uns filmen willst …«

Ronny konnte es nicht fassen, diese Art von Rassentrennung war ihm fremd. Naomi spielte damals als Komparsin mit und bekam fürstliche 50 Dollar pro Tag.

Jetzt ist Naomi in Paris, mon amour. Wie wird sie als Schwarze ankommen? Ein berühmter Star-Fotograf soll um neun Uhr aufkreuzen. Casting. Er sucht für eine große ›VOGUE‹-Produktion neue Typen und Gesichter. Naomi ist dabei. Aber was zum Teufel ist in sie geraten, daß sie ausgerechnet vor so einem wichtigen Termin mit Zenaide in einen Sexrausch abstürzt?

»Mein Gott, wie spät ist es? Wie sehe ich denn überhaupt aus?«
schießt es durch ihren Kopf.

Ziemlich grob stößt sie Zenaide jetzt weg. »Ich muß aufstehen,
ich muß … ach, Scheiße, Mist, ich bin erledigt. Ich kann kaum stehen, zittere am ganzen Leib, was soll der Fotograf von mir bloß
denken …?«

Und plötzlich packt sie der Schreck: »Wer ist dieser Fotograf?
War er schon mal in Kenia, kennt er den Club ›Bora-Bora‹, war er
vielleicht schon gar auf dem Zimmer mit mir?«

Ein Stich ins Herz und ein Krampf im Magen. Nein, sie möchte
am liebsten gar nicht in ihrer eigenen Haut stecken. In dieser
schwarzen, in Bordellen belasteten Haut.

»Oh, ihr schwarzen Götter, steht der armen kleinen Naomi bei«,
betet sie. Das Vaterunser kennt sie nicht. Das einzige, was sie von
der christlichen Religion weiß – ist die Missionarsstellung.

»Los, los«, kommandiert Madame Claude. Acht Mannequins, zur
Fleischbeschau ausgewählt, stellen sich einem international re-
nommierten Fotografen vor. Natürlich hat Madame Claude schon
daran gedreht. Es sind allesamt ihre Favoritinnen, die bei ihr wohnen und die sie nun unterbringen möchte. Naomi zählt dazu.
Nicht aus Zuneigung, aber farbiger Teint ist angesagt. Außerdem
hat Naomi eine Art zu gehen, die sofort elektrisiert. Sie wird
bestimmt das Rennen machen.

Der erste Durchgang findet im hochgeschlossenen Kleid statt.
Letzte Korrekturen an Rock und Bluse. Schminke ist heute nicht
notwendig, später kommt zur Produktion eine Top-Visagistin
dazu. Die macht aus jedem Rupfhuhn einen goldenen Fasan, aus
einer häßlichen Ente eine Schwanenkönigin. Je nachdem, was für
ein Typ gewünscht wird. Sollte ein Laie hinter die Kulissen
schauen, würde er entsetzt davonlaufen. Diese Modelle sollen
Traumfrauen sein? Eine Putzkolonne ist das, Waschweiber, Klo-
frauen, Tellerwäscherinnen und Bufetteusen. Struppige Haare,
ungepflegte Nägel, Pickel im Gesicht, trockene Lippen. Aber, verdammt noch mal, sie sind fotogen. Ein unerklärliches, nicht zu er-
forschendes Geheimnis für die Linse der Fotografen.

»Los, marsch, einzeln vortreten.«

Eine wird gewinnen. Catarina verschwindet als erste hinter der

Bürotür. Zum Casting. Das französische Teeniemodel Catarina ist mager, kaum Busen, männliches Gestell, herbe Mundpartie, aber herausgeputzt sieht sie wie Prinzessin Stephanie von Monaco aus.

Die nächste an der Reihe: Frederique. Blond mit blauen Engelsaugen macht sie den Mund nie auf, weil sie sich ihrer schrägen Zähne schämt. Das verleiht ihr einen sphinxhaften Reiz. Wenn man zu perfekt ist, ist man nicht mehr sexy.

Patricia, Christy, Cindy sind alle drei Dutzendmädchen. Bohnenstangen, ohne Arsch und Tittchen nur blasse Schneewittchen, aber mit Fummeln behangen, leuchten sie wie ein Christbaum.

Daisy ist ein verrücktes Huhn aus New York. Sie schneidet ständig Grimassen, kullert mit den Augen wie eine Hexe, singt und rockt Bronx-Rhythmen – sie hat das komische Talent einer Pippi Langstrumpf. Wie die Auswahl verläuft? Niemand weiß was.

Nervosität schleicht sich ein. Naomi ist dran. Sie betritt das Büro. An dem langgestreckten Tisch sitzt der Fotograf neben Madame Claude.

»Ich heiße Burt.«

Zu leiblicher Fülle neigend, blickt er verstohlen über den Rand seiner Nickelbrille. Etwas hilflos sieht er aus. Leise fragt er: »Tanzen Sie auch?«

»Ja, sehr gerne«, antwortet Naomi.

»Danke, ich sehe Sie gleich im Bikini.«

»Sicher.«

Zur zweiten Runde treten alle Modelle gemeinsam in Bademoden an. Sie stehen in einer Reihe.

»Umdrehen!«

Die Arschbacken zusammengekniffen, spannen sie die Beine wie Violinsaiten an, die Rückenmuskeln spielen. Im leichten Gang defilieren die Muschis genau in Pupillenhöhe des Fotografen vorbei. Er sieht jetzt jedes einzelne Schamhaar, wie es sich aus den Tangas herauskringelt. Und er sieht nicht nur alles, er schnuppert auch über den weißen Tisch wie ein fickriger Jagdhund, der seine Beute wittert. Komisch – jede Kleinigkeit kann ungeheuer wichtig werden. Die Produktion muß ein Volltreffer sein. Der Fotograf darf sich nicht vertun. Seine eigenen Lustgefühle spielen dabei eine entscheidende Rolle. Er muß weitervermitteln können, was er empfindet.

Im Prinzip geht es hier um einen verkappten Beischlaf mit der Kamera. Der Schwanz bleibt in der Hose, aber das Auge geilt sich auf, die Objektive bohren sich in das Model hinein. Die Mädchen werden angezogen, nur um sie wieder auszuziehen. Burt hat einen besonders lüsternen Blick. Er muß schon in der Schule gelurt haben, mit zusammengekniffenen Augen seine Nase an die Wände von Umkleidekabinen gepreßt haben. Dieses typische Blinzeln hat er drauf.

Naomi spürt, wie sie von Burts Augen abgetastet wird, aber sie läßt sich nichts anmerken. Trotzig stolz steht sie mit erhobenem Haupt da und schwebt dann wie abwesend durch einen schwerelosen Raum.

»Das war's«, hört sie Madame Claude, »ihr könnt euch wieder anziehen. Naomi bleibt da.«

Sie traut ihren Ohren nicht. Jawohl: sie hat den Job. Es gibt noch etwas zu besprechen. Burt, der Fotograf, holt aus:

»Ich muß mich auf Sie verlassen können. Wir werden für die neue Produktion eine Legende um Sie aufbauen. Ich habe Sie natürlich nicht erst hier in Paris getroffen, ich habe Sie in Afrika entdeckt und mitgebracht. Das ist stark. Ich mache Sie zum Top-Model, aber da muß ein Wahnsinns-Background dahinter sein. Fotos allein ohne eine interessante Story reichen nicht. Ich werde Ihnen alles genau erzählen, und Sie müssen es sich genau merken, was Sie demnächst den Journalisten zu erzählen haben. Und auch Ihren Freunden, den Bekannten, der Familie. Wir sind Profis, wir gehen aufs Ganze, alles läuft nach Plan wie bei einem Banküberfall. Sie kommen schon im nächsten Monat groß raus.«

Burt richtet sich auf. Sein Bauch schwappt über den Gürtel, seine schmuddelige Jacke hängt zerknautscht über die Schulter. Ein Hauch von Abenteuer umgibt ihn. Burt ist nicht schön, aber handlich. Ein Mann zum Anfassen. Seine Professorenbrille verleiht ihm Seriosität. Und er weiß, was er will.

Schon in den nächsten Tagen entflammt Naomi in Bewunderung für Burt. Absolute Perfektion, was er macht. Die Produktion läuft unter strenger Geheimhaltung in einem abgelegenen Studio in einem Pariser Vorort. Burt arbeitet mit einem verschworenen Kleinteam. Nicht einmal der Auftraggeber darf zuschauen. Er erhält nur die ausgesuchtesten Bilder, die beste Sahne. Alles andere wird gleich vernichtet. Burt hat einen Grundsatz: »Es darf kein schlechtes Foto existieren, das ich gemacht habe.«

In den Pausen zwischen den Aufnahmen unterhält er sich mit Naomi. Er schärft ihr ihren neuen Lebenslauf ein. Und Naomi staunt: Verdammt gut, wie der sich in Afrika auskennt. Naomi ist sich hundertprozentig sicher, daß er auch im ›Bora-Bora‹-Club gewesen sein muß, und auch im ›Florida‹ und in der ›Busch-Baby-Bar‹, aber Burt verrät sich mit keiner Silbe.

Das macht ihn sympathisch. Naomi spürt, daß sie irgendwann mit ihm schlafen wird. Oder hat sie es schon in Mombasa getan? War Burt einer von ihren Kunden? Sie kann sich nicht mit Bestimmtheit daran erinnern. Schließlich waren es Hunderte. Oft hatte Naomi auch einen sitzen, wenn sie mit dem Freier aufs Zimmer ging. Manche Erinnerungen sind zu verwaschen.

Die Arbeit mit Burt macht Spaß. Er gibt genaue Anweisungen. Naomi posiert und ist über die Super-Schüsse verblüfft. Sie findet selbst Gefallen an sich: »Was ich für schöne Augen habe, eine schöne hohe Stirn, und die Eleganz, die Hände an die Hüften angewinkelt, der Schritt leicht geöffnet, wie die Schale einer Muschel, ich bin toll.«

Die Präsentation der fertigen Produktion ist ein großer Tag. Der Auftraggeber, ein Mode-Zar, beschließt dafür eine One-Woman-Show im Fünf-Sterne-Hotel ›George V.‹ zu veranstalten. Naomi defiliert allein auf der Bühne. Sie führt nochmals die fotografierte Kollektion live vor. Jubel bei den Zuschauern. Experten und Modekritiker sind hingerissen. Bei der Pressekonferenz schlägt ihr Beifall entgegen. Burt steht an ihrer Seite. Und Naomi weiß genau, was sie zu sagen hat.

Die erste Reaktion nach der Pressekonferenz ist ein Sturm der Reporter aufs Telefon. »Mon Dieu, was für eine Geschichte! Laßt uns recht viel Platz!« rufen die Journalisten ihre Redaktionen an. Und dann legen sie los.

»Es war einmal ein Mädchen, das stand an der Biegung einer staubigen Dorfstraße inmitten einer blökenden Ziegenherde, irgendwo im hintersten Ostafrika. Schlank, hochgewachsen, dunkelglänzend wie Ebenholz und fast nackt. Feurig strahlten ihre Nomaden-Augen, gazellengleich muteten ihre Bewegungen an, als es beim Geräusch eines herannahenden Jeeps zurück in den Busch floh. Der fremde Fotograf hatte sie nur sekundenlang gesehen, aber das reichte: Ihm erschien dieses Mädchen als der Inbegriff afrikanischer Schönheit – und er hatte eine Vision. Er mußte dieses Mädchen mitnehmen nach Paris, wollte um ihren jungfräulichen Körper feine Kleider elegant drapieren und sie so zu einem Top-Fotomodell machen.

Diese Vision ließ den Fotografen nicht mehr los. Er begab sich auf die Suche nach diesem Mädchen, durchkämmte die Gegend, wo seine erste flüchtige Begegnung stattgefunden hatte, systematisch, ließ sich von Hunderten anderen Mädchen, die man ihm zeigte, nicht beirren – bis er seinen Traum tatsächlich fand: Naomi, leibhaftig, in einer staubigen Boma, mit Knochen und halbverkohlten Resten einer Ziege vor der Hütte.

Boma bedeutet ein Dornengestrüpp, das, im Kreis um eine Anzahl von Hütten gezogen, vor umherstreunenden Wildtieren schützen soll. Naomi wurde dem Fotografen als die älteste Tochter von Mzee, dem Herrn dieser Hütten, vorgeführt. Er hatte drei Frauen und neunzehn Kinder. Da begann der Fotograf um den Preis für Naomi zu feilschen ...«

Diese Geschichte gehörte zu den meistgedruckten des Jahres. Sie klang sehr glaubwürdig, denn der Fotograf war niemand anders als der berühmte Pet Burt, Großwildjäger und Mädchen-Entdecker. Und jetzt machte er wieder von sich reden.

Er hatte also eine Ziegenhirtin aufgetrieben und abgerichtet, jetzt winken ihr – kaum paar Stunden in Paris – die lukrativsten Modell-Verträge. Der Traum schlechthin, wieder ein wahr gewordenes Märchen der Modebranche. Der schöne Schein – und eine verdammte Lüge. An der neuen Story um Naomi stimmt von vorne bis hinten überhaupt gar nichts, aber es ist der Stoff, aus dem die Sensationen wachsen.

»Vom dunklen Busch ins helle Blitzlicht«, jubelt die edle VOGUE; der Korrespondent der seriösen TIMES fühlt sich gar literarisch beflügelt und tickert nach New York, daß dies alles an die Show ›My Fair Lady‹ erinnere. Das moderne Aschenputtel, eine schwarze Eliza Doolittle aus Afrika, ein ungeschliffener Rohdiamant.

Noch Fragen an Naomi? Bitte, künftig an Herrn Burt richten. Das Mädchen versteht kein Französisch.

Wieder eine Lüge. Naomi versteht alles, obgleich sie Französisch nur radebrechen kann: Die Frage, wann sie das letzte Zicklein vor ihrer Abreise gesehen hätte, könnte sie höchstens so beantworten: »Gebrutzelt am Grill des Hotels ›Jardini Beach‹, wo ich gelegentlich weißen Touristen zur Hand ging. Unterm Tisch zum leckeren Dessert.«

Aber Naomi schweigt. Kein Französisch. Nur Englisch oder Suaheli. ›Akuna Matata‹ – kein Problem.

Richtig ist zu diesem Zeitpunkt nur, daß mit Naomi eine große Karriere in der Modebranche geplant wird. Burt hat inzwischen jede Menge Ideen. Als erstes back to Africa. Burt will aus Naomi schnell noch eine legitime ›Miß Kenia‹ machen. Wegen der größeren PR. Bei der nächsten Wahl im ›Hotel Hilton‹ in Nairobi. Er scheint ausgezeichnete Verbindungen zu haben, denn die Sache ist für ihn so gut wie im Kasten.

»Mit wem muß ich schlafen, um den Titel zu bekommen?« überrascht Naomi ihren neuen Manager Burt.

»Und du würdest es tun?«

»Natürlich. Für meine Karriere mache ich alles.«

Burt nickte zufrieden: »Ich wußte es. Du bist sehr intelligent. Ich komme auf dein Angebot zurück.«

In der Nacht vor dem Flug nach Nairobi schläft Naomi sehr unruhig. Öfter steht sie auf und betrachtet sich im Spiegel. Plötzlich gefällt sie sich nicht. Sie zupft an ihrem langen Hals, klopft an die hohe Stirn. »Schrecklich«, murmelt sie.

Zweifel befallen sie: »Was ist an mir eigentlich so außergewöhnlich? Wie lange fallen die noch auf mich rein?«

Gegen Morgen träumt sie dann doch: Von ihrer sorglosen Kindheit mit ihren Brüdern und Schwestern gleichen Stammes. Vom ersten Rendezvous für das – wie sie später erfahren hat – ihre Eltern einen jungen Mann bezahlten. So groß war der Mädchenüberschuß in ihrem Heimatdorf, so ein häßliches Entlein war sie.

Kurz vor dem Erwachen streiften ihre Traumflüge die Erinnerung an Larsen. Was ist wohl aus ihm geworden? Wird sie ihn je wiedersehen? Ist er vielleicht bei dieser Miß-Wahl dabei? Könnte gut möglich sein.

Das Telefon klingelt. Noch wohnt Naomi bei der Agentur GOLD. Madame Claude weckt sie. Sollte sie demnächst als frischgebackene ›Miß Kenia‹ nach Paris zurückkehren, will sie sich ein nettes kleines Apartment mieten. Burt versprach, sich drum zu kümmern. Jetzt ist er an der Strippe: »Alles okay, Baby? Wir fliegen in drei Stunden, ich hole dich ab. In Kenia ist es 30 Grad heiß. Vergiß nicht, deine Bikinis mitzunehmen.«

»Nein, nein, bestimmt nicht!« – Dabei hat Naomi noch nie im Leben in einem Pool gebadet. Sie kann gar nicht schwimmen!

Paris ist vom Herbstnebel eingehüllt, acht Grad kalt, Regen. Unvorstellbar für Naomi, daß es hier bald noch kälter wird.

Zenaide, die feurige Brasilianerin, nimmt Abschied. »Ciao, Naomi. Auch ich haue ab, zurück nach Rio. Diese Arschkälte hier, ich pfeife auf die Kohle, alle können mich. Vielleicht komme ich irgendwann zurück nach Paris, aber nur im Sommer.«

Wie lange wird Naomi in Kenia bleiben? Burt hat keine Termine genannt. Was hat er sonst noch vor, außer Naomi zur amtierenden Schönheitskönigin zu machen? Es fällt ihr ein, wie sie erst vor ein paar Monaten Mombasa verlassen hat. Nur mit einem kleinen Koffer, sogar den Paßbeamten mußte sie noch bestechen, der ihr Reisedokument in Nairobi anzweifelte, obwohl es hundertprozentig echt war.

Kenia, Nairobi.

Rund 22 schwarze Mädchen aus allen Ecken des Landes kämpfen um Krone und Schärpe. Das Fernsehen überträgt live aus dem ›Hilton‹-Ballsaal, die Vorbereitungen sind in vollem Gange. Hinter den Kulissen tobt ein Krieg der Organisatoren. Der offizielle Veranstalter ist mit der Kasse durchgebrannt. Die Sponsoren drohen zurückzutreten. Das Hotelmanagement springt ein, nur um einen der vielen Skandale zu vermeiden und dem guten Ruf des Hotels nicht zu schaden.

Burt steht an der Bar. Zwei Kollegen sind ebenfalls auf der Pirsch. Der Reifengigant ›Pirelli‹ will fürs nächste Jahr mit licht braunen Göttinnen auftrumpfen. Für den stets vielbeachteten Kalender sollen ausschließlich schwarze Perlen herhalten, und solche hofft man bei dieser Miß-Wahl herauszufischen. Burt ist gereizt. Zuviel Wirbel könnte seinen Plänen abträglich sein. Es darf nicht auffallen, daß hier manipuliert wird. Die Schiebung ist vorprogrammiert, und der Veranstalter steckt dabei mit unter der Decke.

Ein Anruf für Burt. Nur ein paar Minuten soll der Kopf dieses Miß-Wahlen-Gangsters, Mister Calliopes, an der Bar auftauchen. Er ist ein großer Fuchs, der versteht, worum es geht. Was nützt die schönste Miß, wenn man sie nicht entsprechend vermarkten kann? Es ist wie beim Fußball, wo der Trainer die Mannschaft aufstellt und sich nicht dreinreden läßt. Calliope weiß, jetzt, wo ganz Paris verrückt nach farbiger Haut ist, was es bedeutet, eine schwarze Miß gezielt zu managen. Paris zu erobern, heißt in New York siegen. Was Pierre Cardin an der Seine präsentiert, wird an der 5th Avenue gekauft. Die wohlhabenden Schwarzen sind inzwischen in Amerika eine breite Kundenschicht, also müssen dunkle Mannequins die neue Mode zeigen. In Europa wirbt die braune Eva für Exotik, die Werbestrategie stützt sich auf die Sonnen-Manie der Weißen, die Assoziation mit Freizeit, Fernreisen und Urlaubsspaß. Burt kurbelt dieses Geschäft an, mit seinen Fotos und Stories.

In der Hotelhalle herrscht reger Betrieb. Arabische Ölhändler deutsche Entwicklungshelfer, indische Spekulanten, französische Techniker, amerikanische Bosse. Und Girls, Girls, Girls, in allen Schattierungen der Farben braun bis lila schwirren in diesem Ameisenhaufen herum. Wer nimmt tatsächlich an den Miß-Wahlen teil, wer schafft an? Nutten und Modelle, Tänzerinnen aus Nightclubs, schwarze Bomber vom Escort-Service, dunkle Sternchen.

Naomi soll in ihrem Zimmer bleiben, hat Burt streng angeordnet. Damit nicht jemand über sie stolpert und das ganze Manöver in die Binsen geht. Ein Fernseher flimmert in der Barfinsternis. Burt bestellt den nächsten Drink. Cuba-Libre schon am frühen Nachmittag. In diesem Klima kann man's vertragen.

Der KBC-Kanal bringt die Nachrichten. Bilder von einem Feuerunglück. Der Elefant Tembo hat einen vollen, 2000 Liter fassenden Propangastank umgestoßen. Das ausströmende Gas entzündete sich, ein Dorf, für eine Hollywood-Filmproduktion bei Nairobi errichtet, brennt. Die Feuerwehr versucht bisher vergeblich, die bis zu zwanzig Meter hochschießenden Flammen zu löschen. Die Feuersbrunst breitet sich auf die trockene Savanne aus. Der Elefantenstall und das Fotolabor sind in Asche gelegt. Der Schaden beträgt bisher etwa eine halbe Million Dollar. Es ist bereits die dritte Katastrophe, von der das Hollywood-Team hier in Kenia heimgesucht wird. Die Fertigstellung des Films verschiebt sich auf unbestimmte Zeit.

Burt starrt teilnahmslos auf den Bildschirm. Wo bleibt Calliope? Da kommt er schon. Mit einer kakaoschimmernden Love-Sister im Arm. Fast 1,80 groß ist sie, trägt ein enganliegendes Kostüm aus rotem Leder, rote Pumps und goldene Ohrringe, groß wie zwei Teelöffel. Ihr fülliger Busen droht aus dem Ausschnitt zu purzeln, den ›Pirelli‹-Experten kullern die Augen fast auf die dunkelbraune Mahagony-Theke: »Whaauuu.«

Calliope läßt sich schwitzend auf den Barhocker plumpsen. Mit dem Charme eines italienischen Caruso und der Gerissenheit eines Kaufmanns von Bagdad verhandelt er wie ein griechischer Jude und rechnet wie ein Schweizer Bankier.

»Darf ich vorstellen?« winkt er Burt vertraut zu: »Cinderella de la Luna, unser neuer Rock-Star für Zürich. Gute Ware, guter Preis. Schweiz kauft jetzt Schokolade aus Afrika, hahaha.«

»Du hast schon immer die besten Geschäfte gemacht«, nickt Burt. »Als Mister zehn Prozent.«

»Zwanzig«, verbessert Calliope und spitzt den Mund, als wolle er gleich die Giftzunge einer Kobra herausstrecken. Fähig dazu wäre er auf jeden Fall.

»Wieso«, wird Burt stutzig, »bisher waren zehn Prozent okay.«

Calliope macht sich mit seinem Fettarsch breiter und tätschelt eine vorbeischlendernde Mitternachtsfee, eine ›Miß Bikini‹ aus dem Club Med, die ihre weißen Zähne fletscht.

»Mein Lieber, das Geschäft läuft jetzt anders, meine Spesen wachsen! Gut, du willst aus deiner schwarzen Schlampe eine Miß Kenia machen? Calliope erledigt das. Wie? Oh, die Stimmzettel werden ausgetauscht, wir machen es sogar spannend. Schiebung? Nein. Die Auswertung der letzten Runde ist geheim, das Publikum und das Fernsehen merken nichts, die Jury blickt nicht durch, nur wir haben die Entscheidung in der Hand und präsentieren die neue Miß Kenia. Du verkaufst sie, und ich bekomme meine zwanzig Prozent von den Werbeverträgen. Ist doch nur fair. Aber bitte, wenn dir zwanzig Prozent zu hoch sind ...?«

»Nein, nein, ist schon in Ordnung«, willigt Burt nervös ein. Innerlich flucht er auf dieses Arschloch. Der quatscht über diese geplante Manipulation absichtlich so laut, damit er Burt verunsichert und nicht lange verhandeln muß, es könnte ja sein, daß es jemand mitkriegt. Calliope schert sich um gar nichts, er will nur seinen Partner einschüchtern und bellt wie ein Hund. Burt hat keine andere Wahl.

»Abgemacht!« Calliope lacht breit wie ein Frosch. »Ich wußte, daß ich mich auf meine Freunde verlassen kann. Es wird eine tolle Veranstaltung werden. Wie heißt deine Puppe?«

»Naomi.«

»Gut, schick sie mir aufs Zimmer, ich muß mit ihr noch was besprechen, wegen des Ablaufs. Ich muß ihr noch ein paar Tips geben, oder ...?«

»Freilich, geht in Ordnung.« Burt kocht vor Wut. So hat er sich das nicht vorgestellt, diesem Sack auch noch eine knusprige Mahlzeit zu servieren. Er soll seine Kohle einstecken, aber seine Stinkfinger von Naomi lassen. Womöglich versaut er das ganze Unternehmen.

Was passiert, sollte Naomi jetzt ausflippen? Bisher hat sie angenommen, daß sie mit ihm, mit Burt ins Bett gehen muß. Aber jetzt will Calliope an ihrem Bienenstock fummeln. Mist. Aber was soll's ... Beim Anblick der vielen schwarzen Schönheiten, über die man überall stolpert, fällt es leichter, jemanden eine Braut zu überlassen.

Übrigens ist das Material, das man im ›Nairobi Hotel‹ sichten kann, wirklich ausgezeichnet. Fast bekommt Burt Zweifel an seiner großangelegten Aktion mit Naomi. Mindestens ein halbes Dutzend Mädchen kugeln hier rum, die schöner sind als Naomi.

Aber was spukt denen im Kopf, was für finstere Probleme schleppen sie mit sich? Lassen sie sich dressieren oder springen sie den Dompteur an? Sind sie von Drogen verpestet, haben sie versteckte Krankheiten oder dunkle Hintermänner? Das ist jedesmal das Risiko bei diesen Entdeckungsexpeditionen. Von tausend

Tigern läßt sich höchstens einer zähmen, und nur wenige haben soviel Talent, daß sie nicht für die Wildnis, sondern für den Zirkus geboren sind. Diese herauszufinden allerdings bedeutet das große Glück.

Burt greift zum Telefon, um Naomi anzurufen. Calliope zeigt ihm seine Zimmerschlüssel. Die Präsidentensuite, was denn sonst. Mit einem Klaps auf den Po verabschiedet er seine Liebessängerin Cinderella: »Bis nachher, Schatz. Und abends trägst du Strapse, vergiß es nicht. Die weißen, damit man dich im Dunkeln findet ...«

Calliope schmatzt genüßlich der wegschleichenden Raubkatze nach, während Burt seine Anweisungen per Hausapparat Naomi zuflüstert: »Hör mal, Baby, du gehst jetzt nach oben in die Präsidentensuite. Zieh dir das Leoparden-Body an und die Leopardenstiefel, du wickelst dein Leoparden-Tuch um die Stirn und machst alles, was Mister Calliope von dir verlangt. Sei nett zu ihm. Er ist wichtig für deine Zukunft.«

Dann schluckt Burt trocken an der Muschel: »Du willst doch viel Geld verdienen, Baby, oder?«

Und Burt flötet wieder zart: »Ich vergesse es immer – was bist du für ein Sternzeichen?«

Kurze Pause. Burt sprudelt los: »Wunderbar – Löwin! Da kenne ich mich bestens aus. Du bist sehr ehrgeizig, zum Herumkommandieren geboren und sexbewußt wie kein anderes Tierkreiszeichen. Ich weiß es, ich bin auch Löwe. Wir haben das Glück gepachtet, wir sind die stärksten Sternzeichen von allen. Ich glaube, mit dir habe ich das große Los gezogen ... aber zuerst mußt du diesen Mister Calliope fressen.«

»Das Mädchen ist da, Mister Calliope«, krächzt ein Gorilla in die Sprechanlage. Er lümmelt im Vorzimmer der Präsidentensuite mit Panoramablick über Nairobi. Bürotürme, Regierungsämter, Firmenpaläste und der graue Beton von Luxushotels. Nichts Aufregendes. Nyarobe, wie Nairobi früher als Hauptstadt des britischen Protektorats hieß, hat seine abenteuerliche Pionierromantik verloren. Nur ein bißchen Kolonialarchitektur an der Munyo- und Accra-Road sind übriggeblieben. Und der alte Bahnhof ›Victoria Station‹, von dem sich jeden Abend noch ein altertümlicher Zug nach Mombasa in Bewegung setzt, mit solchen Kolonialtraditionen wie ›bedding‹ und ›early morning tea‹.

In der Ferne rauchen die Gipfel von Nyongs, die Hausberge Nairobis, der Millionen-Metropole, mit einer Höhenlage von 1600 Metern so hoch wie Zermatt. Deswegen das angenehme Klima, das weiland die Briten so magisch angezogen hat. Hier wollten sie ihren feinen Lebensstil pflegen und auf einem ›Outpost‹ die ruhige Kugel schieben.

Die trockene, warme Luft fächelt auch jetzt in die Präsidentensuite, während Naomi von einem geschniegelten schwarzen Leibwächter befingert wird. Vor der Glasfront auf der Hotelterrasse blüht eine duftende Blumenpracht aus Hibiskus, Jacaranda, Bougainvillea, Frangipani und Akazien. Nur der ›schiefe Turm von Nairobi‹ gegenüber überragt das ›Hilton Hotel‹. Das Wahrzeichen des ›Kenyatta Center‹ mit der zweitgrößten Konferenzhalle der Welt und dem Drehrestaurant ›Tivoli‹ auf der obersten Plattform. Der Küche allerdings haftet ein miserabler Ruf an.

»Es reicht«, zischt Naomi und schubst den zudringlichen Bodyguard mit dem Knie von sich. Naomi ist, wie Burt wünschte, von Kopf bis Fuß auf Leoparden-Lady gestylt.

Die Stimme des Bosses röhrt aus der Sprechanlage. »Durchsuche sie gründlich. Nicht daß sie mir an die Kehle geht.«

»Schon erledigt. Ein Superbomber. Ich habe mir Blasen an den Fingern geholt, als ich ihre Haut berührte«, flachst der Gorilla, und gleich scheppert es aus der Blechtüte böse zurück: »Ich werde dir die Pfoten abhacken, wenn du weiter an Sachen herumfummelst, die dir nicht gehören. Schick sofort das Mädchen rein.«

Die Tür öffnet sich mit elektrischem Summen. Naomi tritt ein, wirft ihr Schultertäschchen auf den nächsten Sessel und faucht wütend: »Dein Gorilla ist ein dreckiges Schwein!«

»Bravo, du gefällst mir«, entgegnet der Koloß von Mann.

An seinem schneeweißen Frottee-Bademantel glänzen in Gold seine Initialen CC, Cesare Calliope. Nur seine ältesten Freunde wissen, wie er ursprünglich heißt: Fred Kotwanger, ein österreichischer Schlawiner, Ex-Landesmeister im Tennis von Kitzbühel und die oberste Koryphäe in Mißwahlen, die es gibt. Eine Legende, selbstgezimmert von dem einstigen singenden Bonvivant am Volkstheater Linz-Urfahr.

Ein Seitensprung bei einem Nahost-Gastspiel mit der Tochter des libanesischen Ministerpräsidenten öffnete ihm seinerzeit die Tore zum Orient. Fortan residierte er first class mit seinem Büro in Beirut und ließ sich auch an den Kongo einladen, um für die Gelder der europäischen Entwicklungshilfe eine glanzvolle ›Miß-Europa-Wahl‹ zu zelebrieren. Zum Spaß und der Freude der schwarzen Häuptlinge und Diktatoren. Kaviar, Schampus und Blondinen liefert der geheimnisvolle CC auch nach Marokko; er genießt die Gastfreundschaft vom Bruder des Königs Hassan II., der ihm seinen persönlichen Harem selbstverständlich zur Verfügung stellt.

Mit einem originellen Geburtstagsgeschenk überraschte er den damaligen ägyptischen Staatschef Gamal Nasser: Mit 24 Schönheitsköniginnen weihte er dessen Privatjacht ein, segelte von Kairo den Nil aufwärts bis zu den Pyramiden von Luxor. An Deck herrschen drückend heiße Temperaturen von über 40 Grad, aber in den kühlen Kajüten mit Klimaanlage zog man sich sogar etwas Leichtes an. Feine Negligés aus Seide und Spitze, Baby Dolls, Pariser Dessous und luftige Korsagen-Träume von Janet Reger. Fred Kotwanger alias Cesare Calliope weiß immer die schönsten Plätze zu finden und die Leute, die den Champagner spendieren.

Daß Naomi so mißmutig aufbraust, liegt an dem Stinkfinger von ungebildetem Leibwächter in Calliopes Vorzimmer. Eigentlich ist das ein schlechtes Zeichen, wenn ein Gorilla schon vom Teller des Chefs mitnascht, aber das Miß-Geschäft ist auch nicht mehr das, was es einmal war. Man muß sparen, am besten beim Leibwächter. Das Unternehmen ähnelt zunehmend einem Freibeuterschiff. Es wird mit Haken und Ösen gekämpft.

Naomi erfährt es bald und hart genug am eigenen Leib. Zunächst beäugelt sie die Halbglatze von Mister Calliope mit Mißtrauen. Eine zierliche Thailänderin mit ungewöhnlich buschiger Mähne maniküt an seinem großen Zeh. Sie ist nackt bis auf eine goldene, kurze Lederschürze, so kniet sie dem Miß-Guru zu Füßen. Noch ein Küßchen auf seine Sohle, und dann verschwindet sie artig.

In der Suite könnte man einen James Bond-Film drehen. Spiegelwände, Glastische, weiße Teppichböden, weiße Ledergarnituren; ein kleiner Springbrunnen plätschert in der Ecke. Auf dem Balkon rauscht ein Whirlpool.

Calliope füllt zwei Kelche randvoll mit Champagner.

»Was heißt, mein Gorilla ist ein dreckiges Schwein? Du bist zu aufregend«, lacht er. »Prost!«

Naomi stellt das Glas weg: »Okay. Laß uns das Geschäftliche erledigen. Wie hättest du es gern?«

»Hey, du gehst ganz schön hart ran«, wundert sich Calliope und zieht hörbar die Luft durch die Nase. Naomi gefällt ihm. Endlich eine, die auch von der Größe her zu ihm paßt. Calliope liebt Eiffeltürme, Frauen mit langem, schlankem Wuchs. Er zieht Naomi wie ein Jäger seine Beute an sich, liebkost ihre Beine und knurrt zufrieden. So etwas reizt Naomi, wenn sich ein Mann bewundernd gibt. Calliope hat instinktiv ihren empfindsamen Nerv getroffen. Kein Wunder bei den Erfahrungen mit den vielen Mädchen in seiner internationalen Miß-Macher-Karriere.

»Schläfst du mit allen Siegerinnen?« fragt Naomi maliziös.

»Leider kann ich's mir nicht leisten«, meint Calliope.

»Wieso nicht?«

»Ganz einfach. Für mich sind Miß-Wahlen ein normales Geschäft, ich könnte genauso mit Makrelen handeln – aber ich kann Makrelen nicht leiden. Ich könnte Waffen liefern – aber ich hasse den Krach, den sie machen. Bum-Bum, Päng-Päng. Und irgendwann explodiert dir eine Handgranate im Schoß. Päng – und du bist weg. Ich könnte auch Bilder verschachern, aber ich habe von Kunst keine Ahnung«, setzt Calliope mit sichtlichem Vergnügen seinen Monolog fort. »Ja, ja, ich könnte alles machen. Wenn jemand gut ist, macht er auch mit Obst und Gemüse Millionen. Aber ich liebe nun mal Kaviar mehr, und Champagner, Austern und Gänseleber. Ich bin wie ein Trüffelschwein. Ich rieche die feinsten Dinge. Und was mache ich? – Geschäfte mit Mädchen. Auf ganz saubere Art. Ich berühre sie nicht einmal mit dem kleinen Finger, ich schicke sie auf die Bühne, und sie ziehen sich von selbst aus. Sie gehen ins Bett, mit wem sie wollen, und meine Sponsoren sind dankbar dafür. Versuche, jemandem eine Million zu schenken, da schreit gleich jeder: ›Das ist ein Gauner, der wollte mich bestechen‹, aber stecke jemandem ein schönes Mädchen ins Bett – und du kannst dafür eine Million kassieren.«

Calliopes Geschäftsphilosophie hört sich wirklich logisch an.

»Und was hast du mit mir vor?« möchte Naomi wissen.

»Wir gehen jetzt whirlen. Das entspannt.«

»Ich habe keinen Badeanzug mitgebracht«, zögert Naomi und fügt hinzu: »Ich werde dich aber auch auf dem Trockenen nicht enttäuschen.«

»Es macht mehr Spaß im Wasser«, lockt Calliope. »Ich will von dir wirklich nichts anderes, nur deine Gesellschaft. Ich mache mir doch wegen einer Bumsnummer meine Existenz nicht kaputt. Schau, ich brauche nur heute eine zu bumsen und die steht morgen nicht als Siegerin auf dem Podest. Baff. Was glaubst du, was sie macht? Sie posaunt es in die ganze Welt hinaus, daß sie mit mir gepennt hat. Fertig ist der Skandal. Mein Name ist ruiniert. Also gehe ich lieber nur whirlen, das macht auch Spaß, du wirst ja sehen ...«

Es klingt überzeugend.

Naomi verschwindet im Badezimmer und kommt gleich zurück, in ein Badetuch gewickelt. Darunter ist sie splitternackt. Calliope planscht bereits im Whirlpool. Naomi, am Rand stehend, läßt langsam das Tuch runtergleiten.

»Du bist ja super gebaut, mit einem tollen Rahmen«, begeistert sich Calliope.

Naomi steigt auf Zehenspitzen vorsichtig in den Sprudel. Calliope schmunzelt: »Weißt du, was mir bei einer Talk-Show im Fernsehen passierte?«

»Erzähle ...«

»Eine Kandidatin drohte mir: ›Ich packe aus!‹ Sie behauptete, ich hätte sie vergewaltigen wollen. Aber da ging nichts. Sie erklärte öffentlich vor Millionen Zuschauern im Fernsehen, ich sei ein aufgeblasener, impotenter Gockel. Hahaha ...«

»Impotent? Du bist impotent?«

»Richtig. Das war für mich die beste Werbung. Ich sagte: ›Bravo, wenn ich impotent bin, können mir ja alle Mütter ihre Töchter anvertrauen.‹ Ein Super-Gag ...«

»Und dein kleiner Mann? Rührt er sich wirklich nicht?« fragte Naomi neugierig.

»Ich bin verheiratet.«

Naomi näherte sich Calliope. Irgendwie ritt sie nun der Teufel, diesen eitlen Gockel Calliope zu testen. Bei ihr machte noch keiner schlapp. Ihretwegen können alle Psychiater einpacken, was sie in die Hand nimmt, das wächst und gedeiht. Naomi ist eine wunderbare Gärtnerin. Sie züchtet die größten Gurken, erntet die dicksten Kartoffeln, fährt die längsten Maiskolben ein und schneidet die steifsten Tulpen am Stiel.

Calliope blubbert Wasser, und Naomi legt sich auf seinen Rücken wie auf eine Luftmatratze. Dort saugt sie sich fest und haucht: »Laß uns alle Einzelheiten durchgehen. Ich komme auf die Bühne, laufe vor und wieder zurück, was passiert dann?«

Calliope antwortet nicht. Er dreht sich um, und Naomis Brustwarzen gleiten über seine Lippen …

Tohuwabohu. Hinter der Bühne ist die Hölle los. Die 22 Kandidatinnen sollen in zwei Stunden zu den Miß-Wahlen antreten.

»Wo ist mein Höschen?« kreischt jemand wie eine Furie hinter einem Paravent.

Diese wilde Horde von farbigen Mädchen wurde aus allen schwarzen Landstrichen zusammengetrommelt. Meist steckt ein Freund dahinter oder irgendein Manager und Zuhälter, sehr zum Verdruß der Organisatoren.

Calliope hat es vorher im Whirlpool vor Naomi genau analysiert: »Früher lief alles einfach. Da hat man den Mädchen ein Stück Papier unter die Nase gehalten und sie haben alles unterschrieben. Man konnte sie rumkommandieren, hin und her schicken, sie gehorchten wie Zirkuspferde auf Zuckerbrot und Peitsche.«

Damals machte man auch mehr aus Spaß mit. Es gab ein paar Geschenke – Strümpfe, Parfüm, Kleider und ein, zwei schöne Reisen. Basta, jeder war zufrieden, aber jetzt wimmelte es in diesem Geschäft von Haien, weil es plötzlich das große Geld zu verdienen gab. Werbeverträge und Engagements als Topmodels. Die letzte ›Miß Kenia‹ brachte es auf rund 120 000 Dollar an Einnahmen allein im ersten Jahr, und das war nur ein Klacks im Vergleich zu dem, was die weißen Missen bekommen.

Eine ›Miß World‹, alljährlich in London gekürt, steht ein Jahr lang der ›Miß World Organisation‹ zur Verfügung und schiebt gut eine halbe Million Mark ein. Wenn sie clever ist.

Das Vorfeld des jetzigen Schönheitswettbewerbs erschütterten bereits mehrere Skandale. Ein italienischer Stunt-Regisseur tauchte mit drei Amazonen auf. Sie stammten ursprünglich von Daho-meys Goldküste, aber sie meldeten sich mit kenianischen Pässen zur Wahl. Die waren nicht mal gefälscht, nur ausgeliehen. Schwarz ist schwarz, dachte der Italiener, und black ist beautiful.

Nur hatten seine drei Pferdchen in der ersten Nacht einen fürchterlichen Streit vom Zaun gebrochen. Sturzbesoffen sangen sie so unglaublich obszöne Lieder, daß die Hotel-Securitys sie am Schlafittchen packten und rausschmeißen wollten. Aber o weh: Diese Amazonen, in verschiedenen Kampfarten bestens ausgebil-det, legten mit einigen Griffen die Gorillas glatt aufs Kreuz, ver-paßten ihnen blaue Flecke und brachen einem Sicherheitsmann, der sich besonders heftig wehrte, das Nasenbein.

Die alarmierte Polizei bugsierte sie ins Stadtgefängnis – aber am nächsten Morgen waren die Amazonen wieder verschwunden. Sie hatten mit der halben Polizeigarnison gepennt, in der Zelle eine wüste Orgie veranstaltet, über die Bürotische gepinkelt. Kein Wunder, daß jemand die Gittertür der Zelle offen ließ. Auch der Italiener war abgedampft, ohne die Rechnung der Hotelbar zu be-zahlen.

Das wäre überall ein gefundenes Fressen für die Boulevard-Presse gewesen, aber in Nairobi berichtete man lieber über die Fußballergebnisse der englischen Liga, ein Relikt der alten Kolo-nialzeit. Hier wurde man stets besser über London als über Nairobi informiert.

Der Bericht über die Miß-Wahlen stand zwar heute auf der er-sten Seite. Man jubelte über die Schönheiten wie über Eiscreme und Apfelkuchen und schwieg über die Sex-Spiele mit ausgezo-genen Kandidatinnen, das Tagesgespräch am ›Hilton‹-Pool.

Gestern wurden zwei Männer verhaftet. Sie kreuzten im ›Hil-ton‹-Hotel auf, gaben sich als Künstleragenten aus und versuch-ten, die Miß-Kandidatinnen mit Verträgen zu ködern. Eines von den Mädchen erkannte sie. Zwei Menschenhändler, die Frauen in Bordelle von Kisumu am Victoria-See bis nach Wien und sogar nach Velden, einem Nest am Wörthersee im österreichischen Kärnten, verschacherten. Ein weitverzweigtes Netz, die Organisa-tion dieser internationalen Puff-Gangster; zwar waren die zwei Männer nur kleine Fische, aber sie warfen doch Schatten über diese Miß-Wahl.

Der jüngste Krach war erst zwei Stunden alt. Ein Girl aus Tansania hatte sich mit einer Nairobianerin in die Wolle gekriegt. Die zwei Streithühner schubsten sich in den Pool.

»Na warte, du Hexe«, zischte die eine und prügelte auf die andere ein.

Calliope ließ die ganze Angelegenheit kalt. »Von solchem Rummel lebt doch die Branche, nichts schlimmer als Langeweile«, erklärte er den verdutzten ausländischen Journalisten.

»Sind diese schwarzen Girls denn besonders wild?« wollten einige Korrespondenten bei der improvisierten Pressekonferenz an der Hotelbar wissen.

»Diese hier sind Klosterschülerinnen«, höhnte Calliope, »im Vergleich zu dem, was bei den europäischen Miß-Wahlen passiert. Afrika ist heiß, und diese Mädchen hier brausen leicht auf. Wenn ihnen etwas nicht paßt, fackeln sie nicht lange rum. Prügel sind sie gewöhnt. Die stecken die paar Schläge ohne Wimpernzucken weg.«

Calliope schienen diese Vorfälle hinter den Kulissen sichtlich zu amüsieren. In solchem Hexenkessel fühlte er sich wohl, brüstete er sich doch damit, in seinem Leben über zweitausend Prozesse geführt – und gewonnen zu haben. »Ich habe die gleichen Anwälte wie die Terroristen«, pflegte er zu bemerken.

»Noch Fragen, meine Herren?«

Ein afrikanischer Kollege erkundigte sich, wie es nun in Europa bei den Miß-Wahlen zuginge.

»Giftig«, witzelte Calliope und gab paar Beispiele zum besten.

»Bei der Miß-Europa-Wahl kam die Griechin zu mir und weinte: ›Mein Schmuck ist weg. Gestohlen.‹ Die Liechtensteinerin beklagte sich über ihre Zimmergenossin: ›Sie riecht so streng.‹ Natürlich, denn die Jugoslawin war Kettenraucherin. Die aber schimpfte wieder über die Liechtensteinerin: ›Kein Po, kein Busen, aber Miß will sie werden. Da kann ich nur lachen.‹ Und ein Paprika-Mädchen aus Ungarn rieb allen Pfeffer unter die Nase. Scheinheilig fragte sie die Schweizerin: ›Wo hast du deinen Besen – du alte Hexe?‹ In der Hotelbar rief sie: ›Verstehen Sie Spaß?‹ dann zog sie vor den staunenden Gästen ihren Pullover hoch: ›Mit wem muß ich hier schlafen, um zu gewinnen?‹ – Ja ja, meine Herren«, schloß Calliope seine Ausführungen:

»Manchmal fühle ich mich wie ein Dompteur vor seinen Tigern. Aber glauben Sie mir, ich liebe meinen Beruf trotzdem. Ich bin Miß-Veranstalter mit Herz und Leidenschaft, deshalb bin ich bei der Konkurrenz auch verhaßt. Aber das soll mir einer erst nachmachen: diese internationalen Erfolge seit 30 Jahren auf der ganzen Welt. Und demnächst bringe ich auch verheiratete Frauen auf die Bühne. Zur Wahl der schönsten Mutter Europas. Da können die Ehemänner dann um den guten Ruf ihrer Frauen zittern ...«

Das Interview läuft gerade im Fernsehen, als sich Naomi zu schminken beginnt. Eigentlich hat sie gar keine Lust, bei diesem Zirkus mitzumachen, aber Burt, der Fotograf, besteht darauf. Außerdem hat er alles arrangiert. Die Stunden im Whirlpool mit Calliope waren ganz nett. Jetzt würde es sich zeigen, ob dieses ganze Gemunkel über Manipulation und Schiebung tatsächlich stimmte.

»Wenn ich nicht gewinne, packe ich aus«, überlegte Naomi. »Oder auch nicht. Eigentlich will ich bei meinem Job bleiben. Bisher hat sich ja in Paris alles ganz gut entwickelt. Burt wird es schon richten.«

Die Stimmung ist gereizt. Draußen füllt sich der Ballsaal. Nairobis Schickeria trudelt ein, die Fernsehscheinwerfer brennen bereits. Calliope kommt im hellgrauen Seidenanzug, der mit Metalleffekten schimmert. Er zwinkert Naomi zu. Für die Jury werden Eiskühler mit Champagner aufgetragen. Burt sitzt als Star-Fotograf auch drin. Dann noch der Programmdirektor vom Fernsehen, die Sponsoren der Import-Kellerei, ein geschniegelter Vertreter einer Fluglinie, die Tickets nach Paris stiftet ...

»Alles in Butter«, reibt Calliope sich die Hände und begrüßt zwei Abgeordnete und natürlich den Touristikminister mit tiefer Verbeugung. Mehrere Hotelketten sollen ihm gehören. Am Neubau der Ferienanlage ›Safari Beach Hotel‹ bei Mombasa beteiligte sich sogar der Präsident Daniel Arap Moi, der heute aber absagen mußte. Calliope sind die paar einflußreichen Beamten auch lieber. ›Basisarbeit‹, nennt er die Geschäfte mit ihnen.

Aber genug der Politik. Die Mädchen haben sich bereits herausgeputzt. Lampenfieber löst die Streitigkeiten ab. Nur ein stupsnasiger Krauskopf kreischt immer noch: »Wenn ich die erwische, die mein weißes Spitzenhöschen gestohlen hat, bringe ich sie um!«

Tusch! Die 22 Kandidatinnen treten in langen Abendkleidern zum Defilee an. Schick und elegant. In diesem Moment kann man all die nordischen Schönheits-Idole, das deutsche Fräuleinwunder, die O-lala-Französinnen getrost vergessen.

Naomi hat gar kein Höschen an. Es würde unter dem engen Goldlamé-Kleid nur auftragen. Als Mannequin hatte sie bereits gelernt, pingelig auf perfekte Umrisse zu achten. In Paris führte sie auch schon exklusive Pelzmoden vor und war unter den Pelzen nackt gewesen. Das wirkt auf die Bewegungen höchst elektrisierend.

Fanfaren schmettern olympische Melodien. Eiskalt läuft es über den Rücken, die Scheinwerfer blenden. Beifall brandet auf. Den ersten Durchgang absolviert Naomi in leichter Trance. Sie kann es kaum glauben, als sie die Wertung hört: »Sechs, sechs, sechs, sechs ...«

Alle neun Juroren geben ihr die maximale Punktzahl.

Zum zweiten Durchgang tritt Naomi im einteiligen Badeanzug an. Mister Calliope greift als Conferencier persönlich zum Mikrophon. Dann das Interview. Naomi begrüßt das Publikum in drei Sprachen: Suaheli, Englisch, Französisch. Es macht Eindruck. Dann grüßt sie Paris: »Wir zeigen heute abend in Nairobi die schönsten Mädchen der Welt.«

Tosender Beifall. Der dritte und letzte Durchgang folgt im Bikini. Die Organisatoren legen in der Garderobe selbst mit Hand an und betasten die Mädchen. Es dürfen keine Strumpfhosen getragen werden, alles muß echt sein. Gefragt ist makellose Haut.

Naomi hat sich vorsorglich im Schritt glattrasiert. Das Bikini-Höschen kratzt und verursacht einen noch lasziveren Gang. Wenn das die Juroren wüßten, huscht es ihr durch den Kopf. Sie dreht sich nochmals auf der Stelle, klappert vor dem Spiegel mit den Augenlidern, befeuchtet sich kurz die Lippen, aber nicht zuviel, es darf nicht ordinär wirken. Eines von den Mädchen hatte ihre Zunge rausgestreckt wie eine Kobra. Es war ein Fehler. Man darf nicht ordinär wirken, nur erotisch. Naomi ist ein Profi.

Die Rechnung geht auf. Über den Lautsprecher hört sie wieder die Wertung: Sechs, sechs, sechs ... Damit steht sie im Finale, mit insgesamt fünf anderen Mädchen. Mister Calliope schürt die Stimmung mit reißerischer Moderation: »Meine Damen und Herren, ab sofort gelten die verschärften Reglements der internationalen Miß-Wahlen. Die Mädchen müssen jetzt so lange auf der Bühne stehenbleiben, bis sich die Jury für die Besten entscheidet. Es kann Stunden dauern. Bei der letzten Wahl der Miß America in Atlantic City mußten die Mädchen fünf Stunden lang posieren.«

Das nächste Kommando gilt den Mädchen: »Bitte umdrehen! Nochmals!«

Das Publikum wird lauter. Die Erregung steigt. Alle fünf Mädchen sind wie aus Ebenholz modelliert. Und jede zieht all ihre Register. Eine dieser dunklen Göttinnen ist die Tochter eines Politikers, Helen Gadu. Wird sie das Rennen machen? Oder macht es eine baumlange Hirtentochter aus Tansania oder ein perfekter Verschnitt der berühmten Grace Jones? Neben Naomi dreht sich schmollend ihre große Konkurrentin. Mit Gardemaß 1,78, ideal geformt und geistreich. Was sagte sie bloß beim Interview?

»Ich will auf den Mars fliegen und dort eine Rose pflanzen.«

Wow! Will die aber hoch hinaus. Sie hat auch Busen und heißt Nasra. Wird sie die Siegerin? Naomi hat Angst, die Sekunden auf der Bühne dehnen sich zu endloser Ewigkeit. Calliope fordert immer aufs neue: »Umdrehen!«

Die fünf Bikini-Mädchen rotieren auf Befehl. Die Spannung erreicht den Siedepunkt.

»Hat sich die Jury entschieden?«

Die Mitglieder nicken. Eine Assistentin sammelt die Stimmzettel ein. Die fünf Finalistinnen dürfen abtreten. Kurze Pause. Dann kommen sie wieder. Alle fünf erregt, nervös, glühend.

Calliope ergreift als oberster Zeremonienmeister das Mikro:. »Meine Damen und Herren«, spannt er alle auf die Folter, »die Jury hat gewertet. Auf Platz fünf: Lician aus Mombasa.«

Naomi atmet instinktiv tief durch. Lician, das ist das Double von Grace Jones, die mit der pomadenschweren Brikettfrisur. Sie steht vor Enttäuschung wie gelähmt und versucht gequält zu lächeln, hebt die Arme wie ein Boxer im Ring. Naomi freut sich, die Angst, im Finale als Letzte zu stranden, ist vorbei.

»Auf Platz vier, Ladys and Gentlemen – Rose, die amtierende Miß Mombasa.«

Das ist die lange Hirtentochter aus Tansania. Wie kommt sie bloß zum Titel Miß Mombasa?

»Es ist alles Schwindel«, fiebert es in Naomis Hirn. Es kann nur eine Siegerin geben, die Tochter jenes Politikers. Die wurde die ganze Zeit wie eine Königin hofiert. Helen Gadu, wie oft fiel dieser Name schon – und plötzlich traut Naomi ihren Ohren nicht: »Helen Gadu«, hört sie den Namen: »Auf Platz drei!«

Nun brodelt es in ihrem Innern wie in einem Vulkan. Erst in diesem Moment spürt sie, mit welcher Urgewalt so ein Wettbewerb einen durchschütteln kann. Nur noch diese Sekunden durchzustehen, wünscht sie sich. Die hochfavorisierte Helen Gadu ist also nur dritte geworden! Hoffnung flammt in Naomi auf.

Bevor jetzt Mister Calliope die Siegerin bekanntgibt, läßt er Naomi und Nasra nochmals zwei Schritte vortreten, ganz an den Rand des Podiums.

»Ladys and Gentleman, schauen Sie sich diese zwei wunderbaren Geschöpfe an, vollendete Kunstwerke der Natur ... Die Jury hat die Qual der Wahl gehabt, und, glauben Sie mir, die Experten haben es sich nicht leicht gemacht, die richtige Siegerin zu finden ...«

Und wie ein Schuß aus der Pistole knallt es: »Naomi ...!!!«

Naomi wird es schwarz vor den Augen: »Also bin ich nur zweite geworden, mein Gott ...«

Sie spürt ein leichtes Nachlassen der Muskelspannung in den Schenkeln, ihre Knie werden weich, natürlich, sie dreht sich zu Nasra, natürlich muß sie die Siegerin sein ...

»Naomi«, donnert es im Saal: »Naomi ... Miß Kenia!«

Die Erde wankt, in Naomis Kopf wird es schwindelig. »Nein ...«, sie kann es nicht fassen, doch sie hört es sogar mit Echo: »Naomi ist die neue Miß Kenia ...«

Den Rest der Durchsage verschluckt der Jubel. Nasra weint. Nur zweite geworden. Es gehörte – und das konnte Naomi nicht ahnen – zu den dramaturgischen Tricks dieses alten Fuchses Calliope, der schon Hunderte von Miß-Wahlen moderiert hatte: wenn zum Schluß nur noch zwei Kandidatinnen übrig waren, erst die Siegerin zu nennen. Es wäre nicht so aufregend gewesen, wenn er sich mit Platz zwei aufgehalten hätte. So explodierte die Spannung förmlich wie eine Bombe.

Naomi und Nasra umarmten sich, beide sind von dem Augenblick überwältigt. Die Siegerschärpe hängt Mister Calliope Naomi eigenhändig um. Er murmelt dabei etwas, aber Naomi versteht ihn nicht. Sie winkt dem Publikum mit einem riesigen Blumenstrauß zu, dann wird sie auf einen geflochtenen Thron gesetzt. Links von ihr steht Nasra und rechts Helen, die finster dreinblickt.

Jawohl, sie war es, die hysterisch kreischte: »Wo ist mein Spitzenhöschen!«

Sicher hatte es Papa in Paris gekauft. Hoffentlich läßt sich der Dieb nicht erwischen, denkt Naomi. Der müßte mit dem Schlimmsten rechnen. Und dann fühlt sie sich wie auf einer wunderbaren Wolke schwebend …

Doch plötzlich fährt Naomi in all der Aufregung ein Gedanke wie ein Blitz durch den Kopf. Helen Gadu … dieser Name … jetzt fällt der Groschen. In Paris, in der Wohnung des Dosensuppenerben Frederic! Hat der Majordomus nicht gesagt, daß eine Helen Gadu kommen solle? Richtig. Deswegen flog Naomi in hohem Bogen raus, weil sie mit Helen Gadu verwechselt worden war. Wie seltsam. Es gibt im Leben Leute, die einem Glück bringen – oder Unheil. Was bringt wohl Helen Gadu?

»Lächeln, lächeln!« reißen die Zurufe Naomi aus ihrer Verstörtheit. Eine ›Miß Kenia‹ muß strahlen. Die Fotografen wollen das glückliche Gesicht sehen und draufdrücken. Noch diese Nacht funken sie die Bilder an ihre Agenturen, die Agenturen schicken sie in die ganze Welt. Paris wird staunen. So kurz schon nach Naomis großer Vorstellung vor der Presse der neue Erfolg. Als ›Miß Kenia‹ dürften einige Verträge unter Dach und Fach sein, über die bisher noch verhandelt wurde. New York wartet.

Ja, und zurück nach Paris wird Naomi Erster Klasse fliegen, Air France stiftet die Tickets.

Wo ist Burt? Sein Plan ist aufgegangen. Naomi spürt das absolute Glück. Und was wird Mister Calliope sagen? Erwartet er Dankbarkeit?

Allmählich lichtet sich die Bühne. Die Fotografen haben ihre Filme verschossen, die Blitz-Akkus erschöpft. Das Publikum strömt bereits aus dem Saal. Um die Mädchen kümmert sich niemand mehr, sie sind schon vergessen. Nur Naomi zählt. Die zwei anderen werden noch als Hofdamen benötigt. Für ein letztes Bild.

Doch Helen hat die Nase voll. Sie haut ab. Nasra will sich Naomi anschließen, aber die neue Miß Kenia weiß: »Ich muß sie abschütteln!«

Eine halbe Stunde zum Umkleiden, danach ein Cocktail in der Bar, anschließend ein Gala-Dinner in kleinem Kreis.

»Du behältst den ganzen Abend die Siegerschärpe an!« ruft ihr Burt zu. Er steht jetzt vor Naomi und strahlt: »Wir werden zusammen noch große Dinge schaffen. Du bist mein Glücksstern!«

Geräucherter Segelfisch, Buntbarsch-Filets mit gegrillten Tomaten, Gazellensteaks und Impalarücken mit Speckknödeln. Das Festbuffet biegt sich unter der Last der Leckereien. Die Miß-Wahl sollte schließlich Touristik-Werbung für Kenia bringen, und das ›Hilton‹-Management läßt sich nicht lumpen.

Die Party läuft bereits auf vollen Touren, als Naomi erscheint.

Umgezogen im schneeweißen Kleid wie eine Königin mit Perlen und Straß. Der hohe Schlitz gibt frei, was auch ein Blumenkranz betont: den Beinansatz im Schritt.

Allen Anwesenden bleibt die Luft weg. Naomi ist noch aufregender als auf dem Podium beim Schönheitswettbewerb. Nur sie spürt, wie irgendwo aus dem Dunkeln zwei böse Augen sie verfolgen. Bei jemandem hier im Raum wächst der Neid und artet in Haß aus. Diese Person sendet unheilvolle Wellen, die wie ein Wettersturz wirken. Die Rachegeister der Finsternis sind gerufen – Naomi wittert Gefahr.

Gelassen nimmt sie Gratulationen entgegen. Umringt von Journalisten und der Prominenz von Nairobi setzt sie ihr schönstes Lächeln auf. Nur ja nichts sich anmerken lassen, daß hier etwas nicht stimmt.

Mister Calliope steht am Buffet. Er tunkt seine Wurstfinger in eine rötlich sahnige Soße. Prawns peripeni in einer Riesenschale. Garnelen mit Chili. Lecker. Calliope saugt die Dinger aus. Guten Appetit.

»Wer niemals leckt, weiß nicht wie's schmeckt«, witzelt Calliope und reicht dabei seinen Zeigefinger einer schwarzen Schönheit zum Abschlecken. Nasra tut's brav und schmiegt sich an Calliope. Der lobt: »Katzen wissen es zu schätzen, wenn man sie füttert.«

»Nanu, wieso dieser Sinneswandel?« murmelt Naomi staunend.

Calliope beißt in den Schwanz einer Garnele, Saft spritzt heraus, die andere Hälfte schiebt er Nasra in den Mund. Schmatzend schluckt sie die Köstlichkeit.

»Großartig, du warst wirklich großartig«, sagte Calliope schnippisch zu Naomi. »Du wirst jetzt als Miß Kenia sehr beschäftigt sein.«

Und Calliope wird ernst: »Ich habe bereits beschlossen, zur Miß-Universum-Wahl Nasra zu schicken.«

Naomi starrt ihn an: »Nasra? Wieso, die ist doch zweite geworden.«

Calliope fuchtelt mit seinen fetttriefenden Fingern: »Zweite, dritte oder vierte, papperlapapp. Das spielt doch keine Rolle. Ich bin hier der Manager, es ist meine Miß-Wahl. Ich bringe die Sponsoren und behalte mir das Recht vor, weitere Miß-Wahlen so zu bestücken, wie ich es will!«

Dann blinzelt er listig mit seinen Fuchsaugen: »Es ist wie beim Fußball. Der Vereinspräsident kauft die Stars ein, der Trainer stellt die Mannschaft auf. Wenn ich sage, der Libero kommt ins Mittelfeld, dann hat niemand dran zu meckern. Sonst fliegt er raus. Ist das klar?«

»Verstanden, Mister Calliope. Gehe ich dann richtig in der Annahme, daß Sie mich zur Miß World schicken wollen?«

»Mal sehen. Das muß ich mir noch reichlich überlegen. Ich glaube, da hätte Rose, unsere viertplazierte, bessere Chancen.«

Patsch! Es wirkt wie eine Ohrfeige. Was mag wohl mit diesem abstrusen Calliope passiert sein? Daß er eine Schlange ist, wußte Naomi von Anfang an, aber woher dieser plötzliche absolute Sinneswandel?

»Er tut, als könne er mich überhaupt nicht leiden«, grübelt Naomi.

Der Champagner schmeckt schal. Naomi bringt keinen Bissen mehr herunter. Sie ist den Tränen nahe. Wie an einen Strohhalm klammert Naomi sich an die Hoffnung: »Calliope blufft nur. Er spielt Theater, damit niemand den Verdacht schöpft, er hätte an meinem Sieg heute abend was gedreht. Er hat doch. Ich habe mit ihm geschlafen und ich habe gewonnen ...«

Was für ein bitterer Nachgeschmack auf einmal. Die Gespräche rundum klingen wie Möwengeschnatter. Naomis Stolz regt sich. Da war ihr Hurenjob vorher ein ehrlicheres Geschäft. Hier Geld, dort Liebe. Keiner fühlte sich hintergangen. Aber dieses falsche Theater – ist sie nun Miß Kenia oder nicht?

Burt berührt ihren Ellbogen. Endlich. Naomi fühlt sich an seiner Seite beschützt. »Was ist los, Burt? Hast du mitbekommen, was Calliope gerade gesagt hat?«

Burt runzelt die Stirn: »Ich weiß, ungeheuer, was der hier gedreht hat.«

»Wieso?«

»Später, ich erkläre dir alles später. Jetzt mußt du lachen und dich mit den Leuten unterhalten.«

»Ich habe keine Lust.«

»Es muß sein.«

»Ich schmeiß alles hin. Calliope kann mich am Arsch lecken, und der ist verdammt schwarz.«

»Nicht doch«, beruhigt Burt Naomis aufgebrachtes Gemüt: »Du würdest ihm damit nur noch einen Gefallen tun. Vielleicht will er das gerade.«

»Das Schwein! Glaubst du, daß er mich in die Pfanne haut?« fragte Naomi besorgt.

»Das tut er ganz bestimmt nicht. Aber wir müssen vorsichtig sein. Ich erklär es dir später.«

Diese Nacht hätte nicht schlimmer sein können. Auch die zur Krönung servierten Königskrabben in dicker Butter-Nuß-Soße rührt Naomi nicht an. Sie dürstet nach etwas Schärferem. Wodka! Das ist im Moment das Richtige. Einen vierfachen aus dem Bierglas, so wie weiland in der ›Farmer's Bar‹, der Endstation der Nächte, wenn sie betrunken aus den Küstenhotels am Diani Beach schwankte oder den Ärger runterspülen wollte, wenn das Geschäft schlecht lief. Bei Big Mama konnte sie immer anschreiben lassen, und sie zahlte auch immer pünktlich ihre Schulden.

»Wodka«, bestellt Naomi und spürt plötzlich etwas Bohrendes in ihrem Rücken. Wie zwei Giftpfeile durchbohren sie Helen Gadus Augen. Die steht direkt hinter Naomi und zischt: »Das wirst du mir büßen. Ich mach euch alle fertig.«

Im ›Farmer's‹ hätte Naomi prompt zu ihren Täschchen gegriffen und diesem blöden Suppenhuhn eins über den Schädel geknallt. Aber als Miß Kenia muß man sich doch zusammenreißen. Sie ignoriert Helen, als wäre sie Luft, und das macht die Ministertochter noch wütender.

»Was will die eigentlich? Sie kann jederzeit nach Paris, der Papa zahlt ja alles«, rätselt Naomi in Gedanken. Es fällt ihr ein, wie schwer sie selbst alles erkämpfen mußte. Wie hat es bloß angefangen ... Ach ja, das war damals auf der Landstraße, als Anhalterin. Der blonde Larsen nahm sie mit. Sein Scania-Laster taucht in ihrer Erinnerung auf. Sie spült den Gedanken mit dem nächsten Wodka weg. Und noch ein Wodka, und nochmals einer.

Dann peilt sie schnurstracks eine schemenhaft erscheinende Tür im Dunkeln an. Die Damentoilette. Die letzten paar Meter im Laufschritt, dann weiß, klinisch weiß und dazu ein leicht säuerlicher Geruch. Eine Kloschüssel – die Rettung. Es kommt ihr hoch und Naomi beugt sich tief übers Klo: »Mein Gott, bin ich total voll.«

Später in ihrem Zimmer sammelt sie wieder Kraft: »Was war mit mir los?«

Unwichtig. Burt ist bei ihr. Naomi hört zu. Burt ist über Calliopes Machenschaften genau im Bilde. Das Wichtigste: »Naomi, du hast ehrlich gewonnen. Die Jury war einhellig von dir begeistert. Deshalb landete Nasra auf dem zweiten Platz. Sie war die eigentliche Favoritin. Calliope versuchte sie durchzudrücken«, referiert Burt.

Aber diesmal war die Jury sehr gespalten, denn es gab Gerangel wegen der Ministertochter Helen Gadu. Ihr Vater hatte versucht, auf eigene Faust Einfluß auf den Wahlausgang zu nehmen – und hat fünf Juroren bestochen. Aber insgesamt waren es acht. Drei davon hatten keine Ahnung, und ein bestochenes Jurymitglied war umgekippt. Ein alter Freund von Calliope. Und Calliope war auf den Minister sehr sauer, weil der ihn schlicht übergangen, ausgeschaltet und die Preisrichter direkt bestochen hatte.

Die Folgen: Es kam alles gründlich durcheinander. Keiner wußte mehr, wohin der Gaul lief. Die korrupten Juroren werteten für Helen Gadu, setzten aber zugleich Naomi als die wahre Schönheitskönigin fast punktgleich – einer muß das Zünglein an der Waage gewesen sein ...

»Warst du es, Burt?« schaut Naomi ihren Fotografen dankbar an.

»Ja. Ich habe Helen nur die Note vier gegeben.«

»Und Nasra? Wie kam die auf Platz zwei?«

»Weil Calliope einen Stimmzettel bei der Auswertung vertauschte.«

»Der traut sich aber was«, bemerkte Naomi.

»Er kassiert auch an Nasra fünfzig Prozent, von allen ihren Einnahmen, drei Jahre lang.«

»Und was hast du ihm für mich geboten?« erkundigt sich Naomi.

»Von allen Miß-Kenia-Prämien zwanzig Prozent, danach nur zehn.«

»Bekommt er das Geld?«

»Nein«, brummte Burt. »Calliope ist ein alter Schwindler. Er hat wieder gepokert und verloren. Du bist jetzt als Miß Kenia nicht angreifbar. Die Prämie von 10 000 Mark gehört dir allein. Auf eine Teilnahme bei weiteren Miß-Wettbewerben kannst du ruhig pfeifen. Wir machen jetzt erst mal Kohle.«

Burt streichelt zärtlich über Naomis Gesicht.

»Was geschieht mit Nasra?« fragt sie.

Burt grinst. »Es soll Nacktfotos von ihr geben, irgendein Fotograf hat sie mal abgelichtet. Ein zwielichtiger Mann, der Typ genießt einen miserablen Ruf, ein Schmarotzer, eine richtige Ratte, aber in Porno-Aufnahmen Spezialist. Ich weiß nicht, wie er das schafft, aber bei ihm ziehen sich alle aus.«

»Auch Nasra?«

»Ja, ich hörte schon was im Busch trommeln. Sollte Nasra bei Miß Universum oder wo auch immer unter die ersten drei kommen, sind ihre Nacktbilder viel Moos wert.«

»Warum?« begreift Naomi den Zusammenhang nicht.

»Es steht in den Reglements, daß eine Miß sich keine moralische Verwerflichkeit zuschulden kommen und sich dabei auch nicht erwischen lassen darf. Aktfotos sind Beweise von so einem Sündenfall und machen eine Miß für alle Repräsentationszwecke unwürdig.«

»Warum eigentlich?« hakt Naomi nach.

»Weil der ganze Verein völlig verknöchert ist. Mit einer Miß

wird bei Familie Saubermann geworben, sie soll auf Gefühls-
drüsen drücken, damit die Leute für wohltätige Zwecke spenden.
Die ganze ›Miß World Organisation‹ lebt davon, daß sie für die
Krebsforschung sammelt. Die Miß Universum tingelt durch Fern-
sehstationen und preist von Waschpulver bis Kochreis alle Haus-
haltsprodukte an. Da denkt die Frau Biedermann an eine schöne
Tochter, die sie sich vergeblich wünscht, und nicht an irgendein
nacktes Luder.«

»Gab's tatsächlich schon Skandale wegen Nacktfotos?«

»Na, und ob«, ereifert sich Burt, »Vanessa Williams, zufällig
die erste farbige Miß Amerika, stürzte über ihre Nacktfotos. Das
Männermagazin ›Penthouse‹ hat sie veröffentlicht, und Vanessa
wurde zur Zielscheibe moralischer Entrüstung.«

»Was für Bilder waren es?«

Burt weiß über die Affäre Bescheid. Ein Kollege, auch so eine
häßliche Fettwanze, hatte sie angezettelt. Burt erzählt:

»Vanessa kam im Alter von 19 Jahren in ein Studio, und der
Chef verkuppelte sie mit der ebenfalls sehr schönen Empfangs-
dame ... Für rein künstlerische Fotos, drängte er, in Schwarzweiß,
nur Umrisse sollten sichtbar werden, niemand würde Vanessa erkennen. Er schwor auch heilige Eide, daß die Bilder nie das Studio
verlassen, nie öffentlich oder irgend jemandem gezeigt würden.
Tja, solche Versprechungen werden später als nebensächlich vergessen. Wie ein Nacktfoto je entstanden ist, interessiert dann niemanden mehr. Man will sie nur sehen.«

»Verflucht«, schimpft Naomi, »gar nicht so einfach, populär zu
sein. Die Privatsphäre ist futsch, jeder will alles über dich wissen,
stöbert in deinem Mist, um dich fertigzumachen.«

»Existieren von dir Nacktfotos? Egal welche, ein Tourist mit seiner Polaroid-Kamera ...«

»Nein, nein«, unterbricht Naomi hastig. »Ich schwöre, es gibt
kein einziges Foto, wo ich nackt wäre.«

»Gut. Obwohl die Sache ein zweischneidiges Schwert ist«,
meint Burt.

»O Burt«, seufzt Naomi, »ich fürchte, du mußt mir noch sehr
viel erklären. Ich verstehe nicht ... Vorher meintest du, Aktbilder
würden die Karriere vernichten.«

Burt lacht: »Glückssache. Vanessa wäre auch als erste farbige

Miß Amerika bald vergessen worden, aber durch den Skandal wurde sie noch berühmter. Ohne ihre Nacktfotos würde heute kein Hahn mehr nach ihr krähen.«

Burt knöpft bei diesen Ausführungen sein Hemd auf und krault mit den Fingerspitzen seinen dunklen Haarpelz auf der Brust. Er zupft daran und scheint dabei ein Fazit dieser verlogenen Miß-Moral zu finden: »Alles Quatsch. Man muß die Pferde schneller laufen lassen.«

Naomi versteht das auf ihre Weise. Sie legt sich aufs Bett und macht die Beine breit. »Wenn du willst, kannst du gleich mit mir schlafen. Ich schulde dir wohl einiges.«

Burt schielt belustigt auf sie, tippt leicht ihren Knöchel an, klopft auf ihre Knie: »Gusto hätte ich schon, aber ich kann nicht.«

Naomi stützt sich auf: »Warum? Gefalle ich dir nicht?«

»Das schon, aber ich will dich fotografieren. Wenn ich jetzt mit dir penne, geht eine Spannung flöten, die ich später für meine Bilder brauche. Kein wirklich guter Fotograf schläft mit seinem Modell, merk dir das! Wirklichen Sex muß man für die Fotoarbeit aufheben. Es muß dabei knistern. Vor der Kamera spielt die Musik, die Bilder trügen nicht, sie zeigen immer, was du denkst und fühlst.«

Burt steht auf und fuchtelt mit der Hand, als hätte er eine imaginäre Kamera dabei. Er deutet an, was er bald von Naomi verlangen wird: »Ich will, daß du geil bist, wenn ich dich fotografiere. Du wirst dabei daran denken, wie schön es wäre, mit mir zu schlafen.

Du stellst dir vor, wie ich mich auf dich lege, und dann bekommen auch deine Augen den richtigen Ausdruck – leicht verrucht, sündig, leidenschaftlich, gierig. Warum, glaubst du, erregen sich viele Männer mit Frauenfotos selbst? Weil sie die Gedanken nachempfinden, die die Modelle beim Fotografieren hatten.«

»Du bist verrückt, Burt«, haucht Naomi, »aber es kann mir egal sein. Wenn du willst, werde ich immer an was Scharfes beim Fotografieren denken.«

»Ich wußte es«, sagt Burt zufrieden. »Gute Nacht. Morgen fliegen wir zurück nach Paris. Es ist besser für uns beide, bevor hier die Hölle ausbricht. Calliope ist unberechenbar, und der Minister wird morgen ganz schön blöd aus der Wäsche gucken: Seine

Tochter ist nur dritte geworden. Das ganze Land lacht sich krumm, wo jeder weiß, daß dieser Minister korrupt ist. Also gute Nacht.«

»Burt!« ruft Naomi noch, bevor der Fotograf die Tür hinter sich zumacht.

»Was ist?«

»Als Miß World für einen guten Zweck zu sammeln, ist doch eine schöne Aufgabe. Ich würde so gerne Miß World sein.«

Ein Schatten huscht über Burts Stirn. Nein, lieber nicht, diese Illusion will er Naomi nicht gleich zerstören. Nicht heute, an diesem schönen Tag. Aber auf dem Rückflug wird er ihr von dem großen Skandal erzählen. Diese Organisation wurde geleitet von einem alten Ehepaar. Er fast ein Gnom, sie eine gräßliche Gifthexe. Beide hielten die Miß World wie eine Sklavin eingesperrt, sie durfte nicht einmal einen Freund haben, geschweige denn ein Privatleben führen. Arme Miß World. Ein Neffe des Ehepaares hatte sich bereits an ihr vergriffen, direkt in dem angeblich so ehrenwerten Haus der ›Miß World Organisation‹. Im Bett, Wand an Wand zum Schlafzimmer dieses Vampir-Ehepaares spielten sich heiße Sex-Orgien ab, bis es zu einer riesigen Enthüllungsstory in der Presse kam. Die ganze Miß-Organisation wurde weltweit erschüttert, aber nach dem Sturm der Empörung ging alles wieder weiter wie bisher. Niemand mußte seinen Laden schließen. Mittel für die Krebsforschung? Ein großes Geschäft ist es und keiner kann die Spenden kontrollieren in diesem Sumpf von Heuchlern und Geldhaien.

»Gute Nacht, Naomi«, wünscht Burt nochmals und murmelt für sich: »Die laufenden Pferde noch schneller laufen lassen. Das ist es.«

Zurück in Paris nimmt Naomis Karriere den geplanten Verlauf. Der Miß-Titel sorgt für einen düsenhaften Push. Täglich zehn bis zwölf Stunden arbeitet Naomi im Studio. Burt hat eine fantastische Produktion abgeliefert. Naomi als Kunstprodukt in perfekt vollendeter Form. »Sie verblüfft mit der bewundernswerten Fähigkeit, niemals gelangweilt zu erscheinen«, lobt die Presse.

Und Naomi schweigt beharrlich auf Interviewfragen, wo denn das Geheimnis ihres Ausdrucks liegt.

Es ist die Beziehung zwischen ihr und Burt. Rein platonisch. Sie schläft nicht mit ihm, und das reizt sie vor der Kamera um so mehr. Inzwischen arbeitet Naomi auch noch mit einem halben Dutzend anderer Fotografen. Alle sind begeistert. Diese Augen, dieses Kinn, dieser Mund, den Naomi zu einem dunkelroten Herz verzieht. Ein Mund übrigens, der immer nur lächelt, nie lacht.

Ihre Tagesgagen klettern unaufhaltsam von tausend auf zweieinhalbtausend Mark. Naomi deponiert ihr Geld schon auf zwei verschiedenen Bankkonten. Sie zieht in ein schickes, möbliertes Apartment ein. Und das alles knapp zwei Monate nach der erfolgreichen Miß-Wahl.

Naomi, Naomi – alle Welt ruft nach ihr.

Der rote Château Lafitte, Jahrgang 1975, überzieht die Zunge wie ein feiner Handschuh. Der Geschmack bittersüßer Mandeln bohrt sich durch den Gaumen wie der schwelende Rauch durch den Kaminabzug. Es berauscht langsam.

»Prost! Noch ein Gläschen?«

Naomi sitzt im Fischrestaurant ›Au chien qui fume‹ – Der rauchende Hund. Die Dogge als Wahrzeichen über dem Eingang qualmt eine bauchige Pfeife und kullert treuherzig mit tellergroßen Augen. Dieses Lokal hat noch die Atmosphäre der alten, abgerissenen Markthallen herübergerettet. Milchige Fensterscheiben mit geätzten Frostblumen, wackelige Stühle, vergilbte Bilder und die fast schwarz verrußte Decke ziehen die Schickeria an. Man labt sich an Krusten- und Schalentieren, lutscht die Belon-Austern, die teuerste Sorte, und hält Ausschau: Kommt Belmondo heute, Mick Jagger oder Anthony Delon?

Die Klatschkolumnisten berichten, daß J. R. aus Dallas eingetroffen ist. Doch im Moment hockt an einem Katzentisch nur Thomas Gottschalk. Wetten, daß ihn niemand in Paris kennt?

»Du warst großartig«, prostet Naomi ein Mann im schwarzen Satinhemd zu. Seine manikürten, perlmuttlackierten Finger trommeln auf den Tisch, das dunkle Haar trägt er zu einem Schwanz gebündelt. Der Mann philosophiert: »Märchen sind wunderbar. Was braucht der Mensch denn mehr, als seine Ziele zu erreichen und an eigene Ideen zu glauben?«

»Ich empfinde das auch so, ich fühle mich sehr glücklich, Frederic«, antwortet Naomi. Sie trägt noch die Dior-Kreation, die sie heute bei einer Gala vorgeführt hat. Monsieur Patron hat's erlaubt. Frederic ist ein guter Kunde des Hauses, als Erbe des weltberühmten Dosensuppen-Imperiums hat er unbegrenzten Kredit in allen Mode-Boutiquen. Und er kauft wirklich großzügig ein. Er liebt seine Schaufensterpuppen, an die kann sich Naomi noch sehr gut erinnern. Die teuersten Fummel hängt er ihnen an – und was macht er dann?

Ein leichter Schauer erfaßt Naomi. Sie muß sehr aufpassen, damit sie ihre türkisgrüne Dior-Robe nicht bekleckert. Rotwein und die sahnige Soße der Languste termidor, das gibt Flecken wie bei den Clochards unter den Seine-Brücken. Sind es wirklich Philosophen, Dichter, gestrandete Professoren oder nur Strauchdiebe?

Solche Fragen mischen sich mit Erinnerungen. Naomis erste Nacht damals in Paris. Frederic ließ sie am nächsten Morgen durch seinen Majordomus rausschmeißen. Wegen dieser Ministertochter Helen Gadu. Allmählich formieren sich die Figuren in Naomis Leben zu einer spannenden Schachpartie. Wer ist der König? Frederic? Jedenfalls zieht er mit Weiß. Naomi ist die schwarze Königin. Helen Gadu hat die Farben gewechselt und droht Naomi schachmatt zu setzen. Auf welchem Feld steht der Suppenkönig Frederic? Wird er gefährlich?

Er hatte sich erst gemeldet, nachdem Naomi wie ein Stern ganz oben leuchtete. Sie ist eine ›Miß Kenia‹ und gefragtes Top-Modell in Paris. Ist damit ihr Prestige gestiegen oder nur ihr Fell exklusiver geworden? Wie das einer seltenen Antilope?

Frederic blickt sie diabolisch an: »So wie damals?«

»Ja, damals im ›Jardini‹ aßen wir auch Lobster termidor, nur die Soße war etwas pikanter.«

»Der frische Pfeffer aus Madagaskar« – Frederic nuckelt an der Lobsterschale. Ein kauziger Playboy. Einerseits seine erotische Sammlung von erotischen Schaufensterpuppen, dann spielt er wieder den Safari-Abenteurer in Afrika oder in Admiralsuniform Seeräuber in der Karibik. Eigentlich kommt er Naomi – ja, sie kennt sich mit Männern gut aus – wie ein großes Baby vor. Nur seine Augen machen ihr Angst. Sie glänzen so bösartig. Schon damals in Mombasa.

Erinnerungen. Wieder diese lebhaften Erinnerungen. Sie schlagen sehr tiefe Wurzeln in den verwinkelten schwarzen Seelen. Es wird behauptet, ein Elefant vergißt nie eine Begegnung, sein ganzes Leben lang nicht. Ähnlich ist es auch bei den schwarzen Völkern. Sie haben ein weitaus besser erhaltenes Stammhirn als die europäischen Rassen. Einige Wissenschaftler behaupten sogar, es gäbe in diesem schwarzen Gedächtnis Spuren, die zurück zur Genesis der Welt führen. In New York experimentiert ein obskurer Verein damit, Reisen in die eigene Vergangenheit zu beschwören. Den Trip ins eigene Gehirn. Es soll dabei vorgekommen sein, daß der Kopf eines Mediums explodierte und aus dem Schädel Magma quoll. Eine Million Jahre alter Urstoff, wie Laborproben später bestätigten. Ein Rätsel für die Wissenschaft und inzwischen auch ein Fall für die Polizei, die dahinter – wohl zu Recht – Betrug vermutet.

»Erinnerst du dich noch, wie wir im Spielcasino von Mombasa damals die Bank sprengten?« fragte Naomi. Frederic staunt.

»Nicht mehr genau – doch es war sehr rätselhaft, es fielen auf einmal alle Zahlen, die du vorausgesagt hast.«

Schwarze Magie bei Roulette? Sicherlich ist das einer der Gründe, warum Einheimische im Casino von ›Leisure Lodge‹ in Mombasa keinen Zutritt haben. Andererseits befürchtet man, es würden sich zu viele ruinieren und sich dann am Hotel rächen. Oder den Croupier zu krummen Dingen verführen.

Nur einigen ›Vertrauensdamen‹ ist es erlaubt, zu kibitzen, den Spielern Gesellschaft zu leisten und sie nach Verlusten bei Laune zu halten. Mit schwarzer Liebeskunst.

Naomi trudelte damals mit Frederic ein. Er hatte sie vom Club ›Bora Bora‹ abgeschleppt. Als Nobelhure. Er wollte ihren Voodoo-Zauber an der Roulette-Kugel ausprobieren. Aus Spaß. Denn auch mit einem Millionengewinn von Kenia-Schillingen hätte er nichts anfangen können. Man darf sie weder ausführen noch sind sie gegen harte Devisen eintauschbar. Spielgeld zum Verjubeln, zum Zeitvertreib, nichts weiter. Frederic mit dicker Davidoff im Mund, türmte damals Berge von Jetons aufs Feld. Naomi flüsterte: »Achtzehn.«

»Rien ne va plus« – verkündete der schwarze Croupier und, voilà: die Kugel auf der schwarzroten Drehscheibe purzelte ins Loch Nummer 18.

»Liegen lassen«, deutete Naomi mit ihrer Zigarettenspitze an. Und wiederum fiel 18. Danach fiel 26, und wieder die 18, rot.

Ein Raunen ging durch den Spielsalon. Die ›Hitze‹ brach aus, wie es im Roulette-Jargon heißt: Alle spielten mit, was gerade lief, und alles um die Zahl 18 wurde mit Chips förmlich zugeschüttet. Ein eilends herbeigerufener Oberaufseher stierte mit finsterer Miene auf die Kolonnen, Dutzende, Pleins, Transversale und Carrés.

Naomi drückte sich als Glücksfee an Frederic. Er packte sie am Hintern und knurrte zufrieden. Der Druck seiner Hand verstärkte sich, immer wenn sich die rotierende Kugel verlangsamte, von Loch zu Loch kullerte, fast hängenblieb und nochmals über das Zahlengerippe purzelte, bevor sie einrastete: Nummer 18!

Unfaßbar. Die ›Hitze‹ erreichte den Höhepunkt. Die Gäste und das ganze Casinopersonal sprangen auf: Die Bank war gesprengt!

Auch Naomi stieß einen spitzen Schrei aus. Frederics Pranke zwickte sie zwischen den Oberschenkeln. Sie öffnete sacht die Beine und spürte, wie seine Hand durch den Schlitz ihres Seidenrocks weiter vorrutschte. Sie saß fast schon drauf, wie auf dem Sattel eines Fahrrades, preßte die Schenkel wieder zusammen und rieb sich an der Hand.

Niemand bemerkte etwas, und dies war das Aufregendste an diesem erotischen Spiel, während die Croupiers den Roulettetisch mit einem schwarzen Trauertuch abdeckten. Die Inspektoren begannen den auszuzahlenden Gewinn zu zählen. Naomi, fest im Griff ihres Zigarrenpaffers, ahnte, daß ihr davon wahrscheinlich ein Löwenanteil zufallen und daß Frederic sicherlich ausgefallene Wünsche haben würde. Die Art, wie er sie festhielt und streichelte, verriet den erotischen Gourmet. Oder nur einen Vielfraß?

Der Rückblick auf Erinnerungsbilder reißt jäh. Naomi beobachtet Frederic, wie er schmatzt und sabbert. Die Lobstersoße tropft von seinen wulstigen Lippen über das leichte Doppelkinn. Sie stellt sich vor, sie wäre die Languste, die genüßlich ausgeschlürft, ausgesaugt wird. Ihre bisherige Sexualabstinenz verursacht Entzugserscheinungen. Naomi zittert wie ein Säufer, der nach einer längeren Trockenphase wieder zum Glas greifen will.

Der Streß der letzten Wochen tötete bei ihr jegliches Verlangen. Abends fiel sie immer bewußtlos vor Müdigkeit ins Bett. Morgens hechtete sie noch schlaftrunken heraus. Wann soll man da, bitt-schön, zur Befriedigung kommen?

Schier unglaublich scheint es ihr, daß es Zeiten gab, wo sie re-gelmäßig jede Nacht mit zwei, drei Männern schlief – und doch unbefriedigt davonschlich, unter der Dusche mit dem Wasser-strahl sich einen Höhepunkt abspritzte.

Ich muß wohl doch naturgeil sein, denkt sie. Schon in der Dorf-schule konnte sie sich nicht konzentrieren, weil es ihr unterm Po juckte.

Der Rotwein spült die alten Laster hoch. Wo möchte sie es ma-chen? Am besten gleich, auf der Toilette, oder im Hinterhof auf einer Mülltonne. Der Boden beginnt zu schaukeln. Das Lokal ver-schleiert sich zur Piratenbaracke. Frederic schielt wie Käptn Mor-gan. Er lacht, kauft einen großen Rosenstrauß.

Der Kellner kredenzt nun Obstschnäpse aus schlanken Flaschen mit Hälsen wie Störche; im Bauch kugeln sich Williamsbirnen.

»Prost, Frederic« – ein Schluckauf überfällt Naomi. »Hick, was hast du mit mir vor?«

»Wenn du gleich kotzen mußt, geh raus«, grinst Frederic.

Warum nur hat Naomi so leichtfertig seine Einladung ange-nommen? Sie war total verblüfft gewesen, als er heute nach der Dior-Gala direkt in ihre Garderobe reinschneite. Sie mußte ja sagen. Außerdem kennt Frederic sie von früher. Aus Mombasa. Mein Gott, was hat er vor?

Der säuerliche Druck auf ihre Gurgel steigt, ihr Kopf dreht sich wie ein Karussell. »Könnten wir vielleicht gehen?« stammelt Naomi. »Ich brauche Luft!«

Noch ein Glas Wasser, dann steht sie auf der nächtlichen Straße. Der Wind belebt sie. Sie hält sich an Frederic und spürt plötzlich den gleichen Griff wie damals im Spielcasino. Seine Hand gleitet wie eine Python-Schlange unter ihren Rock.

»Ich bin betrunken, fürchterlich betrunken«, stöhnt Naomi.

»Gerade der richtige Zustand für unseren Ausflug«, flüstert Frederic und winkt ein Taxi heran.

»Wohin gehen wir?«

»In die Rue Saint-Denise.«

»Was gibt es dort?«

Frederic schaut Mephisto aus dem Gesicht: »Es ist die berüchtigste Hurenstraße von Paris. Hunderte von Nutten stehen sich dort ein Loch in den Bauch. Los, fahren wir hin.«

Das Taxi braust los. Einige Ecken weiter fallen schon die ersten Schatten auf. Huren. In langen goldenen Stiefeln lehnen sie an der Hauswand. Stiefel dominieren. Rote, weiße, schwarze. Aus Lack, Wildleder, Leopardenfell. Und Strapse. Mini-Röcke aus Leder oder Lack. Jacken, beschlagen mit Nieten. Eine Nutte mit schillernder Kriegsbemalung hat sich eine Hundeleine um den Hals gebunden. Eine andere trägt ein Gummy-Cape. Sie öffnet es für vorbeigehende Freier – Cape auf, halbnackter Busen raus, riesige Brüste, gestützt von einem winzigen, trägerlosen schwarzen BH.

Viele dieser Bordsteinschwalben sind farbig. Ein Dirnenbund aus Afrika und der Karibik. Rauchend huschen sie aus dem finsteren Schlund der Hauseingänge. Einige klein und mollig, andere baumlang. Melonen und Bohnenstangen, gekräuselte Zöpfchen und bauschiger Busch-Look. Haare der Rasta-Revolution und die Wuschelpracht der Wildnis. Für jeden Geschmack das Passende dabei: Muskelfrauen aus den schweißtreibenden Bodybuilding-Studios, ranke Ballerinas in pastellfarbenen Trikots, die streunenden Cats und die grellen Punk-Ladys mit Laufmasche im Netzstrumpf.

Durch die verstopfte Rue St.-Denise rollt im Schrittempo eine endlose Blechkolonne. Autos und Busse dicht an dicht. Die schmalen Bürgersteige sind gedrängt voll. Lauter schräge Typen. Die Luft ist zum Schneiden dick.

Zwischen dem Chaos flackern die rotblauen Neon-Lichter der Sex-Shops und Peep-Shows mit Einzelkabinen. Fachgeschäfte für Reizwäsche, daneben schmierige Bars, dann einige Luxusläden mit ungewöhnlichem Schuhsortiment. Fast Kunstwerke mit fantasievollen Absätzen. Dünn wie Nadelpfeile, die berühmten Stilettos; Stiefel mit Sporen und Sandaletten mit schmalen Samba-Riemchen, die den Fuß fesseln. Man sieht, hier kauft wählerische Kundschaft ein. Auch die Negligés zeigen exklusives Design.

Frederic schiebt seine Hand wieder unter Naomis Hintern. Das Taxi biegt in eine Seitenstraße ein, noch wüster als die Rue St.-Denise. Die schiefen Häuserfronten sind durchlöchert wie ein Stück Emmentaler. Rotlicht sickert aus jeder Ritze. In den Schießscharten der engen Eingänge tummeln sich Freier zwischen den Dirnen. Manche locken im durchsichtigen Baby-Doll, andere tragen unter der kurzen Pelzjoppe nur Strümpfe und Strapse. Einige Peitschen-Lilys posieren herrisch in schweren Korsagen. Dann noch Vampirellas und Barbarellas.

Das Taxi hält vor einer blaulackierten Tür. Die Kneipe heißt ›Sansibar‹, wie denn sonst.

»Nur auf einen Drink«, versichert Frederic.

Drinnen modert es. Schwerer Alt-Plüsch, abgebröckelte Bartheke. In schummrigem Licht kauern einige Gestalten wie aus den Bildern von Toulouse-Lautrec.

Frederic flattert ein Schmetterling zu: Eine zierliche Kindfrau mit lieb kleinem Häschenmund, geschminkt wie eine Erdbeere, und mit großen, naiven, blauen Augen. Dennoch, sie lächelt wie eine böse Puppe.

Von Kopf bis Fuß ist sie in Gold eingehüllt. Die Stiefeletten, Strumpfhosen, das Oberteil glitschig wie ein feuchter Taucheranzug, aber alles in Gold, auch das Perlenkäppi auf dem Kopf aus der Tango-Ära der 20er Jahre.

»Oh, Monsieur Frederic«, zwitschert sie. Und Naomi merkt es trotz ihres Rauschs: die beiden sind alte Bekannte. Frederic stellt ihr dieses quirlige Püppchen vor: »Das ist Barbie.«

Sie antwortet, französisch köstlich radebrechend: »Isch bin eine kleine Schwein, isch habe in mein Bett gepinkelt.«

»Ich werde dir schon dein süßes Arschie versohlen«, verspricht Frederic.

Erstaunlich, dieses kleine Strandgut von einer Hure ähnelt auffallend den Puppen aus Frederics Sammlung.

»Gehen wir auf mein Zimmer?« fragt Barbie drollig.

»Moment mal, ist Zora auch da?«

»Sie hat einen Gast, aber isch sage Bescheid«, plappert Barbie.

»Champagner?«

»No. Cognac, Hennessy.«

Die Treppen knarren. Was von Jugendstil noch übriggeblieben ist, bröckelt, rostet dahin. Es muß weiland ein prachtvolles Etablissement gewesen sein, aber bald zerfrißt der Zahn der Zeit die letzten Reste davon.

Im ersten Stock gähnt die Aborttür offen. Eine Dirne erledigt gerade ungeniert ihr Geschäft. Im zweiten Stock lümmelt eine

Matrone auf dem Bett. Schon viel zu dick, um die schmalen Treppen runterzuklettern. Ein Fleischberg, den alle schnippisch mit einem schönen Namen rufen: »Mona Lisa.«

»Salut, Mona Lisa«, grüßt auch Frederic. Als Antwort kommt ein Grunzen.

In der dritten Etage haust eine Rocker-Braut. Man erkennt es an den Wänden, vollgepflastert mit Plakaten von Heavy-Metal-Gruppen. Die Rabauken von ›Moetley Crü‹, das Rauhbein Judas Priest und ein Gruselkabinett mit den SS-Runen der Gruppe ›Kiss‹ – auch dem Symbol für sado-masochistische Sex-Praktiken. Mitten in dieser Schock-Galerie thront die Königin: Tina Turner mit ihrer Löwenmähne.

Barbie wohnt in der Mansarde. Eine Puppenstube voll Flitter, Stanniol, Weihnachtskugeln und orientalischem Firlefanz.

Was für Spiele schweben Frederic vor? Frankreichs Leckermäulchen verdanken den Schlemmergelüsten seiner Familie manch eine sagenhafte Brühe. Lady Curzon mit butterweichem Schildkrötenfleisch oder die Kräuter-Essenzen mit Champignon-Köpfen. Wohin hat sich der Sohnemann dieser Terrine-Dynastie entwickelt?

Jetzt steht er wie ein Magier in seinem schwarzen Satinhemd da. Auf sein Kommando wird zunächst eine Runde Hennessy gekippt, von Madame Flaubert, der Wirtin, hochgeschleppt. Vorsorglich stellt die alte Fregatte die ganze Flasche auf ein Tischchen mit Spitzendecke und wünscht gute Unterhaltung.

Es klopft an der Tür: Zora. Die majestätische Marokkanerin macht einen Hofknicks.

»Perfekt«, jubelt Frederic. »Das Grand Theatre de Casanova! Ciao, Fellini, wer will noch deine Filme? Ich, Frederic, erlebe meine Visionen dreidimensional.«

Er sinkt auf die Knie, um Zora mit einem Kuß auf ihre Knöchel zu begrüßen. Gierig zitternd befingert er ihre hochgeschnürten Schuhriemchen, während er sichtlich Naomis Staunen genießt. Nein, solche Exzesse ist sie nicht gewöhnt. Diese Spiele sind für sie neu. Extras dieser Art werden in Afrika nicht verlangt, ein rasierter Schoß reicht allemal. Nicht einmal Frederic reiste seinerzeit mit einem Louis-Vuitton-Köfferchen und zog sich auch keine mitgebrachten Strapse an. Jetzt tut er das. Hier, in diesem schäbigen

Puff, bedient er sich aus Barbies Schrank. Es ist alles da, sogar die Größen stimmen.

Zora und Barbie assistieren dabei. Naomi nippt am Hennessy-Schwenker.

»Was soll ich machen?« fragte sie verlegen.

»Nichts, gar nichts. Steh nur ganz regungslos wie eine Figurine im Schaufenster bei Dior.«

Aha, deshalb der ganze Zinnober. Monsieur Frederic setzt wieder einmal seine Rausch-Fantasien in Wirklichkeit um. Die nimmt ›oscar‹-trächtige Formen an. Frederic für Porno-Oscar. Den Phallus d'Or, den er bereits in seiner Hand hält.

Naomi posiert als makelloses Dior-Mannequin, mitten in diesem Verhau. Der Raub der Sabinerinnen.

Barbie als Goldpuppe quängelt wie ein Baby rum. ›Radio Gaga‹ trällert sie bescheuert den ›Queen‹-Ohrwurm nach, plumpst dabei aufs Bett, spreizt die Beine wie eine Trapezkünstlerin, hämmert mit ihren Fäustchen zwischen ihren Schritt. Zirkus Roncalli sexbesessen. Ihre goldene Montur macht aus ihr einen Zwitter aus schlängelnder Kobra und klaffendem Schoßköter, denn winseln kann sie auch.

Zora übernimmt die Hauptrolle. Als was eigentlich? Als arabische Prinzessin oder Kleopatra von Marrakesch?

Ihr blaues Stirnband, mit farbigen Steinen besetzt, funkelt. Ohrringe der Berbertöchter aus der Wüste baumeln an den Ohrläppchen. Ist sie eine echte Zigeunerin?

Der scharlachrote Fetzen um ihre Hüften unter dem freien Nabel rauscht bei jeder Schenkelzuckung, an Silberketten rasseln alte Münzen. Die Brust federt, in zarte, durchschimmernde Schleier gehüllt, die echten Seidenstrümpfe knistern, und die Schuhe glitzern im Silberglanz wie eine Fata Morgana für durstende Fetischisten.

Frederic läßt sich einen schwarzen Strapsgürtel umbinden, dazu schwarze Strümpfe, mit obskuren Mustern von höllischem Farnkraut und wildem Wein. Der hohe Plateau-Schuh verwandelt seinen Fuß zum Huf des Teufels.

Für einen zweiten Akt schlüpft er in einen lila Taftrock.

Der steife Stoff scheint ihn noch mehr zu erregen. Frederic umarmt seine drei Diseusen zum grandiosen Finale Erotissimo. Er taumelt, torkelt, läßt sich auffangen, ringt mit Barbie und Zora, die den Rest aus der Cognac-Flasche über alle drei ausschüttet. Barbie klebt Zora reaktionsschnell eine schallende Ohrfeige. Zora reißt Naomi von den Füßen. Sie liegt platt auf dem Rücken in ihrer edlen Dior-Kreation auf der staubigen, verschlissenen Perser-Brücke. Frederic klatscht Beifall.

Sein Bravo vermischt sich mit Barbies wüsten Schimpfkanonaden. Zora rülpst. Das Licht geht aus. Ein fürchterlicher Krach ... Ist das Bett zusammengebrochen?

Man kann im Dunkeln nichts mehr erkennen. Wessen Zunge an welchem Mund? Alles schmeckt nach Cognac. Hennessy Grand Classe. Etwas scheppert. Bilder fallen von der Wand. Würgelaute und Hecheln, bis ein langgezogener, gutturaler Stoßseufzer alles schlichtet: »Halleluja!«

Jemand drückt auf einen Kassetten-Recorder: Gongschläge des Londoner Big Ben ertönen und die ratternde Geräuschkulisse von einem Feuerwerk. Hurra. Die Schlacht endet mit Gloria.

Dann rührt sich gar nichts mehr. Nur leises Schnarchen und heiseres Winseln: »Wasser ...«

Am nächsten Tag kommt Naomi geschlagene zwei Stunden zu spät ins Studio.

»Dachte ich mir schon, irgendwann müssen auch bei dir Staralüren ausbrechen«, nörgelt Burt. Er soll mit Naomi eine Pelzkollektion fotografieren. Aber sie sieht fürchterlich mitgenommen aus. Geschwollene Lippen, fleckiges Gesicht. Die Maske braucht nochmals zwei Stunden, um Naomi einigermaßen herzurichten.

Burt wird grantig. Mist, die ersten Schüsse gehen völlig daneben. Er will unterbrechen, aber plötzlich läuft es. Noch nie hat Naomi mit so wildem Ausdruck posiert. Wie ein Panther in den Sekunden vor dem Sprung.

Dabei fühlt sie sich elend. Doch sie klagt mit keinem Wort. Beißt die Zähne zusammen.

Am nächsten Tag liegt das Ergebnis vor. Auf den Fotos mischt sich Trauer, Leid und Aggression zu einem Ausdruck sondergleichen – alle sind begeistert.

»Naomi, du wirst immer besser, wie machst du das bloß?«

Frederic läßt nichts mehr von sich hören. Naomi ist beunruhigt.

Sie weiß, wie sehr er sie in der Hand hat. Mit einem einzigen Wort könnte er ihre ganze Karriere zerstören. Hure. Naomi ist eine schwarze Hure! Wird er's verraten?

Eigentlich hat er dazu keinen Grund. Aber diese Spiele ... werden die sich wiederholen? Die Unsicherheit bedrückt. Sie kapselt sich ab. Termine jagen sich, sie braucht ihre ganze Energie für ihre Arbeit. Nachts schläft sie unruhig. Immer wieder hat sie die gleichen Alpträume. Das weiße Spitzenhöschen ... Damals, bei der ›Miß-Kenia‹-Wahl, wurde es Helen Gadu gestohlen. Kein Zweifel, sie verdächtigt Naomi. Und will Rache, weil Naomi siegte und nicht Helen.

Dieses weiße Höschen sieht sie in ihren Alpträumen manchmal als harmlose Möwe, die sich in einen Aasgeier verwandelt. Der greift im Sturzflug Naomi an. Beim nächsten düsteren Traum findet Naomi das Höschen im eigenen Bett. Es färbt sich rot, das Blut spritzt aus den Spitzenmaschen. In einer besonders unruhigen Nacht kriechen aus dem weißen Höschen schwarze Würmer. Von Ekel gebeutelt, schreckt Naomi auf. Soll sie Frederic anrufen?

Sie zögert. Frederic könnte sie wieder zu seinen Sexspielen benützen, vielleicht aber denkt er vorübergehend gar nicht an sie ... Ist besser so. Naomi zieht ihre Hand vom Hörer zurück, sie will in Ruhe arbeiten, reich werden. Sie ist an Sex nicht mehr interessiert. Das Geld wirkt jetzt auf sie erotisierend wie eine Droge. Bargeld, Schecks, Kontoauszüge schaffen ihr Ersatzbefriedigung. Wenn sie Geld zählt, fühlt sie sich wie im Orgasmus.

Nein, sie ruft Frederic nicht an. Aber morgen macht sie sich auf die Spur von Helen Gadu. Sie will sie finden. Vielleicht ist sie auch in Paris? Höchstwahrscheinlich. Sie muß Helen zur Rede stellen, den Bann ihres Fluches brechen.

O du finsteres Afrika mit all deinen grausamen Ritualen, entstanden in einer Zeit, als die Menschen hilflos der Natur ausgeliefert waren. Mörderische Trockenheit, Dürre, Mißernten und Hunger trieben die Menschen in die Verzweiflung. Sie flüchteten in ihrer Not in den Voodoo-Kult und wurden zu Bestien. Mit Opfergaben glaubten sie die zürnenden Götter zu besänftigen. Erst massakrierten sie Vieh, um sich mit dem Blut von vermeintlicher Schuld zu reinigen, und baten die Götter und Geister um Gnade. Doch niemand erhörte sie. Da begannen sie Menschen zu opfern.

Mord als Ritual. Häuptlinge brachten eigenhändig ihre ältesten Söhne um und glaubten, damit das Volk von Leiden erlösen zu können.

Mit dem Sklavenhandel kamen die Voodoo-Bräuche nach Amerika und infizierten auch die europäischen Seeleute. Sie fürchteten diese schwarzen Rituale wie die Pest, weil sie selbst oft unter rätselhaften Krankheiten litten und viele hilflos wie Fliegen starben. Die Götter und bösen Geister geißelten Schwarze und Weiße. Als letzte Hoffnung erschienen die Voodoo-Priester.

Zu groß ist die Macht des Voodoo im Laufe der Geschichte geworden. Legenden schossen ins Kraut. Heute, wo die Menschen Zivilisationsängste und düstere Zukunftsaussichten lähmen, breitet sich der Aberglaube wieder aus. Der modische Trend von Horoskopen leistet Vorschub für Okkultismus, Sektenreligionen und Rituale.

All dies konnte sich Naomi zwar nicht so logisch erklären, aber die Furcht vor bösen Mächten steckte tief auch in ihrer Seele. Wie sonst hätte sie ihre kometenhafte Karriere in Paris verstehen können?

Bisher standen ihr die Götter wohlgesinnt bei. Aber unter ihren armen Brüdern und Schwestern weckte ihr Glück sicher auch Neid. Neid und Haß nisten in der gleichen Brust. Warum bekommt der eine im Leben alle Chancen und der andere gar keine? Das wissen nur die Götter. Also muß man auch mit ihnen darüber sprechen.

Naomi brach deshalb alle Kontakte zu Afrika ab. Sie lehnte ein Interview für die ›Nairobi Times‹ ab, empfing in Paris niemanden vom afrikanischen Fernsehen und wollte von Repräsentationspflichten als ›Miß Kenia‹ nichts wissen.

Trotz alledem: Sie hatte eine Todfeindin. Helen Gadu. Die mißgönnte ihr Erfolg und Schönheit. Sie selbst hatte es nicht einmal mit Papas Beziehungen geschafft, ›Miß Kenia‹ zu werden. Jetzt wurden die Götter beschworen, sie zu rächen.

Und plötzlich ist es auch im Leben so wie in der Wildnis. Hinter jedem Stock und Stein lauert der Feind. Giftige Schlangen und Skorpione. Ach ja, Calliope. Auch den kann Naomi nicht vergessen. Wird er sich's gefallen lassen, ausgebootet zu werden und an Naomi keinen Pfennig zu verdienen?

Seine Schiebung bei der Wahl ging schief, aber trotzdem: er hat Einfluß. Jeden Augenblick konnte er Naomi vom Thron stürzen. Eine unheilvolle Vorahnung ergreift sie. Das Telefon klingelt; Calliope ist dran. Er erwartet Naomi heute vormittag im Hotel ›George V.‹.

»Burt! Ich muß sofort Burt erreichen«, gerät Naomi in Panik. Doch nur der automatische Anrufbeantworter meldet sich: »Ich bin für längere Zeit auf Entdeckungsreise. Sie können mir aber eine gute Nachricht schon jetzt hinterlassen ...«

Was nun? In Naomis Terminkalender steht heute abend eine große Mode-Gala auf dem Plan. Also alles der Reihe nach.

Die mit Spannung erwartete Modeshow in der ›Orangerie‹ gipfelt in einem Riesenerfolg. Erstens kamen dreimal soviel Leute, wie der Gartenpavillon überhaupt fassen konnte, und zweitens entbehrte die Einladung nicht einer gewissen Pikanterie. Das Ex-Modell Tahnee Margaux, eine unverwüstliche Figur der Pariser Gesellschaft, präsentierte ihre erste Kollektion. Ihre skandalumwitterte Vergangenheit geriet dabei wieder in aktuelles Licht – und jetzt zerrissen sich die Klatschmäuler von ganz Paris darüber das Maul. Doch das ist Naomi egal. Sie hat genug eigene Probleme. Eine ganze Sorgenlawine droht sie zu begraben.

Die Verabredung mit Calliope im Hotel ›George V.‹ hat sie platzen lassen. Ohne Burt ist sie ratlos. Schließlich hat er ihr die ganze Sache eingebrockt. Nicht sie wollte Schönheitskönigin werden, sie wollte nur Geld als Modell verdienen. Er packte sie bei ihrem Ehrgeiz, das ist richtig, aber jetzt hat sie die Schnauze voll. Sich einigeln ist jetzt ihre Taktik. Wenn bloß diese Alpträume mit dem weißen Spitzenhöschen sie nicht quälen würden ...

»Kommst du mit?« fragt Siruela, eine ehemalige ›Miß Surinam‹, die ebenfalls mit ihrem Teint Furore an der Seine macht. Teils holländischer Abstammung, duftet ihre Haut weniger nach Kaffee, sondern nach feinstem Kakao ›Van Houten‹ mit frischer Sahne ... Sie hat sich mit Naomi bei der letzten Mode-Gala angefreundet. Komisch, die Mädchen aus Guadeloupe und Martinique können bei den Pariser Modezaren nicht landen. Es mag daran liegen, daß diese Territorien ehemals französischer Kolonialbesitz waren. Man betrachtet die Kreolinnen immer noch wie Köchinnen oder Putzfrauen. Oder Huren, die am Place Pigalle mit den Hüften wackeln. Da rümpft die Pariser Schickeria die Nase.

Naomi dagegen erhält durch jenes Nomaden-Märchen, damals von ihrem Entdecker Burt so kühn erfunden, eine Aura von fast jungfräulicher Reinheit. Das Mädchen aus der Steppe mit der Krone einer Schönheitskönigin, ledig und frei von Makel und Tadel. Ihr Erfolg erscheint perfekt gestrickt. Sie genießt die fast göttliche Unnahbarkeit eines Stars ...

Jetzt zögert sie. Soll sie heute nacht ausgehen? Schon wieder? Paris ist ein Sündenpfuhl, ein glitschiges Pflaster, und überall lauert die Gefahr abzustürzen.

Siruela zwinkert ihr zu. »Sei doch kein Frosch, ganz bestimmt sind lustige Leute da. Vielleicht ist auch ein Märchenprinz für dich dabei. Du mußt dir einen Millionär angeln. Ich helfe dir, ich kenne schon einige.«

Eigentlich meidet Naomi alle Freundschaften mit Models. Aber Siruela versteht es zu schmeicheln.

»Naomi, du mußt ein Liebling der Götter sein.« Ein bißchen Wärme und spontane Zuneigung braucht Naomi gerade jetzt. Die Freundschaft mit Siruela könnte ihr neue Kraft geben.

Es war schön heute abend. Naomi und Siruela haben allen anderen die Show gestohlen und den meisten Beifall bekommen. Die Kollektion brachte Enthüllungen – eine Oben-ohne-Revolution unter durchsichtigen Stoffen, Super-Minis und Super-Schlitze, die endlose Beine enthüllten, zur hellen Freude der Strumpffreunde. Blumenkränze um die Schenkel, oben raffinierte Mieder ... Von der Unterwäsche bis zum teueren Oberkleid alles vom Feinsten. Bauch rein, Busen raus. Zum Wildlederkostüm passend schleifte Naomi auch ein Tiger-Baby auf den Laufsteg.

»Doch, ja, ich komme mit zu der Party«, entscheidet sich Naomi und kleidet sich in der Garderobe hastig um. Siruela im goldenen Fransenkleid hilft den Reißverschluß am Rücken zu schließen. Naomis rote Robe mit Edelmetallschimmer fällt lässig über ihre Schultern. Der Rocksaum endet knapp über dem Knie, und der tiefe Ausschnitt klafft bei jeder Bewegung auseinander wie Tulpenblätter im Wind. Naomi schminkt die Lippen pink und klipst zwei große goldene Kettenringe an die Ohrläppchen. Siruela klatscht begeistert: »Attacke, wir tanzen miteinander, damit alle richtig ausflippen.«

»Attacke, Attacke!« lacht auch Naomi ausgelassen.

Das ›Studio 78‹ platzt aus allen Nähten. Es war eine verrückte Idee des Brasilianers Ricardo Amaral, in diesem Keller an den Champs Elysées, neben dem Revue-Palast ›Lido‹, auch Europas heißeste Disco zu etablieren: eine Mischung aus Theater und Music-Hall, mit einer Bahn für Roller-Skating und plüschigen Nobellogen für Privatcliquen.

In dieser Nacht feiert hier ein Hemdenkönig aus Deutschland seinen Geburtstag. Im Eiskühler stehen Batterien von Champagner-Flaschen, die Pulle zu 1500 Mark. Die Kellner in weißen Hemden mit schwarzer Fliege buckeln beim Servieren von Lachs- und Kaviarhäppchen. Ein gewisser Mister Walter lümmelt in den Polstern, und neben ihm sitzt ein echter Prinz, der für ihn Rennen fährt.

Tahnee Margaux segelt mit großem Hof herein. Sie trägt eine schulterfreie Kreation aus schwarzer Lackcorsage und schwarzem Ballonrock aus Seidentaft. Ihr langes blondes Haar schimmert wie Gold im blitzenden Licht. Ein Raunen zieht durchs Publikum. Es gilt hauptsächlich den Mannequins. Und Tahnee?

»Unglaublich, diese alte Kuh sieht immer noch gut aus«, kommentiert der Hemdenkönig, während Walter abfällig bemerkt: »Die war bei mir zwei Wochen in St.-Tropez. Alles nur Fassade, unten ist sie trocken. Ein Neutrum. Hab' ihr dafür Ohrfeigen verpaßt, daß sie in den Pool flog, in voller Montur.«

Vornehm, vornehm, diese Sitten in St.-Tropez. Aber das Bad muß wohl sehr erfrischend gewesen sein, denn Tahnee wirft Walter Küßchen zu. Dann springt sie mit Gekreische wie eine Wildkatze aus der Mülltonne dem berühmten Sidon um den Hals. Ihr Wahrsager. Der Exilbulgare legt halb Paris die Karten und lebt davon nicht schlecht. Seine dämonischen schwarzen, nach hinten im Nacken verknoteten Haare – alle kopieren Mister Lagerfeld – und ein spitzer Oberlippenbart machen aus ihm Luzifer persönlich.

Küßchen, Küßchen. Der nächste Herr geht leer aus. Wie Ghandis Schatten steht er mit seinem Drink im Abseits. Tahnee ignoriert ihn und überhört auch seine giftige Bemerkung: »Terrible, das ist die schlimmste Modenschau des Jahres gewesen. Unmöglich, diese Scheinwerfer, wie beim Polizeiverhör. Und diese Modelle, die reinste Katastrophe, wie aus dem Archipel Gulag«, regt sich Danilo Garber auf. Wie eine Schwuchtel sieht er aus, doch das stimmt nicht ganz.

Wer ist dieser Danilo Garber?

Bei intimem Kerzenlicht spielte er sich mit Chopin-Polonaisen zum Bewohner einer Penthouse-Wohnung und Jaguar-Fahrer hoch; ein Salonpianist, von dessen Zungenvirtuosität mehr gesprochen wird als von seiner Tastengeschicklichkeit. Anscheinend ist er bei Tahnee ins Fettnäpfchen getreten.

Und Naomi? Von wem wird sie begrüßt? Noch kennt man sie nicht, was allerdings nur die Neugier schürt. Ein prominenter Schönheitschirurg schnauzt sie gleich an:

»Hey, du, ich möchte mal gern mit dir, jetzt gleich!«

Würde Naomi den Fürst Johannes von Thurn und Taxis kennen, wäre sie bestimmt von dieser Ähnlichkeit frappiert.

Seine zwei Leibwächter legte sich der Messerkünstler jedoch nicht deswegen zu, weil er wie ein Zwillingsbruder von Johannes aussieht, sondern weil er ein unverschämter Feger ist: Wie er die Frauen überall anmacht und gleich vom Schlafen redet, da knallt es gelegentlich auch. Eine Faust aufs Auge oder einen Kinnhaken vom Ehemann oder einem Gentleman. Aber jetzt, mit Gorillas im Rücken, kann sich das Professörchen solche Mätzchen unbekümmert leisten. Sollte es mal Ärger geben, erledigen das seine Karate-Fritzen schnell und gründlich.

»Na, was ist? Bumsen wir?« bohrt er frech bei Naomi nach. »Du bist sicher ungeheuer geil.«

»Bestimmt nicht so sehr wie Ihre Frau«, antwortet Naomi schlagfertig auf englisch. Wer's versteht, lacht. Doch der Skalpellkünstler, Professor Binnholden, setzt sein Marzipan-Lächeln auf und flüstert: »Wie du dich bewegst, hast du sicher chinesische Kugeln in deiner Muschi.«

»Pardon, Monsieur, was sagten Sie?«

Der plastische Chirurg grinst: »Ping-pong, es macht in deiner kleinen Muschi ping-pong! Kapito? Beim Gehen rotieren die Kugeln in deinem Nachtkästchen wie in einem Getriebe, und du wirst dabei ungeheuer scharf, so scharf, daß du sofort jetzt mit mir gehst ...«

Naomi hätte diesem aufgeblasenen Prominentenchirurg am liebsten eine geknallt. Nicht einmal die Matrosen und Machos in Mombasa erlaubten es sich, derart frech zu sein. Okay, sie hatten ihr schon mal schwarze Schlampe nachgerufen, aber irgendwie blieben sie sonst höflich und bewahrten auch sturzbesoffen ein Minimum an Anstand. Aber dieser Schweinekerl durfte das, mitten in einer Pariser Luxus-Disco, wo das gemeine Volk niemals Zutritt erlangte, weil der Türsteher unüberwindlich im Weg stand und nach den Aspekten Geld, reich, berühmt, schön und Zimmerpalme die Gäste sortierte.

Doch Naomi reißt sich zusammen. Diese Umgebung ist ihr zu neu und, ehrlich gesagt, sie ist perplex von derart grobschlächtiger Anmache. Für was hält sich dieser Typ eigentlich?

»Ich kenne Sie nicht«, sagt sie einfach.

»Hahaha«, prustet der Chirurg los: »Macht ja nichts. Es reicht, wenn sie meinen King Kong kennenlernen. Das ist ein Supergerät ...«

»Kann ich mir gar nicht vorstellen«, unterbricht ihn Naomi.

»Ach, komm, Zulumädchen« – das Professorchen greift ganz plötzlich Naomi unter den Rock zwischen ihre Schenkel.

»Was sollen die Strumpfhosen? Du brauchst doch keine für deinen Maronen-Arsch. Laß sehen!«

Ein stummer Blick von Naomi sticht wie ein Massai-Messer. Rundum amüsiert man sich. Binnholden ist wieder groß in Form. Auch sein Anwalt im Schlepptau ist für derlei Ausfälle bekannt. Zur Zeit bemüht er sich um eine Adelsadoption für seinen Kumpel und Klienten. Seine Manieren sind ja auch große Klasse. In Monaco hat er den Generalmanager des ›Hotel de Paris‹ mit einem Zungenkuß begrüßt, natürlich im Vollrausch auf der Terrasse vor der versammelten Prominenz. Jubel. Endlich tut sich etwas zwischen den müden Tischen, nicht ewig diese ausgelutschten Köpfe von Mick Jagger, Shirley Bassey oder Boris Becker. Die sind fad geworden; der Jet Set ständig unter sich, nur um sich selbst zu begaffen, wer will da noch mitmachen.

Naomi liegt deshalb voll im Trend. Zwischen Cote d'Azur und Paris pirscht man nach den schwarzen Gazellen. Doch diese Töchter der Wildnis zu erlegen, funktioniert anders als wenn man diese dummen weißen Playgirls in eine Falle locken will. Bei den farbigen Mädchen weiß man nie: Ist man der Jäger oder der Gejagte? Eigentlich ist man beides zugleich.

»Sprechen Sie Englisch?« fragt Naomi den verdutzten Tränensack-Beschneider.

»Warum fragen Sie?«

»Ihre Krawatte ist sehr geschmacklos.«

Das trifft das Riesenbaby mit dem feisten Gesicht empfindlich. Professorchen versucht es, mit einem Kompliment zu parieren.

»Und du hast sehr schöne Augen.«

Naomi antwortet schnippisch: »Ich habe nicht nur schöne Augen, ich habe auch einen schönen Arsch, und daran können Sie mich mal ...«

Ein Zirkus-Tusch trompetet los. Pause für Small-Talk. Auf die Bühne von ›Studio 78‹ prescht eine Pferdekavalkade. Lady Godiva und ihre geilen Schwestern. Drei Muskelmänner, von Kopf bis Fuß mit Goldpulver bestaubt, bauen sich zu einer lebenden Statue auf. Spagat übereinander, Handstand, Überschlag, das alles im Zeitlupentempo. Eine Sensationsnummer. Doch es erweckt wenig Aufmerksamkeit.

Der Aufriß geht vor. Wer mit wem heute nacht? Alles wird registriert. Die Beine der Mannequins, die tiefen Ausschnitte der Goldies, die sich quietschend durchs Getümmel drängeln. Tuchfühlung in einem Dampfbad aus perlenden Schweiß und penetrantem Parfüm. Unermüdliches Bussi-Bussi zur Begrüßung, eine ganze lange Nacht, überall wo man sich trifft. Man küßt sich gleich viermal – auf die linke, auf die rechte Wange, an der Treppe stehend; an der Bar lehnend gibt schon mal der kleine Finger Halt; in den Logen plumpst man zur Kuß-Orgie dem nächsten auf den Schoß. Vor der Toilette, dem Treffpunkt schlechthin, drückt man sich die Hand, feucht und glitschig, mit Seifenresten zwischen den Fingerkuppen. Oh, wie aufregend, sollte es doch nicht nur Seife sein?

Aufsehen erregt stets eine pressegeile Fürstin. Natürlich busselt sie nur Leute, die sie kennt, lockt mit Brustpanzer aus Gold und einem grün-gelben Irokesen-Haarschnitt. Auch bei Tahnee züngelt sie an deren Hals.

»O Paris, du geile Hure, du schaffst mich«, möchte man dazwischen rufen.

Siruela tänzelt zu Naomi. Sie schwenkt ein kleines Couvert in der Hand: »Für dich, eine Einladung zur irrsten Party des Jahres. Dracula in Paris. Da müssen wir unbedingt hin.«

Am nächsten Tag berichten die Zeitungen voller Begeisterung über Tahnees Modenshow. Die Kolumnisten schreiben staunend über den großen Auftrieb von Prominenz. Das hat es schon lange nicht mehr gegeben. Und natürlich wühlen sie dabei genüßlich in Tahnees Intimsphäre. Ihr Ex-Gatte, ein Schweizer Bankier – so weiß man es genau – hat ein Glückwunsch-Telegramm geschickt, und ein Ski-Fabrikant 200 rote Rosen.

»Sag niemals nie. Das war schon immer Tahnees Motto«, behauptete der ›France Soire‹ und: »Tahnee liebte sie alle. Weil sie nie wußte, wofür sie wen mal brauchen konnte.«

Auch Ex-Staatschef Giscard d'Estaing lud seinerzeit Tahnee persönlich zur Jagd ein. Als sie später versuchte, sich mit Schlaftabletten, angeblich wegen unglücklicher Liebe, das Leben zu nehmen, rettete sie ausgerechnet eine ihrer prominenten Freundinnen, eine Industriellengattin.

Gewußt wie, die Sachen müssen inszeniert werden. Das Leben ist auch nichts anderes als eine Modenshow – was auch Naomi zu begreifen beginnt. Noch weiß sie allerdings nichts von den heimlichen Neigungen des Pianisten Danilo Garber. Zwischen den Fingerläufen von Beethovens ›Eroica‹ pflegt er zu telefonieren. Zwecks Unterhaltung mit beiderlei Geschlechtern. Er gleitet von den schwarzen Tasten auf die weißen, hämmert beim Höhepunkt Akkorde in Fortissimo und singt mit: »Jodillijöö ...«

Eines Tages sollte auch Naomi einen Anruf von ihm bekommen. Als der Kerzen-Chopin sich einen weißen Steinway-Flügel zugelegt hatte, blitzte eine originelle Idee zur Einweihung in ihm auf: Eine schwarze Venus auf dem Deckel ... Er zählte auf Naomis natürliche Musikalität ...

Doch davon später.

»Ob auch Polanski heute da ist?« fragt Siruela eine Woche später bei der Dracula-Einladung.

»Wer ist Polanski?«

»Na hör mal«, entrüstet sich Siruela. »Lebst du hinterm Mond? ›Tanz der Vampire‹ hieß sein bester Film, und heute abend läuft das Fest unter gleichem Motto.«

»Tanz der Vampire«, wiederholt Naomi. Sie sind im Vorort Seus, bekannt durch das Lustschlößchen des Sonnenkönigs Louis XIV. In der Umgebung gibt es eine ganze Reihe verschwiegener Villen mit großen Gärten. So wie bei diesem Anwesen.

Siruela und Naomi bezahlen das Taxi und schreiten den Aufgang der Kastanien-Allee entlang hinauf. Im Dunkeln parken Luxuslimousinen. Alles deutet darauf hin, daß in der Villa Riesenbetrieb herrscht.

»Wem gehört das Haus?« erkundigt sich Naomi vorsichtig.

»Einem Cognac-Multi; ihm gehören auch die großen Weinberge und Kellereien. Mit diesem Cognac feierte Prinz Charles seinen Polterabend. Aber es ist ungewiß, ob der Besitzer heute auch kommt. Er überläßt seine Villa oft Freunden für Feste, es macht ihm Spaß, wenn bei ihm verrückte Leute verkehren. Er nützt das als Werbung für seinen Cognac.«

»Ich mag keinen Cognac«, schüttelt sich Naomi. »Mir wird von diesem Zeug speiübel.«

Die Glocke am Eingang überspringt einige Intervalle der Tonleiter. Es dauert die üblichen zwei Minuten, und der Majordomus erscheint im Nadelstreifen-Anzug. Ohne Zögern läßt er Siruela und Naomi herein. Wer so gekleidet erscheint, braucht keine Einladungskarte: Zwei farbige Frauen in dunkelbrauner Nonnenkluft. »Gott segne Sie, bon soir.«

Von oben lärmt schon Disco-Sound. Kunstschnee liegt auf den Treppen, mit synthetischem Blut rot beträufelt. Am Geländer flackern Laternen.

In den oberen Sphären drängeln sich Graf Dracula und seine Gäste. Alle sind der Kostümpflicht nachgekommen. Einige humpeln als Werwölfe rum, andere schleichen in Mönchskutten, kreidebleiche Grufties sieht man und Bräute aus der roten Kaschemme, Pompadour-Schönheiten mit Vampir-Bißwunden am Hals, gepuderten Perücken und breiten Krinolinen ... Als würde hier tatsächlich Tanz der Vampire, zweiter Teil, gekurbelt.

Zur Kulisse dieses verwunschenen Schlosses gehören erblindete Spiegel, ausgestopfte Fledermäuse, umgekippte Grabmale. Dance macabre mit Knoblauchduft und – etwas stilbrüchig – Marihuanawolken.

Der Name Gunter Sachs fällt öfter. Ist er da? Nein, keiner weiß, wer alles da ist. Vielleicht Alain Delon, vielleicht Catherine Deneuve? Aber Gunter Sachs, über den wird geredet, weil auch er in seinem ›Dracula Club‹ in St. Moritz derartige Feste zu veranstalten pflegt. Kleidervorschrift: Pfaffen und Nonnen. Kulissen: Kloster. Und alle rätseln – wer trägt unter den Kutten etwas und wer gar nichts?

Hier wird das gleiche Spielchen wiederholt. Anscheinend garantiert es den Erfolg. Schon ein halbes Dutzend Hände fummeln im Halbdunkel an Naomi.

»Oh« – »ah« – »iii« – »uuuh«, stöhnt es aus allen Ecken.

Der Reigen dreht sich. Lange Vampir-Zähne, getrocknete Blutlachen, kiloweise Schminke und Haarwachs. In verschiedenen Gemächern laufen diverse Programme.

Naomi und Siruela tanken erst mal zwei Wodka-Lemon und brechen dann zur Schloßbesichtigung auf.

Die Bibliothek. Eine hinreißende Silhouette unter einer alten Laterne zwingt die Augen, sich ans gedämpfte Licht zu gewöhnen. Schemenhaft taucht eine rothaarige Grazie auf, schräg hinter ihr, in einem überdimensionalen Sessel, räkelt sich eine braunglänzende Römerin in luftiger Tunika – in lustvoller Erwartung ihres Cäsaren.

Im großen Ballsaal wohnt man gerade einer Kunstdarbietung bei. Auf der mit Silber prunkvoll gedeckten Tafel tanzen drei Balinesinnen: aus großen Seidenballen wickeln sie sich gegenseitig heraus, bis sie splitterfasernackt dastehen. Zwei Ober im weißen Frack schmieren sie mit cremiger Mousse au chocolat ein. Die Salve von Champagner-Korken lädt zu diesem Dessert ein.

»Bon appetit ...«

In einem direkt angrenzenden, gut einsehbaren Raum versuchen sich zwei athletische Mittdreißiger miteinander. Trainingslager der Sex-Artisten. Der Artist klemmt die Beine seiner Partnerin unter die Arme, sie läuft auf den Händen. Schubkarre nennen sie diese Nummer, und man merkt es, die beiden sind Profis, die Stars in dieser Manege, eine besondere Art von Service bei diesem Fest.

Schon das Hinschauen beschleunigt bei manchem Zuschauer den Puls. Hier ist alles möglich, von der indischen Verknotungs-Stellung bis zu ungezügelten Parforce-Ritten.

Via einer Geheimtreppe geht es in den Keller. Plötzliche Dun-kelheit umhüllt die Gäste. Es ist ein Labyrinth. Durch einen Rost bläst ein mächtiger Ventilator warme Luft nach oben. Synchron leuchten aufstrahlende Filmlampen die Szene aus. Jetzt sieht man's bei hochgewehter Nonnenkluft: den durchsichtigen Mi-nislip auf dem Dickicht des schwarzen Dreiecks von Naomi, und die dreifarbig getönten Katzenhärchen von Siruelas Pussy. Pink, gelb und blau nehmen sie sich auf brauner Haut sehr apart aus.

Ein reißender, gerade hereinströmender Pulk trennt Naomi von Siruela. Grinsende Masken und beschmierte Gesichter; Pär-chen, die sich exzessiv küssen und Hände, die überall hingreifen. Gegen diesen Sturm gibt es keinen Widerstand. Naomi verliert den Halt und wird tief in das Labyrinth mitgerissen, zwischen die stummen Freunde der Finsternis, die in Verwinkelungen warten. Vorsichtig tastet sie sich vorwärts. Der süßliche Duft hier bene-belt, außerdem beginnen die Drinks von vorher zu wirken. Ein halluzinogenes Aufputschmittel. Sicher wurde dieses Zeug allem beigemischt, um jeden Gast zu enthemmen.

Naomis Hand streift eine behaarte Brust. Weiter vorn gruppiert sich eine kleine Truppe. Jemand zündelt mit einem Feuerzeug, andere blasen die kleine Flamme gleich wieder aus. Das kurze Lichtsignal reicht trotzdem aus, um auf einer Matte am Boden ein Pärchen zu erkennen. Sie stützt sich auf ihre Ellbogen, er macht Bewegungen, vergleichbar mit Liegestützen, sehr sportlich und in bester Kondition.

»Champagner?« fragt jemand Naomi, die wieder nach oben ge-gangen ist. Die Stimme kommt ihr bekannt vor. Auch die Hände, die sie dabei anfassen.

»Frederic?«

»Oui, ich bin ganz verrückt nach dir. Komm, es gibt hier einige Überraschungen.«

Naomi zögert. Aber gegen Frederic ist sie willenlos. Auch im Dunkeln spürt sie seine diabolischen Augen. Und noch andere bohrende Blicke verfolgen sie. Obwohl sie dieses böse Augenpaar nicht sieht, spürt sie die Wirkung. Dieses unheimliche Gefühl erinnert sie an damals in Nairobi, nach den Miß-Wahlen ...

»Ich habe was Tolles für dich zum Anziehen«, flüstert Frederic und schiebt Naomi die Treppe hinauf.

Eigentlich hätte sie sich denken können, daß Frederic hier auftaucht. Diese Party ist ganz nach seinem Geschmack. Er könnte sogar selbst der Gastgeber sein. Ist er es vielleicht?

»Meine Liebe, ich bin nur Mitglied in diesem ehrenwerten Verein, der auf eine sehr lange Tradition zurückblickt: ›Antonius et Cleopatra.‹ Schon in den zwanziger Jahren traf sich hier in Paris eine lockere Gesellschaft, deren Gesinnung gleichlautend hieß: ›Niemanden an freier Entfaltung hindern‹«, erklärte Frederic.

»Schweinerei«, empörte sich Naomi, in ihrer moralischen Empfindung verletzt. Oder begreift sie vielleicht nur nicht die Neigungen der feinen Gesellschaft von Paris?

»Philosophie, meine Liebe, steckt dahinter! Keiner von unseren Vereinsangehörigen braucht einen Psychiater. Wir haben mit unserem Intimleben keine Probleme. Wir befinden uns im Paradies der Gelüste und sind glücklich«, doziert Frederic.

»Und wie oft trefft ihr euch?« fragt Naomi.

»Einmal im Monat. Die Sommerpause verbringen wir auf Kreuzfahrten mit einer Yacht, oder wir besuchen unsere Clubanlage an der Cote d'Azur. Der Verein hat viele Mitglieder, wir sind eine Weltmacht.«

Heute müssen mindestens drei-, vierhundert Leute hier versammelt sein. Nicht nur Franzosen. Naomi hat fremdes Sprachgewirr aufgeschnappt. Ein deutscher Arzt vom Bodensee verteilt seine Visitenkarten, mehrere Paare aus Holland und Italien, Swinger aus der Schweiz sind angereist, ein schwedischer Gruppen-Sexclub wird sogar als Ehrengast begrüßt.

Man tauscht Adressen. Naomi ist entsetzt. Wo ist Siruela? Dieses Miststück!

Frederic muß wohl ihre Gedanken lesen können. Denn er meint gleich: »Es sind auch einige Leasing-Girls hier.«

»Leasing-Girls?« fragt Naomi befremdet.

»Oder Call-Girls, wenn es dir so besser gefällt. Sie werden aus der Vereinskasse bezahlt, aber eigentlich sind sie nur Spielverderberinnen. Sie sind nicht mit Leib und Seele dabei.«

»Wie Siruela?« wirft Naomi ein. Sie wittert Verrat.

»Die ist eine Ausnahme. Die bumst zwar auch für Geld, aber es macht ihr Spaß. Sie ist wie ein Lobster, sie putzt alles weg. Einmal hat sie die halbe französische Fußballmannschaft vernascht. Mit Bernie, einem Tennis-Crack der Weltrangliste, war sie fünf Stunden auf der Matte. Unverwüstlich«, plaudert Frederic.

Naomi packt die Wut. Siruela hat sie reingelegt! Von einer Party mit Millionären und Stars hat sie ihr vorgeschwärmt, und wohin hat sie Naomi gebracht ...?

»In einen ›Circle des amis de la vie inimitable‹ – einen Zirkel von Freunden der unnachahmlichen Lebensart«, beantwortet Frederic ihre unausgesprochene Frage. Er geleitet sie in einen Salon. An der Wand, in einen Goldrahmen gefaßt, hängt die Satzung des Vereins: »Damen haben genauso wie die Herren Recht auf freie Wahl. Sie müssen mit jeder Aufforderung einverstanden sein. Den Damen ist es erlaubt, weibliche List anzuwenden, wenn ihnen die Manieren eines Herrn nicht behagen.«

Das ›Reglement Intérieur‹ enthält weiter einige Kleidervorschriften: Blue Jeans, Rollkragenpullis, Tennisschuhe und vulgäre Anzüge gelten als nicht standesgemäß. Keine Plastiktüten. Ebenfalls verboten: die Villa nackt oder nur im Negligé zu verlassen. Der Vereinspräsident bürgt für Diskretion. Seine unleserliche Unterschrift steht vergilbt neben einem königlichen Wappen mit Siegel.

Frederic sitzt der Schalk im Nacken. Was hat er wieder ausgeheckt? Scheinheilig fragt er: »Ist Siruela heute abend auch hier?«

»Ja«, zischt Naomi.

Frederic reicht ihr einen Drink. Es phosphoresziert im Glas. Die Eiswürfel klirren. Mozarts Kleine Nachtmusik mischt sich mit säuselndem Disco-Sound.

Naomis Stimmung sinkt. Siruela beschäftigt zu stark ihre Gedanken. Schöne Freundin! Die schreckt vor nichts zurück, schnappt die Kohle, wo es nur geht. Sie macht alles mit, Hauptsache, die Kasse stimmt.

Naomi ist anders geworden. Sie zeigt Frederic ihren Mißmut. Er lächelt. »Darf ich dir einen guten Freund vorstellen?« Der kommt gerade: »Danilo Garber, für mich der beste Pianist Europas«, jubiliert Frederic.

Danilo verbeugt sich kantig. Flüchtiger Handkuß. Er wirkt eiskalt. Hager und kantig, wie er ist, braucht er nicht einmal das Kostüm des Grafen Dracula. Er verkörpert ihn leibhaftig.

Neben ihm, auch in schwarzer Vermummung unschwer zu erkennen, eine schwarze Schönheit, mit durchdringenden Augen wie Röntgenstrahlen. Naomi tippt ziemlich sicher: »Kommst du aus Nairobi?«

Die schwarze Schönheit stößt Frederic an. Er stellt vor: »Sie heißt Zuleika, die Kostbare.«

»Was machen Sie in Paris?« wird Naomi mißtrauisch.

»Ich gebe einen Band afrikanischer Märchen heraus. Aber ihr Märchen wird darin fehlen, das Märchen von einer schönen somalischen Ziegenhirtin, die ein Star wurde«, bemerkt die geheimnisvolle Person bissig.

Damit hat sie sich entlarvt. Es ist Helen Gadu. Einwandfrei. Aber warum lügt sie, warum versteckt sie sich hinter einem anderen Namen?

»Wir sehen uns heute nacht noch«, winkt Frederic. »Wir gehen Siruela suchen.«

Naomi möchte am liebsten flüchten, aber der Pianist hält sie zurück.

»Lieben Sie Brahms?«

»Nein, ist mir unbekannt, dieser Herr.«

»Sie ziehen also Skrjabin vor?«

Naomi schweigt, während Danilo weiter schwafelt: »Sie haben vollkommen recht. Skrjabins Musik liegt zwischen Himmel und Erde. Seine Töne, die er komponierte, die lassen sich nicht greifen, sie sind absolut schwerelos. Wer Skrjabin spielen will, muß auf einer Wolke sitzen, sich von jeder Materie lösen.«

»Ich habe Hunger«, unterbricht Naomi den Tasten-Asketen.

»Oh, die Küche von Madame Marie-Annick ist hervorragend. Sie müssen ihre formidable Ente Barberie probieren«, schlägt Danilo vor.

Der Speisesalon grenzt gleich nebenan auf gleicher Etage. Einige schwarze Kellner mit weißen Perücken servieren. Am langen Tisch tafelt eine ausgelassene Clique.

»Wollen wir ins Separée?« erkundigt sich Danilo, immer noch Gentleman.

Doch Naomi reagiert nicht. Beim ersten runden Tisch läßt sie sich auf einen Stuhl fallen. Ihre Glieder beginnen steif zu werden, die Beine sind bleischwer. Plötzlich möchte sie etwas ganz Verrücktes tun.

Die ›Farmer's Bar‹ kommt ihr in den Sinn. Damals, an der Diani Beach pflegten in diesem schwarzen Ghetto die Nächte zu enden. Der Absturz, der allerletzte, um den angestauten Frust Luft zu verschaffen, den Ärger runterzuspülen, den Dampf der Aggressionen abzulassen.

Die ›Farmer's Bar‹ an der Kreuzung einer Landstraße nach Mombasa vor dem Dorf Ukunda besteht aus einigen Baracken. Die windschiefen Dächer drohen einzustürzen. Die von Regen verwaschene Wandfarbe bröckelt samt Verputz ab. In den Baumkronen hängen Girlanden von roten, weißen und blauen Glühbirnen. Ein Zaun aus groben Latten und Stacheldraht schützt diesen Garten.

Den Eingang sichern schwere Eisenstäbe. Vergittert sind auch die Getränkekioske. Es gibt nur Bier in drei Sorten: ›White Cap‹, ›Tusk‹ oder ›Export‹. Man schüttet sich voll und kotzt die Sorgen aus. Manche Mädchen sind mit den Nerven völlig fertig. Ganze Buschneger-Clans hängen an ihnen, hungrige Kinder und kranke Tanten, häufig auch brutale Ehemänner, die ihre Frauen verprügeln, wenn sie keinen ›Gringo‹ aufzureißen in der Lage sind.

»Du bist unfähig, du blöde Kuh, du taugst nichts, du bist keine Frau. Die Götter haben mich mit dir bestraft«, schimpfen sie.

Wovon redet dieser edle Pianist eigentlich die ganze Zeit? Naomi hat die Party vergessen und vernimmt seine Worte nur am Rande. Danilo beklagt sich über die Einsamkeit des Pianisten beim stundenlangen Üben. Seit Tagen ist ihm jener sphärischleichte Anschlag verlorengegangen. Er findet ihn nicht wieder. Armer Skrjabin. Jetzt spielt er ihn wie einen donnernden Marsch, aber noch ist Polen nicht verloren.

»Vielleicht finde ich heute nacht die Seele von Skrjabin«, hofft der gequälte Steinway-Künstler. »Das Anfassen einer Frau kann Wunder bewirken. Die Finger eines Pianisten brauchen diese Berührungen an den zartesten Stellen der Frau, damit ihr Feingefühl erhalten bleibt. Für den Pianissimo.«

Was Danilo sagt, meint er ernst. Für Skrjabin fängt er wahrscheinlich Feuer und Flamme. Und für Chopin empfindet er noch tiefer.

Er bestellt großzügig für Naomi. Er selbst hält Diät. Nur einen Kamillen-Tee. Ein schwarzer Ober bringt die Vorspeise: Feuillette d'œufs brouilles aux copeaux de saumon – harte Eier auf Lachsparfait.

Der Ober trägt einen Blazer in Marzipanschweinchen-Rosa. Aus den Ärmeln ragen seine schwarzen Hände heraus – Naomi sieht die schwarzen, durch die Gitter greifenden Hände in der ›Farmer's Bar‹ vor sich. Dutzende von gierigen Händen, die eine Flasche Bier ergattern wollen. Einmal brachte Naomi einen weißen Touristen hierher mit. Dem Gringo hat's gut gefallen. Die überlaute Musik einer miserablen schwarzen Band; verzerrte Baßgitarre, blechern das Schlagzeug, das Saxophon krächzend. Nur der Rhythmus stimmte irgendwo. Pechschwarzer Reggae, gemischt mit Afro-Jazz aus dem Bauch. Unkultiviert, ungehobelt, emotional wie alles in der ›Farmer's Bar‹ – und die Erinnerungsvision setzt sich fort.

Auf dem staubigen Boden wirbeln nackte Füße. Betrunkene Dirnen tanzen mit ihren Zuhältern. Auch der Gringo will tanzen. Naomi will nicht, damit ihre neuen Schuhe nicht kaputtgehen; sie hat sie teuer gekauft, um in bessere Hotels hineinzukommen. Schuhe gelten als Statussymbol. Naomi zieht sie immer erst ein paar Schritte vor dem Hoteleingang an und versteckt ihre Gummilatschen im Straßengraben. Für die Rückkehr ... Manchmal nimmt sie auch ein Taxifahrer mit. Für ein Bier im ›Farmer's‹ als Fahrpreis.

Der Gringo konnte es damals nicht begreifen, daß für Naomi diese Schuhe so wertvoll sind, daß sie damit auf diesem Lehmboden nicht tanzen will. Er schnappt sich eine andere Schwarze und sie greift ihm sofort an die Hose, ungehemmt, was den Gringo noch mehr in Rage bringt.

Naomi hockt auf der schlichten Holzbank an einem Tisch, zusammengehämmert aus Obstkisten. Ein herausragender Nagel reißt ihr Seidenkleid auf. Da sieht sie rot. Alkohol und Wut lassen ihr Blut überkochen. Sie springt auf, zerrt ihren Gringo der Nebenbuhlerin weg. Im Nu entsteht eine Keilerei. Das Mädchen schlägt unvermittelt Naomi mit der Faust ins Gesicht. Naomi verpaßt ihr einen Fußtritt.

Kreischend hämmern die zwei Frauen aufeinander los. Einige Männer wollen schlichten, mischen sich ein und werden ebenfalls gehörig traktiert. Naomi kämpft wie eine Tigerin, und die andere wehrt sich mit voller Kraft. Naomis Gala-Kleid hängt in Fetzen an ihr, die teuren Schuhe fliegen in hohem Bogen davon. Blut fließt aus Naomis Nase.

Die zwei Frauen wälzen sich am dreckigen Boden. Sie hätten sich glatt umgebracht, wenn nicht mehrere starke Arme eingegriffen hätten. Der Gringo flüchtet. Feigling. Dabei hat er diesen Streit angezettelt. Daß Naomi und die andere zwei verschiedenen Stämmen angehörten, trug noch dazu bei.

»Hören Sie mir zu?« fragte Danilo höflich und holt sie mit einem leichten Händedruck von ihrer Afrikareise zurück. Er entwickelt sich zum charmanten Gesellschafter und erzählt von seinem unterirdischen Atombunker.

»Ich gehöre zu dem erlesenen Kreise der Leute, die einen eigenen Atomschutzkeller haben«, prahlt er. »Mich trifft die Stunde X nicht unvorbereitet. Auf fast 600 Quadratmetern habe ich bauen lassen.«

Naomi glotzt ihn staunend an. Atomschutz? Zu diesem Thema kann sie gar nichts sagen.

Es klingt auch alles sehr unverständlich, was sie darüber erfährt. »Goldene Badewannen, Toiletten in saphirblau, Sauna, Solarium, Swimmingpool und Spielräume. An alles habe ich gedacht«, brüstet sich Danilo. »Auch Wildgehege habe ich anlegen lassen. Ein Ozelot-Pärchen und ein Puma soll mir und meinen Freunden die Freiheit versinnbildlichen.«

Dann wird Danilo elegisch: »Es ist traurig, daß ich nur einen sehr kleinen Kreis meiner Freunde bei mir aufnehmen kann. Nur einige Auserwählte werden nach einem Nuklearkrieg weiter das Paradies genießen können. Während in Frankreich das Leben erlischt, wird es bei mir noch Champagner, Kaviar und Hummer, Gänseleber und Trüffel im Überfluß geben. Alles frisch. Ich lasse die Vorräte jedes halbe Jahr erneuern.« Danilo macht eine kurze Pause.

»Und wissen Sie, wie lange meine Vorräte reichen werden?«

Naomi stiert vor sich hin, schüttet ein Glas Champagner nach dem anderen in sich hinein.

Der Pianist fährt in seinem Monolog fort: »Runde sechzig Tage lang. Ein längerer Aufenthalt ist im Atombunker bei einer radioaktiv total verseuchten Umwelt nicht möglich, das haben Experten ausgerechnet. Aber stellen Sie sich vor: sollten morgen Atombomben auf Paris hageln, genieße ich noch volle sechzig Tage mein Leben im gewohnten Stil.«

»Ja, spinnt der Kerl total?« fragt sich Naomi allmählich. Sie löst sich aus der Umklammerung ihrer Gedächtnisbilder, der Erinnerung an die ›Farmer's Bar‹.

Irgendwie überkommt sie das gleiche Ekelgefühl wie damals. Alles nur Gringos, verdammte Gringos. Naomi wird es ihnen noch zeigen, wird sie zerfleischen wie eine Löwin ihre Opfer.

Der Kellner bringt die Nachspeise: Ein feines, weißes Spitzenhöschen auf silbernem Tablett. Am Bund baumelt ein goldener Schlüssel.

Naomi springt auf wie von der Tarantel gestochen. Ihre Nonnenkluft verfängt sich an der Tischkante, krachend reißt die Naht. Mit entblößtem Schenkeln wie eine Amazone bricht sie zum Kampf auf.

»Wo ist sie?«

»Wer denn, mon dieu?« schrecken die Gäste rundum auf.

Der Instinkt eines Jägers führt Naomi sicher durch einige Räume. Bis zum Billardsalon. Eine hochgewachsene Blondine klettert gerade auf den Tisch.

Es ist wirklich an alles gedacht. Auch an Leute, die mehr auf Sex als auf Billardkugeln stehen.

Auf dem nächsten Tisch dreht sich bereits Siruela auf dem grünen Filz. Ihre schwarzen Pumps stehen verloren auf der Holzrahmung.

»Leg die Kugeln auf und besorg dir ein Queue«, hört Naomi eine Aufforderung. Frederic. Natürlich, wer denn sonst. Der Hansdampf in allen Gassen als Zeremonienmeister.

»Ihre Einsätze, bitte.«

Schon schneien Geldscheine auf den Billardtisch. Die andere blonde Fee, jetzt nur mit Nylonstrümpfen bekleidet, öffnet Siruelas Nonnenkluft, während die Einsätze anwachsen. Es geht um den ganzen Pott, und Naomi stockt für einen Moment der Atem.

Da steht sie, in der Ecke ... Helen Gadu!

Mit einem Kriegsschrei stürzt sich Naomi auf sie. Ein wüstes Handgemenge entsteht. Die Szene ist gut übersehbar, denn die Scheinwerfer über dem Billardtisch leuchten den Kampf aus. Er bricht genauso heftig los wie damals in der ›Farmer's Bar‹. Nur die Umgebung ist jetzt feiner. Und oben an der Decke kreist eine ferngesteuerte Fernsehkamera. Auch eine Einrichtung des Hauses. Normalerweise überträgt sie die heißen Liebesspiele auf grünem Filz in die anderen Salons. Der hauseigene Kanal, ein Privatfernsehen der unzensierten Form. Kein Schnitt vom Staatsanwalt bei den Großaufnahmen.

Aber diesmal gibt es eine Bildstörung. Der Boxkampf von zwei schwarzen Schönen ist nicht eingeplant. Aber er wird mit aufgezeichnet. Und weitere Akteure steigen ein in den Kampf. Die Blondine greift zur Peitsche. Frederic genießt dieses Schauspiel.

Da packt ihn eine starke Hand am Arm. »Entschuldigung – Kommissar Henri Dusanter, darf ich Sie sprechen?«

Einen Moment steht Frederic wie angenagelt da, dann reagiert er blitzschnell. Er springt zur Seite, greift zum Queue. Ein Hieb gegen die Lampe über dem Billardtisch. Volltreffer, funkensprühender Kurzschluß. Alle Sicherungen fliegen raus. Die Villa der entfesselten Swinger taucht kurz vor dem Gipfel aller Orgien ins Dunkel. Wie ein Schiff, das auf einen riesigen Eisberg aufgefahren ist.

Die Titanic des altehrwürdigen Swingerclubs ›Antoine et Cleopatra‹ sinkt.

Und was steht am nächsten Tag in der Zeitung? Eine pikante Schlagzeile: »Miß Kenia heimlich verheiratet. Titel weg!«

Von der Razzia in jener Villa von Seus, von den nächtlichen Orgien der feinen Leute, kein einziges Wort.

O Paris! Die wiederentdeckte Mini-Mode beherrscht die Stadt. Bei den kurzen Röcken sieht man viel Knie. Mancher Rocksaum endet schon kaum eine Handbreit unterm Schritt. Beine, Beine. Schwarz bestrumpft wirken die Beine noch viel schöner, schlanker und strammer. Die Champs-Elysées wirken wie eine Rennbahn, auf der die rassigsten Pferde galoppieren. Und das Traben dieser Beine reizt. Auf den Treppen zur Metro wie beim Reitturnier, in den Irrgängen der Tunnels wie bei der Dressur. Überall kommen sie einem entgegen. Es sind die längsten Beine der Welt, und Pariserinnen verstehen es, sie zur Show zu stellen.

Sie tänzeln, daß es einem schwindlig wird. In Cafés und in der Untergrundbahn sitzen die Frauen mit eng zusammengepreßten Schenkeln. Die Röcke rutschen noch höher, die Knie leuchten durchs zarte Strumpfmaterial. Das Schimmern der feinen Maschen zieht die Blicke an.

Paris im Herbst weckt die Lust, erotische Gefühle beschleunigen den Puls. Die dunklen Farbtöne dieser Mode-Saison kontrastieren mit dem bräunlich goldenen Laub. Die letzten Sonnenstrahlen verlocken nicht nur zum Spaziergang. Aber wo bleiben die vielbesungenen verliebten Pärchen von Paris?

Man sieht sie kaum. Nur diese Herausforderung der tänzelnden Beine. Zwei, drei Frauen schlendern eng zusammen, Arm in Arm an den Schaufenstern entlang. Tolle Kreationen gibt's hinter Glas: Gold und Silber, Glitzer und Glamour. Große Abendroben aus glänzendem Taft, gerafft, gerüscht. So bestimmen die Frauen das ganze Stadtbild.

Ich sitze im Feinschmeckertempel ›Fouquet‹, Ecke Champs-Elysée und Avenue George V., auf der gedeckten Terrasse. Ich warte auf Naomi. Unser Pariser Korrespondent hat diesen Termin arrangiert, aber das Interview mit ihr muß ich selber führen.

Ich bin sehr neugierig und blättere in einem Ordner mit Fotos und Zeitungsausschnitten. Naomi im bodenlangen Kettenhemd aus silbrigen Metallplättchen; Naomi in durchsichtiger Spitze mit funkelndem Edelschmuck; Naomi im Kikoi, dem traditionellen Wickelgewand Ostafrikas. Naomi im offenen Jeans-Hemd – kaum Busen, aber was für Super-Brustwarzen, little candies, zum Anknabbern süß, verführerisch, ich spüre eine Hitzewallung.

Je weiter ich in diesen Ausschnitten aus Illustrierten blättere, um so mehr wächst die Erregung. Auf Naomis Haut werden selbst billigste Fummel und Talmi zum Traum. Sie hat eine Haut, die alles teuer verkauft. In Luxus leichtfüßig über den Laufsteg schwebend, darunter das selbstbewußte Zitat: »Jede Frau in Somalia sieht so aus wie ich.«

Und jemand, der schon vor mir dieses Bildmaterial sichtete, kritzelte offenbar im Zustand höchster Erregung auf den Rand: »Mit dir möchte ich mal ...«

Daran denke ich auch gerade: Wie sie wohl bei der Liebe ist? Kühl oder männerfressend, zurückhaltend ..., oder stößt sie spitze Schreie aus? Ich kann mir vorstellen, wie sie riecht: Wie bittersüßer Honig. Ich würde gerne mit den Fingern in ihrem Haar wühlen. Mein Verlangen steigt, im Stammhirn beginnt es zu stechen. Meine Blicke schleifen von den Glanzseiten weg über die Caféterrasse. Eine Madame tritt gerade ein. Ich schätze auf eine reife Fünfzigerin, aber olala!

Die blonden Haare in Dutzende von Zöpfchen geflochten und zur Krone geknüpft. Wie eine Göttin des Olymp schreitet sie majestätisch an den Tischen entlang: Im braunen Lederrock und äußerst raffiniert-koketten Stiefeletten – hinten mit goldenem Reißverschluß. Dieses Modell habe ich auch in Paris noch nicht gesehen.

Die Göttin vom Olymp nimmt an einem Tisch mir gegenüber Platz. Lässig wirft sie ihren pelzbesetzten Ledermantel über die Lehne, schiebt sich auf den Stuhl wie auf eine Wolke und schlägt so die Beine übereinander, daß ihr maronibraunes Strumpfband sichtbar wird.

Dann teilen ihre langen Finger eine Blutorange in saftige Schnitze, die sie langsam zum Munde führt, die genüßlich zwischen den kirschroten Lippen verschwinden. Ich möchte in diesem Augenblick gerne eine Orange sein ...

Um mich herum ist lustiges Volk versammelt, zwei Armenier unterhalten sich laut in ihrer Muttersprache. Sie sehen tatsächliche so aus wie Charles Aznavour, ein Mann an der Bar wie Georges Moustaki, und der Börsianer im grauen Flanell wie Yves Montand; zwei Italiener wie Salvatore Adamo.

Ich liebe diese Menschentypen, die fast einem Klischee entsprechen. In Paris bestätigen sie sich alle: Griechen sehen hier griechisch aus, einen Russen erkennt man schon von ferne genauso wie einen Juden.

Die blonde Olympgöttin versprüht die benebelnden Düfte von ›Mystery Rochas‹, jenem Mode-Parfüm, dessen Reiz in leichtem Modergeruch liegt.

Ich halte Ausschau nach einer Mireille Darc, aber dieser blonde Vamp scheint nicht mehr gefragt zu sein. Die Mädchen tragen jetzt dunkle Bubiköpfe, braun schlägt blond. Auffallend die vielen farbigen Mädchen, die sich hier die Zeit vertreiben. Was machen sie alle in Paris? Und wovon zahlen sie diese sündhaft teuren Drinks, die vermeintlich armen Afrikanerinnen und dunklen Rasta-Bräute? Denn Paris läuft allen Metropolen nicht nur in puncto Schick den Rang ab, sondern auch was die Preise betrifft. 15 Mark zahle ich für ein Bier bei ›Fouquet's‹, zwölf Mark für einen Pastis. Die einmalige Atmosphäre muß wirklich teuer bezahlt werden.

An den Wänden leuchten elektrische Kerzen, Kristall der Belle Epoque mischt sich mit dunklem Mahagoni, die weißgedeckten Tische im Restaurant blenden. Unter den zarten Aquarellen der Impressionisten tafelte schon Albert Schweitzers Großneffe Jean-Paul Sartre. Heute hält hier die Pariser Szenenmalerin Poucette Hof für ihre Freunde: Was für ein Bild, was für ein Auftrag! Für den Sultan von Brunei pinselt sie ein Polospiel mit Zuschauern – alle nackt!

Ich versuche mir vorzustellen, es würden hier bei ›Fouquet's‹ alle Leute pudelnackt herumsitzen. Irgendwie fällt das gar nicht schwer, denn diese Vision bietet sich geradezu an.

Die blonde Olympgöttin peitschenschwingend und vor ihr kriechend auf allen vieren die zwei Gemüsehändler aus Marokko. Gemüsehändler? Das müssen sie ja sein, denn so sehen sie aus. Doch dann versuche ich in meiner Fantasie die zwei neckischen Negrittas am Eingangstisch zu entblößen.

Zwischendurch ein Blick in Naomis Archivmaterial. Die letzten Seiten sind voll mit Skandalen: ›Miß Kenia vom Thron gestürzt‹ – ›Titel erschlichen: Die Schönheitskönigin war verheiratet‹.

Der Bericht stützt sich allerdings auf windige Behauptungen eines schwarzen Hotelkochs aus Nairobi. Auf einem Foto fleht er: »Naomi, komm zurück zu mir.« Daneben erneut Bilder von Naomi: als Top-Modell in atemberaubenden Kleidern und auf etwas kleinerem Foto mit Siegerschärpe und Miß-Krone auf dem Kopf.

Was dieser Koch enthüllt, ist ziemlich fadenscheinig. Er hätte Naomi schon vor Jahren geheiratet und rührend für sie gesorgt.

Sie wäre ihm davongelaufen, hätte sich den Miß-Titel erschlichen und wäre mit einem anderen Mann nach Paris durchgebrannt.

Dann trifft es Naomi knüppeldick: »Haftbefehl gegen Miß Kenia, weil das Top-Modell illegal in Frankreich gearbeitet hat. Sie soll beim Verhör selbst gestanden haben, den Miß-Titel nur durch Schwindel gewonnen zu haben.« Der Reporter schreibt weiter: »Unter Tränen sagt die in Minirock und weiße Bluse gekleidete Schöne: ›Meine Agentur hat mich zu den Miß-Wahlen geschickt. Ich mußte die Hälfte meiner Gage abliefern‹ – üblich sind aber nur etwa ein Fünftel.«

Irgend etwas sträubt sich in mir, diese Berichte so hinzunehmen. Ich denke an die Intrigen, die dahinter stecken dürften. Immerhin mußten sich andere Top-Modelle langsam nach oben arbeiten … Naomi stieg gleich an der Spitze ein – da kann Neid und böses Blut in einer Branche, wo eine Krähe der anderen am liebsten die Augen aushacken würde, nicht ausbleiben. Naomi schlug weiße Konkurrentinnen aus dem Feld, die farbigen Modelle konnten ihr übelnehmen, daß eine Newcomerin ihnen das Geschäft wegschnappte.

Tatsächlich, ich finde auch eine Meldung, in der man Naomi vorwirft, sie sei gar nicht schwarz, sondern nur ›in Nougat-Schokolade getaucht‹. In einem linksgerichteten Magazin greifen sie sogar politische Aktivisten an: Naomi verkauft ihre Seele und schadet der Sache der schwarz-afrikanischen Befreiung.

Es geht so weit, daß Naomi am Telefon Bomben- und Morddrohungen erhält … So als würde hinter all diesen Aktionen eine gut geölte Maschinerie stecken, die sie ganz gezielt zerstören will. Aber warum gerade Naomi, was hat sie auf dem Kerbholz?

Ich kenne den Mister Calliope gut, er ist ein altes Schlitzohr. Könnte er dahinterstecken? Ich versuche ständig, ihn zu erreichen, aber er ist wie vom Erdboden verschluckt, nicht zu finden.

Noch ehe Naomi kommt, will ich ihn unter seiner Geheimnummer in Paris anrufen. Gute Idee, denn es wird langsam aufregend, in den Keller von ›Fouquet's‹ hinunter zu gehen. Zufällig stolpere ich über eine Femme fatale, die meinen Blutdruck hochschießen läßt wie einen Jagdbomber.

Der Schlitz an ihrem schwarzen Lederrock, schwarze Strümpfe. Ich pirsche mich näher an sie ran, um ihr Parfüm zu schnuppern – ›Chamade‹ von Guerlain. Ich berühre ihre Haare mit meiner Nasenspitze und bewundere ihre hochhackigen Pumps. Dann warte ich geduldig bis sie telefoniert hat, um sie nochmals beim Verlassen der Automatenzelle zu sehen. Fehlanzeige. Leider reagiert sie überhaupt nicht auf meinen Blickkontakt-Versuch. Ein eiskalter Engel. Ich schaue ihr wehmütig nach, wie sie die Wendeltreppe emporsteigt. Ihre Schenkel unterm Rock sind toll und mir wird es schwindlig, als hätte ich gerade versucht, die Säulen der Pariser Oper zu erklettern.

O Paris! Tausend und ein Reiz, der immer wieder aufs neue überrascht ... Frauen – die unendliche Geschichte.

Naomi ist fast pünktlich. Sie schlüpft durch die Drehtür wie ein scheues Reh, peilt die Lage, ob nicht irgendwo ein Fotograf versteckt auf sie lauert. Diese Bedingung stellte sie für ein Treffen mit mir. Ich weiß nicht, was sie überhaupt dazu bewegte, sonst lehnt sie alle Interviews ab. Sie hält sich nach diesem Skandal sehr versteckt.

Sie kommt näher. Eine Baskenmütze auf dem Kopf, wehender beiger Leinenrock, offene Lederjacke, darunter ein smaragdgrüner Pulli mit aufgesticktem Paradiesvogel aus silbrigen Pailletten. Die Kroko-Stiefel mit schlankem Absatz und goldbeschlagener Spitze biegen sich weich bei jedem Schritt. Ihre ganze Erscheinung ist überwältigend elegant.

Ich weiß wohl, unser Korrespondent hat zur Modebranche die allerbesten Drähte, aber Naomis Vertrauen zu mir überrascht mich doch. Ich muß es vorab klären.

»Burt hat von Ihnen gesprochen. Sie haben eine Reportage mit ihm gemacht, die hat mir sehr gut gefallen«, erklärt mir Naomi. Es freut mich. Diese Reportage hatte großes Aufsehen erregt: ›Die weiße Frau des Massai.‹ Es ist die Geschichte einer wohlbehüteten Tochter aus vornehmem Haus. Sie war mit einem Uni-Professor verheiratet, brannte durch und lebt jetzt in einer Lehmhütte mit einem Massai-Krieger, der heißes Blut aus der frisch angestochenen Halsschlagader eines Rindes trinkt. Die Sitten eines Massai-Dorfes und das Schicksal der achtjährigen Tochter dieser Aussteigerin lösten eine Flut von Leserbriefen aus.

Schwarz-weiße Liebe. Nicht nur Männer suchen in Afrika heiße Liebesabenteuer, sondern auch Frauen. Burt und ich fanden sogar eine deutsche Frau, Mitte Fünfzig, die ihrem Liebhaber einen wei-ßen Bungalow am Strand hinstellte. Sie besaß vierzig Wäschereien in Bayern, und ihr schwarzer Adonis thronte wie ein Fürst auf der Terrasse, ließ sich englischen Early-Morning-Tea von einem noch schwärzeren Butler als er servieren und verwöhnte zwischenzeit-lich auch andere weiße Touristinnen, Stewardessen und Ausge-flippte. Gerade heute abend, wo ich in Paris bin, läuft wieder eine aktuelle Diskussion im Fernsehen zu später Nachtstunde. Ich will es mir im Hotel anschauen. Die Massai sind im Kommen!

Jetzt schüttet mir zuerst einmal Naomi ihr schwarzes Herz aus: »Burt ist nicht auffindbar. Ich bitte Sie, mir zu helfen. Ich muß mich wehren und habe für Sie eine Enthüllungsgeschichte, dreckig und widerwärtig. Aber ich kann keine Rücksicht mehr nehmen und nenne Ihnen auch alle Namen.«

Ich bin von Naomi beeindruckt, fasziniert. Nicht von dem, was sie sagt, sondern von ihrer Art sich zu geben. Edel und königlich, eine Frau, die man kaum anzufassen wagen würde. Alles an ihr ist vollkommen. Jede Bewegung vom kleinen Finger bis zum Augenaufschlag.

Eigentlich würde nur eine einzige Anrede zu ihr passen: ›Maje-stät.‹ Und diese Majestät soll in irgendeinen Skandal verwickelt sein? Von der Polizei verhaftet, wegen angeblicher krummer Dinge? Kann ich mir nicht vorstellen. Ich bin ganz Ohr, ich brenne auf ihren Bericht.

Naomi langt in ihr Täschchen aus feinstem Ziegenvelour und legt zwei Kassetten vor mir auf den Tisch.

»Hier, hören Sie selbst. Ich habe alles auf Band gesprochen, ich habe volles Vertrauen zu Ihnen.«

Das wirbelt zwar mein Konzept etwas durcheinander, anderer-seits sind die Kassetten geradezu Gold wert. Naomis authentische Geschichte, zumindest so, wie sie sich aus ihrer Sicht darstellt …, aber erst muß ich sie mir anhören. Doch worüber reden wir jetzt?

»Stellen Sie ganz normale Fragen, über Geld, Karriere, Zukunft, die üblichen bei einem Interview«, schlägt Naomi vor.

Bei einem Glas Mineralwasser ›Perrier‹ für Naomi und einem Pastis für mich fange ich also an:

»Wie erklären Sie sich Ihren außergewöhnlichen Erfolg als far-biges Modell?«

Naomi: »Wir sind zur Zeit mitten in der Revolution gegen diese dumme Vorstellung der Männer, Frauen müßten dumm und von vorgestern sein, wenn sie sich für hübsche Kleider interessieren.«

»Das klingt ja, als wären Sie eine fahnenschwingende Feministin.«

Naomi: »Nicht im geringsten, aber Mode hat zunehmend mit Kunst zu tun. Die Modelle sind immer mehr auch Kunstobjekte. Je origineller, um so besser. Den Begriff absoluter Schönheit gibt es nicht mehr.«

Ich bin verblüfft, solch fundierte Antworten habe ich, zugegebenermaßen, nicht erwartet. Naomi verwirrt mich mit ihrem enormen Selbstbewußtsein immer mehr. Sie erzählt:

»Ich kenne bei Pariser Modellagenturen Dutzende von Mädchen, die ihre Haare kurzgeschoren wie ein Rekrut tragen, zu große Nasen, zu hohe Stirnen und einen zu kleinen Busen haben und trotzdem Traumgagen kassieren.«

»Bei der letzten Modeschau in Paris von Yves Saint Laurent waren von vierzehn Mannequins die Hälfte farbig.«

Naomi: »Weil sie sehr eigenwillig sind. Ihre Wildheit, die Mähnen und die dunkle Haut bringen den zusätzlichen Reiz zur Kollektion. Eine Persönlichkeit läßt das Material leben ... Nur Kleiderbügel allein sind nicht gefragt, sondern Ausstrahlung und Individualität. Wir Farbigen sind unverbraucht, bringen neue Impulse in die Mode wie in die Musik. Die ganze Welt kopiert afrikanische Rhythmen, ohne die wäre die ganze Disco-Welle undenkbar.«

»Aber was hat die Polizei gegen Sie in der Hand?« gehe ich unvermittelt zum heiklen Thema über.

Naomi runzelt die Stirn: »Sie schützt die Reichen. Die Staatsanwälte sind oft korrupt. Recht hat nur, wer Geld hat. Und einige Leute haben mich in Sachen reingezogen, mit denen ich nichts zu tun haben wollte.«

»Was wollen Sie tun?«

»Ich habe genug Geld verdient, ich könnte mir auch zwei Rolls Royce kaufen. Aber ich will studieren. An der Universität für Romanistik und Anglistik möchte ich mich einschreiben lassen.«

»Warum schreiben Sie nicht ein Buch über Ihre Erlebnisse?«

Naomi: »Weil niemand die Wahrheit wissen will. Lügen verkaufen sich besser.«

»Und Ihre Geschichte, ist die nicht eine einzige Lüge?«

Naomi: »Nicht, wenn ich sie selbst erzähle, dann wird sie bittere Realität. Glauben Sie mir, keiner interessiert sich wirklich für das Schicksal von uns Afrikanern. Wir passen eben nur gerade jetzt gut ins Geschäft. Aber die Weißen haben uns immer nur Unglück gebracht, an ihrem Geld klebt Blut, und an Blut klebt Fluch.«

»Aber damit waren Sie einverstanden, daß man um Sie ein Märchen erdichtet hat ...?«

Naomi fährt, bevor sie antwortet, mit der Zunge über ihre blendend weißen Zähne, eine automatische, berufsbedingte Reaktion aller Berufs-Schönheiten. Dann sagt sie ruhig: »Es war kein Betrug. Es war nur die übliche Show für Presse und Medien. Es gibt ja keine Betrogenen dabei, von meiner Geschichte haben alle profitiert: Burt, mein Entdecker, die sensationslüsterne Öffentlichkeit, die Modedesigner, Werbeleute, Agenturen, alle.«

»Und Sie selbst natürlich auch?« bremse ich Naomi.

»Natürlich, aber ich habe dafür einen Preis bezahlt, mich dafür hergegeben. Doch da kommen wir zu dem Punkt, wo Sie sich meine Kassetten anhören sollten. Danach reden wir weiter.«

»Sorry, noch eine Frage. Was wird Burt dazu sagen?«

Naomi: »Ich fürchte, er hat mich fallen lassen, wie ein Illusionskünstler, dessen Nummer durchschaut wurde. Ich bin für ihn keine Attraktion mehr, er sucht ein neues Zirkuspferd.«

Wir verabschieden uns. Naomi hinterläßt mir eine Nummer, unter der ich sie morgen erreichen kann. »Nur morgen«, betont sie.

Ich liege auf dem französischen Bett im Hotel ›Chambiges‹, einige Seitenstraßen von den Champs-Elysées entfernt, und höre mit Kopfhörern das Tonband an, kann aber trotzdem jedes Geräusch von nebenan vernehmen. Die Pariser Wände scheinen aus Pappe zu sein, und wenn nicht gerade Flöhe husten, dann knarren Matratzen und dringen eindeutige Seufzer durch die Ritzen.

Im Moment streitet sich ein offenbar älteres Ehepaar in irgendeiner Etage, und in eine Badewanne plätschert Wasser.

Naomis Kassettenbeichte ist mit unzähligen Pikanterien ge-
spickt. Sie muß sie in ziemlich aufgewühltem Gemütszustand gesprochen haben. Für alles Unheil schiebt sie die Schuld auf den
Dosensuppen-Erben Frederic. Mit ihm ist sie in den Pariser Sumpf
geschlittert.

Die Abrechnung mit Helen Gadu wurzelt dagegen in den afrikanischen Sitten: Stammesfeindschaft, unter den Frauen besonders ausgeprägt. Sie gebären schließlich die Söhne und Töchter
und halten an Voodoo-Riten fest. Das oberste Gericht können
wohl nur die schwarzen Götter halten. Aber dies nur am Rande.

Interessanter ist das Vorgehen der Pariser Sittenpolizei gegen
Swinger. Einem ehrgeizigen Staatsanwalt ist das Treiben einer gewissen Oberschicht längst ein Dorn im Auge. Als blindwütiger
Sozi läßt er der Reihe nach mehrere kommerzielle Swinger-Clubs
ausheben. Auch der ehrenwerte Traditionsverein ›Antoine et
Cleopatra‹ wird observiert und Frederic persönlich bespitzelt. Er
gehört zu den wichtigsten Finanziers.

Die Gewerkschaft mischt ebenfalls mit. Denn während einer
Dosensuppen-Fabrik die Kurzarbeit droht, verjubelt der Erbe ungeniert Millionen für seine ausgefallenen Hobbys. Das Gewissen
der Nation rührt sich.

Bei den letzten Orgien in der Swinger-Villa in Seus gelingt es
jenem Kommissar Henri Dusanter, sich einzuschleusen. Von Über-
eifer gepackt, will er noch in dieser Nacht Frederic verhaften, es
gelingt ihm aber nur, eine Video-Kassette zu beschlagnahmen, auf
der Sado-Macho-Praktiken im Billardsalon aufgezeichnet sind.
Ursprünglich sollte dieses Video-Souvenir nur eine zusätzliche
Aufmerksamkeit des Hauses für seine Mitglieder sein, sie sollten
sich an ihren selbstdarstellerischen Kunstwerken später auch bei
Heimvorführungen ergötzen können. Von der stimulierenden
Wirkung durch simultane Live-Übertragungen in andere Räume
mal abgesehen. Zu ihrem Pech ist auf dieser Kassette auch Naomi
drauf. Die Prügelei mit Helen Gadu. Der Temperaments-Aus-
bruch, der Haß war spontan. So was kommt eben vor, wenn böse
Dämonen es wollen ...

Doch mit dieser Kassette hat die Polizei Naomi erpreßt. Sie
sollte Frederic belasten, Zeugen nennen, um ihn wegen Rausch-
giftdelikten einbuchten zu können.

Bei der Razzia wurden nämlich Mengen von Kokain, Speeds und Psychopharmaka sichergestellt. Damit erklärte sich auch Naomis Verhalten auf der Party. Auch sie wurde unter Drogeneinfluß gesetzt.

Die Rauschgiftfahndung schaltete sich bei den Ermittlungen ein, und Frederic wurde festgenommen, kam aber bald gegen eine hohe Kaution frei. Doch Naomi saß in der Patsche.

Warum sie gerade zu dem Zeitpunkt auch ihre Miß-Krone verlor, war naheliegend. Aus Angst der Dealer-Organisation vor einer Rauschgiftaffäre bestellte man einen anderen Skandal, um Spuren zu verwischen. Irgendein Koch in Nairobi läßt sich allemal anheuern, der für paar Schillinge alles zu beschwören bereit ist, auch daß er mit einer ›Miß Kenia‹ verheiratet war.

Naomis Pech war es tatsächlich, an diesen Frederic zu geraten. Wie und warum, darüber schweigt sie freilich beharrlich. Auch läßt Naomi ihre eigene Vergangenheit in Kenia verschleiert.

Was war da los? Wo soll ich eigentlich mit meinen Recherchen ansetzen? Ich ahne nicht, daß mir bald alle Informationen über Naomi in den Schoß fallen werden.

Ich schalte das Fernsehen ein. Eine Diskussionsrunde vor Mitternacht, Psychologen und Pfaffen, Publizisten und Politiker machen sich daran, ein Problem zu sezieren: die Liebe einer weißen Frau zu einem schwarzen Mann. Der Moderator begrüßt die Studiogäste. Eine adrette Brünette und ein baumlanger Häuptling der Massai in seiner Stammestracht; weiße Perlen ins Haar geflochten, die Brust nur halb mit rotem Tuch bedeckt, mit einer Schürze und barfuß in Sandalen nimmt er grinsend Platz. Er zeigt seinen Speer, die gefürchtete Waffe der Massai.

Der Massai-Häuptling erzählt über Stammesriten, daß Söhne den Urin des Vaters trinken, um genauso stark und tapfer zu werden wie er …

Die hübsche Brünette, Benedictine, lernte ihren Sammy Sankale als Touristin bei einer Safari kennen.

»Liebe auf den ersten Blick«, verrät sie schelmisch und streichelt ihren Häuptling.

Die beiden sind verheiratet und führen jetzt selbst Touristen durch das Massai-Mara-Reservat. Ein ulkiges Paar, aber sie macht einen cleveren Eindruck.

Sie sagt: »Schön, diese Urbeziehung, manchmal sind wir Mann und Frau, meistens aber nur zwei Lebewesen frei in der Natur, die gemeinsam den Alltag schaffen müssen.«

Er sagt: »Meine Frau hat mir zum Geburtstag einen Walkman geschenkt.«

Sie sagt: »Ich weiß, daß er in mir nicht nur die Frau sieht. Sollte uns unterwegs in Afrika ein hungriger Löwe überfallen, würde sich Sammy nicht vor mich stellen und mich verteidigen. Ich müßte neben ihm kämpfen wie ein Mann.«

Das empfindet Benedictine besonders schön. Der Massai-Mann grinst.

Der Psychologe meint: »Die Frauenemanzipation schlägt wie ein Bumerang zurück. Frauen wollen nicht mehr fraulich sein. Manche flüchten zurück zu primitiven Völkern, die keine strenge Rollenteilung in ihrer Gesellschaft kennen.«

Der Publizist wittert Gefahr: »Ein Massai kann die weiße Frau nur solange akzeptieren, wie sie Geld hat oder Geld verdienen kann. Ein Massai kennt eben keine Verantwortung für seinen Lebenspartner.«

Der sachkundige Psychologe spricht von der Sexualität: »Den Begriff Treue gibt es bei den Massai nicht. Der aufgepflanzte Speer vor der Boma, der Kugelhütte, signalisiert: ›Bruder, jetzt bin ich dran, bei deiner Frau!‹«

Kribbelnde Frage von Moderatoren an Benedictine: »Und wie funktioniert es bei euch in der Ehe?«

Benedictine schmunzelt: »Ich werde nicht als Stammeseigentum betrachtet, ich bin ja schließlich weiß …«

Ich verfolge diese Diskussion mit wachsendem Interesse. Sie hilft mir dabei, vieles aus Naomis Seelenleben besser zu verstehen. Diese Menschen hier schwärmen von paradiesischen Urbeziehungen und unverdorbener Liebe im Naturzustand.

Was aber erlebte Naomi in Paris?

Eine Stelle in ihrem Tonbandprotokoll beschreibt detailliert eine Szene bei der nächtlichen Swinger-Party in der Villa. Während die Fernsehsendung läuft, höre ich mir nochmals Naomis Kassette an.

»Wettsaufen. Zwei Mädchen stehen am Tisch und trinken Champagner aus der Flasche. Alles auf Ex. Wer als erste die leere Flasche hochhebt, gewinnt. In der Hast läuft ihnen der Champagner über, sie besudeln sich, schlucken weiter, angefeuert von den Gästen, die sich an dieser Wette belustigen. Die Siegerin schreit: ›Ich kann noch mehr saufen, ich schaffe auch die zweite Flasche, wetten, daß …‹«

Was ahnt ein Massai schon von solchen Orgien? Hat er das Verlangen, Mann zu sein, geht er einfach in irgendeine Hütte.

Naomi kommt nach Paris, um Karriere zu machen, um Geld zu verdienen, wofür Afrika kaum Chancen bietet. Dabei lernt sie ungewollt das Dolce vita einer besonderen Art kennen. Was hat sonst diese zivilisierte Gesellschaft zu bieten? Die Reichen und Schönen?

Der Pfarrer im Fernsehen rezitiert afrikanische Gedichte: »Herr, verzeih dem weißen Europa! Denn es ist wahr, Herr, es hat seit vier erhellten Jahrhunderten Geifer und Wut seiner Bulldoggen auf deine Länder geworfen. Und Christen haben, dem Licht abtrünnig, dieses Land geplündert.«

Benedictine lächelt auf dem Bildschirm, und der Massai rührt geschickt die Werbetrommel für Afrika-Safaris: »Büffel. Elen-Antilopen, Impalas … Elefanten …!« dabei fuchtelt er mit seinem Speer.

»Wie sind denn die Giraffen?« möchte der Pfarrer genau wissen. Der Massai erklärt es auf seine Art: »Giraffen sind keine Löwen, sie flüchten. Löwen kümmern sich nicht um das, was um sie herum geschieht. Auch nicht um einen ganzen Schwarm von Touristen. Sie können einen wilden Schnappschuß nach dem anderen knipsen …«

Was würde wohl Naomi über Paris in einer ähnlichen Diskussion berichten, fällt mir ein. Dann schlafe ich. Wie immer beim Fernsehen.

Das Telefon schrillt. Neun Uhr. Beinahe hätte ich glatt verpennt. Was waren es nur für schwere Alpträume? Afrika, Voodoo-Zauber, Hexenmeister und eine Herde Paviane?

Der Portier ist an der Strippe und avisiert für mich eine Nachricht.

Der Umschlag ist nicht gezeichnet. Ich reiße ihn ungeduldig auf. Mensch, Burt, altes Haus, das ist eine Überraschung. Er hat mich nicht vergessen. Aber woher weiß er, daß ich gerade in Paris bin? Hat ihn Naomi doch erreicht? Wenn ja, war es nicht schwer zu erraten, wo ich stecke: Ich wohne in Paris wie immer im Hotel ›Chambiges‹, schon seit Jahren. Und das hat einen Vorteil, man kann mich hier leicht auf Vermutung hin erwischen. Als Globetrotter braucht man überall eine feste Adresse.

Die Nachricht ist bombig: »Hallo, Tom, habe heiße Reportage für dich, nimm den nächsten Flieger nach Mombasa, warte im Hotel ›Leisure Lodge‹.«

Auch ein Fix-Point auf meinen Routen. ›Leisure Lodge‹ ist eine herrliche Clubanlage, eine Mischung aus englischer Tradition und preußischer Zucht. Jeden Morgen rückt eine Armee von grünuniformierten Gärtnern aus, um den japanischen Park afrikanisch zu pflegen. In künstlich angelegten Bächen und Teichen schwimmen Zierfische, die sich bestens auch als Moskito-Killer bewähren. Sie fressen nämlich die Mückenlarven wie delikaten Beluga Kaviar. Ich freue mich schon auf ›Leisure Lodge‹, muß vorher aber Naomi noch unbedingt erreichen.

Der erste Anruf geht schief. Naomi meldet sich nicht. Ich mache mich auf die Socken.

Auf gar keinen Fall darf ich die warmen Croissants im weltberühmten ›Café de Flore‹ verpassen. Dieser Glaskasten am Boulevard Saint-Germain ist der richtige Platz zum Studium von ausgeflippten Typen, von Gestylten und Unwiderstehlichen. Ich fühle mich allerdings völlig ›out‹, trage weder Pferdeschwanz à la Lagerfeld noch Mozartschleife, bin ohne das Nylon-Rucksäckchen mit der poppigen Aufschrift ›Frankie's Garage N. Y.‹ hier und meine Jeans sind nicht in der Waschmaschine mit Kieselsteinen gebleicht, sondern schlicht echt abgewetzt.

Mein Blick aus dem Glaskasten schweift direkt auf die Tür der Brasserie ›Lipp‹. Kommt Jean-Paul Belmondo heute mit seinem Clan?

Naomi wäre mir lieber. Wo steckt sie bloß? Schon der fünfte Anruf umsonst. Ich renne weiter hin und her. Meine Sinne schärfen sich nur auf das eine: wählen, lange klingeln lassen, auflegen. So entnervend kann Telefonieren sein.

Die harte Geduldsprobe geht weiter. Ich stärke mich mit einem Chavignol aux concombres – warmer Ziegenkäse auf Gurken, dazu frisches Weißbrot, eine Spezialität der Bar à vin ›L'Ecluse‹.

Vielleicht klappt es hier mit dem Anruf, hoffe ich. Umsonst. Agenten, Fotografen, Freunde, niemand weiß Bescheid.

Ich besuche noch ein halbes Dutzend Bistros und Bars. Auch vergeblich. Naomi ist nicht aufzufinden.

Schlimmer noch. Der Instinkt, daß Naomi nicht mehr in Paris ist, verstärkt sich. Am besten das Zelt sofort abbrechen und nach Kenia abdampfen. Was kann ich hier in Paris noch tun? Moment mal, ich muß noch eine Feinschmeckeradresse abhaken. Frische Meeresfrüchte und etwas Deftiges vom Schwein bei – na, wie der Name des Ladens schon besagt – ›Pied de Cochon‹. Beim Schweinefüßchen.

Tam-tam-tam – ta-ta-ta – tam-tam.

Der Dschungel rumort. Schwarze, schwielige Hände wirbeln auf den Trommeln. Eine ganze Reihe dunkelhäutiger Schlagzeuger kauert am Boden und steigert das Tempo. Dumpfe Schläge wechseln mit leichtem Geklöppel und scharfen, kantigen Hieben. Tam-tam-tam … Afrika ruft.

Am stockfinsteren Himmel leuchten heute keine Sterne. Dies ist eine besondere Nacht, eine Voodoo-Nacht. Das halbe Dorf ist im Kreis versammelt, Funken sprühen aus dem lodernden Feuer. Aus einem Käfig werden zwei Hühner gescheucht. Ein schwarzes und ein weißes. Fuchtelnde schwarze Hände schnappen sie sofort und halten das gackernde Federvieh hoch. Einige Frauen tanzen in Trance.

Der Boden staubt unter ihren nackten Füßen, die leichten Kleidchen öffnen sich und geben die nackten Brüste frei. Leuchtend perlt der Schweiß auf ihrer dunklen Haut, die Brustwarzen stehen wie harte Pfirsichkerne vom Busen ab.

Aus dem Reigen um den Scheiterhaufen lösen sich zwei junge Frauen ab. Die eine ist besonders schön. Sie trägt ein weißes Wickeltuch aus feinem Stoff um die Hüften gewickelt, ihre Bluse ist aus teurer Seide. In ihrem nach hinten gekämmten Haar steckt ein goldener Kamm. Mit geschlossenen Augen schiebt sie sich geistesabwesend zu einem kleinen heidnischen Altar: Ein aus Erde aufgeschütteter niedriger Hügel, oben drauf liegen in Schalen abgehackte Hühnerfüße, blutige Kuhaugen und eine vertrocknete Katzenpfote. Besonders grausig ist ein fetter toter Frosch mit zugenähtem Hintern, das Symbol für eine verlorene Seele, die die Strafe der Götter erdulden mußte; die Strafe droht jedem, der bei den Voodoo-Priestern in Ungnade fällt.

Eine leblose Schlange, gewickelt um den Schädel eines toten Löwen, hängt mit dem langen Schwanz in einen Pinkeltopf aus zerkratztem Porzellan hinein. Echt ›Rosenthal‹, umfunktioniert zur Opferschale. Im Topf dunkelt gelbe Flüssigkeit, Urin von einem Uhuru-Affen.

Und noch ein Affenschädel phosphoresziert aus der Altarhöhle im flackernden Licht einer Ölfunzel. Im gelben Gebiß klemmt ein angekohltes Bild, das Konterfei eines Mannes, ihm gelten auch diese gottlosen Flüche, die eine wilde Horde im Bauch von Afrika gegen ihn ausstößt: Der Dosensuppen-Erbe. Frederic im fernen Paris ist die Zielscheibe dieser Voodoo-Beschwörung. Was er wohl zu dieser Stunde treiben mag?

Schläft er, dann hat er sicherlich schwere Alpträume; wacht er, dann mag ihn eine üble Magenverstimmung quälen. Sollte er sich gerade in irgendeiner Disco amüsieren, droht ihm ein Unfall, vielleicht rutscht er in diesem Augenblick am Tanzparkett aus, oder er fällt die Treppe herunter, die er volltrunken hinabtorkelt. Für seinen Rausch sind diesmal die schwarzen Götter verantwortlich.

Rast er mit dem Auto stadtauswärts, so wird er sich überschlagen, sein Wagen auf dem Dach landen und Feuer fangen. Frederic wird verbrennen. Seine Seele schnappt sich Tsavo, ein hinterhältiger, tückischer Geist.

Da wütet also im afrikanischen Urwald ein gnadenloses Todesritual gegen einen weißen Mann. Frederic hat den Zorn der Götter wohl verdient, denn mit ihm begann das Elend von Naomi in Paris.

Die wunderschöne Königin der Steppe ist jetzt hier. Nach Afrika zurückgekehrt, will sie sich rächen – für ihre zerstörte Karriere, die Leiden der letzten Monate, für ihre Seelenqualen, für die Verleumdungen und Beleidigungen, die sie niemals vergessen wird.

Das hochbezahlte Modell und vorübergehende Lieblingskind der Modezaren fand im Champagnerbad kein Glück. Jetzt sucht sie Frieden auf ihre Art, nach den Sitten ihrer Heimat und dieser Leute hier, die ihr beistehen. Haß verbindet sie, ein blindwütiger

Haß, weil man trotz aller Bemühungen immer wieder dem weißen Manne unterliegt.

Naomi nähert sich dem Altar, und kurz davor geht sie langsam in die Knie. Sie beugt den Kopf nach hinten und erstarrt regungslos in dieser Haltung. Willenlos liefert sie sich der Macht von Fiti Mukunguni aus, dem mächtigen Mann aus dem Kikuyu-Stamm. Sein Ruf drang über die Landesgrenzen hinaus, er verfügt über seltene magische Kräfte. Er ist mehr als nur ein abergläubischer Medizinmann aus dem Busch. Er wird gottähnlich verehrt und niemand bezweifelt, daß er tatsächlich mit allen schwarzen Geistern verbrüdert ist.

Er genießt Furcht und Ansehen. Nicht nur Naomi vertraut Fiti Mukunguni, sondern seinerzeit auch der Partisanenheld Kaman Ngengi Johnstone. Im Kampf gegen die Engländer erhielt er, berichtet die Fama, spiritistische Hilfe, siegte und dankte dafür gebührend: Unter dem neuen Namen Yomo Kenyatta zum Staatspräsidenten ausgerufen, erlaubte er Fiti, weiter seine Kultrituale zu zelebrieren, die er sonst im ganzen Land strengstens verboten hatte.

Verstöße gegen dieses Verbot ahndete die Regierung Kenyattas mit schwerem Kerker. Bewaffnete Dschungelpatrouillen wachten nachts allerorts, daß nirgendwo Voodoo-Feuer entflammten. Diese blutigen Zeremonien kosteten zu viele Opfer, für die der Vergeltung unter den verfeindeten Stämmen wegen immer neue und weitere Opfer büßen mußten. Um aus diesem Teufelskreis herauszukommen, wollte der kluge Kenyatta mit dem Voodoo-Zauber energisch Schluß machen, obwohl er selbst daran glaubte.

Deshalb fürchtete er aber auch Fitis Rache und fand eine zufriedenstellende Lösung, ihn samt Gefolge auf sanfte Art in die Berge von Shimba Hills zu vertreiben. Dort durfte er weiter seine okkultischen Feste feiern. Das Dorf Kinango wurde zum neuen, heimlichen Voodoo-Zentrum, mit wachsender Gemeinde und wöchentlich neuen Anhängern, die sich zu dieser Satansreligion bekannten.

Naomi fand die Verbindung zu Fiti Mukuguni über einen Mittelsmann in Paris, einen Diplomaten aus der Schweiz mit Einfluß und Verbindung bis in hohe Militär- und Regierungskreise in Frankreich. Was auch immer es sein sollte, der Mann besorgte alles. Vor allem weiße Mädchen für schwarze Häuptlingssöhne, Diplomaten, Minister und Bankiers, die in Paris wüste Orgien in versteckten Luxusapartments veranstalteten. Darunter auch einige Models, Naomis Kolleginnen, die als willige Gespielinnen mitmachten. Für gutes Geld, versteht sich.

Tam-tam-tam ... Für einige Sekunden scheint jetzt Naomi aus der Trance zu erwachen. Ihre Augen öffnen sich entsetzt. Neben ihr tanzt in völliger Auflösung das zweite schöne Mädchen. Mandelbraun, mit großen leuchtenden Augen, hängt an ihrer knabenhaften schlanken Figur nur ein Fetzen. Die kleinen Brüste entblößt, schüttelt sie sich wie im Fieberanfall. Mit langen, lockigen Haaren fegt sie umher, als wolle sie die herumschwirrenden Geister vertreiben, dann schürzt sie sinnlich den Mund, als würde sie den Herrn der Finsternis küssen wollen. Es geht eine ungewöhnliche Ausstrahlung von ihr aus – und Naomi hätte plötzlich gern mehr über sie gewußt. Wer ist dieses Mädchen, woher kommt sie, wieso hat sie so helle Haut? Im gleichen Augenblick aber wird Naomis Kopf nach hinten gerissen, einer von den Voodoo-Dienern hat ihr Aufwachen bemerkt.

Das Trommeln wird stärker, und Gemurmel setzt ein. Die schwarzen Gestalten stoßen fluchende Gebete aus. Unverständlich, wütend, wild. Immer lauter werdend, dringen sie bis ins Knochenmark.

»Oxxxuuuu kwale bimbo.«

Monotones Gebrabbel – hallt zurück: »Mdogo, mdogo, mdogo.«

Der Ausruf wiederholt sich: »Oxxxuuuu kwale bimbo.«

Und wieder die gleiche Antwort: »Mdogo, mdogo, mdogo.«

Das wiederholt sich mehrmals. Die Trommler treiben den stampfenden Pulk an. Schneller und noch schneller. Dann hören sie schlagartig auf.

In der drückenden Stille lärmen Hühner. Im Todeskampf schlagen sie laut rauschend ihre Flügel. Der oberste Voodoo-Meister Fiti Kukunguni erhebt sich von seinem Leopardenfell. Sein Gesicht, wild bemalt, ist zur Fratze entstellt, seine Hände zittern. Schwerfällig schiebt er sich auf Naomi zu.

Die andere Tänzerin neben ihr erstarrt wie vom Donner getroffen, zwei Helfer halten über ihrem Kopf das schwarze Huhn hoch, das weiße Huhn flattert ebenfalls im festen Würgegriff über Naomi.

Wie ein Blitz durchschneidet ein langes Messer den Hühnern die Kehlen. Blut spritzt, die ersten Tropfen fallen auf Naomis Gesicht. Sie will aufschreien, aber eine große schwarze Pranke drückt ihre Kehle zu. Fiti Mukunguni halbiert mit langem Schnitt das schwarze Huhn und reißt sein pochendes Herz aus der Brust.

Die fanatisierte Gemeinde kreischt im Blutrausch. Das Mädchen neben Naomi beginnt wieder zu tanzen, spreizt die Hände hoch, der blutigen Dusche entgegen. Blut, Blut, sie fängt es mit vollen Händen auf. Erst reibt sie es in ihr Gesicht und dann auf Naomis Stirn.

Die Hühnerkadaver fliegen ins Feuer. Das Gejohle der Voodoo-Gemeinde wächst, Trommler setzen mit dumpfen Schlägen an. Tam-tam-tam …

Wird Naomi diese Zeremonie aushalten? Ihr Körper kippt aus der Hocke rückwärts zu Boden. Das andere Mädchen drückt inzwischen ihr blutig beschmiertes Antlitz in eine irdene Aushöhlung. Weiße Kreide pulvert auf, klebt sich an Lippen, Nase, Stirn.

»Adeline!« ruft Großmeister Fiti. Aber sie reagiert nicht.

»Adeeeliineee, erhebe dich.«

Nur Naomi scheint diesen Namen zu hören. Adeline heißt also das Mädchen neben ihr. Deren Gesicht ist furchterregend. entstellt, mit verkrustetem Blut, Kreide und Staub zur grimmigen Maske verzerrt.

»Adeline, Adelinee … sag uns: Wird er sterben?«

Keine Antwort. Naomi liegt jetzt regungslos auf dem Boden. Die Gemeinde wiederholt die Frage:

»Wird er sterben …?«

Fiti zieht mit ausgebreiteten Armen beschwörend weite Kreise über Naomi … Mit düsterer, Stimme murmelt er: »Du gehörst, uns. Kikwani und Kukuyu, die großen Geister, werden dich beschützen.«

»Beschützt uns, o Kikwani, o Kukuyu …«, rufen wirr die Stimmen aus dem Hexenkreis.

Naomi regt sich nicht. Ist sie bewußtlos? Allmählich vertrocknet das Blut an ihrer Bluse, Staub und Kreidepulver erhärten auf dem Gesicht und ihren Haaren.

Fiti beugt sich über Naomi, reißt ihre Bluse auf. Er ballt die linke Hand zur Faust und scheint im nächsten Augenblick in Naomis Brust einzutauchen. Entsetzen ergreift die erschrockene Voodoo-Gemeinde, sie sackt ehrfürchtig auf die Knie. Fiti grollt: »Wir geben dir ein neues Herz, der weiße Mann hat deine Seele geraubt, aber jetzt hat er keine Macht mehr über dich, du hast jetzt das Herz von Kunjonga. Du wirst ein neues Leben anfangen.«

Und zugleich ruft Adeline aus ihrer Trance: »Er wird sterben, Kikwani will, daß er stirbt.«

»Tod, Tod, Tod …«, schallt es in die dunkle Nacht.

Barfuß laufen einige Gestalten über das Feuer. Jemand spuckt eine lange Wasserfontäne aus. Es zischt und prasselt. Wieder laufen nackte Sohlen über die Glut und stampfen sie in Asche zusammen. Das Licht schwindet, wird schwächer und fahl, bis völlige Finsternis den Ort umhüllt.

Schweigen. Es rührt sich nichts mehr. Lautlos schleichen die nunmehr unsichtbaren Gestalten davon. Was geschieht mit Naomi?

Aus der Ferne heult eine Hyäne, dann Löwengebrüll und eine Affenarie. Das Buschkonzert beginnt. Neue Geister übernehmen die Macht über die Nacht. Afrika wird friedlich – doch es schläft nicht. Schon fangen die guten und bösen Geister den neuen Streit an. Zünden das nächste Feuer, irgendwo brennt schon die Steppe, der nächste Tag fordert neue Opfer. Die blutrünstigen Götter dürsten. Angst schleicht umher – wo bleiben die guten Geister?

Eine leise Stimme winselt: »Naomi, Naomi, wo bist du?«

Es klingt, als würde Adeline rufen.

Naomi hebt mühsam den Kopf. »Adeline«, flüstert sie.

»Naomi«, haucht es zurück, »brauchst du Hilfe?«

Patsch! Ein dicker Guß prasselt über Naomis Gesicht. Die Flüssigkeit schmeckt bitter und salzig.

»Brrrrr«, schüttelt sich Naomi, und ein unbeschreiblich widerliches Gefühl ergreift sie. Sie leckt ihre Lippen ab, und es kommt ihr dabei hoch. Ihr Magen dreht sich um. Naomi muß sich heftig übergeben.

Zwischen den Brechreizkrämpfen stammelt sie: »Das Zeug, pfui … schrecklich … es stinkt entsetzlich.«

Adeline rutscht auf Knien zu Naomi hinüber, nimmt sie in ihre Arme, hält ihren Kopf zärtlich fest. Ein neuer Schwall aus Naomis Mund klatscht in den Staub, immer noch muß sie sich übergeben – und dann nochmals, als sie von Adeline erfährt:

»Es war Urin von dem großen Affen Uhuru, ich habe ihn dir gegeben, du solltest ihn auch trinken, das gibt dir Kraft, ich weiß es von meinem Vater.«

»Von deinem Vater?« stutzt Naomi.

»Ja, ich bin die Tochter von Fiti Mukunguni«, sagt Adeline. Ihre Hände betasten neugierig Naomi. Ihre Haare, Stirne, Schultern. Langsam gleiten die Finger über den Busen. Zaghaft, verstohlen.

»Du bist schön, Naomi, wunderschön.«

Adeline rückt näher, Naomi schweigt fassungslos. Kalter Schweiß bricht auf ihrer Stirn aus, sie ist wie gelähmt. »Mein Gott«, schluchzt sie, »Urin von einem Affen ...«

Langsam hat sich ihr Magen beruhigt. Naomi spuckt den letzten üblen Speichel aus. Adeline streichelt sie.

»Du bist sehr schön, Naomi, du hast einen vollkommenen Körper. Ich habe die Bilder von dir gesehen. Ich weiß, du bist ein berühmtes Fotomodell.«

Plötzlich umarmt Adeline leidenschaftlich Naomi: »Oh, Naomi, hilf mir bitte, ich möchte auch Mannequin in Paris werden. Nimm mich bitte mit ...«

Naomi schüttelt den Kopf: »Es geht nicht, es ist nicht unsere Welt. Der weiße Mann ist böse, er würde dich nur ausnützen. Sein Geld bringt dir kein Glück.«

»Oh, doch«, leuchten Adelines Augen auf. »Geld, Geld, Geld. Es macht mich schön und unabhängig und gibt dir Macht ... oh, Naomi, laß uns zusammen weggehen. Nach Paris, oder wohin auch immer. Am Diani Beach im ›Leasure Lodge‹ ist gerade ein Fotograf. Laß uns hingehen. Vielleicht macht er mit mir Aufnahmen. Wenn du mit ihm sprichst, macht er es bestimmt. Sicher kennt er dich, vielleicht macht er von uns beiden Fotos. Oh, Naomi, bitte, ich flehe dich an.«

Erschöpft von der Nacht erheben sich die beiden Frauen. Adeline stützt Naomi. Am Horizont reißen die ersten Sonnenstrahlen die Dunkelheit auf. Die Luft duftet bereits nach Morgenfrische. Der ganze Voodoo-Spuk ist aus und vorbei. Nein, Naomi will die

Spuren jetzt nicht mehr sehen. Ohne sich umzudrehen, schreitet sie davon. Adeline muntert sie auf.

»Komm, Naomi, gehn wir zum enkongo narok, zum schwarzen Fluß. Wir nehmen ein Bad.«

Die beiden Frauen schauen sich an. Naomi lächelt zaghaft und Adeline schwört flammend: »Naomi, ich werde alles für dich tun. Ich will deine Sklavin sein.«

Die Asphaltpiste endet abrupt. Der Jeep springt über Stock und Stein. Die ersten Affenhorden stieben kreischend davon. Es sind Colobusaffen, putzige Kerlchen mit pechschwarzem Pelz und einem Umhang aus langen weißen Haaren.

»Paß auf die Paviane auf!« ruft mir Burt zu und zieht demonstrativ sein großkalibriges Gewehr aus dem Futteral, lädt durch und klemmt den Elefantenkiller zwischen die Vordersitze. »Heia, heia Safari.«

Ich brause mit Burt an den bewaldeten Hängen der Shirnba Hills bergauf. Eine Reportage für ›World Wildlife Foundation‹. Rettet den Urwald, rettet die Tiere. Eine weltweite Aktion, verbunden mit Spenden. Burt jubelt: »Das sind die wahren Geschichten, nicht diese doofen Models in ihren Fummeln. Ich würde alle meine Tittenfotos für einen Schnappschuß hergeben, wie ein Löwe im Sprung eine Antilope zerfleischt. Das ist die wahre Kunst, mein Freund.«

Ich weiß nicht, soll ich ihm gleich recht geben oder erst später? Aber wenn alles gut geht, übernachten wir heute abend in der ›Aruba Lodge‹.

»Begegnungen mit Prinzen und Warzenschweinen«, verspricht Burt, »und einen echten kahawa ya kenya.«

»Was ist das?«

»Kaffee aus Kenia, die beste Sorte, und dazu Marmorkuchen. Die ›Aruba Lodge‹ wird unser Basislager sein, ein Haus in der Krone eines riesigen Ngumu-Feigenbaumes. Die armdicken Äste bohren sich durch die Wände und wachsen schräg in die Gänge hinein«, erzählt Burt.

Nach der letzten Bergkuppe öffnet sich vor uns ein sanft geschwungenes Tal. Blauer Himmel ohne einen einzigen Wolkenbausch. In weiter Ferne glänzt am Horizont ein Silberfaden.

Burt kann sich orientieren: »Enkongo narok, der schwarze Fluß.«

Ich greife zum Fernglas. Je mehr wir uns nähern, um so genauer peile ich eine bestimmte Richtung an. Ich glaube, zwei schwimmende Punkte zu erkennen: »Badende Wasserböcke?«

»Wahrscheinlich«, brummt Burt.

»Oder sind es schwimmende Einheimische? Ich glaube sogar, es könnten zwei Frauen sein«, reize ich Burt.

»Unwahrscheinlich«, murmelt er. »Der Wunsch ist der Vater deiner Gedanken: Du bist nur geil.«

»Nur Lumpen sind bescheiden«, ermutige ich Burt: »Fahr runter zum Fluß, wir werden den Nilpferden schon Sporen geben.«

Die unbekannten Fabelwesen, vom nagelnden Dieselmotor aufgescheucht, flüchten, ohne daß wir sie erblicken können. Nur eine feuchte Tropfspur führt in den Busch. Das ist ein Signal für jeden Hemingway-Fan: Absatteln und spähen. Und wo ist Cheetah – die Löwenfamilie? Man muß nur dem schwarzen Fluß trauen.

Wie könnte dieses turbulente Abenteuer auch anders enden als wieder mit einem Traum, der Wirklichkeit wird?

Auf einer Lichtung erblicke ich sie: Naomi!

In zerfetzten Lumpen noch schöner als elegant gekleidet in Paris. Und ein wunderbares Geschöpf neben ihr: Adeline. Ein Happy end kann beginnen.

Blutrot senkt sich die Sonne am Horizont. Mitten in dieser glühenden Kugel schwebt majestätisch der lange Hals einer Giraffe. Die neue Welt fängt gleich hinter der Holzschranke von ›Aruba Lodge‹ an. Willkommen auf der Arche Noah! Die Dämmerung lockt sie alle. Büffel, Elefanten, Buschböcke und Riesenwaldschweine.

Wir sitzen auf der Terrasse, lauschen dem Buschkonzert, bleiben die ganze Nacht wach und planen die Zukunft.

Als erstes versenkt Naomi bei Vollmond meine Reiseschreibmaschine in den Sumpf der Krokodile. Aus. Damit ist meine Identität gelöscht. Naomi nennt mich fortan nicht Tom, sondern René. Ich bin in ihren Augen der geborene Großwildjäger. Für alles andere werden künftig die Götter sorgen.

Und Naomi hat noch einen Wunsch. In meinen Armen flüstert

sie zärtlich: »Komm, mach mir einen Sohn, aber paß auf, daß er weiß wird. Versprochen?«

»O Naomi, das kann ich besser als jeder andere. Du wirst nicht enttäuscht werden! Diesmal nicht ...«

Leidenschaft ergreift uns mit Urkraft. Naomis Küsse zünden ein Feuer. Mir wird schwindlig. Wir sinken schwerelos in den Schoß der Nacht. Irgendwo zwischen Bett und Boden. Ich bin nicht mehr Herr meiner Sinne. Plötzlich tauchen in meinem Kopf zwingende Visionen auf. Aus weißen Rauchwolken steigt eine schwarze Frau. Jung, schlank, schön, wunderbar, nur mit einem weißen Umhang bekleidet, auf ihrem Haupt eine goldene Krone. Sie schwebt wie eine Königin heran.

»Warte ...«, winkt sie in meinem Traum, während sich mir Naomi hingibt. »Warte!«

Die Schönheit reicht mir eine Opferschale. Darin liegt ein Höschen. Weiß, aus feinster Spitze. Im Hintergrund trommelt es. Die Schläge werden immer lauter. Ich höre einen Namen, einen bekannten Namen: »Helen. Ich bin Helen Gadu«, hallt es: »Wartet – ich werde euch begleiten ...«

HEYNE
BÜCHER

Olivia
Goldsmith

*»Ihre Romane sind
geistreich,
energiegeladen...
und manchmal auch
bissig.«*
PUBLISHERS WEEKLY

01/9561

H e y n e - T a s c h e n b ü c h e r

HEYNE BÜCHER

Patricia Gaffney

*Mitreißende
Liebesromane vor
historischem
Hintergrund*

04/221

Heyne-Taschenbücher